U0620275

中國古典文學基本叢書

王維集校注（典藏本）

下册

〔唐〕王　維　撰
陳鐵民　校注

中　華　書　局

王維集校注卷十

編年文（天寶下）

賀玄元皇帝見真容表〔一〕

臣某言〔二〕：伏見中書門下奏，上黨郡奏啓聖宫聖祖大道玄元皇帝玉石真容、主上聖容〔三〕，今月十五日三元齊開光明〔四〕。其日戌後〔五〕，道士陳希玉等十三人同朝禮，見殿内有光〔六〕，非常照耀，及開殿門，其光彌盛，滿堂如晝，久之方散，其時檢校官及押官等皆共瞻覩者〔七〕。臣聞仙祖行化〔八〕，真氣臨關〔九〕；聖人降生，祥光滿室〔一〇〕，固知仙聖必有景光〔一一〕。伏惟開元天地大寶聖文神武應道皇帝陛下〔一二〕，大道爲心，上元同體〔一三〕，挾風雲之質〔一四〕，敬想猶龍〔一五〕；寫日月之儀〔一六〕，欽承大象〔一七〕。仍迴舊邸，以奉清都〔一八〕。真容聖容，既明四目〔一九〕；照殿照室，忽類三光〔二〇〕。蘂宫自明〔二一〕，初謂上天無夜；桂殿如晝〔二二〕，還疑就日而朝〔二三〕。琪樹韜華，瑶池奪映〔二四〕。實由陛下弘敷本際〔二五〕，大啓玄宗〔二六〕，明君潤色于真源〔二七〕，聖祖和光于帝載〔二八〕。表文明之在御〔二九〕，六合以清〔三〇〕；知臨照之無疆，億載多慶。臣等限以留司〔三〕，不獲隨例抃舞，無任踴躍喜慶之至。

〔一〕作于天寶八載七月十五日或十月十五日之後，説見《年譜》。玄元皇帝：即老子。見《奉和聖製慶玄元皇帝玉像之作應制》注〔一〕。見：現。

〔二〕某，底本原作「維」，此從宋蜀本、述古堂本。

〔三〕上黨郡：即潞州，天寶元年改爲上黨郡，治所在今山西長治。聖宫：指潞州紫極宫。《舊唐書·玄宗紀》：「（開元）二十九年春正月丁丑，制兩京、諸州各置玄元皇帝廟并崇玄學。」「（天寶二年）三月壬子……改西京玄元廟爲太清宫，東京爲太微宫，天下諸郡爲紫極宫。」此二字底本原無，從宋蜀本補。聖祖大道玄元皇帝：《舊唐書·禮儀志》：「（天寶八載）閏六月四日，玄宗朝太清宫，加聖祖玄宗皇帝尊號曰聖祖大道玄元皇帝。」玉石真容、主上聖容：據載，兩京玄元廟皆有玄元皇帝玉石雕像，又有玄宗玉石聖容，侍立于玄元之右（參見《奉和聖製……玉像之作應制》注〔一〕）。蓋潞州玄元廟亦同兩京之制，故云。

〔四〕三元：唐人謂正月、七月、十月之十五日爲上元、中元、下元，合稱三元。唐盧拱《中元日觀法事》：「四孟逢秋序，三元得氣中。」《唐六典》卷四：「（道士有）三元齋……皆法身自懺愆罪焉。」

〔五〕戌：即今晚上七至九時。

〔六〕殿内，底本原作「内殿」，據宋蜀本、述古堂本、明十卷本等改。

〔七〕檢校官：《通典》卷一九：「（神龍）二年三月，又置員外官二千餘人，於是遂有員外、檢校、試、攝、判、知之官。攝者，言敕攝，非州府版署之命；檢校者，云檢校某官……皆是詔除，而非正命。」按，自唐初至玄宗朝，「檢校」都是未實授的稱謂，唐中葉以後，凡官銜上帶「檢校」字樣者皆爲虛銜，無實任職務，説見岑仲勉《金石論叢》第四七四頁。押官：主管官吏。

〔八〕仙祖：即指道教教主老子（李耳）。唐朝皇帝追攀李耳爲自己的祖先，故云。行化：推行教化。

〔九〕真氣臨關：《史記·老莊申韓列傳》：「（老子）見周之衰，迺遂去，至關，關令尹喜曰：『子將隱矣，彊爲我著書。』於是老子迺著書上下篇，言道德之意五千餘言而去，莫知其所終。」集解：「駰案，《列仙傳》曰：『關令尹喜者，周大夫也。……老子西遊，喜先見其氣，知真人當過，候物色而迹之，果得老子，老子亦知其奇，爲著書。』」

〔一〇〕「聖人」二句：《後漢書·光武帝紀》論曰：「皇考南頓君（光武之父劉欽）初爲濟陽令，以建平元年十二月甲子夜，生光武於縣舍，有赤光照室中（注：「《東觀記》曰：光照室中，盡明如晝。」），欽異焉。」《南史·宋本紀上》：「宋高祖武皇帝諱裕……以晉哀帝興寧元年歲在癸亥三月壬寅夜生，神光照室盡明。」史書中這類帝王降生之神異的記載頗多，此不備舉。

〔一一〕景光：猶祥光。《史記·封禪書》：「脩祠太一，若有象景光。」

〔一二〕「伏惟」句：見《賀古樂器表》第二段注〔四〕。

〔一三〕上元：同上玄，即上天。又道教指天官。道教稱天、地、水三神爲三官，又以三官配三元，謂上元天官正月十五日生，中元地官七月十五日生，下元水官十月十五日生。《唐六典》卷四：「正月十五日天官爲上元，七月十五日地官爲中元，十月十五日水官爲下元。」

〔一四〕風雲：喻才識高遠。

〔一五〕猶龍：指老子。《史記·老莊申韓列傳》：「（孔子）謂弟子曰：『鳥，吾知其能飛；魚，吾知其能游；獸，吾知其能走。走者可以爲網，游者可以爲綸，飛者可以爲矰。至於龍，吾不能知其乘風雲而上天，吾今日見老子，其猶龍邪！』」

〔一六〕寫：描摹，塑造。《國語·越語下》：「王命金工以良金寫范蠡之狀而朝禮之。」述古堂本作「爲」。日月：喻極有輝光。儀：儀容。句指爲老子作玉石雕像。

〔一七〕欽承：敬受。《書·説命下》：「惟説式克欽承，旁招俊乂，列于庶位。」大象：《老子》三十五章：「執大象，天下往。」河上公注：「象，道也。聖人守大道，則天下萬民移心歸往之。」王注：「大象，天象之母也。不寒、不温、不涼，故能包統萬物，無所犯傷，主若執之，則天下往（歸向）也。」

〔一八〕迴：回，奉還。舊邸：指玄宗在潞州的舊邸。據《舊唐書·玄宗紀》載，玄宗即位前曾任潞州别駕。以：而。奉：侍奉。清都：天帝所居的宫闕。《列子·周穆王》：「王實以爲清都紫微，鈞天廣樂，帝之所居。」此處借指潞州紫極宫。二句指玄宗以潞州舊邸爲玄元廟，且作「玉石聖容」，侍立于玄元之右。按，唐東都玄元廟亦置于玄宗舊邸。《唐會要》卷五〇：「天寶元年……置玄元皇帝廟于大寧坊西南角，東都置于積善坊臨淄舊邸。」《舊唐書·玄宗紀》：「長壽二年臘月丁卯，改封臨淄郡王。聖曆元年，出閤，賜第於東都積善坊。」

〔一九〕明四目：見《奉和聖製御春明樓……應制》注〔六〕。

〔二〇〕三光：見《奉和聖製天長節賜宰臣歌應制》注〔四〕。

〔二一〕蘂（ruǐ 蕊）宫：蘂珠宫的省稱。道教謂天界上清宫中有蘂珠宫，爲神仙所居之地。參見《雲笈七籤》卷一一《黄庭内景經·上清》。古典詩文多用以指道觀。此指潞州紫極宫。

〔二二〕桂殿：謂殿之極美者。沈約《爲臨川王九日侍太子宴》：「恩暢蘭席，歡同桂殿。」

〔二三〕就日：《史記·五帝本紀》：「帝堯者，……就之如日，望之如雲。」索隱：「如日之照臨，人咸依就之。」

〔二四〕琪樹：神話中的玉樹。《文選》孫綽《遊天台山賦》：「建木滅景於千尋，琪樹璀璨而垂珠。」韜華：斂藏光彩。瑶池：相傳爲神仙所居之地。《穆天子傳》卷三：「乙丑天子觴西王母于瑶池之上，西王母爲天子謡。」奪映：喪失光彩。以上二句，都是與殿内之光相比而言的。

〔二五〕弘敷：《書·君牙》：「弘敷五典。」傳：「大布五常之教。」本際：佛教術語。即元始，本原。《圓覺經》：「平等本際圓滿十方。」此借指「道」。老子認爲道是天下萬物的本原。《老子》二十五章：「有物混成，先天地生。……可以爲天下母，吾不知其名，字之曰道。」又四十二章曰：「道生一，一生二，二生三，三生萬物。」

〔二六〕玄宗：指道教的玄理。《文選》王儉《褚淵碑文》：「眇眇玄宗，萋萋辭翰。」李周翰注：「玄宗，道也。」

〔二七〕潤色：本謂修飾文字，也指使事物增加光彩。《文選》左思《吴都賦》：「其奏樂也，則木石潤色。」真源：真正的本源。梁劉孝儀《和昭明太子鍾山解講詩》：「迴輿下重閣，降道訪真源。」此指「道」。

〔二八〕和光：謂不自顯露，與他人同其榮光。《老子》四章：「和其光，同其塵。」帝載：《書·舜典》：「有能奮庸熙帝之載，使宅百揆。」傳：「載，事也。」疏：「鄭玄云：載，行也。」句謂老子同天子之行諧和一致。

〔二九〕文明：文德（指以禮樂教化治國）輝耀。《書·舜典》：「濬哲文明，温恭允塞。」疏：「經天緯地曰文，照臨四方曰明。」在御：有伴隨之意。《詩·鄭風·女曰雞鳴》：「琴瑟在御，莫不静好。」傳：「君子無故，不徹琴瑟，賓主和樂，無不安好。」疏：「由無故不徹（撤除），故飲則有之。《曲禮》云：『大夫無故不徹懸，士無故不徹琴瑟。』注云：『故謂災患喪病。』傳意出於彼文。」嵇康《四言贈兄秀才入軍詩》：「鳴琴在御，誰與鼓彈。」沈約《梁武帝集序》：「我皇誕縱自天，生知在御。」

〔三〇〕六合：天地四方。

〔三一〕限以留司：指早朝時作者在本司值班。本年作者官庫部郎中。參見《賀古樂器表》二段注〔三七〕。

賀神兵助取石堡城表〔一〕

臣維等言〔二〕：伏奉中書門下牒〔三〕，伏見絳郡太平縣百姓王英杞狀稱〔四〕，去載七月，於萬春鄉界，頻見聖祖空中有言曰：「我以神兵助取石堡城。」當時具經郡縣陳說，並有文狀申奏訖。今載正月，又于舊處再見，云：「我昔于梓州威洞造一龕尊像〔五〕，在獨坐山東北〔六〕，公成山左側〔七〕，年代已遠，其處傾陷，像在土中，可報吾孫，令人往取。斯乃蒼生之福，國祚無疆者。」近奉進止〔八〕，差一直省往彼求覓〔九〕。昨見梓潼郡奏稱〔一〇〕：去年某月二十六日〔一一〕，郡縣官吏并道士、父老、百姓等一千餘人，與直省李萬德依此尋求，其日諸山盡皆晴朗，惟公成山上雲霧暗合，遍尋不知所在，遂結壇齋戒，祈請經宿。至二十七日辰時，有五色雲見于霧合之處，遂即分人子細尋覓，乃見山半腹有少土傾處，其上竹樹非常蒙密〔一二〕，并見一石角出土一寸，便穿掘深三尺已來，乃是一石龕〔一三〕。龕中有尊像一，左右真人六〔一四〕，并師子、崑崙各二〔一五〕，遂以水洗沃，儀像儼然〔一六〕，事實吐符，並如真誥〔一七〕。其石龕重大，非人力所能運轉，今于龕上造屋宇，便差精誠道士三人，專修香火供養，謹畫圖奉進者。

〔一〕約作于天寶九載二月，説見《年譜》。石堡城：在今青海西寧市西南，唐時地接吐蕃，爲唐蕃間交通要地。《通鑑》天寶八載六月：「上命隴右節度使哥舒翰帥隴右、河西及突厥阿布思兵，益以朔方、河東兵，凡六萬三千，攻吐蕃石堡城。其城三面險絶，惟一徑可上，吐蕃但以數百人守之……唐兵前後屢攻之，不能克。翰進攻數日不拔，召裨將高秀巖、張守瑜，欲斬之，二人請三日期可克。如期拔之……唐士卒死者數萬。」

〔二〕維，宋蜀本作「某」。

〔三〕中書門下：見《賀古樂器表》一段注〔三〕。牒：《舊唐書・職官志》：「有品以上公文，皆曰牒。」

〔四〕絳郡：即絳州，天寶元年改爲絳郡，治所在今山西新絳。太平縣：在今山西侯馬市。

〔五〕梓州：治所在今四川三台。威洞：不詳。據下文所述，當即指公成山上埋藏石龕之洞。尊像：指神、佛等的雕像。

〔六〕獨坐山：《太平寰宇記》卷八二：「獨坐山在（梓州射洪）縣東南二十五里，周回一里，高一百丈，卓然孤峻，南枕涪、梓二水。」

〔七〕公成山：《蜀中廣記》卷二九：「子昂之墓在獨坐山……按此山東北有公成山。」餘未詳。

〔八〕奉進止：《通鑑》卷二三一：「（李）泌曰：『辭日奉進止，以便宜行事。』」胡注：「自唐以來，率以奉聖旨爲奉進止，蓋言聖旨使之進則進，使之止則止也。」

〔九〕一，底本原無，據宋蜀本補。直省：《通鑑》卷二一二「上遣中書直省袁振攝鴻臚卿」胡注：「以他官直中書省，謂之直省，今之直省吏職也。」

〔一〇〕梓潼郡：梓州天寶元年改名梓潼郡。

〔一一〕去年：尋繹上下文義，當爲「今年」之誤。年，《全唐文》作「載」。

〔一二〕蒙密：形容草木掩蔽之深。范曄《樂遊應詔詩》：「遵渚攀蒙密，隨山上嶇嶔。」

〔一三〕「石」上述古堂本多一「大」字。

〔一四〕真人：道家、道教指「修真得道」或成仙之人。《太平經》卷四二謂「真人職在理（治）地」，其等級地位在「大神之下，仙人之上」。

〔一五〕師子：即獅子。崑崙：古時稱今中印半島南部及南洋諸島之地或其居民爲崑崙。《舊唐書·林邑國傳》：「自林邑以南，皆卷髮黑身，通號爲崑崙。」又《王方慶傳》：「廣州地際南海，每歲有崑崙乘舶，以珍物與中國互市。」唐時官府、富家多蓄崑崙奴。

〔一六〕儼然：形容矜持莊重。

〔一七〕吐符：出現符瑞。《文選》蔡邕《陳太丘碑文》：「峨峨崇嶽，吐符降神。」真誥：指仙真之言。上告下曰誥。二句意謂，石龜出土的真實情況和顯示的符瑞，都同聖祖之言一致。

臣聞玄德升聞〔一〕，與至降監〔二〕，必錫靈貺〔三〕，彰厥有成；不祕祥符〔四〕，昭其克享〔五〕。伏惟開元天地大寶聖文神武應道皇帝陛下，以道理國，以奇用兵〔六〕，先天而法自然〔七〕，終日不離輜重〔八〕，故得仙君居九霄之上，屢降中州；聖祖在千古之前，還臨後葉〔九〕。視之不見者今見，聽之不聞者今聞。仍敕神兵，以助王旅，天丁力士〔一〇〕，潛結鸛鵝〔一一〕；星劍雲旗〔一二〕，暗充貔虎〔一三〕。遂殲逆命之虜，果屠難拔之城。加以言必有徵，德無不報，指尊像之所在，爲寶祚之休徵〔一四〕。周流六虛〔一五〕，言于晋而驗于蜀；混成一氣〔一六〕，出于有而入于無〔一七〕。未達齋心〔一八〕，初迷三里之霧〔一九〕；既符真氣〔二〇〕，俄成五色之雲。山腹洞開，仙容儼若〔二一〕；萬物今覩，千劫未逢〔二二〕。昔河啓緑圖〔二三〕，山輸玄女〔二四〕，尚謂得天之助，藏爲受命之符；況真誥人聞，聖容神造，照臨下土〔二五〕，不住大羅之天〔二六〕，保祐群生，爰居小有之洞〔二七〕。實感明主，縮地而來〔二八〕；豈比漢時，乘空而去〔二九〕？元后欽崇之福〔三〇〕，遠至邇安〔三一〕；聖祖昭報之心〔三二〕，天長地久〔三三〕。臣等限以留司〔三四〕，不獲隨例抃舞，不勝踴躍喜慶之至。

〔一〕玄德升聞：《書·舜典》：「玄德升聞，乃命以位。」傳：「玄謂幽潛，潛行道德。」疏：「玄者微妙之名，故云玄謂幽潛也。」升聞，上聞，此指上聞于天。

〔二〕與：及。降監：《書·微子》：「降監殷民，用又讎斂。」傳：「下視殷民所用治者，皆重賦傷民斂聚怨讎之道。」《詩·商頌·殷武》：「天命降監，下民有嚴。」箋：「天命乃下視，下民有嚴明之君。」此指上天下視。

〔三〕錫：賜。靈貺：指神靈賜給的福祚。《文選》范曄《後漢書·光武紀·贊》：「世祖誕命，靈貺自甄。」李周翰注：「言光武大受寶命，神靈賜福祚而自成也。」

〔四〕祥符：吉祥的符瑞。

〔五〕昭：彰明。克：能。享：鬼神享受祭品。古人認爲，王者有德，則神必來享。《左傳》僖公五年：「鬼神非人實親，惟德是依。……如是，則非德，民不和，神不享矣。神所馮依，將在德矣。」

〔六〕玄宗尊號見《賀古樂器表》二段注〔四〕。以奇用兵：《老子》五十七章：「以正治國，以奇用兵。」

〔七〕先天：謂有先見之明。法自然：見《奉和聖製慶玄元皇帝玉像之作應制》注〔一三〕。

〔八〕「終日」句：《老子》二十六章：「重爲輕根，静爲躁君（王弼注：「凡物輕不能載重，小不能鎮大，不行者使行，不動者制動，是以重必爲輕根，静必爲躁君也。」），是以聖人終日行不離輜重。」河上公注：「輜，静也。聖人終日行道，不離其静與重也。」

〔九〕後葉：後世。

〔一〇〕天丁：指天上的六丁（丁卯、丁巳、丁未、丁酉、丁亥、丁丑）之神。道教稱他們是受天帝役使的陰神，能「行風雷，制鬼神」。

〔一一〕鸛（guàn 灌）鵝：《左傳》昭公二十一年：「與華氏戰于赭丘，鄭翩願爲鸛，其御願爲鵝。」注：「鸛鵝皆陳（陣）名。」

〔一二〕星劍：指星之光芒似劍。雲旗：以雲爲旗。

〔一三〕貔（pí 脾）虎：皆猛獸名，以喻勇士。《書·牧誓》：「勖哉夫子，尚桓桓，如虎如貔，如熊如羆，于商郊。」《後漢書·光武紀·贊》：「尋邑百萬，貔虎爲群。」

〔一四〕寶祚：國命，國運。《文選》沈約《恩倖傳論》：「寶祚夙傾，實由於此。」李善注：「寶祚，猶國命也。」休徵：吉兆。

〔一五〕周流六虚：語本《易・繫辭下》：「變動不居，周流六虚。」注：「六虚，六位（六爻）也。」疏：「周流六虚者，言陰陽周遍流動在六位之虚。」此指周流上下四方。《列子・仲尼》：「用之彌滿六虚，廢之莫知其所。」

〔一六〕混成：見《賀古樂器表》第二段注〔六〕。一氣：生成天地萬物的元氣。《莊子・知北遊》：「人之生，氣之聚也，聚則爲生，散則爲死。……故曰通天下一氣耳。」《論衡・齊世》：「萬物之生，俱得一氣。」句指老子混然化爲元氣。

〔一七〕「出于」句：《文選》孫綽《遊天台山賦》：「騁神變之揮霍，忽出有而入無。」李善注：「言衆仙既登正道，故能騁其神變，出於衆有而入無爲也。」

〔一八〕齋心：見《奉和聖製慶玄元皇帝玉像之作應制》注〔二〕。此借指老子之心。

〔一九〕三里之霧：《後漢書・張楷傳》：「（楷）性好道術，能作五里霧。時關西人裴優，亦能爲三里霧，自以爲不如楷。」此借指公成山上之霧。

〔二〇〕真氣：見上篇注〔九〕。

〔二一〕儼若：猶儼然。

〔二二〕劫：《魏書・釋老志》：「（道教）稱劫數頗類佛經，其延康、龍漢、赤明、開明之屬，皆其名也（道教謂天地之數有五劫，以上四者即五劫中之四劫，又一劫曰上皇，參見《雲笈七籤》卷三《靈寶略記》)。及其劫終，稱天地俱壞。」此二句謂萬物今皆覩之，獨此事千劫未逢。

〔二三〕緑圖：即河圖，又作「馬圖」、「龍圖」、「録圖」。《易・繫辭上》：「河出圖，洛出書，聖人則之。」《墨子・非攻下》：「天命周文王代殷有國，泰顛來賓，河出緑圖，地出乘黃。」古人認爲河圖是帝王聖者受命之瑞，《管子・小匡》：「昔人之受命者，龍魚假（至），河出圖。」故下文曰「藏爲受命之符」。「緑」，宋蜀本、述古堂本、明十卷本等俱作「籙」，趙殿成謂「作籙非是，今校正」。按，籙圖即緑圖，《藝文類聚》卷九九引《墨子・非攻下》，「緑圖」正作「籙圖」，是其證。

〔二四〕山輸玄女：指玄女下降，助黃帝破蚩尤。玄女，即九天玄女，古代神話中的女神，後爲道教所信奉。《太平御覽》卷七九引《龍魚河圖》：「黃帝仁義，不能禁止蚩尤，遂不敵。天遣玄女，下授黃帝兵信神符，制伏蚩尤。」《太平廣記》卷五六引《集仙録》：「黃帝討蚩尤之暴，威所未禁……帝歸息太山之阿，昏然憂寢。……王母乃命一婦人，人首鳥身，謂帝曰：『我九天玄女也。』授帝以三宮五意陰陽之略……遂克蚩尤于中冀。」《雲笈七籤》卷一一四《九天玄女傳》：「（黃帝）戰蚩尤于涿鹿，帝師不勝。……帝用憂憤，齋于太山之下。……居數日……玄女降焉……遂滅蚩尤于絶轡之野、中冀之鄉。」按，「輸」有「落下」意，此句疑即謂玄女降于太山。

〔二五〕聖容：指所得尊像之儀容。照臨下土：語本《詩・邶風・日月》：「日居月諸，照臨下土。」

〔二六〕大羅之天：見《送王尊師歸蜀中拜掃》注〔二〕。

〔二七〕居，底本原作「啓」，此從宋蜀本、述古堂本。小有之洞：道教稱神仙所居的名山勝境，有「十大洞天」、「三十六小洞天」等。其中王屋山洞，號爲小有清虛之天，簡稱小有天或小有洞。參見《雲笈七籤》卷二七。古時亦常以小有天或小有洞喻指名山勝地，此處即以之指公成山。

〔二八〕縮地：見《贈焦道士》注〔六〕。

〔二九〕「豈比」二句：據葛洪《神仙傳》載，漢時得道成仙、乘空（昇天）而去者有劉安、陰長生、張道陵（以上卷四）、巫炎（卷五）、蘇仙公（卷九）等。

〔三〇〕元后：天子。《書・大禹謨》：「汝終陟元后。」欽崇：敬崇。《書・仲虺之誥》：「欽崇天道，永保天命。」此指敬崇聖祖。

〔三一〕遠至邇安：語出《左傳》襄公二十四年：「恕思以明德，則令名載而行之，是以遠至邇安。」言遠方諸侯來朝，鄰近諸侯安心。

〔三二〕報：指報答天子。

〔三三〕天長地久：《老子》七章：「天長地久。天地所以能長且久者，以其不自生，故能長生。」

〔三四〕限以留司：見《賀古樂器表》二段注〔三七〕。作此文時，王維仍官庫部郎中，參見《年譜》。

大唐吴興郡別駕前荊州大都督府長史山南東道採訪使京兆尹韓公墓誌銘〔一〕

嗚呼！謂天未喪斯文〔二〕，宣尼去魯而無祿〔三〕；謂天果輔有德〔四〕，樂毅辭燕而不歸〔五〕。夫子處順而終〔六〕，穆伯猶毀以請，飾棺置境〔七〕，返葬於周〔八〕。公諱朝宗〔九〕，字某，本出昌黎〔一〇〕，今爲京兆人也。其先或玄衮赤舄〔一一〕，介圭覲王〔一二〕；朱英緑縢〔一三〕，執訊擒敵〔一四〕。周末諸侯相王，始啓宜陽〔一五〕；漢初功臣定封，亦荒岱郡〔一六〕。曾祖諱倫，左衛率，賜爵長山縣男〔一七〕。祖某，隱居不仕。父諱思復〔一八〕，御史大夫，太子賓客〔一九〕，進封長山縣伯〔二〇〕。遯世者名高善卷、黔婁〔二一〕，事君者位至倪寬、卜式〔二二〕。公即長山府君之長子也。

〔一〕作于天寶十載。吴興郡：即湖州，天寶元年改爲吴興郡，治所在今浙江湖州市。別駕：州刺史佐吏，上州（湖州唐時爲上州）從四品下。荆州大都督府長史：見《寄荆州張丞相》注〔一〕。山南東道採訪使：《舊唐書·地理志》：「開元二十一年，分天下爲十五道，每道置採訪使，檢察非法，如漢刺史之職：京畿採訪使、都畿……山南東道，理襄州（今湖北襄陽市）。」此文底本、奇字齋本皆失載，述古堂本僅有其中一部分（無篇題），且誤竄于《故任城縣尉裴府君墓誌銘》一文後。此據宋蜀本、明十卷本、《全唐文》增補，以《全唐文》爲底本。篇題宋蜀本、明十卷本俱作《唐故京兆尹長山公韓府君墓誌銘》，題下並有「并序」二字。

〔二〕天未喪斯文：《論語·子罕》：「子畏于匡（指孔子過匡，被匡人圍困），曰：『文王既没，文不在兹（此）乎？天之將喪斯文也，后死者（孔子自稱）不得與于斯文也；天之未喪斯文也，匡人其如予何！』」文，指禮樂制度。

〔三〕宣尼：即孔子。漢元始元年追謚孔子爲褒成宣尼公，見《漢書·平帝紀》。去魯而無禄：據《史記·孔子世家》載，魯定公十四年，孔子去魯，周遊列國達十四載，始終不遇，後復返魯，亦未被用。

〔四〕天果輔有德：《左傳》僖公五年：「故《周書》曰：『皇天無親，惟德是輔。』」按，此逸《書》之文，僞古文採入《蔡仲之命》。

〔五〕「樂毅」句：《史記·樂毅列傳》載，燕昭王信用樂毅，使將兵伐齊，「樂毅留徇齊五歲，下齊七十餘城」。「會燕昭王死，子立爲燕惠王」，齊人聞惠王與毅有隙，乃縱反間於燕，於是惠王即令騎劫代將而召樂毅。毅「畏誅，遂西降趙」。後騎劫爲齊田單所破，毅亦終未返燕。辭，底本原作「去」，此從宋蜀本、明十卷本。

〔六〕「夫子」句：參見《與胡居士皆病寄此詩兼示學人二首》其一注〔五〕。句指韓公卒。

〔七〕「穆伯」二句：據《左傳》載，文公八年，穆伯（即公孫敖，魯卿）奔莒，十四年「九月，卒于齊。告喪（向魯國報喪），請葬（請求歸葬），弗許」。十五年夏，「齊人或爲孟氏（公孫敖之後嗣世爲魯卿，稱孟氏）謀，曰：『魯，爾親也，飾棺（古時于死者之棺木及載柩之車，依天子、諸侯、大夫、士之不同，而有不同的裝飾，謂之飾棺）置諸堂阜（在齊、魯交界處而地屬齊），魯必取之。』從之。卞人（魯卞邑大夫）以告。惠叔（公孫敖之子，時爲魯卿）猶毁以爲請（居喪悲哀過度以致身體容顔受損謂之毀，此言惠叔仍極悲哀，請求取回飾棺），立於朝以待命，許之。取而殯之」。此處即用其事，指韓公卒于吴興，其子請求歸葬。又，「猶毀以請」者實穆伯之子，此處疑是作者誤記。

〔八〕「返葬」句：《禮記·檀弓上》：「大公封於營丘，比及五世，皆反葬于周（鄭注：「齊大公受封，留爲大師，死葬于周，子孫生焉，不忍離也，五世之後，乃葬于齊。」）。君子曰：『……禮，不忘其本。古之人有言曰：狐死正丘首，仁也。』」此用其事，謂朝宗歸葬先塋。

〔九〕朝宗，宋蜀本、明十卷本俱作「某」。

〔一〇〕本出昌黎：《元和姓纂》卷四載，韓氏有南陽堵陽、昌黎（郡名，治所在今遼寧義縣）棘成、潁川長社等分支，韓朝宗出自昌黎棘成一支。

〔一一〕玄衮：古時諸侯的禮服。《詩·小雅·采菽》：「君子（傳：「謂諸侯也。」）來朝，何錫（賜）予之？雖無予之，路車乘馬。又何與之？玄衮及黼。」傳：「玄衮，卷龍也。」箋：「玄衮，玄衣而畫以卷龍也。」赤舄：古時帝王及貴族著禮服時配穿的鞋。《詩·豳風·狼跋》：「公孫碩膚，赤舄几几。」

〔一二〕介圭：大圭。圭，上尖下方的一種玉。《詩·大雅·崧高》：「錫爾介圭，以作爾寶。」傳：「寶，瑞也。」箋：「圭長尺二寸謂之介。……諸侯之瑞圭，自九寸而下。」疏：「《春官·典瑞》：掌玉瑞、玉器。注云：人執以見曰瑞，禮神曰器。……言介者，大於常圭。」

〔一三〕朱英緑縢（téng 滕）：語出《詩·魯頌·閟宮》：「公車千乘，朱英緑縢，二矛重弓。」傳：「大國之賦（兵）車千乘。朱英，矛飾也。縢，繩也。」箋：「二矛重弓，備折壞也。兵車之法，左人持弓，右人持矛，中人御。」疏：「言二矛載於車上，皆朱爲英飾，重弓共在鬯（弓衣）中，以緑繩束之。」「蓋絲纏而朱染之，以爲矛之英飾也。」「英」，底本原作「纓」，此據宋蜀本、明十卷本校正。

〔一四〕執訊：《詩·小雅·出車》：「執訊獲醜，薄言還歸。」箋：「訊，言。」疏：「生執戎狄之囚可言問者。」

〔一五〕「周末」二句：承上「其先」二句而言。《元和姓纂》卷四：「韓，出自唐叔虞之後。晋穆侯子成師生萬，食采於韓原，因以命氏，代爲晋卿。曾孫厥生起，起生須，須生不信。玄孫景侯分晋，爲諸侯。」《史記·韓世家》：「（景侯虔）六年，與趙、魏俱得列爲諸侯。」相王，交互稱王。啓，開拓。宜陽，戰國韓邑，在今河南宜陽西。《漢書·地理志》：「韓分晋，得南陽郡及潁川之父城、定陵……東接汝南，西接弘農，得新安、宜陽，皆韓分也。」

〔一六〕「漢初」二句：承上「朱英」二句而言。《史記·韓王信傳》：「韓王信者，故韓襄王孽孫（庶孫）也。……從（劉邦）擊破項籍，天下定，五年春，遂與剖符爲韓王，王潁川。明年春……詔徙韓王信王太原，以北備禦胡，都晋陽（今山西太原南）。信上書曰：『……晋陽去塞遠，請治馬邑（今山西朔州市）。』上許之，信乃徙治馬邑。」荒，包有。《詩·魯頌·閟宫》：「遂荒大東，至于海邦。」岱郡，漢無岱郡（有泰山郡，然其地距馬邑甚遠），此處疑當作「代郡」。西漢代郡轄境在今山西陽高、渾源、河北懷安、蔚縣一帶，其地距馬邑頗近。

〔一七〕「曾祖」三句：《舊唐書・韓思復傳》：「祖倫，貞觀中爲左衛率，賜爵長山縣男。」岑仲勉《元和姓纂四校記》卷四：「《千唐・楊正本妻韓氏誌》（卒聖歷二，年五十二）云：『京兆人也，……父倫，金紫光禄大夫、使持節亳州諸軍事亳州刺史、黄金公。』與思復祖同時，或是一人，但《舊傳》只言長山縣男，與《韓朝宗誌》同，則未能決定也。」左衛率，東宫武官，正四品上。《舊唐書・職官志》：「左、右衛率掌東宫兵仗羽衛之政令，總諸曹之事。」縣男，唐九等爵中的最末一等，從五品上。長山，唐淄州有長山縣，在今山東鄒平。此三句宋蜀本、明十卷本俱作「曾祖某某官某乙」。

〔一八〕思復：字紹出。開元十三年卒，年七十四。兩《唐書》有傳。此句宋蜀本、明十卷本俱作「父某」。

〔一九〕御史大夫：御史臺正長官，正三品。太子賓客：東宫屬官，正三品，掌侍從規諫太子。

〔二〇〕縣伯：唐九等爵中的第七等，正四品。《新唐書・韓思復傳》：「遷御史大夫。……徙太子賓客，進爵伯（思復「少襲祖爵」，見《舊書》本傳）。」此句宋蜀本、明十卷本俱作「封長山公」。

〔二一〕善卷、黔婁：見《過沈居士山居哭之》注〔八〕、〔九〕。

〔二二〕倪寬：即兒寬，西漢千乘人，元封元年爲御史大夫。《漢書》有傳。卜式：西漢河南人，元鼎中爲御史大夫。《漢書》有傳。

神言有公侯之徵〔一〕，兒戲陳俎豆之法〔二〕，學成孫叔〔三〕，狀類皋繇〔四〕。年若干，應文以經國〔五〕，舉甲科〔六〕，試右拾遺〔七〕。天禄閣校文，獻子雲之賦〔八〕；白馬生騍諫，稱公高之官〔九〕。拜監察御史〔一〇〕、兵部員外郎。埋輪憲府，奏記劾大將軍〔一一〕；賜筆禮闈，董戎從小司馬〔一二〕。轉度支郎中〔一三〕，除給事中。度錢穀之盈虛，以均九賦〔一四〕；執制詔之可否〔一五〕，以辨五書〔一六〕。置王令於水源〔一七〕，豐國財於天府〔一八〕。尋知吏部選事〔一九〕。興廢繼絶〔二〇〕，不遏前人之光〔二一〕；選賢授能，必當庶尹之任〔二二〕。旌乎淑慝〔二三〕，御以清通〔二四〕。除許州刺史〔二五〕，荆州大都督府長史、山南採訪使〔二六〕，坐南陽令，貶洪州都督〔二七〕，遷蒲州刺史〔二八〕。所履之官，政皆尤異，黜陟使奏課第一〔二九〕。徵爲京兆尹〔三〇〕。外家公主〔三一〕，敢縱蒼頭廬兒〔三二〕；黠吏惡少，自擒赭衣偷長〔三三〕。恥用鉤距得情〔三四〕，好以《春秋》輔義〔三五〕。奏事盡成律令〔三六〕，爲吏飾以文儒〔三七〕。上悦其醇〔三八〕，方委以政〔三九〕。頃坐營谷口別業，貶高平太守；又坐長安令有罪，貶吴興郡別駕〔四〇〕。諸葛田園，未啓明主〔四一〕；華陰傾巧，卒敗名儒〔四二〕。天寶九載六月二十一日寢疾，薨于官舍，享年六十有五。暨國家推五運之紀〔四三〕，按千歲之統〔四四〕，開釋天地，與之更始，宥萬方之未昭蘇，叙百官之喪職秩，苟有位者，咸得與焉〔四五〕，而公冥然不及見也〔四六〕。虛蒙大賚〔四七〕，重以爲哀。

〔一〕「神言」句：謂神言朝宗有得高官獲封爵之徵象。此處疑用晉魏舒事。《晉書·魏舒傳》：「舒嘗詣野王，主人妻夜産，俄而聞車馬之聲，相問曰：『男也，女也？』曰：『男，書之，十五以兵死。』復問：『寢者爲誰？』曰：『魏公舒。』後十五載，詣主人，問所生兒何在，曰：『因條桑爲斧傷而死。』

舒自知當爲公矣。」後舒官至司徒（三公之一），封劇陽子。

〔二〕「兒戲」句：《史記・孔子世家》：「孔子爲兒嬉戲，常陳俎豆，設禮容。」俎與豆都是古代朝聘、祭祀、宴客時用來盛食物的禮器。

〔三〕孫叔：即孫叔敖。春秋楚令尹。相傳他在任期間，「施教導民，上下和合」，「吏無姦邪，盜賊不起」。參見《左傳》宣公十二年、《史記・循吏列傳》。

〔四〕皋繇：亦作咎繇、皋陶，傳説爲舜臣，掌刑獄之事。參見《書・舜典》、《史記・五帝本紀》。

〔五〕文以經國：制科名。《唐會要》卷七六：「景雲二年（七一一），文以經國科，袁暉、韓朝宗及第。」

〔六〕甲科：指甲第，猶言上等。《舊唐書・玄宗紀》：「（開元九年四月）甲戌，上親策試應制舉人於含元殿，謂曰：『古有三道，今減二策。近無甲科，朕將存其上第，務收賢俊，用寧軍國。』」按，唐初明經有甲乙丙丁四科，進士有甲乙兩科，「自武德以來，明經唯有丁第，進士唯乙科而已」，但於及第者，又依成績的高下，分甲第、乙第。參見《通典》卷一五。又應制舉及第者，亦有甲第（科）、乙第（科）之分。如天寶十三載，玄宗御勤政樓，試博通墳典、辭藻宏麗等舉人，時登甲科者三人，登乙科者三十餘人。參見《登科記考》卷九。

〔七〕試右拾遺：《新唐書・韓朝宗傳》：「朝宗初歷左拾遺。」未知孰是。試，試用，職事官尚未實授之稱謂。

〔八〕「天禄」二句：天禄閣，見《京兆尹張公德政碑》第五段注〔七〕。「閣」字底本原無，據宋蜀本、明十卷本補。揚雄字子雲，「文似相如」，曾獻《甘泉》、《河東》、《校獵》、《長楊》四賦，又嘗「校書天禄閣上」。事見《漢書・揚雄傳》。二句承「應文」二句而言，謂朝宗有文才。

〔九〕白馬生：《後漢書・張湛傳》：「光武臨朝或有惰容，湛輒陳諫其失。常乘白馬，帝每見湛，輒言白馬生且復諫矣。」「白」字底本原無，宋蜀本、明十卷本俱作「句」。按，「句」蓋即「白」之形誤字，故據以校改。驟諫：屢諫。《新唐書・韓朝宗傳》載，睿宗詔作乞寒胡戲及傳位太子，朝宗皆進諫。「稱公」句：《後漢書・鮑永傳》載，永性「抗直」，爲司隸校尉，「行縣到霸陵，路經更始墓，引車入陌，從事諫止之，永曰：『親北面事人，寧有過墓不拜！雖以獲罪，司隸所不避也。』遂下拜哭，盡哀而去。……帝（光武）聞之意不平，問公卿曰：『奉使如此何如？』太中大夫張湛對曰：『仁者行之宗，忠者義之主也。仁不遺舊，忠不忘君，行之高者也。』帝意乃釋」。公高，正直高尚之意。二句就朝宗爲諫官而言。

〔一〇〕《舊唐書・張嘉貞傳》：「初，嘉貞作相（嘉貞開元八至十一年爲相），薦萬年縣主簿韓朝宗，擢爲監察御史。」

〔一一〕「埋輪」二句：《後漢書・張綱傳》：「綱字文紀……辟爲御史。……漢安元年，選遣八使，徇行風俗，皆耆儒知名，多歷顯位，唯綱年少，官次最微。餘人受命之部，而綱獨埋其車輪於洛陽都亭，曰：『豺狼當路，安問狐狸！』遂奏曰：『大將軍（梁）冀、河南尹不疑（冀弟）……專爲封豕長蛇，肆其貪叨……多樹諂諛，以害忠良，誠天威所不赦，大辟所宜加也。謹條其無君之心十五事，斯皆臣子所切齒者也。』書御（進），京師震竦。時冀妹爲皇后，内寵方盛，諸梁姻族滿朝，帝雖知綱言直，終不忍用。」憲府，即御史臺。奏記，書事上陳。《漢書·朱博傳》：「文學儒吏，時有奏記。」二句指朝宗爲監察御史，敢於彈劾權貴。

〔一二〕賜筆：見《送崔五太守》注〔一六〕。禮闈：指尚書省。《文選》任昉《王文憲集序》：「出入禮闈，朝夕舊館。」李善注：「《十洲記》曰：崇禮門，即尚書上省門，崇禮東建禮門，即尚書下舍門；然尚書省二門名禮，故曰禮闈也。」董戎：督察兵事。小司馬：《周禮·夏官》有小司馬，爲大司馬之副職。隋以後用爲兵部侍郎的别稱。兵部員外郎爲兵部侍郎之屬吏，故云「從小司馬」。二句指朝宗在尚書省兵部爲郎官。

〔一三〕度支郎中：從五品上，掌全國財賦的統計與支調。

〔一四〕度：計算。九賦：《周禮·天官·大宰》：「以九賦斂財賄：一曰邦中之賦，二曰四郊之賦，三曰邦甸之賦，四曰家削之賦，五曰邦縣之賦，六曰邦都之賦，七曰關市之賦，八曰山澤之賦，九曰弊餘之賦。」此處泛指各種賦稅。

〔一五〕「執制」句：執，掌。《新唐書·百官志》：「給事中四人……凡百司奏抄，侍中既審，則駁正違失。詔敕不便者，塗竄而奏還，謂之『塗歸』。季終，奏駁正之目。凡大事，覆奏；小事，署而頒之。」

〔一六〕五書：指各種詔書。蔡邕《獨斷》卷上：「漢天子正號曰皇帝。……其命令：一曰策書，二曰制書，三曰詔書，四曰戒書。」《舊唐書・職官志》：「凡王言之制有七：一曰册書，二曰制書，三曰慰勞制書，四曰發敕，五曰敕旨，六曰論事敕書，七曰敕牒。」皆與「五書」之數不合。此「五書」之名，疑本於《後漢書・應劭傳》之「五曹詔書」。後漢尚書分五曹（三公曹、吏曹、二千石曹、民曹、客曹）治事，每曹皆置侍郎，主起草詔文，參見《通典》卷二二。

〔一七〕「置王」句：語本《史記・管仲列傳》：「下令如流水之源，令順民心，故論卑而易行（《正義》：「言爲政令卑下鮮少而百姓易作行也。」）。」又《管子・牧民》曰：「下令於流水之原者，令順民心也。……令順民心，則威令行。」皆謂政令應以民心爲源。

〔一八〕天府：指朝廷之府庫。

〔一九〕知吏部選事：指任吏部侍郎（吏部副長官，正四品上）。《通典》卷二三：「唐自貞觀以前，（吏部）尚書掌五品選事。至景龍中，尚書掌七品以上選，侍郎掌八品以下選。至景雲元年，宋璟爲尚書，始通其選而分掌之，因爲常例。……自開元以來，宰相員少，資地崇高，又以吏、兵尚書，權位尤美，宰臣多兼領之，而但從容衡軸，不自銓綜，其選試之任，侍郎專之，尚書通署而已，遂爲故事。」按，吏部主要掌管六品以下文官的選授。《舊唐書・職官志》云：「五品已上，以名上中書門下，聽制授其官。六品以下，量資任定。」

〔二〇〕興廢繼絶：指復興衰廢敗落的世家。《論語・堯曰》：「興滅國，繼絶世，舉逸民。」班固《兩都賦》序：「内設金馬、石渠之署，外興樂府協律之事，以興廢繼絶，潤色鴻業。」

〔二一〕遏：斷絶。前人之光：指祖先的功德。

〔二二〕庶尹：衆官之長。《書·益稷》：「百獸率舞，庶尹允諧。」傳：「尹，正也。衆正官之長信皆和諧。」此指百官。

〔二三〕旌乎淑慝（tè 忒）：指識别官吏的善惡。《書·畢命》：「旌别淑慝，表厥宅里。」傳：「言當識别頑民之善惡。」

〔二四〕御：進。清通：清明通達之人。王儉《褚淵碑文》：「裴楷清通，王戎簡要。」

〔二五〕許州：治所在今河南許昌。

〔二六〕《新唐書·韓朝宗傳》曰：「累遷荆州長史。開元二十二年，初置十道採訪使（《舊唐書·地理志》、《通鑑》皆稱開元二十一年分天下爲十五道，各置採訪使），朝宗以襄州刺史兼山南東道。」按，《舊唐書·玄宗紀》云：「（開元十八年閏六月）己丑，令范安及、韓朝宗就瀍、洛水源疏決，置門以節水勢。」《通鑑》開元十八年六月下《考異》曰：「按《實録》，是歲閏六月，以太子少保陸象先兼荆州長史。」則朝宗之爲荆州長史，當在開元十九年以後。又張九齡《貶韓朝宗洪州刺史制》稱朝宗之官銜爲「荆州大都督府長史兼判襄州刺史、山南東道採訪處置等使」，《册府元龜》卷一六二稱，開元二十三年二月，「荆州長史韓朝宗爲山南道採訪使」，又卷九二九云：「韓朝宗爲荆州刺史兼判襄州刺史、山南道採訪使，玄宗開元二十四年九月，鄧州南陽令李泳擅興賦役，……泳之爲令也，朝宗所薦，乃貶爲洪州刺史。」是朝宗兼判山南東道採訪使時，固仍爲荆州長史，其時間約在開元二十一年至二十四年。

〔二七〕「坐南」二句：《新唐書·韓朝宗傳》：「坐所任吏擅賦役，貶洪州刺史。」張九齡《貶韓朝宗洪州刺史制》曰：「（朝宗）乃私其所親，請以爲邑，未盈三載，已至兩遷，既殊德舉，自速官謗。及令按事，果驗非才，傷敗實多，矯誣斯甚……仍期後效，且示輕貶，可使持節都督洪州諸軍事，守洪州刺史。」知朝宗乃因所任南陽令有敗政而獲罪遭貶。唐山南東道鄧州有南陽縣，治所在今河南南陽市。洪州（治所在今江西南昌市）唐時置上都督府，例以刺史兼任都督。朝宗貶洪州的時間，在開元二十四年九月。

〔二八〕蒲州：治所在今山西永濟西。《册府元龜》卷二四云：「（開元）二十七年七月己卯，蒲州刺史韓朝宗奏新置靈貞觀有慶雲見。」

〔二九〕黜陟使：唐官名。掌巡行諸道，督察官吏。多係臨時設置。參見《唐會要》卷七八。奏課：奏陳其爲政之考績。

〔三〇〕《新唐書·韓朝宗傳》：「天寶初，召爲京兆尹。分渭水入金光門，匯爲潭，以通西市材木。」《舊唐書·玄宗紀》：天寶元年，「京兆尹韓朝宗又分渭水入自金光門」。《通鑑》天寶二年四月：「時京兆尹韓朝宗亦引渭水置潭於西街，以貯材木。」

〔三一〕外家：指天子之外家（舅家）。

〔三二〕敢：豈敢。蒼頭廬兒：指奴僕。《漢書·鮑宣傳》：「蒼頭廬兒，皆用致富。」注引孟康曰：「漢名奴爲蒼頭，非純黑，以别於良人也。諸給殿中者所居爲廬，蒼頭侍從，因呼爲廬兒。」

〔三三〕赭衣偷長：見《京兆尹張公德政碑》第二段注〔四〕。

〔三四〕「恥用」句：見《張公德政碑》二段注〔五〕。情，實情。

〔三五〕「好以」句：輔義，輔助義的養成、建立。《後漢書・嚴光傳》：「懷仁輔義天下悦，阿諛順旨要領絶。」「義」宋蜀本作「議」。句用漢京兆尹張敞事。《漢書・張敞傳》：「敞本治《春秋》，以經術自輔，其政頗雜儒雅，往往表賢顯善，不醇用誅罰。」

〔三六〕句謂凡奏事天子皆採納，詔定爲律令。

〔三七〕文儒：見《送鄭五赴任新都序》第二段注〔一二〕。句謂爲官表現出博學儒者的面貌。

〔三八〕醇：淳厚質樸。宋蜀本、明十卷本俱作「純」。

〔三九〕委，述古堂本作「倚」。

〔四〇〕「頃坐」四句：《新唐書・韓朝宗傳》曰：「出爲高平太守。始，開元末，海内無事，訛言兵當興，衣冠潛爲避世計，朝宗廬終南山，爲長安尉霍仙奇所發，玄宗怒，使侍御史王鉷訊之，貶吴興别駕，卒。」《舊唐書・王鉷傳》云：「（天寶）三載，長安令柳升以賄敗。初，韓朝宗爲京兆尹，引升爲京令。朝宗又于終南山下爲苟家觜（地名。觜，通「嘴」，指山口）買山居，欲以避世亂。玄宗怒，敕鉷推之，朝宗自高平太守貶爲吴興别駕。……四載……（鉷）又遷御史中丞。」《全唐文》卷三二二唐玄宗《貶韓朝宗吴興郡别駕員外詔》曰：「高平郡太守……韓朝宗，頃承榮獎，擢在神京，輒薦凶人，超登赤縣，果彰貪穢，大獲贓私。……宜從貶黜，用申懲戒，可吴興郡別駕員外置。」朝宗貶高平太守及吴興郡別駕之時間，據《王鉷傳》所載，似皆當在天寶三載。谷口，指終南山山谷之口。高平，即澤州，天寶元年改爲高平郡，治所在今山西晋城。事實上，朝宗遭貶的真正原因，乃在于李林甫的有意構陷，説見拙作《王維新論》第九一頁。

〔四一〕「諸葛」二句：《三國志·蜀書·諸葛亮傳》：「初，亮自表後主，曰：『成都有桑八百株，薄田十五頃，子弟衣食，自有餘饒。至於臣在外任，無別調度，隨身衣食，悉仰於官，不別治生，以長尺寸。若臣死之日，不使内有餘帛，外有贏財，以負陛下。』及卒，如其所言。」亮之田園，已告後主；此二句反用其意，謂朝宗營別業，未報告天子。啓，報告。

〔四二〕「華陰」二句：疑用後漢張楷被誣陷事。《後漢書·張楷傳》曰：「楷字公超，通嚴氏《春秋》、古文《尚書》，門徒常百人，賓客慕之，自父黨夙儒，偕造門焉。車馬填街，徒從無所止……楷疾其如此，輒徙避之。……司隸舉茂才，除長陵令，不至官。隱居弘農（郡名）山中，學者隨之，所居成市，後華陰（縣名，屬弘農郡，故城在今陝西華陰東南）山南遂有公超市。……性好道術，能作五里霧，時關西（華陰即在關西）人裴優，亦能爲三里霧，自以不如楷，從學之，楷避不肯見。桓帝即位，優遂行霧作賊，事覺被考，引楷，言從學術，楷坐繫廷尉詔獄。」傾巧，狡詐。《漢紀》卷二一：「待詔鄭朋、華龍等者，皆傾巧人也，行汙穢……」二句謂朝宗被誣遭貶。

〔四三〕暨：到，等到。推：推求。五運：謂五行之運行。徐陵《爲陳武帝與周宰相書》：「莫不三靈所祐，五運相推。」古稱金、木、水、火、土爲五行。關於五行運行之順序，舊有二説，一曰五行相生之序：木、火、土、金、水（木生火，火生土，土生金……）；二曰五行相剋之序：水、火、金、木、土（水剋火，火剋金，金剋木……）。陰陽家以五運解釋朝代的更替和人事的變化，如謂夏金德，商代之爲水德（依五行相生之序）；秦水德，漢以土德代之（依五行相剋之序）等。紀：法則。

〔四四〕按：審察。底本原作「接」，此從宋蜀本。統：傳統。

〔四五〕「開釋」六句：指大赦天下。開釋，釋放，赦宥。《書・多方》：「開釋無辜，亦克用勸。」天地，猶言天下。此指天下之人。更始，重新開始。《莊子・盜跖》：「與天下更始，罷兵休卒。」昭蘇，蘇醒。《禮・樂記》：「蟄蟲昭蘇。」此指獲得生機。叙，依等級次第而進用。《晋書・張駿傳》：「陳寓等冒險遠至，宜蒙銓叙。」喪職，宋蜀本作「卒爵」。與，參與；宋蜀本、述古堂本、明十卷本俱作「預」。《舊唐書・玄宗紀》：「（天寶）十載春正月乙酉朔……甲午，有事于南郊，合祭天地，禮畢，大赦天下。」《册府元龜》卷八六載此次大赦之赦令云：「制曰：皇天眷命，必順于五行；哲后馭時，寔遵于三統。……屬獻歲初吉，承時布和……可大赦天下。……其左降官及流移配隸安置、罰鎮効力之類，並稍量移近處。其官已覆資，至叙用之日，不須爲累。……流人及左降官考滿載滿丁憂服滿者，亦準例稍與量移。其亡官失爵放還不齒，其諸色放停解考免與替人等，非犯贓者，宜令所司勘責，量加收叙。」

〔四六〕冥然：無知貌。冥，宋蜀本作「淚」，述古堂本、明十卷本作「泯」。及見，宋蜀本、明十卷本俱作

「見及」。

〔四七〕大賚：大賞賜。《書·武成》：「大賚于四海，而萬姓悦服。」

夫人河東柳氏〔一〕，父某〔二〕，某官。言妃齊侯，實惟宋子〔三〕。人傳夫人之禮〔四〕，家有大家之書〔五〕。以開元五年六月五日先公而卒〔六〕，至是以天寶十載十月二十四日合祔，陪於藍田白鹿原長山公先塋〔七〕，禮也。長子曰某，居憂而卒；次子某，前殿中侍御史，貶晋陵郡司户〔八〕。次子某等，倚廬野次〔九〕，方銜枕塊之哀〔一〇〕；輿櫬歸來〔一一〕，尚抱長沙之痛〔一二〕。公子之輸力王室〔一三〕，公之紀勳太常〔一四〕，言於國，竭情無私；理於家，陳信無愧〔一五〕。降年不永，非命而何？誌則有由，或題季子之墓〔一六〕；宅不改卜〔一七〕，素有滕公之銘〔一八〕。銘曰：

〔一〕河東：即蒲州，天寶元年改爲河東郡。

〔二〕父，述古堂本作「祖」。

〔三〕「言妃」二句：言，助詞，無義。妃，通「配」。《左傳》文公十四年：「子叔姬妃齊昭公。」惟，是。此用齊靈仲子（春秋齊靈公夫人）事。《左傳》襄公十九年：「齊侯娶于魯，曰顏懿姬，無子。其姪鬷聲姬，生光，以爲大（太）子。諸子（天子、諸侯之姬妾的别名）仲子、戎子（杜注：「二子皆宋女。」《列女傳》卷三謂仲子爲宋侯之女），戎子嬖。仲子生牙，屬（囑託）諸戎子。戎子請以爲大子，許之。仲子曰：『不可。廢常（立後之常規。懿姬爲嫡妻，無子，光爲庶出之最長者，依常規當立爲太子），不祥；間（觸犯）諸侯，難（難成事）。光之立也，列於諸侯矣。今無故而廢之，是專黜諸侯，而以難犯不祥也。君必悔之。』公曰：『在我而已。』遂東大子光（廢光，徙之於東鄙）。使高厚傅牙，以爲大子。」後齊侯病危，崔杼復立光爲太子。光遂殺戎子及公子牙。《詩·陳風·衡門》：「豈其食魚，必河之鯉？豈其取妻，必宋之子？」箋云：「宋，子姓。」後以宋子指王侯之女。庾信《周儀同松滋公拓跋競夫人尉遲氏墓誌銘》：「聲超宋子，德茂邢姨。」二句寫柳氏之賢。

〔四〕夫人之禮：見《故南陽夫人樊氏輓歌二首》其一注〔五〕。

〔五〕大家（gū 姑）之書：指班昭《女誡》。《後漢書·曹世叔妻傳》：「扶風曹世叔妻者，同郡班彪之女也。名昭……博學高才。……兄固，著《漢書》，其八《表》及《天文志》，未及竟而卒，和帝詔昭就東觀藏書閣踵而成之。帝數召入宮，令皇后諸貴人師事焉，號曰大家（同「大姑」，對婦女的敬稱）。……作《女誡》七篇，有助內訓。」

〔六〕六月五日：述古堂本作「五月六日」。

〔七〕白鹿原：《長安志》卷一六：「白鹿原在（藍田）縣西五里。……其原接南山，西北入萬年縣界，抵滻水。」長山公：朝宗襲父爵長山縣伯（見張九齡《貶韓朝宗洪州刺史制》），故尊稱之曰長山公。

〔八〕「長子」五句：長子曰某，底本作「長子曰某官」，此從宋蜀本。居憂，居喪。次子某，此三字下宋蜀本、述古堂本、明十卷本俱多「嗣子其（述古堂本作「某」）」三字。殿中侍御史，見《哭孟浩然》注〔一〕。晉陵郡，即常州，天寶元年改爲晉陵郡，治所在今江蘇常州市。司户，見《洛陽鄭少府……宴韋司户南亭序》注〔一〕。《元和姓纂》卷四：「朝宗生賁、賞、質。賁，潤州刺史。賞，給事中。質，京兆少尹、中書舍人。」賞曾官右補闕、兵部員外郎，質嘗任京兆府户曹，説見《元和姓纂四校記》卷四。

〔九〕倚廬：古人居父母之喪時所住的簡陋棚屋。此指居倚廬。野次：野外。

〔一〇〕枕塊：居喪時用土塊作枕頭，表示悲痛之極。《墨子·節葬下》：「處倚廬，寢苫枕甴（塊）。」

〔一一〕輿櫬（chèn 趁）：抬棺。《左傳》僖公六年：「許男面縛，銜璧（示不生），大夫衰絰，士輿櫬。」此處指送葬。

〔一二〕長沙之痛：指遭貶謫之痛。《漢書·賈誼傳》：「（文帝）以誼爲長沙王太傅。誼既以適（謫）去，意不自得，及渡湘水，爲賦以弔屈原。屈原，楚賢臣也。……誼追傷之，因以自諭。……長沙卑濕，誼自傷悼，以爲壽不得長。……迺拜誼爲梁懷王太傅。……梁王勝墜馬死，誼自傷爲傅無狀，常哭泣。」痛，宋蜀本、述古堂本、明十卷本俱作「譴」。

〔一三〕子，述古堂本無此字。輸力王室：《左傳》襄公二十一年：「昔陪臣書能輸力於王室，王施惠焉。」輸力，盡力。

〔一四〕紀勳太常：語本《書・君牙》：「惟乃祖乃父，世篤忠貞，服勞王家，厥有成績，紀于太常。」傳：「言汝父祖……服事勤勞王家，其有成功，見紀録書于王之太常，以表顯之。王之旌旗畫日月曰太常。」疏：「《周禮・司勳》云：凡有功者，銘書於王之太常，祭於大烝。鄭玄云：銘之言名也，生則書於王旌，以識其人與其功也。」

〔一五〕「言於」四句：語本《左傳》昭公二十年：「屈建問范會之德於趙武，趙武曰：『夫子之家事治；言於晋國，竭情（竭盡自己的心意）無私。其祝、史祭祀，陳信不愧（陳述實情不感到内愧）；其家無猜，其祝、史不祈。』」

〔一六〕「或題」句：季子，即吴季札，春秋吴王壽夢少子，封於延陵，號延陵季子，省稱季子。其墓在唐常州晋陵縣（今江蘇常州市）北七十里申浦之西。參見《元和郡縣志》卷二五。相傳孔子嘗題季子之墓，《通志》卷七三云：「孔子書季札墓十字，潤州。」《寶刻類編》卷一謂孔子書「吴延陵季子墓十字篆，大曆十四年重刻，潤」。《大清一統志》卷九一云：「季子祠，在（鎮江府）丹陽縣西南。……《南徐記》云：季子舊有三廟……在丹陽者，則西廟也。廟内有碑，刻『嗚呼有吴延陵季子之墓』十字，相傳孔子所書。」

〔一七〕宅不改卜：見《爲兵部祭庫部王郎中文》注〔一四〕。

〔一八〕「素有」句：《博物志》卷七云：「漢滕公（夏侯嬰，《史記》有傳）薨，求葬東都門外。公卿送喪，駟馬不行，跼（或作「踣」、「掊」）地悲鳴，跑（刨）蹄下地，得石，有銘曰：『佳城鬱鬱，三千年見白日，吁嗟滕公居此室。』遂葬焉。」句用其事，謂葬地素已擇定。

帝周發之苗裔兮〔一〕，受介圭以建侯。中裂土以分晉兮，又王韓以□□〔二〕。紛吾既有此内美兮〔三〕，幼忠信以爲乘〔四〕。登麒麟兮剚白虎〔五〕，冠獬豸兮奮蒼鷹〔六〕。朝含香兮禮闈〔七〕，夕青瑣兮黄扉〔八〕。方大公兮密啓〔九〕，建出牧兮高麾〔一〇〕。俄入守兮京兆，賜黄金兮披皁衣〔一一〕。捐余佩兮江中〔一二〕，隱思君兮不可窮〔一三〕。歌泰山兮不返〔一四〕，夢濟洹兮遂空〔一五〕。素車兮逶遲〔一六〕，宛鄉關兮故時。望國門兮不入，到秦山兮不知〔一七〕。瞻舊域兮松楸〔一八〕，平原夕兮素漼〔一九〕。愁魂兮歸來，江南不可以久留〔二〇〕。

〔一〕周發：周武王名發，故云。韓氏出自武王子唐叔虞之後，故曰「帝周發之苗裔」。

〔二〕「中裂」二句，宋蜀本、明十卷本俱作「中裂土以分晉又王韓兮」。

〔三〕「紛吾」句：《楚辭·離騷》：「紛吾既有此内美兮，又重之以脩能。」紛，盛貌。内美，内在的美德。此句宋蜀本、明十卷本俱作「臣既有此内美」。

〔四〕幼，此字底本空缺，據宋蜀本、明十卷本補。以，宋蜀本、明十卷本俱作「兮」。乘：車乘。比喻運載自己到達目的地的工具。

〔五〕麒麟、白虎：《文選》班固《西都賦》：「清涼宣温，神仙長年，金華玉堂，白虎麒麟，區宇若兹，不可殫論。」李善注：「《三輔黃圖》曰：未央宫有清涼殿、宣室殿……中白虎殿、麒麟殿。」剚（zì字），同「倳」，插入。此指入。此字宋蜀本、明十卷本俱作「删」。句謂出入宫殿。指朝宗爲拾遺而言。拾遺「掌供奉諷諫」，得出入宫禁，故云。

〔六〕獬（xiè卸）豸：冠名，御史所戴。見《河南嚴尹弟見宿弊廬訪别人賦十韻》注〔六〕。奮蒼鷹：謂如蒼鷹奮飛，喻執法猛厲。《史記·酷吏列傳》：「（郅）都獨先嚴酷，致行法不避貴戚，列侯宗室見都，側目而視，號曰蒼鷹。」句就朝宗爲監察御史而言。

〔七〕含香：見《重酬苑郎中》注〔七〕。句指朝宗爲尚書郎。

〔八〕青瑣：指宫門或皇宫。黃扉：指給事中等辦公的地方，以黃色塗門上，故稱。宋之問《和姚給事寓直之作》：「寵就黃扉日（指姚爲給事中），威回白霜簡。」句謂朝宗爲給事中。王維《酬郭給事》：「夕奉天書拜瑣闈。」《春日直門下省早朝》：「天書拜夕郎。」皆寫給事中之生活，可與此句相互參證。

〔九〕「方大」句：大公，至公無私。大，宋蜀本、明十卷本俱作「天」，疑當作「山」。《晋書·山濤傳》：「濤再居選職十有餘年（濤嘗任尚書吏部郎、吏部尚書），每一官缺，輒啓擬數人，詔旨有所向，然後顯奏，隨帝意所欲爲先。……濤所奏甄拔人物，各爲題目，時稱《山公啓事》。」唐錢珝《授劉崇望吏部尚書制》：「山公密啓，更廣規模。」密啓，祕密奏事。句謂朝宗方典吏部選事。

〔一〇〕出牧：由京官出任州郡長吏。何遜《哭吴興柳惲詩》：「入朝耿長劍，出牧盛層麾。」建麾：古時建（樹立）大麾（旗幟）以封藩國，後稱出任地方長官爲建麾，《文選》沈約《齊故安陸昭王碑文》：「建麾作牧，明德攸在。」

〔一二〕披皁衣：指爲京兆尹。《漢書·蕭望之傳》載京兆尹張敞曰：「敞備皁衣二十餘年，嘗聞罪人贖矣，未聞盜賊起也。」注：「如淳曰：雖有五時服，至朝皆著皁衣。」皁衣，黑衣，秦、漢時官員所着。

〔一三〕「捐余」句：語本《楚辭·九歌·湘君》：「捐余玦兮江中，遺余佩兮醴浦。」此指訣別。

〔一三〕「隱思」句：《湘君》：「橫流涕兮潺湲，隱思君兮陫側。」

〔一四〕「歌泰山」句：《禮記·檀弓上》：「孔子蚤作（早起），負手曳杖，消揺於門（疏：「杖曳於後，示不復用；消揺寬縱，示不能以禮自持，並將死之意狀。」），歌曰：『泰山其頽乎，梁木其壞乎，哲人其萎乎（疏：「以二物比己。」）！』既歌而入，當户而坐。子貢聞之，曰：『泰山其頽，則吾將安仰？梁木其壞，哲人其萎，則吾將安放？夫子殆將病也。』……蓋寢疾七日而没。」此用其事，言朝宗卒。

〔一五〕「夢濟」句：《左傳》成公十七年：「初，聲伯夢涉洹（水名，即今之安陽河），或與己瓊瑰（美石所製之珠）食之，泣而爲瓊瑰盈其懷（淚珠化爲瓊瑰而滿其懷），從而歌之曰：『濟洹之水，贈我以瓊瑰。歸乎歸乎，瓊瑰盈吾懷乎！』（此爲夢中所歌）懼不敢占也（古人死後，口含石珠。聲伯以爲凶夢，不敢卜問）。還自鄭，壬申，至于貍脤（地名）而占之，曰：『余恐死，故不敢占也。今衆繁而從余三年矣（言從人既多且相隨三年，瓊瑰滿懷或應驗于此），無傷也。』言之，之莫（至暮）

而卒。」空，盡，指人死。

〔一六〕素車：塗以白土的車。一説是未經雕飾油漆的車。古用於凶喪之事。逶遲：行不進貌。《文選》江淹《別賦》：「舟凝滯於水濱，車逶遲於山側。」呂向注：「逶遲，少留貌。」

〔一七〕國門：國都的城門。秦山，底本原作「泰山」，據宋蜀本、述古堂本、明十卷本改。

〔一八〕舊域：指祖先舊塋。松楸：古多植於墓地。

〔一九〕素滻：見《奉和聖製御春明樓臨右相園亭賦樂賢詩應制》注〔一〇〕。

〔二〇〕「愁魂」二句：《楚辭·招魂》：「魂兮歸來，南方不可以止些。……歸來歸來，不可以久淫（淹留）些。」

送高判官從軍赴河西序〔一〕

今上合大道以撫荒外〔二〕，振長策以馭宇内〔三〕，故左言返踵〔四〕，穿胸沸脣〔五〕，膺騰白波〔六〕，驟輪碧砮之貢〔七〕；腹阻赤坂，傳致紫琥之琛〔八〕。辮髮名王，養馬于下廄〔九〕；魋結去帝，獻珠于小臣〔一〇〕。而犬戎不識〔一一〕，蝸角自大〔一二〕，偷安九服之外〔一三〕，謂天誅罕及；自絶四國之後〔一四〕，而王祭不供〔一五〕。天子按劍〔一六〕，謀臣切齒，思以赤山爲城〔一七〕，青海爲塹〔一八〕，盡平其地，悉虜其人。而上將有哥舒大夫者〔一九〕，名蓋四方，身長八尺，眼如紫石稜，鬚如蝟毛磔〔二〇〕。指撝而百蠻不守〔二一〕，叱咤而萬人俱廢〔二二〕。髭鬐奮鬣〔二三〕，哮吼如虎；裂眥大怒〔二四〕，磨牙欲吞。不待成師〔二五〕，固將身先士卒〔二六〕；常思盡敵〔二七〕，不以賊遺君父〔二八〕。矢集月窟〔二九〕，劍斬天驕，蹴崑崙使西倒〔三〇〕，縛呼韓令北面〔三一〕，豈直趙人祭其東門〔三二〕，匈奴不敢南牧而已〔三三〕！開府之日，辟書始下〔三四〕，以爲踴躍用兵〔三五〕，健將之事，意氣跨馬，俠少之能；蓋欲謀夫起予〔三六〕，哲士俾我〔三七〕，殲黠虜以無類〔三八〕，舉外國如拾遺〔三九〕。待夷門而不食〔四〇〕，置廣武于上座〔四一〕，始得我高子焉。

〔一〕作于天寶十二載（七五三）五月哥舒翰兼任河西節度使之後。高判官：不詳。或謂即高適。按，兩《唐書·高適傳》及杜甫《送高三十五書記十五韻》等，皆稱適在哥舒翰幕中爲掌書記，未言其嘗任判官。

〔二〕撫：據有。荒外：八荒之外，指極荒遠之地。

〔三〕「振長」句：語出賈誼《過秦上》：「及至始皇，奮六世之餘烈，振長策而御宇内。」長策，長鞭。馭，同「御」，駕御，控制。句蓋以乘馬爲喻。

〔四〕左言：指異國語言，也指異國。左思《魏都賦》：「或魋髻而左言，或鏤膚而鑽髮。」返踵：即反踵，謂腳跟反向；也指反踵之國。《山海經·海内南經》：「梟陽國……其爲人人面長脣，黑身有毛，反踵。」《淮南子·氾論訓》：「丹穴、太蒙、反踵、空同……之民，是非各異，習俗相反。」注：

「反踵，國名。其人南行，武跡北向。」

〔五〕穿胸：傳説中的民族名。《山海經・海外南經》：『貫匈（胸）國……其爲人匈有竅。』《淮南子・墬形訓》有穿胸民，注：「胸前穿孔達背。」沸脣：翻脣。泛指異族。《文選》劉峻《辯命論》：「左帶（左衽）沸脣，乘間電發。」李善注：「王元長《勸給虜書啓》曰：『息沸脣於桑墟。』然齊梁之間通以虜爲沸脣也。」

〔六〕膺騰白波：謂浮水而至。語本《文選》王褒《四子講德論》「故膺（胸）騰撇（擊）波而濟水，不如乘舟之逸也。」

〔七〕驟：屢次。碧砮（nǔ 努）：青石製的箭鏃。《文選》王融《三月三日曲水詩序》：「文鉞碧砮之琛，奇幹善芳之賦。」李善注：「徐廣《晋紀》曰：『鮮卑以碧石爲寶。』王沈《魏書》曰：『東夷矢用楛，青石爲鏃。』」梁簡文帝《大法頌序》曰：「金鱗鐵面，貢碧砮之琛；航海梯山，奉白環之使。」

〔八〕腹阻赤坂：《文選》鮑照《代苦熱行》：「赤阪横西阻，火山赫南威。」李善注：「《漢書・西域傳》：『杜欽曰：又歷大頭痛、小頭痛之山，赤土身熱之阪，令人身熱無色，頭痛嘔吐。』」琥：雕成虎形的玉器。琛（chēn 嗔）：珍寶。二句謂經歷各種險阻，向朝廷致送珍寶。

〔九〕「辮髮」二句：名王，見《從軍行》注〔七〕。古時邊境少數民族多編髮披於腦後，故曰「辮髮名王」。二句用漢金日磾事。《漢書・金日磾傳》云：「金日磾，字翁叔，本匈奴休屠王太子也。……單于怨昆邪、休屠居西方，多爲漢所破，召其王欲誅之。昆邪、休屠恐，謀降漢，休屠王後悔，昆邪王殺之，并將其衆降漢。……日磾以父不降見殺，與母閼氏、弟倫俱没入官，輸黄門養馬，時年十四矣。」下廏，指宫中的下等馬廏。

〔一〇〕「魋結」二句：用南越尉佗事。《史記·酈生陸賈列傳》：「高祖時，中國初定。尉佗（趙佗爲南越尉，故曰尉佗）平南越，因王之。高祖使陸賈賜尉佗印爲南越王，陸生至，尉佗魋結（同椎髻，《漢書·陸賈傳》顔注：「椎髻者，一撮之髻，其形如椎。」）箕倨見陸生，陸生因進説……於是尉佗迺蹶然起坐謝陸生……留與飲數月。……賜陸生橐中裝直千金（集解：「張晏曰：珠玉之寶也。裝，裹也。」索隱：「案如淳云，以爲明月珠之屬。……謂以寶物裝裹以入囊橐也。」）。」又《南越尉佗列傳》曰：「（高后時）佗乃自尊號爲南越武帝……乘黄屋左纛（漢制，唯天子乘輿得用黄屋左纛），稱制，與中國侔。及孝文帝元年……詔丞相陳平等舉可使南越者，平言好時陸賈，先帝時習使南越，乃召賈以爲太中大夫，往使。因讓佗自立爲帝，曾無一介之使報者。陸賈至南越，王甚恐，……乃下令國中曰：『……自今以后，去帝制黄屋左纛。』」小臣，即指陸賈。

〔一一〕犬戎：古戎族的一支，殷周時居於我國西部。戰國以降，又曰胡、匈奴。此借指吐蕃。

〔一二〕蝸角：見《兵部起請露布文》注〔一五〕。

〔一三〕九服：見《奉和聖製天長節賜宰臣歌應制》注〔八〕。

〔一四〕四國：《詩·豳風·破斧》：「周公東征，四國是皇。」傳：「四國，管、蔡、商、奄也。」指武王死後，四國反叛，周公征之。四，底本原作「所」，此從《全唐文》。句謂在反叛的四國之後自取滅絶。

〔一五〕王祭不供：指不納貢，參見《送祕書晁監還日本國》注〔三〕。

〔一六〕天子按劍：指天子發怒。鮑照《代出自薊北門行》：「天子按劍怒，使者遥相望。」

〔一七〕赤山：趙注曰：「《後漢書·烏桓傳》：『赤山在遼東西北數千里。』」按，《烏桓傳》之赤山，爲傳説中山名，且其地理位置與本篇所言不合；此處疑指在今新疆吐魯番東之火山。山爲紅砂岩所構成，色赤，故稱。岑參《優鉢羅花歌》曰：「白山南，赤山北，其間有花人不識。」可證。

〔一八〕青海：即今青海湖，在青海省東北部。古曰鮮水，又曰西海，北魏時始名青海。參見《大清一統志》卷五四六。

〔一九〕哥舒大夫：即哥舒翰。據兩《唐書》本傳及通鑑載，翰爲突騎施首領哥舒部落之裔，世居安西。後仗劍之河西，事節度使王倕、王忠嗣。天寶六載，以累破吐蕃之功，擢授隴右節度使。七載，築神威軍于青海上，自是吐蕃不敢近青海。八載，拔吐蕃石堡城，加攝御史大夫。十二載五月，又擊吐蕃，拔洪濟、大漠門等城，悉收九曲部落，以功兼河西節度使。八月，賜爵西平郡王。大夫，時翰兼任御史大夫，故云。又《通鑑》卷二一五胡三省注：「唐中世以前，率呼將帥爲大夫，白居易詩所謂『武官稱大夫』是也。」

〔二〇〕「眼如」二句：《晋書·桓温傳》：「温豪爽有風概，姿貌甚偉，面有七星。少與沛國劉惔善，惔嘗稱之曰：『温眼如紫石稜，鬚作蝟毛磔，孫仲謀、晋宣王之流亞也。』」眼如紫石稜，形容目光明亮鋭利。紫石，又名紫石英、紫水晶。其色紫，明澈光亮，有稜。宋錢易《南部新書》戊：「紫石英廣管瀧州山中出。紫石英其色淡紫，真質瑩徹，隨其大小皆五稜兩頭。」磔（zhé 哲），張開。

〔二一〕撝：通「揮」。

〔二二〕「叱咤」句：《史記・淮陰侯列傳》：「項王喑噁叱咤，千人皆廢。」叱咤，訶斥聲。廢，跌倒。

〔二三〕髬髵（pī ér 丕而）：怒獸鬃毛張開貌。《文選》張衡《西京賦》：「及其猛毅髬髵，隅目高眶。」薛綜注：「髬髵，作毛鬣也。……皆謂猛獸作怒可畏者。」「髬」諸本皆誤作「鬃」，今校正。奮髯：抖動鬍鬚。《漢書・朱博傳》：「博奮髯抵几。」

〔二四〕裂眥：形容盛怒。眥，眼眶。《史記・項羽本紀》：「頭髮上指，目眥盡裂。」

〔二五〕成師：《左傳》宣公十二年：「且成師以出（整頓軍隊而出動），聞敵强而退，非夫也。」

〔二六〕身先士卒：語出《三國志・吴書・孫輔傳》：「（孫）策西襲廬江太守劉勳，輔隨從，身先士卒，有功。」

〔二七〕盡敵：殺盡敵人。

〔二八〕賊遺君父：把賊寇遺留給天子。《後漢書・耿弇傳》：「是時帝在魯，聞弇爲（張）步所攻，自往救之。未至，陳俊謂弇曰：『劇虜兵盛，可且閉營休士，以待上來。』弇曰：『乘輿且到，臣子當擊牛釃酒，以待百官，反欲以賊虜遺君父邪？』乃出兵大戰。」

〔二九〕月窟：指極西之地。《漢書・揚雄傳》：「西厭月䖓，東震日域。」注引服虔曰：「䖓，音窟穴之窟。月䖓，月所生也。」

〔三〇〕「蹴崑崙」句：《晉書・趙至傳》載至與嵇蕃書曰：「思躡雲梯，横奮八極，披艱掃穢，蕩海夷嶽，蹴崑崙使西倒，蹋太山令東覆，平滌九區，恢維宇宙，斯吾之鄙願也。」句謂脚踩崑崙山使之向西傾倒。

〔三一〕呼韓：即匈奴單于呼韓邪。漢宣帝時，匈奴内部發生嚴重紛爭，呼韓邪與其兄郅支單于據地對抗。呼韓邪爲郅支所敗，遂降漢。後得漢之助，復據有匈奴全部土地。事見《漢書・匈奴傳》。北面：指稱臣。

〔三二〕「豈直」句：《史記・田敬仲完世家》：「（齊）威王曰：『……吾吏有黔夫者，使守徐州，則燕人祭北門，趙人祭西門，徙而從者七千餘家』。」集解：「賈逵曰：齊之北門西門也。言燕趙之人，畏見侵伐，故祭以求福。」趙殿成曰：「此云東門，疑誤。」按，齊在東，趙在西，齊攻趙，當出齊之西門，入趙之東門，此蓋變用《史記》之文，非誤也。直，僅。

〔三三〕「匈奴」句：賈誼《過秦上》：「乃使蒙恬北築長城而守藩籬，却匈奴七百餘里；胡人不敢南下而牧馬，士不敢彎弓而報怨。」

〔三四〕「開府」二句：《晉書・阮籍傳》：「太尉蔣濟聞其有儁才而辟之，籍詣都亭奏記，曰：『伏惟明公以含一之德，據上台之位……開府之日，人人自以爲掾屬；辟書始下，而下走（自稱的謙詞）爲首。』」開府，開建府署設置官吏。此指翰爲河西節度使。辟書，徵召僚佐的文書。

〔三五〕踴躍用兵：語本《詩・邶風・擊鼓》：「擊鼓其鏜，踴躍用兵。」

〔三六〕謀夫：計謀之士。起予：猶言啓發自己。

〔三七〕哲士：足智多謀之人。俾：通「裨」，增益。《説文》：「俾，益也。」

〔三八〕無類：《漢書·竇嬰傳》：「有如兩宫奭將軍，則妻子無類矣。」注：「言被誅戮無遺類也。」

〔三九〕「舉外」句：意本《漢書·梅福傳》：「昔高祖納善若不及……是以舉秦如鴻毛，取楚若拾遺。」注：「鴻毛喻輕，拾遺言其易也。」句謂攻取外國猶如撿拾地上的失物一樣輕而易舉。

〔四〇〕此句用信陵君禮待賢士夷門侯生事，參見《夷門歌》注〔四〕。

〔四一〕「置廣武」句：《史記·淮陰侯列傳》載，韓信、張耳以兵數萬擊趙，趙王、成安君陳餘聚兵井陘口以拒之。廣武君李左車説成安君曰：「今井陘之道，車不得方軌，騎不得成列，行數百里，其勢糧食必在後。願足下假臣奇兵三萬人，從間道絶其輜重。足下深溝高壘，堅營勿與戰。彼前不得鬬，退不得還，吾奇兵絶其後，使野無所掠，不至十日而兩將之頭可致於戲下。」成安君不用其策，信遂大破趙，擒趙王，斬成安君。「信乃令軍中毋殺廣武君，有能生得者購千金。於是有縛廣武君而致戲下者，信乃解其縛，東鄉坐，西鄉對，師事之」。

高子讀書五車〔一〕，運籌百勝〔二〕。慷慨謀議〔三〕，折天口之是非〔四〕；指畫山川〔五〕，知地形之要害。嘗著《七發》，曹王慕義〔六〕；每奏一篇，漢文稱善〔七〕；緣情之製〔八〕，獨步當時〔九〕。主人横挑而有餘，墨客仰攻而不下〔一〇〕。公卿籍甚〔一一〕，遍交歡于五侯〔一二〕；孫吴暗合〔一三〕，將建功于萬里。徵以露版〔一四〕，召見甘泉〔一五〕；衣短後之衣〔一六〕，帶櫑具之劍〔一七〕；象弧彫服〔一八〕，鞭弭櫜鞬〔一九〕；目無先零〔二〇〕，氣射西旅〔二一〕。蒼頭宿將〔二二〕，持漢節以臨戎〔二三〕；白面書生，坐胡牀而破賊〔二四〕。然孤烽遠戍，黄雲千里，嚴城落日而閉〔二五〕，鐵騎升山而出，胡笳咽于塞下，畫角發于軍中，亦可悲也。遲子之獻凱雲臺〔二六〕，奏事宣室〔二七〕，紫綬曳地，金印如斗〔二八〕，列居東第，位爲通侯〔二九〕，舊友拜塵〔三〇〕，群公書幣〔三一〕，祁大夫老矣，武安侯問乎〔三二〕？

〔一〕五車：見《戲贈張五弟諲三首》其二注〔一〕。

〔二〕運籌：謀劃，制定計策。《史記·高祖本紀》：「夫運籌策帷帳之中，決勝於千里之外，吾不如子房。」

〔三〕謀議，述古堂本作「聖哲」。

〔四〕折：判斷，述古堂本作「談」。天口：形容能言善辯。《文選》任昉《宣德皇后令》：「辯析天口而似不能言。」李善注：「《七略》：齊田駢好談論，故齊人爲語曰：天口駢。天口者，言田駢子不可窮其口，若事天。」

〔五〕指畫山川：《三國志·魏書·鄧艾傳》：「（艾）每見高山大澤，輒規度指畫軍營處所。」指畫，指點比劃。句謂能指點山川形勢之利害。

〔六〕「嘗著」二句：曹植《七啓》序：「昔枚乘作《七發》，傅毅作《七激》，張衡作《七辯》，崔駰作《七依》，辭各美麗，余有慕之焉，遂作《七啓》。」枚乘爲西漢賦家，所作《七發》載《文選》。曹王，即曹植。植封陳王。慕義，傾慕其辭義。

〔七〕「每奏」二句：《史記・酈生陸賈列傳》：「（高帝）迺謂陸生曰：『試爲我著秦所以失天下，吾所以得之者何，及古成敗之國。』陸生迺粗述存亡之徵，凡著十二篇。每奏一篇，高帝未嘗不稱善，左右呼萬歲，號其書曰《新語》。」此云「漢文」，蓋作者誤記耳。

〔八〕緣情之製：指詩歌。陸機《文賦》：「詩緣情而綺靡，賦體物而瀏亮。」緣情，謂因情而生。

〔九〕獨步當時：《北史・邢邵傳》：「自孝明之後，文雅大盛，邵雕蟲之美，獨步當時。」

〔一〇〕「主人」二句：《墨子・公輸》：「子墨子解帶爲城，以牒爲械，公輸盤九設攻城之機變，子墨子九距之；公輸盤之攻械盡，子墨子之守圉（禦）有餘。」横挑，謂恣意挑戰。墨客，指客人。揚雄《長楊賦》：「雄從至射熊館，還上《長楊賦》，聊因筆墨之成文章，故藉翰林以爲主人，子墨爲客卿以風。其辭曰：子墨客卿問於翰林主人曰……。」賦採用主客問答形式，文中又稱子墨客卿爲墨客、客。仰攻，居低處以攻高處，攻城。《世説新語・文學》：「劉真長與殷淵源談，劉理如（或）小屈，殷曰：『惡！卿不欲作將，善雲梯仰攻。』」二句謂譬如守城，主人恣意挑戰而守城的辦法手段有餘，他人向上攻城却不能攻下。喻指高子才氣横溢，他人莫能挫折之。

〔一一〕公卿籍甚：《史記・酈生陸賈列傳》：「陳平迺以奴婢百人，車馬五十乘，錢五百萬，遺陸生爲飲食費。陸生以此游漢廷公卿間，名聲籍甚。」籍甚，盛大。此言高子在公卿中甚有名聲。

〔一二〕五侯：見《不遇詠》注〔五〕。

〔一三〕孫吴暗合：《晉書·山濤傳》：「吴平之後，帝詔天下罷軍役，示海内大安，州郡悉去兵。……帝嘗講武于宣武場，濤時有疾，詔乘步輦從。因與盧欽論用兵之本，以爲不宜去州郡武備，其論甚精。于時咸以濤不學孫吴，而闇與之合。」孫吴，孫武、吴起，春秋戰國時代著名的軍事家。事見《史記·孫子吴起列傳》。武著有《孫子兵法》，起著有《吴子》四十八篇（見《漢書·藝文志》著録，今傳《吴子》六篇，爲後人依託之作）。

〔一四〕露版：見《送徐郎中》注〔六〕。

〔一五〕召見甘泉：《漢書·楚元王傳》：「（劉）德……有智略，少時數言事，召見甘泉宫，武帝謂之千里駒。」甘泉，見《送崔五太守》注〔五〕。

〔一六〕短後之衣：一種前長後短、便于騎馬的衣服。語出《莊子·説劍》：「吾王所見劍士，皆蓬頭突鬢垂冠，曼胡之纓，短後之衣（王先謙《莊子集解》引唐陸德明《釋文》曰：「爲便于事也。」），瞋目而語難。」

〔一七〕櫑（lěi 磊）具之劍：古長劍名。《漢書·雋不疑傳》：「不疑冠進賢冠，帶櫑具劍，佩環玦……盛服至門上謁。」注引晋灼曰：「古長劍首以玉作井鹿盧形，上刻木作山形，如蓮花初生未敷時。今大劍木首，其狀似此。」

〔一八〕象弧彫服：見《爲崔常侍祭牙門姜將軍文》注〔二〕。

〔一九〕鞭弭（mǐ米）櫜（gāo高）鞬（jiān尖）：《左傳》僖公二十三年：「若不獲命，其左執鞭弭，右屬（著）櫜鞬，以與君周旋。」弭，不加文飾的弓。櫜，盛箭矢之器。鞬，盛弓之袋。句謂手裏拿着馬鞭與角弓、箭袋和弓袋。

〔二〇〕先零：漢代羌族的一支。最初居今甘肅、青海的湟水流域，後離湟中到西海、鹽池一帶。宣帝時，渡湟水内徙，郡縣不能禁，上令義渠安國赴邊巡視。安國至，召先零首領三十餘人斬之，縱兵擊其種人。先零遂背漢犯塞，後爲趙充國所破。參見《漢書·趙充國傳》、《後漢書·西羌傳》。《趙充國傳》注引鄭氏曰：「零，音憐。」

〔二一〕西旅：《書·旅獒》：「西旅厎貢厥獒，太保乃作《旅獒》。」疏：「西方之戎有國名旅者。」後多用以泛指西方遠國。《後漢書·馬融傳·廣成頌》：「東鄰浮巨海而入享，西旅越葱嶺而來王。」

〔二二〕蒼頭宿將：《宋書·沈慶之傳》：「慶之患頭風，好著狐皮帽，群蠻惡之，號曰蒼頭公。每見慶之軍，輒畏懼曰：『蒼頭公已復來矣。』」此喻指哥舒翰。

〔二三〕持漢節：唐制，節度使受命之日，賜雙旌雙節，出行時即建節，樹六纛。參見《新唐書·百官志》。臨戎：親臨戰陣。

〔二四〕「白面」二句：用謝艾事。《晉書·張重華傳》：「重華以謝艾爲使持節軍師將軍，率步騎三萬，進軍臨河。（麻）秋（後趙石季龍之將）以三萬衆距之。艾乘軺車，冠白帢（白色便帽），鳴鼓而行。

秋望而怒曰：『艾年少書生，冠服如此，輕我也。』命黑矟龍驤三千人馳擊之。艾左右大擾。左戰帥李偉勸艾乘馬，艾不從，乃下車踞胡牀（一種可折疊的輕便坐具），指麾處分。賊以爲伏兵發也，懼不敢進。張瑁從左南緣河而截其後，秋軍乃退。艾乘勝奔擊，遂大敗之。」白面書生，即少年書生之意。《宋書・沈慶之傳》：「陛下今欲伐國，而與白面書生輩謀之，事何由濟！」二句以謝艾喻高判官。

〔二五〕「嚴城」句：語本《文選》沈約《齊故安陸昭王碑文》：「加以戎羯窺窬，伺我邊隙，北風未起，馬首便以南向；塞草未衰，嚴城於焉早閉。」李善注：「《抱朴子》：『鮑生曰：人君恐姦釁之不虞，故嚴城以備之。』」嚴城，指戒嚴之城。

〔二六〕遲：待。雲臺：見《少年行四首》其四注〔一〕。

〔二七〕奏事宣室：《史記・屈原賈生列傳》：「賈生徵見，孝文帝方受釐（禧），坐宣室。上因感鬼神事，而問鬼神之本，賈生因具道所以然之狀，至夜半，文帝前席。」集解：「蘇林曰：未央前正室。」索隱：「《三輔故事》云：宣室在未央殿北。」《漢書・刑法志》注：「晋灼曰：未央宫中有宣室殿。……蓋其殿在前殿之側也，齋則居之。」

〔二八〕「紫綬」二句：漢時丞相、太尉、大司馬、將軍、列侯俱用金印紫綬，見《漢書・百官公卿表》。《舊唐書・輿服志》：「諸珮綬者……二品、三品紫綬，三綵，紫、黄、赤，純紫質，長一丈六尺，一百八十首，廣八寸。」金印如斗，《晋書・周顗傳》載顗曰：「今年殺諸賊奴，取金印如斗大繫肘。」唐無金印，《宋史・輿服志》云：「唐制，諸司皆用銅印，宋因之。」

〔二九〕「列居」二句：《漢書・司馬相如傳・喻巴蜀檄》：「位爲通侯，居列東第。」注：「東第，甲宅也。居帝城之東，故曰東第也。」《漢書・百官公卿表》：「徹侯，金印紫綬，避武帝諱曰通侯，或曰列侯。」通侯爲漢二十等爵位中的最高一等。

〔三〇〕舊友拜塵：謂故交望高子之行塵而拜。《晉書・潘岳傳》：「（岳）與石崇等諂事賈謐，每候其出，與崇輒望塵而拜。……謐二十四友，岳爲其首。」

〔三一〕書幣：書信與禮物。《戰國策・趙策四》：「秦王使使者報曰：『吾所使趙國者，小大皆聽吾言，則受書幣。若不從吾言，則使者歸矣。』」南朝宋袁淑《效子建白馬篇》：「五侯競書幣，群公亟爲言。」此指送書幣。

〔三二〕祁大夫老矣：《左傳》襄公三年：「祁奚請老（告老），晉侯問嗣焉。」按，祁奚是時爲中軍尉，後于襄公十六年，復出爲公族大夫（見《國語・晉語八》韋注）。又《左傳》襄公二十一年載，晉范宣子囚叔向，叔向曰：「必祁大夫（言能救我者必祁奚也）。」「祁大夫外舉不棄讎，内舉不失親，其獨遺乎？」「於是祁奚老矣（是時祁奚已復告老家居），聞之，乘馹（傳車）而見宣子」，宣子遂言於晉侯而赦免叔向。武安侯：趙注：「成按，漢時田蚡封武安侯（見《史記・魏其武安侯列傳》），三國時曹爽亦封武安侯（見《三國志・魏書・曹爽傳》），然與此俱不合。」按，此無他深意，不過以武安侯喻異日已貴盛之高判官而已。此二句謂異日君貴盛，吾已告老，復相問乎？

祭兵部房郎中文爲人作〔一〕

維載月日朔，某官某乙謹以酒脯之奠，敬祭于故兵部郎中房公之靈。嗚呼！君子之才，周而不器〔二〕，苟求行道，未嘗私身，沈静好謀，話言必雅。往歲穀貴，關輔阻饑，眷命自天，發廩以賑〔三〕，中朝乏使〔四〕，屬之鄙夫，不敢自賢，請子爲介〔五〕。匹夫嫠婦〔六〕，黄口之孤〔七〕，鍾釜之施，罔不必當，舉無棄粒〔八〕，野有頌聲。國家厭兵革，苦徵戍，大召浮食〔九〕，以靖國人〔一〇〕。單車諭旨〔一一〕，萬里窮磧，西度赤坂〔一二〕，館于烏孫〔一三〕。形勞者病，神勞則夭，棄成功于末路〔一四〕，未復命而言謝〔一五〕。死不廢命，忠也；尸而加紳〔一六〕，寵也〔一七〕。

〔一〕篇中謂房郎中卒于西域，返葬關東；考安史之亂爆發後，關東長期阻兵，道路難通，故此篇疑當作于安史之亂前，具體時間不詳，姑繫此。房郎中：不詳。《全唐文》篇題作《爲人祭兵部房郎中文》，無題下注語。

〔二〕周：《論語·爲政》：「君子周而不比。」集解：「孔曰：忠信爲周，阿黨爲比。」不器：《論語·爲政》：「君子不器。」謂不像器物那樣，只有某一方面的用途。

〔三〕「往歲」四句：疑是開元二十一年之事。《舊唐書·玄宗紀》：「（開元）二十一年……是歲，關中久雨害稼，京師饑，詔出太倉米二百萬石給之。」關輔，關中與三輔（所轄皆京畿之地）。《文選》

鮑照《代昇天行》：「家世宅關輔，勝帶宦王城。」李善注：「關，關中也。《漢書》曰：右扶風、左馮翊、京兆尹，是爲三輔。」阻饑，《書・舜典》：「黎民阻饑。」傳：「阻，難。……衆人之難，在於饑。」眷命自天，指天子眷愛並下達命令。《書・大禹謨》：「皇天眷命，奄有四海，爲天下君。」

〔四〕乏，底本原作「之」，此從宋蜀本、述古堂本、明十卷本、奇字齋本等。

〔五〕介：副手。《禮記・檀弓下》：「滕成公之喪，使子叔、敬叔弔，進書，子服、惠伯爲介。」

〔六〕嫠（lí梨）婦：寡婦。

〔七〕黄口：謂幼兒。

〔八〕鍾：古容量單位。釜：古量器。畢：皆。粒：穀米之粒。此三句意謂，賑施皆當，無一粒糧食被浪費。

〔九〕召：《全唐文》作「去」，疑非是。浮食：指無業流民。《漢書・溝洫志》：「亦可以事（役使）諸浮食無産業民。」

〔一〇〕以靖國人：《左傳》文公十八年：「公子朝卒，使樂吕爲司寇，以靖國人。」靖，安定。

〔一一〕諭旨：指出使西域宣諭聖旨。

〔一二〕窮磧：窮盡沙漠。赤坂：見上篇第一段注〔八〕。

〔一三〕烏孫：漢西域國名。故地在今伊犂河和伊塞克湖一帶。

〔一四〕末路：最後一段路程。

〔一五〕言謝：去世。言，助詞。

〔一六〕尸：屍。加紳：指着朝服，上加大帶。紳，束在腰間、一頭垂下的大帶，古仕宦者用之。《論語·鄉黨》：「疾，君視之，東首加朝服拖紳。」疏：「拖，加也。紳，大帶也。……以病卧不能衣朝服及大帶，又不敢不衣朝服見君，故但加朝服於身，又加大帶於上，是禮也。」《禮·玉藻》：「凡侍於君，紳垂足如履齊。」

〔一七〕寵：榮。

我盥而撫，子瞑受含〔一〕，求仁得仁〔二〕，其誰不死〔三〕！ 玉關之下〔四〕，素車威遲〔五〕；愁雲晝聚，白雪春下；絳旐從風，車徒行哭〔六〕。 至上京而不駐，將返葬于關東。 河活活而東注〔七〕，天慘慘而悲風。 道路猶長，子實途窮；人世如舊，子實成空。 我有旨酒〔八〕，以歆以餞〔九〕，想像明德〔一〇〕，歔欷出涕。 尚饗。

〔一〕「我盥」二句：《左傳》襄公十九年：「（荀偃）卒，而視，不可含（死後眼不閉而口閉。古時以珠玉之類置于死者口中謂之含）。宣子盥而撫之（盥洗然後撫摸尸體），曰：『事吴（荀吴，荀偃指定的繼承人）敢不如事主（指荀偃）！』猶視。欒懷子曰：『其爲未卒事於齊故也乎（爲了伐齊之事未竟全功的緣故吧）？』乃復撫之曰：『主苟終，所不嗣事于齊者（不繼續從事於伐齊之事），有如河（有河神爲證）！』乃瞑，受含。」

〔二〕求仁得仁：《論語・述而》：「求仁而得仁，又何怨？」

〔三〕其，宋蜀本作「而」。

〔四〕玉關：玉門關，漢置，在今甘肅敦煌西北，唐時關址東移至晋昌（今甘肅瓜州縣雙塔堡附近）。《元和郡縣志》卷四〇瓜州晋昌縣：「玉門關在縣東二十步。」同卷沙州壽昌縣（今敦煌西）：「玉門故關在縣西北一十八里。」

〔五〕素車：喪事所用之車。威遲：形容道路曲折綿延。同「威夷」、「倭遲」。《文選》顔延之《秋胡詩》：「驅車出郊郭，行路正威遲。」李善注：「《毛詩》曰：『四牡騑騑，周道倭遲。』毛萇曰：『倭遲，歷遠貌。』《韓詩》曰：『周道威夷。』其義同。」

〔六〕絳旐（zhào 趙）：旐即出喪時爲棺柩引路的幡旗，上書死者姓名。晋賀循《葬禮》云：「杠，今之旐也。古者以緇布爲之。今以絳繒題姓字而已，不爲畫飾也。」（《太平御覽》卷五五二引）車徒：車馬與僕從。

〔七〕活活（guō 郭）：水流聲。《詩・衛風・碩人》：「河水洋洋，北流活活。」

〔八〕我有旨酒：《詩・小雅・鹿鳴》：「我有旨（美）酒，嘉賓式燕以敖。」

〔九〕歆：猶享，用食品祭祀鬼神；述古堂本作「歌」。

〔一〇〕明德：完美的德性。《書・君陳》：「黍稷非馨，明德惟馨。」

汧陽郡太守王公夫人安喜縣君成氏墓誌銘并序〔一〕

夫人字某，某郡人也。其先周成王之後。古之錫姓命氏〔二〕，或以先父之職官，或因始祖之名謚，漢魏以降，史牒詳焉。曾祖休寧，某官；祖某，某官，襲封常山公〔三〕。貳公執帛〔四〕，調護儲闈〔五〕；九伯剖符〔六〕，典司方岳〔七〕。父某，某官〔八〕。漢雄右輔，實拜翁歸〔九〕；周命僕臣，惟茲伯冏〔一〇〕。夫人即太僕府君之第二女也。世有明訓，家無遺德〔一一〕。蕙心紈質〔一二〕，豈曰師成〔一三〕；螓首蛾眉〔一四〕，抑惟天與。同雲降雪〔一五〕，常聞柳絮之詩〔一六〕；獻歲發春〔一七〕，即賦椒花之頌〔一八〕。言事姑舅〔一九〕，宜其家室〔二〇〕。寢門纔闢〔二一〕，笄六珈而問安〔二二〕；擊鐘未晞〔二三〕，具八籩而獻饋〔二四〕。染朱與緑，不愆公子之衣〔二五〕；采藻及蘋，有甚季姜之祭〔二六〕。魚軒翟茀，爲諸侯之夫人〔二七〕；鳴珮垂環，對有國之君子〔二八〕。綺疏寓目〔二九〕，助選賢人；青帳藩身，用酬高論〔三〇〕。善持門户，能睦族姻。誠良人之從畋，不嘗原獸〔三一〕；訓愛子之爲政，遂返池魚〔三二〕。言成大家之書〔三三〕，行爲衆婦之法。至于彈琴製賦，纂組攻書，具舉百事之能，仍居四德之外〔三四〕。嗚呼！降年不永，春秋五十，以某載月日薨于長安平康里之私第〔三五〕，某月日祔于咸陽洪瀆原之先塋〔三六〕，禮也。不獲偕老，空傷奉倩之神〔三七〕；未始有生，誰達莊周之理〔三八〕！長子濡〔三九〕，前某官，次子澄〔四〇〕，某官，次曰某，某官，及女等，漣漣泣血，煢煢在疚〔四一〕。哀纏聖善〔四二〕，痛七子之無依〔四三〕；文叙塞淵〔四四〕，冀九原之可識〔四五〕。乃爲銘曰〔四六〕：

〔一〕汧陽郡：《舊唐書·地理志》：「隴州……天寶元年，改爲汧陽郡。乾元元年，復爲隴州。」治所在今陝西隴縣。王公：即王倕（據其子曰濡、澄可知）。《新唐書·宰相世系表》曰：「倕字靈龜，定州刺史。」又《王倕傳》曰：「倕字靈龜。明經，調莫州參軍，辟范陽節度使張守珪幕府。……安禄山叛，拜博陵（即定州）、常山二太守，副河北招討。卒，贈太常卿。」《通鑑》至德元載（七五六）七月：「河北諸郡猶爲唐守，常山太守王倕欲降賊，諸將怒，因擊毬，縱馬踐殺之。」王倕爲汧陽太守事，史傳失載。但據王倕卒年及本篇所用地名，可知倕出守汧陽，當在天寶年間。本篇之寫作時間同，然具體年代無從確考，今姑繫此。安喜縣君：見《請施莊爲寺表》注〔七〕。安喜，唐縣名，屬定州，治所在今河北定州市。題下底本原無「并序」二字，據宋蜀本、述古堂本、明十卷本補。

〔二〕錫：賜。

〔三〕常山公：當指郡公或縣公。常山爲郡名（治所在今河北正定），又爲縣名（今浙江常山縣）。此處疑指郡公。

〔四〕貳公：指爲三孤。《書·周官》：「立太師、太傅、太保，兹惟三公。……少師、少傅、少保，曰三孤，貳公弘化，寅亮天地，弼予一人。」傳：「副貳三公。」執帛：指爲孤卿（即三孤）。《左傳》莊公二十四年杜注：「公侯伯子男，執玉；諸侯世子附庸孤卿，執帛。」《史記·曹相國世家》：「（楚懷王）於是乃封參爲執帛。」集解：「張晏曰：『孤卿也。』」《漢書·百官公卿表》：「周官則備矣……少師、少傅、少保，是爲孤卿。」按，漢以後無三孤之官（惟王莽時有之），此句實指爲太子少師、少傅、少保（皆掌教諭太子）。

〔五〕儲闈：指太子。《文選》沈約《奏彈王源》：「升采儲闈，亦居清顯。」劉良注：「儲闈，東宮也。」「闈」，宋蜀本作「闉」。

〔六〕九伯：九州之伯。各州諸侯之長曰伯。剖符：分符。謂封諸侯功臣，分剖符節之半與之以爲信物。《史記·高祖本紀》：「乃論功，與諸列侯剖符行封。」漢時亦授郡守以符，《史記·孝文本紀》：「初與郡國守相爲銅虎符、竹使符。」此處指爲地方長官。

〔七〕典司：主管。方岳：指地方或地方長官。《三國志·魏書·滿寵傳》注引《世語》：「寵爲汝南太守、豫州刺史二十餘年，有勳方岳。」趙殿成曰：「典司方岳，顧本作典日方兵，誤，今校正。」按，趙校是，宋蜀本、述古堂本、明十卷本等俱作「典司方岳」。

〔八〕「父某」二句：底本原無，據《全唐文》補。

〔九〕雄：謂居前列。右輔：即右扶風。《漢書·百官公卿表》：「主爵中尉，秦官。……武帝太初元年，更名右扶風。……與左馮翊、京兆尹是爲三輔（注：「服虔曰：皆治在長安中。」師古曰：《三輔黄圖》云：『……長安以東爲京兆，長陵以北爲左馮翊，渭城以西爲右扶風也。』」)。……元鼎四年，更置三輔都尉。」又《地理志上》載右扶風轄渭城、郿等二十一縣，「右輔都尉治」郿縣（今陝西眉縣）。趙殿成曰：「右，顧本作左，誤，今校正。」按，趙校是，明十卷本、《全唐文》俱作「右」。實拜翁歸：《漢書·尹翁歸傳》：「以高第入守右扶風，滿歲爲真。選用廉平疾姦吏，以爲右職。……扶風大治，盜賊課常爲三輔最。」按，右扶風三國魏改名扶風郡，唐時曰岐州（治所在今陝西鳳翔），天寶元年改爲扶風郡。此二句指其父嘗爲岐州刺史。

〔一〇〕「周命」二句：《書·冏命·序》：「穆王命伯冏爲周太僕正，作《冏命》。」傳：「伯冏，臣名也。太僕長，太御，中大夫。」疏：「正，訓長也。」此指其父曾任太僕寺卿。《舊唐書·職官志》：「太僕寺，卿一員，從三品。古有太僕正，即其名也。後無正字，唯名太僕。」

〔一一〕遺德：失德。

〔一二〕蕙心紈質：《文選》鮑照《蕪城賦》：「東都妙姬，南國麗人，蕙心紈質，玉貌絳脣。」蕙，香草名，此以之喻美。紈，白色細絹，此以之喻純潔。

〔一三〕「豈曰」句：言本身自有，非師之教誨所成。

〔一四〕螓首蛾眉：語出《詩·衛風·碩人》。螓（qín 秦），似蟬而小，其額廣而方正。蛾，蠶蛾，其眉細長而曲。

〔一五〕同雲降雪：《詩·小雅·信南山》：「上天同雲，雨雪雰雰。」《集傳》：「同雲，雲一色也。」

〔一六〕柳絮之詩：《世説新語・言語》：「謝太傅（謝安）寒雪日内集，與兒女講論文義，俄而雪驟，公欣然曰：『白雪紛紛何所似？』兄子胡兒（謝朗）曰：『撒鹽空中差可擬。』兄女曰：『未若柳絮因風起。』公大笑樂。即公大兄無奕女，左將軍王凝之妻（謝道藴）也。」

〔一七〕獻歲發春：《楚辭・招魂》：「獻歲發春兮，汩吾南征。」獻歲，猶言進入新的一年。獻，進。發春，開春。

〔一八〕椒花之頌：《晋書・劉臻妻陳氏傳》：「劉臻妻陳氏者，亦聰辯能屬文。嘗正旦獻《椒花頌》，其詞曰：『旋穹周迴，三朝肇建。青陽散輝，澄景載焕。標美靈葩，爰採爰獻。聖容映之，永壽於萬。』」

〔一九〕言事姑舅：庾信《周安昌公夫人鄭氏墓誌銘》：「及乎作配君子，言事舅姑，下氣怡聲，承巾奉箒。」言，助詞，無義。姑舅，丈夫之父母。

〔二〇〕宜其家室：見《京兆王氏墓誌銘》末段注〔一〕。

〔二一〕寢門：指内室之門。《儀禮・士喪禮》鄭注：「寢門，内門也。」

〔二二〕笄六珈：《詩・鄘風・君子偕老》：「君子偕老，副笄六珈。」傳：「副者，后夫人之首飾，編髮爲之。笄，衡笄也。珈，笄飾之最盛者。」箋：「珈之言加也。副既笄而加飾，如今步摇上飾，古之制所有未聞。」衡笄，即横簪。古時王后和諸侯夫人編髮作假髻，稱爲副；副需用衡笄别在頭上，笄上加玉飾稱珈。珈數多寡不一，「六珈」爲侯伯夫人之飾。

〔二三〕擊鐘：指鳴晨鐘。未晞：天未明。《詩·齊風·東方未明》：「東方未晞，顛倒裳衣。」

〔二四〕八籩：《周禮·秋官·掌客》：「夫人致禮，八壺、八豆、八籩。」籩，竹編食器，用以盛棗、脯等無羹之物。形如豆。

〔二五〕「染朱」二句：《詩·豳風·七月》：「載玄載黄，我朱孔陽，爲公子裳。」疏：「民又染繒，則染爲玄，則染爲黄，云我朱之色甚明好矣，以此朱爲公子之裳也。」愆，差錯，耽誤。

〔二六〕「采藻」二句：《詩·召南·采蘋》：「于以（何處）采蘋（浮萍）？南澗之濱。于以采藻（水草）？于彼行潦。于以盛之？維筐及筥。于以湘（烹）之？維錡及釜。于以奠之？宗室牖下。誰其尸（主其事）之？有齊（敬貌）季（少）女。」《左傳》襄公二十八年：「濟澤之阿，行潦之蘋藻，寘諸宗室（杜注：「薦宗廟。」），季蘭尸之，敬也。」孔疏：「此意取《采蘋》之詩也。……《詩》言季女，而此言季蘭，謂季女服蘭草也。案宣三年《傳》曰：『蘭有國香，人服媚之。』如是女之服蘭也。」趙殿成曰：「『季姜』，恐是季蘭之訛。」按，「姜」疑爲「女」字之訛。

〔二七〕魚軒翟茀：參見《故南陽夫人樊氏輓歌二首》其一注〔二〕、〔三〕。諸侯：指郡太守。漢時郡與國（諸侯王國）地位大致相當，後世因稱郡守爲諸侯。

〔二八〕有國之君子：即「諸侯」。

〔二九〕綺疏：雕飾花紋的窗户。《後漢書·梁冀傳》：「窗牖皆有綺疏青瑣，圖以雲氣仙靈。」寓目：觀看。

〔三〇〕「青帳」二句：《晉書・王凝之妻謝氏傳》：「凝之弟獻之嘗與賓客談議，詞理將屈，道韞遣婢白獻之曰：『欲爲小郎解圍。』乃施青綾步鄣自蔽，申獻之前議，客不能屈。」藩，遮蔽。

〔三一〕「誠良」二句：用春秋楚莊王夫人樊姬事。《列女傳》卷二載：「莊王即位，好狩獵，樊姬諫不止，乃不食禽獸之肉。王改過，勤於政事」。良人，丈夫。從畋，爲田獵之事。原獸，《左傳》襄公四年：「不脩民事，而淫于原獸。」杜注：「原，野。」

〔三二〕「訓愛」二句：《三國志・吴書・孫皓傳》注引《吴録》曰：「（孟）仁字恭武，江夏人也。……除爲鹽池司馬，自能結網，手以捕魚，作鮓寄母，母因以還之，曰：『汝爲魚官，而以鮓寄我，非避嫌也。』」

〔三三〕大家之書：見《韓公墓誌銘》三段注〔五〕。

〔三四〕纂：動詞，編織。組：絲帶。攻書：學書法。四德：《後漢書・后紀・序》：「九嬪掌教四德。」注：「四德，謂婦德、婦言、婦容、婦功也。」又《曹世叔妻傳》云：「女有四行：一曰婦德，二曰婦言，三曰婦容，四曰婦功。」

〔三五〕平康里：據《長安志》卷八載，唐長安有平康坊，在崇仁坊之南、宣陽坊之北。

〔三六〕洪瀆原：《嘉慶一統志》卷二二七云：「洪瀆原，在咸陽縣北二里，東西一岡，闊七里許。」

〔三七〕傷奉倩之神：《三國志・魏書・荀彧傳》注：「何劭爲（荀）粲傳曰：『粲字奉倩……粲常以婦人者，才智不足論，自宜以色爲主，驃騎將軍曹洪女有美色，粲於是聘焉。容服帷帳甚麗，專房歡宴。歷年後，婦病亡，未殯，傅嘏往唁粲，粲不哭而神傷。嘏問曰：「婦人才色並茂爲難，子之娶也，遺才而好色，此自易遇，今何哀之甚！」粲曰：「佳人難再得，顧逝者不能有傾國之色，然未可謂之易遇。」痛悼不能已，歲餘亦亡。』」此指王公神傷。

〔三八〕「未始」二句：《莊子·至樂》：「莊子妻死，惠子弔之，莊子則方箕踞鼓盆而歌。惠子曰：『與人居，長子老身，死不哭，亦足矣，又鼓盆而歌，不亦甚乎！』莊子曰：『不然。是其始死也，我獨何能無槩（慨）然！察其始而本無生，非徒無生也而本無形，非徒無形也而本無氣。雜乎芒芴（恍惚）之間，變而有氣，氣變而有形，形變而有生，今又變而之死，是相與爲春夏秋冬四時行也。人且偃然寢於巨室（天地之間），而我噭噭然隨而哭之，自以爲不通乎命，故止也。』」理，底本原作「禮」，據述古堂本、明十卷本、《全唐文》改。

〔三九〕濡：《新唐書·宰相世系表》謂王脩長子曰濡，膳部員外郎、黄州刺史。

〔四〇〕澄：《新唐書·宰相世系表》謂脩次子曰澄，洋州刺史。

〔四一〕漣漣：淚流不止貌。泣血：極度悲傷無聲哭泣時流出的眼淚。煢煢在疚：《詩·周頌·閔予小子》：「遭家不造，嬛嬛在疚。」箋：「遭武王崩，家道未成，嬛嬛然孤特，在憂病之中。」釋文：「嬛，其傾反，崔（譔）本作煢。」按「嬛」通「煢」，謂孤獨無依也。

〔四二〕聖善：指母。《詩·邶風·凱風》：「母氏聖善，我無令人。」此處指父。《文選》楊修《答臨淄侯》：「伏惟君侯少長貴盛……有聖善之教。」吕向注：「聖善，謂植父武帝也。」

〔四三〕七子：《詩·凱風》：「有子七人，母氏勞苦。」

〔四四〕塞淵：《詩·邶風·燕燕》：「仲氏任只，其心塞淵。」傳：「塞，實。淵，深也。」疏：「其心誠實而深遠也。」趙殿成曰：「塞，顧本作寒，誤，今校正。」按趙校是，宋蜀本、明十卷本、《全唐文》俱作「塞」。

〔四五〕九原：《禮記·檀弓下》：「是全要領以從先大夫於九京也。」注：「晉卿大夫之墓地在九原，京蓋字之誤，當爲原。」後世因稱墓地爲九原。

〔四六〕乃爲，底本無此二字，據宋蜀本、述古堂本、明十卷本等補。

齊侯之子兮，衛侯之妻。膚如凝脂兮，手如柔荑〔一〕。奉初之嘉訓兮，淑德日躋〔二〕。供養兮姑舅，簪珥問安兮先夜漏〔三〕。製三繅兮玄纁〔四〕，具五獻兮籩豆〔五〕。翟茀兮錦衣，駕魚軒兮來歸，從如雲兮滿中闈〔六〕。忽形沉兮影絶，夫傷神兮子泣血。悲餘澤兮猶在，怨迴文兮未滅〔七〕。返葬兮咸陽，寒天暮兮渭水長。嗟梧桐兮半死〔八〕，無雙飛兮鳳凰〔九〕。

〔一〕「齊侯」四句：《詩·衛風·碩人》：「碩人其頎，衣錦褧衣。齊侯之子，衛侯之妻。……手如柔荑，膚如凝脂。」齊侯，齊莊公。衛侯，衛莊公。此指莊姜爲齊莊公之女、衛莊公之妻。荑（tí啼），始生的茅草。以上四句以莊姜喻指成氏。

〔二〕日躋：《詩・商頌・長發》：「湯降不遲，聖敬日躋。」疏：「其聖明恭敬之德日升而不退也。」

〔三〕簪珥：髮簪和耳飾。此指戴上首飾。先夜漏：謂在夜漏盡之前，與《榮國夫人墓誌銘》之「先晨簪珥」意近。

〔四〕三繅：即所謂「繅三盆手」。《禮記・祭義》：「歲既單矣，世婦卒蠶，奉繭以示于君，遂獻繭于夫人。……及良日，夫人繅三盆手，遂布于三宮夫人世婦之吉者使繅，遂朱綠之，玄黄之，以爲黼黻文章。」疏：「三盆手者，猶三淹也。手者，每淹以手振出其緒，故云三盆手。」繅，抽繭出絲。三淹，謂三度浸繭以手抽其絲緒。玄纁，見《榮國夫人墓誌銘》首段注〔二六〕。句謂夫人親繅絲製爲玄纁。

〔五〕「具五」句：《左傳》昭公元年：「及享，具五獻之籩豆於幕下。」古代宴饗，先由主人敬酒，曰獻；次由賓客還敬，曰酢；再由主人先酌酒自飲，復勸客隨飲，曰酬。獻、酢、酬合稱一獻。「獻」的次數愈多，所用食品也相應增加。豆，木製食器，用以盛肉類及含湯水食物。

〔六〕中闈：闈中，指門内。陸機《挽歌三首》其一：「殯宫何嘈嘈，哀響沸中闈。」

〔七〕餘澤：指遺留給後人的德澤。迴文：見《吏部達奚侍郎夫人寇氏輓歌二首》其一注〔三〕。

〔八〕梧桐半死：枚乘《七發》：「龍門之桐，高百尺而無枝……其根半死半生。」

〔九〕雙飛鳳凰：喻夫妻相隨。

山中與裴秀才迪書〔一〕

近臘月下，景氣和暢，故山殊可過，足下方温經〔二〕，猥不敢相煩〔三〕，輒便獨往山中〔四〕，憩感配寺〔五〕，與山僧飯訖而去。比涉玄灞〔六〕，清月映郭，夜登華子岡〔七〕，輞水淪漣，與月上下〔八〕。寒山遠火，明滅林外，深巷寒犬，吠聲如豹，村墟夜舂〔九〕，復與疎鐘相間〔一〇〕。此時獨坐，僮僕静默，多思曩昔，攜手賦詩，步仄逕，臨清流也〔一一〕。當待春中，草木蔓發〔一二〕，春山可望，輕鯈出水〔一三〕，白鷗矯翼〔一四〕，露濕青皋，麥隴朝雊〔一五〕，斯之不遠，儻能從我遊乎〔一六〕？非子天機清妙者〔一七〕，豈能以此不急之務相邀！然是中有深趣矣，無忽。因馱黄蘗人往〔一八〕，不一〔一九〕。山中人王維白〔二〇〕。

〔一〕天寶三載之後、安史之亂以前作于輞川别業。山中：即指輞川别業。

〔二〕温經：温習經書。疑指佛經。

〔三〕猥：鄙。自稱的謙辭。

〔四〕獨，底本原無此字，據宋蜀本補。

〔五〕感配寺：在長安東灞陵附近，爲作者自長安赴輞川途中所經。見《過感化寺曇興上人山院》注〔一〕。王維此行當自長安出發，東行至感配寺，在寺中吃過午飯後，復東南行赴藍田。

〔六〕比：等到。底本原作「北」，據宋蜀本、述古堂本改。玄灞：潘岳《西征賦》：「南有玄灞素滻。」玄，天青色。灞，灞水。水出藍田縣藍田谷，北入渭。作者當在藍田縣城南渡過灞水，而後往輞川。

〔七〕郭：指藍田縣城。華子岡：參見《輞川集・華子岡》注〔一〕。自長安至輞川一百餘華里，及維到達輞川，已入夜。

〔八〕輞水：即輞谷水，見《輞川集・孟城坳》注〔一〕。淪漣：謂水起微波。《詩・魏風・伐檀》云：「河水清且淪猗。」傳：「小風，水成文，轉如輪也。」又云：「河水清且漣猗。」傳：「風行水成文曰漣。」與月上下：言水波隨着月光上下起伏。

〔九〕村，宋蜀本作「社」。

〔一〇〕間，宋蜀本、述古堂本俱作「聞」。

〔一一〕「攜手」三句：仄逕，側徑，小路。嵇康《琴賦》：「臨清流，賦新詩。」

〔一二〕草，宋蜀本、述古堂本俱作「卉」。蔓：蔓延，滋長。

〔一三〕鯈（chóu 愁）：又稱鰷，一種銀白色的小魚。《莊子・秋水》：「鯈魚出游從容，是魚之樂也。」

〔一四〕矯：舉。揚雄《解嘲》：「矯翼厲翮。」

〔一五〕青皋：長滿青草的水邊之地。雊：雉鳴。《詩・小雅・小弁》：「雉之朝雊，尚求其雌。」

〔一六〕儻：或許。

〔一七〕天機：猶言天性。《莊子·大宗師》：「其嗜欲深者，其天機淺。」

〔一八〕馱，底本原作「馭」，據述古堂本、明十卷本、《全唐文》改。黃蘗（bò 檗）：落葉喬木，俗作黃柏，樹高數丈，經冬不凋，莖可製黃色染料，皮與根入藥。參見《本草綱目》卷三五。此句意謂，借助入山馱藥的人送信去。

〔一九〕不一：不詳説。舊時書信結尾用語。一，底本原作「二」，據明十卷本、《全唐文》改。

〔二〇〕山中人：《楚辭·九歌·山鬼》：「山中人兮芳杜若，飲石泉兮蔭松柏。」

魏郡太守河北採訪處置使上黨苗公德政碑并序〔一〕

五方殊俗，《魏風》婉而其人舒〔二〕；九土異宜〔三〕，冀田壤而其賦錯〔四〕。前政有寬猛之異〔五〕，時令有班藝之差〔六〕。夫非酌舊典于可行，啓新圖于必當〔七〕，多方而不失正，一貫而或從權〔八〕，曲成便人〔九〕，大抵厚俗〔一〇〕，選衆而舉，非公而誰？公先自吏部侍郎，出爲安康郡太守。某載月日，詔以公爲魏郡太守、河北道採訪處置使〔一一〕。公諱某，字某，某郡縣人也〔一二〕。其出處本末，奕世冠冕，國史家牒詳焉〔一三〕。凡邦伯到官〔一四〕，詔使按部〔一五〕，或閉閤思政，或下車作威〔一六〕，或劾吏爲明，或移書示禁〔一七〕。公異于是，可略而言。公素號鮮明〔一八〕，積有治行〔一九〕，宿訟不決之務〔二〇〕，餘地剖分〔二一〕，疑獄自誣之枉〔二二〕，容光立照〔二三〕，故陋其思政也。安全長吏，不逐老丞〔二四〕，成就諸生，光教小吏〔二五〕，導德齊禮，有恥且格〔二六〕，故鄙其作威也。謝亭長之問〔二七〕，勞野次之賢，吏悉謂爲神明，人不隱其毫髮〔二八〕，故無事劾吏也。列郡共職，清節銷其過求〔二九〕，諸曹報簿〔三〇〕，直筆破其巧詆〔三一〕，故不待移書也。

〔一〕約作于天寶末，説見本篇第五段注〔三〇〕。魏郡：見《送魏郡李太守赴任》注〔一〕。河北採訪處置使：治所在魏郡；採訪處置使又曰採訪使，參見《韓公墓誌銘》第一段注〔一〕。底本注：「一本北字下多一道字。」上黨：即潞州，天寶元年改爲上黨郡，乾元元年復舊，治所在今山西長治。苗公：即苗晉卿。字元輔，上黨壺關（今山西壺關）人。官至侍中。永泰元年（七六五）四月卒，年七十七（據李華《苗晉卿墓誌銘》）。兩《唐書》有傳。篇題下注語底本原無，據宋蜀本、述古堂本、明十卷本補。

〔二〕《魏風》婉：《左傳》襄公二十九年：「吴公子札來聘……請觀於周樂。……爲之歌《魏》，曰：『美哉，渢渢乎！大而婉（粗獷而宛轉），險而易行，以德輔此，則明主也。』」舒：安詳。

〔三〕九土：《國語·魯語上》：「共工氏之伯九有也，其子曰后土，能平九土。」注：「九土，九州之土也。」

〔四〕「冀田」句：《書·禹貢》：「冀州（古九州之一）……厥土惟白壤，厥賦惟上上錯。」傳：「無塊曰壤。水去土復其性，色白而壤。」「賦謂土地所生，以供天子。上上，第一。錯，雜，雜出第二之賦。」疏：「壤是土和緩之名，故云無塊曰壤。」「水災既除，土復本性，以作貢賦之差，故云賦謂土地所生，以供天子。……因九州差爲九等，上上是第一也。交錯是間雜之義，故錯爲雜也。顧氏云：上上之下，即次上中，故云雜出第二之賦也。……此州以上上爲正，而雜爲次等，言出上上時多，而上中時少也。……少在正下，故先言上上，而後言錯。」

〔五〕寬猛之異：見《裴僕射濟州遺愛碑》首段注〔八〕。

〔六〕時令：與「前政」對言，指當時的政令。班藝：即班貢藝事，見《裴僕射濟州遺愛碑》第三段注〔三九〕。

〔七〕夫非，述古堂本、明十卷本、奇字齋本等俱作「非夫」。酌：取。二句意謂，不是吸取舊章可行者，而是開建新圖，且使之達到「必當」。

〔八〕多方：多種方法，多種手段。一貫：《論語·里仁》：「吾道一以貫之。」權：權宜，變通的措施。

〔九〕曲成：因時乘變，使有所成。《易·繫辭上》：「曲成萬物而不遺。」注：「曲成者，乘變以應物，不係一方者也。」便，底本原作「更」，據述古堂本、《全唐文》改。

〔一〇〕厚俗：使風俗淳厚。

〔一一〕「公先」五句：《舊唐書·苗晉卿傳》曰：「開元二十三年，遷吏部郎中。二十四年，與吏部郎中孫逖並拜中書舍人。二十七年，以本官權知吏部選事。……二十九年，拜吏部侍郎。前後典選五年……天寶二年春，御史中丞張倚男奭參選，晉卿與（宋）遥以倚初承恩，欲悦附之，考選人判等凡六十四人，分甲乙丙科，奭在其首。衆知奭不知書，論議紛然。……上怒，晉卿貶爲安康郡太守。……天寶三載閏二月，轉魏郡太守，充河北採訪處置使，居職三年，政化洽聞。」安康郡，《舊唐書·地理志》：「金州……天寶元年，改爲安康郡。至德二年二月，改爲漢南郡。乾元元年，復爲金州。」治所在今陝西安康。

〔一二〕以上三句《全唐文》作「公諱晉卿，字元輔，潞州壺關人也」。又後二「某」字底本原無，上字據宋蜀本、述古堂本、明十卷本補，下字據宋蜀本補。

〔一三〕「其出」三句：《舊唐書》本傳云：「世以儒素稱。祖夔，高道不仕，追贈禮部尚書。父殆庶，官至絳州龍門縣丞，早卒，以晉卿贈太子少保。」李華《苗晉卿墓誌銘》云：「祖襲夔，贈太子太師。父殆庶，贈禮部尚書。」韓愈《河南府法曹參軍盧君夫人苗氏墓誌》：「曾大父襲夔，贈禮部尚書。大父殆庶，贈太子太師。」《唐代墓誌彙編》會昌〇三一《上黨苗（縝）府君墓誌銘》：「大王父諱殆庶，皇贈太子太師。王父諱晉卿，相三君。」出處，源頭，來源。本末，原委。奕世，累世。

〔一四〕邦伯：《書·召誥》：「命庶殷，侯甸男邦伯。」傳：「邦伯，方伯，即州牧也。」後因稱州刺史爲邦伯。

〔一五〕按部：巡視部屬。

〔一六〕閉閤思政、下車作威：俱見《送李睢陽》注〔一六〕。

〔一七〕移書：發布公文。示禁：宣布禁令。

〔一八〕鮮明：精明，處事明決。《漢書·馬宫傳》：「三公之任，鼎足承君，不有鮮明固守，無以居位。」鮮，《全唐文》作「賢」，蓋因不明「鮮明」之義而妄改。

〔一九〕治行：治理政務的成績。

〔二〇〕宿訟：積久不決的訟事。《文選》沈約《齊故安陸昭王碑文》：「疑獄得情而弗喜，宿訟兩讓而同歸。」李善注：「《東觀漢記》曰：魯恭爲中牟令，宿訟許伯等爭陂澤田，積年州郡不決，恭平理曲直，各退自相責讓。」

〔二一〕餘地剖分：遊刃有餘地予以剖析。《莊子·養生主》：「以無厚入有間，恢恢乎其於遊刃必有餘地矣。」剖，底本原作「割」，此從宋蜀本。

〔二二〕疑獄：難於判明的案件。自誣：本無罪而被迫認罪。《史記·李斯傳》：「趙高治斯，榜掠千餘，不勝痛，自誣服。」

〔二三〕容光立照：《孟子·盡心上》：「日月有明，容光必照焉。」容光，可以容納光綫的小縫隙。句謂苗明如日月，立時洞悉幽微。

〔二四〕「安全」二句：用黄霸事。《漢書·黄霸傳》：「（霸）爲潁川太守……力行教化而後誅罸，務在成就、全安長吏（注：「不欲易代及損傷之也。」）。許丞老，病聾，督郵白欲逐之，霸曰：『許丞廉吏，雖老，尚能拜起送迎，正頗重聽，何傷？且善助之，毋失賢者意。』或問其故，霸曰：『數易長吏，送故迎新之費，及姦吏緣絶簿書，盜財物，公私費耗甚多，皆當出於民，所易新吏，又未必賢，或不如其故，徒相益爲亂。』」長吏，指縣吏位尊者；丞，謂縣丞。《漢書·百官公卿表》：「縣令、長皆秦官……皆有丞、尉，秩四百石至二百石，是爲長吏。」

〔二五〕「成就」二句：用文翁事。《漢書·文翁傳》：「（翁）爲蜀郡守，仁愛好教化，見蜀地僻陋，有蠻夷風，文翁欲誘進之，乃選郡縣小吏開敏有才者張叔等十餘人，親自飭厲，遣詣京師，受業博士，或學律令，減省少府（注：「少府，郡掌財物之府。」）用度，買刀布蜀物，齎計吏以遺博士。數歲，蜀生皆成就還歸，文翁以爲右職（注：「郡中高職也。」），用次察舉，官有至郡守刺史者。又修起學官於成都市中，招下縣子弟，以爲學官弟子，爲除更繇（注：「不令從役也。」），高者以補郡縣吏，次爲孝弟力田。……數年，爭欲爲學官弟子，富人至出錢以求之，由是大化，蜀地學於京師者，比齊魯焉。」光，大；《全唐文》作「先」。吏，宋蜀本、明十卷本、奇字齋本俱作「史」。

〔二六〕「導德」二句：《論語·爲政》：「道（導）之以德，齊（整齊、約束）之以禮，有恥（有羞恥之心）且格（方正）。」

〔二七〕「謝亭」句：《漢書·趙廣漢傳》：「廣漢（時爲京兆尹）嘗記召湖都亭長（注：「爲書記以召之。」），湖都亭長西至界上，界上亭長戲曰：『至府爲我多謝問（注：「若今人言千萬問訊矣。」）趙君。』亭長既至，廣漢與語，問事畢，謂曰：『界上亭長寄聲謝我，何以不爲致問？』亭長叩頭服實有之，廣漢因曰：『還，爲我謝界上亭長，勉思職事，有以自效，京兆不忘卿厚意。』其發姦擿伏如神，皆此類也。」《漢書·百官公卿表》：「大率十里一亭，亭有長。」

〔二八〕「勞野」三句：《漢書·黄霸傳》：「（霸）爲潁川太守……嘗欲有所司察，擇長年廉吏遣行，屬令周密（注：「周密，不泄漏也。」）。吏出，不敢舍郵亭，食於道旁，烏攫其肉，民有欲詣府口言事者，適見之，霸與語，道此。後日吏還，謁霸，霸見，迎勞之曰：『甚苦，食於道旁，乃爲烏所盜肉。』吏大驚，以霸具知其起居，所問，毫氂不敢有所隱。……其識事聰明如此。吏民不知所出，咸稱神明。」勞，慰勞。野次，在野外止息。

〔二九〕共：通「供」。清節：高潔的節操。過求：過度之求。二句就苗爲河北道採訪使而言。

〔三〇〕句謂各部門上報文書。

〔三一〕巧詆：以巧言詆毁誣陷。《史記·汲鄭列傳》：「刀筆吏專深文巧詆，陷人於罪。」巧，底本原作「污」，據宋蜀本、述古堂本校正。

山東古之七雄〔一〕，河北有其四國〔二〕，地方數千里，人蓋億萬計。獻子三歎之饋〔三〕，滋無舊德〔四〕；平原十日之飲，顧有遺風〔五〕。朱亥袖椎〔六〕，豪雄扼腕〔七〕；曹王拂局〔八〕，輕薄爲心〔九〕。奢泰擬都護之堂〔一〇〕，遲緩學邯鄲之步〔一一〕。公抑末技而敦本〔一二〕，斥浮食以歸業〔一三〕。督課八政〔一四〕，擇良吏以遺行；講求六籍〔一五〕，置學官于便坐〔一六〕。于是横經左塾〔一七〕，力穡先疇〔一八〕，盡業農桑，大興庠序〔一九〕。家知禮義，更式段干之廬〔二〇〕；户有京坻〔二一〕，增修史起之廟〔二二〕。叢臺歌舞成市〔二三〕，鄴郡帝王舊都〔二四〕，袨服靚妝〔二五〕，挾筑跕屣〔二六〕，淇上留客〔二七〕，河間數錢〔二八〕。公課其組紝之庸〔二九〕，制其婚嫁之節〔三〇〕。冶容絶四方之袖〔三一〕，織室致五匹之工〔三二〕。刑于上官〔三三〕，訓及處子〔三四〕。鄭聲衛樂〔三五〕，共棄師襄〔三六〕；趙帶燕裾〔三七〕，思齊漆室〔三八〕。漁陽騎客〔三九〕，奏報本朝，鯷海樓船〔四〇〕，連漕絶域〔四一〕，郊迎館給〔四二〕，不敢淫其芻蕘〔四三〕；水路陸衢，盡若安于枕席。某載月日，詔賜紫袍玉帶、金魚袋〔四四〕，衣若干副。方伯十連〔四五〕，賴其澄清之轡〔四六〕；天子七命，賜以安吉之衣〔四七〕。緹油屏車〔四八〕，璽書增秩〔四九〕，未是過也。

〔一〕山東：指崤山、函谷關以東地區。戰國七雄之中，實際上只有六國在山東。

〔二〕「河北」句：在唐開元天寶時，河北道所轄的州中，懷、衛、相、魏、澶五州，是古魏國之地，洺、邢、趙、恒、定、莫、瀛、深、冀、貝十州，是古趙國之地，易、嬀、營、平、幽、薊、檀七州，爲古燕國之地，博、德、滄、棣四州，爲古齊國之地，故云。

〔三〕「獻子」句：《左傳》昭公二十八年：「冬，梗陽人有獄（訟），魏戊（時爲梗陽大夫）不能斷，以獄上（上於魏獻子）。其大宗（杜注：「訟者之大宗。」宗子所在之宗曰大宗）賂以女樂，魏子（魏獻子）將受之。」魏戊謂閻没、女寬（皆晋大夫）曰：『主以不賄聞於諸侯，若受梗陽人，賄莫甚焉。吾子必諫。』皆許諾。退朝，待於庭（待于魏子之庭）。饋入，召之（召二大夫同食）。比置（及置食也），三歎。既食，使坐。魏子曰：『……吾子置食之間三歎，何也？』同辭而對曰：『或賜二小人酒，不夕食（言昨夕未吃飯，已甚餓矣）。饋之始至，恐其不足，是以歎。中置（上菜之半也），自咎曰：「豈將軍（注：「魏子中軍帥，故謂之將軍。」）食之而有不足？」是以再歎。及饋之畢，願以小人之腹爲君子之心，屬（適）厭（足）而已（止）。』獻子辭梗陽人（謂拒不受賄）。」事亦載《國語・晉語》。饋，食。

〔四〕滋：益，愈加。此言風衰俗弊，益無獻子拒賄之德。

〔五〕「平原」句：《史記・范睢蔡澤列傳》：「（秦昭王）乃詳（佯）爲好書遺平原君曰：『寡人聞君之高義，願與君爲布衣之友，君幸過寡人，寡人願與君爲十日之飲。』」《文選》陸厥《奉答内兄希叔》：「平原十日飲，中散千里遊。」顧：反而。二句謂反有朋友聚飲之風。

〔六〕朱亥袖椎：《史記・魏公子列傳》：「（信陵君）至鄴，矯魏王令代晉鄙。晉鄙合符，疑之……朱亥袖四十斤鐵椎（謂袖藏大鐵錘），椎殺晉鄙。」參見《夷門歌》注〔三〕、〔七〕。

〔七〕扼腕：表示振奮、憤慨。《戰國策・燕策三》：「樊於期偏袒扼腕而進曰：『此臣日夜切齒拊心也。』」注：「勇者奮厲必以左手扼右腕也。」

〔八〕曹王拂局：指曹丕善爲彈棋之戲。《世説新語・巧藝》：「彈棊始自魏宮内，用裝奩戲。文帝於此戲特妙，用手巾角拂之，無不中。有客自云能，帝使爲之，客著葛巾角低頭拂棊，妙踰于帝。」

曹操卒，丕嗣位爲丞相、魏王，故曰曹王。局，指棋局，參見《故人張諲……聊獲酬之》注〔二〕。

〔九〕輕薄：輕佻浮薄。

〔一〇〕奢泰：同「奢汰」，奢侈無度。都護之堂：《文選》左思《魏都賦》：「都護之堂，殿居綺牕。」劉淵林注：「都護者，將軍曹淵也（按，魏有都護將軍）。」吕向注：「都護，宫名。居殿之中，飾爲綺窗。」

〔一一〕「遲緩」句：《莊子·秋水》：「且子獨不聞乎壽陵（燕邑）餘子（少年）之學行於邯鄲（趙都）與？未得國能，又失其故行矣，直匍匐而歸耳！」《太平御覽》卷三九四引《莊子》，兩「行」字俱作「步」。

〔一二〕末技：古指工商業。而，宋蜀本、述古堂本俱作「以」。敦本：注重本業（農業）。《宋書·武帝紀》：「公抑末敦本，務農重積。」

〔一三〕浮食：見《祭兵部房郎中文》第一段注〔九〕。歸業：謂使浮食者復業。

〔一四〕督課：督察考核。八政：《書·洪範》：「三、八政：一曰食，二曰貨，三曰祀，四曰司空，五曰司徒，六曰司寇，七曰賓，八曰師。」疏：「一曰食，教民使勤農業也；二曰貨，教民使求資用也；三曰祀，教民使敬鬼神也；四曰司空之官，主空土以居民也；五曰司徒之官，教衆民以禮義也；六曰司寇之官，詰治民之姦盗也；七曰賓，教民以禮待賓客相往來也；八曰師，立師防寇賊以安保民也。」又《禮記·王制》云：「司徒……齊八政以防淫（疏：「淫謂過奢侈。」）。……八政：飲食、衣服、事爲、異别、度、量、數、制。」注：「飲食爲上，衣服次之。事爲，謂百工技藝也。異别，五方用器不同也。度，丈尺也。量，斗斛也。數，百十也。制，布帛幅廣狹也。」

〔一五〕六籍：即六經。

〔一六〕「置學」句：用文翁事。《漢書・文翁傳》：「（翁）爲蜀郡守……常選學官（學校）僮（童）子，使在便坐受事。每出行縣，益從學官諸生明經飭行者與俱，使傳教令，出入閨閤，縣邑吏民，見而榮之。」注：「便坐，别坐，可以視事，非正廷也。」

〔一七〕橫經：見《上張令公》注〔一〇〕。左塾：塾爲古時里中教學之所，居里門邊，在西側曰左塾，東側曰右塾。《禮記・學記》：「古之教者，家有塾，黨有庠。」注：「古者仕焉而已者，歸教於閭里，朝夕坐於門。門側之堂謂之塾。」疏：「《周禮》：百里之内，二十五家爲閭，同共一巷，巷首有門，門邊有塾。謂民在家之時，朝夕出入，恒受教于塾，故云家有塾。《白虎通》云：古之教民，百里皆有師，里中之老有道德者爲里右師，其次爲左師，教里中之子弟以道藝孝悌仁義也。」「案書傳説云：大夫七十而致仕，而退老，歸其鄉里，大夫爲父師，士爲少師，新穀已入，餘子皆入學，距冬至四十五日始出學。上老平明坐於右塾，庶老坐于左塾，餘子畢出，然後皆歸，夕亦如之。」

〔一八〕力穡：盡力耕作。《書・盤庚上》：「若農服田力穡，乃亦有秋。」先疇：祖先的田地。班固《西都賦》：「士食舊德之名氏，農服先疇之畎畝。」

〔一九〕庠序：古代地方所設的學校。《孟子・梁惠王上》：「謹庠序之教。」

〔二〇〕「更式」句：段干，段干木，戰國魏人，隱居不仕。干，底本原作「子」，此從宋蜀本。《吕氏春秋・期賢》：「魏文侯過段干木之閭而軾之，其僕曰：『君胡爲軾？』曰：『此非段干木之閭歟！段干木，蓋賢者也，吾安敢不軾？且吾聞段干木未嘗肯以己易寡人也，吾安敢驕之？段干木光乎德，寡人光乎勢；段干木富乎義，寡人富乎財。』其僕曰：『然則君何不相之？』于是君請相之，段干木不肯受，則君乃致禄百萬而時往館之。于是國人皆喜，相與誦之曰：『吾君好正，段干木之敬；吾君好忠，段干木之隆。』」參見《史記・魏世家》及《正義》。式，通「軾」。古之車多立乘，俯憑車前横木以示敬意曰軾。

〔二一〕京坻：謂糧食堆積如山。《詩・小雅・甫田》：「曾孫之庾，如坻如京。」傳：「京，高丘也。」箋：「庾，露積穀也。坻，水中之高地也。」

〔二二〕史起：《漢書・溝洫志》：「魏文侯時，西門豹爲鄴令，有令名。至文侯曾孫襄王時，與群臣飲酒，王爲群臣祝曰：『令吾臣皆如西門豹之爲人臣也。』史起進曰：『魏氏之行田也，以百畝（注：「賦田之法，一夫百畝也。」），鄴獨二百畝，是田惡也。漳水在其旁，西門豹不知用，是不智也。知而不興，是不仁也。仁智，豹未之盡，何足法也？』於是以史起爲鄴令，遂引漳水溉鄴，以富魏之河内，民歌之曰：『鄴有賢令兮爲史公，決漳水兮灌鄴旁，終古舄鹵（注：「謂鹹鹵之地也。」）兮生稻粱。』」廟，底本原作「貌」，此從《全唐文》。

〔二三〕叢臺：戰國趙築，故址在今河北邯鄲市。《漢書・高后紀》：「趙王宮叢臺災。」注：「連聚非一，故名叢臺，蓋本六國時趙王故臺也，在邯鄲城中。」又《鄒陽傳・上吴王書》云：「夫全趙之時，武力鼎士袨服（注：「盛服也。」）叢臺之下者，一旦成市。」

〔二四〕「鄴郡」句：唐鄴郡（即相州，天寶元年改名，治所在安陽）有鄴縣，戰國魏文侯都此，秦置縣。漢以後爲魏郡治所。漢末曹操爲魏王，定都于此。曹丕代漢，鄴仍爲五都之一。十六國時後趙、前燕、北朝東魏、北齊皆建都于此。

〔二五〕袨服靚（jìng 静）妝：《文選》左思《蜀都賦》：「都人士女，袨服靚粧。」劉淵林注：「張揖曰：靚謂粉白黛黑也。」靚粧亦作靚莊、靚妝，謂塗脂抹粉，妝飾艷麗。袨服，盛服，艷服。

〔二六〕筑：古弦樂器名，形如琴，十三弦。跕（tiē 貼）屣：足尖躡履而行，謂作舞步也。《史記·貨殖列傳》：「中山（在今河北定州一帶）地薄人衆……女子則鼓鳴瑟，跕屣，游媚貴富，入後宮，偏諸侯。」集解：「瓚曰：躡跟（曳履）爲跕也。」《漢書·地理志》：「趙、中山地薄人衆……女子彈弦跕躧，游媚富貴。」注：「躧字與屣同。屣謂小履之無跟者也，跕謂輕躡之也。」

〔二七〕淇上留客：《詩·鄘風·桑中》：「云誰之思？美孟姜矣。期我乎桑中，要（邀）我乎上宫，送我乎淇之上矣！」此變用其意。

〔二八〕河間數錢：言其愛財。《後漢書·五行志》：「桓帝之初，京都童謡曰：『城上烏，尾畢逋。……車班班，入河間（戰國趙地，漢置國，故治在今河北河間西南。句指竇武等人自河間迎立靈帝）。河間姹女（指靈帝之母董太后，她是河間人。姹女，少女）工數錢（擅長查點錢，謂貪財好聚斂），以錢爲室金作堂。……』」

〔二九〕組紝：紡織，編織。《禮記·内則》：「女子十年不出……執麻枲，治絲繭，織紝組紃，學女事，以共衣服。」疏：「組紃俱爲絛也，紝爲繒帛。」庸：功。句謂稽查其婦功。

〔三〇〕制，底本原作「開」，此從宋蜀本。節：期。

〔三一〕冶容：妖艷的打扮。《易·繫辭上》：「慢藏誨盜，冶容誨淫。」四方之袖：《後漢書·馬廖傳》：「長安語曰：城中好高髻，四方高一尺。……城中好大袖，四方全匹帛。」此言四方之女妝已絕冶容。

〔三二〕「織室」句：《焦仲卿妻》：「雞鳴入機織，夜夜不得息。三日斷五疋，大人故嫌遲。」致，達到。工，通「功」。

〔三三〕刑：同「型」，榜樣，做榜樣。《孟子·梁惠王上》：「《詩》云：『刑于寡妻，至于兄弟，以御于家邦。』（見《大雅·思齊》）言舉斯心加諸彼而已。」上官：高官。

〔三四〕處子：處女。《孟子·告子下》：「踰東家牆而摟其處子，則得妻。」

〔三五〕鄭聲衛樂：《論語·衛靈公》：「鄭聲淫。」《禮記·樂記》：「鄭衛之音，亂世之音也。」

〔三六〕師襄：亦稱師襄子。《韓詩外傳》卷五：「孔子學鼓琴於師襄子而不進。」《史記·孔子世家》載孔子在衛學鼓琴於師襄子，則師襄當爲衛樂官。《論語·微子》：「少師陽、擊磬襄（皆魯樂官）。入于海。」《孔子家語·辯樂》：「孔子學琴於師襄子，師襄子曰：『吾雖以擊磬爲官，然能於琴。』」清梁玉繩《漢書人表考》卷四謂《家語》誤將師襄與擊磬襄混爲一人。此處泛指樂師。

〔三七〕趙帶燕裾：指燕趙之美女。沈約《洛陽道》：「洛陽大道中，佳麗實無比。燕裾傍日開，趙帶隨風靡。」又《八詠詩・會圃臨春風》云：「開燕裾，吹趙帶。趙帶飛參差，燕裾合且離。回簪復轉黛，顧步惜容儀。」

〔三八〕思齊：思與之齊同。《論語・里仁》：「見賢思齊焉，見不賢而内自省也。」漆室：指漆室女。《列女傳》卷三：「漆室女者，魯漆室邑之女也。過時未適人。當穆公時，君老太子幼，女倚柱而嘯，旁人聞之，莫不爲之慘者。其鄰人婦從之遊，謂曰：『何嘯之悲也，子欲嫁耶？吾爲子求偶。』漆室女曰：『……吾豈爲不嫁不樂而悲哉！吾憂魯君老，太子幼。』鄰婦笑曰：『此乃魯大夫之憂，婦人何與焉？』漆室女曰：『不然，非子所知也。……今魯君老悖，太子少愚，愚僞日起。夫魯國有患者，君臣夫子皆被其辱，禍及衆庶，婦人獨安所避乎？』」

〔三九〕漁陽：唐薊州，天寶元年改爲漁陽郡，治所在漁陽（今天津薊州區）。騎客：騎馬的客人。指自外國前來的客人。

〔四〇〕鯷（tí題）海：東鯷人所在的海外之國。《漢書・地理志》：「會稽海外有東鯷人，分爲二十餘國，以歲時來獻見云。」謝朓《永明樂》之五：「化洽鯷海君，恩變龍庭長。」沈約《從軍行》：「浮天出鯷海，東馬渡交河。」此處泛指海外之國。魏郡有水路直通渤海。

〔四一〕連漕：船接續而行。絶域：極遠之地。

〔四二〕館給：猶言提供住宿之便。

〔四三〕淫其芻蕘：見《裴僕射濟州遺愛碑》第三段注〔二八〕。

〔四四〕「詔賜」句：《舊唐書·輿服志》：「文武三品已上服紫，金玉帶。四品服深緋，五品服淺緋，並金帶。」《新唐書·車服志》：「（高宗）給五品以上隨身銀魚袋。……三品以上金飾袋。垂拱中，都督刺史始賜魚。……景雲中，詔衣紫者，魚袋以金飾之；衣緋者，以銀飾之。開元初……中書令張嘉貞奏致仕者佩魚終身，自是百官賞緋紫，必兼魚袋，謂之章服。」按，唐之章服，不依現任職事官而依散官之官品而定，職事官官階與散官官階的升降，各爲一途，兩者之間常不一致，如張嘉貞爲正三品之中書令而著緋服；由于此種緣故，朝廷對職事官階已及三品而散階未及三品、職事官階已及五品而散階未及五品者，有賜紫、賜緋之特典。凡賜緋紫者例皆兼魚袋。參見岑仲勉《金石論叢》第四六二至四六四頁。魏郡（上郡）太守從三品，句即指天子給苗以賜紫的特遇。

〔四五〕方伯十連：《禮記·王制》：「天子之田方千里。……千里之外設方伯（一方之長）。五國以爲屬，屬有長。十國以爲連，連有帥。三十國以爲卒，卒有正。二百一十國以爲州，州有伯。八州八伯……八伯各以其屬屬于天子之老二人，分天下以爲左右，曰二伯。」注：「屬、連、卒、州，猶聚也。伯、帥、正，亦長也。」此處泛指地方長官。連，底本原作「聯」，此從《全唐文》。

〔四六〕澄清之轡：用「攬轡澄清」之意。《後漢書·范滂傳》：「時冀州飢荒，盜賊群起，乃以滂爲清詔使，按察之。滂登車攬轡，慨然有澄清天下之志。」後因以「攬轡澄清」指官吏初到任即能澄清政治，穩定亂局。《舊唐書·姚璹傳》：「果能攬轡澄清，下車整肅。」

〔四七〕「天子」二句：《詩·唐風·無衣》：「豈曰無衣七兮（傳：「侯伯之禮七命，冕服七章。」箋：「我豈無是七章之衣乎？」）？不如子之衣，安且吉兮！」疏：「晉大夫美武公能并晉國（指武公以孽奪宗滅晉侯緡事），而未得命服，故爲之請於天子之使曰：我晉國之中，豈曰無此衣之七章兮？晉舊有之矣，但不如天子之衣，我若得之，則心安而且又吉兮。天子命諸侯，必賜之以服，故請其衣。……諸侯不命於天子則不成爲國君，武公并晉，心不自安，故得王命服，則安且吉兮。」按，周之官秩，自一命至九命，分爲九等，每等（命）之衣服，各有一定之制，故謂之命服；晉唐叔之封爵爲侯，侯伯七命，當服七章之衣，故請之。此處借用其事，喻天子詔賜苗公著紫服。

〔四八〕緹（tí題）油屏車：用黄霸事。《漢書·黄霸傳》：「上擢霸爲揚州刺史，三歲，宣帝下詔曰：『制詔御史，其以賢良高第揚州刺史霸爲潁川太守，秩比二千石，居官賜車蓋，特高一丈，别駕主簿車，緹油屏泥於軾前，以章（彰）有德。』」緹油屏泥，指車前用赤油布爲擋泥之物。《後漢書·劉盆子傳》：「乘軒車大馬，赤屏泥。」注：「赤屏泥，謂以緹油屏泥於軾前。」

〔四九〕璽書增秩：《漢書·循吏傳·序》：「（宣帝）厲精爲治……故二千石（郡太守）有治理效，輒以璽書勉厲，增秩賜金，或爵至關内侯，公卿缺，則選諸所表以次用之。」璽書，詔書。秩，俸禄。

勝殘之化既成，觀俗之風允穆，優游無事，學宦思歸，況乎父母之邦，近在嬰兒之國，表請拜掃，有詔許焉〔一〕。預約守宰，幸無偵候〔二〕。至郡則投刺上謁〔三〕，至邑則舍車而徒〔四〕。展禮先塋〔五〕，椎心泣血〔六〕；迴趨長老，稽顙緒言〔七〕。宗人族姻，姑黨姪行，覿以重幣〔八〕，筐篚偏于里閭〔九〕；享有加牢〔一〇〕，牛酒溢于衢陌。朱軒駟馬〔一一〕，耀于衡門〔一二〕；紫綬雙龜〔一三〕，出入編户〔一四〕。蘇公佩印，始歸鄉里盡歡〔一五〕；疏傅散金，不與子孫爲計〔一六〕。迨乎將去〔一七〕，仍以餘資，一置里社〔一八〕，備養生送死之具〔一九〕；一置鄉校〔二〇〕，開説禮敦《詩》之本〔二一〕。相如衣錦，且飛大漢檄書〔二二〕；買臣懷紱，不待長安廄吏〔二三〕。故使巴蜀太守，負弩前驅；會稽守丞，引章下拜〔二四〕。此蓋恨不禮于他日〔二五〕，思釋憾于故鄉〔二六〕，是輕桑梓之人〔二七〕，適騁斗筲之志〔二八〕，豈若公自心而至〔二九〕，率禮無違〔三〇〕，來悦去思〔三一〕，推才降體〔三二〕？平陽傳舍，不許望塵〔三三〕；山陰吏卒，詎聞治道〔三四〕？富貴還鄉，榮之至也；揚名顯親，孝之終也〔三五〕。凡百君子〔三六〕，無一至焉。

〔一〕「勝殘」八句：勝殘，見《裴僕射濟州遺愛碑》首段注〔五〕。觀俗，觀察風俗。允穆，言確實和美。嬰兒之國，《春秋》宣公十五年：「六月癸卯，晉師滅赤狄潞氏（國名，謂赤狄之別種曰潞氏者），以潞子嬰兒（潞氏之君）歸。」《元和郡縣志》卷一五：「潞州……春秋時屬晉，又兼有潞子之國。潞子嬰兒，爲晉所滅。」潞氏故地在今山西潞城縣東北。《舊唐書·苗晉卿傳》：「天寶三載閏二月，轉魏郡太守……會入計，因上表請歸鄉里。既至壺關，望縣門而步。小吏進曰：『太守位高德重，不宜自輕。』晉卿曰：『《禮》：「下公門，式路馬。」況父母之邦，所宜尊敬，汝何言哉！』大會鄉黨，歡飲累日而去。又出俸錢三萬爲鄉學本，以教授子弟。」

〔二〕守宰：郡守縣令。偵候：指偵察苗公何時到來。

〔三〕投刺：遞名帖求見。《梁書·諸葛璩傳》：「璩安貧守道，悦禮敦《詩》，未嘗投刺邦宰，曳裾府寺。」

〔四〕舍車而徒：《易·賁》：「初九，賁其趾，舍車而徒（步行）。」

〔五〕展禮：行禮。《南齊書·樂志·昭夏樂歌辭》：「涓辰選氣，展禮恭祇。」

〔六〕椎心泣血：形容極度悲痛。《文選》李陵《答蘇武書》：「何圖志未立而怨已成，計未從而骨肉受刑，此陵所以仰天椎心而泣血也！」

〔七〕稽顙：古代一種跪拜禮。緒言：《莊子·漁父》：「曩者先生有緒言而去，丘不肖，未知所謂。」《釋文》：「緒言，猶先言也。」此指搶先問候長老。

〔八〕姑黨：姑輩親族。覿：相見。幣：禮物。

〔九〕筐篚：皆竹器，方曰筐，圓曰篚，可用以盛幣帛。《詩·小雅·鹿鳴》序：「《鹿鳴》，燕群臣嘉賓也。既飲食之，又實幣帛筐篚，以將其厚意。」

〔一〇〕享：宴會。牢：牛羊豬等。《周禮·天官·宰夫》鄭注：「三牲牛羊豕具爲一牢。」賈疏：「以牛一羊一豕一稱牢。」加牢，謂非止一牢。

〔一一〕朱軒：紅漆車，古時貴族或朝廷使者所乘。

〔一二〕衡門：見《偶然作》其二注〔一〕。

〔一三〕紫綬：見《送高判官從軍赴河西序》末段注〔二六〕。雙龜：雙印，指兼任二職。《文選》潘岳《馬汧督誄》：「剔子雙龜，貫以三木。」李善注：「爲督守及關中侯，故雙龜也。」按，漢時除諸侯王金印外，其餘金、銀印皆龜鈕（印鼻刻爲龜形），漢衛宏《漢官舊儀》卷上云：「中二千石、二千石銀印青緺綬，皆龜鈕。」又補遺卷上云：「列侯印黄金龜鈕，文曰印；丞相、大將軍黄金印龜鈕，文曰章。」後因以龜鈕或龜指官印，《後漢書・西域傳・論》：「先馴則賞籯金而賜龜綬，後服則繫頭顙而釁北闕。」「龜綬」即印綬。苗爲太守，又官採訪使，故曰「雙龜」。

〔一四〕編户：編入户籍的平民。

〔一五〕「蘇公」二句：《史記・蘇秦列傳》：「蘇秦者，東周雒陽人也。……蘇秦爲縱約長，并相六國，北報趙王，乃行過雒陽，車騎輜重，諸侯各發使送之甚衆，擬於王者。……蘇秦喟然歎曰：『……且使我有雒陽負郭田二頃，吾豈能佩六國相印乎？』於是散千金，以賜宗族朋友。」

〔一六〕「疏傅」二句：《漢書・疏廣傳》載，廣爲太子太傅（掌輔導太子），在位五歲，上疏乞骸骨，上以其年老，許之，加賜黄金二十斤，皇太子贈以五十斤。「廣既歸鄉里，日令家共（供）具設酒食，請族人故舊賓客相與娱樂，數問其家金餘尚有幾所（許），趣（促）賣以共具」。居歲餘，費且盡，廣子孫私請廣所愛信丈人，勸説廣買田宅，廣曰：「吾豈老悖不念子孫哉！顧自有舊田廬，令子孫勤力其中，足以共衣食，與凡人齊，今復增益之，以爲贏餘，但教子孫怠惰耳。賢而多財，則損其志；愚而多財，則益其過。且夫富者，衆之怨也，吾既亡以教化子孫，不欲益其過而生怨。又此金者，聖主所以惠養老臣也，故樂與鄉黨宗族共饗其賜，以盡吾餘日，不亦可乎？」

〔一七〕迨：等到。

〔一八〕里社：里中祭土神之處。《史記·封禪書》：「民里社，各自財以祠。」此言將餘資一部分置於里社之中。「置里」，底本原作「里置」，據宋蜀本改。

〔一九〕養生送死：《孟子·離婁下》：「養生者不足以當大事，惟送死可以當大事。」養生，在父母生時奉養父母。送死，給父母送終。

〔二〇〕置鄉，底本原作「鄉置」，據述古堂本改。

〔二一〕説禮敦《詩》：《左傳》僖公二十七年：「……作三軍，謀元帥。趙衰曰：『郤縠可。臣亟聞其言矣，説(悦)禮、樂而敦(貴，重)《詩》、《書》。』」説，底本原作「閲」，此從《全唐文》。

〔二二〕「相如」二句：《漢書·司馬相如傳》：「相如爲郎數歲，會唐蒙使略通夜郎、僰中(注：「皆西南夷也。」)，發巴蜀吏卒千人，郡又多爲發轉漕萬餘人，用軍興法，誅其渠率，巴蜀民大驚恐，上聞之，乃遣相如責唐蒙等，因諭告巴蜀民以非上意，檄曰：『……』相如還報(注：「使訖還報天子也。」)，唐蒙已略通夜郎……是時邛、莋之君長，聞南夷與漢通，得賞賜多，多欲願爲内臣妾……乃拜相如爲中郎將，建節往使。副使者王然于、壺充國、吕越人，馳四乘之傳，因巴蜀吏幣物以賂西南夷。至蜀，太守以下郊迎，縣令負弩矢先驅(注：「導路也。」)，蜀人以爲寵。」衣錦，指衣錦還鄉，相如蜀郡成都人，故云。飛，迅速傳送。

〔二三〕「買臣」二句：《漢書·朱買臣傳》：「上拜買臣會稽太守（買臣會稽人）。……初，買臣免（坐事免官），待詔，常從會稽守邸（諸郡在京師設置的住所曰邸）者寄居飯食。拜爲太守，買臣衣故衣，懷其印綬，步歸郡邸。直（值）上計（郡中遣吏至京上計簿）時，會稽吏方相與群飲，不視買臣。買臣入室中，守邸與共食，食且飽，少見（注：「見，顯示也。」）其綬，守邸怪之，前引其綬視其印，會稽太守章也。守邸驚，出語上計掾吏……其故人素輕買臣者，入視之，還走疾呼曰：『實然。』坐中驚駭，白守丞（指至京上計簿的郡丞），相推排陳列中庭拜謁，買臣徐出户。有頃，長安廄吏（驛站掌管馬匹的吏人）乘駟馬車來迎，買臣遂乘傳去。」紱，繫官印的絲帶，也代指官印；《全唐文》作「綬」。「不待」句謂買臣不等長安廄吏駕車，即自步歸郡邸，顯示其綬。待，底本原作「德」，據宋蜀本改。

〔二四〕引章：即指「引其綬視其印」。

〔二五〕不禮于他日：謂昔日不被禮待。按，相如在蜀時，臨邛富人卓王孫女文君奔相如，王孫怒，不分予財，相如家貧，無以爲業，乃令文君當壚，身自「與庸保雜作，滌器於市中」；買臣居會稽，亦家貧爲人所輕，常刈薪樵賣以給食，其妻不堪貧困，捨之而去。

〔二六〕釋憾：猶言解恨，指報復。《左傳》隱公五年：「請君釋憾於宋，敝邑爲道（導）。」

〔二七〕桑梓：故鄉。

〔二八〕騁：展露，放縱。斗筲（shāo 燒）：都是容量不大的量器，因用以喻人之才識短淺，器量狹小。《論語・子路》：「斗筲之人，何足算也。」

〔二九〕自心而至：猶言出於本心而行。

〔三〇〕率禮無違：《後漢書・朱浮傳》：「浮復上疏曰：『陛下清明履約，率（遵循）禮無違……』」

〔三一〕來悦：謂來時鄉人歡悦。去思：《漢書・循吏傳・序》：「所居民富，所去見思。」

〔三二〕推才：推獎有才能之人。降體：貶抑自身。

〔三三〕「平陽」二句：《漢書・霍光傳》：「霍光，字子孟，驃騎將軍去病弟也。父中孺，河東平陽（今山西臨汾西南）人也，以縣吏給事平陽侯家，與侍者衛少兒私通，而生去病。中孺吏畢歸家，娶婦生光，因絶不相聞。……（去病）既壯大，迺自知父爲霍中孺。未及求問，會爲驃騎將軍擊匈奴，道出河東。河東太守郊迎，負弩矢先驅，至平陽傳舍，遣吏迎霍中孺。中孺趨入拜謁，將軍迎拜，因跪曰：『去病不早自知爲大人遺體也。』中孺扶服（匍匐）叩頭，曰：『老臣得託命將軍，此天力也。』去病大爲中孺買田宅奴婢而去。」望塵，指望塵而拜。

〔三四〕「山陰」二句：用朱買臣事。《漢書・朱買臣傳》：「上拜買臣會稽太守。……會稽聞太守且至，發民除道，縣吏並送迎車百餘乘。入吴界，見其故妻，妻夫治道。」趙殿成曰：「易會稽爲山陰者，蓋以叶聲之輕重耳。」按，買臣會稽吴人，西漢會稽郡治所即在吴（今蘇州），至東漢順帝時方移治山陰（今浙江紹興），或作者爲避免與上文『會稽』字相重，而易會稽爲山陰耳。二句指苗公還鄉，未聞有令吏卒治道之事。

〔三五〕「揚名」二句：《孝經・開宗明義章》：「立身行道，揚名於後世，以顯父母，孝之終也。」

〔三六〕凡百君子：《詩・小雅・雨無正》：「凡百君子，各敬爾身。」箋：「凡百君子，謂衆在位者。」

公當九伯之官〔一〕，兼八使之任〔二〕，深總大體〔三〕，不求于無虞〔四〕；□□□□〔五〕，□□於草竊〔六〕。政成德舉〔七〕，風動神行〔八〕。頃有勳臣，旁典屬郡，曩者風雲際會〔九〕，攀附騰驤〔一〇〕，貪天之功，以爲己力〔一一〕，謂國不忘，尚嘉迺勳，宋父宣驕〔一二〕，條侯倨貴〔一三〕，當關常從〔一四〕，横恣不法，帷帳狗馬，僭侈踰制〔一五〕。公劾之則重傷國恩，置之則大廢邦典〔一六〕，于是喻以禍福，告之話言〔一七〕：昔有不愛趙城，將蹈滄海〔一八〕，既尊漢室，願遂赤松〔一九〕，功成不居〔二〇〕，道家所韙〔二一〕。至于析珪分組〔二二〕，跨壤連州〔二三〕，懷四術而自疑〔二四〕，見九重而失望〔二五〕，或冤家上變〔二六〕，司敗受辭〔二七〕，朝享膏粱，寧知獄吏〔二八〕？暮成葅醢，遍賜諸侯〔二九〕。難恃白馬之盟〔三〇〕，徒思黄犬之樂〔三一〕。彫牆峻宇〔三二〕，萬乘猶憚十舋〔三三〕；紫衣狐裘，一朝而數三罪〔三四〕。雖嫌絳、灌等列〔三五〕，不踰梁、楚爲墟〔三六〕。于是翕肩振驚〔三七〕，折節受教〔三八〕，杜門謝絶賓客，終身不紊紀綱。以寬服人，實在有德。厥有挾左道〔三九〕，飛訛言〔四〇〕，南國青珠之符〔四一〕，東海赤刀之術〔四二〕，分風送客〔四三〕，割水飲人〔四四〕，僞辯而納之于邪〔四五〕，善誘而濟之以惡〔四六〕，户外多保汝之屨〔四七〕，恐爲亂階〔四八〕；門前無長者之車〔四九〕，知其惑衆。公奉誅首惡〔五〇〕，悉宥面從〔五一〕。丕蔽要囚〔五二〕，惟良折獄〔五三〕，議事以制，不徵于書〔五四〕，副至仁之納隍〔五五〕，用輕典于平國〔五六〕。刑期不濫〔五七〕，人乃大安；奏課計功，天下小察〔五八〕。責吏以實，則舉其不矜〔五九〕；欲人自新，則貰其宿負〔六〇〕。官以德舉，政以禮成〔六一〕。至于賞善勸能，正源端本〔六二〕，齊風變魯〔六三〕，蓋以悉禮名儒〔六四〕；晋盗奔秦〔六五〕，豈侯多誅惡少？納貢獻賦，則惟恐居後；疇庸命賞〔六六〕，則義不敢先。布以聖恩，奉宣明主之詔〔六七〕；問其理狀，對用議曹之言〔六八〕。邦家之光〔六九〕，其斯謂矣！

〔一〕九伯：《左傳》僖公四年：「五侯九伯，女實征之。」九伯謂九州之伯。各州諸侯之長曰伯。此處指州郡長官。

〔二〕八使：《後漢書・周舉傳》：「時詔遣八使，巡行風俗，皆選素有威名者，乃拜舉爲侍中，與侍中杜喬、守光禄大夫周栩、前青州刺史馮羡、尚書欒巴、侍御史張綱、兖州刺史郭遵、太尉長史劉班，並守光禄大夫，分行天下。其刺史二千石有臧罪顯明者，驛馬上之，墨綬（即黑綬，《後漢書・輿服志》：「千石六百石黑綬。」）以下，便輒收舉。其有清忠惠利，爲百姓所安，宜表異者，皆以狀上。於是八使同時俱拜，天下號曰八俊。」句指苗兼任採訪處置使。

〔三〕總：總領，統管。大體：本質，要點。《三國志・魏書・陳矯傳》：「所在操綱領，舉大體，能使群下自盡。」大，底本原作「之」，此從宋蜀本。

〔四〕無虞：《詩·魯頌·閟宮》：「無貳無虞，上帝臨女。」傳：「虞，誤也。」小誤難免，故曰「不求于無虞」。

〔五〕以上空闕字底本原無，此從《全唐文》。

〔六〕草竊：《書·微子》：「殷罔不小大好草竊姦宄。」傳：「草野竊盜又爲姦宄於内外。」

〔七〕舉：立。

〔八〕風動神行：《文選》沈約《齊故安陸昭王碑文》：「公下車敷化，風動神行。」吕延濟注：「風動神行，言化無所不至也。」

〔九〕屬郡：指河北採訪處置使屬下的州郡。風雲際會：喻遭遇機會。

〔一〇〕騰驤：張衡《西京賦》：「負筍業而餘怒，乃奮翅而騰驤。」薛綜注：「騰，超也。驤，馳也。」此喻發迹。

〔一一〕「貪天」二句：語出《左傳》僖公二十四年：「天未絶晋，必將有主。主晋祀者，非君而誰？天實置之，而二三子以爲己力，不亦誣乎？竊人之財，猶謂之盜，況貪天之功以爲己力乎？」

〔一二〕迺：其。宋父宣驕：《左傳》昭公二十五年：「禂父（魯昭公）喪勞（注：「死外，故喪勞。」），宋父以驕（注：「宋父，定公，代立，故以驕。」）。」宣驕，驕奢。宣，侈大。《詩·小雅·鴻雁》：「維此哲人，謂我劬勞。維彼愚人，謂我宣驕。」此以宋父喻「勳臣」。

〔一三〕條侯倨貴：《史記·酷吏列傳》：「丞相條侯（周亞夫）至貴倨也，而（郅）都揖丞相。」潘岳《西征賦》：「輕棘霸之兒戲，重條侯之倨貴。」倨，傲。

〔一四〕當關：門吏。《文選》嵇康《與山巨源絶交書》：「卧喜晚起，而當關呼之不置，一不堪也。」張銑注：「漢置當關之職，欲曉，即至門呼人使起。」常從：平時的隨從人員。

〔一五〕僭（jiàn賤）侈：奢侈過度，超越本分。

〔一六〕邦典：國家的法令制度。《周禮・秋官・大司寇》：「凡諸侯之獄訟，以邦典定之。」注：「邦典，六典也。」

〔一七〕告之話言：《詩・大雅・抑》：「其維哲人，告之話言，順德之行。」傳：「話言，古之善言也。」

〔一八〕「昔有」二句：用戰國齊魯仲連事。《史記・魯仲連鄒陽列傳》載，秦兵圍邯鄲，趙求救于魏，魏王畏秦，止兵不進，使新垣衍入邯鄲，説趙尊秦爲帝，以退秦兵，平原君猶豫不能決。魯仲連見新垣衍，言尊秦爲帝之害，新垣衍服其論。會魏公子無忌奪晋鄙軍救趙，秦軍遂引而去。「於是平原君欲封魯連，魯連辭讓，使者三，終不肯受。平原君乃置酒，酒酣，起前，以千金爲魯連壽，魯連笑曰：『所謂貴於天下之士者，爲人排患釋難解紛亂而無取也，即有取者，是商賈之事也，而連不忍爲也。』遂辭平原君而去，終身不復見」。其後十餘年，魯仲連助齊田單收復聊城，田單「歸而言魯連，欲爵之，魯連逃隱於海上，曰：『吾與富貴而詘（屈）於人，寧貧賤而輕世肆志焉。』」趙殿成注謂此處蓋「混二事作一事用」。按，魯仲連説新垣衍曰：「彼秦者，棄禮義而上首功之國也。……彼即肆然而爲帝，過而爲政於天下，則連有蹈東海而死耳，吾不忍爲之民也。」

則此處似非混二事作一事用。

〔一九〕「既尊」二句：《史記・留侯世家》載，張良助劉邦定天下，以功封留侯，乃稱曰：「今以三寸舌爲帝者師，封萬户，位列侯，此布衣之極，於良足矣。願棄人間事，欲從赤松子（傳説中的仙人）游耳。」乃學辟穀，導引輕身。遂，成。

〔二〇〕功成不居：《老子》二章：「功成而弗居。夫唯弗居，是以不去（王注：「使功在己，則功不可久也。」）。」

〔二一〕韙：是。

〔二二〕析珪：析，分。珪，瑞玉。古時封諸侯，按爵位高低，分頒瑞玉，謂之析珪。《史記・司馬相如列傳・喻巴蜀檄》：「故有剖符之封，析珪而爵，位爲通侯，居列東第。」分組：謂分頒官印。古代佩印用組（絲帶），故以組爲官印之代稱。謝朓《隋王鼓吹曲十首・出藩曲》：「雲枝紫微内，分組承明阿。」

〔二三〕跨壤連州：謂封地或轄區之大。

〔二四〕四術：古時有以《詩》、《書》、禮、樂爲四術者（見《禮記・王制》），又有以忠愛、無私、用賢、度量爲四術者（見《尸子・治天下》）。《三國志・吴書・步騭傳》云：「潁川周昭著書，稱步騭及嚴畯等曰：『古今賢士大夫，所以失名喪身、傾家害國者，其由非一也，然要其大歸，總其常患，四者而已。急論議一也，爭名勢二也，重朋黨三也，務欲速四也。急論議則傷人，爭名勢則敗友，重朋黨則蔽主，務欲速則失德，此四者不除，未有能全也。……』」趙殿成以此四者釋「四術」，然《三國志》未嘗稱此四者爲「四術」。自疑：自己懷疑。謂不堅持實行「四術」。

〔二五〕九重：指皇宫。《楚辭》宋玉《九辯》：「豈不鬱陶而思君兮，君之門以九重。」失望：謂因希望未實現而不愉快。

〔二六〕冤，《全唐文》作「怨」。上變：向朝廷密告謀反等非常之事。《史記·淮陰侯列傳》：「舍人弟上變，告信欲反狀於吕后。」

〔二七〕司敗：指主管刑獄的官。《左傳》文公十年：「臣歸死於司敗也。」注：「陳楚名司寇爲司敗。」受辭：接受訟辭。

〔二八〕膏粱：肥美的食物。寧知獄吏：《史記·絳侯周勃世家》：「人有上書告勃欲反，下廷尉，廷尉下其事長安，逮捕勃，治之。勃恐，不知置辭，吏稍侵辱之。勃以千金與獄吏，獄吏乃書牘背示之，曰：『以公主爲證。』……於是（文帝）使使持節赦絳侯，復爵邑。絳侯既出，曰：『吾嘗將百萬軍，然安知獄吏之貴乎？』」

〔二九〕「暮成」二句：《史記·黥布列傳》：「漢誅梁王彭越，醢之，盛其醢，偏賜諸侯。」葅（zū 租）、醢（hǎi 海）皆謂肉醬，又指把人剁爲肉醬的酷刑。

〔三〇〕白馬之盟：《漢書·高惠高后文功臣表》：「（高帝）八載而天下迺平，始論功而定封……封爵之誓曰：『使黄河如帶，泰山若厲，國以永存，爰及苗裔。』於是申以丹書之信，重以白馬之盟。」注：

「白馬之盟，謂刑白馬歃其血以爲盟也。」

〔三一〕黄犬之樂：《史記·李斯列傳》：「二世二年七月，具斯五刑，論腰斬咸陽市。斯出獄，與其中子俱執，顧謂其中子曰：『吾欲與若（你）復牽黄犬，俱出上蔡（李斯上蔡人）東門逐狡兔，豈可得乎！』遂父子相哭，而夷三族。」

〔三二〕彫牆峻宇：《書·五子之歌》：「内作色荒（謂好女色），外作禽荒（謂好田獵），甘酒嗜音，峻宇彫牆（傳：「峻，高大。彫，飾畫。」），有一于此，未或不亡。」此用其意，謂好峻宇彫牆必亡。

〔三三〕萬乘：謂天子。猶憚十愆：《書·伊訓》：「敢有恒舞于宫，酣歌于室，時謂巫風；敢有殉（求）于貨色，恒于遊畋，時謂淫風；敢有侮聖言，逆忠直，遠耆德，比（親近）頑童，時謂亂風。惟兹三風十愆，卿士有一于身，家必喪；邦君有一于身，國必亡。」疏：「三風十愆，謂巫風二，舞也，歌也，淫風四，貨也，色也，遊也，畋也，與亂風四，爲十愆也。」愆，古「愆」字。此四字底本原空缺，據宋蜀本、述古堂本、《全唐文》補。

〔三四〕「紫衣」二句：《左傳》哀公十七年：「衛侯爲虎幄於籍圃，成，求令名者而與之始食焉。大子請使良夫。良夫乘衷甸兩牡，紫衣（春秋末期似已爲國君之服色，他人不得服）狐裘。至，袒裘（敞開狐裘而露中衣，不敬也），不釋劍而食（與君食而不釋劍，亦不敬也）。大子使牽以退，數之以三罪而殺之（注：「三罪，紫衣、袒裘、帶劍。」）。」

〔三五〕「雖嫌」句：《史記·淮陰侯列傳》載，漢五年正月，徙韓信爲楚王，都下邳。六年，罷其王，改封爲淮陰侯。「信由此日怨望，居常鞅鞅，羞與絳、灌等列」。絳謂絳侯周勃，灌即潁陰侯灌嬰，皆劉邦手下將領。等列，同列。

〔三六〕「不踰」句：謂不能超越身死國滅的結局。梁，西漢初梁王彭越的封國。楚，項羽自立爲西楚霸王。彭越、項羽皆身死國滅，故云「梁、楚爲墟」。

〔三七〕翕（xī西）肩：《文選》揚雄《解嘲》：「范雎，魏之亡命也……翕肩蹈背，扶服入橐。」吕向注：「翕肩，畏懼貌。」翕，歛。振驚：驚動。

〔三八〕折節：改變平日的行爲和作風。《史記·遊俠列傳》：「及（郭）解年長，更折節爲儉。」受，底本原作「度」，據宋蜀本、《全唐文》改。

〔三九〕左道：邪道。多指未經官府認可的巫蠱、方術等。《禮記·王制》：「執左道以亂政，殺。」注：「左道，若巫蠱及俗禁。」《漢書·郊祀志》：「及言世有僊人服食不終之藥，……皆姦人惑衆，挾左道，懷詐僞，以欺罔世主。」注：「左道，邪僻之道，非正道也。」

〔四〇〕飛訛言：飛傳謡言。《詩·小雅·沔水》：「民之訛言，寧莫之懲。」

〔四一〕「南國」句：用嚴道育事。《南史·元凶劭傳》：「元凶劭字休遠，（宋）文帝長子也。……有女巫嚴道育夫爲劫，坐没入奚官。劭姊東陽公主應閤婢王鸚鵡白公主道育通靈，主乃白上託云善蠶，求召入。道育云：『所奉天神，當賜符應。』時主夕卧，見流光相隨，狀若螢火，遂入巾箱化爲雙珠，圓青可愛。於是主及劭並信惑之。……後遂爲巫蠱，刻玉爲上形像，埋於含章殿前。」

〔四二〕「東海」句：《文選》張衡《西京賦》：「東海黄公，赤刀粤祝，冀厭白虎，卒不能救，挾邪作蠱，於是不售。」薛綜注：「東海有能赤刀禹步以越人祝（呪）法厭虎者，號黄公，又於觀前爲之。」《西京雜記》卷三：「有東海人黄公，少時爲術，能制蛇御虎，佩赤金刀，以絳繒束髮，立興雲霧，坐成山河。及衰老，氣力羸憊，食酒過度，不能復行其術。秦末，有白虎見于東海，黄公乃以赤刀往厭之，術既不行，遂爲虎所殺。」事又載《搜神記》卷二。

〔四三〕分風送客：見《贈焦道士》注〔八〕。

〔四四〕割水飲人：《北史·李義徽傳》曰：「靈太后臨朝，屬有沙門惠憐以呪水飲人，云能愈疾，百姓奔湊，日以千數。義徽白（清河王）懌，稱其妖妄。因令義徽草奏以諫，太后納其言。」又，《贈焦道士》有「割酒飲人」事（參見該詩注〔八〕），此句即合二事而言之。

〔四五〕僞辯：猶言表面明察。辯，《全唐文》作「辨」。按，辯、辨通，俱有「明」義。《管子·五輔》：「任官辯事。」注：「辯，明也。」《周禮·天官·小宰》：「六曰廉辨。」注：「辨，辨然不疑惑也。」疏：「謂其人辨然，於事分明，無有疑惑之事也。」納：入。

〔四六〕濟：貫通。

〔四七〕「户外」句：《莊子·列禦寇》載，列禦寇之齊，食於客舍賣漿之家，驚於人皆推敬于己，遂中道而返，遇伯昏瞀人。「伯昏瞀人曰：『善哉觀乎！汝處已（你安處吧），人將保（附）汝矣。』無幾何而往（不多時伯昏瞀人去看），則户外之屨（履）滿矣（古人入門升堂，一定要在門外脱鞋，門外鞋子滿地，可見來依附的人很多）。伯昏瞀人北面而立……不言而出。賓者（有客來，負責通報、接待的人）以告列子，列子提屨，跣而走，暨（至）乎門，曰：『先生既來，曾不發藥（啓導以藥石之言）乎？』曰：『已矣，吾固告汝曰人將保汝，果保汝矣。非汝能使人保汝，而汝不能使人無保汝也，而（汝）焉用之（此）感豫出異（感人歡心自爲表異）也！……』」句用其義，謂依附者多。

〔四八〕亂階：禍亂的來由。《詩・小雅・巧言》：「無拳無勇，職爲亂階。」

〔四九〕「門前」句：《史記・陳丞相世家》：「（陳平）家乃負郭窮巷，以弊席爲門，然門外多有長者車轍。」此處反用其意。

〔五〇〕奉：奉行。首惡：罪魁。《漢書・孫寶傳》：「《春秋》之義，誅首惡而已。」

〔五一〕宥：寬恕。面從：表面順從。《書・益稷》：「汝無面從，退有後言。」

〔五二〕丕蔽要囚：《書・康誥》：「要囚，服念五六日，至于旬時，丕蔽要囚。」傳：「要囚，謂察其要辭以斷獄。既得其辭，服膺思念五六日，至于十日，至于三月，乃大斷之。言必反覆思念，重刑之至也。」丕，大。蔽，斷。要囚，審察囚犯的獄辭。

〔五三〕惟良折獄：《書・呂刑》：「非佞折獄，惟良折獄。」傳：「非口才可以斷獄，惟平良可以斷獄。」疏：「非口才辯佞之人可以斷獄，惟良善之人乃可以斷獄。」

〔五四〕「議事」二句：《左傳》昭公六年：「三月，鄭人鑄刑書。叔向使詒（遺）子產書，曰：『……昔先王議

（儀，度）事以制（斷，謂度量事之輕重，而據以斷罪），不爲刑辟（刑律），懼民之有爭心也。……民知有辟（法），則不忌（敬）於上。並有爭心，以徵於書（言人皆有相爭之心，各引刑書以爲己證），而徼幸以成之，弗可爲矣。』」

〔五五〕副：符合。至，宋蜀本作「丕」。納隍：張衡《東京賦》：「人或不得其所，若己納之於隍（無水的城壕）。」按《孟子·萬章下》云，伊尹「思天下之民，匹夫匹婦，有不與被堯舜之澤者，若己推而内（納）之溝中」，賦即用其意。後因以納隍指出民於水火之心。《宋書·王僧達傳》：「民有咨瘼之聲，君表納隍之志。」

〔五六〕「用輕」句：《周禮·秋官·大司寇》：「一曰刑新國用輕典（注：「新國者，新辟地立君之國。用輕法者，爲其民未習於教。」），二曰刑平國用中典（注：「平國，承平守成之國也。用中典者，常行之法。」），三曰刑亂國用重典。」此變用其意，言用輕典於承平之地區。

〔五七〕刑期不濫：《左傳》襄公二十六年：「善爲國者，賞不僭（過分）而刑不濫。賞僭，則懼及淫人；刑濫，則懼及善人。若不幸而過，寧僭，無濫。」期，希望。《書·大禹謨》：「刑期于無刑。」

〔五八〕奏課：上報官吏考核的成績。課，宋蜀本作「理」。小察：謂苛求細碎瑣屑之事。《呂氏春秋·貴公》：「夫相，大官也。處大官者，不欲小察，不欲小智。」注：「察，苛也。」《北史·韋粲傳》：「不好發擿細事，恒云何用小察，以傷大道。」二句意謂，爲政只講求奏課計功，則天下必當苛求細事。

〔五九〕不矜：不自誇。《書·大禹謨》：「汝惟不矜，天下莫與汝爭能。」疏：「汝惟不自矜誇，故天下莫敢與汝爭能。」

〔六〇〕賁其宿負：見《京兆尹張公德政碑》第二段注〔四〕。

〔六一〕政以禮成：語本《左傳》成公十二年：「共（恭）儉以行禮，而慈惠以布政。政以禮成（政事用禮來完成），民是以息。」

〔六二〕正源端本：端正其本源、根本。端本，正本。《淮南子·主術》：「不正本而反自然，則人主逾勞，人臣逾逸。」

〔六三〕齊風變魯：《論語·雍也》：「子曰：齊一變，至於魯，魯一變，至于道。」集解：「包曰：言齊魯有太公、周公之餘化，太公大賢，周公聖人，今其政教雖衰，若有明君興之，齊可使如魯，魯可使如大道行之時。」

〔六四〕悉禮：一一禮待。

〔六五〕晉盜奔秦：《左傳》宣公十六年：「晉侯請于王，戊申，以黻冕命士會將中軍，且爲大傅（晉主禮刑之官），於是晉國之盜逃奔於秦。羊舌職曰：『吾聞之，「禹稱（舉）善人，不善人遠」，此之謂也夫。』」

〔六六〕疇庸：酬報功勞。疇，通「酬」。陸機《漢高祖功臣頌》：「帝疇爾庸，後嗣是膺。」命賞：朝命行賞。

〔六七〕奉宣：宣述。《後漢書·王渙傳》：「臣奉宣詔書而已。」主，宋蜀本、述古堂本、明十卷本俱作「王」。

〔六八〕「問其」二句：用龔遂事。《漢書·龔遂傳》：「上以（遂）爲渤海太守。……數年，上遣使者徵遂，議曹（漢時郡守屬吏）王生願從，功曹以王生素嗜酒，亡節度，不可使，遂不忍逆，從至京師。王生日飲酒，不視太守。會遂引入宮，王生醉，從後呼曰：『明府且止，願有所白。』遂還問其故，王生曰：『天子即問君何以治渤海，君不可有所陳對，宜曰皆聖主之德，非小臣之力也。』遂受其言。既至前，上果問以治狀，遂對如王生言，天子説其有讓，笑曰：『君安得長者之言而稱之？』遂因前曰：『臣非知此，乃臣議曹教戒臣也。』」

〔六九〕邦家之光：語出《詩·小雅·南山有臺》：「樂只君子，邦家之光。」

年若干，秀才擢第。應制舉，第若干等。授某官，歷某官〔一〕。若夫明眸白皙〔二〕，玉潤珠耀〔三〕，美秀備于儀形，風流發于言笑。行之方也，留如守司；智之圓也，速若發括〔四〕。量包群有〔五〕，思入無間〔六〕。壞壁古文〔七〕，曲臺遺《禮》〔八〕，淮王九師之《易》〔九〕，漢氏三家之《詩》〔一〇〕，《傳》癖書淫〔一一〕，鷹揚學府〔一二〕。比文園入室之武〔一三〕，同丞相登科之策〔一四〕。奏甚平讞〔一五〕，詩窮綺靡〔一六〕，硯燔紙貴〔一七〕，虎視詞林〔一八〕。嘗奉和聖製《雨中春望詩》云〔一九〕：「雨後山川光正發，雲端花柳意無窮。」又奉和行幸詩云〔二〇〕：「接仗風雲動〔二一〕，迎軍鳥獸舞。」時人以爲鮑參軍謝吏部爲更生云〔二二〕。某年月日，詔除公河東太守兼採訪使〔二三〕，官吏百姓等，或守闕乞留〔二四〕，或遮道更借〔二五〕。淚增時雨〔二六〕，思結仁風〔二七〕。親愛之深，諱名而號爲父〔二八〕；歌詠不足，取姓以命其兒〔二九〕。公既去官，多歷年所〔三〇〕，人思愈甚，共立生祠。異邑居而瓦合〔三一〕，無契約而響至〔三二〕，恐不預于聚財，憚不任乎輸力〔三三〕。棠樹勿翦〔三四〕，何如審像圖形〔三五〕；桐鄉置祠〔三六〕，豈比耳聞身及〔三七〕！以此觀德，何德之深！仍建豐碑，立于祠宇。匍匐千里〔三八〕，前後百輩，求綴詞之客，爲頌德之文。維也竊比老農〔三九〕，不知舊史，衆心所至，難抑與于輿人〔四〇〕；予病未能，不獲已于求我〔四一〕。乃爲頌曰：

〔一〕「年若」六句：秀才擢第，即進士擢第。唐人每以秀才爲進士之稱。應制舉，李華《苗晉卿墓誌銘》：「公成童好學，弱冠工文，二登甲科（謂應進士試及制舉皆登甲科），三入高等。」按，晉卿於開元七年舉文詞雅麗科，及第。參見《登科記考》卷六。第若干等，唐應制舉及第者，依成績的高下，有甲第（猶甲等）、乙第之分，參見《韓公墓誌銘》第二段注〔六〕。《舊唐書·苗晉卿傳》：「晉卿幼好學，善屬文，進士擢第。初授懷州修武縣尉，歷奉先縣尉，坐累貶徐州司户參軍。秩滿隨調，判入高等，授萬年縣尉。」

〔二〕白皙：膚色潔白。

〔三〕玉潤：謂光潤如玉。

〔四〕「行之」四句：《莊子·齊物論》：「其發若機栝，其司（伺）是非之謂也；其留如詛盟，其守勝之謂也。」機，弩上發箭的裝置。栝，也作「括」，箭末扣弦的部位。「其發」二句意謂，出言如飛箭一般，這叫做專門伺察别人的是非以發起進攻。留，止，不發。詛盟，誓約，訂誓約。「其留」二句說，默默不語，像呪過誓一樣，這叫做以守致勝。此處化用《莊子》之文。方，適宜。趙殿成注：「司字疑是勝字之訛。」留如守勝，謂有時默默不語，似欲以静取勝。圓，圓滿。速若發括，指有時出言迅捷如飛箭。

〔五〕群有：猶言萬物。

〔六〕無間：指至微處。《淮南子·原道》：「出於無有，入於無間。」

〔七〕壞壁古文：孔安國《尚書序》：「至魯共王好治宫室，壞孔子舊宅，以廣其居，於壁中得先人所藏古文虞夏商周之書（即古文《尚書》）及傳《論語》、《孝經》（疏：「漢世通謂《論語》、《孝經》爲傳也。」），皆科斗文字。」

〔八〕曲臺遺《禮》：謂后倉所傳之《禮》。《漢書·儒林傳》曰：「（孟卿）善爲《禮》、《春秋》，授后倉、疏廣，世所傳《后氏禮》、《疏氏春秋》，皆出孟卿。」又曰：「倉説《禮》數萬言，號曰《后氏曲臺記》。」注：「服虔曰：在曲臺校書著説，因以爲名。師古曰：曲臺殿在未央宫。」又《藝文志》禮類著録《曲臺后倉》九篇，注：「如淳曰：行射禮於曲臺，后倉爲記，故名曰《曲臺記》。《漢官》曰：大射于曲臺。晋灼曰：天子射宫也，西京無太學，於此行禮也。」

〔九〕「淮王」句：《漢書・藝文志》載《易》有「《淮南道訓》二篇。淮南王安聘明《易》者九人，號九師説」。淮王，即淮南王。

〔一〇〕三家之《詩》：《史記・儒林傳》：「及今上即位……言《詩》，於魯則申培公，於齊則轅固生（索隱：「申、轅姓，培、固名，公、生其處號也。」），於燕則韓太傅（索隱：「韓嬰也，爲常山王太傅。」）。」《漢書・藝文志》曰：「《詩經》二十八卷。魯齊韓三家。」又曰：「漢興，魯申公爲《詩訓故》，而齊轅固、燕韓生皆爲之傳。……三家皆列於學官。」

〔一一〕《傳》癖：《晉書・杜預傳》：「（預）既立功之後，從容無事，乃耽思經籍，爲《春秋左氏經傳集解》。……預常稱『（王）濟有馬癖，（和）嶠有錢癖』。武帝聞之，謂預曰：『卿有何癖？』對曰：『臣有《左傳》癖。』」書淫：謂嗜書入迷者。《北堂書鈔》卷九七晋皇甫謐《玄晏春秋》：「余學或兼夜不寐，或臨食忘餐，或不覺日夕，方之好色，號余曰書淫。」《梁書・劉峻傳》：「峻好學……自謂所見不博，更求異書，聞京師有者，必往祈借，清河崔慰祖謂之書淫。」

〔一二〕鷹揚：喻大展雄才、超越儕輩。《詩・大雅・大明》：「維師尚父，時維鷹揚。」傳：「鷹揚，如鷹之飛揚也。」曹植《與楊德祖書》：「昔仲宣獨步於漢南，孔璋鷹揚於河朔。」學府：指研究學術的機構。《晉書・儒林傳》論：「范平等學府儒宗，譽隆望重。」

〔一三〕文園：指司馬相如。《史記・司馬相如列傳》：「相如拜爲孝文園令。」索隱：「《百官志》云：陵園令六百石，掌按行掃除也。」入室：喻學識達到精深階段。揚雄《法言・吾子》：「詩人之賦麗以則，辭人之賦麗以淫。如孔氏之門用賦也，則賈誼升堂，相如入室矣。如其不用何！」武：足迹。

〔一四〕「同丞」句：《史記·平津侯主父列傳》：「丞相公孫弘者，齊菑川國薛縣人也。……元光五年，有詔徵文學，菑川國復推上公孫弘。……弘至太常，太常令所徵儒士各對策，百餘人，弘第居下。策奏，天子擢弘對爲第一。召入見，狀貌甚麗，拜爲博士。……卒以弘爲丞相，封平津侯。」

〔一五〕平讞（yàn彦）：猶平正、公正。讞有「正」意，如以「讞讞」形容清正，謂公正之議論曰「讞議」，皆可爲佐證。

〔一六〕綺靡：華麗。陸機《文賦》：「詩緣情而綺靡。」

〔一七〕硯燔：《晋書·陸機傳》：「機天才秀逸，辭藻宏麗。……弟雲嘗與書曰：『（崔）君苗見兄文，輒欲燒其筆硯。』」紙貴：《晋書·左思傳》載，左思作《三都賦》，「司空張華見而歎曰：『班、張之流也，使讀之者，盡而有餘，久而更新。』於是豪貴之家，競相傳寫，洛陽爲之紙貴」。

〔一八〕虎視：言如虎之雄視。曹植《與吴季重書》：「足下鷹揚其體，鳳觀虎視，謂蕭曹不足儔，衛霍不足侔也。」詞林：文詞之林。也指文壇。蕭統《答晋安王書》：「殽核墳史，漁獵詞林。」

〔一九〕玄宗詩已逸。維集中有七律《奉和聖製從蓬萊向興慶閣道中留春雨中春望之作應制》，當即同和之作。

〔二〇〕此詩今亦不存。

〔二一〕仗：指天子的儀仗。

〔二二〕鮑參軍：即南朝宋詩人鮑照，嘗爲前軍參軍，事見《宋書》本傳。謝吏部：即南朝齊詩人謝朓，曾任尚書吏部郎，事見《南齊書》本傳。

〔二三〕《舊唐書》本傳謂晉卿天寶三載任魏郡太守，居職三年，上表請還鄉里，「尋改河東太守、河東採訪使」，則其遷任河東（治所在今山西永濟西）太守之時間，當在天寶六、七載間。

〔二四〕守闕乞留：《後漢書·种暠傳》：「後梁州羌動，以暠爲梁州刺史。甚得百姓歡心，被徵當遷，吏人詣闕請留之，太后歎曰：『未聞刺史得人心若是。』乃許之。暠復留一年。」

〔二五〕遮道更借：《後漢書·寇恂傳》：「（恂）從車駕擊隗囂，而潁川盜賊群起，帝乃引軍還，謂恂曰：『潁川迫近京師，當以時定，惟念獨卿能平之耳。從九卿（時恂爲執金吾）復出，以憂國可知也。』恂對曰：『……臣願執鋭前驅。』即日車駕南征，恂從至潁川，盜賊悉降，而竟不拜郡。百姓遮道曰：『願從陛下復借寇君一年（注：「恂前爲潁川太守，故曰復借也。」）。』乃留恂長社（縣名，屬潁川郡），鎮撫吏人，受納餘降。」

〔二六〕淚增時雨：形容吏民淚流之多。又隱以時雨喻苗之德澤。《孟子·滕文公下》：「（商湯）誅其君，弔其民，如時雨降，民大悅。」

〔二七〕仁風：仁德之風。《晉書·袁宏傳》：「宏自吏部郎出爲東陽郡……（謝安）臨別執其手，顧就左右取一扇而授之曰：『聊以贈行。』宏應聲答曰：『輒當奉揚仁風，慰彼黎庶。』」由吏民之思，足見其仁風之盛，故曰「思結(凝聚)仁風」。

〔二八〕號爲父：《漢書・召信臣傳》：「遷南陽太守……其化大行……吏民親愛信臣，號之曰召父。」《後漢書・鮑昱傳》：「子德，修志節，有名稱，累官爲南陽太守。時歲多荒災，唯南陽豐穰，吏人愛悦，號爲神父。」《晋書・杜預傳》：「(預)拜鎮南大將軍、都督荆州諸軍事……又修召信臣遺跡，激用滍、淯諸水以浸原田萬餘頃……衆庶賴之，號曰杜父。」

〔二九〕「取姓」句：《後漢書・賈彪傳》：「舉孝廉，補新息長。小民困貧，多不養子，彪嚴爲其制，與殺人同罪。……數年間人養子者千數，僉曰賈父所長，生男名爲賈子，生女名爲賈女。」又《任延傳》：「詔徵爲九真太守。……駱越之民，無嫁娶禮法……延乃移書屬縣，各使男年二十至五十，女年十五至四十，皆以年齒相配。其貧無禮聘，令長吏以下，各省奉禄以賑助之。同時相娶者二千餘人。……其産子者，始知種姓，咸曰使我有是子者任君也，多名子爲任。」《東觀漢記》卷一八云：「(廉范)爲蜀郡太守……百姓皆喜，家得其願，時生子皆以廉名者千數。」又卷二一云：「宗慶，字叔平，爲長沙太守。民養子者三千餘人，男女皆以宗爲名。」

〔三〇〕去官：指離魏郡太守任。年所：年數。《書・君奭》：「故殷禮陟配天，多歷年所。」據此二句，本篇或當作于天寶末。《寶刻叢編》卷六引《訪碑録》稱：「《唐魏郡太守苗晋卿德政碑》，唐王維撰，天寶七載立。」按，此説與本篇「多歷年所」之語不合，當誤。

〔三一〕瓦合：《漢書・酈食其傳》：「足下起瓦合之卒，收散亂之兵，不滿萬人，欲以徑入彊秦。」注：「瓦合，謂如破瓦之相合，雖曰聚合，而不齊同。」句謂爲建生祠，不同居處的人聚合到一起。

〔三二〕麏（qún 群）至：群集而來。《左傳》昭公五年：「求諸侯而麇至，求婚而薦女。」麇、麏字同。

〔三三〕預：參與。 輸力：貢獻力量。 見《韓公墓誌銘》第三段注〔一三〕。

〔三四〕棠樹勿翦：《詩・召南・甘棠》：「蔽芾（小貌）甘棠（木名，即棠梨），勿翦勿伐，召伯（即召公奭，周武王之臣）所茇（止息）。」箋：「召伯聽男女之訟，不重煩勞百姓，止舍小棠之下而聽斷焉。國人被其德，説其化，思其人，敬其樹。」

〔三五〕審像：審察其形貌。《書・説命上》：「乃審厥象，俾以形旁求于天下。」像、象字同。 圖形：圖畫其形。「審像圖形」，指建祠並畫像立于祠中。

〔三六〕桐鄉置祠：《漢書・朱邑傳》：「朱邑，字仲卿，廬江舒人也。少時爲舒桐鄉嗇夫，廉平不苛……所部吏民愛敬焉。……初，邑病且死，屬（囑）其子曰：『我故爲桐鄉吏，其民愛我，必葬我桐鄉。後世子孫奉嘗（祭）我，不如桐鄉民。』及死，其子葬之桐鄉西郭外，民果然共爲邑起冢立祠，歲時祠祭，至今不絶。」

〔三七〕耳聞身及：指生時立祠。

〔三八〕匍匐：勞頓，顛沛。

〔三九〕老農：《論語・子路》：「樊遲請學稼。子曰：『吾不如老農。』」

〔四〇〕與：助詞，無義。 輿人：《左傳》僖公二十八年：「聽輿人之謀。」注：「輿，衆也。」句謂對於衆人之心願，實難加以抑止。

〔四一〕予病未能：《文選》枚乘《七發》：「太子曰：僕病未能也。」此二句言我苦于不能爲文，對於他人之求不得已而應允。

禹别九州〔一〕，漢分八使，實惟方伯〔二〕，且曰連帥，建節乘軺〔三〕，觀風察吏。山東河北，全趙大魏〔四〕，授方任能〔五〕，惟名與器〔六〕，蓋非其才，孰享斯位？天子命我，導揚皇風〔七〕，敬教勸學，通商惠工，法去太甚，政貴得中〔八〕。守丞老病，小吏童蒙，督郵不遂〔九〕，博士成功〔一〇〕，遂安賢者，大啓儒宫〔一一〕。四國之餘，一都之會〔一二〕，平原舊俗，信陵遺態，博塞以遊〔一三〕，椎埋爲害〔一四〕，叢臺淇水，燕裾趙帶；淳化旁屬〔一五〕，貞風俶載〔一六〕，劈纊卷綃〔一七〕，横經秉耒〔一八〕。清節峻邈〔一九〕，碩量弘深，投書置水〔二〇〕，酹酒捐金〔二一〕；樹德滋蔓〔二二〕，持刑不淫〔二三〕，訛言免坐〔二四〕，倨貴懷音〔二五〕；繡衣罷斧〔二六〕，墨綬停琴〔二七〕，既比時雨〔二八〕，當聞作霖〔二九〕。中哀松柏〔三〇〕，展敬桑梓，伏謁公門〔三一〕，徒行故里；椎心馬鬣〔三二〕，啓顙鯢齒〔三三〕，身紆紫綬〔三四〕，禮及童穉〔三五〕；帝賜黄金，盡于筐篚，社養宗人，學招邑子〔三六〕。能事具舉，令問允穆〔三七〕，璽書改印〔三八〕，緹油轉轂〔三九〕；壁挂胡牀〔四〇〕，舍留官犢〔四一〕，人吏老幼，涕泗號哭；頌德豐碑，圖形華屋〔四二〕，閲實數美〔四三〕，移晷更僕〔四四〕。

〔一〕禹別九州：《書·禹貢·序》：「禹別九州（疏：「禹分別九州之界。」），隨山濬川，任土作貢。」

〔二〕惟：是。

〔三〕連帥：泛指地方高級長官，多指採訪處置使等。建節乘軺（yáo姚）：《文選》丘遲《與陳伯之書》：「佩紫懷黄，讚帷幄之謀；乘軺建節，奉疆場之任。」劉良注：「軺，使車也。節，旌節也。」《史記·季布欒布列傳》：「朱家迺乘軺車之洛陽。」索隱：「謂輕車，一馬車也。」建，立，樹起。

〔四〕全：整個，全部。大：超過一半，大半。二句謂河北道包括趙的全部、魏的大部分。古魏國尚有部分轄地唐時屬河南道，故曰「大魏」。

〔五〕授方任能：見《裴僕射濟州遺愛碑》第二段注〔五〕。

〔六〕名器：古時表示等級的名號和車馬服飾禮器等。古時天子任命官吏，必賜予一定的名器。《左傳》成公二年：「唯器與名，不可以假人。」

〔七〕導揚：導達顯揚。見《漢書·敘傳下》師古注。皇風：謂天子之德。《文選》班固《東都賦》：「揚緝熙，宣皇風。」劉良注：「揚光明之德，布天子之風。」

〔八〕中：不偏不倚，無過無不及。

〔九〕督郵：漢制，每郡各分二至五部，每部置督郵一人，掌督察糾舉所領縣的違法之事。此言督郵欲逐老病之守丞（郡守或縣令的佐吏）而不遂，參見第一段注〔二四〕。遂，底本原作「逐」，此從宋蜀本、述古堂本、明十卷本、奇字齋本。

〔一〇〕句謂博士教授童蒙小吏而成功，參見第一段注〔二五〕。

〔一一〕啓：開建。儒宮：猶學宮。

〔一二〕四國：見第二段注〔二〕。一都之會：謂人所聚會之處。《史記·貨殖列傳》：「夫燕，亦勃、碣之間一都會也。」《漢書·地理志》：「宛西通武關，東受江淮，一都之會也。」

〔一三〕博塞以遊：《莊子·駢拇》：「臧（男僕）與穀（童僕）二人相與牧羊而俱亡其羊。問臧奚事，則挾筴讀書；問穀奚事，則博塞以遊。」博塞，即簙簺，猶擲骰子。

〔一四〕椎埋：《史記·酷吏列傳》：「（王温舒）少時椎埋爲姦。」集解：「徐廣曰：椎殺人而埋之，或謂發冢。」

〔一五〕淳化：敦厚的教化。《史記·五帝本紀》：「時播百穀草木，淳化鳥獸蟲蛾。」索隱：「言淳化廣被及之。」《文選》張衡《東京賦》：「淳化通於自然。」薛綜注：「淳厚之化通於神明也。」旁屬：指河北道所轄之郡。

〔一六〕俶載：《詩·小雅·大田》：「以我覃耜，俶載南畝。」俶、載俱有「始」義，言始其事也。此指始生。

〔一七〕劈纊（kuàng 曠）：言毀棄纊（絲綿絮），不復用之。卷：收藏。綃：生絲織成的薄紗、薄絹。句指去奢反樸，民風大變。

〔一八〕横經：横陳經書，言讀儒經。秉耒：持耒而耕，指力農。

〔一九〕峻邈：高遠。

〔二〇〕投書置水：《太平御覽》卷二六八引《魯國先賢傳》曰：「孔翊爲洛陽令，置水於前庭，得私書皆投其中，一無所發。彈理貴戚，無所迴避。」句用其事，謂苗「公廉」。《史記・酷吏列傳》：「（郅都）公廉，不發私書，問遺無所受，請寄無所聽。常自稱曰：『已倍親而仕，身固當奉職，死節官下，終不顧妻子矣。』」

〔二一〕酹酒捐金：用張奂事。《後漢書・張奂傳》：「（奂）遷安定屬國都尉。……羌豪帥感奂恩德，上馬二十匹，先零酋長，又遺金鐻（注：「郭璞注《山海經》云：鐻，音渠，金食器名。」）八枚，奂並受之，而召主簿於諸羌前，以酒酹地曰（注：「以酒沃地謂之酹。」）：『使馬如羊，不以入廐；使金如粟，不以入懷。』（注：「如羊如粟，喻多也。」）悉以金馬還之。羌性貪而貴吏清，前有八都尉，率好財貨，爲所患苦，及奂正身潔己，威化大行。」

〔二二〕樹德滋蔓：《左傳》哀公元年：「樹德若如滋（培植，滋長），去疾莫如盡。」又隱公元年：「無使滋蔓（滋長蔓延）；蔓，難圖也。」

〔二三〕持刑：掌刑。淫：濫，過甚。

〔二四〕坐：獲罪，判罪。

〔二五〕懷音：《詩・魯頌・泮水》：「翩彼飛鴞，集于泮林，食我桑黮，懷我好音。」箋：「懷，歸也。言鴞恒惡鳴，今來止於泮水之木上，食其桑黮，爲此之故，改其鳴，歸就我以善音，喻人感於恩則化也。」疏：「惡聲之鳥食桑黮而變音，喻不善之人感恩惠而從化。」

〔二六〕繡衣罷斧：《漢書・王訢傳》：「武帝末，軍旅數發，郡國盜賊群起，繡衣御史（《百官公卿表》云：「侍御史有繡衣直指，出討姦猾，治大獄，武帝所制。」）暴勝之使持斧逐捕盜賊，以軍興從事，誅二千石以下。」此用其事，謂境内大治，無盜賊之患。

〔二七〕墨綬：指縣令，見《送鄭五赴任新都序》第一段注〔三二〕。停琴：《吕氏春秋・察賢》：「宓子賤治單父，彈鳴琴，身不下堂而單父治。」此反用其意，言無須彈琴而自治也。

〔二八〕比，底本原作「此」，此從宋蜀本。

〔二九〕作霖：喻爲輔弼之臣。《尚書・説命上》載，殷高宗立傅説爲相，命之曰：「若歲大旱，用汝作霖雨。」傳：「霖，三日雨，霖以救旱。」

〔三〇〕松柏：指祖先的墳墓。古時墓地多植松柏，故云。丘遲《與陳伯之書》：「將軍松柏不翦，親戚安居，高臺未傾，愛妾尚在。」

〔三一〕伏謁公門：即上文所謂「至郡則投刺上謁」。公門，衙門。

〔三二〕椎心：見第三段注〔六〕。馬鬣：指墳上的封土。《禮記・檀弓上》：「子夏曰：『……昔者夫子言之曰：「吾見封（墳上封土）之若堂者矣，見若坊者矣，見若覆夏屋者矣，見若斧者矣，從若斧者焉。」馬鬣封之謂也。』」疏：「又見封如斧之形，其刃嚮上長而高也。既言四墳之異，夫子之意從若斧者焉。……子夏既道從若斧形，恐燕人不識，故舉俗稱馬鬣封之謂也以語燕人。」此指「先塋」。

〔三三〕啓顙：即「稽顙」，叩頭。《孔子家語・曲禮子貢問》：「子張有父之喪，公明儀相焉，問啓顙於孔子。」鯢齒：謂老壽之人。《文選》張衡《南都賦》：「於是乎鯢齒眉壽鮐背之叟，皤皤然被黄髮者。」李善注：「《爾雅》曰：黄髮鯢齒，鮐背耇老，壽也。」按，「鯢齒」今本《爾雅・釋詁》作「齯齒」，《釋名・釋長幼》：「九十曰鮐背……或曰齯齒。大齒落盡更生細者如小兒齒也。」

〔三四〕紆：繫，垂。

〔三五〕穉：同「稚」。

〔三六〕筐篚：指盛黄金的竹器。邑子：同邑之人。《史記・張耳陳餘列傳》：「中大夫泄公曰：『臣之邑子，素知之。』」

〔三七〕令問：好名聲。蔡邕《郭林宗碑》：「令問顯乎無窮。」

〔三八〕改印：指改授河東太守、河東道採訪使。

〔三九〕緹油：見第二段注〔四八〕。轉轂：車輪轉動。指乘車離魏郡赴河東之任。

〔四〇〕「壁挂」句：用裴潛事。《三國志・魏書・裴潛傳》注引《魏略》曰：「（潛）清省恪然，每之官，不將妻子，妻子貧乏，織藜芘以自供。又潛爲兖州時，嘗作一胡牀，及其去也，留以挂柱。」胡牀，交椅。

〔四一〕「舍留」句：《三國志・魏書・常林傳》注：「《魏略》以林及吉茂、沐並、時苗四人爲清介。……（苗）出爲壽春令。……其始之官，乘薄軬車，黄牸牛，布被囊。居官歲餘，牛生一犢，及其去，留其犢，謂主簿曰：『令來時本無此犢，犢是淮南所生有也。』群吏曰：『六畜不識父，自當隨母。』苗不聽，時人皆以爲激，然由此名聞天下。」又《晉書·羊祜傳》曰：「（羊）篇歷官清慎，有私牛於官舍産犢，及遷而留之。」

〔四二〕華屋：指所立生祠。

〔四三〕閲實：審察核實。《書·呂刑》：「閲實其罪。」數美：多種美事。

〔四四〕移晷：日影移動，言時間長久。晷，日影。蕭統《文選序》：「未嘗不心遊目想，移晷忘倦。」更僕：《禮記·儒行》：「遽數之不能終其物，悉數之乃留，更僕未可終也。」疏：「若急而説，則不能盡事也。……留，久也。……更僕者，更，代也；僕，大僕也，君燕朝則大僕正位掌擯相也。言若委細悉説之，則大久，僕侍疲倦，宜更代之，未可終也。」此用其意，言美事多，閲實之甚費時。

工部楊尚書夫人贈太原郡夫人京兆王氏墓誌銘并序〔一〕

夫人諱某，京兆霸城人也〔二〕。晋出三家，公子尊于魏國；秦亡六國，時人謂之王家〔三〕。河南則分虎臨人〔四〕，華陰則老熊當道〔五〕。高祖德真，皇左僕射〔六〕；祖九思，京兆府三原縣令〔七〕；父濳，河南府告成縣令〔八〕。大名之後〔九〕，重光不替〔一〇〕。夫人令儀淑德〔一一〕，發于天姿〔一二〕；閑禮明詩〔一三〕，傳乎世業〔一四〕。言成女誡〔一五〕，可著于縑緗〔一六〕；行爲女師〔一七〕，詎資于行待〔一八〕。豈止彈琴吐論，誦賦吟詩而已！及乎有行〔一九〕，嬪于君子〔二〇〕，事姑至孝，旁穆六姻〔二一〕；爲母深慈，均養七子〔二二〕。男以無雙令德，降帝子于鳳樓〔二三〕；女則第一解空〔二四〕，歸法王之象教〔二五〕。閨門之訓，朝野稱多〔二六〕。既而家列公侯，地連妃主〔二七〕，珠翠滿座，不御采衣；方丈盈前〔二八〕，唯甘素食。同德大師大照和尚〔二九〕，覩如來之奧〔三〇〕，昭群有之源〔三一〕，夫人一入空門，便蒙法印〔三二〕。牛車紺幰〔三三〕，無復餘乘〔三四〕；龍藏寶經〔三五〕，悉通至義〔三六〕。惠用圓滿〔三七〕，誠力堅嚴〔三八〕。藥藉茹葷〔三九〕，雖愈疾而不受；心已久浄，縱没齒而常安〔四〇〕。以某年月日，奄歸大寂于長興里之私第〔四一〕。

〔一〕工部楊尚書：即楊玄珪。篇中謂楊之子爲駙馬，《新唐書・宰相世系表》云，「玄珪，工部尚書」，子「錡，太僕卿、駙馬都尉」。又《舊唐書・后妃傳上》云：「玄宗楊貴妃……叔玄珪，光禄卿。再從兄銛，鴻臚卿；錡，侍御史，尚武惠妃女太華公主。……玄珪累遷至兵部尚書。」按《唐文拾遺》卷二八賈文度《楊迥墓誌銘》云：「公曾大父玄珪，任銀青光禄大夫，守工部尚書，贈太子少保。」則《后妃傳上》作「兵部」當誤。玄珪官工部尚書和王維寫作此文的時間，大抵當在天寶末，説見嚴耕望《唐僕尚丞郎表》卷二一。太原郡夫人：《舊唐書・職官志》：「三品以上母、妻，爲郡夫人。」工部尚書，正三品。題下「并序」二字底本原無，據宋蜀本、述古堂本、明十卷本補。

〔二〕霸城：漢置霸陵縣，在今陝西長安縣東；晋改爲霸城縣，北周廢，併入萬年縣。參見《漢書·地理志上》、《晋書·地理志》、《太平寰宇記》卷二五。趙殿成注：「唐時無此縣久矣，右丞蓋本其舊族望而言耳。」

〔三〕「晋出」四句：《新唐書·宰相世系表》：「京兆王氏出自姬姓。周文王少子畢公高之後，封魏，至昭王彤，生公子無忌，封信陵君。無忌生閒憂，襲信陵君。秦滅魏，閒憂子卑子逃難于太山，漢高祖召爲中涓，封蘭陵侯。時人以其故王族也，謂之王家。卑子生悼，悼生賢，濟南太守，宣帝徙豪傑居霸陵，遂爲京兆人。……卑子九世孫遵，字子春，後漢河南尹，上樂莊侯。遵生魴……魴别孫景，生均、忠。均八世孫羆。」晋出三家，指韓、趙、魏三家分晋。公子，即指信陵君。

〔四〕分虎：《後漢書·宦者傳·序》：「苴茅分虎，南面臣人者，蓋以十數。」注：「分銅虎符也。」古時虎符分爲兩半，右半留中，左半授與統兵將帥或地方長官，以爲信物。臨人：臨民，治民。句指王遵爲河南尹。

〔五〕老熊當道：《北史·王羆傳》載，羆爲華州刺史，修州城未畢，梯在城外，神武遣韓軌等從河東宵濟襲羆，羆不覺。「比曉，軌衆已乘梯入城。羆尚卧未起，聞閤外洶洶有聲，便袒胸露髻徒跣，持一白棒，大呼而出，謂曰：『老羆當道卧，貉子那得過！』敵見，驚退」。「熊」疑當作「羆」。華州治今陝西華縣，其地在華山之北，故曰「華陰」。

〔六〕「高祖」二句：《新唐書·宰相世系表》載，德真爲王忠七世孫直之後，相高宗、武后。又《宰相世系表》載，永隆元年（六八〇）四月，中書侍郎王德真同中書門下三品，同年九月，德真罷爲相王府長史；光宅元年（六八四）二月，太常卿王德真爲侍中，垂拱元年（六八五）五月丁未，德真罷爲同州刺史，其日流象州。左僕射，尚書省長官，從二品。德真爲左僕射事，未見他書記載。又，據《宰相世系表》，德真當爲王氏曾祖，作「高祖」似誤。

〔七〕九思：《宰相世系表》謂，德真子九思，三原令。三原：唐縣名，屬京兆府，在今陝西三原縣。

〔八〕潛：《宰相世系表》謂，九思子潛，告成令。告成：唐縣名，屬河南府。秦置陽城縣，唐萬歲登封元年，則天封中岳，改名告成，在今河南登封縣東南。參見《元和郡縣志》卷五、《讀史方輿紀要》卷四八。

〔九〕大名之後：指魏之後。《左傳》閔公元年：「（晋侯）賜畢萬（魏之始祖、畢公高之後）魏，以爲大夫。……卜偃曰：『畢萬之後必大。萬，盈數也；魏，大名也。以是始賞，天啓之矣。天子曰兆民，諸侯曰萬民。今名之大，以從盈數，其必有衆。』」

〔一〇〕重光：日月星辰齊放光明。喻功德之盛。《文選》班固《典引》：「宣二祖之重光，襲四宗之緝熙。」《南史·王筠傳》：「七葉之中，名德重光，爵位相繼。」替：衰敗。

〔一一〕令儀：善美之儀容。《詩·小雅·湛露》：「豈弟君子，莫不令儀。」淑德：美德。《後漢書·崔寔傳》：「母有母儀淑德，博覽書傳。」

〔一三〕天姿：天然的資質。《史記・伏生傳》：「（徐）襄其天姿善爲容，不能通禮經。」

〔一三〕閑禮明詩：曹植《洛神賦》：「嗟佳人之信修，羌習禮而明詩。」閑，通「嫺」，熟習。宋蜀本作「閲」。

〔一四〕乎，《全唐文》作「於」。世業：先人之事業。

〔一五〕女誡：見《韓公墓誌銘》第三段注〔五〕。

〔一六〕縑緗：供書寫用的細絹。緗，淺黄色。

〔一七〕女師：《詩・周南・葛覃》「言告師氏」毛傳：「師，女師也。古者女師教以婦德、婦言、婦容、婦功。」孔疏：「女師者，教女之師，以婦人爲之。」

〔一八〕詎：豈。資：憑借，依託。行待：指待師而行。《左傳》襄公三十年：「甲午，宋大災。宋伯姬卒，待姆也（杜注：「姆，女師。」此言伯姬之舍失火，而姆適不在，伯姬拘守婦人之禮，堅不下堂，遂葬身火窟）。君子謂宋共姬（即伯姬）女而不婦（未嫁曰女，已嫁曰婦。言其行乃女道，非婦道）。女待人，婦義事也（言女應待姆而行，婦則可以便宜行事）。」此二字《全唐文》作「麻枲」。

〔一九〕有行：指出嫁之年。《詩・邶風・泉水》：「女子有行，遠父母兄弟。」箋：「行，道也。婦人有出嫁之道，遠於親親。」

〔二〇〕嬪：嫁。《書・堯典》：「釐降二女于嬀汭，嬪于虞。」

〔二一〕穆：通「睦」。六姻：猶六親。《北史・楊椿傳》：「于親姻知故，吉凶之際，必厚加贈襚，來往賓寮，必以酒肉飲食，故六姻朋友無憾焉。」

〔二二〕均養七子：《詩・曹風・鳲鳩》：「鳲鳩在桑，其子七兮；淑人君子，其儀一兮。」傳：「鳲鳩之養其子，朝從上下，暮從下上，平均如一。」曹植《上責躬應詔詩表》：「七子均養者，鳲鳩之仁也。」

〔二三〕「降帝」句：言爲駙馬。參見《贈東嶽焦鍊師》注〔六〕。帝子，帝女。《通鑑》天寶四載：「八月，壬寅，册楊太真爲貴妃。……以其叔父玄珪爲光禄卿，從兄銛爲殿中少監，錡爲駙馬都尉。癸卯，册武惠妃女爲太華公主，命錡尚之。」《新唐書・諸帝公主傳》云：「太華公主……下嫁楊錡，薨天寶時。」又云：「萬春公主（玄宗女）……下嫁楊朏，又嫁楊錡，薨大曆時。」按，朏爲楊國忠之子，安史之亂爆發後「陷賊被殺」（見《舊唐書・楊國忠傳》）；蓋太華先卒，楊朏繼亡，故錡復尚萬春。

〔二四〕第一解空：《注維摩經》卷三：「（僧）肇曰：須菩提，秦言善吉，弟子中解空第一也。」須菩提爲佛十大弟子之一。解空，悟解諸法皆空之理。

〔二五〕法王：謂佛。象教：見《爲僧等請上佛殿梁表》注〔四〕。

〔二六〕稱多：稱許。多，贊許。

〔二七〕「既而」二句：《舊唐書・后妃傳上》謂楊貴妃之父玄琰（玄珪之兄），「累贈太尉、齊國公」。又謂楊錡尚太華公主，「賜甲第，連於宫禁」。妃主，嬪妃、公主。

〔二八〕御：穿戴。方丈盈前：見《與魏居士書》首段注〔四八〕。

〔二九〕同德：當爲東都寺名。《景德傳燈録》卷四載「嵩山普寂法嗣」中，有「洛京同德寺幹和尚」，又

《佛祖歷代通載》卷一四有「衡嶽智覺、同德義盈」之語，皆可證。同，宋蜀本作「問」。普寂長期居于洛陽，同德或是其嘗住持之寺。大照：即普寂，見《爲舜闍黎謝御題大通大照和尚塔額表》注〔一〕。

〔三〇〕奥：深祕之處。

〔三一〕昭：明。群有：猶言萬物。《文選》王巾《頭陀寺碑文》：「行不捨之檀，而施洽群有。」李善注：「群有，謂有色無色，有想無想，以其不一，故曰群有。」

〔三二〕法印：識别是不是真正佛法的標準，也即佛教的基本教義。《大智度論》卷二二：「得佛法印，故通達無礙，如得王印，則無所留難。問何等是佛法印？答曰：『佛法印有三種：一者一切有爲法，念念生滅皆無常；二者一切法無我（一切事物皆無獨立實在的自體）；三者寂滅涅槃（超脱生死輪迴，進入涅槃境界）。』」

〔三三〕牛車，底本原作「朱簾」，據宋蜀本、明十卷本改。紺（gàn幹）幰：天青色車幔。《隋書·禮儀志五》：「犢車（牛車），三品以上，青幰朱裏；五品以上，紺幰碧裏，皆白銅裝。」

〔三四〕餘，宋蜀本作「飾」。按，以上二句含雙關之義，又指王氏只信奉大乘。《法華經·方便品》：「舍利弗，如來但以一佛乘故，爲衆生説法，無有餘乘。……無有餘乘，唯一佛乘。」一佛乘，謂引導教化衆生成佛的唯一途徑或教説，即指大乘。《法華經·譬喻品》又有三車（羊車、鹿車、牛車）之喻，以牛車喻菩薩乘（大乘）。參見《淨覺禪師碑銘》首段注〔一三〕。又佛書謂佛之毛髮爲紺青色，佛國土之色亦然，故佛教重紺青色，有紺宇、紺殿、紺園之稱，此處「紺幰」亦含此義。

〔三五〕龍藏：佛經。《廣弘明集》卷一九沈約《内典序》：「足蹈慧門，學通龍藏。」傳説大龍菩薩引龍樹入海，於龍宮中發七寶華函，以諸方等深奧之經典授之，故稱佛經爲龍藏。參見《龍樹菩薩傳》。

〔三六〕至，宋蜀本作「了」。

〔三七〕惠用：見《青龍寺曇壁上人兄院集》注〔五〕。

〔三八〕誡力：即戒力，指持戒之功力。堅嚴：堅固嚴整。

〔三九〕茹：食。句謂藥須借助食葷，以使身體得到滋補。

〔四〇〕没齒：終身，亦指老年。《論語・憲問》：「飯疏食，没齒無怨言。」集解：「齒，年也。」趙殿成曰：「没，舊作設，非。」按，趙校是，宋蜀本、《全唐文》正作「没」。

〔四一〕奄歸：遽然而逝。大寂：即涅槃，通常也作爲死亡的代稱。《大般涅槃經》卷三〇：「我於此間娑羅雙樹（佛入滅之所）入大寂定，大寂定者名大涅槃。」長興里：據《長安志》卷七載，唐長安城有長興坊，在崇義坊之南、永樂坊之北。

厥初寢疾〔一〕，彌曠旬時〔二〕，駙馬上人〔三〕，柴毁骨立〔四〕。揮淚嘗藥，身不解衣；泣血持經，手不釋卷。晝夜懺悔，非止六時〔五〕；身命供養，寧唯七寶〔六〕？御醫繼踵，中使重跡〔七〕。魂兮不反，空焚外國之香〔八〕；生也有涯〔九〕，非無上天之樂〔一〇〕。某月日，有詔追贈太原郡夫人。襄城石窌〔一一〕，增寵其榮名〔一二〕；翟茀魚軒〔一三〕，空悲于象設〔一四〕。以某月日，安厝于某原〔一五〕，禮也。功德之至，散花天女不留〔一六〕；釋梵之筵〔一七〕，勝鬘夫人何在〔一八〕？嗚呼哀哉！乃爲銘曰：

〔一〕寢疾：卧病。

〔二〕彌曠：遠隔，久别。《文選》劉楨《贈五官中郎將四首》其二：「自夏涉玄冬，彌曠十餘旬。」旬時：猶「時日」。旬亦「時」義，《文選》左思《魏都賦》：「量寸旬，涓吉日。」李善注：「旬，時也。」

〔三〕上人：指王氏之女。古時僧尼俱可謂之上人。

〔四〕柴毁骨立：《晉書·許孜傳》：「俄而二親没，柴毁骨立，杖而能起。」柴毁，瘦損如柴。骨立，亦指人極消瘦。

〔五〕「晝夜」二句：菩提流支譯《佛名經》卷八云：「若比丘、比丘尼、優婆塞、優婆夷欲懺悔諸罪，當净洗浴，著新净衣，净治室内，敷設高座，安置佛像，懸二十五枚旛，種種華香供養，誦念此二十五佛名，日夜六時懺悔，滿二十五日，滅四重八禁之罪。」懺悔，佛教脱罪祈福的一種宗教儀式。六時，見《燕子龕禪師詠》注〔八〕。

〔六〕「身命」二句：謂以身命供養、侍奉其母，非僅以財物供養也。《法華經·藥王菩薩本事品》：「捨所愛之身，供養於世尊。」七寶，指金、銀、琉璃、瑪瑙等七種寶物。

〔七〕重跡：足跡相重，意同「繼踵」。

〔八〕外國之香：指傳説中的反生香。舊題漢東方朔《海内十洲記》云：「聚窟洲上有大山，形似人鳥之象，因名之爲神鳥山。山多大樹，與楓木相類，而花葉香聞數百里，名爲反魂樹。……伐其木根心，于玉釜中煮取汁，更微火煎，如黑餳狀，令可丸之，名曰驚精香，或名之爲震靈丸，或名之爲反生香，或名之爲震檀香，或名之爲人鳥精，或名之爲却死香，一種六名，斯靈物也。香氣聞數百里，死者在地，聞香氣乃却活，不復亡也。以香薰死人，更加神驗。征和三年，武帝幸安定，西胡月支國王遣使獻香四兩，大如雀卵，黑如桑椹。帝以香非中國所有，以付外庫。到後元元年，長安城内病者數百，亡者大半，帝試取月支神香，燒之于城内，其死未三月者皆活，芳氣經三月不歇，于是信知其神物也。」

〔九〕生也有涯：《莊子·養生主》：「吾生也有涯，而知也無涯，以有涯隨無涯，殆已！」

〔一〇〕「非無」句：用趙簡子病，數日不省人事，後寤，自言嘗至鈞天聞廣樂事。詳見《奉和聖製十五夜燃燈繼以酺宴應制》注〔六〕。句謂上天之樂也不能使王氏復活。

〔一一〕襄城：用梁冀妻被封爲襄城君事。《後漢書·梁冀傳》：「弘農人宰宣，素性佞邪，欲取媚於冀，乃上言大將軍有周公之功，今既封諸子，則其妻宜爲邑君，詔遂封冀妻孫壽爲襄城君。」石窌：見《故西河郡杜太守輓歌三首》其二注〔二〕。此句就天子追贈王氏爲太原郡夫人而言。

〔一二〕寵：光耀。

〔一三〕翟茀魚軒：見《故南陽夫人樊氏輓歌二首》其一注〔二〕、〔三〕。

〔一四〕空：只。象設：指遺像。《楚辭·招魂》：「像設君室，静閒安些。」朱熹《楚辭集注》：「像，蓋楚俗人死則設其形貌於室而祠之也。」按，「象」同「像」。庾信《周驃騎大將軍開府儀同三司冠軍伯柴烈李夫人墓誌銘》：「寂寞虚奠，荒涼象設。」

〔一五〕安厝：安葬。

〔一六〕功德：見《讚佛文》二段注〔三〇〕。散花天女：參見《能禪師碑》首段注〔一〇〕、《西方變畫讚》二段注〔一三〕。此喻指王氏。

〔一七〕釋梵之筵：見《繡如意輪像讚》首段注〔一七〕。

〔一八〕勝鬘夫人：見《西方變畫讚》二段注〔一〇〕。此亦指王氏。

天生淑德，實俾宜家〔一〕。特能柔順，深棄嬌奢。詎離環珮〔二〕，不御鉛華〔三〕。其一。婦道允諧〔四〕，母儀俱美〔五〕。每出誡夫〔六〕，停飡訓子〔七〕。賦掩《西征》〔八〕，書教内史〔九〕。其二。門容高幰〔一〇〕，庭列長筵〔一一〕。男乘翠鳳〔一二〕，女比紅蓮〔一三〕。繁華貴里，寂寞安禪〔一四〕。其三。食必簞笥〔一五〕，衣無重采〔一六〕。已度愛河，長游法海〔一七〕。石舄虚封〔一八〕，玉顏如在。其四。繁霜密雪，碎菊摧蘭。山花喜静，□□春寒。平原松柏〔一九〕，誰忍迴看？其五。

〔一〕俾：使。宜家：指家庭和順。《詩·周南·桃夭》：「之子于歸，宜其室家。」《左傳》襄公三十一年：「故能守其官職，保族宜家。」

〔二〕詎：曾。

〔三〕御：用。鉛華：婦女化妝用的鉛粉。鉛，底本原作「其」，據宋蜀本、明十卷本改。

〔四〕婦道：爲婦之道。允諧：《書·益稷》：「庶尹允諧。」傳：「衆正官之長信皆和諧。」

〔五〕母儀：見《爲王常侍祭沙陁鄯國夫人文》注〔一〇〕。

〔六〕每出誡夫：見《故南陽夫人樊氏輓歌二首》其二注〔三〕。

〔七〕停飡訓子：《漢書·雋不疑傳》：「每行縣，録囚徒還，其母輒問不疑：『有所平反，活幾何人？』即不疑多有所平反，母喜笑，爲飲食語言，異於他時。或亡所出，毋怒，爲之不食。故不疑爲吏，嚴而不殘。」飡，同「餐」。

〔八〕《西征》，宋蜀本作《西京》。晋潘岳有《西征賦》，後漢張衡有《西京賦》，均載于《文選》。此處疑當作《東征》，《文選》曹大家《東征賦》李善注：「《大家集》曰：子穀爲陳留長，大家隨至官，作《東征賦》。」曹大家即班固之妹班昭，《後漢書》有傳。

〔九〕書教内史：唐張懷瓘《書斷》卷中：「衛夫人名鑠，字茂猗……汝陰太守李矩之妻也。隸書尤善，規矩鍾公，云碎玉壺之冰，爛瑶臺之月，婉然芳樹，穆若清風。右軍（王羲之）少常師之。」内史，即王羲之。羲之嘗官會稽内史，參見《晋書·王羲之傳》。此以衛夫人喻王氏。

〔一〇〕門容高幰：《漢書·于定國傳》：「始定國父于公，其閭門壞，父老方共治之，于公謂曰：『少高大門閭，令容駟馬高蓋車，我治獄多陰德，未嘗有所冤，子孫必有興者。』」高幰，上有高幰（車幔）之車，即高蓋車，爲貴顯者所乘。《南史·鮑泉傳》：「常乘高幰車，從數十左右，繖蓋服玩甚精。」趙殿成曰：「幰，顧本作憲，誤。」按趙校是，述古堂本、《全唐文》俱作「幰」。

〔一一〕長筵：指排成長列的宴飲席位。曹植《名都篇》：「鳴儔嘯匹侣，列坐竟長筵。」

〔一二〕男乘翠鳳：以蕭史喻楊錡，謂其爲駙馬。

〔一三〕紅蓮：見《大唐大安國寺故大德浄覺禪師碑銘》第四段注〔二三〕。

〔一四〕繁華：猶榮華。安禪：見《過香積寺》注〔五〕。

〔一五〕簞笥（sì似）：《禮·曲禮上》：「凡以弓劍苞苴簞笥問人者，操以受命，如使之容。」注：「簞笥，盛飯食者，圜曰簞，方曰笥。」疏：「簞圓笥方，俱是竹器，亦以葦爲之。」句謂食必用竹器（言其生活儉樸）。自此句以下至篇末，底本原作：「朝含香兮禮闈，夕青瑣兮黄扉。方天公兮密啓，建出牧兮高麾。俄入守兮京兆，賜黄金兮被皁衣。其四。捐余珮兮江中，隱思君兮不可窮。歌泰山兮不返，蓼濟洹兮遂空。素車兮逶遲，宛鄉關兮故時。望國門兮不入，到秦山兮不知。瞻舊域兮松楸，平原夕兮素滻。愁魂兮歸來，江南不可以久留。」按，「朝含香兮」以下十八句，乃《韓公墓誌銘》篇末之銘文誤竄入本篇者，今據宋蜀本、明十卷本校正。尋其致誤之由，係因顧氏奇字齋據以刊刻之本有脱葉。舊本《韓公墓誌銘》一文皆置于本篇之後（宋蜀本、明十卷本皆如此），奇字齋本自本篇之「食必簞笥」句以下，至《韓公墓誌銘》之「冠獬豸兮奮蒼鷹」句（此句下接「朝含香兮」句），俱脱去（計其字數，適爲兩頁），遂致「朝含香兮」以下十八句，誤與本篇之「寂寞安禪」句連爲一文。趙殿成作《箋注》時，未曾見過奇字齋本以外的其他本子，因此沿襲了奇字齋本的錯誤。

〔一六〕衣無重采：《史記·越王句踐世家》：「（句踐）食不加肉，衣不重采。」重采，指多種顔色的華美衣服。

〔一七〕愛河：佛教謂愛欲能溺人，譬之爲河。《楞嚴經》卷四：「愛河枯乾，令汝解脱。」法海：佛法廣大，故譬之以海。《無量壽經》卷上：「深諦善念，諸佛法海。」

〔一八〕石舄虚封：用晉僧人佛圖澄事，謂王氏成佛而去。《太平御覽》卷六九七引《趙録》：「佛圖澄卒，葬後郭，門吏報石季龍云：『是師擕一履西去。』季龍發其墓，惟見一履與一石。」石舄，石與舄（鞋）。封，聚土爲墳。尸已不在，唯餘石舄，故云「虚封」。

〔一九〕松柏：指其墳上所植之樹。

給事中竇紹爲亡弟故駙馬都尉于孝義寺浮圖畫西方阿彌陀變讚并序〔一〕

《易》曰：「游魂爲變〔二〕。」傳曰：「魂氣則無不之〔三〕。」固知神明更生矣〔四〕，輔之以道〔五〕，則變爲妙身，之于樂土。大覺曰聖〔六〕，離妄曰性〔七〕，克修其業〔八〕，以正其命〔九〕。得無法者〔一〇〕，即六塵爲浄域〔一一〕；繫有相者〔一二〕，憑十念以往生〔一三〕。

〔一〕竇紹：《元和姓纂》卷九：「（竇）紹，給事中，荆州長史。」（《新唐書·宰相世系表》同）岑仲勉《元和姓纂四校記》卷九云：「玄宗幸蜀，以少府監竇紹爲永王傅，見《英華》四六二。……同書（《全唐文》）三六七賈至制，永王傅竇紹可江陵防禦使。同書四四七《述書賦》下注：『族兄紹，給事中。』《宋僧傳》一七《神邕傳》言禄山亂後，給事中竇紹在荆南。」《通鑑》至德元載七月：「永王璘充山南東道、嶺南、黔中、江南西道節度都使，以少府監竇紹爲之傅。」少府監、王傅俱從三品，給事中正五品上，紹似當先官給事中，後爲少府監。《宋高僧傳·神邕傳》曰：「倏遇禄山兵亂，（神邕自長安）東歸江湖，經歷襄陽。御史中丞庾光先出鎮荆南，邀留數月，時給事中竇紹、中書舍人苑咸，鑽仰彌高，俱受心要。」按，庾光先爲荆州長史、山南東道採訪使約在至德元載或二載（七五七），見《唐刺史考》卷一九五。時竇紹爲江陵（治所在今湖北荆州）防禦使，故得與神邕往還；《神邕傳》稱竇紹之官號爲「給事中」，當指其出任江陵防禦使前在朝時的官職（時間當在天寶末）。又，據新出土《苑咸墓誌》，咸天寶五載爲考功郎中兼知制誥（見《年譜》），尋拜中書舍人。諸弟犯法，貶漢東郡司户。後復除中書舍人。天寶末，「出守永陽郡，又移蘄春，旋拜安陸郡太守。屬羯胡構患……分命永王都統江漢，安陸地亦隸焉。永王全師下江，强制于史，公因至揚州」。至德三載正月，卒于揚州。參見《苑舍人能書梵字兼達梵音》詩注〔一〕。苑咸與神邕往還，當在其官安陸（治所在今湖北安陸）太守時，時間在至德元載。《神邕傳》稱咸之官號爲「中書舍人」，亦指其出任地方長官前在朝時的官職（時間亦當在天寶末）。另，至德元載六月，安禄山陷長安，王維爲賊所獲，故此文之寫作，大抵即當在天寶末。紹亡弟，即繹。《新唐書·宰相世系表》謂紹有弟七人，三曰繹，爲駙馬都尉、衛尉卿。《元和姓纂》卷九亦曰：「繹，駙馬、衛尉卿。」又《新唐書·諸帝公主傳》：「常山公主（玄宗第六女），下嫁薛譚，又嫁竇澤。」《唐會要》卷六：「常山，降薛譚，後降竇澤。」《元和姓纂四校記》卷九：「澤乃繹之訛。」孝義寺：不詳。西方阿彌陀變：見《西方變畫讚》注〔一〕。

〔二〕游魂爲變：《易·繫辭上》：「精氣爲物，游魂爲變，是故知鬼神之情狀。」疏：「云精氣爲物者，謂陰陽精靈之氣，氤氳積聚而爲萬物也。游魂爲變者，物既積聚，極則分散，將散之時，浮游精魂，去離物形，而爲改變。則生變爲死，成變爲敗，或未死之間，變爲異類也。」

〔三〕「魂氣」句：《禮記·檀弓下》：「骨肉歸復于土，命（性，自然之性）也。若魂氣則無不之也，無不之也。」疏：「若神魂之氣則遊於地上，故云則無不之適也。……上或適於天，旁適四方，不可更及。」

〔四〕神明：指人的精神、靈魂。更生：再生。

〔五〕道：指佛教之道。

〔六〕大覺：徹底、圓滿之覺悟。《楞嚴經》卷六：「空生大覺中，如海一漚發。」聖：《大乘義章》卷一七：「初地（見《登辨覺寺》注〔二〕）以上，息妄、契真、會正，名聖。」《涅槃經》卷一一：「以何等故，名佛菩薩爲聖人耶？如是等人有聖法故，常觀諸法性空寂故。」

〔七〕妄：佛教認爲世間一切事物在空性上没有差别（諸法平等），若以爲諸法真實存在，有各種差别，即是「妄」。能擺脱此種世俗之見，謂之「離妄」。《大乘起信論》：「一切衆生，以有妄心，念念分别。」性：亦曰自性，指諸法固有的、永不可變的本性、本體。《大智度論》卷三一：「性名自有，不待因緣。」《成唯識論述記》卷九：「性者體義，一切法體，故名法性。」于衆生而言，則指他們本身具有的佛性（大乘認爲一切衆生悉有佛性）。《傳心法要》卷上云：「諸佛菩薩與一切蠢動含靈同此大涅槃性，性即是心，心即是佛，佛即是法。一念離真，皆爲妄想。」

〔八〕克修其業：謂能修養其身心活動。參見《讚佛文》第二段注〔一九〕。

〔九〕正其命：謂使其命正。佛教有所謂「八正道」（八種通向涅槃解脱的正確方法或途徑），其五爲「正命」，指使身、口、意三業清淨，順於正法而活命，即過符合佛教戒律規定的正當生活。參見《俱舍論》卷二五、《大乘義章》卷一六末。

〔一〇〕無法：即法無我、法空。「得無法」指能認識到世間一切事物皆虚而不實。

〔一一〕六塵：見《西方變畫讚》第一段注〔六〕。淨域：即淨土。句指不離開世間另尋淨土，而以世間爲淨土。參見《西方變畫讚》第一段注〔四〕。

〔一二〕繫有相：指爲世俗的有相認識所束縛。參見《西方變畫讚》第一段注〔一四〕。

〔一三〕「憑十」句：謂憑十念而往生於西方極樂世界。十念，《法苑珠林》卷一五：「《彌勒發問經》云：若欲樂生安養國（西方極樂世界之異名）者，當修十念，即得往生。何等爲十？一者于一切衆生，常生慈心。二者于一切衆生，不毁其行，若有毁者，終不往生。三者于一切衆生，深起悲心，除殘害心。四者發護法心，不惜身命，于一切法，不生誹謗。五者于忍辱中，生決定心。六者深心清浄，不染利養。七者發一切種智心，日日常念，無有廢忘。八者于一切衆生，生尊重心，除憍慢心，謙下言説。九者于諸談話，不生染著心，近於覺意，深起種種善根因緣，不生憒閙散亂心。十者常念觀佛，除去諸相。彌勒，當知如是十念，一一次第，相續而起，不生彼國，無有是處。」又《釋氏要覽》卷下曰：「稱十念者，即是念十聲阿彌陀佛。」《佛説觀無量壽佛經》曰：「下品下生者，或有衆生，作不善業，五逆十惡，具諸不善……如此愚人臨命終時，遇善知識種種安慰，爲説妙法，教令念佛……具足十念，稱南無（歸命）阿彌陀佛；稱佛名故，於念念中，除八十億劫生死之罪。……如一念頃，即得往生極樂世界。於蓮花中滿十二大劫，蓮花方開，當花敷時，觀世音、大勢至以大悲音聲，即爲其人廣説實相，除滅罪法，聞已歡喜，應時即發菩提之心。」

西方變者，給事中竇紹敬爲亡弟故駙馬都尉某官之所畫也。天理之愛〔一〕，加人數等。悲讓侯而無所〔二〕，痛殞身而莫贖〔三〕。傾無長之工〔四〕。不平分于我生〔五〕，將厚貸于泉路〔六〕。尚茲繪事，滌彼染業〔七〕。寶樹成列〔八〕，金砂自映〔九〕。迦陵欲語，曼陀未落〔一〇〕。墜此中年，登乎上品〔一一〕。池蓮寶座，將踰棠棣之榮〔一二〕；水鳥法音〔一三〕，當悟鶺鴒之力〔一四〕。讚曰〔一五〕：

〔一〕天理：天性。理，《全唐文》作「倫」。

〔二〕讓侯：《後漢書·丁鴻傳》載，鴻父綝，封陵陽侯，及綝卒，鴻當襲封，憐弟盛幼小而共寒苦，上書請讓爵於盛。又《鄧彪傳》載：「（彪）父邯，中興初以功封鄳侯。……父卒，讓國於異母弟荊鳳，顯宗高其節，下詔許焉。」又《劉愷傳》載，愷父般，封居巢侯，般卒，愷當襲爵，而稱父遺意，致國于弟憲，遁亡七年，後和帝下詔褒美，許愷讓爵。侯，底本原作「侫」，《全唐文》作「仁」，俱非是，此據宋蜀本、述古堂本校正。無所：無處，謂弟已卒，無人可讓。

〔三〕莫贖：見《西方變畫讚》第二段注〔一八〕。

〔四〕無長：《舊唐書·霍王元軌傳》：「霍王元軌，高祖第十四子也。少多才藝，高祖甚奇之。……在徐州，唯與處士劉玄平爲布衣之交。人或問玄平王之長，玄平答曰：『無長。』問者怪而復問之，玄平曰：『夫人有短，所以見其長。至於霍王，無所不備，吾何以稱之哉？』」按，此句之上或下當脱一句，故文意不明。

〔五〕不平分：《漢書·卜式傳》：「卜式，河南人也，以田畜爲事。有少弟，弟壯，式脱身出，獨取畜羊百餘，田宅財物盡與弟。」又《王商傳》曰：「商少爲太子中庶子，……父薨，商嗣爲侯，推財以分異母諸弟，身無所受。」我生：《詩·大雅·桑柔》：「我生不辰，逢天僤怒。」句謂我生於世時，財物多讓與弟，不平均分之。

〔六〕厚貸：厚施。泉路：地下，陰間。

〔七〕滌：清除。染業：指世俗的身心活動。參見《青龍寺曇壁上人兄院集》注〔二八〕。

〔八〕寶樹成列：見《西方變畫讚》第二段注〔二六〕。

〔九〕金砂：《佛説阿彌陀經》曰：「極樂國土有七寶池，八功德水充滿其中，池底純以金沙布地。」

〔一〇〕迦陵、曼陀：見《西方變畫讚》第二段注〔二八〕、〔二九〕。

〔一一〕上品：佛書謂業有差别，故往生西方浄土，凡分九種品類：上品上生、上品中生、上品下生、中品上生、中品中生、中品下生、下品上生、下品中生、下品下生。《佛説觀無量壽佛經》曰：「佛告阿難及韋提希，凡生西方有九品人。上品上生者，若有衆生願生彼國者，發三種心，即便往生。何等爲三？一者至誠心，二者深心，三者迴向發願心。具三心者，必生彼國。復有三種衆生，當得往生。何等爲三？一者慈心不殺，具諸戒行，二者讀誦大乘方等經典（謂諸大乘經），三者修行六念，迴向發願，願生彼佛國。具此功德，一日乃至七日，即得往生。生彼國時……即悟無生法忍（通達佛教的無生之理）。……上品中生者，不必受持讀誦方等經典，善解義趣，于第一義，心不驚動，深信因果，不謗大乘，以此功德，迴向願求生極樂國。行此行者……即生彼國七寶池中。……經一小劫，得無生忍。……上品下生者，亦信因果，不謗大乘，但發無上道心，以此功德，迴向願求生極樂國。行者命欲終時……即得往生七寶池中。……經三小劫，得百法明門（菩薩入於歡喜地所得之智慧），住歡喜地（大乘菩薩十地中之第一地）。」

〔二〕池蓮寶座：佛書謂極樂國七寶池中有無數蓮花，諸佛菩薩及往生者以之爲坐床。《佛説阿彌陀經》曰：「極樂國土有七寶池……池中蓮華，大如車輪，青色青光，黄色黄光……微妙香潔。」《佛説觀無量壽佛經》曰：「極樂國土有八池水，一一池水，七寶所成。……一一水中有六十億七寶蓮華，一一蓮華團圓正等十二由旬。」棠棣：《詩·小雅·常棣》：「常棣（唐以前人多引作「棠棣」）之華，鄂（花萼）不（豈不）韡韡（光明貌）；凡今之人，莫如兄弟。」以花同萼的交相輝映，喻兄弟之間的關係。《詩》序：「《常棣》，燕兄弟也。」後因以棠棣喻指兄弟。二句意謂，往生極樂國，超過在世時兄弟並居高位的榮耀。

〔三〕水鳥法音：《佛説觀無量壽佛經》謂極樂國土八池水中，「如意珠王（如意珠中之最勝者，故曰王）涌出金色，微妙光明，其光化爲百寶色鳥，和鳴哀雅，常讚念佛念法念僧」。《佛説阿彌陀經》亦謂極樂國土「常有種種奇妙雜色之鳥……晝夜六時，出和雅音。其音演暢五根、五力、七菩提分、八聖道分如是等法，其土衆生聞是音已，皆悉念佛念法念僧。……是諸衆鳥，皆是阿彌陀佛欲令法音宣流變化所作」。

〔一四〕鶺鴒：《詩・小雅・常棣》：「脊令（鳥名，亦作「鶺鴒」）在原，兄弟急難。」後遂以鶺鴒喻兄弟。

〔一五〕讚，述古堂本作「偈」。

生因妄念〔一〕，没有遺識〔二〕，憑化而遷，轉身不息〔三〕，將免六趣〔四〕，惟此十力〔五〕。哀此仁兄，友于後生〔六〕，不知世界〔七〕，畢意經營〔八〕，傍熏獲悟〔九〕，自性當成〔一〇〕。

〔一〕生因妄念：佛教認爲，由于有世俗的欲求、妄念，便有了種種世俗的行爲，結果必然招致來世的果報和再生，永遠處于無從擺脱的生死輪迴之中。因，由于。

〔二〕識：即「識支」，爲十二因緣（十二支）之一。《俱舍論》卷九：「于母胎等正結生時一剎那位五蘊名識。」亦即「四有」中的「生有」，指「中有」（即中陰，指此世死後、彼世生前中間存在之自體）于「結生剎那」之自體，含有靈魂之意。

〔三〕「憑化」二句：憑，仗，依。化，變化，指死。轉，佛教指依物之因緣而生變化。按，佛教「三世輪迴」的理論認爲，任一有生命的個體，在未獲「解脱」前，均須依十二支的因果循環鏈條，在「三世」（過去、現在、未來）、「六趣」中生死流轉，永無終期。二句即指此而言。

〔四〕六趣：又稱六道，佛教所説根據衆生生前的善惡行爲而有的六種輪迴轉生趨向。即：地獄、餓鬼、畜生、人、天（指世間最高最優越之有情及其生存的環境——三界諸天）、阿修羅（古印度神話中的惡神名。佛教沿用其説）。參見《大乘義章》卷八末。「免六趣」指擺脱生死輪迴、十二因緣的束縛。《涅槃經》卷二五：「以心因緣故，輪迴六趣具受生死。」

〔五〕十力：見《西方變畫讚》二段注〔一八〕。

〔六〕友于：《書·君陳》：「惟孝友于兄弟。」後常以「友于」稱兄弟間的友愛。後生：謂紹之弟。

〔七〕不知世界：即指西方極樂世界。彼處世人未嘗知見，故云「不知」。

〔八〕畢意：盡心。

〔九〕傍：旁。熏：即熏習，指熏染影響。《大乘起信論》：「熏習義者，如世間衣服實無於香，若人以香而熏習故，則有香氣。此亦如是，真如淨法實無於染，但以無明（愚癡，指不懂佛教之理的世俗認識）而熏習故，則有染相。」句謂在西方變旁受熏染而獲得佛教悟解。

〔一〇〕自性：指佛性，亦曰如來藏、自性清淨心，大乘佛教認爲它是衆生先天具有的，然被煩惱（一切世俗的欲求、情緒和思想活動的總稱）所隱覆，故不顯，若能排除煩惱，獲得佛教悟解，則自性可成。《大乘起信論》：「自性清淨，名如來藏。」《傳心法要》卷下：「天真自性，本無迷悟。」説詳世親《佛性論·如來藏品》。

宋進馬哀辭并序〔一〕

宋進馬者，中書舍人宋公之子也〔二〕。公無弟兄，子一而已。文則有種〔三〕，德亦惟肖。

忽疾倏逝，醫不及視。宋公哀之，他人悲之。故爲詞曰：

〔一〕宋進馬：西安碑林藏一九五二年西安南郊新開門村出土的唐陳章甫撰《唐故殿中省進馬宋應墓誌銘》，謂宋應爲朝議大夫、中書舍人昱之子，卒于天寶十四載四月八日，同月十一日葬，年始十九；天寶十三載，「以父掌綸掖垣，天恩特拜進馬。」據此，本篇當作于天寶十四載。墓誌又載於《唐代墓誌彙編續集》天寶一〇四，可參閱。進馬，唐殿中省置「進馬五人，正七品上。掌大陳設，戎服執鞭，居立仗馬之左，視馬進退。天寶八載……省進馬，十二載復置。乾元後又省，大曆十四年復」（《新唐書·百官志》）。

〔二〕宋公：即宋昱。天寶十載，以中書舍人知吏部選事（此據《唐會要》卷七四，《通鑑》作天寶十二載）。十三載，仍官中書舍人（據兩《唐書·韋見素傳》）。十四、五載同。《新唐書·楊國忠傳》稱，天寶十五載六月國忠既誅，「其黨翰林學士張漸、竇華，中書舍人宋昱，吏部郎中鄭昂，俱走山谷，民爭其貲，富埒國忠。昱戀貲産，竊入都，爲亂兵所殺」。

〔三〕有種：能傳給子孫後代，有嗣。《史記·陳涉世家》：「王侯將相寧有種乎！」《晋書·劉頌傳》：「聞（張）華子得逃，喜曰：『茂先（華字），卿尚有種也！』」此句宋蜀本、明十卷本、奇字齋本俱作「交則有擇」。

背春涉夏兮，衆木藹以繁陰〔一〕，連金華與玉堂兮〔二〕，宫閣鬱其沉沉〔三〕。百官並入兮，何語笑之啞啞〔四〕！君獨静默以傷心。草王言兮不得辭〔五〕，裁悲減思兮少時〔六〕。僕夫命駕兮〔七〕，出閶闔歷通逵〔八〕。陌上人兮如故，識不識兮往來，眼中不見兮吾兒，驂紫騮兮從青驪〔九〕。低光垂彩兮〔一〇〕，怳不知其所之〔一一〕。闢朱户兮望華軒〔一二〕，意斯子兮候門，忽思瘞兮城南，心瞀亂兮重昏〔一三〕。仰訴天之不仁兮，家惟一身，身止一子，何胤嗣之不繁〔一四〕，就單拗而又死〔一五〕！將清白兮遺誰？問《詩》禮兮已矣〔一六〕！哀從中兮不可勝〔一七〕，豈暇料餘年兮復幾〔一八〕？日黯黯兮頹曄〔一九〕，鳥翩翩兮疾飛，邈窮天兮不返〔二〇〕，疑有日兮來歸。静言思兮永絶〔二一〕，復驚叫兮沾衣〔二二〕。客有弔之者曰：觀未始兮有物〔二三〕，同委蜕兮胡悲〔二四〕？且延陵兮未至〔二五〕，況西河兮不知〔二六〕。學無生兮庶可〔二七〕，幸能聽于吾師〔二八〕。

〔一〕藹：樹木茂密。

〔二〕金華、玉堂：《文選》班固《西都賦》：「金華玉堂，白虎麒麟，區宇若兹，不可殫論。」李善注：「《三輔黄圖》曰：未央宫有……金華殿、太玉堂殿、中白虎殿、麒麟殿。」此借指唐皇宫。

〔三〕鬱：盛貌。沉沉：《史記·陳涉世家》：「夥頤！涉之爲王沉沉者！」集解引應劭曰：「沉沉，宫室深邃之貌也。」

〔四〕啞啞：笑聲。《易・震》：「笑言啞啞。」《釋文》：「烏客反。馬（融）云：笑聲。鄭（玄）云：樂也。」

〔五〕草王言：中書舍人掌草詔，故云。《唐六典》卷九：「中書舍人……掌侍奉進奏，參議表章。凡詔旨敕制，及璽書册命，皆按典故起草進畫。」

〔六〕裁：節制。少時：片刻。

〔七〕僕夫：御者。《詩・小雅・出車》：「召彼僕夫，謂之載矣。」傳：「僕夫，御夫也。」命駕：命人駕車。謂立即動身。

〔八〕閶闔：皇宮之正門。通逵：四通八達的大道。謝靈運《君子有所思行》：「密親麗華苑，軒甍飾通逵。」

〔九〕驂紫騮：以紫騮（赤色駿馬）爲兩驂（位於車兩旁的馬）。從青驪：後面跟隨着青驪馬（黑色馬）。漢樂府《陌上桑》：「何用識夫婿？白馬從驪駒。」句指其兒之車兩旁套着紫騮馬後面跟隨着青驪駒。

〔一〇〕低光：指荷花。王嘉《拾遺記》卷六：「昭帝始元元年，穿淋池，廣千步。中植分枝荷，一莖四葉，狀如駢蓋，日照則葉低蔭根莖，若葵之衛足，名低光荷。」參見《三輔黄圖》卷四。又謝朓《雜詠三首・燭》云：「曖色輕幃裏，低光照寶琴。」以「低光」謂燭光。此處亦可能指夕陽。

〔一一〕怳：失意貌，精神恍惚貌。

〔一二〕華軒：指華美的房屋。

〔一三〕瘞（yì亦）：埋葬。城南：《宋應墓誌銘》曰：「權瘞於咸寧縣延興門外龍首鄉之原，禮也。」按，龍首鄉在咸寧縣東一十五里（見《類編長安志》卷一），則非在「城南」；然墓誌曰「權瘞」，或後來又曾遷葬於城南？　瞀（mào冒）亂：昏亂。《楚辭·九辯》：「慷慨絶兮不得，中瞀亂兮迷惑。」重昏：《楚辭·九章·涉江》：「余將董道而不豫兮，固將重昏而終身。」王逸注：「昏，亂也。」朱熹注：「重復暗昧，終不復見光明也。」

〔一四〕胤嗣：子孫，後代。胤，底本原作「引」，據宋蜀本、述古堂本、明十卷本等校正。

〔一五〕單尠（xiǎn鮮）：單少，單獨一個。

〔一六〕「問《詩》」句：《論語·季氏》載，一日，孔子嘗問其子鯉曰：「學《詩》乎？」他日，又問曰：「學禮乎？」已矣，逝去，已成過去。鯉先於孔子而卒（參見《論語·先進》），情況正與宋公之子同。

〔一七〕哀，宋蜀本作「變」。

〔一八〕餘，明十卷本作「天」。

〔一九〕頹：墜落，失去；宋蜀本、明十卷本作「稹」，奇字齋本作「隕」，注：「一作餘。」按，「稹」即「隕」之形誤字。　曄（yè頁）：光。

〔二〇〕邈：遠。　窮天：高入天際。鮑照《凌烟樓銘》：「重樹窮天，通原盡目。」句謂鳥兒遠飛入天不復回返。

〔二一〕静言思：《詩·邶風·柏舟》：「静言思之，寤辟有摽。」言，助詞。

〔二二〕驚，宋蜀本、明十卷本、奇字齋本俱作「號」。

〔二三〕未始有物：未曾有物，一切虛無。《莊子·庚桑楚》：「古之人，其知（智）有所至矣。惡乎至？有以爲未始有物者，至矣，盡矣，弗可以加矣！其次以爲有物矣（以上文字又見于《齊物論》），將以生爲喪也（生是從無變有，由虛無之道觀之，即有所喪失），以死爲反也（把死看作是從有還原爲無），是以分已（這已經是有生死之分了）。」又《則陽》曰：「夫聖人未始有天，未始有人，未始有始，未始有物。」

〔二四〕委蛻：《莊子·知北遊》：「舜曰：『吾身非吾有也，孰有之哉？』曰：『是天地之委形也（這是天地付給的形體）。……子孫非汝有，是天地之委蛻也（這是天地付給的蛻變）。故行不知所往，處不知所持，食不知所味（謂行動、居處、飲食都不由自主）。』」句謂宋公之子的死，同於天地賦予的蛻變，爲何悲傷？

〔二五〕延陵未至：《禮記·檀弓下》：「延陵季子適齊，於其反也，其長子死，葬於嬴、博之間。孔子曰：『延陵季子，吴之習於禮者也。』往而觀其葬焉，其坎（墓穴）深不至於泉，其斂以時服。既葬而封，廣輪（從）揜（掩）坎，其高可隱也（注：「隱，據也。封可手據，謂高四尺。」）。既封，左袒，右還（圍繞）其封，且號者三，曰：「骨肉歸復于土，命（性，自然之性）也；若魂氣則無不之也，無不之也。」而遂行。』孔子曰：『延陵季子之於禮也，其合矣乎！』」此處反用其意，謂延陵季子處理其子之喪，未能達到最高境界。

〔二六〕西河不知：《史記・仲尼弟子列傳》：「孔子既没，子夏居西河（戰國魏地）教授，爲魏文侯師。其子死，哭之失明。」此指子夏哭其子，至于失明，非智也。

〔二七〕無生：見《登辨覺寺》注〔八〕。

〔二八〕幸：希望。吾師：謂吾所學習、效法者。《左傳》襄公三十一年：「其所善者，吾則行之；其所惡者，吾則改之，是吾師也。」句謂希望您能够接受我所師法的這一佛教的義理。

王維集校注卷十一

編年文（乾元、上元）

謝除太子中允表〔一〕

臣維稽首言：伏奉某月日制，除臣太子中允，詔出宸衷〔二〕，恩過望表，捧戴惶懼，不知所裁〔三〕。臣聞食君之禄，死君之難，當逆胡干紀〔四〕，上皇出宫，臣進不得從行，退不能自殺，情雖可察，罪不容誅〔五〕。伏惟光天文武大聖孝感皇帝陛下〔六〕，孝德動天，聖功冠古，復宗社於墜地〔七〕，救塗炭於横流〔八〕；少康不及君親〔九〕，光武出于支庶〔一〇〕，今上皇返正〔一一〕，陛下御乾〔一二〕，歷數前王，曾無比德。萬靈抃躍〔一三〕，六合歡康，仍開祝網之恩〔一四〕，免臣釁鼓之戮〔一五〕，投書削罪〔一六〕，端袵立朝〔一七〕。穢汙殘骸〔一八〕，死滅餘氣，伏謁明主〔一九〕，豈不自愧于心？仰廁群臣，亦復何施其面〔二〇〕？跼天内省，無地自容〔二一〕。且政化之源，刑賞爲急〔二二〕，陷身凶虜，尚沐官榮，陳力興王〔二三〕，將何寵異？况臣夙有誠願，伏願陛下中興，逆賊殄滅，臣即出家修道，極其精勤，庶裨萬一〔二四〕。頃者身方待罪〔二五〕，國未書刑〔二六〕，若慕龍象之儔〔二七〕，是避魑魅之地〔二八〕，所以鉗口〔二九〕，不敢萌心。今聖澤含弘〔三〇〕，天波昭洗〔三一〕，朝容罪人食禄，必招屈法之嫌〔三二〕，臣得奉佛報恩，自寬不死之痛〔三三〕，謹詣銀臺門冒死陳請以聞〔三四〕，無任惶恐戰越之至〔三五〕。

〔一〕作于乾元元年（七五八）春，説見《年譜》。太子中允：東宫官屬有太子中允二人，正五品下。《舊唐書·職官志》：「（太子）左庶子掌侍從贊相，駁正啓奏，中允爲之貳。」

〔二〕宸衷：帝王之心意。

〔三〕捧戴：謂雙手托舉着制書。不知所裁：陸機《謝平原内史表》：「拜受祇竦，不知所裁。」裁，裁斷，處理。

〔四〕逆胡干紀：指安禄山反。干紀，干犯法紀。

〔五〕罪不容誅：《漢書·王莽傳》：「惡不忍聞，罪不容誅。」言罪惡極大，處死猶不足以抵罪。

〔六〕光天文武大聖孝感皇帝：《舊唐書·肅宗紀》：「（至德）三載（七五八）正月……戊寅，上皇御宣政殿，册皇帝尊號曰光天文武大聖孝感皇帝。」底本原作「光天文武至聖皇帝」，此從《全唐文》。

〔七〕宗社：宗廟和社稷。孔融《論盛孝章書》：「宗社將絶，又能正之。」墜地：喻衰落、喪失。《論語·子張》：「文武之道，未墜於地，在人。」

〔八〕塗炭：指陷入災難的人民。横流：喻混亂的局勢。《文選》傅亮《爲宋公修張良廟教》：「夷項定漢，大拯横流。」又陸倕《石闕銘》：「拯兹塗炭，救此横流。」

〔九〕「少康」句：《左傳》哀公元年：「（澆）滅夏后相（杜注：「夏后相，啓孫也。后相失國……復爲澆所滅。」），后緡（相妻）方娠，逃出自竇，歸于有仍（后緡，有仍氏女），生少康焉。……澆使椒求之，逃奔有虞，爲之庖正（掌飲食之官），以除其害（猶言以避己害）。虞思（思，有虞酋長之名，姚姓）於是妻之以二姚（妻以二女），而邑諸綸，有田一成（方十里爲成），有衆一旅（五百人爲旅）。能布其德，而兆（始）其謀，以收夏衆，撫其官職；……遂滅過（澆之國）、戈（澆弟豷之國），復禹之績，祀夏配天（祀夏祖同時祀天帝），不失舊物。」君親，《孝經·聖治章》：「君親臨之，厚莫重焉。」注：「謂父爲君以臨於己，恩義之厚，莫重於斯。」少康中興之時，其父相已早卒，故云「不及君親」。

〔一〇〕「光武」句：《後漢書·光武帝紀》：「世祖光武皇帝……高祖九世之孫也。出自景帝，生長沙定王發（景帝庶子），發生舂陵節侯買，買生鬱林太守外，外生鉅鹿都尉回，回生南頓令欽，欽生光武。」支庶，宗族的旁出分支。《史記·漢興以來諸侯王年表序》：「及天子支庶子爲王，王子支庶爲侯，百有餘焉。」此言光武亦中興之君，然出于支庶。

〔一一〕返正：回復本位。指復還長安。

〔一二〕御乾：統治天下。

〔一三〕萬靈：謂衆民。抃躍：鼓掌跳躍。

〔一四〕「仍開」句：見《既蒙宥罪旋復拜官伏感聖恩竊書鄙意》注〔三〕。

〔一五〕「免」上宋蜀本多一「必」字。釁鼓：《左傳》僖公三十三年：「君之惠，不以纍臣釁鼓。」杜注：「殺人以血塗鼓，謂之釁鼓。」

〔一六〕投書：謂捐棄有關文書，不復究問。削罪：除罪。

〔一七〕端衽：正襟。

〔一八〕穢汙殘骸：意謂臣這骯髒的老朽之軀。汙，底本原作「汗」，據宋蜀本、述古堂本、明十卷本等校正。骸，宋蜀本作「體」。

〔一九〕死滅餘氣：猶言只有死亡前的一點氣息。主，述古堂本作「王」。

〔二〇〕群，述古堂本作「動」。何施其面：謂往何處安放這臉面。

〔二一〕「跼天」二句：陸機《謝平原内史表》：「感恩惟咎，五情震悼，跼天蹐地，若無所容。」跼天，形容惶恐不安，語本《詩·小雅·正月》：「謂天蓋高，不敢不跼；謂地蓋厚，不敢不蹐。」跼，曲身。

〔二二〕賞，宋蜀本作「當」。急：緊要。

〔二三〕陳力：施展其才力。班彪《王命論》：「英雄陳力，群策畢舉。」興王：興國之君。《文選》顔延之《赭白馬賦》：「泰階之平可升，興王之軌可接。」

〔二四〕精勤：專心勤奮。庶裨萬一：希望能够彌補罪過於萬分之一。

〔二五〕身方待罪：指至德二載十月唐軍收復東京後，維及諸陷賊官俱被收繫獄中，等待定罪。

〔二六〕書刑：書寫應受之刑，猶言判罪。

〔二七〕龍象：見《能禪師碑》第四段注〔四〕。

〔二八〕避魑魅之地：猶言逃避被流放到荒遠之地。魑魅之地，魑魅出没的荒遠之地。《左傳》文公十八年：「（舜）流四凶族，渾敦、窮奇、檮杌、饕餮，投諸四裔，以禦魑魅。」注：「裔，遠也。放之四遠，使當魑魅之災。魑魅，山林異氣所生，爲人害者。」

〔二九〕鉗口：猶閉口。《淮南子·本經》：「今至人生亂世之中……鉗口寢説，遂不言而死者衆矣。」

〔三〇〕含弘：廣大、無不包含之意。《易·坤》：「含弘光大，品物咸亨。」疏：「包含宏厚，光著盛大，故品類之物，皆得亨通。」

〔三一〕天波：《文選》陸機《謝平原内史表》：「苟削丹書，得夷平民，則塵洗天波，謗絶衆口。」張銑注：「天波，喻天子恩澤。」昭洗：謂洗去污垢使明潔。指赦免罪尤，使得自新。《文選》謝朓《始出尚書省》：「中區咸已泰，輕生諒昭洒（通「洗」）。」劉良注：「信可昭明洗滌穢濁也。」陳子昂《爲張著作謝父官表》：「誠以天波昭洗，得更自新，所以忍垢偷生，剋躬自勵，期效萬一。」

〔三二〕屈法之嫌：不嚴格依法而行的埋怨。丘遲《與陳伯之書》：「主上屈法申恩，吞舟是漏。」

〔三三〕不死：即上文所謂「退不能自殺」。

〔三四〕銀臺門：《唐六典》卷七：「（大明宫）宣政（殿）北曰紫宸門，其内曰紫宸殿（注：「即内朝正殿也。」）。……殿之東曰左銀臺門，西曰右銀臺門。」此當指右銀臺門，《金石萃編》卷九四《會善寺戒壇牒》云「謹詣右銀臺門奉表陳謝以聞」，可證。陳請：陳述理由以提出請求。

〔三五〕無任：不勝。戰越：因惶恐而戰慄。

謝集賢學士表〔一〕

朝議大夫試太子中允臣維稽首言〔二〕：伏奉今月十八日敕，令臣充集賢殿學士，擢及無能，恩加非望〔三〕，抃躍慙懼，不知所裁。且謂之集賢，非賢莫集，固當宣其五德〔四〕，列在四科〔五〕，逖聽衆推，方紆聖鑒〔六〕。臣抽毫作賦，非古詩之流〔七〕；挾策讀書〔八〕，無專經之業〔九〕。伏惟陛下文思超明哲之后〔一〇〕，書契踰畫卦之君〔一一〕，龜圖不能比其詞〔一二〕，龍甲不足究其義〔一三〕。聞相如在蜀，畏不同時〔一四〕；徵枚乘于齊，惜其已老〔一五〕。急賢之旨，欲賜追鋒〔一六〕，如臣不才，豈宜濫吹〔一七〕！將何以編次漆簡〔一八〕，刊定石經〔一九〕？東堂賦詩〔二〇〕，將招不成之罰〔二一〕；北面待詔，必無善對之才〔二二〕。以榮爲憂，席寵知懼〔二三〕，無任感恩踊躍戰越之至，謹詣延英門陳謝以聞〔二四〕。

〔一〕作于乾元元年春，參見《年譜》。集賢學士：唐開元五年置乾元院，寫四部書，六年十一月改名麗正院，十三年更號爲集賢院，置學士（參見《玉海》卷五二、一六七引《集賢注記》及《唐會要》卷六四）。《舊唐書·職官志》：「集賢學士，初定制以五品已上官爲學士，六品已下爲直學士。

……集賢學士之職，掌刊緝古今之經籍，以辨明邦國之大典。凡天下圖書之遺逸，賢才之隱滯，則承旨而徵求焉。其有籌策之可施於時，著述之可行於代者，較其才藝而考其學術，而申表之。凡承旨撰集文章，校理經籍，月終則進課於內，歲終則考最於外。」

〔二〕朝議大夫：唐時文散官凡叙階二十有九，朝議大夫爲正五品下階。貞觀時定令，文武入仕者皆帶散位，謂之本品。散官無應執行之政務，其作用主要在章服。唐代官員的服色，不以職事官爲準，而依散官之品秩而定。參見《舊唐書·職官志》、岑仲勉《金石論叢》第四六二、四六三頁。試：猶言試用。

〔三〕非望：猶言未曾期望。

〔四〕宣：顯示。五德：趙殿成注：「《新論》：五德者，智、信、仁、勇、嚴也。」按，此文出《新論·兵術》，所言乃將之五德，《孫子·計篇》：「將者，智、信、仁、勇、嚴也。」注：「曹公曰：『將宜五德備也。』」似非本篇所稱「五德」之義。「五德」疑指五常之德，即仁、義、禮、智、信。《書·益稷》「以出納五言」孔傳：「又以出納仁、義、禮、智、信五德之言，施於民以成化。」《詩·秦風·小戎》：「言念君子，温其如玉。」箋：「念君子之性，温然如玉。玉有五德。」疏：「《聘義》云：君子比德於玉焉。温潤而澤，仁也；縝密以栗，知也；廉而不劌，義也；垂之如墜，禮也；孚尹旁達，信也。……（玉）凡十德，唯言五德者，以仁、義、禮、智、信五者人之常，故舉五常之德言之耳。」又，或以温、良、恭、儉、讓爲五德。《論語·學而》：「夫子温、良、恭、儉、讓以得之。」集解：「鄭曰：言夫子行此五德而得之。」

〔五〕四科：《文選》王融《永明九年策秀才文》：「懋陳三道之要，以光四科之首。」李善注：「崔寔《政論》曰：『詔書故事，三公辟召，以四科取士。一曰德行高妙，志節清白；二曰學通行修，經中博士；三曰明曉法令，足以決疑，能按章覆問；四曰剛毅多略，遭事不惑，才任三輔劇縣令。』」又孔門以德行、言語、政事、文學爲四科，參見《論語·先進》、《後漢書·鄭玄傳》。又《南史·王儉傳》云：「宋明帝泰始六年，置總明觀以集學士……儒、玄、文、史四科，科置學士十人。」

〔六〕逖聽：遠聽。《文選》司馬相如《封禪文》：「率邇者踵武，逖聽者風聲。」李善注：「逖，遠也。近者蹈其迹，遠者聽其風聲（遺風嘉聲）。」謝朓《侍宴華光殿曲水奉勑爲皇太子作詩》：「旁求邃古，逖聽鴻名。」此指名聲遠聞。衆推：衆所推重。紆：垂，下示。聖鑒：天子的鑒識。《晉書·桓温傳》：「今皇子幼稚，而朝賢時譽惟謝安、王坦之才識智能皆簡在聖鑒。」

〔七〕古詩之流：《文選》班固《兩都賦序》：「或曰，賦者古詩之流也。」李善注：「《毛詩序》曰：詩有六義焉，二曰賦。故賦爲古詩之流也。」

〔八〕挾策讀書：見《上黨苗公德政碑》末段注〔三〕。筴，同「策」，簡書。

〔九〕專經：專長經學。《魏書·李瑒傳》：「士大夫學問……何用專經爲老博士也？」《南史·王儉傳》：「先是宋孝武好文章，天下悉以文采相尚，莫以專經爲業。」

〔一〇〕文思：《書·堯典》：「欽明文思安安。」傳：「言堯……以敬明文思之四德，安天下之當安者。」

《釋文》引馬融曰：「經緯天地謂之文，道德純備謂之思。」疏引鄭玄曰：「經緯天地謂之文，慮深通敏謂之思。」明哲：明智；底本作「前哲」，述古堂本、《全唐文》作「則哲」，此從宋蜀本。則哲，《書·臯陶謨》：「知人則哲，能官人。」後遂以「則哲」指知人。后：君主。

〔一一〕「書契」句：書契，文字。《尚書序》：「古者伏犧氏之王天下也，始畫八卦，造書契，以代結繩之政，由是文籍生焉。」《釋文》：「書者，文字；契者，刻木而書其側，故曰書契也。」

〔一二〕龜圖：《太平御覽》卷八〇引《龍魚河圖》：「堯時與群臣賢智到翠嬀之淵，大龜負圖來出授，堯敕臣下寫取，寫畢，龜還水中。」句謂龜圖不能同天子的文詞相比。

〔一三〕龍甲：《藝文類聚》卷一一引《尚書中候》：「帝堯即政，榮光出河，休氣四塞，龍馬銜甲，赤文緑字（注：「龍形像馬，甲所以藏圖也，其文赤而緑。」）。甲似龜背，五色，有列星之分，斗政之度，帝王録紀興亡之數。」不足：不值得。究：推尋，探求。句指龍甲之文也不能同天子之文相比。

〔一四〕「聞相如」二句：見《送嚴秀才還蜀》注〔八〕。

〔一五〕「徵枚乘」二句：《漢書·枚乘傳》：「枚乘字叔，淮陰人也。……復游梁，梁客皆善屬辭賦，乘尤高。孝王薨，乘歸淮陰。武帝自爲太子，聞乘名，及即位，乘年老，迺以安車蒲輪徵乘，道死。」按，淮陰戰國時屬楚，此曰齊，或係作者誤記。

〔一六〕急賢：急于求賢。任昉《求薦賢士詔》：「稱朕急賢之旨。」追鋒：《三國志·魏書·高貴鄉公傳》注引傅暢《晉諸公贊》曰：「帝常與中護軍司馬望、侍中王沈、散騎常侍裴秀、黄門侍郎鍾會等，講宴於東堂，并屬文論名，秀爲儒林丈人，沈爲文籍先生，望、會亦各有名號。帝性急，請召欲速，秀等在内職，到得及時，以望在外，特給追鋒車、虎賁卒五人，每有集會，望輒奔馳而至。」《晉書·輿服志》：「追鋒車，去小平蓋，加通幰，如軺車，駕二。追鋒之名，蓋取其迅速也，施於戎陣之間，是爲傳乘。」

〔一七〕濫吹：即濫竽充數之意。《文選》江淹《雜體詩·盧中郎諶》：「更以畏友朋，濫吹乖名實。」《韓非子·内儲説上》：「齊宣王使人吹竽，必三百人，南郭處士請爲王吹竽，宣王説之，廩食以數百人。宣王死，湣王立，好一一聽之，處士逃。」

〔一八〕編次漆簡：《晉書·束皙傳》：「初，太康二年，汲郡人不準盜發魏襄王墓，或言安釐王冢，得竹書數十車。……大凡七十五篇，七篇簡書折壞，不識名題。……漆書皆科斗字。初發冢者燒策照取寶物，及官收之，多燼簡斷札，文既殘缺，不復詮次。武帝以其書付祕書校綴次第，尋考指歸，而以今文寫之。皙在著作，得觀竹書，隨疑分釋，皆有義證。」

〔一九〕刊定石經：《後漢書·儒林傳》：「熹平四年，靈帝乃詔諸儒正定五經，刊於石碑，爲古文篆隸三體書法，以相參驗，樹之學門，使天下咸取則焉。」又《蔡邕傳》曰：「熹平四年，（邕）乃與五官中郎將堂谿典……等，奏求正定六經文字，靈帝許之。邕乃自書册於碑，使工鐫刻，立於太學門外。」按，熹平石經實乃隸體，魏正始中復立石經，方爲古文篆隸三體，參見《晉書·衛恒傳》。

〔二〇〕東堂賦詩：《晉書·李密傳》：「乃遷漢中太守……及賜餞東堂，詔密令賦詩。」東堂，指晉宮的正殿。《晉書・郤詵傳》：「累遷雍州刺史，武帝於東堂會送。」

〔二一〕不成之罰：《南史・蕭介傳》曰：「初，（梁）武帝招延後進二十餘人，置酒賦詩。臧盾以詩不成，罰酒一斗。盾飲盡，顔色不變，言笑自若。」

〔二二〕「北面」二句：集賢學士當於集賢院待詔（猶言候命），「備顧問應對」（《唐六典》卷九），故云。北面，面向北，居臣之下之位。

〔二三〕席寵：居寵。《書・畢命》：「兹殷庶士，席寵惟舊。」傳：「此殷衆士，居寵日久。」疏：「席者人之所處，故爲居之義。舊，久也。」

〔二四〕延英門：《唐六典》卷七：「（大明宮）宣政（殿）之左曰東上閤，右曰西上閤，次西曰延英門，其內之左曰延英殿，右曰含象殿。」陳謝：表示謝意。

謝御書集賢院額表〔一〕

臣維言〔二〕：伏奉今月某日聖札題集賢殿御書院額，捧戴抃舞，不知所裁。竊以先聖微言，前王令典〔三〕，所以興行禮義，訓正人倫，顧逆胡兇頑〔四〕，不識經籍，恣行毀裂，有甚焚燒。伏惟陛下御極統天〔五〕，功成理定〔六〕，愍其墜簡〔七〕，旁搜古壁〔八〕，發求書之使，置寫書之官〔九〕，于是九流百家〔一〇〕，韋編緗帙〔一一〕，爛然虎觀〔一二〕，盛彼鴻都〔一三〕。加以親重儒門，將爲教首〔一四〕，俯題金榜〔一五〕，自運銀鈎〔一六〕，龍鳳翔于烟雲，日月照于天地〔一七〕，曾無以諭〔一八〕，誰敢强名？ 況乎方丈之書〔一九〕，七分入木〔二〇〕，仲將虚爲白首，羲之枉在墨池〔二一〕。將使率土之人〔二二〕，知陛下寵此書府；普天之下，斅陛下敦彼儒風〔二三〕。政化之源，實始于此。臣今忝編次漆簡，刊校石經〔二四〕，載光載輝〔二五〕，誠歡誠喜。

〔一〕爲集賢學士時所作，時間大抵略晚於上文。集賢院：見上篇注〔一〕。

〔二〕維，宋蜀本、述古堂本俱作「某」。

〔三〕前王令典：先王之善法。指經書而言。荀悦《漢紀序》：「虞夏商周之書，其揆一也，皆古之令典。」

〔四〕顧，宋蜀本、述古堂本、《全唐文》俱作「頊」。逆胡：指安史叛軍。逆，宋蜀本作「羯」。

〔五〕御極：即位。統天：指統治天下。《後漢書·寇恂傳》：「陛下統天理物，爲萬國覆。」

〔六〕功成理定：《禮記·樂記》：「王者功成作樂，治定制禮。」注：「功成、治定同時耳。功主於王業，治主於教民。」理定，即治定。

〔七〕愍：憂。墜：失。

〔八〕古壁：見《苗公德政碑》第五段注〔七〕。

〔九〕「發求」二句：《漢書·藝文志》：「漢興，改秦之敗，大收篇籍，廣開獻書之路，迄孝武世，書缺簡脱，禮壞樂崩，聖上喟然而稱曰：『朕甚憫焉。』於是建臧書之策，置寫書之官，下及諸子傳説，皆充祕府。至成帝時，以書頗散亡，使謁者陳農求遺書於天下。」

〔一〇〕九流：《漢書·叙傳下》：「劉向司籍，九流以別。」注：「應劭曰：儒、道、陰陽、法、名、墨、縱横、雜、農凡九家。」後泛指各種學術流派。

〔一一〕韋編：《史記·孔子世家》：「讀《易》，韋編三絶。」韋，柔皮。古時竹簡以皮繩編綴，故曰韋編。後泛指古代典籍。梁元帝《梁簡文帝法寶聯璧序》：「降意韋編，留神緗帙。」緗帙：包在書卷外的淺黄色封套。也用爲書的代稱。

〔一二〕爛然：衆多貌。虎觀：即白虎觀。《後漢書·丁鴻傳》：「肅宗詔鴻與廣平王羨及諸儒樓望、成封、桓郁、賈逵等，論定五經同異於北宫白虎觀。」注：「白虎，門名。於門立觀，因以名之焉。」事又載《章帝紀》及《儒林傳》。北宫，東漢明帝永平三年建，在洛陽城中，參見《後漢書·明帝紀》。

〔一三〕鴻都：東漢宫門名，其内置學並藏書。《後漢書·靈帝紀》：「光和元年……二月……始置鴻都門學生。」注：「鴻都，門名也，於内置學。」又《儒林傳·序》：「及董卓移都之際，吏民擾亂，自辟雍、東觀、蘭臺、石室、宣明、鴻都諸藏典策文章，競共剖散。」

〔一四〕教首：謂教化之首。《書·康誥》：「克明德，慎罰。」傳：「能顯用俊德，慎去刑罰，以爲教首。」

〔一五〕金榜：金製的匾額。梁元帝《和鮑常侍龍川館詩》：「玉題書仙篆，金榜燭神光。」

〔一六〕銀鈎：狀書法筆勢之遒勁。《晋書·索靖傳》：「蓋草書之爲狀也，婉若銀鈎，漂若驚鸞。」

〔一七〕二句形容御書筆勢飄動，極有輝光。

〔一八〕無以：無從。諭：表明，道出。宋蜀本作「論」。

〔一九〕方丈之書：《晉書・王獻之傳》：「工草隸，善丹青。……嘗書壁爲方丈（一丈見方）大字，羲之甚以爲能，觀者數百人。」《晉書・衛恒傳》：「恒善草隸書，爲《四體書勢》曰：『……至靈帝好書，時多能者，而師宜官爲最，大則一字徑丈，小則方寸千言，甚矜其能。』」

〔二〇〕七分入木：謂筆力勁健。《事類賦》卷一五：「逸少（羲之字逸少）驚入木之七分。」自注：「《晉事》：北郊祭文，上命羲之更寫，工人削之，筆已入七分。」《太平廣記》卷二〇七羊欣《筆陣圖》、《書斷》卷中亦載其事，並作「筆入木三分」。

〔二一〕「仲將」句：三國魏京兆韋誕，字仲將。善辭章，尤工書法。見《三國志・魏書・王粲傳》附。《晉書・王獻之傳》：「魏時陵雲殿榜未題，而匠者誤釘之，不可下，乃使韋仲將懸橙書之。比訖，鬚髮盡白，裁餘氣息。還語子弟，宜絕此法。」《世説新語・巧藝》：「韋仲將能書，魏明帝起殿，欲安榜，使仲將登梯題之，既下，頭鬢皓然。」注引《四體書勢》：「明帝立陵霄觀，誤先釘榜，乃籠盛誕，轆轤長絙引上，使就題之，去地二十五丈，誕甚危懼。」枉，徒然。墨池：王羲之嘗爲會稽（治山陰，即今浙江紹興）内史（見《晉書》本傳），相傳越州會稽縣（今紹興）有其洗硯池。《太平寰宇記》卷九六：「墨池，王右軍洗硯池也。并舊宅在蕺山下，去（越州）會稽縣二里餘。」又羲之曾任臨川内史，舊傳撫州臨川縣（今江西臨川）亦有其洗硯的墨池。見宋曾鞏《墨池記》。又羲之嘗爲永嘉太守，據説今浙江温州（永嘉郡治所在此）也有他的墨池遺址。參見梁章鉅《浪跡續談》卷二《王右軍墨池》。此二句意謂，仲將、羲之之書都不能同御書相比。

〔三〕率土：謂境域以内。《詩·小雅·北山》：「溥（同「普」）天之下，莫非王土。率土之濱，莫非王臣。」

〔三〕斅（xiào效）：效法。敦：注重。

〔四〕今，底本原無此字，據宋蜀本補。漆簡、石經：見上篇注〔一八〕、〔一九〕。二句意謂，臣今愧居集賢學士之職。

〔五〕載：助詞，無義。

奉敕詳帝皇龜鏡圖狀帝皇龜鏡圖兩卷，令簡擇訖，進狀〔一〕

右某官宣口敕語看可否者。臣愚何足以知，謹與某等議，竊以名爲帝皇圖者〔二〕，蓋龜可以卜也，鏡可以照也，以前代帝王行事善惡，以卜後代，以前代帝王行事善惡，以照後代，可以知盛衰興亡，故其行事似堯舜者必盛，似湯武者必興，似秦皇漢武者必衰，似夏桀殷紂者必滅，如卜之必知，如照之必見，故謂之「龜鏡圖」。伏如所示之圖，謂之自古帝皇圖即可矣，謂之「龜鏡圖」，伏恐稍乖名實。又多不出于正經〔三〕，或取諸子之説，又取曹植

《飛龍篇》〔四〕、摯虞《庖犧讚》等〔五〕，是一時文章之語，非正經本傳之事。至如堯之茅茨不翦，土階三尺〔六〕，就之如日，望之如雲〔七〕，舜之逐竄四凶，舉十六族〔八〕，臣歌九德〔九〕，君撫五弦等善事〔一〇〕；夏桀之瑶臺瓊室〔一一〕，殷紂之肉林酒池等惡事〔一二〕，蓋畫如此之類〔一三〕，乃成龜鏡之圖。至于伏羲生時〔一四〕，伏羲之墓〔一五〕，女媧腸化〔一六〕，摶土爲人〔一七〕，如此之流，豈爲龜鏡？若記帝皇之事〔一八〕，總載無妨；若爲龜鏡之圖，恐須簡擇。

〔一〕詳：審察。《書·蔡仲之命》：「詳乃視聽，罔以側言改厥度。」龜鏡：龜可卜吉凶，鏡能別妍蚩，因用爲借鑑前事之稱。簡擇：挑選，鑑別。題下注語底本原作大字與題連書，此從《全唐文》。按，唐集賢學士負有承旨審察著述之可否的職責（參見《謝集賢學士表》注〔一〕），故疑此文亦係維官集賢學士時所作。

〔二〕皇，底本原作「王」，此從宋蜀本、述古堂本、明十卷本等。尋繹上下文義，「帝皇圖」疑當作「帝皇龜鏡圖」或「龜鏡圖」。

〔三〕正經：謂五經正典，以別於諸子百家。《抱朴子·百家》：「正經爲道義之淵海，子書爲增深之川流。」

〔四〕曹植《飛龍篇》云：「晨遊太山，雲霧窈窕。忽逢二童，顔色鮮好。乘彼白鹿，手翳芝草。我知真人，長跪問道。西登玉堂，金樓復道。授我仙藥，神皇所造。教我服食，還精補腦。壽同金石，永世難老。」

〔五〕摯虞《庖犧讚》云：「昔在上古，惟德居位。庖犧作王，世尚醇懿。設卦分象，開物紀類。施罟設綱，人用不匱。」（《初學記》卷九）摯虞字仲洽，《晉書》有傳。

〔六〕「至如」二句：《韓非子·五蠹》：「堯之王天下也，茅茨（茅草屋頂）不翦（修剪），采椽不斲。」《史記·太史公自序》司馬談《論六家要旨》：「墨者亦尚堯舜道，言其德行曰：堂高三尺，土階三等（房前之土階僅三級，言宮室極儉約），茅茨不翦，采椽不刮。」《後漢書·邊讓傳》：「思夏禹之卑宮，慕有虞之土階。」注：「《墨子》曰：虞舜土階三尺，茅茨不翦。」（今本《墨子》無此文）

〔七〕「就之」二句：《史記·五帝本紀》：「帝堯者……其仁如天，其知如神，就之如日（索隱：「如日之照臨，人咸依就之，若葵藿傾心以向日也。」），望之如雲（索隱：「如雲之覆渥，言德化廣大而浸潤生人，人咸仰望之，故曰如百穀之仰膏雨也。」）。」《大戴禮記·五帝德》亦有類似文字。

〔八〕「舜之」二句：《左傳》文公十八年：「昔高陽氏有才子八人……天下之民謂之八愷。高辛氏有才子八人……天下之民謂之八元。此十六族也，世濟其美，不隕其名。以至於堯，堯不能舉。舜臣堯，舉八愷，使主后土，以揆百事，莫不時序，地平天成；舉八元，使布五教于四方，父義、母慈、兄友、弟共、子孝，內平外成。昔帝鴻氏有不才子……天下之民謂之渾敦。少皞氏有不才子……天下之民謂之窮奇。顓頊氏有不才子……天下之民謂之檮杌。此三族也，世濟其凶，增其惡名，以至于堯，堯不能去。縉雲氏有不才子……天下之民以比三凶，謂之饕餮。舜臣堯，賓于四門，流四凶族（杜注：「案四凶罪狀而流放之。」），渾敦、窮奇、檮杌、饕餮，投諸四裔，以禦螭魅。」

〔九〕歌九德：即歌九功之德。《周禮・春官・大司樂》：「九德之歌，九磬之舞，於宗廟之中奏之。」注引鄭司農説，稱「九德之歌」即《春秋傳》所謂歌九功之德。按，《左傳》文公七年：「《夏書》曰：『戒之用休，董之用威，勸之以《九歌》，勿使壞。』九功之德皆可歌也，謂之《九歌》。六府、三事，謂之九功。水、火、金、木、土、穀，謂之六府（府，藏財之處。此六物乃養民之本、貨財之源，故稱六府），正德（正己之德以治民）、利用（節儉以利民之用，使不匱乏）、厚生（薄徭輕賦，令民生計温厚），謂之三事。義而行之（行九功），謂之德、禮。無禮（也即無德）不樂（謂無可歌），所由叛也。若吾子之德，莫可歌也，其誰來（猶歸）之？」

〔一〇〕撫五弦：《韓詩外傳》卷四：「傳曰：舜彈五弦之琴，以歌南風，而天下治。」參見《大同殿生玉芝……敢書即事》注〔五〕。

〔一一〕瑶臺瓊室：以玉爲飾之臺、室。極言其華麗。《淮南子・本經》：「晚世之時，帝有桀紂，爲琁室瑶臺，象廊玉牀。」注：「琁、瑶，石之似玉，以飾室臺也。」《文選》張衡《東京賦》：「固不如夏癸之瑶臺，殷辛之瓊室也。」李善注：「《汲冢古文》曰：夏桀作傾宫瑶臺，殫百姓之財，殷紂作瓊室立玉門也。」

〔一二〕肉林酒池：《史記・殷本紀》：「（紂）以酒爲池，縣（懸）肉爲林，使男女倮相逐其間，爲長夜之飲。」

〔一三〕畫，宋蜀本作「盡」。

〔一四〕伏羲生時：晉皇甫謐《帝王世紀》：「太昊帝庖犧氏（即伏羲氏），風姓也。母曰華胥。燧人之世，有巨人跡，出于雷澤，華胥以足履之，有娠，生伏羲。」這是關於伏羲出生的神話傳説。

〔一五〕伏羲之墓：《帝王世紀》：「（伏羲）崩，葬南郡，或曰冢在山陽高平之西也。」關於伏羲之墓，傳説尚多，此不贅述。

〔一六〕女媧腸化：《山海經·大荒西經》：「有神十人，名曰女媧之腸，化爲神，處栗廣之野，横道而處。」郭注：「女媧，古神女而帝者，人面蛇身，一日中七十變，其腸化爲此神。栗廣，野名。」

〔一七〕摶土爲人：《太平御覽》卷七八引《風俗通義》：「俗説天地開闢，未有人民，女媧摶黄土作人，劇務，力不暇供，乃引繩於泥中，舉以爲人。故富貴者，黄土人也；貧賤凡庸者，絙（大繩）人也。」摶，捏之成團；底本原誤作「搏」，據《全唐文》改。

〔一八〕皇，《全唐文》作「王」。

又論元氣已後〔一〕，其圖似重〔二〕。太初與太始無殊，有形與有質不異〔三〕。《易》云：「乾，元亨利貞〔四〕。」即未有物者，乾之始也〔五〕；乾者，元之體也；元者，乾之用也〔六〕。上猶道家旨：「道生一，一生二，二生三，三生萬物〔七〕。」又近佛經八識〔八〕，是清淨無所有〔九〕，第八識即含藏一切種子，第六識即分別成五陰十八界〔一〇〕。此圖從元氣以下，名目稍多，臣識用愚淺〔一一〕，不知忌諱，敢率鄙見〔一二〕，無任戰越，伏惟聖心裁擇。謹狀。

〔一〕元氣：指天地未分時的混一之氣。《漢書·律曆志上》：「太極（指原始混沌之氣）元（始）氣，函三爲一（注：「天地人混合爲一。」）。」

〔二〕似，宋蜀本作「以」。重：重疊，重複，即下文所謂「名目稍多」。

〔三〕「太初」二句：《列子·天瑞》：「夫有形者生於無形，則天地安從生？故曰有太易，有太初，有太始，有太素。太易者，未見氣也；太初者，氣之始也；太始者，形之始也；太素者，質之始也（注：「質，性也。既爲物矣，則方員剛柔静躁沈浮各有其性。」）。」太初，指天地未分時的元氣。《易·繫辭上》：「《易》有太極，是生兩儀。」孔疏：「太極，謂天地未分之前，元氣混而爲一，即是太初太一也。故《老子》云『道生一』，即此太極是也。」太始，指天地既分的原始狀態。有形，即指太始。有質，即指太素，言萬物既生的最初狀態。二句指此圖將太初與太始及太始與太素混同。

〔四〕《易·乾》：「乾，元亨利貞。」疏：「乾者，此卦之名。……此乾卦本以象天，天乃積諸陽氣而成，故此卦六爻皆陽畫成卦也。……元亨利貞者，是乾之四德也。子夏《傳》云：元，始也；亨，通也；利，和也；貞，正也。言此卦之德，有純陽之性，自然能以陽氣始生萬物，而得元始亨通，能使物性和諧，各有其利，又能使物堅固貞正。」

〔五〕「即末」二句：乾能生萬物，但乾之始，物尚未成，故云。乾大抵相當於太始。《易・繫辭上》：「乾知大（太）始，坤作成物。」

〔六〕體：本體，主體。用：功用，作用。《易・乾》：「大哉乾元，萬物資始，乃統天。」疏：「乾是卦名，元是乾德之首。」元大抵相當於太素。以上四句説明乾與元、太始與太素既未相離又有區别的關係。

〔七〕《老子》四十二章：「道生一，一生二，二生三，三生萬物。」老子認爲「天下萬物生于有，有生于無」（《老子》四十章），這四句話即説明自無到有的過程。道無形無象，爲「無」，但它是一切事物所以産生的最後根源。一指混然一體的精氣，老子有時也用它作道的同義詞。二指陰陽二氣，由它們産生新的第三者，而後又産生千差萬别的各種物質。唐人認爲，一相當于太初，二相當于太始。《易・繫辭上》「《易》有太極，是生兩儀」疏：「（《老子》）又謂『混元既分，即有天地』，故曰太極生兩儀，即《老子》云『一生二』也。」至「二生三，三生萬物」，則約略相當于太素。

〔八〕八識：大乘佛教瑜伽行派和法相宗對人的精神作用所作的分類。即眼、耳、鼻、舌、身、意、末那、阿賴耶。前六識指依據六根（眼、耳、鼻、舌、身、意），對于六境（色、聲、香、味、觸、法）生起見、聞、嗅、味、觸、思慮的作用；第七識末那意譯「意」，其特點爲「恒審思量」，即總是不停頓地起思慮作用，它以阿賴耶識爲存在活動的依據，且同阿賴耶一起成爲前六識發生的依據；第八識阿賴耶意譯「藏」，意爲含藏諸法種子，即指此識中永遠儲藏有産生世界一切事物和現象（諸法)的精神因素(種子),它們是萬法的本源。參見《顯揚聖教論》卷一、卷一七,《成唯識論》卷二。

〔九〕此句意謂,這是説世界空無所有。按,瑜伽行派和法相宗主張「萬法唯識」、「唯識無境」,即認爲世界一切事物都是内心的變現,心外没有任何獨立存在的客體。《成唯識論》卷一:「外境隨情而施設故非有如識,内識必依因緣生故非無如境。」爲證成這一主張,瑜伽行派和法相宗提出八識、三能變之説,謂第八識爲第一能變,第七識爲第二能變,前六識爲第三能變,三類識體都能够變現萬法。既然世界一切事物都是一心之變現,那它們自然並非實有,故謂曰「是清淨無所有」。

〔一〇〕第六識:即意識,指以意根(意識所賴以發生的依據)爲所依,以法(包括一切物質的和精神的現象)爲境之認識。五陰:又譯五蘊、五衆,包括色蘊(指眼、耳、鼻、舌、身五根及與之相應的五境等)、受蘊(指外界影響于身心以及由此引生的苦樂憂喜等感受)、想蘊(指認識直接反映的影相以及由此形成的種種名言概念)、行蘊(指思維活動,《俱舍論》卷九:「思即是行。」)、識蘊(指精神作用的主體)。五蘊總的指一切物質現象和精神現象。十八界:以人的認識爲中心,對世界一切現象所作的分類。其中包括能够發生認識功能的六根,作爲認識對象的六境,以及由此生起的六識。按,意識以一切認識對象爲境,具有涵蓋前五識、成爲它們的共同依據的功能,《俱舍論光記》卷三:「五識各緣自境,名各别境識;意識遍緣一切境,名爲一切境識。」《俱舍論》卷二：「十八界中，色等五界如其次第，眼等五識各爲一識，又總皆是意識所識。」《成唯識論》卷五：「六識身皆依意轉，……或唯依意，故名意識。」又瑜伽行派及法相宗認爲六境、六根都是内識所變，《成唯識論》卷一：「謂識生時，内因緣力變似眼等、色等相現，即以此相爲所依、緣。」故稱「第六識即分別成五陰十八界」。

〔一一〕識用：猶見識。《宋書·劉湛傳》論：「識用才能，實苞經國之略。」

〔一二〕敢：謙詞。猶冒昧。率：竭盡。《漢書·文帝紀》：「率意遠思，無有所隱。」

爲薛使君謝婺州刺史表〔一〕

臣某言：伏奉今月日制，除臣某官，拜命若驚〔二〕，稽首無地〔三〕。臣聞洪波迅流〔四〕，必盪其溷穢〔五〕，慶雲所潤，不遺於荆棘〔六〕。伏惟陛下孝悌之至，通于神明〔七〕，馨香之德〔八〕，格于天地〔九〕，故指旗而黑祲旋静〔一〇〕，揮戈而白日再中〔一一〕，豈臣蟲臂鼠肝〔一二〕，所能談天述聖〔一三〕？臣之本末〔一四〕，强欲自陳，擢髮數罪〔一五〕，臣戮餘也〔一六〕；剖心自明〔一七〕，天知足矣〔一八〕。臣素書生，少爲文吏，折衝禦侮〔一九〕，幾何不亡？奉法守文〔二〇〕，一日之長〔二一〕。當賊逼温洛，兵接河潼〔二二〕，拜臣陝州〔二三〕，催臣上道，驅馬才至，長圍已合，未暇施力，旋復陷城。戟枝叉頭〔二四〕，刀環築口〔二五〕，身關木索〔二六〕，縛就虎狼。臣實驚狂，自恨駑怯，脱身雖則無計，自刃有何不可！而折節兇頑〔二七〕，偷生廁溷〔二八〕。縱齒盤水之劍〔二九〕，未消臣惡；空題墓門之石，豈解臣悲〔三〇〕？今于抱釁之中〔三一〕，寄以分憂之重〔三二〕，且天兵討賊，曾無汗馬之勞〔三三〕，天命興王〔三四〕，得返屠羊之肆〔三五〕，免其釁鼓之戮，仍開祝網之恩〔三六〕，臣縱粉骨糜軀〔三七〕，不報萬分之一。況褰帷露冕，是去歲之縲囚〔三八〕，洗垢滌瑕，爲聖朝之岳牧〔三九〕，臣欲殺身滅愧，刎首謝恩，生無益于一毛，死何異于腐鼠〔四〇〕！謹當閉閤以思政〔四一〕，酌泉以勵心〔四二〕，親畢力于平人〔四三〕，無煩八部〔四四〕；誓不負于明主，非畏四知〔四五〕。用釋愆誅〔四六〕，敢求課最〔四七〕。

〔一〕作于乾元元年，説見本篇注〔三八〕。薛使君：當爲薛巘。《唐韋氏故夫人河東薛氏墓誌銘并序》云：「河東薛夫人諱琰，字令儀，故婺州刺史諱巘之曾孫。」（見吴鋼《全唐文補遺》第七輯）按，巘爲王維同時人，開元二十二年爲監察御史，二十四年爲馮翊令，二十九年爲新豐令，天寶四載爲檢校國子司業，見《唐大詔令集》卷四〇《册榮王薛妃文》、《唐御史臺精舍題名考》卷二。參見曾潤《王維〈爲薛使君謝婺州刺史表〉之「薛使君」考》（《湖南人文科技學院學報》第三十四卷第二期）。婺州：唐州名，治所在今浙江金華。

〔二〕拜命：受命。多指拜官任職。若：而。

〔三〕無地：形容無限惶恐、羞愧。

〔四〕迅，底本原作「退」，據述古堂本、明十卷本、《全唐文》改。

〔五〕溷（hùn 諢）穢：骯髒污濁。

〔六〕「慶雲」二句：語本《文選》曹植《上責躬應詔詩表》：「是以不别荆棘者，慶雲之惠也。」劉良注：「言慶雲蔭物，不分荆棘蘭桂而覆之。」慶雲，祥瑞之氣。荆棘，喻無用而有害之物。二句指天子恩澤普降，施及罪人。

〔七〕「伏惟」二句：《孝經・感應章》：「孝悌之至，通於神明。」

〔八〕馨香之德：《書・君陳》：「至治馨香，感于神明；黍稷非馨，明德惟馨。」

〔九〕格：感通。《書・説命下》：「佑我烈祖，格于皇天。」

〔一〇〕指：豎起，立。黑祲（jìn 巾）：《左傳》昭公十五年：「吾見赤黑之祲，非祭祥也，喪氛也。」祲，妖惡之氣。此喻指安史之亂。

〔一一〕揮戈：《淮南子・覽冥》：「魯陽公與韓搆難，戰酣，日暮，援戈而撝（揮）之，日爲之反三舍。」再中：又居天空之中。此以「白日再中」喻兩京恢復、宗社中興。

〔一二〕蟲臂鼠肝：喻微末卑賤。《莊子・大宗師》：「偉哉造化，又將奚以汝爲？……以汝爲鼠肝乎？以汝爲蟲臂乎？」

〔一三〕談天：指談論天子的功德。

〔一四〕本末：指事之始終、原委。

〔一五〕擢髮數罪：形容罪惡之多。戰國魏須賈曾誣害范雎。後雎爲秦相，賈使秦，因頓首謝罪。雎曰：「汝罪有幾？」賈曰：「擢賈之髮，以續賈之罪，尚未足。」事見《史記・范雎蔡澤列傳》。

〔一六〕戮餘：《左傳》襄公二十一年：「若棄書（欒書）之力，而思黶（書之子）之罪，臣戮餘（幸免于被刑戮的罪人）也，將歸死于尉氏，不敢還矣。」

〔一七〕剖心：開布誠心，掬誠相示。《文選》鄒陽《獄中上書自明》：「兩主二臣，剖心析肝相信，豈移於浮辭哉！」自明：自我表白。

〔一八〕足，底本原作「之」，此從宋蜀本、述古堂本。

〔一九〕折衝：使敵人的戰車後撤，即擊退敵軍。《吕氏春秋・召類》：「夫脩之於廟堂之上，而折衝乎千里之外者，其司城子罕之謂乎？」高注：「衝車所以衝突敵之軍，能陷破之也。……使欲攻己者折還其衝車於千里之外，不敢來也。」禦侮：《詩・大雅・緜》：「予曰有禦侮。」傳：「武臣折衝曰禦侮。」疏：「禦侮者，有武力之臣，能折止敵人之衝突者，是能扞禦侵侮，故曰禦侮也。」

〔二〇〕守：遵守，奉行。文：法度。

〔二一〕一日之長：比人稍强。《世説新語・品藻》：「陶冶世俗，與時浮沉，吾不如子。論王霸之餘策，覽倚仗之要害，吾似有一日之長。」

〔二二〕「當賊」二句：温洛，謂洛水。葉昌熾輯晋郭緣生《述征記》：「洛水底有礜石（礦物名，古人以爲礜石生于水，則水不凍），故上無冰，人謂之温洛。」或謂王者有盛德，則洛水先温，故號温洛。

徐堅《初學記》卷六引《易乾鑿度》：「帝盛德之應，洛水先温，九日乃寒。」《文心雕龍·正緯》贊：「榮河温洛，是孕圖緯。」此指洛陽一帶。河潼：黄河、潼關。潼關瀕河，故曰「河潼」。《舊唐書·玄宗紀》：「（天寶十四載）十二月丙戌朔，禄山於靈昌郡渡河。……丙申，封常清與賊戰於成皋罌子谷，官軍敗績，常清奔於陜郡。丁酉，禄山陷東京……時高仙芝鎮陜郡，棄城西保潼關。」

〔二三〕陜州：《舊唐書·地理志》：「陜州……天寶元年，改爲陜郡。……乾元元年，復爲陜州。」治所在今河南陜縣。薛拜陜州刺史之時間爲天寶十四載十二月。

〔二四〕戟枝：戟横出之刃。叉：刺。《後漢書·楊政傳》：「旄頭又以戟叉政，傷胸。」宋蜀本作「刺」。

〔二五〕刀環築口：《北齊書·祖珽傳》：「以刀環築口，鞭杖亂下。」築，擊。

〔二六〕關木索：《文選》司馬遷《報任少卿書》：「其次關木索，被箠楚受辱。」張銑注：「關木，杻械。索，繩也，以拘縛之也。」按，關通「貫」，猶言「套上」。《漢書·王嘉傳》：「大臣括髮關械，裸躬就笞。」注：「括，結也。關，貫也。」木謂杻械，皆繫囚之具，在手曰杻，在足曰械。

〔二七〕折節：謂屈己下人。《管子·霸言》：「折節事彊以避罪，小國之形也。」

〔二八〕廁溷：廁所。《史記·萬石君傳》：「取親中裙廁牏，身自浣滌。」集解引徐廣曰：「廁牏，謂廁溷垣牆，建隱於其側浣滌也。」此喻污穢之地，即安禄山之朝。

〔二九〕齒：並列，等同。盤水之劍：漢大臣有罪自請處死的一種表示。《漢書·賈誼傳》：「故其在大譴大何之域者，聞譴何則白冠氂纓，盤水加劍，造請室（請罪之室）而請罪耳。」注引如淳曰：「水性平，若己有正罪，君以平法治之也。加劍，當以自刎也。或曰，殺牲者以盤水取頸血，故示若此也。」

〔三〇〕題墓門之石：《西京雜記》卷三：「杜子夏葬長安北四里，臨終作文曰：『魏郡杜鄴，立志忠欵。犬馬未陳，奄先草露。骨肉歸于后土，魂氣無所不之。何必故丘，然後即化；封于長安北郭，此焉宴息。』及死，命刊石埋于墓側。」此二句意謂，縱死亦未能消除己之罪惡、悲哀。

〔三一〕抱釁：因犯過錯而負疚。《文選》曹植《上責躬應詔詩表》：「臣自抱釁歸藩，刻肌刻骨。」呂向注：「釁，罪。」

〔三二〕分憂之重：爲天子分憂的重任。多指州刺史。孟浩然《同獨孤使君東齋作》：「郎官舊華省，天子命分憂。」杜甫《寄裴施州》：「堯有四岳明至理，漢二千石（郡太守）真分憂。」

〔三三〕汗馬之勞：指征戰之功。

〔三四〕興王：見《謝除太子中允表》注〔三〕。

〔三五〕「得返」句：《莊子·讓王》載：「楚昭王失國，屠羊說（屠羊者，名說）走而從於昭王。昭王反國，將賞從者，及屠羊說。屠羊說曰：『大王失國，說失屠羊；大王反國，說亦反屠羊。臣之爵祿已復矣，又何賞之有哉！』王曰：『强之！』屠羊說曰：『……大王反國，非臣之功，故不敢當其賞。』……王謂司馬子綦曰：『屠羊說居處卑賤而陳義甚高，子其爲我延之以三旌之位（卿位）。』屠羊說曰：『夫三旌之位，吾知其貴於屠羊之肆也；萬鍾之祿，吾知其富於屠羊之利也；然豈可以貪爵禄而使吾君有妄施之名乎！説不敢當，願復反吾屠羊之肆。』遂不受也。」句用其事，謂使己得以還復爲民。

〔三六〕「免其」二句：見《謝除太子中允表》注〔一四〕、〔一五〕。

〔三七〕粉骨糜軀：粉身碎骨，獻出生命。

〔三八〕褰帷露冕：見《送封太守》注〔七〕。褰帷，指撩起車帷。「是去」句：縲（léi雷）囚，囚犯。《左傳》成公三年：「兩釋纍（同縲）囚，以成其好。」至德二載（七五七）十月唐軍收復東京後，諸陷賊官均被收繫獄中，故云。據此句之意，可知本篇當作于乾元元年（七五八）。

〔三九〕岳牧：相傳堯舜時置四岳、十二牧分管政務和方國諸侯，合謂之岳牧。後用爲地方長官的泛稱。潘岳《關中》詩：「岳牧慮殊，咸懷理二。」

〔四〇〕腐鼠：喻輕賤之物。《莊子·秋水》：「夫鵷鶵，發於南海而飛於北海，非梧桐不止，非練實不食，非醴泉不飲。於是鴟得腐鼠，鵷鶵過之，（鴟）仰而視之曰：『嚇！』」《後漢書·竇憲傳》：「國家棄憲，如孤雛腐鼠耳。」句指自殺亦無益。

〔四一〕閉閤思政：見《送李睢陽》注〔一六〕。

〔四二〕「酌泉」句：用吴隱之事。《晉書·吴隱之傳》：「廣州包帶山海，珍異所出……故前後刺史皆多黷貨。朝廷欲革嶺南之弊，隆安中，以隱之爲龍驤將軍、廣州刺史……未至州二十里，地名石門，有水曰貪泉，飲者懷無厭之欲。隱之既至，語其親人曰：『不見可欲，使心不亂。越嶺喪清，吾知之矣。』乃至泉所，酌而飲之，因賦詩曰：『古人云此水，一歃懷千金。試使夷齊飲，終當不易心。』及在州，清操踰厲。」勵心，自勵心志。

〔四三〕畢力：盡力。平人：平民。

〔四四〕八部：《世説新語·規箴》：「王丞相爲揚州，遣八部從事之職，顧和時爲下傳還，同時俱見。諸從事各奏二千石官長得失，至和獨無言。王問顧曰：『卿何所聞？』答曰：『明公作輔，寧使網漏吞舟，何緣采聽風聞，以爲察察之政？』丞相咨嗟稱佳，諸從事自視缺然也。」按，晉以州領郡，州刺史佐吏通稱爲從事史，亦曰從事。句謂無須煩勞八部從事前來督察。

〔四五〕四知：《後漢書·楊震傳》：「四遷荆州刺史、東萊太守。當之郡，道經昌邑，故所舉荆州茂才王密爲昌邑令，謁見。至夜，懷金十斤以遺震，震曰：『故人知君，君不知故人，何也？』密曰：『暮夜無知者。』震曰：『天知神知，我知子知，何謂無知？』密愧而出。」

〔四六〕釋：消除。愆誅：罪過和責罰。

〔四七〕敢：猶言「豈敢」。課最：《晉書·賀循傳》：「（循）除陽羨令，以寬惠爲本，不求課最。」官吏考課成績優秀曰課最。

與工部李侍郎書〔一〕

一昨出後〔二〕，伏承令從官將軍車騎至陋巷見命〔三〕，恨不得隨使者詣舍下謁。才非張載，枉傳玄以車相迎〔四〕；德謝侯生，辱信陵虚左見待〔五〕。古人有此，今也未聞，所以竦踊惕息〔六〕，通夕不寐。維自結髮，即枉眷顧，侍郎素風〔七〕，維知之矣。宿昔貴公子〔八〕，常下交布衣〔九〕，盡禮髦士〔一〇〕，絶甘分少〔一一〕，致醴以飯〔一二〕，汲汲于當世之士〔一三〕，常如不及〔一四〕，故夙著問望〔一五〕，爲孟嘗平原之儔〔一六〕。及乎晚歲時危，益見臣節，草莽之中，乘輿播越〔一七〕，列郡或棄車走林〔一八〕，畏賊顧望〔一九〕，貢獻不至，莫有鬭心；侍郎慨然，枕戈泣血，奮不顧命，捍衛聖主〔二〇〕。楊奉之以兵奉迎〔二一〕，蕭何之運糧致餽〔二二〕，曹洪之以良馬濟〔二三〕，趙衰之以壺飧從〔二四〕。收合亡騎，繕完棄甲〔二五〕，喻以大義，慰而勉之。然後以劍率卒〔二六〕，執戈前驅〔二七〕，浹辰之間〔二八〕，六軍響振〔二九〕，以成興復之業。豈非侍郎忠節蓋世，義貫白日〔三〇〕？垂名竹帛〔三一〕，爲一代宗臣〔三二〕，誠可愛也。或曰，宗子與國同休〔三三〕，不得不爾也。夫仁弱自愛者，且奔竄伏匿，偷延晷刻〔三四〕，窮蹙既至〔三五〕，即匹夫匹婦，自經于溝瀆〔三六〕，安能決命爭首〔三七〕，慷慨大節，死生以之乎〔三八〕？而能不邀寵于上，不干功于下〔三九〕，不怠邦政，不受私謁，時與風流儒雅之士，置酒高會，吟詠先王遺風〔四〇〕，翛然有東山之志〔四一〕，善矣！

〔一〕作于乾元元年夏，説詳下文。工部李侍郎：即李遵。《舊唐書·肅宗紀》：「（至德二載）十二月戊午朔，上御丹鳳門，下制大赦。蜀郡靈武元從功臣……殿中監李輔國成國公，宗正卿李遵鄭國公，兼進封邑。」《唐會要》卷四五：「至德二載十二月朔日赦文，扈從劍南、締構靈武册勳三十三人……宗正卿兼工部侍郎李遵加特進，封鄭國公，實封二百户。」獨孤及《唐故特進太子少保鄭國李公墓誌銘》曰：「少保諱遵，……（肅宗）即皇帝位，拜公尚書工部侍郎，領宗正卿。乘輿南旋，公封鄭伯。舊京始復，公典營建。……乾元二年，論功行封，策爲鄭國公，定食實封二百户，加特進、工部尚書，宗正如故。」知遵自至德元載至乾元元年官工部侍郎。文中云「候涼時即躬詣門下奉謝」，則本文當作於乾元元年夏。

〔二〕一昨：前些日子。出：指出獄。維于至德二載十月入獄，同年十二月被宥出獄，説見《年譜》。

〔三〕從官：隨從官吏。將軍車騎，宋蜀本作「將軍騎」，述古堂本作「將多車騎」。按，原文疑當作「將車騎」，指攜帶車馬以迎請維；宋蜀本之「軍」，蓋即「車」之形誤字。

〔四〕「才非」二句：謂自己才能不像張載，却委曲傅玄（喻李侍郎）以車相迎。《晉書·張載傳》：「載性閑雅，博學有文章。……爲《濛汜賦》，司隸校尉傅玄見而嗟嘆，以車迎之，言談盡日，爲之延譽，遂知名。」

〔五〕「德謝」二句：見《夷門歌》注〔四〕。謝，不如。

〔六〕竦踊：聳身而踊，狀神情緊張興奮。魏文帝《彈棊賦》：「於時觀者，莫不虚心竦踊，咸側息而延佇。」《晉書·傅玄傳》：「玄天性峻急，不能有所容；每有奏劾，或值日暮，捧白簡，整簪帶，竦踊不寐，坐而待旦。」惕息：恐懼不安。《漢書·司馬遷傳》：「見獄吏則頭槍地，視徒隸則心惕息。」注：「惕，懼也；息，喘息也。」

〔七〕結髮：謂初成年。素風：指平素之風。

〔八〕句謂侍郎年輕時爲貴公子。《鄭國李公墓誌銘》：「少保諱遵，皇唐太祖景帝七世孫也。」

〔九〕下，底本原作「不」，據宋蜀本、《全唐文》改。

〔一〇〕盡禮：言竭力禮待。髦士：英俊之士。《詩·小雅·甫田》：「攸介攸止，烝我髦士。」傳：「髦，俊也。」

〔一一〕絶甘分少：謂自己拒絶甘美食物，即使食物很少亦與衆人分享。《漢書·司馬遷傳》：「以爲李陵素與士大夫絶甘分少，能得人之死力，雖古名將不過也。」注：「自絶旨甘，而與衆人分之，共同其少多也。」

〔一二〕以：和；述古堂本作「比」。

〔一三〕汲汲：形容心情急切、努力追求。宋蜀本、述古堂本作「急急」。

〔一四〕常如不及：《禮記·問喪》：「汲汲然，如有追而弗及也。」二句意謂，急切地追求當世之士，常常感到像是追求不上的樣子。

〔一五〕問望：聲望。問，通「聞」。

〔一六〕孟嘗：見《送岐州源長史歸》注〔二〕。平原：平原君。儔：同類人。

〔一七〕播越：流亡。《左傳》昭公二十六年：「茲不穀震盪播越，竄在荆蠻。」此處指安禄山陷潼關後玄宗出逃。

〔一八〕棄車走林：語出《左傳》宣公十二年：「王乘左廣以逐趙旃，趙旃棄車而走林（跑入林中）。」

〔一九〕顧望：猶觀望。《漢書·王嘉傳》：「外内顧望，操持兩心。」

〔二〇〕「侍郎」四句：《舊唐書·肅宗紀》：「（至德元載六月）庚子，（上）至烏氏驛，彭原太守李遵謁見，率兵士奉迎，仍進衣服糧糗。上至彭原，又募得甲士四百，率私馬以助軍。」《鄭國李公墓誌銘》：「明年（至德元載），長安覆没……自新平屬之五原，二千石皆反爲賊守，莫有勤王者。肅宗以餘騎十數，次於彭原，公頓首迎謁，且憤且喜，因獻衣服鞍馬，泣問大計。乃悉發倉庫，募敢死士，獲九百餘人，公自誓衆扈蹕而北。翌日，師次臨涇，又北至於平原，收攜貳逆命者，斬之以殉，破其餘黨，進幸靈武。旬日之間，有衆至數萬，王師遂張。」枕戈泣血，語出《晉書·桓温傳》：「枕戈（以戈爲枕）泣血，志在復讎。」

〔二一〕「楊奉」句：《後漢書·獻帝紀》：「（興平二年）秋七月甲子，車駕（自長安）東歸（洛陽）。……十一月庚午，李傕、郭汜等追乘輿，戰於東澗，王師敗績。……壬申，幸曹陽，露次田中，楊奉、董承引白波帥胡才、李樂、韓暹及匈奴左賢王去卑率師奉迎，與李傕等戰，破之。十二月庚辰，車駕乃進。」

〔二二〕「蕭何」句：《史記·蕭相國世家》：「夫漢與楚相守滎陽數年，軍無見糧，蕭何轉漕關中，給食不乏。」致饋，給食。

〔二三〕「曹洪」句：《三國志·魏書·曹洪傳》：「曹洪，字子廉，太祖從弟也。太祖起義兵，討董卓，爲卓將徐榮所敗。太祖失馬，賊追甚急，洪下以馬授太祖，太祖辭讓，洪曰：『天下可無洪，不可無君。』遂步從。」濟，救助。

〔二四〕「趙衰」句：《左傳》僖公二十五年：「晉侯問原守（原大夫）於寺人勃鞮，對曰：『昔趙衰以壺飧（飧，水澆飯；以壺盛之，故曰壺飧）從（指晉文公出亡，趙衰攜帶飯食，隨之而亡），徑（獨行小路，謂與晉文相失），餒（飢）而弗食。』故使處原（指爲原大夫）。」

〔二五〕繕完：修治完善。底本原作「繕治」，此從宋蜀本。

〔二六〕以劍率卒：謂持劍率領士卒迎敵。語本《左傳》襄公二十三年：「鞅用劍以帥卒，欒氏退，攝車從之。」注：「用劍，短兵接敵，欲致死。」

〔二七〕前驅：指爲先鋒。《詩·衛風·伯兮》：「伯也執殳，爲王前驅。」

〔二八〕浹辰：《左傳》成公九年：「莒恃其陋，而不修城郭，浹辰之間，而楚克其三都。」浹爲周匝，辰即自子至亥十二辰，浹辰謂經歷地支一遍，即十二日。辰，底本原作「旬」，據宋蜀本、述古堂本改。

〔二九〕六軍：軍隊的統稱。響振：聲音振動。陳琳《爲袁紹檄豫州》：「金鼓響振，布衆奔沮。」

〔三〇〕義貫白日：狀義氣之盛，上干天日。《三國志·魏書·武帝紀》：「君執大節，精貫白日，奮其武怒，運其神策。」

〔三一〕垂名竹帛：留聲名於史册。曹植《求自試表》：「功勳著於景鐘，名稱垂于竹帛。」竹謂簡册，帛謂縑素。

〔三二〕一代宗臣：《漢書·蕭何曹參傳》贊：「唯何、參擅功名，位冠群臣，聲施後世，爲一代之宗臣。」注：「言爲後世之所尊仰，故曰宗臣也。」

〔三三〕宗子：皇族子弟。《文選》曹冏《六代論》：「内無宗子以自毗輔，外無諸侯以爲蕃衛。」同休：指同休戚。《三國志·蜀書·費詩傳》：「且王與君侯，譬猶一體，同休等戚，禍福共之。」

〔三四〕晷刻：時刻。

〔三五〕窮蹙（cù促）：困窮，處境艱難。《文選》宋玉《九辯》：「悲憂窮蹙兮獨處廓，有美一人兮心不繹。」

〔三六〕「即匹」二句：謂即像平民百姓那樣，在山溝中上吊自殺。語本《論語·憲問》：「豈若匹夫匹婦之爲諒也，自經於溝瀆而莫之知也？」

〔三七〕決命爭首：拚命爭先。《文選》李陵《答蘇武書》：「疲兵再戰，一以當千，然猶扶乘創痛，決命爭首。」吕向注：「士卒用命，扶其創，乘其痛，爭爲先首而戰也。」決命，猶言拚命。

〔三八〕死生以之：《左傳》昭公四年：「鄭子産作丘賦，國人謗之……子産曰：『何害？苟利社稷，死生以之。』」以，由也。

〔三九〕干功：求功。

〔四〇〕吟詠：歌唱，抒寫。

〔四一〕翛（xiāo消）然：自由自在、無拘無束貌。《莊子·大宗師》：「古之真人，不知説生，不知惡死……翛然而往，翛然而來而已矣。」東山之志：退隱之志。《晉書·謝安傳》載，安初除佐著作郎，以疾辭官，隱于東山。朝廷屢詔不仕，至年四十餘方出爲桓温司馬。後官至中書監、録尚書事，復加司徒、侍中，「然東山之志始末不渝，每形於言色」。

維雖老賤，沉跡無狀〔一〕，豈不知有忠義之士乎？亦常延頸企踵〔二〕，嚮風慕義無窮也〔三〕，然不敢自列于下執事者〔四〕，以爲賤貴有倫，等威有序〔五〕，以閒人持不急之務，朝夕倚門窺户，抑亦侍郎之所惡也。而猥不見遺〔六〕，思曹公命吴質〔七〕，將何以塞知己之望〔八〕，報厚顧之恩？内省空虚，流汗而已！輒先馳狀〔九〕，候凉時即躬詣門下奉謝〔一〇〕。王維頓首。

〔一〕沉跡：隱匿形跡。陸機《漢高祖功臣頌》：「赫矣高祖，肇載天禄。沉跡中鄉，飛名帝録。」無狀：《漢書·東方朔傳》：「妾無狀，負陛下，身當伏誅。」注：「無狀，猶言無顔面以見人也。一曰，自言所行醜惡無善狀。」

〔二〕延頸企踵：伸長脖子踮起腳跟，形容殷切盼望。揚雄《劇秦美新》：「海外遐方，信延頸企踵，回面内嚮，喁喁如也。」

〔三〕嚮風慕義：向往其風範道義。《文選》司馬相如《喻巴蜀檄》：「延頸舉踵，喁喁然，皆嚮風慕義，欲爲臣妾。」

〔四〕下執事：指李手下供役使之人。

〔五〕倫：順序。等威：與人的不同等級身分相稱的威儀。《左傳》宣公十二年：「君子小人，物有服章。貴有常尊，賤有等威。」注：「威儀有等差。」

〔六〕猥：謙詞，辱，承蒙。見遺：被遺棄。

〔七〕曹公命吴質：《三國志・魏書・王粲傳》：「吴質，濟陰人。以文才爲文帝所善……封列侯。」注：「《魏略》曰：『質字季重，以才學通博，爲五官將（即曹丕，建安十六年爲五官中郎將）及諸侯所禮愛，質亦善處其兄弟之間，若前世樓君卿之游五侯矣。……』……及魏有天下，文帝徵質，與車駕會洛陽。到，拜北中郎將，封列侯，使持節督幽并諸軍事。……《質别傳》曰：『帝嘗召質及曹休歡會，命郭后出見質等，帝曰：「卿仰諦視之。」其至親如此。』」此處蓋即以曹丕徵質來會，喻侍郎「令從官將車騎至陋巷見命」事。趙殿成校曰：「曹字疑是車字之誤。」

〔八〕塞：答，報答。《漢書・終軍傳》：「獻享之精交神，積和之氣塞明。」注：「塞，答也。明者明靈，亦謂神也。」

〔九〕馳狀：速送書信。馳，底本原作「持」，據宋蜀本、述古堂本、明十卷本等改。

〔一〇〕奉謝：致謝。奉，敬詞。

大唐故臨汝郡太守贈祕書監京兆韋公神道碑銘并序〔一〕

坑七族而不顧〔二〕，赴五鼎而如歸〔三〕，徇千載之名〔四〕，輕一朝之命，烈士之勇也。隱身流涕，獄急不見〔五〕；南冠而縶，遜詞以免〔六〕；北風忽起，刎頸送君〔七〕，智士之勇也。種族其家〔八〕，則廢先君之嗣〔九〕，戮辱及室，則累天子之姻〔一〇〕，非苟免以全其生，思得當有以報漢〔一一〕；棄身爲餌，俛首入橐〔一二〕，僞就以亂其謀，佯愚以折其僭〔一三〕，謝安伺桓溫之亟〔一四〕，蔡邕制董卓之邪〔一五〕，然後吞藥自裁，嘔血而死，仁者之勇，夫子爲之。

〔一〕作于乾元元年韋斌贈祕書監之後。臨汝郡：即汝州，天寶元年改爲臨汝郡，乾元元年復舊，治所在今河南汝州市。《舊唐書·韋斌傳》、《新唐書·宰相世系表》俱稱斌官「臨安太守」，按「臨安」乃「臨汝」之訛，説見岑仲勉《元和姓纂四校記》卷二。韋公：即韋斌。《舊唐書·韋斌傳》云：「（天寶）十四載，安禄山反，陷洛陽，斌爲賊所得，僞授黄門侍郎，憂憤而卒。及克復兩京，肅宗乾元元年，贈祕書監。」題下注語底本原無，據宋蜀本、述古堂本、明十卷本等補。

〔二〕坑：活埋。七族：《史記·魯仲連鄒陽列傳》：「然則荆軻之湛（沈）七族，要離之燒妻子，豈足道哉！」集解：「張晏曰：七族，上自曾祖，下至曾孫。」索隱：「父之姓，一也；姑之子，二也；姊妹之子，三也；女之子，四也；母之姓，五也；從子，六也；及妻父母，凡七族也。」

〔三〕「赴五」句：《史記・平津侯主父偃列傳》：「且丈夫生不五鼎食，死即五鼎烹耳。」《漢書・主父偃傳》注：「五鼎烹之，謂被鑊烹之誅。」「赴五鼎」即謂就烹刑。《新序・義勇》：「佛肹以中牟叛，置鼎于庭，致士大夫曰：『與我者受邑，不吾與者烹。』大夫皆從之。至于田卑，曰：『義死不避斧鉞之罪，義窮不受軒冕之服。無義而生，不仁而富，不如烹！』褰衣將就鼎，佛肹脱屨（謂疾趨而鞋脱落）而生（或作「止」，是）之。」

〔四〕徇：通「殉」。賈誼《鵩鳥賦》：「貪夫徇財兮，烈士徇名。」

〔五〕「隱身」二句：用朱建事。《史記・酈生陸賈列傳》：「辟陽侯（審食其）欲知平原君（朱建），平原君不肯見。及平原君母死……家貧，未有以發喪，方假貸服具。……辟陽侯仍奉百金往税（以財物助人治喪謂之税）。……辟陽侯幸吕太后，人或毁辟陽侯於孝惠帝，孝惠帝大怒，下吏欲誅之。吕太后慙，不可以言，大臣多害辟陽侯行，欲遂誅之。辟陽侯急，因使人欲見平原君，平原君辭曰：『獄急（獄事正危急），不敢見君。』（平原君）迺求見孝惠幸臣閎籍孺，説之曰……於是閎籍孺大恐，從其計言帝，果出辟陽侯。辟陽侯之囚，欲見平原君，平原君不見辟陽侯，辟陽侯以爲倍（背叛）己，大怒，及其成功出之，迺大驚。」隱身流涕，謂建隱身不見食其而暗中爲之流涕。按，《史記》、《漢書》皆未言建嘗「流涕」，此蓋作者增飾之詞。

〔六〕「南冠」二句：用鍾儀事。《左傳》成公九年：「晋侯觀于軍府，見鍾儀（時儀被囚于軍府）。問之曰：『南冠（戴南方的帽子）而縶（拘禁）者，誰也？』有司對曰：『鄭人所獻楚囚也。』使税之（解除其拘禁）。召而弔（慰問）之。再拜稽首。問其族，對曰：『泠人（樂官）也。』公曰：『能樂乎？』對曰：『先人之職官也，敢有二事？』使與之琴，操南音。公曰：『君王何如？』對曰：『非小人之所得知也。』固問之，對曰：『其爲大子也（楚共王爲太子時），師、保奉之，以朝于嬰齊而夕于側也（每日早晨向令尹子重、晚上向司馬子反請教）。不知其他。』公語范文子，文子曰：『楚囚，君子也。言稱先職，不背本也；樂操土風，不忘舊也；稱大子，抑無私也；名其二卿，尊君也（直稱子重、子反之名，乃尊重晉君的表現）。……君盍（何不）歸之，使合晉、楚之成（和解）。』公從之，重爲之禮，使歸求成。」遜詞，言語恭順。

〔七〕「北風」二句：用侯嬴事，見《夷門歌》注〔八〕。

〔八〕種族其家：《漢書·高祖紀》：「蕭曹等皆文吏，自愛，恐事不就，後秦種族其家。」注：「誅及種族也。」謂整個家族被殺害。

〔九〕先君：猶言祖先。嗣：後嗣。

〔一〇〕「戮辱」二句：室，妻。姻，親戚。斌妻爲玄宗弟薛王業之女，故云。

〔一一〕「思得」句：《文選》司馬遷《報任少卿書》：「（李陵）身雖陷敗，彼觀其意，且欲得其當而報於漢。」李善注：「張晏曰：欲得相當也。言欲立効以當罪而報漢恩。」《漢書·李陵傳》：「（陵）身雖陷敗，然其所摧敗，亦足暴於天下。彼之不死，宜欲得當以報漢也。」注：「言欲立功以當其罪也。」以上二句意謂，不是苟且求免于損害以保全自己的生命，而是像李陵那樣想得到適當機會以報答漢朝。

〔一二〕棄身爲餌：捨棄自身以爲誘餌。俛首入橐：《文選》揚雄《解嘲》：「范雎，魏之亡命也，折脅摺髂，免於徽索，翕肩蹈背，扶服入橐；激卬萬乘之主，介涇陽，抵穰侯而代之，當也。」扶服，即匍匐。入橐，謂藏于囊中。俛，同「俯」。按，《史記·范雎蔡澤列傳》載，雎被魏相笞辱，詐死出亡，入於秦，途遇秦相穰侯，曾匿於秦人王稽車中，未稱雎有「入橐」事。此用《解嘲》之意，指暫時忍辱。

〔一三〕折：挫敗。僭：超越本分，冒用在上者的職權行事。二句意謂，僞裝就職以擾亂敵人的圖謀，佯裝愚笨以挫敗敵人的僭越行爲。

〔一四〕「謝安」句：《晋書·謝安傳》云：「時孝武帝富於春秋，政不自己，（桓）温威振内外，人情噂嗒，互生同異。安與坦之盡忠匡翼，終能輯穆。及温病篤，諷朝廷加九錫，使袁宏具草。安見，輒改之，由是歷旬不就。會温薨，錫命遂寢。」又《桓温傳》云：「（温）寢疾不起，諷朝廷加己九錫，累相催促。謝安、王坦之聞其病篤，密緩其事，錫文未及成而薨。」伺，窺測，等候。亟，急，指病勢危急。

〔一五〕「蔡邕」句：《後漢書·蔡邕傳》：「董卓爲司空，聞邕名高，辟之，稱疾不就。卓大怒……邕不得已，到署祭酒，甚見敬重。……初平元年，拜左中郎將，從獻帝遷都長安，封高陽鄉侯。董卓賓客部曲，議欲尊卓，比太公稱尚父，卓謀之於邕，邕曰：『太公輔周，受命翦商，故特爲其號。今明公威德，誠爲巍巍，然比之尚父，愚意以爲未可，宜須關東平定，車駕還反舊京，然後議之。』卓從其言。初平二年六月，地震，卓以問邕，邕對曰：『地震者陰盛侵陽，臣下踰制之所致也。前春郊天，公奉引車駕，乘金華青蓋，爪畫兩轓（此爲皇太子、皇子所乘之車），遠近以爲非宜。』卓於是改乘皁蓋車。卓重邕才學，厚相遇待，每集讌，輒令邕鼓琴贊事，邕亦每存匡益。」邪，即指僭越行爲。

公諱某〔一〕，字某，京兆杜陵人也〔二〕。昔豕韋氏主盟于商〔三〕，後扶陽侯重世相漢〔四〕。高祖某官，父某，某官〔五〕，並勳德茂著，史牒詳焉。公即文貞公之仲子也〔六〕。初以宰相子，弁髦署吏〔七〕，抱拜授封〔八〕，加朝散大夫〔九〕，封平樂郡公〔一〇〕。累拜某官，丁文貞公憂，又丁某國夫人憂〔一一〕。無容顧禮〔一二〕，殆不勝喪〔一三〕，終身之痛，歷稔猶毁〔一四〕。幼無童心〔一五〕，長積純氣〔一六〕，抱其天素〔一七〕，立于人紀〔一八〕。先聖微言，宿儒未辨，貫穿精義，總括旁説〔一九〕。文言蔚于輿表〔二〇〕，筆態奼于方外〔二一〕。《子虛》、《上林》，敢云雄似〔二二〕；《黄庭》、《團扇》，方議雁行〔二三〕。鶴氅乏姿，羊車奪映〔二四〕，會選公婿，詔婚王室〔二五〕。天家焜燿〔二六〕，獨任素風〔二七〕，時論騰踴，宜在右職〔二八〕。乃拜中書舍人〔二九〕。動翔鳳之詠〔三〇〕，啓迪古詩〔三一〕；下流水之書〔三二〕，敦崇雅誥〔三三〕。轉太常少卿〔三四〕。六宗九奏〔三五〕，悉具其儀，天神地祇，可得而禮〔三六〕。俄以親累，貶巴陵太守，稍遷壽春太守，又遷臨汝太守〔三七〕。其理務教訓，其政尚寬簡。謂其叙在六官，又踐三事〔三八〕，疇咨帝載，必歌九功之德〔三九〕；式和人則，必復三代之英〔四〇〕。天子避其用親，奸臣惡其異己〔四一〕。馮衍竟廢〔四二〕，揚雄不遷〔四三〕，抑古人而有之，何夫子之命也！

〔一〕某，《全唐文》作「斌」。

〔二〕京兆杜陵：謂韋氏之祖貫。《漢書・韋賢傳》：「初，賢以昭帝時徙平陵，（子）玄成别徙杜陵。」《新唐書・宰相世系表》：「（韋）孟四世孫賢，漢丞相、扶陽節侯，又徙京兆杜陵。」漢京兆有杜陵縣，在今西安市東南。《舊唐書・韋安石傳》：「韋安石，京兆萬年人。」唐萬年縣與長安縣同治都城（今西安市）中。

〔三〕豕韋氏主盟于商：相傳韋姓出自豕韋氏。《漢書・韋賢傳》韋孟《諷諫詩》：「肅肅我祖，國自豕韋（注：「應劭曰：在商爲豕韋氏也。」）。黼衣朱紱，四牡龍旂。彤弓斯征，撫寧遐荒（注：「言受彤弓之賜，於此得專征伐也。」）。總齊群邦，以翼（佐助）大商。迭彼大彭，勳績維光（注：「迭，互也。自言豕韋氏與大彭互爲伯於殷商也。」）。」班固《白虎通・號》：「大彭氏、豕韋氏，霸於殷者也。」「主盟于商」，言在商代主持諸侯會盟，即所謂「總齊群邦」、「霸於殷」。又《新唐書・宰相世系表》云：「韋氏出自風姓。顓頊孫大彭爲夏諸侯，少康封其别孫元哲於豕韋，其地滑州韋城是也。豕韋、大彭迭爲商伯。周赧王時失國，徙居彭城，以國爲氏。」

〔四〕扶陽侯重世相漢：《漢書・韋賢傳》：「(賢)本始三年，代蔡義爲丞相，封扶陽侯，食邑七百户。……少子玄成，復以明經歷位至丞相。」重世，再世。此指兩代。

〔五〕「高祖」三句：《全唐文》作「高祖孝寬，周大司空、鄖國公。曾祖津，陵州刺史、壽光縣男。祖琬，成州刺史。父安石，左僕射、郇國公，謚文貞」。《舊唐書・韋安石傳》：「韋安石……周大司空、鄖國公孝寬曾孫也。祖津，大業末爲民部侍郎。……(王)世充僭號，深被委遇。及洛陽平，高祖與津有舊，徵授諫議大夫，檢校黄門侍郎。出爲陵州刺史，卒。父琬，成州刺史。」《元和姓纂》卷二：「(韋)津……唐諫議大夫、太僕少卿、壽光男。」安石歷相武后、中宗、睿宗，封郇國公。景雲二年(七一一)十月爲尚書左僕射、東都留守。尋出爲蒲州刺史，無幾，轉青州刺史。開元二年(七一四)，貶沔州别駕，卒。「天寶初，以子貴，追贈開府儀同三司、尚書左僕射、郇國公，謚曰文貞」。參見兩《唐書》本傳、《通鑑》。

〔六〕「公即」句：《舊唐書・韋陟傳》：「安石晚有子，及爲并州司馬，始生陟及斌。」仲子，次子。

〔七〕弁髦：《左傳》昭公九年：「豈如弁髦，而因以敝(棄)之。」疏：「弁謂緇布冠，髦謂童子垂髦。凡加冠之禮，先用緇布之冠，斂括垂髦，三加(古行冠禮，先加緇布冠，次加皮弁，後加爵弁，謂之三加)之後，去緇布之冠，不復更用，故云因以敝之。」謂「弁髦」即加緇布冠于髦，故趙殿成云：「右丞用其字，蓋取始冠之義。」按，《舊唐書・韋斌傳》曰：「斌，景雲初安石爲宰輔時，授太子通事舍人。」景雲凡二年，「景雲初」當指景雲元年（七一〇）；考斌兄陟生于公元六九六年（《舊唐書》本傳謂陟上元元年卒，年六十五），景雲元年只有十五歲，而斌則不過十二、三、四歲，可見斌「署吏」時，尚未及始冠之年（《禮記·曲禮上》謂男子二十而冠，《荀子·大略》、《儀禮·士冠禮》謂十九而冠）。《舊唐書》本傳謂「陟始十歲，拜温王府東閤祭酒，加朝散大夫」，亦幼年即署吏也。故疑「弁髦」當作「垂髦」，蓋因草書形近而致誤。

〔八〕抱拜授封：謂除官時抱之而拜。形容年幼。《宋書·江夏王義恭傳》：「故抱拜兆於壓璧，赤龍表於霄徵。」參見《恭懿太子輓歌五首》其一注〔三〕。

〔九〕朝散大夫：文散官，從五品下。見《舊唐書·職官志》。

〔一〇〕平樂郡公：唐之封爵，凡有九等，第四等曰郡公。唐昭州（天寶時改爲平樂郡）有平樂縣，始置於三國吴甘露元年，故城在今廣西平樂西南。

〔一一〕某國夫人：指安石之妻。唐國公母、妻，爲國夫人。

〔一二〕無容顧禮：謂不容顧及禮。指憂傷之極，「居喪過禮」。

〔一三〕不勝喪：謂居喪過哀，身體承受不住。《禮記·曲禮上》：「居喪之禮，頭有創則沐，身有瘍則浴，有疾則飲酒食肉，疾止復初；不勝喪，乃比於不慈不孝。」注：「勝，任也。」疏：「不勝喪，謂疾不食酒肉，創瘍不沐浴，毁而滅性（危及生命）者也。不留身繼世，是不慈也；滅性又是違親生時之意，故云不孝。不云同而云比者，此滅性本心，實非爲不孝，故言比也。」則「不勝喪」乃違禮之舉，然後多以之稱頌孝子。《後漢書・桓彬傳》：「父麟，字元鳳。……會母終，麟不勝喪，未祥而卒。」

〔一四〕稔：年。毀：指因居喪過哀而消瘦。《孝經・喪親》：「教民無以死傷生，毀不滅性。」

〔一五〕童心：猶言「小孩脾氣」。《左傳》襄公三十一年：「於是昭公十九年（歲）矣，猶有童心，君子是以知其不能終也。」

〔一六〕純氣：純正之氣。《莊子・達生》：「是純氣之守也，非知巧果敢之列。」

〔一七〕天素：天性。《三國志・蜀書・劉巴傳》注引《零陵先賢傳》：「（諸）葛亮謂（劉）巴曰：『……足下雖天素高亮，宜少降意也。』」

〔一八〕人紀：爲人應有的法度準則。《書・伊訓》：「先王肇修人紀。」傳：「言湯始修爲人綱紀。」句謂在爲人應遵循的綱紀法度上立身。

〔一九〕「先聖」四句：宿儒，老成博學之儒。《漢書・翟方進傳》：「是時宿儒有清河胡常，與方進同經。」貫穿，融會貫通，通達。精義，《易・繫辭下》：「精義入神，以致用也。」注：「精義，物理之微者也。」疏：「言聖人用精粹微妙之義，入於神化，寂然不動，乃能致其所用。」旁説，廣爲解説。《舊唐書・韋陟傳》載：「開元初，丁父憂，居喪過禮。自此杜門不出八年，與弟斌相勸勵，探討典墳，不捨晝夜，文華當代，俱有盛名。」

〔二〇〕文言：指聯綴成篇的文字。蔚：文采華美。輿表：衆人之外。輿，底本原作「興」，從宋蜀本、明十卷本、《全唐文》改。句謂文章的華采在衆人之上。

〔二一〕奼：亦作「姹」，美艷。方外：世俗之外。方，底本原作「力」，據宋蜀本改。句謂筆墨姿態的美艷出於世俗之外。

〔二二〕「《子虛》」二句：《子虛》、《上林》，二賦皆司馬相如作。《漢書·揚雄傳》：「蜀有司馬相如，作賦甚弘麗温雅，雄心壯之，每作賦，常擬之以爲式。……孝成帝時，客有薦雄文似相如者，上方郊祠甘泉泰畤、汾陰后土以求繼嗣，召雄待詔承明之庭。」此以揚雄喻斌。謂敢説像揚雄那樣與相如相似。

〔二三〕《黄庭》：道經名。相傳王羲之曾書《黄庭經》。《白氏六帖事類集》卷二九：「右軍王羲之嘗見山陰道士有群鵝，求之，其人邀右軍書《黄庭經》以换，遂書之。」張彦遠《法書要録》卷三褚遂良《晋右軍王羲之書名》中有「《黄庭經》」。《團扇》：漢班婕妤《怨歌行》有「裁爲合歡扇，團團似明月」句，後人因稱之爲《團扇歌》。《詩品》卷上：「漢婕妤班姬，其原出於李陵。《團扇》短章，詞旨清捷，怨深文綺。」雁行：並行，並列。《晋書·王羲之傳》：「（羲之）每自稱『我書比鍾繇，當抗行；比張芝草，猶當雁行也』。」《通鑑》卷一六〇「吾恥與高澄雁行」胡注：「言如雁並飛而進也。」此二句謂斌擅長書法和詩歌。宋陳思《書小史》卷一〇謂斌「善隸書」，元陶宗儀《書史會要》卷五稱斌「以行草著名」。

〔二四〕鶴氅：謂王恭。《世説新語·企羡》：「孟昶未達時，家在京口，嘗見王恭乘高輿，被鶴氅裘（用鳥羽製的外套，美稱鶴氅），于時微雪，昶於籬間窺之，歎曰：『此真神仙中人。』」《晉書・王恭傳》：「恭美姿儀，人多愛悦……孟昶窺見之，歎曰：『此真神仙中人也。』」乏姿：缺少姿色。　羊車：謂衛玠。《世説新語・容止》注引《玠别傳》曰：「（玠）齠齔時，乘白羊車於洛陽市上，咸曰：『誰家璧人？』」《晉書・衛玠傳》：「年五歲，風神秀異。……總角乘羊車入市，見者皆以爲玉人，觀之者傾都。」奪映：失其光輝。　此二句寫斌姿容之美，説連王恭、衛玠都不能相比。

〔二五〕「會選」二句：公壻，諸侯之壻，諸侯王之壻。《韓非子・亡徵》：「公壻、公孫與民同門，暴慠其鄰者，可亡也。」《舊唐書・韋斌傳》：「開元十七年，司徒薛王業爲女平恩縣主求婚，以斌才地奏配焉。」

〔二六〕天家：帝王之家。《後漢書・曹節傳》：「車馬服玩，擬於天家。」焜（kūn 昆）耀：明照，光輝照耀。《左傳》昭公三年：「不腆先君之適以備内官，焜耀寡人之望。」焜，底本原作「熀」，此從宋蜀本。

〔二七〕句謂斌獨自保有純樸之風。

〔二八〕騰踴：喻旺盛、活躍。　右職：重要的職位。

〔二九〕《舊唐書・韋斌傳》：「天寶初，轉國子司業。　天寶中，拜中書舍人，兼集賢院學士。……改太常少卿。」

〔三〇〕翔鳳之詠：《文選》謝朓《直中書省》：「兹言翔鳳池，鳴珮多清響。」鳳池，謂中書省。　時謝朓在中書省任職。　翔鳳，宋蜀本、述古堂本、明十卷本俱作「朔風」，蓋因形近而致誤。　句謂發出飛翔於鳳池的歌詠。

〔三一〕句謂可啓迪古詩的寫作。

〔三二〕流水之書：謂詔令，見《韓公墓誌銘》第二段注〔一七〕。句就中書舍人所掌職事而言。《舊唐書·職官志》：「中書舍人……凡詔旨敕制，及璽書册命，皆按典故起草進畫；既下，則署而行之。」

〔三三〕敦崇：注重，崇尚。誥：謂詔策。

〔三四〕太常少卿：唐太常寺置卿一人（正三品），少卿二人（正四品上），「卿之職，掌邦國禮樂、郊廟、社稷之事。……少卿爲之貳」（《舊唐書·職官志》）。

〔三五〕六宗：古代尊祀的六種神。《書·舜典》：「肆類于上帝，禋（祭）于六宗。」傳：「宗，尊也。所尊祭者，其祀有六。」六宗的説法不一，一説是四時、寒暑、日、月、星、水旱，一説是水、火、風、雷、山、澤，一説是日、月、星辰、河、海、岱，其餘説法尚多，此不備舉。此處泛指祭神。九奏：泛指奏樂。見《賀古樂器表》第二段注〔二七〕。句指多種祭神奏樂之事。

〔三六〕「天神」二句：語本《周禮·春官·大司樂》：「凡樂，圜鍾爲宫，黄鍾爲角，大蔟爲徵，姑洗爲羽……冬日至，於地上之圜丘奏之。若樂六變（即六成、六奏），則天神皆降，可得而禮矣。凡樂，函鍾爲宫，大蔟爲角，姑洗爲徵，南吕爲羽……夏日至，於澤中之方丘奏之。若樂八變，則地示（祇，地神）皆出，可得而禮矣。」二句謂天神下降，地神現身，人們都能够加以禮敬。

〔三七〕「俄以」四句：以親，底本原作「入覲」，宋蜀本作「又親」，述古堂本作「入親」，趙殿成校曰：「入覲疑是以親二字之訛。」按，趙説是，今從之。《舊唐書·韋斌傳》：「天寶五載，右相李林甫構陷刑部尚書韋堅，斌以親累，貶巴陵太守，移臨安（臨汝之誤）太守，加銀青光禄大夫。」《新唐書·韋斌傳》：「李林甫構韋堅獄，斌以宗累，貶巴陵太守，移臨汝。久之，拜銀青光禄大夫，列五品。」《通鑑》天寶五載七月：「（韋）堅長流臨封，（李）適之貶宜春太守，太常少卿韋斌貶巴陵太守……凡堅親黨坐流貶者數十人。」按，斌與堅同宗，斌屬鄖公房，堅屬彭城公房，見《新唐書·宰相世系表》；又堅姊爲薛王妃（見《舊唐書·韋堅傳》），而斌爲薛王婿。巴陵，即岳州，天寶元年改爲巴陵郡，治所在今湖南岳陽。壽春，即壽州，天寶元年改爲壽春郡，治所在今安徽壽縣。

〔三八〕叙：依次進用。六官：《周禮·秋官·大司寇》：「大史、内史、司會及六官，皆受其貳而藏之。」注：「六官，六卿之官也。」六卿謂周之冢宰、司徒、宗伯、司馬、司寇、司空，參見《書·周官》。踐：登。三事：見《苑舍人能書梵字……戲爲之贈》注〔八〕。二句意謂，以爲斌將登公卿之高位。

〔三九〕疇咨：《書·堯典》：「帝曰：『疇咨若時登庸。』」蔡傳：「疇，誰。咨，訪問也。」後用爲訪問、徵詢之義。《漢書·武帝紀》贊：「遂疇咨海内，舉其俊茂。」注：「言謀於衆人，誰可爲事者也。」《晋書·段灼傳》上表：「宜疇咨博采，廣開貢士之路。」帝載：《書·舜典》：「咨四岳，有能奮庸熙帝之載。」傳：「載，事也。」歌九功之德：見《奉敕詳帝皇龜鏡圖狀》第一段注〔九〕。二句意謂，用斌輔政，徵詢以帝事，天下必歌九功之德。

〔四〇〕式和人則：《書·君牙》：「今命爾予翼，作股肱心膂……弘敷五典，式和民則。」傳：「大布五常之教，用和民，令有法則。」式，用。三代之英：《禮記·禮運》：「大道之行也，與三代之英，丘未之逮也，而有志焉。」注：「英，俊選之尤者。」疏：「與三代之英者，英謂英異，并與夏殷周三代英異之主，若禹湯文武等。」二句意謂，用斌輔政，使民和順而有法則，必能返回禹湯文武的盛世。

〔四一〕奸臣：當指李林甫及楊國忠。《舊唐書·韋陟傳》載，天寶十二年，右相楊國忠惡斌兄陟有才望，恐踐台衡，因構陷之，坐貶爲昭州平樂尉。

〔四二〕馮衍竟廢：《後漢書·馮衍傳》：「衍幼有奇才。……（鮑）永、衍審知更始已殁（更始于光武帝建武元年十二月遇害），乃共罷兵，幅巾降于河内。帝怨衍等不時至，永以立功得贖罪，遂任用之，而衍獨見黜。……頃之，帝以衍爲曲陽令，誅斬劇賊郭勝等，降五千餘人，論功當封，以讒毁故，賞不行。建武六年，日食，衍上書陳八事……書奏，帝將召見。初，衍爲孟浪長，以罪摧陷大姓令狐略，是時略爲司空長史，讒之於尚書令王護、尚書周生豐曰：『衍所以求見者，欲毁君也。』護等懼之，即共排間，衍遂不得入。後衛尉陰興、新陽侯陰就以外戚貴顯，深敬重衍，衍遂與之交結，由是爲諸王所聘請，尋爲司隸從事。帝懲西京外戚賓客，故皆以法繩之，大者抵死徙，其餘至貶黜，衍由此得罪。嘗自詣獄，有詔赦不問，西歸故郡，閉門自保，不敢復與親故通。建武末，上疏自陳……書奏，猶以前過不用。……顯宗即位，又多短衍以文過其實，遂廢于家。」

〔四三〕揚雄不遷：《漢書・揚雄傳》贊：「（雄）除爲郎，給事黄門，與王莽、劉歆並。哀帝之初，又與董賢同官。當成、哀、平間，莽、賢皆爲三公，權傾人主，所薦莫不拔擢，而雄三世不徙官。」

逆賊安禄山〔一〕，吠堯之犬〔二〕，驅彼六騾〔三〕，憑武之狐，猶威百獸〔四〕，藉天子之寵，稱天子之官，徵天子之兵，逆天子之命。始反幽薊〔五〕，稍逼温洛〔六〕，云誅君側，尚惑人心〔七〕。列郡無備，百司安堵〔八〕，變折衝爲賊矣〔九〕，兼法令而盜之〔一〇〕。將逃者已落彀中〔一一〕，謝病者先之死地〔一二〕。密布羅網，遥施陷穽，舉足便跌，奮飛即挂。智不能自謀，勇無所致力。賊使其騎劫之以兵，署之以職，以孥爲質，遣吏挾行〔一三〕。公潰其腹心〔一四〕，候其間隙，義覆元惡〔一五〕，以雪大恥。嗚呼！上京既駭〔一六〕，法駕大遷〔一七〕，天地不仁〔一八〕，穀洛方鬭〔一九〕，鑿齒入國，磨牙食人〔二〇〕。君子爲投檻之猿〔二一〕，小臣若喪家之狗〔二二〕。僞疾將遁，以猜見囚〔二三〕。勺飲不入者一旬〔二四〕，穢溺不離者十月〔二五〕；白刃臨者四至，赤棒守者五人〔二六〕。刀環築口，戟枝叉頸，縛送賊庭〔二七〕，實賴天幸〔二八〕，上帝不降罪疾〔二九〕，逆賊恫瘝在身〔三〇〕，無暇戮人，自憂爲厲〔三一〕。公哀予微節〔三二〕，私予以誠〔三三〕，推食飯我〔三四〕，致館休我。畢今日歡〔三五〕，泣數行下〔三六〕，示予佩玦〔三七〕，斫手長吁〔三八〕，座客更衣，附耳而語。指其心曰：「積憤攻中〔三九〕，流痛成疾，恨不見戮專車之骨〔四〇〕，梟枕鼓之頭〔四一〕，焚骸四衢〔四二〕，然臍三日〔四三〕。

見子而死，知予此心〔四四〕。」之明日而卒〔四五〕。某年月日，絶于洛陽某之私第。以某月日返葬于某原〔四六〕，禮也。

〔一〕安禄山：營州柳城雜種胡人，深受唐玄宗寵信，兼范陽、平盧、河東三鎮節度使，加御史大夫、尚書左僕射。天寶十四載十一月，安禄山矯稱奉恩命誅楊國忠，發所部兵及同羅、奚、契丹、室韋之衆凡十五萬人，反於范陽。十二月，陷東京，唐軍西走潼關，臨汝、弘農、濟陰、濮陽諸郡皆降於禄山。十五載正月，禄山自稱大燕皇帝，改元聖武。參見兩《唐書·安禄山傳》、《通鑑》。

〔二〕吠堯之犬：謂安禄山是一條向堯狂吠的狗。《漢書·鄒陽傳·獄中上書》：「今人主誠能去驕傲之心，懷可報之意……則桀之犬可使吠堯，而跖之客可使刺由。」

〔三〕驅彼六騾：駕馭他那六匹騾子拉的車。《漢書·霍去病傳》：「薄莫，單于遂乘六贏，壯騎可數百，直冒漢圍西北馳去。」注：「贏者驢種馬子，堅忍，單于自乘，善走，贏而壯騎隨之也。」按，贏通「騾」。此句隱指安禄山爲胡酋。

〔四〕「憑武」二句：憑，依仗。武，即「虎」，避李淵之祖父李虎諱，改爲「武」。《戰國策·楚策一》：「虎求百獸而食之，得狐。狐曰：『子無敢食我也！天帝使我長百獸，今子食我，是逆天帝命也。子以我爲不信，吾爲子先行，子隨我後，觀百獸之見我而敢不走乎？』虎以爲然，故遂與之行；獸見之皆走。虎不知獸畏己而走也，以爲畏狐也。」

〔五〕幽薊：幽州、薊州。天寶元年，更幽州節度使爲范陽節度使，領幽（天寶元年改爲范陽郡，治所在今北京西南）、薊（治所在今天津薊縣）、嬀、檀……等州，治幽州。

〔六〕温洛：見《爲薛使君謝婺州刺史表》注〔二三〕。

〔七〕君側：指君主左右的惡人。《公羊傳》定公十三年：「晉趙鞅取晉陽之甲，以逐荀寅與士吉射。荀寅與士吉射者曷爲者也？君側之惡人也。」《晉書·謝鯤傳》：「及（王）敦將爲逆，謂鯤曰：『……吾欲除之君側惡，匡主濟時，何如？』」尚：通「嘗」。

〔八〕百司：百官。安堵：相安，安居。《史記·田單傳》：「願無虜掠吾族家妻妾，令安堵。」

〔九〕折衝：見《爲薛使君謝婺州刺史表》注〔一九〕。此指禦敵者。

〔一〇〕「兼法」句：《莊子·胠篋》：「然而田成子一旦殺齊君而盜其國，所盜者，豈獨其國邪？並與其聖知之法而盜之。」

〔一一〕彀（gòu 够）中：弓弩射程所及的範圍。《莊子·德充符》：「遊于羿之彀中。」後喻指掌握之中。

〔一二〕謝病者：指託病不接受僞職者。

〔一三〕劫之以兵：謂手持兵器相威逼。以孥爲質：用妻子兒女作抵押。挾行：言脅持他人，使依己命而行。以上四句寫斌陷賊後，禄山迫以僞署。《舊唐書·安禄山傳》：「（唐軍）皆棄甲西走潼關……臨汝太守韋斌降于賊。」

〔一四〕潰：離散。腹心：喻親信。

〔一五〕覆：滅。元惡：《書·康誥》：「元惡大憝。」傳：「大惡之人。」指安禄山。

〔一六〕上京：首都。《漢書·叙傳·幽通賦》：「皇十紀而鴻漸兮，有羽儀于上京。」句指天寶十五載六月禄山破潼關後，京師震駭。

〔一七〕法駕：天子的車駕。《史記·吕太后本紀》：「迺奉天子法駕，迎代王於邸。」集解：「蔡邕曰：『天子有大駕、小駕、法駕。法駕上所乘，曰金根車，駕六馬。』」《三輔黄圖》卷六：「法駕，京兆尹奉引，侍中參乘，奉車郎御，屬車三十六乘。」句指玄宗幸蜀。

〔一八〕天地不仁：謂天地無仁愛之德。語出《老子》五章：「天地不仁，以萬物爲芻狗。」河上公注：「天施地化，不以仁恩，任自然也。」

〔一九〕穀洛方鬬：《國語·周語下》：「靈王二十二年，穀洛鬬，將毁王宫。」注：「穀洛，二水名。鬬者，兩水格，有似于鬬。洛在王城之南，穀在王城之北，東入于瀍，至靈王時，穀水盛出于王城之西，而南流合于洛水，毁王城西南，將及王宫。」本指水泛濫，此喻惡人肆意爲虐。

〔二〇〕「鑿齒」二句：《山海經·海外南經》：「羿與鑿齒戰於壽華之野，羿射殺之。」注：「鑿齒亦人也，齒如鑿，長五六尺，因以名云。」《淮南子·本經》：「堯之時……猰㺄、鑿齒……皆爲民害。」注：「鑿齒，獸名。齒長三尺，其狀如鑿，下徹頷下，而持戈盾。」《漢書·揚雄傳·長楊賦》：「昔有彊秦，封豕其士，窫窳其民，鑿齒之徒，相與摩牙而爭之。」注：「服虔曰：『鑿齒……亦食人。』李奇曰：『以喻秦貪焚殘食其民也。』」此以鑿齒喻指安禄山軍。國，指都城。

〔二一〕投檻猿：扔進籠子裏的猿猴。《淮南子·俶真》：「置猿檻中，則與豚同，非不巧捷也，無所肆其能也。」句寫叛軍入長安後，在那裏搜捕百官的情況。

〔二二〕喪家狗：《史記·孔子世家》：「東門有人，其顙似堯，……纍纍若喪家之狗。」集解：「王肅曰：喪家之狗，主人哀荒，不見飲食，故纍然而不得意。孔子生于亂世，道不得行，故纍然不得志之貌也。」

〔二三〕猜：懷疑。此二句及以下數句皆維自謂，《舊唐書·王維傳》云：「玄宗出幸，維扈從不及，爲賊所得。維服藥取痢，僞稱瘖疾。禄山素憐之，遣人迎置洛陽，拘于普施寺，迫以僞署。」斌陷賊在天寶十四載十二月，維爲賊所得在天寶十五載六月長安淪陷後，二事相距半年。

〔二四〕「勺飲」句：《左傳》定公四年：「申包胥如秦乞師，……立，依於庭牆而哭，日夜不絶聲，勺飲不入口七日。」勺飲，一勺湯水。

〔二五〕穢：指糞。溺：同「尿」。蓋「服藥取痢」，故「穢溺不離」。月：疑爲「日」之形誤字。

〔二六〕赤棒：紅色之棒，恒施于鹵簿。《北史·高道穆傳》：「帝姊壽陽公主行犯清路，執赤棒卒呵之不止，道穆令卒棒破其車。」守，宋蜀本作「辱」。

〔二七〕「刀環」二句：見《爲薛使君謝婺州刺史表》注〔二四〕、〔二五〕。又，明十卷本、奇字齋本作「入」。據以上數句，可知王維陷賊後，是在備受叛軍的折磨、侮辱之後，被捆綁着，用武力强行押送到洛陽的，所謂「禄山素憐之，遣人迎置洛陽」，並非事實。

〔二八〕天幸：謂天賜的徼幸，非人力所致者。

〔二九〕罪疾：災難。《書·盤庚中》：「高后丕乃崇（重）降罪疾，曰：『曷虐朕民？』」

〔三〇〕「逆賊」句：恫瘝（guān官），病痛。《書·康誥》：「恫瘝乃身。」傳：「恫，痛。瘝，病。治民務除惡政，當如痛病在汝身，欲去之。」《舊唐書·安禄山傳》：「（至德元載）十一月，遣阿史那承慶攻陷潁川，屠之。禄山以體肥，長帶瘡。及造逆後而眼漸昏，至是不見物。又著疽疾。俄及至德二年正月朔受朝，瘡甚而中罷。」

〔三一〕厲：通「癩」，惡瘡。《史記·豫讓傳》：「豫讓又漆身爲厲，吞炭爲啞。」句指「逆賊」正發愁自己身上長着惡瘡。

〔三二〕微節：微末的節操。《後漢書·孟嘗傳》：「思立微節，不敢苟私鄉曲。」此指「僞疾將遁」而言。

〔三三〕私：偏愛。

〔三四〕推食飯我：《史記·淮陰侯列傳》：「漢王授我上將軍印，予我數萬衆，解衣衣我，推食食我。」「推食食我」即讓食與我。

〔三五〕畢今日歡：《漢書·蘇武傳》：「武曰：『自分（認定）已死久矣！王必欲降武，請畢（盡）今日之驩（歡），效死於前！』」此指有一次完成了當日的歡聚。

〔三六〕泣數行下：《漢書·蘇武傳》：「（武歸漢，李）陵泣下數行，因與武决。」

〔三七〕示予佩玦：《史記·項羽本紀》：「范增數目項王，舉所佩玉玦以示之者三，項王默然不應。」此指在宴席上向己示意。

〔三八〕斫手：擊手，拍手。

〔三九〕中：内心。

〔四〇〕流痛成疾：不斷擴散的痛苦釀成疾病。恨，底本原作「悢」，《全唐文》作「猥」，此從明十卷本。戮專車之骨：《國語・魯語下》：「昔禹致群神於會稽之山，防風氏後至，禹殺而戮之，其骨節專車（滿載一車）。」此借指殺安禄山。據此句，知斌當卒于至德二載正月安禄山爲其子所殺之前。

〔四一〕梟：殺人而懸其頭于木上。枕鼓：謂巨毋霸。《漢書・王莽傳》：「有奇士長丈，大十圍……自謂巨毋霸。……軺車不能載，三馬不能勝，即日以大車四馬建虎旗載霸詣闕。霸卧則枕鼓（用鼓做枕頭），以鐵箸食。」按，禄山體「肥壯，腹垂過膝，重三百三十斤，每行以肩膊左右擡挽其身，方能移步」（《舊唐書・安禄山傳》），故此處以霸喻之。

〔四二〕焚骸四衢：謂在四通八達的大路上焚燒其屍骨。《三國志・魏書・明帝紀》注引《魏略》：「（孟達反，）宣王誘達將李輔及達甥鄧賢，賢等開門納軍，達被圍，旬有六日而敗，焚其首于洛陽四達之衢。」

〔四三〕然臍三日：《後漢書・董卓傳》：「（吕）布應聲持矛刺卓，趣兵斬之。……乃尸卓於市，天時始熱，卓素充肥，脂流於地，守尸吏然（燃）火，置卓臍中，光明達曙，如是積日。諸袁門生，又聚董氏之尸，焚灰揚之於路。」句謂在他的肚臍上點火燒上三天。

〔四四〕予，宋蜀本、述古堂本、明十卷本俱作「余」。

〔四五〕「之」上《全唐文》多一「言」字。

〔四六〕返葬：指歸葬于京兆（斌京兆萬年人）。其時間當在至德二載十月唐軍收復東京之後。

皇帝中興，悲憐其意，下詔褒美，贈祕書監〔一〕，天下之人謂之賞不失德矣〔二〕。公敦穆孝友〔三〕，明允篤誠〔四〕，高居化源〔五〕，濡跡物軌〔六〕。元昆曰陟〔七〕，伯與仲居，愛之欲無方〔八〕，視之若不足〔九〕，薄其私而厚其室〔一〇〕，抑謙己而讓其名〔一一〕，故有靈芝聳蓋〔一二〕，嘉木連理〔一三〕，時人以爲孝悌之祥，而公昆季謙而不以聞也〔一四〕。維稺弱之契〔一五〕，曠年彌篤〔一六〕，吾實知之能言者〔一七〕。乃爲銘曰銘亡。

〔一〕此句之下宋蜀本、述古堂本並多「制曰云云」四字。

〔二〕賞不失德：謂獎賞沒有錯過有德之人。《左傳》宣公十二年：「舉不失德，賞不失勞。」

〔三〕敦穆：謂待人親厚和睦。《北史·寇贊傳》：「兄弟並孝友敦穆，白首同居。」孝友：孝順父母、友愛兄弟。

〔四〕明允篤誠：明察而誠信，厚道而忠實。《左傳》文公十八年：「昔高陽氏有才子八人……齊聖廣淵，明允篤誠。」疏：「明者，達也，曉解事務，照見幽微也。允者，信也，終始不愆，言行相副也。篤者，厚也，志性良謹，交游款密也。誠者，實也，秉心純直，布行貞實也。」

〔五〕化源：教化之本源。句指高居於掌管教化的位置。

〔六〕濡跡：滯留，留止。陸機《門有車馬客行》：「含君久不歸，濡跡涉江湘。」物軌：衆人的規範。《晉書・李充傳・學箴》：「然則聖人之在世，吐言則爲訓辭，莅事則爲物軌。」

〔七〕元昆：長兄。

〔八〕無方：無限，無所不至。《莊子・天運》：「動於無方，居於窈冥。」

〔九〕句謂看顧之常覺似有不足。

〔一〇〕句謂薄一己之私而重共同之家。

〔一一〕抑：句首助詞。謙，宋蜀本、述古堂本俱作「而」。按，「而」即「其」，二字可互訓，參見《經傳衍釋》卷七。句謂自謙克己而將名聲讓給兄長。

〔一二〕靈芝：菌類植物。古以芝爲瑞草，故名靈芝。聳蓋：直立其蓋。芝形如車蓋，故云。

〔一三〕連理：兩棵樹的枝條連生在一起。

〔一四〕「謙而不以聞也」，《全唐文》作「謙不以聞」。不以聞：不上報朝廷。

〔一五〕穉弱之契：謂年幼時即與斌意氣相投。《舊唐書・韋陟傳》：「開元初，丁父憂……自此杜門不出八年，與弟斌相勸勵……于時才名之士王維、崔顥、盧象等，常與陟唱和遊處。」

〔一六〕曠年：謂歷長久之歲月。《後漢書・朱雋傳》：「皆曠年歷載，乃能克敵。」曠，底本原作「晚」，此從宋蜀本。彌篤：更加深厚。

〔一七〕「能」上《全唐文》多一「罕」字。

爲畫人謝賜表〔一〕

臣某言：臣猥以賤伎，得備衆工〔二〕，誤點屏風，乏成蠅之巧〔三〕；偶持團扇，無事牸之能〔四〕。徒以職官，不敢貳事〔五〕；顧惟時論，有慚三絶〔六〕。伏惟皇帝陛下，撥亂反正〔七〕，受命中興，俯協龜圖，傍觀鳥迹〔八〕，卦因于畫，畫始生書〔九〕，知微知彰〔一〇〕，惟聖體聖〔一一〕。臣奉詔旨，令寫功臣，運偶鳳翔之初〔一二〕，無非鷹揚之士〔一三〕。燕頷猿臂〔一四〕，裂眥奮髯〔一五〕，髮衝鶡冠〔一六〕，力舉龍鼎〔一七〕，骨風猛毅〔一八〕，眸子分明〔一九〕，皆就筆端，別生身外〔二〇〕。傳神寫照〔二一〕，雖非巧心；審象求形，或皆暗識〔二二〕。妍蚩無枉，敢顧黄金〔二三〕；取舍惟精，時憑白粉〔二四〕。且如日磾下泣，知其孝思〔二五〕，于禁懷慚，媿此忠節〔二六〕，乃無聲之箴頌〔二七〕，亦何賤于丹青！宣父之似皐繇〔二八〕，元子之類越石〔二九〕，不待或人之説，無煩故妓之言〔三〇〕，此又一奇，誠爲可尚。臣得舐筆麟閣〔三一〕，繼踵虎頭〔三二〕，頻蒙獎教之恩〔三三〕，益用精誠自勵。勤以補拙，雖未仙飛〔三四〕；感而遂通〔三五〕，實因聖訓。況賜衣服，累問官資〔三六〕，中使相望，屢加宣慰，微臣戰灼〔三七〕，無答恩私之至〔三八〕。

〔一〕據《舊唐書・肅宗紀》及《通鑑》載，至德二載（七五七）十二月，上皇還長安，上御丹鳳樓，赦天下，封蜀郡、靈武扈從立功之臣，皆進階賜爵；此篇稱皇帝「中興」，「令寫功臣」，當作于至德二載十二月之後，今姑繫于乾元元年（七五八）。

〔二〕猥：謙詞，猶辱、承蒙。得備衆工：謂得聊充官府工匠之數。指己爲畫工。這是作者代奉命畫功臣像的畫工寫的一篇感謝天子賜給衣物的表章。

〔三〕「誤點」二句：見《故人張諲工詩善易卜……聊獲酬之》注〔七〕。

〔四〕「偶持」二句：《晋書・王獻之傳》：「（獻之）工草隸，善丹青。……桓温嘗使書扇，筆誤落，因畫作烏駮牸牛，甚妙。」牸（zì字），母牛。意謂遇上拿着宫扇，臣也没有把上面誤落的墨畫成母牛的能力。

〔五〕「徒以」二句：《禮記・王制》：「凡執技以事上者，祝、史、射、御、醫、卜及百工。凡執技以事上者，不貳事（專任其職，不更爲他事），不移官。」謂作畫只是由于職務，臣不敢做本職以外的事情。

〔六〕顧惟時論：回想時人的評論。三絶：《晋書・顧愷之傳》：「尤善丹青，圖寫特妙，謝安深重之，以爲有蒼生以來未之有也。……俗傳愷之有三絶：才絶、畫絶、癡絶。」

〔七〕撥亂反正：《公羊傳》哀公十四年：「撥（治）亂世，反諸正，莫近諸《春秋》。」《鹽鐵論·詔聖》：「非撥亂反正之常也。」

〔八〕協：合。龜圖：見《謝集賢學士表》注〔三〕。龜圖指龜背所現之裂紋，亦曰龜文。舊傳其與河圖、洛書（又稱龜書）相類，都是帝王聖者受命之瑞。鳥迹：鳥之爪印。按，古有聖者視龜文鳥迹而畫卦作書之説。《易·繫辭下》：「古者包犧氏之王天下也，仰則觀象于天，俯則觀法於地，觀鳥獸之文，與地之宜，近取諸身，遠取諸物，於是始作八卦。」《繫辭上》：「河出圖，洛出書，聖人則之。」《書·顧命》「河圖」傳：「伏犧王天下，龍馬出河，遂則其文，以畫八卦，謂之河圖。」《文選》何晏《景福殿賦》：「龜書出於河源。」吕向注：「河圖也。」揚雄《覈靈賦》：「大易之始，河序龍馬，洛貢龜書。」許慎《説文解字·叙》：「黄帝之史倉頡，見鳥獸蹏迒之迹，知分理之可相别異也，初造書契。」《晉書·衛恒傳·四體書勢》：「黄帝之史，沮誦、倉頡，眺彼鳥跡，始作書契。」張彦遠《法書要録》卷七張懷瓘《書斷》：「頡首四目，通於神明，仰觀奎星圓曲之勢，俯察龜文鳥迹之象，博采衆美，合而爲字，是曰古文。」二句謂，聖人俯視龜背之文而求與之相合，又旁觀鳥的爪印以作八卦。

〔九〕「卦因」二句：《尚書序》：「古者伏犧氏之王天下也，始畫八卦，造書契。」疏：「八卦畫萬物之象，文字書百事之名，故《繫辭》曰：『仰則觀象於天……』是萬象見於卦。然畫亦書也，與卦相類，故知書契亦伏犧時也。」謂卦、畫、書相類。「八卦畫萬物之象」，又畫的産生最早（原始人類即有粗陋的繪畫），故稱「卦因（依）于畫」；最初的文字多爲象形，此即畫也，故云「畫始生書」。

〔一〇〕知微知彰：《易·繫辭下》：「君子知微知彰，知柔知剛，萬夫之望。」疏：「君子知微知彰者，初見是幾（事之跡兆），是知其微；既見其幾，逆知事之禍福，是知其彰著也。」意謂聖人既知事物的隱微徵兆，又知事物的顯著面貌。

〔一一〕體聖：指體察聖人的畫卦作書，因而看重畫。承上「卦因于畫，畫始生書」而言。

〔一二〕偶：遇，值。鳳翔：長安淪陷後，肅宗于至德元載（七五六）七月在靈武即位，二載二月移駐鳳翔（今陝西鳳翔），十月唐軍收復兩京後，方自鳳翔還長安。

〔一三〕鷹揚：見《苗公德政碑》第五段注〔二〕。句謂無非都是一些像高飛的雄鷹一樣的威武之士。

〔一四〕燕頷：下巴似燕子。《後漢書·班超傳》：「相者指曰：『燕頷虎頸，飛而食肉，此萬里侯相也。』」

猿臂：《史記·李將軍列傳》：「廣爲人長，猿臂，其善射亦天性也。」

〔一五〕裂眥奮髯：見《送高判官從軍赴河西序》首段注〔二三〕、〔二四〕。

〔一六〕髮衝鶡冠：《史記·廉頗藺相如列傳》：「相如因持璧却立倚柱，怒髮上衝冠。」鶡冠，漢時武官之冠，以鶡尾爲飾。《後漢書·輿服志》：「武冠，俗謂之大冠，環纓無蕤，以青系爲緄，加雙鶡尾，豎左右，爲鶡冠云。五官左右虎賁羽林五中郎將、羽林左右監皆冠鶡冠。……鶡者勇雉也，其鬬對一死而止，故趙武靈王以表武士秦施安焉。」

〔一七〕力舉龍鼎：《史記·項羽本紀》：「籍長八尺餘，力能扛鼎。」龍鼎，有龍形花紋的鼎。《史記·趙世家》：「秦武王與孟説舉龍文赤鼎，絶臏而死。」

〔一八〕骨風：指人的氣質、風度。猛毅：勇猛剛毅。《荀子·不苟》：「（君子）剛强猛毅，靡所不信（伸），非驕暴也。」

〔一九〕眸子分明：《世説新語·言語》：「嵇中散語趙景真：『卿瞳子（即眸子，眼珠）白黑分明，有白起之風。』」注引嚴尤《三將叙》曰：「平原君勸趙孝成王受馮亭，王曰：『受之秦兵必至，武安君（即秦名將白起）必將，誰能當之者乎？』對曰：『澠池之會，臣察武安君小頭而面鋭，瞳子白黑分明，視瞻不轉。小頭而面鋭者，敢斷决也；瞳子白黑分明者，見事明也；視瞻不轉者，執志强也，可與持久，難與爭鋒。……』」

〔二〇〕別生身外：指人物的形象出現在自己的眼前。

〔二一〕傳神寫照：謂畫人物肖像能傳達出其精神。《世説新語·巧藝》：「顧長康（愷之）畫人，或數年不點目睛。人問其故，顧曰：『四體妍蚩，本無關於妙處；傳神寫照，正在阿堵（猶這個）中。』」寫照，即寫真。

〔二二〕二句謂審視畫中的形象求得功臣的形貌，人們或許私下都能認識。

〔二三〕二句謂狀貌或美或醜皆得其實，豈敢念及陛下賞賜黄金。

〔二四〕白粉：指作畫的顔料。

〔二五〕「且如」二句：《漢書·金日磾傳》：「金日磾（mì tī 咪梯），字翁叔，本匈奴休屠王太子也。……

日磾既親近，未嘗有過失，上甚信愛之。……日磾母教誨兩子，甚有法度，上聞而嘉之。病死，詔圖畫於甘泉宮，署曰『休屠王閼氏』。日磾每見畫常拜，鄉之涕泣，然後迺去。」孝思，孝親之思。

〔二六〕「于禁」二句：《三國志・魏書・于禁傳》：「（太祖）使曹仁討關羽於樊，又遣禁助仁。秋，大霖雨，漢水溢，平地水數丈，禁等七軍皆没。……羽乘大船就攻禁等，禁遂降，惟龐悳不屈節而死。太祖聞之，哀歎者久之，曰：『吾知禁三十年，何意臨危處難，反不及龐悳邪？』會孫權禽羽，獲其衆，禁復在吴。文帝踐祚，權稱藩，遣禁還。帝引見……拜爲安遠將軍。欲遣使吴，先令北詣鄴，謁高陵。帝使豫於陵屋畫關羽戰克，龐悳憤怒，禁降服之狀，禁見慙恚，發病薨。」媿此忠節，謂對着這有忠貞節操的人（龐悳）感到羞愧。

〔二七〕箴：規戒。

〔二八〕「宣父」句：宣父，唐貞觀十一年，詔尊孔子爲宣父。見《通典》卷五三、《新唐書・禮樂志五》。《史記・孔子世家》：「孔子適鄭，與弟子相失。孔子獨立郭東門，鄭人或謂子貢曰：『東門有人，其顙似堯，其項類皋陶（也作皋繇，舜臣），其肩類子産……』子貢以實告孔子。」

〔二九〕「元子」句：《晉書・桓温傳》：「桓温字元子。……初，温自以雄姿風氣是宣帝、劉琨之儔，有以其比王敦者，意甚不平。及是征還，於北方得一巧作老婢，訪之，乃琨伎女也，一見温，便潸然而泣。温問其故，答曰：『公甚似劉司空（琨）。』温大悦，出外整理衣冠，又呼婢問。婢云：『面甚似，恨薄；眼甚似，恨小；鬚甚似，恨赤；形甚似，恨短；聲甚似，恨雌。』温於是褫冠解帶，昏然而睡，不怡者數日。」《晉書·劉琨傳》：「劉琨字越石。」

〔三〇〕「不待」二句：意謂睹畫即明。妓，《全唐文》作「伎」。

〔三一〕舐筆：以口水潤筆。指作畫。《莊子·田子方》：「宋元君將畫圖，衆史（畫工）皆至，受揖而立，舐筆和墨，在外者半。」麟閣：即麒麟閣，相傳爲漢武帝元狩元年獲麒麟時所建，在未央宫内。《漢書·蘇武傳》：「甘露三年……上思股肱之美，乃圖畫其人於麒麟閣，法（取法）其形貌，署其官爵姓名。唯霍光不名，曰『大司馬大將軍博陸侯姓霍氏』。次曰『衛將軍富平侯張安世』……次曰『典屬國蘇武』。皆有功德，知名當世，是以表而揚之，明著中興輔佐，列於方叔、召虎、仲山甫焉。凡十一人，皆有傳。」句謂臣得以在麒麟閣作畫（指畫功臣像）。

〔三二〕虎頭：張彦遠《歷代名畫記》卷五：「顧愷之字長康，小字虎頭。」

〔三三〕頻，宋蜀本作「類」。獎教：獎賞教誨。

〔三四〕仙飛：用顧愷之「妙畫通靈，變化而去」事，參見《春過賀遂員外藥園》注〔七〕。

〔三五〕感而遂通：言此有所感而通於彼。《易·繫辭上》：「《易》無思也，無爲也，寂然不動，感而遂通天下之故（事），非天下之至神，其孰能與於此。」此指通於畫道。

〔三六〕官資：指官府的供給。

〔三七〕戰灼：恐懼不安。《晉書·王濬傳》：「豈唯老臣獨懷戰灼，三軍上下咸盡喪氣。」

〔三八〕無答：無法報答。恩私：指天子的私愛恩寵。

爲曹將軍謝寫真表〔一〕

臣某言：天幸微臣，身逢大聖〔二〕，得爲列卒，以備戎行〔三〕，於臣一生，已爲萬足，況建旗爲將〔四〕，裂組受官〔五〕，蒙推食之恩，辱賜衣之寵〔六〕！匹夫之勇〔七〕，雖不顧身；長策無聞，未能盡敵〔八〕。仰慚介胄〔九〕，俯媿櫜鞬〔一〇〕。加以弓不重于六鈞〔一一〕，箭不穿于七札〔一二〕，詎中雀目〔一三〕，誠慙猿臂〔一四〕。似劉琨而恨小〔一五〕，非關羽之絶倫〔一六〕，何以廁跡虎臣〔一七〕，儀形麟閣〔一八〕？伏惟皇帝陛下昭格天地〔一九〕，懸超七十二家〔二〇〕，微臣託附風雲，不如二十八將〔二一〕，而蒙垂聖旨，特命畫工，畫植戟之黄鬚，圖石稜之紫色〔二二〕。才如過隙〔二三〕，顧侯已得其神〔二四〕；不待臨淄，鄒子自知其醜〔二五〕，豈可藏之祕府〔二六〕，以示後人？將謂飛龍之時〔二七〕，無俟貔貅之士〔二八〕，寵過其効，力不稱恩，願死藝於伏弢〔二九〕，誓殺身于鳴轂〔三〇〕。無任感激欣戴之至〔三一〕。

〔一〕尋繹文意，曹當是被寫真的中興功臣之一，故本篇之寫作時間當同上篇。曹將軍：不詳。

〔二〕天幸：天賜之幸。大聖：指唐肅宗。

〔三〕列卒：衆卒。以備戎行：以充行伍之數。《左傳》成公二年：「下臣不幸，屬當戎行，無所逃隱。」

〔四〕建旗：立旗。古時出征，須於軍前立旗。後亦稱興兵建幕府或武將出鎮爲建旗。曹植《責躬》：「願蒙矢石，建旗東嶽，庶立毫氂，微功自贖。」

〔五〕裂組：分組，分給印綬。謂授官。江淹《後讓太傅揚州牧表》：「量能而受賞，撰智而錫位。深乃裂組，遠故分珪。」

〔六〕「蒙推」二句：見《韋公神道碑銘》第三段注〔三四〕。

〔七〕匹夫之勇：《孟子・梁惠王下》：「夫撫劍疾視曰：『彼惡敢當我哉！』此匹夫之勇，敵一人者也。」

〔八〕盡敵：見《送李補闕充河西支度營田判官序》注〔九〕。

〔九〕介胄：披甲戴盔，指武將的裝束。

〔一〇〕櫜鞬：見《送高判官從軍赴河西序》第二段注〔一七〕。櫜，底本原作「槖」，據宋蜀本改。

〔一一〕六鈞：《左傳》定公八年：「顔高之弓六鈞。」注：「顔高，魯人。三十斤爲鈞，六鈞百八十斤，古稱重，故以爲異强。」謂張滿弓須用力六鈞。

〔一二〕七札：《左傳》成公十六年：「潘尫之黨與養由基蹲甲（以甲置於物上）而射之，徹（穿透）七札（革甲内外複疊七層）焉。以示王，曰：『君有二臣如此，何憂於戰？』王怒曰：『大辱國！詰朝（明朝）爾射，死藝。』」注：「言汝以射自多，必當以藝死也。」

〔一三〕詎：豈。雀目：見《老將行》注〔一〇〕。

〔一四〕猿臂：見上篇注〔一四〕。

〔一五〕「似劉琨」句：見上篇注〔二九〕。似，底本原作「以」，據宋蜀本、述古堂本改。

〔一六〕「非關羽」句：《三國志・蜀書・關羽傳》：「羽聞馬超來降，舊非故人，羽書與諸葛亮，問超人才可誰比類，亮知羽護前，乃答之曰：『孟起（超字）兼資文武，雄烈過人，一世之傑，黥、彭之徒，當與益德（張飛）並驅爭先，猶未及髯之絶倫逸群也。』羽美鬚髯，故亮謂之髯。」

〔一七〕廁跡：置身。虎臣：威武勇猛之臣。《詩・魯頌・泮水》：「矯矯虎臣，在泮獻馘。」

〔一八〕儀形：容貌形狀。此處用如動詞，謂畫其容貌形狀。又同「儀刑」，猶言「作榜樣」。《文選》左思《魏都賦》：「儀形宇宙，歷像賢聖。」「儀刑麟閣」指畫像麟閣，爲百官之榜樣。

〔一九〕昭：光輝。格：至。

〔二〇〕懸：遠。七十二家：《史記・封禪書》：「齊桓公既霸，會諸侯於葵丘，而欲封禪，管仲曰：『古者封泰山禪梁父者七十二家，而夷吾所記者，十有二焉。』」

〔二一〕「微臣」二句：《後漢書・朱祐等傳》論：「中興二十八將，前世以爲上應二十八宿，未之詳也。然咸能感會風雲，奮其智勇，稱爲佐命，亦各志能之士也。」託附，依附，依託。風雲，比喻良好的際遇。二十八將，見《少年行四首》其四注〔一〕。

〔二二〕植戟：極言鬚粗而硬，似豎立之戟。黄鬚：見《老將行》注〔四〕。石稜之紫色：見《送高判官從軍赴河西序》第一段注〔二〇〕。二句指畫己之像。

〔二三〕才如過隙：謂時間極短。《莊子·知北遊》：「人生天地之間，若白駒之過隙，忽然而已。」

〔二四〕「顧侯」句：見上篇注〔二〕。顧侯，指顧愷之。

〔二五〕「不待」二句：《藝文類聚》卷二三：「《新序》曰：齊王聘田巴先生而將問政焉。對曰：『政在正身，正身之本在於群臣。王召臣，臣改制鬌飾，問於妾奚若？妾愛臣，諛臣曰佼，臣臨淄水而觀，然後自知醜惡也。今齊之臣諛王者衆，王能臨淄水，見己之惡，過而自改，斯齊國治矣。』」（今本《新序》無此條）趙殿成注：「此云鄒子，未詳。」按，《戰國策·齊策一》：「（鄒忌）於是入朝見威王曰：『臣誠知不如徐公美，臣之妻私臣，臣之妾畏臣，臣之客欲有求於臣，皆以美於徐公。今齊地方千里，百二十城，宫婦左右，莫不私王，朝廷之臣，莫不畏王，四境之内，莫不有求於王。由此觀之，王之蔽甚矣。』」此處疑合二事而用之。

〔二六〕祕府：禁中藏祕籍之處。《文選》劉歆《移書讓太常博士》：「皆古文舊書，多者二十餘通，藏於祕府，伏而未發。」

〔二七〕將：且，再。飛龍之時：謂聖人居王位之時。《易·乾》：「九五，飛龍在天，利見大人。」疏：「言九五陽氣盛，至於天，故云飛龍在天。此自然之象，猶若聖人有龍德飛騰而居天位，德備天下，爲萬物所瞻覩，故天下利見此居王位之大人。」

〔二八〕貔貅：猛獸名，以喻勇猛之士。《晋書·熊遠傳》：「今順天下之心，命貔貅之士，鳴檄前驅，大軍後至。」宋蜀本、明十卷本俱作「如貔」。此言聖人以其至德而登位，無所期待于勇士。

〔二九〕死藝：見本文注〔二三〕。伏弢：《左傳》成公十六年：「及戰，（晉呂錡）射（楚）共王中目。王召養由基，與之兩矢，使射呂錡，中項，伏弢（言呂錡被射中頸項，伏於弓韜而死）。以一矢復命。」

〔三〇〕鳴轂：見《老將行》注〔二二〕。

〔三一〕欣戴：謂欣悦擁戴。《國語・周語上》：「（庶民）欣戴武王，以致戎於商牧。」

裴右丞寫真贊〔一〕

澹爾清德〔二〕，居然素風〔三〕。氣和容衆，心静如空。智以窮理，才包至公〔四〕。大盜振駭〔五〕，群臣困蒙〔六〕。忘身徇節，歷險能通〔七〕。仁者之勇，義無失忠。凝情取象〔八〕，惟雅則同〔九〕。粉繪不及，清明在躬〔一〇〕。麟閣之上，其誰比崇！

〔一〕尋繹文意，裴當是中興功臣之一，亦蒙受寫真之榮，故本文之寫作時間應同上二篇。裴右丞：即裴遵慶。楊綰《裴遵慶碑》云：「至德初，拔自賊庭，將趨行在……遽拜給事中，累遷尚書右丞、兵部、户部，□授吏部侍郎。」（《八瓊室金石補正》卷六四）《舊唐書・裴遵慶傳》云：「天寶末，楊國忠當國，出不附己者例爲外官，遵慶亦出爲郡守。肅宗即位，徵拜給事中、尚書右丞、吏部侍郎。……上元中……遷黄門侍郎、同中書門下平章事。」右丞，即尚書右丞，正四品下，掌管轄兵、刑、工部十二司之事。

〔二〕澹爾：恬淡寡欲。清德：高潔之德行。《後漢書·楊彪傳》：「楊公四世清德，海内所瞻。」

〔三〕居然：猶確實。素風：純樸清白之風。

〔四〕窮理：窮究事物之理。包：統攬。至公：指考場或考試。舊稱試院爲至公堂，故云。唐劉虚白《獻主文》：「不知歲月能多少，猶着麻衣待至公。」唐閻濟美《下第獻座主張謂》：「轉令遊藝士，更惜至公年。」按，《舊唐書·裴遵慶傳》云：「遷司門員外吏部員外郎，專判南曹。天寶中，海内無事，九流輻輳會府，每歲吏部選人，動盈萬數。遵慶敏識强記，精覈文簿，詳而不滯，時稱吏事第一。」「才包至公」即謂其才能足以總攬吏部銓試（唐時吏部銓選需試書、判）。

〔五〕大盜振駭：指安禄山反。振駭，謂使人震驚。《晉書·夏統傳》：「於是風波振駭，雲霧杳冥。」

〔六〕困蒙：《易·蒙》：「六四，困蒙，吝。」疏：「困於蒙昧而有鄙吝。」此指窘困。

〔七〕徇節：守節至死不變。二句指裴陷賊後能守節，並「拔自賊庭」，到達天子所在之地。

〔八〕凝情：凝聚感情，情意專注。何遜《詠舞妓詩》：「凝情眄墮珥，微睇託含辭。」取象：捕取形象，指作畫。

〔九〕此言裴之肖像，惟高雅則同於本人。

〔一〇〕粉繪：謂畫。清明在躬：《禮記·孔子閒居》：「清明在躬，氣志如神。」注：「謂聖人也。」疏：「清謂清静，明謂顯著，言聖人清静光明之德在於躬身。」二句意謂，畫像趕不上本人，清明之德只存在于右丞之身。

送從弟惟祥宰海陵序〔一〕

天子若曰：「洛爾三事百辟〔二〕，寇賊姦宄〔三〕，震驚朕師〔四〕，其舉吏二千石至墨綬〔五〕，予將大命于朝，以撫方夏〔六〕。」群從曰惟祥〔七〕，舊有令聞〔八〕，克奉成憲〔九〕，往踐乃職，無恫于人〔一〇〕。獄貨非寶〔一一〕，農食滋碩〔一二〕。浮于淮泗〔一三〕，浩然天波〔一四〕，海潮噴于乾坤〔一五〕，江城入于泱漭〔一六〕。彼有美錦，爾嘗操刀〔一七〕，學古入官〔一八〕，倚法爲吏，上官奏課〔一九〕，國將大選爾勞〔二〇〕。勉哉行乎！唱予和汝〔二一〕。

〔一〕據「寇賊姦宄，震驚朕師」等語，此篇似當作于安史之亂發生後，姑繫于乾元元年。宰：主宰，治理。指爲縣令。惟祥：生平不詳。海陵：唐縣名，屬揚州。故治在今江蘇泰州。

〔二〕若：助詞。洛：《書·舜典》：「洛十有二牧。」傳：「洛亦謀也。」三事：指三公，見《苑舍人能書梵字……戲爲之贈》注〔八〕。百辟：本指諸侯，後也泛指公卿大臣。

〔三〕寇賊姦宄：《書·舜典》：「帝曰：『皋陶，蠻夷猾夏，寇賊姦宄，汝作士，五刑有服。』」傳：「猾，亂也。夏，華夏。群行攻劫曰寇，殺人曰賊，在外曰姦，在内曰宄，言無教所致。」姦宄，違法作亂者。

〔四〕震驚朕師：《書·舜典》：「朕堲讒説殄行，震驚朕師。」傳：「言我疾讒説絶君子之行而動驚我衆，欲遏絶之。」

〔五〕二千石：謂郡守。《漢書·百官公卿表》：「郡守……秩二千石。」墨綬：指縣令，見《送鄭五赴任新都序》第一段注〔三〕。

〔六〕以撫方夏：見《京兆尹張公德政碑》第三段注〔一三〕。

〔七〕群從：謂諸堂兄弟。《晉書·王凝之妻謝氏傳》：「王凝之妻謝氏，字道韞。……初適凝之，還，甚不樂。（謝）安曰：『王郎，逸少子，不惡，汝何恨也？』答曰：『一門叔父則有阿大、中郎，群從兄弟復有封、胡、羯、末，不意天壤之中乃有王郎！』封謂謝韶，胡謂謝朗，羯謂謝玄，末謂謝川，皆其小字也。」按，玄、川爲道韞父奕之子，韶爲奕弟萬之子，朗爲奕弟據之子。

〔八〕令聞：好名聲。

〔九〕克：能。奉，宋蜀本作「衣」。《書·康誥》：「紹聞衣德言。」傳：「繼其所聞服行其德言。」成憲：見《張公德政碑》首段注〔一二〕。

〔一〇〕往踐乃職：語本《左傳》僖公十二年：「往踐乃職，無逆朕命。」踐，執行。恫：痛，使痛苦。人：民。

〔一一〕獄貨非寶：《書·吕刑》：「獄貨非寶。」疏：「治獄受貨非家寶也。」

〔一二〕滋碩：滋生繁碩。《荀子·王制》：「草木榮華滋碩，則斧斤不入山林。」

〔一三〕淮泗：淮河、泗水，爲惟祥自長安赴海陵經行之地。泗水發源於今山東泗水縣陪尾山，古時流經今山東曲阜、魚臺，江蘇徐州、宿遷、泗陽，至淮陰附近入淮河。

〔一四〕天波：指水面與天相接的景象。

〔一五〕噴，宋蜀本作「唾」。

〔一六〕泱漭：廣大貌。《文選》司馬相如《上林賦》：「經乎桂林之中，過乎泱漭之野。」郭璞注：「張揖曰：《山海經》所謂大荒之野。如淳曰：大貌也。」此指遼闊的水面。

〔一七〕「彼有」二句：指惟祥嘗爲縣令，見《裴僕射濟州遺愛碑》首段注〔五七〕。

〔一八〕學古入官：《書·周官》：「學古入官，議事以制，政乃不迷。」傳：「言當先學古訓，然後入官治政。」入官，爲官。

〔一九〕奏課：奏上爲政之考績。

〔二〇〕選（suàn 算）：《書·盤庚上》：「世選爾勞，予不掩爾善。」傳：「選，數也。言我世世選汝功勤。」疏：「選即算也。」

〔二一〕唱予和汝：《詩·鄭風·蘀兮》：「叔兮伯兮，倡（唱）予和女（汝）。」

送鄆州須昌馮少府赴任序〔一〕

少年明經，試出補吏〔二〕，學通大義〔三〕，政習前典〔四〕，本之于德，輔之以才，大官大邑可也〔五〕，不惟是歟？予昔仕魯〔六〕，蓋嘗之鄆，書社萬室〔七〕，帶以魚山濟水〔八〕；旗亭千隧〔九〕，雜以鄭商周客〔一〇〕。有鄒人之風以厚俗〔一一〕，有汶陽之田以富農〔一二〕，齊紈在笥〔一三〕，河魴登俎〔一四〕，一都會也〔一五〕。子其不寶貨，不耽樂，不弄法，不慢官〔一六〕，無侮老成人，無虐孤與幼〔一七〕，上官奏課，輶軒以聞〔一八〕，則繡衣方領〔一九〕，垂璫珥筆〔二〇〕，子所得也，誰敢有之？

〔一〕玩此文之意，當作于晚年，具體時間不詳，姑繫此。鄆州：《舊唐書·地理志》：「天寶元年，改鄆州爲東平郡。乾元元年，復爲鄆州。」須昌：鄆州治所，今山東東平西北。

〔二〕明經：見《任君神道碑》首段注〔二七〕。補吏：補任官職。

〔三〕大義：大原則。也指經書要旨。

〔四〕習：熟悉。前典：前代的典章制度。《後漢書·郎顗傳》：「宜遵前典，惟節惟約。」

〔五〕大官大邑：語出《左傳》襄公三十一年。此指爲大官治大邑。

〔六〕予昔仕魯：指開元九年出爲濟州司倉參軍，參見《年譜》。此四字宋蜀本作「子告任魯」，疑非。

〔七〕書社：即社。古以二十五家爲一社，按社書户籍于簿，故稱書社。《左傳》哀公十五年：「因與衛地，自濟以西，禚、媚、杏以南，書社五百。」注：「二十五家爲一社，籍書而致之。」《史記·孔子世家》：「昭王將以書社地七百里封孔子。」索隱：「古者二十五家爲里，里則各立社，則書社者，書其社之人名於籍，蓋以七百里書社之人封孔子也。」句謂鄆州登記入册的户口有上萬家。

〔八〕帶：圍繞。魚山：見《魚山神女祠歌二首》注〔一〕。濟水：《元和郡縣志》卷一〇鄆州須昌縣：「濟水，南自鄆城縣界流入，去縣西二里。」參見《被出濟州》注〔二〕。

〔九〕旗亭千隧：《文選》張衡《西京賦》：「旗亭五重，俯察百隧。」薛綜注：「旗亭，市樓也。隧，列肆道也。」李周翰注：「隧，市道也。」句謂鄆州州城有市樓無數市道上千條。

〔一〇〕鄭、周：見《宿鄭州》注〔三〕、〔二〕。

〔一一〕鄒人之風：見《偶然作》其五注〔五〕。句謂有鄒地人好儒的遺風以使風俗淳厚。

〔一二〕汶陽之田：《左傳》僖公元年：「公賜季友汶陽之田及費。」《水經注·汶水》：「蛇水西南流逕汶陽之田，齊所侵也。自汶之北，平暢極目，僖公以賜季友即此。又西南逕鑄鄉城西。」汶陽爲春秋魯地，據《水經注》所載，當在今山東泰安西南一帶。因在汶水（今大汶河）之北，故名。

〔一三〕齊紈：齊地所産的白色細絹。《列子·周穆王》：「衣阿錫，曳齊紈。」注：「齊，名紈所出也。」《漢書·地理志》：「齊地……織作冰紈綺繡純麗之物，號爲冠帶衣履天下。」師古注：「冰謂布帛之細，其色鮮潔如冰者也。紈，素也。」笥：方形的盛物之器，以竹爲之。

〔一四〕河魴：黄河産的魴魚。《詩·陳風·衡門》：「豈其食魚，必河之魴？」陸璣《毛詩草木鳥獸蟲魚疏》卷下：「魴，今伊洛濟潁魴魚也。……細鱗，魚之美者。」俎：砧板。

〔一五〕一都會：謂一個人們會聚之處。見《苗公德政碑》末段注〔二〕。

〔一六〕躭樂：沉溺於享樂。弄法：玩弄法律，營私舞弊。慢官：怠忽官府職事。

〔一七〕「無侮」二句：《書·盤庚上》：「汝無侮老成人，無弱孤有幼。」疏：「鄭云：老、弱皆輕忽之意也。」有，猶「或」。又，老成人亦指年高有德者。《詩·人雅·蕩》：「雖無老成人，尚有典刑。」疏：「今時雖無年老成德之人，若伊、陟之類。」

〔一八〕輶（yóu由）軒：輕車，使臣所乘之車。亦指使臣。《風俗通·序》：「周秦常以歲八月遣輶軒之使求異代方言。」句謂使者讓天子知道這些情況。

〔一九〕繡衣：見《送丘爲往唐州》注〔七〕。方領：見《送韋大夫東京留守》注〔一三〕。

〔二〇〕垂璫珥筆：見《上張令公》注〔二〕、〔三〕。

予病且憊，歲晚彌獨〔一〕，窮巷衡門，落日秋草。趙服過我〔二〕，且東其轅〔三〕，促飯中廚，子不可以蔬食；送車出郭，吾不可以徒行〔四〕。屨以及門〔五〕，拜于宇下。猶且抱杖延頸〔六〕，送之以目〔七〕，城迴樹轉，悲其馬嘶云〔八〕。

〔一〕憊：衰弱。歲晚：指年老。

〔二〕趙服：謂疾驅車馬。趙，疾行。《穆天子傳》卷一：「天子北征，趙行□舍。」郭璞注：「趙，猶超騰。」服，古代一車駕四馬，居中的兩匹稱服。過：拜訪。

〔三〕句指馮將自長安東行赴任。

〔四〕送車出郭：言乘車送你出長安城。「吾不」句：《論語·先進》：「以吾從大夫之後，不可徒行也。」

〔五〕屨：鞋。以：已；《全唐文》作「已」。謂你已到達我家門。

〔六〕抱杖：持杖。

〔七〕送之以目：語本《吕氏春秋·士容》：「客有見田駢者，被服中法，進退中度，趨翔嫻雅，詞令遜敏，田駢聽之，畢而辭之。客出，田駢送之以目。」

〔八〕迴，底本空缺，據宋蜀本、明十卷本、奇字齋本等補。二句謂城中道路曲折樹木環繞，你的車已望不見，我爲傳來的馬嘶聲而傷感。

爲舜闍黎謝御題大通大照和尚塔額表〔一〕

沙門僧某等言〔二〕：伏蒙聖札題二大師塔額及度僧抽僧等並畢〔三〕，伏喜天心〔四〕，俯從人欲，恩光至重〔五〕，抃舞難勝〔六〕。臣聞聖者正也〔七〕，住正法者爲聖人〔八〕；佛者覺也〔九〕，得覺滿者入佛慧〔一〇〕。伏惟光天文武大聖孝感皇帝陛下〔一一〕，登滿足地〔一二〕，超究竟天〔一三〕；入三解脱門〔一四〕，過九次第定〔一五〕；見聞自在〔一六〕，不住無爲〔一七〕；理事皆如〔一八〕，終非有漏〔一九〕。復皇國而御宇〔二〇〕，尊白法以教人〔二一〕；百穀順成〔二二〕，六氣時若〔二三〕；不加兵而賊破，不擾物以人和〔二四〕；緇侶勝緣〔二五〕，蒼生厚幸。昨蒙書額度僧等，龍騰金榜〔二六〕，鳳轉銀鈎〔二七〕；河漢昭回〔二八〕，烟雲飛動；韋誕恥其遺法〔二九〕，梁鵠慚爲古人〔三〇〕。降出天門〔三一〕，升于寶塔，玉繩綴于重級，珠斗挂于露盤，以方宸翰，實多慚德〔三二〕。又宿修梵行〔三三〕，願在法流者〔三四〕，覆以慚媿之衣〔三五〕，落其煩惱之髮〔三六〕。冀成寶器〔三七〕，仁王爲琢玉之因〔三八〕；廣運佛心〔三九〕，聖主受恒沙之祐〔四〇〕。沙門等叨承禪訓〔四一〕，幸偶昌期〔四二〕，御札賜書，足報本師之德；梵筵邀福，願酬大聖之恩〔四三〕。不勝戴荷之至〔四四〕。

〔一〕據文中所稱天子尊號，本篇當作于乾元元年。舜闍黎：不詳。闍黎，梵語，亦譯作闍梨、阿闍黎、阿遮黎耶，意爲僧徒之師。又稱作軌範師，言能糾正弟子品行，爲其軌範。《梁書·侯景傳》：「有僧通道人者……人並呼爲闍梨，景甚信敬之。」《釋氏要覽》卷上：「《寄歸傳》云：梵語阿遮黎耶，唐言軌範，今稱闍黎，蓋梵音訛略也。」大通：即神秀（約六〇六—七〇六），禪宗北宗創始人。《舊唐書·方伎傳》：「僧神秀，姓李氏，汴州尉氏人。少遍覽經史，隋末出家爲僧。後遇蘄州雙峰山東山寺僧弘忍，以坐禪爲業，乃歎伏曰：『此真吾師也。』便往事弘忍，專以樵汲自役，以求其道。……神秀既師事弘忍，弘忍深器異之……弘忍以咸亨五年卒，神秀乃往荊州，居於當陽山。則天聞其名，追赴都，肩輿上殿，親加跪禮，敕當陽山置度門寺以旌其德。……中宗即位，尤加敬異。……神秀以神龍二年卒，士庶皆來送葬。有詔賜謚曰大通禪師。」參見《宋高僧傳》卷八、《景德傳燈録》卷五。大照：即普寂（六五一—七三九），神秀弟子。《舊唐書·方伎傳》：「普寂姓馮氏，蒲州河東人也。年少時徧尋高僧，以學經律。時神秀在荊州玉泉寺，普寂乃往師事，凡六年，神秀奇之，盡以其道授焉。久視中，則天召神秀至東都，神秀因薦普寂，乃度爲僧。及神秀卒，天下好釋氏者咸師事之。中宗聞其高年，特下制令普寂代神秀統其法衆。開元十三年，敕普寂於都城居止。時王公士庶，競來禮謁……二十七年，終于都城興唐寺，年八十九。……有制賜號爲大照禪師。」按，「都城」指洛陽，普寂卒于洛陽興唐寺，見李邕《大照禪師塔銘》。

〔二〕沙門：梵文之音譯，又譯作沙門那、娑門、桑門、喪門等，爲出家人之通稱。《四十二章經》：「佛言：辭親出家，識心達本，解無爲法，名曰沙門。」《魏書·釋老志》：「剃落鬚髮，釋累辭家，……謂之沙門，或曰桑門，亦聲相近，總謂之僧，皆胡言也。」

〔三〕度僧：度人爲僧，舉行一定儀式使世人出家爲僧。抽僧：選僧。

〔四〕天心：指帝王之心。

〔五〕恩光：猶恩澤。江淹《雜體三十首·鮑參軍戎行》：「豪士枉尺璧，宵人重恩光。」

〔六〕抃舞：鼓掌舞蹈。極言歡樂。難勝：難於承受。

〔七〕聖者正也：《勝鬘經寶窟》卷下本曰：「聖者正也，以理正物名爲聖。」

〔八〕住正法：謂守真正之道法，守佛之教法。《大般涅槃經》卷五：「是人若能安住正法，名人中勝。」《無量壽經》卷上：「處兜率天，弘宣正法。」聖人：《大般涅槃經》卷一一：「以何等故，名佛菩薩爲聖人耶？如是等人有聖法故，常觀諸法性空寂故。」

〔九〕佛者覺也：佛爲梵音「佛陀」之略語，意譯爲「覺」、「覺者」、「知者」。覺有三義：自覺、覺他（使衆生覺悟）、自他之覺行圓滿。此三者俱全，方得爲佛。晉袁宏《漢紀》卷一〇：「佛者，漢言覺也，將以覺悟群生也。」《大乘義章》卷二〇末曰：「佛者就德以立其名。佛是覺知……既能自覺，復能覺他，覺行窮滿，故名爲佛。言其自覺簡異凡夫，云覺他者明異二乘（聲聞、緣覺乘），覺行窮滿彰異菩薩。」

〔一〇〕覺滿：即自、他之覺行圓滿。佛慧：指佛所特有的能見知一切的智慧。《無量壽經》卷下：「佛慧無邊際。」

〔一一〕光天文武大聖孝感皇帝：見《謝除太子中允表》注〔六〕。底本原作「光天皇帝」，此從《全唐文》。

〔一二〕滿足地：見《讚佛文》首段注〔八〕。

〔一三〕究竟天：即色究竟天。佛教把世俗世界分爲欲界、色界、無色界，色界是已離食、淫二欲的衆生所居，根據修禪定的淺深次第分爲四級，稱四禪天；每一禪天又包括若干天，有四禪十六天、十七天、十八天等説法。「究竟」即「至極」之義，色究竟天乃色界諸天中的最上、最勝之天。參見《俱舍論》卷八。

〔一四〕三解脱門：簡稱三解脱，指三種禪定。據《大乘義章》卷二等稱：一空解脱，觀我（人）法二空（謂觀一切事物皆假而不實）；二無相解脱，觀諸法無相（「相」指事物的相狀和性質），本無差别；三無願解脱（亦曰無作解脱），觀生死可厭，「不可願求」。佛教稱此三者爲入涅槃之門，《智度論》

卷二〇：「涅槃城有三門，所謂空、無相、無作……行此法得解脱，到無餘涅槃，以是故名解脱門。」

〔一五〕九次第定：佛教所説的九種禪定。前四種即初、二、三、四禪次第定，合稱四禪定，又曰四静慮。自初禪至四禪，逐次斷除欲界的感受和心理活動，而與色界的觀想和感受相應，由此形成四種不同的精神境界。佛教稱修此四禪，死後可生色界四禪天。第五至八次第即空無邊處定、識無邊處定、無所有處定、非想非非想處定，合稱四無色定，亦曰四空定。這是對治（斷除）色的束縛，滅除一切對外境的感受和思想的修行和由此達到的四種精神境界。佛教稱修四無色定，死後可生于相應的無色界（在色界之上，爲無形色之衆生所居）四天（空無邊處天等，其名稱與四無色定同）。第九次第即滅盡定，又稱滅受想定，此爲禪定之至極，據説修得此定，一切思想活動止息。《大般涅槃經》卷二九：「所謂九次第定，四禪、四空及滅盡定三昧。」參見《智度論》卷一七、三一，《大乘義章》卷一三。

〔一六〕自在：見《西方變畫讚》二段注〔七〕。

〔一七〕不住無爲：《維摩詰經・菩薩行品》：「佛告諸菩薩：有盡無盡解脱法門，汝等當學。何謂爲盡？謂有爲法。何謂無盡？謂無爲法。如菩薩者，不盡有爲，不住無爲。」「有爲」謂「造作」、「有所作爲」，「無爲」謂「虚無寂寞」、「無所作爲」，「不盡有爲，不住無爲」，指處于有爲、無爲之間。無爲本是佛教修習追求的目標，故菩薩當觀行無爲；然菩薩又不能完全無爲，其大慈大悲，救苦救難，教化衆生，行善積德等，即是有爲，故云菩薩「不住無爲」。《注維摩詰經》卷九鳩摩羅什曰：「謂一切善，是有爲功德也，一切有爲悉是大累，可以遺累故有宜存。譬如無量怨賊在彼大城，城中有人來降，因是人得破怨賊，故雖是賊亦應供養之。」僧肇曰：「有爲雖僞，捨之則大業不成；無爲雖實，住之則慧心不明。是以菩薩不盡有爲，故德無不就；不住無爲，故道無不覆。至能出生入死，遇物斯乘，在浄而浄，不以爲欣，處穢而穢，不以爲戚，應彼而動，於我無爲，此諸佛平等不思議之道也。」又曰：「夫德之積也，必涉有津，若住無爲，則功德不具也。」

〔一八〕理事：道理與事相。《釋門歸敬儀》卷中：「入道多門不過理事。理謂道理，通聖心之遠懷；事謂事局，約凡情之延度。」如：見《西方變畫讚》二段注〔八〕。

〔一九〕有漏：見《西方變畫讚》二段注〔一五〕。「終非有漏」，言能斷除三界煩惱。

〔二〇〕國，宋蜀本、述古堂本作「圖」。御宇：統治天下。

〔二一〕白法：見《黎拾遺昕裴秀才迪見過秋夜對雨之作》注〔三〕。

〔二二〕百穀：穀類的總稱。《詩·小雅·大田》：「俶載南畝，播厥百穀。」順成：謂年穀豐熟。《禮記·玉藻》：「年不順成，則天子素服，乘素車，食無樂。」

〔二三〕六氣：《左傳》昭公元年：「天有六氣……六氣曰陰、陽、風、雨、晦、明也，分爲四時，序爲五節。」時若：《書·洪範》：「曰聖，時風若。」疏：「人君通聖，則風以時而順之。」時，按時；若，順。

〔二四〕人和：人與人之間和諧一致。《孟子·公孫丑下》：「天時不如地利，地利不如人和。」

〔二五〕緇侶：僧侶。僧徒衣緇，故云。勝緣：佳妙之因緣。梁武帝《遊鐘山大愛敬寺詩》：「駕言追善友，迴輿尋勝緣。」

〔二六〕龍騰：形容書體有飛騰之勢。《晋書・衛恒傳・四體書勢》：「其曲如弓，其直如弦。矯然特出，若龍騰于川；森爾下積，若雨墜于天。」

〔二七〕銀鈎：見《謝御書集賢院額表》注〔一六〕。

〔二八〕河漢昭回：形容御書極有輝光，參見《奉和聖製聖札賜宰臣連珠詞五首應制》其五注〔四〕。

〔二九〕韋誕：《四體書勢》：「太和中，（韋）誕爲武都太守，以能書，留補侍中，魏氏寶器銘題皆誕書也。」《書斷》卷中：「韋誕字仲將……諸書並善，尤精題署。……初，青龍中，洛陽、許、鄴三都宫觀始成，詔令仲將大爲題署，以爲永制。」參見《謝御書集賢院額表》注〔二二〕。句謂比起當今天子的書法，韋誕爲其傳下的書法感到羞愧。

〔三〇〕梁鵠：《四體書勢》：「至靈帝好書，時多能者……（梁）鵠卒以書至選部尚書。……梁鵠奔劉表，魏武破荆州，募求鵠。鵠之爲選部也，魏武欲爲洛陽令，而以爲北部尉，故懼而自縛詣門，署軍假司馬；在祕書以勤書自效，是以今者多有鵠手跡。魏武帝懸著帳中，及以釘壁玩之，以爲勝宜官。今宫殿題署多是鵠篆。鵠宜爲大字，邯鄲淳宜爲小字。」《書斷》卷中：「梁鵠字孟皇，安定烏氏人。少好書，受法於師宜官，以善八分知名。」句謂梁鵠自慚爲古人，比不上當今天子。

〔三一〕天門：皇宫之門。句指御題塔額而言。

〔二二〕玉繩：星名。《文選》張衡《西京賦》：「上飛闥而仰眺，正睹瑶光與玉繩。」注：「《春秋元命苞》曰：『玉衡北兩星爲玉繩。』」重級：指塔。珠斗：北斗星。露盤：即相輪，塔上槃蓋。寂照《谷響集》卷一：「又重重相輪，名承露盤。……承露盤或略曰露盤。」宸翰：帝王的書翰。慚德：因言行有缺失而内愧于心。《書·仲虺之誥》：「成湯放桀于南巢，惟有慚德。」傳：「有慚德，慚德不及古。」以上四句意謂，即使玉繩、北斗裝飾于寶塔，也不及御書之有輝光。

〔二三〕梵行：見《西方變畫讚》二段注〔二〕。

〔二四〕法流：僧徒，僧界。《文選》王巾《頭陀寺碑文》：「媚兹邦后，法流是挹。」

〔二五〕慚媿之衣：即袈裟，佛教徒出家須著此衣。《寶雲經》卷二：「若著衣時，願一切衆生著慚愧衣。」按，《心地觀經》卷五謂袈裟有十利，其一曰「覆身離羞恥而具慚愧（慚愧指對所造過惡的自恥之心）」，故稱袈裟爲「慚愧衣」。

〔二六〕「落其」句：指出家時剃髮。佛書稱剃髮可破除煩惱，故云。《因果經》卷二：「爾時太子便以利劍自剃鬚髮，即發願言，今落鬚髮，願與一切斷除煩惱及習障。」《華嚴經》卷一四：「剃除鬚髮，當願衆生，永離煩惱，究竟寂滅。」

〔二七〕寶器：以金玉等寶物製成之器。《華嚴經》卷二五：「菩薩摩訶薩，以如是等種種寶器，盛無量寶，而布施時，以諸善根，如是迴向。……願一切衆生，成無上寶器，悉能受持三世佛法。」此句即用其意，謂希冀新度之僧成爲能受持佛法的寶器。

〔三八〕仁王：對佛的尊稱。佛號能仁，又爲法王，故謂之「仁王」。琢玉：指琢玉成寶器。

〔三九〕佛心：大慈悲之心。《觀無量壽經》：「佛心者，大慈悲是也。」

〔四〇〕恒沙：見《大薦福寺大德道光禪師塔銘》首段注〔二五〕。

〔四一〕叨：謙詞，忝。底本原作「叩」，據述古堂本、明十卷本等校正。禪訓：佛之教訓。

〔四二〕偶：遇，值；《全唐文》作「遇」。昌期：昌盛興隆的時期。

〔四三〕梵筵：見《青龍寺曇壁上人兄院集》注〔一七〕。大聖：指天子。

〔四四〕戴荷：感荷。

請施莊爲寺表〔一〕

臣維稽首：臣聞罔極之恩〔二〕，豈有能報？終天不返〔三〕，何堪永思〔四〕！然要欲强有所爲，自寬其痛，釋教有崇樹功德〔五〕，弘濟幽冥〔六〕。臣亡母故博陵縣君崔氏〔七〕，師事大照禪師三十餘歲〔八〕，褐衣蔬食，持戒安禪〔九〕，樂住山林，志求寂静，臣遂于藍田縣營山居一所。草堂精舍〔一〇〕，竹林果園，並是亡親宴坐之餘〔一一〕，經行之所〔一二〕。臣往丁凶釁〔一三〕，當即發心，願爲伽藍〔一四〕，永劫追福〔一五〕，比雖未敢陳請，終日常積懇誠〔一六〕。又屬元聖中興〔一七〕，群生受福，臣至庸朽，得備周行〔一八〕，無以謝生〔一九〕，將何答施〔二〇〕？願獻如天之壽，長爲率土之君〔二一〕，惟佛之力可憑，施寺之心轉切。効微塵于天地〔二二〕，固先國而後家。敢以鳥鼠私情〔二三〕，冒觸天聽〔二四〕，伏乞施此莊爲一小寺，兼望抽諸寺名行僧七人〔二五〕，精勤禪誦〔二六〕，齋戒住持〔二七〕，上報聖恩，下酬慈愛〔二八〕，無任懇款之至〔二九〕。

〔一〕約作于乾元元年冬，説見《年譜》。施莊爲寺：謂施輞川莊爲佛寺，參見《輞川集·孟城坳》注〔一〕。

〔二〕罔極之恩：指父母的無極之恩。參見《西方變畫讚》二段注〔一七〕。

〔三〕終天不返：《文選》潘岳《哀永逝文》：「今奈何兮一舉，邈終天兮不反。」李善注：「天地之道，理無終極，今云終天不反，長逝之辭。」終天，謂如天之久遠無窮。句指己母長逝。

〔四〕永思：長久思念。《荀子·正名》：「《詩》曰：『長夜漫兮，永思騫兮。』」意謂怎麼承受得住那長久的思念！

〔五〕崇樹：猶言「大立」。樹，宋蜀本作「聞」。功德：見《讚佛文》二段注〔三〇〕。

〔六〕弘濟：廣泛救助，使得解脱危難。《書·顧命》：「用敬保元子釗，弘濟于艱難。」幽冥：陰間。曹植《王仲宣誄》：「嗟乎夫子，永安幽冥。」此指陰間之鬼。

〔七〕博陵縣君：維母崔氏的封號。唐制，職事及散官五品，母、妻爲縣君，至于地號，則多以族望所自爲稱。參見《舊唐書·職官志》、《新唐書·百官志》。博陵，東漢置博陵郡，治所在博陵縣（今河北蠡縣南）。據《新唐書·宰相世系表》，崔氏有博陵安平一派，當是王維母氏所出，故以爲號。又崔氏卒前，維蓋任五品之官，故其母得爲博陵縣君。

〔八〕大照禪師：見《爲舜闍黎謝御題大通大照和尚塔額表》注〔一〕。

〔九〕褐衣蔬食：只穿粗布衣服，以蔬菜爲食。持戒：指遵行佛教戒律。《法華經·譬喻品》：「持戒清潔，如净明珠。」安禪：見《過香積寺》注〔五〕。

〔一〇〕精舍：僧人或道士修煉時所居之所。

〔一一〕宴坐：坐禪。《維摩詰經·弟子品》：「心不住内，亦不在外，是爲宴坐。」

〔一二〕經行：見《青龍寺曇壁上人兄院集》注〔一五〕。

〔一三〕丁：當，值。凶釁：凶祭，喪祭。「丁凶釁」指遭母喪。

〔一四〕發心：佛教語，指許下心願。伽藍：梵文僧伽藍的略稱，意譯「衆園」、「僧院」。原指修建僧院的基地，後轉而爲包括土地和建築物在内的寺院之總稱。《十誦律》卷五六：「地法者，佛聽受地，爲僧伽藍故，聽僧起坊舍故。」

〔一五〕永劫：永無窮盡之時。《廣弘明集》卷一九沈約《内典序》：「以寸陰之短晷，馳永劫之遥路。」追福：亦稱追薦，指舉行誦經、寫經、施齋、施財、修造寺院等活動，爲死者祈求冥福。《優婆塞戒經》：「若父喪已墮餓鬼中，子爲追福。」《北史·隋文獻皇后傳》：「上爲立寺追福焉。」句謂永遠爲亡母祈求冥福。

〔一六〕比：先。《禮記·祭義》：「比時具物，不可以不備。」注：「比時，猶先時也。」請，《全唐文》作心願。

「情」。二句謂先前臣雖不敢陳述理由提出請求，但很久以來心裏經常藴蓄着這一誠懇的

〔一七〕屬：適值。元聖：大聖人，指肅宗。「元」述古堂本作「大」。

〔一八〕備：猶「充」。周行：《詩・周南・卷耳》：「嗟我懷人，寘彼周行。」傳：「行，列也。思君子官賢人，置周之列位。」箋：「周之列位，謂朝廷臣也。」按，「周行」本指「大道」，作者此處蓋承用毛、鄭之誤釋。

〔一九〕謝生：酬謝不殺之恩。就己接受僞職未被治罪而言。

〔二〇〕答施：報答天子的恩惠。

〔二一〕率土：謂境域以内。

〔二二〕効：呈獻。微塵：指極細小之物。《大智度論》卷九四：「譬如積微塵成山，難可得移動。」此喻極微薄之力。天，宋蜀本作「大」。

〔二三〕敢：猶冒昧。鳥鼠：喻微末不足道之人。作者自指。

〔二四〕冒觸：冒犯。天聽：天子的視聽。

〔二五〕名行僧：有名聲與品行的僧人。

〔二六〕精勤：專心勤勉地。禪誦：謂坐禪誦經。

〔二七〕齋戒：持齋守戒。住持：居住寺中，主持事務。《景德傳燈録》卷九《靈祐禪師》：「時華林聞之，

曰：『某甲忝居上首，祐公何得住持？』」

〔二八〕慈愛：慈母之愛。「慈」即「慈母」的略稱。

〔二九〕無任：不勝。懇款：誠摯懇切。

與魏居士書〔一〕

足下太師之後〔二〕，世有明德〔三〕，宜其四代五公，克復舊業〔四〕，而伯仲諸昆，頃或早世〔五〕，惟有壽光〔六〕，復遭播越〔七〕，幼生弱姪，藐然諸孤〔八〕，布衣徒步〔九〕，降在皁隸〔一〇〕。足下不忍其親〔一一〕，杖策入關〔一二〕，降志屈體〔一三〕，託于所知〔一四〕。身不衣帛，而于六親孝慈〔一五〕；終日一飯，而以百口爲累〔一六〕。攻苦食淡〔一七〕，流汗霡霂〔一八〕，爲之驅馳〔一九〕。僕見足下裂裳毀冕〔二〇〕，二十餘年，山棲谷飲〔二一〕，高居深視，造次不違于仁〔二二〕，舉止必由于道，高世之德，欲蓋而彰。又屬聖主搜揚仄陋〔二三〕，束帛加璧〔二四〕，被于巖穴〔二五〕，相國急賢，以副旁求〔二六〕，朝聞夕拜〔二七〕，片善一能，垂章拖組〔二八〕。況足下崇德茂緒〔二九〕，清節冠世，風高于黔婁、善卷〔三〇〕，行獨于石門、荷蓧〔三一〕，朝廷所以超拜右史〔三二〕，思其入踐赤墀〔三三〕，執牘珥筆〔三四〕，羽儀當朝〔三五〕，爲天子文明〔三六〕。且又禄及其室養，昆弟免于負薪〔三七〕，樵蘇晚爨〔三八〕。柴門閉于積雪〔三九〕，藜牀穿而未起〔四〇〕，若有稱職〔四一〕，上有致君之盛，下有厚俗之化〔四二〕，亦何顧影跼步〔四三〕，行歌采薇〔四四〕！是懷寶迷邦，愛身賤物也〔四五〕。豈謂足下利鍾釜之禄〔四六〕，榮數尺之綬〔四七〕？雖方丈盈前〔四八〕，而蔬食菜羹；雖高門甲第〔四九〕，而畢竟空寂〔五〇〕；人莫不相愛〔五一〕，而觀身如聚沫〔五二〕；人莫不自厚，而視財若浮雲〔五三〕，于足下實何有哉〔五四〕！

〔一〕作于乾元元年或二年，説見本篇第二段注〔三〕及第三段注〔一〕。魏居士：未詳。

〔二〕太師：指魏徵。字玄成，鉅鹿曲城人，唐初有名的政治家。《舊唐書·魏徵傳》：「（貞觀）十六年，拜太子太師，知門下省事如故。」「太師」即太子太師之省稱。

〔三〕明德：完美之德。

〔四〕四代五公：用袁安家事。東漢袁安爲司徒，子敞爲司空，孫湯爲太尉，曾孫逢爲司空、隗爲太傅。後漢以太尉、司徒、司空爲三公，太傅爲上公，故曰「四世五公」。參見《後漢書·袁安傳》。二句意謂，本該像袁安家那樣四代有五人做到三公的高官，能够恢復先人的事業，然而却未能達到這樣。或將「四代五公」的典故坐實，稱魏居士、壽光爲魏徵四代孫，無據。

〔五〕頃：近來。早世：早死。《左傳》昭公三年：「早世殞命，寡人失望。」

〔六〕壽光：魏居士之兄，生平不詳。按，《新唐書·宰相世系表二中》所載魏徵後裔，自其孫輩以下，即多缺略，今已難考知。

〔七〕播越：流亡。見《與工部李侍郎書》首段注〔一七〕。

〔八〕生：甥。藐然諸孤：弱小的孤兒。《左傳》僖公九年：「初，獻公使荀息傅奚齊。公疾，召之，曰：『以是藐諸孤辱在大夫，其若之何？』」藐，弱小。諸，讀爲者，相當今口語之「的」。

〔九〕布衣徒步：指成爲平民。古時平民出行無車，故以「徒步」爲平民之代稱。《漢書・公孫弘傳》：「（弘）起徒步，數年至宰相封侯。」

〔一〇〕降在皁隸：《左傳》昭公三年：「欒、郤、胥、原、狐、續、慶、伯降在皁隸。」注：「八姓晉舊臣之族也。皁隸，賤官。」此指淪爲庶民。

〔一一〕不忍：慈愛，憐憫同情。《漢書・高帝紀》：「君主爲人不忍。」

〔一二〕杖策：執鞭。指驅馬而行。關：指潼關。

〔一三〕降志：謂貶抑己之心志。《論語・微子》：「柳下惠、少連，降志辱身矣。」屈體：屈己，降低身份。

〔一四〕託：請託。

〔一五〕六親：歷求説法不一，此處泛指親屬。

〔一六〕百口：全家。見《送丘爲往唐州》注〔四〕。累：憂。言爲全家人而憂慮。

〔一七〕攻苦食淡：《漢書・叔孫通傳》：「吕后與陛下攻苦食啖，其可背哉！」注：「如淳曰：食無菜茹爲啖。師古曰：啖當作淡，淡謂無味之食也。言共攻擊勤苦之事而食無味之食也。」攻苦，謂從事勞苦之事。淡，宋蜀本、述古堂本俱作「啖」。

〔一八〕流汗霢霂（mài mù 麥木）：《文選》左思《吴都賦》：「流汗霢霂而中逵泥濘。」吕向注：「霢霂，小雨，言汗似之。」霢霂，述古堂本作「霖雨」。

〔一九〕驅馳，宋蜀本作「馳驅」。句謂爲親屬們而四處奔走。

〔二〇〕裂裳毁冕：撕毁衣冠，喻絶意仕進。《後漢書·逸民傳》序：「漢室中微，王莽篡位，……是時裂冠毁冕，相攜持而去之者，蓋不可勝數。」

〔二一〕山棲谷飲：指過隱居生活。《魏書·肅宗紀》：「其懷道丘園，昧跡板築，山棲谷飲，舒卷從時者，宜廣戔帛，緝和鼎餁。」

〔二二〕「造次」句：《論語·里仁》：「君子無終食之間違仁，造次必於是，顛沛必於是。」造次，倉卒。句謂倉卒之間也不違背仁德。

〔二三〕搜揚仄陋：《書·堯典》：「明明，揚側陋。」揚，舉。搜揚，搜訪擢拔。仄陋，同側陋，指有才德而居于卑位的人。

〔二四〕束帛加璧：《史記·儒林列傳》：「(趙)綰、(王)臧……乃言師申公，於是天子使使束帛加璧，安車駟馬迎申公。」帛五匹爲束。束帛之上加玉璧，爲古時的貴重禮物，或用以徵聘賢士。

〔二五〕被：及。句謂搜訪遍及於隱士居住的巖穴。

〔二六〕急賢：急於求賢。副：佐。旁求：遍求，廣求。《書·太甲上》：「旁求俊彦，啓迪後人。」句謂以輔助天子廣求賢才。

〔二七〕朝聞夕拜：《晋書·王猛傳》：「臣前所以朝聞夕拜，不顧艱虞者，正以方難未夷，軍機權速。」此指朝聞其賢，夕即拜官，義與《王猛傳》異。

〔二八〕垂章拖組：當官繫佩印綬。組，綬。

〔二九〕崇德：謂德高。茂緒：言世業美盛。就居士爲太帥之後而言。

〔三〇〕黔婁、善卷：見《過沈居士山居哭之》注〔九〕、〔八〕。

〔三一〕獨：特殊，特出。石門：指守石門者，爲魯之隱士。《論語·憲問》云：「子路宿於石門（魯都城外門）。晨門（司門者）曰：『奚自？』子路曰：『自孔氏。』曰：『是知其不可而爲之者與？』」《憲問》又云：「子曰：『賢者辟（避）世，其次辟地，其次辟色，其次辟言。』子曰：『作者七人矣。』」何晏《集解》：「包曰：作，爲也。爲之者凡七人，謂長沮、桀溺、丈人（荷蓧丈人）、石門、荷蕢、儀封人、楚狂接輿。」荷蓧：《論語·微子》：「子路從而後，遇丈人，以杖荷蓧（古代的鋤草工具）。子路問曰：『子見夫子乎？』丈人曰：『四體不勤，五穀不分，孰爲夫子？』植其杖而芸。……明日，子路行以告。子曰：『隱者也。』」

〔三二〕超拜：越級授官。右史：指起居舍人，從六品上。《通典》卷二一：「周官有左右史，記其言事，蓋今起居之本。……（隋煬帝）乃於内史省置起居舍人二員，次内史舍人下。大唐貞觀二年省起居舍人，移其職於門下，置起居郎二人。顯慶中復於中書省置起居舍人，遂與起舍郎分掌左右。龍朔三年，改爲左右史（注：「郎爲左史，舍人爲右史。」），咸亨元年復舊。天授元年，又爲左右史，神龍初復舊。每皇帝御殿，則對立於殿，有命則臨陛俯聽，退而書之，以爲起居注。凡册命啓奏封拜薨免悉載之，史館得之，以撰述焉。」

〔三三〕赤墀：即丹墀。《漢書・梅福傳》：「故願壹登文石之陛，涉赤墀之塗，當户牖之法坐，盡平生之愚慮。」

〔三四〕執牘珥筆：手持木簡，插筆於冠側，以備記事。就起居舍人之職事而言。崔駰《奏記竇憲》：「珥筆持牘，拜謁曹下。」（《文選》潘岳《爲賈謐作贈陸機》李善注引。）

〔三五〕羽儀：語本《易・漸》：「鴻漸于陸，其羽可用爲儀，吉。」此指羽翼、輔佐。嵇康《五言贈秀才詩》：「抗首漱朝露，晞陽振羽儀。」《新唐書・張薦傳》上疏：「（顔）真卿逮事四朝，爲國元老，忠直孝友，羽儀王室。」

〔三六〕爲：助。文明：文德輝耀。見《賀玄元皇帝見真容表》注〔二九〕。

〔三七〕負薪：指任樵采之事。

〔三八〕樵蘇晚爨：取薪曰樵，取草曰蘇。晚，後。言現打柴草而後做飯。指不能經常吃飽。《史記・淮陰侯列傳》：「臣聞千里餽糧，士有饑色；樵蘇後爨，師不宿飽。」宋蜀本無「樵蘇」二字。

〔三九〕「柴門」句：用袁安事，見《冬晚對雪憶胡居士家》注〔六〕。此以袁安喻魏居士。

〔四〇〕「藜牀」句：庾信《小園賦》：「況乎管寧藜牀（藜製之榻），雖穿而可坐。」又《奉和趙王隱士》詩：「鹿裘披稍裂，藜牀坐欲穿。」《三國志・魏書・管寧傳》注引《高士傳》曰：「管寧自越海及歸，常坐一木榻，積五十餘年，未嘗箕股，其榻上當膝處皆穿。」管寧字幼安，魏北海朱虚人，漢末避亂居遼東，聚徒講學，三十七年而後歸，文帝拜爲太中大夫，明帝拜爲光禄勳，皆辭不就。《魏志》本傳言其「耽懷道德，服膺六藝，清虚足以侔古，廉白可以當世」。句以管寧喻魏居士。

〔四一〕稱職：指適合之職。

〔四二〕致君：謂使君主達於極頂，成爲聖明天子。二句意謂，就會有上使天子成爲聖明君主的盛事，下讓風俗人心轉向淳厚的變化。

〔四三〕顧影跼步：自顧其影，徘徊不前。跼，底本原作「踞」，此從述古堂本、明十卷本、《全唐文》。

〔四四〕行歌采薇：指隱居不仕。《史記·伯夷列傳》：「武王已平殷亂，天下宗周，而伯夷、叔齊恥之，義不食周粟，隱於首陽山，采薇而食之。及餓且死，作歌，其辭曰：『登彼西山，采其薇矣……』」

〔四五〕懷寶迷邦：見《能禪師碑》三段注〔一〕。愛身賤物：愛惜自己而輕視世事。

〔四六〕鍾釜：皆古容量單位。十釜爲一鍾，受六斛四斗。

〔四七〕綬：《後漢書·輿服志下》：「紱佩既廢，秦乃以采組連結於璲，光明表章，轉相結受，故謂之綬。漢承秦制，用而弗改，遂加之以雙印佩刀之飾。」綬是繫在佩玉或印信上的絲帶，漢制縣尉以上官吏即有綬，唐制五品以上官方有綬（用以繫玉佩）。

〔四八〕方丈盈前：謂殽饌豐盛。《孟子·盡心下》：「食前方丈（吃飯時面前的食品擺滿一丈見方的地方），侍妾數百人，我得志，弗爲也。」

〔四九〕高門：指富貴之家。甲第：見《燕支行》注〔六〕。

〔五〇〕畢竟空寂：指心處于無世俗之欲求與思想的境界。參見《讚佛文》首段注〔一五〕。

〔五一〕愛：貪愛，愛欲，佛教所稱十二因緣之一。《圓覺經》：「輪迴愛爲根本。」此字述古堂本作「憘」。

〔五二〕身如聚沫：《維摩經·方便品》：「此身如聚沫，不可撮摩。」言身如叢聚之泡沫，喻身無常、不可長久。佛教認爲，認識到身如聚沫，就不會有貪愛之心。

〔五三〕自厚：自求富裕。浮雲：喻不值得關心和重視的事物。《論語·述而》：「不義而富且貴，於我如浮雲。」

〔五四〕何有：不難之意。

聖人知身不足有也，故曰欲潔其身而亂大倫〔一〕；知名無所着也〔二〕，故曰欲使如來名聲普聞〔三〕。故離身而返屈其身〔四〕，知名空而返不避其名也。古之高者曰許由，挂瓢于樹，風吹瓢，惡而去之〔五〕，聞堯讓，臨水而洗其耳〔六〕。耳非駐聲之地，聲無染耳之跡，惡外者垢内〔七〕，病物者自我〔八〕，此尚不能至于曠士〔九〕，豈入道者之門歟〔一〇〕！降及嵇康，亦云頓纓狂顧，逾思長林而憶豐草〔一一〕。頓纓狂顧，豈與俛受維縶有異乎〔一二〕？長林豐草，豈與官署門闌有異乎〔一三〕？異見起而正性隱〔一四〕，色事礙而慧用微〔一五〕，豈等同虚空，無所不遍〔一六〕，光明遍照〔一七〕，知見獨存之旨邪〔一八〕？此又足下之所知也。近有陶潛，不肯把板屈腰見督郵，解印綬棄官去〔一九〕。後貧，《乞食》詩云：「叩門拙言辭〔二〇〕。」是屢乞而多慚也。當一見督郵〔二一〕，安食公田數頃〔二二〕，一慚之不忍，而終身慚乎〔二三〕？此亦人我攻中，忘大守小〔二四〕，不□其後之累也。孔宣父云〔二五〕：「我則異于是，無可無不可〔二六〕。」可者適意，不可者不適意也〔二七〕。君子以布仁施義，活國濟人爲適意，縱其道不行，亦無意爲不適意也。苟身心相離，理事俱如〔二八〕，則何往而不適〔二九〕？此近于不易。願足下思可不可之旨，以種類俱生〔三〇〕，無行作以爲大依〔三一〕，無守默以爲絶塵〔三二〕，以不動爲出世也〔三三〕。

〔一〕不足：猶言不可。有：存在。「故曰」句：《論語·微子》：「不仕無義。長幼之節不可廢也，君臣之義，如之何其廢之？欲潔其身而亂大倫。君子之仕也，行其義也。」潔其身，指想要避世隱居使自身高潔。大倫，即君臣之義。「亂大倫」猶言破壞了君臣之間的根本倫理關係。二句意謂，聖人知身不可長在，故不欲獨善其身。

〔二〕無所着：不可以執着。所，可以。

〔三〕欲使如來名聲普聞：見《胡居士卧病遺米因贈》注〔七〕。

〔四〕離身：不執着于人身。認識到身如聚沫，不可長存，自然也就不會執着于身了。屈其身：指屈身事君，即出仕。

〔五〕「古之」四句：許由，上古隱士。《太平御覽》卷七六二引《琴操》曰：「許由無杯器，常以手捧水。

人以一瓢遺之，由操飲畢，以瓢掛樹。風吹樹，瓢動，歷歷有聲，由以爲煩擾，遂取捐之。」

〔六〕「聞堯」二句：《孟子·盡心上》漢趙岐注：「樂道守志，若許由洗耳，可謂忘人之勢矣。」《高士傳》卷上：「堯讓天下於許由，……由於是遁耕於中岳潁水之陽。……堯又召爲九州長，由不欲聞之，洗耳於潁水濱。」二句謂，許由聽説堯要把天下讓給他，就到水邊去洗自己的耳朵。

〔七〕句謂厭惡外物，反使自己内心受垢染。

〔八〕句謂以外物爲患害是由自己造成的。「自」《全唐文》作「是」。

〔九〕曠士：心胸開闊的人。鮑照《放歌行》：「小人自齷齪，安知曠士懷？」

〔一〇〕道：指佛家之道。句謂又哪裏能進入佛教徒之門呢。王維認爲，許由的厭惡外物、棄絶人世，同佛教所説的「入諸婬舍，示欲之過；入諸酒肆，能立其志」（《維摩經·方便品》）、「雖即見聞覺知，不染萬境」（《壇經》第十七節），相去甚遠。

〔一一〕「降及」三句：嵇康，字叔夜，譙國銍人，魏晋時代著名的思想家和文學家。其《與山巨源絶交書》云：「又讀《莊》、《老》，重增其放。故使榮進之心日穨（減弱），任實之情轉篤。此由（猶）禽（擒）鹿，少見馴育，則服從教制；長而見羈，則狂顧頓纓（指企圖掙脱羈繩），赴蹈湯火；雖飾以金鑣，饗以嘉肴，逾思長林而志在豐草也。」頓纓狂顧，言猶如鹿長大後被拴縛，便瘋狂四顧企圖掙脱拴鹿的繩子。

〔一二〕俛：同「俯」。維縶（zhí直）：拴縛。《詩·小雅·白駒》：「皎皎白駒，食我場苗，縶之維之，以永今朝。」

〔一三〕門闌：門欄，門框。

〔一四〕異見：差異的見解。唐善導《觀無量壽經疏》卷四：「不爲一切别解别行異見異學異執之所退失傾動。」佛教認爲，一切事物和現象在空性上無差異；若以爲諸法實有，有各種差異，即是世俗的「異見」。例如，從「諸法皆空」的觀點看，「頓纓狂顧」與「俛受維縶」無異，若以爲有異，即屬「異見」。正性：與凡性（凡夫之性）相對。佛教稱斷除一切煩惱（一切世俗的欲求、情緒和思想活動），即得正性。《俱舍論》卷一〇：「何名正性？謂契經言，貪無餘斷，瞋無餘斷，癡無餘斷，一切煩惱皆無餘斷，是名正性。」

〔一五〕色：指有形質的萬物。色事礙：謂存在有「色」之事物的妨礙。佛教認爲，「色」能引起貪欲愛欲等「染法」，妨礙人們達到解脱；只有悟「色空」之理，才能排除障礙，進入涅槃之門。慧用：佛教「智慧」的作用。佛教謂「慧」能照見「色空」之理，使修持者斷除煩惱，達到解脱。

〔一六〕等同虚空：謂一切法在虚空上無差異。無所不遍：謂虚空遍及一切法，爲一切法之共性。《大乘義章》卷二：「虚空有體有相，體則周徧，相則隨色，彼此别異。」此二句承上「異見」句而言。

〔一七〕光明：謂佛智慧之光明。《往生論注》卷下：「佛光明，是智慧相也。」

〔一八〕知見：能知能見，指佛慧之作用。《法華經·方便品》：「開佛知見。」存，述古堂本作「有」。此二句承上「色事」句而言。

〔一九〕「近有」二句：見《偶然作·陶潛任天真》注〔三〕。把板：執手板。

〔二〇〕陶淵明《乞食》云：「飢來驅我去，不知竟何之！行行至斯里，叩門拙言辭。主人解余意，遺贈豈虚來？……感子漂母惠，愧我非韓才。銜戢如何謝，冥報以相貽。」拙言辭，指笨嘴拙舌，不善於表達乞食之意。

〔二一〕當，底本原作「嘗」，述古堂本、明十卷本作「常」，此從宋蜀本。

〔二二〕「安食」句：陶淵明《歸去來兮辭》序云：「家叔以余貧苦，遂見用於小邑。……彭澤去家百里，公田之利，足以爲酒，故便求之。」蕭統《陶淵明傳》云：「執事者聞之，以爲彭澤令。……公田悉令吏種秫，曰：『吾常得醉於酒，足矣。』妻子固請種秔，乃使二頃五十畝種秫，五十畝種粳。」句謂安穩地吃數頃公田産的糧食。

〔二三〕「一慙」二句：意謂不能忍受一次慚愧，而要一輩子都慚愧嗎？語出《左傳》昭公三十一年：「子家子曰：『君與之歸。一慙之不忍，而終身慙乎？』」按，在以上這段話裏，王維對古代著名的隱士許由、嵇康、陶潛等，作了毫不客氣的批評，他對隱逸的態度，已發生了很大的變化。特别是説陶潛不肯爲五斗米而折腰，棄官後窮得向人乞食，是「忘大守小」，「一慚之不忍，而終身慚乎」，這同作者過去對陶潛棄官歸隱的贊揚（參見《偶然作》其四等），形成了鮮明的對照。天寶年間，王維身在朝廷，心存山野，多次説過想隱居的話，而在本文中，作者却力勸已隱居的魏居士出來做官。這一對隱逸態度的根本變化，與安史之亂的爆發有密切的關係。作於乾元二年

（七五九）的《送韋大夫東京留守》説：「人外遺世慮，空端結遐心。曾是巢許淺，始知堯舜深。」稱自己曾存有隱居避世之心，從前曾肯定巢父許由隱居避世的膚淺，現今才知道堯舜勞身濟世的深刻，與本文所表現的思想吻合。可以説，安史之亂中陷賊的遭遇，使詩人認識到在世亂中避世隱居，無助于社會變亂爲治，所以才勸魏居士出來做官，「以布仁施義，活國濟人（民）」。《晚春嚴少尹與諸公見過》説：「自憐黃髮暮，一倍惜年華。」詩作於王維乾元元年，説明在安史之亂爆發後，詩人自己亦希望有所作爲。綜上所述，本文宜當作於安史之亂爆發後。

〔二四〕人我：「我」相當于物體自性、獨立的實在自體，指支配人和事物的內部主宰者。一般分「人我」、「法我」兩種。佛教主張「無我」，謂世上的人和一切事物原無自性，無獨立的實在自體，即人、法皆空。中：內心。「人我攻中」指心執著于人我，以爲人我真實存在。佛教認爲這種看法是一切謬誤和煩惱的總根源。《大乘起信論》：「一切邪執，皆依我見（以爲「我」真實存在的觀點），若離於我，則無邪執。」按照佛教的觀點，「人我」非實有，所以一切事情也就無所謂，用不着那麼認真了。以上二句意謂，這也是以爲「人我」真實存在的見解侵襲內心，從而忘記大體，固守小節。

〔二五〕孔宣父：即孔子。參見《爲畫人謝賜表》注〔二八〕。

〔二六〕「我則」二句：《論語·微子》：「子曰：『不降其志，不辱其身，伯夷、叔齊與！』謂：『柳下惠、少連，降志辱身矣，言中倫，行中慮，其斯而已矣。』謂：『虞仲、夷逸，隱居放言，身中清，廢中權。

我則異于是，無可無不可。』」《集解》：「馬曰：亦不必進，亦不必退，惟義（宜）所在。」《孟子·萬章下》：「可以處而（則）處，可以仕而仕，孔子也。」該仕則仕，該隱則隱，隨宜而行，此即所謂「無可無不可」之旨。

〔二七〕此二句意謂，可以的就是合意，不可以的就是不合意啊。

〔二八〕身心相離：謂身心與己相離，亦曰「身心脱落」，即忘泯我之身心之意。理：本體、本質。事：現象。如：《摩訶止觀》卷二：「如，空之異名耳。」二句謂，假如亡泯我之身心，認識到本體與現象俱空。

〔二九〕往，宋蜀本作「仕」。

〔三〇〕以：與。種類：族類。二句意謂，願足下思慮孔子所言「無可無不可」之旨而出仕，與族人俱生息繁衍不絶。

〔三一〕無行作：見《燕子龕禪師詠》注〔一三〕。句謂以無世俗的身心活動爲主要依憑。

〔三二〕絶塵：超脱塵俗。《晉書·庾袞傳》：「庾賢絶塵避地，超然遠跡，固窮安陋，木食山棲。」句謂以不固守静默爲超脱塵俗。含有不拒絶出仕之意。

〔三三〕不動：即「空寂」之意。《心地觀經》卷一：「獨處凝然空寂舍，身心不動如須彌。」此言以空寂爲出世，而不以脱離人世爲出世。

僕年且六十〔一〕，足力不强，上不能原本理體〔二〕，裨補國朝；下不能殖貨聚穀，博施窮窘〔三〕，偷禄苟活〔四〕，誠罪人也〔五〕。然才不出衆，德在人下，存亡去就，如九牛一毛耳〔六〕。實非欲引尸祝以自助〔七〕，求分謗于高賢也〔八〕，略陳起予〔九〕，惟審圖之〔一〇〕。

〔一〕年且六十：此篇下文「偷禄苟活，誠罪人也」、「德在人下」云云，蓋指己嘗受安禄山僞職、又被宥罪復官而言。乾元元年作的《謝除太子中允表》説：「當逆胡干紀，上皇出宫，臣進不得從行，退不能自殺，情雖可察，罪不容誅。……跼天自省，無地自容。……今聖澤含弘，天波昭洗，朝容罪人食禄，必招屈法之嫌。」作者詩文集中自稱「罪人」，僅這兩處，都應當指陷賊接受僞官而言。又《爲薛使君謝婺州刺史表》云：「臣之本末，强欲自陳，擢髮數罪，臣戮餘也。……自恨駑怯，脱身雖則無計，自刃有何不可，而折節凶頑，偷生廁溷。」薛使君也是一個陷賊接受僞官者，《表》中説自己罪多，是幸免于被刑戮的罪人（雖未使用「罪人」一語，但含有「罪人」之意），也可作爲「罪人」當指陷賊接受僞官而言的一個旁證。另《責躬薦弟表》説：「頃又没于逆賊，不能殺身，負國偷生，以至今日。」二《表》中之「偷生」與本篇之「偷禄苟活」意思接近，亦可互證。或謂「偷禄苟活」「是謙詞，與陷敵後『負國偷生』、『罪不容誅』的自責是不可同日而語的」（林繼中《王維情感結構論析》，《文史哲》一九九九年第一期）。按，本文與二《表》中的自責，或有輕重之異，這主要是因爲文章的送達對象與寫作目的的不同造成的。二表是寫給皇帝的，目的是感謝皇帝赦己之罪和「責躬薦弟」，本文是寫給友人的，主旨是勸其出來做官，所以措詞自然不同，但三文所反映的作者陷賊後接受僞職的愧疚心情却是一致的。考維被宥罪復官在乾元元年春（參見《年譜》），因此本篇當作于乾元元年春之後或二年，當時王維五十八或五十九歲，故云「年且六十」。

〔二〕原本理體：探究治國之要旨的由來。

〔三〕博，宋蜀本作「賑」。

〔四〕苟，宋蜀本作「自」。句謂竊取俸禄苟且偷生。

〔五〕罪人：或謂「罪人」乃用《三國志·魏書·田豫傳》之典故：「徵爲衛尉，屢乞遜位，太傅司馬宣王以爲豫克壯，書喻未聽，豫書答曰：『年過七十而以居位，譬猶鐘鳴漏盡而夜行不休，是罪人也。』遂固稱疾篤。」並稱趙注本與陳注本于此皆失注（《王維研究》第七輯第三二頁）。按，此説非是。鐘鳴漏盡，謂晝漏盡，晚鐘鳴，即指晚上；古時京都等地，有禁止夜行之制，如《史記·李將軍列傳》：「今將軍尚不得夜行，何乃故也？」唐韋述《西都雜記》：「西都京城街衢，有執金吾曉暝傳呼，以禁夜行，惟正月十五夜敕許弛禁，前後各一日，謂之放夜。」因「夜行不休」違犯禁令，故稱爲「罪人」，田豫只是打了個譬喻，説年過七十而不致仕，猶如不顧禁令夜行不休，並不是説當時朝廷上有年過七十不致仕就是罪人的説法。因此，唐人使用此典，多作「夜行之罪」，多用在請求致仕的場合，如《全唐文》卷四四九高郢《請致仕表》：「實懼夜行之罪，上累明時之寵，伏乞許遵恒典，特賜餘年。」綜上所述，不難看出，本篇之「罪人」，與《三國志》之「罪人」，毫無共同之處。

〔六〕九牛一毛：喻微不足道。《漢書・司馬遷傳》：「假令僕伏法受誅，如九牛亡一毛，與螻螘何異？」

〔七〕引尸祝以自助：《莊子・逍遥遊》：「庖人（厨師）雖不治庖，尸祝（主祭之人）不越樽俎（皆祭器，此指祭事）而代之矣。」嵇康《與山巨源絶交書》：「間聞足下遷（升官），惕然不喜；恐足下羞庖人之獨割（指羞于一個人獨自爲官），引尸祝以自助，手薦鸞刀，漫之羶腥。」句謂實在不是因爲自己做官，也想拉您出來一起做官。

〔八〕分謗：分擔别人受到的誹謗。《左傳》成公二年：「及衛地，韓獻子將斬人，郤獻子馳，將救之。至，則既斬之矣。郤子使速以徇（示衆），告其僕曰：『吾以分謗也。』」句謂不是因爲自己「偷禄」，也想讓您做官，以分擔非難指責。

〔九〕起予：見《上張令公》注〔一五〕。此指得自他人的教益。《晋書・庾冰傳》上疏：「願陛下既思日側於勞謙，納其起予之情，則天下幸甚矣。」

〔一〇〕審圖：仔細考慮。此句之下述古堂本多「所維白」三字。

爲相國王公紫芝木瓜讚并序〔一〕

孝悌之至，通于神明〔二〕，天爲之降和〔三〕，地爲之嘉植〔四〕，發書占之〔五〕，推理可得。

何者？人心本于元氣，元氣被于造物〔六〕，心善者氣應，氣應者物美，故呈祥于魚鳥，或發揮于草木〔七〕，示神明之陰隲〔八〕，與天地之嘉會〔九〕。今中書侍郎相公先生左丞府君〔一〇〕，沉潛上德〔一一〕，遐尚絶軌〔一二〕，江海漭沆〔一三〕，嬰孩杳壇〔一四〕，高門長軌〔一五〕，隱几含素〔一六〕，蓋鳳凰之高逝〔一七〕，薄龍虎之逶迤〔一八〕。積有淳德〔一九〕，誕敷餘慶〔二〇〕。而我相公生而英姿，河目海口〔二一〕，量與太素〔二二〕，而無端倪，應會神速〔二三〕，動若發括〔二四〕；事遺理盡，澹然虚空，亦猶太清，雲無處所〔二五〕。重玄之旨〔二六〕，達而有餘奥〔二七〕；大白之明，漫而不及理〔二八〕。文可以經邦訓俗，武可以保大定功〔二九〕，故天子咨之，以布元化〔三〇〕。

〔一〕作于乾元二年（七五九）春。相國王公：即王璵。京兆咸陽人。少習禮學，專以祀事希倖。玄宗時充祠祭使。肅宗即位，遷太常少卿。乾元元年五月，拜中書侍郎、同中書門下平章事，二年三月，罷爲刑部尚書。參見兩《唐書》本傳、《新唐書·宰相表》。紫芝：菌名，木耳的一種。古時以爲瑞草。木瓜：植物名。果實長橢圓形，黄色，有濃烈香氣，可供食用和入藥。

〔二〕「孝悌」二句：見《爲薛使君謝婺州刺史表》注〔七〕。

〔三〕和：指和氣。《荀子·正名》注：「和，陰陽沖和之氣也。」《博物志》卷一：「和氣相感則生朱草。」

〔四〕嘉植：指生長嘉美之物。

〔五〕占之：猶言看到這一點。占，視。

〔六〕元氣：見《奉敕詳帝皇龜鏡圖狀》二段注〔一〕。被：及。古人認爲元氣是天地萬物的本原，故云「人心本于元氣，元氣被于造物」。造物：創造萬物者。

〔七〕發揮：《易・乾・文言》：「六爻發揮，旁通情也。」疏：「發謂發越（散發、播散）也，揮謂揮散也。言六爻發越揮散，旁通萬物之情也。」此言「心善」或播散于草木，指氣與心善相應，即可在草木上顯露祥瑞。

〔八〕陰隲：《書・洪範》：「惟天陰騭（同「隲」）下民，相協厥居。」傳：「騭，定也，天不言而默定下民。」

〔九〕嘉會：盛美的際會。《三國志・吴書・韋曜傳・博奕論》：「誠千載之嘉會，百世之良遇也。」

〔一〇〕中書侍郎：中書省副長官，正四品上。相公：即丞相。左丞：尚書左丞，正四品上，掌管轄吏部、户部、禮部十二司，通判尚書都省事。「左丞府君」當指王璵之父。《新唐書・宰相世系表》謂璵父曰紹，然未載其曾任何職。疑「左丞」乃璵父卒後，因璵官居顯位而追贈的官稱。又岑仲勉《貞石證史》「王方慶六世孫璵」條謂宰相王璵之父實爲固己，非紹。趙超《新唐書宰相世系表集校》卷二稱唐代有二王璵，肅宗時拜相之王璵，爲單父令固己子，可參閲。

〔一一〕沉潛：《書・洪範》：「沉潛剛克。」傳：「沉潛謂地。」此處指沉浸其中。韓愈《上兵部李侍郎書》：「遂得究窮於經傳史記百家之説，沉潛乎訓義，反復乎句讀，礱磨乎事業而奮發乎文章。」

〔一二〕遐尚：長久愛好。絶軌：指已中斷的行迹、傳統。蔡邕《郭林宗碑文》：「將蹈洪崖之遐迹，紹巢由之絶軌。」《隋書・潘徽傳》：「繼稷下之絶軌，弘泗上之淪風。」

〔一三〕漭沆（hàng夯去聲）：寬廣貌。張衡《西京賦》：「顧臨太液，滄池漭沆。」此句喻指「左丞府君」胸懷寬廣。

〔一四〕杏壇：傳説爲孔子授徒講學之處。《莊子·漁父》：「孔子遊乎緇帷之林，休坐乎杏壇之上，弟子讀書，孔子絃歌鼓琴。」《釋文》：「杏壇，司馬（彪）云：澤中高處也。李（頤）云：壇名。」句謂其幼時即從儒學大師修學。

〔一五〕長軌：美好的行迹。

〔一六〕隱几：見《故人張諲工詩……聊獲酬之》注〔六〕。含素：謂稟性清白純樸。《晋書·王祥鄭沖傳》贊：「鄭沖含素，王祥遲暮，百行斯融，雙飛天路。」《晋書》本傳謂沖「卓爾立操，清恬寡欲」、「任真自守，不要鄉曲之譽」，此即所謂「含素」之義。

〔一七〕蓋：崇尚。《國語·吴語上》：「夫固知君王之蓋威以好勝也，故婉約其辭，以從逸王志。」鳳凰之高逝：《文選》賈誼《弔屈原賦》：「鳳縹縹其高逝兮，夫固自引而遠去。」此喻指賢者的避世隱居。

〔一八〕薄：輕視。龍虎：喻豪傑、大人物。《後漢書·耿純傳》：「大王以龍虎之姿……奮迅拔起，期月之間，兄弟稱王。」逶迤：從容自得貌。亦作逶迆、委蛇、委佗等。《後漢書·楊秉傳》：「逶迤退食，足抑苟進之風。」《詩·召南·羔羊》：「退食自公，委蛇委蛇。」

〔一九〕淳德：淳厚樸實之德。

〔二〇〕誕：大。敷：施，布。餘慶：留給子孫後輩的德澤。《易·坤》：「積善之家，必有餘慶。」

〔二二〕河目海口：《詩・大雅・生民》疏：「謂有奇表異相，若孔子之河目海口，文王之四乳龍顔之類。」《孔叢子・嘉言》：「吾觀孔仲尼有聖人之表，河目而隆顙，黄帝之形貌也。」《孔子家語・困誓》：「（孔子）河目隆顙。」注：「河目，上下匡（眶）平而長也。」《太平御覽》卷三六七引《孝經援神契》：「孔子海口（謂口大而深），言若含澤。」

〔二三〕量：器量，度量。與：如。太素：指天剛形成時的狀態。《白虎通・天地》：「始起之天，始起先有太初，後有太始，形兆既成，名曰太素。」

〔二三〕應會：適應時機。

〔二四〕動若發括：見《上黨苗公德政碑》五段注〔四〕。括，宋蜀本作「栝」。

〔二五〕太清：天空。劉向《九歎・遠遊》：「譬若王僑之乘雲兮，戴赤霄而凌太清。」雲無處所：《文選》宋玉《高唐賦》：「風止雨霽，雲無處所。」以上四句意謂，諸事支遣、處理完畢，心即恬静、虚無，猶如天空中萬里無雲。

〔二六〕重玄：見《送韋大夫東京留守》注〔二七〕。

〔二七〕達：通曉。餘奥：指掌握很多深奥之理。

〔二八〕大白：極清白高潔。《老子》四十一章：「上德若谷，大白若辱。」河上公注：「大潔白之人若汙辱，不自彰顯。」明：光輝。漫：隨便。二句謂相公漫不經意，未及自我修治，即具有「大白之明」。

〔二九〕訓俗：教化民衆。保大定功：見《任君神道碑》首段注〔三〕。「保大」指保持國家的强大，「定功」

指鞏固功業。

〔三〇〕元化：指帝王之德化。

昔者高堂既闋〔一〕，扇枕無所〔二〕，歐血長號〔三〕，禮不能制〔四〕。其哭泣之度，終身巨痛〔五〕，時無以加；其霜露之惕〔六〕，攻苦食淡〔七〕，寢苫枕塊〔八〕。淚少于血，骨餘于形〔九〕，風嗅起而裂其心〔一〇〕，鳥悲鳴而感其哭。俄而紫芝生楝，葉成仙人之蓋〔一一〕，色奪齊侯之衣〔一二〕；又有木瓜在林，味若楚王之萍〔一三〕，大如安期之棗〔一四〕。枯木無生物之理〔一五〕，而布濩滋蔓〔一六〕；時果有常分之形〔一七〕，而碩大殊尤〔一八〕。鄰里駭之，郡縣聞之，公泣而不敢言，州司遽表以獻〔一九〕。或曰因心而致，人之祥也；或曰率土所生，國之瑞也。有識君子曰：至孝所感，物爲人之祥；大賢佐時，人爲國之瑞。二物者，雖感曩時之純至〔二〇〕，亦符今日之崇高也。公尤不敢當，歸美于今上〔二一〕，以爲震位先兆〔二二〕，孝德動天。至乾元二年，乃畫圖以進。詔報曰：芝草者〔二三〕，延壽之徵也〔二四〕；木瓜者，投報之應也〔二五〕。蓋至誠所感，有開必先〔二六〕。朕與卿道契雲龍〔二七〕，義同水石〔二八〕，位崇台衮〔二九〕，寄重股肱〔三〇〕，故得嘉瑞薦臻〔三一〕，靈物昭格〔三二〕，君臣同德，區宇克寧。覽其進圖，可爲嘉應〔三三〕，請宣付史館者。既光史策〔三四〕，亦藏書府。讚曰：

〔一〕高堂既闃（qù 去）：指父母既卒。闃，寂；底本原作「聞」，趙殿成校曰：「聞字疑誤。」此從《全唐文》。

〔二〕扇枕：見《送崔三往密州覲省》注〔三〕。

〔三〕歐血：吐血。

〔四〕句指哀傷過度，超出禮的規定。

〔五〕度：程度。巨痛：極痛。《晋書·謝尚傳》：「況於抱傷心之巨痛，懷忉怛之至戚，方寸既亂，豈能綜理時務哉！」

〔六〕霜露之惕：指感時念親的憂懼之心。語本《禮記·祭義》：「霜露既降，君子履之，必有悽愴之心，非其寒之謂也。春，雨露既濡，君子履之，必有怵惕之心，如將見之。」注：「非其寒之謂，謂悽愴及怵惕，皆爲感時念親也。」

〔七〕攻苦食淡：見《與魏居士書》首段注〔一七〕。淡，宋蜀本作「啖」。

〔八〕寢苫枕塊：古時父母卒，其子自喪日起至入葬時，居于倚廬，以草墊（苫）爲席，土塊爲枕。參見《韓公墓誌銘》三段注〔一〇〕。

〔九〕「淚少」二句：見《任君神道碑》首段注〔三〇〕、〔三一〕。

〔一〇〕唳：與戾、厲通，猛烈；底本原作「淚」，此從《全唐文》。

〔一一〕「葉成」句：芝形如蓋，故云。成，《全唐文》作「若」。蓋，傘。

〔一二〕齊侯之衣：指紫色之衣。《韓非子·外儲説左上》：「齊桓公好服紫，一國盡服紫，當是時也，五素不得一紫。」

〔一三〕楚王之萍：《説苑·辨物》：「楚昭王渡江，有物大如斗，直觸王舟，止於舟中。昭王大怪之，使聘問孔子。孔子曰：『此名萍實。令剖而食之，惟霸者能獲之，此吉祥也。』……弟子請問，孔子曰：『異時小兒謡曰：「楚王渡江得萍實，大如拳，赤如日，剖而食之，美如蜜。」此楚之應也。』」《本草綱目》卷一九謂萍實即萍蓬草之果實。

〔一四〕安期之棗：見《送友人歸山歌二首》其一注〔八〕。

〔一五〕木，底本原作「物」，此從宋蜀本、明十卷本、《全唐文》等。

〔一六〕布濩（hù護）：普遍布散。《史記·司馬相如傳·上林賦》：「布濩閎澤，延曼太原。」又作「布護」，《漢書·司馬相如傳·封禪書》：「匪唯偏我，氾布護之。」師古注：「布護，言遍布也。」濩，宋蜀本、述古堂本、明十卷本俱作「護」。滋蔓：滋長蔓延。

〔一七〕常分之形：言固有之形狀。常分，猶定分，固有的本分。此四字宋蜀本、述古堂本、明十卷本、奇字齋本俱作「常形之分」。

〔一八〕殊尤：特別奇異。尤，底本原作「亢」，此從述古堂本、明十卷本、《全唐文》。

〔一九〕州司：州之有司。李密《陳情表》：「州司臨門，急於星火。」表：作表。

〔二〇〕純至：指孝心純真之至。《北史·魏獻文帝紀》：「仁孝純至，禮敬師友。」

〔二一〕于，宋蜀本作「加」。

〔二二〕震位：東方曰震，因稱東宫爲震宫，太子之位爲震位。《易·説卦》：「震，東方也。」《晋書·劉曜載記》：「東爲震位，王者之始次（位次）也。」句謂以爲是今上立爲太子的先兆。《舊唐書·肅宗紀》：「（開元）二十五年，皇太子瑛得罪。二十六年六月庚子，立上爲皇太子。」

〔二三〕芝草，宋蜀本作「紫芝」。

〔二四〕延壽之徵：相傳服食芝草可延年。《太平御覽》卷九八六引《本草經》曰：「紫芝一名木芝，久服延年。」又引《古瑞命記》曰：「食芝則延年。」

〔二五〕投報：《詩·衛風·木瓜》：「投（投贈）我以木瓜，報之以瓊琚。匪報也，永以爲好也。」

〔二六〕有開必先：《禮記·孔子閒居》：「嗜欲將至，有開必先。」疏：「嗜欲，謂王位也。王位是聖人所貪，故云嗜欲。方欲王天下，故云將至。有開必先者，言聖人欲王天下，有神開道，必先豫爲生賢知之輔佐。」

〔二七〕道契雲龍：言道之契合，如雲與龍之相得（喻聖主賢臣之遇合）。參見《京兆尹張公德政碑》首段注〔二〕。

〔二八〕義同水石：《文選》李康《運命論》：「聖明之君，必有忠賢之臣，其所以相遇也，不求而自合。……張良受黄石之符，誦《三略》之説，以遊於群雄，其言也，如以水投石，莫之受也；及其遭漢祖，其言也，如以石投水，莫之逆也。非張良之拙説於陳、項，而巧言於沛公也。」句即用其意，謂君臣遇合，道義齊同，若水之受石。

〔二九〕台衮：猶台輔，指三公宰相之位。台謂三台，古用以象徵三公；衮即古時三公的禮服。《魏書·陽固傳·演賾賦》：「求封賞於寸心矣，夢台衮於遠慮。」句指位尊爲宰相。

〔三〇〕股肱：比喻輔佐君主的大臣。句謂寄以股肱之臣的重任。

〔三一〕嘉，述古堂本無此字，注：「太上御名。」蓋指宋仁宗諱「禎」字。瑞，述古堂本作「祥」。薦臻：頻至。《詩·大雅·雲漢》：「天降喪亂，饑饉薦臻。」傳：「薦，重；臻，至也。」

〔三二〕昭格：昭然而至。

〔三三〕嘉應：吉祥的徵兆。《漢書·禮樂志》：「天地順而嘉應降。」

〔三四〕光，底本原作「依」，據宋蜀本改。史策：史書。

紫芝三秀〔一〕，則生于梁。木瓜一實，其大盈筐。嘉應薦至〔二〕，其故何祥？哀哀孝思，漣漣泣血〔三〕。終身致毁〔四〕，每慟將絶。雲爲徘徊，風爲慘切。依仁據德〔五〕，移孝爲忠。經目盡理，任心便公〔六〕。其道橐籥，虚而不窮〔七〕。公位先兆，聖人斯覩〔八〕。賜以詔書，藏之祕府。邦家之光〔九〕，哀榮終古〔一〇〕。

〔一〕三秀：見《和僕射晋公扈從温湯》注〔一〇〕。

〔二〕嘉應：祥瑞。

〔三〕漣漣泣血：《易・屯》：「上六，乘馬斑如，泣血漣如。」《詩・衛風・氓》：「不見復關，泣涕漣漣。」漣漣，淚流不止貌。泣血，見《西方變畫讚》二段注〔一六〕。

〔四〕句謂終身哀傷過度以致身體容顏有所損害。

〔五〕依仁據德：《論語・述而》：「志於道，據於德，依於仁，遊於藝。」

〔六〕二句謂所親歷目覩之事，全能得到治理；任憑心意而行，便能做到公正無私。

〔七〕「其道」二句：《老子》五章：「天地之間，其猶橐籥乎？虚而不屈，動而愈出。」橐籥（tuó yuè 柁越），冶鑄用器，猶今之風箱。橐，外面的箱子；籥，箱中的送風管。屈，窮盡。王弼注云：「橐籥之中空洞，無情無爲，故虚而不得窮屈，動而不可竭盡也。天地之中，蕩然任自然，故不可得而窮，猶若橐籥也。」此言其道猶如風箱，中空虚而出風無窮。指其道虚静無爲而不可窮盡。

〔八〕公位先兆：謂紫芝木瓜之瑞，是王璵拜相（漢爲三公之一，故云「公位」）的先兆。聖人：指天子。

〔九〕邦家之光：《詩・小雅・南山有臺》：「南山有臺，北山有楊，樂只君子，邦家之光。」

〔一〇〕哀榮：此指哀傷帶來的榮耀。終古：久遠。《楚辭・九歌・禮魂》：「春蘭兮秋菊，長無絶兮終古。」

爲幹和尚進註仁王經表〔一〕

沙門惠幹言〔二〕：法離言説〔三〕，了言説即解脱者〔四〕，終日可言〔五〕；法無名相〔六〕，知名相即真如者〔七〕，何嘗壞相〔八〕！實際以無際可示〔九〕，無生以不生相傳〔一〇〕。非夫自得性空，密印心地〔一一〕，見聞自在〔一二〕，宗説皆通者〔一三〕，何以證玉毫之光〔一四〕，辨金口之義〔一五〕？

〔一〕約作于乾元二年，説見《年譜》。幹和尚：《景德傳燈録》卷四載，普寂法嗣四十六人，其中有「洛京同德寺幹和尚」。又《代宗朝贈司空大辨正廣智三藏和上表制集》卷四《請于興善當院兩道場各置持誦僧制》云：「僧慧幹、慧果……請於大聖文殊閣下，常爲國轉讀勅賜一切經。」《仁王經》：佛經名。全稱爲《佛説仁王般若波羅蜜經》，二卷，姚秦鳩摩羅什譯。「仁王」指當時印度十六大國之國王，經即釋迦牟尼爲諸王所説之佛法。經文謂受持講説此經，可禳除國之災難（見《護國品》），故古來以之爲護國三部經之一。佛教有所謂「仁王會」，即講誦此經以祛災祈福者。惠幹等爲此經所作之註，今已不存。

〔二〕沙門：見《爲舜闍黎謝御題大通大照和尚塔額表》注〔二〕。

〔三〕法離言説：指諸法皆空，不可言説；也指世俗的一切言説皆虚假不實，不能反映諸法的真實相狀。唐譯《大乘起信論》卷二云：「一切法從本已來，離言説相，離名字相，離心緣相，畢竟平等，無有變異，不可破壞，惟是一心，故名真如。以一切言説假名無實，但隨妄念，不可得故。」又云：「當知一切法，不可説，不可念。」

〔四〕了：明了。解脱：見《西方變畫讚》二段注〔一一〕。句謂明了言説即是解脱之徑的人。破除世俗的言説，弘揚佛教的「真理」，使衆生覺悟，離不開言説，故云。

〔五〕明了言説即是解脱之徑者，必不爲世俗之言，故「終日可言」。

〔六〕法無名相：名指名詞概念，因它能使人想起事物的形相，故稱「名相」。佛教否定事物（法）的實在性，把「名」與「法」對立起來。《肇論·不真空論》：「名無得物之功。」「物無當名之實。」認爲一切名相都是虚假的，不能反映諸法的實性。「法無名相」即指諸法皆空，名相不能反映法。《起信論》所謂法「離名字相」，亦此義。

〔七〕真如：見《謁璿上人》注〔一七〕。佛教各派對真如的解釋不盡一致，《起信論》以先天具有佛教全部功德而又永恒不變的「真心」爲「真如」；中觀學派及般若各家則以「性空」（指諸法虚而不實，没有自己固有的性質和客觀獨立的實體）爲「真如」。此處用後一義。句謂知道一切名相即是空者。

〔八〕何嘗壞相：佛教認爲，空是世間諸法的實相，《中論·觀涅槃品》：「分別推求諸法，有亦無，無亦無，有無亦無，非有非無亦無，是名諸法實相。」從這個角度説，認識到法空、名相亦空的人，只不過破壞了世俗認識的「假相」，並没有破壞實相（亦曰「無相之相」，《涅槃經》卷四〇：「無相之相，名爲實相。」），故云。壞，《全唐文》作「懷」。按，作「懷」意亦可通。「何嘗懷相」，指心不執著于相（包括作爲認識對象的事相和認識中的映相、名相，它們都屬世俗認識的「假相」）。

〔九〕實際：真如的異名。《大乘義章》卷一：「實際者，理體不虚，目之爲實；實之畔齊，故稱爲際。」

《辯中邊論》卷上：「此中説所知空性，由無變義説爲真如，真性常如，無轉易故；由無倒義説爲實際，非諸顛倒（佛教目世俗之認識爲「顛倒」），依緣事故。」無際：無邊際。《法華經·方便品》：「如來知見廣大深遠……禪定解脱三昧，深入無際。」句指真如周遍法界，無所不在。

〔一〇〕無生：見《登辨覺寺》注〔八〕。不生：指諸法不生。「不生」也即「不滅」。《維摩經·不二門品》：「法本不生，今則無滅。」《肇論新疏遊刃》卷中：「若聞無生，便知諸法本自不生，今則無滅。」

〔一一〕密印：佛教語，指心印。謂不用語言文字，直指人心。心地：佛教語，指心。佛教認爲，三界的一切，皆由心造，心猶大地，能生諸法，故曰心地。

〔一二〕自在：見《西方變畫讚》二段注〔七〕。

〔一三〕宗説皆通：見《能禪師碑》末段注〔一〇〕。

〔一四〕玉毫之光：見《讚佛文》首段注〔一八〕。句指何以印證佛的光明普照？

〔一五〕金口：謂佛之口或佛之言。《華嚴經》卷六六：「何況如來金口所説。」《廣弘明集》卷二二隋楊廣《寶臺經藏願文》：「前佛後佛，諒同金口。」

伏惟乾元大聖光天文武孝感皇帝陛下〔一〕，高登十地〔二〕，降撫九天〔三〕，弘濟群生〔四〕，濡蓮花之足〔五〕；示行世法，屈金粟之身〔六〕。心浄超禪〔七〕，頂法懸解〔八〕。廣釋門之六度〔九〕，包儒行之五常〔一〇〕。老僧空空〔一一〕，復何語語〔一二〕？以無見之見〔一三〕，不言之言〔一四〕，淺智勝疑冰之蟲〔一五〕，微戒愈溺涅之象〔一六〕；以自覺離念〔一七〕，註先聖微言，如人何足盡思〔一八〕，食木偶然成字〔一九〕，豈堪上塵慧眼〔二〇〕，仰稱聖心？有命自天，藏拙無地。伏以集解《仁王般若經》十卷，謹隨表奉進，無任慚惶。然本註經〔二一〕，先發大願，釋第一義〔二二〕，開不二門〔二三〕，與四十九僧〔二四〕，離一百八句〔二五〕，六時禪誦〔二六〕，三載懇祈，俾廓妖氛〔二七〕，得瞻慧日〔二八〕。三千世界〔二九〕，悉奉仁王〔三〇〕；五千善神〔三一〕，常衛樂土。今果盪定〔三二〕，無量安寧，緇服蒼生，不勝慶躍〔三三〕。

〔一〕「伏惟」句：《舊唐書·肅宗紀》：「（乾元）二年春正月己巳朔，上御含元殿，受尊號曰乾元大聖光天文武孝感皇帝。」「乾元大聖光天文武孝感」十字，底本原作「乾元光天」四字，此從《全唐文》。

〔二〕十地：見《讚佛文》首段注〔一九〕、三段注〔四〕。

〔三〕降：下。撫：據有。九天：《楚辭·離騷》：「指九天以爲正兮，夫唯靈修之故也。」王逸注：「九天，謂中央、八方也。」

〔四〕弘，底本原作「宏」，此從宋蜀本、述古堂本。

〔五〕濡蓮花之足：濡足，濕足，指跋涉奔走或救人之溺。《新序·節士》：「今爲濡足之故，不救人溺，可乎？」《後漢書·崔駰傳·達旨》：「與（劉攽曰：「與合作當。」）其有事，則褰裳濡足（注：「褰裳涉水也。」），冠掛不顧，人溺不拯，則非仁也。」沈約《光宅寺刹下銘》：「濡足萬古，援手百王。」

蓮花足，謂佛菩薩之足。《大唐西域記》卷六：「（菩薩）隨足所蹈，出大蓮花。」

〔六〕世法：佛教指世間一切事物和現象，對出世法而言。金粟：即維摩詰。《文選》王巾《頭陀寺碑文》：「金粟來儀，文殊戾止。」李善注：「《發迹經》曰：淨名大士是往古金粟如來。」「維摩詰」爲梵文之音譯，意譯「淨名」。《祖庭事苑》卷三：「《十門辨惑論》云：維摩是金粟如來，吉藏師云，事出《思惟三昧經》。自云：未見其本。」關于維摩之事，參見《西方變畫讚》一段注〔三〕。此處以金粟喻肅宗。

〔七〕超禪：亦曰「超越三昧」。佛教稱禪定有九個淺深不同的次第，即所謂「九次第定」（見《爲舜闍黎謝御題大通大照和尚塔額表》注〔一五〕）。凡入定，須自淺入深，由初禪、二禪順次至于第九次第定，出定亦須依次自第九次第退至初禪，不得超越。然佛及深位之菩薩，不必依此次第，得隨意直出直入，謂之「超禪」。《大般涅槃經後分》卷上：「爾時世尊説是語已，復入超禪。從初禪出，入第三禪，從三禪出，入虛空處（第五次第），從虛空處出，入無所有處（第七次第），從無所有處出，入滅盡想定（第九次第）；從滅盡定出，次第還入，至非想非非想處（第八次第），從非想非非想出，入無邊識處（第六次第），從識處出，入第四禪，從四禪出，入第二禪，從二禪出，入于初禪。如是逆順，入超禪已。」《大智度論》卷八一：「問曰：超越三昧不得超二，又不從散心而入滅盡定？答曰：大小乘法異。不超二者，小乘法中説；菩薩無量福德，智慧深入禪定力故，能隨意超越。」

〔八〕頂法：見《西方變畫讚》二段注〔九〕。懸解：見《與胡居士皆病寄此詩兼示學人二首》其一注〔五〕。後亦指解倒懸。《後漢書·王允傳》論：「當此之時，天下懸解矣。」句指修善性功德，解天下之倒懸。

〔九〕六度：即六波羅蜜。指六種從生死此岸到達涅槃彼岸的途徑，爲大乘佛教修習的主要内容。包括：布施（檀那）、持戒（尸羅）、忍（羼提）、精進（毗梨耶）、定（禪那）、智慧（般若）。《大品般若經》卷一：「菩薩摩訶薩以不住法住般若波羅蜜中；以無所捨法應具足檀那波羅蜜，施者受者及財物不可得故；罪不罪不可得故，應具足尸羅波羅蜜；心不動故，應具足羼提波羅蜜；身心精進不懈怠故，應具足毗梨耶波羅蜜；不亂不味故，應具足禪那波羅蜜；于一切法不著故，應具足般若波羅蜜。」

〔一〇〕儒行：儒家的行爲準則。五常：《漢書·董仲舒傳》仲舒對策：「夫仁誼（義）禮知（智）信，五常之道，王者所當脩飭也。」《白虎通·情性》：「五常者何？謂仁義禮智信也。」

〔一一〕空空：謂空亦空、一切皆空。孔稚珪《北山移文》：「談空空於釋部，覈玄玄於道流。」參見《夏日過青龍寺謁操禪師》注〔五〕。

〔一二〕語語：猶言語。《詩·大雅·公劉》：「于時言言，于時語語。」

〔一三〕無見之見：佛教謂慧眼能見諸法皆空的實相，蓋諸法皆空，不能有所見，因曰「無見」；但能見諸法真空之實相，故曰「無見之見」。《思益經》卷三：「慧眼爲見何法？答言：若有所見，不名慧眼，慧眼不見有爲法，不見無爲法。」參見《能禪師碑》三段注〔一〇〕。

〔一四〕不言之言：無言的言論。《莊子・徐無鬼》：「仲尼之楚，楚王觴之……市南宜僚受酒而祭曰：『古之人乎！於此言已。』曰：『丘也聞不言之言矣，未之嘗言，於此乎言之。』」郭象注：「聖人無言，其所言者，百姓之言耳，故曰『不言之言』。」

〔一五〕疑冰之蟲：《文選》孫綽《遊天台山賦》：「哂夏蟲之疑冰，整輕翮而思矯。」李善注：「言淺近小智，同乎夏蟲，今既哂之，故整翮思矯也。」《莊子・秋水》：「夏蟲不可以語於冰者，篤（固，拘限）於時也。」

〔一六〕微戒：謙言己之戒行未著。愈：勝過。溺涅之象：比喻陷溺于世俗世界之中而不能自拔的凡夫。涅（bǎn伴），爛泥，深泥；述古堂本、明十卷本俱作「泥」。《遺教經》：「世間縛著，没于衆苦，譬如老象溺泥，不能自出。」《楞伽經》卷二：「名身與句身，及形身差别，凡夫愚計著，如象溺深泥。」

〔一七〕離念：謂遠離世俗的妄念，即佛教所説的「無念」。《大乘起信論義記》卷二：「一切諸法唯依妄念而有差别。若離心念，則無一切境界之相（謂諸法皆空，無有差别）。」

〔一八〕人，宋蜀本、述古堂本、明十卷本俱作「麻」，《全唐文》此字下注云：「疑，一作麻。」趙殿成校云：「人字疑是蟲字之訛。」何足：哪值得。盡思：竭盡思慮。《論衡・超奇》：「出身盡思，竭筆牘之力。」

〔一九〕「食木」句：《涅槃經》卷二：「如蟲食木有成字者，此蟲不知是字非字，智人見之終不唱言是蟲解字，亦不驚怪。」《摩訶止觀》卷一：「若但聞名口説，如蟲食木偶得成字，是蟲不知是字非字，既不通達，寧是菩提？」

〔二〇〕上塵慧眼：指上污染天子之眼。

〔二一〕本：始。

〔二二〕第一義：佛教指最高、最終極的真理，亦曰第一義諦、真諦，又爲真如之異名。《大乘義章》卷一：「第一義者，亦名真諦。第一是其顯勝之目，所以名義。」《法華義疏》卷四：「第一義者，一實之道。理極無過爲第一，深有所以，稱爲義也。」《楞伽經》卷二：「第一義者，聖智自覺所得，非言説妄想覺境界。」參見《與蘇盧二員外期遊方丈寺而蘇不至因有是作》注〔二〕。

〔二三〕不二門：即不二法門。佛教稱悟「不二」之理爲入不二法門。「不二」指諸法本空，無有差别。《大乘義章》卷一：「言不二者，無異之謂也，即是經中一實（平等之實相）義也。一實之理，妙寂離相，如如平等，亡於彼此，故云不二。」參見《燕子龕禪師詠》注〔三〕。

〔二四〕四十九僧：指與惠幹共誦《仁王經》的僧人。

〔二五〕一百八句：《楞伽經》卷一載，大慧菩薩以偈問佛曰：「云何淨其念，云何念增長；云何見癡惑，云何惑增長；……云何有三乘，唯願爲解説。……」所問凡百八句，佛亦以百八句答之，且曰：「大慧，是百八句，先佛所説，汝及諸菩薩摩訶薩應當修學。」此處當指大慧所問之「百八句」。句謂離有關佛教修習的各種問題而一心一意誦《仁王經》。

〔二六〕六時：見《燕子龕禪師詠》注〔八〕。禪誦：指誦《仁王經》。

〔二七〕俾，述古堂本作「伃」（伃之譌字）。廓：廓清。妖氛：不祥之氣。多指凶災、禍亂。曹丕《送劍書》：「用給左右，以除妖氛。」此指安史之亂。

〔二八〕慧日：謂佛之智慧如太陽普照世間。《法華經·普門品》：「無垢清浄光，慧日破諸闇，能伏災風火，普明照世間。」蕭統《遊鍾山大愛敬寺》：「以兹慧日照，復見法雨垂。」

〔二九〕三千世界：「三千大千世界」之略語。此指廣大無邊之世界。

〔三〇〕仁王：指唐天子；《全唐文》作「神王」。

〔三一〕五千善神：指《仁王經》中所説的五千護國大神王。《仁王經·受持品》：「大王，若未來世有諸國王護持三寶者，我使五大力菩薩往護其國。……五大士五千大神王於汝國中大作利益，當立像形而供養之。」

〔三二〕今，底本原作「令」，此從述古堂本、《全唐文》。

〔三三〕緇服：淺黑色僧衣，轉稱僧侣。《僧史略》卷上：「問：『緇衣者色何狀貌？』答：『紫而淺黑，非正色也。』」慶躍：歡慶跳躍。

門下起赦書表〔一〕

伏奉制書如右。好生之德，洽于人心〔二〕，奉天之時，以行春令〔三〕，體元作則〔四〕，惟聖裁成〔五〕。伏惟乾元大聖光天文武孝感皇帝陛下〔六〕，道凝庶績〔七〕，功深廣運〔八〕，極孝敬於至誠，致雍和於允穆〔九〕。狹其祝網〔一〇〕，陋彼畫衣〔一一〕，寧失不經〔一二〕，況乎輕繫〔一三〕！大赦戮餘之罪〔一四〕，益寬流宥之典〔一五〕。人謂無冤，何如捨而不問；殺而有禮，豈若至于無刑〔一六〕！加以親減庶羞〔一七〕，無祭肺之膳〔一八〕；下除冗食〔一九〕，贍餬口之人〔二〇〕。買櫝設楬〔二一〕，藏彼無歸之骨；歲取畝收，本乎盍徹之稅〔二二〕。巨猾止于一惡〔二三〕，貧人免于十夫〔二四〕。思折券者〔二五〕，寬其暴征〔二六〕；嘗書勳者〔二七〕，貰其宿負〔二八〕。道德齊禮，成其有恥之心〔二九〕；悔咎思愆〔三〇〕，開其自新之路。道之一變〔三一〕，將使比屋可封〔三二〕；守在四夷〔三三〕，庶夫外户不閉〔三四〕。風俗忠厚，禮讓興行，六府孔修，萬代永賴〔三五〕。臣等忝居門下，不任鳧藻抃躍之至〔三六〕。

〔一〕作於上元元年（七六〇）三月，時維在門下省爲給事中，説見《年譜》。門下：門下省。起：發出，頒發。赦書：《新唐書・肅宗紀》：「上元元年三月丙子，降死罪，流以下原之。」《册府元龜》卷八七載乾元三年（七六〇）二月丙子詔曰：「其天下見禁囚徒，死罪降流，流已下一切放免。」按，《舊唐書・肅宗紀》曰：「（乾元三年）二月癸巳朔，以右丞崔寓爲蒲州刺史。」據「二月癸巳朔」，可推知「丙子」當屬三月，《册府元龜》之「二月」應爲「三月」之誤。尋繹文意，本篇當是赦書下達門下省後，維爲頒行赦書事代門下省官員所作的奏表。《舊唐書・職官志》云：「給事中掌陪侍左右……凡制敕宣行，大事則稱揚德澤，褒美功業，覆奏而請施行。」

〔二〕「好生」二句：《書・大禹謨》：「好生之德，洽于民心。」好生，愛惜生靈，不事殺戮。洽，霑潤。孔疏：「洽謂沾漬優渥。洽于民心，言潤澤多也。」

〔三〕春令：《禮記・月令》：「仲春之月……命有司，省囹圄，去桎梏，毋肆掠，止獄訟。」注：「省，減也。……肆謂死刑暴尸也。……掠謂捶治人。」

〔四〕體元：謂人君以天地之元氣爲本。《後漢書・班固傳・東都賦》：「體元立制，繼天而作。」《左傳》隱公元年杜注：「凡人君即位，欲其體元以居正。」作則：爲百姓所效法。

〔五〕裁：通「纔」；宋蜀本作「則」，述古堂本作「財」。按，「財」與「裁」同，「則」疑即「財」之形誤字。

〔六〕乾元大聖光天文武孝感皇帝：見上篇二段注〔一〕；底本原作「乾元大聖皇帝」，此從《全唐文》。

〔七〕道凝庶績：謂天子之道已成就衆功。《書・皋陶謨》：「撫于五辰，庶績其凝。」傳：「凝，成也。言百官皆撫順五行之時，衆功皆成。」

〔八〕廣運：《書・大禹謨》：「帝德廣運，乃聖乃神。」傳：「廣謂所覆者大，運謂所及者遠。」

〔九〕致：盡，極。《荀子・榮辱》：「志意致修，德意致厚。」雍和：融洽，和睦。《後漢書・馬皇后紀》：「常與帝旦夕言道政事，……述叙平生，雍和終日。」於：與。上句之「於」字意同。允穆：《文選》謝朓《齊敬皇后哀策文》：「爰定厥祥，徽音允穆。」張銑注：「允，信。穆，和也。」

〔一〇〕狹其祝網：見《既蒙宥罪旋復拜官伏感聖恩竊書鄙意》注〔三〕。

〔一一〕畫衣：指「畫衣冠」。即用有特殊標志的衣冠代替刑戮。《慎子・逸文》：「有虞之誅，以幪巾當墨，以草纓當劓……布衣無領當大辟，此有虞之誅也。……畫衣冠，異章服，謂之戮。上世用戮而民不犯也。」《史記·孝文本紀》：「蓋聞有虞帝之時，畫衣冠，異章服，以爲僇（戮），而民不犯。」

〔一二〕寧失不經：謂寧可錯誤地赦免有大罪者，不枉殺無罪者。《書·大禹謨》：「與其殺不辜，寧失不經。」傳：「經，常。……寧失不常之罪，不枉不辜之善，仁愛之道。」疏：「不常之罪者，謂罪大非尋常小罪也。……寧妄免大罪，不枉殺無罪，以好生之心故也。」

〔一三〕輕繫：謂罪輕而被囚者。《禮記·月令》：「孟夏之月……斷薄刑，決小罪，出輕繫。」

〔一四〕戮餘：見《爲薛使君謝婺州刺史表》注〔一六〕。

〔一五〕流宥：猶言放任寬恕。《書·舜典》：「流宥五刑。」傳：「宥，寬也。以流放之法寬五刑。」疏：「五刑雖有犯者，或以恩減降，不使身服其罪，所以流放宥之。」典：法。

〔一六〕有禮：言符合禮的規定。無刑：見《裴僕射濟州遺愛碑》二段注〔三〕。

〔一七〕庶羞：多種嘉肴。《儀禮·公食大夫禮》：「士羞庶羞皆有大。」注：「羞，進也。庶，衆也。進衆珍味可進者也。」按，「進」蓋釋經文之上「羞」字，下「羞」字指味美之食物。《周禮·天官·膳夫》注：「羞，有滋味者。」句謂天子親自減膳。

〔一八〕「無祭」句：謂食不殺牲。《禮記·曲禮下》：「歲凶，年穀不登，君膳不祭肺。」注：「禮，食殺牲則祭先，有虞氏以首，夏后氏以心，殷人以肝，周人以肺，不祭肺，則不殺也。」

〔一九〕冗食：不勞而食。《後漢書·劉瑜傳》上書：「令女孌令色，充積閨帷，皆當盛其玩飾，冗食空宫。」《通鑑》卷五五「冗食空宫」注：「無事而食，謂之冗食。」

〔二〇〕贍：救濟。餬口：以薄粥供口食。

〔二一〕櫝：小棺。楬（jie竭）：作標志用的小木樁。《周禮·秋官·蜡氏》：「若有死于道路者，則令埋而置楬焉。」注引鄭衆云：「楬，欲令其識取之，今時楬櫫是也。」此字底本作空缺號，據《全唐文》補。

〔二二〕畝收：田地的税收。盍徹：指十分收一的税制。《論語·顔淵》：「哀公問於有若曰：『年饑，用不足，如之何？』有若對曰：『盍徹乎？』」集解：「鄭曰：盍，何不也。周法什一而税，謂之徹。」《孟子·滕文公上》：「夏后氏五十而貢，殷人七十而助，周人百畝而徹，其實皆什一也。」

〔二三〕巨猾：大惡人。張衡《東京賦》：「巨猾間釁，竊弄神器。」止于一惡：言爲一惡即被治罪，不能爲所欲爲。

〔二四〕十夫：《南史·郭原平傳》：「父亡……自賣十夫以供衆費……葬畢，詣所買主執役無懈。」又《吴達之傳》云：「嫂亡無以葬，自賣爲十夫客，以營冢椁。」句謂貧人免于爲奴。

〔二五〕折券：毁棄債券。《史記·高祖本紀》：「歲竟，此兩家常折券棄責。」此指還債後毁棄債券。

〔二六〕暴征：强行征收。

〔二七〕書勳：記載功勳。《左傳》昭公四年：「孟孫爲司空以書勳。」句謂朝廷曾書記其功勳者。

〔二八〕貰其宿負：見《京兆尹張公德政碑》二段注〔四〕。

〔二九〕「道德」二句：見《上黨苗公德政碑》首段注〔二六〕。

〔三〇〕悔咎：悔過。思愆：反省罪愆。

〔三一〕道之一變：見《苗公德政碑》四段注〔六三〕。

〔三二〕比屋可封：見《奉和聖製登降聖觀與宰臣等同望應制》注〔八〕。

〔三三〕守在四夷：謂使四夷臣服，以爲中國之守禦。《左傳》昭公二十三年：「古者，天子守在四夷；天子卑，守在諸侯。」《淮南子・泰族訓》：「故天子得道，守在四夷；天子失道，守在諸侯。」

〔三四〕外户不閉：《禮記・禮運》：「是故謀閉而不興，盜竊亂賊而不作，故外户而不閉，是謂大同。」疏：「故外户而不閉者，扉從外闔也。……重門擊柝，本禦暴客，既無盜竊亂賊，則户無俟于閉也。但爲風塵入寢，故設扉耳，無所捍拒，故從外而掩也。」外户，從外面關閉的門。

〔三五〕「六府」二句：《書・大禹謨》：「禹曰：『於，帝念哉！德惟善政，政在養民，水、火、金、木、土、穀惟修（傳：「言養民之本，在先修六府。」），正德、利用、厚生惟和。……』帝曰：『俞，地平天成，六府三事允治，萬世永賴，時乃功。』」六府，參見《奉敕詳帝皇龜鏡圖狀》注〔九〕。孔，甚。修，治。

〔三六〕鳧藻：喻歡悦。《後漢書・杜詩傳》上疏：「將帥和睦，士卒鳧藻。」注：「言其和睦歡悦，如鳧之戲於水藻也。」《北堂書鈔》卷一一七引蔡邕《雜章》：「臣等不勝鳧藻。」抃躍：猶言手舞足蹈。

請迴前任一司職田粟施貧人粥狀〔一〕

右〔二〕。臣比見道路之上，凍餒之人，朝尚呻吟，暮填溝壑〔三〕。陛下聖慈憐愍，煮公粥施之，頃年已來〔四〕，多有全濟〔五〕。至仁之德，感動上天，故得年穀頗登，逆賊皆滅，報施之應〔六〕，福祐昭然。臣前任中書舍人〔七〕、給事中，兩任職田，並合交納，近奉恩敕，不許併請〔八〕，望將一司職田，迴與施粥之所。于國家不減數粒〔九〕，在窮窘或得再生。庶以上福聖躬，永弘寶祚〔一〇〕。仍望令劉晏分付所由訖〔一一〕，具數奏聞〔一二〕。如聖恩允許，請降墨敕〔一三〕。

〔一〕約作于上元元年夏，説見《年譜》。迴：指呈請將自己以前一任官職的職田的收穫轉授給他人。一司：一個官職。《晉書·刑法志》裴頠上疏：「夫天下之事多塗，非一司之所管。」底本原無「一」字，據宋蜀本、述古堂本補。職田：即職分田。這是唐代作爲内外職事官一部分俸禄的田地。《唐會要》卷九二：「武德元年十二月制，内外官各給職分田。」「開元十年正月，命有司收内外官職田。」「（開元）十八年三月勅，京官職田將令準令給受，復用舊制。」《通典》卷二：「諸京官文武職事職分田，一品一十二頃，二品十頃，三品九頃，四品七頃，五品六頃，六品四頃……並去京城百里内給。……即百里外給者，亦聽。」

〔二〕右：唐人表狀，常把將論列之事的概要寫在前面。古時文字，直行書寫，自右至左，「右」即指在前的概要，「右」下才開始論述。

〔三〕「臣比」四句：比，近來。《新唐書·五行志》：「乾元三年（即上元元年）春，饑，米斗錢千五百。」《舊唐書·肅宗紀》：「（乾元三年）四月……是歲饑，米斗至一千五百文。……閏四月……時大霧，自四月雨至閏月末不止。米價翔貴，人相食，餓死者委骸于路。」

〔四〕頃年：近年。

〔五〕全濟：保全獲救。《後漢書·獻帝紀》：「自是之後，多得全濟。」

〔六〕報施：《左傳》僖公二十四年：「報者倦矣，施者未厭。」此指酬報、報答。

〔七〕中書舍人：見《苑舍人能書梵字……戲爲之贈》注〔一〕。

〔八〕不許併請：指不許請求將兩任職田一併交納。

〔九〕不，述古堂本作「下」。數粒：幾粒米。

〔一〇〕弘：光大。賨祚：《文選》沈約《宋書·恩倖傳》論：「民忘宋德，雖非一塗，賨祚夙傾，實由於此。」李善注：「賨祚，猶賨命也。」賨命即指天命。

〔一一〕劉晏：字士安，南華（今山東東明縣東南）人。累官至河南尹、京兆尹、户部侍郎，自上元元年始，屢充度支、鑄錢、鹽鐵等使，以善於理財著稱。兩《唐書》有傳。維作此文時，晏正爲京兆尹，説見《年譜》。所由：「所由官」之略語，猶言有關官吏。唐時多指地方小吏。《梁書·高祖丁貴嬪傳》：「婦人無閫外之事，賀及問訊牋什，所由官報聞而已。」《通鑑》卷二四三：「丞相不應許所由官呫囁耳語。」注：「京尹任煩劇，故唐人謂府縣官爲所由官。項安世《家説》曰：『今坊市公人謂之所由。』」又卷二四二曰：「令所由將鹽就村糶易。」注：「所由，綰掌官物之吏也。事必經由其手，故謂之所由。」

〔二〕具數：指開列「一司職田粟」的數量。

〔三〕墨敕：天子直接發出、不經外廷的親筆詔令。亦曰墨制、墨詔。《宋書·王曇首傳》：「既無墨敕，又闕旛棨，雖稱上旨，不異單刺。」唐李肇《翰林志》：「（陸）贄上疏曰：『伏詳舊式及國朝典故，凡有詔令，合由於中書。如或墨制施行，所司不須承受。』」

責躬薦弟表〔一〕

臣維稽首言：臣年老力衰，心昏眼暗，自料涯分〔二〕，其能幾何〔三〕？久竊天官〔四〕，每慙尸素〔五〕，頃又没于逆賊，不能殺身，負國偷生，以至今日。陛下矜其愚弱〔六〕，託病被囚〔七〕，不賜疵瑕〔八〕，累遷省閣〔九〕，昭洗罪累〔一〇〕，免負惡名，在于微臣，百生萬足。昔在賊地，泣血自思，一日得見聖朝，即願出家修道；及奉明主〔一一〕，伏戀仁恩，貪冒官榮〔一二〕，荏苒歲月〔一三〕，不知止足〔一四〕，尚忝簪裾〔一五〕，始願屢違〔一六〕，私心自咎。臣又聞用不才之士〔一七〕，才臣不來；賞無功之人，功臣不勸〔一八〕，有國大體〔一九〕，爲政本源。非敢議論他人，竊以兄弟自比〔二〇〕。

〔一〕約作于上元二年（七六一）春，說見《年譜》。責躬：謂自陳己過。曹植有《責躬詩》一首。弟：指王縉。見《留别山中温古上人兄并示舍弟縉》注〔一〕。時縉爲蜀州刺史。

〔二〕涯分：猶言本分。盧象《青雀歌》：「逍遥飲啄安涯分，何假扶摇九萬爲？」此指應有的壽命。

〔三〕能，《文苑英華》作「壽」。

〔四〕天官：猶百官、天子之官。《文選》班固《東都賦》：「天官景從，寢威盛容。」李善注引蔡邕《獨斷》：「百官小吏曰天官。」（趙殿成曰：「今本蔡邕《獨斷》無此文也。」）又王粲《贈士孫文始》曰：「良人在外，誰佐天官。」吕向注：「言文始在外，誰當任天子之官。」

〔五〕慙，《文苑英華》作「兢」。尸素：即尸位素餐。《三國志·魏書·鍾繇傳》注引《魏略》：「尸素重禄，曠廢職任。」

〔六〕矜：憐憫。愚弱：愚昧懦弱。愚，《文苑英華》作「懦」。

〔七〕託病被囚：見《京兆韋公神道碑銘》三段注〔三〕。

〔八〕疵瑕：罪過。《左傳》僖公七年：「唯我知女，女專利而不厭，予取予求，不女疵瑕也。」

〔九〕省閣：泛指尚書、中書、門下諸省。省、閣皆官署之稱，省或謂之閣，如門下省又稱爲黄閣。張籍《贈殷山人》：「昔日交遊盛，當時省閣賢，同袍還共弊，連轡每推先。」鄭谷《朝直》：「朝直叨居省閣間，由來疏退校安閒。落花夜静宫中漏，微雨春寒廊下班。」皆可證。維被宥復官之後，歷任中書舍人、給事中（屬門下省）、尚書右丞，故曰「累遷省閣」。

〔一〇〕昭洗：見《謝除太子中允表》注〔三〕。洗，宋蜀本、述古堂本、明十卷本、奇字齋本俱作「失」，趙殿成校曰：「今從《文苑英華》作洗。」按，《全唐文》亦作「洗」。罪累：猶罪過。

〔一一〕明，《文苑英華》作「聖」。

〔一二〕貪冒：猶貪圖。《左傳》成公十二年：「及其亂也，諸侯貪冒，侵欲不忌。」冒亦貪義。

〔一三〕荏苒：漸進，推移，多指時間而言。晋張華《勵志》：「日與月與，荏苒代謝。」

〔一四〕不知止足：不知停止，不知滿足。《老子》四十四章：「知足不辱，知止不殆，可以長久。」

〔一五〕簪裾：見《上張令公》注〔一三〕。句謂至今尚受之有愧地穿着朝服。

〔一六〕始，《文苑英華》作「昔」。

〔一七〕宋蜀本無「又」字。

〔一八〕勸：努力。

〔一九〕此句意謂，這是據有國家的要領。

〔二〇〕此句《文苑英華》作「竊見」二字。

臣弟蜀州刺史縉〔一〕，太原五年，撫養百姓，盡心爲國，竭力守城〔二〕，臣即陷在賊中，苟且延命，臣忠不如弟，一也。縉前後歷任〔三〕，所在著聲，臣忝職甚多〔四〕，曾無裨益，臣政不如弟，二也。臣頃負累〔五〕，繫在三司〔六〕，縉上表祈哀，請代臣罪〔七〕，臣之于縉，一無憂憐〔八〕，臣義不如弟，三也。縉之判策，屢登甲科〔九〕，衆推才名，素在臣上，臣小言淺學〔一〇〕，不足謂文〔一一〕，臣才不如弟，四也。縉言不忤物〔一二〕，行不上人〔一三〕，植性謙和，執心平直〔一四〕，臣無度量，實自空疏〔一五〕，臣德不如弟，五也。臣之五短，弟之五長〔一六〕，加以有功，又能爲政，顧臣謬官華省〔一七〕，而弟遠守方州〔一八〕，外媿妨賢，内慙比義〔一九〕，痛心疾首〔二〇〕，以日爲年。臣又逼近懸車〔二一〕，朝暮入地〔二二〕，闃然孤獨，迥無子孫〔二三〕，弟之與臣，更相爲命〔二四〕，兩人又俱白首，一別恐隔黄泉，儻得同居，相視而没，泯滅之際，魂魄有依。伏乞盡削臣官，放歸田里，賜弟散職〔二五〕，令在朝廷〔二六〕。臣當苦行齋心〔二七〕，弟自竭誠盡節〔二八〕，並願肝腦塗地〔二九〕，隕越爲期〔三〇〕。葵藿之心，庶知向日〔三一〕；犬馬之意，何足動天〔三二〕！不勝私情懇迫之至〔三三〕。

〔一〕蜀州：唐州名，治所在今四川崇慶。縉任蜀州刺史的時間，約在上元元年秋至二年五月之間，説見《年譜》。

〔二〕「太原」四句：《舊唐書·王縉傳》：「累授侍御史、武部員外。禄山之亂，選爲太原少尹，與李光弼同守太原，功效謀略，衆所推先，加憲部侍郎兼本官。」太原，唐府名，開元十一年置，治所在今山西太原市西南晋源鎮。按，王縉自天寶十四載（七五五）爲太原少尹至乾元二年（七五九）入爲國子祭酒，前後恰合五年之數。

〔三〕歷，《文苑英華》作「効」。

〔四〕甚，宋蜀本作「其」。

〔五〕負累：罪過，獲罪。《墨子·非儒下》：「夫憂妻子以大負絫（累），有曰所以重親也，爲欲厚所至私，輕所至重，豈非大姦也哉！」《文選》阮瑀《爲曹公作書與孫權》：「高帝設爵以延田横，光武指河而誓朱鮪，君之負累，豈如二子？」

〔六〕繫，《文苑英華》作「狀」。三司：唐時有大獄，由刑部、御史臺、大理寺聯合案問，謂之三司。《新唐書·百官志》：「凡鞫大獄，以（刑部）尚書、侍郎與御史中丞、大理卿爲三司使。」《舊唐書·吕諲傳》：「克復兩京，詔諲與三司官詳定陷賊官陳希烈已下數百人罪戾輕重。」《新唐書·吕諲傳》：「帝復兩京，詔盡繫群臣之汙賊者，以御史中丞崔器、憲部（即刑部）侍郎韓擇木、大理卿嚴向爲三司使，處其罪。」

〔七〕「縉上」二句：《舊唐書·王縉傳》：「時兄維陷賊，受僞署，賊平，維付吏議，縉請以己官贖維之罪，特爲減等。」參見兩《唐書·王維傳》。祈哀，請求憐憫。

〔八〕憂憐：憂念愛惜。憐，《文苑英華》作「恤」。

〔九〕「縉之」二句：判策，皆文體名。唐明經、進士及制科，皆須試策；六品以下文官的銓選，須試判。參見《宮門誤不下鍵判》注〔一〕。甲科，指甲第，見《韓公墓誌銘》二段注〔六〕。《舊唐書·王縉傳》：「少好學，與兄維早以文翰著名。縉連應草澤及文辭清麗舉。」《唐詩紀事》卷一六：「縉字夏卿……舉草澤、文詞清麗科，上第。」按，「草澤」即高才沉淪，草澤自舉科，「清麗」當爲「雅麗」之訛，説見《登科記考》卷六、卷七。按，縉應草澤科及第，在開元十五年，見《册府元龜》卷六四五、《唐代墓誌彙編續集》貞元〇二九《樊泳墓誌銘》。應文詞雅麗科及第，在開元二十六年，見《册府元龜》卷六四三。

〔一〇〕小言：《莊子·列禦寇》：「彼所小言，盡人毒也。」郭注：「細巧入人爲小言。」《釋文》：「小言，言不入道，故曰小言。」《禮記·表記》：「事君大言入則望大利，小言入則望小利。」疏：「小言，謂立小事之言。」此指言論瑣細，無關大旨。

〔一一〕謂文：指稱爲有文才。《論語·公冶長》：「子貢問曰：『孔文子何以謂之文也？』子曰：『敏而好學，不恥下問，是以謂之文也。』」

〔一二〕仵物：謂與人不合，得罪人。《管子·心術上》：「自用則不虚，不虚則仵於物矣。」「仵」意同「忤」。

〔一三〕上人：在人上，凌駕於人。《左傳》桓公五年：「君子不欲多上人，況敢陵天子乎？」上，《文苑英華》作「尚」。

〔一四〕植性：生性。執心：秉心。直，《文苑英華》作「坦」。

〔一五〕空疏：放縱散漫。

〔一六〕弟，宋蜀本作「羞」。

〔一七〕顧：反而。華省：唐人每以「華省」指尚書省。王維在尚書省爲庫部員外郎時，苑咸作《酬王維》詩云：「蓮花梵字本從天，華省仙郎早悟惲。」可證。《禮記·檀弓上》「華而睆」鄭玄注：「華，畫也。」蓋舊謂尚書省爲畫省，華、畫音近字通，因以華省指尚書省。是時維任尚書右丞，故曰「謬官華省」。

〔一八〕方州：趙殿成注：「班固《典引》：『卓犖乎方州，洋溢乎要荒。』」按，《文選·典引》李周翰注云：「方州，帝都也。」趙注誤。此「方州」蓋指地方州郡。《世説新語·德行》：「殷仲堪既爲荆州，……每語子弟云：『勿以我受任方州，云我豁平昔時意，今我處之不易。』」「遠守方州」指縉爲蜀州刺史。

〔一九〕妨，《文苑英華》作「其」。比義：《説苑·談叢》：「君子比義，農夫比穀。」此指與弟比較道義。

〔二〇〕痛心疾首：《左傳》成公十三年：「諸侯備聞此言，斯是用痛心疾首，暱就寡人。」句謂痛恨自己到極點。

〔二一〕懸車：懸置其車而不用，指致仕退休。《漢書·薛廣德傳》：「以歲惡民流，與丞相定國、大司馬車騎將軍史高，俱乞骸骨，皆賜安車駟馬，黄金六十斤，罷。……東歸沛，太守迎之界上，沛以爲榮，縣其安車傳子孫。」師古注：「縣其所賜安車，以示榮幸也。致仕縣車，蓋亦古法，韋孟詩曰『縣車之義，以洎小臣』也。」劉攽曰：「致仕縣車，言休息不出也。」《漢書・叙傳下》：「抑抑仲舒，再相諸侯，身修國治，致仕懸車。」按，唐時官員致仕，在年齡上並無嚴格規定，「逼近懸車」是説自己「年老力衰，心昏眼暗」，已逼近應致仕的時候。又，「懸車」亦指日車息駕，時近黄昏。《淮南子・天文》：「（日）至于悲泉，爰止其女，爰息其馬，是謂縣車，至于虞淵，是謂黄昏。」陶淵明《於王撫軍坐送客》：「晨鳥暮來還，懸車斂餘輝。」古人常以日暮喻年老，因此「逼近懸車」也可釋爲逼近暮年。《謝弟縉新授左散騎常侍狀》云：「臣之兄弟，皆迫桑榆。」「逼近懸車」意同「皆迫桑榆」。

〔二三〕朝暮入地：言早晚埋入地下。意本《漢書・龔勝傳》：「吾受漢家厚恩，亡以報，今年老矣，旦暮入地，誼豈以一身事二主，下見故主哉？」

〔二三〕闃：寂静。迥：猶「全」。

〔二四〕更相爲命：猶言相依爲命。李密《陳情表》：「臣無祖母，無以至今日，祖母無臣，無以終餘年。母孫二人，更相爲命，是以區區不能廢遠。」

〔二五〕放歸田里：唐時之「放歸田里」並不等於「致仕」。唐代致仕官給禄（五品以上官給半禄），「放歸田里」則不給禄。《舊唐書・薛登傳》：「（登）尋以孽子悦千牛爲憲司所劾，放歸田里。朝廷以其家貧，又特給致仕禄。」散：閒散的職務。

〔二六〕廷，《文苑英華》作「行」。

〔二七〕苦行：指修佛教的苦行。齋心：見《奉和聖製慶玄元皇帝玉像之作應制》注〔一二〕。

〔二八〕竭誠盡節：《北史·高熲傳》：「熲有文武大略，明達政務，及蒙任寄之後，竭誠盡節，進引貞良，以天下爲己任。」盡節，極盡其忠節。《漢書·王尊傳》：「尊盡節勞心，夙夜思職。」

〔二九〕肝腦塗地：形容竭忠盡力，不惜一死。《漢書·蘇武傳》：「武曰：『武父子亡功德，皆爲陛下所成就，位列將，爵通侯，兄弟親近，常願肝腦塗地。』」

〔三〇〕隕越：《左傳》僖公九年：「恐隕越于下，以遺天子羞。」注：「隕越，顛墜也。」此指死亡。《晉書·陶侃傳》侃上表：「隕越之日，當歸骨國土。」

〔三一〕「葵藿」二句：曹植《求通親親表》：「若葵藿之傾葉，太陽雖不爲之迴光，然終向之者，誠也。臣竊自比葵藿。」葵藿，偏指葵。葵性向日，古多用以喻下對上的誠心趨向。

〔三二〕「犬馬」二句：《求通親親表》：「臣伏以爲犬馬之誠不能動人，譬人之誠不能動天。」二句即變用其意，極言自己的心意微薄。

〔三三〕懇迫：誠懇急迫。

謝弟縉新授左散騎常侍狀〔一〕

右。臣之兄弟，皆迫桑榆〔二〕，每至一别，恐難再見，匪躬之節〔三〕，誠不顧家；臨老之年，實悲遠道〔四〕。陛下均平布政〔五〕，中外遞遷〔六〕，尚録前勞〔七〕，仍收舊齒〔八〕，使備顧問，載珥貂蟬，趨侍玉墀，從容瑣闈〔九〕。不材之木〔一〇〕，跗蕚聯芳〔一一〕；斷行之雁，飛鳴接翼〔一二〕。自天之命，特出宸衷〔一三〕；塗地之心〔一四〕，難酬聖造〔一五〕。不勝戴荷踴躍之至〔一六〕。

上元二年五月四日，通議大夫守尚書右丞臣王維狀進〔一七〕。

〔一〕作于上元二年（七六一）五月四日。左散騎常侍：見《送岐州源長史歸》注〔一〕。

〔二〕迫：逼近。桑榆：日暮，又喻老年。《太平御覽》卷三引《淮南子》：「日西垂景在樹端，謂之桑榆。」注：「言其光在桑榆上。」《後漢書·孟嘗傳》楊喬上書：「且年歲有訖，桑榆行盡，而忠貞之節，永謝聖時。」《舊唐書·太宗紀》詔曰：「至若筋力將盡，桑榆且迫，徒竭夙興之勤，未悟夜行之罪。」

〔三〕匪躬之節：盡忠而不顧身的操守。《易·蹇》：「王臣蹇蹇，匪躬之故。」疏：「盡忠於君，匪以私身之故而不往濟君，故曰『匪躬之故』。」《晋書·卞壼傳》：「擁衛至尊，則有保傅之恩；正色在朝，則有匪躬之節。」

〔四〕遠道：謂「弟遠守方州」（見上篇）。

〔五〕均，述古堂本作「昆」。布政：施政。

〔六〕中外遞遷：指中央官吏與地方官吏交互遷轉。

〔七〕録：録用。前勞：過去的功績。《左傳》哀公二十七年：「服車而朝，毋廢前勞。」此指過去有功勞的人。

〔八〕收，宋蜀本作「㕛」，述古堂本作「以」。按，「㕛」疑爲「取」之形訛字。舊齒：有德望的耆舊，舊臣。《三國志·吴書·陸績傳》：「虞翻舊齒名盛，龐統荆州令士，年亦差長，皆與績友善。」

〔九〕載珥貂蟬：謂戴上飾以金蟬插着貂尾的帽子。曹植《王仲宣誄》：「戴蟬珥貂，朱衣皓帶。」載，猶戴。《詩·周頌·絲衣》：「載弁俅俅。」箋：「載猶戴也。」珥，插。貂蟬，見《哭祖六自虚》注〔二〕。瑣闥：宫門，亦指朝廷。以上四句指縉新授左散騎常侍之職。《舊唐書·職官志》：「左散騎常侍二人……並金蟬珥貂。左常侍與侍中左貂，右常侍與中書令右貂，謂之八貂。……常侍掌侍奉規諷，備顧問應對。」

〔一〇〕不材之木：無用之木。《莊子·人間世》：「南伯子綦遊乎商之丘，見大木焉……子綦曰：『此何木也哉？此必有異材夫？』仰而視其細枝，則拳曲而不可以爲棟梁；俯而視其大根，則軸解（木心分裂）而不可以爲棺槨；咶其葉，則口爛而爲傷；嗅之，則使人狂酲（狂醉），三日而不已。子綦曰：『此果不材之木也，以至於此其大也。』」此處謙指己爲無用之人。

〔一一〕跗萼：《詩·小雅·常棣》：「常棣之華，鄂不韡韡，凡今之人，莫如兄弟。」鄂，萼的借字；不，通柎，也即跗，萼的底部。詩以花萼相依喻兄弟相親。後因以跗萼指親密的兄弟。《北史·李賢傳》論：「跗萼連暉，椒聊繁衍。」句謂竟與親密的弟弟一起散發芬芳。

〔一二〕此二句喻己與弟别離之後，又復相聚。

〔一三〕宸衷：天子的心意。

〔一四〕塗地之心：謂不惜捨身而盡忠之心。參見上篇一段注〔二九〕。

〔一五〕聖造：天子的所爲。指授嶨左散騎常侍一事。

〔一六〕戴荷：感荷。踴躍：歡欣鼓舞貌。

〔一七〕通議大夫：散官名，正四品下，見《舊唐書·職官志》。守：唐時，職事官與散官的官階，常不一致，凡職事官的官階較高而所帶散官之階較低，則于職事官之上加一「守」字。《舊唐書·職官志》：「凡九品已上職事，皆帶散位，謂之本品。……貞觀令，以職事高者爲守，職事卑者爲行，仍各帶散位。」若散官與職事官同階，則不用「守」或「行」字。尚書右丞：見《裴右丞寫真贊》注〔一〕。按，通議大夫、尚書右丞皆正四品下，不宜用「守」，「守」字當爲衍文。宋蜀本、《全唐文》無以上二句。

附：肅宗皇帝答詔〔一〕

敕：幸求獻替〔二〕，久擇勳賢，具寮咸推〔三〕，令弟有裕〔四〕。既膺贊相之任〔五〕，俯觀規諫之能。建禮朝昇〔六〕，鵷行並列〔七〕；承明晚下〔八〕，雁序同歸〔九〕。乃眷家肥〔一〇〕，無忘國命〔一一〕。所謝知。

〔一〕宋蜀本未載此詔。述古堂本、明十卷本俱無「肅宗皇帝」四字。

〔二〕獻替：「獻可替否」的略語。謂進獻可行者，除去不可行者。即諍言進諫之意。《後漢書・胡廣傳》上書：「臣聞君以兼覽博照爲德，臣以獻可替否爲忠。」蔡邕《幽冀二州刺史久缺疏》：「智淺謀漏，無所獻替。」句謂期望尋求諍言進諫之士。

〔三〕具寮：亦作具僚，猶具官，指居官、任職或居官、任職者。《隋書・樂志》：「皇情肅，具僚仰；人禮盛，神途敞。」蘇晋《奉和聖製送張説巡邊》：「具僚誠寄望，奏凱秋風前。」

〔四〕令弟有裕：《詩・小雅・角弓》：「此令兄弟，綽綽有裕。」傳：「裕，饒。」箋：「令，善。」有裕，此指才能綽有餘裕。

〔五〕膺：受，當。贊相：輔佐。

〔六〕建禮：見《同比部楊員外十五夜遊有懷静者季》注〔三〕。此借指唐宫門。朝昇：指早晨上朝。

〔七〕鵷行：指朝班。鵷鳥群飛有序，因以喻朝官之班列。《梁書・張緬傳》：「殿中郎缺，高祖謂徐勉曰：『此曹舊用文學，且居鵷行之首，宜詳擇其人。』」

〔八〕承明：見《同崔員外秋宵寓直》注〔三〕。此處亦借指唐宫門。

〔九〕雁序：猶雁行。《禮・王制》：「父之齒隨行，兄之齒雁行，朋友不相踰。」雁行，謂兄弟出行，弟在兄後，後遂指兄弟。唐蘇鶚《杜陽雜編》卷中：「王沐者，涯之再從弟也……以涯執相權，遂跨蹇驢至京師索米，僦舍經三十餘日，始得一見涯於門屏，所望不過一簿尉耳，涯潦倒無雁序之情。」

〔一〇〕眷：眷戀。家肥：《禮記·禮運》：「四體既正，膚革充盈，人之肥也。父子篤，兄弟睦，夫婦和，家之肥也。」此指「兄弟睦」而言。

〔一一〕國命：國家的命運。

王維集校注卷十二

未編年文

白鸚鵡賦〔一〕

若夫名依西域〔二〕，族本南海〔三〕，同朱喙之清音，變緑衣於素彩〔四〕，惟兹鳥之可貴〔五〕，諒其美之斯在〔六〕。爾其入翫於人，見珍奇質，狎蘭房之妖女〔七〕，去桂林之雲日〔八〕，易喬枝以羅袖，代危巢以瓊室〔九〕。慕侣方遠〔一〇〕，依人永畢〔一一〕，託言語而雖通，顧形影而非匹〔一二〕。經過珠網〔一三〕，出入金鋪〔一四〕，單鳴無應，隻影長孤。偶白鷴於池側〔一五〕，對皓鶴於庭隅〔一六〕，愁混色而難辨，願知名而自呼〔一七〕。明心有識，懷恩無極〔一八〕，芳樹絶想，雕梁撫翼〔一九〕。時嗛花而不言〔二〇〕，每投人以方息〔二一〕。慧性孤稟〔二二〕，雅容非飾，含火德之明輝，被金方之正色〔二三〕。至如海燕呈瑞，有玉筐之可依〔二四〕；山雞學舞，向寶鏡而知歸〔二五〕，皆羽毛之偉麗〔二六〕，奉日月之光輝〔二七〕。豈憐兹鳥，地遠形微，色凌紈質，彩奪繒衣〔二八〕，深籠久閉，喬木長違？儻見借其羽翼〔二九〕，與遷鶯而共飛〔三〇〕。

〔一〕白鸚鵡：《初學記》卷三〇：「《廣州記》曰：『根杜出五色鸚鵡，曾見其白者，大如母雞。』《南方異物志》曰：『鸚鵡有三種，一種青，大如烏臼；一種白，大如鴟鴞；一種五色，大于青者。交州、巴南盡有之。』」《太平御覽》卷九二四引《明皇雜録》：「開元中，嶺南獻白鸚鵡，養之宫中，歲久頗聰慧，洞曉言詞。」題下《文苑英華》、《全唐文》皆注云：「以容日上海孤飛色媚爲韻。」按此賦實只用海日孤色飛五韻。

〔二〕名依西域：《文選》禰衡《鸚鵡賦》曰：「惟西域之靈鳥兮，挺自然之奇姿。」李善注：「西域，謂隴坻，出此鳥也。」隴坻，隴山。

〔三〕南海：郡名。秦始皇三十三年置，治所在番禺（今廣州市），轄境相當今廣東滃江、大羅山以南，珠江三角洲及綏江流域以東地區。

〔四〕「同朱」二句：《鸚鵡賦》：「紺趾丹觜，緑衣翠衿；采采麗容，咬咬好音。」「朱喙」即「丹觜」，此言鳴聲同于《鸚鵡賦》中所寫的鸚鵡，唯顔色變緑爲白。於，底本注：「一作而。」

〔五〕鳥，《文苑英華》作「禽」。

〔六〕諒：委實。句謂其美委實就在這毛色上。

〔七〕見：現。狎：親近。蘭房：指婦女所居之室。宋玉《諷賦》：「乃更於蘭房芝室，止臣其中。」妖女：美女。妖，《全唐文》作「伎」。

〔八〕桂林：秦郡名。與南海郡同年置，治所在今廣西桂平西南，轄境約當今廣西都陽山、大明山以東，九萬大山、越城嶺以南地區及廣東肇慶市至茂名市一帶。

〔九〕喬枝：高聳的樹枝。喬，述古堂本作「高」。危巢：高樹上的鳥巢。兩「以」字《文苑英華》俱作「于」。

〔一〇〕慕侶：思念同伴。李義府《詠鸚鵡》：「慕侶朝聲切，離群夜影寒。」方：已。説見王鍈《詩詞曲語辭例釋》。

〔一一〕依人：與人親近不離。庾信《詠畫屏風詩二十五首》之二十二：「愛静魚爭樂，依人鳥入懷。」永畢：永終于此。《後漢書·曹世叔妻傳》：「禮，夫有再娶之義，婦無二適之文。……故《女憲》曰：得意一人，是謂永畢；失意一人，是謂永訖。」

〔一二〕而，《唐文粹》作「之」。非匹：指人與鸚鵡形影相異，不成匹偶。

〔一三〕珠網：綴珠之網狀簾子。《文選》王巾《頭陀寺碑文》：「夕露爲珠網，朝霞爲丹臒。」吕延濟注：「珠網，以珠爲網，施於殿屋者。」

〔一四〕金鋪：門環，借指大門。《文選》司馬相如《長門賦》：「擠玉户以撼金鋪兮，聲噌吰而似鐘音。」李善注：「金鋪，以金爲鋪首也。」以銅爲獸面，銜環著於門上，謂之鋪首。

〔一五〕偶：對。白鷴：鳥名。又曰銀雉。《禽經》注：「白鷴似山雞而色白，行止閑暇。」

〔一六〕鵠鶴：白鶴。謝惠連《雪賦》：「皓鶴奪鮮，白鷴失素。」

〔一七〕願，《文苑英華》作「每」。句謂情願知道名稱而自己喊出。

〔一八〕恩，底本作「思」，此從《全唐文》。無，《文苑英華》作「何」。句謂感念主人的恩德没有窮盡之時。

〔一九〕撫：拍。

〔二〇〕嗛花：郭璞《山海經圖贊》：「鸚鵡慧鳥，棲林啄蕊。」（《初學記》卷三〇引）嗛，通「銜」。

〔二一〕投人：投身于人。《晋書·劉曜載記》：「大丈夫處身立世，鳥獸投人，要欲濟之，而況君子乎！」以：而。

〔二二〕慧性：聰慧的氣質。孤稟：獨特的稟賦。

〔二三〕「含火」二句：《鸚鵡賦》：「體金精之妙質兮，含火德之明輝。」李善注：「西方爲金，毛有白者，故曰金精。南方爲火，觜有赤者，故曰火德。」李周翰注：「西方金也，質寄于西，故云體金精也。朱鳥南方火也，鳥皆稟之，故云含火德也。」按古以五行與五方、五色相配，南方爲火，色赤，西方爲金，色白；鸚鵡産于南方，喙朱，色白，故言「含火德」云云。被，通「披」。二句意謂，嘴上含有南方火紅之德的光輝，身上披着西方潔白純正之色的毛衣。

〔二四〕「至如」二句：《詩·商頌·玄鳥》：「天命玄鳥，降而生商。」《史記·殷本紀》：「殷契，母曰簡狄，有娀氏之女，爲帝嚳次妃，三人行浴，見玄鳥墮其卵，簡狄取吞之，因孕生契。」《宋書·符瑞志上》：「高辛氏之世，妃曰簡狄，以春分玄鳥至之日，從帝祀郊禖，與其妹浴于玄丘之水，有玄鳥銜卵而墜之，五色甚好，二人競取，覆以玉筐。簡狄先得而吞之，遂孕。胸剖而生契。」玄鳥，即燕。古人以爲燕産于南方，渡海而至，故稱海燕。筐，《文苑英華》作「笥」，《唐文粹》作「篋」。二句謂，至如海燕示現祥瑞，它落下的卵有玉筐之可爲憑依。

〔二五〕「山雞」二句：劉敬叔《異苑》卷三云：「山雞愛其毛羽，映水則舞，魏武時，南方獻之，帝欲其鳴舞而無由，公子蒼舒令置大鏡其前，雞鑒形而舞，不知止，遂乏死。」山雞，形似雉，毛美。寶，《文苑英華》作「瑶」。知歸，知道歸宿，指必死的結局。

〔二六〕羽毛，《文苑英華》作「毛羽」。偉麗：壯美。

〔二七〕奉：助。

〔二八〕彩奪繒衣：光彩壓倒用繒帛做的衣服。

〔二九〕其，《文苑英華》、《全唐文》俱作「於」。羽翼：《鸚鵡賦》：「閉以雕籠，翦其翅羽。」

〔三〇〕遷鶯：同「遷喬」。《詩·小雅·伐木》：「伐木丁丁，鳥鳴嚶嚶，出於幽谷，遷于喬木。」此指移居高樹的黄鶯。

爲僧等請上佛殿梁表

僧某言：天地之大，未滿法身〔一〕；紺殿朱宫〔二〕，豈云光宅〔三〕？陛下尊崇像教〔四〕，大捨外財〔五〕，白法利人〔六〕，黄金布地〔七〕，不役一人之力，不費一家之産，崇崇寶坊〔八〕，雲構將畢〔九〕。所營某寺，以某月日上佛殿梁，伏望天恩，内賜一繖〔一〇〕，庶使大千世界，悉入蓋中〔一一〕；六合人天，共歸宇下〔一二〕。然後以無礙慧〔一三〕，大化群物，將使四生皆度，豈惟比屋可封〔一四〕？則中天之臺，才留幻士〔一五〕；晝雲之觀，徒候神人〔一六〕，以古況今，前王何陋！謹詣右銀臺門〔一七〕，奉表陳請以聞〔一八〕。

〔一〕「天地」二句：謂法身廣大無邊。《大智度論》卷九：「佛有二種身，一者法性身（亦稱法身），二者父母生身。是法性身滿十方虚空，無量無邊色像端正相好莊嚴，無量光明無量音聲，聽法衆亦滿虚空。」參見《夏日過青龍寺謁操禪師》注〔七〕。

〔二〕紺殿：佛寺。亦曰紺宇、紺園，取佛國土之色相爲紺青義。徐陵《孝義寺碑》：「紺殿安坐，蓮花養神。」朱宫：亦指佛寺。

〔三〕光宅：大居，大宅。梁慧皎《高僧傳》卷一三《興福論》：「近有光宅丈九，顯曜京畿。」

〔四〕像教：亦曰象教，指佛教。《文選》王巾《頭陀寺碑文》：「正法既没，象教凌夷。」李周翰注：「象教，謂爲形象以教人也。」《唐會要》卷四七《議釋教上》：「漢魏之後，像教寖興。」

〔五〕外財：財爲身外物，故稱「外財」。

〔六〕白法：見《黎拾遺昕裴秀才迪見過秋夜對雨之作》注〔三〕。

〔七〕黄金布地：形容捨財之多。用給孤獨長者以「布金滿地」購祇園以贈釋迦事，見《彌勒上生經疏》卷上。

〔八〕崇崇：高峻貌。寶坊：佛寺。《大方等大集經》卷一：「爾時世尊，至寶坊中昇師子座。」

〔九〕雲構：形容屋宇高大壯麗。《文選》王融《三月三日曲水詩序》：「飛觀神行，虚檐雲構。」李善注引劉楨詩：「大夏（廈）雲構。」吕向注：「雲構，言高與雲齊也。」

〔一〇〕繖：「傘」本字。古也稱「蓋」。

〔一一〕「庶使」二句：《維摩經·佛國品》：「爾時毘耶離城有長者子，名曰寶積，與五百長者子，俱持七寶蓋，來詣佛所，頭面禮足，各以其蓋，共供養佛。佛之威神，令諸寶蓋，合成一蓋，徧覆三千大千世界，而此世界廣長之相，悉于中現。」大千世界，參見《和宋中丞夏日遊福賢觀天長寺之作》注〔七〕。

〔一二〕六合：天地四方。人天：佛教指六道輪迴中的人道與天道，亦泛指諸世間、衆生。宇下：猶言治下。

〔一三〕無礙慧：亦曰無礙智，謂佛自在通達之智慧。《大集經》卷一：「無礙智慧無有邊，善解衆生三世事。」《持人菩薩經》卷三：「奉無礙慧，心不迷惑。」

〔一四〕四生皆度：見《讚佛文》首段注〔五〕。比屋可封：見《奉和聖製登降聖觀與宰臣等同望應制》注〔八〕。

〔一五〕「則中」二句：《列子·周穆王》：「周穆王時，西極之國，有化人來，入水火，貫金石，反山川，移城邑……千變萬化，不可窮極。……穆王敬之若神，事之若君。……化人以爲王之宫室卑陋而不可處……穆王乃爲之改築，土木之功，赭堊之色，無遺巧焉。五府爲虚而臺始成，其高千仞，臨終南之上，號曰中天之臺。……化人猶不舍然，不得已而臨之。」「幻士」即指「化人」。留，挽留，留住。

〔一六〕「晝雲」二句：用漢武帝事。《史記·封禪書》：「公孫卿曰：『僊人可見，而上往常遽，以故不見。今陛下可爲觀如緱城，置脯棗，神人宜可致也。且僊人好樓居。』於是上令長安則作蜚廉、桂觀，甘泉則作益、延壽觀（益壽、延壽二觀），使卿持節設具而候神人。……方士之候伺神人，入海求蓬萊，終無有驗。」晝雲，疑指觀上晝雲爲飾。

〔一七〕右銀臺門：見《謝除太子中允表》注〔三四〕。

〔一八〕陳請：陳述理由並請求。請，底本原作「謝」，據宋蜀本、述古堂本改。

冬筍記

會心者行〔一〕，表行者祥〔二〕，故行藏于密〔三〕，而祥發于外，欲人不知，不可得也。夫孝，于人爲和德〔四〕，其應爲陽氣，筍陽物也，而以陰出〔五〕，斯其效歟？重冰閉地〔六〕，密雪滔天，而緑籜包生〔七〕，不日盈尺。公之家執德庇人，仗義藩國〔八〕，忘身于王室〔九〕，不家于朱户〔一〇〕。公世載盛德〔一一〕，人文冠冕〔一二〕，又天姿大賢，庭訓括羽之日〔一三〕，諸季式亦克用訓〔一四〕。我爾身也，共被爲疎〔一五〕；禮庇身焉，禦侮無所〔一六〕。花萼韡韡〔一七〕，爛其盈門〔一八〕；兄弟怡怡〔一九〕，穆然映女〔二〇〕。且孝有上和下睦之難〔二一〕，尊賢容衆之難〔二二〕，厚人薄己之難，自家刑國之難〔二三〕，加行之以忠信〔二四〕，文之以禮樂〔二五〕，斯其大者遠者，況承順顔色乎〔二六〕？況温凊枕席乎〔二七〕？如是故天高聽卑〔二八〕，神鑒孔明〔二九〕，不然筍曷爲出哉？視諸故府〔三〇〕，則昔之人，亦以孝致斯瑞也〔三一〕。

〔一〕會心：謂心中領會。

〔二〕表行：行動可爲表率。底本原作「會行」，此從明十卷本、《全唐文》。

〔三〕行藏于密：指行動不爲人所知，不露行迹。《易·繫辭上》：「聖人以此洗心，退藏于密。」疏：「言《易》道進則盪除萬物之心，退則不知其所以然。」

〔四〕和德：和順之德。

〔五〕陰出：指筍冬日生出。

〔六〕閉，宋蜀本、述古堂本、明十卷本俱作「開」。趙殿成曰：「閉，顧玄緯本作開，誤，今校正。」何焯校云：「開冰出《禮記》，何疑之有？」按，《禮記·月令》云：「仲春之月……天子乃鮮（獻）羔開冰，先薦寢廟。」「開冰」謂二月出冰於凌室，作「開」與本篇之上下文義並不相合。「開」蓋「閉」之形誤字，《全唐文》正作「閉」。地，宋蜀本作「逕」。

〔七〕籜（tuò 唾）：筍殼。

〔八〕執德：固守仁德。《論語·子張》：「執德不弘，信道不篤。」藩國：爲國之藩屏，保衛國家。

〔九〕忘，明十卷本作「存」。

〔一〇〕家：居。朱户：猶朱門。

〔一一〕世載：猶世代。蔡邕《祖德頌·序》：「世載孝友，重以明德。」

〔一二〕人文：指禮教文化。

〔一三〕天姿：天賦之資質。庭訓：父教。《抱朴子·自叙》：「年十有三，而慈父見背，夙失庭訓。」括羽：箭末飾羽，喻修學增智以爲有大用之材。《孔子家語·子路初見》：「子路曰：『南山有竹，不揉自直，斬而用之（指爲箭），達于犀革（指鎧甲），以此言之，何學之有？』孔子曰：『括（箭末）而羽之，鏃而礪之，其入之不亦深乎？』子路再拜，敬而受教。」《北史·儒林傳》序：「貴遊之輩，飾以明經，可謂稽山竹箭，加之括羽，俯拾青紫斷可知焉。」

〔一四〕諸季：諸弟。式：效法。《詩·大雅·烝民》：「古訓是式。」箋：「式，法也。」克：能。用訓：服從教訓。

〔一五〕共被：見《京兆尹張公德政碑》四段注〔一七〕。二句謂其兄弟之間爾我一體，「共被」之事相比起來算是疏遠。

〔一六〕禮庇身焉：《左傳》成公十五年：「信以守禮，禮以庇身，信禮之亡，欲免得乎！」禦侮：《詩·小雅·常棣》：「兄弟鬩于牆，外禦其務。」箋：「務，侮也。」疏：「兄弟或有自不相得，可鬩很於牆內，若有他人來侵侮之，則同心合意，外禦他人之侵侮。」無所：無處。此二句意謂，其兄弟以禮庇身，無侮可禦。

〔一七〕花萼韡韡（wěi 委）：《詩·小雅·常棣》：「常棣之華，鄂（萼）不韡韡。」傳：「興也。……韡韡，光明也。」箋：「承華者曰鄂。不，當作拊。拊，鄂足也。鄂足得華之光明，則韡韡然盛。興者，喻弟以敬事兄，兄以榮覆弟，恩義之顯，亦韡韡然。」「韡韡」《全唐文》作「煜煜」。

〔一八〕爛其盈門：《詩·大雅·韓奕》：「韓侯顧之，爛其盈門。」爛，鮮明燦爛。

〔一九〕兄弟怡怡：《論語·子路》：「朋友切切偲偲，兄弟怡怡（和順貌）。」

〔二〇〕穆然：猶默然。《文選》東方朔《非有先生論》：「於是吴王穆然，俛而深惟。」李善注：「穆猶默。」映女：言「兄弟」之榮光被及於汝。女，通「汝」，指筍。

〔二一〕「且孝」句：《孝經·開宗明義章》：「子曰：『先王有至德要道，以順天下，民用和睦，上下無怨（注：「孝者，德之至，道之要也。言先代聖德之主，能順天下人心，行此至要之化，則上下臣人和睦無怨。」），汝知之乎？』曾子避席曰：『參不敏，何足以知之？』子曰：『夫孝，德之本也，教之所由生也。』」

〔二二〕尊賢容衆：《論語·子張》：「君子尊賢而容衆，嘉善而矜不能。」容衆，謂心懷寬廣，能與各種人交往。

〔二三〕自家刑國：謂由在家行孝，以至於爲國人之典範。《晉書·温嶠郗鑒傳》論：「忠臣本乎孝子，奉上資乎愛親，自家刑國，於斯極矣。」刑，法，典範。

〔二四〕行之以忠信：《論語・顔淵》曰：「居之無倦，行之以忠。」又曰：「主忠信，徙義，崇德也。」忠信，忠誠信實。

〔二五〕文之以禮樂：《論語・憲問》：「若臧武仲之知，公綽之不欲，卞莊子之勇，冉求之藝，文之以禮樂，亦可以爲成人矣。」文，文飾。

〔二六〕承順顔色：謂順從父母之意，依其臉色而行。

〔二七〕温凊（qìng 慶）：「冬温夏凊」的省語。《禮記・曲禮上》：「凡爲人子之禮，冬温而夏凊。」謂兒女侍奉父母，冬温被使暖，夏扇席使凉。

〔二八〕天高聽卑：謂天居高而能察知下民之情。《吕氏春秋・制樂》載子韋謂宋景公曰：「天之處高而聽卑，君有至德之言三，天必三賞君。」《史記・宋微子世家》亦載其言，作「天高聽卑」。

〔二九〕神鑒孔明：《文選》夏侯湛《東方朔畫贊》：「天秩有禮，神監孔明。」監，通「鑒」。神鑒，指上天神明的監察力。孔，甚。

〔三〇〕視諸故府：《左傳》定公元年：「子姑受功，歸，吾視諸故府。」故府，指藏文書檔案之所。

〔三一〕「則昔」二句：用孟宗事。《三國志・吴書・孫晧傳》注引《楚國先賢傳》曰：「宗母嗜筍，冬節將至，時筍尚未生，宗入竹林哀歎，而筍爲之出，得以供母，皆以爲至孝之所致感。」

繡如意輪像讚并序〔一〕

寂等于空〔二〕，非心量得〔三〕；如則不動〔四〕，離意識界〔五〕。實無所住，常遍群生〔六〕，不捨有爲，懸超萬行〔七〕，法性如是，豈可説邪？如意輪者，觀世音菩薩陀羅尼三昧門〔八〕，現方便于幻眼，六臂色身〔九〕；以究竟爲佛心〔一〇〕，一體真相〔一一〕；隨念即藏〔一二〕，乃無緣之慈〔一三〕；應度而來〔一四〕，斯不共之力〔一五〕。衆生如意，菩薩何心〔一六〕！崇敬寺尼無疑、道登等〔一七〕，貴族出家，梵筵上首〔一八〕，久積浄業〔一九〕，三世皆空〔二〇〕；長在道場，一乘自立〔二一〕。亡兄故河南少尹〔二二〕，雖明世典〔二三〕，深達實相〔二四〕，以不二法〔二五〕，處于百官〔二六〕。花萼相連〔二七〕，恩深女弟；旃檀舊繞〔二八〕，望絶仁兄〔二九〕。雖曰如夢〔三〇〕，無寧喪我〔三一〕。煩惱性浄，示有同凡之悲〔三二〕；菩提路空〔三三〕，强爲助道之相〔三四〕。選妓惟潔〔三五〕，底功加敬〔三六〕，針鋒線縷，日就月將〔三七〕，五彩相宣，千光欲發〔三八〕，金蓮捧足〔三九〕，寶珠垂髻。原夫審像于浄心〔四〇〕，成形于纖手〔四一〕。珊瑚掌内〔四二〕，疑現不動如來〔四三〕；頻婆口中〔四四〕，同乎無法可説〔四五〕。梵香讚歎，散花瞻仰，有情苦業〔四六〕，滅而不生；無上法輪，轉而恒寂〔四七〕。願以此福，冥用莊嚴〔四八〕。乃爲偈曰：

〔一〕如意輪：即如意輪觀音。六觀音（觀音菩薩的六種形象）之一。手持如意寶珠和輪寶，分别表示滿足衆生祈願和轉法輪。有六臂。《觀自在如意輪菩薩瑜伽》云：「手持如意寶，六臂身金色。……第一手思惟，愍念有情故。第二手持意寶，能滿衆生願。第三手持念珠，爲度傍生苦。左按光明山，成就無傾動。第二持蓮手，能净諸非法。第三手持輪，能轉無上法。六臂廣博體，能遊於六道。」

〔二〕寂等于空：寂，亦云滅，即涅槃之異名。《維摩經·問疾品》：「導人入寂。」《大乘義章》卷一八：「外國涅槃，此翻爲滅。……離衆相故，大寂静故，名之爲滅。」又《中論·觀法品》云：「諸法實相即是涅槃。」佛教認爲世間諸法之真實相狀爲空，故云「寂等于空」。

〔三〕心量：《楞伽經》卷三：「觀諸有爲法，離攀緣所緣，無心之心量，我説爲心量。」按，心度量、覺知外境，妄念恒生，此爲凡夫之心量；佛則異于是，其離一切攀緣（心涉于外境）、所緣（外境，認識的一切對象）而住于無心，妄念不生，此即所謂「無心之心量」。得，宋蜀本、述古堂本作「导」（同「礙」），明十卷本作「碍」。句謂涅槃境界非凡夫之心量所能得。

〔四〕如則不動：《金剛經》：「不取於相，如如不動。」「如」、「如如」皆「真如」之異譯。句謂真如之體性，常住而不變。參見《謁璿上人》注〔一七〕。

〔五〕意識界：見《奉敕詳帝皇龜鏡圖狀》二段注〔一〇〕。意識緣外境而生，必有「妄染」；真如爲永恒不變之絶對「真理」，離一切「妄染」，故謂真如「離意識界」。又真如亦名「不思議界」，謂真如之理體，不可思慮言議。就這一點説，亦可曰真如「離意識界」。

〔六〕無所住：指諸法遷流不息、生滅無常。《大智度論》卷四七：「住是三昧中，觀諸法念念無常，無有住時。」佛教據此推出諸法假而不實（性空）的結論。又依佛教之説，「無所住」實爲諸法之共性（也即諸法之法性），故曰「常遍群生」。

〔七〕有爲：亦曰有爲法，泛指一切處于相互聯繫、生滅變化中的現象。《俱舍論光記》卷五：「因緣造作名爲，色、心等法從因緣生，有彼爲故，名曰有爲。」懸：遠。按，法性與真如、實相等概念屬同等性質，着重指現象的本質、本體和本源，它遍布于一切現象，又高于一切現象，故曰「不捨有爲，懸超萬行」。《成唯識論述記》卷九：「性者體義，一切法體，故名法性。」又卷二云：「性者體也，諸法真理故名法性。」《大乘起信論義記》卷二云：「法性者，明此真體普遍義，謂非直與前佛寶爲體，亦乃通與一切法爲性。」

〔八〕陀羅尼：《大乘義章》卷一一云：「陀羅尼者，是外國語，此翻爲持。念法不失，故名爲持。」《大智度論》卷五云：「陀羅尼，秦言能持，或言能遮。能持者，集種種善法，能持令不散不失，譬如完器盛水，水不漏散。能遮者，惡不善根心生，能遮令不生，若欲作惡罪，持令不作，是名陀羅尼。」三昧門：《大智度論》卷二八：「一切禪定，亦名定，亦名三昧。」禪定有種種門類，又是獲得佛果之門户，故稱「門」。

〔九〕方便：梵文「漚和」之意譯，亦稱「方便善巧」、「方便勝智」。指大乘菩薩運用各種方便權宜的手段，「利益他人」，度脱衆生。《往生論》卷下云：「般若者達如之慧名，方便者通權之智稱。達如則心行寂滅，通權則備省衆機。」《大集經》卷一一云：「能調衆生悉令趣向阿耨多羅三藐三菩提（無上正等正覺），是名方便。」《法華玄贊》卷三云：「權巧方便，實無此事，應物權現，故言方便。……利物有則曰方，隨時而濟名便。」幻眼：幻化之眼。此處實指幻化之身。蓋爲避免與下句之「色身」相重，而易「身」爲「眼」。色身：謂由四大（地水火風）等色法（有質礙或變礙之物）而成之身。《楞嚴經》卷一〇云：「由汝念慮，使汝色身。」二句意謂，觀世音化現六臂色身，顯示欲以方便法度脱衆生。

〔一〇〕究竟：見《西方變畫讚》首段注〔一三〕。此處指究竟覺。大乘佛教認爲，人的心性本身，先天具有無限的佛教覺悟，稱本覺。始覺達到圓滿階段，與本覺完全契合爲一，謂之究竟覺。獲得此種覺悟，即是成佛的表現。《大乘起信論義記》卷三：「始覺道圓，同于本覺，故云究竟，此在佛地。」

〔一一〕一，底本原無此字，據《全唐文》補。真相：猶言本相，實相。真，述古堂本作「無」。

〔一二〕隨念即藏：言隨意念所及而蘊積。《大乘義章》卷一：「包含蘊積名藏。」

〔一三〕無緣之慈：《觀無量壽經》：「佛心者大慈悲是，以無緣慈攝諸衆生。」《文選》王巾《頭陀寺碑文》：「唱無緣之慈，而澤周萬物。」李善注：「夫行慈者，以衆生爲緣，衆生爲緣，則慈無所寄，故大士之慈，離於衆相，離相行慈，名爲無緣。無緣生慈，是爲真實，以斯而唱，則物無不周。《涅槃經》曰：『得諸菩薩無緣之慈。』」按，佛教稱有三種慈悲，一衆生緣慈悲，此爲凡夫之小慈悲；二法緣慈悲，此爲聲聞、緣覺及初地以上菩薩之中慈悲；三無緣慈悲，此爲佛之大慈悲。蓋佛知諸法皆空，離於衆相（不執著于萬境），心無所緣（外境），故謂之「無緣」。《涅槃經》卷一四云：「慈有三緣，一緣衆生，二緣于法，三則無緣。……無緣者，不住法相，及衆生相，是名無緣。」參見《大智度論》卷二〇。

〔一四〕應度：指適應濟度衆生的需要。

〔一五〕不共之力：指佛獨有的智力。《俱舍論》卷二七：「成佛盡智位修不共佛法，有十八種。……佛十力（佛具有的十種智力）、四無畏、三念住及大悲，如是合名爲十八不共法。……餘聖所無，故名不共。」

〔一六〕「衆生」二句：謂衆生皆如意，菩薩尚有何心思！

〔一七〕崇敬寺：《長安志》卷七載，長安靖安坊「西南隅，崇敬尼寺，本僧寺，隋文帝所立，大業中廢。龍朔二年高宗爲長安、定安公主薨，後改立爲尼寺」。「崇敬」，底本原作「崇通」，據宋蜀本改。無疑、道登：俱未詳。述古堂本「疑」作「叚」，「道」作「無」。

〔一八〕梵筵：猶梵席，指佛寺之席位或僧侶之講席。王勃《梓州元武縣福會寺碑》：「真容俯映，福衆爰依。梵筵交燭，禪房互啓。」上首：寺院僧侶中的主位。據諸經所載，可一人，亦可多人。《觀無量壽經》：「三萬二千菩薩衆中，舉文殊師利一人爲上首。」梁武帝《夢詩》：「出家爲上首，入仕作梁棟。」

〔一九〕淨業：清淨之善業。佛家謂修淨業者得往生西方淨土。《維摩詰經·佛國品》：「心淨已度諸禪定，久積淨業稱無量。」

〔二〇〕三世皆空：謂過去、現在、未來三世之諸法皆虚而不實。《華嚴經》卷一六：「普詣十方無所礙，了知三世皆空寂。」

〔二一〕道場：見《讚佛文》末段注〔一〇〕。一乘：見《西方變畫讚》二段注〔九〕。

〔二二〕河南少尹：唐京兆、河南等府，各置少尹二人，從四品下。

〔二三〕雖明世典：《維摩詰經·方便品》：「雖明世典，常樂佛法。」世典，指世間之典籍。

〔二四〕深達實相：《維摩詰經·問疾品》：「彼上人者，難爲酬對，深達實相，善説法要。」實相，與真如、法性含義雷同，參見《胡居士卧病遺米因贈》注〔一〇〕。

〔二五〕不二法：見《爲幹和尚進註仁王經表》二段注〔二三〕。

〔二六〕百，述古堂本、明十卷本俱作「上」。

〔二七〕花萼相連：見《冬筍記》注〔一七〕。

〔二八〕旃檀：檀香。見《薦福寺光師房花藥詩序》二段注〔一九〕。舊：久。繞：指香煙繚繞。

〔二九〕望絶仁兄：謂對仁兄的想望到了極點。

〔三〇〕如夢：謂世間的一切皆虚而不實。《維摩詰經·方便品》：「是身如夢，爲虚妄見。」《金剛經》：

「一切有爲法，如夢幻泡影。」

〔三一〕無寧喪我：謂寧可己亡而使兄在。喪，宋蜀本作『爽』。

〔三二〕煩惱性淨：謂心性已離煩惱（一切世俗欲求、情緒和思想活動的總稱）的垢染。同凡之悲：同凡夫一樣的喪兄之悲。

〔三三〕菩提路：達到佛教覺悟、通向涅槃之路。《華嚴經》卷二十七：「開菩薩道，示菩提路，趣無上智……令衆生清浄，住菩薩境界。」句謂菩提路爲空。佛教宣揚「諸法皆空」，以「悟空」爲通向涅槃之路，故云。

〔三四〕强：勉力，努力。助道：有助于道。指繡如意輪像而言。道，《法界次第》卷中之下云：「道以能通爲義……能通至涅槃，故名爲道。」此言「菩提路空」，自當無爲，而强有爲。

〔三五〕妓，《全唐文》作「伎」。

〔三六〕厎（zhǐ 止）功：置功，置事。《後漢書・章帝紀》：「厎績遠圖，復禹弘業。」注：「《尚書》曰：『覃懷厎績。』孔安國注云：『厎，置。績，功也。』」厎，亦作「底」。

〔三七〕日就月將：日有所成，月有所進。《詩・周頌・敬之》：「日就月將，學有緝熙于光明。」傳：「將，行也。」箋：「日就月行，言當習之以積漸也。」

〔三八〕相宣：相互映襯而顯現。千光：極言光多。梁簡文帝《菩提樹頌》序：「並豔千光之樹，連英五色之花。」

〔三九〕金蓮捧足：指菩薩坐于蓮花寶座之上。金蓮，金色蓮花。捧足，捧托其足。

〔四〇〕審像：《書·説命上》：「乃審其象，俾以形旁求于天下。」像，與「象」通。趙殿成曰：「像，顧本作豫，誤，今校正。」按，趙校是，宋蜀本、《全唐文》俱作「像」。淨心：先天具有的清淨無垢之心，亦曰自性清淨心。《宗鏡録》卷二六：「斥情心，而歸淨心之道。」句謂如意輪像如此完滿地繡成，根原在于能以清淨之心仔細審究觀音的形象。

〔四一〕纖手：女子柔美之手。漢宋子侯《董嬌嬈》：「纖手折其枝，花落何飄颻。」

〔四二〕珊瑚掌：謂菩薩之手掌顔色紅如珊瑚。

〔四三〕現不動如來：《華嚴經》卷六三：「我若欲見旃檀世界金剛光明如來……妙喜世界不動如來……寶師子莊嚴世界毘盧遮那如來，如是一切，悉皆即見，然彼如來，不來至此，我身亦不往詣於彼。」《維摩經·見阿閦佛品》：「是時大衆渴仰，欲見妙喜世界無動如來（即不動如來）及其菩薩聲聞之衆，佛知一切衆會所念，告維摩詰言：『善男子，爲此衆會，現妙喜國無動如來及其菩薩聲聞之衆，衆皆欲見。』於是維摩詰心念，吾當不起于座，接妙喜國……作是念已，入於三昧，現神通力，以其右手斷取妙喜世界置于此土。」不動如來，即阿閦佛，居東方妙喜世界。句寫菩薩之神通。

〔四四〕頻婆口：《法華經·妙莊嚴王本事品》：「（如來）脣色赤好如頻婆果。」頻婆，樹名，其果實赤色。《慧苑音義》卷下云：「頻婆果者，其果似此方林檎（即沙果），極鮮明赤也。」

〔四五〕無法可説：《金剛經》：「須菩提，汝勿謂如來作是念，我當有所説法。莫作是念，何以故？若人言如來有所説法，即爲謗佛，不能解我所説故。須菩提，説法者，無法可説，是名説法。」《頓悟入道要門論》卷上：「問：『無法可説，是名説法，其義云何？』答：『般若（即般若波羅蜜，意譯智慧，《大智度論》卷一〇〇曰：「諸佛以法爲師，法者即是般若波羅蜜。」）體畢竟清浄，無有一物可得，是名無法可説；即於般若空寂體中，具恒沙之用，即無事不知，是名説法，故云無法可説，是名説法。』」按，《金剛經》的核心思想，爲「一切（包括彼岸世界、佛法）皆空」，故云「無法可説」。

〔四六〕有情：有情識之衆生。苦業：指世俗的身心活動。《廣弘明集》卷二七上南朝梁蕭子良《浄住子》卷三：「由於身意，造諸苦業。」

〔四七〕「無上」二句：轉無上法輪，指佛宣説無上教法。「法輪」喻佛法，「轉」喻宣説。《法華經・譬喻品》：「轉無上法輪，教化諸菩薩。」《大智度論》卷二二：「佛轉法輪，如轉輪聖王轉寶輪……其見寶輪者，諸災惡害皆滅；遇佛法輪，一切邪見、疑悔、災害，皆悉消滅。」恒寂，即所謂「無法可説」，下「常轉法輪無所轉」意同。

〔四八〕福：福德，指善行。冥：即「無知」。《俱舍論》卷　：「以諸無知能覆實義及障真見，故爲冥。」用：以，因此。莊嚴：指以功德飾身。《華嚴經探玄記》卷三云：「莊嚴有二義，一是具德義，二交飾義。」此二句意謂，願以這繡如意輪像的善行，使無知者因此能修功德。

菩薩神力不思議〔一〕，能以一身遍一切〔二〕。常轉法輪無所轉，衆生隨念得解脱〔三〕。色即是空非空有〔四〕，是故以色像觀音〔五〕。願以浄斯六趣福，迴向過去不可得〔六〕。

〔一〕不思議：見《西方變畫讚》首段注〔九〕。

〔二〕一身遍一切：指佛菩薩具有的自在變化、不可測知的神通。《華嚴經》卷三一謂佛有「一身遍滿一切佛刹（佛土）神力」。又晉譯《華嚴經》卷三曰：「爾時一切諸佛，與普賢菩薩入一切智力，與入無量無邊法界智……與一身遍滿一切世界智。」按，佛書謂神通以智慧爲體（見《俱舍論》卷二七），故「一身遍滿一切佛刹神力」與「一身遍滿一切世界智」實爲一物。

〔三〕解脱：見《西方變畫讚》二段注〔二〕。

〔四〕色即是空：謂一切色法（主要指有形質的萬物）即是虚幻不實。《般若波羅蜜多心經》：「色不異空，空不異色，色即是空，空即是色。」空，底本原作「定」，據宋蜀本、述古堂本、《全唐文》改。非空有：非空非有。非空，謂色非虚無；非有，謂色非實有。佛教認爲，「空」非虚無，因緣幻化名爲假有，若謂色實有或色虚無（否認假有），皆爲偏執。參見《與胡居士皆病寄此詩兼示學人二首》其一注〔四〕。

〔五〕句謂色非虚無，故以色爲觀音之像。

〔六〕斯：此。六趣：見《給事中竇紹……畫西方阿彌陀變讚》三段注〔四〕。迴向：亦作「回向」、「轉向」、「施向」，謂將自己所修功德施向某處。《大乘義章》卷九：「言回向者，回己善法有所趨向，故名回向。」過去不可得：「不可得」即「空」之異名。《維摩詰經·弟子品》：「若過去生過去生已滅，若未來生未來生未至，若現在生現在生無住。」《金剛經》：「過去心不可得，現在心不可得，未來心不可得。」過、現、未俱不可得，即三世皆空。此處蓋以過去不可得概指三世皆空。此二句意謂，願以使此六趣衆生清淨的善行，施向期求衆生了悟三世皆空之理，成就佛果。

皇甫岳寫真讚〔一〕

有道者古〔二〕，其神則清。雙眸朗暢，四氣和平〔三〕。長江月影，太華松聲。周而不器〔四〕，獨也難名〔五〕。且未婚嫁〔六〕，猶寄簪纓〔七〕。燒丹藥就，辟穀將成〔八〕。雲溪之下，法本無生〔九〕。

〔一〕皇甫岳：見《皇甫岳雲溪雜題五首·鳥鳴澗》注〔一〕。

〔二〕古：指不同于時俗。

〔三〕四氣：四時温熱冷寒之氣。《禮記·樂記》：「動四氣之和，以著萬物之理。」疏：「謂感動四時氣序之和平，使陰陽順序也。」亦指喜怒哀樂。《春秋繁露·陽尊陰卑》：「喜氣爲煖而當春，怒氣爲清而當秋，樂氣爲太陽而當夏，哀氣爲太陰而當冬。四氣者天與人所同有也。」和平：温順平和。

〔四〕周而不器：謂才器周全，而非像器皿那樣，只具有某一方面的用途。《論語·爲政》：「君子不器。」

〔五〕獨也難名：謂志行獨特，難以道出。

〔六〕且未婚嫁：見《早秋山中作》注〔四〕。

〔七〕簪纓：古時官吏的冠飾，指仕宦者。句謂仍然寄身於爲官者的行列。

〔八〕辟穀：見《故太子太師徐公輓歌四首》其一注〔六〕。

〔九〕雲溪：皇甫岳之別業名。法本無生：謂一切本來寂静。參見《登辨覺寺》注〔八〕。

唐故潞州刺史王府君夫人滎國夫人墓誌銘并序〔一〕

夫人姓盧氏，范陽人也〔二〕。昔堯命伯夷典秩宗〔三〕，號太常爲尚父〔四〕。桓襄之際，公子食盧〔五〕。卯金故人，王于大國〔六〕；越石從事，官至中郎〔七〕。曾祖士會，隋行臺侍御史〔八〕。祖某，皇朝奉禮郎〔九〕。父某，豪、淄、邛等三州刺史〔一〇〕。持斧衣繡，威加不法〔一一〕；奠玉瘗帛，舉無違禮〔一二〕。守臨淄而齊兒不詐〔一三〕，去臨邛而蜀物盡留〔一四〕。夫人即府君之長女。積累世之德，鍾二門之美〔一五〕。儀表秀整，進止詳閑〔一六〕，不咨保傅〔一七〕，動由《詩》、

《禮》。既以七族冠時〔一八〕，遂歸齊大之偶〔一九〕。入持門户〔二〇〕，内事舅姑〔二一〕，枕席温清于堂上〔二二〕，環珮逶迤于堂下〔二三〕。不脱簪珥〔二四〕，親當澣濯〔二五〕，玄纁可實于筐篚，粢盛可獻于宗廟〔二六〕。魚軒或駕，翟茀而朝〔二七〕。衆婦于是修容，夫人專之以禮〔二八〕。克贊君子〔二九〕，累至大官，雅政清德，實多左右〔三〇〕。潞州早世〔三一〕，深秉義方〔三二〕，母儀可則，庭訓不替〔三三〕。女史之學〔三四〕，多讚大家之書〔三五〕；衆婦之儀，盡稟夫人之法〔三六〕。天與盛德，不降永年，以某月日寢疾，薨于長安善和里〔三七〕，享年若干。以某月日合祔某山原，禮也。子某，某官。淳孝之性，泣血待盡〔三八〕。永惟令德，固不可泯。彰示後人，乃刊于石〔三九〕。銘曰：

〔一〕潞州：唐州名，治所在今山西長治。滎國夫人：未詳。唐制，一品官及國公母、妻爲國夫人。也有因其他原因而別封爲國夫人者。底本注：「滎，一本作營，誤。」題下底本原無「并序」二字，據宋蜀本、述古堂本、明十卷本補。

〔二〕「夫人」二句：《新唐書・宰相世系表》云：「盧氏出自姜姓。齊文公子高，高孫傒，爲齊正卿，謚曰敬仲，食采于盧，濟北盧縣是也。其後因以爲氏。田和篡齊，盧氏散居燕秦之間。秦有博士敖，子孫家于涿水之上，遂爲范陽涿人。」范陽，郡名，三國魏改涿郡置，治所在涿縣（今河北涿州市）。

〔三〕「昔堯」句：《史記・五帝本紀》：「天下歸舜，而禹、皋陶、契、后稷、伯夷（正義：「伯夷，齊太公之祖也。」）……自堯時而皆舉用，未有分職……舜曰：『嗟，四嶽，有能典朕三禮？』皆曰：『伯夷可。』舜曰：『嗟，伯夷，以汝爲秩宗。』」正義：「若太常也。《漢書·百官表》云：王莽太常曰秩宗，依古也。孔安國云：秩，序；宗，尊也。主郊廟之官也。」則命伯夷典秩宗者爲舜。

〔四〕太常：即指秩宗。尚父：尊稱，意爲可尊尚的父輩。《詩·大雅·大明》：「維師尚父，時維鷹揚。」傳：「尚父，可尚可父。」此句之下底本注曰：「上有闕文。」《全唐文》注曰：「疑。」

〔五〕「桓襄」二句：《史記·齊太公世家》載，公孫無知弑襄公，自立爲齊君。未久，「大夫高傒（集解：「賈逵曰：齊正卿高敬仲也。」）及雍林人殺無知」，襄公弟公子小白自莒入，「高傒立之，是爲桓公」。「桓襄」疑當作「襄桓」，謂齊襄公齊桓公也。公子食盧，指傒「食采于盧」。盧爲春秋齊地，在今山東長清縣西南。

〔六〕「卯金」二句：指盧綰王燕。《史記·韓王信盧綰列傳》云：「盧綰者，豐人也，與高祖同里。盧綰親（父）與高祖太上皇相愛，及生男，高祖、盧綰同日生。……及高祖、盧綰壯，俱學書，又相愛也。……高祖爲布衣時，有吏事辟匿，盧綰常隨出入上下。及高祖初起沛，盧綰以客從。入漢中，爲將軍，常侍中。從東擊項籍，以太尉常從，出入卧内，衣被飲食賞賜，群臣莫敢望。雖蕭曹等特以事見禮，至其親幸，莫及盧綰。……漢五年八月，迺立盧綰爲燕王。諸侯王得幸，莫如燕王。」卯金，指劉姓。《漢書·王莽傳》：「夫劉之爲字，卯金刀也。」《後漢書·光武紀》：「劉秀發兵捕不道，卯金修德爲天子。」

〔七〕「越石」二句：《晉書・盧諶傳》：「諶字子諒……洛陽没，隨志（諶父）北依劉琨，與志俱爲劉粲所虜。……琨收散卒，引猗盧騎還攻粲。粲敗走，諶得赴琨……琨爲司空，以諶爲主簿，轉從事中郎。……諶名家子，早有聲譽，才高行潔，爲一時所推。值中原喪亂，與清河崔悦……並淪陷非所，雖俱顯于石氏，恒以爲辱。諶每謂諸子曰：『吾身没之後，但稱晉司空從事中郎爾。』」越石，劉琨之字。從事中郎，晉司空屬官有「從事中郎二人，秩比千石」，參見《晉書・職官志》。

〔八〕士會：《全唐文》注：「《世系表》作士繪。」按《新唐書・宰相世系表》有盧士繪，子曰嘉慶，然俱未載其曾任何職。行臺：《通典》卷二二云：「隋謂之行臺省……蓋隨其所管之道，置於外州，以行尚書事。大唐初亦置行臺，貞觀以後廢。」侍御史：官名，掌糾察非法。

〔九〕奉禮郎：唐太常寺置奉禮郎二人，從九品上，掌朝會祭祀的禮儀之事。參見《舊唐書・職官志》。

〔一〇〕豪州：即濠州，治所在今安徽鳳陽東。《元和郡縣志》卷九：「濠州……大業三年改爲鍾離郡。……武德五年，杜伏威附，改爲濠州。……『濠』字中間誤去『水』，元和三年又加『水』焉。」《新唐書・宰相世系表》載嘉慶子重明，「亳州刺史」，「豪」「亳」形近，或字誤也。淄州：唐州名，治所在今山東淄博市。邛州：唐州名，治所在臨邛（今四川邛崍市）。

〔一一〕持斧衣繡：見《苗公德政碑》末段注〔二六〕。以上二句就「曾祖」爲侍御史而言。

〔一二〕奠玉瘞（yì意）帛：設玉帛以祭天地。《詩・大雅・雲漢》：「上下奠瘞，靡神不宗。」傳：「上祭天，下祭地，奠其禮，瘞其物。」疏：「奠謂置之於地，瘞謂埋之於土，禮與物，皆謂爲禮事神之物，酒食牲玉之屬也。」《唐六典》卷一四云：「凡祭天及日月星辰之玉帛，則焚之；祭地及社稷山岳，則瘞之；海瀆，則沉之。」此二句就「祖」爲奉禮郎而言。

〔一三〕守臨淄：指「父」爲淄州刺史。臨淄，春秋戰國齊都，故址在今淄博市東北。齊兒不詐：相傳齊地有「虚詐」的故習，《漢書・地理志》：「齊地……其失夸奢朋黨，言與行繆，虚詐不情（注：「不可得其情。」），急之則離散，緩之則放縱。」

〔一四〕蜀物盡留：言其清廉。《南史・王僧孺傳》：「昔人爲蜀郡長史，終身無蜀物。」

〔一五〕鍾：聚，集。二門：指盧、王二門。

〔一六〕秀整：俊秀嚴整。詳閑：安詳閑静。

〔一七〕咨：徵詢。保傅：指保母、女師（古時掌撫養、教育女子的婦女）。

〔一八〕七族：《新唐書・高儉傳》、《唐會要》卷八三載，高宗顯慶四年，「詔後魏隴西李寶、太原王瓊、滎陽鄭温、范陽盧子遷、盧渾、盧輔、清河崔宗伯、崔元孫、前燕博陵崔懿、晋趙郡李楷，凡七姓十家，不得自爲昏（婚）」。此七姓十家，皆六朝以來之望族。據《新唐書・宰相世系表》載，盧士繪爲盧子遷之玄孫。七，宋蜀本、述古堂本、《全唐文》俱作「士」。作「士」意亦可通。

〔一九〕齊大之偶：指高門之配偶。《左傳》桓公六年：「齊侯欲以文姜妻鄭大子忽，大子忽辭。人問其故，大子曰：『人各有耦，齊大，非吾耦也。』」耦，劉向《説苑・權謀》作「偶」。

〔二〇〕持門户：主持家庭。漢樂府《隴西行》：「健婦持門户，亦勝一丈夫。」

〔二一〕舅姑：丈夫的父母。

〔二二〕温清：見《冬筍記》注〔二七〕。

〔二三〕逶迤：長貌。句謂其身繫環珮，親自在堂下操持家務。

〔二四〕簪珥：褚少孫補《史記・外戚世家》：「帝譴責鈎弋夫人，夫人脱簪珥叩頭。」珥，耳飾。

〔二五〕澣（huǎn緩）濯：洗滌。

〔二六〕玄纁：黑赤色繒帛，古時常用爲饋贈的禮物。《書・禹貢》：「厥篚玄纁璣組。」疏：「《考工記》云：三入爲纁（黄赤色），五入爲緅，七入爲緇。鄭云：纁者三入而成，又再染以黑則爲緅，又再染以黑則爲緇，玄色在緅緇之間，其六入者是染玄纁之法也。」實：充滿。粢盛：指盛在祭器中的黍稷。

〔二七〕魚軒、翟茀：見《故南陽夫人樊氏輓歌二首》其一注〔三〕、〔二〕。

〔二八〕修容：指修飾容儀。專：一。專之以禮：謂以禮整其容儀使達到齊一。《文選》司馬相如《上林賦》：「修容乎禮園，翱翔乎《書》圃。」李善注引郭璞説：「禮所以整威儀，自修飾也。」

〔二九〕克贊：能助。

〔三〇〕左右：輔翼，佐助。《易・泰》：「輔相天地之宜，以左右民。」疏：「左右，助也。」

〔三一〕早世：早死。

〔三二〕秉：執持，掌握。義方：做人的正道。《左傳》隱公三年：「臣聞，愛子教之以義方，弗納於邪。」

後多指家教。蔡邕《司徒袁公夫人馬氏碑銘》：「義方之訓，如川之流。」

〔三三〕母儀：爲母之道。則：效法。庭訓：父教。替：廢。

〔三四〕女史：見《吏部達奚侍郎夫人寇氏輓歌二首》其二注〔一〕。

〔三五〕大家之書：見《韓公墓誌銘》第三段注〔五〕。此處以大家喻盧氏。

〔三六〕稟：承受。夫人之法：見《故南陽夫人樊氏輓歌二首》其一注〔五〕。

〔三七〕善和里：不詳。《長安志》、《唐兩京城坊考》記長安諸坊，俱無善和之稱。

〔三八〕待：將。

〔三九〕乃，宋蜀本作「爲」。

有姜之後〔一〕，或邑于盧。歷代種德，示有稱孤〔二〕。從事文府〔三〕，振轡長途〔四〕。其一。憲府持法〔五〕，奉常秉禮〔六〕。皇考專城〔七〕，腰章郡邸〔八〕。厚德重跡〔九〕，深仁繼體〔一〇〕。其二。降生哲人〔一一〕，其行惟惇〔一二〕。儀形衆庶〔一三〕，門冠諸姻〔一四〕。齊姜宋子〔一五〕，敢望清塵〔一六〕？其三。君子之貳，實聞高義〔一七〕。乃躬澣濯，先晨簪珥〔一八〕。穆及外親〔一九〕，敬是中饋〔二〇〕。其四。母儀既峻〔二一〕，庭訓載揚〔二二〕。子以才貴，煌煌寵章〔二三〕。馳暉難駐〔二四〕，令問空長〔二五〕。其五。壽宮既啓〔二六〕，高堂永寂〔二七〕。千秋萬古，山川松柏。紀德誌行，惟茲貞石〔二八〕。其六。

〔一〕有姜：指姜姓。有，助詞，爲名詞詞頭。

〔二〕種德：見《裴僕射濟州遺愛碑》首段注〔三二〕。稱孤：謂居王位者。古時王自稱「孤」，故云。此指盧綰爲燕王。

〔三〕從事：指盧諶。文府：文章之府庫。《文選》王僧達《答顏延年》：「珪璋既文府，精理亦道心。」呂延濟注：「文府，謂文章爲府庫之富。」句謂諶富于著述。《晉書·盧諶傳》云：「（諶）清敏有理思，好《老》、《莊》，善屬文。……撰《祭法》，注《莊子》，及文集，皆行於世。」

〔四〕振轡：奮轡疾驅。《晉書·地理志》：「至於崑峰振轡，崆山訪道，存諸汗竹，不可厚誣。」

〔五〕憲府：御史臺，也指御史的職位。持法：執法。句指「曾祖」爲侍御史。

〔六〕奉常：即太常寺。《舊唐書·職官志》：「太常寺，古曰秩宗，秦曰奉常，漢高改爲太常，梁加寺字，後代因之。」秉禮：掌禮。句指「祖」爲奉禮郎。

〔七〕皇考：對亡父的尊稱。專城：指爲州刺史或郡太守。

〔八〕腰章郡邸：用朱買臣爲會稽太守事，參見《苗公德政碑》第三段注〔二三〕。腰章，佩印於腰間。

〔九〕重跡：見《京兆王氏墓誌銘》二段注〔七〕。

〔一〇〕深，《全唐文》作「重」。繼體：承繼先人之位。《公羊傳》文公九年：「繼文王之體，守文王之法度。」左思《吴都賦》：「虞魏之昆（後代），顧陸之裔，岐嶷繼體，老成奕世。」

〔一一〕哲人：指盧氏。

〔一二〕惇：敦厚。

〔一三〕儀形：同「儀刑」，猶言作模範。

〔一四〕諸姻：有姻親關係的各家族。

〔一五〕齊姜宋子：《詩·陳風·衡門》云：「豈其取妻，必齊之姜？」箋：「齊，姜姓。」又云：「豈其取妻，必宋之子？」箋：「宋，子姓。」

〔一六〕清塵：對尊貴者的敬稱。《文選》盧諶《贈劉琨一首并書》：「自奉清塵，于今五稔。」李善注：「《楚辭》曰：『聞赤松之清塵。』然行必塵起，不敢指斥尊者，故假塵以言之。言清，尊之也。」此指盧氏。

〔一七〕貳：輔佐。高義：深情厚誼。

〔一八〕句謂清晨之前即已穿戴整齊。

〔一九〕穆：通「睦」。外親：女系之親屬。

〔二〇〕中饋：舊稱婦職爲主中饋，即在家主管飲食之事。《易·家人》：「无所攸，在中饋。」疏：「婦人之道……其所職主在於家中饋食供祭而已。」張衡《同聲歌》：「綢繆主中饋，奉禮助烝嘗。」後因以中饋指妻子、家庭主婦。

〔二一〕峻：高尚。

〔二二〕載：通「再」。

〔二三〕煌煌：光輝貌。寵章：表示高官顯爵的章服等。《文選》潘勖《册魏公九錫文》：「崇其寵章，備其禮物，所以蕃衛王室、左右厥世也。」李善注：「《禮記》曰：『以爲旗章，以别貴賤。』鄭玄曰：『章，識也。』」識，通「幟」，指用以區别官員之等級的標誌，如衣服、車馬、器物等。

〔二四〕馳暉：飛馳的日光。《文選》謝朓《暫使下都夜發新林至京邑贈西府同僚》：「馳暉不可接，何況隔兩鄉。」李善注：「馳暉，日也。」

〔二五〕令問：好名聲。問，《全唐文》作「聞」。

〔二六〕壽宫：義同壽堂、壽穴，指生前所造的墓室。

〔二七〕高堂：正室，父母所居之處。

〔二八〕貞石：堅固之石。古多用爲碑石之美稱。《文選》王巾《頭陀寺碑文》：「勝幡西振，貞石南刊。」劉良注：「貞，堅也。」

爲楊郎中祭李員外文

維載月日朔，行尚書司勳郎中賜緋魚袋楊玄璋等〔一〕，謹以清酌少牢之奠〔二〕，敬祭于故左司員外郎李公之靈〔三〕。嗚呼！大朴難名〔四〕，大辨若訥〔五〕；泊兮無兆〔六〕，汎然隨物〔七〕；直而好學，敏以從事。行隱于寡言，文成于沉醉〔八〕。澡身浴德〔九〕，唯仁與義；讀書甚解〔一〇〕，作賦彌工；麗詞秀務〔一一〕，奥義玄通〔一二〕；記言西掖〔一三〕，起草南宫〔一四〕。第五將姪〔一五〕，伏波事嫂〔一六〕，食先與甘，衣必讓好，口嘗其糲，身席于藁〔一七〕。結友一言，同官一日，徇我朋好〔一八〕，忘其身恤〔一九〕，豈惟攜手，亦將加膝〔二〇〕。

〔一〕行：《舊唐書·職官志》：「凡九品已上職事，皆帶散位，謂之本品。……貞觀令，以職事高者爲守，職事卑者爲行。」即職事官的官階較高而所帶散官之階較低，則職事官上應加一「守」字；反之，則職事官上應加一「行」字。司勳郎中：尚書省吏部置司勳郎中一人，從五品上，「掌邦國官人之勳級」。參見《舊唐書·職官志》。賜緋魚袋：即賜服緋袍兼佩魚袋，參見《苗公德政碑》第二段注〔四四〕。按，司勳郎中從五品上，又上文稱「行」，則其所帶散官之階，必高于從五品上，本得著緋佩魚，何須復賜緋魚袋？故疑此句之「行」字，應爲「守」字之誤。楊玄璋：不詳。《郎官石柱題名》「司封郎中」下有楊玄章，不知是否即一人。

〔二〕清酌：指祭祀用的酒。《禮記·曲禮下》：「凡祭宗廟之禮……酒曰清酌。」疏：「酌，斟酌也。言此酒甚清澈，可斟酌。」少牢：《大戴禮·曾子天圓》：「大夫之祭，牲羊，曰少牢。」

〔三〕左司員外郎：唐尚書省置左司員外郎一人，從六品上，掌協助左丞處理所管諸司事務。參見《唐六典》卷一。

〔四〕大朴難名：謂質樸之極，難於用言語形容。

〔五〕大辨若訥：謂雄辯之極，似木訥不善言。《老子》四十五章：「大巧若拙，大辯若訥。」辨，通「辯」，宋蜀本、明十卷本俱作「辯」。

〔六〕泊兮無兆：《老子》二十章：「我獨泊兮其未兆，如嬰兒之未孩。」何上公注：「我獨泊然安靜，未有所欲之形兆。」泊，淡泊，恬静無爲。趙殿成曰：「顧本作治，誤，今校正。」按，趙校是，宋蜀本、述古堂本、《全唐文》俱作「泊」。

〔七〕句謂隨順外物，若舟之隨波而流。

〔八〕「文成」句：用阮籍事。《晉書・阮籍傳》：「會帝（司馬昭）讓九錫，公卿將勸進，使籍爲其辭。籍沈醉忘作，臨詣府，使取之，見籍方據案醉眠。使者以告，籍便書案，使寫之，無所改竄。辭甚清壯，爲時所重。」

〔九〕澡身浴德：言修養身心使之純潔。《禮記・儒行》：「儒有澡身而浴德。」疏：「澡身，謂能澡絜其身，不染濁也。浴德，謂沐浴於德，以德自清也。」

〔一〇〕讀書甚解：陶淵明《五柳先生傳》：「好讀書，不求甚解，每有會意，便欣然忘食。」

〔一一〕秀務：追求特出。務，《全唐文》於此字下注曰：「疑。」

〔一二〕奥義：指其文中的高深義理。玄通：見《賀古樂器表》二段注〔三四〕。

〔一三〕記言西掖：指李曾在中書省爲起居舍人。《唐六典》卷九載，中書省有起居舍人二人，從六品上，「掌修記言之史，録天子之制誥德音，如記事之制，以記時政之損益。年終，則授之于國史」。注云：「起居舍人，因起居注而名官焉。古者人君言，則右史書之，即其任也。」西掖，即中書省，見《同盧拾遺韋給事東山别業二十韻》注〔一六〕。

〔一四〕起草南宫：謂李在尚書省爲郎官（左司員外郎）。參見《同比部楊員外十五夜遊有懷静者季》注〔三〕。南宫，即尚書省，見《送陸員外》注〔六〕。

〔一五〕第五將姪：將，養，保養。《後漢書·第五倫傳》：「或問倫曰：『公有私乎？』對曰：『……吾兄子常病，一夜十往，退而安寢；吾子有疾，雖不省視，而竟夕不眠，若是者豈可謂無私乎？』」

〔一六〕伏波事嫂：《後漢書·馬援傳》：「（援）敬事寡嫂，不冠，不入廬。……（建武）十七年……璽書拜援伏波將軍。」

〔一七〕糲：糙米。席藁：見《酬諸公見過》注〔一五〕。

〔一八〕徇：通「殉」。此句《全唐文》作「殉我朋交」。言李爲朋友而不惜身。

〔一九〕恤：憂。

〔二〇〕加膝：置於膝上，謂親愛之甚。《禮記·檀弓下》：「進人若將加諸膝，退人若將墜諸淵。」

明明天子，惟賢是思。恨馮唐之已老〔一〕，喜相如之同時〔二〕。罷刊書于虎觀〔三〕，將載筆于鳳池〔四〕。嗚呼！病時七啓〔五〕，卧内一訣。痛乾坤而忽窮，嗟古今而長絶。永言北首〔六〕，返葬東周〔七〕。何夫子之適去〔八〕，同衆人之若休〔九〕！歷千門而行哭，動九陌而增愁〔一〇〕；馬悲鳴而笳咽，雲寡色而風秋〔一一〕。玄璋等或結髮舊遊，比肩同列〔一二〕，悲薤歌之首路〔一三〕，哀柳車之就轍〔一四〕；嗟無見而空來〔一五〕，痛不知而成别〔一六〕。嗚呼哀哉！尚饗。

〔一〕馮唐已老：見《重酬苑郎中》注〔五〕。

〔二〕喜相如之同時：見《送嚴秀才還蜀》注〔八〕。

〔三〕「罷刊」句：指罷去在集賢院兼任的職務。刊書，謂校理典籍。唐集賢院學士、直學士等，「掌刊緝古今之經籍」，參見《謝集賢學士表》注〔一〕。虎觀，即白虎觀。此借指唐禁中的集賢殿書院，參見《謝御書集賢院額表》注〔二〕。

〔四〕載筆：見《裴僕射濟州遺愛碑》首段注〔四三〕。鳳池：見《和賈舍人早朝大明宫之作》注〔八〕。此句蓋謂其將遷爲中書舍人（掌草詔）。

〔五〕七啓：趙殿成曰：「枚乘作《七發》，設言楚太子有疾，而吴客往問之，説七事以起發太子，太子霍然病已云云；曹子建效之，作《七啓》，然非疾病事，七啓當作七發爲是。」按，七啓，亦謂説七事以啓發之也，似非必爲「七發」之誤。

〔六〕永言：永遠。言，助詞。北首：葬時屍之首朝北。《禮記·檀弓下》：「葬於北方北首，三代之達禮也。」

〔七〕東周：《史記·周本紀》：「王赧（周赧王）時，東、西周分治。」索隱：「西周，河南也。東周（公元前三六七—前二四九），鞏（今河南鞏義）也。……按高誘曰：西周，王城（今河南洛陽市王城公園一帶），今河南。東周，成周（今洛陽市東郊白馬寺之東，漢魏洛陽城故址一帶），故洛陽之地。」又，此處亦可能指東周（公元前七七〇—前二五六）之都城洛邑。洛邑有王城、成周二城，東周平王至敬王時，都王城，公元前五一六年敬王徙都成周，前三一四年，赧王立，又還都王城。

〔八〕適去：見《與胡居士皆病寄此詩兼示學人二首》其一注〔五〕。

〔九〕若休：似長遠休息。亦指死。賈誼《鵩鳥賦》：「其生兮若浮，其死兮若休。」

〔一〇〕歷千門：指自長安返葬洛陽途中所經。動：移動。九陌：《三輔舊事》（清張澍輯本）：「（漢）長安城中，八街九陌。」參見《三輔黄圖》卷一。後泛指都城大道。駱賓王《帝京篇》：「三條九陌麗城隈，萬户千門平旦開。」

〔一一〕雲寡色：江淹《恨賦》：「若夫明妃去時，仰天太息。……隴雁少飛，代雲寡色。」

〔一二〕比肩：並肩。《戰國策·齊策三》：「千里而一士，是比肩而立。」

〔一三〕薤歌：指挽歌。與《薤露》同。《古今注》卷中：「《薤露》、《蒿里》，並喪歌也。出田横門人。横自殺，門人傷之，爲之悲歌，言人命如薤上之露，易晞滅也，亦謂人死魂魄歸乎蒿里，故有二章。……至孝武時，李延年乃分爲二曲，《薤露》送王公貴人，《蒿里》送士大夫庶人，使挽柩者歌之，世呼爲挽歌。」首路：猶首途，謂出發、上路。《文選》潘勖《册魏公九錫文》：「王師首路，威風先逝，百城八郡，交臂屈膝。」

〔一四〕柳車：《史記·季布欒布列傳》：「衣褐衣，置廣柳車中。」集解：「服虔曰：東郡謂廣轍車爲柳。鄧展曰：皆棺飾也，載以喪車，欲人不知也。」索隱：「鄧展所説，事義相協，最爲通允。……則是喪車稱柳，故後人通謂車爲柳也。」柳，裝飾柩車的帷蓋，《釋名·釋喪制》：「輿棺之車，其蓋曰柳。」故稱喪車爲柳車。就轍：猶言上路。

〔一五〕空，述古堂本作「奚」。

〔一六〕别，底本原作「列」，據宋蜀本、述古堂本改。

爲人祭某官文〔一〕

惟公弘量碩德，抱義戴仁〔二〕；早離我見〔三〕，常守吾真；朝稱端士，世謂淳人。夏官之職〔四〕，惟賢是寄；既節五官，兼選騎士；宿衛扞城，必由兹地〔五〕；速應爲敏，平分是貴〔六〕；決遺先馳〔七〕，曹無留事〔八〕。嗚呼！積善無慶〔九〕，寢疾彌留〔一〇〕；唐肆求馬〔一一〕，夜壑藏舟〔一二〕；深悟幻境〔一三〕，獨與道遊〔一四〕；死而不忘，魂兮若休。嗚呼！某等何幸，得備官屬；泰然若春，温兮如玉〔一五〕；去德何永〔一六〕，事生何促〔一七〕？五情如喪〔一八〕，百身不贖〔一九〕；

敬薦醴牢〔二〇〕，哀哀慟哭。尚饗。

〔一〕篇題底本原作《爲兵部祭庫部王郎中文》，按，維集中另有一《爲兵部祭庫部王郎中文》，此處從宋蜀本、述古堂本作今題。參見《爲兵部祭庫部王郎中文》注〔一〕。

〔二〕首句宋蜀本、述古堂本俱作「惟公碩德弘量」。抱義戴仁：語本《禮記·儒行》：「戴仁而行，抱義而處。」戴仁，崇尚仁德。抱義，固守仁義。

〔三〕我見：又曰「我執」。指認爲有「我」的見解。「我」爲佛教名詞，相當于獨立的實在自體，有「人我」、「法我」之分。佛教主張「無我」，謂人與萬物皆無獨立的實在自體（一切皆空），「我見」即指與這種觀點相對立的世俗見解。佛教認爲，其他一切「錯誤」見解，都依此見生起。《成唯識論》卷四：「我見者，謂我執。於非我法妄計爲我，故名我見。」《大乘起信論》：「一切邪執，皆依我見，若離於我，則無邪執。」

〔四〕夏官：指兵部。《通典》卷二三：「《周禮》夏官大司馬之職，掌以九伐之法正邦國，制軍詰禁，以糾邦國，領校人、牧師、職方、司兵之屬，即今兵部之任也。」

〔五〕「既節」四句：五官，指將軍的各種佐吏。《淮南子·兵略》：「夫論除謹，動静時，吏卒辨，兵甲治，正行伍，連什伯，明鼓旗，此尉之官也；前後知險易，見敵知難易，發斥不忘遺，此候之官也；隧路亟，行輜治，賦丈均，處軍輯，井竈通，此司空之官也；收藏於後，遷舍不離，無淫輿，無遺輜，此輿之官也。凡此五官（據上所言，實只四官）之於將也，猶身之有股肱手足也。」騎士，騎兵。宿衛，謂在宮中擔任警衛。扞城，護衛城池。尋繹以上四句之意，死者是時似官兵部侍郎（兵部副長官，正四品下）或兵部（兵部四司之一）郎中（從五品上）。《通典》卷二三云：「（兵部）侍郎……掌署武職、武勳官、三衛（親衛、勳衛、翊衛，皆掌宮庭宿衛之事）及兵士。」又云兵部郎中「掌與侍郎同」。

〔六〕平分是貴：《史記・司馬穰苴列傳》：「悉取將軍之資糧享士卒，身與士卒平分糧食。」

〔七〕決遣：判斷發落。《舊唐書・張文瓘傳》：「旬日決遣疑事四百餘條。」先馳：先行，占先。

〔八〕曹無留事：見《裴僕射濟州遺愛碑》首段注〔五一〕。

〔九〕積善無慶：《易・坤・文言》：「積善之家，必有餘慶。」慶，幸福。

〔一〇〕彌留：病久不愈。《書・顧命》：「病日臻，既彌留。」後謂病重瀕死爲彌留。

〔一一〕唐肆求馬：喻所求必不可得。《莊子・田子方》：「彼已盡矣，而女求之以爲有，是求馬於唐肆也。」唐肆，空市場。郭象注云：「唐肆，非停馬處也。言求向者之有，不可復得也。」此指求不死已不可得。

〔一二〕夜壑藏舟：《莊子・大宗師》：「夫藏舟於壑，藏山於澤，謂之固矣，然而夜半有力者負之而走，昧者不知也。」此喻事物之變化難於預料。

〔一三〕幻境：虛幻之境。指世事變化無常。

〔一四〕與道遊：《淮南子·原道》：「循天（自然）者，與道遊者也；隨人者，與俗交者也。」

〔一五〕温兮如玉：《詩·秦風·小戎》：「言念君子，温其如玉。」箋：「念君子之性，温然如玉。」温，指性情平和。

〔一六〕去德何永：《文選》謝脁《拜中軍記室辭隋王牋》：「去德滋永，思德滋深。」去德，指離開有德者。

〔一七〕事生：指對死者生時的事奉。

〔一八〕五情：《文選》曹植《上責躬應詔詩表》：「形影相弔，五情愧赧。」劉良注：「五情，喜、怒、哀、樂、怨也。」

〔一九〕百身不贖：見《西方變畫讚》二段注〔一八〕。

〔二〇〕薦：進獻；《全唐文》作「獻」。牢：牛羊等祭品。

爲人祭李舍人文〔一〕

年月日，某以茶藥之奠，祭于故舍人李公之靈。嗚呼！見人多矣，未有如子。生于德門〔二〕，長于貴里；名高江夏之童〔三〕，貌奪河陽之美〔四〕；行比曾顔〔五〕，才兼文史。含洟輕肥〔六〕，仰偃紈綺〔七〕，惡如涕唾，棄如塵滓。比布衣以同年〔八〕，甘蔬食而没齒〔九〕。嗚呼！深入度門，高居道源〔一〇〕，獨一静處，寂默無言。持草誡之真性〔一一〕，歸化光之法尊〔一二〕。曠無浄染〔一三〕，頓離塵根〔一四〕。豈期昨日分首〔一五〕，别離未久，萬法皆空，一生何有？無餘涅槃〔一六〕，應無所受〔一七〕；無漏智慧〔一八〕，斯爲不朽。予以凡情，哀哀其後。世相謂然〔一九〕，道心斯醜〔二〇〕。敢不從俗？子其無咎〔二一〕。尚饗〔二二〕。

〔一〕舍人：唐有中書舍人、起居舍人、通事舍人、太子中舍人、太子舍人、太子通事舍人等。

〔二〕德門：謂有德之家。陸機《爲陸思遠婦作》：「潔己入德門，終遠母與兄。」《南史·謝晦傳》論：「然謝氏自晋以降，雅道相傳，景恒、景仁以德素傳美，景懋、景先以節義流譽。方明行己之度，玄暉藻績之奇，各擅一時，可謂德門者矣。」

〔三〕江夏之童：《後漢書·黄香傳》：「黄香，字文彊，江夏安陸人也。……年十二，太守劉護聞而召之，署門下孝子，甚見愛敬。……遂博通經典，究精道術，能文章，京師號曰：天下無雙，江夏黄童。」趙殿成曰：「童，顧本作重，今校正。」按，趙校是，宋蜀本、述古堂本、明十卷本等俱作「童」。

〔四〕河陽之美：《晋書·潘岳傳》謂「岳美姿儀」，嘗「出爲河陽令」。

〔五〕曾顔：孔門弟子曾參、顔回。此二字《全唐文》作「顔曾」。

〔六〕含恣：疑當作「含姿」，謂體含妙姿。南朝宋湯惠休《楚明妃曲》：「含姿綿視，微笑相迎。」輕肥：輕裘肥馬。

〔七〕仰偃：猶偃仰、俯仰。此處有周旋之意。紈綺：謂華美之服。亦指服紈綺的貴族子弟。

〔八〕以：而。同年：相等。句謂其自等同于布衣。

〔九〕没齒：見《工部楊尚書夫人京兆王氏墓誌銘》首段注〔四〇〕。

〔一〇〕度門：見《讚佛文》首段注〔一四〕。道源：指佛教之本源。

〔一一〕持：守，保持；底本原作「待」，此從明十卷本。草誡：疑用草繫比丘事。指不得毁壞生草的禁戒。《一切有部目得迦》卷六載，佛在世時，有比丘爲賊所執，縛以連根茅草，比丘恐壞生草，不自解縛，等待餓死。有跋蹉國王名烏陀延，適到其所，問比丘「何爲住此？答：『我被賊縛。』『以何物縛？』曰：『生草。』王曰：『何不拔起？』報曰：『世尊爲我制其學處，若復苾蒭（比丘）壞生草木得波逸提迦（義譯「墮」，犯戒律之罪名）。』」《涅槃經》卷一六云：「寧捨身命不毁禁戒，如草繫比丘。」

〔一二〕化光：《易·坤·文言》：「後得主而有常，含萬物而化光。」疏：「言含養萬物而德化光大也。」法尊：指佛法。佛法爲尊，故曰法尊。《普門品經》：「第一佛尊，第二法尊，第三比丘僧尊。」

〔一三〕曠：空。净：謂身心清净無垢。《廣弘明集》卷二七上南齊蕭子良《净住子》：「業累（惡業之繫累）既除，表裏俱净。」《俱舍論》卷一六：「暫永遠離一切惡行煩惱垢故，名爲清净。」染：染污，言真性被染污而不清净。指心執著于外境，爲其染污，而生起種種世俗之欲求、情識（即煩惱）。《俱舍頌疏》卷一：「煩惱不净，名爲染污。」句指舍人入滅，故無净亦無染。

〔一四〕塵：佛教指能染污人之情識的世間一切事法，即所謂六境（六塵）。參見《西方變畫讚》首段注〔六〕。根：《大乘義章》卷四：「能生名根。」意謂具有能生作用的根本，如眼根能生眼識等。佛書稱有眼、耳、鼻、舌、身、意、女、男、命、苦、樂、憂、喜等二十二種根。「頓離塵根」，指舍人忽然而卒。

〔一五〕昨：猶「昔」。分首：别離。

〔一六〕無餘涅槃：見《浄覺禪師碑銘》末二段注〔三〕。

〔一七〕受：見《胡居士卧病遺米因贈》注〔九〕。

〔一八〕無漏智慧：指能斷除三界煩惱、證得佛教「真理」的智慧。「漏」即煩惱之異名。《法華經·方便品》：「度脱諸衆生，入佛無漏智。」智、慧、智慧在漢譯佛書中通常互用。《大乘義章》卷九：「照見名智，解了稱慧。……通則義齊。」

〔一九〕世相：人世間的情形。

〔二〇〕道心：見《藍田山石門精舍》注〔一三〕。斯：則。句謂自道心觀之則醜。

〔二一〕無咎：無過錯。咎，宋蜀本作「言」。

〔二二〕尚饗，二字底本原無，據宋蜀本、述古堂本、明十卷本補。

爲羽林將軍祭武大將軍文〔一〕

維年月日，將軍某等，謹以清酌少牢之奠，祭于故大將軍武公之靈。嗚呼武公，命代出群〔二〕。氣蓋朔方〔三〕，勇冠六軍〔四〕。生長下國〔五〕，聲聞上天。天子壯之，命居北門〔六〕。北門伊何？國之重寄。羽林孤兒〔七〕，旄頭突騎〔八〕，罔不畢總〔九〕，爲之元帥。帝在紫微〔一〇〕，與君爲衛。身恒披堅，手不捨鋭〔一一〕。出乘天駟〔一二〕，入虚東第〔一三〕。同官爲寮〔一四〕，出入五世〔一五〕。顧我軍旅，凜然遺風〔一六〕。一日之長〔一七〕，萬夫之雄。身雖有極，德不可窮。嗚呼！門館蒼黄〔一八〕，風景淒凉。櫪馬悲鳴，角弓不張。弔客接武〔一九〕，哭聲滿堂。嗚呼！凡人有喪，匍匐斯救〔二〇〕，況我武公，屢及其霤〔二一〕，盥而撫之，唅玉當受〔二二〕。敢不嗣事〔二三〕，如公之舊。尚饗〔二四〕。

〔一〕羽林將軍：唐左右羽林軍（禁軍名）置大將軍各一人，正三品；將軍各二人，從三品，掌統領北衙禁兵，任宿衛侍從之事。參見《舊唐書·職官志》、《新唐書·百官志》。《全唐文》上一「軍」字上無「將」字。武大將軍：未詳。

〔二〕命代：命世，著名於當世。

〔三〕朔方：《舊唐書·地理志》載，隋朔方郡，唐曰夏州。天寶元年，改爲朔方郡。乾元元年，復爲夏州。治所在朔方縣（今内蒙古烏審旗南白城子）。

〔四〕六軍：周制，天子六軍。後以爲軍隊之統稱。

〔五〕下國：小國。《詩·商頌·殷武》：「命于下國，封建厥福。」箋：「命之於小國，以爲天子大立其福。」此指朔方。按《舊唐書·地理志》載，夏州朔方郡「舊領縣四，户二千三百二十三」，「天寶，户九千二百一十三」；《舊唐書·職官志》云：「户不滿二萬，爲下州也。」

〔六〕北門：指羽林軍。《通鑑》中宗神龍元年：「北門南牙，同心協力。」胡注：「南牙謂宰相，北門謂羽林諸將。」《舊唐書·職官志》：「初，太宗選飛騎（羽林之兵，名曰飛騎）之尤驍健者，别署百騎，以爲翊衛之備。天后初，加置千騎，中宗加置萬騎，分爲左右營，置使以領之。自開元以來，與左右羽林軍名曰北門四軍。」《通典》卷二八：「大唐貞觀十二年，於玄武門置左右屯營。……龍朔二年，改左右屯營爲左右羽林軍。」玄武門即皇宫之北門，故稱羽林軍爲北門。又，北門亦謂之北衙。《舊唐書·職官志》：「初，貞觀中置北衙七營，後改爲左右羽林軍。」

〔七〕羽林孤兒：《漢書·百官公卿表》：「（武帝）又取從軍死事之子孫，養羽林官，教以五兵，號曰羽林孤兒。」

〔八〕旄頭：充任先驅的羽林騎兵。《漢書·梁丘賀傳》：「會八月飲酎，行祠孝昭廟，先敺（驅）旄頭劍挺墮地。」《後漢書·光武帝紀》注：「《漢官儀》曰：『舊選羽林爲旄頭，被髮先驅。』魏文帝《列異傳》曰：『秦文公時，梓樹化爲牛，以騎擊之。騎不勝，或墮地，髻解被髮，牛畏之，入水。故秦因是置旄頭騎，使先驅。』」突騎：《漢書·鼂錯傳》：「若夫平原易地，輕車突騎，則匈奴之衆易撓亂也。」注：「突騎，言其驍鋭可用衝突敵人也。」《後漢書·光武帝紀》注：「突騎，言能衝突軍陣。」

〔九〕總：統領。底本原作「勸」，宋蜀本作「勸」，此從述古堂本。

〔一〇〕紫微：王宫。《文選》漢王延壽《魯靈光殿賦》：「乃立靈光之秘殿，配紫微而爲輔。」晋張載注：「紫微，至尊宫。」按，紫微本星座名，王者之宫象之，故稱王宫爲紫微。《晋書·天文志》：「紫微，大帝之座也，天子之常居也。」《文選》劉峻《辯命論》：「入紫微，升帝道。」李善注：「薛綜《西京賦注》曰：『天有紫微宫，王者象之，曰紫微宫。』」

〔一一〕「身恒」二句：《戰國策·楚策一》：「吾被堅執鋭，赴强敵而死。」《漢書·高帝紀》「朕親被堅執鋭」，注：「被堅，謂甲胄也。執鋭，謂利兵也。」被，通「披」。

〔一二〕天駟：星名。又喻神馬。《藝文類聚》卷九三晋郭璞《馬贊》：「馬出明精，祖自天駟。」

〔一三〕虚東第：謂常在宫中宿衛，不歸其宅第。虚，底本原作「並」，據宋蜀本改。疑「虚」字缺上半，遂誤而爲「並」。東第，見《送高判官從軍赴河西序》第二段注〔二九〕。

〔一四〕同官爲寮：《左傳》文公七年：「同官爲寮，吾嘗同寮，敢不盡心乎？」寮，通「僚」。

〔一五〕五世：疑指高宗、武后、中宗、睿宗、玄宗五朝。

〔一六〕軍旅：部隊。旅，宋蜀本作「制」。凛然：嚴肅貌。

〔一七〕一日之長：言其年齡稍長。《論語·先進》：「以吾一日長乎爾，毋吾以也。」

〔一八〕蒼黄：蒼凉。

〔一九〕接武：前後相接。

〔二〇〕「凡人」二句：《詩·邶風·谷風》：「凡民有喪，匍匐救之。」箋：「匍匐，言盡力也。凡於民有凶禍之事，鄰里尚盡力往救之。」

〔二〕公，宋蜀本作「侯」。屨及其霤：《左傳》宣公二年：「三進，及溜，而後視之。」孔疏云：「溜謂簷下水溜之處。」按「溜」、「霤」通，「及溜」指及於階間之霤，即將入堂。句謂某等足登武公之堂。

〔三〕嗣事：繼續其職事。

〔四〕「盥而」二句：參見《祭兵部房郎中文》第二段注〔一〕。唅，以珠玉之類置於死者口中。字亦作「含」。

〔五〕此二字底本原無，據宋蜀本補。

招素上人彈琴簡〔一〕

僕乍脱塵鞅〔二〕，來就泉石，左右墳史〔三〕，時白舒卷，頗覺思慮，斗然一清〔四〕，喝侯揮絃〔五〕，寫我佳況。

〔一〕此篇王維集諸本俱不録，僅見於《全唐文》卷三二五。素上人：不詳。《宣和書譜》卷一九：「釋懷素，字藏真，俗姓錢，長沙人。徙家京兆。……初勵律法，晚精于翰墨，追倣不輟，秃筆成塚。一夕觀夏雲隨風，頓悟筆意，自謂得草書三昧。……當時名流，如李白、戴叔倫、竇臮、錢起之徒，舉皆有詩美之。」懷素生於開元十三年(據素草書《清浄經》自題)。「素上人」或即指懷素。

〔二〕塵鞅：世俗事務的束縛。鞅，套在馬頸上的革帶。

〔三〕左右：兩旁。墳史：古之書、史。《隋書·經籍志》：「沉静寡慾，篤好墳史。」

〔四〕斗然：突然。斗，通「陡」。

〔五〕喁（yōng 顒）：猶喁喁，向慕之意。《史記·司馬相如列傳》：「延頸舉踵，喁喁然，皆爭歸義。」俟：等待。

王維集校注附録

一、傳本誤收詩文

趙殿成《王右丞集箋注》所收詩文，有非王維所撰，而誤收入集者。今依《箋注》原有順序，悉録於下，并加按語，説明指爲僞作之根據。其《箋注》未收而見於他本他書之僞作，亦録入，分别次於《箋注》所收詩文之後。

留别丘爲

歸鞍白雲外，繚繞出前山。今日又明日，自知心不閒。親勞簪組送，欲趁鶯花還。一步一迴首，遲遲向近關。（《箋注》卷三）

此詩重見《全唐詩》王維集及丘爲集中，丘爲集録此詩，題作《留别王維》。按，此詩《箋注》次于《送六舅歸陸渾》後，而今存王維集的一些較早版本，如宋蜀本、述古堂本、元本、明弘治吕夔刊劉須溪校本（以下簡稱「吕本」）、明十卷本、顧本等，皆次于《送丘爲往唐州》後，述古堂本且以《留别》爲詩題，「丘爲」爲作者姓名。《送丘爲往唐州》曰：「宛洛有風塵，君行多苦辛。四愁連漢水，百口寄隨人。槐色陰清晝，楊花惹暮春。朝端肯相送，天子繡衣臣。」尋繹詩意，《送丘爲往唐州》無疑是王維的贈詩，而此首則是丘爲的答詩。此乃本人集中附載他人的同詠之作因而致誤的一個明顯例子。

別弟妹二首

兩妹日成長〔一〕，雙鬟將及人。已能持寶瑟，自解掩羅巾。念昔別時小，未知疎與親。今來始離恨，拭淚方慇懃〔二〕。

小弟更孩幼，歸來不相識。同居雖漸慣，見人猶未覓〔三〕。宛作越人語〔四〕，殊甘水鄉食。別此最爲難，淚盡有餘憶。（《箋注》卷四）

〔一〕成長，《唐詩紀事》作「長成」。

〔二〕拭，《紀事》作「掩」。

〔三〕未覓，《紀事》作「默默」。

〔四〕語，《紀事》作「言」。

休假還舊業便使〔一〕

謝病始告歸，依依入桑梓〔二〕。家人皆佇立，相候柴門裏〔三〕。時輩皆長年〔四〕，成人舊童子。上堂嘉慶畢〔五〕，顧與姻親齒〔六〕。論舊忽餘悲〔七〕，目存且相喜〔八〕。田園轉蕪没，但有寒泉水。衰柳日蕭條，秋光清邑里。入門乍如客，休騎非便止〔九〕。中飯顧王程〔一〇〕，離憂從此始。（《箋注》卷四）

〔一〕假，凌本、《唐詩品彙》俱作「暇」。

〔二〕依依，《紀事》作「依然」。

〔三〕柴，《文苑英華》、《紀事》、宋蜀本、述古堂本等俱作「衡」。

〔四〕時輩，《紀事》作「儔類」。皆，《英華》作「今」。

〔五〕嘉，《紀事》、凌本作「家」。

〔六〕顧，凌本作「願」。齒，《紀事》、《品彙》作「邇」。

〔七〕忽，底本注：「一作或。」

〔八〕目，《英華》、《品彙》作「自」。

〔九〕休，《英華》作「歸」。

〔一〇〕飯，宋蜀本作「飲」。

以上三詩，《全唐詩》重見王維集及盧象集中，盧象集題作《八月十五日象自江東止田園移莊慶會未幾歸汶上小弟幼妹尤嗟其别兼賦是詩三首》，其一即《休假還舊業便使》，二、三即《别弟妹二首》。又

《紀事》卷二六亦以此三詩爲盧象所作，題作《自江東止田園移莊慶會未幾歸汶上小弟幼妹尤悲其別賦詩》。趙殿成曰：「成考右丞本傳及他書，未有言其寓家於越、浪跡水鄉者，『宛作』二語，合之盧象江東之説，乃爲得之，讀者試辨焉。」按，維蒲州人，少時隨其母居於蒲，後移家長安，確乎未嘗「寓家於越」，參見《王維年譜》。細玩《八月十五日象自江東止田園……》其一之意，可知是時作者在汶上（汶水之上，汶水即今山東大汶河）爲官，謝病告假歸江東探親，不久復返汶上。《唐才子傳》卷二：「（盧）象字緯卿……攜家來居江東最久。」劉禹錫《唐故尚書主客員外郎盧公集序》：「尚書郎盧公諱象……丞相曲江公（張九齡）方執文衡……擢爲左補闕、河南府司録、司勳員外郎。名盛氣高，少所卑下，爲飛語所中，左遷齊、汾、鄭三郡司馬。」齊州治所在今山東濟南，其地近汶水，三詩或即象任齊州司馬期間所作。綜上所述，三詩所云，與盧象之行止相合，又王安石《唐百家詩選》卷一亦以三詩爲盧象所作（作一首），故其作者應以作盧象爲是。

留別錢起

卑棲却得性，每與白雲歸。徇禄仍懷橘〔一〕，看山免採薇〔二〕。暮禽先去馬，新月待開扉。霄漢時回首，知音青瑣闈。（《箋注》卷八）

〔一〕仍，凌本作「猶」。

〔二〕山，凌本作「花」。此句之下底本注曰：「四句一作『別山如昨日，春露已沾衣。採蕨頻盈手，看花空厭歸』。」

此詩重見《全唐詩》王維集及錢起集中，錢起集題作《晚歸藍田酬王維給事贈别》（《錢考功集》同），《文苑英華》卷二八七亦以此詩爲錢起所作，題作《晚歸藍田酬中書常舍人贈别》。按，《唐詩紀事》卷三〇云：「（錢）起還藍田，王維贈别云：『草色日向好，桃源人去稀……』（即維《送錢少府還藍田》詩）起答詩云：『卑棲却得性，每與白雲歸……』（即《留别錢起》詩）」明以此詩爲錢起答王維贈别之作。蓋是時維官給事中，故詩曰「知音青瑣闈」（給事中掌陪侍天子，故云）；若從舊本以此詩爲王維所作，則維卒之前，起只任過秘書省校書郎、藍田縣尉（參見傅璇琮《唐代詩人叢考·錢起考》），不得謂曰「知音青瑣闈」，故此詩合是錢作無疑。國家圖書館藏何焯校本《王摩詰集》，即據宋本，以《留别》爲詩題，「錢起」爲作者姓名。又宋蜀本、述古堂本、元本、吕本、明十卷本、顧本等，俱次此詩於《送錢少府還藍田》後，可見這也是本人集中附載他人的同詠之作因而致誤的一個例子。

遊悟真寺

聞道黄金地，仍開白玉田〔一〕。擲山移巨石，呪嶺出飛泉。猛虎同三逕，愁猿學四禪。買香燃緑桂，乞火踏紅蓮〔二〕。草色摇霞上，松聲汎月邊。山河窮百二，世界滿三千。梵宇聊憑視〔三〕，王城遂渺然。灞陵纔出樹，渭水欲連天。遠縣分諸郭〔四〕，孤村起白烟〔五〕。望

雲思聖主，披霧憶群賢〔六〕。薄宦慚尸素，終身擬尚玄。誰知草庵客〔七〕，曾和柏梁篇。（《箋注》卷一二）

〔一〕開，《文苑英華》作「依」。

〔二〕紅，《唐詩紀事》、凌本俱作「青」。

〔三〕憑視，《英華》作「平覽」，《紀事》作「憑覽」。

〔四〕諸，《英華》、《紀事》、宋蜀本俱作「朱」。

〔五〕村，《英華》作「城」。

〔六〕霧，宋蜀本作「露」。

〔七〕知，宋蜀本作「言」。

此篇《文苑英華》卷二三四作王維詩，《全唐詩》重見王維及王縉集中。按，《又玄集》卷中、《唐詩紀事》卷一六、《唐詩品彙》卷七六俱以此詩爲王縉所作，《寶刻叢編》卷八引《京兆金石録》：「唐悟真寺五言詩，唐王縉撰。」又述古堂本收此詩，下即署「王縉」名。蓋其時舊本或誤以此詩爲王維所作，故編者特署上「王縉」之名，以正視聽。

留別崔興宗

駐馬欲分襟，清寒御溝上。前山景氣佳，獨往還惆悵。（《箋注》卷一三）

奇字齋本、凌本不録此詩。宋蜀本、述古堂本、元本、吕本、明十卷本、顧本等録之，編次俱與《崔九弟欲往南山馬上口號與别》（附裴迪同詠）相接，宋蜀本、明十卷本且以《留别》爲詩題，「崔興宗」爲作者姓名。顯然，這也屬本人集中附載他人的同詠之作因而致誤的情況。《唐詩紀事》卷一六云：「王維有《崔九往南山馬上口號與别》云：『城隅一分手……』裴迪云：『歸山深淺去……』（即裴迪同詠）興宗《留别》云：『駐馬欲分襟……』（即此篇）」明以此篇爲興宗留别維、迪二人之詩。又《唐文粹》卷一五上、《萬首唐人絶句》卷九一、《全唐詩》亦俱以此篇爲興宗所作，題作《留别王維》。

淮陰夜宿二首

水國南無畔，扁舟北未期。鄉情淮上失，歸夢郢中疑。木落知寒近，山長見日遲。客行心緒亂，不及洛陽時。

永絶卧烟塘，蕭條天一方。秋風淮木落，寒夜楚歌長。宿莽非中土，鱸魚豈我鄉？孤舟行已倦，南越尚茫茫。（《箋注》卷一五）

下京口埭夜行

孤帆度緑氛，寒浦落紅曛。江樹朝來出，吴歌夜漸聞。南溟接潮水，北斗近鄉雲。行役從

茲去，歸情入雁群。（同上）

山行遇雨

驟雨晝氛氲，空天望不分。暗山惟覺電，窮海但生雲。涉澗猜行潦，緣崖畏宿氛。夜來江月霽，棹唱此中聞。（同上）

夜到潤州

夜入丹陽郡，天高氣象秋。海隅雲漢轉，江畔火星流。城郭傳金柝，閭閻閉綠洲。客行凡幾夜，新月再如鉤。（同上）

以上五篇亦載于奇字齋本外編，且注曰：「宋本作公詩。」然宋蜀本、述古堂本實無此五詩，其他各本亦皆未載。又此五詩俱見唐《孫逖集》、《文苑英華》卷二九一、《全唐詩》亦均作逖詩。按，《舊唐書·孫逖傳》曰：「開元初，應哲人奇士舉，授山陰尉。」逖嘗官山陰（唐越州治所，今浙江紹興）尉，集中有不少越中詩。其《山陰縣西樓》曰：「都邑西樓芳樹間，逶迤霽色繞江山。……一見湖邊楊柳風，遥憶青青洛陽道。」《夜宿浙江》曰：「扁舟夜入江潭泊，露白風高氣蕭索。……烟水茫茫多苦辛，更聞江上越人吟。洛陽城闕何時見，西北浮雲朝暝深。」《江行有懷》曰：「秋水明川路，輕舟轉石圻。……晝行疑海若，夕夢識江妃。野霽看吴盡，天長望洛非。不知何歲月，一似暮潮歸？」尋繹詩意，後二篇當作於逖入越途中。二篇皆寫秋景，是知逖入越蓋在秋日。又，逖河南府（治所在今河南洛陽）人（見顔真卿《尚書刑部侍郎贈尚書右僕射孫逖文公集序》、《唐詩紀事》卷二六），故三詩中俱有「思洛」、「望洛」之語。《淮陰夜宿二首》明言已將赴越（「孤舟行已倦，南越尚茫茫。」），且寫秋景，又有「思洛」之意（「客行心緒亂，不及洛陽時。」），無疑當是逖入越途中經淮陰（今江蘇淮陰西南）時所作。《夜到潤州》云：「夜入丹陽郡，天高氣象秋。」正寫秋景，詩蓋亦逖入越途中經丹徒（潤州治所，今江蘇鎮江）時所作。《下京口埭夜行》同（京口埭在丹徒，見《新唐書·地理志》）。《山行遇雨》云：「暗山惟覺電，窮海但生雲。」據「窮海」之語，詩當係逖在山陰任職時所作。以上五詩，蓋因《文苑英華》次於王維詩後而致誤。

冬夜寓直麟閣

直事披三省〔一〕，重關祕七門。廣庭憐雪浄，深屋喜鑪温。月幌花虚馥，風窗竹暗喧。東山白雲意，兹夕寄琴樽〔二〕。（《箋注》卷一五）

〔一〕省，底本注：「一作閣。」

〔二〕樽，底本注：「一作言。」

此詩亦載於奇字齋本外編，其他各本俱未收録。《文苑英華》卷一九一録此篇，作宋之問詩。趙殿成曰：「成按題中麟閣之名，乃是天授時所改，神龍時無復此稱，則此詩自應歸宋耳。」此説是。麟閣謂秘書省。維平生未嘗在秘書省任職，何能爲「寓直麟閣」之詩？且《宋之問集》載此詩，《全唐詩》亦以此詩爲之問所作。

賦得秋日懸清光

寥廓涼天静，晶明白日秋。圓光含萬象，碎影入閑流。迴與青冥合，遥同江甸浮。晝陰殊衆木，斜影下危樓。宋玉登高怨，張衡望遠愁。餘輝如可託，雲路豈悠悠？（《箋注》卷十五）

此詩僅載于《箋注》及《全唐詩》，其他各本俱未收録。趙殿成曰：「《詩雋類函》、《唐詩類苑》俱作王維詩，《唐詩品彙》作無名氏詩。」按，此詩載《文苑英華》卷一八一「省試二」，無作者姓名，同題尚有陶拱一首，考陶拱與夏方慶、李子蘭均有《天晴景星見賦》，俱「以有道之邦，德星昭見爲韻」，載《文苑英華》卷九；又夏方慶與范傳正均有《風過簫賦》，俱「以無爲斯化，有感潛應爲韻」，載《文苑英華》卷一三，則陶拱與范傳正、夏方慶皆當爲貞元時人（范傳正貞元十年進士，見《登科記考》卷一三），《賦得秋日懸清光》應爲貞元間試題，詩非王維作。

過友人莊

故人具雞黍，邀我至田家。緑樹村邊合，青山郭外斜。（《箋注》卷一五）

此詩亦載於奇字齋本外編，其他各本俱未收録。趙殿成曰：「此本孟浩然八言律詩，今《萬首唐人絶句》減去後四句作一絶，作王維，不知何據。」按，此詩八句見宋蜀刻本《孟浩然集》，《唐百家詩選》卷一、《衆妙集》俱作孟浩然詩，明趙宧光、黄習遠重訂《萬首唐人絶句》已削去此詩，《全唐詩》同，宜從之。

感興

禾黍不艷陽，競栽桃李春。翻令力畊者，半作賣花人。（《箋注》卷一五）

此詩亦載奇字齋本外編，其他各本未見收録。顧起經注云：「《詩林廣記》（宋蔡正孫撰）作鄭谷詩。」趙殿成曰：「此本鄭谷詩，《詩學權輿》以爲王摩詰作。」按，鄭谷《雲臺編》卷上録此詩，《唐詩紀事》卷七〇、《萬首唐人絶句》卷九四、《全唐詩》亦俱以爲鄭谷所作，宜從之。

從軍行二首〔一〕

戈甲從軍久〔二〕，風雲識陳難。今朝拜韓信，計日斬成安〔三〕。

燕頷多奇相，狼頭敢犯邊。寄言班定遠，正是立功年。（《箋注》卷一五）

〔一〕行，宋蜀本、明十卷本、奇字齋本俱作「辭」。

〔二〕戈，《樂府詩集》作「旌」，明十卷本作「簇」。

〔三〕以上二句《樂府詩集》、凌本俱作「今朝韓信計，日下斬成安。」

遊春辭二首

曲江絲柳變烟條，寒谷冰隨暖氣銷。纔見春光生綺陌，已聞清樂動雲韶。

經過柳陌與桃谿〔一〕，尋逐春光著處迷〔二〕。鳥度時時衝絮起，花繁滚滚壓枝低〔三〕。（同上）

〔一〕谿，《樂府詩集》、《唐詩紀事》俱作「蹊」。

〔二〕春，《樂府詩集》作「風」。

〔三〕滚滚，宋蜀本作「衮衮」。

秋思二首

網軒涼吹動輕衣〔一〕，夜聽更生玉漏稀〔二〕。月渡天河光轉濕，鵲驚秋樹葉頻飛。

宮連太液見滄波，暑氣微消秋意多〔三〕。一夜輕風蘋末起，露珠翻盡滿池荷。（同上）

〔一〕綱，底本注：「一本作緑。」

〔二〕生，《萬首唐人絶句》、《樂府詩集》、《唐詩紀事》俱作「長」。

〔三〕消，《樂府詩集》、凌本作「清」。

從軍辭

髦頭夜落捷書飛，來奏軍門着賜衣〔一〕。白馬將軍頻破敵，黄龍戍卒幾時歸？（同上）

〔一〕軍，《萬首唐人絶句》、《樂府詩集》、《唐詩紀事》、凌本俱作「金」，是。

塞下曲二首

辛勤幾出黄花戍，迢遞初隨細柳營。塞晚每愁殘月苦〔一〕，邊愁更逐斷蓬驚〔二〕。

年少辭家從冠軍，金裝寶劍去邀勳。不知馬骨傷寒水，惟見龍城起暮雲。（同上）

〔一〕愁，《樂府詩集》、《唐詩紀事》、凌本俱作「秋」。

〔二〕驚，《紀事》作「聲」。

明十卷本、奇字齋本、凌本俱載以上九首，《樂府詩集》亦作王維詩，《萬首唐人絶句》、《唐詩紀事》、《全唐詩》俱以爲王涯所作。

遊春曲二首

萬樹江邊杏，新開一夜風。滿園深淺色，照在緑波中。

上苑無窮樹〔一〕，花開次第新。香車與絲騎，風静亦生塵。（《箋注》卷一五）

〔一〕無，《樂府詩集》、《唐詩紀事》、凌本俱作「何」。明十卷本、奇字齋本、凌本俱録此二首，《樂府詩集》亦作王維詩，《萬首唐人絶句》、《全唐詩》作王涯詩，《唐詩紀事》作張仲素詩。

太平樂二首〔一〕

風俗今和厚〔二〕，君王在穆清。行看探花曲〔三〕，盡是泰階平。

聖德超千古，皇威静四方〔四〕。蒼生今息戰，無事覺時長。（《箋注》卷一五）

〔一〕樂，宋蜀本、明十卷本、奇字齋本、凌本俱作「辭」。

〔二〕和，奇字齋本作「何」。

〔三〕探，《唐詩紀事》作「採」。

〔四〕威，《紀事》作「風」。

明十卷本、奇字齋本、凌本俱載此二首，《樂府詩集》亦作王維詩，《萬首唐人絶句》作王涯詩，《唐詩紀事》作張仲素詩，《全唐詩》第一首作王涯，第二首作張仲素。

塞上曲二首

天驕遠塞行，出鞘寶刀鳴〔一〕。定是酬恩日，今朝覺命輕。

塞虜常爲敵，邊風已報秋。平生多志氣，箭底覓封侯。（《箋注》卷一五）

〔一〕出鞘，《樂府詩集》作「鞘裏」。

明十卷本、奇字齋本、凌本俱録此篇，《樂府詩集》亦作王維詩，《萬首唐人絶句》、《全唐詩》作王涯詩，《唐詩紀事》第一首作張仲素，第二首作王涯，題均作《平戎詞》。

秋夜曲二首

丁丁漏水夜何長，漫漫輕陰露月光〔一〕。秋逼暗蟲通夕響〔二〕，寒衣未寄莫飛霜。

桂魄初生秋露微，輕羅已薄未更衣。銀箏夜久殷勤弄，心怯空房不忍歸。（《箋注》卷一五）

〔一〕陰，《萬首唐人絶句》、《樂府詩集》、《唐詩紀事》、宋蜀本等俱作「雲」。

〔二〕逼，《樂府詩集》、凌本俱作「壁」。

明十卷本、奇字齋本、凌本俱載此篇，《樂府詩集》亦作王維詩，《萬首唐人絶句》卷一二作王維，卷二五又作王涯，《唐詩紀事》作張仲素（第二首題作《春閨怨》），《全唐詩話》録第二首，作張仲素，《全唐詩》第一首作張仲素，第二首作王涯。

平戎辭二首

太白秋高助漢兵〔一〕，長風夜卷虜塵清。男兒解却腰間劍，喜見從王道化平〔二〕。

卷旆生風喜氣新，早持龍節静邊塵。漢家天子圖麟閣，身是當今第一人。（《箋注》卷一五）

〔一〕漢，《唐詩紀事》作「發」，《萬首唐人絶句》、宋蜀本、明十卷本等俱作「後」。

〔二〕從，《樂府詩集》作「君」。

明十卷本、奇字齋本、凌本俱録此篇，《樂府詩集》亦作王維詩，《萬首唐人絶句》作王涯詩，《唐詩紀事》第一首作王涯，第二首作張仲素，《全唐詩》同。

以上十九首，《樂府詩集》俱作王維詩，明十卷本等即據之録入王維集中，而《全唐詩》則將它們全部從王維集中删去，并在卷一二八王維五、七言絶句之後注云：「集中《太平樂》、《從軍辭》、《塞上》、《隴上》、《遊春》、《送春》及《閨人贈遠》等絶句，本《三舍人集》内王涯、張仲素詩，今從洪邁《萬首絶句》删正。」「舊有《獻壽》、《遊春》、《從軍》、《平戎》、《秋思》、《秋夜》、《春思》、《贈遠》十五篇，本王涯、張仲素詩，今删去。」按，《全唐詩》的做法正確，宜從之，根據爲：（一）今存王維集的幾種最早的版本，如述古堂本、元本、吕本等，俱不載以上十九首詩，宋蜀本卷一之末雖收録了這十九首詩，但詩前標「翰林學士知制誥王涯」名。何以王維集中却收載了王涯之作？顧千里云：「蓋其始抄綴於此，而刻者不知删去耳。」（宋蜀刻《王摩詰文集》跋語）我們知道，宋蜀本乃詩文混編，詩不分體編排，其卷一收録「賦、歌、詩、讚」，標示爲「翰林學士知制誥王涯」名下之詩，列在「讚」之後，而不按體裁編入「歌、詩」中，這很像是王維集中原無，另從他處搜羅得來之作。但編者並不認爲這些詩歌是王維所作，而屬於王涯之作誤傳爲王維詩的情況，故特收録這些誤傳之詩於卷末，并署上作者王涯之名，以正視聽。（二）《唐詩紀事》卷四二録王涯、令狐楚、張仲素三人之詩凡數十首，且稱：「右王涯、令狐楚、張仲素五言七言絶句共作一集，號《三舍人集》（王涯、令狐楚、張仲素元和時先後官中書舍人，故云三舍人），今盡録於此。」以上十九首詩，俱載於《唐詩紀事》所録《三舍人集》中。集中三人之詩，有不少同題之作，而且它們在文義上還有一定的聯繫。如王涯《從軍詞》云：「寄言班定遠，正是立功年。」（即《從軍行二首》之二）令狐楚《從軍行》云：「暮雪迷青海，陰霞覆白山。可憐班定遠，生入玉門關。」張仲素《遊春曲》云：「上苑何窮樹，花開次第新。香車與絲騎，風静亦生塵。」（即《遊春曲二首》之二）令狐楚《遊春詞》云：「一夜好風吹，新花一萬枝。風前調玉管，花下簇金羈。」王涯《塞下曲》云：「陰磧茫茫塞草腓，桔槔烽上暮烟飛。關河北望天連海，蘇武曾將漢節歸。」令狐楚《塞下曲》云：「邊草蕭條塞雁飛，征人南望盡沾衣。黄塵滿面長須戰，白髮生頭未得歸。」因此，這些詩不大可能出自王維之手。（三）宋洪邁《萬首唐人絶句》以上述十九首詩爲王涯、張仲素所作，其《序》云：「唐去今四百歲，考《藝文志》所載，以集著録者幾五百家，今僅及半而或失真，如王涯在翰林，同學士令狐楚、張仲素所賦宫詞諸章，乃誤入于王維集。」又於王維詩下注云：「别本維又有《遊春詞》等詩十五篇，并五言十五篇，皆王涯所作，今已入涯詩中。」（四）從今本《樂府詩集》中，也能發現王涯、張仲素詩誤署王維名的痕跡。如卷三三在李白《從軍行》之後録王維《從軍行》一首（「吹角動行人」），又在令狐楚《從軍行》之後録王維《從軍行三首》（即《從軍行二首》及《從軍辭》），按照《樂府詩集》的體例，凡一人的同題之作，皆不分置二處，所以《萬首唐人絶句》、《唐詩紀事》俱以《從軍行三首》爲王涯所作，應當是正確的。又《樂府詩集》收録一般按時代先後排列，但如卷七六録《秋夜曲》凡四首（王維二首，王建二首），王維二首反置于王建二首之後；卷八二録《太平樂》凡四首（王維二首，白居易二首），王詩亦置於白詩之後。就這些情況看，《樂府詩集》郭茂倩原本是否以上述十九首詩爲王維所作，並非没有疑問。

送春辭

日日人空老，年年春更歸。相歡在尊酒，不用惜花飛。（《箋注》卷一五）

閨人春思

愁見遥空百丈絲〔一〕，春風挽斷更傷離〔二〕。閒花落遍青苔地〔三〕，盡日無人誰得知？（同上）

〔一〕遥，《唐詩紀事》、《萬首唐人絶句》、宋蜀本俱作「遊」。

〔二〕挽，《紀事》作「惹」。

〔三〕遍，《萬首唐人絶句》、宋蜀本、凌本俱作「盡」。

明十卷本、奇字齋本、凌本俱録此二詩；宋蜀本亦録之，但以爲王涯所作。《萬首唐人絶句》、《全唐詩》作王涯詩，《唐詩紀事》、《全唐詩話》作張仲素詩。

隴上行

負羽到邊州〔一〕，嗚笳度隴頭。雲黄知塞近，草白見邊秋。（《箋注》卷一五）

〔一〕羽，《萬首唐人絶句》作「箭」。

獻壽辭

宫殿參差列九重〔一〕，祥雲瑞氣捧階濃。微臣欲獻唐堯壽，遥指南山對衮龍。（同上）

〔一〕殿，《唐詩紀事》作「觀」。

明十卷本、奇字齋本、凌本俱録此二詩；宋蜀本亦録之，但以爲王涯所作。《萬首唐人絶句》、《唐詩紀事》、《全唐詩》並作王涯詩。

閨人贈遠五首〔一〕

花明綺陌春，柳拂御溝新。爲報遼陽客〔二〕，流芳不待人〔三〕。

遠戍功名薄，幽閨年貌傷。妝成對春樹，不語淚千行。

啼鶯緑樹深〔四〕，語燕雕梁晚〔五〕。不省出門行，沙場知近遠。

形影一朝别〔六〕，烟波千里分。君看望君處，祇是起行雲。

洞房今夜月，如練復如霜。爲照離人恨，亭亭到曉光。（《箋注》卷一五）

〔一〕贈，《唐詩紀事》作「寄」。

〔二〕陽，底本注：「一作東。」

〔三〕芳，底本注：「一作光。」

〔四〕啼鶯，底本注：「一作鶯啼。」

〔五〕語燕，底本注：「一作燕語。」

〔六〕朝，底本注：「一作相。」

明十卷本、奇字齋本、凌本俱録此篇；宋蜀本亦録之，然署王涯名。《萬首唐人絶句》、《全唐詩》均作王涯詩，《唐詩紀事》亦作王涯，然無第三首，又第五首題作《閨思》。

贈遠二首

當年只自守空帷〔一〕，夢見關山覺别離〔二〕。不見鄉書傳雁足，惟看新月吐蛾眉。

厭攀楊柳臨青閣，閒採芙渠傍碧潭。走馬臺邊人不見，拂雲堆畔戰初酣。（《箋注》卷一五）

〔一〕自，底本注：「一作是。」

〔二〕關，《唐詩紀事》作「江」。

明十卷本、奇字齋本、凌本俱録此詩；宋蜀本亦録之，然署王涯名。《萬首唐人絶句》、《全唐詩》作王涯，《唐詩紀事》作張仲素。

按，以上十一首，《萬首唐人絶句》、《唐詩紀事》、《全唐詩》及宋蜀本，俱不作王維詩，宜從之。

疑夢

莫驚寵辱空憂喜，莫計思讎浪苦辛。黄帝孔丘何處問，安知不是夢中身？（《箋注》卷一五）

此詩僅載於《箋注》外編及《全唐詩》，俱注云：「見《事文類聚》。」按，宋祝穆《古今事文類聚》後集卷二一録此詩，作王維；考《白居易集》收此詩，題作「疑夢二首」，此詩即其第一首，這兩首詩都是七絶，詩意相互關聯，詞語都頗通俗，應都是白居易所作。

闕題

相看不忍發，慘淡暮潮平。語罷更攜手，月明洲渚生。

此詩僅載于《全唐詩》，題作《闕題二首》，其一即《山中》詩，其二即此詩。按，明趙宧光等重訂《萬首唐人絶句》録《闕題二首》，作王維詩，注云：「補。」蓋原本所無，爲趙氏所補入者，《全唐詩》編者即據之録入王維集中。宋釋惠洪《冷齋夜話》卷四云：「王維摩詰《山中》詩曰……舒王《百家夜休》曰：『相看不忍發，慘淡暮潮平……』此皆得於天趣。」（宋魏慶之《詩人玉屑》卷一〇引《冷齋夜話》同）以此詩爲舒王所作。《詩話總龜》前集卷九引此詩亦作舒王。舒王即王安石，王安石《王文公文集》卷七〇有《離昇州作二首》，此詩即其第一首。顯然，此詩并非王維所作，當删除。

江上别流人

以我越鄉客，逢君謫居者。分飛黄鶴樓，流宕蒼梧野。驛使乘雲去，征帆沿溜下。不知從此分，還袂何時把？

此詩諸本俱不録，《全唐詩》王維集亦未載，孫望《全唐詩補逸》卷五云爲維之佚詩，「見《永樂大典》卷三〇〇六，九真，人字（五函四十二册）」。按，此詩載《孟浩然集》，《全唐詩》亦録入浩然卷中，當非維之佚詩。《永樂大典》卷帙浩繁，成於衆手，難免有誤，不可盡信也。

華清宮

紅樹蕭蕭閣半開，上皇曾幸此宫來。至今風俗驪山下，村笛猶吹《阿濫堆》。

此詩諸本皆不録，宋蜀刻本《張承吉文集》卷四、《全唐詩》張祜集皆有《華清宫四首》，此詩即其第三首，童養年《全唐詩續補遺》卷三云《關中勝蹟圖志》卷五録此詩，作王維。按，此詩係追述往事，當作於玄宗（上皇）卒後，考維之卒早於玄宗（玄宗卒於寶應元年，維卒於上元二年），故知此詩當非出自維手。又《唐詩紀事》卷五二云：「驪宫小禽名阿濫堆，明皇御玉笛，采其聲，翻爲曲，且名焉，遠近以笛爭效之。祜有《華清宫》詩曰：『紅樹蕭蕭閣半開……』」明以此首爲張祜之詩。又宋王灼《碧鷄漫志》亦以此詩爲張祜所作。

畫學祕訣

夫畫道之中，水墨最爲上。肇自然之性，成造化之功。或咫尺之圖，寫千里之景〔一〕。東西南北，宛爾目前；春夏秋冬，生于筆下。初鋪水際，忌爲浮泛之山；次布路岐，莫作連綿之道。主峰最宜高聳，客山須是奔趨。迴抱處僧舍可安，水陸邊人家可置。村莊著數樹以成林，枝須抱體；山崖合一水而瀑瀉，泉不亂流。渡口只宜寂寂，人行須是疎疎。泛舟檝之橋梁，且宜高聳；著漁人之釣艇，低乃無妨。懸崖險峻之間，好安怪木；峭壁巉巖之處，莫可通途。遠岫與雲容相接，遥天共水色交光。山鈎鏁處，沿流最出其中；路接危時，棧道可安于此。平地樓臺，偏宜高柳映人家；名山寺觀，雅稱奇杉襯樓閣。遠景烟籠，深巖雲鎖。酒旗則當路高懸，客帆宜遇水低掛。遠山須宜低排，近樹惟宜拔迸。手親筆硯之餘，有時遊戲三昧。歲月遥永，頗探幽微。妙悟者不在多言，善學者還從規矩。

塔頂參天，不須見殿，似有似無，或上或下。茅堆土埠，半露簷廒；草舍廬亭，略呈檣檸。〇山分八面，石有三方，閒雲切忌芝草樣。〇人物不過一寸許，松柏上現二尺長。

（《箋注》卷二八）

〔一〕《畫苑補益》「千」字上多一「百」字。

石刻二則〔一〕

夫畫道之中，水墨最爲上。肇自然之性，成造化之功。展或大或小之圖，寫百里千里之景。東西南北，宛爾目前；春夏秋冬，生于筆下。初鋪水際，忌爲浮泛之山；已有路岐，莫作連綿之道。主位唯宜高聳，客山須是奔趨。迴抱處僧舍可安，水陸邊人村好着。數株樹以成林，枝須抱體；一水通而瀑瀉，泉可亂流。渡口只宜寂寂，人行須是疏疏。唯舟檝之橋梁，且宜高聳；通漁人之釣艇，低乃無妨。懸崖險峻之間，好安怪木；峭拔千尋之處，莫可通途。遠岫與雲容相接，遥天共水色交光。山鉤鏁處，沿流最出其中；路接危時，棧道可安兹地。樓閣偏宜柳映，人村但把烟暝。酒旗則當途高掛，客帆宜雲水低張。遠山須要低排〔二〕，近樹唯宜拔迸。手親筆硯之外，未嘗虚度光陰。有時餘暇，除此縈絆；歲月遥永，頗探幽微。先生黌苑之間，意同斯矣。無隱友人求予畫，遂書之也。太原王摩詰集古堂記。

吾友薛無隱，長安人。少有志操，既冠不復應舉，學行聲名，西北士人甚高之。以飲酒吟詩爲樂，日道千首而不勞，酒飲一石而不醉。自稱逍遥子。累求予戲墨，十三年許之，長沙一見告行，掃之小軸四時之景，以償前願。長安有好事者，無隱也。此畫能飽人矣，能醉人矣，但饑渴時，聊展而有驗矣。太原王維。（《箋注》卷二八）

〔一〕篇題奇字齋本作《摩詰山水文》。

〔二〕須，奇字齋本作「愧」。

《畫學祕訣》一文，見于明詹景鳳編《畫苑補益》卷一、《説郛》（宛委山堂本）弓九十一等書，王維集諸本俱未收載，《箋注》即據《畫苑補益》録入集中。《石刻二則》見於奇字齋本外編，其他各本亦皆未收録。趙殿成曰：「石刻在關中，前後有『薛氏家藏』并『太原王維之記』二印。後有唐賢題名，云洛州（當爲洺州之誤）刺史徐嶠之、節度使孫志真（「真」疑當作「直」）、杭州刺史杜濟、壽州刺史張鐺（疑當作張鎰）、祕書監陸齊望、臨汝太守韋斌、朝議大夫徐浩、節度使李元諒、節度使李昌言、節度使李祐、節度使李聽、節度使何進滔、吏部尚書高元裕、御史中丞裴曠、節度使韋正貫、節度使樊澤、祕書丞王守真、汀州刺史沈珍、少府監胡況。有唐十九名賢，前後皆閱摩詰畫，嘗題。又有高陽沈光庭跋曰：『得此圖并書跡及唐賢觀題，遂排列刊石于永興，嘉祐二年八月十五日題。』」又曰：「《石刻二則》……殆非維真筆也。《東觀餘論》云：『俗傳石本王摩詰所畫四時山水，上有摩詰、薛邕等印，蓋今淺俗所爲，見之令人鄙吝生，而士大夫或收藏，甚者張于屋壁，是可歎也。』嗟夫！畫既僞矣，其題記又安見爲真哉？」按，趙説近是。將石刻二則與宋沈光庭之「題記」相比照，不難發現有若干作僞的痕跡。首先，徐嶠之開元二十三年至二十四年爲洺州刺史，二十四年卒于任所（見《唐刺史考》卷一〇四），據此，知石刻之「十三年」，當指開元十三年，然此年王維在濟州（見《年譜》），不可能與薛無隱于「長沙一見」，而且終王維一生，也從未到過長沙。其次，石刻稱薛無隱爲長安人，有聲名，「西北士人高之」，長安爲唐代的政治、文化中心，豈有唐代官員稱京都士人爲「西北士人」之理？只有宋人才可能稱長安士人爲「西北士人」。第三，「題記」有「朝議大夫徐浩」之題名，朝議大夫爲文散官，正五品下；唐人題名中自署官號，一般有兩種方式，一是繁式，即將散官、職事官、勳、爵全部列出，二是簡式，即只列出職事官官號，如「洛州刺史徐嶠之」等，很少有僅只列出散官官號的，除非此人從未任過職事官，而徐浩並不屬于這種情况（參見《送徐郎中》注〔一〕）。唐時地方長官在題名中自署職事官號，一般都要在官名上加轄區地名，如「杭州刺史杜濟」，不能只題「刺史杜濟」，節度使亦然，但「題記」中稱題名者凡八節度使，皆未帶其轄區地名，不免令人生疑。第四，石刻二則中之薛無隱，據稱詩作甚多，聲名頗高，然今存的唐代典籍中，皆不見其名；又「十九名賢」中之沈珍、胡況，亦皆無考。另外，考盛唐時人，罕有稱室名之習，所云「王摩詰集古堂」，未見於維之詩文及有關記載，蓋後人所僞託也。又，《畫學祕訣》與《石刻二則》之前一則文字基本相同，蓋據石刻增删修飾而成者，當亦非維之真筆。另，清徐文清編《清瘦閣讀畫十八種》録有王維《輞川畫訣》一篇，經余核查，知係揑合《畫學祕訣》與宋李成《山水訣》（見《畫苑補益》卷一）二文而成者，顯然也非王維所作。

山水論〔一〕

凡畫山水，意在筆先。丈山尺樹，寸馬分人。遠人無目，遠樹無枝，遠山無石，隱隱如眉，遠水無波，高與雲齊，此是訣也。山腰雲塞，石壁泉塞，樓臺樹塞，道路人塞。石看三面，路看兩頭，樹看頂顊，水看風腳，此是法也。凡畫山水，平夷頂尖者巔，峭峻相連者嶺，有穴者岫，峭壁者崖，懸石者巖，形圓者巒，路通者川。兩山夾道，名爲壑也；兩山夾水，名爲澗也；似嶺而高者，名爲陵也；極目而平者，名爲坂也。依此者，粗知山水之髣髴也〔二〕。

觀者先看氣象，後辯清濁，定賓主之朝揖，列群峰之威儀〔三〕，多則亂，少則慢，不多不少，要分遠近。遠山不得連近山，遠水不得連近水。山腰掩抱，寺舍可安；斷岸坂堤，小橋可置。布路處則林木〔四〕，岸絶處則古渡，水斷處則烟樹，水闊處則征帆，林密處則居舍。臨巖古木，根斷而纏藤；臨流石岸，欹奇而水痕。

凡畫林木，遠者疎平，近者高密，有葉者枝嫩柔，無葉者枝硬勁。松皮如鱗，柏皮纏身。生土上者，根長而勁直；生石上者，拳曲而伶仃。古木節多而半死，寒林扶疎而蕭森〔五〕。有雨不分天地，不辯東西。有風無雨，只看樹枝，有雨無風，樹頭低壓，行人傘笠，漁父蓑衣。雨霽則雲收天碧，薄霧霏微，山添翠潤，日近斜暉。早景則千山欲曉，霧靄微微，朦朧殘月，氣色昏迷。晚景則山銜紅日，帆捲江渚，路行人急，半掩柴扉。春景則霧鎖烟籠，長烟引素，水如藍染，山色漸青。夏景則古木蔽天，緑水無波，穿雲瀑布，近水幽亭。秋景則天如水色，簇簇幽林，雁鴻秋水，蘆鳥沙汀。冬景則借地爲雪，樵者負薪，漁舟倚岸，水淺沙平。凡畫山水，須按四時，或曰烟籠霧鎖，或曰楚岫雲歸，或曰秋天曉霽，或曰古冢斷碑，或曰洞庭春色，或曰路荒人迷，如此之類，謂之畫題。山頭不得一樣，樹頭不得一般。山藉樹而爲衣，樹藉山而爲骨。樹不可繁，要見山之秀麗；山不可亂，須顯樹之精神。能如此者，可謂名手之畫山水也。（《箋注》卷二八）

〔一〕篇題底本原作《畫學祕訣》，次於「夫畫道之中，水墨最爲上」一則之後，此從明王世貞《王氏畫苑》本改。

〔二〕知，《畫苑》作「則」。

〔三〕儀，《畫苑》作「象」。

〔四〕布，《畫苑》作「有」。

〔五〕扶踈，《畫苑》作「伏雛」。森，《畫苑》作「岑」。

本篇除底本外，其餘各本俱未收録。趙殿成曰：「焦竑《經籍志》有王維《山水論》一卷，集中無之，後閲《説郛》，至九十一卷，有王維所著《畫學祕訣》一篇，知焦氏所稱，即此是矣。焦氏蓋本之王世貞《畫苑》。洎詹景鳳著《畫苑補益》，採録後一則（即本篇），作荆浩《畫山水賦》，後之評題繪事者，援引摘句，多稱王維，不稱荆浩，然考其辭語，殊不類盛唐人。況維文章筆墨冠天下，宜有絶妙好辭，以寫其胸中所得之祕，傳爲模範，以啓佑後人，乃卑卑無甚雋言，其爲後人所託，又何疑焉！」按，《王氏畫苑》卷一録此篇，署王維名，而《畫苑補益》卷一收此文，則以爲荆浩所作，題曰《豫章先生論畫山水賦》（文字與本篇略有不同），又明唐寅輯《六如居士畫譜》、唐志契撰《繪事微言》卷上、朱謀垔《畫史會要》卷五、唐順之《稗編》卷八四、《四庫全書》子部藝術類、《全唐文》卷九〇〇載此篇，俱作荆浩，此處即從之録入《傳本誤收詩文》中。

代陳司徒謝敕賜麟德殿宴百僚詩序表

臣某言：支使某官奏事迴，伏奉某月日手詔，賜臣以皇太子所寫聖製《麟德殿宴百僚詩序》，日月揚光，風雲動色，捧受之次，震駭失常，臣某中謝。臣伏以經天緯地者，聖人之文，多才多藝者，元良之美，逖聽前修，旋觀往册，考論盛德，罕見全能。故漢后詠歌，有乖《雅》、《頌》之旨；周儲聰哲，不聞翰墨之妙。伏惟陛下道洽帝堯，文超繫表，體陰陽之變化，與雲漢而昭回；皇太子德邁生知，學資聖訓，掩鍾張之筆札，並虬鸞以飛動。臣特承湛恩，荷此殊錫，集榮光於外府，啓重寶於私庭。班氏賜書，既甚懸隔；馬卿視草，曾未比擬。又臣所獻奉和詩，事等賡歌，情同率舞，濫吹之音，謬塵於天聽，踰涯之賞，忽降於絲言，豈臣微力所宜負戴，非臣捐軀所能效益。無任榮荷感惕之至。

此篇王維集諸本俱不録，僅見于《全唐文》卷三二四王維文。按，此文曰：「支使某官（官字疑衍）奏事迴。」又曰：「集榮光於外府。」支使，唐節度、觀察等使之僚屬（參見《新唐書·百官志》）。外府，謂京師以外之地方官署。《文選》王融《三月三日曲水詩序》李周翰注：「外府，州郡也。」據以上詞語不難推知，是時陳司徒當在地方爲節度、觀察等使。又，司徒，唐爲三公之一，位高（正一品）而無具體職守，不常置（參見《通典》卷二〇、《舊唐書·職官志》）。據《新唐書·宰相表》「三公」欄載，終玄宗、肅宗之世，非親王而拜三公者，僅有楊國忠（司空）、郭子儀（司空、司徒）、李光弼（司空、太尉）、王思禮（司空）四人，無陳姓者。考維卒於肅宗上元二年，因此這一代陳司徒所作的謝表，當非出自維手。又據史傳記載，至代宗、德宗之世，節度使加三公銜者日多，如僅據《舊唐書·德宗紀》所記，當時兼任三公的節度使即有崔寧（檢校司空）、李寶臣（司空）、朱泚（太尉）、李正己（司徒）、朱滔（檢校司徒）、李勉（檢校司徒）、李希烈（檢校司空）、陳少遊（檢校司徒）、李晟（司徒）……等。另史稱德宗長於篇什，常於麟德殿宴百僚，賦詩令群臣賡和。如《全唐詩》卷四有德宗《麟德殿宴百僚》、《中春麟德殿會百僚觀新樂府詩一章章十六句》詩，後一首題下注曰：「貞元十四年二月戊午，上製《中春麟德殿會百僚觀新樂府詩》，令太子書示百官。序云：朕以中春之首，紀爲令節，聽政之暇，韻於歌詩，象中和之容，作中和之舞，聊復成篇，其詩八韻。中書門下謝賜詩，請頒示天下，編入樂府。」《全唐文》卷四八五權德輿《中書門下進奉和聖製中春麟德殿會百僚觀新樂詩狀》云：「伏奉聖恩，賜百僚麟德殿宴會，群臣觀新樂，并賜臣等聖製詩序者。……謹各獻奉和聖製詩一首……」又《全唐文》卷五四載德宗《答中書門下進奉和中春麟德殿會百寮觀新樂府詩狀批》云：「朕思以中和，被於風俗，既傳令節，載序樂章，因會群寮，用申歡宴……卿等各抒清詞，咸推麗藻，再三省覽，良用嘉焉。所獻知。」另《舊唐書·德宗紀》云：「（貞元十四年）二月壬子朔。戊午，上御麟德殿，宴文武百僚……先是上製《中和樂舞曲》（《全唐詩》卷一五有《中和樂舞詞》，即此），是日奏之，日晏方罷。比詔二月一日中和節宴，以雨雪，改用此日。上又賦《中春麟德殿宴群臣詩》八韻，群臣頒賜有差。」《順宗紀》云：「史臣韓愈曰：順宗之爲太子也，留心藝術，善隸書。德宗工爲詩，每賜大臣方鎮詩制，必命書之。」以上記載，同此篇所云「賜臣以皇太子所寫聖製《麟德殿宴百僚詩序》」、「皇太子……掩鍾張之筆札，並虬鸞以飛動」等恰好相合，由此益可證，本篇當非出自維手。此文又載於《全唐文》卷四三七王緯文，緯正是代宗、德宗時人，此文當爲其所作。又，《文苑英華》卷五九二録此文，誤署王維名，中華書局影印本抄補總目校正爲王緯，甚是。

闕名《河内摩崖造像記》

唐開元廿一年癸酉歲二月己巳朔日，弟子王維敬造阿彌陀像一軀，申宿誠也。夫至誠必應，福無唐捐，□遊此山，實愛幽勝，宏（冥）發誓願，思卜閒居，果契陳志。誅茅□□，兹太行之絶境也。往來三□，途經佛□，斜連□（同）義□□（之寺），□□（對壓）丹河之□（派，）□□七跡，棋□靈像，爰開粹容，永資禮謁。一切含識，同躋覺路。□太行之崖，丹河之際，爰開佛影，是申宏誓。□□□□□□□□往來禮謁，千秋萬歲。（陸心源《唐文續拾》卷一一，云出《河内縣志》）

以上文字，録自《唐文續拾》，並據道光《河内縣志》卷二〇、陸增祥《八瓊室金石補正》卷五四對原文作校補（見括號内字）。《造像記》之「王維」，乃陸心源所改，《河内縣志》原作「王惟」，《八瓊室金石補正》亦作「王惟」，並加按語云：「造像人名半泐，似是慎字，吴氏作惟，從之。」《造像記》今存，位于河南省博愛縣西北約九公里許良鄉下伏頭村附近、丹河東岸的石灰巖峭壁上。日本學者内田誠一曾親至其地考察，據他説，將《造像記》之作者歸爲王維，證據不足，則不宜將《造像記》徑作王維之作收入其集中。

二、王維事跡資料彙録

本附録收載有關王維生平事跡之資料，以供研究者參考。首録正史之記載，次集唐五代人及宋元人之記述，各項資料，皆以時代先後爲序。諸書所載，或本于傳聞，未必可信，讀者試自辨焉。其尤謬妄不可信者，如唐范攄《雲溪友議》卷下「窺衣帷」條謂王縉之女嫁與元載爲妻（兩《唐書·元載傳》、《唐語林》卷五俱謂載妻乃王忠嗣女），元伊世珍《瑯嬛記》卷中稱維爲岐王畫一大石，忽破屋飛去等，並削去不録。又，凡後人之記述悉同于前人者，亦不録，以免徒增篇幅。

王維字摩詰，太原祁人。父處廉，終汾州司馬。徙家于蒲，遂爲河東人。維開元九年進士擢第。事母崔氏以孝聞。與弟縉俱有俊才，博學多藝亦齊名，閨門友悌，多士推之。歷右拾遺、監察御史、左補闕、庫部郎中。居母喪，柴毁骨立，殆不勝喪。服闋，拜吏部郎中。天寶末，爲給事中。

禄山陷兩都，玄宗出幸，維扈從不及，爲賊所得。維服藥取痢，僞稱瘖病。禄山素憐之，遣人迎置洛陽，拘於普施寺，迫以僞署。禄山宴其徒於凝碧宫，其樂工皆梨園弟子、教坊工人，維聞之悲惻，潛爲詩曰：「萬户傷心生野煙，百官何日再朝天？秋槐花落空宫裏，凝碧池頭奏管絃。」賊平，陷賊官三等定罪。維以凝碧詩聞于行在，肅宗嘉之，會縉請削己刑部侍郎以贖兄罪，特宥之，責授太子中允。乾元中，遷太子中庶子、中書舍人，復拜給事中，轉尚書右丞。維以詩名盛於開元、天寶間，昆仲宦遊兩都，凡諸王駙馬豪右貴勢之門，無不拂席迎之，寧王、薛王待之如師友。維尤長五言詩。書畫特臻其妙，筆蹤措思，參於造化，而創意經圖，即有所缺，如山水平遠，雲峰石色，絶迹天機，非繪者之所及也。人有得《奏樂圖》，不知其名，維視之曰：「《霓裳》第三疊第一拍也。」好事者集樂工按之，一無差，咸服其精思。維弟兄俱奉佛，居常蔬食，不茹葷血，晚年長齋，不衣文采。得宋之問藍田別墅，在輞口，輞水周於舍下，別漲竹洲花塢，與道友裴迪浮舟往來，彈琴賦詩，嘯詠終日。嘗聚其田園所爲詩，號《輞川集》。在京師日飯十數名僧，以玄談爲樂。齋中無所有，唯茶鐺、藥臼、經案、繩床而已。退朝之後，焚香獨坐，以禪誦爲事。妻亡不再娶，三十年孤居一室，屏絶塵累。乾元二年七月卒。臨終之際，以縉在鳳翔，忽索筆作別縉書，又與平生親故作別書數幅，多敦厲朋友奉佛修心之旨，捨筆而絶。代宗時，縉爲宰相，代宗好文，常謂縉曰：「卿之伯氏，天寶中詩名冠代，朕嘗於諸王座聞其樂章。今有多少文集，卿可進來。」縉曰：「臣兄開元中詩百千餘篇，天

寶事後，十不存一。比於中外親故間相與編綴，都得四百餘篇。」翌日上之，帝優詔褒賞。縉自有傳。（《舊唐書・王維傳》）

（縉）少好學，與兄維早以文翰著名。……禄山之亂，選爲太原少尹……加憲部侍郎，兼本官。時兄維陷賊，受僞署，賊平，維付吏議，縉請以己官贖維之罪，特爲減等。……縉弟兄奉佛，不茹葷食，縉晚年尤甚。（同上《王縉傳》）

陟字殷卿……開元初，丁父憂，居喪過禮。自此杜門不出八年，與弟斌相勸勵，探討典墳，不捨晝夜，文華當代，俱有盛名。于時才名之士王維、崔顥、盧象等，常與陟唱和遊處。（同上《韋陟傳》）

（斌）天寶初，轉國子司業。徐安貞、王維、崔顥，當代辭人，特爲推挹。（同上《韋斌傳》）

爰及我朝，挺生賢俊……如燕、許之潤色王言，吴、陸之鋪揚鴻業，元稹、劉蕡之對策，王維、杜甫之雕蟲，並非肄業使然，自是天機秀絶。（同上《文苑傳序》）

王維字摩詰，九歲知屬辭，與弟縉齊名，資孝友。開元初，擢進士，調太樂丞，坐累爲濟州司倉參軍。張九齡執政，擢右拾遺。歷監察御史。母喪，毁幾不生。服除，累遷給事中。安禄山反，玄宗西狩，維爲賊得，以藥下利，陽瘖。禄山素知其才，迎置洛陽，迫爲給事中。禄山大宴凝碧池，悉召梨園諸工合樂，諸工皆泣，維聞悲甚，賦詩悼痛。賊平，皆下獄。或以詩聞行在，時縉位已顯，請削官贖維罪，肅宗亦自憐之，下遷太子中允。久之，遷中庶子，三遷尚書右丞。縉爲蜀州刺史未還，維自表「己有五短，縉五長，臣在省户，縉遠方，願歸所任官，放田里，使縉得還京師」。議者不之罪。久乃召縉爲左散騎常侍。上元初卒，年六十一。疾甚，縉在鳳翔，作書與别，又遺親故書數幅，停筆而化。贈祕書監。維工草隸，善畫，名盛於開元、天寶間，豪英貴人虚左以迎，寧、薛諸王待若師友。畫思入神，至山水平遠，雲勢石色，繪工以爲天機所到，學者不及也。客有以《按樂圖》示者，無題識，維徐曰：「此《霓裳》第三疊最初拍也。」客未然，引工按曲，乃信。兄弟皆篤志奉佛，食不葷，衣不文采。别墅在輞川，地奇勝，有華子岡、欹湖、竹里館、柳浪、茱萸沜、辛夷塢，與裴迪游其中，賦詩相酬爲樂。喪妻不娶，孤居三十年。母亡，表輞川第爲寺，終葬其西。寶應中，代宗語縉曰：「朕嘗於諸王座聞維樂章，今傳幾何？」遣中人王承華往取，縉裒集數十百篇上之。（《新唐書·王維傳》）

王縉字夏卿，本太原祁人，後客河中。少好學，與兄維俱以名聞。（同上《王縉傳》）

（浩然）年四十，乃游京師。嘗於太學賦詩，一座嗟伏，無敢抗。張九齡、王維雅稱道之。維私邀入内署，俄而玄宗至，浩然匿牀下，維以實對，帝喜曰：「朕聞其人而未見也，何懼而匿？」詔浩然出。帝問其詩，浩然再拜，自誦所爲，至「不才明主棄」之句，帝曰：「卿不求仕，而朕未嘗棄卿，奈何誣我？」因放還。……初，王維過郢州，畫浩然像于刺史亭，因曰浩然亭。咸通中，刺史鄭諴謂賢者名不可斥，更署曰孟亭。（同上《孟浩然傳》）

（抗）所表奉天尉梁昇卿、新豐尉王倕、華原尉王燾，皆爲僚屬，後皆爲顯人。……它所辟舉，如王維、王縉、崔殷等，皆一時選云。（同上《韋抗傳》）

安禄山反，遣張通儒劫百官置東都，僞授虔水部郎中。……賊平，與張通、王維並囚宣陽里。三人者，皆善畫，崔圓使繪齋壁，虔等方悸死，即極思祈解於圓，卒免死，貶台州司户參軍事，維止下遷。（同上《鄭虔傳》）

若侍從酬奉則李嶠、宋之問、沈佺期、王維，制册則常衮、楊炎、陸贄、權德輿、王仲舒、李德裕，言詩則杜甫、李白、元稹、白居易、劉禹錫，譎怪則李賀、杜牧、李商隱，皆卓然以所長爲一世冠，其可尚已。（同上《文藝傳序》）

河東王氏

儒賢趙州司馬。　知節揚州司馬。　胄協律郎。　處廉汾州司馬。

維字摩詰，尚書右丞。

縉字夏卿，相代宗。

繟江陵少尹。

紘

紞太常少卿。

（同上《宰相世系表二中》）

山中人不見，雲去夕陽過。淺瀨寒魚少，叢蘭秋蝶多。老年疎世事，幽性樂天和。酒熟思才子，溪頭望玉珂。（儲光羲《藍上茅茨期王維補闕》，載《全唐詩》卷一三九）

今錢唐惠上人，捉一盂，振一錫，則呼吸詞府，頡頏朝顔，長江之南，世有詞人舊矣。於是侍御史王公維，太子舍人裴公總，寄彼好事，於焉首唱，賢才翕集，文墨敷芬，作者爲之不寧，詞林爲之一振。……正月祴裳東旅，征帆南岸，眺吴山而可見，值湖水之將碧，震澤千里，孤舟渺然，比思我曹時開離贈卷也。（陶翰《送惠上人還江東序》，載《全唐文》卷三三四）

丞相范陽張九齡、侍御史京兆王維、尚書侍郎河東裴朏、范陽盧僎、大理評事河東裴總、華陰太守鄭倩之、守河南獨孤策，率以浩然爲忘形之交。（王士源《孟浩然集序》，載《全唐文》卷三七八）

門人劉相倩云，在南陽郡，見侍御史王維，在臨湍驛中屈和上及同寺慧澄禪師語經數日，問：「本性本自□，和上若爲修道得解脱浄，若更起心？」和上答：「衆生若有修，即是妄心，不可得解脱。」王侍御驚愕曰：「大奇，曾聞諸大德言説，皆未有作此説法者。」乃謂寇太守、張別駕、袁司馬等：「南陽郡有好大德，有佛法甚不可思議。」（胡適輯《神會和尚遺集·神會語録》第一殘卷）

中允聲名久，如今契闊深。共傳收庾信，不比得陳琳。一病緣明主，三年獨此心。窮愁應有作，試誦《白頭吟》。（杜甫《奉贈王中允維》，見《杜詩詳註》卷六）

幾年家絶壑，滿徑種芳蘭。帶石買松貴，通溪漲水寬。誦經連谷響，吹律減雲寒。誰謂桃園裏？天書問考槃。一從解蕙帶，三入偶蟬冠。今夕復何夕，歸休尋舊歡。片雲隔蒼翠，春雨半林湍。藤長穿松蓋，花繁壓藥欄。景深青眼下，興絶綵毫端。笑向同來客，登龍此地難。（錢起《中書王舍人輞川舊居》，載《全唐詩》卷二三八）

愛汝玉山草堂靜，高秋爽氣相鮮新。有時自發鐘磬響，落日更見漁樵人。盤剥白鴉谷口栗，飯煮青泥坊底芹。何爲西莊王給事，柴門空閉鎖松筠？（杜甫《崔氏東山草堂》，見《杜詩詳註》卷六）

詩興入神，畫筆雄精，李將軍世稱高絶，淵微已過；薛少保時許美潤，合格不珍。註云：右丞王維，字摩詰，瑯琊人。詩通《大雅》之作，山水之妙，勝于李思訓。弟太原少尹縉，文筆泉藪，善草隸書，功超薛稷。二公名望，首冠一時。時議論詩，則曰王維、崔顥；論筆則曰王縉、李邕，祖詠、張説，不得預焉。幼弟紞有兩兄之風，閨門之内，友愛之極。（竇臮《述書賦》，載《全唐文》卷四四七）

臣縉言：中使王承華奉宣進止，令臣進亡兄故尚書右丞維文章，恩命忽臨，以驚以喜，退因編録，又竊感傷。臣兄文詞立身，行之餘力，常持堅正，秉操孤貞，縱居要劇，不忘清静，實見時輩，許以高流。至於晚年，彌加進道，端坐虚室，念兹無生，乘興爲文，未嘗廢筆。或散朋友之上，或留篋笥之中，臣近搜求，尚慮零落，詩筆共成十卷，今且隨表奉進。曲承天鑒，下訪遺文，魂而有知，荷寵光於幽穸；没而不朽，成大名於聖朝。臣不勝感戴悲歡之至，謹奉表以聞。臣縉誠惶誠懼頓首頓首，謹言。寶應二年正月七日，銀青光禄大夫尚書兵部侍郎兼御史大夫臣縉表上。（王縉《進王

維集表》，載《全唐文》卷三七〇）

卿之伯氏，天下文宗。位歷先朝，名高希代。抗行周《雅》，長揖《楚詞》。調六氣於終篇，正五音於逸韻。泉飛藻思，雲散襟情，詩家者流，時論歸美。誦於人口，久鬱文房，謌以《國風》，宜登樂府。旰朝之後，乙夜將觀。石室所藏，殁而不朽，柏梁之會，今也則亡。乃眷棣華，克成編録，聲猷益茂，歎息良深。（唐代宗《答王縉進王維集表詔》，載《全唐文》卷四六）

芍藥花開出舊欄，春衫掩淚再來看。主人不在花長在，更勝青松守歲寒。（錢起《故王維右丞堂前芍藥花開凄然感賦》，載《全唐詩》卷二三九）

舊日相知盡，深居獨一身。閉門空有雪，看竹永無人。每許前山隱，曾憐陋巷貧。題詩今尚在，暫爲拂流塵。（司空曙《過胡居士覩王右丞遺文》，載《全唐詩》卷二九二）

儒墨兼宗道，雲泉隱舊廬。孟城今寂寞，輞水自紆餘。内學銷多累，西林易故居。深房春竹老，細雨夜鐘疏。陳跡留金地，遺文在石渠。不知登座客，誰得蔡邕書。（耿湋《題清源寺即王右丞故宅》，見《全唐詩》卷二六九）

（王）卓字世盛，歷魏晋爲河東太守，遷司空，封猗氏侯。……卓翁年七十九，薨於河東。時屬劉聰、石勒亂太原、晋陽，不遂歸葬，葬河東猗氏縣焉。隋併猗氏爲桑泉縣，今司空塚墓在縣東南解古城西二里，至今子孫族焉，自古太原鄉也，亦猶潤州上元縣有瑯琊鄉。後魏定氏族，僉以太原王爲天下首姓，故古今時諺有鼎蓋之名。蓋謂蓋海内甲族著姓也，我卓翁葬河東，子孫成族，間生將相，而太原之望，獨不鼎蓋河東著姓乎？……開元中，左丞相張公説越認范陽封燕國公；大歷初，左相縉叔越認瑯琊封齊國公，且河東王承太原顯望久矣，一旦爲縉叔齊公没之，而望平沈也。……凡稱太原王者，無非周平王之孫赤之後，前已詳之明矣。……桑泉房幽州都督元珪翁，廣州都督方平翁（按，元珪、方平之官職應互乙，見《全唐文》卷九八六闕名《太原鄉牒》），皆盛德光時；左補闕智明伯，户部員外郎岳靈叔，猗氏房右丞維叔，左相縉叔，俱偉文耀世。或有上縉叔詩曰：「朝廷左相筆，天下右丞詩。」人謂戲言，時稱定論。虞鄉房安西、北庭二節度正見叔，武德冠時。……卓翁塚墓古有碑廟，直下宗子，四縣離居，每年用正月七日一合來祭，干戈動來，廢至今日，時方開泰，冀得復行。（王顔《追樹十八代祖晋司空太原王公神道碑銘》，載《全唐文》卷五四五）

尚書郎盧公諱象，字緯卿，始以章句振起于開元中，與王維、崔顥比肩驤首，鼓行于時。（劉禹錫《唐故尚書王客員外郎盧公集序》，載《全唐文》卷六〇五）

王維好釋氏，故字摩詰。立性高致，得宋之問輞川别業，山水勝絶，今清源寺是也。（唐李肇《唐國史補》卷上）

王維畫品妙絶，于山水平遠尤工。今昭國坊庾敬休屋壁有之。人有畫《奏樂圖》，維孰視而笑。或問其故，維曰：「此是《霓裳羽衣曲》第三疊第一拍。」好事者集樂工驗之，一無差謬。（同上）

開元日(《唐語林》卷四作「開元以後」),通不以姓而可稱者:燕公、曲江、太尉、魯公。不以名而可稱者:宋開府、陸兖公、王右丞、房太尉、郭令公、崔太傅、楊司徒、劉忠州、楊崖州、段太尉、顔魯公。(同上卷下)

王維字摩詰,河東人。開元九年進士。歷拾遺、御史。天寶末,給事中。肅宗時,尚書右丞。(唐姚合《極玄集》卷上)

王維右丞,年未弱冠,文章得名。性嫻音律,妙能琵琶,遊歷諸貴之間,尤爲岐王之所眷重。時進士張九皋,聲稱籍甚。客有出入于公主之門者,爲其致公主邑司牒京兆試官,令以九皋爲解頭。維方將應舉,具其事言於岐王,仍求庇借。岐王曰:「貴主之强,不可力争,吾爲子畫焉。子之舊詩清越者,可録十篇;琵琶之新聲怨切者,可度一曲。後五日當詣此。」維即依命,如期而至。岐王謂曰:「子以文士,請謁貴主,何門可見哉? 子能如吾之教乎?」維曰:「謹奉命。」岐王則出錦繡衣服,鮮華奇異,遣維衣之,仍令賫琵琶,同至公主之第。岐王入曰:「承貴主出内,故攜酒樂奉讌。」即令張筵。諸伶旅進,維妙年潔白,風姿都美,立於前行。公主顧之,謂岐王曰:「斯何人哉?」答曰:「知音者也。」即令獨奏新曲,聲調哀切,滿座動容。公主自詢曰:「此曲何名?」維起曰:「號《鬱輪袍》。」公主大奇之。岐王曰:「此生非止音律,至於詞學,無出其右。」公主尤異之,則曰:「子有所爲文乎?」維即出獻懷中詩卷。公主覽讀,驚駭曰:「皆我素所誦習者。常謂古人佳作,乃子之爲乎？」因令更衣，昇之客右。維風流藴藉，語言諧戲，大爲諸貴之所欽矚。岐王因曰：「若使京兆今年得此生爲解頭，誠爲國華矣。」公主乃曰：「何不遣其應舉？」岐王曰：「此生不得首薦，義不就試，然已承貴主論託張九皋矣。」公主曰：「何預兒事，本爲他人所託。」顧謂維曰：「子誠取解，當爲子力。」維起謙謝。公主則召試官至第，遣宫婢傳教，維遂作解頭而一舉登第矣。及爲太樂丞，爲伶人舞黄師子，坐出官。黄師子者，非一人不舞也。天寶末，禄山初陷西京，維及鄭虔、張通等皆處賊庭。洎尅復，俱囚於宣陽里楊國忠舊宅。崔圓因召於私第，令畫數壁。當時皆以圓勳貴無二，望其救解，故運思精巧，頗絶其藝。後由此事，皆從寬典，至於貶黜，亦獲善地。今崇義里竇丞相易直私第，即圓舊宅也，畫尚在焉。維累爲給事中。禄山授以僞官，及賊平，兄縉爲北都副留守，請以己官爵贖之，由是免死。累爲尚書右丞。於藍田置别業，留心釋典焉。（唐薛用弱《集異記·王維》，自開頭至「一舉登第」用《顧氏文房小説》本文字，其後據《太平廣記》卷一七九補録）

王河南維，或有人報云（此二句《唐語林》卷五作「或有人報王維云」）：「公除右轄。」王曰：「吾居此官，慮被人呼爲不解作詩王右丞。」（唐佚名氏《大唐傳載》）

夫古以名德稱占其官謚者甚希。前以詩稱者，若謝吏部、何水部、陶彭澤、鮑參軍之類。唐朝以詩稱，若王江寧、宋考功、韋蘇州、王右丞、杜員外之類。……翰林，其以詩稱之一也。（裴敬《翰林學士李公墓碑》，載《全唐文》卷七六四）

韓幹，藍田人。少時常爲貰酒家送酒。王右丞兄弟未遇，每一貰酒漫遊，幹常徵債于王家，戲畫地爲人馬。右丞精思丹青，奇其意趣，乃歲與錢二萬，令學畫十餘年。（唐段成式《酉陽雜俎》續集卷五《寺塔記上》）

王維字摩詰，太原人。年十九，進士擢第，與弟縉並以詞學知名，官至尚書右丞。有高致，信佛理。藍田南置别業，以水木琴書自娱。工畫山水，體涉今古，人家所蓄，多是右丞指揮工人，布色原野，簇成遠樹，過于樸拙，復務細巧，翻更失真。清源寺壁上畫輞川，筆力雄壯，常自製詩曰：「當世謬詞客，前身應畫師。不能捨餘習，偶被時人知。」誠哉是言也。余曾見破墨山水，筆跡勁爽。（唐張彦遠《歷代名畫記》卷一〇）

張諲，官至刑部員外郎。明《易》象，善草隸，工丹青，與王維、李頎等爲詩酒丹青之友。尤善畫山水。王維答詩曰：「屏風誤點惑孫郎，團扇草書輕内史。」李頎詩曰：「小王破體閑文策，落日梨花照空壁。書堪記室妬風流，畫與將軍作勍敵。」（同上）

慈恩寺……大殿東廊，從北第一院，鄭虔、畢宏、王維等畫。（同上卷三）

韓幹，大梁人。王右丞維見其畫，遂推奬之。（同上卷九）

安禄山之陷兩京，王維、鄭虔、張通皆處于賊庭。洎克復，俱囚于楊國忠舊宅。崔相國圓因召于私第，令畫，各畫數壁。當時皆以圓勳貴莫二，望其救改，故運思精深，頗極能事；故皆獲寬典，

至於貶降，必獲善地。（唐鄭處誨《明皇雜録》卷下）

天寶末，群賊陷兩京，大掠文武朝臣及黄門宫嬪樂工騎士，每獲數百人，以兵仗嚴衛，送於雒陽。至有逃於山谷者，而卒能羅捕追脅，授以冠帶。禄山尤致意樂工，求訪頗切，於旬日獲梨園弟子數百人。群賊因相與大會於凝碧池，宴僞官數十人，大陳御庫珍寶，羅列于前後。樂既作，梨園舊人不覺歔欷，相對泣下，群逆皆露刃持滿以脅之，而悲不能已。有樂工雷海清者，投樂器於地，西向慟哭，逆黨乃縛海清於戲馬殿，支解以示衆，聞之者莫不傷痛。王維時爲賊拘于菩提寺中，聞之賦詩曰：「萬户傷心生野煙，百官何日更朝天？秋槐葉落空宫裏，凝碧池頭奏管弦。」（同上補遺）

烟中壁碎摩詰畫，雲間寺失玄宗詩。註云：石甕寺，開元中以創造華清宫餘材修繕……紅樓在佛殿之西巖，下臨絶壁。樓中有玄宗題詩，草、八分，每一篇一體；王右丞山水兩壁，寺毁之後，皆失之矣。（鄭嵎《津陽門詩》，載《全唐詩》卷五六七）

唐宰相王璵好與人作碑誌（此句《唐語林》卷五作「王縉多與人作碑誌」），有送潤毫者，誤扣右丞王維門，維曰：「大作家在那邊。」（唐盧言《盧氏雜説》，見《太平廣記》卷二五五）

孟浩然眉毫盡落，裴祐（明朱承爵《存餘堂詩話》作裴祐）袖手衣袖至穿，王維至走入醋甕，皆苦吟者也。《詩源指訣》。（唐馮贄《雲仙雜記》卷二）

王維以黄磁斗貯蘭蕙，養以綺石，累年彌盛。《汗漫録》。（同上卷三）

王維輞川林下坐，用雷門四老石，燈滅則石中鑽火。《事略》。（同上卷五）

王維居輞川，宅宇既廣，山林亦遠，而性好溫潔，地不容浮塵，日有十數掃飾者，使兩童專掌縛帚，而有時不給。《洛陽要記》。（同上卷八）

王維字摩詰，官至尚書右丞。家于藍田輞川。兄弟並以科名文學，冠絶當時，故時稱「朝廷左相筆，天下右丞詩」也。其畫山水松石，蹤似吴生，而風致標格特出。今京都千福寺西塔院，有掩障一合，畫青楓樹一圖。又嘗寫詩人襄陽孟浩然馬上吟詩圖，見傳于世。復畫輞川圖，山谷鬱鬱盤盤，雲飛水動，意出塵外，怪生筆端，嘗自題詩云：「當世謬詞客，前身應畫師。」其自負也如此。慈恩寺東院，與畢庶子、鄭廣文各畫一小壁，時號三絶。故庾右丞宅有壁畫山水兼題記，亦當時之妙。故山水松石，並居妙上品。（唐朱景玄《唐朝名畫録》）

襄陽詩人孟浩然，開元中頗爲王右丞所知。句有「微雲淡河漢，疎雨滴梧桐」者，右丞吟詠之，常擊節不已。維待詔金鑾殿，一旦，召之商較風雅，忽遇上幸維所，浩然錯愕伏床下，維不敢隱，因之奏聞。上欣然曰：「朕素聞其人。」因得詔見。上曰：「卿將得詩來耶？」浩然奏曰：「臣偶不齎所業。」上即命吟。浩然奉詔，拜舞念詩曰：「北闕休上書，南山歸臥廬。不才明主棄，多病故人疎。」上聞之憮然曰：「朕未曾棄人，自是卿不求進，奈何反有此作！」因命放歸南山。（五代王定保《唐摭言》卷一一。按，宋孫光憲《北夢瑣言》卷七云李白在翰林，薦浩然，帝「急召賜對，俾口進佳句」；

宋計有功《唐詩紀事》卷二三則云「明皇以張説之薦召浩然，令誦所作」，説法俱與此異。）

釋元崇，俗姓王氏，瑯琊臨沂人也。……以開元末年，因從瓦官寺璿禪師諮受心要，日夜匪懈，無忘請益。……至德初，並謝絶人事，杖錫去郡，歷于上京。……遂入終南，經衛藏，至白鹿，上藍田，于輞川得右丞王公維之别業。松生石上，水流松下，王公焚香静室，與崇相遇，神交中斷。于時天地未泰，豺狼構患，朝賢國寶，或在薖軸。起居蕭舍人昕與右丞諸公，並碩學雄才，尊儒重道，偶兹一會，抗論彌日，鉤深索隱，襟期許與。王、蕭歎曰：「佛法有人，不宜輕議也矣。」（宋贊寧《宋高僧傳》卷一七《唐金陵鍾山元崇傳》）

（李林甫）奏分其宅東南隅立爲嘉猷觀。……明皇御書金字額以賜之，林甫奏女爲觀主。觀中有精思院，王維、鄭虔、吴道子皆有畫壁。（宋宋敏求《長安志》卷八）

唐王維右丞字摩詰，少以詞學知名，有高致，信佛理。……善畫山水人物，筆蹤雅壯，體涉古今。嘗於清源寺壁畫輞川圖，巖岫盤鬱，雲飛水動，自製詩曰：「當世謬詞客，前身應畫師。不能捨餘習，偶被時人知。」（宋郭若虚《圖畫見聞志》卷五）

《國史補》言：客有以《按樂圖》示王維，維曰：「此《霓裳》第三疊第一拍也。」客未然，引工按曲，乃信。此好奇者爲之。凡畫奏樂，止能畫一聲，不過金石管弦，同用一字，何曲無此聲，豈獨《霓裳》第三疊第一拍也？或疑舞節及他舉動拍法中，别有奇聲可驗，此亦不然。《霓裳曲》凡十三疊，前六疊無拍，至第七疊方謂之疊遍，自此始有拍而舞作，故白樂天詩云「中序擘騞初入拍」，中序即第七疊也，第三疊安得有拍？但言「第三疊第一拍」，即知其妄也。（宋沈括《夢溪筆談》卷一七）

長安菩薩寺僧宏道，天寶末，見王右丞爲賊所囚，於經藏院與左丞裴迪密往還。裴説賊會宴於太極西内，王聞之泣下，爲詩二絶，書經卷麻紙之後，宏道藏之，相傳數世。其詞云：「萬户傷心生野煙……」又云：「安得捨塵網，拂衣辭世喧，翛然策藜杖，歸向桃花園。」（宋王讜《唐語林》卷二）

王維爲大樂丞，被人嗾令舞黄獅子，坐是出官。黄獅子者，非天子不舞也，後輩慎之。（同上卷五）

唐司馬承禎與陳子昂、盧藏用、宋之問、王適、畢構、李白、孟浩然、王維、賀知章爲仙宗十友。（宋葉廷珪《海録碎事》卷八下）

迪初與王維、（崔）興宗俱居終南。天寶後爲蜀州刺史，與杜甫友善。（宋計有功《唐詩紀事》卷一六《裴迪》）

詠與（王）維最善。（同上卷二〇《祖詠》）

據與王摩詰、杜子美最善。（同上卷二五《薛據》）

《王維集》十卷　右唐王維摩詰也。太原人，開元九年進士，終尚書右丞。維幼能屬文，工草隸，善畫，名盛。安禄山反，嘗陷賊中，賊大宴凝碧池，賦詩痛悼，詩聞行在，後得免死。代宗訪維

文章於弟縉，裒集十卷上之。（宋晁公武《郡齋讀書志》袁州本卷四上）

《王右丞集》十卷　唐尚書右丞河中王維摩詰撰。建昌本與蜀本次序皆不同，大抵蜀刻唐六十家集多異于他處本，而此集編次尤無倫。維詩清逸，追逼陶謝。輞川別墅圖畫，摹傳至今。嘗與裴迪同賦，各二十絶句。集中又有與迪書，略曰：……余每讀之，使人有飄然獨往之興。迪詩亦佳，然他無聞於世，蓋亦高人也。輞川在藍田縣西南二十里，本宋之問別圃。維後表爲清源寺，終墓其西。（宋陳振孫《直齋書録解題》卷一六）

尚書左（？）丞王維與弟縉，皆篤志奉佛，素衣蔬食。別墅在輞川，嘗吟遊其間。母喪，表請以輞川第爲佛寺。（宋志磐《佛祖統紀》卷四〇）

維字摩詰，太原人。九歲知屬辭。工草隸，閑音律，岐王重之。維將應舉，岐王謂曰：「子詩清越者，可録數篇；琵琶新聲，能度一曲，同詣九公主第。」維如其言。是日，諸伶擁維獨奏，主問何名，曰：「《鬱輪袍》。」因出詩卷，主曰：「皆我習諷，謂是古作，乃子之佳製乎？」延于上座，曰：「京兆得此生爲解頭，榮哉！」力薦之。開元十九年狀元及第，擢左拾遺，遷給事中。賊陷兩京，駕出幸，維扈從不及，爲所擒，服藥稱瘖病。禄山愛其才，逼至洛陽供舊職，拘於普施寺。賊宴凝碧池，悉召梨園諸工合樂，維痛悼，賦詩曰：「萬户傷心生野煙，百官何日再朝天？秋槐花落空宫裏，凝碧池頭奏管絃。」時聞行在所。賊平後，授僞官者皆定罪，獨維得免。仕至尚書右丞。維詩入妙品上上，畫思亦然。至山水平遠，雲勢石色，皆天機所到，非學而能。自爲詩云：「當代謬詞客，前身應畫師。」後人評維「詩中有畫，畫中有詩」，信哉！客有以《按樂圖》示維者，曰：「此《霓裳》第三疊最初指也。」對曲果然。篤志奉佛，蔬食素衣。喪妻不再娶，孤居三十年。別墅在藍田縣南輞川，亭館相望，嘗自寫其景物奇勝，日與文士丘丹、裴迪、崔興宗遊覽賦詩，琴樽自樂，後表宅請以爲寺。臨終，作書辭親友，停筆而化。代宗訪維文章，弟縉集賦詩等十卷上之，今傳于世。（元辛文房《唐才子傳》卷二《王維傳》）

詠，洛陽人。……少與王維爲吟侶。（同上卷一《祖詠傳》）

諲，永嘉人。……明《易》象，善草隸，兼畫山水，詩格高古，與李頎友善，事王維爲兄，皆爲詩酒丹青之契。（同上卷二《張諲傳》）

爲，嘉興人。……王維甚稱許之，嘗與唱和。（同上《丘爲傳》）

遥，丹陽人。天寶間常仕爲忠王府倉曹參軍。與王維結交，同慕禪寂，志趣高疎，多雲岫之想。（同上卷三《殷遥傳》）

曾字孝常，冉之弟也。……善詩，出王維之門，與兄名望相亞。（同上《皇甫曾傳》）

王維以詩名盛於開元天寶間，諸王駙馬豪貴之家，無不拂席迎之。乾元中爲尚書右丞。（元富大用《事文類聚新集》卷八）

（上元）辛丑，尚書左（？）丞王維卒。維字摩詰，臨終無病，遺親故書數幅，停筆而化。（元念常《佛祖歷代通載》卷一三）

王維字摩詰……工草隸，善書，名于開元天寶間，畫尤入神。（元陶宗儀《書史會要》卷五）

世傳《七賢過關圖》……姜南舉人云是開元間冬雪後，張説、張九齡、李白、李華、王維、鄭虔、孟浩然出藍田關，遊龍門寺，鄭虔圖之。虞伯生有題孟浩然像詩：「風雪空堂破帽温，七人圖裏一人存。」又有槎溪張輅詩：「二李清狂狎二張，吟鞭遥指孟襄陽。鄭虔筆底春風滿，摩詰圖中詩興長。」是必有所傳云。（明陸深《玉堂漫筆》）

三、詩評

歷代有關王維詩歌的評論甚多，本附録依據下述原則，收輯此類資料，供研究者參考：（一）選取評述較爲切實、具有一定參考價值者。（二）同一意見重複出現，原則上只取最早的一種。（三）對某一詩作的具體評論，不録入本附録，而置于該詩的註釋之後。（四）所收資料，俱以時代先後爲序。

爲文已變當時體，入用還推間氣賢。（唐苑咸《酬王維》，載《全唐詩》卷一二九）

粤若王維、昌齡、儲光羲等二十四人，皆河嶽英靈也，此集便以「河嶽英靈」爲號。（唐殷璠《河嶽英靈集》序）

維詩詞秀調雅，意新理愜，在泉爲珠，着壁成繪，一句一字，皆出常境。（同上卷上）

不見高人王右丞，藍田丘壑蔓寒藤。最傳秀句寰區滿，未絶風流相國能。右丞弟，今相國縉。（杜甫《解悶十二首》其八，見《杜詩詳註》卷一七）

沈、宋既殁，而崔司勳顥、王右丞維復崛起于開元、天寶之間，得其門而入者，當代不過數人。（獨孤及《唐故左補闕安定皇甫公集序》，載《全唐文》卷三八八）

猗氏房右丞（王）維叔，左相縉叔，俱偉文耀世。或有上縉叔詩曰：「朝廷左相筆，天下右丞詩。」人謂戲言，時稱定論。（王顔《追樹十八代祖晋司空太原王公神道碑銘》，載《全唐文》卷五四五）

澄潭昔卧龍，章句世爲宗。獨步聲名在，千巖水石空。野禽悲灌木，落日弔清風。後學攀遺址，秋山聞草蟲。　萬樹影參差，石牀藤半垂。螢光雖散草，鳥跡尚臨池。風雅傳今日，雲山想昔時。感深蘇屬國，千載五言詩。右丞昔陷賊庭，故有此句。（儲嗣宗《過王右丞書堂二首》，載《全唐詩》卷五九四）

詩貫六義，則諷諭抑揚，渟蓄淵雅，皆在其中矣。然直致所得，以格自奇，前輩諸集，亦不專工於此，矧其下者耶！王右丞、韋蘇州澄澹精緻，格在其中，豈妨于遒舉哉？（司空圖《與李生論詩

書》，載《全唐文》卷八〇七）

國初主上好文雅，風流特盛。沈、宋始興之後，傑出於江寧，宏肆於李、杜，極矣。右丞、蘇州，趣味澄夐，若清風之出岫，大曆十數公，抑又其次焉。（同上《與王駕評詩書》，載《全唐文》卷八〇七）

蓋詩者，樂之苗裔與。漢之蘇、李，魏之曹、劉，得其正始。宋、齊而下，得其浮淫流佚。唐之時，子昂、李、杜、沈、宋、王維之徒，或得其淳古淡泊之聲，或得其舒和高暢之節；而孟郊、賈島之徒，又得其悲愁鬱堙之氣。（宋歐陽修《歐陽文忠公文集》外集卷二三《書梅聖俞藁後》）

味摩詰之詩，詩中有畫；觀摩詰之畫，畫中有詩。（宋蘇軾《東坡題跋》卷五《書摩詰藍田煙雨圖》）

曾子固謂蘇明允之文，豐而不餘一言，約而不失一辭，雖《春秋》立言，亦不過如是。概而論之，惟明允可以當此，非子固亦不能形容至此也。魯直以摩詰六言詩，方得其法，乃真知摩詰者。惟其能知之，然後能發明其祕要。須咀嚼久，始信其難。然則何獨詩邪？凡落筆皆能如明允，斯可與論文矣。（宋李之儀《姑溪居士文集》卷三九《跋山谷書摩詰詩》）

右丞、蘇州皆學于陶，王得其自在。（宋陳師道《後山詩話》）

王摩詰詩，渾厚閒雅，覆蓋古今。但如久隱山林之人，徒成曠淡也。（宋蔡絛《西清詩話》）

孟浩然、王摩詰詩，自李、杜而下，當爲第一。老杜詩云「不見高人王右丞」，又云「吾憐孟浩然」，皆公論也。（宋許顗《彥周詩話》）

看詩且以數家爲率，以杜爲正經，餘爲兼經也。如小杜、韋蘇州、王維、太白、退之、子厚、坡、谷、四學士之類也。（宋吴可《藏海詩話》）

韋蘇州詩，韻高而氣清，王右丞詩，格老而味長。雖皆五言之宗匠，然互有得失，不無優劣。以標韻觀之，右丞遠不逮蘇州，至于詞不迫切而味甚長，雖蘇州亦所不及也。（宋張戒《歲寒堂詩話》卷上）

隨州詩，韻度不能如韋蘇州之高簡，意味不能如王摩詰、孟浩然之勝絶，然其筆力豪贍，氣格老成，則皆過之。（同上）

世以王摩詰律詩配子美，古詩配太白，蓋摩詰古詩能道人心中事而不露筋骨，律詩至佳麗而老成。如《隴西行》、《息夫人》、《西施篇》、《羽林閨人》、《别弟妹》等篇，信不減太白；如「興闌啼鳥換，坐久落花多」、「草枯鷹眼疾，雪盡馬蹏輕」等句，信不減子美。雖才氣不若李、杜之雄傑，而意味工夫，是其匹亞也。摩詰心淡泊，本學佛而善畫，出則陪岐薛諸王及貴主遊，歸則饜飫輞川山水，故其詩于富貴山林，兩得其趣。如「興闌啼鳥換，坐久落花多」之句，雖不誇服食器用，而真是富貴人口中語，非僅「笙歌歸院落，燈火下樓臺」之比也。（同上）

王昌齡集云：「王維詩天子，杜甫詩宰相。」（宋廷珪《海録碎事》卷一九）

余年十七、八時，讀摩詰詩最熟，後遂置之者幾六十年，今年七十七，永晝無事，再取讀之，如

見舊師友，恨間闊之久也。嘉泰辛酉五月六日龜堂南窗書。（宋陸游《渭南文集》卷二九《跋王右丞集》）

維以詩名開元間，遭禄山亂，陷賊中，不能死，事平復，幸不誅。其人既不足言，詞雖清雅，亦萎弱少氣骨，獨此篇與《望終南》、《迎》、《送神》爲勝云。（宋朱熹《楚辭後語》卷四王維《山中人》題解）

律詩則如王維、韋應物輩，亦自有蕭散之趣，未至如今日之細碎卑冗無餘味也。（朱熹《晦庵先生朱文公文集》卷六四《答鞏仲至》）

韋蘇州詩高于王維、孟浩然諸人，以其無聲色臭味也。（《朱子語類》卷一四〇）

《雪浪齋日記》云：「爲詩欲清深閒淡，當看韋蘇州、柳子厚、孟浩然、王摩詰、賈長江。」（宋河汶《竹莊詩話》卷一）

以人而論，則有蘇李體……王右丞體。王維也。（宋嚴羽《滄浪詩話·詩體》）

因暇日與弟姪輩評古今諸名人詩：魏武帝如幽燕老將，氣韻沉雄。……王右丞如秋水芙蕖，倚風自笑。（宋敖陶孫《臞翁詩評》，見《詩人玉屑》卷二）

唐詩人與李、杜同時者，有岑參、高適、王維；後李、杜者，有韋、柳，中間有盧綸、李益、兩皇甫、五竇，最後有姚、賈諸人。學者學此足矣。長慶體太易，不必學。（宋劉克莊《後村詩話》前集卷一）

右丞不污天寶之亂，大節凜然。其詩擺落世間腥腐，非食煙火人口中語。（同上新集卷三）

嘗謂古人之詩，各得其一偏，又多其性之似者。若陶淵明、謝靈運、韋蘇州、王維、柳子厚、白樂天得其沖淡，江淹、鮑明遠、李白、李賀得其峭峻，孟東野、賈浪仙又得其幽憂不平之氣。若老杜可謂兼之矣。（金趙秉文《閑閑老人滏水文集》卷一九《答李天英書》）

王維典麗靚深，學者不察，失于容冶。（元范德機《木天禁語》）

夫詩莫盛於唐，莫備於盛唐，論者惟杜、李二家爲尤，其間又可名家者十數公。至如子美所讚詠者王維、孟浩然，所友善者高適、岑參，乾元以後，劉、錢接跡，韋、柳光前，人各鳴其所長。今觀襄陽之清雅，右丞之精緻，儲光羲之真率，王江寧之聲俊，高達夫之氣骨，岑嘉州之奇逸，李頎之冲秀，常建之超凡，劉隨州之閒曠，錢考功之清贍，韋之静而深，柳之温而密，此皆宇宙山川，英靈間氣，萃于時以鍾乎人矣。嗚呼盛哉！今俱列之名家，第爲上下。（明高棅《唐詩品彙·五言古詩敘目》）

盛唐工七言古調者多，李、杜而下，論者推高、岑、王、李、崔顥數家爲勝。竊嘗評之，若夫張皇氣勢，陟頓始終，綜覈乎古今，博大其文辭，則李、杜尚矣；至於沉鬱頓挫，抑揚悲壯，法度森嚴，神情俱詣，一味妙悟，而佳句輒來，遠出常情之外，之數子者，誠與李、杜並驅而爭先矣，今俱列之於名家。（同上《七言古詩敘目》）

盛唐律句之妙者，李翰林氣象雄逸，孟襄陽興致清遠，王右丞詞意雅秀，岑嘉州造語奇峻，高

常侍骨格渾厚，皆開元天寶以來名家，今俱列之正宗。（同上《五言律詩叙目》）

盛唐作者雖不多，而聲調最遠，品格最高。……賈至、王維、岑參早朝倡和之什，當時各極其妙。王之衆作尤勝諸人。至於李頎、高適，當與並驅，未論先後，是皆足爲萬世程法。通得十四人……爲正宗。（同上《七言律詩叙目》）

開元後，作者之盛，聲律之備，獨王右丞、李翰林爲多，得非王李爲獨得？而孟襄陽、高渤海輩，實相與並鳴。今合四家……爲正宗。（同上《五言排律叙目》）

開元後，獨李白、王維尤勝諸人，次則崔國輔、孟浩然可以並駕，共詩六十八首，爲正宗。（同上《五言絶句叙目》）

（李、王）正宗之外，同鳴于時者，王維、賈至、岑參亦盛。又如儲光羲、常建、高適之流，雖不多見，其興象聲律一致也。……得二十三人，爲羽翼。（同上《七言絶句叙目》）

論近體者，必稱盛唐，若藍田王右丞維，亦其一也。其爲律絶句，無問五、七言，皆莊重閒雅，渾然天成。至于古詩，句本冲澹，而興則悠長。諸詞清婉流麗，殆未可多訾。楊伯謙選唐詩，論次其尤，載在《正音》，而晦翁先生考定《楚辭後語》，亦存其《山中人》等作，良有以邪！（明呂夔《重刊唐王右丞詩集序》，見弘治甲子刊《唐王右丞詩劉須溪校本》）

唐詩李、杜之外，孟浩然、王摩詰足稱大家。王詩豐縟而不華靡，孟却專心古澹，而悠遠深厚，自無寒儉枯瘠之病。由此言之，則孟尤勝。儲光羲有孟之古，而深遠不及；岑參有王之縟，而又以華靡掩之，故杜子美稱「吾憐孟浩然」，稱「高人王右丞」，而不及儲、岑，有以也夫！（明李東陽《麓堂詩話》）

摩詰以淳古淡泊之音，寫山林閒適之趣，如輞川諸詩，真一片水墨不著色畫。及其鋪張國家之盛，如「九天閶闔開宫殿，萬國衣冠拜冕旒」，「雲裏帝城雙鳳闕，雨中春樹萬人家」，又何其偉麗也！（明王鏊《震澤長語》卷下）

若夫興寄物外，神解妙悟，絶去筆墨畦逕，所謂文不按古，匠心獨妙，吾於孟浩然、王摩詰有取焉。（同上）

王維詩高者似禪，卑者似僧，奉佛之應哉！人心係則難脱。（明李夢陽《空同子·論學上篇》）

孔文谷曰：「……王摩詰、孟浩然、韋應物，典雅冲穆，入妙通玄，觀寶玉於東序，聽廣樂於鈞天，三家其選也。」（明謝榛《四溟詩話》卷四）

世之言詩者，皆曰盛唐，余觀一時如王右丞之清深，李翰林之豪宕，王江寧之俊逸，常徵君之高曠，李頎之沉着，岑嘉州之精鍊，高常侍之老健，各有其妙，而其所造皆能登峰造極者也。然終輸杜少陵一籌。（明何良俊《四友齋叢説》卷二四）

王右丞五言有絶佳者，如《瓜園》、《贈裴十一迪》、《納凉》、《濟上四賢詠》諸篇，格調既高，而寄

興復遠，即古人詩中，亦不能多見者。今選詩者俱不之取，獨以《西施詠》之類入選，此不知何謂！（同上卷二五）

五言絶句，當以王右丞爲絶唱。（同上）

玄、肅以下詩人，其數什百。語盛唐者，唯高、王、岑、孟四家爲最。語四家者，唯右丞爲最。其爲詩也，上薄《騷》、《雅》，下括漢魏，博綜群籍，漁獵百氏，于史、子、《蒼》、《雅》、緯候、鈐決、内學、外家之説，苞并總統，無所不闚，鄅長于佛理。故其摛藻奇逸，措思冲曠，馳邁前榘，雄視名儁。凡今長老薦紳之屬工爲詩者，恒嗟賞而雅崇之，殆與耳食無異。（明顧起經《題王右丞詩箋小引》，見奇字齋刊《類箋唐王右丞集》）

摩詰才勝孟襄陽，由工入微，不犯痕迹，所以爲佳。間有失檢點者，如五言律中「青門」、「白社」，「青菰」、「白鳥」，一首互用；七言律中「暮雲空磧時驅馬」、「玉靶角弓珠勒馬」，兩「馬」字覆壓；「獨坐悲雙鬢」，又云「白髮終難變」。他詩往往有之，雖不妨白璧，能無少損連城？觀者須略玄黄，取其神檢。（明王世貞《藝苑巵言》卷四）

（李于麟）又云：「……七言律詩，諸家所難，王維、李頎頗臻其妙，即子美篇什雖衆，隤焉自放矣。」余謂……王維、李頎雖極風雅之致，而調不甚響。（同上）

盛唐七言律，老杜外，王維、李頎、岑參耳。李有風調而不甚麗，岑才甚麗而情不足，王差備

美。（同上）

摩詰七言律，自《應制》、《早朝》諸篇外，往往不拘常調。至「酌酒與君」一篇，四聯皆用仄法，此是初盛唐所無，尤不可學。凡爲摩詰體者，必以意興發端，神情傅合，渾融疏秀，不見穿鑿之迹，頓挫抑揚，自出宫商之表可耳。（同上）

排律用韻穩妥，事不傍引，情無牽合，當爲最勝。摩詰似之，而小才不逮。少陵强力宏蓄，開闔排蕩，然不無利鈍。餘子紛紛，未易悉數也。（同上）

詩稱發端之妙者，謝宣城而後，王右丞一人而已。（明王世懋《藝圃擷餘》）

古人云：「秀色若可餐。」余謂此言惟毛嬙、西施、昭君、太真、曹植、謝朓、李白、王維可以當之。（同上）

唐律由初而盛，由盛而中，由中而晚，時代聲調，故自必不可同。然亦有初而逗盛，盛而逗中，中而逗晚者。……唐律之由盛而中，極是盛衰之介。然王維、錢起，實相倡酬，子美全集，半是大曆以後，其間逗漏，實有可言，聊指一二。如右丞「明到衡山」篇，嘉州「函谷」、「磻溪」句，隱隱錢、劉、盧、李間矣。至于大曆十才子，其間豈無盛唐之句？蓋聲氣猶未相隔也。學者固當嚴于格調，然必謂盛唐人無一語落中，中唐人無一語入盛，則亦固哉其言詩矣。（同上）

古詩軌轍殊多……有以高閒、曠逸、清遠、玄妙爲宗者，六朝則陶，唐則王、孟、常、儲、韋、柳。

但其格本一偏，體靡兼備，宜短章，不宜鉅什；宜古選，不宜歌行；宜五言律，不宜七言律。歷考前人遺集，靡不然者。中惟右丞才高，時能旁及。至於本調，反劣諸子。餘雖深造自得，然株守一隅，才之所趨，力故難强。（明胡應麟《詩藪》内編卷二古體中五言）

唐初承襲梁隋，陳子昂獨開古雅之源，張子壽首創清澹之派。盛唐繼起，孟浩然、王維、儲光羲、常建、韋應物，本曲江之清澹，而益以風神者也。（同上）

仲默云：「右丞他詩甚長，獨古作不逮。」讀其集，大篇句語俊拔，殊乏完章；小言結搆清新，所少風骨。孟五言秀雅不及王，而閒澹頗自成局。（同上）

高氣骨不逮嘉州，孟材具遠輸摩詰，然並驅者，高、岑悲壯爲宗，王、孟閒澹自得，其格調一也。（同上）

唐七言歌行，垂拱四子，詞極藻艷，然未脱梁、陳也。張、李、沈、宋，稍汰浮華，漸趨平實，唐體肇矣，然而未暢也。高、岑、王、李，音節鮮明，情致委折，濃纖脩短，得衷合度，暢乎，然而未大也。太白、少陵，大而化矣，能事畢矣。（同上内編卷三古體下七言）

王、盧出，而歌行咸中矩度矣。沈、宋出，而近體悉協宫商矣。至高、岑而後有氣，王、孟而後有韻，李、杜而後入化。（同上）

沈、宋厭王、楊之靡縟，稍欲約以典實而未能也。李、杜一變，而雄逸豪宕，前無古人矣。盛唐

高適之渾，岑參之麗，王維之雅，李頎之俊，皆鐵中錚錚者。（同上）

凡詩諸體皆有繩墨，惟歌行出自《離騷》、樂府，故極散漫縱横。初學當擇易下手者，今略舉數篇：青蓮《擣衣曲》、《百囀歌》，杜陵《洗兵馬》、《哀江頭》，高適《燕歌行》……王維《老將行》、《桃源行》……皆脈絡分明，句調婉暢。（同上）

勝國歌行多學李長吉、温庭筠者，晦刻濃綺，而真景真情，往往失之目前。盛唐則不然，愈近愈遠，愈拙愈工，讀王、岑、高、李諸作可見。（同上）

主拾遺，賓供奉，左中允，右嘉州，則沈雄秀逸，短什宏章，諸體悉備。（同上）

五言律體，兆自梁陳。唐初四子，靡縟相矜，時或拗澀，未堪正始。神龍以還，卓然成調，沈、宋、蘇、李，合軌于先，王、孟、高、岑，並馳于後，新製迭出，古體攸分，實詞章改變之大機，氣運推遷之一會也。（同上内編卷四近體上五言）

五言律體，極盛於唐。要其大端，亦有二格。陳、杜、沈、宋，典麗精工；王、孟、儲、韋，清空閒遠。此其概也。然右丞贈送諸什，往往闌入高、岑。（同上）

學五言律……先取沈、宋、陳、杜、蘇、李諸集，朝夕臨摹，則風骨高華，句法宏贍，音節雄亮，比偶精嚴。次及盛唐王、岑、孟、李，永之以風神，暢之以才氣，和之以真澹，錯之以清新，然後歸宿杜陵，究竟絶軌，極深研幾，窮神知化，五言律法盡矣。（同上）

右丞五言，工麗閒澹，自有二派，殊不相蒙。「建禮高秋夜」、「楚塞三湘接」、「風勁角弓鳴」、「楊子談經處」等篇，綺麗精工，沈、宋合調者也。「寒山轉蒼翠」、「一從歸白社」、「寂寞掩柴扉」、「晚年惟好静」等篇，幽閒古澹，儲、孟同聲者也。（同上）

孟浩然《岳陽樓》，王維《岐王應教》、《秋宵寓直》、《觀獵》……俱盛唐絶作。視初唐格調如一，而神韻超玄，氣概閎逸，時或過之。（同上）

孟詩淡而不幽，時雜流麗；閒而匪遠，頗覺輕揚。可取者，一味自然。……王維「清川帶長薄」、「中歲頗好道」，遠矣。（同上）

王、韋五言，秀麗可挹。（同上）

排律，沈、宋二氏，藻贍精工；太白、右丞，明秀高爽，然皆不過十韻，且體在繩墨之中，調非畦逕之外。（同上）

沈排律工者不過三數篇，宋則遍集中無不工者，且篇篇平正典重，贍麗精嚴，初學入門，所當熟習。右丞韻度過之，而典重不如；少陵閎大有加，而精嚴略遜。（同上）

盛唐排律，杜外，右丞爲冠，太白次之。常侍篇什空濟，不及王、李之秀麗豪爽。（同上）

作排律先熟讀宋、駱、沈、杜諸篇，倣其布格措詞，則體裁平整，句調精嚴。益以摩詰之風神，太白之氣概，既奄有諸家，美善咸備，然後究極杜陵，擴之以閎大，濬之以沈深，鼓之以變化，排律

之能事盡矣。（同上）

讀盛唐排律，延清、摩詰等作，真如入萬花春谷，光景爛熳，令人應接不暇，賞玩忘歸。（同上）

王、岑、高、李，世稱正鵠。嘉州詞勝意，句格壯麗而神韻未揚。常侍意勝詞，情致纏綿而筋骨不逮。王、李二家，和平而不累氣，深厚而不傷格，濃麗而不乏情，幾于色相俱空，風雅備極。然制作不多，未足以盡其變。（同上内編卷五近體中七言）

唐七言律自杜審言、沈佺期首創工密，至崔顥、李白時出古意，一變也。高、岑、王、李，風格大備，又一變也。杜陵雄深浩蕩，超忽縱横，又一變也。（同上）

七言律，唐以老杜爲主，參之李頎之神，王維之秀，岑參之麗。（同上）

盛唐七言律稱王、李。王才甚藻秀而篇法多重，「絳幘雞人」不免服色之譏，「春樹萬家」亦多花木之累。「漢主離宫」、「洞門高閣」，和平閑麗，而斤兩微劣。「居延城外」甚有古意，與「盧家少婦」同，而音節太促，語句傷直，非沈比也。李律僅七首，惟「物在人亡」不佳。……岑調穩於王，才豪於李，而諸作咸出其下，以神韻不及二君故也。（同上）

高、岑明浄整齊，所乏遠韻。王、李精華秀朗，時覺小疵。學者步高、岑之格調，含王、李之風神，加以工部之雄深變幻，七言能事極矣。（同上）

摩詰五言絶窮幽極玄，少伯七言絶超凡入聖，俱神品也。（同上内編卷六近體下絶句）

唐五言絶，太白、右丞爲最。（同上）

五言絶二途：摩詰之幽玄，太白之超逸。子美於絶句無所解，不必法也。（同上）

五言絶，須熟讀漢魏及六朝樂府，源委分明，逕路諳熟，然後取盛唐名家李、王、崔、孟諸作，陶以風神，發以興象，真積力久，出語自超。（同上）

七言絶以太白、江寧爲主，參以王維之俊雅，岑參之濃麗，高適之渾雄，韓翃之高華，李益之神秀，……集長舍短，足爲大家。（同上）

七言絶，太白、江寧爲最。右丞、嘉州、舍人、常侍次之。（同上）

盛唐摩詰，中唐文房，五六七言絶俱工，可言才矣。（同上）

偏精獨詣，名家也；具範兼鎔，大家也。……有衆體皆工，而不免爲名家者，右丞、嘉州是也。有律絶微減，而不失爲大家者，少陵、太白是也。（同上外編卷四唐下）

唐人則王、楊之繁富，陳、杜之孤高，沈、宋之精工，儲、孟之閒曠，高、岑之渾厚，王、李之風華，昌齡之神秀，常建之幽玄，雲卿之古蒼，任華之拙樸，皆所專也，兼之者杜陵也。（同上）

詩最可貴者清，然有格清，有調清，有思清，有才清。才清者，王、孟、儲、韋之類是也。……王、楊之流麗，沈、宋之豐蔚，高、岑之悲壯，李、杜之雄大，其才不可概以清言，其格與調與思，則無不清者。（同上）

靖節清而遠，康樂清而麗，曲江清而澹，浩然清而曠，常建清而僻，王維清而秀，儲光羲清而適，韋應物清而潤，柳子厚清而峭。（同上）

王、楊、盧、駱以詞勝，沈、宋、陳、杜以格勝，高、岑、王、孟以韻勝。詞勝而後有格，格勝而後有韻，自然之理也。（同上）

王、孟並稱，畢竟王妙于孟，王能兼孟，孟不能兼王也。（明鍾惺《唐詩歸》卷八）

世以李、杜爲大家，王維、高、岑爲傍户，殆非也。摩詰寫色清微，已望陶、謝之藩矣，第律詩有餘，古詩不足耳。離象得神，披情著性，後之作者誰能之？世之言詩者，好大好高，好奇好異，此世俗之魔見，非詩道之正傳也。體物著情，寄懷感興，詩之爲用，如此已矣。（明陸時雍《詩鏡總論》）

盛唐名家稱王、孟、高、岑，獨七言律祧孟，進李頎，應稱王、李、岑、高云。（明胡震亨《唐音癸籤》卷一〇）

七言律獨取王、李而絀老杜者，李于鱗也。夷王、李于岑、高而大家老杜者，高廷禮也。尊老杜而謂王不如李者，胡元瑞也。謂老杜即不無利鈍，終是上國武庫；又謂摩詰堪敵老杜，他皆莫及者，王弇州也。意見互殊，幾成諍論。雖然，吾終以弇州公之言爲衷。（同上）

王以高華勝，李以韶令勝。李如瓊蕊浥露，含質故鮮；王如翠嶺冠霞，占地特貴。王間有失嚴，無心内游衍自如；李即無落調，有意中補湊可摘。不獨勦兩微懸，正復色香亦別。（同上）

王風調正似雲卿，岑茂采堪追廷碩。李存藻不多，既同考功；高裁體欲變，亦類左相。以盛配初，約略不遠。惟杜子美無一家不備，亦無一家可方爾。（同上）

王摩詰名維、孟浩然才力不逮高、岑，而造詣實深，興趣實遠，故其古詩雖不足，律詩體多渾圓，語多活潑，而氣象風格自在，多入於聖矣。（明許學夷《詩源辯體》卷一六）

摩詰五言古雖有佳句，然散緩而失體裁，平韻者間雜律體，仄韻者多忌鶴膝，短篇爲勝。楚辭深得《九歌》之趣，唐人所難。七言古語雖婉麗，而氣象不足，聲調間有不純者。何仲默云「右丞他詩甚長，獨古作不逮」是也。（同上）

摩詰才力雖不逮高、岑，而五、七言律風體不一。五言律有一種整栗雄麗者，有一種一氣渾成者，有一種澄淡精緻者，有一種閒遠自在者。如「天官動將星」、「單車曾出塞」、「横吹雜繁笳」、「不識陽關路」等篇，皆整栗雄麗者也。如「風勁角弓鳴」、「絶域陽關道」、「建禮高秋夜」、「憐君不得意」等篇，皆一氣渾成者也。如「獨坐悲雙鬢」、「寂寞掩柴扉」、「松菊荒三逕」、「言從石菌閣」、「巖壑轉微逕」等篇，皆澄淡精緻者也。如「清川帶長薄」、「寒山積蒼翠」、「晚年惟好静」、「主人能愛客」、「重門朝已啓」等篇，皆閒遠自在者也。至如「楚塞三湘接」，既甚雄渾，「新粧可憐色」，則又嬌嫩。若高、岑才力雖大，終不免一律耳。（同上）

摩詰七言律亦有三種：有一種宏贍雄麗者，有一種華藻秀雅者，有一種淘洗澄净者。如「欲笑周文」、「居延城外」、「絳幘雞人」等篇，皆宏贍雄麗者也。如「渭水自縈」、「漢主離宫」、「明到衡山」等篇，皆華藻秀雅者也。如「帝子遠辭」、「洞門高閣」、「積雨空林」等篇，皆淘洗澄浄者也。是亦高、岑之所不及也。（同上）

或問：摩詰五、七言律，聲氣或有類大曆者，何耶？曰：大曆諸子，時代漸移，而風氣始散。摩詰於禪學有悟，其英氣漸消，聲氣雖同，而風格自異耳。（同上）

五言絶，太白、摩詰多入於聖矣。（同上）

摩詰五言絶，意趣幽玄，妙在文字之外。……摩詰胸中滓穢浄盡，而境與趣合，故其詩妙至此耳。（同上）

摩詰詩如「回風城西雨，返景原上村」，「殘雨斜日照，夕嵐飛鳥還」，「陰盡小苑城，微明渭川樹」，「行到水窮處，坐看雲起時」，「山中一夜雨，樹杪百重泉」，「啼鳥忽臨澗，歸雲時抱峰」，「返影入深林，復照青苔上」，「彩翠時分明，夕嵐無處所」，「逶迤南川水，明滅青林端」，「溪上人家凡幾家，落花半落東流水」，「瀑布杉松常帶雨，夕陽彩翠忽成嵐」，「雲裏帝城雙鳳闕，雨中春樹萬人家」，「新豐樹裏行人度，小苑城邊獵騎迴」等句，皆詩中有畫者也。（同上）

高、岑之詩，才力勝于造詣，王、孟之詩，造詣勝于才力。（同上）

高、岑之詩，有慷慨俠烈之氣，王、孟之詩，有一丘一壑之風。（同上）

詩以蘊藉爲主，不得已溢爲光怪爾。蘊藉極而光生，光極而怪生焉。李、杜、王、孟及唐諸大家，各有一種光怪，不獨長吉稱怪也。怪至長吉極矣，然何嘗不從蘊藉中來。（清賀貽孫《詩筏》）

儲、王、孟、劉、柳、韋五言古詩，淡雋處皆從《十九首》中出，然其不及《十九首》，政在於此。蓋有淡有雋，則有跡可尋，彼《十九首》何處尋跡？（同上）

少陵稱太白詩云「飛揚跋扈」，老泉（按，應爲柳宗元）稱退之文云「猖狂恣睢」。若以此八字評今人詩文，必艴然而怒，不知此八字乃詩文神化處，惟太白、退之乃有此境。……王、孟之詩潔矣，然「飛揚跋扈」不如太白。（同上）

唐人詩近陶者，如儲、王、孟、韋、柳諸人，其雅懿之度，樸茂之色，閒遠之神，澹宕之氣，雋永之味，各有一二，皆足以名家，獨其一段真率處，終不及陶。陶詩中雅懿、樸茂、閒遠、澹宕、雋永，種種妙境，皆從真率中流出，所謂「稱心而言，人亦易足」也。……儲、王輩生平爲人，事事不及陶公，其所以能近陶者，以其風流灑落，無俗韻耳。（同上）

五言詩爲澹穆易，爲奇峭難。……七言詩作澹穆尤難，惟摩詰能之，然而稍加深秀矣。（同上）

落韻自然，莫如摩詰。如「潮來天地青」，「行踏空庭落葉聲」，「青」字、「聲」字偶然而落，妙處豈復有痕迹可尋？總之，本領人下語下字，自與凡人不同，雖未嘗不煉，然指他煉處，却無爐火之迹。（同上）

詩文中「潔」字最難。……詩如摩詰，可謂之潔。惟悟生潔，潔斯幽，幽斯靈，靈斯化矣。摩詰之潔，原從悟生，而摩詰之潔，亦能生悟，潔而能化，悟迹乃融。嗟乎！悟、潔二者，今人棄如土矣。（同上）

詩中之潔，獨推摩詰。即如孟襄陽之淡，柳柳州之峻，韋蘇州之警，劉文房之雋，皆得潔中一種，而非其全。蓋摩詰之潔，本之天然，雖作麗語，愈見其潔。孟、柳、韋、劉諸君，超脱洗削，尚在人境。摩詰如仙姬天女，冰雪爲魂，縱復瓔珞華鬘，都非人間。而諸君則如西子、毛嬙，月下淡粧，却扇一顧，粉脂無色，然不免薰衣頮面，護持愛惜。識者辨之。（同上）

詩中有畫，不獨摩詰也。浩然情景悠然，尤能寫生，其便娟之姿，逸宕之氣，似欲超王而上，然終不能出王範圍内者，王厚於孟故也。（同上）

王右丞詩境雖極幽静，而氣象每自雄偉。如「草枯鷹眼疾，雪盡馬蹄輕」、「苜蓿隨天馬，葡萄逐漢臣」、「日落江湖白，潮來天地青」、「暮雲空磧時驅馬，秋日平原好射雕」、「雲裏帝城雙鳳闕，雨中春樹萬人家」、「歸鞍競帶青絲籠，中使頻傾赤玉盤」等語，其氣象似在「九天閶闔開宫殿，萬國衣冠拜冕旒」之上。如但以氣象語求之，便失右丞遠矣。（同上）

儲光羲五言古詩，雖與摩詰五言古同調，但儲韻遠而王韻雋，儲氣恬而王氣潔，儲於樸中藏秀，而王於秀中藏樸，儲於厚中有細，而王於細中有厚，儲於遠中含澹，而王於澹中含遠，與王着着

敵手，而儲似爭得一先，覩偶然作便知之。然王所以獨稱大家者，王之諸體悉妙，而儲獨以五言古勝場耳。（同上）

劉昚虛、王昌齡五言古，風味近於王、孟。但王、孟澹宕而昚虛高嚴，王、孟疏遠而昌齡綿密。詩家以澹宕疏遠爲至，然每爲淺學形似所混，獨高嚴與綿密，非深心此道者難與措手。故世有假王右丞、孟襄陽，而無假劉江東、王龍標也。（同上）

浩然山人之雄長，時有秀句，而輕飄短味，不得與高、岑、王、儲齒。（清王夫之《薑齋詩話》卷二）

右丞于五言，自其勝場，乃律已臻化，而古體輕忽，迨將與孟爲儔。佳處迎目，亦令人欲置不得，乃所以可愛存者，亦止此而已（按，指所選《渭川田家》、《終南別業》、《西施詠》、《自大散以往深林密竹蹬道盤曲四五十里至黄牛嶺見黄花川》等四詩）。其他褊促浮露，與孟同調者，雖小藻足娱人，要爲吟壇之衙官，不足採也。右丞與儲唱和，而于古體聲價頓絶，趨時喜新，其敝遂至于此。王、孟于五言古體，爲變法之始，顧其推送，雖以褶紋見凝滯，而氣致順適，亦不異人人意。若王昌齡、常建、劉昚虛一流人，既筆墨濃敗，一轉一合，如蹇驢之曳柴車，行數步即躓，不得已，而以谿刻危苦之語，文其拙鈍，則其雜冗，尤令人悶頓不堪。（王夫之《唐詩評選》卷二）

右丞于五言近體，有與儲合者，有與孟合者，有深遠鴻麗軼儲、孟而自爲體者，乃右丞獨開手眼處，則與工部天寶中詩相爲伯仲，顔、謝、鮑、庾之風，又一變矣。工部之工，在即物深致，無細不章；右丞之妙，在廣攝四旁，圜中自顯。如終南之闊大，則以「欲投人處宿，隔水問樵夫」顯之，獵騎之輕速，則以「忽過」、「還歸」、「回看」、「暮雲」顯之，皆所謂「離鉤三寸，鱍鱍金鱗」，少陵未嘗問津及此也。然五言之變，至此已極。右丞妙手，能使在遠者近，摶虚作實，則心自旁靈，形自當位。苟非其人，荒遠幻誕，將有如一一鶴聲飛上天，而自詫爲靈通者，風雅掃地矣。是取徑盛唐者，節宣之度，不可不知也。（同上卷三）

七言古至右丞，氣骨頓弱，已逗中唐。如「衛霍纔堪一騎將，朝廷不數貳師功」，「願得燕弓射天將，恥令越甲鳴吾君」，極欲作健，而風格已夷，即曲借對仗，無復渾勁之致。須溪評王嫩復勝老，愛忘其醜矣。（清毛先舒《詩辯坻》卷三）

襄陽歌行，便已下右丞一格，無論高、岑、崔、李也。蓋全用姿勝，不復見氣，但未及雋語，爲能立足耳。（同上）

王、孟五言絶，筆韻超遠，不減李拾遺。但李近瀏亮，王近清疎，特差異耳。孟他體較王格小減，五言絶句，氣更似勝之。（同上）

七律如李頎、王維，其婉轉附物，惆悵切情，而六轡如琴，和之至也。後人未能妙臻此境。（清宋徵璧《抱真堂詩話》）

唐無李、杜，摩詰便應首推。昔人謂「如秋水芙蕖，倚風自笑」，殊未盡厥美，庶幾「咳唾落九

天，隨風生珠玉」耳。三人相較，正猶留侯無收城轉餉之功，襟袖帶煙霞之氣，自非平陽、曲逆可伍。（清賀裳《載酒園詩話》又編）

摩詰才高於儲，擬陶則儲較王爲近。但儲詩亦惟此種佳，有廉頗用趙人之意。王兼長，儲獨詣也。（同上）

王右丞五古，盡善盡美矣，《觀別者》篇可入《三百》。孟浩然五古，可敵右丞。（清吴喬《圍爐詩話》卷二）

應制詩，右丞勝于諸公。（同上卷三）

唐人謂「王維詩天子，杜甫詩宰相」（按二語見《海録碎事》）。今看右丞詩甚佳，而有邊幅，子美浩然如海。（同上卷四）

（詩）小變於沈、宋、雲、龍之間，而大變於開元、天寶高、岑、王、孟、李。此數人者，雖各有所因，而實一一能爲創。而集大成如杜甫，傑出如韓愈，專家如柳宗元，如劉禹錫，如李賀，如李商隱，如杜牧，如陸龜蒙諸子，一一皆特立興起。（清葉燮《原詩》卷一）

變化而不失其正，千古詩人，惟杜甫爲能。高、岑、王、孟諸子，設色止矣，皆未可語以變化也。……杜甫，詩之神者也，夫惟神乃能變化。（同上）

作詩有性情，必有面目……諸大家雖所就各有差别，而面目無不於詩見之。其中有全見者，

有半見者。如陶潛、李白之詩，皆全見面目；王維五言則面目見，七言則面目不見。（同上卷三）

古今詩人以變調能工者，惟顔延之、謝朓、王維、杜甫而已。……摩詰高逸，至誦其應制應教諸作，儼造五鳳鉅手。（清葉矯然《龍性堂詩話》初集）

薛君采論五言律，推右丞、蘇州爲第一，良有深意妙會，覺子美猶當别論。僕嘗持此議未發，君采先獲我心，然此可爲知者道。（同上續集）

五律不着一毫聲色，天然高貴，唐人則右丞、蘇州爲絶唱，襄陽、柳州次之，文房、虞臣又次之，宋、元絶響矣。（同上）

唐人排律，初推沈、宋，而宋妙於沈者，以逸勝也。盛則右丞尤在青蓮之上，亦以逸不可及。至杜公廣大神通，壓古軼今，岑、高諸人無敢望其項背。（同上）

七律宜讀王右丞、李東川。尤宜熟玩劉文房諸作。宋人則陸務觀。……學前諸家七律，久而有所得，然後取杜詩讀之，譬如百川學海而至於海也。此是究竟歸宿處。（清王士禛《然鐙紀聞》）

（劉大勤）問：「王、孟詩假天籟爲宫商，寄至味於平淡，格調諧暢，意興自然，真有無迹可尋之妙。二家亦有互異處否？」（王士禛）答：「譬之釋氏，王是佛語，孟是菩薩語。孟詩有寒儉之態，不及王詩天然而工。惟五古不可優劣。」（清劉大勤編《師友詩傳續録》）

汪鈍翁問余：「王、孟齊名，何以孟不及王？」答曰：「孟詩味之未能免俗耳。」汪深歎其言，謂從

無人道及此。（王士禛《漁洋詩話》卷上）

古人山水之作，莫如康樂、宣城、盛唐王、孟、李、杜及王昌齡、劉昚虛、常建、盧象、陶翰、韋應物諸公，搜抉靈奥，可謂至矣。然總不如曹操「水何澹澹，山島竦峙」二語，此老殆不可及。（王士禛《帶經堂詩話》卷一品藻類）

（《唐詩品彙》）七言古詩以李太白爲正宗，杜子美爲大家，王摩詰、高達夫、李東川爲名家，則非。是三家者，皆當爲正宗，李、杜均之爲大家，岑嘉州而下爲名家，則確然不可易矣。（同上）

唐五言詩，開元、天寶間大匠同時竝出。王右丞而下，如孟浩然、王昌齡、岑參、常建、劉昚虛、李頎、綦毋潛、祖詠、盧象、陶翰，之數公者，皆與摩詰相頡頏。獨儲光羲詩，多龍虎鉛汞之氣，田園樵牧諸篇，又迂闊不切事情，而古今稱「儲王」，何也？（同上）

陶如佛語，韋如菩薩語，王右丞如祖師語也。（同上）

詩以言志。古之作者，如陶靖節、謝康樂、王右丞、杜工部、韋蘇州之屬，其詩具在，嘗試以平生出處考之，莫不各肖其爲人。尚友千載者自能辨之。（同上卷三要旨類）

開元、大曆諸作者，七言（古詩）始盛。王、李、高、岑四家，篇什尤多。李太白馳騁筆力，自成一家。大抵嘉州之奇峭，供奉之豪放，更爲刱獲。（同上卷四纂輯類）

五言（絶句），初唐王勃獨爲擅場，盛唐王、裴輞川唱和，工力悉敵，劉須溪有意抑裴，謬論也。

李白氣體高妙，崔國輔源本齊梁，韋應物本出右丞，加以古澹。後之爲五言者，於此數家求之，有餘師矣。（同上卷四刪訂類）

沈著痛快，非惟李、杜、昌黎有之，乃陶、謝、王、孟而下莫不有之。（王士禛《帶經堂集》卷六五《芝廛集序》）

平心而論，（七律）初唐如花始苞，英華未啓；盛唐王維、李頎、岑參諸公，聲調氣格，種種超越，允爲正宗；中、晚之錢、劉、李義山、劉滄亦悠揚婉麗，渢渢乎雅人之致。……獨少陵包三唐，該正變，爲廣大教化主。（清宋犖《漫堂説詩》）

詩總不離乎才也。有天才，有地才，有人才。吾于天才得李太白，于地才得杜子美，于人才得王摩詰。太白以氣韻勝，子美以格律勝，摩詰以理趣勝。太白千秋逸調，子美一代規模，摩詰精大雄氏之學，篇章字句皆合聖教。（清徐增《而菴詩話》）

詩到極則，不過是抒寫自己胸襟，若晋之陶元亮，唐之王右丞，其人也。（同上）

王維、孟浩然清淑散朗，窈窕悠閑，取神於陶、謝之間，而安頓在行墨之外，資制相侔，神理各足。儲光羲似少遜之。（清田雯《古歡堂雜著》卷二《論五言古詩》）

摩詰恬潔精微，如天女散花，幽香萬片，落人巾幘間。每於胸念塵雜時，取而讀之，便覺神怡氣静。（同上《論五言律詩》）

（詩）至唐變爲近體，沈、宋、王、孟、高、岑諸公，昌明博大，自是盛世之音，未免文勝于質，故當以子美爲宗子也。（清龐塏《詩義固説》卷下）

徐文長有云：「高、岑、王、孟固布帛菽粟，韓愈、孟郊、盧仝、李賀却是龍肝鳳髓，能舍之耶？」此言當王、李盛行之時，真如清夜聞晨鐘矣。（清方世舉《蘭叢詩話》）

唐之盧、駱、王、岑、錢、劉，皆於此數詩中得力。（清費錫璜《漢詩總説》）

《羽林郎》、《董嬌嬈》、《日出東南隅行》諸詩，情詞並麗，意旨殊工，皆詩家之正則，學者所當揣摩。

唐之詩家稱正宗者，必推王右丞，同時比肩接武如孟襄陽、韋蘇州、柳連州，未能或之先也。孟格清而薄，韋體澹而平，柳致幽而激，唯右丞通於禪理，故語無背觸，甜徹中邊，空外之音也，水中之影也，香之於沉實也，果之於木瓜也，酒之於建康也，使人索之於離即之間，驟欲去之而不可得，蓋空諸所有，而獨契其宗。（清趙殿最《序王右丞集箋注》，見趙殿成《箋注》卷首）

右丞崛起開元、天寶之間，才華炳煥，籠罩一時，而又天機清妙，與物無競，舉人事之升沉得失，不以膠滯其中。故其爲詩，真趣洋溢，脱棄凡近，麗而不失之浮，樂而不流于蕩，即有送人遠適之篇，懷古悲歌之作，亦復渾厚大雅，怨尤不露，苟非實有得于古者詩教之旨，焉能至是乎？乃論者以其不能死禄山之難，而遽譏議其詩，以爲萎弱而少氣骨，抑思右丞之服藥取痢，與甄濟之陽爲歐血，苦節何殊？而一則竟脱于樊籠，一則不免于維縶者，遇之有幸有不幸也。普施拘禁，凝碧悲歌，君子讀其辭而原其志，深足哀矣！　即謂捐之致身之義，尚少一死，至于辭章之得失何與？而亦波及以微辭焉，毋乃過歟！（清趙殿成《王右丞集箋注·序》）

陶詩胸次浩然，其中有一段淵深樸茂不可到處。唐人祖述者，王右丞有其清腴，孟山人有其閒遠，儲太祝有其樸實，韋左司有其冲和，柳儀曹有其峻潔，皆學焉而得其性之所近。（清沈德潛《說詩晬語》卷上）

（七古）高、岑、王、李頎四家，每段頓挫處，略作對偶，於局勢散漫中求整飭也。（同上）

五言律……開、寶以來，李太白之明麗，王摩詰、孟浩然之自得，分道揚鑣，並推極盛。杜子美獨闢畦徑，寓縱横排奡於整密中，故應包涵一切。終唐之世，變態雖多，無有越諸家之範圍者矣。以此求之，有餘師焉。（同上）

（七律）王維、李頎、崔曙、張謂、高適、岑參諸人，品格既高，復饒遠韻，故爲正聲。老杜以宏才卓識，盛氣大力勝之。（同上）

五言絶句，右丞之自然，太白之高妙，蘇州之古澹，並入化機；而三家中，太白近樂府，右丞、蘇州近古詩，又各擅勝場也。（同上）

王右丞詩不用禪語，時得禪理。（同上卷下）

意太深，氣太渾，色太濃，詩家一病，故曰「穆如清風」，右丞詩每從不著力處得之。（沈德潛

《唐詩别裁》卷一）

襄陽詩從静悟得之，故語淡而味終不薄，此詩品也，然比右丞之渾厚，尚非魯、衛。（同上）

右丞五言律有二種，一種以清遠勝，如「行到水窮處，坐看雲起時」是也；一種以雄渾勝，如「天官動將星，漢地柳條青」是也，當分别觀之。（同上卷九）

七古……至初學入手，求其筆勢穩稱，則王摩詰、高達夫二家，乃正善學唐初者；少陵如《洗兵馬》、《古柏行》亦然，但更加雄渾耳。（清李重華《貞一齋詩説・詩談雜録》）

五言律杜老固屬聖境，而王、孟確是正鋒。向後諸名家，竭盡心力，不能外此三家。前此則陳子昂、李太白亦佳。餘俱旁門小竅爾。（同上）

七言律古今所尚，李滄溟專取王摩詰、李東川，宗其説，豈能窮極變態？（同上）

五言絶發源《子夜歌》，别無謬巧，取其天然，二十字如彈丸脱手爲妙。李白、王維、崔國輔各擅其勝，工者俱脗合乎此。（同上）

阮亭選《三昧集》，謂五言有入禪妙境，七言則句法要健，不得以禪求之。余謂王摩詰七言何嘗無入禪處，此係性所近耳。况五言至境，亦不得專以入禪爲妙。（同上）

學韓、蘇失之者，其弊在駁雜；學王、孟失之者，其弊在闃寂。（同上）

王摩詰維詩，如初祖達摩過江説法，又如翠竹得風，天然而笑。（清牟願相《小澥草堂雜論詩》）

唐人諸體詩都臻工妙者，惟王摩詰一人。（同上）

儲、王並稱，王高；王、孟並稱，王厚；王、韋並稱，王真；裴、王並稱，王大。（同上）

高、岑、王三家，均能刻意煉句，又不傷大雅，可謂文質彬彬。（清黄子雲《野鴻詩的》）

王、孟齊名，李西涯謂王不及孟，竟陵及新城先生謂孟不及王。愚謂以疎古論孟爲勝，以澄汰論王爲勝，二家未易軒輊。（清喬億《劍谿説詩》卷上）

右丞詩精工，襄陽詩有亂頭粗服處，故説者多謂勝王。不知此乃跡耳，境地高下不在此。（同上）

七言歌行欲氣勝易，欲氣古難，氣古而兼氣勝更難。王、楊、盧、駱氣古，非氣勝也。子瞻氣勝，非氣古也。退之短章氣古，長篇氣勝。王、李、高、岑並氣古氣勝而未至者。惟李、杜兼之，各造其極，又加以變化神奇，錯綜斷亂也。（同上）

以畫論詩：李、杜歌行，荆、關、董、巨之山水也。……摩詰之詩，即摩詰之畫，意致蕭散中自饒名貴。（同上）

古人詩境不同，譬諸山川：杜詩如河嶽，李詩如海上十洲，孟襄陽詩如匡廬，王右丞詩如會稽諸山。（同上）

開、寶七律，王右丞之格韻，李東川之音調，並皆高妙。（同上卷下）

後人苦效王、裴而不得其自在，所以去之邇遠。（同上）

七言絶句，李供奉、王龍標神化至矣！……右丞氣韻，嘉州氣骨，非大曆諸公可到。（同上）

唐詩自李、杜而下，許彦周謂孟浩然、王維當爲第一，陸務觀曰岑參一人而已。余以爲岑之歌行，足當陸語，而諸體兼長，氣象宏遠，無過王維者。（同上又編）

詩中有畫，不若詩中有人。左司高於右丞以此。（同上）

左司歌行，極華贍中仍加澹逸，特風調稍遜王、李諸公，然王、李較之意淺。（同上）

王、孟，金石之音也。錢、劉，絲竹之音也。韋如古雅琴，其音澹泊。高、岑則革木之音。兼之者其惟李、杜乎？（同上）

凡事不能無弊，學詩亦然。……學王、孟、韋、柳者，其弊常流于弱；學元、白、放翁者，其弊常失于淺。（清袁枚《隨園詩話》卷四）

陸釴曰：「凡人作詩，一題到手，必有一種供給應付之語，老生常談，不召自來。若作家，必如謝絶泛交，盡行麾去，然後心精獨運，自出新裁。及其成後，又必渾成精當，無斧鑿痕，方稱合作。」余見史稱孟浩然苦吟，眉毫脱盡；王維構思，走入醋甕，可謂難矣。今讀其詩，從容和雅，如天衣之無縫，深入淺出，方臻此境。（同上卷七）

王、孟詩大段相近，而體格又自微別。王清而遠，孟清而切。學王不成，流爲空腔；學孟不成，流爲淺語。（清紀昀《瀛奎律髓刊誤》卷二三）

盛唐人詩，固無體不妙，而尤以五言律爲最，此體中又當以王、孟爲最，以禪家妙悟論詩者正在此耳。（清姚鼐《惜抱軒文集·五七言今體詩鈔序目》）

右丞七律，能備三十二相，而意興超遠，有雖對榮觀燕處超然之意，宜獨冠盛唐諸公。于鱗以東川配之，此一人私好，非公論也。（同上）

孟公高華精警不逮右丞，而自然奇逸處則過之。（同上《五言今體詩鈔》卷二）

蓋終唐之世，稱大家者，以李、杜、韓三家爲宗。……律詩之稱正音者，王、孟二家爲宗，而高、岑、錢、劉諸人爲輔。（清魯九皋《詩學源流考》）

王、孟諸公，雖極超詣，然其妙處，似猶可得以言語形容之。獨至韋蘇州，則其奇妙全在淡處，實無跡可求。（清翁方綱《石洲詩話》卷二）

《詩》三百篇有正有變，後人學焉而各得其性之所近。楚騷之幽怨，少陵之憂愁，太白之飄豔，昌谷、玉川之奇詭，東野，閬仙之寒儉，從乎變者也。陶靖節以下，至于王昌齡、王維、孟浩然、高適、岑參、韋應物、儲光羲、錢起輩，俱發言和易，近乎正者也。（清李調元《雨村詩話》卷下）

柳子厚文配韓，其詩亦可配韓，在王摩詰、孟浩然、韋蘇州之上，根柢厚，取精多，用物宏也。（同上）

以禪喻詩，昔人所詆。然詩境究貴在悟，五言尤然。王維、孟浩然逸才妙悟，笙磬同音。並時劉昚虛、常建、李頎、王昌齡、丘爲、綦毋潛、儲光羲之徒，遥相應和，共一宗風，正始之音，于兹爲盛。（清管世銘《讀雪山房唐詩凡例・五古凡例》）

王摩詰善能錯綜子史，而言不欲盡，詞旨温麗，音節鏗鏘，蔚然爲一朝冠冕。（同上《七古凡例》）

一人作一面目，王、李、高、岑、太白所能也。一篇出一面目，王、李、高、岑、太白所不能也。杜工部七言古詩……千態萬狀，不可殫名，悲喜無端，俯仰自失，觀止之嘆，意在斯乎？（同上）

唐七言古詩，整齊於高、岑、王、李，飄灑於太白，沉雄於少陵，崛强於昌黎，蓋猶七雄之並峙也。（同上）

「藍田日暖，良玉生煙」，此最五言勝境也。王摩詰殆篇篇不愧此意。（同上《五律凡例》）

孟襄陽佇興而就，摩詰、太白亦多得于自然。（同上）

王右丞精深華妙，獨出冠時；終唐之世，與少陵分席而坐者，一人而已矣。（同上《七律凡例》）

王摩詰之春容，李青連之灑落，岑嘉州之奇警，高達夫之沉著，長律中缺一不可。（同上《五排凡例》）

王維妙悟，李白天才，即以五言絶句一體論之，亦古今之岱、華也。裴迪輞川唱和，不失爲摩詰勁敵。（同上《五絶凡例》）

摩詰、少伯、太白三家，鼎足而立，美不勝收。王之涣獨以「黄河遠上」一篇當之。彼不厭其

多，此不愧其少，可謂拔戟自成一隊。（同上《七絶凡例》）

以唐而論，以長句擅長者，李、杜、韓而外，亦惟高、岑、王、李四家耳。（清洪亮吉《北江詩話》卷一）

有唐一代，詩文兼擅者，惟韓、柳、小杜三家。次則張燕公、元道州。……高、岑、王、李、李、杜、韋、孟、元、白，能爲詩而不能爲文，即有文亦不及其詩。（同上卷二）

沈之與宋，高之與岑，王之與孟，韋之與柳……措詞命意不同，而體格並同，所謂「笙磬同音」也。（同上卷六）

稱詩者莫盛於唐，惟去漢、魏日遠，古體遂乏渾厚之氣。擬古樂府，則以太白爲正宗，而少陵及元、白、張、王其變也。五古以子昂、太白、王、孟、韋、柳爲正，子昂復古之功尤大，少陵則變而不失其正也。至七古以高、岑、王、李頎及太白、少陵、昌黎爲正，而王、楊、盧、駱四傑其變也。（清冒春榮《葚原詩説》卷四）

惡乎人之以輕浮淺率之辭謂本王、孟，其亦瞽之持鏡以爲覆瓿器而已，烏知物色王、孟！夫詩有徐、庾，有王、孟。王、孟之詩不必謂宗法柴桑，要皆自能伐毛洗髓，固質存真，故其趣潔，其味旨，而難以工力計較。今人朝購類書，夕已狂叫吾文凌孝穆、抗蘭成矣，毋怪其以輕浮淺率視王、孟也。此種病根，如能將王、孟詩復讀深思之，亦不待三年之艾而可療。（清闕名《静居緒言》）

人以王、孟、韋、柳連而稱之者，以其詩皆不事琱繪也。然其間位置自别，風趣不同。（同上）

（王維）佳句如「興闌啼鳥緩，坐久落花多」，「渡頭餘落日，墟里上孤烟」，「五湖三畝宅，萬里一歸人」，「鳥道一千里，猿聲十二時」，「日落江湖白，潮來天地青」，「古木無人逕，深山何處鐘」，「行到水窮處，坐看雲起時」，「草枯鷹眼疾，雲盡馬蹄輕」，「江流天地外，山色有無中」；應制之作如「樓開萬井上，輦過百花中」，「祖席傾三省，褰帷向九州」，「百生逢此日，萬壽願齊天」，「遊人多晝日，明月讓燈光」，「洞中開日月，窗裏發雲霞」，皆語語天成。（清余成教《石園詩話》卷一）

何謂廣大？曰：顔延年之《郊祀》、《曲水》、《釋奠》以及《侍遊》諸作，氣體崇閎，頗堪嗣響《雅》、《頌》。近體則沈、宋、燕、許、右丞輩，亦時有宏壯之觀。（清王壽昌《小清華園詩談》卷上）

詩道性情，只貴説本分語。如右丞、東川、嘉州、常侍，何必深於義理，動關忠孝？然其言自足有味，説自家話也。不似放翁、山谷，矜持虚憍也。四大家絶無此病。（清方東樹《昭昧詹言》卷一一）

東川纏綿情韻，自然深至，然往往有痕。所謂無意爲文而意已至，闊遠而絶無努拔之迹，右丞其至矣乎！（同上卷一二）

王摩詰。輞川於詩，亦稱一祖。然比之杜公，真如維摩之於如來，確然别爲一派。尋其所至，只是以興象超遠，渾然元氣，爲後人所莫及；高華精警，極聲色之宗，而不落人間聲色，所以可貴。

然愚乃不喜之，以其無血氣無性情也。譬如絳闕仙官，非不尊貴，而於世無益；又如畫工，圖寫逼肖，終非實物，何以用之？稱詩而無當於興、觀、群、怨，失《風》、《騷》之旨，遠聖人之教，亦何取乎？政如司馬相如之文，使世間無此，殊無所損。但以資於館閣詞人醖釀句法，以爲應制之用，誠爲好手耳。（同上卷一六）

自王漁洋倡神韻之説，於唐人盛推王、孟、韋、柳諸家，今之學者翕然從之，其實不過喜其易於成篇，便於不學耳。《詩》三百篇，孔子所删定，其論詩，一則云温柔敦厚，一則云可以興、觀、群、怨，原非但品題泉石，摹繪烟霞。洎乎畸士逸客，各標幽賞，乃别爲山水清音。此不過詩之一體，不足以盡詩之全也。竊謂王、孟、韋、柳之詩，只須就選本讀之，只須遇相稱之題學之。此外初盛中晚，各有名家，皆須研究。（清梁章鉅《退庵隨筆・學詩二》）

漁洋謂「左司五絶，源出右丞，加以古澹」。愚按左司古澹清麗，詩源自出魏、晋，非出右丞，其年代不甚在右丞後。詩之古澹，本與右丞相似，非「加以古澹」也。古澹由氣骨，豈由加增而得者耶！（清潘德輿《養一齋詩話》卷一）

王、孟、儲、韋、柳五家相似。予嘗抄陶詩，而以五家五言古詩附之，類聚之義也。然五家亦自有高下，蓋王實體兼衆妙，孟、韋七古歌行，似未留意耳。若孟、韋並衡，斷難軒輊。儲詩樸而未厚，柳詩淡而未腴，當出孟、韋下。（同上）

唐人除李青蓮之外，五絶第一，其王右丞乎？七絶第一，其王龍標乎？右丞以淡淡而至濃，龍標以濃濃而至淡，皆聖手也。（同上卷二）

右丞、東川、常侍、嘉州七古七律，往往以雄渾悲鬱，鏗鏘壯麗擅長。（同上卷八）

高氏棅曰：「開元後五言絶句，李白、王維尤勝諸人。」宋氏犖曰：「李白、崔國輔五絶，號爲擅場。」按二説高氏爲近之。右丞五絶，冲澹自然，洵有唐至高之境也。但右丞五絶佳處，太白有之，太白五絶佳處，右丞未嘗有之，並論終嫌不敵。（潘德輿《養一齋李杜詩話》卷一）

問：七古之必由盛唐四家（按謂王、李、高、岑）入手者何道？盛唐四家，起訖承轉，開闔頓挫，處處有金針可度；用韻皆有法律，又每於筋節處，用對仗以止齊之，此孫、吴節制師也。學者從此問津，即不能窺李、杜之堂，亦不至有放縱顛蹶之病矣。（清陳僅《竹林答問》）

漢、魏七古皆諧適條暢，至明遠獨爲亢音亮節，其間又迴闢一途。唐王、楊、盧、駱猶承奉初軌，及李、杜天才豪邁，自出機杼，然往往取法明遠，因此又變一格。李、杜外，高、岑、王、李亦擅盛名，惟右丞頗多弱調，常爲後人所議。吾謂其尚有初唐風味，于聲調似較近古耳。（清厲志《白華山人詩説》卷一）

先輩論詩，五古以淵閎静雅，骨氣高妙爲上。三唐作者，無論李、杜，如王、孟之冲澹，高、岑之勁拔，韓、孟之奇奥，元、白之曉暢，皆足上薄漢、魏，下掩宋、元，故曰詩至唐而極盛。（清陸鎣《問

花樓詩話》卷一）

宋、齊以後，綺麗則無風骨，雕刻則乏氣韻，工選句而不解謀篇，淺薄極矣。沿至唐初，積習未革。至盛唐，而射洪、曲江力起其衰，復歸於古。太白、子美，同時並駕中原。太白爲詩中仙，子美爲詩中聖，屹然兩大，狎主齊盟。而王、孟、高、岑、東川、左司諸家，並極一時之選，羽翼風雅，盛矣哉！其詩之中天乎？（清朱庭珍《筱園詩話》卷一）

五古須法漢、魏及阮步兵、陶淵明、謝康樂、鮑明遠、李、杜諸公，而參以太沖、宣城及王、孟、韋、柳四家，則高古清遠，雄厚沈鬱，均造其極，正變備於是矣。……五律以杜爲法，參以太白、襄陽、右丞、嘉州，已備其旨。七律以工部、右丞、義山爲法，參以東川、嘉州、中山、牧之，須求高壯雄厚，不涉空腔，乃是方家正宗。（同上）

唐人七古，高、岑、王、李諸公規格最正，筆最雅鍊。散行中時作對偶警拔之句，以爲上下關鍵，非惟於散漫中求整齊，平正中求警策，而一篇之骨，即樹於此。兼以詞不欲盡，故意境寬然有餘；氣不欲放，故筆力鋭而時斂，最爲詞壇節制之師。（同上卷三）

作律詩雖爭起筆，尤貴以氣格勝。須要成竹在胸，操縱隨手，自起至結，首尾元氣貫注，相生相顧，鎔成一片，精力彌滿，渾淪無迹，自然高厚沈雄，官止神行，所謂中聲也。此詣惟工部、右丞擅長，他人鮮及，乃近體最上大乘法門。（同上卷四）

律詩鍊句，以情景交融爲上。……情景交融者，景中有情，情中有景，打成一片，不可分拆。如工部「感時花濺淚，恨別鳥驚心」，……右丞「白雲迴望合，青靄入看無」，「松風吹解帶，山月照彈琴」，「行到水窮處，坐看雲起時」，「時倚簷前樹，遠看原上村」，「大壑隨階轉，群峰入户登」……皆是句中有人，情景兼到者也。（同上）

短章貴醞釀精深，淵涵廣博，色聲香味俱淨，始造微妙之詣。……孟山人、王右丞均工於短章五古，擅美一時。（同上）

王右丞詩，一種近孟襄陽，一種近李東川，清高名雋，各有宜也。（清劉熙載《藝概》卷二《詩概》）

王摩詰詩，好處在無世俗之病。世俗之病，如恃才騁學，做身分，好攀引，皆是。（同上）

錢仲文、郎君胄大率衍王、孟之緒，但王、孟之渾成，却非錢、郎所及。（同上）

王、孟及大曆十子詩，皆尚清雅，惟格止於此而不能變，故猶未足籠罩一切。（同上）

陶公詩一往真氣，自胸中流出，字字雅淡，字字沉痛。……後來王、孟、韋、柳，皆得陶公之雅淡，然其沉痛處率不能至也。境遇使然，故曰「是以論其世也」。（清施補華《峴傭説詩》）

摩詰五言古，雅淡之中，别饒華氣，故其人清貴；蓋山澤間儀態，非山澤間性情也。若孟公則真山澤之臞矣。（同上）

三韻五言古，摩詰、太白、蘇州皆有之。太白宕逸，蘇州幽澹，摩詰清遠，《春夜竹亭》一首、《送

別》一首可見。（同上）

大曆劉、錢古詩亦近摩詰，然清氣中時露工秀，澹字遠字微字皆不能到，此所以日趨於薄也。（同上）

儲光羲《田家》諸作，真樸處勝於摩詰。（同上）

韋公古澹勝於右丞，故於陶爲獨近。（同上）

摩詰七古，格整而氣斂，雖縱横變化，不及李、杜，然使事典雅，屬對工穩，極可爲後人學步。（同上）

摩詰七律，有高華一體，有清遠一體，皆可效法。（同上）

四、畫評

王維爲唐代著名詩人兼畫家，昔人嘗謂其詩中有畫、畫中有詩，故知其畫，或有助於明其詩。王維畫之真蹟已逸，然前人對其畫有不少評述。本附録即收輯此類資料，以供研究者參考。應當指出，王維畫在流傳過程中，臨本紛出，真贋混雜，許多評述者，未必皆能見到真本，故其評述意見，不一定都切實可信。根據這一點，本附録在編輯過程中，對搜集到的有關資料，作了一些分析、鑒别，或棄或取。又，凡後人之評述意見悉同於前人者，一般不録；單純記述王維畫之收藏、流傳情況的資料，亦不録。另，已見于附録二、附録三中的有關資料，此處也不復收録。所録資料，皆按時代先後編排。

滄洲誤是真，萋萋忽盈視。便有春渚情，褰裳掇芳芷。颯然風至草不動，始悟丹青得如此。丹青變化不可尋，翻空作有移人心。猶言雨色斜拂座，乍似水涼來入襟。滄洲説近三湘口，誰知卷得在君手。披圖擁褐臨水時，翛然不異滄洲叟。（唐皎然《觀王右丞維滄洲圖歌》，載《全唐詩》卷八二一）

玄宗時，王維特妙山水，幽深之致，近古未有。（唐封演《封氏聞見記》卷五）

精華在筆端，咫尺匠心難。日月中堂見，江湖滿座看。夜凝嵐氣溼，秋浸壁光寒，料得昔人意，平生詩思殘。　右丞今已殁，遺畫世間稀。咫尺江湖盡，尋常鷗鳥飛。山光全在掌，雲氣欲生衣。以此常爲玩，平生滄海機。（唐張祜《題王右丞山水障二首》，載《全唐詩》卷五一〇）

又若王右丞之重深，楊僕射之奇贍，朱審之濃秀，王宰之巧密，劉商之取象，其餘作者非一，皆不過之。（唐張彦遠《歷代名畫記》卷一《論畫山水樹石》）

妙品上七人：王維，寫真、山水、松石、樹木。（唐朱景玄《唐朝名畫録・目録》）

王右丞筆墨宛麗，氣韻高清，巧寫象成，亦動真思。（五代荆浩《畫山水録》）

摩詰傳遺蹟，家藏久自奇。高人不復見，絶技更誰師？　水石生寒早，烟雲結雨遲。筆端窮造

化，聊可敵君詩。（宋范純仁《和韓子文題王摩詰畫寒林》，見明張丑《清河書畫舫》寅字號）

書畫之妙，當以神會，難可以形器求也。世觀畫者，多能指摘其間形象位置、彩色瑕疵而已，至于奧理冥造者，罕見其人。如彦遠《畫評》，言王維畫物，多不問四時。如畫花，往往以桃杏芙蓉蓮花同畫一景。余家所藏摩詰畫《袁安卧雪圖》，有雪中芭蕉，此乃得心應手，意到便成，故造理入神，迥得天意，此難可與俗人論也。（宋沈括《夢溪筆談》卷一七）

王仲至閲吾家畫，最愛王維畫《黄梅出山圖》，蓋其所圖黄梅、曹溪二人，氣運神檢，皆如其爲人。讀二人事蹟，還觀所畫，可以想見其人。（同上）

（李）成畫《平遠寒林》，前人所未嘗爲，氣韻蕭灑，煙林清曠，筆勢穎脱，墨法精絶，高妙入神，古今一人，真畫家百世師也。雖昔王維、李思訓之徒，亦不可同日而語。（宋王闢之《澠水燕談録》卷七）

近世畫手……學范寬者，乏營丘之秀媚，師王維者，缺關仝之風骨，凡此之類，咎在于所經之不衆多也。（宋郭熙《林泉高致集·山水訓》）

何處訪吴畫？普門與開元。開元有東塔，摩詰留手痕。吾觀畫品中，莫如二子尊。道子實雄放，浩如海波翻。當其下手風雨快，筆所未到氣已吞。亭亭雙林間，彩暈扶桑暾。中有至人談寂滅，悟者悲涕迷者手自捫。蠻君鬼伯千萬萬，相排競進頭如黿。摩詰本詩老，佩芷襲芳蓀。今觀此壁畫，亦若其詩清且敦。祇園弟子盡鶴骨，心如死灰不復温。門前兩叢竹，雪節貫霜根。交柯亂葉動無數，一一皆可尋其源。吴生雖妙絶，猶以畫工論。摩詰得之于象外，有如仙翮謝籠樊。吾觀二子皆神俊，又于維也斂衽無間言。（宋蘇軾《東坡集》卷一《鳳翔八觀·王維吴道子畫》）

前身陶彭澤，後身韋蘇州。欲覓王右丞，還向五字求。詩人與畫手，蘭菊芳春秋。又恐兩皆是，分身來入流。（蘇軾《東坡續集》卷一《次韻魯直書伯時畫王摩詰》）

唐人王摩詰、李思訓之流，畫山川峰麓，自成變態，雖蕭然有出塵之姿，然頗以雲物間之，作浮雲杳靄，與孤鴻落照，滅没于江天之外，舉世宗之，而唐人之典刑盡矣。（蘇軾《東坡題跋》卷五《又跋漢傑畫山》）

嘉祐癸卯上元夜，來觀王維摩詰筆，時夜已闌，殘燈耿然，畫僧躍躍欲動，恍然久之。（同上《題鳳翔東院王畫壁》）

王摩詰自作《輞川圖》，筆墨可謂造微入妙。然世有兩本，一本用矮紙，一本用高紙，意皆出摩詰不疑。臨摹得人，猶可見其得意於林泉之髣髴。（黄庭堅《山谷題跋》卷三《題輞川圖》）

丹青王右轄，詩句妙九州。物外常獨往，人間無所求。袖手南山雨，輞川桑柘秋。胸中有佳處，涇渭看同流。（黄庭堅《摩詰畫》，見《山谷外集詩注》卷一三）

元祐丁卯，余爲汝南郡學官，夏得腸澼之疾，卧直舍中，所善高符仲攜摩詰《輞川圖》視余，曰：

閲此可以愈疾。余本江海人，得圖喜甚，即使二兒從旁引之，閲于枕上。恍然若與摩詰入輞川，度華子岡，經孟城坳，憩輞口莊，泊文杏館，上斤竹嶺，並木蘭柴，絶茱萸沜，躡槐陌，窺鹿柴，返于南北垞，航欹湖，戲柳浪，濯欒家瀨，酌金屑泉，過白石灘，停竹里館，轉辛夷塢，抵漆園，幅巾杖履，棋弈茗飲，或賦詩自娱，忘其身之匏繫于汝南也。數日疾良愈，而符仲亦爲夏侯太沖來取圖，遂題其末而歸諸高氏。（宋秦觀《淮海題跋》卷一《書輞川圖後》）

張修字誠之少卿家，有《辟支佛》，下畫王維仙桃巾黄服合掌頂禮，乃是自寫真，與世所傳關中十大弟子真法相似，是真筆。世俗以蜀中畫《騾綱圖》、《劍門關圖》爲王維甚衆，又多以江南人所畫雪圖命爲王維，但見筆清秀者即命之。如蘇之純家所收《魏武讀碑圖》，亦命之維，李冠卿家小卷，亦命之維，與《讀碑圖》一同，今在余家。長安李氏雪圖與孫載道字積中家雪圖，一同命之爲王維也。其他貴族家不可勝數，諒非如是之衆也。（宋米芾《畫史·唐畫》）

王維畫《小輞川》摹本，筆細，在長安李氏，人物好，此定是真。若比世俗所謂王維，全不類。或傳宜興楊氏本上摹得。（同上）

古畫《捕魚》一卷，或曰王右丞草也。紙廣不充幅，長丈許，水波渺瀰，洲渚隱隱見其背，岸木葭菼向摇落，草萋然始黄，天慘慘雲而風，人物衣裘有寒意，蓋畫江南初冬欲雪時也。兩人挽舟循厓，一人篙而下之，三人巾帽袍帶而騎，或馬或驢……人物數十許，目相望不過五六里，若百里千里。右丞妙于詩，故畫意有餘，世人欲以語言粉墨追之，不似也。常憶楚人云：「帝子降兮北渚，目渺渺兮愁予。嫋嫋兮秋風，洞庭波兮木葉下。」引物連類，謂便若湖湘在目前。思頃時歲晚，道吴江如此。漁者男子、婦女、童稚，舟、楫、梁、笱、網、罟、罾、罩，紛然在江，然其業廉而事佚，故無市廛爭利意，此與畫二大夫去國，其色無別恨奚以異？　元祐元年四月二十日，李希孝出之，欲模寫無善工，乃借韓退之序畫人物意識之。　潁川晁補之序。（宋晁補之《鷄肋集》卷三四《捕魚圖序》）

畫山水，惟營丘李成、長安關仝、華原范寬，智妙入神，才高出類，王家鼎跱，百代標程。　前古雖右，傳世可見者，如王維、李思訓、荆浩之倫，豈能方駕？（宋郭若虚《畫論》）

唐右丞王維，文章冠世，畫絶古今。（宋韓拙《山水純全集·序》）

凡畫山，言丈尺分寸者，王右丞之法則也。（同上《論山》）

惟溪水者，山水中多用之，宜畫盤曲掩映，斷續伏而復見，以遠至近，仍宜煙霞鎖隱爲佳，王右丞曰：「路欲斷而不斷，水欲流而不流。」此之謂歟？（同上《論水》）

唐有王右丞，杜員外贈歌曰：「十日畫一水，五日畫一石，能事不受相促逼。」（按，此爲杜甫《戲題畫山水歌》中之句，實贈王宰，非贈維也）愷之、王維，後世真迹絶少，後來得其髣髴者，猶可絶俗，正如唐史論杜甫，謂殘膏賸馥，沾渥後人。（同上《論古今學者》）

王摩詰酷好畫山水，其畫山聳谷邃，雲浮水飛，意出塵外。嘗自題云：「宿世吟詩客，前身應畫

師。」李璟定爲妙品上上。（宋李頎《古今詩話》，見宋阮閱《詩話總龜》前集卷一三）

輞川二十境，勝概冠秦雍，摩詰既居之畫之，又與裴生詩之，其畫與詩，後得贊皇父子書之，善并美具，無以復加，宜爲後人寶玩摹傳，永垂不刊。……政和二年六月五日常山宋烜、武陽黄某于河南官舍同觀。（宋黄伯思《東觀餘論》卷下《跋輞川圖後》）

世傳此圖本，多物象靡密，而筆勢鈍弱，今所傳則賦象簡遠，而運筆勁峻，蓋摩詰遺蹟之不失其真者，當自李衛公家定本所出云。大觀四年三月初吉會稽黄某書。（同上《又跋輞川圖後》）

自唐至宋，畫山水得名者，類非畫家者流，而多出于縉紳士大夫。然得其氣韻者，或乏筆法；或得筆法者，多失位置。兼衆妙而有之者，亦世難其人。……至唐有李思訓、盧鴻、王維、張璪輩，五代有荆浩、關仝，是皆不獨畫造其妙，而人品甚高，若不可及者。至宋李成一出，雖師法荆浩，而擅出藍之譽，數子之法，遂亦掃地無餘。（宋徽宗《宣和論畫雜評》）

維善畫，尤精山水，當時之畫家者流，以謂天機所到，而所學者皆不及。後世稱重，亦云維所畫不下吴道玄也。觀其思致高遠，初未見于丹青，時時詩篇中已自有畫意。由是知維之畫，出于天性，不必以畫拘，蓋生而知之者。故「落花寂寂啼山鳥，楊柳青青渡水人」，又與「行到水窮處，坐看雲起時」，及「白雲迴望合，青靄入看無」之類，以其句法，皆所畫也。而《送元二使安西》詩者，後人以至鋪張爲《陽關曲圖》。且往時士人，或有占其一藝者，無不以藝掩其德，若閻立本是也。至人以畫師名之，立本深以爲耻。若維則不然矣，迺自爲詩云：「夙世謬詞客，前身應畫師。」人卒不以畫師歸之也。如杜子美作詩，品量人物，必有攸當，時猶稱維爲「高人王右丞」也，則其他可知。何則？諸人之以畫名于世者，止長于畫也；若維者，妙齡屬詞，長而擢第，名盛于開元、天寶間，豪英貴人，虚左以迎，寧、薛諸王，待之若師友。兄弟迺以科名文學，冠絶當代，故時稱「朝廷左相筆，天下右丞詩」之句，皆以官稱而不名也。至其卜築輞川，亦在圖畫中，是其胸次所存，無適而不瀟灑，移志之于畫，過人宜矣。重可惜者，兵火之餘，數百年間，而流落無幾，後來得其髣髴者，猶可以絶俗也。正如唐史論杜子美，謂殘膏賸馥，霑丐後人之意，况迺真得維之用心處耶！今御府所藏一百二十有六：太上像二，《山莊圖》一，《山居圖》一，《棧閣圖》七，《劍閣圖》三，《雪山圖》一，《唤渡圖》一，《運糧圖》一，《雪岡圖》四，《捕魚圖》二，《雪渡圖》三，《漁市圖》一，《騾綱圖》一，《異域圖》一，《早行圖》二，《村墟圖》二，《度關圖》一，《蜀道圖》四，《四皓圖》一，《維摩詰圖》二，《高僧圖》九，《渡水僧圖》三，《山谷行旅圖》一，《山居農作圖》二，《雪江勝賞圖》二，《雪江詩意圖》一，《雪岡渡關圖》一，《雪川羈旅圖》一，《雪景餞别圖》一，《雪景山居圖》二，《雪景待渡圖》三，《群峰雪霽圖》一，《江皋會遇圖》二，《黄梅出山圖》一，浄名居士像三，《渡水羅漢圖》一，寫須菩提像一，寫孟浩然真一，寫濟南伏生像一，《十六羅漢圖》四十八。（宋闕名《宣和畫譜》卷一〇）

王輞川以凝碧詩見知當世，餘事丹青，亦造神品。晚年長齋，刻意空門，學室中唯繩牀經案，退朝之後，焚香獨坐，大有所契證。三復斯畫，知其不苟，毗邪一會，儼然目中，觀者要當于默然處，鷲海潮春雷之作，始不負渠。（宋李彌遜《筠谿集》卷二一《跋蘇粹之所藏王摩詰畫維摩文殊不二圖》）

僕爲夏縣令，寄居司馬文季家，出藏先聖畫像示僕，傳云王摩詰筆也。僕因令善工摹之，眼中神采，殊不相類，使人意不滿。畫像上長下短，其背微僂，以傳考之，想當然爾。《莊子》載老萊弟子出薪，遇仲尼，反以告曰：「有人于彼，修上而趨下，末僂而後耳，視若營四海。」注云：「長上而促下，耳却近後而上僂。末僂，謂背微曲也。」然此皆可畫，若夫「視若營四海」，乃聖人憂天下之容，非摩詰不能作。（宋馬永卿《嬾真子》卷四《王摩詰畫先聖》）

王履道同先子避地嶺外，甚熟，因見有顔約持王維畫《嘉陵江山圖》，蓋明皇幸蜀，過嘉陵，愛其江山，命吴道子圖于大同殿壁，王維復畫小簇云。「江山已暗大同殿，絃管猶喧凝碧池。別寫嘉陵三百里，右丞心事與誰知？」蓋謂此也。（宋范公偁《過庭録》）

王維作畫雪中芭蕉，詩、法眼觀之，知其神情寄寓于物，俗論則譏以爲不知寒暑。（宋惠洪《冷齋夜話》卷四《詩忌》）

《筆談》云：王維畫入神，不拘四時，如雪中芭蕉。故惠洪云：雪裏芭蕉失寒暑。皆以芭蕉非雪中物。嶺外如曲江，冬大雪，芭蕉自若，紅蕉方開花，知前輩雖畫史亦不苟。洪作詩時未到嶺外，

存中亦未知也。（宋朱翌《猗覺寮雜記》卷上）

王摩詰自謂：「宿世謬詞客，前身應畫師。」故竇蒙所著《畫拾遺》稱之云：「詩合《國風》公幹之能，畫關山水子華之聖，加以心融物外，道契玄微，則其用筆清潤秀整，豈他人之可並哉。」余在毘陵，見孫潤夫家有王維畫孟浩然像，絹素敗爛，丹青已渝。維題其上云：「維嘗見孟公吟曰：『日暮馬行疾，城荒人住稀。』又吟云：『挂席數千里，名山都未逢。泊舟潯陽郭，始見香爐峰。』余因美其風調，至所舍圖于素軸。」又有太子文學陸羽鴻漸序云：「昔周王得駿馬，山谷之人獻神馬八匹；葉公好假龍，庭下見真龍一頭；顔太師好異典，郭山人閎贈金匱文；李法曹好古篆，莫居士贈玉筯字。此四者得非氣合，不召而至焉。中園生舊任杞王府户曹，任廣州司馬，金陵崔中字子向，家有古今圖畫一百餘軸，其石上蕃僧、巖中二隱、西方無量壽佛，天下第一。余有王右丞畫《襄陽孟公馬上吟詩圖》，并其記，此亦謂之一絶，故贈焉，以裨中園生畫府之闕。唐貞元元年正月二十有一日誌之。」後有本朝張洎題識云：「癸未歲，余爲尚書郎，在京師，客有好事者，浚儀橋逆旅，見王右丞《襄陽圖》，尋訪之，已爲人取去。他日，有吴僧楚南挈圖而至，問其所來，即浚儀橋之本也。雖縑軸塵古，尚可窺覽。觀右丞筆迹，窮極神妙。襄陽之狀，頎而長，峭而瘦，衣白袍，靴帽重戴，乘款段馬，一童總角，提書笈負琴而從，風儀落落，凜然如生。復觀陸文學題記，辭翰奇絶。金匱文，前史遺事；中園生，彼何人斯！按孟君當開元、天寶之際，詩名籍甚，一遊長安，右丞傾蓋延譽。或云，右丞見其勝己，不能薦于天子，因坎坷而終，故襄陽别右丞詩云：『當路誰相假，知音世所希。』乃其事也。予頃在金城，亦曾見一圖，蓋傳寫之本，所題詩後，有『水落魚梁淺，天寒夢澤深』之句，今真本即無。故事存焉，以遺來者，孟冬十有一日南樵張洎題。」潤夫謂此畫，是維親筆無疑，余謂曰：此俗工搨本也。張洎謂襄陽之狀，頎而長，峭而瘦，今所繪乃一矮肥俗子爾。徐觀其題識三篇，字皆一體，魯魚之誤尤多，信非維筆，潤夫然之，因以題識書于此。（宋葛立方《韻語陽秋》卷一四）

《輞川圖》一軸，李趙公題其末云：「藍田縣鹿苑寺主僧子良贄于予，且曰：『鹿苑即王右丞輞川之第也。右丞篤志奉佛，妻死不再娶，潔居逾三十載。母夫人卒，表宅爲寺。今冢墓在寺之西南隅，其圖實右丞之親筆。』余閲玩珍重，永爲家藏。」弘憲題其前一行云：「元和四年八月十三日弘憲題。」弘憲者，吉甫字也。其後衛公又跋云：「乘閒閲篋書中，得先公相國所收王右丞畫《輞川圖》，實家世之寶也。先公凡更三十六鎮，故所藏書畫多用方鎮印記。太和二年戊申正月四日，浙江西道觀察等使、檢校禮部尚書兼潤州刺史李德裕恭題。」又一行云：「開成二年秋七月望日，文饒記。」……雖今所傳爲臨本，然正自超妙。但衛公所志，殊爲可疑……蓋好事者妄爲之。（宋洪邁《容齋三筆》卷六《李衛公輞川圖跋》）

世言摩詰筆蹤措思，參于造化，而刱意經圖，即有所缺，如山水平遠，雲峰石色，絶迹天機，非繪者所及。觀此圖，便知古人之論爲得，正使後之評者，不得加此。余見或以畫名者，無復生動氣

象，不過聚石爲山，分畫寫水，又豈可與論「人家在仙掌，雲氣欲生衣」者邪！（宋董逌《廣川畫跋》卷五《書王摩詰山水後》）

朱景玄《畫斷》曰：王維畫山水松石，似吳生而風標特出，京師西塔院有《輞川圖》，山谷鬱盤，雲水飛動。……今所見者摹本，不足道也。余與徐淵子同點檢南宮，出右丞《捕魚圖》一卷，如無咎公所題者，余曰：「此善摹者爲之。」徐不以爲然。一日，得一卷，僅存三分之一，徐圖葭葦之外，意其爲水耳，此特波濤浩瀰，水痕浪迹，一一畢具，人物尤精絶。淵子必欲易之，余有難色。已而又有一卷，題曰《摩詰寒江釣雪》，上施祕閣之印，此迺淳化以前未更祕書省印篆也，畫筆奇古，全不類世間所見山水圖也。（宋高似孫《緯略》卷六《輞川圖》）

此軸必有十六僧，所存者卷末三僧爾。王摩詰三字，恨無摩詰他字可參校。上用圓角印，其文爲「埜釋」，豈摩詰别號邪？世畫渡水僧，或乘龍，或履黿鼉，類多詭怪怳忽，不近人情。今最後一僧，先登于岸，雖目視雲際孤鶴，然脱衣在磐石上，欠伸垂足，若休其勞苦者。前一僧未渡，纔數寸淺水，而中一僧乃倒錫杖以援之。三僧者皆至人大士，而涉川之際，謹重如彭祖之觀井，曷嘗以蘆渡杯渡爲神哉！嗚呼，此固非摩詰不能作歟？三僧者，抑禪家所謂老古錐云。（宋劉克莊《後村題跋》卷四《跋林竹溪書畫·王摩詰渡水羅漢》）

王右丞《輞川圖》，與余昔在杭若故家見者一樣，前有集賢院御書印、内合同印，題摩詰本，後書河北郭忠恕奉命復本，則知爲江南李後主時臨本也。……右丞唐開元天寶朝士……輞川其所居，自寫爲圖，精密細潤，在小李將軍著色山水上，今如魯寶玉大弓，絶無僅有。……大德戊戌冬至廬陵民八十叟李珏元暉敬跋。（宋李珏《跋輞川圖》，見明郁逢慶《續書畫題跋記》卷一《王右丞輞川圖郭忠恕模本》）

乙丑六月廿一日，同伯幾訪喬仲山運判觀畫……王維維摩像，其像如生。（宋周密《志雅堂雜鈔》）

前松江鎮守張萬户出五手卷，王維《渡水僧》，高宗御題「絶妙」。（同上）

司德用進所藏王維《捕魚圖》，單小直幅，徽宗題，前有雙龍圓印，後有大觀、政和二璽，明昌七印。上作岡阜古木，全如李成所畫，下作數舟閱溪取魚，人物甚佳。（周密《雲烟過眼録》卷上）

古人欲以一藝名世者，必精思入神，極古今之變而後已，故能洞達天機，氣隨物在，至觀之者，亦有感格相應之理。如摩詰苔磯静釣，水閣閒棋，令人不覺身在其間。（元王惲《玉堂嘉話》卷三）

王維《山水圖》、《輞川圖》、《驪山圖》，韓幹出水馬……御題「神品上上」。（同上）

憶昔風流王右丞，開元親侍玉堂廬。細吟凝碧池頭句，政恐丹青是諫書。（王惲《秋澗先生大全文集》卷二七《王摩詰驪山宫圖》其二）

蓋自唐王右丞、蕭協律、僧夢休，南唐李頗，宋黄筌父子、崔白兄弟及吴元瑜，以竹名家者纔數人。右丞妙蹟，世罕其傳。（元李衎《竹譜詳録》）

輞口風烟春日遲，淺沙深渚帶東菑。紅杏花開翔白鶴，緑楊絲裊逗黄鸝。山雲寂寂入寒竹，野露瀼瀼裛嫩葵。誰似右丞清絶處，千秋一士更何疑。（元鄧文原《王維高本輞川圖》，見《元詩選》二集卷七）

王右丞生平畫卷所稱最者，唯《輞川》、《雪谿》、《捕魚》等圖耳，吾意以爲絶響，不謂太樸于中州友人家又得此卷，而用筆之妙，布置之神，殆尤過焉。固知右丞胸中伎倆，未易測識，而千奇萬變，時露于指腕間，無窮播弄，豈非千載一人哉！置之案頭，臨摹數過，終未能得其彷佛，漫書短句，并識而歸之。群山矗矗凝烟紫，萬木蕭蕭向夕黄。豈是邨翁戀秋色，故將輕舸下横塘？秋風荏苒汎晴光，處處邨邨帶夕陽。一段深情誰得似？故知輞口味應長。（元黄公望《王維秋林晚岫圖詩二首》，見《元詩選》二集卷一四）

六朝至唐，畫者雖多，筆法位置，深得古意。自王維、張璪、畢宏、鄭虔之徒出，深造其理。五代荆、關，又别出新意，一洗前習。迨于宋朝董源、李成、范寬，三家鼎立，前無古人，後無來者，山水之法始備。三家之下，各有入室弟子二三人，終不逮也。（元湯垕《畫論》）

王右丞維工人物山水，筆意清潤，畫羅漢佛像至佳，平生喜作雪景：《劍閣》、《棧道》、《騾綱》、《曉行》、《捕魚》、《雪渡》、《村墟》等圖。其畫《輞川圖》，世之最著者也。蓋其胸次瀟灑，意之所至，落筆便與庸史不同。（湯垕《畫鑒》）

趙子昂問錢舜舉曰：「如何是士夫畫？」舜舉答曰：「隸家畫也。」子昂曰：「然觀之王維、李成、徐熙、李伯時，皆士夫之高尚，所畫蓋與物傳神，盡其妙也。近世作士夫畫者，其謬甚矣。」（元王思善《士夫畫》，見明唐寅輯《六如居士畫譜》卷三）

瀟灑開元士，神圖繪輞川。樹深疑坨小，溪静見沙圓。徑竹分青靄，庭槐斂暮烟。此中有高卧，攲枕聽飛泉。畫裏詩仍好，縈迴自一川。湖晴嵐氣爽，浪静柳陰圓。賦詠成珠玉，經營起霧烟。當年滿朝士，若个在林泉？（元吴鎮《右丞輞川圖二首》，見《元詩選》二集卷一四）

嗟乎！魏晋六朝之蹟，余不得而見之矣。入唐固當以輞川爲宗祖。山西有摩詰四景山水石本四方，方尺有只，薛尚功輩題識徧其上，繪事豈金石所能辨，亦存其骨肉大都耳。可見在當時已稀闊珍貴之至，故謀及琢磨，而况于今乎！儻能見之，非人生大慶快邪？邇來聞有一軸，在親軍黄君所，昨者乃得捧閲。大内後宰門有丹漆巨挺一，以支北扉，不知幾何年矣，成化間，挺偶墮地破，乃髹竹也。中藏卷三，其一即此。事聞，進御重瞳一閲，明日，左右請所歸掌，時親軍伯父司禮侍側，上遂以賜之。親軍云爾。圖用細練，高尺二寸，長四尺奇，前後周完，末下正書三言曰：王維製。（明祝允明《懷星堂集》卷二五《跋王右丞畫真蹟》）

生烟漠漠中有樹，樹外田家幾家住。重巒複塢隨不斷，茅舍時時若菌附。兩人並向魚梁涉，一鳥遥從翠微度。行雲澹映荒水陂，似有斜陽帶微昫。傍篠白沙明，青林滃沉霧。乍明乍晦景萬變，想當夏盡秋初處。石牆短緣隈，隈水淺縈迴。寬平一畝敞層屋，板扉犬卧無人開。書堂樹深畫寂寂，主人應是王摩詰。清晨騎鹿看田出，行過柴洑日向夕。會招高適與裴迪，共賦輞川佳事畢，圖成興盡詩未筆。（同上卷五《王右丞山水真蹟歌》）

唐王維畫濟南伏生像，宋秘府物，今藏金陵王休伯家。余官金陵，聞休伯所藏書畫甚富，一日與顧吏部華玉過之。休伯張讌，余戲謂之曰：「必出書畫乃飲，宋元姑置，其亦有唐筆乎？」休伯笑而不答，遂出此及維著色山水一卷，余不覺驚異，以爲平生之未見也。但古人之坐，以兩膝着席，未嘗箕股，而秦漢之書，當用竹簡，今像乃箕股而坐，凴几伸卷，此則余之所未曉。抑余聞維嘗畫雪中之蕉，生像毋乃類是，而不拘拘于形似者耶？（明都穆《寓意編》）

余嘗見梁思伯篋中，有王摩詰《演教圖》，此是王府中物，托其裝潢，故攜以自隨，是設色者，人物山水，無不臻妙。（明何良俊《四友齋叢説》卷二八）

余於三十年前獲觀右丞此幅，僅盈尺有只，設色高古，位置幽遠，有刺篙濟渡者，有牧奴驅豕而歸者，神彩溢目，餘所見皆優孟也。墨林項元汴。（明項元汴《題王維雪溪圖》，見明郁逢慶《續書畫題跋記》卷一）

摩詰《演教羅漢圖》一軸，上有徽宗御題押。案《宣和畫譜》，摩詰羅漢凡四十六軸，此其一也。公繪事既妙絶，而奉佛尤篤，所畫羅漢，于端嚴静雅外，别具一種慈悲意，袈裟文織組秀麗，千載奕

奕有生色。此君當云「夙世自禪伯，前身應畫師」，乃稱耳。（明王世貞《弇州四部稿》卷一三七《王摩詰演教羅漢》）

右王摩詰《輞川圖》，臨之者郭忠恕，再臨者仇英實父也。其二十絶句，書者文待詔徵仲也。余嘗謂讀摩詰絶句，更一覽《輞川圖》，覺便如上下華子崗、斤竹嶺，騁於宫槐陌，汎南北垞、欹湖、柳浪，徙倚木蘭柴、茱萸沜，即文杏館而休焉。酌金屑之泉，與裴迪秀才對語，不知我之爲摩詰，摩詰之爲我與否也。然則摹本何必實父，而書亦何必徵仲哉！（王世貞《弇州續稿》卷一六九《摹輞川圖後》）

王叔明用細絹臨王摩詰《關山密雪》小幅，松樹上皆用粉積雪，小披麻皴，秀勁雅鴨，原在雲間顧仲方，今歸朱太常石門。（明詹景鳳《詹東圖玄覽編》卷一）

王維《輞川雪景》，細絹畫，小横幅，精極，古松上用粉作積雪，有款，今在吾休臨溪吴氏。（同上）

金陵胡編修藏王摩詰《輞川雪景》絹畫，沈宜謙云是宋人臨本之絶佳者，予往借觀，則胡已束裝載道，未見也。（同上卷二）

王右丞《輞川雪景》藏金陵胡編修家者，其家近欲售人，予始獲見。其山與石皆先用銀泥塗染，後于銀泥上用粉點雪，予見唐人畫山水，如李昭道、展子虔之流，皆用金泥畫山腳，未見有銀泥者，銀泥唯此。（同上卷三）

子大家王摩詰山水一，絹軸闊尺六七寸，長幾四尺，絹粗而密，作重山疊巘，茂木蘩林，帶以清溪野渚，層樓曲榭，幾盈一幅。皴小披麻兼雨點，其行筆率用刮鐵，較所嘗見范寬皴山石法殊相類，但此行筆細而密，寬乃粗而密耳，要其致趣一也。山石用筆高古沉着，而色蒼然，殆是以老入雅；至其寫林木枝葉，若點綴，若勾勒，則尖細而眇，又是以嫩入雅，如出二手。樓屋法李昭道，亦極精細，布景亦與今畫不甚相遠，乃法則大異今人。筆與意俱高，非末代作者輕易可望。其山間屋中不作一人物，唯于溪上一人乘小艇，自在中流，意致可想也。色淺絳，山石以靛花，少加苦緑，淡淡籠罩。無款亦無題字，原出朱都督篁菴，篁菴於軸外手題爲王維，憶相傳是如此。（同上卷一）

王摩詰《精能圖》一卷，長五尺餘，一墨運，不著色。蓋先用淡墨，復用半淡墨，復用半濃墨，數重染抹而成。大抵墨勝于筆，工而非工，草而非草，惟意所適。或大或細，筆各不同，要在意之適，不在筆之同，惟樹枝却是一律筆細而雅秀。（同上）

許公子伯尚王摩詰《候潮圖》一卷，細絹畫，山石皴是小劈斧，然工而不著，筆亦古雅。内作高松雜木，長不滿六寸，而一舟大幾逕尺，舟中器用之類甚悉。後有宋元人跋，細閲皆雙勾廓填，然紙墨舊。（同上卷二）

王奉常敬美家王摩詰《江干雪意》一卷，款爲後人所加，畫却妙。皴石是小劈斧兼披麻，僅僅分三面，不甚着意。樹是鹿角枝，枝極細而勁秀，草數藂，亦細而秀勁。有葉樹，則先用半濃墨點，復以淡墨點破，令渾化後，用黄緑二色籠過，秀潤了無筆痕迹，此樹數株，葉中盡不分枝幹，下少露樹身，分莖數而已。若枯樹，則或横掛巔崖上，或參差雜出坡石間，皆清勁而雅，無一毫粗氣。此圖有平坡與山石而無人，石下水中，作鴛鴦一陣，樹枝上作寒鴉一陣。鴛鴦直用色點，翼嘴用墨，鴉則純墨點，有鳴者、飛者、鬭者，或相顧而交頸者，甚小，而各各有情致。景布在左分，右分盡空，乃以赭石點飛雁一陣，亦備諸體勢，妙極，亦惟嘴與翼尾稍用墨點出。予以其畫高雅，有禪家得無所得意，謂非右丞不能作也。舊爲守溪閣老家物，近歸奉常，而黎秘書瑶石則以爲絶非右丞筆，此又非予所能知已。（同上卷四）

吴崑麓夫人與余外族有葭莩之親，偶攜此卷見示，述其先得之管後宰門小火者。火者家有一鐵櫪門閂，或云漆布竹筒，摇之似有聲，一日爲物所觸，遂破墮三卷，此其一也。余初未深信，翻閲再三，不覺神王，因閉户焚香，屏絶他事，覺神峰吐溜，春浦生烟，真若蠶之吐絲，蟲之蝕木。至如粉縷曲折，毫膩淺深，皆有意致，信摩詰精神，與水墨相和，蒸成至寶。得此數月以來，每一念及，輒狂走入丈室，飽閲無聲，出户見俗中紛紜，殊令人捉鼻也。真實居士記于南翰林院之寄樂亭。（明馮夢禎《題王右丞江山雪霽卷》，見張丑《清河書畫舫》寅字號）

畫家之妙，全在煙雲變滅中。米虎兒謂：「王維畫見之最多，皆如刻畫，不足學也，惟以雲山爲墨戲。」此語雖似過正，然山水中當著意生雲，不可用粉染，當以墨漬出，令如氣蒸，冉冉欲墮，乃可

稱生動之韻。（明莫是龍《畫説》。按此條又見于董其昌《畫禪室隨筆》卷二）

趙大年平遠，寫湖天渺茫之景極不俗，然不奈多皴，雖云學維，而維畫正有細皴者，乃於重山疊嶂有之，趙未能盡其法也。（《畫説》。此條又見于董其昌《畫旨》）

王右丞詩云：「宿世謬詞客，前身應畫師。」余謂右丞雲峰石迹，迥合天機，筆思縱横，參乎造化，唐以前安得有此畫師也？（明董其昌《畫禪室隨筆》卷四）

右丞以前作者，無所不工，獨山水神情傳寫，猶隔一塵，自右丞始用皴法，用渲染法，若王右軍一變鍾體，鳳翥鸞翔，似奇反正。右丞以後，作者各出意造，如王洽、李思訓輩，或潑墨瀾翻，或設色娟麗，顧蹊徑已具，模擬不難，比于書家歐、虞、褚、薛，各得右軍之一體耳。（董其昌《畫旨》）

文人之畫，自王右丞始，其後董源、僧巨然、李成、范寬爲嫡子，李龍眠、王晋卿、米南宫及虎兒，皆從董、巨得來。直至元四大家黄子久、王叔明、倪元鎮、吴仲圭，皆其正傳，吾朝文、沈，則又遥接衣鉢。若馬、夏及李唐、劉松年，又是大李將軍之派，非吾曹易學也。（同上）

禪家有南北二宗，唐時始分，畫之南北二宗，亦唐時分也，但其人非南北耳。北宗則李思訓父子著色山水，流傳而爲宋之趙幹、趙伯駒、伯驌，以至馬、夏輩。南宗則王摩詰始用渲淡，一變鈎斫之法，其傳爲張璪、荆、關、郭忠恕、董、巨、米家父子，以至元之四大家，亦如六祖之後，有馬駒、雲門、臨濟兒孫之盛，而北宗微矣。要之摩詰，所謂「雲峰石迹，迥出天機，筆意縱横，參乎造化」者，

東坡贊吴道子、王維畫壁，亦云「吾於維也無間言」，知言哉！（同上。此條又見莫是龍《畫説》）

畫中詩惟右丞得之。兼工者自古寥寥。（《畫旨》）

畫家右丞，如書家右軍，世不多見，余昔年於嘉興項太學元汴所見《雪江圖》，都不皴擦，但有輪廓耳，及世所傳摹本，若王叔明《劍閣圖》，筆意類李中舍，疑非右丞畫格。又余至長安，得趙大年臨右丞《湖莊清夏圖》，亦不細皴，稍似項氏所藏《雪江》卷，而竊意其未盡右丞之致，蓋大家神品，必於皴法有奇，大年雖俊爽，不耐多皴，遂爲無筆，此得右丞一體者也。最後復得郭忠恕《輞川》粉本，乃極細皴，相傳真本在武林，既稱摹寫，當不甚遠，然余所見者庸史本，故不足以定其畫法矣。惟京師楊高郵州將處有趙吴興《雪圖》小幅，頗用金粉，閒遠清潤，迥異常作，余一見定爲學王維，或曰：「何以知是學維？」余應之曰：「凡諸家皴法，自唐及宋，皆有門庭，如禪燈五家宗派，使人聞片語單詞，可定爲何派兒孫。今文敏此圖，行筆非僧繇，非思訓，非洪谷，非關仝，乃知董、巨、李、范，皆所不攝，非學維而何？」今年秋聞王維有《江山雪霽》一卷，爲馮宫庶所收，亟令友人走武林索觀，宫庶珍之，自謂如頭目腦髓，以余有右丞畫癖，勉應余請。清齋三日，展閲一過，宛然吴興小幅筆意也，余用是自喜。且右丞自云：「宿世謬詞客，前身應畫師。」余未嘗得覩其跡，但以想心取之，果得與真肖合，豈前身曾入右丞之室，而親覽其盤礴之致，故結習不昧乃爾耶？庶子書云：「此卷是京師後宰門拆古屋，於折竿中得之，凡有三卷，皆唐宋書畫也。」余又妄想彼二卷者，安知非右軍蹟，或虞、褚諸名公臨晉帖耶？儻得合劍還珠，足辨吾兩事，豈造物妬完，聊畀余於此卷中消受清福耶？《老子》云：「同於道者，道亦樂得之。」余且珍之以俟。（《畫旨》。按，孔尚任《享金簿》載此條，作弘治丁巳延陵吴寬跋王維《江山雪霽圖》，文字略有不同）

王右丞畫，余從檇李項氏見《釣雪圖》，盈尺而已，絶無皴法，石田所謂「筆意凌競人局脊」者。最後得小幅，乃趙吴興所藏，頗類營邱，而高簡過之。又于長安楊高郵所得《山居圖》，則筆法類大年，有宣和題「危樓日暮人千里，欹枕秋風雁一聲」者，然總不如馮祭酒《江山雪霽圖》，具有右丞妙趣。（《畫禪室隨筆》卷二）

京師楊太和家，所藏唐晉以來名蹟甚佳，余借觀，有右丞畫一幀，宋徽廟御題左方，筆勢飄舉，真奇物也。檢《宣和畫譜》，此爲《山居圖》，察其圖中松鍼、石脈，無宋以後人法，定爲摩詰無疑。向相傳爲大李將軍，而拈出爲輞川者，自余始。（同上）

徐太常家《輞川圖》一卷，多名跋，吴匏菴題其後云：「此卷宋人藏漆竹筒中，以之拄門，後啓視，乃《輞川圖》也。」余觀之，即未必果出右丞，然絹素極細，却是雪景，以浮粉著樹上，瀟灑清韻，應是宋人臨本，非後人可到也。（明陳繼儒《太平清話》卷一）

余見王右丞《山莊圖》，又《雪霽捕魚圖》，山莊樹葉皆如个字，其《雪齋枯樹圖》似郭熙，二卷皆無款，疑宋人臨稿也。（陳繼儒《眉公書畫史》）

摩詰畫有極簡古粗疎者，作樹頭如撮米，樹本如丁橛，山如浪起，沙如錐畫，千重百重，只於梢末露之。余于熒澤公館中見一屏，就視乃陜刻摩詰《藍田莊圖》石本，雖石頑工拙，未盡本妙，然其用意，未嘗不可追而思也。（明李日華《竹嬾續畫賸・題畫册》其廿四）

唐人之畫，莊重律嚴，不求工巧，而自多妙處，思所不及。……其山水如李思訓、子昭道、盧鴻、王摩詰、荆浩、胡翼、張僧繇、關仝輩，筆力遒勁，立意高遠，山環水蟠，樹煙巒靄，黑汁淋漓，神氣生旺。（明高濂《燕閒清賞箋・論畫》）

禾興馮開之祭酒……自述其家藏唐宋名蹟頗多，而王維《江山雪霽圖》尤爲冠絶，原係大元内府故物，曾經趙子昂鑒定者。雖水墨短卷，而有無窮之趣，兼近人題跋，復得啓南翁筆，海内稱爲墨皇，不妄也。（明張丑《清河書畫舫》寅字號）

傳聞右丞「花雜重重樹，雲輕處處山」小幀，在文徵仲太史家，紙本，淺絳色，布景極異，落筆精微，以較馮氏所藏《江山雪霽圖》，可方駕也。此畫原係矮直幅，太史恐其日久愈壞，命工補綴爲短卷，有詩題其後云。（同上）

周敏仲新裝王維《雪霽捕魚圖》一，絹本，淺絳色，筆法秀雅，布景清逸，後有班惟志、仇遠、白珽、張雨等七跋，雖未敢定爲真右丞，決非宋元畫史可及。（同上）

王右丞《江山雪霽圖》……馮開之《快雪日記》云：「吴崑麓夫人與余外族有葭莩之親，偶攜此卷見示，述其先得之管後宰門小火者。家有一鐵櫪門閂，或云漆布竹筒，搖之似有聲，一日爲物所觸，遂破墮三卷，此其一也。」然《雙槐歲抄》有云：「純皇好玩名畫古器，南京西華門舊有二黑漆圓櫝，振之則中空有聲，蓋國初巨室之籍入者，以不可啓視，故棄于此。守閽小内史張本穴而窺之，則畫幀存焉，一爲王維傅色山水，約三丈餘，一爲蘇漢臣所繪《宋高宗瑞應圖》。本以王畫送安寧，蘇畫送黄賜，皆太監坐廠守備者。未幾寧死，賜攖得之，併以獻上，賞賚甚厚，益加寵任。」是二事何相符至此？然《雪霽圖》有沈石田跋，或即張本所得而流傳至北，好事者重扃秘之，偶入小火手耶？此卷海内推爲墨王，自有神物護持之也。繡里汪珂玉先得臨本復見真本跋。（明汪珂玉《珊瑚網》卷二五）

王維小簇山水。唐玄宗即命李思訓、吴道子各圖嘉陵山水于大同殿壁，王維又别用絹素寫之，謂之小簇。兹所圖山水，具嘉陵三百里之勢，正小簇法也。一室之内，覺江山萬里非遥。自韻子珂玉識。（同上）

禪與畫俱有南北宗，分亦同時，氣運復相敵也。南則王摩詰，裁搆淳秀，出韻幽澹，爲文人開山。……北則李思訓，風骨奇峭，揮掃躁硬，爲行家建幢。（明沈顥《畫麈·分宗》）

王摩詰《溪山殘雪》，千巖萬壑，林木叢雜，向爲周又新所有。（清劉體仁《七頌堂識小録》）

《伏生圖》，席地憑几，短鬢鷄皮，真九十老人，而眉目静遠，則大儒也。宣和帝題「王維寫伏

生」數字，字極楷上，用乾卦印背，亦精絹裝。（同上）

右王維所畫伏生，上有宋思陵題字，庚戌十月觀于退谷孫侍郎齋。……維之所畫，特想像爲之而已，然藝事既神，其精思所感，如或見之。觀是圖者，不問知其爲生，此思陵所以寶惜而親題之也。（清朱彝尊《曝書亭書畫跋·王維伏生圖跋》）

趙大年《江山積素圖》，秀潔妍雅，得王維家法。雪圖自摩詰以後，惟稱營邱、華原、河陽、道寧，然古勁有餘，而荒寒不逮。（清惲格《南田畫跋》）

程幼洪（邑）邸中，閱宣和御府所藏摩詰《終南草堂圖》，上方橫書「王維終南□峰草堂圖」九字，（闕）爲道君御書。倪元鎮題云：「予讀《岑參集》，有歸終南草堂詩，今摩詰之寫是圖也，豈其贈別之作耶？大抵高賢達士，於謝政歸閒之際，不能無詠歌圖繪以贈之，昔盧鴻有《嵩山草堂十圖》，亦猶是也，故徽廟標書以便後之覽者。此幅向爲杜南谷先生所藏，予得之，日夕展對，不唯諸品爲之減色，而吾儕之進取，深有藉於斯圖矣。」黄子久題云：「右丞此圖與《雪谿》、《捕魚》二卷，同一筆致，而秀婉過之，豈其後先之分耶？」又梅道人吴仲圭、紫芝俞和詩各一篇。（清王士禛《帶經堂詩話》卷二二書畫類上）

畫中雪景，唐以前但取形似而已，氣韻生動，自摩詰開之，至宋李營邱，畫法大備，雪景之能事畢矣。（清王原祁《麓臺題畫稿·倣大癡九峰雪霽意》）

畫法與詩文相通，必有書卷氣，而後可以言畫。右丞詩中有畫，畫中有詩，唐宋以來悉宗之，若不知其源流，則與販夫牧豎何異也？其中可以通性情，釋憂鬱，畫者不自知，觀畫者得從知之，非巨眼卓識，不能會及此矣。（同上《倣大癡設色》）

畫家自晋唐以來，代有名家，若其理趣兼到，右丞始發其藴，至宋有董、巨，規矩準繩大備矣。（同上《畫家總論題畫呈八叔》）

畫自家右丞以氣韻生動爲主，遂開南宗法派，北宋董、巨集其大成，元高、趙暨四家俱宗之。用意則渾樸中有超脱，用筆則剛健中含婀娜，不事粉飾而神彩出焉，不務矜奇而精神注焉，此爲得本之論也。（同上《倣黄子久設色》）

王維皆青緑山水，李公麟盡白描人物，初無淺絳色也。（清王槩《學畫淺説》）

鈎勒梧桐，見王維《輞川圖》。王維樹法，多用雙勾，即藤梢樹杪，亦絲毫不苟。鈎葉柳，王維諸唐人及陳居中多畫之，余嫌其太板，故次于後，以備一體。（王槩等《芥子園畫傳》初集卷二）

王右丞之石如飛白，郭河陽之石似雲頭。披麻間斧劈法，王維每用之。荷葉皴法，王右丞變體，全以骨法爲主，色以青緑。（同上卷三）

摩詰用渲淡，開後世法門，至董北苑則墨法全備，荆浩、關仝、李成、范寬、巨然、郭熙輩，皆稱畫中賢聖。至南宋院畫，刻畫工巧，金碧焜煌，始失畫家天趣。（清唐岱《繪事發微·正派》）

夫皴法須知本源來派，先要習成一家，然後皴山皴石，方能入妙。昔張僧繇作没骨圖，是有染而無皴也。李思訓用點攢簇而成皴，下筆首重尾輕，形似丁頭，爲小斧斫皴也。王維亦用點攢簇而成皴，下筆均直，形似稻穀，爲雨雪皴也，又謂之雨點皴。二人始創其法，厥派遂分，李將軍爲北宗，王右丞爲南宗。荆、關、李、范，宋諸名家皴染，多在二子之間，惟董北苑用王右丞渲淡法，下筆均直，以點縱長，變爲披麻皴，巨然繼之。（同上《皴法》）

唐王右丞《萬峰積雪圖》卷，絹本，高九寸，長七尺，上有御前之印、内合同印、文淵閣印、奉華堂印、揭傒斯印，項子京天籟閣中物也。藏印俱備。　城中十日暑如炙，頭目眩花塵土塞。僧樓今日見此卷，雪意茫茫寒欲逼。古栟修柳枝梟矯，下有幽篁廁叢碧。隔溪膠艇不受呼，平地貫渚無人跡。西風翻鴉忽零亂，遠雁迷雲猶嚦嚦。筆疎墨淡精神在，收閱千年若完璧。宛然一段小江南，三遠備全能事畢。維名依稀半未漶，老眼再摩初認得。所存只是天假借，名手當時重唐室。吴中人家寶古跡，自宋及元高爾直。若教見此風斯下，倒橐定應無吝嗇。錦標内帑固自有，人間出鳳五色。老余尺素見《雪渡》，草樹凌競人跼蹐。僅有盈尺不盡意，何如此圖長數尺！太丘孫子具法眼，鑿壁收藏皆襲百。我將拙語敢印證，聊寫心知并目識。右丞之筆，神妙非常，時代久遠，見亦罕矣。余少于沙溪陳氏獲觀《雪渡圖》，盈尺而已，今又于嚴氏閲此修卷，深幸老年擊此于目。又題。弘治壬戌中秋日沈周。（按，孔尚任《享金簿》載此條，作正德八年七月文徵明題王維古之高人逸士，往往喜弄筆作山水以自娱，然多寫雪景者，蓋欲假此以寄其孤高絶俗之意耳。若李成之《萬山飛雪》，李唐之《雪山樓閣》，郭忠恕之《九峰雪霽》，王叔明之《劍閣》，沈石田之《關山積雪圖》，皆種種臻妙，而予皆及見之，但恨未覩王維雪景何如耳。弘治乙卯春，偶于都下錢太常處，閲此《萬峰積雪》卷，賞鑒竟日，覺寒氣逼人，真摩詰平生得意筆也。始知李成輩皆宗摩詰，傳爲世寶，此卷不啻今之鳳毛麟角矣。枝山道人祝允明跋。

詩中有畫畫有詩，摩詰落筆秀且奇。閻相吴生那足道，象外能將造化師。藍田輞川僅臨本，開元東塔跡已隳。《山居圖》識宣和字，今藏御府人難窺。我居京師頗留意，日尋斷幀收殘碑。琉璃廠西得兹卷，敗簇零亂縈蛛絲。長江峻嶺互合沓，叢竹古樹蔽崄巇。山腰巍巍置層閣，橋根瀰瀰流冰澌。西風凝寒雪意勁，一天黯淡彤雲垂。斜行飛鴻失沙渚，犯冷孤客望酒旗。或棹扁舟或輕策，神理曲盡毫無遺。晴窗細觀拭病目，小字漶漫書王維。石田沈翁跋長句，謂如彩鳳輝朝曦。重裝錦標紫鸞鵲，草堂珍祕怡老資。炎天往往布几案，滿簾飛霰吹凉颸。右丞胸中自瀟灑，汪汪如有千頃陂。松針石脈藴靈異，雨晴寒暑隨形施。東坡生平頗崛强，亦于維也無間辭。江邨高士奇題。（清高士奇《江邨銷夏録》卷三）

摩詰《江干雪霽圖》，長四尺，寬尺有五寸。起手寫山家疊石圍牆，環以古木，前臨田隴，後倚叢山，山外作江汊村落，村外則江景矣。凡三層，每層以高峰峻嶺，插於兩旁，與江上遠山相映帶，故景雖碎而氣脈一貫。最妙在第二層江汉村落，得脱卸之法，與行文同一機緘也。山家左側少後松間小路，點綴小車肩輿及擔夫等，古木下，居人引童子閒望，蓋寫霽後居者行者之情景。據此宜題「雪霽行旅」，而曰「江干雪霽」者，以通幅之妙，全在上半江山煙霧，得霽景之神耳，亦猶文章之虚寫實寫也。至其處處節奏之微，難以名言。（清張庚《圖畫精意識·王右丞江干雪霽圖》）

摩詰《輞川圖》，真跡不得見，見郭忠恕復本，然是贋本，非忠恕真跡。觀其勾勒皴擦，及雙勾夾葉，俱有筆意，設青緑亦沖和，蓋出自好手，故猶有可取。後見元人盛子昭一本，變原本直致爲縱横。又見明人宋石門一本，用黄鶴山樵法更變盛本而精密之，叢山峻嶺，幽深奥折，密林曲院，窈窕清閒，雲影嵐光，沙痕水氣，各極其致，可謂後來居上矣。原本起輞水，結漆園，盛本結辛夷塢，塢前多鹿苑寺母塔墳，宋本與原本同。（同上《輞川圖》）

右丞《峨嵋雪霽圖》卷，長尺許，高尺有五寸，爲曹雲西臨本。入手山勢陡險，危梁架空，中則幽深，山家荒寂，後多平岡，而以江景平遠收結，備極奇變，用筆細秀清勁。後題「至正廿二年壬寅秋九月坐平湖程氏之快雪軒臨右丞《峨嵋雪霽圖》，知白老人」。（同上《曹雲西臨王右丞峨嵋雪霽圖卷》）

王維《江山雪霽圖》，得之雲間一僧，絹光如紙，長一丈五尺。林木細秀，烟巒澹遠，境地清曠，皆非宋元人夢見神品也。尾書太原王維四小字，前有宣和御寶，又有松雪齋、半山主人諸家賞鑑

印，文衡山題其首曰：墨寶。（清孔尚任《享金簿》）

唐王右丞畫竹用雙鈎法，江南蜀主李氏繼其餘風，作金錯刀，至宋石室先生、東坡居士乃變爲潑墨，流派于元，若吴興趙魏公夫婦、薊邱李衎皆宗之。（清金農《冬心先生雜畫題記》）

慈氏云：芭蕉樹喻己身之非不壞也。……王右丞雪中芭蕉，爲畫苑奇構，芭蕉乃商飆速朽之物，豈能凌冬不凋乎？右丞深于禪理，故有是畫，以喻沙門不壞之身，四時保其堅固也。（同上）

東晋以來，有顧長康、陸探微、張僧繇，爲畫家三祖，雖有尺山片水，亦只畫中襯貼，而無專學。迨至盛唐，王右丞與友人詩酒盤桓於輞川之别墅，思圖輞川以標行樂。輞川四面環山，其巉岩疊巘，密麓稠林，排窗倒户，非尺山片水所能盡，故右丞始用筆正鋒，開山披水，解廓分輪，加以細點，名爲芝蔴皴，以充全體，遂成開基之祖，而山水始有專學矣。從而學之者，謂之南宗。唐宗室李思訓開鈎砍法，用筆側鋒，依輪廓而起之，曰斧劈皴，裝塗金碧，以備全體，其風神豪邁，玉筍琳瑯，便與右丞鼎足互峙，媲美一時。其子昭道，號小李將軍，箕紹父業，一體相傳，皆成開基之祖。從而學之者，謂之北宗。……師法南宗者，唐末洪谷子荆浩，將右丞之芝蔴皴少爲伸長，改爲小披蔴，山水之儀容已備。而南唐董北苑，更將小披蔴再爲伸長，改爲大披蔴，山頭重加墨點，添以渲淡，而山水之全體備矣。至北宋之關仝、巨然、李成、范寬、郭河陽，諸輩群起，各抒己長，擴而充之，而山水之學，始大成矣。（清布顔圖《畫學心法問答》）

右丞畫法，取太初之神，鴻濛之氣，注于毫端，分山披水，不逞其强，不競其巧，雖千邱萬壑，無不姿容淡雅，儀體幽閒。（同上）

畫有以簡淡爲貴者，右丞、雲林是也；有以工艷爲貴者，大小李將軍、十洲是也。（清高秉《指頭畫説》）

山水中松最難畫……柳亦頗不易寫，諺云「畫樹莫畫柳」，信然。……王右丞能作空鉤柳，其法柳葉須大小差錯，條條相貼，逐漸取勢爲之，自有一種森沉旖旎之致。（清錢杜《松壺畫憶》卷上）

南田翁云：明時畫多宗右丞、北苑二家，蓋取其高深渾厚，極古人盤礴氣象。香光云：有唐人之致去其纖，有北宋之雄去其獷，則得之矣。（同上）

揚州吴杜村處觀王右丞《江干雪霽圖》卷，山石皴法用披麻，秀而沈厚，樹則寫意而工，枯林間以夾葉，江口一松，古藤垂其上，獨精細，色澤已剥落，惟草屋中一短榻，硃色如故，後宋元諸跋甚妙。（同上卷下）

王右丞《江山雪霽圖》卷，董思翁所稱海内墨皇者也。乾隆辛亥歲，余購於嘉善朱姓，爲華亭王氏嫁奩中物，余歸婁東畢部郎澗飛，得值千三百金。卷長六尺，絹光膩如紙，其色略起青光，畫絶工細，但有輪廓，都不皴染，而微露刻畫之迹。其筆意惟李成、趙大年略相似，北宋後無此畫法矣。舊無題識，祇文衡山隸書引首，及董思翁、馮開之、朱元价諸跋而已。（清吴修《青霞館論畫絶

句一百首》其一自注）

書畫本出一源。……唐人王右丞之畫，猶書中之有分隸也。小李將軍之畫，猶書中之有真楷也。宋人米氏父子之畫，猶書中之有行草也。元人王叔明、黄子久之畫，猶書中之有蝌蚪篆籀也。（清盛大士《溪山卧游録》卷一）

五、王維年譜

王維，字摩詰，蒲州猗氏縣人。父處廉，母博陵崔氏。有弟四人，曰縉、繟、紘、紞。

唐姚合《極玄集》卷上：「王維，字摩詰，河東人。」《舊唐書》本傳：「王維，字摩詰，太原祁人。父處廉，終汾州司馬。徙家於蒲，遂爲河東人。」《舊唐書·王縉傳》：「王縉，字夏卿，河中人也。」《新唐書·王縉傳》則謂縉「本太原祁人，後客河中」。按，維字摩詰，源於深通大乘佛法的居士維摩詰之名。又，蒲即蒲州，唐時下轄河東、猗氏等八縣，轄境在今山西永濟、臨猗、萬榮、河津、聞喜、運城一帶。蒲州天寶元年（七四二）改名河東郡，乾元三年（七六〇）昇爲河中府，故或稱蒲州，或稱河東、河中。又《新唐書·宰相世系表》列王維於河東王氏一派，又稱河東王氏爲太原王氏之一分支，所以太原祁應是王維的祖籍，而蒲州則是他的里貫。另，關於維之祖籍，唐時尚有京兆、琅邪兩種異説，詳見拙作《唐才子傳校箋·王維傳》（載傅璇琮主編《唐才子傳校箋》卷二）。

維爲蒲州猗氏縣（今山西臨猗縣）人，見于《全唐文》卷五四五王顏《追樹十八代祖晉司空太原王公（卓）神道碑銘》。《碑銘》稱王卓爲河東太守，薨于河東，葬河東猗氏縣，爲河東王氏始祖；卓卒後，子孫「四縣離居」，形成四房，其中「桑泉房幽州都督元珪翁，廣州都督方平翁，皆盛德光時。左補闕智明伯，户部員外郎岳靈叔，猗氏房右丞維叔、左相縉叔，俱偉文耀世，或有上縉叔詩曰：『朝廷左相筆，天下右丞詩。』人謂戲言，時稱定論。」或懷疑《碑銘》爲後人所僞托，其説非是，説詳拙作《王維爲蒲州猗氏人考》，載《文學遺産》二〇一八年第二期。

維父處廉，終汾州司馬。據《顧氏求古録》所録《唐岱嶽觀雙碑》，則天長安四年（七〇四），處廉官「兖州都督府參軍事」。維在詩文中從未提及其父，或他少時，父即卒。《請施莊爲寺表》云：「臣亡母故博陵縣君崔氏，師事大照禪師三十餘歲。」大照禪師即普寂，是禪宗北宗神秀的弟子，在神秀神龍二年（七〇六）卒前，即代其統御法衆，開元二十七年（七三九）卒於東都洛陽同德興唐寺（參見李邕《大照禪師塔銘》、《舊唐書·方技傳》、《宋高僧傳》卷九）。普寂也是蒲州人，據《請施莊爲寺表》的記載，崔氏大約在王維九歲（七〇九年）以前，即已師事普寂。崔氏的篤志奉佛，對王維無疑是有影響的。

據《新唐書·宰相世系表》載，維有弟曰縉、繟、紘、紞。縉相代宗，兩《唐書》有傳。繟曾官江陵少尹。紘不詳歷官。紞曾任祠部員外郎、司勳郎中（見《郎官石柱題名》），岑參有《和祠部王員外雪後早朝即事》詩，李嘉言《岑詩繫年》（載《文學遺産增刊》三輯）謂王員外即王紞，考岑此詩作於廣德二年（七六四）之後、大曆元年（七六六）以前（説見陳鐵民、侯忠義《岑參集校注》），則紞官祠部員外郎也應在此時。又紞大曆十二年（七七七）四月以前官太常少卿，大曆十二年四月與楊炎等十餘人皆坐依附元載貶官（見《舊唐書·代宗紀》）。

武后長安元年辛丑（七〇一），王維約生于是年。

《新唐書·王維傳》：「上元初卒，年六十一。」趙殿成《右丞年譜》考出維實卒于上元二年（七六一），并據「年六十一」之説，推定維當生于是年。然兩《唐書·王縉傳》皆謂縉卒于建中二年（七八一），年八十二，由此逆推，縉當比維早生一年，故不少人以爲趙説不可從。按，拙作《王維生年新探》（載《文史》第三十輯）説，兩《唐書·王縉傳》關於王縉卒年的記載不誤，而關於其享年的記載未必無誤。如果有新材料可以證明，兩《唐書·王縉傳》關於王縉生卒年的記載不誤，則王維當生於聖曆二年（六九九）。關於王維的生年，學界爭論頗多，有若干不同的推測。《新探》曾説：「我近年整理王維集，嘗試着爲王維詩編年，工作中，發現維詩作年可考者，約占其全部詩歌的五分之四以上。其中，可斷爲開元九年以前寫的詩歌有：（此下從略，請參閱本書）……。依趙説，開元三年（七一五）王維十五歲，開元九年（七二一）二十一歲，若繫以上述作品，則他自十五歲至二十一歲，每年大抵皆有詩作。看來，這是比較合乎實際的，因爲維二十二歲以後的創作情況，大致也是這樣。依王（從仁）説（王維享年七十左右），公元七〇八年王維十五歲，七二一年三十歲，若繫以上述作品，則維自十五歲至二十一歲（七〇六—七一二），大抵每年皆有詩作，而自二十二歲至二十八歲（七一三—七一九），却根本没有作品。王維少有詩名，其今存二十歲以前作的詩中，即有一些廣爲後人傳誦的名篇；依常理而論，自二十一歲以後至三十歲，應是王維創作力更爲旺盛的時期，怎麽可能反而没有多少詩作呢？」上述情况，正是筆者在王維生年問題上採用趙説的根本出發點。現在看來，除王維生於六九九年説外，其餘各種説法，都會出現王維有若干年根本没有作品的情况。筆者以爲，考證王維的生年，必須有全局觀念，不能不顧及王維全部詩文的編年，不能只抓住一點，不計其餘。此處生年，姑依趙説處理。

中宗景龍三年己酉（七〇九），九歲。知屬辭。

《新唐書》本傳：「九歲知屬辭。」

玄宗開元三年乙卯（七一五），十五歲。離家赴長安。

《過秦皇墓》詩題下注曰：「時年十五。」秦皇墓在驪山（今陝西西安市臨潼區東南），詩即離鄉赴長安途經驪山時所作。

開元四年丙辰（七一六），十六歲。在長安。

開元五年丁巳（七一七），十七歲。在長安。

《九月九日憶山東兄弟》詩題下注云：「時年十七。」詩即是年作于長安，説詳此詩注釋。

開元六年戊午（七一八），十八歲。在長安，間至洛陽。

《哭祖六自虚》詩題下注曰：「時年十八。」詩曰：「否極當聞泰，嗟君獨不然！憫凶纔稚齒，羸疾至中年。」知祖自虚當卒于中年。考祖自虚爲祖詠之從姪，説見此詩注釋；而祖詠少即與王維相交(見《贈祖三詠》注釋),兩人年齡當接近,所以祖自虛的年齡也不大可能大于王維,然則詩題下「時年十八」之注語當有誤。

《舊唐書·王維傳》:「與弟縉俱有俊才,博學多藝亦齊名……昆仲宦遊兩都,凡諸王駙馬豪右貴勢之門,無不拂席迎之。」王維《洛陽女兒行》詩題下注曰:「時年十八。」詩疑作於洛陽,則本年王維或曾至洛陽。

開元七年己未(七一九),十九歲。在長安。七月,赴京兆府試。

《賦得清如玉壺冰》詩題下注云:「京兆府試,時年十九。」唐張彦遠《歷代名畫記》卷一〇:「王維……年十九,進士擢第。」説法不同。按,《舊唐書》本傳稱維開元九年登進士第,唐薛用弱《集異記》(見《太平廣記》卷一七九)也説維「年未弱冠」,受「貴主」之薦,得京兆府解送,故從《賦得清如玉壺冰》詩題下注語,定維于是年赴京兆府試。唐制,士人赴進士試,需自向府州求舉,經考試合格,由府州解送尚書省,方得至長安受吏部試(後改由禮部考試)。吏部試例於正月舉行,府州試則在前一年七月舉行,《唐音癸籤》卷一八:「每秋七月,士子從府州覓解紛紛,故其時有『槐花黄,舉子忙』之諺。」

又,《集異記》記述維奏《鬱輪袍》夤緣干進之事,謂「時進士張九皋,聲稱籍甚」,公主「牒京兆試官,令以九皋爲解頭」;維方將應舉,言其事于岐王,仍求庇借,岐王曰:「貴主之强,不可力爭,吾爲子畫焉。」遂攜之謁貴主,奏《鬱輪袍》,主大奇之,乃召試官至第,遣宫婢傳教,「維遂作解頭而一舉登第矣」。按，《集異記》爲小説家書，有虚構成分。關於張九皋，唐蕭昕《張公神道碑》（《全唐文》卷三五五）曰：「公諱九皋……弱冠，孝廉登科，始鴻漸也。……以天寶十四載（七五五）四月二十日疾亟，薨于西京常樂里之私第，春秋六十有六。」孝廉，唐人每以之爲明經之稱。據碑所載卒年及享年推算，當中宗景龍三年（七〇九），九皋弱冠（二十歲）。這即是説，其時九皋已明經及第，不可能又於十年之後，至京兆府求舉。這一點已露出了《集異記》虚構的痕跡。又，篇中於諸人皆直稱名號，獨於公主不明言爲何人，或此事乃得自傳聞，作者亦未能確知其爲誰，故籠統謂之曰「貴主」。稽之史籍，中宗諸女貴盛者，是時（開元七年）有的已死（如安樂公主），有的遭貶（如長寧公主），睿宗諸女，又似無貴盛逾于岐王者；而玄宗諸女，是時又皆年幼（玄宗長女永穆公主開元十年方及下嫁之年，參見《唐會要》卷六、《通鑑》卷二一二），故其事可疑。另，宋曾慥《類説》卷八、楊伯嵒《六帖補》卷二〇引《集異記》作「九公主」，《唐才子傳》卷二述此事亦作「九公主」。「九公主」當指睿宗之第九女玉真公主（高宗僅三女，中宗僅八女，玄宗之第九女早夭，參見《新唐書·諸帝公主傳》）。《通鑑》肅宗上元元年載：「上又命玉真公主、如仙媛……常娱侍左右。」注：「《考異》曰：《常侍言旨》作『九仙媛』，《唐曆》作『九公主、女媛』，今從《新》、《舊傳》。」唐韋述《兩京新記》卷三：「睿宗第八女西城公主及第九女昌宗公主並出家，爲立二觀，改西城爲金仙，昌宗爲玉真。」按，《新書·公主傳》列金仙爲第九女，玉真爲第十女，岑仲勉《唐史餘瀋》卷一「鄎國公主初降薛儆」條謂，《公主傳》之玄宗第三女荆山公主重出（第七女鄎國公主初封荆山公主），本不當在數中，則玉真實爲第九女也。玉真爲玄宗、岐王之妹，與玄宗同母，太極元年（七一二）與金仙俱入道。又，《集異記》所説王維與張九皋爭京兆府解頭事，亦係虚構。唐時京兆府解送以前十名爲等第，以第一名爲解頭，據《唐摭言》等書記載，京兆府解送置等第、解頭之事，始于天寶時，至于爭等第、爭解頭的風尚，則直到德宗貞元、憲宗元和年間，才真正盛行。這即是説，開元前期京兆解送尚未置等第，因此也就根本不可能存在王維與張九皋爭等第、爭解頭之事；《集異記》的作者薛用弱生活於元和、長慶時代，那時候各地舉子羣奔于京兆府求解送、爭解頭的風氣很盛，所以可以説，薛用弱實際上是假托王維、岐王、玉真公主之名虚構故事，以反映當時的社會現實，這就是小説家的手段。説詳拙作《考證古代作家生平事迹易陷入的兩個誤區》，載《文學遺産》二〇一七年第四期。

開元八年庚申（七二〇），二十歲。在長安。春，就試吏部，落第。是年，每從岐王範等遊宴。

維既然於上年七月赴京兆府試并得其解送，自當在本年正月就試吏部，但史載維擢進士第在下年，故知本年應試後蓋落第也。

據《敕借岐王九成宫避暑應教》、《從岐王夜宴衛家山池應教》、《從岐王過楊氏别業應教》等詩，可知維居長安時，嘗從岐王範遊宴。《舊唐書·睿宗諸子傳》云：「（範）開元初，拜太子少師，帶本官，歷絳、鄭、岐三州刺史。八年，遷太子太傅。」《通鑑》開元八年十月載：「上禁約諸王，不使與群臣交結。……萬年尉劉庭琦、太祝張諤數與範飲酒賦詩，貶庭琦雅州司户，諤山茌丞。」據以上記載，可推知維數從岐王遊宴，約在是年或是年以前。因維下年已登第授官，自不會甘冒觸犯禁令的風險，與範遊宴。又，陶敏、傅璇琮《唐五代文學編年史》初盛唐卷開元七年云：九成宮在岐州麟遊縣西一里，岐王開元六年十二月兼岐州刺史，「故借當州閑置之九成宮避暑。李範以開元八年歸朝，詩當七年夏作」；時王維「已爲岐王府屬，隨王在岐州」。按，謂《敕借岐王》詩作於岐王兼任岐州刺史期間，甚是；謂詩作於岐州，時維已爲岐王府屬，則非是。《通鑑》開元二年六月載：「丁巳，以宋王（即寧王）成器兼岐州刺史……令到官但領大綱，自餘州務，皆委上佐主之。是後諸王爲都護、都督、刺史者并準此。」同年七月載：「乙卯，以岐王範兼絳州刺史……仍敕宋王以下每季二人入朝，周而復始。」知岐王雖爲岐州刺史，實際上不理州務；玄宗有兄二人，弟二人，時皆爲刺史，四人中「每季二人入朝，周而復始」，則岐王雖爲岐州刺史，實際上每年却有半年時間居於長安，《敕借》詩當是開元七年或八年夏（岐王八年哪一月還太子太傅，史書失載，故詩仍有可能作於八年夏），玄宗下詔借與岐王九成宮避暑，岐王即將自長安返回岐州時作的，是時王維當仍居于長安，以謀求進取。稱維是時已爲岐王府屬，既不見于任何記載，也同唐代的制度相違。首先，王府爲中央機構，當在長安，不可能遷到岐州；其次，唐制，六品以下的岐王府屬官（包括岐州州府的屬官）皆由吏部經銓選後任命，非由岐王自行任命，開元七、八年王維尚未登第，連參加吏部銓選的資格都没有，豈能被吏部任命爲王府屬官？如《通鑑》開元二年二月載：「申王成義（玄宗之兄）請以其府録事（從九品上）閻楚珪爲其府參軍（正七品上），上許之。姚崇、盧懷慎上言：『……臣竊以量材授官，當歸有司，若緣親故之恩，得以官爵爲惠，踵習近事，實紊紀綱。』事遂寢。」

《舊唐書》本傳云：「（維）昆仲宦遊兩都……寧工、薛王待之如師友。」維集中有《息夫人》一詩，據《本事詩・情感》載，係在寧王府中、應寧王之命而作者，詩題下注曰：「時年二十。」則維與寧王遊，也正在此年。

開元九年辛酉（七二一），二十一歲。春，擢進士第，解褐爲太樂丞。送綦毋潛落第還鄉，約在是年春。尋坐累，謫濟州司倉參軍，是秋離京之任。

《極玄集》卷上：「王維……開元九年進士。」《舊唐書》本傳：「維開元九年進士擢第。」《新唐書》本傳：「開元初，擢進士，調大樂丞。」《唐五代文學編年史》開元九年云：「按云『調』，知王維前此已爲官，惟未知任何職。」按，此説誤。調者選也，指吏部銓選，唐制，新及第進士，必須經過吏部的銓選才能授官。調，漢時即有「選」義，如《漢書・張安世傳》：「有郎功高不調自言。」顔師古注：「調，選也。」唐時以「調」指銓選的用法很普遍。如顔真卿《鮮于仲通神道碑》：「開元二十年，年近四十，舉鄉貢進士高第。二十六年，調補益州新都尉。」《唐代墓誌彙編續集》天寶〇六八《唐故國子祭酒趙君（冬曦）壙》：「（盧懷慎）奏以進士試，對策甲科。是歲調集有司，即授校書郎。」《唐會要》卷七五：「裴行儉爲吏部侍郎……是時蘇味道、工劇未知名，因調選，行儉一見，深禮異之。」上述各例，「調」皆當作銓選解。《唐才子傳》卷二稱維『開元十九年狀元及第」，誤（説見後）。

《送綦毋潛落第還鄉》曰：「……江淮度寒食，京洛縫春衣。置酒臨長道，同心與我違。」潛，虔州（治所在今江西贛縣）人（見《元和姓纂》卷二），尋繹詩意，此篇應是二、三月間放榜之後，在長安送濳還虔州時所作。考濳開元十四年登進士第（見顧況《監察御史儲公集序》），維開元十至十三年在濟州，故此篇當作於開元九年以前，今姑繫於此。

《新唐書》本傳稱維「調大樂丞」後，「坐累爲濟州司倉參軍」。關於維遭貶的原因，《集異記》云：「及爲太樂丞，爲伶人舞黄師子，坐出官。黄師子者，非一人不舞也。」唐太常寺有太樂署，置令一人（從七品下），丞一人（從八品下），令掌邦國祭祀享宴所用樂舞，丞爲之貳。因此，若署中「伶人舞黄師子」，則首先負有責任者當爲太樂令。《舊唐書·劉子玄傳》云：「（開元）九年，長子貺爲太樂令，犯事配流。」維之被謫與太樂令劉貺的「犯事配流」，恐怕是出于同一原因。由此可證，《右丞年譜》謂維謫濟州在是年，大抵近之。

至於維赴濟州（治所在今山東茌平西南）任所的具體時間及經行之地，可從其詩中找到若干綫索。《被出濟州》云：「微官易得罪，謫去濟川陰。……縱有歸來日，多愁年鬢侵。」詩題《河嶽英靈集》作《初出濟州別城中故人》，詩蓋離京赴任時所作。《宿鄭州》云：「朝與周人辭，暮投鄭人宿。……宛洛望不見，秋霖晦平陸。……明當渡京水，昨晚猶金谷。此去欲何言，窮邊徇微禄。」《早入滎陽界》云：「汎舟入滎澤，兹邑迺雄藩。……秋野田疇盛，朝光市井喧。……前路白雲外，孤帆安可論！」據二詩，知維赴濟州途中嘗過洛陽、滎陽及京水（在今河南滎陽東）；又詩寫秋景，知赴任時爲秋日也。另維有《至滑州隔河望黎陽憶丁三寓》詩，乃此行經滑州（治所在今河南滑縣東舊滑縣）時所作。

開元十年壬戌（七二二），二十二歲。在濟州。

開元十二年甲子（七二四），二十四歲。是年，裴耀卿爲濟州刺史，維仍在濟州。

說見下年。

開元十三年乙丑（七二五），二十五歲。仍爲濟州司倉參軍。祖詠擢第授官後東行赴任，嘗過濟州，維留之宿，且送之至齊州，賦詩贈別。

《裴僕射濟州遺愛碑》曰：「公名耀卿，字涣之。……出爲此州刺史。……行之一年，郡乃大理。……居無何，詔封東嶽，關東列郡，頗當馳道。……公盡事君之心，且曰從人之欲。大駕還都，分遣中丞蔣欽緒……等巡按，皆嘉公之能，奏課第一。公未受賞，朝而歸藩。天災流行，河水決溢。」碑文接着叙其親督士民修堤防事；又謂及堤成，即遷宣州刺史。按，據孫逖《唐濟州刺史裴公德政頌》（見《文苑英華》卷七七五）載，耀卿出爲濟州刺史，在開元十二年秋八月；又史載玄宗東封泰山在開元十三年十一月（十月車駕發東都，十一月至泰山下），「大駕還都（東都）」在同年十二月；另「河水決溢」及修堤防事，《裴公德政頌》謂在開元十四年秋，因此裴離濟州任赴宣州的時間，當在十四年歲末。又，《遺愛碑》云：「維也不才，嘗備官屬，公之行事，豈不然乎？維實知之，維能言之。」言裴任濟州刺史時，已嘗爲其官屬，可見開元十二、三年，維仍在濟州爲司倉參軍。據此，并可證《唐才子傳》關於開元十九年維擢進士的記載非是。

《贈祖三詠》云：「貧病子既深，契闊余不淺。……良會詎幾日，終自長相思。」詠，洛陽人，「少與王維爲吟侶」(《唐才子傳》卷一)，「開元十三年進士」(《極玄集》卷上)；此詩作于濟州(詩題下注曰：「濟州官舍作。」)，時詠尚未登第(據「貧病」句可知)。《喜祖三至留宿》曰：「門前洛陽客，下馬拂征衣。……行人返深巷，積雪帶餘暉。早歲同袍者，高車何處歸？」詠有和章《答王維留宿》曰：「四年不相見，相見復何爲？握手言未畢，却令傷別離。」按，維開元九年謫濟州途經洛陽時，當曾與詠會晤過，自九年至本年，恰好四年，又維詩中有「積雪」之語，所以此二詩當作于開元十三年冬。時詠已登第授官，王命在身，不可能在濟州久留，故云「握手言未畢，却令傷別離」。維集中又有《送別》一詩：「送君南浦淚如絲，君向東州使我悲。爲報故人憔悴盡，如今不似洛陽時。」此詩《萬首唐人絶句》題作《齊州送祖三》，是(參見《齊州送祖三》、《淇上送趙仙舟》注釋)。齊州(治所在今山東濟南)在濟州之東，地近濟州，詩當是維居濟州期間所作。蓋詠過濟州後，復東行赴任，維遂送之至齊州，作此詩贈別。詩中爲詠未能在內地任職，而到邊遠地區爲官感到哀傷。

維在濟州期間，曾到過鄆州(治所在今山東東平西北)，《送鄆州須昌馮少府赴任序》云：「予昔仕魯，蓋嘗之鄆。」又曾渡河到清河(今河北清河西)，有《渡河到清河作》詩。還嘗遊濟州境內之魚山，作《魚山神女祠歌二首》。

開元十四年丙寅(七二六)，二十六歲。是年暮春，離濟州司倉參軍任。

《送鄭五赴任新都序》謂鄭原於邠(唐州名，治所在今陝西彬縣)地爲縣令，後獲罪「除名爲人

（民）」，「屬聖朝龍旂鑾輅，登封告成之事畢；蒼玉黄琮，郊天祀地之禮備。天下無事，海内乂安。盡登仁壽之域，猶下哀憐之詔：萬方有罪，與之更新；百寮失職，使復其位。降邑宰爲輿尉，從縉墨而解褐。龍星始見，馬首欲西。……時工部侍郎蕭公……賦詩寵别，贈言誡行。……黄鸝欲語，夏木成陰，悲哉此時，相送千里」。此文述及玄宗東封泰山事，《右丞年譜》因繫之於開元十三年。按，玄宗東封禮畢後頒布大赦詔令，在開元十三年十一月（見《册府元龜》卷八五），又「龍星始見」，謂時值孟夏四月（見此文注釋），所以此文當作于開元十四年四月。另，此文作於何地？考新都即今四川新都縣，鄭「赴任新都」，不可能經過濟州（或謂此文當作於濟州官舍，非是，説見拙作《王維生平五事考辨》，載《古籍整理與研究》總第三期），又文中叙及朝廷官員（工部侍郎蕭元嘉，參見此文注釋）賦詩贈别事，所以它若不是作于長安，必定作于洛陽（史載本年玄宗居洛陽，故此文也有可能作于洛陽）。據此，可推知本年四月之前，維已離濟州司倉參軍任。《寒食汜上作》云：「廣武城邊逢暮春，汶陽歸客淚沾巾。落花寂寂啼山鳥，楊柳青青渡水人。」汶陽謂汶水之北，濟州正在汶水之北，蓋作者是時自濟州西歸長安或洛陽，故自稱「汶陽歸客」。據此，則維離濟州西歸的具體時間，爲暮春三月。《通典》卷一五：「凡居官，以年爲考，六品以下，四考爲滿。」州司倉參軍爲六品以下官，以四考爲滿（即四年秩滿）；考維於開元九年秋莅濟州，至十三年秋已滿四年之期，理當離任，估計是由于十三年冬玄宗欲東封泰山，濟州正當乘輿所經之地，有許多事要做，所以未能按期離任。

開元十五年丁卯（七二七），二十七歲。官淇上疑在是年。

維嘗居淇（淇水，今河南北部淇河）上，有《淇上即事田園》、《淇上送趙仙舟》等詩可證。《偶然作》其三云：「日夕見太行，沉吟未能去。問君何以然？世網嬰我故。小妹日成長，兄弟未有娶。家貧禄既薄，儲蓄非有素。幾回欲奮飛，踟躕復相顧。孫登長嘯臺，松竹有遺處。相去詎幾許？故人在中路。……忽乎吾將行，寧俟歲云暮？」玩詩意，是時作者的居地，當距太行山與孫登長嘯臺（在今河南輝縣西北蘇門山上）甚近，而淇上恰好是這樣的去處，所以這首詩恐怕是在淇上作的。詩中謂，自己幾次想歸隱，但考慮到家中生活貧困，有弟妹需要照顧，又不得不繼續留下來守禄薄之位。這樣看來，維大抵是在淇上做過官的。關於他在淇上爲官的年代，也可以從這首詩中找到一些綫索。詩曰「兄弟未有娶」，語氣是已到成室的年齡而尚未婚娶，考維本年二十七歲，其弟縉年齡與維接近（説見《王維生年新探》），又縪、紘、紞等，想來多數亦已及成室之年（維父早卒，維兄弟間的年齡不會相距過大），因此，斷維官淇上在是年，似無大誤。疑上年維離濟州後，不久即至長安參加吏部銓選，本年春乃改官淇上。

開元十六年戊辰（七二八），二十八歲。隱淇上疑在是年。約于本年秋，還長安。是冬，孟浩然落第後離京，行前，有詩贈維，維亦有詩送之。

《淇上即事田園》云：「屏居淇水上，東野曠無山。日隱桑柘外，河明閭井間。牧童望村去，獵犬隨人還。静者亦何事？荆扉乘晝關。」據此詩，知維嘗隱居淇上。上年引述的維官淇上時所作的一首《偶然作》中，已表露了作者急於歸隱的心情（「忽乎吾將行，寧俟歲云暮」），故疑官淇上之後不久，即棄官在淇上隱居。

詩人孟浩然於開元十六年春四十歲時在長安應進士試，落第後滯留長安，於本年冬離京（參見拙作《王維孟浩然詩選》，中華書局二〇〇五年出版），行前，作《留别王維》詩：「寂寂竟何待，朝朝空自歸。欲尋芳草去，惜與故人違。當路誰相假，知音世所稀。只應守寂寞，還掩故園扉。」維亦作《送孟六歸襄陽》詩贈之，詩曰：「杜門不欲出，久與世情疏。以此爲長策，勸君歸舊廬。醉歌田舍酒，笑讀古人書。好是一生事，無勞獻《子虚》。」詩中勸慰浩然，還是回鄉隱居好，無須辛辛苦苦地在長安獻賦求官。或此時維亦在長安閑居，故有是語。《新唐書·孟浩然傳》謂浩然在長安時，維嘗私邀入内署，因遇玄宗，誦所作《歲暮歸南山》詩。按，此事實不足信，不能作爲維是時在長安爲官之證，説見拙作《唐才子傳校箋·孟浩然傳》（《唐才子傳校箋》卷二）。又，孟浩然《題長安主人壁》云：「久廢南山田，叨陪東閣賢。欲隨平子去，猶未獻《甘泉》。……授衣當九月，無褐竟誰鄰！」看來，浩然在長安應試落第後，確曾動過獻賦的念頭，維詩中之言，並非無的放矢。

開元十七年己巳（七二九），二十九歲。在長安。始從大薦福寺道光禪師學頓教。

《大薦福寺大德道光禪師塔銘》曰：「禪師諱道光，本姓李，綿州巴西人。……遇五臺寶鑑禪師……遂密授頓教。……以大唐開元二十七年五月二十三日，入般涅槃于薦福僧坊。門人明空等，建塔于長安城南畢原。……維十年座下，俯伏受教……。」大薦福寺在長安開化坊（見《長安志》卷七）。據此文，知維于本年開始在長安從道光學頓教（非指慧能之頓門，説詳此文注釋）。

開元十八年庚午（七三〇），三十歲。疑仍閒居長安。

《華嶽》云：「上帝佇昭告，金天思奉迎。人（一作神）祇望幸久，何獨禪云亭？」趙殿成曰：「劉昫《唐書》：開元十三年，東封泰山。十八年，百僚及華州父老，累表請封西嶽，不允。右丞之作，當在是時，故有『神祇望幸久，何獨禪云亭』之句。」疑維作此詩時，正在長安。又，《故右豹韜衛長史賜丹州刺史任君神道碑》亦作于是年（見此文注釋）。文中稱任君爲京兆萬年縣人，葬于萬年縣南神禾原，則此文之作，似可爲本年維在長安之證。

唐自本年始實行六品以下前資官的守選制（參見拙作《唐代守選制的形成與發展研究》，載《文史》二〇一一年第二輯），自本年起至以後數年，維疑當處於守選期間。

開元十九年辛未（七三一），三十一歲。妻亡約在是年。

《舊唐書》本傳云：「妻亡，不再娶，三十年孤居一室。」（《新唐書》本傳同）維卒時年六十一，則妻亡當在此年前後。

開元二十一年癸酉（七三三），三十三歲。是年前，房琯爲盧氏令，維有詩贈之。

《贈房盧氏琯》云：「將從海嶽居，守静解天刑。或可累安邑，茅茨君試營。」房琯爲盧氏（今河南盧氏縣）令，在開元二十一年以前（説見此詩注釋），詩即作于琯在盧氏任職期間。「將從」二句謂己將隱于湖山之間，「或可」二句詢問房琯，可否到盧氏隱居。玩詩意，是時維或仍閒居長安。又，《送從弟蕃遊淮南》約作于本年秋（説見注釋），詩云：「送歸青門外，車馬去騤騤。」知是時維正在長安。

又，據《曉行巴峽》等詩，知維嘗遊蜀。其時間，疑在開元二十一年以前閒居長安的數年内，説見《自大散以往深林密竹蹬道盤曲四五十里至黄牛嶺見黄花川》注釋。

開元二十二年甲戌（七三四），三十四歲。仍閒居長安。秋，赴洛陽，獻詩張九齡求汲引，旋隱於嵩山。

《京兆尹張公德政碑》曰：「……前年不登，人頩太甚，野無遺秉，路有委骨，天子不忍征于不粒，賦于無衣，六軍從衛，以臨東諸侯，息關中也。」下文即述張公于災後撫定京兆事跡。《右丞年譜》繫此篇于開元二十二年，并曰：「『前年不登……路有委骨』，是二十一年事。『天子……以臨東諸侯』，是二十二年事。」按，趙説是，《舊唐書·玄宗紀》載開元二十一年「關中久雨害稼，京師饑」，二十二年正月玄宗「幸東都」（即所謂「臨東諸侯」）。又《舊唐書·裴耀卿傳》云：「（開元）二十年……冬，遷京兆尹。明年秋，霖雨害稼，京城穀貴。上將幸東都，獨召耀卿問救人之術……尋拜黄門侍郎、同中書門下平章事，充轉運使。」《新唐書·宰相表》謂開元二十一年十二月「京兆尹裴耀卿守黄門侍郎、同中書門下平章事」。據此，知張爲京兆尹當在二十一年十二月之後。「京兆尹張公」指張去奢，參見此文注釋。另，碑文云：「……長老孜孜，願刊于石，以予學于舊史，來即我謀；且維與人（即民，避唐太宗諱改，下同）編户，與人爲伍，與人出入，與人言語，知風俗之淳弊，識政化之源本。屬詞愧文，書蓋事實。」尋繹文意，可知維是時仍閒居長安，未嘗出仕。

維集中有《上張令公》詩，張令公指張九齡。九齡於開元二十一年十二月起復中書侍郎、同中書門下平章事，二十二年五月二十七日加中書令（見明成化九年韶州刊本《唐丞相曲江張先生文集》附録「誥命」《加銀青光禄大夫中書令制》），詩稱張爲「令公」，當作於九齡加中書令之後。詩曰：「賈生非不遇，汲黯自堪疏。學《易》思求我，言《詩》或起予。嘗從大夫後，何惜隸人餘！」「學《易》」二句表達了請求九齡援引之意，「嘗從」二句謂己曾忝爲朝官，不惜列居群輩之末（參見此詩注釋）。尋繹詩意，維是時當尚未居官。蓋維原有退隱山林之想（見前），後因張九齡執政，又産生了出仕的願望，於是獻此詩求九齡汲引。另，本年玄宗既居洛陽，丞相張九齡自然也當在洛陽，因此，獻詩必定是在洛陽進行的。《送崔興宗》云：「已恨親皆遠，誰憐友復稀？君王未西顧，游宦盡東歸。……方同菊花節，相待洛陽扉。」「君王」句即指玄宗在洛陽，蓋時崔欲自長安之洛，維因作此詩送之。詩末二句意謂，自己將在洛陽同崔共度重陽節。由此可見，維約在本年秋赴洛陽。獻詩九齡，就是抵洛陽之後發生的事。

維嘗隱居嵩山，據《歸嵩山作》可知。《留别山中温古上人兄并示舍弟縉》云：「解薜登天朝，去師偶時哲。豈惟山中人，兼負松上月。宿昔同遊止，致身雲霞末。開軒臨潁陽，卧視飛鳥没。……舍弟官崇高，宗兄此削髮。荆扉但灑掃，乘閒當過拂。」解薜，謂己脱下隱者之服，詩蓋維拜官後離隱居地赴任時與同隱者道别之作。温古上人，即「嵩丘沙門温古」（參見此詩注釋）；潁陽，在今河南登封縣西南潁陽鎮，其地距嵩山甚近，所以王維的隱居地應該就是嵩山，此詩也即作于嵩山。又「舍弟官崇高」，指王縉是時在登封爲官（詳見注釋），考縉於開元十五年應高才沈淪、草澤自舉科中第（見《登科記考》卷七），則其官登封當在開元十五年之後，維隱嵩山之時間亦然。又維開元九年登第授官前居長安（見前），故其隱于嵩山應在第二次出仕（官右拾遺，説見下年）之前。《歸嵩山作》曰：「荒城臨古渡，落日滿秋山。」詩寫秋景，應作于本年秋（下年秋已官右拾遺）。據此，知維于本年秋在洛陽獻詩後，即隱于嵩山。維既獻詩九齡求汲引，何以又要隱于嵩山？蓋是時玄宗居東都，嵩山地近東都，隱此正可待機出仕耳。唐時隱居嵩山也如隱居終南一樣，不失爲仕宦的一種門徑。如開元時盧鴻隱于嵩山，即被玄宗徵爲諫議大夫（見《通鑑》卷二一二）。

開元二十三年乙亥（七三五），三十五歲。春，仍隱于嵩山。尋拜右拾遺，遂離嵩山至東都任職。

《獻始興公》云：「寧棲野樹林，寧飲澗水流；不用坐粱肉，崎嶇見王侯。鄙哉匹夫節，布褐將白頭！……側聞大君子，安問黨與讎？所不賣公器，動爲蒼生謀。賤子跪自陳，可爲帳下否？感激有公議，曲私非所求！」詩題下原注：「時拜右拾遺。」玩詩首六句之意，亦可見維拜右拾遺前，是一棲隱山林之布衣。「側聞」四句稱贊始興公爲國爲民、正直無私的精神；最後四句表示，願爲始興公之下屬，但任用自己，如出于「公議」，將使自己感動奮發，如有所偏私，則不是自己所追求的。據以上四句之意，這首詩應是維初拜右拾遺仍在嵩山，尚未到任時獻給執政者的。始興公指張九齡，考九齡于開元二十三年三月九日進封始興縣開國子（見《唐丞相曲江張先生文集》附録「誥命」《封始興縣開國子食邑四百户制》）〔一〕，所以此詩當作于本年三月九日之後〔二〕，維拜右拾遺大抵也即在此時。《新唐書・王維傳》云：「張九齡執政，擢右拾遺。」未明言擢右拾遺在何年。考九齡于開元二十一年十二月至開元二十四年十一月知政事，《右丞年譜》遂斷維擢右拾遺在開元二十二年。然維是年所作《上張令公》詩未嘗言及拜官事，故知趙説未確。

又，史載玄宗本年仍在東都，維既任諫職，理應隨玄宗居東都。

開元二十四年丙子（七三六），三十六歲。在東都，爲右拾遺。冬十月，隨玄宗還長安。

史載本年十月，玄宗還長安，維既爲朝臣，理當扈從還京。

開元二十五年丁丑（七三七），三十七歲。春，在長安爲右拾遺。尋遷監察御史。夏，奉命出使河西節度。後又應辟入河西幕府，爲河西節度判官。

《同盧拾遺韋給事東山别業二十韻給事首春休沐維已陪遊及乎是行亦預聞命會無車馬不果斯諾》曰：「侍郎文昌宮，給事東掖垣。……是時陽和節，清晝猶未暄。」韋給事東山别業即韋嗣立莊，亦曰韋氏逍遥谷，在驪山。《右丞年譜》繫此詩于開元二十四年，且云：「詩云：『侍郎文昌宮，給事東掖垣。』故知此詩乃韋濟爲侍郎以後所作。」按，《舊唐書・韋濟傳》曰：「（開元）二十四年，爲尚書户部侍郎。累歲轉太原尹。」又「陽和節」指春二月，開元二十四年春二月維在東都，不得爲東山别業之遊，故知此詩當作于開元二十五年二月，時維在長安。又詩題云「給事首春休沐維已陪遊」，則本年首春（正月），維亦在長安。《暮春太師左右丞相諸公于韋氏逍遥谷宴集序》曰：「時則有太子太師徐國公、左丞相稷山公、右丞相始興公、少師宜陽公……畫輪載轂，羽幢先路，以詣夫逍遥谷焉。」趙殿成云：「篇中所稱太子太師徐國公是蕭嵩，右丞相始興公是張九齡，少師宜陽公是韓休……左丞相稷山公當是裴耀卿。然史傳但言封趙城侯，不言封稷山公，當是闕文〔三〕。……據劉昫《唐書》本紀云，開元二十四年十一月，侍中裴耀卿爲尚書左丞相，中書令張九齡爲尚書右丞相，尚書右丞相蕭嵩爲太子太師，工部尚書韓休爲太子少保（按，《舊唐書·韓休傳》作「太子少師」），至二十五年四月，張九齡左授荆州長史，不在朝廷矣，是諸公宴集，實在二十五年之春。」趙説是。此文作于本年三月，時維在長安。

本年四月張九齡貶荆州長史後，維有詩寄之（《寄荆州張丞相》）。

《舊唐書·王維傳》：「歷右拾遺、監察御史。」《新唐書·王維傳》：「張九齡執政，擢右拾遺。歷監察御史。」維自右拾遺遷監察御史，疑在本年四月。

《右丞年譜》曰：「按《爲崔常侍祭牙門姜將軍文》云，『維大唐開元二十五年歲次丁丑十一月辛未朔四日甲戌，左散騎常侍、河西節度副大使攝御史中丞崔公，致祭于故姜公之靈』云云，則右丞爲監察御史，在涼州崔公幕中，正其時也。」維至河西幕，在開元二十五年，當無疑問。崔公即崔希逸，據《唐方鎮年表》卷八，希逸始爲河西節度副大使知節度事，在開元二十四年。《使至塞上》曰：「單車欲問邊，屬國過居延。征蓬出漢塞，歸雁入胡天。大漠孤煙直，長河落日圓。蕭關逢候騎，都護在燕然。」此詩亦載《文苑英華》卷二九六「奉使」類，首二句作「銜命辭天闕，單車欲問邊」。「銜命」者，奉朝廷之命也，則他赴河西，當是奉命出使，而非應辟入幕。唐監察御史有監諸軍、出使的職責，《通典》卷二四：「大唐監察御史……掌内外糾察并監祭祀及監諸軍、出使等。」《唐六典》卷一三：「監察御史掌分察百僚，巡按州縣……凡將帥戰伐，大克殺獲，數其俘馘，審其功賞，辨其真僞。」因此王維便以監察御史的身份出使河西。此詩係維初至河西時所作，就「歸雁入胡天」的景象而言，其時令疑是初夏。《舊唐書·玄宗紀》云：「（開元二十五年）三月乙卯，河西節度使崔希逸自涼州南率衆入吐蕃界二千餘里。己亥，希逸至青海西郎佐素文子觜，與賊相遇，大破之，斬首二千餘級。」王維的奉使問邊，當與此次希逸的大破吐蕃有關。所謂「問邊」，可以理解成到邊地慰問打了勝仗的將士，也可理解成對這次勝利進行考察，「審其功賞，辨其真僞」。希逸破敵在三月，捷書傳至京師，朝廷再派出使者，最快也已到了夏天，這同「歸雁入胡天」的時令特徵正好相合。《使至塞上》末二句謂已在蕭關遇到候騎，得知主帥破敵後尚在前綫未歸，由此亦可證維出使河西的時間約在四月。王維此行，當走古絲綢之路東段的北道（又稱蕭關道），參見《使至塞上》注釋。《出塞作》云：「暮雲空磧時驅馬，秋日平原好射雕。」詩蓋本年秋在河西作。《爲崔常侍謝賜物表》云：「臣某言：總管闞敬之至，奉九月十五日敕，吐蕃贊普公主信物金胡瓶等十一事，伏蒙恩旨，特以賜臣，捧戴慚惶，以抃以躍。臣幸居無事，待罪西門。」崔常侍即崔希逸，「待罪西門」指其任河西節度副大使知節度事；考希逸下年五月已改任河南尹，故知「九月十五日」當謂本年之九月十五日。玄宗賜物敕作于九月十五日，則此謝表當作于十月。

關於維在河西幕中所守職事，《出塞作》詩題下注云：「時爲御史，監察塞上作。」又《涼州賽神》、《雙黄鵠歌送别》詩題下皆注云：「時爲節度判官，在涼州作。」按，唐時節度使皆自辟佐吏，然後上聞（參見《送懷州杜參軍赴京選集序》注釋），蓋維先以監察御史的身份出使河西，至幕府後，又受到希逸的聘用，任節度判官。

開元二十六年戊寅（七三八），三十八歲。五月，崔希逸改任河南尹，維旋亦自河西還長安。

《通鑑》開元二十六年五月：「丙申，以崔希逸爲河南尹。希逸自念失信于吐蕃，内懷愧恨，未幾而卒。」《舊唐書·吐蕃傳》：「希逸以失信怏怏，在軍不得志，俄遷爲河南尹，行至京師，與趙惠琮俱見白狗爲祟，相次而死。」希逸離河西後，繼任者爲蕭炅，《通鑑》開元二十六年六月：「辛丑，以岐州刺史蕭炅爲河西節度使總留後事。」維詩文中從未提及蕭，故疑希逸離任之後，維尋亦歸京。又《送岐州源長史歸》詩題下注曰：「源與余同在崔常侍幕中，時常侍已殁。」崔常侍即崔希逸，參照上述《通鑑》的記載，此詩當作于開元二十六年（《右丞年譜》繫於開元二十五年，誤）。詩曰：「秋風正蕭索，客散孟嘗門。故驛通槐里，長亭下菫原。」「客散」句謂崔卒後，幕中僚屬已四散。末二句寫源長史歸途中經行之地，槐里在今陝西興平東南，菫原估計應在咸陽或槐里附近（參見此詩注釋）；源長史自涼州（治所在今甘肅武威）歸岐州（治所在今陝西鳳翔）不經過槐里、菫原，而由長安還岐州則經過槐里、菫原，所以作者的送别之地應在長安。據此詩，知維最晚在本年秋，已回到長安。

開元二十七年己卯（七三九），三十九歲。在長安。疑仍官監察御史。

《大薦福寺大德道光禪師塔銘》謂道光本年五月二十三日卒于京師大薦福寺，門人建塔于長安城南畢原，已因爲作塔銘。據此文，知維本年在長安。

《新唐書》本傳曰：「張九齡執政，擢右拾遺。歷監察御史。」開元二十五年，維以監察御史出使河西，自上年離河西幕府還朝以來，疑仍守監察御史之職。

開元二十八年庚辰（七四〇），四十歲。遷殿中侍御史。是冬，知南選，自長安經襄陽、郢州、夏口至嶺南。

《哭孟浩然》曰：「故人不可見，漢水日東流。借問襄陽老，江山空蔡洲。」詩題下原注：「時爲殿中侍御史，知南選，至襄陽有作。」王士源《孟浩然集序》云：「開元二十八年，王昌齡遊襄陽。時浩然疾疹發背，且愈，相得歡甚，浪情宴謔，食鮮疾動，終于治城南園。」據此，知維遷殿中侍御史及知南選（「選」指六品以下官吏的銓選），均在本年。

何謂南選？《新唐書·選舉志》云：「太宗時，以歲旱穀貴，東人選者集于洛州，謂之東選。高宗上元二年，以嶺南五管、黔中都督府得即任土人，而官或非其才，乃遣郎官、御史爲選補使，謂之南選。其後江南、淮南、福建大抵因歲水旱，皆遣選補使即選其人。而廢置不常，選法又不著，故不復詳焉。」《通典》卷一五云：「其黔中、嶺南、閩中郡縣之官，不由吏部，以京官五品以上一人充使，就補御史一人監之，四歲一往，謂之南選。』《唐會要》卷七五、《册府元龜》卷六三〇所載與二書同。由以上記載可以得知：（一）經常性的南選只在嶺南、黔中二地舉行。（二）其他如閩中、江南、淮南等地，不過在「因歲水旱」的特殊情況下才偶爾置選。（三）襄陽未嘗置選。蓋其地近洛州（河南府、東都），選人赴選頗方便也。因此，所謂「知南選，至襄陽有作」，指的并不是南選在襄陽舉行（有人以爲南選的選所即在襄陽），而是「知南選」途經襄陽。

那麽，王維到底往何地「知南選」呢？由他此行所過之地推斷，應是到嶺南。《新唐書·孟浩然傳》曰：「王維過郢州，畫浩然像于刺史亭，因曰浩然亭。」郢州（治所在今湖北鍾祥）在襄陽之南，瀕漢水，蓋維至襄陽後，復沿漢水南行，過郢州。《送封太守》曰：「揚舲發夏口，按節向吴門。帆映丹陽郭，楓攢赤岸村。百城多候吏，露冕一何尊。」此詩係在夏口（今武漢市武昌）送封太守赴吴門（今蘇州）上任時所作。《送康太守》曰：「城下滄江水，江邊黄鶴樓。……鐃吹發夏口，使君居上頭。」詩亦作于夏口。可見維抵郢州後，復順漢水南行至夏口。疑維到夏口後，即溯江而上，歷湖湘南行至桂州（治所在今廣西桂林，唐時嶺南選所設于此，説詳下文）。

《唐會要》卷七五曰：「開元八年八月勑：嶺南及黔中參選吏曹，各文解每限五月三十日到省，八月三十日檢勘使了，選使及選人，限十月三十日到選所，正月三十日内銓注使畢。其嶺南選補使，仍移桂州安置。」維既然必須在十月三十日以前趕到桂州，那麽他自長安出發的時間，估計應在九月底。又考王昌齡本年自嶺南北歸途中，嘗過襄陽，訪孟浩然，時浩然食鮮疾作，遂終于家

（參見《孟浩然集序》、詹鍈《李白詩文繫年》）；而昌齡北歸長安後，復于本年冬出爲江寧丞（參見聞一多《岑嘉州繫年考證》），因此昌齡過襄陽及浩然卒，大抵當發生在本年夏秋間。王維抵襄陽，約在本年十月初，其時浩然辭世未久，故維賦詩哭之。

開元二十九年辛巳（七四一），四十一歲。春，自嶺南北歸，嘗過潤州江寧縣瓦官寺，謁璿禪師。隱居終南山始于是年歸長安後。

上已述及，嶺南選事限「正月三十日内銓注使畢」，因此維自嶺南北歸的時間，應在本年正月三十日以後。

維《謁璿上人》詩曰：「夙承大導師，焚香此瞻仰。頽然居一室，覆載紛萬象。高柳早鶯啼，長廊春雨響。床下阮家屐，窗前筇竹杖……」序曰：「玄關大啓，德海群泳。時雨既降，春物俱美。序于詩者，人百其言。」按璿上人即《宋高僧傳》卷一七《元崇傳》中的「璿禪師」。《元崇傳》曰：「釋元崇，俗姓王氏……世居句容（屬潤州）。……以開元末年，因從瓦官寺璿禪師諮受心要，日夜匪懈，無忘請益。璿公乃揣骨千里駿足可知，因授深法。……至德初，並謝絶人事，杖錫去郡，歷于上京。……遂入終南，經衛藏，至白鹿，下藍田，于輞川得右丞王公維之别業。松生石上，水流松下，王公焚香静室，與崇相遇，神交中斷。」璿禪師開元末年居瓦官寺，此詩即維至寺中瞻仰禪師時所作。據載，瓦官寺在唐潤州江寧縣（今南京市），《隋唐嘉話》卷下曰：「王右軍《告誓文》，今之所傳，即其稿草……其真本……開元初年，潤州江寧縣瓦官寺修講堂，匠人于鴟吻内竹筒中得之。」又，前已談到，維自嶺南北歸的時間在二月初，這同《謁璿上人》詩中所紀節候恰好相合，所以維過潤州江寧縣，當在其由嶺南北歸之時。又《送邢桂州》曰：「鐃吹喧京口，風波下洞庭。赭圻將赤岸，擊汰復揚舲。」京口爲唐潤州治所，今江蘇鎮江，詩即維在京口送邢赴桂州上任時所作。京口亦維北歸途中經行之地。從各方面參互考訂，維此行蓋自桂州歷湘湖抵大江，而後沿江東下，過江寧至京口，再循邗溝、汴水、黄河北歸秦中。

《唐詩紀事》卷一六云：「（裴）迪初與王維、（崔）興宗倶居終南。」維《終南別業》云：「中歲頗好道，晚家南山陲。」《答張五弟》曰：「終南有茅屋，前對終南山。終年無客長閉關，終日無心長自閒。不妨飲酒復垂釣，君但能來相往還？」知維嘗隱于終南山。或謂王維詩中之終南別業即輞川別業，主要根據是，輞川別業在藍田縣輞谷，地處「終南山之東緣北麓」，應包括在終南山的範圍之内，所以輞川別業亦可徑直稱爲終南別業（參見陳允吉《王維「終南別業」即「輞川別業」考》，載《文學遺産》一九八五年第一期）。按，輞川確乎地近終南，就這點而言，終南別業有可能即指輞川別業。然而，王維集中述及終南別業和終南山的詩共有十首，其中不曾有一首提到輞川及輞川別業諸勝；又他描寫自己在輞川的隱居生活的詩歌凡數十首，其中只有《答裴迪輞口遇雨憶終南山之作》一首提及終南山。詩曰：「淼淼寒流廣，蒼蒼秋雨晦。君問終南山，心知白雲外。」很顯然，由這一首詩，無法證明終南別業就是輞川別業。所以，從王維的詩文中尋找内證，尚不足以證成終南別業即輞川別業。又，王維的隱居輞川，是一種亦官亦隱（説詳後），而隱居終南時的情況則非如此。《戲贈張五弟諲三首》其三云：「設罝守毚兔，垂釣伺游鱗，此是安口腹，非關慕隱淪。吾生好清静，蔬食去情塵。今子方豪蕩，思爲鼎食人。我家南山下，動息自遺身。入鳥不相亂，見獸皆相親。雲霞成伴侣，虚白侍衣巾。何事須夫子，邀予谷口真？」此詩以隱居不仕、「名振京師」的谷口鄭子真自喻，言己隱于終南山之下，同雲霞爲伴，與鳥獸相親，達到進退自忘；又謂張之釣弋山中，祇圖口腹，且「思爲鼎食人」，與己異操，何須復來邀予爲伴？看來，作者當時並未居官，否則，怎好自比鄭子真，並對思欲出仕的張五加以嘲笑呢？由維隱居終南期間寫作的其他一些詩歌，如《答張五弟》、《終南别業》等，也同樣可以看出他當時並不是亦官亦隱。如《答張五弟》中之「終年」二句，如果王維當時亦官亦隱，只是在休沐期間回終南别業，則尚可稱「終日無心長自閑」，而不得説「終年無客長閉關」，因爲亦官亦隱的話，連主人自己都長期不在别業居住，又怎好埋怨客人終年不至呢？所以，王維的隱居終南與隱居輞川當非一事。關於這一點，拙作《王維生平五事考辨》（載《古籍整理與研究》總第三期）有詳細考述，可參閲。

關於維隱居終南的時間，可從其詩中得到一些綫索：（一）《終南别業》收入《國秀集》，題作《初至山中》。據此，可知此詩的寫作時間，也即維隱居終南的時間，當在天寶三載（七四四）以前。（二）據「我家南山下」等語，知《戲贈張五弟諲三首》係維在終南隱居期間所作。此詩其二曰：「張弟五車書，讀書仍隱居。……閉門二室下，隱居十年餘。宛是野人也，時從漁父漁。秋風日蕭索，五柳高且疏。望此去人世，渡水向吾廬。歲晏同攜手，只應君與予。」二室，即太室、少室，是嵩山的東西二峰。此詩回憶了作者與張同在嵩山隱居時的生活，表明維隱居終南當在其隱居嵩山之後。（三）《終南别業》云：「中歲頗好道，晚（近時）家南山陲。」中歲即中年。維《故任城縣尉裴府君墓誌銘》謂裴「享年三十九」，「而壽不中年」，蓋以四十以上爲中年。中年雖不是一個表示年齡的確切概念，但一般指四十歲左右，還是可以肯定的。據此，知維隱居終南的時間，約在四十歲上下。綜上所述，王維隱居終南的時間，應在開元二十九年春自嶺南北歸之後、天寶元年官左補闕之前，歷時不到一年。

王維在終南的隱居地，或在太白山附近。參見《投道一師蘭若宿》注釋。

又，王維開元二十九年春自嶺南北歸後的隱居，很可能不是嚴格意義上的辭官歸隱，而是秩滿離任後等候朝廷給予新的任命期間的隱居。唐自開元十八年以後，實行六品以下文官的守選制，即規定六品以下文官秩滿離任後，必須在家等候若干年，才能再次參加吏部的銓選并授官。王維開元二十九年隱居前爲殿中侍御史，爲六品以下常參官，本無須守選，但也難免會遇上僧多粥少、休官待命的情況。此時休官者如果回到郊外的田園、别業居住，也就可以算是隱居了。

天寶元年壬午（七四二），四十二歲。在長安。是年春，復出爲左補闕。有送丘爲落第還鄉詩。

《三月三日曲江侍宴應制》曰：「從今億萬歲，天寶紀春秋。」知詩爲天寶元年上巳日所作，時維在長安爲官。

《和僕射晋公扈從温湯》曰：「天子幸新豐，旌旗渭水東。寒山天仗裏，温谷幔城中。……司諫方無闕，陳詩且未工。長吟吉甫頌，朝夕仰清風。」詩題下原注：「時爲右補闕。」僕射晋公謂李林甫，他于開元二十五年七月賜爵晋國公（見《舊唐書·玄宗紀》、《通鑑》），天寶元年八月加尚書左僕射（見《舊唐書·玄宗紀》）；又玄宗例于每年十月幸驪山温泉，此詩當即天寶元年十月所作。據詩中注語，知維是時已官補闕。另，《春日直門下省早朝》詩題下注曰：「時爲左補闕。」《舊唐書》本傳亦曰：「歷右拾遺、監察御史、左補闕、庫部郎中。」按，唐置左、右補闕各二人，品秩、職掌均同，左屬門下省，右屬中書省，考維詩曰「直門下省早朝」，則作「左補闕」爲是，作「右」者蓋字誤也。

是年丘爲落第，維作《送丘爲落第歸江東》詩，説見該詩注釋。

天寶二年癸未（七四三），四十三歲。在長安。仍官左補闕。

《故任城縣尉裴府君墓誌銘》曰：「天寶二年正月十二日，唐故魯郡任城縣尉河東裴府君，卒于西京新昌坊私第……以某月日祔葬于鳳棲原（在長安南郊）先府君之塋。」知此文作于本年，是時維在長安。

維與王昌齡、王縉、裴迪集青龍寺（在長安新昌坊）曇壁上人院，共賦詩，約在是年。説見《青龍寺曇壁上人兄院集》注釋。

天寶三載甲申（七四四），四十四歲。仍在長安爲左補闕。始營藍田輞川別業最晚當在本年。

《舊唐書》本傳曰：「維弟兄俱奉佛，居常蔬食，不茹葷血，晚年長齋，不衣文采。得宋之問藍田別墅，在輞口。……與道友裴迪浮舟往來，彈琴賦詩，嘯詠終日。嘗聚其田園所爲詩，號《輞川集》。」《新唐書》本傳：「別墅在輞川，地奇勝……與裴迪遊其中，賦詩相酬爲樂。」王維《輞川集》序曰：「余別業在輞川山谷。」《請施莊爲寺表》：「臣亡母故博陵縣君崔氏，師事大照禪師三十餘歲。褐衣蔬食，持戒安禪；樂住山林，志求寂靜。臣遂于藍田縣營山居一所。」所營藍田山居，即《舊唐書》本傳中所説的「藍田別墅」，也就是王維詩中經常提到的「輞川別業」，其地在藍田縣南輞谷內（參見《輞川集》注釋）。關于維始營藍田山居之時間，《舊唐書》本傳未明言；據《請施莊爲寺表》所云，則當在天寶九載春崔氏逝世之前。又，儲光羲《藍上茅茨期王維補闕》云：「山中人不見，雲去夕陽過。淺瀨寒魚少，藂蘭秋蝶多。……酒熟思才子，溪頭望玉珂。」「藍上」，藍溪（又稱藍谷水）邊。韋應物《寄子西》：「藍上舍已成，田家雨新足。」郎士元《送錢拾遺（起）歸寄劉校書》：「歸客不可望，悠然藍上村。」錢起有《藍上採石芥寄前李明府》詩，藍上皆指藍溪上。「藍上茅茨」即謂光羲在藍溪邊的別業，「山中人」、「才子」，皆指維而言。蓋藍溪（在藍田東南二十里藍谷）與維所居之輞川山谷（在藍田南二十里）相距不遠，故儲家酒熟而盼維來同飲，遂作是詩。詩中稱維之官銜爲「補闕」，可見維任左補闕時，已得藍田山居。考維下年遷侍御史（説見後），本年合仍居補闕之職，故其得藍田山居，最晚當在本年〔四〕。

維之藍田山居，蓋供母奉佛持戒之用，非爲己隱居習靜而營，他自得藍田山居後至天寶十五載陷賊前，除一度因丁母憂離職外，一直在長安爲官。在此期間，他每每在公餘閒暇或休沐之時回山居小憩。他有時較長時間住在輞川，有時又較長時間離開輞川，《輞川别業》云：「不到東山向一年，歸來才及種春田。」可證。

又，殷遥最晚卒于本年，維嘗與儲光羲共賦詩哭之，説見《哭殷遥》注釋。

天寶四載乙酉（七四五），四十五歲。遷侍御史。嘗「受制出使」，在南陽郡臨湍驛中與神會和尚晤談，問「若爲修道」事。又，出使榆林、新秦二郡疑在是年。

維官侍御史事，兩《唐書》本傳及《右丞年譜》均失載。王士源《孟浩然集序》曰：「丞相范陽張九齡、侍御史京兆王維……率以浩然爲忘形之交。……天寶四載徂夏，詔書徵詣京邑，與冢臣入座討論，山林之士麕至，始知浩然物故。……浩然凡所屬綴，就輒毁棄……流落既多，篇章散逸。鄉里搆採，不有其半；敷求四方，往往而獲。既無他事，爲之傳次。」據此序，知維嘗官侍御史，時間約在天寶四載左右。陳貽焮先生認爲，王士源《孟浩然集序》作于天寶四載後不久，序中所稱「侍御史」，是王維在王士源作序前幾年的官職（維開元二十八年爲殿中侍御史），作序時維已遷官，王士源大概不知，誤以爲仍任侍御史（參見《孟浩然事迹考辨》，載《文史》第四輯）。按，「侍御史」并不等于「殿中侍御史」，唐御史臺置侍御史（從六品下）四人，殿中侍御史（從七品下）六人，二官品秩、職掌均異，不應混同。殿中侍御史别稱「侍御」，又簡稱「殿中」，不簡稱爲「侍御史」。又王士源天寶四載嘗入京，其所記維之官銜應當是不會有誤的。陶翰《送惠上人還江東序》，亦有「侍御史王公維」之語。維嘗官侍御史，還可從碑刻中找到根據。考《大唐御史臺精舍題名碑》

在「侍御史兼殿中」項下，列王維名，可證維曾任侍御史，王序的記載不誤。另外，維自從七品上的左補闕遷而爲從六品下的侍御史，于唐代官員的遷除常規也頗相合。

胡適輯《神會和尚遺集・神會語録》第一殘卷載：「侍御史王維」于南陽郡，「在臨湍驛中屈（神會）和上及同寺慧澄禪師語經數日」，問「和上若爲修道得解脱净」。和上回答後，王維「乃謂寇太守、張別駕、袁司馬等：『南陽郡有好大德，有佛法甚不可思議。』」神會是禪宗南宗創始人慧能的嫡傳弟子。寇太守指南陽郡太守寇洋，其官南陽太守的時間爲「天寶初」，見郁賢皓《唐刺史考》卷一九〇。由此亦可證斷王維官侍御史在天寶四載，大致不誤。臨湍爲南陽郡（即鄧州，天寶元年改爲南陽郡，治所在今河南鄧州市）屬縣，故治在今河南鄧州市西北。《通典》卷二四載，侍御史「掌糾察内外，受制出使，分制臺事」，則維本年任侍御史時，嘗「受制出使」，到過南陽郡臨湍縣，在驛中同神會和尚相晤，問如何修道方得解脱。

王維《榆林郡歌》：「山頭松柏林，山下泉聲傷客心。千里萬里春草色，黄河東流流不息。黄龍戍上遊俠兒，愁逢漢使不相識。」《新秦郡松樹歌》：「青青山上松，數里不見今更逢。不見君，心相憶，此心向君君應識。爲君顔色高且閒，亭亭迥出浮雲間。」榆林郡治所在今内蒙古自治區準格爾旗東北十二連城，新秦郡治所在今陝西神木縣北，兩郡轄地相鄰；玩《榆林郡歌》「黄龍」二句之意，此二詩應是維出使二郡時所作。《舊唐書・地理志》曰：「隋置勝州，大業爲榆林郡。武德中，平梁師都，復置勝州。天寶元年，復爲榆林郡。乾元元年，復爲勝州。」又曰：「天寶元年，王忠嗣奏請割勝州連谷、銀城兩縣置麟州，其年改爲新秦郡。乾元元年，復爲麟州。」「榆林郡」及「新秦郡」既然都是天寶時地名，二詩亦應是天寶年間所作。另外，如前所述，侍御史掌「受制出使」，所以出使二郡，很可能即發生在維任侍御史期間。

天寶五載丙戌（七四六），四十六歲。轉庫部員外郎疑在是年。

維嘗作《苑舍人能書梵字兼達梵音皆曲盡其妙戲爲之贈》詩贈苑咸：「名儒待詔滿公車，才子爲郎典石渠。」咸亦作《酬王維》詩（見《全唐詩》卷一二九）答之，其序曰：「王員外兄以予嘗學天竺書，有戲題見贈，然王兄當代詩匠，又精禪理，枉採知音，形于雅作，輒走筆以酬焉。」維復作《重酬苑郎中》詩答咸。按，維《苑舍人能書梵字》詩既稱苑咸爲「舍人」（中書舍人），又稱其「爲郎」，《重酬》詩亦稱苑咸爲「郎中」，那麽苑咸到底是任中書舍人呢，還是任郎中？回答是：咸蓋以郎中知制誥，知制誥掌草詔，行中書舍人之職，唐時亦可稱中書舍人，然咸之本官則爲郎中，故維又稱其爲苑郎中。《全唐詩》卷二五五沈東美《奉和苑舍人宿直曉玩新池寄南省友》：「傳聞閶闔裏，寓直有神仙。史爲三墳博，郎因五字遷。」苑舍人即苑咸，其原唱已佚。首二句謂苑在大明宫中宿直（中書省在大明宫内），神仙、郎皆謂苑爲尚書郎，唐人習稱尚書省郎官（郎中、員外郎）爲仙郎，故曰「神仙」，據此詩亦可證苑時以郎中知制誥。《全唐詩》卷二三八錢起《和范郎中宿直中書曉玩清池贈南省同僚西（一作「兩」）垣遺補》：「司言兼逸趣，鼓興接知音。」此爲沈東美詩的同和之作，「范郎中」當爲「苑郎中」（即指苑咸）之誤，南省同僚，指尚書省郎官，可見苑之本官爲郎中，故稱尚書郎爲「同僚」；司言，即掌草詔，指咸爲知制誥，故「宿直中書」，詩并兼贈西垣（西掖垣，中書省）遺補（右拾遺、右補闕）。據新出土苑咸墓誌，咸曾官「考功郎中兼知制誥」，詩當即作于其時，參見《苑舍人》詩注釋。

《重酬》詩題下原注：「時爲庫部員外。」又維《奉和聖制聖札賜宰臣連珠詞五首應制》題下亦注：「時爲庫部員外。」凡此，皆可證維嘗官庫部員外郎，然此事兩《唐書》本傳及《右丞年譜》均失載。《通典》卷二四曰：「凡侍御史之例，不出累月，則遷登南省（唐尚書省在大内之南，因謂曰南省），故號爲南床。」侍御史既然例當「遷登南省」，而庫部員外郎又正好是南省的屬官，所以官庫部員外郎應在官侍御史之後。又唐侍御史從六品下，庫部員外郎從六品上，依遷除常例，官庫部員外郎亦應在官侍御史之後。上年官侍御史，則官庫部員外郎宜在本年。

又，據上述維與苑咸相互酬答之詩，可推知維官庫部員外郎時，咸正任知制誥。關於苑咸之事跡，詳見《苑舍人能書梵字》詩注釋。顔真卿《尚書刑部侍郎贈尚書右僕射孫逖文公集序》曰：「公之除庶子也，苑咸草詔曰：『西掖掌綸，朝推無對。』議者以爲知言。」《舊唐書·孫逖傳》曰：「天寶三載，權判刑部侍郎。五載，以風疾求散秩，改太子左庶子。」知制誥掌草誥，可見天寶五載孫逖除庶子時，咸正官知制誥。據此，亦可見斷維于本年轉庫部員外郎，似無大誤。

天寶六載丁亥（七四七），四十七歲。仍官庫部員外郎。

苑咸《酬王維》詩序曰：「王員外兄……且久未遷，因而嘲及。」詩末二句曰：「應同羅漢無名欲，故作馮唐老歲年。」《唐詩紀事》卷一七：「王爲庫部員外郎，久不遷，故咸末句及之。」維《重酬苑郎中》詩序曰：「頃輒奉贈，忽枉見訓，叙末曰：『且久不遷，因而嘲及。』詩落句云：『應同羅漢無名欲，故作馮唐老歲年。』亦解嘲之類也。」蓋維官庫部員外郎非止一年，故苑咸嘲笑他久未遷除。

天寶七載戊子（七四八），四十八歲。　遷庫部郎中疑在是年。

《舊唐書》本傳曰：「歷右拾遺、監察御史、左補闕、庫部郎中，居母喪，柴毀骨立，殆不勝喪。服闋，拜吏部郎中。」《右丞年譜》謂維任左補闕與遷庫部郎中皆在天寶元年。按，維任左補闕後，又曾官侍御史、庫部員外郎，而後方遷庫部郎中（庫部郎中從五品上，品秩高于庫部員外郎，官庫部郎中應在官庫部員外郎之後），因此稱維遷庫部郎中亦在天寶元年顯然有誤。據上述《舊唐書》本傳的記載，可推知維遷庫部郎中在其母崔氏卒前，考崔氏卒于天寶九載初（説見後），則遷庫部郎中應在天寶七載或八載。

或謂維母最晚當卒于天寶七載。按，若維母果卒于是年以前，則維本年當去職守喪〔五〕，不應復在朝爲官。然而，維集中有不少作品足以證明，本年維仍在朝爲官，故此説未確。維集中有《大同殿生玉芝龍池上有慶雲百官共睹聖恩便賜宴樂敢書即事》詩，《舊唐書·玄宗紀》曰：「（天寶七載）三月乙酉，大同殿柱産玉芝，有神光照殿。」據此，知詩即作于本年三月。《奉和聖製天長節賜宰臣歌應制》曰：「德合天兮禮神遍，靈芝生兮慶雲見。」趙注引《揮塵録》曰，天寶七載八月己亥，詔改千秋節（唐玄宗八月五日生，以其日爲千秋節）爲天長節（《舊唐書·玄宗紀》同），又「靈芝」句即指「大同殿生玉芝，龍池上有慶雲」事，所以此詩當作于本年八月。《奉和聖製登降聖觀與宰臣等同望應制》曰：「林疏遠村出，野曠寒山静。」儲光羲《述降聖觀》詩題下自注：「天寶七載十二月二日，玄元皇帝降于朝元閣，改爲降聖閣。」（《舊唐書・玄宗紀》同）維詩寫冬景，或即作于本年十二月。《賀古樂器表》曰：「伏惟開元天寶聖文神武應道皇帝陛下，居皇建之極中，得混成之大道……」《舊唐書・玄宗紀》載，玄宗于天寶七載三月（《新唐書・玄宗紀》、《唐會要》卷一及《通鑑》作「五月」）加尊號曰「開元天寶聖文神武應道皇帝」，八載閏六月，又加尊號曰「開元天地大寶聖文神武應道皇帝」，據此文所稱尊號，應作于天寶七載三月（或五月）以後、八載閏六月以前。由以上作品，皆可證維本年仍在朝任職。

天寶八載己丑（七四九），四十九歲。仍官庫部郎中。閏六月，蕭嵩薨，同年下葬，維爲作挽歌。

維《賀玄元皇帝見真容表》云：「臣某言：伏見中書門下奏，上黨郡奏啓聖宮聖祖大道玄元皇帝玉石真容、主上聖容，今月十五日三元齊開光明……伏惟開元天地大寶聖文神武應道皇帝陛下，大道爲心，上元同體……臣等限以留司，不獲隨例抃舞，無任踴躍喜慶之至。」據此表所稱尊號，當作于本年閏六月之後；又，舊以正月、七月、十月之望爲三元日，據表中「今月十五日三元齊開光明」之語，可進一步推知此表應作于本年七月十五日或十月十五日之後。《賀神兵助取石堡城表》云：「臣維等言：伏奉中書門下牒，伏見絳郡太平縣百姓王英杞狀稱，去載七月，于萬春鄉界，頻見聖祖空中有言曰：『我以神兵助取石堡城。』當時具經郡縣陳説，并有文狀申奏訖。今載正月，又于舊處再見……伏惟開元天地大寶聖文神武應道皇帝陛下，以道理國，以奇用兵……遂殲逆命之虜，果屠難拔之城。……臣等限以留司，不獲隨例抃舞，不勝踴躍喜慶之至。」哥舒翰拔吐蕃石堡城，事在天寶八載六月（參見《通鑑》）；必石堡城已拔，而後好事之徒方敢造作聖祖（玄元皇帝）以神兵助取的誑言，故表中之「去載」，應指天寶八載（若「去載」指天寶七載，則其時并無攻石堡城事，安得云以神兵助取），而「今載」則指九載。金丁《王維丁憂時間質疑》（載《文學遺產》增刊十三輯）謂此表當作于天寶九載二月前後，其説大體近之（按，有可能即作于正月）。據以上二表，可推知維九載正月或二月以前仍在朝任職（如是時維已離朝丁憂，當不可能頻上賀表于朝廷）。

陶敏、傅璇琮《唐五代文學編年史》初盛唐卷天寶九載二月云：「唐代于洛陽置尚書留省及御史臺留臺，其官員稱分司官，時王維當分司東都，故表中屢自稱『限于留司』。據《唐會要》卷一，玄宗天寶七載五月十三日加尊號『開元天寶聖文神武應道皇帝』，八載閏六月五日，改『天寶』爲『天地大寶』。故知《賀古樂器表》作于八載閏五月（按，當作六月五日）前，時王維已在東都。……去歲王維已在庫部員外郎任，本年丁母憂，故時當已在庫部郎中任，且分司東都。」按，「留司」確實可作分司東都解，然也有别的含義（見《賀古樂器表》注釋），可否僅據「限以留司」一語，即斷定王維本年分司東都，值得懷疑。理由是：一、没有任何一種記載説過王維曾分司東都。二、據《編年史》的説法，王維至少有八個多月在東都分司任職，然而從他的詩文集中，却找不出一首可以證明這一點的詩文，相反，倒能找出可用以證明八載閏六月後王維仍在長安的詩歌。維集中有《故太子太師徐公輓歌四首》，徐公謂徐國公蕭嵩，《舊唐書·玄宗紀》：「（天寶八載閏六月）戊辰，太子太師徐國公蕭嵩薨。」《編年史》天寶八載閏六月：「王維《故太子太師徐公輓歌四首》：『風日咸陽慘，笳簫渭水寒。』時王維當仍在長安。」按，《舊唐書·玄宗紀》載，玄宗改尊號爲「開元天地大寶聖文神武應道皇帝」在八載閏六月丙寅，即蕭嵩卒之前二日，前引《編年史》之文，稱玄宗尊號改「天寶」爲「天地大寶」之前，王維已在東都，這裏却説玄宗尊號改過後，王維仍在長安，前後相互矛盾。實際上《徐公輓歌》當作于天寶八載秋，時王維在長安。蓋挽歌者，挽柩者所唱哀悼死者之歌也，當作于死者下葬時，詩中「風日」句即寫送葬隊伍往咸陽進發的景象。唐人重喪禮，《新唐書·禮樂志十》：「葬有期。」《通典》卷一三四《開元禮纂類二十九》：「王公以下皆三月而葬。」此説又見于《禮記·檀弓上》，蓋自古而然。嵩閏六月卒，三月下葬，則已至秋日，「渭水寒」也説明時值秋日。《新唐書·蕭嵩傳》：「固請老，見許。嵩退，修葺園區，優游自怡。家饒財，而華（嵩子）爲工部侍郎，衡（嵩子）以尚主位三品，就養，年踰八十，士豔其榮。」則嵩當卒于長安家中。詩曰：「北首辭明主，東堂哭大臣。」也説明嵩當卒于長安，維詩亦當作于長安。《編年史》天寶八載秋：「《達奚侍郎夫人寇氏挽詞二首》：『卜塋占二室，行哭度千門。秋日光能淡，寒川波自翻。』……達奚侍郎，達奚珣。……時王維當以庫部郎中分司東都，故與李頎同在洛陽。」似乎找到了一首王維在東都分司任職時作的詩歌。按，實際上此詩亦作于長安。珣時任吏部侍郎，參見此詩注釋。作爲掌管吏部銓選的高級官吏，珣當居於長安，其妻寇氏，亦當卒于長安。詩中「卜塋」句，謂珣爲寇氏擇墓地于嵩山，「行哭」句謂出殯的隊伍且走且哭，將度過成千的坊門城門遠赴嵩山，所以據此二句不能證明詩當作于洛陽。又，《唐僕尚丞郎表》謂珣爲吏侍在天寶五至七載，據新出土寇氏墓志，寇氏天寶六載二月卒于西京，則此詩亦不當作于天寶八載，説詳此詩注釋。

天寶九載庚寅（七五〇），五十歲。正月或三月，丁母憂，離朝屏居輞川。

《舊唐書》本傳：「居母喪，柴毁骨立，殆不勝喪。服闋，拜吏部郎中。」《通鑑》卷二一六：「（天寶十一載三月）乙巳（即二十八日），改吏部爲文部。」既然維于服除後拜吏部郎中，那麽他服除的時間自然應在十一載三月底吏部改文部之前。由維服除的時間，可推知他始居喪的時間。古遭父母之喪，例需守喪「三年」，但所謂「三年」，并非指三十六個足月。《王維丁憂時間質疑》一文曾指出，據《唐會要》卷三七、三八的記載，唐時守喪三年，實際只有二十五個月。按，不獨唐時如此，《禮記·三年問》曰：「君子三年之喪，二十五月而畢。」又《喪服小記》曰：「再期之喪，三年也。」知古三年之喪，實際上只有兩周年。這即是説，若父或母卒于天寶元年六月，其子居喪，至天寶三載六月即當除服。以年而論，前後歷三個年頭，故曰「三年之喪」；以月而論，則前後僅歷二十五個月，然究其實，不過兩周年而已。《新唐書·禮樂志十》：「王公以下三月而葬……二十五月大祥（父母喪後二周年之祭禮），二十七月禫祭（除服之祭）。」説法不同。關于這個問題，唐人曾有過不少爭議，唐代實行的是二十五月除服之制，還是二十七月除服之制，似乎也發生過變化。

《唐會要》卷三七：「（聖曆元年）四門博士王元感云：三年之喪，合三十六月。鳳閣侍郎張柬之駁曰：三年之喪，二十五月，不刊之典也。……議者以柬之所駁，頗合于禮典。」《通典》卷八七：「議曰……先儒所議，互有短長，遂使歷代習禮之家，翻爲聚訟，各執所見，四海不同。……今約經傳，求其適中，可二十五月終而大祥，受以祥服，素縞麻衣。二十六月終而禫，受以禫服。」此處王維所行，疑是二十五月除服之制。維既然在十一載三月底以前服除，那麼他始居喪的時間就應當在本年三月底以前；又維如行二十七月除服之制，則他始居喪的時間就只有在本年正月了。

《請施莊爲寺表》曰：「臣亡母故博陵縣君崔氏……樂住山林，志求寂静。臣遂于藍田縣營山居一所。草堂精舍，竹林果園，并是亡親宴坐之餘，經行之所。」尋繹文意，維母崔氏卒前，當居輞川。而維守喪，疑亦在此。《酬諸公見過》曰：「嗟余未喪，哀此孤生。屏居藍田，薄地躬耕。歲晏輸税，以奉粢盛。晨往東皋，草露未晞。暮看煙火，負擔來歸。我聞有客，足掃荆扉。……仰厠群賢，皤然一老。愧無莞簟，班荆席藁。」詩題下原注：「時官出在輞川莊。」玩詩意，此詩應是維居母喪時在輞川所作。首二句即謂母、妻皆喪獨己尚在，我哀傷自己這個孤獨的人。而詩題下原注，則指己丁母憂離職居於輞川。又，維居母喪時年五十一、二，故有「皤然一老」之語。據此詩，可推知維居喪期間住在輞川〔六〕。

天寶十載辛卯（七五一），五十一歲。是年守母喪，仍居輞川。十月，吴興郡别駕前京兆尹韓朝宗葬于藍田白鹿原，維爲作墓誌銘。

《大唐吴興郡别駕前荆州大都督府長史山南東道採訪使京兆尹韓公墓誌銘》曰：「公諱朝宗……坐長安令有罪，貶吴興郡别駕。……天寶九載六月二十一日寢疾，薨于官舍。……夫人河東柳氏……先公而卒，至是以天寶十載十月二十四日合祔，陪于藍田白鹿原長山公先塋，禮也。」韓朝宗乃太子賓客韓思復子，兩《唐書》有傳。

天寶十一載壬辰（七五二），五十二歲。三月初，服闋，拜吏部郎中。是年吏部改爲文部後，仍守此職。

維《勅賜百官櫻桃》詩題下原注：「時爲文部郎中。」據此，知本年三月二十八日吏部改爲文部之後，維仍官文部郎中。

天寶十二載癸巳（七五三），五十三歲。仍官文部郎中。是夏，李峘出爲睢陽太守，維作詩送之。秋，李峴出守魏郡，晁衡還日本國，維皆有詩贈行。

《舊唐書》本傳：「服闋，拜吏部郎中。天寶末，爲給事中。」知維天寶末爲給事中前，仍官文部郎中。

維《送李睢陽》詩曰：「將置酒，思悲翁；使君去，出城東。麥漸漸，雉子斑；槐陰陰，到潼關。……天子當殿儼衣裳，太官尚食陳羽觴。……宗室子弟君最賢，分憂當爲百辟先。」李睢陽謂信安王李禕長子峘，《舊唐書·李峘傳》曰：「楊國忠秉政，郎官不附己者悉出于外，峘自考功郎中出爲睢陽太守。」按，天寶十一載十一月李林甫卒，楊國忠繼任右相，維詩蓋即十一載十一月之後所作。又岑參《送顔平原》詩序曰：「十二年春，有詔補尚書十數公爲郡守，上親賦詩，觴群公，宴于蓬萊前殿……參美顔公是行，爲寵别章句。」顔平原即顔真卿，宋留元剛《顔魯公年譜》曰：「(天寶十二載)六月，詔補尚書十數人爲郡守，宰相楊國忠怒公不附己，謬稱精擇，以公出守平原郡。」考岠出守睢陽郡前官考功郎中(尚書省諸曹郎官之一)，因此他應是「尚書十數公」中的一員，其出守睢陽的時間與真卿出守平原的時間應該一致。既知真卿于本年春補爲平原太守，本年夏離京之任(《送顔平原》曰：「夏雲照銀印，暑雨隨行軿。」)，也就可以推知岠補爲睢陽太守及離京之任的時間了。又，維詩中有「麥漸漸」、「槐陰陰」等語，亦可證岠離京赴睢陽的時間爲夏日。

是秋，岠弟峴出爲魏郡太守，維作《送魏郡李太守赴任》詩贈行(説見此詩注釋)。

維集中有《送祕書晁監還日本國》詩並序，「祕書晁監」謂晁衡。衡，日本人，原名阿倍仲麻吕，兩《唐書》作仲滿。據近人考證，衡于開元五年至唐，天寶十二載與日本國遣唐大使藤原清河等同歸日本。衡等一行于本年秋末離長安，十月中抵揚州，尋訪鑑真和尚，十一月中自揚州登船東歸(以上情況，詳見維此詩注釋)。《送祕書晁監還日本國》即作于衡等離長安之時。

又，本年九月衡嶽瑗公南歸，維嘗與崔興宗共賦詩送之(參見《同崔興宗送衡嶽瑗公南歸》詩並序)。

天寶十三載甲午(七五四)，五十四歲。仍官文部郎中。

天寶十四載乙未(七五五)，五十五歲。轉給事中。與郭納唱酬。

《舊唐書》本傳：「天寶末，爲給事中。」《新唐書》本傳：「服除，累遷給事中。」皆未明言維何年遷給事中。《册府元龜》卷一四四：「（天寶）十四載三月……又詔曰……宜令吏部侍郎蔣烈今月二十五日祭天皇地祇，給事中王維等分祭五星壇。」則維轉給事中在本年。王維《酬郭給事》曰：「晨摇玉珮趨金殿，夕奉天書拜瑣闈。强欲從君無那老，將因卧病解朝衣。」「晨摇」二句寫給事中的生活。《後漢書・百官志》：「黄門侍郎（又稱給事黄門侍郎）……掌侍從左右給事中。」劉昭注引《漢舊儀》曰：「黄門郎屬黄門令，日暮入對青瑣門拜，名曰夕郎。」杜甫《奉同郭給事湯東靈湫作》云：「飄飄青瑣郎，文采珊瑚鈎。」「青瑣郎」即指郭給事，仇注曰：「《漢舊儀》：給事黄門侍郎，每日暮，向青瑣門拜，謂之夕郎。」「强欲」句意謂，自己極想跟從郭給事，無奈年老，力不從心。蓋是時維亦官給事中（唐門下省有給事中四人），故有此語。又，維詩中之「郭給事」與甫詩中之「郭給事」當爲一人，仇兆鰲繫甫此詩于天寶十四載，故知維任給事中亦應在此年。又，郭給事即郭納，見《元和姓纂》卷一〇。

天寶十五載丙申（七五六），五十六歲。仍爲給事中。上年十一月，安禄山反。是年六月，禄山兵陷潼關，尋入長安；玄宗出幸蜀，維扈從不及，爲賊所得，服藥取痢，僞疾將遁。賊疑之，嚴加看守，尋縛送洛陽，拘于菩提寺，迫以僞署。七月，肅宗即位于靈武，改元至德。八月，禄山宴其群臣于凝碧池，命梨園諸工奏樂，諸工皆泣，維于菩提寺中聞之，悲甚，潛賦凝碧詩。九月之後，被迫爲禄山給事中。

元崇至輞川訪維（見前），疑在本年初，是時維仍官給事中。

《舊唐書》本傳：「禄山陷兩都，玄宗出幸，維扈從不及，爲賊所得。維服藥取痢，僞稱瘖病。禄山素憐之，遣人迎置洛陽，拘于普施寺，迫以僞署。禄山宴其徒于凝碧宮，其樂工皆梨園弟子、教坊工人，維聞之悲惻，潛爲詩曰：『萬户傷心生野煙，百官何日再朝天？秋槐花落空宮裏，凝碧池頭奏管弦。』」《新唐書》本傳：「禄山素知其才，迎置洛陽，迫爲給事中。」按，維《大唐故臨汝郡太守贈祕書監京兆韋公神道碑銘》曰：「逆賊安禄山……始反幽薊，稍逼温洛……將逃者已落彀中，謝病者先之死地。……賊使其騎，劫之以兵，署之以職，以孥爲質，遣吏挾行。公潰其腹心，候其間隙，義覆元惡，以雪大恥。嗚呼！上京既駭，法駕大遷……鑿齒入國，磨牙食人。君子爲投檻之猿，小臣若喪家之狗。僞疾將遁，以猜見囚。勺飲不入者一旬，穢溺不離者十月；白刃臨者四至，赤棒守者五人。刀環築口，戟枝叉頸，縛送賊庭，實賴天幸，上帝不降罪疾，逆賊惆瘵在身，無暇戮人，自憂爲厲。公哀予微節，私予以誠，推食飯我，致館休我。」韋公即韋斌，此段文字敘述了韋與作者陷賊後的一些遭遇。「逆賊」以下數句寫安禄山反，叛軍逼近洛水，列郡或潰或降，韋斌也在此時陷賊。《通鑑》天寶十四載十二月：「丁酉，禄山陷東京……封常清帥餘衆至陝，陝郡太守竇廷芝已奔河東，吏民皆散。……仙芝乃帥見兵西趣潼關。賊尋至，官軍狼狽走……臨汝、弘農、濟陰、濮陽、雲中郡皆降于禄山。」《舊唐書·安禄山傳》：「（唐軍）皆棄甲西走潼關……臨汝太守韋斌降于賊。」「賊使其騎」五句接寫斌陷賊後，禄山迫以僞署。《舊唐書·韋斌傳》曰：「十四載，安禄山反，陷洛陽，斌爲賊所得，僞授黄門侍郎，憂憤而卒。」「公潰」以下四句指斌任僞職後，離散禄山之親信，待機欲滅元凶（指禄山），以雪己恥。「上京既駭」指天寶十五載六月安禄山軍破潼關後，京師震驚；「法駕大遷」謂玄宗幸蜀；「鑿齒入國」指叛軍入長安；「君子」句謂百官多爲賊所獲。接下「僞疾」二句蓋維自謂，非指斌而言。因爲維陷賊正在天寶十五載六月長安淪陷之後，而斌爲賊所得則在十四載十二月；且「僞疾」二句，又恰與《舊唐書》本傳所載「維服藥取痢，僞稱瘖病」及《責躬薦弟表》所言己陷賊後曾「託病被囚」事相合。「勺飲」四句寫己被囚後情狀。蓋「服藥取痢」，故「穢（糞）溺（尿）不離」。十月，極言時間之長，又「月」也可能是「日」的形誤字。「刀環」三句指己蒙受箠楚之辱，被叛軍縛送洛陽安禄山之朝。「實賴」以下五句言己被「縛送賊庭」後，實賴天幸，正遇上安禄山患病（參見此文注釋），無暇戮人，才得免一死。微節，微末的節操，即指「僞疾將遁」而言。「私予」三句謂己備受折磨之後，得到了當時正在洛陽任僞官的韋斌的照顧和愛護。由「公哀予微節」以下四句，亦可證「僞疾將遁」以下十四句皆作者自述陷賊後之遭遇。因爲如果「僞疾」以下十四句是指斌而言，則「公哀」以下四句在文義上便同上文不相銜接，且所謂「哀予微節」，也没有了着落。根據上述這段文字，可知維的「服藥取痢，僞稱瘖病」，蓋欲尋機逃離長安，擺脱安禄山之控制；又維是在備受折磨、侮辱之後，被叛軍捆縛、用武力强行押送到洛陽的，所謂「禄山素憐之，遣人迎置洛陽」，并非事實。

《通鑑》至德元載六月載，安禄山軍入長安後，「禄山命搜捕百官、宦者、宮女等，每獲數百人，輒以兵衛送洛陽」，維之被獲與被縛送洛陽，當在是時。又維所賦凝碧詩，本集中題作「菩提寺禁裴迪來相看説逆賊等凝碧池上作音樂供奉人等舉聲便一時淚下私成口號誦示裴迪」；《明皇雜録·補遺》云：「群賊因相與大會於凝碧池，宴僞官數十人……樂既作，梨園舊人不覺歔欷，相對泣下……王維時爲賊拘於菩提寺中，聞之賦詩曰：『萬户傷心生野煙……』」《通鑑》至德元載八月載：「禄山宴其群臣于凝碧池（胡三省注：「《唐六典》：洛陽禁苑中有芳樹、金谷二亭，凝碧之池。」），盛奏衆樂……」可見維在洛陽的被拘之地，應是菩提寺，《舊唐書》作「普施寺」疑誤；凝碧詩作于本年八月，是時維尚被拘于寺中。維的被迫接受僞職，當是本年九月以後之事。

至德二載丁酉（七五七），五十七歲。九月，唐軍收西京。十月，收東京。唐軍入東京後，維及諸陷賊官皆遭收繫，尋被勒赴西京。維在西京，與鄭虔、張通等并囚于宣陽里楊國忠舊宅。十二月，陷賊官以六等定罪，維以凝碧詩嘗聞于行在，又是時其弟縉官位已顯，請削己職以贖兄罪，肅宗遂宥之。

《通鑑》至德二載十月：「廣平王俶之入東京也，百官受安禄山父子官者陳希烈等三百餘人，皆素服悲泣請罪。俶以上旨釋之，尋勒赴西京。己巳，崔器令詣朝堂請罪……然後收繫大理、京兆獄。」唐軍收復東京後，維的遭遇同其他陷賊官大抵一樣。《集異記》曰：「維及鄭虔、張通等皆處賊庭。洎尅復，俱囚于宣陽里楊國忠舊宅。崔圓因召于私第，令畫數壁。當時皆以圓勳貴無二，望其救解，故運思精巧，頗絶其藝。後由此事，皆從寬典。」《新唐書·鄭虔傳》曰：「賊平，（虔）

與張通、王維并囚宣陽里。三人者，皆善畫，崔圓使繪齋壁，虔等方悸死，即極思祈解于圓，卒免死。」

《通鑑》至德二載十二月：「崔器、吕諲上言：『諸陷賊官，背國從僞，準律皆應處死。』上欲從之。李峴以爲……此屬皆陛下親戚或勳舊子孫，今一概以叛法處死，恐乖仁恕之道。且河北未平，群臣陷賊者尚多，若寬之，足開自新之路；若盡誅，是堅其附賊之心也。……爭之累日，上從峴議，以六等定罪，重者刑之于市，次賜自盡，次重杖一百，次三等流、貶。」維被免罪，應在此時。關于維被免罪之原因，《舊唐書》本傳曰：「賊平，陷賊官三等定罪。維以凝碧詩聞于行在，肅宗嘉之，會縉請削己刑部侍郎以贖兄罪，特宥之。責授太子中允。」《新唐書》本傳、《舊唐書·王縉傳》、《集異記》所述，大致相同。唯于縉是時所任官職，説法稍異。據諸書記載參互考訂，縉此時實官刑部侍郎兼北都副留守〔七〕。

乾元元年戊戌（七五八），五十八歲。是春復官，責授太子中允，加集賢殿學士；遷太子中庶子、中書舍人。官舍人時，同賈至、岑參、杜甫等并爲兩省僚友，唱和甚盛。是年六月之前，嚴武爲京兆少尹，維嘗與之往來。是秋，復拜給事中。施輞川莊爲寺，約在是冬。

《舊唐書》本傳稱維被宥後，「責授太子中允。乾元中，遷太子中庶子、中書舍人。復拜給事中。」《新唐書》本傳則謂：「……肅宗亦自憐之，下遷太子中允。久之，遷中庶子。」按，維《謝除太子中允表》曰：「臣維稽首言：伏奉某月日制，除臣太子中允，詔出宸衷，恩過望表，捧戴惶懼，不知所裁。……伏惟光天文武大聖孝感皇帝陛下，孝德動天，聖功冠古……」據兩《唐書·肅宗紀》及《通鑑》載，上皇（玄宗）本年正月戊寅御宣政殿，加上（肅宗）尊號曰「光天文武大聖孝感皇帝」，維此表既稱肅宗尊號，自當作于本年正月戊寅之後，而除太子中允，亦即在此時。又《既蒙宥罪旋復拜官伏感聖恩竊書鄙意兼奉簡新除使君等諸公》曰：「忽蒙漢詔還冠冕，始覺殷王解網羅。……花迎喜氣皆知笑，鳥識歡心亦解歌。」玩詩意，維的被宥與復官，當非同時，但兩事也不是相隔許久。維被宥在上年十二月，而復官（除太子中允）則約當在本年初春（「花迎喜氣」云云，正寫春景）。

《謝集賢學士表》云：「朝議大夫試太子中允臣維稽首言：伏奉今月十八日敕，令臣充集賢殿學士……無任感恩踊躍戰越之至，謹詣延英門陳謝以聞。」知維除太子中允後，又嘗加集賢殿學士，此事兩《唐書》本傳及《右丞年譜》并失載。

兩《唐書》皆稱維官太子中允後，嘗拜太子中庶子，然稽之史籍，唐時實不曾置太子中庶子之職。《通典》卷三〇謂，六朝以前，東宫官有中庶子，至隋，「分爲左右庶子，各二人，分統門下、典書二坊事；唐亦各二人，分掌左右春坊事」。因此，有人以爲兩《唐書》的記載有誤。按，《全唐文》卷二五二蘇頲《授姚元之等兼太子庶子制》云：「勅元儲者，萬國之貞，端士者，一時之選，自匪英傑，孰當調護？……必俟大臣，俾兼中庶，元之可兼左庶子，璟可兼右庶子，餘如故。」知唐人有時以「中庶子」概指左、右庶子。兩《唐書·王維傳》之「中庶子」，疑亦此義。

維集中有《和賈舍人早朝大明宫之作》，賈舍人即賈至，時爲中書舍人，嘗賦《早朝大明宫呈兩省僚友》，維此詩即其和章。又，岑參有《奉和中書賈至舍人早朝大明宮》，杜甫有《奉和賈至舍人早朝大明宮》，皆同和之作。趙殿成曰：「是時賈至爲中書舍人，杜甫爲右（應作「左」）拾遺，皆有史傳歲月可證。王維之爲中書舍人、爲給事，岑參之爲右補闕，其歲月無考，要亦當在是時，皆兩省官也。是年六月，甫貶華州司功參軍，則四詩之唱和，正在乾元元年戊戌之春中也。」按，參之爲右補闕，在至德二載六月至乾元二年二月（參見聞一多《岑嘉州繫年考證》），并非「其歲月無考」；又賈至自天寶十五載至乾元元年春官中書舍人，乾元元年春出爲汝州刺史，《早朝》詩即作于其出守之前。《舊唐書·賈至傳》曰：「至，天寶末爲中書舍人。」《新唐書·賈至傳》曰：「從玄宗幸蜀，拜起居舍人，知制誥。……歷中書舍人。至德中……」杜甫《送賈閣老出汝州》曰：「西掖（中書省）梧桐樹，空留一院陰。艱難歸故里，去住損春心。……人生五馬貴，莫受二毛侵。」此即送賈至出守汝州之作，時在乾元元年春（說詳仇注）。另「兩省」謂中書、門下省，查維本年所任官職，惟中書舍人、給事中屬「兩省」（中書舍人屬中書省，給事中屬門下省）。至原詩曰：「共沐恩波鳳池裏，朝朝染翰侍君王。」「鳳池」謂中書省，「染翰侍君王」指爲君王草詔，即任中書舍人之職；又詩曰「共沐」，可見當時同賦的人中，非止至一人爲中書舍人。考當時同賦者除維之外，尚有岑、杜，二人是時各官補闕、拾遺，則爲中書舍人者，自然非王維莫屬了。維和詩曰：「朝罷須裁五色詔，珮聲歸向鳳池頭。」「朝罷」句亦指爲君王草詔，由此益可證維是時當官中書舍人，不當爲給事中。又參和詩曰：「雞鳴紫陌曙光寒，鶯囀皇州春色闌。」知詩當作于本年春末，維遷中書舍人，即在是時。至于其官庶子，則應在本年春末之前。

維集中有《晚春嚴少尹與諸公見過》、《酬嚴少尹徐舍人見過不遇》二詩，前詩曰：「自憐黄髮暮，一倍惜年華。」知詩當爲晚年所作。嚴少尹指京兆少尹嚴武。《舊唐書·嚴武傳》：「既收長安（上年九月收長安），以武爲京兆少尹，兼御史中丞。」《新唐書·嚴武傳》：「已收長安，拜京兆少尹，坐（房）琯事，貶巴州刺史。」《通鑑》乾元元年六月：「前祭酒劉秩貶閬州刺史，京兆尹嚴武貶巴州刺史，皆琯黨也。」則維與武往來，應在本年六月之前。

杜甫《崔氏東山草堂》曰：「愛汝玉山草堂静，高秋爽氣相鮮新。……何爲西莊王給事，柴門空閉鎖松筠？」聞一多《少陵先生年譜會箋》謂，乾元元年六月，杜甫出爲華州司功參軍，是年秋，嘗自華州至藍田縣訪崔興宗、王維，此詩及《九日藍田崔氏莊》乃是時所作，「王給事」即謂王維。按，聞説是。甫此詩中之「西莊」，當指輞川莊。崔氏興宗東山草堂在玉山，《長安志》卷一六云：「藍田山在（藍田）縣東南三十里。……其山出玉，亦名玉山。」輞川莊在輞谷内，《長安志》卷一六：「輞谷在（藍田）縣南二十里。」據以上記載，可推知輞川莊在崔氏東山草堂之西，故謂曰「西莊」。那麽，謂「西莊王給事」即指王維，應當是可信的。據此，可知本年秋維已遷任給事中。

《請施莊爲寺表》云：「……又屬元聖（指肅宗）中興，群生受福，臣至庸朽，得備周行（得充朝廷之臣），無以謝生，將何答施？……伏乞施此莊爲一小寺……上報聖恩，下酬慈愛，無任懇款之至。」尋繹文意，施輞川莊爲寺，當在乾元元年維「既蒙宥罪旋復拜官」之後。又本年秋杜甫既至輞川莊訪維，則其時此莊似尚未施爲寺。疑施莊爲寺，約在本年冬。另當時甫未遇維，可見此一時期維多不在輞川。

又，《舊唐書》本傳曰：「在京師，日飯十數名僧，以玄談爲樂。齋中無所有，唯茶鐺、藥臼、經案、繩牀而已。退朝之後，焚香獨坐，以禪誦爲事。」陳貽焮《王維生平事迹初探》（見《唐詩論叢》）稱上述這段話是維復官後至卒前三、四年之間的生活寫照，甚是。王縉《進王右丞集表》云：「臣兄……縱居要劇，不忘清浄。……至于晚年，彌加進道，端坐虚室，念兹無生。」維《謝除太子中允表》云：「……穢汙殘骸，死滅餘氣，伏謁明主，豈不自愧于心？仰廁群臣，亦復何施其面！跼天內省，無地自容。……臣夙有誠願，伏願陛下中興，逆賊殄滅，臣即出家修道，極其精勤，庶裨萬一。……臣得奉佛報恩，自寬不死之痛，謹詣銀臺門冒死陳請以聞。」可見維被宥復官之後，內心甚覺愧疚，于是滋生了「奉佛報恩」思想，施寺飯僧、焚香誦經等舉動，正是在此一思想的支配之下做出來的。

乾元二年己亥（七五九），五十九歲。仍官給事中。爲沙門惠幹作進註《仁王經》表，約在是年。

是春，錢起爲藍田縣尉（説見傅璇琮《唐代詩人叢考》第四三二至四三六頁），與維有相互酬和之詩：維賦《春夜竹亭贈錢少府歸藍田》，起作《酬王維春夜竹亭贈別》；維另賦《送錢少府還藍田》，起又作《晚歸藍田酬王維給事贈別》。據上述起之和章，可推知本年春維仍官給事中。

維《左掖梨花》詩曰：「閒灑階邊草，輕隨箔外風。黄鶯弄不足，銜入未央宫。」皇甫冉同詠《和王給事維禁省梨花詠》詩曰：「巧解迎人笑，偏能亂蝶飛。春風時入户，幾片落朝衣。」「左掖」謂門下省（給事爲左掖屬官），考冉天寶十五載登第後，即官無錫尉（參見《唐代詩人叢考》第四二二至四二六頁），因此此詩不大可能作于天寶末維任給事期間，而當作于本年春維爲給事之時。

是春，作《爲相國王公紫芝木瓜讚》。相國王公即王璵。據兩《唐書》本傳及《新唐書・宰相表》載，璵乾元元年五月，拜中書侍郎、同中書門下平章事，二年三月，罷爲刑部尚書。此文云「今中書侍郎相公先生……」，又云「至乾元二年，乃畫圖以進」，故知當作于本年三月璵罷相之前。

維集中有《送韋大夫東京留守》詩，韋大夫即韋陟（陟至德年間官御史大夫）。《舊唐書・肅宗紀》載，乾元二年秋七月乙丑朔，以禮部尚書韋陟充東京留守，詩蓋即是時所作。詩曰：「給事黄門省，秋光正沉沉。壯心與身退，老病隨年侵。」據此，知本年七月維猶爲給事中。

《爲幹和尚進註仁王經表》曰：「沙門惠幹言……伏惟乾元大聖光天文武孝感皇帝陛下，高登十地，降撫九天……伏以集解《仁王般若經》十卷，謹隨表奉進，無任慚惶。」據兩《唐書・肅宗紀》載，肅宗于本年正月加尊號曰「乾元大聖光天文武孝感皇帝」，故爲惠幹作進註《仁王經》表，應是本年正月以後之事。

上元元年庚子（七六〇），六十歲。是夏，轉尚書右丞。

《門下起赦書表》曰：「伏奉制書如右。好生之德，洽于人心。奉天之時，以行春令。……伏惟乾元大聖光天文武孝感皇帝陛下……大赦戮餘之罪，益寬流宥之典。……臣等忝居門下，不任凫藻抃躍之至。」尋繹文意，此篇當是維在門下省任職時爲頒行赦書事代門下省官員所作的奏表。據表中所稱肅宗尊號，可知它當作于乾元二年正月之後。又，《新唐書·肅宗紀》曰：「上元元年三月丙子，降死罪，流以下原之。」則此表應作于本年三月，時維仍在門下省爲給事中。

《舊唐書》本傳曰：「復拜給事中，轉尚書右丞。」《新唐書》本傳曰：「久之，遷中庶子。三遷尚書右丞。」皆未明言何時轉尚書右丞。維《請迴前任一司職田粟施貧人粥狀》曰：「臣比見道路之上，凍餒之人，朝尚呻吟，暮填溝壑，陛下聖慈憐愍，煮公粥施之。……臣前任中書舍人、給事中，兩任職田，並合交納，近奉恩敕，不許併請，望將一司職田，迴與施粥之所。……仍望令劉晏分付所由訖，具數奏聞。如聖恩允許，請降墨敕。」玩「臣前」三句之意，此狀當作于維轉尚書右丞之後不久。因此如能考知此狀的寫作時間，也就可以推知維轉尚書右丞的時間。《舊唐書·劉晏傳》曰：「尋遷河南尹，時史朝義盗據東都，寄理長水。入爲京兆尹。頃之，加户部侍郎兼御史中丞，判度支。……貶通州刺史（《通鑑》上元二年建子月：「丁亥，貶晏通州刺史。」）。」據《通鑑》載，乾元二年九月洛陽陷落，河南尹李若幽寓治于陝，則晏爲河南尹，最早當在乾元二年十月之後。《通鑑》上元元年五月：「癸丑，以京兆尹南華劉晏爲户部侍郎，充度支、鑄錢、鹽鐵等使。」參照《舊唐書·劉晏傳》的記載，可知晏入爲京兆尹，應在本年五月癸丑之前不久；五月癸丑之後，晏任京兆尹兼户部侍郎等。又據狀文「仍望令劉晏」云云，可推知維作此狀時，晏正在長安任職。這也即是説，此狀的寫作，應在本年春夏間晏入爲京兆尹之後（唐時京官職田多在京、都畿，是時東都既爲史思明所據，則維之職田當在京畿，正因此，狀文中遂有「仍望令劉晏……」等語）。又《新唐書·五行志》謂本年春「饑，米斗錢千五百」；《舊唐書·肅宗紀》言自本年四月雨至閏四月末不止，「米價翔貴，人相食，餓死者委骸于路」。這些記載，與狀文首四句所云恰好相合。因此，此狀的寫作，大抵當在本年夏，維之轉尚書右丞，也即在是時。

本年十一月，作《恭懿太子輓歌五首》，説見此詩注釋。

上元二年辛丑（七六一），六十一歲。仍官尚書右丞。是年初春，河南尹嚴武至維宅訪別，人賦十韻。是春，弟縉爲蜀州刺史未還，維上《責躬薦弟表》，乞盡削己官，放歸田里，使縉得還京師。五月四日，縉新除左散騎常侍，維進上謝恩狀。七月，卒，葬于輞川。

維集中有《河南嚴尹弟見宿弊廬訪别人賦十韻》詩，河南嚴尹蓋指嚴武。武爲河南尹事，史并失載，但據岑參《使君席夜送嚴河南赴長水》、《稠桑驛喜逢嚴河南中丞便别》、《虢州南池候嚴中丞不至》等詩，可得知武曾任河南尹兼御史中丞。維此詩曰：「冠上方安豸，車邊已畫熊。……薄霜澄夜月，殘雪帶春風。」「冠上」句即謂武是時兼任御史中丞（唐御史服獬豸冠，故云）。「薄霜」二句點明武至維宅訪别時的節候——初春。至於武任河南尹之具體年份，據岑詩可知當在乾元二年夏至上元二年岑官虢州長史期間（參見拙著《岑參集校注·附録·岑參年譜》）。又《唐文拾遺》卷二二嚴武《巴州古佛龕記》云：「山南西道度支判官、衛尉少卿兼侍御史内供奉嚴武奏，臣頃牧巴州，其州南二里有前件古佛龕一所……臣幸承恩宥，馳赴闕庭，辭日奏陳，許令置額……

乾元三年四月十三日。」按，武于乾元元年六月自京兆少尹貶巴州刺史（見前），據此《記》，可知乾元三年（是年閏四月改爲上元元年）四月，武已辭巴州「赴闕庭」爲官，然尚未出爲河南尹。另，據《通鑑》載，李若幽乾元二年九月爲河南尹，後劉晏繼其任，且于上元元年五月癸丑之前不久入爲京兆尹（見前）；又《舊唐書・李光弼傳》云：「光弼自河中入朝，抗表請罪，詔釋之。光弼懇讓太尉，遂加開府儀同三司、侍中、河南尹、行營節度使。」《通鑑》上元二年：「五月，己丑，李光弼自河中入朝。」則光弼加河南尹，當在上元二年五月之後。綜上所述，武任河南尹，應在上元元年閏四月之後、上元二年五月以前。而維此詩之寫作，則當在上元二年初春。是時武已官河南尹。蓋因事入京，復欲回長水任所（時洛陽爲史朝義所據，河南府治所暫時設在長水），行前因至維宅訪别也。

維《責躬薦弟表》曰：「……臣弟蜀州刺史縉，太原五年，撫養百姓，盡心爲國，竭力守城，臣即陷在賊中，苟且延命，臣忠不如弟，一也。……臣之五短，弟之五長，加以有功，又能爲政，顧臣謬官華省，而弟遠守方州。……臣又逼近懸車，朝暮入地……弟之與臣，更相爲命，兩人又俱白首，一别恐隔黄泉。儻得同居，相視而没，泯滅之際，魂魄有依。伏乞盡削臣官，放歸田里，賜弟散職，令在朝廷。」華省，即畫省，謂尚書省，可見此表乃維官尚書右丞時所作。《新唐書》本傳曰：「三遷尚書右丞。縉爲蜀州刺史未還，維自表己有五短，縉五長；臣在省户，縉遠方。願歸所任官，放田里，使縉得還京師。議者不之罪，久乃召縉爲左散騎常侍。」此傳所言，係據維《薦弟表》，因此應當是可信的〔八〕。杜甫《和裴迪登新津寺寄王侍郎》曰：「何恨倚山木，吟詩秋葉黄。……風物悲遊子，登臨憶侍郎。」詩題下原注：「王時牧蜀。」《文苑英華》注：「即王蜀州。」《杜詩詳註》曰：「夢弼曰：王侍郎，王維弟縉也。」又曰：「鶴注：此必公暫如新津，與裴同至寺中，故有此作，當在上元元年。蜀州至成都纔百里，故可唱和也。」據此，知縉上元元年秋正官蜀州刺史。又，皇甫澈貞元中爲蜀州刺史，作《賦四相詩》并序（見《全唐詩》卷三一三），稱據《蜀州刺史廳壁記》，張柬之、鍾紹京、李峴、王縉四相，皆曾爲蜀州刺史；王縉爲蜀州刺史在李峴後。考峴刺蜀州在乾元二年五月（見《舊唐書·德宗紀》），則縉刺蜀州當在上元元年。《舊唐書·王縉傳》曰：「禄山之亂，選爲太原少尹……尋入拜國子祭酒，改鳳翔尹、秦、隴州防禦使，歷工部侍郎、左散騎常侍。」縉官蜀州刺史，當在爲工部侍郎之後、除左散騎常侍之前。維《謝弟縉新授左散騎常侍狀》曰：「右。臣之兄弟，皆迫桑榆，每至一别，恐難再見。匪躬之節，誠不顧家；臨老之年，實悲遠道。陛下……尚録前勞，仍收舊齒，使備顧問，載珥貂蟬，趨侍玉墀，從容瑣闥。不材之木，跗萼聯芳；斷行之雁，飛鳴接翼。……上元二年五月四日，通議大夫守尚書右丞臣王維狀進。」按，狀文中「臣之兄弟」四句，意同《薦弟表》中的「弟之與臣」四句；「遠道」即謂「弟遠守方州」；「斷行之雁」二句，喻己與弟遠别之後，又復相聚。玩狀文之意，縉除左散騎常侍之前，當官蜀州刺史；若縉除左散騎常侍之前官工部侍郎，則狀文中的「實悲遠道」、「斷行之雁，飛鳴接翼」等語便没有了着落。所以，又，杜甫所和裴迪原詩稱縉爲「王侍郎」，亦可證縉官蜀州刺史，當在其爲工部侍郎之後。

縉無疑是做過蜀州刺史的，其時間約在上元元年秋至二年五月之間〔九〕。至于《薦弟表》的寫作，則應在縉當了一段時間的蜀州刺史之後，即約在本年年初。

關于維之卒年，《舊唐書》本傳曰：「乾元二年七月卒。」《新唐書》本傳則云：「上元初卒，年六十一。」《右丞年譜》定維卒于本年七月，并云：「集中有《謝弟縉新授左散騎常侍狀》，其繫尾年月，乃上元二年五月四日……則新史之説爲優也。」按，斷維卒于本年，甚是。傅璇琮曰：「《佛祖歷代通載》（卷一三）已明確記載：『上元辛丑，尚書左（右？）丞王維卒。』」（《唐代詩人叢考》第一一三頁）又，據《舊唐書》本傳之記載，定維卒于七月，亦大抵近之。《舊唐書》本傳曰：「臨終之際，以縉在鳳翔，忽索筆作别縉書，又與平生親故作别書數幅，多敦厲朋友奉佛修心之旨，捨筆而絶。」《新唐書》本傳曰：「疾甚，縉在鳳翔，作書與别，又遺親故書數幅，停筆而化。」皆謂維卒時，縉不在京師，蓋是時縉尚未自蜀州還抵長安也。肅宗新授縉左散騎常侍在本年五月四日，此詔令傳至蜀州與縉收到詔令後辦理交接事宜及由蜀州還長安，須費時數月，故七月維卒時，縉尚未能還抵長安。又所謂「縉在鳳翔」，蓋指縉自蜀州還長安途中，在鳳翔停留，非謂是時縉爲鳳翔尹也。縉爲鳳翔尹在任工部侍郎之前（見前），其時間無疑當早于維卒之年〔一〇〕。

關于維死後之葬地，《新唐書》本傳曰：「母亡，表輞川第爲寺，終葬其西。」

〔一〕《右丞年譜》據《舊唐書·張九齡傳》之記載，謂九齡于開元二十三年「累封始興伯」。按，九齡封始興伯在開元二十七年，趙説誤。《唐丞相曲江張先生文集》附録「誥命」《封始興縣伯制》：「金紫光禄大夫、荆州大都督府長史、上柱國、始興縣開國子張九齡，右可封始興縣開國伯，食邑五百户。……開元二十七年七月二十二日。」

〔二〕或謂王維呼九齡爲始興公，是以郡望（或籍貫）加「公」相稱，同九齡的封爵没有直接聯繫，因此不能把王維作《獻始興公》的時間，限定在開元二十三年三月九日以後（參見楊軍《王維生平的若干問題》，載《西北師院學報》一九八六年第一期）。按，此説似是而實非，説詳拙作《王維生平五事考辨》（載《古籍整理與研究》總第三期）

〔三〕《曲江文集》附録「誥命」《充右丞相制》曰：「金紫光禄大夫、侍中、弘文館學士、上柱國、稜山縣開國男裴耀卿……可守尚書左丞相。……開元二十四年十一月二十七日。」按，唐之爵號，常以籍貫或郡望爲名，耀卿是絳州稷山人（見兩《唐書·裴守真傳》。守真，耀卿父），故知「稜」當爲「稷」字之誤。由此可證，稷山公即指裴耀卿。

〔四〕盧懷萱《王維的隱居與出仕》（載《文學遺産增刊》十三輯）説：「趙殿成引《續高僧傳》『元崇以開元末年……于輞川得右丞王公維之別業』。因此，王維隱居輞川莊可能是在他從凉州回來後出任南選前，即開元廿六到廿八這兩年内的事。」按，趙注所引，實《宋高僧傳》卷一七《元崇傳》之文。據《元崇傳》，元崇「于輞川得右丞王公維之別業」，乃「至德初」發生之事，然趙注節引此文時，却把「至德初」等幾個重要的字給删掉了。盧文不察，于是也就把至德初發生的事誤當成是開元末發生的事了。

〔五〕《唐會要》卷三八：「長安三年（七〇三）正月二十六日勑：三年之喪，自非從軍更籍者，不得輒奏請起復。」可見唐代文官在三年服喪期内必須去職。

〔六〕盧懷萱《王維的隱居與出仕》一文認爲：「《輞川集》裏所描寫的那個別墅和這首詩反映的莊園顯然是不同的兩個地方。那麽這首詩應是他喪妻時生活的寫照……喪妻正是他三十歲前後的事。」按，維三十歲前後，尚未得到輞川莊，而詩題下注語却説「時官出在輞川莊」；又三十歲左右，不得謂曰「皤然一老」，所以盧説不可信。另外，維在長達兩年的居喪期中，自己參加一些力所能及的勞動是完全可能的；又唐代官吏的職分田等，需納地租（參見《唐會要》卷九二），所以這首詩中有「薄地躬耕」、「歲晏輸税」等語。由這些話，不能證明這首詩反映的莊園和《輞川集》裏所描寫的那個別墅是不同的兩個地方。

〔七〕關于縉是時所任官職，《舊唐書·王縉傳》説是憲部侍郎兼太原少尹，《集異記》説是北都副留守，據《通鑑》載，至德二載十二月戊午，詔改憲部復爲刑部，因此縉以功「加憲部侍郎」（《舊唐書·王縉傳》），應在十二月戊午憲部改爲刑部之前；又據《通鑑》載，陷賊官被以六等定罪，是十二月戊午以後之事，所以「縉請以己官贖維之罪」時，當官刑部侍郎。另外，北都副留守與太原少尹實爲一職。唐以太原爲北都，北都副留守（時李光弼任北都留守）例當兼任太原少尹。《新唐書·百官志》：「（開元）十一年太原府亦置尹及少尹，以尹爲留守，少尹爲副留守。」

〔八〕宋吴縝《新唐書糾繆》卷一九「王維王縉兄弟」條謂，《新唐書·王維傳》所言縉嘗爲蜀州刺史及常侍事，「殆皆無之」。其主要理由爲，《新唐書・王縉傳》未嘗謂縉有入蜀及爲常侍事：「祿山亂，擢太原少尹，佐李光弼，以功加憲部侍郎，遷兵部。史朝義平（事在廣德元年正月，是時維已卒之久矣），詔宣慰河北。」按，縉爲常侍事，見于《舊唐書・王縉傳》及維《謝弟縉新授左散騎常侍狀》；爲蜀州刺史事，《舊唐書・王縉傳》雖未言及，但維《責躬薦弟表》却談到了，且又有杜甫及皇甫澈詩可爲旁證（見下），所以都應當是可信的。又，史傳中對于傳主人的仕履，往往只是擇要記録，因此顯然不能説凡傳文中未述及的仕履，都一概不可靠。譬如，《新唐書・王縉傳》所述縉之仕履，比起《舊唐書・王縉傳》所載，缺略之處就頗多；再如，兩《唐書・王維傳》所述維之仕履，亦皆有失載之處（詳本譜）。另，把《王縉傳》的記載當作標準，來否定《王維傳》中有關王縉事迹的記述的可靠性，這種方法本身並不科學。因爲紀傳體史書安排材料，往往並不把與某人有關的所有史料，統統寫入其傳中，這可以説是此類史書的一個寫作通例。所以，吴縝《糾繆》表面看來爲説甚辯，實際上却不可從。

（九）此事還牽涉到高適爲蜀州刺史的時間問題。杜甫《奉簡高三十五使君》曰：「當代論才子，如公復幾人？驊騮開道路，鷹隼出風塵。行色秋將晚，交情老更親。天涯喜相見，披豁對吾真。」仇注：「高由彭州刺蜀州，公時在蜀。《年譜》云：上元元年，間常至蜀州之青城、新津，是也。」以爲高適上元元年秋轉蜀州刺史。按，甫此詩并未言己與適「相見」于蜀州，因此據此詩絲毫不能證明是時適已「由彭州刺蜀州」。又，是年甫居成都，自成都至彭州不到一百里（較成都、蜀州間的距離爲近），甫顯然隨時都可以至彭州與適相晤。杜甫《因崔五侍御寄高彭州一絶》云：「百年已過半，秋至轉饑寒。爲問彭州牧，何時救急難？」《杜詩詳註》：「朱注：公《追酬高蜀州人日》詩考之，上元二年，高已刺蜀，此云彭州牧，必元年作也。」則上元元年秋高猶爲彭州刺史。疑上元二年五月縉除左散騎常侍後，適方繼之爲蜀州刺史。

〔一〇〕郁賢皓《唐刺史考》卷五謂乾元二年至三年，王縉爲鳳翔尹，可參閲。

六、王維集版本考

《舊唐書·王維傳》云：「代宗時，（王）縉爲宰相。代宗好文，常謂縉曰：『卿之伯氏，天寶中詩名冠代，朕嘗於諸王座聞其樂章，今有多少文集，卿可進來。』縉曰：『臣兄開元中詩百千餘篇，天寶事後，十不存一。比於中外親故間，相與編綴，都得四百餘篇。』翌日上之，帝優詔褒賞。」王縉《進王右丞集表》云：「臣縉言：中使王承華奉宣進止，令臣進亡兄故尚書右丞維文章……臣近搜求，尚慮零落，詩筆共成十卷，今且隨表奉進。」是《王維集》最初由王縉編成，共十卷，詩文凡四百餘篇。下面，擬就此集編成後的流傳情況及今存《王維集》諸本的相互關係，作一些粗略的考證。

一

《新唐書·藝文志》：「《王維集》十卷。」《崇文總目》卷五：「《王維文集》十卷。」晁公武《郡齋讀書志》卷四上：「《王維集》十卷。」諸書著録的卷數，均與王縉編本合，但内容、編次是否一致，却不得而知。又，陳振孫《直齋書録解題》卷一六云：「《王右丞集》十卷。……建昌本與蜀本次序皆不同，大抵蜀刻唐六十家集多異於他處本，而此集編次尤無倫。」謂宋時有建昌本與蜀本兩種本子。蜀本蓋即今存之宋蜀刻《王摩詰文集》（以下簡稱宋蜀本）。

此本十卷，每半頁十一行，行二十字。前有王縉進集表、代宗答詔。曾經明清著名藏書家項元汴、汪士鐘、楊紹和等收藏，後爲周叔弢所得，新中國成立後捐贈國家圖書館。上海古籍出版社有影印本。卷後有顧廣圻跋語，云：「右《王摩詰文集》十卷，每卷有二泉主人聽松風處、子京項墨林鑑賞章、宋本甲等印，第五卷有款云袁褧觀及袁氏尚之印，今藏汪氏（士鐘）藝芸書舍，與前收《讀書敏求記》所載《王右丞文集》，皆宋本而迥乎不合。」（亦見《思適齋集》卷五）此本宋諱「殷」、「貞」、「敬」等缺筆而「穀」、「苟」等不缺，版式同北宋蜀刻《李太白集》、《駱賓王集》一致，楊紹和謂即北宋刻本。楊氏《楹書隅録》卷四云：「此本乃北宋開雕，其間佳處，實建昌本所從出之源，宋槧中之最古者矣。」此本詩文混編，詩分類不分體，故直齋以爲「編次尤無倫」。卷一賦、歌、詩、讚，收詩二十四題、三十三首，賦一篇，哀辭一篇，讚二篇；又卷末在「翰林學士知制誥王涯」名下，録《獻壽辭》、《遊春辭》等七絶凡九題十五首，《太平樂》、《送春辭》等五絶凡七題十五首。卷二書、序、記、文、讚，收文二十八篇。卷三表狀、露布，收文二十篇。卷四應制、應教、唱和、酬答，收詩五十題、五十四首，又連珠詞五首。卷五寄贈、山水，收詩三十七題、四十四首。卷六山水下，收詩四十二題六十七首。卷七碑，收文五篇。卷八墓誌，收文八篇。卷九餞送、留别、遊覽，收詩八十五題、八十九首。卷一〇逆旅、雜題、哀傷，收詩五十六題、七十九首。與趙殿成注本正編相較，此集缺詩七首（《達奚侍郎夫人寇氏輓歌二首》、《恭懿太子輓歌五首》），多文一篇（《唐故京兆尹長山公韓府君墓誌銘》）。此集刻印俱精，頗有佳字，如《送梓州李使君》：「山中一夜雨，樹杪百重泉。」「夜」此本作「半」。《與工部李侍郎書》：「宿昔貴公子，常不交布衣，盡禮髦士。」「不」此本作「下」。《繡如意輪像讚》：「崇通寺尼無疑、道登等。」「通」此本作「敬」。自然，此本誤字亦甚多，然由於刊刻年代早，未經後人妄改，所以錯誤之迹往往可尋，在校勘上具有較高的參考價值。

今傳尚有一南宋麻沙刻本《王右丞文集》十卷。此本遞經季振宜、徐乾學、黄丕烈、汪士鐘、陸心源等收藏，今存日本静嘉堂文庫。《季滄葦藏書目》于「宋板書目」下著録：「《王右丞文集》十卷，二本。」錢曾《讀書敏求記》卷四云：「《王右丞文集》十卷……此刻是麻沙宋板，集中《送梓州李使君》詩，亦作『山中一半雨，樹杪萬重泉』，知此本之佳也。」顧廣圻《百宋一廛賦》曰：「王沿表進，移氣麻沙；秀句半雨，夙假齒牙。」黄丕烈注：「《王右丞文集》十卷，每半葉十一行，每行二十字不等，傳是樓（徐乾學）舊物也。……此刻是麻沙宋板，《送梓州李使君》詩，亦作『山中一半雨，樹杪萬重泉』云云。」陸心源《儀顧堂題跋》卷一〇云：「《王右丞文集》十卷，次行題曰尚書右丞贈祕書監王維，宋刊本。……宋諱有缺有不缺，南宋麻沙坊本，往往如此。卷二第十三葉之第十八行，接連卷三，其卷四、五、六、七、八、九、十仿此，亦宋本式也。卷六末有跋云：『韋蘇州詩，韻高而氣清；王右丞詩，格老而味長，雖皆五言之宗匠，然互有得失，不無優劣。以標韻觀之，右丞遠不逮蘇州，至其詞不迫切而味甚長，雖蘇州亦不及也。』凡七十餘字，爲元以後刊本所無。……惟卷六《出塞作》脱廿一字，不免白璧微瑕耳。向爲季滄葦所藏，卷中有季振宜藏書五字朱文長印，季振宜字詵兮號滄葦朱文長印；後歸徐健菴，有乾學之印白文方印，健菴二字白文方印；道光中歸黄蕘圃（丕烈），有百宋一廛朱文長印，蕘圃過眼白文方印。前有顧千里（廣圻）題語，後有黄蕘圃題語。」日本河田羆《静嘉堂祕籍志》卷一〇云：「《王右丞文集》十卷，宋刊，二本。宋麻沙刊本。徐健菴舊藏。顧氏（廣圻）手跋曰：『此麻沙宋刻王右丞詩文全集十卷，道光丙戌歲，從藝芸主人（汪士鐘）借出，影寫一部，復偏取他本，勘其得失，雖宋刻亦有誤，而不似以後之妄改，究竟爲第一也……』黄氏（丕烈）手跋曰：『此宋刻《王右丞文集》十卷，二册，頃余友陶蕴輝從都中寄來而得之者也……』……按此南宋麻沙本，每葉二十二行，每行二十字，版心有字數及刻工姓名。」此本流失海外，余作《校注》時未得寓目。後借得一此本之複印本閲讀，證明上述記述無誤。但關於此本的刊刻時地，尚需作進一步研究。日本米山寅太郎《宋版　王右丞文集　複製解題》：「可以認爲這個本子的避諱不及南宋。卷八之中的《爲相國王公紫芝木瓜讃并序》之中（第十七頁第十行），有『寄重股肱，故得太上御名祥，薦臻靈物』的部分。如在『太上御名祥』的地方填上『禎祥』兩個字（禎是仁宗諱。後世的刻本中這兩個字作『嘉瑞』），而且，把『太上』認爲是皇帝的父親的意思的話，可以認爲這個本子的刊刻時期不是南宋而是更早時期的北宋英宗到神宗時代。」（《静嘉堂稀覯書之七·宋版·王右丞文集二册》，日本雄松堂書店一九七七年版）按，《解題》以太上皇釋「太上」，然仁宗並未當過太上皇，《漢書·淮南厲王劉長傳》：「欲以親戚之意望於太上，不可得也。」師古注：「太上，天子也。」「太上御名」蓋泛指宋天子之名，據此很難確定此本的刊刻年代。有稱此本非南宋麻沙板者，傅增湘《藏園群書經眼録》卷一二云：「《王右丞文集》十卷。按此書刊工古樸，當爲南渡初鐫，雖偶有補刊之葉，亦復疏雋可喜，顧千里跋乃謂爲麻沙本，何耶！」傅熹年《參觀静嘉堂文庫札記（下）》亦云：「此書原版窄板心，無刊工。補版中，刊工名完整者有江陵、余兆、余彦、吴正、成信、杜明、阮光、官先、劉光、黄石等人。其中余彦見于南宋紹興間贛州州學刊《文選》，江陵、杜明、劉光三人見于南宋孝宗時江西刊《三朝名臣言行録》，余彦、江陵二人又見于北宋巾箱本《孟東野詩集》補版中，孟集補版以刊工綜合考之，亦補刊于江西。」又云：「值得注意的是此本與北京大學圖書館所藏北宋末刊本《孟東野詩集》在版式刊工上頗多相同。……頗疑此王集與孟集情况相同，均爲北宋末年江西所刊經南宋遞修之本。如此推測成立，則此集實爲現存王維集最古之本，其時代尚在宋蜀刻《王摩詰文集》之前。」（《書品》一九九一年第二期）按，謂此本爲江西刊本，有一定道理。但此本卷六末的跋語，係録自張戒《歲寒堂詩話》卷上；戒南宋初期人，《歲寒堂詩話》卷上曰：「乙卯冬，陳去非（與義）初見余詩……」乙卯即紹興五年（一一三五），《歲寒堂詩話》之成書，無疑當在紹興五年之後，而此本之刊刻時間，則必更後於《歲寒堂詩話》的成書年代。傅文所言刊工的年代，與《歲寒堂詩話》成書前後的年代正相合。或謂《詩話》的那一段文字，是南宋補版時加上去的，然持這一看法的人，必須首先證明卷六末的這一頁是補版。我所見此本複印本的這一頁，版心模糊，不知原本的版心是否有傅文所説的刊工姓名？爲了弄清此本與宋蜀本誰早誰晚，有必要將這兩本作一番比較。此本前六卷詩，後四卷文。卷一篇目、序次全同宋蜀本，唯削去王涯之詩。卷二、三、四篇目、序次全同宋蜀本卷四、五、六。卷五篇目、序次同宋蜀本卷九，唯附載的同詠崔興宗《留别》，此本誤作王維《留别崔興宗》。卷六篇目、序次同宋蜀本卷十，唯此本於卷末增録了《達奚侍郎夫人寇氏輓歌二首》及《恭懿太子輓歌五首》。卷七、八、九篇目、序次全同宋蜀本卷三、二、七。卷十篇目、序次同宋蜀本卷八，唯此本無《唐故京兆尹長山公韓府君墓誌銘》一文。看來，此本實源于宋蜀本，是以宋蜀本爲底子又作了如下一些更動後刊刻的：一、按照先詩後文的原則調整了各卷的序次。二、補録了七首詩。三、删除了王涯的作品。所以，此本的刊刻年代不大可能早於宋蜀本。在文字上，此本與宋蜀本既有許多相同之處，又有不少異處。如宋蜀本卷九《留别丘爲》，此本以《留别》爲詩題，丘爲爲作者姓名，甚是。估計此本在刊刻時，又曾參照過别的本子，所以它在校勘上的作用，並非宋蜀本所可替代。又，顧廣圻宋蜀本跋語云：「予讀《文獻通考》引《書録解題》云：『建昌本與蜀本次序皆不同……』乃悟題《摩詰集》者，蜀本也；題《右丞集》者，建昌本也。建昌本前六卷詩，後四卷文，自是寶應二年表進之舊，而蜀本第二以下全錯亂，故直齋以爲尤無倫也。」以爲南宋麻沙刻本，當淵源于建昌本。

今國内尚存有一南宋麻沙本之影鈔本，從中亦可窺見麻沙本的面貌。錢曾《述古堂藏書目》卷二：「《王右丞文集》十卷，二本，宋本影抄。」陳揆《稽瑞樓書目》：「《王右丞文集》十卷，述古堂影宋本，二册。」此本後歸瞿鏞，今藏國家圖書館。瞿鏞《鐵琴銅劍樓藏書目録》卷一九云：「《王右丞文集》十卷，影抄宋本。題尚書右丞贈祕書監王維撰，前有寶應二年弟縉進集表及答詔。其書編次，分類不分體，舊爲述古堂藏本，遵王氏（錢曾）爲（謂）出宋時麻沙本，而『山中一半雨』不作『一夜雨』，足徵其本之佳。卷首有牧翁（錢謙益）題記云：『《王右丞集》，宋刻僅見此本。考《英華辨證》字句與此互異，彼所云集本者，此又不載。信知右丞集好本，良不易得也。』」此本分卷、篇目、序次全同麻沙本，卷六末，亦有録自《歲寒堂詩話》的一段跋語。麻沙本之版式爲半葉十一行，每行十七字至二十字不等，此本爲半葉十一行，每行定爲十八字。兩本之文字亦同，如前述《爲相國王公紫芝木瓜讚并序》麻沙本作「故得太上御名祥薦臻」，此本亦然。兩本文字偶亦有異處，多係抄者抄寫時隨手改易。如《田家》麻沙本作「柴車駕羸牸，草屩牧豪稀。……住處名愚谷，何煩問是非。豪，杭本膏。」述古堂本「㹀」作「牸」，「稀」作「豨」，「是非」下亦有四字注語。按，牸，母牛，「㹀」即「牸」之譌字；豪豨，壯豬，作「稀」誤，這當是抄寫時發現錯字隨手加以改正。《青龍寺曇壁上人兄院集》序麻沙本作「吾兄天開蔭中，朝一本作明徹獨一本作物外。」述古堂本同，唯第二句作「朝一作明徹物外」，蓋作「獨」非是，故抄寫時改作「物」。《春過賀遂員外藥園》麻沙本作「前年槿籬故，今作藥欄成。……柘漿菰米飰，蒟醬露葵羹。」述古堂本「故」作「外」，「柘」作「蔗」，「飰」作「飯」。按，「柘」通「蔗」，「飰」同「飯」，這是抄寫時改爲通行字，作「外」則可能據王集别的本子加以改動（元刊本正作「外」）。《丁寓田家有贈》麻沙本作：「君心尚幽隱，久欲傍歸路。……陰盡一本作陰晝小苑城，微明渭川樹。」述古堂本「幽隱」作「棲隱」，「陰盡」下無注語。按，幽隱、棲隱意同，都指隱居，這可能是抄寫時以同義詞替代，也可能是據他本作的改動，而注語則可能是抄寫時遺漏了。總之，兩本異處很少，説述古堂本是麻沙本的影抄本，還是可以的。

《鐵琴銅劍樓藏書目録》卷一九云：「《王摩詰集》十卷，校宋本。此傳録義門何氏（何焯）校本，卷後有題記云：『《摩詰集》，先借毛斧季十丈宋槧影寫本，屬道林叔校過。康熙己亥又借退谷前輩從東海相國架上宋槧本手抄者再校此集，庶可傳信矣。』」按此本今藏國家圖書館，上有鐵琴銅劍樓印，所云何焯題記書於卷六末。此係一墨筆鈔本，每半頁十行，行十八字。此本分卷、篇目及序次皆同明十卷本（見後），唯卷十有脱葉（所缺之文，即《唐故京兆尹長山公韓府君墓誌銘》）。值得注意的是，何氏曾兩次用此本與宋槧影鈔本對校，所得異文，俱以朱筆直書於行旁（因俱用朱筆書寫，故前後兩次校勘的異文，已無從區分）。關於何校所據本的來源，《楹書隅録》卷四云：「惟義門跋但謂借毛斧季宋槧影寫本及退谷前輩從東海相國架上宋槧手抄者校過，其爲蜀與建昌，殊未之及。……且東海相國者，健菴司寇之弟立齋（徐乾學之弟元文，號立齋，官至文華殿大學士）先生也。《百宋一廛賦》注云『傳是樓舊物』，則所據之宋槧，仍即遵王藏本耳。」謂康熙己亥所校之本，乃係據南宋麻沙本手抄者。考此本卷四《留别丘爲》，朱筆所改，同於述古堂鈔本，可證楊説不誤。又，從毛斧季那裏借來的宋槧影寫本又是什麽本子？斧季名扆，汲古閣主人毛晋之子。毛扆《汲古閣珍藏祕本書目》著録：「《王右丞文集》，四本，影宋板，精抄。」依顧廣圻之説，此本當屬建昌本系統。又《天禄琳琅書目》卷四云：「《王摩詰文集》，一函四册。唐王維著，十卷。前維弟縉進書表、代宗答詔。……此書前後無序，未審爲宋代何時刊本。自元明以來，刻維集者甚多，今得此影鈔，以留宋槧面目，亦超出於諸家之上矣。琴川毛氏鈔本。」琴川毛氏指毛晋，晋常熟人，琴川即常熟之别稱。據《天禄琳琅》的記述和顧氏之説，此本應屬蜀本系統。這樣看來，毛氏曾有過兩種不同的影宋鈔本。那麽何氏所借，究竟屬哪一種呢？考何義門鈔本卷十的脱葉，有以朱筆抄補的《唐故京兆尹長山公韓府君墓誌銘》一文，此文述古堂鈔本無，而宋蜀本有，文字與何氏所抄補的相合，因此，何氏所借，應是一個宋蜀刻的影寫本。

下面，介紹幾種出自南宋麻沙本的不分體詩集本：

《須溪先生校本唐王右丞集》六卷（以下簡稱元本），元刊本。每半葉八行，行二十字。止詩六卷，無文，上有劉須溪（辰翁，字會孟，號須溪，南宋末年人）評點。上海涵芬樓、國家圖書館均有藏本。又《四部叢刊》有影印本。陸心源《儀顧堂題跋》卷一〇云：「《須溪先生校本唐王右丞集》六卷，題曰唐尚書右丞贈祕書監王維，元刊本。……卷五《送梓州李使君》『山中一半雨，樹杪百重泉』，不作『山中一夜雨』，與宋本同，卷六《出塞作》『暮雲空磧時驅』下，脱『馬秋日平原好射雕護羌校尉朝乘障破虜將軍夜渡』二十一字，蓋亦從宋麻沙本出耳。」按此本的分卷、收詩篇目及序次，全同述古堂鈔本前六卷，可證陸説不誤。不過，此本文字，與述古堂鈔本又不盡相同，證明須溪先生在編輯時確實曾作過校勘。

《唐王右丞詩劉須溪校本》六卷，每半葉十行，行二十字。書藏國家圖書館。書前《重刊唐王右丞詩集序》云：「詩凡六卷……劉須溪蓋嘗校之。宋元舊刻，歲遠不存，近刻于蜀，字劃頗舛誤脱落，夔以督鹺分司，迎鑾公暇，特加披閱，粗爲辨正。遂出俸資之餘，令善小楷者書之，鏤人翻刻如本。……弘治甲子（一五〇四）四月之望廣信呂夔爲之序。」此本的分卷、收詩篇目及序次全同元本，文字上同元本的歧異也極少。又，《王摩詰集》六卷，明刻本。每半葉九行，行二十字。各卷前均署「須溪劉辰翁評點」，爲合刻劉須溪點校書九種之一。書藏國家圖書館。此本分卷、收詩篇目、序次全同元本，文字亦與元本大抵一致。

《唐王右丞詩集注説》六卷，句吴顧可久註説，附劉須溪評點。每半頁九行，行十七字。卷首有《新刻王右丞詩集註説序》，署「嘉靖庚申（一五六〇）夏六月江陰張衮撰」。書中又有「嘉靖己未歲（一五五九）季冬月幾望洞易書院梓行」的牌記。書藏國家圖書館。此本各卷的篇目及序次皆同元本，也是屬於須溪本的系統。又，《唐王右丞詩集》六卷，明顧可久註，萬曆十八年（一五九〇）吴氏漱玉齋刊本。藏國家圖書館。此本爲洞易書院刊本的覆刻本。

以上爲不分體詩文全集本與詩集本。

二

下面談明人重編的分體詩文全集本和詩集本。

《王摩詰集》十卷（以下簡稱明十卷本），明刊本。每半頁十行，行十八字。卷首有王縉進集表、代宗答詔。無序跋，不著刊書年月及刊刻者姓名。書藏國家圖書館、北京大學圖書館。此本前六卷詩，後四卷文。詩分體，卷一、二五古，卷三七古，卷四五律，卷五五言排律，卷六七律、五絶、七絶。此本收詩，較述古堂鈔本少二首：《資聖寺送甘二》、《歎白髮》（七絶）。又《留别崔興宗》，此本以《留别》爲詩題，崔興宗爲作者姓名。另宋蜀本所載王涯詩，麻沙本已删去，此本又悉收入。表面看來，此本詩歌分體編排，序次多與述古堂鈔本異，然經過仔細比較，却可發現，此本前六卷的序次，同述古堂鈔本有很密切的關係。例如，此本卷一、二五古部分的序次，即與述古堂鈔本全書五古的序次相同。其他各體的序次也是如此，只有少數幾首詩的序次例外。可以説，此本的編者，是拿了麻沙本或一個與麻沙本非常接近的不分體本，由卷一至卷六，依原順序將各體分别抄出，編成新的分體本的。又此本後四卷，收文的篇目和序次，俱與述古堂鈔本後四卷同，只是此本卷八之末，多《皇甫岳寫真讚》、《裴右丞寫真讚》、《宋進馬哀辭》三文（此三文述古堂鈔本皆編在卷一），又述古堂本卷二《連珠詞五首》，此本未收，另卷十多《唐故京兆尹長山公韓府君墓誌銘》一文。綜上所述，此本當是根據麻沙本或一個與麻沙本很接近的本子改編的。在文字上，此本與宋蜀本、述古堂鈔本、元本大抵各有同異，説明改編此集時，編者曾參考各本，對文字作過一些校訂。不過有一點頗令人遺憾，那就是上述宋元舊本詩題下的一些注語，此本大都給删去了。

如前所述，此本無刊刻年月，故關於它的年代，版本學家們有不同的説法。邵懿辰《四庫簡明目録標注》著録王維集有「明正德仿宋本，十卷，無注，二十行十八字」，指的就是這一本子。北大圖書館所藏此本，函内亦夾有「明正德仿宋刊本」的藏簽。又《西諦書目》集部著録：「《王摩詰集》十卷，明嘉靖刊本，四册。」余以鄭氏著録的這一嘉靖本（今藏國家圖書館），同明十卷本對勘，發現二者都是用同一書板刷印的。國家圖書館藏有一種行款與此本相同的明刊《高常侍集》，上有鄭振鐸跋，云：「高適集，有明活字板本，凡八卷……曾在北京隆福寺修綆堂架上，見有明正德、嘉靖間覆宋刻本一部，亦是十卷，有詩，有文。一時匆促，未及購之。今天是夏曆戊戌元旦，偕趙萬里君遊廠甸，偶憶及此書，因亟往修綆堂取之歸。……一九五七年夏，曾在藻玉堂取得一部明正德刻本《王昌齡集》，凡三卷。每半頁十行，行十八字，與此本正同。聞正德時曾刻王、高、孟、岑四集，惜予僅得王、高二集。頗疑此種十行十八字盛唐人集，當不止是四家，且似不限於盛唐一代，朱警刻的《唐百家詩集》，亦是十行十八字，疑均出於南宋的書棚本。」可見明代刻的十行十八字的唐人詩集，非止《王摩詰集》一種。這些集子的刊刻年代雖不易確斷，但大抵當在正德、嘉靖間則無問題。

《王摩詰集》十卷，明刊本。每半頁十行，行十八字。卷首有王縉進集表、代宗答詔。無序跋，不著刊刻年月及刻書人姓名。今藏北京大學圖書館。此本書名、行款、分卷、篇目、序次及文字全同明十卷本，唯字體稍異，是明十卷本的一個忠實覆刻本。又，國家圖書館藏有兩種明刻《王摩詰集》，皆六卷，十行十八字，有詩無文。細察這兩種本子，可知原來是利用前兩種本子前六卷的板片刷印的。

《王摩詰集》十卷，明刊《唐十二家詩》本。每半頁十行，行十八字。卷首有王縉進集表、代宗答詔。現藏北京大學圖書館。此本書名、行款、分卷、篇目、序次、文字全同前面介紹過的兩種明刻分體十卷本。此種《唐十二家詩》，凡四十九卷，十六册。無刊書年月及刊刻者姓名。卷首有墨筆抄補總目，迻録如下：《王摩詰集》十卷（四册）。《宋之問集》二卷（一册）。《孟浩然集》四卷（一册）。《盧照鄰集》二卷（一册）。《駱賓王集》二卷（一册）。《高常侍集》十卷（二册）。《陳伯玉集》二卷。《杜審言集》二卷（以上二集合一册）。《沈雲卿集》三卷（一册）。《岑嘉州集》八卷（二册半）。《王勃集》二卷。《楊炯集》二卷（以上二集合一册半）。各集均十行十八字，板式亦同，唯一的差異是：王、孟、高、岑四集板心無魚尾，其他八集則有單魚尾。除抄補總目外，卷内無任何《唐十二家詩》之標誌，故可分可合，合之爲《唐十二家詩》，分之可作别集單行。十二家集中，有的是據正德、嘉靖間的十行十八字本唐人詩集翻刻的，有的則是利用這些詩集的舊板重印的，所以卷内無《唐十二家詩》之標誌。

張允亮《故宫善本書目》著録：「《唐十二家詩集》，四十九卷，二十册。不著編者名氏。明正德刻本。」又《西諦書目》集部著録：「《十二家唐詩》，存四十四卷，明刊本，八册。」細目列各集卷數，俱同北大藏本《唐十二家詩》（其中《王摩詰集》僅存後五卷），唯十二家之序次，與《唐十二家詩》異。這兩種十二家詩皆四十九卷，與北大藏本《唐十二家詩》無疑應屬同一系統。

《王摩詰集》二卷，明張遜業輯校《十二家唐詩》本。嘉靖三十一年（一五五二）江都黄埻刊。每半頁九行，行十九字。現藏國家圖書館。此本十二家之序次爲：王勃、楊炯、陳子昂、駱賓王、盧照鄰、杜審言、沈佺期、宋之問、孟浩然、王維、高適、岑參。各集一律分上、下二卷，止録詩賦，分體。各卷前均署「永嘉張遜業有功校正，江都黄埻子篤梓行」，各頁上書口皆刻「東壁圖書府」五字。《王勃集》前有張遜業撰《王勃集序》，末署「時嘉靖壬子歲（一五五二）秋日」。其它各集無序。此本書名、篇目、序次、文字俱與明十卷本、北大藏《唐十二家詩》本同，唯分卷有異。此本將明十卷本、《唐十二家詩》本原一至三卷的賦和古體詩歸併爲卷上，四至六卷的近體詩歸併爲卷下；又把原卷六的七律，移到五律後、五言排律前。但各體中諸詩的序次，皆未更動。根據以上情況，不難推知，此本當是據明十卷本或《唐十二家詩》本改編的。

《王維集》一卷，明萬曆十二年（一五八四）楊一統刊《唐十二家詩》本。每半頁九行，行二十字。現藏北京大學圖書館。此集十二家之序次爲：王（勃）、楊、盧、駱、陳、杜、沈、宋、孟、王（維）、高、岑，同張遜業本稍異。各集皆一卷，分體。《王勃集》前有合肥黄道日序、東郡孫仲逸序、楊一統自序。孫仲逸《刻唐十二家詩序》曰：「都有唐諸作而雋之，則兹集數人爲首。今海内人士，不翅沈酣枕藉之，故江都之刻（即張遜業本），不數載已復初木。余友人楊允大（一統）再刊于白下，而校加精焉，屬不佞序之首簡。……萬曆甲申（一五八四）玄提月。」知此集是以張遜業本爲底子，經校勘後刊刻的。卷首《唐詩十二名家叙略》，稱此書的校勘，由楊一統、孫伯履、丘陵、孫仲逸、李本芳分别擔負，其中《王維集》的校者爲孫仲逸。此本雖不分卷，然收詩的篇目、序次俱同張遜業本，文字亦與張本大抵一致。

《王摩詰集》二卷，明萬曆三十一年（一六〇三）許自昌刊《前唐十二家詩》本。每半頁九行，行十九字。書藏北京大學圖書館。此本《王勃集》前有《新刻前唐十二家詩叙》，末署「萬曆癸卯（一六〇三）孟夏長洲許自昌書」，又各卷前均署「明長洲許自昌玄祐甫校」。此本十二家之序次同楊一統本，書名、行款、分卷、篇目、序次、文字則同張遜業本，當是據張本翻刻的。

《王摩詰集》二卷，明鄭能重刊《前唐十二家詩》本。每半頁九行，行十九字。王重民《中國善本書提要》著録，美國國會圖書館藏有兩種鄭能刊《前唐十二家詩》，皆九行十九字，題「晋安鄭能拙卿重鐫」，俱録有萬曆三十一年許自昌序。其中一種，卷末多一牌記，云「閩城琅嬛齋板，坊間不許重刻」。按，國家圖書館藏有一此書之殘本，僅存孟、王、高、岑四集（國家圖書館善本室目録署作《唐四家詩》，非是），各集卷首均署「晋安鄭能拙卿重鐫」，岑集卷末且有「閩城琅嬛齋板……」的牌記。此本無刊刻年月，書名、行款、分卷、篇目、序次、文字皆同許自昌本，又録有許序，係據許本翻刻無疑。

《王摩詰集》六卷，明嘉靖十六年（一五三七）陳鳳等刻，與《孟浩然集》合刊。每半頁十行，行十八字。原爲鄭振鐸藏書，今存國家圖書館。此集卷首有南陽府推官陳鳳撰《刻王孟集序》，云：「寅長屠公出貲爲倡刻置郡齋，别駕胡景顔氏、竇汝成氏咸樂相焉，乃命郡博士吴定甫視其役，命鳳紀其成。王集凡六卷，孟集四卷，爲板二百，適有餽蘇刻者，遂取以即工，故其精倍他刻云。皇明嘉靖丁酉（一五三七）秋七月十有九日。」序後有王縉進集表、代宗答詔。此本有詩無文，分卷、篇目、序次全同明十卷本前六卷，文字亦與明十卷本大抵一致，二者無疑當屬同一系統。

《王右丞詩集》二卷，清康熙三十四年（一六九五）汪立名刻《唐四家詩》本。每半頁十行，行十九字。現藏國家圖書館。此集卷首有尤侗《唐四家詩序》，又有汪立名自序，末署「康熙乙亥（一六九五）長至後十日天都汪立名西亭書」。「四家」即王維、孟浩然、韋應物、柳宗元。此本上、下二卷，分體。卷上五古、七古，卷下五律、五言排律、七律、五絶、七絶。除賦一篇不録外，其餘篇目、序次俱同明十卷本前六卷，當是據其改編刊刻的。

《王右丞集》六卷，清項氏玉淵堂刊本。首頁署「依宋版重刊」、「項氏玉淵堂」。卷前有王縉進集表、代宗答詔。每半頁十一行，行二十一字。現藏國家圖書館。此本分卷、篇目、序次全同明十卷本前六卷，文字上也無多少歧異，蓋據明十卷本重刊無疑。

《王摩詰集》六卷，明銅活字本。無刊刻年月及刻書人姓名。每半頁九行，行十七字。書藏國家圖書館。《中國版刻圖録》於明銅活字本《岑嘉州集》下云：「銅活字本唐人集，傳世頗罕，前人多誤認爲宋刻本。原書面目，已不可考。范氏天一閣藏三十四家，北京圖書館藏四十六家。觀字體紙墨，疑弘（治）、正（德）間蘇州地區印本。」岑集行款同此本，二書之刊印年代或大體接近。此本有詩無文，分體，卷一、二五古，卷三七古，卷四五律，卷五五排，卷六七律、五絶、七絶。收詩較明十卷本前六卷多《資聖寺送甘二》一首，少《遊春曲二首》之一、《太平樂二首》、《遊春辭二首》、《閨人春思》、《贈遠二首》等八首（這八首是被麻沙本删去的王涯詩）。又明十卷本五古中《送康太守》、《送權二》、《早入滎陽界》、《鄭霍二山人》四首，此本編入五排，《崔録事》、《成文學》二首，此本編入五律。此本序次，基本同明十卷本，僅個别地方有歧異。又文字亦基本同明十卷本，如《送梓州李使君》詩，二本皆作「山中一夜雨」。綜上所述，此本當是同明十卷本很接近的又一個源出於宋本的明分體詩集本。

三

最後，介紹幾種明清人重編校刻的異於上述兩個版本系統的本子。

《類箋唐王右丞集》（簡稱奇字齋本），明顧起經編。《詩集》十卷，有顧起經注；《文集》四卷，無注；又《右丞詩畫評》、《唐諸家同詠集》、《唐諸家題贈集》、《右丞年譜》、《外編》各一卷。前有顧起經序，序後署「嘉靖卅四年（一五五五）涂月白分錫（山）武陵家墅刻」。卷首有「無錫顧氏奇字齋開局氏里」，詳記參預校刻之事者的姓氏，其下題「自嘉靖三十四年十二月望授鋟，至三十五年六月朔完局」。每半頁九行，行十八字。現藏國家圖書館、北京大學圖書館。此書《詩集》先分體，後分類，卷一、二五古，卷三七古，卷四、五五律，卷六、七五排，卷八七律，卷九五絶，卷十七絶。卷首

《凡例》云：「是集舊本係六卷，秪分古、律、排、絶體，今析爲十卷，類爲五十四。」篇目全同明十卷本，而序次則俱與他本異。《文集》依賦、表、狀、露布、書、序、記、讚、碑墓志、哀詞、祭文的順序編次，篇目亦同明十卷本（唯缺《長山公韓府君墓誌銘》一文），序次則與之異。又《凡例》云：「宋本、川本、吴本、廣信本、揚州本、劉校本六家刻，題篇各別，如《文粹》、《英華》、《英靈》、《友議》、《本事詩》、《樂府集》、《萬首絶句》、《唐詩紀事》、《合壁事類》、《唫窗雜録》……凡二十家，多紀公詩，具列異同，兼述訓解，今孅用互訂，内字未妥，即以諸家校，其善者而從之。」知此集是一個彙採衆書之長的綜合性校本。不過，顧氏校此集時，還是曾選用某一個本子爲底本的。由以下種種情況判斷，這個底本應是一個同明十卷本十分接近的本子：（一）此本篇目及詩歌各體間的順序均同明十卷本。（二）此本文字同于明十卷本之處較同于他本之處爲多。（三）凡明十卷本未收的作品，此本俱録入《外編》。如《資聖寺送甘二》、《歎白髮》（七絶）、《奉和聖製聖札賜宰臣連珠詞五首應制》，均載于宋蜀本、述古堂鈔本、元本，無疑係王維所作，但因明十卷本不載，此本即録入《外編》。此本立《外編》一卷，在諸本中是獨樹一幟的。《外編》收詩十七首、文四篇，其中有的録自明十卷本以外的本子，如《淮陰夜宿二首》等五首，此本注云：「宋本作公詩。」則係録自宋本者。然今存的宋蜀本、麻沙本皆不載這五首詩，可見顧氏所見的宋本，與今傳的宋本不同。有的採自《雲溪友議》、《文苑英華》、《萬首唐人絶句》、《詩人玉屑》、《冷齋夜話》、《唐詩品彙》等書。這些作品中，有的可確斷爲王維所作，如《送孟六歸襄陽》、《相思》、《失題》等；有的則顯然不是王維的作品，如《淮陰夜宿二首》、《冬夜寓直麟閣》、《感興》等。

《王摩詰詩集》七卷，明凌濛初刊朱墨二色套印本。有劉須溪評，又附姑蘇顧璘評。每半頁八行，行十九字。現藏國家圖書館。此本無刊刻年月，分體，五古、七古、五律、七律、五排、五絶、七絶各一卷。收詩篇目較明十卷本、奇字齋本正集多《過太乙觀賈生房》、《相思》、《山中》、《書事》、《失題》五首（此五首皆載奇字齋本《外編》），少《春日直門下省早朝》、《口號又示裴迪》二首。卷後有凌濛初跋，云：「今劉本止七卷，考縉表云詩筆十卷，豈并文賦他作之類爲十耶？兹卷悉因劉從所校也，文賦諸篇，劉無評語，及餘人和章，劉本所無，故俱不贅及。」謂此本承襲劉本。按，今傳劉須溪校本，皆六卷，不分體，載有「餘人和章」，文字又多與此本異，故此本當非據今傳劉本翻刻無疑，或當時别有一七卷之須溪評本耶？又，此本序次多異於他本，文字與上述諸本也各有不同之處，且存在一些諸本皆同、此本獨異的情況。如《宿鄭州》：「朝與周人辭，暮投鄭人宿。」下一「人」字此本獨作「地」。《故人張諲工詩善易卜兼能丹青草隸頃以詩見贈聊獲酬之》：「屏風誤點惑孫郎，團扇草書輕内史。」「輕」此本獨作「驚」。不過，此本文字上同于奇字齋本之處較同于他本之處爲多，且有一部分詩歌的序次與奇字齋本同（七律的序次全同奇字齋本，五律的序次有部分同奇字齋本）。據以上情況推斷，此本恐怕也是一個曾參考過各種不同本子的綜合性校本。

《王右丞集箋注》二十八卷,《附録》二卷,清趙殿成注,乾隆二年(一七三七)趙氏刻本。每半頁十行,行二十字。此本詩歌部分,用劉須溪本、奇字齋本、顧可久本、凌濛初本互校。四本之中,趙氏以爲須溪本最善,故多從之。然趙氏所見須溪本非元刊,《箋注例略》云:「同時詩人唱和,須溪本作夾行細書,附録于本詩之後。」今傳元刊須溪本附載他人唱和之什,皆作大字書,與維本人之詩無異,故知趙氏所見者非元刊。此外,趙氏又廣求唐、宋、元、明人的各種詩文總集、選集、詩話、筆記等有關資料,以爲校勘之助。此書前十五卷詩,後十三卷文。詩分體,序次多與他本異。《箋注例略》云:「是編自十四卷以前之詩,皆須溪本所有者。……其别本所增及他籍互見者,另爲《外編》一卷。」是集卷一五《外編》,收詩凡四十七首。其中《遊春曲二首》、《獻壽辭》等三十首(皆王涯、張仲素詩)載于明十卷本、奇字齋本正集、凌濛初本,《淮陰夜宿二首》、《相思》等十五首見于奇字齋本《外編》。另外,又據《詩雋類函》、《唐詩類苑》補入《賦得秋日懸清光》一首,據《事文類聚》補入《疑夢》一首。趙氏用以互校的四種本子中,唯奇字齋本有文,《箋注例略》云:「詩集多有他本可校,文集自武陵本(即奇字齋本)外,餘皆缺如也。」是故此書文集的篇目、序次、文字,多同奇字齋本,「惟《送晁監還日本國序》拔置詩前,以相繫屬」(《箋注例略》);又據須溪本補入了《連珠詞五首》,據《文苑英華》增録了《宫門誤不下鍵判》一篇。又卷二八録《畫學祕訣》一篇、《石刻二則》。此三文諸本皆不載,僅《石刻二則》見於奇字齋本《外編》,故《四庫提要》卷二九云:「集外之詩,既爲《外編》；其論畫諸篇亦集外之文，疑以傳疑者，而混於文集，不復分别，體例亦未畫一。」此書文集部分，趙氏以意考證，糾正奇字齋本之誤字六十有六，然因僅據這一個本子，未得他本對校，所以集中存在的差謬之處尚多。又奇字齋本缺《長山公韓府君墓誌銘》一篇，此書亦未能從他本補録。

《王維詩》四卷，《全唐詩》本。此本分體，卷一五古、七古，卷二五律，卷三五排，卷四七律、五絶、七絶。收詩篇目較述古堂鈔本、元本少《留别崔興宗》一首，多《過太乙觀賈生房》、《送孟六歸襄陽》、《東溪翫月》、《相思》、《書事》、《闕題二首》（其一即《山中》，其二係僞詩）、《伊州歌》（即《失題》，以上除《闕題二首》其二外，其餘皆載於奇字齋本《外編》）、《賦得秋日懸清光》、《疑夢》等十首。至于序次，則變動甚大，與舊本皆異。我們知道，清康熙時編纂的《全唐詩》，是以季振宜《全唐詩》、胡震亨《唐音統籤》兩書爲基礎增訂而成的。御製《全唐詩序》云：「朕兹發内府所有《全唐詩》，命諸詞臣合《唐音統籤》諸編，參互校勘，蒐補缺遺，略去初、盛、中、晚之名，一依時代分置次第。」季氏是大藏書家，其《全唐詩》以著名學者錢謙益彙集的《唐詩》殘稿爲基礎編成，而錢氏之書的初、盛唐部分，又承繼了明吴琯等編刻的《唐詩紀》的成果。吴琯《刻唐詩紀凡例》云：「是編多本人原集或金石遺文。」又云：「是編校訂，先主宋版諸書，以逮善本。有誤斯考，可據則從，其疑仍闕，不敢臆斷，以俟明者。」可見編者在搜求善本和校勘上是下過不少功夫的。又胡氏學問淵博，家富藏書，其編《統籤》，在資料的搜輯和校勘上，也用功甚深。《全唐詩》的編纂，除以質量較高的季、胡兩書爲前資外，還參校過其他一些善本，《全唐詩凡例》云：「詩集有善本可校者，詳加校定。如善本難覓，仍照《全唐》、《統籤》舊本，以俟考正。」所以，這個本子無疑也是一個綜合性校本。此本在校定時，能注意吸取各本之長。如宋蜀本、麻沙本、元本詩題下的注語，此本都保留了。又如，此本從宋蜀本、明十卷本删去《留别崔興宗》一首，從麻沙本、元本删去王涯、張仲素詩三十首，皆極是。此本文字，大抵不主一本，擇善而從。又在字、句下注出不少異文，故校勘上具有參考的價值。

《王維文》，四卷，《全唐文》本。此書清嘉慶年間編，收文較趙注本少《送衡嶽瑗公南歸詩序》、《宋進馬哀辭》二篇，多《長山公韓府君墓誌銘》、《代陳司徒謝敕賜麟德殿宴百僚詩序表》、《招素上人彈琴簡》三篇。《全唐文凡例》云：「詩序已見《全唐詩》者……不更復登。」《送衡嶽瑗公南歸詩序》、《宋進馬哀辭》皆見于《全唐詩》，故此書不録。增收的三篇文章中，第一篇見于宋蜀本、明十卷本，其餘二篇各本俱未收録。不過《代陳司徒謝敕賜麟德殿宴百僚詩序表》一篇，實非王維所作。《全唐文》除録入别集以及總集中的唐文外，又廣泛蒐輯散見于《永樂大典》、金石碑板、史子雜記中的唐文，故收載的作品數量，較唐人的别集爲多。此本的序次、文字，同各本都不盡一樣。《全唐文凡例》云：「文字異同，碑碣以石本爲據，餘則擇其文義優者從之，若文義兩可，則著明一作某字存證。」知此本曾作過校勘，並在字、句下注異文，因此具有一定的參考價值。

中國古典文學基本叢書

王維集校注（典藏本）

中册

〔唐〕王　維　撰
陳鐵民　校注

中華書局

王維集校注卷五

編年詩（輞川之什）

輞川集并序〔一〕

余别業在輞川山谷，其遊止有孟城坳、華子岡、文杏館、斤竹嶺、鹿柴、木蘭柴、茱萸沜、宫槐陌、臨湖亭、南垞、欹湖、柳浪、欒家瀨、金屑泉、白石灘、北垞、竹里館、辛夷塢、漆園、椒園等〔二〕，與裴迪閒暇各賦絶句云爾〔三〕。

孟城坳〔四〕

新家孟城口，古木餘衰柳。來者復爲誰？空悲昔人有〔五〕。

〔一〕輞川：王維的别業，在陝西藍田南輞谷内。《長安志》卷一六：「輞谷在（藍田）縣南二十里。」「清源寺在縣南輞谷内，唐王維母奉佛山居，營草堂精舍，維表乞施爲寺焉。」輞谷是一條長二十餘華里、多數地段寬約二百至五百公尺的峽谷，呈西北、東南走向，其北口即嶢山之口，在藍田縣城南八華里。谷中有一條輞水（又稱輞谷水）流貫。《長安志》卷一六：「輞谷水出南山輞谷，北流入灞水。」輞川之「川」，大抵爲平川之意，蓋係沿輞水而形成的一道山中平川，故稱輞川。王維輞川别業地處輞谷南端，原爲宋之問藍田别業，後維得之，復加營治。李肇《唐國史補》卷上：「王維……得宋之問輞川别業，山水勝絶，今清源寺是也。」《舊唐書·王維傳》：「維……得宋之問藍田别墅，在輞口，輞水周於舍下，别漲竹洲花塢，與道友裴迪浮舟往來，彈琴賦詩，嘯詠終日。嘗聚其田園所爲詩，號《輞川集》。」《輞川集》爲王維與裴迪歌詠輞川之五絶（各二十首）的合集。王維得輞川别業在天寶初，自得别業至天寶十五載陷賊前，他每每在公餘閒暇或休假期間回輞川小憩（説見《年譜》），他寫的與輞川有關的詩歌皆作于此期間，具體年代則難以確切考定。現將王維寫的與輞川有關的詩歌編排在一起（即本書卷五），以便于讀者瞭解王維在輞川的隱逸生活和詩歌創作。

〔二〕木蘭柴，宋蜀本「柴」作「花」。下同。

〔三〕裴迪：《唐詩品彙》卷首《詩人爵里詳節》：「裴迪，關中人。」行十。孟浩然有《從張丞相游紀南城獵戲贈裴迪張參軍》詩，據此詩可知迪開元末年曾居張九齡荆州幕府，然孟集宋本「迪」作「迴」，則此説又未必能成立。《唐詩紀事》卷一六曰：「迪初與王維、興宗俱居終南。天寶後，爲蜀州刺史，與杜甫友善。」按，杜集中有《和裴迪登新津寺寄王侍郎》（新津爲蜀州屬縣）、《和裴迪登蜀州東亭送客逢早梅相憶見寄》詩，仇注皆繫於上元元年，故迪入蜀爲官（《紀事》謂爲蜀州刺史，疑非是），當是安史亂後之事。又，李頎《聖善閣送裴迪入京》曰：「舊託含香署，雲霄何足難！」「含香署」謂郎署，據此，知迪嘗爲尚書郎。又，《唐語林》卷二：「長安菩薩寺僧弘道，天寶末，見王右丞爲賊所囚于經藏院，與左丞裴迪密往還。」按，此條記載不可信，維陷賊後被拘于洛陽菩提寺，而非長安菩薩寺，維陷賊前官給事中，而非右丞，裴迪時未居官，而非任左丞，參見《菩提寺禁裴迪來相看》詩注釋。另，《新唐書·宰相世系表一上》有裴迪，爲任城尉裴回侄輩，據王維《裴回墓誌銘》，回之生卒年爲七〇五—七四三，則其侄輩，生活時代當與王維不相及；然趙超《新唐書宰相世系表集校》卷一據《唐代墓誌彙編》大曆〇七八《裴适墓誌》，謂《新表》所記有誤，表中裴回侄輩迪、通、造、達等「當上移一格」，即謂迪等，乃裴回之弟，此說不無道理，但《新表》之裴迪是否即王維之至友裴迪，尚難確定。因爲《新表》中未載迪之歷官，王維《裴回墓誌銘》中，亦未談及裴回爲其至友裴迪之兄。迪之同詠凡二十首，載《全唐詩》卷一二九。

〔四〕孟城坳：迪同詠曰：「結廬古城下，時登古城上。古城非疇昔，今人自來往。」知孟城原爲古城。《重修輞川志》卷二：「孟城坳，土人呼爲關，即此。」可見孟城是一處古關城。這處古關城應該就是《藍田縣志》卷六所說南朝宋武帝征關中時在藍田縣所築的思鄉城。《類編長安志》卷七：「思鄉城，一名柳城……以城傍多柳，故曰柳城。」參見拙作《王維論稿》第三六八—三六九頁。坳，山間平地。

〔五〕此二句意謂，後我而來此居住的人爲誰，不得而知，所以只能爲此地昔日的主人而悲傷。空，只。《唐音癸籤》卷二一：「輞川舊爲宋之問别業，摩詰後得之爲莊。昔人似指之問，非爲昔人悲，悲後人誰居此耳。總達者之言。」《唐詩别裁》卷一九：「言後我而來者不知何人，又何必悲昔人之所有耶！達人每作是想。」

劉須溪曰：如此俯仰曠達，不可得。

華子岡〔一〕

飛鳥去不窮，連山復秋色。上下華子岡，惆悵情何極〔二〕！

〔一〕華子岡：輞川山谷東西兩側都是連綿的群山，據王維《輞川圖》（明刻石本，凡七石，現藏藍田縣文物管理所），華子岡是輞川山谷中段東側的一座山峰，屬於自然景觀。

〔二〕何極：不盡，没有終極。

劉須溪曰：蕭然更欲無言。

顧璘曰：調古興高，幽深有味，無出此者。

張謙宜曰：根在上截。（《絸齋詩談》卷五）

文杏館〔一〕

文杏裁爲梁〔二〕，香茅結爲宇〔三〕。不知棟裏雲，去作人間雨〔四〕。

〔一〕文杏：即銀杏。《西京雜記》卷一：「初修上林苑，群臣遠方各獻名果異樹。……杏二：文杏、蓬萊杏。」注：「材有文采者。」據石本《輞川圖》，文杏館是輞川山谷南段東側山腰的幾座亭子，其四周有圍欄。

〔二〕此句意本司馬相如《長門賦》：「刻木蘭以爲榱兮，飾文杏以爲梁。」

〔三〕香茅：茅的一種，又名菁茅，生湖南及江、淮間，葉有三脊，其氣芬芳。《管子·輕重丁》：「江、淮之間，有一茅而三脊……名之曰菁茅。」《穀梁傳》僖公四年注：「菁茅，香草，所以縮酒，楚之職貢。」《文選》左思《吴都賦》：「食葛香茅。」劉淵林注：「香茅，生零陵。」宇：屋檐。

〔四〕此二句寫文杏館之高。郭璞《遊仙詩七首》其二：「青溪千餘仞，中有一道士。雲生梁棟間，風出窗户裏。」裴迪同詠曰：「迢迢文杏館，躋攀日已屢。」亦寫文杏館之高。

顧可久曰：當是館在空山中云，然景色虚曠可想。

張謙宜曰：力注下截。（《絸齋詩談》卷五）

斤竹嶺〔一〕

檀欒映空曲〔二〕，青翠漾漣漪〔三〕。暗入商山路〔四〕，樵人不可知。

〔一〕斤竹嶺：據石本《輞川圖》，斤竹嶺是輞川山谷南段鄰近文杏館的一處長着斤竹的山嶺。圖中竹林四周無圍欄，當屬天然景觀。斤竹，趙殿成注曰：「《通志略》：竹之良者，惟有篁竹，謝靈運所遊之澗（謝靈運有《從斤竹澗越嶺溪行》詩），今在雁蕩，則斤竹即篁竹是矣。」按，《集韻》：「篁，竹名，通作斤。」又《重修輞川志》卷二：「斤竹嶺，一名金竹嶺，其竹葉如斧斤，故名。」説法不一。

〔二〕檀欒：竹美貌。枚乘《梁王兔園賦》：「修竹檀欒，夾池水旋。」《文選》左思《吴都賦》：「其竹則……檀欒嬋娟。」吕向注：「皆美貌。」空曲：指高峻險僻的山峰。宋之問《景龍四年春祠海》：「筵端接空曲，目外唯雰霧。」杜甫《重經昭陵》：「陵寢盤空曲，熊羆守翠微。」

〔三〕此句謂風起處竹林裏蕩漾着緑色的波浪。

〔四〕商山：在陝西商洛市東南。唐時自長安赴襄陽的驛道，經藍田縣城、藍田關、商山、武關等地。其中自藍田縣城至藍田關一段，有幾條通道可供行人選擇，輞谷即是這幾條通道中的一條，故云「暗入商山路」。《長安志》卷一六：「采谷……與輞谷並有細路通商州上洛縣（今商洛市）。」

顧可久曰：模寫竹深處，正不在雕琢。

張謙宜曰：呼吸甚緊。（《絸齋詩談》卷五）

鹿柴〔一〕

空山不見人，但聞人語響。返景入深林〔二〕，復照青苔上〔三〕。

〔一〕柴（zhài債）：通「寨」、「砦」，即栅欄、籬障。鹿柴大概是山林中一處周圍有栅欄的養鹿的地方。

〔二〕返景：落日的迴光。《初學記》卷一：「日西落，光反射於東，謂之反景。」

〔三〕苔，底本注：「一作莓。」

劉須溪曰：無言而有畫意。

李東陽曰：詩貴意，意貴遠不貴近，貴淡不貴濃。濃而近者易識，淡而遠者難知。如杜子美「鉤簾宿鷺起，丸藥流鶯囀」，……王摩詰「返景入深林，復照莓苔上」，皆淡而愈濃，近而愈遠，可與知者道，難與俗人言。（《麓堂詩話》）

顧璘曰：此篇寫出幽深之景。

張謙宜曰：悟通微妙，筆足以達之。「不見人」之人，即主人也，故能見返照青苔。（《絸齋詩談》卷五）

沈德潛曰：佳處不在語言，與陶公「採菊東籬下，悠然見南山」同。（《唐詩别裁》卷一九）

木蘭柴〔一〕

秋山斂餘照，飛鳥逐前侶。彩翠時分明〔二〕，夕嵐無處所〔三〕。

〔一〕木蘭：落葉喬木，葉子互生，倒卵形或卵形，花大，内白外紫。從石本《輞川圖》上看，木蘭柴與斤竹嶺相鄰，是山坡上的一片周圍有栅欄的木蘭林。

〔二〕彩翠：指在秋天落日餘輝的映照下，滿山秋葉顯露的鮮豔色彩。翠，宋蜀本作「峰」。

〔三〕嵐（lán 籃）：山上的霧氣。無處所：指霧氣消散。宋玉《高唐賦》：「風止雨霽，雲無處所。」

顧可久曰：一時景色逼人，造化盡在筆端矣。

王士禛曰：余兩使秦蜀，其間名山大川多矣，經其地始知古人措語之妙。如右丞：「秋山斂餘照……」二十字真爲終南寫照也。（《帶經堂詩話》卷一四遺跡類下）

茱萸沜〔一〕

結實紅且緑，復如花更開〔二〕。山中倘留客，置此芙蓉杯〔三〕。

〔一〕茱萸沜：沜（pàn 判），水涯。水邊的一片茱萸，因名茱萸沜。

〔二〕「結實」二句：描寫結滿果實的茱萸樹的美麗。茱萸分山茱萸、吴茱萸、食茱萸三種，山茱萸花黄色，果實長橢圓形，棗紅色；吴茱萸花緑黄色，果實小，紅色；食茱萸花淡緑黄色，果實球形，成熟時呈紅色。三種茱萸之果實皆可入藥。

〔三〕芙蓉：喻杯之美；底本原作「茱萸」，從宋蜀本、明十卷本、《全唐詩》等改。此句指把茱萸之果實放到酒裏待客。按，古有置茱萸於酒中而食的習俗，《太平御覽》卷三二引《齊人月令》曰：「重陽之日，必以餻酒登高眺迴……酒必採茱萸、甘菊以泛之，既醉而還。」

宫槐陌〔一〕

仄逕蔭宫槐〔二〕，幽陰多緑苔。應門但迎掃〔三〕，畏有山僧來。

〔一〕宫槐：槐的一種。即守宫槐。《爾雅·釋木》：「守宫槐，葉晝聶宵炕。」邢疏：「此亦槐也。聶，合也；炕，張也。言其葉晝合夜開者，别名守宫槐。」此指槐樹。裴迪同詠曰：「門前宫槐陌，是向欹湖道。」知宫槐陌是一條路旁植有槐樹的通向欹湖的小路。

〔二〕仄：狹窄。蔭宫槐：爲宫槐所遮蓋。

〔三〕應門：指照看門户的僕人。李密《陳情表》：「内無應門五尺之僮。」

顧可久曰：襯出閒景閒情。

臨湖亭〔一〕

輕舸迎上客，悠悠湖上來〔二〕。當軒對樽酒，四面芙蓉開〔三〕。

〔一〕臨湖亭：欹湖旁的一座亭子。

〔二〕舸（gě葛）：大船。上，《萬首唐人絶句》作「仙」。此二句寫派人駕船迎客。

〔三〕芙蓉：荷花。此二句寫與客人在臨湖亭上臨窗飲酒賞荷。

顧可久曰：遠景彌幽，近景可即，澹適乃爾，意興極玄着。

南垞〔一〕

輕舟南垞去，北垞淼難即〔二〕。隔浦望人家〔三〕，遥遥不相識。

〔一〕南垞：垞（chá茶），小丘。《集韻》：「垞，直加切，同陼，小丘名。」裴迪同詠曰：「孤舟信風泊，南垞湖水岸。」知南垞臨湖。南垞當是欹湖南岸的一個小村寨。

〔二〕北垞：當是欹湖北岸的一個小村寨。淼（miǎo秒）：水大貌。即：靠近。

〔三〕句指隔湖遥望北垞之人家。

顧可久曰：模寫玄妙，不容更添一物。

欹湖〔一〕

吹簫凌極浦〔二〕，日暮送夫君〔三〕。湖上一迴首〔四〕，山青卷白雲〔五〕。

〔一〕欹湖：輞水匯積成的一個天然湖泊，今已乾涸。輞水發源于秦嶺北麓梨園溝（見《藍田縣志》卷六），自輞谷南口流入谷，由北口流出谷。輞水唐時流量大，當其北流至輞谷北口附近時，由于水道狹窄（自輞谷北口入谷，前五里處谷地險狹，見《藍田縣志》卷六），水流受阻，因而就在輞谷中段偏北的一段地勢較低的山谷中，匯積而成爲欹湖。欹（qī欺），傾斜，謂湖底呈傾斜狀。

〔二〕凌極浦：指乘舟送客，越過遥遠的水邊。《楚辭·九歌·湘君》：「望夫君兮未來，吹參差兮誰思？」

〔三〕夫君：以稱友朋。夫，語氣詞。

〔四〕首，述古堂本、元本作「看」。

〔五〕山青，宋蜀本、明十卷本、《全唐詩》等作「青山」。

顧可久曰：前《臨湖亭》迎客，此送客，各具足一時之景，極閒澹會情。

柳浪〔一〕

分行接綺樹〔二〕，倒影入清漪。不學御溝上，春風傷別離〔三〕。

〔一〕柳浪：當是在欹湖旁的一片柳林。裴迪同詠曰：「映池同一色，逐吹散如絲。」

〔二〕分行，奇字齋本、凌本作「行分」，疑非。綺樹：猶美樹，指柳。此句謂柳樹分行排列，一棵挨一棵。

〔三〕御溝：參見《寓言二首》其二注〔一〕。二句謂不學御溝上的柳樹，春日爲別離而傷情。長安御溝多楊柳，爲行人往來之地，而古又有折柳贈別的習俗，故云。駱賓王《代女道士王靈妃贈道士李榮》：「落花泛泛浮靈沼，垂柳長長拂御溝。御溝大道多奇賞，俠客妖容遞來往。」王之渙《送別》：「楊柳東門樹，青青夾御河。近來攀折苦，應爲別離多。」

欒家瀨〔一〕

颯颯秋雨中，淺淺石溜瀉〔二〕。跳波自相濺，白鷺驚復下。

〔一〕欒家瀨（lài 賴）：當是輞水的一段急流。瀨，湍急之水。

〔二〕淺淺（jiān 箋）：水流迅急貌。《楚辭・九歌・湘君》：「石瀨兮淺淺，飛龍兮翩翩。」石溜：亦作石留，即石間流水。《戰國策・韓策一》：「成皋石溜之地也，寡人無所用之。」《文選》左思《魏都賦》：「林藪石留而蕪穢。」張銑注：「石間有水曰石留。」謝朓《郊遊詩》：「潺湲石溜瀉。」

顧璘曰：此景常有，人多不觀，唯幽人識得。

顧可久曰：閒景閒情，豈塵囂者所能領會？只平平寫，景自見。

金屑泉〔一〕

日飲金屑泉，少當千餘歲。翠鳳翔文螭，羽節朝玉帝〔二〕。

〔一〕金屑泉：當是輞川山谷中的一眼天然良泉。

〔二〕翠鳳：仙人所乘。王嘉《拾遺記》卷三：「西王母乘翠鳳之輦而來，前導以文虎、文豹，後列雕麟、紫麐。」翔，宋蜀本、明十卷本、《全唐詩》等作「翊」。文螭（chī 癡）：有花紋的螭（傳説中一種無角的龍）。羽節：飾以鳥羽的節。指仙人的儀仗。李嶠《太平公主山亭侍宴應制》：「龍舟下瞰鮫人室，羽節高臨鳳女臺。」梁佚名《桓真人昇仙記》：「五色霞內見霓旌羽節，仙童靈官百餘人。」此二句謂成仙後乘龍鳳上天朝見玉帝。

顧可久曰：極狀泉有仙靈氣，藻麗中復飄逸。

白石灘〔一〕

清淺白石灘，緑蒲向堪把〔二〕。家住水東西〔三〕，浣紗明月下。

〔一〕白石灘：當是輞水的一處多白石的淺灘（今日輞河灘上，仍時見白石）。此篇《全唐詩》重見皎然集中，題云《浣紗女》（見《全唐詩》卷八一八）。按，白石灘爲輞川山谷二十處遊止之一，裴迪亦有詠白石灘之詩，作皎然詩者非是。

〔二〕蒲：草名。生于水邊，有香氣。向堪把：謂緑蒲已長高，差不多可以用手握住了。向，臨近，將近，《唐詩紀事》作「尚」。

〔三〕水東西：指輞水的東西岸。輞水自東南往西北流。

顧可久曰：如此白石灘，安得不浣紗？有清斯濯纓之意。曰「明月下」，景益清切。

北垞

北垞湖水北〔一〕，雜樹映朱欄。逶迤南川水〔二〕，明滅青林端。

〔一〕北垞：見《南垞》注〔二〕。湖：指欹湖。裴迪同詠曰：「南山（「山」或作「上」）北垞下，結宇臨欹湖。」可證。

〔二〕逶迤：彎彎曲曲、延續不絶的樣子。南川：當指從南邊流來的輞水。

顧可久曰：「逶迤」、「明滅」字，曲盡叢林長流景色。

竹里館〔一〕

獨坐幽篁裹〔二〕，彈琴復長嘯。深林人不知，明月來相照。

〔一〕竹里館：當是竹林中的一座房舍。

〔二〕幽篁（huáng 黄）：深密幽暗的竹林。《楚辭·九歌·山鬼》：「余處幽篁兮終不見天。」

顧璘曰：一時清興，適與景會。

顧可久曰：幽迥之思。

辛夷塢〔一〕

木末芙蓉花〔二〕，山中發紅萼。澗户寂無人〔三〕，紛紛開且落〔四〕。

〔一〕辛夷：一名木筆，落葉喬木。其花初出時，苞長半寸，尖鋭如筆頭；及開，似蓮花，有桃紅、紫二色。塢（wù 誤）：四面高中間低的谷地。尋繹詩意，蓋因山坳中有辛夷樹，遂名辛夷塢。

〔二〕「木末」句：辛夷花如芙蓉（蓮花），而開于木末，故云。《楚辭·九歌·湘君》：「搴芙蓉兮木末。」裴迪同詠曰：「況有辛夷花，色與芙蓉亂。」

〔三〕澗户：澗中的居室。盧照鄰《羈卧山中》：「澗户無人跡，山窗聽鳥聲。」

〔四〕紛紛，述古堂本、元本、顧本俱作「絲絲」。

劉須溪曰：其意不欲着一字，漸可語禪。

胡應麟曰：五言絶之入禪者。（《詩藪》内編卷六）

沈德潛曰：幽極。（《唐詩别裁》卷一九）

漆園〔一〕

古人非傲吏，自闕經世務〔二〕。偶寄一微官〔三〕，婆娑數株樹〔四〕。

〔一〕漆園：種漆樹的園子。

〔二〕「古人」句：古人，《鶴林玉露》作「漆園」。《文選》郭璞《遊仙詩七首》其一：「漆園有傲吏，萊氏有逸妻。」《史記·老莊申韓列傳》：「莊子者，蒙人也，名周。周嘗爲蒙漆園吏……楚威王聞莊周賢，使使厚幣迎之，許以爲相。莊周笑謂楚使者曰：『……子亟去，無污我，我寧游戲污瀆之中自快，無爲有國者所羈，終身不仕，以快吾志焉。』」此句一反璞詩之意，謂莊周並非傲吏。經：治理。務，《鶴林玉露》作「具」。下句謂莊周不出來任事，是由於自己缺少治理世事的才幹。

〔三〕偶，顧本、凌本俱作「惟」。寄：依。微官：指漆園吏。

〔四〕婆娑：《文選》班固《答賓戲》：「婆娑乎術藝之場。」李善注：「婆娑，偃息也。」郭璞《客傲》：「莊周偃蹇（偃卧不事事之意）於漆園，老萊婆娑於林窟。」句謂逍遥於林下。全詩借寫莊周以自況。

宋朱熹曰：余平生愛王摩詰詩云：「漆園非傲吏，自缺經世具。……」以爲不可及，而舉以語人，領解者少。（見宋羅大經《鶴林玉露》甲編卷六《朱文公論詩》）

劉須溪曰：口語皆成高韻。

顧可久曰：引古自況。即此漆園不必有景色，自與古人高情會。

椒園〔一〕

桂尊迎帝子，杜若贈佳人〔二〕。椒漿奠瑤席〔三〕，欲下雲中君〔四〕。

〔一〕椒：即花椒。

〔二〕桂尊：桂，肉桂，常緑喬木，其皮可爲香料。尊，酒器。「桂尊」疑指盛桂酒之尊。《漢書·禮樂志》：「尊桂酒，賓八鄉。」師古注：「應劭曰：桂酒，切桂置酒中也。晋灼曰：尊，大尊也。元帝時大宰丞李元記云：以水漬桂爲大尊酒。」亦指用桂木製作的尊。駱賓王《帝京篇》：「春朝桂尊尊百味，秋夜蘭燈燈九微。」帝子：《楚辭·九歌·湘夫人》：「帝子降兮北渚，目眇眇兮愁予。」帝子，指湘夫人；相傳湘夫人爲堯女，故稱「帝子」。杜若：香草名，葉廣披針形，味辛香。《九歌·湘君》：「采芳洲兮杜若，將以遺兮下女。」桂與杜若，當皆爲椒園中所生之物。

〔三〕椒漿：《九歌·東皇太一》：「蕙肴蒸兮蘭藉，奠桂酒兮椒漿。」王逸注：「椒漿，以椒置漿中也。」漿，薄酒。奠：置物而祭。瑤席：形容席子光潤如玉。《東皇太一》：「瑤席兮玉瑱，盍將把兮瓊芳。」

〔四〕下：使神下降。雲中君：雲神。《九歌》有《雲中君》，王逸注：「雲神豐隆也，一曰屏翳。」君，述古堂本、元本、顧本俱作「身」。

劉須溪曰：首首素淨。

胡應麟曰：右丞《輞川》諸作，却是自出機軸，名言兩忘，色相俱泯。又曰：「千山鳥飛絶」二十字，骨力豪上，句格天成，然律以《輞川》諸作，便覺太鬧。（《詩藪》内編卷六）

清宋徵璧曰：王摩詰胸中真有輞川，非强爲之詞者。（《抱真堂詩話》）

王士禛曰：嚴滄浪以禪喻詩，余深契其説，而五言尤爲近之。如王、裴《輞川》絶句，字字入禪。他如「雨中山果落，燈下草蟲鳴」，「明月松間照，清泉石上流」，以及太白「却下水精簾，玲瓏望秋月」，……妙諦微言，與世尊拈花，迦葉微笑，等無差别。（《帶經堂詩話》卷三微喻類）

宋犖曰：王維、裴迪輞川唱和，開後來門逕不少。（《漫堂説詩》）

洪亮吉曰：庾信《哀江南賦》，無意學《騷》，亦無一類《騷》，而轉似《騷》。王維、裴迪《輞川》諸作，元結《春陵》篇及《浯溪》等詩，無意學陶，亦無一類陶，而轉似陶。則又當於神明中求之耳。（《北江詩話》卷五）

潘德輿曰：輞川唱和，須溪論王優于裴，漁洋論裴、王勁敵，吾以須溪之言爲允。（《養一齋詩話》

卷一）

施補華曰：《輞川》諸五絶清幽絶俗，其間「空山不見人」、「獨坐幽篁裏」、「木末芙蓉花」、「人閒桂花落」四首尤妙，學者可以細參。（《峴傭説詩》）

輞川閒居贈裴秀才迪〔一〕

寒山轉蒼翠〔二〕，秋水日潺湲。倚杖柴門外，臨風聽暮蟬。渡頭餘落日，墟里上孤烟〔三〕。復值接輿醉〔四〕，狂歌五柳前〔五〕。

〔一〕秀才：參見《送嚴秀才還蜀》注〔一〕。

〔二〕轉，顧本作「積」。

〔三〕墟里：村落。陶淵明《歸園田居五首》其一：「曖曖遠人村，依依墟里烟。」

〔四〕接輿：參見《偶然作·楚國有狂夫》注〔二〕。此處以佯狂遯世的接輿喻裴迪。

〔五〕五柳：參見《偶然作·陶潛任天真》注〔九〕。此處借指作者的隱居處輞川別業。

王夫之曰：通首都有贈意，在言句文身之外，不可徒以結用兩古人爲贈也。楚狂、陶令俱湊手偶然，非著意處。又曰：以高潔寫清幽，故勝。「日」字重用。（《唐詩評選》卷三）

喬億曰：右丞詩如《輞川閒居》二首，並體認「閒」字極細，句句與幽居迥別。前首（即本篇）

結處，合兩事鎔成一片以贈裴，妙有「閒」字餘情。（《劍谿説詩》又編）

高步瀛曰：自然流轉，而氣象又極闊大。（《唐宋詩舉要》卷四）

答裴迪輞口遇雨憶終南山之作〔一〕

淼淼寒流廣〔二〕，蒼蒼秋雨晦〔三〕。君問終南山，心知白雲外〔四〕。

〔一〕輞口：指輞谷南口，參見《輞川集·孟城坳》注〔一〕。詩題底本原作《答裴迪》，《萬首唐人絶句》作《答裴迪憶終南山》，此從《全唐詩》。按，裴迪《輞口遇雨憶終南山因獻王維》曰：「積雨晦空曲，平沙滅浮彩。輞水去悠悠，南山復何在？」本詩就是答裴迪此詩的。

〔二〕淼淼：水大貌。

〔三〕蒼蒼：大貌。

〔四〕外：猶言内中。見王鍈《詩詞曲語辭例釋》。

張謙宜曰：全從「晦」字生意。（《絸齋詩談》卷五）

贈裴十迪〔一〕

風景日夕佳〔二〕，與君賦新詩。澹然望遠空〔三〕，如意方支頤〔四〕。春風動百草，蘭蕙生我籬。曖曖日暖閨〔五〕，田家來致詞：「欣欣春還皋〔六〕，澹澹水生陂〔七〕。桃李雖未開，荑萼滿其枝〔八〕。請君理還策〔九〕，敢告將農時〔一〇〕。」

〔一〕尋繹詩末六句之意，本詩疑當作於王維已得輞川別業之後。

〔二〕日夕：近黄昏之時。陶淵明《飲酒二十首》其五：「山氣日夕佳，飛鳥相與還。」

〔三〕澹然：安静貌。

〔四〕如意：一名搔杖，長三尺許，柄端作手指狀，爲搔背癢之具。《晋書·王敦傳》：「以如意打唾壺爲節，壺邊盡缺。」頤：腮，下巴。

〔五〕曖曖：温暖貌。閨：内室。此句《文苑英華》作「曖曖閨日暖」。

〔六〕皋：水邊之地。當指輞川。唐時輞川水系發達。

〔七〕澹澹：水波動盪貌。宋玉《高唐賦》：「水澹澹而盤紆兮，洪波淫淫之溶濟。」

〔八〕荑（tí啼）：草木初生的葉芽。其，奇字齋本、凌本、《全唐詩》俱作「芳」。

〔九〕策：杖。《淮南子·墬形訓》：「夸父棄其策，是爲鄧林。」高誘注：「策，杖也。」「還策」猶言還歸，「理還策」即準備歸來之意。《南史·褚伯玉傳》：「望其還策之日，暫紆清塵。」作者擬還歸之地，蓋即輞川。

〔一〇〕此句意謂，我冒昧地告訴您現在已快到耕種的時候了。

顧可久曰：流彩中復冲古，景與興會。

張謙宜曰：汁清味厚，此加料鯉血湯也。（《絸齋詩談》卷五）

黎拾遺昕裴秀才迪見過秋夜對雨之作〔一〕

促織鳴已急，輕衣行向重〔二〕。寒燈坐高館，秋雨聞疎鐘。白法調狂象〔三〕，玄言問老龍〔四〕。何人顧蓬徑？空愧求羊蹤〔五〕。

〔一〕玩詩末二句之意，是時作者似居于輞川。黎昕：《元和姓纂》卷三：「宋城唐右拾遺犂昕。」岑仲勉《元和姓纂四校記》卷三曰：「《備要》（《合璧事類備要》）、《類稿》（《賢氏族言行類稿》）均作『黎』，又『右』作『左』。」李白《與韓荆州書》：「中間崔宗之、房習祖、黎昕、許瑩之徒，或以才名見知，或以清白見賞。」拾遺：諫官名，左屬門下省，右隸中書省。秀才，底本無此二字，據宋蜀本、《全唐詩》補。見過：過訪自己。

〔二〕行：且，將要。向，底本注：「劉本作尚。」句謂單衣就要再添好多層。

〔三〕白法：佛教總稱一切善法爲白法。意謂此法可使諸行光潔白净。《大集經》卷五一：「後五百年，鬬諍堅固，白法隱没。」狂象：喻妄心狂迷，難以禁制。《遺教經》：「譬如狂象無鉤，猿猴得樹，騰躍踔躑，難可禁制。」《涅槃經》卷三一：「心輕躁動轉，難捉難調，馳騁奔逸，如大惡象。」又卷二五云：「譬如醉象，狂騃暴惡，多欲殺害，有調象師以大鐵鉤鉤斲其項，即時調順，惡心都盡。一切衆生，亦復如是，貪欲瞋恚愚癡醉，故欲多造惡，諸菩薩等以聞法鉤斲之令住，更不得起造諸惡心。」此句謂以佛法調理自己，滅除諸妄心惡念。

〔四〕玄言：謂道家之言。《晉書·王衍傳》：「（衍）妙善玄言，唯談《老》、《莊》爲事。」老龍：即老龍吉。《莊子·知北遊》：「婀荷甘與神農同學於老龍吉。」陸德明《音義》：「老龍吉，李云：懷道人也。」此句指己兼學道家之言。

〔五〕空：只，獨。求羊蹤：《文選》謝靈運《田南樹園激流植援》：「唯開蔣生徑，永懷求羊蹤。」李善注：「《三輔決録》曰：蔣詡字元卿，隱於杜陵，舍中三徑，惟羊仲、求仲從之遊，二仲皆挫廉逃名。」《太平御覽》卷五一〇引嵇康《高士傳》曰：「蔣詡字元卿，杜陵人，爲兗州刺史。王莽爲宰衡，詡奏事，到灞上，稱病不進，歸杜陵，荊棘塞門，舍中三徑，終身不出。」陶潛《群輔録》云：「求仲、羊仲，右二人，不知何許人，皆治車爲業，挫廉逃名。蔣元卿之去兗州，還杜陵，荊棘塞門，舍中有三徑，不出，惟二人從之游，時人謂之二仲。」此二句意謂，黎、裴二友過訪我的隱居處，自己只覺得心裏有愧。

張謙宜曰：（「寒燈」二句）寫意畫令人想出妙景。（《絸齋詩談》卷五）

贈裴迪〔一〕

不相見，不相見來久〔二〕。日日泉水頭，常憶同攜手〔三〕。攜手本同心，復歎忽分襟〔四〕。相憶今如此，相思深不深？

〔一〕詩題下宋蜀本、述古堂本俱有「雜言」二字。

〔二〕來：等于説「……時」或「……以來」。

〔三〕尋繹此二句之意，似作者是時居于輞川。

〔四〕分襟：意同分袂，即離别。

登裴迪秀才小臺作〔一〕

端居不出户，滿目望雲山〔二〕。落日鳥邊下〔三〕，秋原人外閒〔四〕。遥知遠林際，不見此簷間〔五〕。好客多乘月，應門莫上關〔六〕。

〔一〕疑居輞川時所作。裴迪小臺：疑距輞川不甚遠。詩題宋蜀本、《全唐詩》俱作《登裴秀才迪小臺》。

〔二〕端居：平居，猶言平時、平素。望，底本、《全唐詩》均注：「一作空。」此二句意謂，因有此小臺，故平時不出門，也可眺望山景。

〔三〕邊：猶「中」，與下句之「外」相對。高適《信安王幕府》：「大漠風沙裏，長城雨雪邊。」即此義。

〔四〕人外：世外。《後漢書・陳寵傳》：「屏居人外，荊棘生門。」閒：静。

〔五〕此二句謂，相信從遠處我家所在的林子那邊，是望不見這小臺的。遠林：疑指輞川別業。

〔六〕乘月：趁月光明亮出外閒遊。《晋書・袁宏傳》：「秋夜乘月，率爾與左右微服泛江。」關：門閂。庾肩吾《南苑看人還詩》：「洛橋初度燭，青門欲上關。」此二句謂，主人好客，多半要留客乘月外出閒遊，照看門户的僕人且莫閉門。

王夫之曰：自然清韻，較襄陽褊佻之音固別。又曰：起句拙好。（《唐詩評選》卷三）

張謙宜曰：（「遥知」二句）懸想題外，却是轉入題中，此法又妙。（《絸齋詩談》卷五）

沈德潛曰：轉從遠林望小臺，思路曲折。遠林，己之家中也。故結言應門有待，莫便上關。（《唐詩別裁》卷九）

酌酒與裴迪〔一〕

酌酒與君君自寬〔二〕，人情翻覆似波瀾〔三〕。白首相知猶按劍，朱門先達笑彈冠〔四〕。草色全經細雨濕，花枝欲動春風寒〔五〕。世事浮雲何足問〔六〕？不如高卧且加餐〔七〕。

〔一〕王維得輞川別業後，常與裴迪往還唱酬，本詩或即作于維已得輞川之後，今姑録入「輞川之什」

中。酌酒：斟酒。

〔二〕「酌酒」句：意本鮑照《擬行路難十八首》其四：「酌酒以自寬，舉杯斷絶歌《路難》。」

〔三〕「人情」句：語本陸機《君子行》：「天道夷且簡，人道險而難。休咎相乘躡，翻覆若波瀾。」

〔四〕按劍：以手撫劍把，指發怒時準備拔劍爭鬥的一種動作。《史記·蘇秦列傳》：「於是韓王勃然作色，攘臂瞋目按劍。」《平原君虞卿列傳》：「毛遂按劍而前曰：『……今十步之内，王不得恃楚國之衆也，王之命懸於遂手。』」《漢書·鄒陽傳》：「燕王按劍而怒。」先達：先顯達之人。晉庾亮《讓中書監表》：「十餘年間，位超先達。」彈冠：彈去帽上的灰塵，準備出來做官。《漢書·王吉傳》：「吉與貢禹爲友，世稱：『王陽（吉字子陽，故曰王陽）在位，貢公彈冠。』言其取捨同也。」師古注：「彈冠者，言入仕也。」此二句接寫「人情翻覆」之事：上句謂，白首相知的故交，尚有反目成仇、怒而相鬥之時；下句説，豪貴之家那些自己先發跡的人，却嘲笑別人受援引準備入仕。

〔五〕「草色」二句：言草色變緑都經過細雨濕潤，花枝已長出却遇到春寒風冷。趙殿成曰：「草色一聯，乃是即景托諭。以衆卉而邀時雨之滋，以奇英而受春寒之痼，即植物一類，且有不得其平者，況世事浮雲變幻，又安足問耶？擬之六義，可比可興。」顧璘曰：「草色、花枝固是時景，然亦托喻小人冒寵，君子顛危耳。」

〔六〕浮雲：喻世事猶如天上之浮雲，不值得關心。《論語·述而》：「不義而富且貴，於我如浮雲。」又比喻翻覆變幻。岑參《梁園歌送河南王説判官》：「萬事翻覆如浮雲，昔人空在今人口。」

〔七〕加餐：《古詩十九首·行行重行行》：「棄捐勿復道，努力加餐飯。」

黄周星曰：律詩八句皆失粘，此拗體也。然語氣岸兀不群，亦何必以常格繩之。（《唐詩快》卷一一）

黄培芳曰：爐火純青妙極矣，此又七律中高一着者也。極紓徐淡與之致，立論故不見其輕薄。第七句「世事浮雲」，妙與「春風」「細雨」相爲映帶，「何足問」三字將上所論人情世事，一切消納。第八句乃爲繳足，去路悠然。（翰墨園重刊本《唐賢三昧集箋注》卷上）

王壽昌曰：（于朋友）懇切周詳，無微不至，尤見交情之篤云。（《小清華園詩談》卷上）

施補華曰：唐初七律有平仄一順者。至摩詰、少陵猶未改。如摩詰「酌酒與君」一首，第三聯「草色全經」平仄一順……此類甚多，要是當時初創此體，格調未嚴，今人不必學也。（《峴傭説詩》）

聞裴秀才迪吟詩因戲贈〔一〕

猿吟一何苦，愁朝復悲夕〔二〕。莫作巫峽聲〔三〕，腸斷秋江客！

〔一〕此亦與裴迪酬唱之作，姑録入「輞川之什」中。詩題《萬首唐人絶句》作《聞裴迪吟詩戲贈》。

〔二〕悲，凌本作「愁」。

〔三〕巫峽：長江三峽之一，在重慶巫山縣東，湖北巴東縣西。巫峽聲：指淒厲的猿聲。《水經注·江水二》：「丹山西即巫山者也。……其間首尾百六十里，謂之巫峽，蓋因山爲名也。……每至晴初霜旦，林寒澗肅，常有高猿長嘯，屬引淒異，空谷傳響，哀轉久絶。故漁者歌曰：『巴東三峽巫峽長，猿鳴三聲淚沾裳。』」

過感化寺曇興上人山院〔一〕

暮持筇竹杖，相待虎溪頭〔二〕。催客聞山響〔三〕，歸房逐水流〔四〕。野花叢發好，谷鳥一聲幽〔五〕。夜坐空林寂，松風直似秋〔六〕。

〔一〕感化寺，宋蜀本作「感配寺」，《文苑英華》作「化感寺」。維另有《遊感化寺》詩，《文苑英華》、宋蜀本、明十卷本、張本俱作《遊化感寺》。又維《山中與裴秀才迪書》曰：「輒便獨往山中，憩感配寺。」按，嚴挺之《大智禪師碑銘》（《全唐文》卷二八〇）云：「邀至京師，遊於終南化感寺。」《舊唐書·方伎傳》曰：「義福……初止藍田化感寺。」《宋高僧傳》卷九亦謂義福「初止藍田化感寺」。「大智禪師」即義福，據以上三書所載，化感寺當在藍田縣山中；王維下一首《遊感化寺》詩云：「郢路雲端迥，秦川雨外晴。」維作于藍田輞川之《林園即事寄舍弟紞》亦曰：「後浦通河渭，前山包鄢郢。」細玩二詩之意，此「感化寺」亦當在藍田山中，疑即義福所居化感寺之誤倒，則詩亦當從宋蜀本等作《遊化感寺》爲是。本詩裴迪同詠《游感化寺曇興上人山院》（《全唐詩》卷一二九）云：「不遠灞陵邊，安居向十年。入門穿竹徑，留客聽山泉。」灞陵在今西安市東十三公里處霸陵鄉，其地近白鹿原，則本詩之感化寺不在藍田，與化感寺不是一寺。又，王維集宋蜀本、《唐詩品彙》録裴迪此詩，「感化」俱作「感配」，化、配草書形近，因而致誤，然本詩之「感化寺」與「感配寺」究竟以何者爲是，則難確斷。本詩有裴迪同詠，姑收入「輞川之什」中。曇興上人：不詳。

〔二〕笻竹杖：見《謁璿上人》注〔一二〕。虎溪：《蓮社高賢傳》曰：「時遠（慧遠）法師居東林（廬山東林寺），其處流泉匝寺，下入於溪，每送客過此，輒有虎號鳴，因名虎溪。後送客未嘗過，獨陶淵明、修静（陸修静）至，語道契合，不覺過溪，因相與大笑。」《高僧傳》卷六亦曰：「自遠卜居廬阜三十餘年，影不出山，迹不入俗，每送客遊履常以虎溪爲界焉。」此二句指上人在寺外的溪邊等候自己。

〔三〕山響：指山谷的回聲。句謂山中的泉聲彷彿在催促客人快來的聲音引起山谷回響。

〔四〕句指作者和上人一起順水流回山院。

〔五〕此二句寫作者回山院途中所見之景。

〔六〕林，元本、明十卷本等作「村」。此二句寫作者在山寺夜坐的景象。《王維詩選》説：「這詩的作法很别致。本是作者過山院訪人，却轉從被訪者方面落墨：先寫上人日暮策杖溪頭相待；復寫客散後上人歸房途中所見之美景；末寫上人夜坐時山寺的蕭森氣象。」解釋有異，特録之以備讀者採擇。

顧可久曰：幽邃之景宛然，清雅。

遊感化寺〔一〕

翡翠香烟合〔二〕，瑠璃寶地平〔三〕。龍宫連棟宇，虎穴傍簷楹〔四〕。谷静惟松響，山深無鳥聲。瓊峰當户拆〔五〕，金澗透林鳴〔六〕。郢路雲端迥〔七〕，秦川雨外晴〔八〕。雁王銜果獻，鹿女踏花行〔九〕。抖擻辭貧里〔一〇〕，歸依宿化城〔一一〕。繞籬生野蕨，空館發山櫻〔一二〕。香飯青菰米〔一三〕，嘉蔬緑筍莖〔一四〕。誓陪清梵末〔一五〕，端坐學無生〔一六〕。

〔一〕感化寺，當作「化感寺」。詩爲居輞川時所作，説俱見上詩注〔一〕。

〔二〕翡翠：緑色的硬玉，半透明，有光澤。此處指香烟色如翡翠。梁簡文帝《詠煙》詩：「欲持翡翠色，時吐鯨魚燈。」

〔三〕瑠璃：寶石名，又稱吠瑠璃、璧流離、琉璃、流離。佛書以爲是七寶（金、銀、硨磲、瑪瑙等七種珍寶）之一。《漢書·西域傳》：「（罽賓國）出……虎魄、璧流離。」孟康注：「流離，青色如玉。」師古注引《魏略》云：「大秦國出赤、白、黑、黄、青、緑、縹、紺、紅、紫十種流離。」《大般若波羅蜜多經》

卷四九：「吠瑠璃，梵語寶名也，或云毘瑠璃，或但云瑠璃，皆訛略省轉也。……其寶青色，瑩徹有光……非是人間鍊石造作焰火所成瑠璃也。」此指以瑠璃裝飾寺殿之地。地：凌本作「殿」。

〔四〕龍宮：水中龍神所居。棟宇：房屋。此指寺殿。傍：近。簷楹：指房屋。楹，柱。謝惠連《七月七日夜詠牛女》：「落日隱櫩（同「檐」）楹，升月照簾櫳。」此二句指寺旁有水潭、洞穴。

〔五〕瓊：喻山峰之美。拆：裂，分開。指山峰不止一個。

〔六〕金澗：澗之美稱。鮑照《從登香爐峰》：「霜崖滅土膏，金澗測泉脈。」鳴，宋蜀本、《文苑英華》、《全唐詩》俱作「明」。

〔七〕郢（yǐng影）路：往郢州（今湖北鍾祥）去的驛路。此道經商山，路盤曲於山間，故云「雲端迴」。

〔八〕秦川：泛指今陝西、甘肅秦嶺以北平原地帶。外：方位詞，有「中」義，説見王鍈《詩詞曲語辭例釋》。

〔九〕雁王：《大方便佛報恩經》卷四載，昔有國王，欲得雁肉，使獵師捕雁，時有五百雁飛空南過，中有雁王，誤落獵網中，獵師將取殺之。時有一雁，悲鳴吐血，來投雁王，五百雁亦徘徊虚空不去，獵師見之，不忍殺雁王，放之使去，國王聞之，爲斷雁肉。「雁」宋蜀本作「鳳」。銜果獻：《法苑珠林》卷一〇九云：「宋京師道林寺有沙門僧伽達多……以元嘉之初，來遊宋境。達多常在山中坐禪，日時將逼，念欲受齋，乃有群鳥銜果飛來授之。達多思惟，昔獼猴奉蜜，佛亦受而食之，今飛鳥授食，何爲不可？於是受進食之。」按，雁王無「銜果獻」事，此處乃作者有意將二事合爲一事用。「鹿女」句：《雜寶藏經》卷一載，過去久遠時，雪山有一仙人，名提婆延。此仙常於石上小便，精氣流墮石宕，一雌鹿來舐小便處，便有娠。月滿，詣仙人窟下生一女子，端正殊妙，有蓮花裹其身。仙人知是己子，取而畜養，漸長大，「腳蹈地處，皆生蓮華」。踏，《文苑英華》作「蹈」。此二句借雁王、鹿女之事，以寫佛寺的靈異。

〔一〇〕「抖擻」句：抖擻，梵語頭陀的意譯，即去掉塵垢煩惱之義。此句用《法華經》「窮子」事，參見《西方變畫讚》一段注〔一一〕。此處作者以「窮子」自喻，言己本爲三界之衆生，今忽至佛門，將領略佛理，猶如「窮子」辭別貧里，往至富長者家，將得寶藏也。

〔一一〕歸依：梵文的意譯，亦作「皈依」。與「信奉」義同。信奉佛、法、僧，謂之「三歸依」。化城：見《登辨覺寺》注〔三〕。此處借指感化寺。

〔一二〕櫻：落葉喬木，高二、三丈，開鮮艷的淡紅色花。

〔一三〕菰米：見《晦日遊大理韋卿城南別業四首》其三注〔五〕。

〔一四〕緑，宋蜀本作「紫」。筍莖，底本原作「芋虆」，此從《文苑英華》、《全唐詩》。

〔一五〕清梵：謂和尚誦經之聲。梁元帝《謝敕送齊王瑞像還啓》：「清梵騰空，雜塤篪以相韻。」此指誦經的僧人。

〔一六〕無生：參見《登辨覺寺》注〔八〕。

臨高臺送黎拾遺〔一〕

相送臨高臺，川原杳何極〔二〕！日暮飛鳥還，行人去不息。

〔一〕臨高臺：漢樂府鼓吹鐃歌十八曲之一。《樂府詩集》卷一六云：「《樂府解題》曰：『古詞言：「臨高臺，下見清水中有黄鵠飛翻，關弓射之，令我主萬年。」若齊謝朓「千里常思歸」，但言臨望傷情而已。』宋何承天《臨高臺篇》曰：『臨高臺，望天衢，飄然輕舉淩太虚。』則言超帝鄉而會瑶臺也。」《萬首唐人絶句》無此三字。黎拾遺：即黎昕，參見《黎拾遺昕裴秀才迪見過》注〔一〕。此詩或昕至輞川訪維，維送之而歸時所作。

〔二〕杳：廣遠。

顧可久曰：景中寓情不盡。古淡中極沉着。

施補華曰：所謂語短意長而聲不促也，可以爲法。（《峴傭説詩》）

輞川閒居

一從歸白社〔一〕，不復到青門〔二〕。時倚簷前樹，遠看原上村。青菰臨水映〔三〕，白鳥向山翻。寂寞於陵子，桔槔方灌園〔四〕。

〔一〕白社：洛陽里名，故址在今河南洛陽東。《晉書·董京傳》：「董京字威輦，不知何郡人也。初與隴西計吏俱至洛陽，被髪而行，逍遥吟詠，常宿白社中。……孫楚時爲著作郎，數就社中與語……後數年，遁去，莫知所之。」《水經注·穀水》：「……水南即馬市，北則白社故里，昔孫子荆（孫楚）會董威輦於白社，謂此矣。」詩文中多以白社稱隱者所居之地。此借指輞川別業。

〔二〕青門：參見《韋侍郎山居》注〔五〕。

〔三〕青菰：茭白。映，宋蜀本作「披」，《全唐詩》作「拔」。「拔」蓋即「披」之形誤字。

〔四〕於（wū烏）陵子：即陳仲子。《孟子·滕文公下》：「仲子，齊之世家也；兄戴，蓋祿萬鍾；以兄之祿爲不義之祿而不食也，以兄之室爲不義之室而不居也，辟兄離母，處于於陵。」《高士傳》卷中：「陳仲子者，齊人也，其兄戴，爲齊卿，食祿萬鍾，仲子以爲不義，將妻子適楚，居於陵，自謂於陵仲子。……楚王聞其賢，欲以爲相，遣使持金百鎰，至於陵聘仲子。仲子入謂妻曰……於是出謝使者，遂相與逃去，爲人灌園。」按，於陵爲戰國齊邑，在今山東鄒平東南；《高士傳》稱於陵爲楚地，非是。桔槔（jié gāo 劫高）：井上汲水的一種工具。此二句作者以於陵子自喻。

方回曰：右丞有六言《田園樂七首》。……「山下孤煙遠村，天邊獨樹高原」，與此「時倚簷前樹，遠看原上村」，予獨心醉不已。（《瀛奎律髓彙評》卷二三）

張謙宜曰：（「時倚」二句）無景中有景。（《絸齋詩談》卷五）

何焯曰：三四閒趣。（《瀛奎律髓彙評》卷二三）

紀昀曰：青、白二字究是重複，不可爲訓。詩則靜氣迎人，自然超妙，不能以小疵廢之。又曰：三四自然流出，興象天然。（同上）

積雨輞川莊作〔一〕

積雨空林烟火遲〔二〕，蒸藜炊黍餉東菑〔三〕。漠漠水田飛白鷺〔四〕，陰陰夏木囀黄鸝〔五〕。山中習静觀朝槿〔六〕，松下清齋折露葵〔七〕。野老與人爭席罷，海鷗何事更相疑〔八〕！

〔一〕積雨：久雨。宋蜀本、《文苑英華》俱作「秋雨」，《衆妙集》作「秋歸」。「莊」下《全唐詩》注：「一有上字。」輞川莊：即輞川別業，爲王維在輞川的宅第，石本《輞川圖》上的「輞口莊」（此圖既畫了輞川山谷二十處遊止，又畫了輞口莊，可見輞口莊不在二十處遊止之内）。其處依山傍水，爲一兩進院落，中有樓閣殿堂，水亭回廊。後王維施爲寺，稱清源寺（宋改名鹿苑寺）。故址在輞谷南端，臨近輞谷南口，故又稱輞口莊。參見拙作《輞川別業遺址與王維輞川詩》（見《王維論稿》）。

〔二〕烟火遲：謂久雨後烟火之燃徐緩。

〔三〕藜：一年生草木植物，嫩葉可食。餉東菑（zī孜）：往田裏送飯。菑，開墾了一年的田地。此泛指田畝。

〔四〕漠漠：形容廣漠無際。

〔五〕陰陰：幽暗貌。

〔六〕習静：猶静修。類如静坐、坐禪。何遜《苦熱詩》：「習静悶衣巾，讀書煩几案。」朱超《對雨詩》：

「當夏苦炎埃，習静對花臺。」朝槿（jǐn 錦）：槿，木槿，落葉灌木，仲夏始花。花鐘形，有白、紅、紫等顔色，朝開午萎，故稱朝槿。觀朝槿可悟人生之無常。

〔七〕清齋：謂素食。清，《文苑英華》作「行」。露葵：葵，草本植物，有菟葵、鳧葵、楚葵等，其嫩葉皆可食。《文選》曹植《七啓》：「芳菰精粺，霜蓄露葵。」李善注：「宋玉《諷賦》曰：『爲臣煑露葵之羹。』」張銑注：「蓄與葵，宜于霜露之時。」

〔八〕爭席：《莊子・寓言》：「陽子居（《列子・黄帝》作「楊朱」）南之沛……至於梁（沛郊地名）而遇老子，老子中道仰天而歎曰：『始以汝爲可教，今不可也。』陽子居不答，至舍……膝行而前曰：『……請問其過。』老子曰：『而（汝）睢睢盱盱（跋扈貌），而誰與居？大白若辱（汙），盛德若不足。』陽子居蹵然變容曰：『敬聞命矣。』其往也（之沛），舍者（旅舍之人）迎將其家，公執席，妻執巾櫛，舍者避席，煬者（燃火之人）避竈；其反也，舍者與之爭席矣（郭注：「去其夸矜故也。」）。」海鷗：參見《濟上四賢詠三首・崔録事》注〔七〕。事，宋蜀本、元本俱作「處」。此二句意謂，自己（「野老」）與人相處，不自矜夸，不拘形跡，恐怕連海鷗也不會相猜疑了。

唐李肇曰：「維有詩名，然好取人文章嘉句。「行到水窮處，坐看雲起時」，《英華集》中詩也（此句《太平廣記》卷一九八引《國史補》作「人以爲《含英集》中詩也」）。「漠漠水田飛白鷺，陰陰夏木囀黄鸝」，李嘉祐詩也。（《唐國史補》卷上）

宋范季隨曰：杜少陵詩云：「兩箇黄鸝鳴翠柳，一行白鷺上青天。」王維詩云：「漠漠水田飛白鷺，陰陰夏木囀黄鸝。」極盡寫物之工。（《陵陽先生室中語》，《詩人玉屑》卷一四引）

宋葉夢得曰：詩下雙字極難，須使七言五言之間除去五字三字外，精神興致，全見于兩言，方爲工妙。唐人記「水田飛白鷺，夏木囀黄鸝」爲李嘉祐詩，王摩詰竊取之，非也。此兩句好處，正在添「漠漠」、「陰陰」四字，此乃摩詰爲嘉祐點化，以自見其妙，如李光弼將郭子儀軍，一號令之，精彩數倍。不然，如嘉祐本句，但是詠景耳，人皆可到。（《石林詩話》卷上）

宋周紫芝曰：「水田飛白鷺，夏木囀黄鸝」，此李嘉祐詩也。王摩詰乃云：「漠漠水田飛白鷺……」摩詰四字下得最爲穩切。（《竹坡詩話》）

宋李錞曰：唐人詩流傳訛謬，有一詩傳爲兩人者。如「漠漠水田飛白鷺……」，既曰王維，又曰李嘉祐，以全篇考之，摩詰詩也。（《李希聲詩話》，《苕溪漁隱叢話》前集卷一五引）

宋晁公武曰：李肇記維「漠漠水田飛白鷺……」之句，以爲竊李嘉祐者，今嘉祐之集無之，豈肇厚誣乎？（《郡齋讀書記》卷四上）

劉須溪曰：寫景自然，造意又極辛苦。

顧璘曰：東坡云摩詰「詩中有畫，畫中有詩」者此耳。

胡應麟曰：世謂摩詰好用他人詩，如「漠漠水田飛白鷺」，乃李嘉祐語，此極可笑。摩詰盛

唐，嘉祐中唐，安得前人預偷來者？此正嘉祐用摩詰詩。宋人習見摩詰，偶讀嘉祐集，得此便爲奇貨。（《詩藪》内編卷五）

宋徵璧曰：摩詰加以「漠漠」、「陰陰」四字，情景俱妙，固知摩詰善畫也。（《抱真堂詩話》）

趙殿成曰：吴江周篆之則謂……澹雅幽寂，莫過右丞「積雨」。

沈德潛曰：俗説謂「水田飛白鷺，夏木囀黄鸝」，乃李嘉祐句，右丞襲用之，不知本句之妙，全在「漠漠」、「陰陰」，去上二字，乃死句也，況王在李前，安得云王襲李耶？（《唐詩别裁》卷一三）

清張宗柟曰：又案李嘉祐天寶七年進士，視右丞開元登第時後二十載，然考右丞之殁在上元初年，固非渺不相及也。（《帶經堂詩話》卷一五襲故類）

方東樹曰：此題命脈，在「積雨」二字。起句敘題。三四寫景極活現，萬古不磨之句。後四句，言己在莊上事與情如此。（《昭昧詹言》卷一六）

戲題輞川别業

柳條拂地不須折，松樹梢雲從更長〔一〕。藤花欲暗藏猱子〔二〕，柏葉初齊養麝香〔三〕。

〔一〕樹，凌本作「枝」。梢：通「箾」，擊。明十卷本、奇字齋本、《全唐詩》等並作「披」。從：猶「任」。

〔二〕欲暗：猶已暗，指藤花繁密，不透陽光。猱（náo 撓）：猿的一種。

〔三〕「柏葉」句：麝，通稱香獐子，雄麝的肚臍和生殖器之間有腺囊，能分泌麝香。《文選》嵇康《養生論》：「蝨處頭而黑，麝食柏而香。」李善注引《本草》云：「（麝）常食柏葉，五月得香。」

楊慎曰：絶句者，一句一絶，起于《四時詠》「春水滿四澤，夏雲多奇峰，秋月揚明輝，冬嶺秀孤松」是也。……王維詩：「柳條拂地不忍折……」……皆此體也。樂府有「打起黄鶯兒」一首，意連句圓，未嘗間斷，當參此意，便有神聖工巧。（《升菴詩話》卷一一）

張謙宜曰：此截中四句法，比老杜好看，遂似勝之。（《絸齋詩談》卷五）

歸輞川作

谷口疎鐘動〔一〕，漁樵稍欲稀。悠然遠山暮〔二〕，獨向白雲歸。菱蔓弱難定〔三〕，楊花輕易飛。東臯春草色〔四〕，惆悵掩柴扉。

〔一〕谷口：即輞谷口，有北口與南口。參見《輞川集·孟城坳》注〔一〕。

〔二〕悠然：閒静貌。

〔三〕蔓：指菱初生的細莖。此句謂菱蔓細弱，隨波飄蕩不定。

〔四〕東臯：《文選》潘岳《秋興賦》：「耕東臯之沃壤兮，輸黍稷之餘税。」臯即水邊之地，《離騷》王逸注云：「澤曲曰臯。」此「東臯」指輞川。

顧可久曰：仕而不得意之作。含蓄不露。

春中田園作〔一〕

屋上春鳩鳴，村邊杏花白。持斧伐遠揚〔二〕，荷鋤覘泉脈〔三〕。歸燕識故巢〔四〕，舊人看新曆〔五〕。臨觴忽不御，惆悵遠行客〔六〕。

〔一〕疑作于輞川。春中：謂春季之中，即春二月。「中」凌本作「日」。「作」字下宋蜀本有「二首」二字，其第二首即《淇上即事田園》。

〔二〕「持斧」句：《詩·豳風·七月》：「蠶月條桑（修剪桑枝），取彼斧斨，以伐遠揚（長得太遠而揚起的枝條）。」

〔三〕覘（chān 摻）：察看。泉脈：伏流于地下的泉水。謝朓《賦平民田》：「察壤見泉脈，覘星視農正。」

〔四〕歸，述古堂本作「新」。故，宋蜀本、述古堂本、《文苑英華》俱作「舊」。

〔五〕舊，底本、《全唐詩》均注：「一作故。」看新曆：爲知節氣，以便耕種。

〔六〕御：進用。遠行，《文苑英華》作「思遠」。此二句謂，對着酒杯忽又不飲，我爲遠行客而惆悵。此處作者觸景生情，由春燕的回歸故巢，聯想到那些遠行在外的人，尚未得還鄉。

劉須溪曰：《卷耳》之後，得此吟調。情致自然，抑揚有態。

黄培芳曰：神境高極。一結從「嗟我懷人，寘彼周行」化出。（翰墨園重刊本《唐賢三昧集箋注》卷上）

清延君壽曰：此詩整而不板，舊而實新，學右丞此種爲最。（《老生常談》）

春園即事〔一〕

宿雨乘輕屐〔二〕，春寒著弊袍〔三〕。開畦分白水〔四〕，間柳發紅桃〔五〕。草際成棋局〔六〕，林端舉桔槔。還持鹿皮几，日暮隱蓬蒿〔七〕。

〔一〕居輞川時作。

〔二〕宿雨：昨夜之雨。乘輕屐：謂雨後地濕路滑，在園中走動，須登木屐。

〔三〕袍：夾層中著以綿絮的長衣。

〔四〕句謂雨後開畦排水。

〔五〕此句謂與柳樹相間開着紅色的桃花。

〔六〕棋局：棋枰。此指弈棋。

〔七〕鹿皮几：裹以鹿皮的几。此二句謂，日暮持几在長滿蓬蒿的草叢中静坐。

山居即事〔一〕

寂寞掩柴扉，蒼茫對落暉〔二〕。鶴巢松樹徧〔三〕，人訪蓽門稀〔四〕。嫩竹含新粉〔五〕，紅蓮落故衣〔六〕。渡頭燈火起，處處採菱歸。

〔一〕居輞川時作。

〔二〕「蒼茫」句：庾信《擬詠懷二十七首》其十七：「日晚荒城上，蒼茫餘落暉。」

〔三〕樹，凌本作「徑」。

〔四〕蓽（bì弊）門：用荆條或竹子編成的門。指簡陋的住處。

〔五〕嫩，宋蜀本、明十卷本、《全唐詩》等俱作「緑」。新生竹的表皮上有一層白色粉末，故曰「嫩竹含新粉」。

〔六〕落故衣：指蓮花凋謝時花瓣脱落。庾信《入彭城館》：「槐庭垂緑穗，蓮浦落紅衣。」

王夫之曰：八句景語，自然含情，亦自齊梁來，居然風雅典則。俗漢輕詆六代鉛華，談何容易！又曰：「落」字重用。（《唐詩評選》卷三）

張謙宜曰：「鶴巢松樹遍，人訪蓽門稀」，寂寞中景色鮮活。（《絸齋詩談》卷五）

山居秋暝〔一〕

空山新雨後，天氣晚來秋。明月松間照，清泉石上流。竹喧歸浣女，蓮動下漁舟。隨意春芳歇，王孫自可留〔二〕。

〔一〕居輞川時作。暝：天黑。

〔二〕「隨意」二句：《楚辭·招隱士》：「王孫遊兮不歸，春草生兮萋萋。……王孫兮歸來，山中兮不可以久留。」此爲招致隱士之詞。這裏作者反用其意，言任他春天的花草消歇，秋景仍然很美，王孫公子自可留居山中。

劉須溪曰：總無可點，自是好。

王夫之曰：凡使皆新，此右丞之似儲者。頷聯同用力求切押。（《唐詩評選》卷三）

宋徵璧曰：王摩詰「明月松間照，清泉石上流」，魏文帝「俯視清水波，仰看明月光」，俱自然妙境。（《抱真堂詩話》）

吴喬曰：右丞之「明月松間照，清泉石上流」，極是天真大雅，後人學之，則爲小兒語也。（《圍爐詩話》卷三）

張謙宜曰：「空山新雨後，天氣晚來秋」，起法高潔，帶得通篇俱好。（《絸齋詩談》卷五）

沈德潛曰：中二聯不宜純乎寫景。如：「明月松間照……蓮動下漁舟。」景象雖工，詎爲模楷？（《説詩晬語》卷上）

高步瀛曰：隨意揮寫，得大自在。（《唐宋詩舉要》卷四）

田園樂七首〔一〕

出入千門萬户，經過北里南鄰〔二〕。蹀躞鳴珂有底，崆峒散髮何人〔三〕？

〔一〕居輞川時作。詩題《詩林廣記》作《輞川六言》。詩題下宋蜀本有「六言走筆立成」六字。述古堂本同，唯無「立」字。

〔二〕出入，宋蜀本、明十卷本、奇字齋本等俱作「厭見」。千門萬户：《史記·孝武本紀》：「於是作建章宫，度爲千門萬户。」後世因稱皇宫之門户爲千門萬户。北里南鄰：謂王侯貴族所居之地，語本左思《詠史八首》其四：「濟濟京城内，赫赫王侯居。……南鄰擊鐘磬，北里吹笙竽。」此二句寫達官貴人之生活。

〔三〕蹀躞（dié xiè 蝶屑）：馬行貌；宋蜀本、明十卷本、奇字齋本等俱作「官府」。珂：馬勒上的玉飾，馬行時作聲，故曰「鳴珂」。蹀躞鳴珂：謂貴人出行之狀。底：何。崆峒：亦作空同，山名，相傳古仙人廣成子居于此。《莊子·在宥》：「黄帝立爲天子十九年，令行天下，聞廣成子在於空同之上，故往見之。」葛洪《神仙傳》卷一：「廣成子者，古之仙人也。居崆峒之山石室之中，黄帝聞而造焉。」散髮：披散頭髮，狂放不羈之態。此二句謂，貴人「蹀躞鳴珂」算不了什麼，崆峒山上還有「散髮」的仙人呢。指貴人不能與仙人相比。

再見封侯萬户，立談賜璧一雙〔一〕。詎勝耦耕南畝〔二〕，何如高卧東窗〔三〕！

〔一〕「再見」二句：揚雄《解嘲》：「或七十説而不遇，或立談而封侯。」按，立談而封侯，指虞卿説趙孝成王事。《史記·平原君虞卿列傳》：「虞卿者，游説之士也。躡蹻擔簦，説趙孝成王，一見賜黄金百鎰、白璧一雙，再見爲趙上卿，故號爲虞卿。」集解：「譙周曰：食邑於虞。」虞卿後封萬户侯。二句即用其事，謂頃刻間立致富貴。

〔二〕詎：豈。耦耕南畝：謂躬耕自給。《論語·微子》：「長沮、桀溺耦而耕（兩人並耕），孔子過之，使子路問津焉。」

〔三〕高卧東窗：指隱者的閒適生活。陳貽焮《王維詩選》云：「暗用陶淵明《與子儼等疏》『嘗言五六月中北窗下卧，遇凉風暫至，自謂是羲皇上人』意。」

採菱渡頭風急〔一〕，策杖村西日斜〔二〕。杏樹壇邊漁父〔三〕，桃花源裏人家〔四〕。

〔一〕急，述古堂本、元本等均注：「一作起。」

〔二〕策杖：拄杖。村，宋蜀本、奇字齋本作「林」。

〔三〕「杏樹」句：《莊子・漁父》：「孔子遊乎緇帷之林（司馬彪注：「黑林名也。」），休坐乎杏壇之上（司馬彪注：「澤中高處也。」），弟子讀書，孔子絃歌，鼓琴奏曲未半，有漁父者下船而來，須眉交白，被髮揄袂，行原以上，距陸而止，左手據膝，右手持頤以聽。」今山東曲阜孔廟大成殿前有杏壇，乃後人所修。句指此地有能聽琴的高雅漁父。

〔四〕桃花源：見《桃源行》注釋。

顧璘曰：首首如畫。

萋萋芳草春緑〔一〕，落落長松夏寒〔二〕。牛羊自歸村巷，童稚不識衣冠〔三〕。

〔一〕萋萋：草盛貌。芳，諸本皆作「春」，底本據《唐詩品彙》改爲「芳」。春，宋蜀本、《全唐詩》等作「秋」。緑，凌本作「碧」。

〔二〕落落：《文選》孫綽《遊天台山賦》：「藉萋萋之纖草，蔭落落之長松。」吕延濟注：「落落，松高貌。」

〔三〕不，《萬首唐人絶句》作「未」。衣冠：士大夫的穿戴。

張謙宜曰：《田園樂》：「萋萋春草秋緑……」比范石湖高數倍，只從味斂味泄上分。宋人極

力爽快處，正是格低。（《繦齋詩談》卷五）

山下孤烟遠村，天邊獨樹高原。一瓢顔回陋巷〔一〕，五柳先生對門〔二〕。

〔一〕「一瓢」句：顔回，字子淵，亦稱顔淵，春秋魯人，孔子的弟子。家貧而好學，孔子屢稱其賢。《論語·雍也》：「子曰：『賢哉，回也！一簞食（用一個竹器吃飯），一瓢飲（用一個瓢喝水），在陋巷，人不堪其憂，回也不改其樂。賢哉，回也！』」此句謂，這裏有像顔回那樣安貧樂道的賢者。

〔二〕五柳先生：見《偶然作·陶潛任天真》注〔九〕。這句説，對門就住着像陶淵明那樣的高士。

明董其昌曰：「山下孤烟遠村，天邊獨樹高原」，非右丞工于畫道，不能得此語，米元暉猶謂右丞畫如刻畫，故余以米家山寫其詩。（《畫禪室隨筆》卷二）

桃紅復含宿雨〔一〕，柳緑更帶春烟〔二〕。花落家僮未掃〔三〕，鶯啼山客猶眠〔四〕。

〔一〕此首亦載《皇甫冉集》，題作《閑居》，《全唐詩》重見王維及皇甫冉集中。按，此首王維集諸本皆收録，《萬首唐人絶句》以爲王作，歷來選本、詩話亦多作維詩，且内容、格調又與《田園樂》諸篇相合，故著作權當屬之王維。宿雨：昨夜之雨。「宿」《萬首絶句》作「夜」。

〔二〕春，《全唐詩》作「朝」。

〔三〕僮，宋蜀本、《全唐詩》作「童」。

〔四〕鶯，凌本作「鳥」。山客：指隱士。

胡仔曰：「桃紅復含宿雨……鳥啼山客猶眠。」苕溪漁隱曰：每哦此句，令人坐想輞川春日之勝，此老傲睨閒適於其間也。（《苕溪漁隱叢話》後集卷九）

宋黄昇曰：六言絶句，如王摩詰「桃紅復含夜雨」及王荆公「楊柳鳴蜩緑暗」二詩，最爲警絶，後難繼者。近世惟楊誠齋《醉歸》一章：「月在荔枝梢上，人行豆蔻花間。但覺胸吞碧海，不知身落南蠻。」雄健富麗，殆將及之。（《玉林詩話》，《詩人玉屑》卷一九引）

方回曰：右丞有六言《田園樂七首》。「花落家童未掃，鶯啼山客猶眠」，舉世稱歎。（《瀛奎律髓彙評》卷二三）

張謙宜曰：何嘗不風流，只是渾含。（《絸齋詩談》卷五）

潘德輿曰：或問六言詩法，予曰：王右丞「花落家童未掃，鳥啼山客猶眠」，康伯可「啼鳥一聲村晚，落花滿地人歸」，此六言之式也。必如此自在諧協方妙，若稍有安排，只是減字七言絶耳，不如無作也。（《養一齋詩話》卷五）

酌酒會臨泉水〔一〕，抱琴好倚長松。南園露葵朝折〔二〕，東谷黄粱夜舂〔三〕。

〔一〕會：適。

〔二〕露葵：見《積雨輞川莊作》注〔七〕。

〔三〕東谷，宋蜀本、述古堂本作「東舍」，凌本作「西舍」。黄粱：小米的一種。

顧可久曰：有是情景，難得副是清閒淡適語。

謝榛曰：六言體起于谷永、陸機，長篇一韻。迨張説、劉長卿八句，王維、皇甫冉四句，長短不同，優劣自見。（《四溟詩話》卷二）

汎前陂〔一〕

秋空自明迥〔二〕，况復遠人間〔三〕。暢以沙際鶴〔四〕，兼之雲外山〔五〕。澄波澹將夕〔六〕，清月皓方閒〔七〕。此夜任孤棹〔八〕，夷猶殊未還〔九〕。

〔一〕據詩中所寫景物及「况復遠人間」之語，此篇似當作於輞川。前陂（bēi 杯）：疑指欹湖。陂，池塘。

〔二〕自明，底本、《全唐詩》均注：「一作明月。」迥：高遠。

〔三〕間，《文苑英華》作「寰」。

〔四〕暢：指心情舒暢；宋蜀本作「揚」。以：因。

〔五〕兼之：加以。外：有「内中」義。

〔六〕澄波，宋蜀本作「登陂」。「登」蓋即「澄」之形誤字。澹：水摇蕩。

〔七〕閒：閒静。

〔八〕任孤棹：謂任憑孤舟在水中飄蕩。

〔九〕夷猶：從容自得。殊：竟然。

楊慎曰：王右丞詩：「暢以沙際鶴，兼之雲外山。」孟浩然云：「重以觀魚樂，因之鼓枻歌。」雖用助語辭，而無頭巾氣。宋人黄陳輩效之，如：「且然聊爾耳，得也自知之。」又如：「命也豈終否，時乎不暫留。」豈止學步邯鄲，效顰西子？乃是醜婦生瘡，雪上再霜也。（《升菴詩話》卷三）

山茱萸〔一〕

朱實山下開〔二〕，清香寒更發。幸與叢桂花〔三〕，窗前向秋月。

〔一〕輞川有茱萸沜，此詩或即維居輞川時所作。山茱萸：參見《輞川集·茱萸沜》注〔二〕。詩題宋蜀本作《山茱萸詠》。

〔二〕朱實，奇字齋本作「茱萸」。

〔三〕幸：猶「正」。與，底本原作「有」，此從宋蜀本、述古堂本、《全唐詩》。

酬虞部蘇員外過藍田別業不見留之作〔一〕

貧居依谷口〔二〕，喬木帶荒村〔三〕。石路枉迴駕〔四〕，山家誰候門〔五〕？漁舟膠凍浦，獵犬繞寒原。惟有白雲外，疎鐘聞夜猿〔六〕。

〔一〕虞部：工部四司之一，置員外郎一人，從六品上，掌京城街巷種植、山澤苑囿及草木薪炭等事。藍田別業：即輞川別業。不見留：指蘇訪維不遇，未在輞川停留。

〔二〕谷口：指輞谷南口。輞川莊臨近輞谷南口。

〔三〕喬木：高木。帶：圍繞。

〔四〕枉迴駕：謂屈尊見訪，不遇而返。

〔五〕此句指己不在，家中無人候門待客。

〔六〕膠：黏著。獵犬繞，底本原作「獵火燒」，此從宋蜀本。聞，底本原作「聞」，趙殿成曰：「聞字疑是間字之誤。」按，元本正作「間」，今據改。夜猿：指夜間的猿啼聲。以上四句寫冬日荒村薄暮的淒清景象，借以表現作者歸來後見蘇已去的悵惘心情。

藍田山石門精舍〔一〕

落日山水好，漾舟信歸風〔二〕。玩奇不覺遠〔三〕，因以緣源窮〔四〕。遥愛雲木秀〔五〕，初疑路不同〔六〕。安知清流轉，偶與前山通〔七〕。捨舟理輕策〔八〕，果然愜所適〔九〕。老僧四五人，逍遥蔭松柏〔一〇〕。朝梵林未曙〔一一〕，夜禪山更寂〔一二〕。道心及牧童〔一三〕，世事問樵客〔一四〕。暝宿長林下，焚香卧瑶席〔一五〕。澗芳襲人衣〔一六〕，山月映石壁。再尋畏迷誤，明發更登歷。笑謝桃源人，花紅復來覿〔一七〕。

〔一〕此詩乃維居輞川時往遊藍田山之作。殷璠在《河嶽英靈集》中評維詩，曾稱引本篇之「落日」二句及「澗芳」二句，據此，知本詩當作於天寶十二載（七五三）前。藍田山：在陝西藍田縣東南。《元和郡縣志》卷一：「藍田山一名玉山，一名覆車山，在（藍田）縣東二十八里。」《長安志》卷一六：「藍田山在（藍田）縣東南三十里。……其山出玉，亦名玉山。……灞水之源，出藍田谷西。」石門精舍：陳貽焮《王維詩選》謂「或即指大興湯院」。按，《長安志》卷一六云：「石門湯在（藍田）縣西南四十里石門谷口。舊圖經曰：唐初有異僧止于此，大雪，其地雪融不積，僧曰：必温泉也。掘之，果有湯泉湧出，遂置舍兩區。……明皇時賜名大興湯院。」大興湯院不在藍田山，此石門精舍當爲藍田山佛寺名。詩題《文苑英華》作《藍田山石門精舍二首》，且分前八句爲第一首。

〔二〕漾舟：《文選》謝惠連《西陵遇風獻康樂》：「成裝候良辰，漾舟陶嘉月。」李周翰注：「漾舟，泛舟也。」信：聽任。歸風：迴風，旋風。《文選》木華《海賦》：「於是舟人漁子，徂南極（至）東。……或乃萍流而浮轉，或因歸風以自反。」李周翰注：「或因迴風以自歸也。」

〔三〕玩，《全唐詩》作「探」。

〔四〕緣：尋。《文選》謝朓《敬亭山詩》：「緣源殊未極，歸徑窅如迷。」劉良注：「緣，尋也。」《唐詩紀事》作「尋」。按，輞水北流入灞水，自輞水乘舟入灞，復溯灞水而上，尋其源頭，即可抵藍田山。

〔五〕秀，底本、《全唐詩》均注：「一作翠。」

〔六〕疑，《文苑英華》作「言」。路不同：指沿水而行，不能到達那生長着「雲木」（參天古木）的地方。

〔七〕安，《文苑英華》作「誰」。二句意謂，哪知水流轉向，却恰巧與前山（指生長着「雲木」之地）相通。

〔八〕策：杖。

〔九〕愜所適：對所到之地感到滿意。

〔一〇〕蔭松柏：謂有松柏遮蓋其上。《楚辭·九歌·山鬼》：「山中人兮芳杜若，飲石泉兮蔭松柏。」

〔一一〕朝梵：和尚早晨誦經。未，底本、《全唐詩》均注：「一作方。」

〔一二〕夜禪：夜晚坐禪。山，《全唐詩》注：「一作心。」

〔一三〕道心：即菩提心。菩提乃梵文之音譯，意譯爲「覺」「智」等，指對佛教「真理」的覺悟。舊譯借用《老》、《莊》術語，稱之爲「道」。「道心」猶言覺知佛教「真理」之心。此句謂，和尚的道心影響到了牧童。

〔一四〕此句言佛寺與世隔絶，欲知世事，只有向樵夫打聽。「問」《文苑英華》作「聞」。

〔一五〕瑶席：形容席子光潤如玉。

〔一六〕此句下宋蜀本注：「一云澗風吹人衣。」

〔一七〕明發：黎明。登歷：登臨游歷之意。謝：告辭。桃源：見《桃源行》注釋。覿（dí狄）：相見。以上四句用陶淵明《桃花源記》中所寫的武陵漁人偶入桃源、離去後又欲前往即迷失道路的故事，説怕再來時迷路，黎明又四處察看一番；行前含笑與這世外桃源裏的人們辭别，約定明年桃花開時再來相見。

明鍾惺曰：妙在説得變化，似有步驟而無端倪，作記之法亦然。（《唐詩歸》卷八）

黄周星曰：一幅石門精舍圖，讀至「道心」二語，則又别有天地，非人間矣。（《唐詩快》卷四）

張謙宜曰：一氣渾成中極掩映合沓之妙。（《絸齋詩談》卷五）

黄培芳曰：擷康樂之英。（翰墨園重刊本《唐賢三昧集箋注》卷上）

王壽昌曰：發端語如……「落日山水好，漾舟信歸風」之清麗恬適，……「萬壑樹參天，千山

響杜鵑」之瀏亮，……皆可法也。（《小清華園詩談》卷下）

山中〔一〕

荆溪白石出〔二〕，天寒紅葉稀。山路元無雨〔三〕，空翠濕人衣〔四〕。

〔一〕此詩首見于奇字齋本《外編》，凌本、底本《外編》俱收録；《全唐詩》王維集收作《闕題二首》，此詩即其第一首。其他各本未見收録。宋蘇軾《書摩詰藍田煙雨圖》（見《東坡題跋》卷五）云：「詩曰：『藍溪（亦名藍水，源出藍田縣東藍田谷，西北流入灞水）白石出，玉山紅葉稀。山路元無雨，空翠濕人衣。』此摩詰之詩也。或曰：非也，好事者以補摩詰之遺。」《唐音癸籤》卷三三：「坡公嘗戲爲摩詰之詩，以摹寫摩詰之畫，編《詩紀》者，認爲真摩詰詩，採入集中。世人無識，那可與分辨？」下即引《書摩詰藍田煙雨圖》之文，且曰：「此活語被人作死語看，摩詰增一首好詩，失却一幅好畫矣。」按，宋釋惠洪《冷齋夜話》卷四録此首，謂之曰「王維摩詰《山中》詩」，今姑從其説，斷此詩爲王維所作。又荆溪在藍田，此詩當即作于維居輞川期間。

〔二〕荆溪：即長水，又名荆谷水，源出藍田縣西北，西北流，經長安縣東南入灞水。《水經注·渭水》：「長水出自杜縣白鹿原，西北流，謂之荆溪，又西北左合狗枷川，北入霸水（即灞水），俗謂之滻水，非也。」《長安志》卷一六藍田縣：「荆谷水自白鹿原（在藍田縣西五里，西北入萬年縣界）東流入萬年縣唐郵界。」此二字《冷齋夜話》作「溪清」（《詩人玉屑》卷一〇引《冷齋夜話》則作「荆溪」），底本注：「一作藍田。」

〔三〕元：原。

〔四〕此句形容高山上的嵐氣蒼翠欲滴。謝靈運《過白岸亭》：「空翠難强名，漁釣易爲曲。」杜甫《大曆三年春白帝城放船出瞿塘峽》：「石苔凌几杖，空翠撲肌膚。」

釋惠洪曰：吾弟超然喜論詩，其爲人純至有風味，嘗曰：……王維摩詰《山中》詩曰：「溪清白石出……。」舒王《百家夜休》曰：「相看不忍發，慘澹暮潮平，欲别更攜手，月明洲渚生。」此皆得于天趣。（《冷齋夜話》卷四）

贈劉藍田〔一〕

籬中犬迎吠〔二〕，出屋候柴扉〔三〕。歲晏輸井税〔四〕，山村人夜歸。「晚田始家食〔五〕，餘布成我衣〔六〕。詎肯無公事，煩君問是非〔七〕。」

〔一〕劉藍田：藍田縣令劉某，名未詳。此詩《唐百家詩選》卷一作盧象詩，《全唐詩》重見王維集及卷八八二盧象詩補遺。按，王維集諸本皆收載此詩，《河嶽英靈集》、《唐文粹》亦俱以此詩爲王維所作，故其著作權似當屬之王維。尋繹詩意，此詩應是維居輞川時所作；又《河嶽英靈集》録此詩，它當作于天寶十二載前。

〔二〕中，《河嶽英靈集》、《唐文粹》、《全唐詩》俱作「間」。

〔三〕候柴扉：所等候的對象，即下二句所寫歲末到藍田縣衙「輸井税」，夜裏歸來的山村人。柴，《河嶽英靈集》、《唐文粹》、《全唐詩》俱作「荆」。

〔四〕井税：田税。

〔五〕始：方，纔。家食：家中的糧食。《易林·無妄》之《訟》：「不耕而穫，家食不給。」食，《唐文粹》作「熟」。此句謂，晚熟之田的收穫，纔成爲家中的糧食。

〔六〕餘布：指納調（唐時每丁每年需繳納一定數量的布或綾、絹等物，稱之爲「調」）後剩下的布。

〔七〕詎肯：猶言豈能。問，奇字齋本作「聞」。此二句爲山村人向詩人的訴説之辭，意謂並不求無公家之事（指向官府納税之事），煩君過問一下其中的是非。又，此二句盧象詩作「對此能無憶，勞君問是非」。

顧可久曰：急徵繁苦之意，見於言外。

山中送别〔一〕

山中相送罷，日暮掩柴扉。春草明年緑，王孫歸不歸〔二〕？

〔一〕疑居輞川時作。詩題底本原作《送别》，此從宋蜀本、《萬首唐人絶句》、《唐詩品彙》；又《全唐詩》注云：「一作《送友》。」

〔二〕明年，明十卷本、奇字齋本等作「年年」。此二句語本《楚辭·招隱士》，參見《山居秋暝》注〔二〕。

胡仔曰：摩詰《山中送别》詩云：「山中相送罷……」蓋用《楚詞》：「王孫遊兮不歸，春草生兮萋萋。」此善用事也。（《苕溪漁隱叢話》後集卷九）

劉須溪曰：今古斷腸，理不在多。

顧璘曰：古語翻案。

顧可久曰：自謂因歸人感懷，悵恨不窮，婉曲、含蓄、多味、高古。

早秋山中作〔一〕

無才不敢累明時〔二〕，思向東溪守故籬〔三〕。豈厭尚平婚嫁早〔四〕，却嫌陶令去官遲〔五〕。草間蛩響臨秋急〔六〕，山裏蟬聲薄暮悲〔七〕。寂寞柴門人不到，空林獨與白雲期〔八〕。

〔一〕細玩詩意，本詩當爲居輞川時作。中，顧本作「居」。

〔二〕累：牽累，妨礙。

〔三〕東溪：見《東溪翫月》注〔一〕。句指思棄官隱居。

〔四〕豈，底本原作「不」，此從宋蜀本、明十卷本、奇字齋本等。尚平：即尚長，一作「向長」，字子平，詩文中多稱作「尚平」或「向平」。《後漢書·逸民列傳》：「向長，字子平，河内朝歌人也。隱居不仕，性尚中和。……建武中，男女嫁娶既畢，勑斷家事勿相關，『當如我死也』。於是遂肆意與同好北海禽慶俱遊五嶽名山，竟不知所終。」此句意謂，不厭尚平早辦完子女婚嫁之事，出遊名山大川。

〔五〕「却嫌」句：參見《偶然作·陶潛任天真》注〔三〕。

〔六〕間，底本原作「堂」，此從述古堂本、元本、明十卷本等。蛩（qióng窮）：蟋蟀；《文苑英華》作「蟲」。

〔七〕聲，《文苑英華》作「鳴」。

〔八〕期：約會；底本注：「一作歸。」此句謂，空林無人，獨與白雲爲伴。

管世銘曰：凡律例最重起結，七言尤然。起句之工于發端，如……王維「無才不敢累明時，思向東溪守故籬」。（《讀雪山房唐詩序例·七律凡例》）

林園即事寄舍弟紞〔一〕

寓目一蕭散〔二〕，消憂冀俄頃〔三〕。青草肅澄陂〔四〕，白雲移翠嶺。後浦通河渭〔五〕，前山包鄢郢〔六〕。松含風裏聲，花對池中影。地多齊后瘖〔七〕，人帶荆州癭〔八〕。徒思赤筆書〔九〕，詎有丹砂井〔一〇〕？　心悲常欲絶，髮亂不能整。　青簟日何長〔一一〕，閑門晝方静。　穎思茅簷下〔一二〕，彌傷好風景〔一三〕！

〔一〕疑居輞川時作，説見本詩注〔五〕。　紞（dǎn 膽）：王維最小的弟弟，生平事跡參見《年譜》。　詩題下奇字齋本注云：「公次荆州時作。」《全唐詩》同，唯無「公」字。　趙殿成曰：「後浦，諸本俱誤作後沔，惟劉須溪本是浦字。　顧玄緯因沔、鄢、郢、荆州諸字俱是楚地，遂於題下註云：『公次荆州時作。』成按，沔水不通河渭……其爲浦字之誤明甚（按，述古堂本、元本俱作浦）；鄢郢雖是楚地，然前山則指秦地之山而言，與《送李太守赴上洛》詩云『商山包楚鄧，積翠藹沉沉』，文意一例；荆州與齊后對用，是引故事，非實指楚地，參互考之，非次荆州時作也。」趙説是。

〔二〕寓目：觀看，過目。　此指觀看風景。　一：一旦，一時。　蕭散：蕭灑閒散之意。《顔氏家訓·雜藝》：「風流才士，蕭散名人。」

〔三〕此句謂，希望頃刻間能消除憂愁。

〔四〕肅：静。　澄陂：清池。　陂，述古堂本、元本作「波」。

〔五〕「後浦」句：輞水入灞水，灞水入渭水，渭水入河，故云。　據此，本詩或即作於輞川。　後浦，後面的河流。

〔六〕前山：當指秦嶺。　包：包容。　鄢（yān 焉）：楚别都，在今湖北宜城西南。　郢：楚郢都，在今湖北荆州西北。此句極言前山之大。

〔七〕齊后瘧：齊后，齊君，指齊景公。《晏子春秋·内篇·諫上》：「景公疥（疥瘡，皮膚病名）且瘧（瘧疾），期年不已。」

〔八〕荆州癭（yǐng 影）：《晋書·杜預傳》載，預拜鎮南大將軍、都督荆州諸軍事，率衆伐吴，「吴人知預病癭，憚其智計，以瓠繫狗頸示之。每大樹似癭，輒斫使白，題曰『杜預頸』。」荆州，三國魏時治所在南陽（今河南南陽市）。癭，長在脖子上的一種囊狀瘤。《博物志》卷一：「山居之民多癭腫疾，由於飲泉之不流者。今荆南諸山郡東多此疾瘇。」

〔九〕赤筆書：趙殿成曰：「二顧注俱引《漢官儀》『尚書丞郎月給赤管大筆一雙』，可久氏並解其下云：『謂昔仕朝時。』成謂非是。赤筆書，當作仙書符篆之解，《魏書·釋老志》所謂丹書紫字，《雲笈七籤》所謂紫書紫筆繕文之類是也。」句謂仙書符篆不可得。

〔一〇〕詎：豈。丹砂井：《抱朴子·内篇·仙藥》：「余亡祖鴻臚少卿曾爲臨沅令，云此縣有廖氏家，世世壽考，或出百歲，或八九十，後徙去，子孫轉多夭折。他人居其故宅，復如舊，後累世壽考，由此乃覺是宅之所爲，而不知其何故。疑其井水殊赤，乃試掘井左右，得古人埋丹砂數十斛，去井數尺。此丹砂汁因泉漸入井，是以飲其水而得壽。」句指長壽乏術。

〔一一〕「青簟」句：用江淹《别賦》「夏簟清兮晝不暮」之意。簟（diàn 店），竹席。簟爲夏時而設，句謂夏日卧于青簟之上，難渡長晝。

〔二〕頹思：《文選》司馬相如《長門賦》：「無面目之可顯兮，遂頹思而就牀。」李善注：「《廣雅》曰：『頹，壞也。』言壞其思慮而就牀。」

〔三〕此句意謂，本來觀看風景，希望能消除憂愁，誰知面對好風景却更加憂傷！

酬諸公見過 時官出在輞川莊〔一〕

嗟余未喪〔二〕，哀此孤生〔三〕。屏居藍田〔四〕，薄地躬耕。歲晏輸稅，以奉粢盛〔五〕。晨往東皋〔六〕，草露未晞〔七〕。暮看煙火，負擔來歸〔八〕。我聞有客，足掃荆扉〔九〕。簞食伊何〔一〇〕？副瓜抓棗〔一一〕。仰廁群賢〔一二〕，皤然一老〔一三〕。愧無莞簟〔一四〕，班荆席藁〔一五〕。汎汎登陂〔一六〕，折彼荷花〔一七〕。静觀素鮪〔一八〕，俯映白沙。山鳥群飛，日隱輕霞。登車上馬，倏忽雨散〔一九〕。雀噪荒村，雞鳴空館。還復幽獨，重欷累歎〔二〇〕。

〔一〕天寶九、十載間居母喪時作于輞川，説見《年譜》。見過：過訪自己。「時」字上，宋蜀本、述古堂本、元本俱多「四言」二字。官出：指離職。此二字宋蜀本、《全唐詩》俱作「官未出」三字。

〔二〕余，述古堂本作「今」，《全唐詩》作「予」。未喪：謂母、妻皆喪獨己尚在。

〔三〕孤生：孤獨的人。

〔四〕屏（bǐng餅）居：隱居。藍田：唐縣名，即今陝西藍田縣；趙殿成謂指藍田山，按，輞川莊不在藍田山，參見《輞川集・孟城坳》注〔一〕。

〔五〕奉：給與，供給。粢(zī資)：穀類總稱。粢盛(chéng成)：指盛在祭器内供祭祀用的穀物。《孟子・滕文公下》：「諸侯耕助(即耕藉)，以供粢盛。」此二句謂，年底繳納租税，用來供朝廷充作祭品。按，唐代官吏的職分田等，需納地租，參見《唐會要》卷九二。

〔六〕東皋：參見《歸輞川作》注〔四〕。

〔七〕晞(xī希)：乾。

〔八〕負擔：背負肩挑。負，宋蜀本作「魚」，奇字齋本、凌本作「漁」。疑「負」形近誤作「魚」，「魚」形近又誤而爲「漁」。

〔九〕足：猶言「充分地」。

〔一〇〕簞(dān單)：古時盛食物的一種竹器。伊：助辭，無義。這句説，簞中盛的食物是什麽？

〔一一〕副(pì僻)瓜：剖開的瓜。抓(guā瓜)棗：打下的棗。抓，擊。

〔一二〕仰：向上，有表示恭敬之意。廁：置身其中，混雜在裏面。群賢：指來訪的客人。

〔一三〕皤(pó婆)然：髮白貌。是時作者五十或五十一歲，故云「皤然一老」。

〔一四〕莞(guān官)：《詩・小雅・斯干》：「下莞上簟。」鄭箋：「莞，小蒲之席也。」莞又名小蒲，生沼澤中，莖高五六尺，細而圓，可織席。簟(diàn店)：竹席。古時以蒲席鋪墊於竹席下，以求安適。

〔一五〕班荆：鋪荆條於地而坐。《左傳》襄公二十六年：「伍舉奔鄭，將遂奔晉；聲子將如晉，遇之於鄭郊，班荆相與食，而言復故。」席藳（gǎo 搞）：鋪藳於地而坐。藳，同稾，禾桿，又指用禾桿編的墊子。

〔一六〕汎汎：舟浮貌。登陂：上池塘。何焯校本《王摩詰集》版框下方有朱筆校云：「登，元（刻）作澄。」

〔一七〕此句宋蜀本、明十卷本、張本俱作「折枝作花」。

〔一八〕静，底本原作「浄」，此從《全唐詩》。素：白色。鮪（wěi 僞）：古書上指鱘。

〔一九〕倏（shū 抒）忽：指極短的時間。雨散：喻離散。謝朓《和劉中書》：「山川隔舊賞，朋僚多雨散。」雨，《全唐詩》作「雲」。

〔二〇〕欷（xī 西）：抽咽聲。句謂不禁多次抽咽連續歎息。

鍾惺曰：韻高氣厚。（《唐詩歸》卷八）

明譚元春曰：四言詩字字欲學《三百篇》，便遠于《三百篇》矣。右丞以自己性情留之，味長而氣永，使人益厭劉琨、陸機諸人之拙。（同上）

張謙宜曰：只是一篇雅詞，尚未到漢魏境界，《雅》、《頌》又無論矣。向後人作四言詩，却只宗此派。（《絸齋詩談》卷五）

別輞川別業〔一〕

依遲動車馬〔二〕，惆悵出松蘿〔三〕。忍別青山去，其如緑水何〔四〕！

〔一〕此詩王縉有同詠，載《全唐詩》卷一二九。此題或維、縉兄弟服闋後離開輞川還長安時所同作。

〔二〕依遲：依依不捨的樣子。

〔三〕松蘿：地衣類植物，常寄生松樹上。「出松蘿」猶言離開山林。

〔四〕忍：忍心，狠心。如：奈。二句意謂，即使忍心離別青山而去，同緑水也難分難捨！

顧可久曰：青山緑水誰是可別去者？淺語情深。

輞川別業

不到東山向一年〔一〕，歸來纔及種春田。雨中草色緑堪染，水上桃花紅欲燃〔二〕。優婁比丘經論學〔三〕，傴僂丈人鄉里賢〔四〕。披衣倒屣且相見〔五〕，相歡語笑衡門前〔六〕。

〔一〕東山：借指輞川別業，參見《送綦毋潛落第還鄉》注〔三〕。向一年：王維「事母崔氏以孝聞」（《舊唐書》本傳），如果是時崔氏仍在世，王維當不至於會有近一年時間不回輞川省母，故此詩當作於天寶末王維守母喪期滿又出而爲官之後。

〔二〕欲燃：梁元帝《宫殿名詩》：「林間花欲然（同「燃」），竹徑露初圓。」「欲」述古堂本作「亦」。

〔三〕優婁比丘：指佛教僧人。優婁，人名，優樓頻螺伽葉之略稱。原是有五百弟子的外道（指佛教之外的其他宗教哲學派别）論師，後與其二弟及弟子共歸佛出家。參見《四分律》卷三二。比丘，梵文的音譯，指出家後受過具足戒（佛教比丘與比丘尼的戒律，因同沙彌、沙彌尼所受十戒相比，戒品具足，故稱。出家人依戒法規定受持此戒，即取得正式僧尼資格）的男僧。經論：佛教典籍分經、律、論三部分，謂之三藏。經爲佛所自説，論是經義的解釋，律則記佛教戒規。此句謂，僧人中通經論之學者。

〔四〕傴僂（yǔ lǚ 宇旅）丈人：《莊子·達生》：「仲尼適楚，出於林中。見痀僂（同傴僂，駝背）者承蜩（用長竿黏蟬），猶掇（以手拾物）之也。仲尼曰：『子巧乎！有道邪？』曰：『我有道也。五六月，累丸二而不墜，則失者錙銖；累三而不墜，則失者十一；累五而不墜，猶掇之也。吾處身也，若厥（橛）株拘（斷木頭）；吾執臂也，若槁木之枝。雖天地之大，萬物之多，而唯蜩翼之知。吾不反不側，不以萬物易蜩之翼，何爲而不得！』孔子顧謂弟子曰：『「用志不分，乃凝於神（精神乃專一集中）。」其痀僂丈人之謂乎！』」此句謂，像傴僂丈人那樣的鄉里賢者。

〔五〕倒屣：古人家居，脱鞋席地而坐。客人來，急於出迎，將鞋子倒穿。《三國志·魏書·王粲傳》：「（蔡邕）聞粲在門，倒屣迎之。」後以「倒屣」形容熱情迎客。

〔六〕衡門：參見《偶然作·田舍有老翁》注〔一〕。

鄭果州相過〔一〕

麗日照殘春〔二〕，初晴草木新。牀前磨鏡客，林裏灌園人〔三〕。五馬驚窮巷〔四〕，雙童逐老身〔五〕。中廚辦麤飯〔六〕，當恕阮家貧〔七〕。

〔一〕據「林裏灌園人」、「雙童逐老身」等語，此詩或維天寶末年居輞川時所作。鄭果州：果州刺史鄭某，名不詳。果州，天寶元年改名南充郡，治所在今四川南充北。此處蓋沿用舊稱。相，凌本作「見」。

〔二〕麗，述古堂本、元本作「斜」。

〔三〕前，奇字齋本、凌本俱作「頭」。磨鏡客：謂負局先生。《列仙傳》卷下：「負局先生者，不知何許人也。語似燕代間人。常負磨鏡局（箱），徇（巡行）吴市中，衒磨鏡一錢（沿街叫賣磨鏡只取一錢），因磨之，輒問主人：『得無有疾苦者？』輒出紫丸藥以與之，得者莫不愈，如此數十年。後大疫病，家至户到，與藥，活者萬計，不取一錢，吴人乃知其真人（修真得道之人）也。」林裏，宋蜀本作「樹裏」，明十卷本、《全唐詩》等作「樹下」，凌本作「花下」。灌園人：指陳仲子，見《輞川閒居》注〔四〕。此二句指己與道士、隱者往來。

〔四〕五馬：謂太守之車。又用爲太守的代稱。漢樂府《陌上桑》：「使君從南來，五馬立踟躕。」句指鄭果州來訪。

〔五〕雙童：庾信《奉和永豐殿下言志十首》其四：「五馬遥相問，雙童來夾車。」老身：老年人之自稱。此句謂，兩個僕人跟隨自己出迎。

〔六〕「中廚」句：漢樂府《隴西行》：「談笑未及竟，左顧勑（吩咐）中廚，促令辦麤飰（粗飯），慎莫使稽留。」中廚，内廚房；《文苑英華》作「廚中」。

〔七〕當恕，《文苑英華》作「常恐」。阮家貧：《晋書·阮咸傳》：「咸與籍居道南，諸阮居道北，北阮富而南阮貧。」此以阮家自喻。

酬張少府〔一〕

晚年惟好静〔二〕，萬事不關心。自顧無長策〔三〕，空知返舊林〔四〕。松風吹解帶〔五〕，山月照彈琴。君問窮通理〔六〕，漁歌入浦深〔七〕。

〔一〕晚年居輞川時作。少府：即縣尉。

〔二〕年，底本注：「一作來。」

〔三〕長策：良策。底本注：「長，一作良。」

〔四〕空：只。

〔五〕解帶：古人上朝或見客時需束帶，在家無事時則可解帶。句謂松風吹來我解開了衣帶。

〔六〕君，宋蜀本作「苦」。窮通：困厄與顯達，得意與失意。

〔七〕此句謂，我駕船唱着漁歌進入漁浦深處。這句話寫出了過窮困的隱居生活的樂趣，是對「窮通理」的形象回答。

黄周星曰：可解不可解，正是妙處。（《唐詩快》卷八）

張謙宜曰：「晚年惟好静，萬事不關心」，含一篇之脈，此方是起法。三四虚承，五六實地，用筆淺深俱到，章法之妙也。（《絸齋詩談》卷五）

沈德潛曰：收束或放開一步，或宕出遠神，或本位收住。……王右丞：「君問窮通理，漁歌入浦深。」從解帶彈琴宕出遠神也。（《説詩晬語》卷上）

又曰：結意以不答答之。（《唐詩别裁》卷九）

王壽昌曰：何謂高？曰：《古詩十九首》尚矣，……近體則……王右丞之「晚年惟好静……」。（《小清華園詩談》卷上）

題輞川圖〔一〕

老來懶賦詩，惟有老相隨。宿世謬詞客〔二〕，前身應畫師。不能捨餘習，偶被世人知〔三〕。

名字本習離，此心還不知〔四〕。

〔一〕此詩諸本皆作《偶然作》之第六首。按，唐朱景玄《唐朝名畫録》曰：「（維）復畫《輞川圖》，山谷鬱盛，雲飛水動，意出塵外，怪生筆端，嘗自題詩云：『當世謬詞客，前身應畫師。』其自負也如此。」唐張彦遠《歷代名畫記》卷一〇云：「清源寺壁上畫輞川，筆力雄壯，常自製詩曰：『當世謬詞客，前身應畫師。不能捨餘習，偶被時人知。』誠哉是言也。」宋郭若虚《圖畫見聞志》卷五亦云：「嘗于清源寺壁畫《輞川圖》，巖岫盤鬱，雲飛水動，自製詩曰：『當世謬詞客……』」據以上記載，此詩當作《題輞川圖》，不應曰《偶然作》；《萬首唐人絶句》即採「宿世」四句爲一絶，題作《題輞川圖》。又，《輞川圖》既畫于清源寺（即輞川莊，維施莊爲寺後，改用此名）壁，則此首題圖之詩，亦當作于維晚年（據首二句可知）居輞川時。《輞川圖》有明刻石本傳世，現藏於藍田縣文物管理所。

〔二〕宿世：佛教指過去的一世，即前生；《唐朝名畫録》等作「當世」（見注〔一〕），《唐詩紀事》作「當代」。謬詞客：妄爲詩人。即本來不配當詩人却當了詩人之意。謬，謙詞。

〔三〕世，《萬首唐人絶句》、《唐詩紀事》俱作「時」。此二句意謂，自己不能捨棄前生遺留之習，繼續寫詩作畫，名字遂偶然爲世人所知。

〔四〕習離，底本原作「皆是」，此從述古堂本。心，宋蜀本、述古堂本俱作「知」。又此詩韻字用二

「知」字，趙殿成曰：「疊用二『知』字，疑誤。」此二句意謂，我的名字與自己原本的習尚（好寫詩作畫）相離，而自己的心裏却不明白。指我用佛教居士維摩詰之名作爲自己的名字，本不應去追求詩人、畫家的浮名。

清余成教曰：「宿世謬詞客……偶被時人知」，四句善于自寫。（《石園詩話》卷一）

崔濮陽兄季重前山興山西去，亦對維門〔一〕

秋色有佳興，況君池上閒。悠悠西林下，自識門前山。千里横黛色〔二〕，數峰出雲間。嵯峨對秦國〔三〕，合沓藏荆關〔四〕。殘雨斜日照，夕嵐飛鳥還〔五〕。故人今尚爾，歎息此頹顔〔六〕。

〔一〕崔季重：蘇源明《小洞庭洄源亭讌四郡太守詩》序曰：「天寶十二載七月辛丑，東平太守扶風蘇源明，觴濮陽太守清河崔公季重、魯郡太守隴西李公蘭、濟南太守太原田公琦、濟陽太守隴西李公倰于洄源亭。」知季重天寶十二載爲濮陽（即濮州，天寶元年更名，治所在今山東鄄城北）太守。高步瀛《唐宋詩舉要》曰：「觀原注，似此時季重已罷濮陽守而居藍田矣。」按，高説是。既然季重門前之山「亦對維門」，則是時維之居處自然也當在山間；而天寶末維在山間的居處，無疑就是位于藍田的輞川別業。綜上所述，本詩應是天寶十三載（七五四）或十四載秋維居輞川時所作。前山：即詩中之「門前山」。興：興致，情趣。

〔二〕黛色：指青黑的山色。據此句，季重的「門前山」，或爲秦嶺。

〔三〕嵯（cuó 矬）峨：山高峻貌。秦國：指秦都咸陽一帶。

〔四〕合沓：指山峰重疊。《文選》王褒《洞簫賦》：「薄索合沓。」李善注：「合沓，重沓也。」荆關：柴門。謝莊《山夜憂》：「迴舲拓繩户，收棹掩荆關。」此指隱者的住所。

〔五〕嵐：指山間霧氣。

〔六〕「故人」句：《古詩十九首·客從遠方來》：「相去萬餘里，故人心尚爾。」此二句謂，故人（指崔）如今絲毫未變（指仍未老），只爲自己這衰老的容顔而歎息。

顧璘曰：學陶。

黄周星曰：何其澹遠。（《唐詩快》卷四）

黄培芳曰：起爽朗。此首略近青蓮。又曰：（「千里」四句）四語闊大。（翰墨園重刊本《唐賢三昧集箋注》卷上）

高步瀛曰：超逸。（《唐宋詩舉要》卷一）

山中示弟〔一〕

山林吾喪我〔二〕，冠帶爾成人〔三〕。莫學嵇康懶〔四〕，且安原憲貧〔五〕。山陰多北户〔六〕，泉水在東隣。緣合妄相有〔七〕，性空無所親〔八〕。安知廣成子，不是老夫身〔九〕？

〔一〕詩中自稱「老夫」，疑是天寶末年居輞川時所作。「弟」下底本多一「等」字，今從宋蜀本、明十卷本、《全唐詩》等删去。

〔二〕吾喪我：指進入自忘（不感到自己的存在）的精神境界。《莊子・齊物論》：「（南郭）子綦曰：『……今者吾喪我，汝知之乎？』」郭象注：「吾喪我，我自忘矣；我自忘矣，天下有何物足識哉！故都忘外内，然後超然俱得。」

〔三〕冠帶：戴帽束帶，指仕宦。《後漢書・儒林傳》：「冠帶縉紳之人，圜橋門而觀聽者蓋億萬計。」成人：猶言成器、成材。《鶴林玉露》卷九：「諺云：成人不自在，自在不成人。」

〔四〕嵇康懶：嵇康《與山巨源絶交書》：「（吾）性復疏嬾（懶散），筋駑肉緩，頭面常一月十五日不洗；不大悶癢，不能沐也。」

〔五〕原憲貧：《史記・仲尼弟子列傳》：「原憲，字子思。……孔子卒，原憲亡在草澤中，子貢相衛，而結駟連騎，排藜藿，入窮閻，過謝原憲。憲攝敝衣冠見子貢，子貢耻之，曰：『夫子豈病乎？』原憲曰：『吾聞之，無財者謂之貧，學道而不能行者謂之病，若憲，貧也，非病也。』子貢慙，不懌而去。」

〔六〕此句謂，房屋在山之北，門多朝北開（即不面山而開）。

〔七〕緣：佛教用語，即因緣，指事物賴以産生和存在的原因和條件。其中起主要直接作用的條件稱

「因」，起間接輔助作用的條件叫「緣」。但有時也以「緣」指「因」或「因緣」。佛教認爲，世間一切事物和現象，皆因緣和合所生。《俱舍論》卷六：「因緣合，諸法（即一切事物和現象）即生。」《維摩詰經・佛國品》僧肇注：「諸法要因緣相假，然後成立。」《俱舍論》卷九：「種種緣和合已，令諸行法聚集升起。」相：指事物之相狀。《大乘義章》卷三：「諸法體狀，謂之爲相。」《唯識述記》卷一：「相謂相狀。」有：梵文之意譯，猶言「存在」。蓋「緣合」即生諸法，而諸法可見可知，各有其相狀，所以説「緣合」「相」就存在；然佛教又認爲，諸法本無實性，皆是虚妄，故又曰「妄相」（諸法既假而不實，其相狀自然也是虚妄的）。《大日經疏》卷一：「可見可現之法，即爲有相。凡有相者，皆是虚妄。」

〔八〕性空：佛教名詞。謂一切法皆由因緣所生，不斷生滅變化，没有自己固有的性質和獨立的實體。這也即是説，諸法之體性虚幻不實，故謂曰「空」。此句意謂，一切事物皆虚幻不實，對它們不必有所親近。

〔九〕廣成子：參見《田園樂七首》其一注〔三〕。此二句意謂，安知老夫不是仙人的化身？從佛教的觀點看，世界一切事物皆不斷變化，刹那生滅，故云。

秋夜獨坐〔一〕

獨坐悲雙鬢〔二〕，空堂欲二更。雨中山果落，燈下草蟲鳴。白髮終難變〔三〕，黄金不可成〔四〕。欲知除老病〔五〕，惟有學無生〔六〕。

〔一〕疑天寶末年居輞川時所作。

〔二〕悲雙鬢：爲雙鬢變白而悲傷。

〔三〕「白髮」句：《列仙傳》卷下載，稷丘君朱璜入浮陽山八十餘年，「白髮盡黑」。

〔四〕「黄金」句：語本江淹《從建平王遊紀南城》：「丹沙信難學，黄金不可成。」按，世傳丹砂（又作丹沙，即硃砂）可化爲黄金，《史記·孝武本紀》：「致物而丹砂可化爲黄金，黄金成，以爲飲食器則益壽，益壽而海中蓬萊僊者可見，見之以封禪則不死。」《抱朴子·内篇·黄白》曰：「仙經云，丹精生金。此是以丹作金之説也。」又曰：「《銅柱經》曰：丹沙可爲金，河車可作銀。」此即古之方士、道士所謂燒煉丹藥化爲金銀之術，又稱黄白之術。此句意謂，神仙黄白之術不能有所成，長生無望。

〔五〕欲：猶已。參見王鍈《詩詞曲語辭例釋》。老病：拂教稱生、老、病、死爲四苦。《釋迦譜》卷二：「以畏老病生死之苦，故於五欲不敢愛著。」

〔六〕無生：見《登辨覺寺》注〔八〕。

顧璘曰：極平易，有點化。

清賀貽孫曰：「楓落吴江冷」，「空梁落燕泥」，與摩詰「雨中山果落」，老杜「葉裏松子僧前

落」，四「落」字俱以現成語爲靈幻。（《詩筏》）

黄培芳曰：真意溢于楮墨，其氣充足。（翰墨園重刊本《唐賢三昧集箋注》卷上）

清冒春榮曰：寫景之句，以工緻爲妙品，真境爲神品，淡遠爲逸品。如「芳草平仲緑，清夜子規啼」沈佺期，「明月松間照，清泉石上流」王維，「雨中山果落，燈下草蟲鳴」同上，……皆逸品也。如「日落江湖白，潮來天地青」王維，「四更山吐月，殘夜水明樓」杜甫……皆神品也。（《葚原詩説》卷一）

潘德輿曰：一唱三歎，由於千錘百鍊。今人都以平澹爲易易，知其未喫甘苦來也。右丞「雨中山果落，燈下草蟲鳴」，其難有十倍於「草枯鷹眼疾，雪盡馬蹄輕」者。到此境界，乃自領之，略早一步，則成口頭語而非詩矣。（《養一齋詩話》卷三）

王維集校注卷六

編年詩（至德、乾元、上元）

菩提寺禁裴迪來相看説逆賊等凝碧池上作音樂供奉人等舉聲便一時淚下私成口號誦示裴迪〔一〕

萬户傷心生野煙〔二〕，百官何日再朝天〔三〕。秋槐葉落空宫裏〔四〕，凝碧池頭奏管絃。

〔一〕作于至德元載（七五六）八月，説見《年譜》。菩提寺禁：指作者被安禄山軍拘于菩提寺中，參見《年譜》。趙殿成注謂菩提寺在長安平康坊南門之東，按，凝碧池既在洛陽，菩提寺也當在洛陽，《舊唐書·王維傳》即謂「（禄山）遣人迎（維）置洛陽，拘于普施寺（普施寺疑爲菩提寺之誤）」。宋吴曾《能改齋漫録》卷一一「李西臺詩」云：「『龍門雙闕湧雲烟……』李西臺詩也，題于菩提寺。菩提寺在龍門鎮。」則菩提寺在洛陽城南龍門。裴迪來相看：疑迪天寶年間未嘗居官（維天寶時贈迪之詩多稱迪爲「秀才」。《唐語林》卷二稱維爲賊所囚，「與左丞裴迪密往還」，非是），故安禄山軍陷長安後不在被搜捕、拘禁之列（安禄山軍入長安後，搜捕的對象爲百官、宦者、宮女等，見《通鑑》至德元載六月），得以至菩提寺看維。説逆賊……一時淚下：《通鑑》至德元載八月載：「禄山宴其群臣於凝碧池，盛奏衆樂；梨園弟子往往歔欷泣下，賊皆露刃睨之。樂工雷海清不勝悲憤，擲樂器於地，西向慟哭。禄山怒，縛於試馬殿前，支解之。」趙殿成注謂凝碧池在長安西内苑，按，《通鑑》至德元載六月載：「安禄山……遣孫孝哲將兵入長安。」《考異》曰：「偏檢諸書，禄山自反後未嘗至長安。」趙注誤。《唐六典》卷七謂洛陽禁苑中有「芳樹、金谷二亭，凝碧之池」。《唐兩京城坊考》卷五曰：「（洛陽神都）苑内……最東者凝碧池，東西五里，南北三里。……禄山入東都，宴其群臣于凝碧池。《通鑑》大業元年：『築西苑，周二百里，其内爲海，周十餘里……』蓋唐改海爲凝碧池，隋煬帝之積翠池，蓋即凝碧池，水隨地易名耳。」供奉人，在宮中侍奉天子之人。唐時上自文詞經學之士，下至卜醫技術之流，凡有一材一藝者，皆可供奉内庭。此處指樂工。舉聲，發聲。口號：詩的題名，表示隨口吟成，與「口占」相似。

〔二〕生野煙：指安史之亂爆發。

〔三〕官，宋蜀本、《唐詩紀事》作「寮」，《全唐詩》作「僚」。再，宋蜀本、述古堂本、《唐詩紀事》等俱作「更」。朝天：謁見天子。

〔四〕葉，《舊唐書·王維傳》作「花」。空，《唐詩紀事》作「深」。

顧可久曰：感慨、沉着、婉曲、深長。

張謙宜曰：此謂怨而不怒。（《絸齋詩談》卷五）

口號又示裴迪〔一〕

安得捨塵網〔二〕，拂衣辭世喧〔三〕；悠然策藜杖〔四〕，歸向桃花源〔五〕？

〔一〕此詩蓋繼上詩而作，故曰「又示」。詩題《萬首唐人絶句》作《菩提寺禁示裴迪》，《全唐詩》作《菩提寺禁口號又示裴迪》。

〔二〕塵網：塵世的網羅。人居世間有種種約束，故云。此處隱指自己被囚禁的境遇。塵，《全唐詩》作「羅」。

〔三〕拂衣：提衣，振衣。有表示決絶之意。《後漢書·楊震傳》：「（孔融曰：）孔融魯國男子，明日便當拂衣而去，不復朝矣！」世喧：人世的喧擾。

〔四〕策藜杖：拄着藜杖。藜，一年生草木植物，莖堅老者可爲杖。

〔五〕向，《萬首絶句》作「去」。桃花源：參見《桃源行》注釋。此句謂己欲隱居避亂。

既蒙宥罪旋復拜官伏感聖恩竊書鄙意兼奉簡新除使君等諸公〔一〕

忽蒙漢詔還冠冕〔二〕，始覺殷王解網羅〔三〕。日比皇明猶自暗，天齊聖壽未云多。花迎喜氣皆知笑〔四〕，鳥識歡心亦解歌。聞道百城新佩印〔五〕，還來雙闕共鳴珂〔六〕。

〔一〕作于乾元元年（七五八）春，説見《年譜》。既蒙宥罪旋復拜官：指作者陷賊，被迫接受僞職，唐軍收復兩京後，與諸陷賊官俱被收繫獄中，後肅宗赦其罪，旋復拜爲太子中允事，參見《年譜》。伏感：俯伏感激，下對上的敬詞。奉簡：指書詩于簡札，獻給新除使君等。除：授職。

〔二〕還冠冕：指恢復官職。

〔三〕殷王解網羅：《史記·殷本紀》：「湯出，見野張網四面，祝曰：『自天下四方皆入吾網。』湯曰：『嘻，盡之矣！』乃命去其三面，祝曰：『欲左，左；欲右，右。不用命，乃入吾網。』諸侯聞之曰：『湯德至矣，及禽獸。』」此指天子行法尚寬，恩澤優渥。

〔四〕皆知，述古堂本、元本俱作「猶能」。笑：指花開。

〔五〕百城：指州刺史（使君）的轄境。又指州刺史。參見《送封太守》注〔六〕。

〔六〕珂：馬勒上的玉飾，馬行時作聲，故曰「鳴珂」。此句指新除使君等連騎至宮前謝恩。

金人瑞曰：既赦罪，又復官，若順事各寫，此成何章句，今看其小出手法，只將二事摶作二句，言我直至復官之後，始悟既已赦罪矣。便令前此畏罪之深，後此蒙恩之重；前此驚魂一片，後此銜感萬重，所有意中意外，如恍如惚，無數情事，不覺盡出。此謂臨文變化生心之能也。（《金聖歎選批唐詩》卷三上）

和賈舍人早朝大明宮之作〔一〕

絳幘雞人送曉籌〔二〕，尚衣方進翠雲裘〔三〕。九天閶闔開宮殿〔四〕，萬國衣冠拜冕旒〔五〕。日色纔臨仙掌動〔六〕，香煙欲傍衮龍浮〔七〕。朝罷須裁五色詔，珮聲歸向鳳池頭〔八〕。

〔一〕作于乾元元年（七五八）春末，時作者亦官中書舍人，説見《年譜》。舍人：即中書舍人，見《苑舍人能書梵字兼達梵音戲爲之贈》注〔一〕。賈舍人：即賈至。字幼鄰（一作幼幾），河南洛陽人，兩《唐書》有傳。至自天寶末至乾元元年春官中書舍人，説詳《年譜》。大明宮：見《奉和聖製從蓬萊向興慶閣道中留春雨中春望之作應制》注〔一〕。《舊唐書·地理志》曰：「高宗已後，天子常居東内（大明宮）。」按，賈至原賦題作《早朝大明宮呈兩省僚友》，載《全唐詩》卷二三五。又，岑參有《奉和中書賈至舍人早朝大明宮》，杜甫有《奉和賈至舍人早朝大明宮》，皆同和之作。

〔二〕絳幘：紅色頭巾。仇兆鰲《杜詩詳註》卷五引《漢官儀》曰：「宫中輿臺並不得畜雞，夜漏未明三刻雞鳴，衛士候於朱雀門外，著絳幘（象雞冠），雞唱。」參見《騈字類編》卷一四六引《漢官儀》。雞人：《周禮·春官·雞人》：「雞人掌共（供）雞牲，辨其物（毛色）；大祭祀，夜嘑旦以嘂（《説文》：「嘂，高聲也，一曰大呼也。」）百官。」鄭注：「夜，夜漏未盡雞鳴時也，呼旦以警起百官使夙興。」絳幘雞人，此處借指宫中夜間報更之人。送曉籌：即報曉之意。籌，指更籌、更籤，古時報更用的牌。《陳書・世祖紀》：「每雞人伺漏，傳更籤於殿中，乃敕送者，必投籤於階石之上，令鎗然有聲。」

〔三〕尚衣：唐殿中省有尚衣局，掌天子之服冕。參見《舊唐書・職官志》。翠雲裘：用翠羽編織成的雲紋之裘。《古文苑》卷二宋玉《諷賦》：「主人之女，翳承日之華，披翠雲之裘。」宋章樵注：「輯翠羽爲裘。」此處指天子之衣。

〔四〕九天：喻皇宫，言其高大。「天」《文苑英華》作「重」。閶闔：指宫門。

〔五〕萬國：萬方。衣冠：謂百官。冕旒：指天子。

〔六〕色，《瀛奎律髓》作「影」。仙掌：承露盤上的仙人手掌。漢武帝作承露盤，立銅仙人舒掌擎盤以承甘露。班固《西都賦》：「抗仙掌以承露，擢雙立之金莖。」《漢書・郊祀志上》：「其後（武帝）又作柏梁銅柱、承露僊人掌之屬矣。」注引蘇林曰：「仙人以手掌擎盤承甘露。」又引《三輔故事》云：「建章宫承露盤……以銅爲之，上有仙人掌承露。」此處也可能指燈架或燭臺作仙人舒掌擎盤之狀。謝朓《雜詩三首・燈》：「抽莖類仙掌，銜光似燭龍。」動：謂曉日照于仙掌，其光閃動。也可能指曉日初出，殿中尚黑，銀燭閃動（賈原賦有「銀燭朝天」之語）。

〔七〕香煙：指朝會時殿中設爐燃香。《新唐書・儀衛志》：「朝日殿上設黼扆、躡席、熏爐、香案。」欲：猶「已」。傍：貼近，靠近。衮：天子禮服，上畫龍，又稱龍衮、卷龍衣。《禮記・禮器》：「禮有以文爲貴者，天子龍衮。」浮：指早朝時燃香，衮上所繡之龍如浮游于煙霧之中。

〔八〕五色詔：用五色紙書寫的詔書。《鄴中記》：「石虎詔書，以五色紙著鳳雛口中。」珮：玉珮。唐五品以上官員之飾物有珮（中書舍人正五品上）。向，凌本、《瀛奎律髓》俱作「到」。鳳池：即鳳凰池，指中書省。本義爲禁苑中的池沼。魏晋以後，設中書省于禁苑，因其專掌機要，接近天子，故稱爲鳳凰池。《晋書·荀勖傳》：「勖久在中書，專管機事。及失之（指勖遷尚書令），甚罔悵恨。或有賀之者，勖曰：『奪我鳳凰池，諸君賀我邪！』」此二句與賈至原賦的末二句（「共沐恩波鳳池裏，朝朝染翰侍君王。」）相應。是時維與賈同官中書舍人（見《年譜》），故有「須裁五色詔」（中書舍人掌草詔）、「歸向鳳池頭」之語。

胡仔曰：老杜《和早朝大明宫》詩，賈至爲唱首，王維、岑參皆有和，四詩皆佳絶。（《苕溪漁隱叢話》前集卷一〇）

宋楊萬里曰：七言褒頌功德，如少陵、賈至諸人倡和《早朝大明宫》，乃爲典雅重大。和此詩者，岑參云：「花迎劍佩星初落，柳拂旌旗露未乾」，最佳。（《誠齋詩話》）

方回曰：四人《早朝》之作，俱偉麗可喜，不但東坡所賞子美「龍蛇」、「燕雀」一聯也。（《瀛奎律髓彙評》卷二）

元楊載曰：榮遇之詩，要富貴尊嚴，典雅温厚。寫意要閒雅，美麗清細，如王維、賈至諸公《早朝》之作，氣格雄深，句意嚴整，如宫商迭奏，音韻鏗鏘，真麟遊靈沼，鳳鳴朝陽也。學者熟

之，可以一洗寒陋。（《詩法家數》）

顧璘曰：右丞此篇，直與老杜頡頏，後惟岑參及之，他皆不及。蓋氣概闊大，音律雄渾，句法典重，用字清新，無所不備故也。或猶未全美，以用衣服字太多耳。

胡應麟曰：《蚤朝》四詩妙絶今古。賈舍人起結宏響，其工語在「千條弱柳」一聯，第非作者所難也。工部詩全首輕揚，較他篇沉著渾雄，如出二手。……王、岑二作俱神妙，間未易優劣。昔人謂王服色太多，余以它句猶可，至「冕旒」「龍衮」之犯，斷不能爲詞。嘉州較似工密，迺「曙光」「曉鐘」，亦覺微纇。又「春」字兩見篇中，則二君之作，尚匪絶瑕之璧也。（《詩藪》内編卷五）

又曰：細校王、岑之作，岑通章八句，皆精工整密，字字天成。頸聯絢爛鮮明，早朝意宛然在目。獨頷聯雖絶壯麗，而氣勢迫促，遂至全篇音韻微乖，不爾，當爲唐七言律冠矣。王起語意偏，不若岑之大體；結語思窘，不若岑之自然。頸聯甚活，終未若岑之駢切。獨頷聯高華博大，而冠冕和平，前後映帶，遂令全首改色，稱最當時。大概二詩力量相等，岑以格勝，王以調勝；岑以篇勝，王以句勝；岑極精嚴縝匝，王較寬裕悠揚。（同上）

趙殿成曰：《早朝》四作，氣格雄深，句調工麗，皆律詩之佳者。結句俱用鳳池事，惟老杜獨別，此其妙處不容掩者也。若評較全篇，定其軒輊，則岑爲上，王次之，杜、賈爲下，雖蘇子瞻所賞在「旌旗日暖」二句，楊誠齋所取在「花迎劍佩」一聯，文人愛尚，各有不同。

紀昀曰：四公皆盛唐巨手，同時唱和，世所豔稱。然此種題目無性情風旨之可言，仍是初唐應制之體。但色較鮮明，氣較生動，各能不失本質耳。後人拈爲公案，評議紛紛，似可不必。（《瀛奎律髓彙評》卷二）

晚春嚴少尹與諸公見過〔一〕

松菊荒三徑，圖書共五車〔二〕。烹葵邀上客〔三〕，看竹到貧家〔四〕。鵲乳先春草〔五〕，鶯啼過落花〔六〕。自憐黄髮暮，一倍惜年華〔七〕。

〔一〕作于乾元元年（七五八）三月。嚴少尹：即嚴武，兩《唐書》有傳。武自至德二載（七五七）九月至乾元元年六月官京兆少尹，説見《年譜》。少尹，唐京兆、河南、太原等府，各置尹（正長官）一員，從三品；少尹（副長官）二員，從四品下。見過：過訪自己。

〔二〕「松菊」句：語本陶淵明《歸去來兮辭》：「三徑就荒，松菊猶存。」三徑，見《黎拾遺昕裴秀才迪見過秋夜對雨之作》注〔五〕。五車：見《戲贈張五弟諲三首》其二注〔一〕。此二句謂己之家園荒蕪，唯有松菊尚存，圖書還有不少。

〔三〕「烹葵」句：《古文苑》卷二宋玉《諷賦》：「上客遠來，……乃炊雕胡之飯，烹露葵之羹以食之。」沈約《詠菰詩》：「匹彼露葵羹，可以留上客。」葵，見《積雨輞川莊作》注〔七〕。上客，尊貴的客人。

〔四〕看竹：參見《春日與裴迪過新昌里訪吕逸人不遇》注〔五〕。

〔五〕鵲：喜鵲，《唐詩品彙》作「雀」。乳：《説文》：「人及鳥生子曰乳。」

〔六〕句謂春殘花落，鶯猶啼不已。

〔七〕黄髮：年老之徵。《詩·魯頌·閟宫》：「黄髮台背。」鄭箋：「皆壽徵也。」蓋老人髮白，白久而黄，故云。此二句觸景生情，言鵲先春而動，鶯春殘猶啼，似皆有惜春之意；自憐已到暮年，更宜加倍珍惜時光。

方回曰：三四唐人不曾犯重，極新。第六句尤妙。（《瀛奎律髓彙評》卷一〇）

黄生曰：五六起下意，言鵲乳甫先春草，鶯啼倏過落花，此年華之所以可惜也。分明有倏、甫二字在句内，名縮脈句。諸公皆有見過之作，詩中必有惜年華之語，故結處答其意，言諸公皆以年華爲可惜，自憐暮景，故惜年華之心，比諸公更加一倍也。七八二句，上仍有説話，謂之意在句前。（《增訂唐詩摘鈔》卷一）

清陸貽典曰：三四用事，天然湊合。（《瀛奎律髓彙評》卷一〇）

查慎行曰：「過」字千錘百鍊，而出以自然。（同上）

紀昀曰：句句清新而氣韻天成，不見刻畫之迹。五六句賦中有比，末句從此過脈，渾化無痕。（同上）

酬嚴少尹徐舍人見過不遇〔一〕

公門暇日少〔二〕，窮巷故人稀。偶值乘籃轝，非關避白衣〔三〕。不知炊黍否〔四〕，誰解掃荆扉〔五〕？君但傾茶椀〔六〕，無妨騎馬歸〔七〕。

〔一〕嚴少尹：嚴武。詩約作于乾元元年（七五八）春夏間，參見上詩注〔一〕。徐舍人：指徐浩。參見《送徐郎中》注〔一〕。浩于至德元載（七五六）自襄州刺史召拜中書舍人。至乾元元年（七五八）四月二十八日，仍在中書舍人任。旋徙國子祭酒。説見嚴耕望《唐僕尚丞郎表》卷八。

〔二〕公門：衙門，官府。

〔三〕乘籃轝：《宋書·陶潛傳》：「江州刺史王弘欲識之，不能致也。潛嘗往廬山，弘令潛故人龐通之齎酒具於半道栗里要之。潛有脚疾，使一門生、二兒轝（舉，擡）籃輿（竹轎，也作「籃轝」）。既至，欣然便共飲酌。俄頃弘至，亦無忤也。」避白衣：白衣，指王弘派去給陶潛送酒的人。參見《偶然作·陶潛任天真》注〔四〕。《晉書·陶潛傳》：「刺史王弘以元熙中臨州，甚欽遲之，後自造焉。潛稱疾不見，既而語人云：『我性不狎世，因疾守閑，幸非潔志慕聲，豈敢以王公紆軫（枉駕）爲榮邪！』」此二句就嚴、徐「見過不遇」而言，意謂偶然遇到自己外出，並非有意避而不見。

〔四〕此句謂，自己不在，不知家人是否炊黍待客。

〔五〕此句謂，客人來，不知家人中有誰懂得灑掃迎客？

〔六〕但：僅。傾茶椀：喝乾椀（碗）中的茶。

〔七〕此句意謂，來訪不遇，復騎馬而歸，君以爲無妨。

顧可久曰：意思真率，冲澹古雅。

同崔傅答賢弟〔一〕

洛陽才子姑蘇客，桂苑殊非故鄉陌〔二〕。九江楓樹幾回青〔三〕，一片揚州五湖白〔四〕。揚州時有下江兵〔五〕，蘭陵鎮前吹笛聲〔六〕。夜火人歸富春郭〔七〕，秋風鶴唳石頭城〔八〕。周郎陸弟爲儔侣，對舞《前溪》歌《白紵》。曲几書留小史家，草堂棋賭山陰墅〔九〕。衣冠若話外臺臣，先數夫君席上珍〔一〇〕。更聞臺閣求三語，遥想風流第一人〔一一〕。

〔一〕據詩中述及永王璘東巡事，此詩疑當作于乾元元年（七五八）春維被宥復官之後，具體時間無從確知，姑繫此。同：猶和。崔傅：無考。

〔二〕洛陽才子：潘岳《西征賦》：「終童山東之英妙，賈生洛陽之才子（賈誼洛陽人，故云）。」姑蘇：蘇州（今蘇州市）之别稱。因州西南有姑蘇山而得名。桂苑：趙殿成謂即三國吴之桂林苑。《文選》左思《吴都賦》：「數軍實乎桂林之苑，饗戎旅乎落星之樓。」劉淵林注：「吴有桂林苑、落星樓，樓在建鄴東北十里。」故址在今南京市東北落星山之陽。又，《文選》謝莊《月賦》：「乃清蘭路，肅桂苑。」李善注：「蘭路，有蘭之路。桂苑，有桂之苑。」按，《説文》曰：「桂，江南木。」此處桂苑疑用《月賦》之意，指姑蘇的「有桂之苑」。此二句謂，崔傅與「賢弟」爲洛陽才子，在蘇州作客，該地同他們的故鄉有别。

〔三〕九江：見《漢江臨汎》注〔二〕。楓樹幾回青：指崔傅與「賢弟」已在蘇州住了幾年。按，蘇州與九江漢時俱屬揚州，又《楚辭·招魂》曰：「湛湛江水兮上有楓，目極千里兮傷春心。」所以此處不説「蘇州楓樹」而説「九江楓樹」。

〔四〕揚州：唐揚州轄境相當今江蘇揚州、泰州市及江都、高郵、寶應等地；五湖在蘇州附近，不在唐揚州轄區之内，因此這裏的揚州，當指漢揚州。今安徽淮河以南與江蘇長江以南地區，江西、浙江、福建三省及湖北英山、黄梅、武穴，河南固始、商城等縣，漢時俱爲揚州轄地。五湖：見《送丘爲落第歸江東》注〔三〕。此句寫蘇州一帶景色。

〔五〕下江兵：《漢書·王莽傳》：「是時南郡張霸、江夏羊牧、王匡等起雲杜緑林，號曰下江兵。」注：「晋灼曰：本起江夏雲杜縣，後分西上入南郡……故號下江兵也。」按，南郡治所在今湖北荆州，長江自荆州以下屬下游，古謂之下江。唐安史之亂前，江淮地區不曾有争戰，下江兵疑指永王璘引兵東巡事。《通鑑》至德元載（七五六）十二月：「上皇命諸子分總天下節制……璘領四道節度都使，鎮江陵。……甲辰，永王璘擅引兵東巡，沿江而下，軍容甚盛，然猶未露割據之謀

（璘謀割據江東，如東晉故事）。吴郡（蘇州）太守兼江南東路採訪使李希言平牒璘，詰其擅引兵東下之意。璘怒，分兵遣其將渾惟明襲希言於吴郡，季廣琛襲廣陵（揚州）長史、淮南採訪使李成式於廣陵。璘進至當塗（今安徽當塗），希言遣其將元景曜及丹楊（治所在今江蘇鎮江市）太守閻敬之將兵拒之，李成式亦遣其將李承慶拒之。璘擊斬敬之以徇，景曜、承慶皆降於璘，江淮大震。」又，《通鑑考異》謂，璘擊斬閻敬之後，據有丹楊郡城；後兵敗，自丹楊奔晉陵（今江蘇常州）以趨鄱陽（見《通鑑》卷二一九胡注）。永王璘引兵東巡與本詩所言下江兵事涉及的地區頗相合。

〔六〕蘭陵鎮：東晉、南朝置蘭陵縣，治所在今江蘇常州市西北。笛：管樂器名，古軍中之樂多用之。

〔七〕富春：古縣名，秦置。晋太元中改名富陽。治所在今浙江富陽。句謂兵事起，有人連夜逃往富春。

〔八〕秋風鶴唳：《晋書·謝玄傳》：「（苻堅）餘衆棄甲宵遁，聞風聲鶴唳，皆以爲王師已至。」按，肥水之戰發生於秋冬之際，又作者此處爲求與上句「夜火」偶對，因改「風聲」爲「秋風」，並非謂下江兵事起於秋日。石頭城：古城名，三國吴孫權築。故址在今南京市清凉山。句指兵事起，石城之人皆驚慌疑懼。

〔九〕周郎：周瑜。《三國志·吴書·周瑜傳》：「瑜時年二十四，吴中皆呼爲周郎。」此喻指崔傅，言其有周瑜的才幹。陸弟：陸機之弟陸雲。雲少與兄機齊名，時人號爲「二陸」。此喻指「賢弟」，説他有陸雲的文才。儔侶：同輩，伴侶。《前溪》：舞曲名，屬樂府《吳聲歌曲》。《晉書・樂志下》：「《前溪歌》者，車騎將軍沈充所制。」《樂府詩集》卷四五：「《宋書・樂志》曰：『《前溪歌》者，晉車騎將軍沈玩所製。』郗昂《樂府解題》曰：『《前溪》，舞曲也。』」《白紵》：吳之舞曲，屬樂府《舞曲歌辭》。「古詞盛稱舞者之美，宜及芳時爲樂」。參見《宋書・樂志》、《樂府詩集》卷五五。「曲几」句：用王羲之事：「（羲之）嘗詣門生家，見棐几（用榧木做的几）滑淨，因書之，真草相半。後爲其父誤刮去之，門生驚懊者累日。」（《晉書・王羲之傳》）小史，侍從。「草堂」句：用謝安事：「（苻）堅後率衆，號百萬，次于淮肥，京師震恐。加安征討大都督。（謝）玄入問計，安夷然無懼色，答曰：『已別有旨。』既而寂然。玄不敢復言，乃令張玄重請。安遂命駕出山墅，親朋畢集，方與玄圍棋賭別墅。」（《晉書・謝安傳》）山陰，山北。以上四句意謂，兵事起，二人依舊歌舞、寫字、下棋，態度極其鎮定從容。

〔一〇〕外臺：指州刺史。《後漢書・謝夷吾傳》載，夷吾曾任荊州刺史，司徒第五倫令班固爲文薦夷吾曰：「爰牧荊州，威行邦國。……尋功簡能，爲外臺之表；聽聲察實，爲九伯（九州的長官）之冠。」夫君：對友人的敬稱。謝朓《酬德賦》：「聞夫君之東守，地隱蓄而懷僊。」席上珍：《禮記・儒行》：「儒有席上之珍以待聘。」喻具有美善的才德，如席上之有珍（寶玉）。二句意謂，搢紳大夫若話及州郡長官，當先推崔傅爲美善的人選。

〔一一〕臺閣：謂尚書臺。《後漢書・仲長統傳》：「光武皇帝……政不任下，雖置三公，事歸臺閣。」注：

「臺閣謂尚書也。」按，東漢置尚書臺（相當於皇帝的機要秘書處），權皆歸于此，故云。此處借指中央的最高官署（三省）。三語：《世説新語・文學》：「阮宣子（晋阮修）有令聞，太尉王夷甫（王衍）見而問曰：『老莊與聖教同異？』對曰：『將無同（大約差不多吧）。』太尉善其言，辟之爲掾（官府屬員），世謂三語掾。」按，《太平御覽》卷二〇九《衛玠別傳》記此事作阮瞻與王衍，而《晋書・阮瞻傳》則作阮瞻與王戎。第一人：《南史・謝晦傳》：「時謝混風華，爲江左第一。」二句意謂，更知三省徵求掾屬，當首推「賢弟」爲傑出不凡的人選。

沈德潛曰：寓疎蕩於隊仗之中，此盛唐人身分。（《唐詩別裁》卷五）

和宋中丞夏日遊福賢觀天長寺之作 即陳左相所施〔一〕

已相殷王國〔二〕，空餘尚父溪〔三〕。釣磯開月殿，築道出雲梯〔四〕。積水浮香象，深山鳴白雞〔五〕。虛空陳妓樂，衣服製虹霓〔六〕。墨點三千界〔七〕，丹飛六一泥〔八〕。桃源勿遽返〔九〕，再訪恐君迷。

〔一〕約作于乾元元年（七五八）夏，説見後。宋中丞：即宋若思。《舊唐書・玄宗紀》：「（天寶十五載六月）庚子……以監察御史宋若思爲御史中丞充置頓使。」又《地理志》謂江州至德縣，「至德二年（七五七）九月，中丞宋若思奏置」。李白有《爲宋中丞自薦表》、《爲宋中丞請都金陵表》、《爲宋中丞祭九江文》、《陪宋中丞武昌夜飲懷古》等詩文，皆作于至德二載，宋中丞即指宋若思。中丞，唐御史臺置中丞二人，正五品上，掌察舉非法，爲御史大夫（御史臺正長官）之副貳。福賢觀、天長寺：據詩意，原係陳希烈之山中别墅，後施爲一觀一寺，其地疑在長安附近。《唐會要》卷五〇：「（天寶）七年八月十五日，勅兩京及諸郡所有千秋觀、寺，宜改天長名。」按，天寶七載八月一日，改玄宗生日千秋節爲天長節。陳左相：即陳希烈。字子明，潁川人，以講《老》、《莊》得進，專用神仙符瑞取媚於上。天寶五載四月同平章事，六載四月官左相（即侍中，天寶元年改爲左相）兼兵部尚書，十三載八月爲太子太師，罷知政事。安禄山反，受僞命爲相。至德二載十二月，定罪賜死于家。參見《舊唐書·玄宗紀》、《陳希烈傳》及《陳希烈墓誌》（《隋唐五代墓誌彙編》陝西卷）。希烈施山莊爲寺觀，蓋在其任左相期間，故云「即陳左相所施」。詩題宋蜀本作《和宋中丞夏日遊福賢觀天長寺即陳左相宅所施之作》；述古堂本同，唯「即」字以下九字作題下注語；明十卷本、張本同宋蜀本，唯無「宅」字；《全唐詩》亦同宋蜀本，唯「寺」下又多一「寺」字。

〔二〕「已相」句：此處以殷紂王喻安禄山，謂希烈已爲安禄山之相。

〔三〕空：只。尚父：周武王尊稱吕尚爲尚父。《詩·大雅·大明》：「維師尚父，時維鷹揚。」毛傳：「師，大師也；尚父，可尚可父。」鄭箋：「尚父，吕望（即吕尚）也，尊稱焉。」尚父溪：劉向《列仙傳》卷上：「（吕尚）西適周，匿于南山，釣于磻溪。」《水經注》卷一七《渭水》：「渭水之右，磻溪水注之。水出南山兹谷，乘高激流，注於溪中。溪中有泉，謂之兹泉。……即《吕氏春秋》所謂太公釣兹泉也。……東南隅有一石室，蓋太公所居也。水次平石釣處，即太公垂釣之所也。其投竿跽餌，兩厀遺跡猶存，是有磻溪之稱也。」按，溪在今陝西寶雞市東南。此處以周喻唐，以「尚父溪」喻希烈在唐爲相時的山莊。蓋是時希烈已卒，故曰「空餘」。據此，本詩當約作于乾元元年。

〔四〕磯（jī基）：水邊石灘或突出的大石。開：開建，創立。月殿：佛書指月天子（佛教菩薩大勢至的别稱。大勢至爲阿彌陀佛右脅侍者，與阿彌陀佛及其左脅侍者觀世音合稱「西方三聖」）所居之宫殿。《立世阿毘曇論》卷五：「月宫殿，瑠璃所成，白銀所覆。……是月天子于其中住。」此處泛指佛殿。出：出現。雲梯：《文選》郭璞《遊仙詩七首》其一：「靈谿可潛盤，安事登雲梯？」李善注：「雲梯，言仙人昇天因雲而上。」又指山間石磴。謝靈運《登石門最高頂》：「惜無同懷客，共登青雲梯。」盧象《家叔徵君東溪草堂二首》其一：「未暇掃雲梯，空慚阮氏子。」此處兼用二義，既實指新修山間石磴，又隱謂其上有道觀，居之可修煉成仙。此二句指希烈捨山居爲佛寺、道觀。

〔五〕積水：指池塘。香象：即青香象，謂青色帶香氣之象。僧肇《注維摩詰經》卷一曰：「香象菩薩。（鳩摩羅）什曰：青香象也。身出香風，菩薩身香風亦如此也。」按，《大唐西域記》卷九載摩揭陁國有香象池，其文曰：「菩提樹東渡尼連禪那河，大林中有窣堵波，其北有池，香象侍母處也。

如來在昔修菩薩行，爲香象子，居北山中，遊此池側。其母盲也，採藕根，汲清水，恭行孝養，與時推移。」此句即用其事，指該處爲佛地。也可能實指池中有石象。白雞：《續博物志》卷七曰：「陶隱居云：學道之士，居山宜養白犬白雞，可以辟邪。」此句謂「深山」乃道士所居之地。以上二句，上句指寺而言，下句指觀而言。

〔六〕「虚空」句：《法華經·譬喻品》：「爾時四部衆……見舍利弗（釋迦牟尼十大弟子之一）於佛前受阿耨多羅三藐三菩提（梵文之音譯，意譯「無上正等正覺」）記，心大歡喜，踊躍無量，各各脱身所著上衣，以供養佛。……所散天衣住虚空中，而自迴轉。諸天伎樂百千萬種，於虚空中一時俱作。」此處疑指寺殿梁棟或粉壁上雕繪有飛天妓樂之像。「衣服」句：《楚辭·九歌·東君》：「青雲衣兮白霓裳。」此處蓋指道士服霞帔（道士的一種服飾，上有雲霞花紋，披于肩背）。《一切道經音義妙門由起》引《三洞奉道科戒》曰：「大洞法師，元始冠……五色雲霞帔。三洞講法師，元始冠……九色雲霞帔。」此二句亦分别指寺、觀而言。

〔七〕「墨點」句：《法華經·化城喻品》：「佛告諸比丘：乃往過去無量無邊不可思議阿僧祇（佛教用以表示異常久遠的時間單位，據稱是一個不復能知的極數）劫（佛教或稱天地由形成到毁滅爲一劫），爾時有佛名大通智勝如來……諸比丘，彼佛滅度（指成佛）已來，甚大久遠。譬如三千大千世界（佛家語，言以須彌山爲中心，以鐵圍山爲外郭，同一日月所照的四天下爲一小世界，一千小世界合爲一小千世界，一千小千世界合爲一中千世界，一千中千世界合爲一大千世界，總稱三千大千世界）所有地種，假使有人磨以爲墨，過于東方千國土，乃下一點，大如微塵，又過千國土，復下一點，如是展轉，盡地種墨，於汝等意云何？是諸國土，若（或）算師，若算師弟子，能得邊際，知其數不？」南朝梁法雲《法華義記》卷七云：「從『諸比丘，彼佛滅度已來』以下，用三千大千世界作墨爲往古久遠作譬也。」三千界，即三千大千世界。句指和尚修煉成佛可得永生。

〔八〕飛：指除去藥物中的雜質以煉丹。六一泥：《抱朴子・内篇・金丹》：「第一之丹，名曰丹華。當先作玄黄，用雄黄水、礬石水。戎鹽、鹵鹽、礜石、牡礪、赤石脂、滑石、胡粉各數十斤，以爲六一泥，封之，火之三十六日，成，服之七日仙。」此以戎鹽、鹵鹽等七物，加水搗合如泥，六與一合爲七，故謂之六一泥。其他道書所稱六一泥，所用原料，有與此異者。句指道士煉丹可以成仙。

〔九〕桃源：借指希烈之山莊。

春夜竹亭贈錢少府歸藍田〔一〕

夜静群動息〔二〕，時聞隔林犬。却憶山中時，人家澗西遠〔三〕。羡君明發去〔四〕，采蕨輕軒冕〔五〕。

〔一〕約作于乾元二年（七五九）春，説見下篇注〔一〕。錢少府：即錢起。起字仲文，吴興人，天寶九載登第，釋褐祕書省校書郎。自乾元二年至寶應二年（七六三），官藍田縣尉。參見傅璇琮《唐代詩人叢考·錢起考》。少府：即縣尉。此詩錢起有和章，題作《酬王維春夜竹亭贈别》，載《全唐詩》卷二三六。

〔二〕群動：各種動物。陶淵明《飲酒》其七：「日入群動息。」

〔三〕「却憶」句：維嘗居於藍田輞川别業，故云。澗，澗水。此指輞水。

〔四〕明發：黎明。《詩·小雅·小宛》：「明發不寐，有懷二人。」朱熹《集傳》：「明發，謂將旦而光明開發也。」

〔五〕蕨（jué 决）：多年生草木植物，野生。嫩葉可食，地下莖可製澱粉。輕軒冕：謝朓《休沐重還丹陽道中詩》：「志狹輕軒冕，恩甚戀閨闈。」軒冕，見《寓言二首》其一注〔一〇〕。此句意謂，輕視官位爵禄而情願過隱居生活。是時起既官藍田尉，何以又稱他「采蕨輕軒冕」？大概是由于藍田多山水勝景，錢起在其地又有别業，可以過半官半隱的生活，故云。參見下篇注〔三〕。

顧可久曰：幽景遠情，想像不盡，脱洗塵垢矣。

沈德潛曰：五言用長易，用短難，右丞工于用短。（《唐詩别裁》卷一）

送錢少府還藍田〔一〕

草色日向好，桃源人去稀〔二〕。手持平子賦，目送老萊衣〔三〕。每候山櫻發，時同海燕歸〔四〕。今年寒食酒，應得返柴扉〔五〕。

〔一〕錢少府：見上詩注〔一〕。《唐詩紀事》卷三〇曰：「起還藍田，王維贈别曰：『草色日向好……』起答詩曰：『卑栖却得性……』」按，起答詩載《錢考功集》卷四及《全唐詩》卷二三七，題作《晚歸藍田酬王維給事贈别》，《王右丞集》各本俱收此詩，題作《留别錢起》，非是，説見附録一《傳本誤收詩文》，據此，可知本詩當作于乾元二年春維官給事中期間（參見《年譜》）。

〔二〕桃源：此指藍田的山水佳勝之地。

〔三〕「手持」句：平子，東漢張衡之字（參見《後漢書·張衡傳》）。平子賦，指張衡的《歸田賦》，載《文選》，李善注曰：「《歸田賦》者，張衡仕不得志，欲歸於田，因作此賦。」此句表示被送者將歸田和送者也有歸田之意。「目送」句：老萊，老萊子，春秋時楚隱士。性至孝，年七十，父母猶存，常身著「五彩斑斕」之衣，仿效小兒的習性與動作，以娱其雙親。事見《初學記》卷一七引《孝子傳》、《藝文類聚》卷二〇引《列士傳》及《太平御覽》卷四一三引《孝子傳》。此句謂錢起欲歸家行孝娱親。按，錢起《初黄綬赴藍田縣作》云：「居人散山水，即景真桃源。」《藍溪休沐寄趙八給事》云：「蟲鳴歸舊里，田野秋農閒。即事敦夙尚，衡門方再闢。」《酬元祕書晚出藍溪見寄》曰：「拙宦不忘隱，歸休常在兹。知音倘相訪，炊黍掃茅茨。」《晚歸藍田酬王維給事贈别》曰：「卑棲（本指鳥棲息於低處，此指居于卑位）却得性，每與白雲歸。徇禄（指爲藍田尉，徇，曲從）仍懷橘（謂歸家孝順父母，用陸績見袁術，在座間私取橘三枚藏於懷，欲歸遺其母的故實，事見《三國志·吴書·陸績傳》），看山免採薇。」諸詩皆起爲藍田尉時所作。根據這些詩，可知藍田多山水勝景，起在藍溪（水名，在藍田縣境）有别業，每公餘閒暇，常歸休于此；又起之父母，是時亦居藍田，故維送起還藍田，而有以上二句之語。

〔四〕山櫻發：指山上的櫻桃開花。櫻桃，見《敕賜百官櫻桃》注〔一〕。海燕：燕子的别稱。古人以爲燕子産於南方，渡海而至，故稱。二句謂起常在櫻桃開花、南燕北返時歸家探視父母。

〔五〕寒食：見《送綦毋潛落第還鄉》注〔六〕。得，宋蜀本、《全唐詩》俱作「是」。此二句預計寒食節放假時（唐制，寒食通清明節放假四日），自己應能返回輞川。

左掖梨花〔一〕

閒灑階邊草，輕隨箔外風〔二〕。黄鶯弄不足，銜入未央宫〔三〕。

〔一〕作于乾元二年（七五九）春，説見《年譜》。左掖：即門下省。唐大明宫宣政殿（朝會行儀之處）

前有兩廊，各有門，東門曰日華，西門曰月華。日華門外爲門下省，月華門外爲中書省。門下省地處殿左，稱左省、左掖（兩旁爲掖）、東省；中書省地處殿右，稱右省、右掖、西省。梨花，《文苑英華》作「海棠花」，宋蜀本、述古堂本作「梨花詠」。此詩丘爲、皇甫冉有同詠，爲詩載《全唐詩》卷一二九，題作《左掖梨花》；冉詩載《全唐詩》卷二五〇，題作《和王給事維禁省梨花詠》（給事爲左掖屬官）。

〔二〕箔：簾。

〔三〕入，《文苑英華》作「向」。未央宮：漢長安宮殿名，高祖七年蕭何主持營建，故址在今西安市西北漢長安故城西南角。參見《漢書·高帝紀》、《三輔黃圖》卷二。此處借指唐皇宮。

王夫之曰：「黃鶯弄不足，銜入未央宮」，斷不可移詠梅、桃、李、杏，而超然玄遠，如九轉還丹，仙胎自孕矣。（《薑齋詩話》卷二）

送韋大夫東京留守〔一〕

人外遺世慮，空端結遐心〔二〕。曾是巢許淺，始知堯舜深〔三〕。蒼生詎有物〔四〕，黃屋如喬林〔五〕。上德撫神運〔六〕，沖和穆宸襟〔七〕。雲雷康屯難〔八〕，江海遂飛沉〔九〕。天工寄人英，龍袞澹君臨〔一〇〕。名器苟不假〔一一〕，保釐固其任〔一二〕。素質貫方領，清景照華簪〔一三〕。慷慨念王室，從容獻官箴〔一四〕。雲旗蔽三川，晝角發龍吟〔一五〕。晨揚天漢聲〔一六〕，夕捲大河陰〔一七〕。窮人業已寧〔一八〕，逆虜遺之擒〔一九〕，然後解金組〔二〇〕，拂衣東山岑〔二一〕。給事黄門省〔二二〕，秋光正沉沉〔二三〕。壯心與身退〔二四〕，老病隨年侵〔二五〕。君子從相訪〔二六〕，重玄其可尋〔二七〕？

〔一〕作于乾元二年（七五九）秋。韋大夫：即韋陟（參見《奉寄韋太守陟》注〔一〕）。陟至德年間嘗官御史大夫（御史臺正長官），故稱。《舊唐書·肅宗紀》：「（乾元二年）秋七月乙丑朔，以禮部尚書韋陟充東京留守。」東京：即東都洛陽，天寶元年改名東京。留守：官名。唐時天子或居長安，或居洛陽，其不在長安或洛陽時，則置留守，以大臣充任。另北都太原府也有留守，例以府尹兼任。

〔二〕人外：世外。《後漢書·陳寵傳》：「屏居人外，荆棘生門。」空端：空際，指高山上。結：積聚。遐心：指避世隱居之心。此二句意謂，自己曾居世外，遺落了世間之慮，存有避世隱居之心。

〔三〕巢許：巢父、許由。相傳爲堯時隱士，堯欲讓位於二人，俱不受。參見《莊子·逍遥遊》、晉皇甫謐《高士傳》卷上。此二句謂，巢許的避世是膚淺的，自己從前曾加以肯定，而今方知堯舜爲天下百姓而操勞之深刻。

〔四〕詎：豈。物：事。

〔五〕黄屋：古時天子之車，用黄繒做車蓋裏，稱黄屋車。《漢書·高帝紀》：「紀信乃乘王車，黄屋左纛。」喬林：成林的大樹。謝脁《郡内高齋閑坐答吕法曹》：「𢕟中列遠岫，庭際俯喬林。」句謂天子就像喬林覆物一樣蔭庇蒼生。

〔六〕上德：至上之德。《老子》三十八章：「上德不德，是以有德。」河上公注：「上德謂太古無名號之君，德大無上，故言上德也。」此指唐天子的功德。撫：安，使安。神運：猶氣數、氣運。氣運難測，故曰「神」。《史記·十二諸侯年表》：「曆人取其年月，數家（陰陽術數之家）隆於神運。」此指國家的命運。

〔七〕沖和：虚静平和。《晉書·阮瞻傳》：「神氣沖和，而不知向人所在。」穆：和美。宸襟：帝王之胸襟。何遜《九日侍宴樂遊苑》：「宸襟動時豫，歲序屬涼氛。」宸，述古堂本、元本俱作「衣」。此句稱頌天子的胸懷之美。

〔八〕雲雷：《易·屯》：「《象》曰：雲雷，屯，君子以經綸。」屯之卦象爲雲在上，雷在下，《象傳》以雨比恩澤，雷比刑罰，故雲雷指兼用恩澤與刑罰，以治理國家。康屯難：消除屯難，使天下安寧（是時禄山及其子慶緒已死，賊勢漸微，故云）。謝靈運《述祖德詩二首》其一：「屯難既云康，尊主隆斯民。」屯難，《易·屯·象》：「屯，剛柔始交而難生。」後因謂時運艱難爲屯難。此句指唐肅宗平定了安史之亂。

〔九〕遂，奇字齋本、凌本俱作「逐」。飛沉：猶言鳥飛于空、魚沉于水。亦指飛于空之鳥與沉于水之魚。《後漢書·李膺傳》載荀爽與膺書曰：「願怡神無事，偃息衡門，任其飛沉，與時抑揚（浮沉）。」此句謂天下安寧，江海上之魚鳥，或飛于空，或沉于水，自由自在，不受干擾。

〔一〇〕天工：天的職能，天道當行之事。《書・皋陶謨》：「無曠庶官（曠，空也。位非其人，是爲空官），天工人其代之。」人英：人中之英。《淮南子・泰族》：「故智過萬人者謂之英。……明於天道，察於地理，通於人情，大足以容衆，德足以懷遠，信足以一異，知足以知變者，人之英也。」龍衮：見《和賈舍人早朝大明宮之作》注〔七〕。澹：恬靜，安定；底本原作「瞻」，此從述古堂本、顧本。君臨：居人君之位而臨（治理）其下民。《左傳》襄公十三年：「赫赫楚國，而君臨之。」二句意謂，依託人英代天爲治，天子安閒恬静地君臨天下。

〔一一〕「名器」句：《左傳》成公二年：「唯器與名，不可以假（借）人，君之所司也。……若以假人，與人政也。政亡，則國家從之，弗可止也已。」名器，指表示等級地位的名號、器物。此句意謂，名器如果不借給別人，而由天子掌握，這也就可以了。

〔一二〕保釐：治理安定。《書・畢命》：「命畢公保釐東郊。」句謂治理安定國家原是人英的責任。這裏轉寫韋，隱謂其即人英。

〔一三〕素質：白色質地。《逸周書・克殷》：「及期，百夫荷素質之旗于王前。」「質」，底本原作「資」，此從宋蜀本、明十卷本、奇字齋本等。貫：連。方領：《漢書・韓延壽傳》：「延壽衣黄紈方領。」注：「以黄色素作直領也。」《後漢書・馬援傳》：「（朱）勃衣方領，能矩步。」注：「頸下施衿領正方，學者之服也。」清景：清光。華簪：華貴的髮簪，貴官用之。陶淵明《和郭主簿二首》其一：「此事真復樂，聊用忘華簪。」此二句寫韋的衣飾。

〔一四〕官箴：指百官對帝王的勸誡之詞。《左傳》襄公四年：「昔周辛甲之爲大史也，命百官，官箴王闕。」杜注：「使百官各爲箴詞，戒王過。」

〔一五〕雲旗：《文選》司馬相如《上林賦》：「拖蜺旌，靡雲旗。」李善注引張揖曰：「畫熊虎於旒，爲旗，似雲氣也。」又《文選》張衡《東京賦》薛綜注：「爲高至雲，故曰雲旗也。」此處泛指旌旗。三川：郡名，秦置，以境内有河（黄河）、洛、伊三川得名。治所在雒陽（今河南洛陽市東北）。漢改爲河南郡。此借指唐洛陽一帶。「畫角」句：角，軍中樂器。外加彩繪，故稱畫角。《晉書·樂志下》：「角，説者云，蚩尤氏帥魑魅與黄帝戰於涿鹿，帝乃始命吹角爲龍鳴以禦之。」此二句寫唐軍的軍容、聲勢。按，是時唐軍駐守河陽（今河南孟州市南）一帶（參見《通鑑》卷二二一），與史思明相拒；東京地近河陽，亦有唐重兵駐守，故有此二句之語。

〔一六〕天漢：漢之美稱。借指唐。此句謂傳揚大唐聲威。

〔一七〕大河陰：黄河之南。此句形容唐軍的氣勢迅猛浩大。

〔一八〕窮人：困厄之人。

〔一九〕逆虜：指史思明等。遺之擒：謂送上門來當俘虜。語本《左傳》昭公五年：「使群臣往遺之禽（通擒）。」

〔二〇〕金組：《文選》顔延之《赭白馬賦》：「具服金組，兼飾丹臒。」李善注：「金組，二甲也。」二甲指金甲與組甲。組甲，用組（絲帶）連結皮革或鐵片製成的鎧甲，一謂以漆塗甲成組文。「解金組」

猶言解甲，即去軍職。按陟爲東京留守，負有守衛東京之責，故云。

〔二〕拂衣：指隱居。謝靈運《述祖德二首》其二：「高揖七州外，拂衣五湖裏。」東山：見《送綦毋潛落第還鄉》注〔三〕。

〔三〕給事：給事中的省稱。黄門省：即門下省。《通典》卷二一：「（門下省）開元元年改爲黄門省，五年復舊。」此句謂已在門下省爲給事中（給事中爲門下省屬官）。

〔三〕沉沉：盛貌。

〔四〕壯心，底本原作「功名」，此從宋蜀本、《全唐詩》。與身退：隨着身體的衰弱而消退。

〔五〕隨年侵：謂隨歲月之流逝而漸進。陸機《豫章行》：「寄世將幾何，日昃無停陰。前路既已多，後塗隨年侵。」

〔六〕君子：指韋陟。從：通「縱」。

〔七〕重玄：即玄之又玄，亦曰玄玄，指道家之道或道家之義理。陸機《漢高祖功臣頌》：「重玄匪奥，九地匪沉。」孔稚珪《北山移文》：「覈玄玄於道流。」《老子》一章：「玄之又玄（指道而言），衆妙之門。」其：難道。尋：求。此句言己已老且病，異日不可與陟共隱居求道，與上「然後」二句相應。

別弟縉後登青龍寺望藍田山〔一〕

陌上新別離，蒼茫四郊晦。登高不見君，故山復雲外。遠樹蔽行人〔二〕，長天隱秋塞。心悲宦游子，何處飛征蓋〔三〕？

〔一〕此詩係維在長安郊區送別弟縉後，登青龍寺眺望時所作。詩中稱藍田山爲「故山」，可見在這之前，王維曾在藍田山附近住過；作者這一在藍田山附近的住處，應該就是藍田山居（即輞川別業）。據此，本詩或當作于維捨山居爲寺（約在乾元元年冬）之後。具體時間不詳，姑繫此。弟縉：見《留別山中温古上人兄並示舍弟縉》注〔一〕。青龍寺：見《青龍寺曇壁上人兄院集》注〔一〕。藍田山：見《藍田山石門精舍》注〔一〕。

〔二〕樹，宋蜀本作「木」。

〔三〕宦游，凌本作「游宦」。征蓋：遠行之車。蓋，車蓋。此二句意謂，宦游子飛車遠行，欲向何處？自己心中爲他們感到悲傷。二句就登寺所見而言，同時又暗含有爲弟縉的遠行而悲傷之意。

瓜園詩并序〔一〕

維瓜園高齋，俯視南山形勝〔二〕，二三時輩〔三〕，同賦是詩，兼命詞英數公〔四〕，同用園字爲韻，韻任多少；時太子司議郎薛璩發此題〔五〕，遂同諸公云〔六〕。

余適欲鋤瓜，倚鋤聽叩門。鳴騶導驄馬，常從夾朱軒〔七〕。窮巷正傳呼〔八〕，故人儻相存〔九〕。攜手追涼風〔一〇〕，放心望乾坤〔一一〕。藹藹帝王州〔一二〕，宮觀一何繁！林端出綺道〔一三〕，殿頂搖華幡〔一四〕。素懷在青山〔一五〕，若值白雲屯〔一六〕。迴風城西雨〔一七〕，返景原上村〔一八〕。前酌盈樽酒，往往聞清言〔一九〕。黃鸝囀深木〔二〇〕，朱槿照中園〔二一〕。猶羨松下客〔二二〕，石上聞清猿〔二三〕。

〔一〕約作于上元元年（七六〇）春，説見本詩注〔五〕。瓜園：似是王維施輞川莊爲寺後營置的一處園林。

〔二〕高齋：瓜園中的建築，或因地勢高而得名。形勝：風景優美。

〔三〕時輩：當時的有名人物。《三國志·魏書·孫禮傳》：「禮與盧毓同郡時輩，而情好不睦。」

〔四〕詞英：謂詞章出衆者。

〔五〕司議郎：唐東宫置司議郎四人，正六品上，掌啓奏記注宫内之事，每年終送史館。薛璩（qú渠）：趙殿成注云：「《唐詩紀事》作薛據，云：『薛據與王摩詰、杜子美最善，子美有《喜薛三據授司議郎》詩云……又有《寄薛三郎中》詩云……』又云：『薛據，河中寶鼎人，中書舍人文思曾孫。父元暉，什邡令。開元、天寶間，據與弟播、摠相繼登科，終禮部侍郎。』成按，《工部集·秦州見勅目薛三璩授司議郎》云云，本是璩字，與右丞同，疑薛據、薛璩本是二人，《紀事》誤作一人，錢牧齋《杜詩箋注》謂薛三璩當刊作薛三據，非也。薛據以天寶六載風雅古調科及第，見《唐會要》，後爲尚書水部郎中，贈給事中，見韓昌黎《薛君公達墓誌銘》，劉昫《唐書》亦附見《薛播傳》中，俱不言其爲司議郎。」按，杜甫《寄薛三郎中璩》（大曆二年作）曰：「天未厭戎馬，我輩本常貧。

子尚客荊州，我亦滯江濱。……賦詩賓客間，揮灑動八埏。乃知蓋代手，才力老益神。」謂璩客居荊州，善爲詩。《別崔潩因寄薛據孟雲卿》（大曆元年作）曰：「荊州遇薛孟，爲報欲論詩。」亦謂據居荊州。《遣悶十二首》其四（大曆元年作）曰：「沈范（沈約、范雲）早知何水部（何遜），曹劉不待薛郎中。獨當省署開文苑，兼泛滄浪學釣翁。」原注：「水部郎中薛據。」以何遜喻據，蓋稱其善詩；至「泛滄浪」，則謂據客居荊楚。又薛據亦行三（見《唐人行第録》），杜甫《秦州見勑目薛三璩授司議郎……凡三十韻》詩，「璩」一本作「據」，岑仲勉《讀全唐詩札記》曰：「按薛三據累見王昌齡等諸家詩，今同函八册亦收薛據，作據者是。」綜上所述，薛璩、薛據應即一人；又據弟曰搃、播（見《舊唐書·薛播傳》），字皆作手旁，則作據者是，作璩者非也。另，據《秦州見勑目》詩（作于乾元二年秋），可知據于乾元二年秋始爲司議郎；又本詩寫春景，故最早當作于上元元年春。

〔六〕同：猶「和」。

〔七〕鳴騶（zōu 鄒）：「騶」謂騶從（貴人出行時隨從的騎士）；「鳴」指騶從喝道。《南史·到溉傳》：「恒鳴騶枉道，以相存問。」驄馬：淺青色馬。此指貴人車上的馬。常從：隨從。《三國志·吴書·孫權傳》：「（權）親乘馬射虎於庱亭……常從張世擊以戈，獲之。」朱軒：古貴者所乘之車，飾以朱色，故稱。江淹《別賦》：「至若龍馬銀鞍，朱軒繡軸。」此二句寫諸公乘車來訪。

〔八〕窮巷：陋巷。傳呼：《漢書·蕭望之傳》：「仲翁出入，從倉頭廬兒（師古注：「皆官府之給賤役者也。」），下車趨門，傳呼甚寵。」師古注：「傳聲而呼侍從者，甚有尊寵也。」

〔九〕儻：或者。存：慰問，省視。

〔一〇〕追涼風：謂走往高處有涼風之地。

〔一一〕放心：縱意，縱情。

〔一二〕藹藹：繁盛貌。

〔一三〕綺道：縱横交錯的道路。

〔一四〕摇，奇字齋本、凌本俱作「播」。華幡：有文彩畫飾的旗幟。

〔一五〕素懷：平素的志趣。

〔一六〕若：乃。白雲屯：謂白雲聚集於青山之上。謝靈運《入彭蠡湖口》：「春晚緑野秀，巖高白雲屯。」

〔一七〕迴風：旋風。

〔一八〕返景：落日的迴光。

〔一九〕聞，述古堂本、元本俱作「間」。清言：指清雅的言談、議論。陶淵明《扇上畫贊》：「鄭叟（後漢鄭敬）不合，垂釣川湄，交酌林下，清言究微。」此言置酒待客，宴會上往往有清雅的言談。

〔二〇〕囀，底本原作「轉」，此從《全唐詩》。

〔二一〕朱槿：花名。又稱扶桑、日及。樹高四五尺，枝條柔弱，葉深緑，似桑；花色深紅，大如蜀葵。參見晋嵇含《南方草木狀》卷中、李時珍《本草綱目》卷三六。中園：猶園中。底本注：「中，一本作空。」

〔二〕松下客：指山林中隱士。

〔三〕清猿：淒清的猿聲。

張謙宜曰：鋪敘有次第，以章法錯行，不覺其板，當學此。（《絸齋詩談》卷五）

送楊長史赴果州〔一〕

褒斜不容幰〔二〕，之子去何之〔三〕？鳥道一千里〔四〕，猿啼十二時〔五〕。官橋祭酒客，山木女郎祠〔六〕。別後同明月〔七〕，君應聽子規〔八〕。

〔一〕楊長史，《瀛奎律髓》「長史」下多一「濟」字。陳貽焮《王維詩選》曰：「《舊唐書・吐蕃傳》載：『永泰二年（公元七六六）二月，命大理少卿兼御史中丞楊濟，修好于吐蕃。』或即此人。」長史，見《送岐州源長史歸》注〔一〕。果州：見《鄭果州相過》注〔一〕。按，唐大理少卿從四品上，御史中丞正四品下；果州唐時爲中州，置長史一人，正六品上。依唐代官員遷除常例，濟爲果州長史，應在其官大理少卿之前。又果州天寶時曰南充郡，乾元元年（七五八）復爲果州，此詩疑即乾元元年之後、上元二年（七六一）維卒以前所作，具體時間不詳，姑繫此。

〔二〕「褒斜」句：參見《送崔五太守》注〔六〕。

〔三〕之子：此子。指楊長史。去，《方輿勝覽》作「欲」。之：往。

〔四〕鳥道：形容道路險絶難行，唯有飛鳥能過。

〔五〕啼，《瀛奎律髓》、《全唐詩》等作「聲」。十二時：古分一日夜爲十二時，以十二地支紀之，曰子時、丑時等。

〔六〕官橋：官道上的橋梁。祭酒客：祖道登程的旅客。祭酒，酹酒祭神。《儀禮·鄉飲酒禮》：「坐挩（拭）手，遂祭酒。」此指爲祖道之祭（出行時祭路神）。李賀《出城别張又新酬李漢》：「今將下東道，祭酒而别秦。」即此義。木，元本作「水」。女郎祠：《水經注》卷二七《沔水》：五丈溪「南注漢水，南有女郎山（按，山在陝西省舊褒城縣境），山上有女郎冢……山上直路下出，不生草木，世人謂之女郎道，下有女郎廟及擣衣石，言張魯女也。有小水北流入漢，謂之女郎水」。又，高步瀛《唐宋詩舉要》謂祭酒蓋用張魯事，《三國志·魏書·張魯傳》：「張魯，字公祺。……據漢中，以鬼道（五斗米道）教民，自號師君。其來學道者，初皆名鬼卒，受本道已信，號祭酒，各領部衆。……諸祭酒皆作義舍，如今之亭傳。又置義米肉，懸於義舍，行路者量腹取足。」云「詩用祭酒、女郎，皆言異俗荒陋之義」。此解亦可備一説。又《唐音癸籤》卷二一云：「蜀道艱險，行必有禱祈。女郎，其叢祠之神；客，即禱神之行客也。合兩句讀之，深無限遠宦跋涉之感。有辨女郎爲何許人者，都是説夢。」

〔七〕「别後」句：意本謝莊《月賦》：「美人邁兮音塵絶，隔千里兮共明月。」

〔八〕子規：鳥名，又稱杜鵑、布穀，多出蜀中，傳説爲古蜀帝杜宇之魂所化。其鳴聲淒厲，能動旅人歸思，故亦名思歸、催歸。杜甫《子規》詩云：「峽裏雲安縣，江樓翼瓦齊。兩邊山木合，終日子規啼。……客愁那聽此，故作傍人低。」此言君至蜀中，應聽聽子規之啼，從而惹動歸思。《唐詩別裁》卷九曰：「子規叫不如歸去，蓋望其歸也。」

黄周星曰：（「鳥道」二句）此亦摹擬語耳。至今遂令讀者眼中如有鳥道，耳畔如有猿聲，詩之移人如此。（《唐詩快》卷八）

馮班曰：起句得宋人體。澄景隆而清之矣，却渾秀無圭角。（《瀛奎律髓彙評》卷四）

黄生曰：（「別後」二句）説兩地別情，淒楚已極，却只以景語出之，寓意俱在言外，筆意高人十倍。（《增訂唐詩摘鈔》卷一）

張謙宜曰：（「鳥道」二句）一直説出，險怪淒涼，味在言外。毛稚黄以爲意興欲盡，非也。（《絸齋詩談》卷五）

紀昀曰：一片神骨，不比凡馬空多肉。（《瀛奎律髓彙評》卷四）

黄培芳曰：收忌太平熟，此惟得之。（翰墨園重刊本《唐賢三昧集箋注》卷上）

慕容承攜素饌見過〔一〕

紗帽烏皮几〔二〕，閒居懶賦詩。門看五柳識〔三〕，年算六身知〔四〕。靈壽君王賜〔五〕，雕胡弟子炊〔六〕。空勞酒食饌，特底解人頤〔七〕。

〔一〕玩詩意，當作于晚年，具體時間不詳，姑繫此。慕容承：無考。素饌：《舊唐書·王維傳》云：「維弟兄俱奉佛，居常蔬食，不茹葷血。晚年長齋，不衣文綵。」故承見過而攜素饌。

〔二〕紗帽：見《故人張諲工詩善易卜兼能丹青草隸》詩注〔二〕。烏皮几：裹以黑色皮革的几。謝朓有《同詠座上玩器得烏皮隱几》詩。杜甫《寄劉峽州伯華使君四十韻》：「憑久烏皮綻，簪稀白帽稜。」

〔三〕五柳：見《偶然作·陶潛任天真》注〔九〕。

〔四〕「年算」句：《左傳》襄公三十年：「晉悼夫人食輿人（役卒）之城杞者，絳縣人或年長矣，無子而往，與於食。有與疑年（有人疑其年齡），使之年（讓他自言年齡）。曰：『臣，小人也，不知紀年。臣之生歲，正月甲子朔，四百有四十五甲子矣（六十日輪一次甲子，已經歷四百四十五個甲子日），其季於今三之一也（最末一個甲子日到今天剛剛二十天）。』吏走問諸朝。師曠曰：『……七十三年矣。』史趙曰：『亥有二首六身（亥字以「二」字爲頭，「六」字爲身），下二如身（以上二置於下，與身相并），是其日數也。』士文伯曰：『然則二萬六千六百有六旬也。』」按，亥「二首六身」，蓋就晉國當時字體言之；疑亥之下半，由三個丄及丅（一横爲五，一豎爲一，丄及丅皆六也）所構成，故「下二如身」，遂得二六六六之數。又，以老人自言所歷甲子計算，即得二六六六六〇日，化爲年，恰好滿七十三歲。此句即用其事，意謂自己年紀已經很大了。或將王維所用「年算六身」的典故坐實，並以之確定王維作此詩時的年齡和生年。按，筆者考察過唐人詩文中使用這一典故的所有例子，皆作年老之義使用，無一例是將七十三歲當作實事來使用的。將詩文中所用的典故坐實，並以之考證作家的生平事迹，這種做法是很靠不住的。説見拙作《考證古代作家生平事迹易陷入的兩個誤區》，載《文學遺産》二〇一七年第四期。

〔五〕靈壽：木名，又曰椐。此處指靈壽杖。《漢書·孔光傳》：「賜太師靈壽杖。」注：「孟康曰：扶老杖也。服虔曰：靈壽，木名。師古曰：木有枝節，長不過八九尺，圍三四寸，自然有合杖制，不似竹須削治也。」

〔六〕雕胡：見《晦日遊大理韋卿城南别業四首》其三注〔五〕。

〔七〕空：只。特底：又作特地，即特意，特别。「特」宋蜀本、《全唐詩》俱作「持」。解人頤：《漢書·匡衡傳》：「無説《詩》，匡鼎來；匡語《詩》，解人頤。」如淳注：「使人笑不能止也。」此二句謂，只是有勞你攜酒食來訪，特别使我感到高興。

酬慕容十一〔一〕

行行西陌返，駐幰問車公〔二〕。挾轂雙官騎，應門五尺僮〔三〕。老年如塞北，强起離牆東〔四〕。爲報壺丘子〔五〕，來人道姓蒙〔六〕。

〔一〕慕容十一，底本原作「慕容上」，此從宋蜀本、《全唐詩》。《唐人行第録》云：「按維又有《慕容承攜素饌見過》，比觀兩詩詞意，余以爲十一即承。」據此，本詩之寫作時間或與上詩相去不甚遠。

〔二〕駐幰：停車。車公：見《河南嚴尹弟見宿弊廬訪别人賦十韻》注〔一六〕。此借指慕容十一。

〔三〕挾轂：同夾轂，猶夾車。車輪中心可插軸的部分稱「轂」。漢樂府《長安有狹斜行》：「長安有狹斜，狹斜不容車，適逢兩少年，挾轂問君家。」官騎：供貴族顯宦私人使用的官府騎兵。《後漢書·百官志》：「（將軍）賜官騎三十人及鼓吹。」「應門」句：參見《輞川集·宫槐陌》注〔三〕。二句謂慕容氏外出有官騎護衛，家中有五尺之僮照看門户。

〔四〕老年，宋蜀本作「若思」。如：往。塞北：泛指我國北部地區。古詩文中常與江南對稱。牆東：《後漢書·逢萌傳》：「初萌與同郡徐房、平原李子雲、王君公相友善，並曉陰陽，懷德穢行。……君公遭亂獨不去，儈牛（做買賣牛的居間人）自隱，時人爲之語曰：『避世牆東王君公。』」後因以牆東稱隱者所居之地。二句謂慕容氏值老年時復强起出仕。

〔五〕壺丘子：《吕氏春秋·下賢》：「子産相鄭，往見壺丘子林，與其弟子坐，必以年。」《列子·仲尼》：「子列子既師壺丘子林，友伯昏瞀人，乃居南郭……」《高士傳》卷中：「壺丘子林者，鄭人也，道德甚優，列禦寇師事之。」此以壺丘子喻慕容氏，言其乃有道之士。

〔六〕姓蒙：趙殿成曰：「姓字疑是住字之訛。」《史記·老莊申韓列傳》：「莊子者，蒙人也，名周。」《文選》潘岳《悼亡詩三首》其二：「上慙東門吴，下愧蒙莊子。」李善注：「莊子蒙人，故云蒙莊子。」此處作者以莊周自喻，表示自己有效法莊周的志向。

飯覆釜山僧〔一〕

晚知清浄理〔二〕，日與人群疏。將候遠山僧，先期掃敝廬〔三〕。果從雲峰裏，顧我蓬蒿居〔四〕。藉草飯松屑〔五〕，焚香看道書〔六〕。燃燈晝欲盡，鳴磬夜方初〔七〕。一悟寂爲樂，此生閒有餘〔八〕。思歸何必深，身世猶空虛〔九〕。

〔一〕王維被宥復官後至卒前的三、四年間，每于京師飯僧（參見《年譜》），本詩疑即此一期間所作。覆釜山：趙殿成注：「山名覆釜者，不止一處，然右丞所指，疑在長安，未詳所在。」按，詩曰「遠山」，疑非在長安；唐虢州湖城縣（今河南靈寶市閿鄉）南有覆釜山，一名荆山（參見《新唐書・地理志》、《大清一統志》卷二二〇），本詩之覆釜山或即指此。

〔二〕清浄：佛家語。謂遠離一切惡行與煩惱。《俱舍論》卷一六：「暫永遠離一切惡行煩惱垢，故名爲清浄。」浄，宋蜀本作「静」。

〔三〕敝廬：謙稱己之居室。《左傳》昭公三年：「小人糞除（掃除）先人之敝廬。」

〔四〕蓬蒿居：長滿蓬蒿的住處。《文選》江淹《雜體詩三十首・左記室詠史》：「顧念張仲蔚，蓬蒿滿中園。」李善注：「趙岐《三輔決録》注（晋摯虞注）曰：『張仲蔚，扶風人也。少與同郡魏景卿隱身不仕，明天官，博學，好爲詩賦，所居蓬蒿没人也。』」其事亦載晋皇甫謐《高士傳》卷中。此處謙稱自己的住處。

〔五〕藉草：見《座上走筆贈薛璩慕容損》注〔一〇〕。松屑：指松花。見《河南嚴尹弟見宿弊廬訪别人賦十韻》注〔一〇〕。

〔六〕道書：指釋氏之書。

〔七〕磬：佛教法器名，有圓磬、引磬等，作法事（指念經、供佛、施僧、爲人追福等宗教儀式）念誦時鳴之。夜方初：舊分一夜爲五更，初更又稱初夜。《後漢書·班超傳》：「初夜，遂將吏士往奔虜營。」又佛教以初夜爲六時之一，參見《燕子龕禪師詠》注〔八〕。句謂初夜時僧人擊磬作佛事（疑指飯僧後僧人誦經爲施主求福）。

〔八〕一：一旦，底本原作「已」，此從述古堂本、元本、《全唐詩》。寂：佛家語，即滅、寂滅、涅槃。《維摩經·問疾品》：「導人入寂。」佛教認爲，世俗世界的一切，本性皆爲「苦」；在人生社會中，造成「苦」的直接根源是煩惱，斷滅一切煩惱，就可進入涅槃境界；而涅槃對世俗諸「苦」而言，即是「樂」。《大般涅槃經》卷二：「有爲之法，其性無常。生已不住，寂滅爲樂。」生，《全唐詩》作「日」。二句謂，一旦了悟寂滅即是快樂的道理，此生就閒静有餘（一旦了悟此理，必當力斷煩惱，從而使身心閒静安寧，故云）。

〔九〕此二句謂，思返田里之心何必深切，人自身及所處之世同於空虛。意即從佛教的觀點看，現實世界的一切皆虛幻不實，因此是否一定棄官而歸，也就無關緊要了。

歎白髮〔一〕

宿昔朱顔成暮齒〔二〕，須臾白髮變垂髫〔三〕。一生幾許傷心事〔四〕，不向空門何處銷〔五〕！

〔一〕玩詩意，疑當作於安史之亂後。詩題宋蜀本、述古堂本、元本俱作《歎白髮二首》，其第一首爲五古《歎白髮》，第二首即本詩。

〔二〕宿昔：猶旦夕。比喻短時間之内。暮齒：晚年。《高僧傳》卷六《釋道碧傳》：「僧碧法師學優早年，德芳暮齒，可爲國内僧正。」

〔三〕變垂髫：改變了幼時垂髫的模樣。古時兒童不束髮，頭髮下垂，謂之垂髫。

〔四〕傷心事：疑指陷賊、禄山迫以僞署、被收繫獄中等事。

〔五〕空門：指佛教。佛教宣揚「諸法皆空」，以「悟空」爲入道之門，故稱空門。銷，宋蜀本作「消」。

和陳監四郎秋雨中思從弟據〔一〕

嫋嫋秋風動〔二〕，淒淒烟雨繁。聲連鳷鵲觀〔三〕，色暗鳳凰原〔四〕。細柳疎高閣〔五〕，輕槐落洞門〔六〕。九衢行欲斷〔七〕，萬井寂無喧。忽有《愁霖》唱〔八〕，更陳多露言〔九〕。平原思令弟〔一〇〕，康樂謝賢昆〔一一〕。逸興方三接，衰顏强七奔〔一二〕。相如今老病，歸守茂陵園〔一三〕。

〔一〕疑作于安史之亂後，參見本詩注〔三〕。陳監四郎：不詳。岑仲勉《唐人行第録》曰：「以余考之，陳監四郎應希烈之孫，《姓纂》言希烈子汭爲少府少監，元和初尚存，疑此四郎爲汭之子（希烈尚有子洳爲祕書少監），名已不可知矣。」《元和姓纂》卷三：「開元左相、太子太師希烈，世居均州。左司郎中（《元和姓纂四校記》謂「左司」上當奪一人名，即希烈之子也）、鴻臚大卿。汭，少府少監。潤，户部郎中。洳，祕書少監。」按，《陳希烈墓誌》（見《隋唐五代墓誌彙編》陝西卷）有希烈「第二子前太僕、少府少監汭」語，然「陳監」是否即指陳汭，尚乏確據，姑録以備考。監，官名。唐祕書省及殿中省各置監一人，從三品，少監二人，從四品上；又少府監置監一人，從三品，少監二人，從四品下。

〔二〕嫋嫋（niǎo 鳥）：《楚辭·九歌·湘夫人》：「嫋嫋兮秋風，洞庭波兮木葉下。」洪興祖補注：「嫋嫋，長弱貌。」

〔三〕鳷（zhī 支）鵲觀：《文選》司馬相如《上林賦》：「蹷石闕，歷封巒；過鳷鵲，望露寒。」李注：「張揖曰：此四觀武帝建元中作，在雲陽甘泉宮（在陝西淳化縣西北甘泉山上）外。」

〔四〕鳳凰原：在陝西西安市臨潼區驪山。《長安志》卷一五《臨潼縣》：「鳳皇原，後漢延光二年（應作「三年」）鳳皇集新豐，即此原也。……唐韋嗣立構别廬於驪山鳳皇原、鸚鵡谷。」《後漢書·安帝紀》：「（延光）三年……新豐上言鳳皇集西界亭。」注：「今新豐縣（在今臨潼東北）西南有鳳皇原，俗傳云即此時鳳皇所集之處也。」

〔五〕句謂高閣邊的細嫩柳條已稀疎。

〔六〕洞門：見《酬郭給事》注〔二〕。

〔七〕九衢：見《奉和聖製十五夜燃燈繼以酺宴應制》注〔六〕。

〔八〕《愁霖》唱：《文選》謝瞻《答靈運》：「忽獲《愁霖》唱，懷勞奏所成。」李善注：「靈運《愁霖》詩序云：示從兄宣遠。」呂向注：「靈運寄《愁霖》詩于瞻，故有此答。」此處借指陳監四郎所作《秋雨中思從弟據》詩。

〔九〕多露：《詩·召南·行露》：「厭浥（潮濕貌）行（道）露，豈不夙夜（豈不欲早夜而行），謂行多露（以爲道上多露，畏沾濡故不行）。」句謂詩中陳説「多露」之言，指勸諭從弟，行事須謹慎。

〔一〇〕平原：指陸機。《晉書·陸機傳》：「（成都王）穎以機參大將軍軍事，表爲平原内史。」令弟：賢弟。謝靈運《酬從弟惠連》：「末路值令弟，開顔披心胸。」此指陸雲，參見《同崔傅答賢弟》注〔九〕。此句以陸機、陸雲喻陳監四郎與其從弟據。

〔一一〕康樂：謝靈運。謝襲封康樂公，世謂之謝康樂。賢昆：賢兄，指謝瞻。《南史·謝瞻傳》：「瞻字宣遠……與從叔混、族弟靈運俱有盛名。……瞻文章之美，與從叔混、族弟靈運相抗。」此句以康樂喻陳據，謝瞻喻陳監四郎。

〔一二〕三接：語出《易·晋》：「晝日三接。」疏：「言……一晝之間，三度接見也。」七奔：《左傳》成公七年：「吴始伐楚、伐巢、伐徐，子重（楚臣）奔命（奉命奔馳以救援巢、徐）。馬陵之會，吴入州來（國名，屬楚），子重自鄭（時子重率師伐鄭）奔命。子重、子反（楚臣）於是乎一歲七奔命（七次奉命奔馳以禦吴軍）。」此二句謂，陳氏兄弟俱有逸興，方多次相會，却遇世亂，於年衰時多次勉力奔馳以禦敵（疑指在安史亂中禦敵）。

〔一三〕「相如」二句：參見《不遇詠》注〔七〕。此二句以病免家居的相如喻陳監四郎。

冬晚對雪憶胡居士家〔一〕

寒更傳曉箭〔二〕，清鏡覽衰顔〔三〕。隔牖風驚竹〔四〕，開門雪滿山〔五〕。灑空深巷静，積素廣庭閑。借問袁安舍，翛然尚閉關〔六〕。

〔一〕據「衰顔」之語，此詩或作于晚年，具體時間不詳，姑繫此。居士：在家奉佛之人。此篇《文苑英華》作王邵詩，題爲《冬晚對雪憶胡處士》，《全唐詩》重見王維及王邵集中。按，司空曙《過胡居士覩王右丞遺文》曰：「舊日相知盡，深居獨一身。閉門空有雪，看竹永無人。每許前山隱，曾憐陋巷貧。題詩今尚在，暫爲拂流塵。」「閉門」二句，實承此詩「隔牖」二句及「借問」二句之意而來；「曾憐」句，則指維曾賙濟過胡（維有《胡居士卧病遺米因贈》詩，即述其事），而曙所睹王右丞遺文，當即此詩，故此詩無疑應爲王維所作。

〔二〕寒更：指寒夜的更鼓聲。傳曉箭：即報曉之意；底本、《全唐詩》均注：「一作催唱曉。」箭，指漏壺上標示時間的浮箭。

〔三〕覽，底本、《全唐詩》均注：「一作減。」

〔四〕牖：窗户。

〔五〕門，底本、《全唐詩》均注：「一作簾。」

〔六〕「借問」二句：《後漢書·袁安傳》注引《汝南先賢傳》曰：「時大雪，積地丈餘，洛陽令自出案行，見人家皆除雪出，有乞食者。至袁安門，無有行路，謂安已死，令人除雪入户，見安僵卧，問何以不出，安曰：『大雪，人皆餓，不宜干人。』令以爲賢，舉爲孝廉也。」翛（xiāo 消）然：形容自然超脱。此以袁安喻胡，言其賢而貧困。

宋曾季貍曰：東湖言王維雪詩不可學，平生喜此詩。其詩云：「寒更催曉箭……」（《艇齋詩話》）

王士禛曰：或問余古人雪詩何句最佳，余曰：莫踰羊孚贊云：「資清以化，乘氣以霏；值象能鮮，即潔成輝。」陶淵明詩云：「傾耳無希聲，在目皓已潔。」王摩詰云：「隔牖風驚竹，開門雪滿山。」……此爲上乘。又曰：余論古今雪詩，唯羊孚一贊，及陶淵明「傾耳無希聲……」，及祖詠

「終南陰嶺秀」一篇，右丞「灑空深巷静，積素廣庭閒」，韋左司「門對寒流雪滿山」句最佳。（《帶經堂詩話》卷一二賦物類）

張謙宜曰：（「隔牖」二句）得驀見之神，却又不費造作。（《絸齋詩談》卷五）

沈德潛曰：寫對雪意，不削而合，不繪而工，憶胡居士，只木一見。（《唐詩别裁》卷九）

洪亮吉曰：古今詠雪月詩，高超者多，詠正面者殊少。王右丞「灑空深巷静，積素廣庭閒」，可云詠正面矣。（《北江詩話》卷一）

潘德輿曰：詩之妙全以先天神運，不在後天迹象。……王摩詰「隔牖風驚竹，開門雪滿山」，詠雪之妙，全在上句「隔牖」五字，不言雪而全是雪聲之神，不至「開門」句矣。……大抵能詩者無不知此妙，低手遇題，乃寫實跡，故極求清脱，而終欠渾成。（《養一齋詩話》卷二）

朱庭珍曰：詠雪詩最難出色，古人非不刻劃，而超脱大雅，絶不黏滯，後人著力求之，轉失妙諦。如……右丞「灑空深巷静，積素廣庭閒」，工部「燭斜初近見，舟重竟無聞」，一寫城市曉雪，一寫江湖夜雪，亦工傳神。（《筱園詩話》卷四）

胡居士卧病遺米因贈〔一〕

了觀四大因〔二〕，根性何所有〔三〕？妄計苟不生，是身孰休咎〔四〕？色聲何謂客，陰界復誰守〔五〕？徒言蓮花目，豈惡楊枝肘〔六〕？既飽香積飯，不醉聲聞酒〔七〕。有無斷常見〔八〕，生滅幻夢受〔九〕，即病即實相〔一〇〕，趨空定狂走〔一一〕。無有一法真，無有一法垢〔一二〕。居士素通達，隨宜善抖擻〔一三〕。牀上無氈卧，鎘中有粥否〔一四〕？齋時不乞食〔一五〕，定應空漱口〔一六〕。聊持數斗米，且救浮生取〔一七〕。

〔一〕寫作時間同上詩。遺（wèi位）：饋送。

〔二〕了觀：明觀。四大：佛教名詞。指地、水、火、風四種構成色法（相當于物質現象）的基本原素。佛教認爲，世界萬物及人之身體，均由四大組成。《金光明最勝王經》卷五：「地水火風共成身。」因四大能造作一切色法，故曰「四大因」（凡能造果者，皆謂之因）。

〔三〕根性：指受教修道的素質。根有「能生」之義，人性有生善業或惡業之力，故曰根性。《止觀輔行》卷二之四：「能生爲根，數習爲性。」此言由四大所造作的人身之根性有何物？意即人的根性是如何構成的，人身同由四大組成，何以有根性的差異？

〔四〕妄計：猶妄慮、妄念，佛教指世俗的認識和思想。孰：何。休咎：吉凶。此二句意謂，妄念如不產生，此身有何吉凶？意即也就無所謂吉凶了。

〔五〕色聲：指色聲等六境，即眼、耳、鼻、舌、身、意等六識所感覺認識的六種境界：色、聲、香、味、觸、法。六境都是人的認識對象，是人的身外之物，故謂曰「客」。但佛教的某些宗派又認爲，識外無境，六境均屬一心之變現。陰界：趙殿成注：「謂五陰十八界。」其説是。五陰，即五蘊（色蘊、受蘊、想蘊、行蘊、識蘊），廣義指物質世界（色蘊）和精神世界（其餘四蘊）的總和。十八界，即六根（眼根、耳根、鼻根、舌根、身根、意根）、六識和六境，這是以人的認識爲中心，對世界一切現象所作的概括。此二句謂，色聲等爲什麼稱爲「客」？世界的一切現象又由誰來持守？

〔六〕蓮花目：指佛眼。參見《過盧員外宅看飯僧共題七韻》注〔二〕。佛教稱佛眼能洞察一切，見知衆生之生死及善惡業緣等。參見《智度論》卷三三、《翻譯名義集》卷六。「豈惡」句：典出《莊子・至樂》：「支離叔與滑介叔觀於冥伯之丘……俄而柳生其左肘，其意蹶蹶然惡之。支離叔曰：『子惡之乎？』滑介叔曰：『亡（無），予何惡？……死生爲晝夜，且吾與子觀化，而化及我，我又何惡焉？』」柳，借作「瘤」；又此處以「楊」指「柳」，説見《老將行》注〔二〕。此二句謂，只説佛眼能洞察一切、見知生死，但又哪裏厭惡生老病死的變化？

〔七〕「既飽」句：參見《過盧員外宅看飯僧共題七韻》注〔三〕。又，《維摩詰經・香積佛品》載，維摩詰化作菩薩，至衆香國，謂香積佛曰：「願得世尊所食之餘，當於娑婆世界（釋迦牟尼所教化的世界，實即現實世界）施作佛事（謂化衆生），令此樂小法者得弘大道，亦使如來名聲普聞。」於是香積如來即以衆香鉢盛滿香飯與化菩薩。此飯雖少，而食之終不可盡，維摩詰遂以此飯，悉飽諸地神、虛空神及欲色界諸天大衆。關於「樂小法者」，僧肇《注維摩詰經》卷八云：「（鳩摩羅）什曰：樂不勝遠者，皆名爲小，非但小乘也。」又云：「肇曰：其土（衆香國）純一大乘，不聞樂小之名，故生斯問也（指衆香國諸大士問香積佛何名爲樂小法者而言）。」此句以「飽香積飯」喻胡居士已捨小法，「得弘大道」。聲聞：佛教三乘（聲聞、緣覺、菩薩）之一。《大乘義章》卷一七曰：「從佛聲聞而得道者悉名聲聞。」又曰：「觀察四諦（苦、集、滅、道）而得道者悉名聲聞。」指只能遵照佛的説教修行，以修學四諦爲内容，以達到自身的解脱爲目的的出家者。按，此乘即所謂「樂小法者」。大乘佛教倡導修習六度、普渡衆生，與此乘異。此二句謂，我們已得大乘之旨，不欲爲聲聞小法。

〔八〕有見：指執着物實有的見解。無見：指執着物實無的見解。斷見：屬於無見，指執着身心斷滅，認爲人死後更不受生，可以不受果報的見解。常見：屬於有見，指執着身心常住（法無生滅變遷謂之常住）不變的見解。有、無、斷、常之見，俱屬于五見（五種錯誤見解）中的邊見（片面極端的見解）。參見《大智度論》卷七、《成唯識論》卷六。

〔九〕生：指事物的産生和形成。滅：指事物的壞滅。幻夢：喻一切事物變化無常，虚而不實。《金剛般若波羅蜜經·應化非真分》：「一切有爲法，如夢、幻（幻術）、泡、影。」受：五藴之一，指由眼、耳、鼻、舌、身、意六觸引生的對外界的感受。句指事物的生滅與如幻夢一般的變化給人的感受。

〔一〇〕即：不二、不離之義。佛教認爲「有無斷常見」是錯誤的見解，故曰「即病」。又認爲由人們的觸覺引生的對事物生滅變化的感受，能把人引向迷妄，使産生各種煩惱，故亦曰「即病」。實相：

指諸法的真實相狀，即「空」。《肇論・宗本義》：「本無、實相、法性、性空、緣會，一義耳。」佛教認爲諸法（「有無斷常見，生滅幻夢受」皆包括在世間諸法的範疇之内）皆空，故曰「即實相」。

〔一一〕趨空：參見下篇其一注〔四〕。此指只趨向空，而不止于有。句謂若只趨向空，以爲一切虚無，定使思慮狂逸，不可約束。

〔一二〕無有一法真：謂諸法皆虚幻不實。垢：即垢染。佛教認爲，外境外物能垢染人的情識；但如認識到外境外物的虚幻不實（空），那麽它們也就不會垢染人的情識了，故云「無有一法真，無有一法垢」。

〔一三〕隨宜：就其所宜而行。抖擻：《法苑珠林》卷一〇一：「西云頭陀，此云抖擻。」參見《與蘇盧二員外期遊方丈寺》詩注〔二〕。此言抖去煩惱。

〔一四〕鎘（lì）：本作鬲，古代炊具，樣子像鼎；顧本作「鍋」。

〔一五〕齋時：食齋之時，即日中。佛教戒律規定，僧人不食非時食（即正午過後不進食），居士齋日期間，亦需「迎中（日中）而食」。乞食：佛教的十二頭陀行（關於衣、食、住方面的十二種修行規定）之一。

〔一六〕漱口：釋氏法，每食後必漱口，並以楊枝（剔牙籤）浄齒。此句之下凌本多「露葵自朝折，黄粱不煩剖」二句。

〔一七〕浮生：《莊子・刻意》：「其生若浮，其死若休。」言人生于世，虚浮無定，後因稱人之生于世或生于世之人爲浮生。取：語助辭，猶「着」。

與胡居士皆病寄此詩兼示學人二首〔一〕

一興微塵念，横有朝露身〔二〕；如是覩陰界，何方置我人〔三〕？礙有固爲主，趣空寧捨賓〔四〕！洗心詎懸解？悟道正迷津〔五〕。因愛果生病〔六〕，從貪始覺貧〔七〕。色聲非彼妄，浮幻即吾真〔八〕。四達竟何遣，萬殊安可塵〔九〕？胡生但高枕，寂寞與誰鄰？戰勝不謀食〔一〇〕，理齊甘負薪〔一一〕。子若未始異，詎論疏與親〔一二〕！

〔一〕寫作時間當同上二詩。學人：指學佛者。述古堂本、元本詩題下俱有「梵志體」三字注語。

〔二〕横：意外，突然。朝露身：《漢書·蘇武傳》：「人生如朝露，何久自苦如此？」師古注：「朝露見日則晞乾，人命短促，亦如之。」此二句意謂，一旦滋生微小的塵念，便忽然感到人命短促如朝露。按，以佛教的觀點看來，人本身就是虚幻的，更無須計其命長命促。

〔三〕陰界：見上詩注〔五〕。「陰」宋蜀本、述古堂本、明十卷本俱作「蔭」。我人：謂我與人。《圓覺經》：「一切衆生，從無始來，妄想執有我人衆生及與壽命，認四顛倒爲實我體。」我，佛教名詞，相當于物體自性、獨立的實在自體。此指輪迴六道的自體。人，指「我」輪迴至于人道（六道之一），即有情衆生。此二句意謂，用這種世俗的思想觀察世界，便覺「我人」無處安身。按，佛教主張

「無我」、「人空」，謂人原無自性，無客觀獨立的實體。「我人」既非實有，自然也就不存在難以安身的問題；而世俗的看法，則與此相反。

〔四〕礙有：止於有。趣空：趨向空。佛教謂諸法皆空，又謂空非虛無，稱爲「假有」。若謂一切法實有或一切法虛無（否認假有），皆爲偏執，必不空不有，始爲真諦。《後漢書・西域傳》論：「詳其清心釋累之訓，空有兼遣之宗，道書之流也。」注：「不執著爲空，執著爲有。兼遣謂不空不有，虛實兩忘也。」寧：豈。此二句以賓主喻空有，謂當亦空亦有、非空非有。

〔五〕洗心：《易・繫辭上》：「六爻之義易以貢（疏：「貢，告也。六爻有吉凶之義，變易以告人也。」），聖人以此洗心（疏：「聖人以此易之卜筮洗蕩萬物之心，萬物有疑則卜之，是蕩其疑心；行善得吉，行惡遇凶，是盪其惡心也。」），退藏於密。」詎：豈。懸解：《莊子・養生主》：「適（偶然）來（指生），夫子時（應時）也；適去（指死），夫子順（順乎自然）也。安時而處順，哀樂不能入也。古者謂是帝之縣（同「懸」）解。」成玄英疏：「爲生死所繫者爲縣，則無死無生者縣解也。夫死生不能繫，憂樂不能入者，而遠古聖人謂是天然之解脱也。」迷津：迷路。《論語・微子》：「孔子過之，使子路問津焉。」陶淵明《桃花源記》：「（漁人）尋向所誌，遂迷不復得路。……後遂無問津者。」孟浩然《南還舟中寄袁太祝》：「桃源何處是，遊子正迷津。」此二句意謂，只是洗濯邪惡之心並不能從生死中解脱出來，在領悟佛家之道的途中還正迷路呢。

〔六〕「因愛」句：《維摩詰經・文殊師利問疾品》：「從癡有愛，則我病生。」《注維摩詰經》卷五：「道融曰：衆生受癡故有愛，有愛故受身，受身則病。」愛，指貪愛、愛欲，佛教視它爲世俗生活得以發生而不得解脱的最重要原因。

〔七〕從：由，由於。貪：貪欲。《俱舍論》卷一六：「于他財物惡欲名貪。」

〔八〕色聲：見上詩注〔五〕。佛教謂六境能引人迷妄，因又名六妄。浮幻：虚而不實。蕭統《令旨解二諦義》：「未審俗諦之體，即云浮幻，何得於真實之中，見此浮幻？」吾：同「我人」之「我」。即物體自性。此二句意謂，並非色聲等認識對象能引人迷妄，因爲虚幻不實就是物體自身的真實性狀。意即能如實地認識事物的這一性狀，則色聲等也就不會引人迷妄了。

〔九〕四達：四通八達的道路。《爾雅·釋宫》：「四達謂之逵。」此指四衢道，佛經以之譬喻苦、集、滅、道四諦之理。《法華文句》卷五：「衢道正譬四諦，四諦觀異名爲四衢。」四諦是佛教的基本教義之一，其内容包括超脱世間因果關係，達到出世間之涅槃寂静的一切理論説教和修習方法。萬殊：世間各種不同的現象和事物。《淮南子·本經訓》：「包裹風俗，斟酌萬殊。」塵：佛教名詞，即垢染之義。《大乘義章》卷八：「能坌（垢染）名塵，坌污心故。」此二句承上二句而言，意謂通向涅槃之路究竟須排除何物？萬殊本虚而不實，安能染污人的情識？

〔一〇〕戰勝：《韓非子·喻老》：「子夏見曾子，曾子曰：『何肥也？』對曰：『戰勝故肥也。』曾子曰：『何謂也？』子夏曰：『吾入見先王之義則榮之，出見富貴之樂又榮之，兩者戰於胸中，未知勝負，故臞（瘦）。今先王之義勝，故肥。』是以志之難也，不在勝人，在自勝也。」此指居士以佛家之道戰勝追求富貴的欲望。不謀食：《論語·衛靈公》：「子曰：君子謀道不謀食（謀求行道，不謀求衣食）。」

〔二〕理齊：見《留别山中温古上人兄》注〔九〕。甘負薪：情願任樵采之事（指過貧困的隱居生活）。

〔三〕異：佛教名詞，指事物的變異衰敗。《俱舍論》卷五：「此于諸法……能衰名異。」此二句意謂，君雖病，如身體還没有開始衰敗，當自行其是，不必考慮他人同自己是疏遠還是親近！

浮空徒漫漫，汎有定悠悠〔一〕。無乘及乘者，所謂智人舟〔二〕。詎捨貧病域，不疲生死流，無煩君喻馬，任以我爲牛〔三〕。植福祠迦葉，求仁笑孔丘〔四〕。何津不鼓棹，何路不摧輈〔五〕？念此聞思者，胡爲多阻修〔六〕？空虚花聚散〔七〕，煩惱樹稀稠〔八〕。滅想成無記〔九〕，生心坐有求〔一〇〕，降吴復歸蜀〔一一〕，不到莫相尤〔一二〕。

〔一〕浮空：浮汎於空域。指認爲一切法虚無。漫漫：無涯際貌。汎有：指認爲一切法實有。悠悠：遥遠，無窮盡。此二句謂，浮汎於空或有之域，皆悠遠無際，不能到達菩提涅槃的彼岸。

〔二〕乘：運載、乘載，意謂能運載衆生到達解脱的彼岸。實指佛教所説的修行方法、途徑或教説。有一乘、二乘、三乘、四乘、五乘等等説法。無乘及乘者：没有各種乘和能乘坐各種乘的人。即指一乘（謂引導教化一切衆生成佛的唯一方法、途徑或教説）。《大乘入楞伽經》卷三：「天乘及梵乘，聲聞緣覺乘，諸佛如來乘，諸乘我所説。乃至有心起，諸乘未究竟。彼心轉滅已，無乘及乘者，無有乘建立，我説爲一乘。」竇臣《注大乘入楞伽經》卷五曰：「言有心動計有諸乘，即非究竟（指破除妄執，解脱生死，得成正覺的大法）。若妄想心滅，即無諸乘，亦無能乘諸乘之人，以無人故，亦不建立諸乘，是名一乘。」一乘能運載衆生到達菩提涅槃的彼岸，使衆生成爲有佛教智慧者，故曰「智人舟」。

〔三〕詎：苟。生死流：佛教謂生死能使人漂没，故名之爲「流」。《無量壽經》卷下：「設備世界火，必過要聞法，要當成佛道，廣濟生死流。」喻馬：《涅槃經》卷三三：「譬如大王有三種馬，一者調壯大力，二者不調，齒壯大力，三者不調，羸老無力，王若乘者，當先乘誰？應當先乘調壯大力，次乘第二，後及第三。調壯大力喻菩薩僧（指修持大乘六度，求無上菩提，以利益衆生的修行者），其第二者喻聲聞僧（參見《胡居士卧病遺米因贈》注〔七〕），其第三者喻一闡提（指斷絶一切善根之人）。」爲牛：《莊子·天道》：「老子曰：『……昔者子呼我牛也，而謂之牛，呼我馬也，而謂之馬。』」以上四句意謂，若能丢開貧病（不以貧病爲意），不爲生死所困（解脱生死），就無須煩君以馬爲喻，謂己爲何種修行者，而任憑君呼己爲牛爲馬皆可。

〔四〕迦葉：指摩訶迦葉，又稱大迦葉，相傳爲釋迦牟尼的十大弟子之一。光宅《法華經疏》卷一：「摩訶言大，迦葉是姓。」《注維摩詰經》卷二僧肇曰：「迦葉弟子中苦行第一，出婆羅門種姓迦葉也。」又曰：「迦葉以貧人昔不植福，故生貧里，若今不積善，後復彌甚，愍其長苦，多就乞食。」二句謂修行立福，禱祠迦葉，而嘲笑孔丘之追求仁德。

〔五〕鼓棹：摇動船槳。《晋書·陶稱傳》：「鼓棹渡江，二十餘里。」輈（zhōu舟）：車轅。二句意謂，什麽渡口不須鼓棹而渡？什麽道路不會毁壞車轅？喻欲到達解脱的彼岸，須依賴「乘載」（如船、車），經歷挫折。

〔六〕聞思修：即三慧。聞慧，指依見聞經教而生之智慧；思慧，指依思惟道理而生之智慧；修慧，指依修持禪定而生之智慧。聞思二慧爲散智，僅是發起修慧之緣；修慧爲定智，有斷惑證理之用。參見《成實論》卷二〇。二句謂，念此有聞慧、思慧之人，爲何多阻滯于修慧？此處是就修慧不易獲得而提出問題。

〔七〕空虚花：喻一切事物和現象虚而不實。《楞伽阿跋多羅寶經》卷二：「觀一切有爲（亦稱有爲法），猶如虚空花。」聚散：或聚或散，變化無常。

〔八〕煩惱樹：《佛遺教經》曰：「實智慧者，伐煩惱樹之利斧也。」煩惱，佛教所説擾亂衆生身心使發生迷惑、苦惱等作用的思想與情緒。句指煩惱有多有少，景況不定。

〔九〕滅想：息滅各種思想、念頭（包括煩惱、妄念與正念、善念）。無記：佛教名詞。「記」爲判斷、斷定之意。「無記」指人的思想行爲，不可斷爲善，也不可斷爲惡，爲非善非惡。《俱舍論》卷二：「不可記爲善、不善性，故名無記。」

〔一〇〕生心：滋生各種思想、念頭。坐：猶「致」。求：指欲求。

〔一二〕「降吴」句：《三國志·蜀書·黄權傳》：「（權降魏，曰：）臣過受劉主殊遇，降吴不可，還蜀無路，是以歸命。」此句借用其語，謂滅想、生心，皆非入道之徑。

〔一三〕句謂我的這些話説得不周到，莫相責怪。

恭懿太子輓歌五首〔一〕

何悟藏環早〔二〕，纔知拜璧年〔三〕。翀天王子去〔四〕，對日聖君憐〔五〕。樹轉宫猶出，笳悲馬不前〔六〕。雖蒙絶馳道，京兆别開阡〔七〕。

〔一〕恭懿太子：《舊唐書·肅宗代宗諸子傳》曰：「恭懿太子佋，肅宗第十二子。至德二載封興王，上元元年六月薨。佋，皇后張氏所生，上尤鍾愛。后屢危太子，欲以興王爲儲貳，會薨而止。七月丁亥，詔曰：『……第十二子故興王佋……可贈太子，謚曰恭懿……』詔宰臣李揆持節册命。……其哀册曰：『維上元元年……粤八月丁亥，册贈皇太子，廟號恭懿。冬十一月庚寅，詔葬于長安之高陽原……』佋薨時年八歲。既薨之夕，肅宗、張后俱夢佋有如平昔，拜辭流涕而去。帝方寢疾，追念過深，故特以儲闈之贈寵之。」輓歌例當作于下葬時，詩又述及爲佋送葬事，當作于上元元年十一月。

〔二〕藏環：《晋書·羊祜傳》：「祜年五歲，時令乳母取所弄金環。乳母曰：『汝先無此物。』祜即詣鄰人李氏東垣桑樹中探得之。主人驚曰：『此吾亡兒所失物也，云何持去！』乳母具言之，李氏悲惋。時人異之，謂李氏子則祜之前身也。」此句指佋幼而聰穎，猶如羊祜，絶早即能悟知金環藏於何處。

〔三〕拜璧：《左傳》昭公十三年：「初，共王無冢適（嫡長子），有寵子五人，無適立焉（不知立誰）。乃大有事於群望（徧祭名山大川之神），而祈曰：『請神擇於五人者，使主社稷。』乃徧以璧見（展示）於群望，曰：『當璧而拜者，神所立也，誰敢抗之？』既（祭事已畢），乃與巴姬（共王妾）密埋璧於大室（祖廟）之庭，使五人齊（齋），而長入拜（依長幼次第入拜）。康王跨之，靈王肘加焉，子干、子晳皆遠之（離璧遠）。平王弱（幼小），抱而入，再拜，皆厭（壓）紐（璧紐）。」此句即用平王拜璧事，言佋卒時尚幼。

〔四〕「翀天」句：用周靈王太子晋乘鶴昇天事，參見《奉和聖製幸玉真公主山莊》注〔六〕。翀，通「沖」。句謂佋成仙而去（對死的諱稱）。

〔五〕對日：《晋書·明帝紀》：「明皇帝諱紹……幼而聰哲，爲元帝所寵異。年數歲，嘗坐置膝前，屬長安使來，因問帝曰：『汝謂日與長安孰遠？』對曰：『長安近。不聞人從日邊來。』居然可知也，元帝異之。明日宴群僚，又問之。對曰：『日近。』元帝失色，曰：『何乃異間者之言乎？』對曰：『舉目則見日，不見長安。』由是益奇之。」句指佋聰慧，受到天子的憐愛。

〔六〕猶：已，已經。説見《詩詞曲語辭例釋》。此二句描寫靈車出宫後的情狀。

〔七〕絶馳道：《漢書·成帝紀》：「元帝即位，帝爲太子。壯好經書，寬博謹慎。初居桂宫，上嘗急召，太子出龍樓門（注：「張晏曰：門樓上有銅龍。」），不敢絶馳道（注：「應劭曰：馳道，天子所行道也，若今之中道。師古曰：絶，横度也。」），西至直城門，得絶乃度，還入作室門，上遲之，問其故，以狀對，上大説（悦）。乃著令，令太子得絶馳道云。」阡：墓道，代指墳墓。此二句謂，佋雖蒙受天子的特殊恩寵，却早死，京兆府特爲之建墳墓。

蘭殿新恩切〔一〕，椒宫夕臨幽〔二〕。白雲隨鳳管〔三〕，明月在龍樓〔四〕。人向青山哭，天臨渭水愁。雞鳴常問膳〔五〕，今恨玉京留〔六〕。

〔一〕蘭殿：猶香殿，指后妃所居宫殿。《文選》顔延之《宋文皇帝元皇后哀策文》：「蘭殿長陰，椒塗弛衛。」吕向注：「蘭殿椒塗，后妃所居也。言蘭殿，取其香也。」也泛指宫殿。謝朓《奉和隨王殿下十六首》其十四：「風入芳帷散，缸華蘭殿明。」唐太宗《帝京篇十首》其十：「望古茅茨約，瞻今蘭殿廣。」此指天子。新恩：指天子册贈佋爲皇太子。「恩」字下述古堂本注：「一本作哀。」切：深切。

〔二〕椒宫：漢皇后所居宫殿，以椒和泥塗壁，謂之椒房。亦用爲后妃代稱。應劭《漢官儀》卷下（孫星衍輯本）：「皇后稱椒房，取其蕃實之義也。……以椒塗室，取温煖除惡氣也。」後因稱皇后居住的宮殿爲椒宮。臨（lìn 吝）：哭弔。幽：深沉。

〔三〕鳳管：指笙（管樂器名）。《説文》：「笙，十三簧，象鳳之身。」故稱。太子晋「好吹笙」，此句即謂其攜笙昇天。

〔四〕龍樓：即龍樓門。此借指佋所居宮殿之門。此句謂太子已去，明月尚在。

〔五〕「雞鳴」句：《禮記・文王世子》：「文王之爲世子，朝於王季（文王父）日三。雞初鳴而衣服，至於寢門外，問内豎之御者曰：『今日安否何如？』内豎曰：『安。』文王乃喜。……食上，必在（察）視寒煖之節；食下（食畢徹饌而下），問所膳（孔疏：「問進食之人，其父所膳何食。」），命膳宰曰：『末有原（孔疏：「言在後進食之時，皆須新好，無得使前進之物而有再進。」）。』應曰：『諾。』然後退。」此句即用其事，謂佋孝親。

〔六〕玉京：見《雙黄鵠歌送别》注〔五〕。玉京留：指佋已成仙。

騎吹淩霜發〔一〕，旌旗夾路陳。禮容金節護〔二〕，册命玉符新〔三〕。傅母悲香褓〔四〕，君家擁畫輪〔五〕。射熊今夢帝〔六〕，秤象問何人〔七〕？

〔一〕騎吹：唐段安節《樂府雜録》：「鼓吹部，即有鹵簿、鉦鼓及角樂，用絃鼗笳簫……已上樂人，皆騎馬樂，即謂之騎吹，俗樂亦有騎吹也。」唐時自天子至于貴戚顯宦遇吉凶之禮皆用之。凌：冒着。此句寫出殯時奏樂。

〔二〕禮容：禮節法度。此處指喪葬的禮節法度。「禮」底本原作「愷」，此從元本。金節：金屬製的符節。漢時，「與郡守爲銅虎符」，故又稱郡守爲金符或金節，參見《故西河郡杜太守輓歌三首》其一注〔七〕及其二注〔一〕。此指京兆尹。唐府尹與上州刺史（上郡太守）地位相當（皆從三品），故稱京兆尹爲金節。護：監領。《舊唐書·肅宗代宗諸子傳》載佋薨，肅宗詔曰：「應緣喪葬，所司準式，仍令京兆尹劉晏充監護使。」

〔三〕玉符：唐時太子所佩隨身魚符，以玉製成，故稱。參見《奉和聖製暮春送朝集使歸郡應制》注〔五〕。句謂佋薨後天子册贈爲太子。

〔四〕傅母：傅，傅父；母，保姆；古時保育、輔導貴族子女的老年男女。《公羊傳》襄公三十年「不見傅母不下堂」注：「禮，后夫人必有傅母，……選老大夫爲傅，選老大夫妻爲母。」褓：小兒衣。

〔五〕君家：即「君」。「家」爲語尾。擁：載，乘。《爾雅·釋言》：「邕、支，載也。」疏：「邕，字又作擁。」畫輪：《晉書·輿服志》：「畫輪車，駕牛，以綵漆畫輪轂，故名曰畫輪車。……至尊出朝堂舉哀乘之。」句謂天子爲佋舉哀。

〔六〕「射熊」句：《史記·晉世家》：「趙簡子疾，五日不知人，大夫皆懼……居二日半，簡子寤，語大夫曰：『我之帝（天帝）所甚樂……有一熊欲來援我，帝命我射之，中熊，熊死；又有一羆來，我又射之，中羆，羆死，帝甚喜，賜我二笥，皆有副。』」此句即用其事，謂佋今夢至帝所射熊（對死的諱稱)。

〔七〕秤象:《三國志·魏書·鄧哀王沖傳》:「鄧哀王沖,字倉舒。少聰察岐嶷(形容幼年聰慧),生五六歲,智意所及,有若成人之智。時孫權曾致巨象,太祖(曹操)欲知其斤重,訪之群下,咸莫能出其理。沖曰:『置象大船之上,而刻其水痕所至,稱物以載之,則校可知矣。』太祖大悦,即施行焉。」此以曹沖喻佋,謂其幼而聰慧。

蒼舒留帝寵〔一〕,子晋有仙才〔二〕。五歲過人智〔三〕,三天使鶴催〔四〕。心悲陽禄館〔五〕,目斷望思臺〔六〕。若道長安近〔七〕,何爲更不來?

〔一〕蒼舒:即曹沖,字倉舒。倉與「蒼」通。留帝寵:謂沖卒後,帝之寵(曹操對沖的愛)猶存。《魏志·鄧哀王沖傳》曰:「沖仁愛識達……太祖數對群臣稱述,有欲傳後意。年十三,建安十三年疾病,太祖親爲請命。及亡,哀甚,文帝寬喻太祖,太祖曰:『此我之不幸而汝曹之幸也。』言則流涕,爲娉甄氏亡女與合葬。」

〔二〕子晋:即周靈王太子晋。

〔三〕「五歲」句:用曹沖事。

〔四〕三天:即三清。道教指三十六天中僅次于大羅天的最高天界,是神仙居住的至高仙境。《雲笈七籤》卷三：「其三清境者，玉清、上清、太清是也。又名三天。其三天者，清微天、禹餘天、大赤天是也。」此句用太子晉事，言天界使鶴來催子晉昇天。

〔五〕「心悲」句：《漢書·外戚傳》：「孝成班倢伃……居增成舍，再就館（注：「蘇林曰：外舍産子也。晉灼曰：謂陽禄與柘觀。」），有男數月，失之。……倢伃退處東宮，作賦自傷悼，其辭曰：『……痛陽禄與柘館兮，仍襁褓而離災（注：「服虔曰：二館名也，生子此館，皆失之也。師古曰：二觀並在上林中。仍，頻也。離，遭也。」）。』」此句即用其事，謂皇后心悲失子。

〔六〕目斷：盡目力所及，一直到看不見。望思臺：《漢書·戾太子據傳》載，據因巫蠱事起，亡至湖（縣名，在今河南靈寶市西），自縊死。「上憐太子無辜，乃作思子宫，爲歸來望思之臺於湖（師古曰：「言己望而思之，庶太子之魂來歸也。其臺在今湖城縣之西、閿鄉之東，基址猶存。」）。天下聞而悲之」。句指皇帝思子，盼其來歸。

〔七〕長安近：參見本詩第一首注〔五〕。

西望昆池闊〔一〕，東瞻下杜平〔二〕。山朝豫章館，樹轉鳳凰城〔三〕。五校連旗色，千門疊鼓聲〔四〕。金環如有驗，還向畫堂生〔五〕。

〔一〕「西望」句：語本沈約《游鐘山詩應西陽王教》：「南瞻儲胥觀，西望昆明池。」昆池，即昆明池。故址在今陝西西安市西南豐水與潏水之間。漢武帝元狩三年，爲訓練水軍，準備同昆明國作戰而開鑿，周圍約四十里。參見《漢書·武帝紀》及注、《三輔黄圖》卷四。

〔二〕下杜：即故杜城。《漢書·宣帝紀》曰：「（宣帝微時，）尤樂杜、鄠之間（注：「二縣之間也。」），率常在下杜（注：「孟康曰：在長安南。師古曰：率者，總計之言也。下杜，即今之杜城。」）。」又曰：「元康元年春，以杜東原上爲初陵，更名杜縣爲杜陵。」按，杜縣西周時爲杜伯國，秦武公時始置縣，治所在今陝西西安市東南；蓋宣帝修杜之東原爲陵，故杜城即在陵下，因謂之下杜。

〔三〕山：指太子之山陵。朝：對，向。豫章館：《三輔黄圖》卷五：「豫章觀，武帝造，在昆明池中，亦曰昆明觀。」《文選》張衡《西京賦》：「豫章珍館，揭焉中峙。」薛綜注：「皆豫章木爲臺館也。」李善注：「《三輔黄圖》曰：上林有豫章觀。」鳳凰城：亦曰鳳城，指京都之城。言陵上的樹木都轉向京城的方向生長。以上四句寫墓地（長安高陽原，在長安西南二十里，見《長安志》卷一一）的地理位置。

〔四〕五校：《漢書·霍光傳》：「（光薨，）發材官（材官將軍）、輕車（輕車將軍）、北軍五校士軍陣至茂陵，以送其葬。」趙殿成注：「《後漢書·百官志》有屯騎校尉、越騎校尉、步兵校尉、長水校尉、射聲校尉，皆屬北軍中候，所謂五校也。」按，西漢有中壘校尉，掌管北軍營壘之事，東漢省，但置北軍中候，以監五營（五校）。此處泛指宫廷侍衛。色：景象。疊鼓：擊鼓。此二句寫出殯時的情狀。

〔五〕金環：見本詩第一首注〔二〕。畫堂：《漢書·成帝紀》：「孝成皇帝，元帝太子也。母曰王皇后，元帝在太子宫，生甲觀畫堂，爲世嫡皇孫。」注：「如淳曰：甲觀，觀名。畫堂，堂名。《三輔黄圖》云太子宫有甲觀。師古曰：甲者，甲乙丙丁之次也。……畫堂，但畫飾耳……霍光止畫室中，是則宫殿中通有綵畫之堂室。」謂宫中有彩繪的殿堂，此處借指皇室。此二句意謂，轉生之事如可信，佋還當復投生帝王之家。

河南嚴尹弟見宿弊廬訪别人賦十韻〔一〕

上客能論道〔二〕，吾生學養蒙〔三〕。貧交世情外〔四〕，才子古人中〔五〕。冠上方安豸〔六〕，車邊已畫熊〔七〕。拂衣迎五馬〔八〕，垂手憑雙童〔九〕。花醥和松屑，茶香透竹叢〔一〇〕。薄霜澄夜月〔一一〕，殘雪帶春風。古壁蒼苔黑，寒山遠燒紅〔一二〕。眼看東候别〔一三〕，心事《北山》同〔一四〕。爲學輕先輩，何能訪老翁〔一五〕？欲知今日後，不樂爲車公〔一六〕。

〔一〕作于上元二年（七六一）初春，説見《年譜》。河南嚴尹：指河南尹嚴武。武於上元元年閏四月之後、上元二年五月以前爲河南尹（河南府正長官），時洛陽（河南府治所）爲史朝義所據，河南府治所暫時設在長水（今河南洛寧縣西）。參見《年譜》。此詩即武官河南尹後因事入京復欲還長水前至維宅訪别時所作。

〔二〕上客：指嚴武。

〔三〕養蒙：涵養蒙昧、愚拙之意。《易·蒙》：「蒙以養正，聖功也。」孔疏：「蒙者，微昧闇弱之名。」「能以蒙昧隱默自養正道，乃成至聖之功。」

〔四〕此句謂己與武爲貧賤之交，絶無世俗間的情態。

〔五〕才子：指嚴武。此句謂武有古人之風。

〔六〕方：已。安豸（zhì致）：《舊唐書·輿服志》：「法冠，一名獬豸冠，以鐵爲柱，其上施珠兩枚，爲獬豸之形，左右御史臺流内九品以上服之。」安，底本原作「簪」，此從宋蜀本、《文苑英華》。豸，即獬豸，傳説中的一種能别曲直、决争訟的神獸（參見《晋書·輿服志》引漢楊孚《異物志》）。御史掌執法，故名其冠爲獬豸冠。此句指武爲御史，服獬豸冠。按，是時武兼任御史中丞（説見《年譜》），故云。

〔七〕畫熊：《後漢書·輿服志》劉昭注引《古今注》曰：「武帝天漢四年，令諸侯王大國朱輪，特（獨，一個）虎居前，左兕右麋；小國朱輪，畫特熊居前，寢麋居左右，卿車者也。」此句指武任府尹。按，漢時郡與國（諸侯王國）地位大致相當，故後世常稱郡太守或州刺史爲諸侯。又唐府尹與上州刺史地位相當（皆從三品），故此處以「車邊已畫熊」稱武任府尹。

〔八〕拂衣：振衣而起。五馬：見《鄭果州相過》注〔四〕。此指嚴武。

〔九〕垂手：伸手。憑：倚靠。雙童：見《鄭果州相過》注〔五〕。此句謂己伸手倚靠着雙童（時維已老，故云)前行。

〔一〇〕醥(piǎo 瞟):《文選》左思《蜀都賦》:「觴以清醥,鮮以紫鱗。」李周翰注:「醥,清酒也。」述古堂本作「醴」。松屑:指松花。松花小,無梗,故謂曰「屑」。江淹《報袁叔明書》:「朝餐松屑,夜誦仙經。」酒和以松屑,即所謂松花酒,故有「花醥」之語。岑參《題井陘雙溪李道士所居》:「五粒松花酒,雙溪道士家。」此二句謂以酒、茶待客。

〔一一〕句謂夜月澄朗如霜。

〔一二〕此句寫春初山中燒畬(火耕)的情狀。

〔一三〕候:通「堠」。古時標記里程的土堆。唐制五里隻堠,十里雙堠。韓愈《路傍堠》詩:「堆堆路傍堠,一雙復一雙。」武即將自長安東行赴長水,故曰「東候別」。

〔一四〕《北山》:《詩·小雅》篇名。其首章曰:「陟彼北山,言采其杞。偕偕(强壯貌)士子(作者自謂),朝夕從事。王事靡盬(止息),憂我父母(使我父母擔憂)。」「山」宋蜀本、明十卷本、《文苑英華》等俱作「川」。句謂武行前之心事,同於《北山》所言,即怕走後會使父母爲自己擔憂(長水地近叛軍佔領區,故云)。

〔一五〕爲,宋蜀本、《文苑英華》俱作「若」。老翁:作者自謂。此二句謂,今之爲學者,皆輕視前輩,何能訪己? 指武走之後,當無人復訪己。

〔一六〕欲:猶「已」,參見王鍈《詩詞曲語辭例釋》。車公:《晉書·車胤傳》:「車胤字武子,南平人也。……

風姿美劭，機悟敏速，甚有鄉曲之譽。……又善於賞會，當時每有盛坐而胤不在，皆云：『無車公不樂。』謝安游集之日，輒開筵待之。」二句謂，已知自今日之後，自己必將爲武的離去而不樂。

送元中丞轉運江淮〔一〕

薄税歸天府〔二〕，輕徭賴使臣〔三〕。歡沾賜帛老，恩及卷綃人〔四〕。去問珠官俗〔五〕，來經石劫春〔六〕。東南御亭上，莫使有風塵〔七〕。

〔一〕元中丞：謂元載。《舊唐書·元載傳》：「載智性敏悟，善奏對，肅宗嘉之，委以國計，俾充使江、淮，都領漕輓之任，尋加御史中丞（御史臺副長官，正五品上）。數月徵入，遷户部侍郎、度支使并諸道轉運使。」《通鑑》肅宗上元二年建子月（十一月）：「丁亥，貶（劉）晏通州刺史……戊子，御史中丞元載爲户部侍郎，充句當度支、鑄錢、鹽鐵兼江淮轉運等使。載初爲度支郎中，敏悟善奏對，上愛其才，委以江、淮漕運（即任江淮轉運使），數月，遂代劉晏，專掌財利（晏貶通州刺史前，爲户部侍郎，判度支，故云）。」據以上記載，知元載始爲江淮轉運使兼御史中丞，在上元二年十一月之前數月，本詩即作于是時。轉運江淮：指任江淮轉運使。此詩諸本俱收録，又載《錢考功集》，《全唐詩》重見王維及錢起集中。按，上元二年十一月之前數月，維尚未卒（維卒于上元二年七月),有可能作此詩;又據傅璇琮考證,上元二年錢起在藍田爲縣尉(見《唐代詩人叢考·錢起考》),不大可能在長安作此詩,故此詩之著作權似當屬之王維。

〔二〕稅,宋蜀本、《全唐詩》俱作「賦」。天府:指朝廷的府庫。江淮轉運使負責轉運江淮的租賦入京,故云「歸天府」。

〔三〕「輕傜」句:轉運使所掌通水陸道路、轉運糧米等事,皆需徵發役夫任之,故云。

〔四〕沾,宋蜀本、《全唐詩》作「霑」。賜帛老:《漢書·文帝紀》:「(詔曰:)具爲令,有司請令縣道(注:「有蠻夷曰道。」)……其(年)九十已上,又賜帛,人二匹,絮(綿)三斤。」卷綃人:指鮫人。《文選》左思《吴都賦》:「泉室潛織而卷綃。」劉淵林注:「俗傳鮫人從水中出,曾寄寓人家,積日賣綃(薄絹)。」此二句承上「薄稅」、「輕傜」而言,謂天子優遇老人,恩及異類。

〔五〕珠官:即合浦郡(治所在今廣西合浦東北)。《三國志·吴書·孫權傳》:「(黄武)七年……改合浦爲珠官郡。」《舊唐書·地理志》:「合浦,漢縣,屬合浦郡。秦之象郡地。吴改爲珠官。」按,珠官距江淮甚遠,此處蓋借指沿海之地。珠,《錢考功集》作「殊」。

〔六〕經,凌本作「看」。石劫:介殼動物,又作石蛣。《文選》郭璞《江賦》:「石蛣應節而揚葩。」李善注:「《南越志》曰:『石蛣形如龜腳,得春雨則生花,花似草華。』……蛣音劫。」《藝文類聚》卷七七引江淹《石劫賦序》云:「石劫一名紫囂,蚌蛤類也,春而發花,有足異者。」按,石劫春時盛生,每潮來,殼中即伸出衆多細腳以攫食,其狀如聚蕊,古人遂誤以爲花。此二字《錢集》作「幾劫」。

春，凌本作「城」。

〔七〕御亭：驛名。《太平寰宇記》卷九二：「御亭驛在（常）州東南百三十八里。《輿地志》：御亭在吴縣西六十里，吴大帝所立。梁庾肩吾詩云：『御亭一回望，風塵千里昏。』即此也。開皇九年置爲驛，十八年改爲御亭驛，李襲譽改爲望亭驛。」御，宋蜀本、述古堂本、元本等作「高」，《錢集》作「郌」，俱非。庾肩吾《亂後行經吴郵亭》曰：「郵亭（即御亭之誤）一回望，風塵千里昏。……獯戎鯁伊洛，雜種亂轘轅。輦道同關塞，王城似太原。……泣血悲東走，横戈念北奔。……」此二句即承庾詩之意，言此去莫使東南之地有戎馬之禍。按，據《通鑑》卷二二一、二二二載，自上元元年十一月至二年二月，江、淮有劉展之亂，揚、潤、昇、蘇、常、湖、宣、濠、楚、舒、和、滁、廬諸州，皆爲展軍所陷，「安、史之亂，亂兵不及江、淮，至是，其民始罹荼毒矣」。二句疑即就此事而言。

王維集校注卷七

未編年詩

早春行

紫梅發初徧〔一〕，黄鳥歌猶澀〔二〕。誰家折楊女〔三〕，弄春如不及〔四〕。愛水看妝坐〔五〕，羞人映花立〔六〕。香畏風吹散，衣愁露霑濕。玉閨青門裏〔七〕，日落香車入。游衍益相思〔八〕，含啼向綵帷〔九〕。憶君長入夢，歸晚更生疑〔一〇〕。不及紅簷燕，雙棲緑草時。

〔一〕紫梅：《西京雜記》卷一載，「初修上林苑，群臣遠方各獻名果異樹」，其中有紫花梅、紫蒂梅。發：開放。

〔二〕黄鳥：黄鶯。句謂黄鶯剛開始歌唱，聲音還不流利。

〔三〕女，宋蜀本作「柳」。

〔四〕弄春：遊賞春景。如不及：形容迫不及待。

〔五〕句謂因愛水而坐于水邊，面對水看自己的妝扮。庾肩吾《詠美人看畫詩》：「看粧畏水動，斂袖避風吹。」

〔六〕映：遮蔽，隱藏。謝靈運《江妃賦》：「出月隱山，落日映嶼。」杜甫《蜀相》：「映階碧草自春色，隔葉黄鸝空好音。」此句謂因羞見人而立于花中，用花隱蔽自己。

〔七〕青門：參見《韋侍郎山居》注〔五〕。

〔八〕游衍：游樂。此句謂少婦外出游樂，本爲驅除别離之苦，誰知更勾引起對丈夫的思念。

〔九〕綵：彩色絲織物。

〔一〇〕此二句意謂，少婦思念丈夫，經常在夢中見到丈夫；歸來過晚，夢魂顛倒，更疑心見到丈夫。

顧可久曰：别是一種纖麗語。

鍾惺曰：右丞禪寂人，往往妙于情語。（《唐詩歸》卷八）

座上走筆贈薛璩慕容損〔一〕

希世無高節〔二〕，絶跡有卑棲〔三〕。君徒視人文，吾固和天倪〔四〕。緬然萬物始，及與群物齊〔五〕。分地依后稷，用天信重黎〔六〕。春風何豫人〔七〕，令我思東溪〔八〕。草色有佳意，花枝稍含荑〔九〕。更待風景好，與君藉萋萋〔一〇〕。

〔一〕薛璩：見《瓜園詩》注〔五〕。慕容損：《元和姓纂》卷八：「（昌黎慕容）知晦，兵部郎中、汾州刺史。

知晦生珣，吏部侍郎。珣生損，渝州刺史。」按，珣爲吏部侍郎在開元七年（見《唐僕尚丞郎表》卷一〇），損任渝州刺史之時間，已難考知。

〔二〕希世：迎合世俗。《莊子·讓王》：「原憲笑曰：『夫希世而行，比周而友……憲不忍爲也。』」高節，述古堂本作「高符」。陸機《赴洛二首》其一：「希世無高符，營道無烈心。」

〔三〕絶跡：卓絶優異的行爲、事迹。《史記·司馬相如傳》相如遺書言封禪事：「揆厥所元，終都攸卒，未有殊尤絶迹可考于今者也。」卑棲：本指鳥棲息於低處。酈炎《見志二首》其一：「修翼無卑棲，遠趾不步局。」此指居于卑位。

〔四〕視人文：《易·賁》：「文明以止，人文也（王注：「止物不以威武而以文明，人之文也。」孔疏：「用此文明之道裁止於人，是人之文德之教。」）。……觀乎人文，以化成天下（疏：「言聖人觀察人文，則《詩》、《書》禮樂之謂，當法此教而化成天下也。」）。」和天倪：《莊子·齊物論》：「何謂和之以天倪（郭注：「天倪者，自然之分也。」）？曰：是不是，然不然，是若果是也，則是之異乎不是也，亦無辯；然若果然也，則然之異乎不然也，亦無辯（郭注：「是非然否，彼我更對，故無辯；無辯，故和之以天倪，安其自然之分而已，不待彼以正此。」）。」又《寓言》曰：「卮言日出，和以天倪（王先謙《集解》：「成云：和，合也；天倪，自然之分也。」）。」此二句意謂，君（薛據、慕容損）只是審察禮樂教化，欲以治世；我則原本安于自然之分，以之和合一切。

〔五〕緬然：眇遠貌。萬物始：《老子》一章：「無名，天地之始；有名，萬物之母。」王弼注：「凡有皆始於無，故未形無名之時，則爲萬物之始。」又六十四章曰：「天下萬物生于有，有生于無。」蓋謂萬物之始爲「無」。及：宜，當。群物：指「有」。物皆有名有形，故爲「有」。二句謂無與有齊一。此即莊子所謂「萬物一齊」（《莊子·秋水》）之意。莊子認爲，有無、是非等没有差别，到底孰是孰非、孰有孰無無從判定，《齊物論》云：「未知有無之果孰有孰無也。」由此引出的結論爲：對任何事物都不應有所偏向，也不必有意地考慮該做什麼或不做什麼，一切任其自然即可（參見《秋水》）。此二句承上而言，進一步申明「和天倪」之意。謂萬物的原始（無）非常遥遠，它應與萬物（有）齊等爲一。

〔六〕「分地」句：陸賈《新語·道基》：「民知室居食穀而未知功力，於是后稷乃列封疆，畫畔界，以分土地之所宜，闢土殖穀，以用養民。」后稷，周的始祖，名棄。《史記·周本紀》：「及（棄）爲成人，遂好耕農相地之宜，宜穀者稼穡焉，民皆法則之。帝堯聞之，舉棄爲農師。」句謂依從后稷之教，分别各種土地之所適宜，據以種植。用天：《孝經·庶人章》：「用天之道，分地之利，謹身節用，以養父母。」注：「春生、夏長、秋收、冬藏，舉事順時，此用天道也。」宋之問《藍田山莊》：「考室先依地，爲農且用天。」此指利用天時以耕種。信，底本、《全唐詩》均注：「一作奉。」重黎：《史記·太史公自序》：「昔在顓頊，命南正重以司天，北正黎以司地；唐虞之際，紹重、黎之後，使復典之，至于夏商，故重、黎氏世序天地。」下句謂信從職掌天文曆象的重黎按照天時來耕作。此二句指己欲隱居躬耕。

〔七〕豫人：令人快樂。

〔八〕東溪：參見《東溪翫月》注〔一〕。

〔九〕荑（tí啼）：草木初生的葉芽。

〔一〇〕藉萋萋：《文選》孫綽《遊天台山賦》：「藉萋萋之纖草，蔭落落之長松。」李善注：「以草薦地而坐曰藉。」萋萋，茂盛貌。句謂坐卧在茂盛的草上。

李處士山居〔一〕

君子盈天階〔二〕，小人甘自免〔三〕。方隨鍊金客〔四〕，林上家絶巘〔五〕。背嶺花未開〔六〕，入雲樹深淺。清晝猶自眠，山鳥時一囀。

〔一〕處士：謂有道德、學問而隱居不仕者。李處士：未詳。「李」明十卷本、奇字齋本等俱作「石」。

〔二〕天階：登天之階，引申指天子左右的官署。《文選》潘尼《贈侍御史王元貺》：「遊鱗（龍）萃靈沼，撫翼希天階。」李善注：「《楚辭》曰：『攀天階而下視。』」劉良注：「靈沼、天階，喻左右省閣也。」

〔三〕甘自免：謂甘願自免於朝官行列。

〔四〕方：已，已經。參見王鍈《詩詞曲語辭例釋》。鍊金客：指道士。古代道士有鍊金丹（用黄金鍊成「玉液」，或用鉛汞等八物燒鍊成黄色的藥金，參見《抱朴子·内篇·金丹》）服食以求長生的祕術，又有所謂黄白之術（冶鍊金銀之術，參見《抱朴子・内篇・黄白》），故謂之「鍊金客」。

〔五〕林，元本作「城」。絶巘（yǎn 演）：陡峭的山峰。

〔六〕背嶺：指山居在嶺之北。未，述古堂本作「木」。

丁寓田家有贈〔一〕

君心尚棲隱〔二〕，久欲傍歸路〔三〕。在朝每爲言，解印果成趣〔四〕。晨鷄鳴鄰里〔五〕，群動從所務〔六〕。農夫行餉田〔七〕，閨婦起縫素〔八〕。開軒御衣服〔九〕，散帙理章句〔一〇〕。時吟招隱詩〔一一〕，或製閒居賦〔一二〕。新晴望郊郭，日映桑榆暮〔一三〕。陰盡小苑城〔一四〕，微明渭川樹〔一五〕。揆予宅閭井〔一六〕，幽賞何由屢？道存終不忘〔一七〕，迹異難相遇〔一八〕。此時惜離別，再來芳菲度〔一九〕。

〔一〕丁寓：參見《至滑州隔河望黎陽憶丁三寓》注〔一〕。寓，宋蜀本作「禹」。又《全唐詩》題下注云：「《英華》作《田家贈丁禹》，注云集作丁寓，誤也。」按，此注係録自奇字齋本，實際《文苑英華》題作《田家贈丁寓》，注云「集作《丁寓田家有贈》」，無「集作丁寓，誤也」之語。

〔二〕棲隱：謂隱居。

〔三〕傍歸路：《文選》謝靈運《永初三年七月十六日之郡初發都》：「從來漸二紀，始得傍歸路。」張銑

注：「傍，近也。」李善注：「言欲之郡（指赴永嘉太守任），必途經始寧（《宋書·謝靈運傳》：「靈運父祖並葬始寧縣，並有故宅及墅。」），故曰歸路。」此指辭官歸鄉。

〔四〕解印：謂去官。成趣：陶淵明《歸去來兮辭》：「園日涉以成趣，門雖設而常關。」句謂去官而隱果然趣味自生。

〔五〕鄰，宋蜀本作「陽」。

〔六〕群動：參見《秋夜獨坐懷內弟崔興宗》注〔三〕。從所務：猶言各做着它們所要做的事。

〔七〕餉田：往田裏送飯。

〔八〕婦，宋蜀本、《全唐詩》作「妾」。

〔九〕御：穿戴。

〔一〇〕散帙：《文選》謝靈運《酬從弟惠連》其二：「凌澗尋我室，散帙問所知。」劉良注：「散帙，謂開書帙也。」帙，書衣。章句：古書的章節句讀。

〔一一〕招隱詩：《文選》詩歌部分列「招隱（招人歸隱之意）」一類，收載左思《招隱詩》二首，陸機《招隱詩》一首，内容皆詠隱居之樂。

〔一二〕閒居賦：潘岳嘗作《閒居賦》（見《文選》），其序曰：「太夫人在堂，有羸老之疾，尚何能違膝下色養而屑屑從斗筲之役乎？於是……築室種樹，逍遥自得。池沼足以漁釣，春税足以代耕。灌園鬻（賣）蔬，以供朝夕之膳；牧羊酤（賣）酪，以俟伏臘之費。……乃作《閒居賦》以歌事遂情焉。」

〔一三〕映，底本、《全唐詩》均注：「一作昳。」桑榆：《太平御覽》卷三引《淮南子》：「日西垂，景在樹端，謂之桑榆。」注：「言其光在桑榆上。」

〔一四〕陰，《文苑英華》作「蔭」。盡，元本注：「一作晝。」小苑：謂宫苑之小者。參見《奉和聖製上巳於望春亭觀禊飲應制》注〔三〕。

〔一五〕渭川：即渭水。據以上二句，知寓之田園當在長安附近。

〔一六〕揆：揆度，估量。《離騷》：「皇覽揆余初度兮。」宅閭井：指居于城中。

〔一七〕此句意謂，彼此間有朋友之道在，終不相忘。

〔一八〕迹異：指一爲官一隱居。

〔一九〕此句謂，再來時將一起渡過春日花草芳香的時節。

渭川田家〔一〕

斜光照墟落〔二〕，窮巷牛羊歸〔三〕。野老念牧童，倚杖候荆扉〔四〕。雉雊麥苗秀〔五〕，蠶眠桑葉稀〔六〕。田夫荷鋤至〔七〕，相見語依依。即此羨閒逸〔八〕，悵然歌《式微》〔九〕。

〔一〕渭川：渭水。今陝西渭河。川，《文苑英華》作「水」。

〔二〕斜光：斜陽。光，《文苑英華》、《全唐詩》作「陽」。墟落：村落。《文選》范雲《贈張徐州稷》：「軒蓋照墟落，傳瑞生光輝。」

〔三〕窮巷：陋巷。窮，《唐文粹》作「深」。

〔四〕牧童，《唐詩品彙》作「僮僕」，疑非。倚杖：拄杖。

〔五〕雊（gòu够）：雄雉鳴。又泛指雉鳴。秀：穀類抽穗開花。此句意本《文選》潘岳《射雉賦》：「麥漸漸（含秀貌）以擢芒，雉鷕鷕而朝雊。」

〔六〕蠶眠：蠶蜕皮前不食不動謂之眠，凡四眠即吐絲作繭。庾信《歸田》詩：「社雞新欲伏，原蠶始更眠。」

〔七〕至，底本原作「立」，此從宋蜀本、明十卷本、《文苑英華》、《唐文粹》等。

〔八〕此句《唐文粹》作「羡此良閒逸」。

〔九〕歌，宋蜀本、明十卷本、《全唐詩》等俱作「吟」。《式微》：《詩·邶風》篇名。這是一首服役者思歸的怨詩，其首章曰：「式微（謂天將暮）式微，胡不歸？微（非）君之故，胡爲乎中露（露中）？」舊説以爲黎侯失國而寓居于衛，其臣因作此詩勸之歸。《式微序》曰：「《式微》，黎侯寓于衛，其臣勸以歸也。」此處蓋用其思歸之意，表示自己欲棄官歸隱田里。

王夫之曰：通篇用「即此」二字括收前八句，皆情語，非景語，屬詞命篇，總與建安以上合轍。（《唐詩評選》卷二）

黄培芳曰：此瓣香陶柴桑。又曰：（「野老」二句）肫摯朴茂，語臻自然。（翰墨園重刊本《唐

賢三昧集箋注》卷上）

過李揖宅〔一〕

閒門秋草色〔二〕，終日無車馬。客來深巷中，犬吠寒林下〔三〕。散髮時未簪〔四〕，道書行尚把〔五〕。與我同心人〔六〕，樂道安貧者〔七〕。一罷宜城酌，還歸洛陽社〔八〕。

〔一〕李揖：至德元載（七五六）爲延安（治所在今陝西延安東北）太守。顔真卿《朝請大夫行江陵少尹兼侍御史荆南行軍司馬上柱國顔君允臧神道碑銘》：「潼關陷，太守李揖計未有所出，君勸投靈武。」按，時允臧爲延昌令，延昌屬延安郡，則「太守」當謂延安太守也。後官户部侍郎、諫議大夫。《通鑑》至德元載十月：「房琯上疏，請自將兵復兩京，上許之……琯請自選參佐，以……户部侍郎李揖爲行軍司馬，給事中劉秩爲參謀。……琯悉以戎務委李揖、劉秩，二人皆書生，不閑軍旅。」至德二載五月：「（琯）不以職事爲意，日與庶子劉秩、諫議大夫李揖，高談釋、老。」其事亦載《舊唐書·房琯傳》。又《新唐書·宰相世系表》：趙郡李經，司農少卿；生瑜、昉、揖等。未言揖之歷官，不知二李揖是否爲一人。揖，《全唐詩》作「楫」，《郎官石柱題名》「司勳員外郎」下列李楫名，在崔圓之後。

〔二〕閒，元本、奇字齋本俱作「閉」。

〔三〕林，《唐詩品彙》作「籬」。

〔四〕散髮：謂髮不束整。寫主人隱居生活之閒散。簪：髮簪，古時用它把冠别在頭髮上。此處作動詞用。張協《詠史》：「抽簪解朝衣，散髮歸海隅。」

〔五〕行尚把：指出迎時手裏還拿着道書。

〔六〕同心，宋蜀本作「心同」。

〔七〕樂道安貧：樂守道義，自甘于貧窮。《後漢書・韋彪傳》：「(彪)安貧樂道，恬於進趣。」

〔八〕宜城：指宜城酒。《周禮・天官・酒正》「一曰泛齊」鄭注：「泛者，成而滓浮，泛泛然如今宜成(即宜城，漢屬南郡，故城在今湖北宜城南)醪矣。」曹植《酒賦》：「其味有宜成醪醴，蒼梧縹清。」《太平寰宇記》卷一四五謂襄州宜城縣出美酒，「俗號宜城美酒爲竹葉杯」。洛陽社：吴均《入蘭臺贈王治書僧孺詩》：「予爲隴西使，寓居洛陽社。」洛陽社即指白社，參見《輞川閒居》注〔一〕。二句謂，一旦在李揖宅飲畢美酒，就還歸自己的簡陋住處。

顧可久曰：真率語，自是雅淡。

奉送六舅歸陸渾〔一〕

伯舅吏淮泗，卓魯方喟然〔二〕。悠哉自不競〔三〕，退耕東皋田〔四〕。條桑臘月下〔五〕，種杏春風前。酌醴賦《歸去》，共知陶令賢〔六〕。

〔一〕奉，底本原無此字，從宋蜀本、《全唐詩》校補。六舅：維母崔氏，則其舅當爲崔姓。陸渾：唐縣名，屬河南府，治所在今河南嵩縣東北。

〔二〕伯舅：周天子謂異姓諸侯爲伯舅。後用爲舅之尊稱。嚴維《奉和劉祭酒傷白馬》曰：「棣華恩見賜，伯舅禮仍崇。」詩題下自注：「此馬勅賜寧王，轉贈祭酒。」「棣華」句謂此馬爲玄宗所賜（寧王乃玄宗之兄，故有「棣華」之語）；「伯舅」句指寧王將此馬轉贈劉祭酒。寧王母爲肅明皇后劉氏，劉祭酒蓋即劉氏之兄或弟，故謂之「伯舅」。淮泗：見《送高道弟耽歸臨淮作》注〔二〕。卓魯：指東漢卓茂、魯恭，二人皆嘗爲縣令，有政績。孔稚珪《北山移文》：「籠張趙於往圖，架卓魯於前籙。」《後漢書·卓茂傳》曰：「遷密令。勞心諄諄，視人如子，舉善而教，口無惡言，吏人親愛，而不忍欺之。……數年，教化大行，道不拾遺。平帝時天下大蝗，河南二十餘縣，皆被其災，獨不入密縣界。」《魯恭傳》曰：「拜中牟令。恭專以德化爲理，不任刑罰。……建初七年，郡國螟傷稼，犬牙緣界，不入中牟。」方：將。此二句謂六舅在淮、泗爲官，政績卓著，卓魯聞之也將贊歎。

〔三〕悠哉：形容思慮深長悠遠。不競：《詩·商頌·長發》：「不競不絿，不剛不柔。」鄭箋：「競，逐也。不逐，不與人争前後。」

〔四〕東皋：見《歸輞川作》注〔四〕。句指六舅欲歸耕陸渾。

〔五〕條桑：修剪桑枝。《詩·豳風·七月》：「蠶月條桑。」

〔六〕「酌醴」二句：見《偶然作·陶潛任天真》注〔三〕。此處以陶令喻六舅。醴，甜酒。

送別

下馬飲君酒〔一〕，問君何所之？君言不得意，歸卧南山陲。但去莫復問，白雲無盡時。

〔一〕飲(yìn 印)君酒：拿酒請君飲。

顧可久曰：極婉轉含蓄高古。

鍾惺曰：(「但去」二句)感慨寄託，盡此十字，藴藉不覺。深味之，知右丞非一意清寂，無心用世之人。(《唐詩歸》卷八)

黄周星曰：白雲無盡，得意亦無盡矣，除却白雲，亦何足問！(《唐詩快》卷四)

沈德潛曰：白雲無盡，足以自樂，勿言不得意也。(《唐詩別裁》卷一)

高步瀛曰：妙遠。(《唐宋詩舉要》卷一)

送張舍人佐江州同薛據十韻走筆成〔一〕

束帶趨承明〔二〕，守官惟謁者〔三〕。清晨聽銀蚪〔四〕，薄暮辭金馬〔五〕。受辭未嘗易〔六〕，當御方知寡〔七〕。清範何風流〔八〕，高文有風雅。忽佐江上州〔九〕，當自潯陽下〔一〇〕。逆旅到三湘〔一一〕，長途應百舍〔一二〕。香爐遠峰出〔一三〕，石鏡澄湖瀉〔一四〕。董奉杏成林〔一五〕，陶潛菊盈把〔一六〕。彭蠡常好之〔一七〕，廬山我心也〔一八〕。送君思遠道〔一九〕，欲以數行灑！

〔一〕張舍人：不詳。舍人，尋繹詩意，當指通事舍人。唐中書省置通事舍人十六人，從六品上，「掌朝見引納及辭謝者，於殿廷通奏」（《舊唐書·職官志》）。佐江州：爲江州刺史之佐吏。江州，唐州名，治所在潯陽（今江西九江市）。同：和。薛據：開元十九年登第（據《韓昌黎集·國子助教河東薛君墓誌銘》宋五百家注、《唐才子傳·薛據傳》）。其他事迹參見《瓜園詩》注〔五〕。據，宋蜀本、奇字齋本、《全唐詩》俱作「璩」，非。詩題述古堂本、元本俱無「十韻」二字。詩題下注語底本原無，據宋蜀本、述古堂本、《全唐詩》補。

〔二〕承明：參見《同崔員外秋宵寓直》注〔三〕。「趨承明」即上朝之意。

〔三〕謁者：指通事舍人。《舊唐書·職官志》：「通事舍人，秦謁者之官也。……隨因晉制，置（通事舍人）十六人，從六品上，又爲通事謁者。武德初，廢謁者臺，改通事謁者爲通事舍人。」

〔四〕銀虯：古漏刻上的播水壺作龍口以吐水，龍口用銀製成，即謂之銀龍或銀虯。《初學記》卷二五引張衡《漏水轉渾天儀制》曰：「以銅爲器，再疊差置，實以清水，下各開孔，以玉虯吐漏水入兩壺，右爲夜，左爲晝。」引李蘭《漏刻法》曰：「以銅爲渴烏，以引器中水，於銀龍口中吐之。」又引殷夔《漏刻法》曰：「漏水皆於器下爲金龍口吐出。」「聽銀蚪」指聽宫中漏刻的滴漏之聲。

〔五〕金馬：漢代宫門名。《史記·東方朔傳》：「金馬門者，宦署門也。門傍有銅馬，故謂之曰金馬門。」《三輔黄圖》卷三：「金馬門，宦者署。武帝得大宛馬，以銅鑄像，立於署門，因以爲名。東方朔、主父偃、嚴安、徐樂皆待詔金馬門，即此。」此處借指唐皇宫之門。

〔六〕受辭：通事舍人掌管的職事之一。《舊唐書·職官志》：「通事舍人……凡四方通表，華夷納貢，皆受而進之。」易：簡慢。

〔七〕當御：猶當直，指在宫中值班。《左傳》襄公二十六年：「行人子朱曰：『朱也當御。』」方知寡：方（猶「已」）知時日無多。就舍人即將出佐江州而言。

〔八〕清範：美好的軌範、榜樣。

〔九〕江上州：江州地處長江南岸，故稱「江上州」。

〔一〇〕潯陽：江名。指長江在今江西九江市北的一段。參見《讀史方輿紀要》卷八五。句謂當經由潯陽江前去赴任。

〔一一〕逆旅：客舍，旅館。此處用如動詞，謂沿途止宿。三湘：參見《漢江臨汎》注〔二〕。又《南史·侯景傳》曰：「巴陵（今湖南岳陽）有地名三湘，景奔敗處。」《元和郡縣志》卷二七：「侯景浦在（巴陵）縣東北十二里，本名三湘浦。」疑舍人此行，擬由長安南行至江，而後沿江東行赴江州。因三湘爲舍人沿江東行途中需過之地，所以這裏説「到三湘」。

〔一二〕舍：止宿。百舍：謂止宿百次。《莊子・天道》：「百舍重趼，而不敢息。」《釋文》：「百舍，司馬（彪）云：百日止宿也。」

〔一三〕香爐：廬山北峰，在九江市西南。晉慧遠《廬山記》謂香爐峰在廬山東南，白居易《草堂記》曰：「匡廬奇秀，甲天下山。山北峰曰香爐，峰北寺曰遺愛寺。」

〔一四〕石鏡：在廬山東，傍鄱陽湖。《文選》謝靈運《入彭蠡湖口》：「攀崖照石鏡，牽葉入松門。」李善注引張僧鑒《潯陽記》：「石鏡山，東有一圓石縣崖，明浄照見人形。」《藝文類聚》卷六引《幽明録》：「宫亭湖（古彭蠡湖别名）邊傍山間，有石數枚，形圓若鏡，明可以鑑人，謂之石鏡。」《水經注》卷三九《廬江水》：「（廬）山東有石鏡，照水之所出。有一圓石懸崖，明浄照見人形，晨光初散，則延曜入石，豪細必察，故名石鏡焉。」澄湖：指彭蠡湖。

〔一五〕「董奉」句：見《送友人歸山歌二首》其一注〔九〕。

〔一六〕「陶潛」句：見《偶然作・陶潛任天真》注〔四〕。「盈」宋蜀本作「誰」。潛尋陽柴桑（故城在唐江州潯陽縣西南二十里）人，又曾爲彭澤（故城在唐江州都昌縣北四十五里）令，故此處言及之。

〔一七〕彭蠡：即鄱陽湖。《史記・夏本紀》正義引《括地志》曰：「彭蠡湖在今江州潯陽縣東南五十二里。」

〔一八〕廬山：在唐江州潯陽縣境，東傍鄱陽湖。

〔一九〕思遠道：漢樂府《飲馬長城窟行》：「青青河畔草，綿綿思遠道。」

新晴野望〔一〕

新晴原野曠，極目無氛垢〔二〕。郭門臨渡頭，村樹連溪口。白水明田外，碧峰出山後。農月無閒人〔三〕，傾家事南畝。

〔一〕野，底本原作「晚」，此從宋蜀本、《全唐詩》。

〔二〕極目：盡目力所及，遠望。氛垢：塵埃。氛，述古堂本作「紛」。

〔三〕農月：農忙的月份。

苦熱〔一〕

赤日滿天地，火雲成山嶽〔二〕。草木盡焦卷〔三〕，川澤皆竭涸。輕紈覺衣重，密樹苦陰薄〔四〕。莞簟不可近〔五〕，絺綌再三濯〔六〕。思出宇宙外，曠然在寥廓〔七〕；長風萬里來〔八〕，江海蕩煩濁〔九〕。却顧身爲患〔一〇〕，始知心未覺〔一一〕。忽入甘露門，宛然清凉樂〔一二〕。

〔一〕詩題《樂府詩集》作《苦熱行》。《樂府解題》曰：「《苦熱行》備言流金爍石、火山炎海之艱難也。若鮑照云：『赤阪横西阻，火山赫南威。』言南方瘴癘之地，盡節征伐，而賞之太薄也。」（《樂府詩

集》卷六五引）

〔二〕火雲：夏日熾熱的赤雲。

〔三〕「草木」句：語本應璩《與廣川長岑文瑜書》：「頃者炎旱，日更增甚，沙礫銷鑠，草木焦卷。」

〔四〕密樹，元本作「樹密」。

〔五〕莞簟：見《酬諸公見過》注〔一四〕。

〔六〕絺（chī癡）：細葛布或細葛布衣服。綌（xì細）：粗葛布或粗葛布衣服。《論語・鄉黨》：「當暑，袗絺綌，必表而出之。」

〔七〕曠然：開闊貌。寥廓：《漢書・司馬相如傳》：「猶焦朋已翔乎寥廓。」師古注：「寥廓，天上寬廣之處。」

〔八〕「長風」句：陸機《前緩聲歌》：「長風萬里舉，慶雲鬱嵯峨。」

〔九〕煩濁：指煩躁、紛亂的情緒。

〔一〇〕却顧：反顧，回顧。身爲患：身有患苦（指身爲熱所苦而煩躁不安）。爲，有，與下「未」字相對。

〔一一〕覺：梵語「菩提」的意譯，指對佛教「真理」的覺悟。《成唯識論述記》卷一：「梵云菩提，此翻爲覺，覺法性故。」

〔一二〕甘露門：通向涅槃的門户，即佛之教法。《法華經・化城喻品》：「普知天人尊，哀愍群萌類，能開甘露門，廣度於一切。」甘露爲涅槃之喻，僧肇《注維摩經》卷七：「（鳩摩羅）什曰：佛法中以涅槃甘露，令生死永斷，是真不死藥也。」此二句意謂，心忽悟佛道，入於禪定，即不以熱爲苦，而覺宛然有清涼之樂。

燕子龕禪師詠〔一〕

山中燕子龕，路劇羊腸惡〔二〕。裂地競盤屈，插天多峭崿〔三〕。瀑泉吼而噴，怪石看欲落。伯禹訪未知〔四〕，五丁愁不鑿〔五〕。上人無生緣〔六〕，生長居紫閣〔七〕。六時自搥磬〔八〕，一飲常帶索〔九〕。種田燒白雲〔一〇〕，斫漆響丹壑〔一一〕。行隨拾栗猿，歸對巢松鶴。時許山神請，偶逢洞仙博〔一二〕。救世多慈悲，即心無行作〔一三〕。周商倦積阻，蜀物多淹泊〔一四〕。巖腹乍旁穿，澗脣時外拓。橋因倒樹架，柵值垂藤縛。鳥道悉已平，龍宮爲之涸〔一五〕。跳波誰揭厲，絶壁免捫摸〔一六〕。山木日陰陰，結跏歸舊林〔一七〕。一向石門裏，任君春草深〔一八〕。

〔一〕燕子龕：疑是地名兼寺名。趙殿成注：「按《唐驪山宫圖》（見元李好文《長安志圖》卷上），燕子龕在連理水（「水」係「木」字之誤）上，山城門在其東，飛霞泉（應爲「丹霞泉」）在其西。」按，此詩之燕子龕當非在驪山宫，説見本詩注〔一四〕。詩題底本原無「詠」字，從宋蜀本校補。

〔二〕句謂道路之惡，甚於羊腸（喻崎嶇曲折的小路）。

〔三〕「裂地」句：謂大地開裂成峽谷，小路競相曲折環繞於其中。峭崿（è厄）：陡峭的山崖。《文選》

孫綽《遊天台山賦》：「披荒榛之蒙蘢，陟峭崿之峥嶸。」李善注：「《文字集略》曰：崿，崖也。」

〔四〕伯禹：即夏禹。句謂伯禹尋訪而不知有燕子龕之路。據《史記·夏本紀》載，禹治水時嘗巡行九州，故云。

〔五〕五丁：五個力士。《華陽國志》卷三《蜀志》：「蜀有五丁力士，能移山，舉萬鈞。」揚雄《蜀王本紀》（見《經典集林》卷一四）：「秦惠王欲伐蜀，乃刻五石牛，置金其後。蜀人見之，以爲牛能大便金。牛下有養卒，以爲此天牛也，能便金。蜀王以爲然，即發卒千人，使五丁力士拖牛成道……秦道得通，石牛之力也。」句謂道路極險惡，連五丁力士也發愁無法開鑿此道。

〔六〕無生：見《登辨覺寺》注〔八〕。句謂禪師有入於涅槃的緣分，即與佛教有緣。

〔七〕紫閣：終南山山峰名，在陝西鄠縣東南。李白《君子有所思行》：「紫閣連終南，青冥天倪色。」《大清一統志》卷二二七：「紫閣峰，在鄠縣東南。張禮《遊城南記》：在終南山祠之西，其陰即渼陂，杜詩『紫閣峰陰入渼陂』是也。」

〔八〕六時：佛教分一晝夜爲六時：晨朝，日中，日没，初夜，中夜，後夜。《阿彌陀經》：「晝夜六時，天雨曼陀羅華。」《西域記》卷二：「六時合成一日一夜，晝三夜三。」磬：見《飯覆釜山僧》注〔七〕。

〔九〕一飲：指每天只飲食一次。佛教十二頭陀行中有不作餘食（每天只吃午飯）、一坐食（除午飯外，不吃零食）的修行規定。參見《大乘義章》卷一五。常，底本原作「尚」，此從宋蜀本、述古堂本、《全唐詩》。帶索：用繩索作束衣的帶子。《列子·天瑞》：「孔子遊於太山，見榮啓期行乎郕之野，鹿裘帶索，鼓琴而歌。」此句寫禪師修習佛教苦行。

〔一〇〕燒白雲：指在高山上燒畬（火耕）。

〔一一〕斫（zhuó 茁）漆：《古今注》卷下：「漆樹，以剛斧斫（砍）其皮開，以竹管承之，汁滴管中，即成漆也。」丹壑：赤色之壑。

〔一二〕山神請：《法苑珠林》卷一〇七曰：「晉廬山有釋曇邕，姓楊，關中人。……南投廬山，事遠公爲師。內外經書，多所綜涉，志尚傳法，不憚疲苦。乃於山之西南別立茅宇，與弟子曇果澄思禪門。嘗於一時，果夢見山神求受五戒，果曰：『家師在此，可往諮受。』後少時，邕見一人着單袷衣，風姿端雅，從者三十許人，請受五戒。邕以果先夢，知是山神，乃爲説法授戒。神䞋以外國匕筯，禮拜辭別，倏忽不見。」洞仙博：曹植《仙人篇》：「仙人攬六箸（古博戲之具，類似骰子，上刻點數，自么至六），對博太山隅。」博，古局戲，又稱六博。用十二棋，六黑六白，二人對博，人各六棋，先擲骰而後行棋。二句謂禪師道高，時與山中神仙往還。

〔一三〕即：在。無行作：《維摩詰經·入不二法門品》：「不眴菩薩曰：『受不受爲二。若法不受，則不可得，以不可得故，無取無捨，無作無行，是爲入不二法門。』」《注維摩詰經》卷八云：「無作，（鳩摩羅）什曰：言不復作受生業（泛指衆生的一切身心活動）也。」「無行，什曰：心行（思想活動）滅也。」又云：「（僧）肇曰：有心必有所受（感觸外境引生的感受），有所受必有所不受，此爲二也。若悟法（一切事物和現象）本空，二俱不受，則無得無行，爲不二（即「無異」），指對一切現象應

「無分別」，或超越各種區別。佛教以爲悟此不二之理，即可入道）也。」句謂禪師之心大寂静，絶無衆生的身心活動。

〔一四〕積阻：謂多險阻。郭璞《江賦》：「幽磵（澗）積岨（阻），礐硞碏確。」多，宋蜀本作「苦」。淹泊：滯留。二句意謂，周地商人倦於道多險阻，蜀地之物遂多滯留於蜀。據此二句，知燕子龕當不在驪山宮，而應在由秦入蜀的通道上。古時自長安至漢中而後入蜀的通道有子午道、儻駱道、褒斜道、故道等。

〔一五〕巖腹：山巖内部。脣：邊。鳥道：謂山路高峻險絶，僅有飛鳥能過。龍宮：指道上的水潭。以上六句描寫禪師開鑿燕子龕道路的情景。

〔一六〕揭厲：《詩·邶風·匏有苦葉》：「深則厲，淺則揭。」毛傳：「以衣涉水爲厲。……揭，褰衣（指提起衣服涉水）也。」此二句謂道路已通，行人無需涉水而過，也不必手捫絶壁而行。

〔一七〕結跏：結跏趺坐，坐禪。參見《登辨覺寺》注〔六〕。舊林：指紫閣峰。

〔一八〕二句寫禪師走後燕子龕無人的景象。

顧可久曰：謂禪寂意中多奇句，俊偉。

清王槩等曰：王摩詰燕子龕詩，雄奇蒼鬱，非以李咸熙之筆寫之不可。（《芥子園畫傳》初集卷五）

張謙宜曰：形容曲盡，氣象坦然。少陵、昌黎爲之，便自怒張。（《絸齋詩談》卷五）

羽林騎閨人〔一〕

秋月臨高城，城中管絃思〔二〕。離人堂上愁，稚子階前戲〔三〕。出門復映户〔四〕，望望青絲騎〔五〕。行人過欲盡，狂夫終不至〔六〕。左右寂無言，相看共垂淚。

〔一〕羽林騎：見《少年行四首》其二注〔一〕。

〔二〕思：悲。

〔三〕此二句謂，離人（其夫離家在外者，指羽林騎閨人）聽到樂聲後，在堂上發愁，而稚子則不懂事，仍在臺階前玩耍。

〔四〕出門：指閨人出門。復映户：指月光又照在門扉上。

〔五〕望望：急切盼望貌。青絲騎：裝飾華麗的坐騎。青絲，指用青絲繩作馬韁。梁劉孝綽《淇上人戲蕩子婦示行事》：「如何嫁蕩子，春夜守空牀；不見青絲騎，徒勞紅粉妝。」此指閨人丈夫的坐騎。

〔六〕狂夫：古時婦女自稱其夫的謙辭。梁何思澄《南苑逢美人》：「自有狂夫在，空持勞使君。」此處含有埋怨其夫放蕩的意思。

早朝〔一〕

皎潔明星高，蒼茫遠天曙。槐霧鬱不開〔二〕，城鴉鳴稍去。始聞高閣聲〔三〕，莫辨更衣處〔四〕。銀燭已成行，金門儼騶馭〔五〕。

〔一〕詩題宋蜀本、述古堂本、元本俱作《早朝二首》，其第二首即五律《早朝》。

〔二〕鬱不開：霧氣藴積不散。鬱，底本原作「暗」，從述古堂本、元本、《文苑英華》改；又宋蜀本作「語」，蓋即「鬱」之音誤字。

〔三〕高閣聲：指宫中報時之聲。杜甫《紫宸殿退朝口號》：「晝漏稀聞高閣報，天顔有喜近臣知。」《杜詩詳註》：「黄生注：高閣在禁中，宫女司漏，遞相傳報。」

〔四〕更衣處：供上朝官吏更衣休息之處。《漢書·東方朔傳》：「後乃私置更衣。」注：「爲休息易衣之處。」又《王莽傳》：「張於西廂及後閣更衣中。」注：「晋灼曰：更衣中，謂朝賀易衣服處室屋名也。」

〔五〕金門：《漢書·揚雄傳》：「歷金門，上玉堂。」注：「金門，金馬門也。」參見《送張舍人佐江州》注〔五〕。「金」《文苑英華》作「重」。儼：整齊貌。騶馭：駕車者，亦作「騶御」。陳張正見《門有車馬客行》：「良時不可再，騶馭鬱相催。安知太行道，失路車輪摧。」何遜《早朝車中聽望》：「胥徒紛絡繹，騶御或西東。」句謂爲上朝官員駕車的馭者整齊地排列於宫門之外。

雜詩〔一〕

朝因折楊柳〔二〕，相見洛城隅〔三〕。「楚國無如妾，秦家自有夫〔四〕。」對人傳玉椀〔五〕，映竹解羅襦〔六〕。「人見東方騎，皆言夫壻殊。持謝金吾子，煩君提玉壺〔七〕。」

〔一〕詩題宋蜀本、述古堂本、元本俱作《雜詩五首》，其它四首即五律《雜詩》一首、五絶《雜詩三首》。

〔二〕折楊柳：古典詩文中言及折楊柳，多謂欲以之贈別，也有稱欲以之寄遠，表達別後的思念之情者。陳王瑳《折楊柳》：「攀折思爲贈，心期別路長。」唐李端《折楊柳》：「贈君折楊柳，顏色豈能久？上客莫沾巾，佳人正回首。新柳送君行，古柳傷君情。」翁綬《折楊柳》：「殷勤攀折贈行客，此去關山雨雪多。」崔湜《折楊柳》：「年華妾自惜，楊柳爲君攀。……那堪音信斷？流涕望陽關。」盧照鄰《折楊柳》：「攀折聊寄將，軍中書信稀。」

〔三〕城，凌本、《全唐詩》作「陽」。

〔四〕「楚國」句：《文選》宋玉《登徒子好色賦》：「玉曰：『天下之佳人，莫若楚國，楚國之麗者，莫若臣里，臣里之美者，莫若臣東家之子。……然此女登牆窺臣三年，至今未許也。』」「秦家」句：漢樂府《陌上桑》：「秦氏有好女，自名爲羅敷。羅敷喜蠶桑，採桑城南隅。……使君從南來，五馬立踟躕。使君遣吏往，問是誰家姝？……『使君謝羅敷，寧可共載不？』羅敷前置辭：『使君一何愚！使君自有婦，羅敷自有夫。』」此二句謂己極美而自有夫。這是女子對在城隅遇見的男子的拒絶之辭。

〔五〕傳玉椀：指男子用玉椀（碗）盛酒，遞送給女子。鮑照《答休上人》：「酒出野田稻，菊生高岡草。

味貌亦何奇，能令君傾倒。玉椀徒自羞（進獻），爲君慨此秋。」椀，底本原作「腕」，此從宋蜀本。

〔六〕映：遮蔽。《文選》顏延之《應詔觀北湖田收》：「樓觀眺豐潁，金駕映松山。」李善注：「映，猶蔽也。」竹，趙殿成曰：「諸本皆作燭。」按，述古堂本、元本、明十卷本俱作「竹」，作「竹」是。解羅襦：指男子對女子的非禮之舉。襦，短襖。句謂用竹叢遮身想解開女子的綢襖。

〔七〕「人見」二句：《陌上桑》敘羅敷盛誇其夫以拒使君曰：「東方千餘騎，夫壻居上頭。……坐中數千人，皆言夫壻殊。」「持謝」二句：辛延年《羽林郎》：「胡姬年十五，春日獨當壚。……不意金吾子，娉婷過我廬。……就我求清酒，絲繩提玉壺。……貽我青銅鏡，結我紅羅裾。不惜紅羅裂，何論輕賤軀！男兒愛後婦，女子重前夫。人生有新故，貴賤不相踰。多謝金吾子，私愛徒區區。」持謝，猶言奉告。金吾子，胡姬對貴官子弟的稱呼。金吾，官名，即執金吾。《漢書·百官公卿表》：「中尉，秦官，掌徼巡京師。……武帝太初元年更名執金吾。」「煩君」句意謂，煩你提起盛酒的玉壺離開此地。以上四句也是女子對男子的拒絕之辭。

夷門歌〔一〕

七雄雄雌猶未分〔二〕，攻城殺將何紛紛。秦兵益圍邯鄲急，魏王不救平原君〔三〕。公子爲嬴停駟馬，執轡逾恭意逾下〔四〕。亥爲屠肆鼓刀人〔五〕，嬴乃夷門抱關者〔六〕。非但慷慨獻奇謀，意氣兼將身命酬〔七〕。向風刎頸送公子，七十老翁何所求〔八〕！

〔一〕夷門：戰國魏都大梁城的東門，故址在今河南開封城内東北隅。《史記・魏公子列傳》贊：「吾過大梁之墟，求問其所謂夷門。夷門者，城之東門也。」按，魏信陵君之門客侯嬴，「爲大梁夷門監者（看守城門的役吏）」，此詩即詠其事，故名曰《夷門歌》。

〔二〕雄，《唐詩品彙》作「國」。雄雌：喻勝負。東方朔《答客難》：「並爲十二國，未有雌雄。」

〔三〕「秦兵」二句：《史記・魏公子列傳》：「魏安釐王二十年（前二五七），秦昭王已破趙長平軍，又進兵圍邯鄲（趙都，今河北邯鄲市西南）。公子（信陵君）姊爲趙惠文王弟平原君夫人，數遺魏王及公子書，請救於魏。魏王使將軍晋鄙將十萬衆救趙。……留軍壁鄴，名爲救趙，實持兩端以觀望。平原君使者冠蓋相屬於魏……公子患之，數請魏王……魏王畏秦，終不聽公子。」

〔四〕「公子」二句：《魏公子列傳》：「魏有隱士曰侯嬴，年七十，家貧，爲大梁夷門監者。公子聞之，往請，欲厚遺之。不肯受……公子於是乃置酒，大會賓客。坐定，公子從車騎，虚左，自迎夷門侯生。侯生攝敝衣冠，直上載公子上坐，不讓，欲以觀公子。公子執轡愈恭。侯生又謂公子曰：『臣有客在市屠中，願枉車騎過之。』公子引車入市，侯生下見其客朱亥，俾倪（睥睨），故久立與客語，微察公子。公子顔色愈和。當是時……市人皆觀公子執轡，從騎皆竊罵侯生，侯生視公子色終不變，乃謝客就車。」二「逾」字《全唐詩》俱作「愈」。下：謙遜。

〔五〕鼓刀：謂宰殺牲畜。「鼓」即「敲擊」，屠牲必敲擊其刀，故云。《魏公子列傳》：「朱亥笑曰：『臣乃市井鼓刀屠者，而公子親數存（慰問）之。』」

〔六〕抱關者：抱門栓者，即負責啓閉城門的人。《魏公子列傳》：「侯生因謂公子曰：『……嬴乃夷門抱關者也，而公子親枉車騎……』」

〔七〕「非但」二句：《魏公子列傳》載，公子欲救趙，侯生爲之劃策曰：「嬴聞晉鄙之兵符，常在王卧内；而如姬最幸，出入王卧内，力能竊之。……公子誠一開口請如姬，如姬必許諾。則得虎符，奪晉鄙軍，北救趙而西却秦……。」公子從其計，如姬果盜得晉鄙兵符與公子。侯生又謂公子曰：「臣客屠者朱亥可與俱。此人力士，晉鄙聽，大善；不聽，可使擊之。」行前，「公子過謝侯生，侯生曰：『臣宜從，老不能，請數公子行日，以至晉鄙軍之日，北鄉自剄以送公子。』」「公子與侯生決，至軍，侯生果北鄉自剄」。奇，元本、《全唐詩》作「良」。意氣，情誼，恩義。

〔八〕「七十」句：《晉書·段灼傳》：「武帝即位，灼上疏追理（申辯）艾（鄧艾）曰：『……艾功名已成，亦當書之竹帛，傳祚後世。七十老公，復何所求哉！』」《三國志·魏書·鄧艾傳》亦載此事，作「七十老公，反欲何求」。

顧可久曰：太史公本傳宛轉千餘言，而此叙事數語，極簡要明盡。又，嘉公子無忌之重客，亥、嬴之任俠，溢于言外。結尤斬絶有力量，妙甚！

趙殿成曰：「夷門抱關」、「屠肆鼓刀」，點化二豪之語，對仗天成，已徵墨妙。末句復借用段灼理鄧艾語，尤見筆精，使事至此，未許後人步驟。

翁方綱曰：所謂「羚羊挂角」「不着一字」者，舉此一篇足矣。此乃萬法歸原處也。（《七言詩三昧舉隅》）

方東樹曰：「亥爲屠肆」二句，與古文浮聲切響一法。「非但慷慨」以下，轉出波瀾議論。（《昭昧詹言》卷一二）

黃雀癡 雜言走筆〔一〕

黃雀癡，黃雀癡，謂言青鷇是我兒〔二〕，一一口銜食，養得成毛衣。到大啁啾解游颺〔三〕，各自東西南北飛；薄暮空巢上，羈雌獨自歸〔四〕。鳳凰九雛亦如此〔五〕，慎莫愁思憔悴損容輝！

〔一〕詩題下注語底本原無，從宋蜀本、述古堂本、《全唐詩》補。

〔二〕青鷇（kòu 寇）：指初生的黃雀。《爾雅・釋鳥》：「生哺，鷇（郭注：「鳥子須母食之。」）。生噣，雛（注：「皆自食。」）。」邢疏：「辨鳥子之異名也。鳥子生，須母哺而食者名鷇，謂燕雀之屬也，《史記》『趙武靈王探雀鷇而食之』是也；鳥子生而能自啄食者名雛，謂雞雉之屬也。」

〔三〕啁啾：象聲詞。此象雀叫聲。游颺：飛翔。

〔四〕羈雌：孤單無伴的雌鳥。《文選》枚乘《七發》：「暮則羈雌迷鳥宿焉。」呂延濟注：「羈雌，孤鳥也。」

〔五〕鳳凰九雛：漢樂府《隴西行》：「鳳凰鳴啾啾，一母將（率領）九雛。」

贈吴官〔一〕

長安客舍熱如煮，無箇茗糜難御暑〔二〕。空摇白團其諦苦〔三〕，欲向縹囊還歸旅〔四〕。江鄉鯖鮓不寄來〔五〕，秦人湯餅那堪許〔六〕？不如儂家任挑達〔七〕，草屩撈蝦富春渚〔八〕。

〔一〕吴官：指在京的吴籍官員。

〔二〕茗糜：即茗粥，亦曰茶粥，指用茶汁煮成的粥，古時南方有此食品。《北堂書鈔》卷一四四引晋傅咸《司隸校尉教》：「聞南市有蜀嫗，作茶粥賣之，廉事打破其器物，使無爲，賣餅于市而禁茶粥，以困老嫗，獨何哉？」儲光羲《喫茗粥作》：「當晝暑氣盛，鳥雀静不飛。……淹留膳茶粥，共我飯蕨薇。」

〔三〕白團：扇的一種。梁簡文帝《怨詩》：「秋風與白團，本自不相安。」諦苦：佛教四諦之一曰苦諦。依佛經解釋，真實不虚之理爲「諦」。苦諦是説，世俗世界的一切，本性皆爲「苦」，有八苦（生、老、病、死等苦）等。《雜集論》卷六：「謂有情生及生所依處，即有情世間，器世間如其次第若生，若生處，俱説名苦諦。」此句意謂，徒然摇扇而不能驅暑，其情甚苦。

〔四〕向：猶「與」，説見王鍈《詩詞曲語辭例釋》。縹（piǎo 瞟）囊：用淡青色絲帛製成的書囊。蕭統《文選序》：「詞人才子，則名溢於縹囊；飛文染翰，則卷盈乎湘帙。」呂向注：「縹，青白色。囊，有底袋也，用以盛書。」旅：俱。《禮・樂記中》：「今夫古樂，進旅退旅。」注：「旅，猶俱也。」此句謂欲攜帶書囊還鄉。

〔五〕鯖（qīng 青）：即青魚，南人多以之作鮓。《文選》左思《吴都賦》：「鼅鼊鯖鰐，涵泳乎其中。」劉淵林注：「鯖魚出交趾、合浦諸郡。」鮓（zhǎ 眨）：一種醃製的魚。《南齊書・虞悰傳》：「乃獻醒酒鯖鮓一方而已。」

〔六〕湯餅：湯煮的麪食。晋束皙《餅賦》：「玄冬猛寒……充虚解戰，湯餅爲最。」《荆楚歲時記》：「六月伏日，並作湯餅，名爲辟惡。按《魏氏春秋》：『何晏以伏日食湯餅，取巾拭汗，面色皎然，乃知非傅粉。』則伏日湯餅，自魏以來有之。」堪：能忍受。許：語助辭。

〔七〕儂家：古時吴人自稱，猶言吾家。挑達：往來自由貌。《詩・鄭風・子衿》：「挑兮達兮，在城闕兮。」毛傳：「挑達，往來相見貌。」句謂真不如自個家得以自由自在。

〔八〕草屩（jué 決）：草鞋。富春渚：《文選》謝靈運《富春渚》：「宵濟漁浦潭，旦及富春郭。」李善注：「《吴郡志》曰：富春東三十里有漁浦。」又任昉《贈郭桐廬出溪口見候》：「朝發富春渚，蓄意忍相思。」李善注：「《漢書》曰：會稽郡富春縣。」富春縣唐時曰富陽縣，治所在今浙江省富陽市，其地臨浙江。渚，水邊。

雪中憶李揖〔一〕

積雪滿阡陌，故人不可期〔二〕。長安千門復萬户，何處蹀躞黄金羈〔三〕？

〔一〕李揖：參見《過李揖宅》注〔一〕；宋蜀本、《全唐詩》作「李楫」，述古堂本、元本作「季揖」。詩題下宋蜀本、述古堂本、元本俱有「雜言」二字注語。

〔二〕期：邀約，會合。

〔三〕蹀躞（dié xiè 碟屑）：形容邁着小步走路；宋蜀本、述古堂本、《全唐詩》俱作「躞蹀」。黄金羈：用黄金做成的馬籠頭。吴均《别夏侯故章詩》：「白馬黄金羈，青驪紫絲鞚。」此處指李所騎的馬。

送崔五太守〔一〕

長安廏吏來到門〔二〕，朱文露網動行軒〔三〕。黄花縣西九折坂〔四〕，玉樹宫南五丈原〔五〕。褒斜谷中不容幰〔六〕，惟有白雲當露冕〔七〕。子午山裏杜鵑啼〔八〕，嘉陵水頭行客飯〔九〕。劍門忽斷蜀川開〔一〇〕，萬井雙流滿眼來〔一一〕。霧中遠樹刀州出〔一二〕，天際澄江巴字迴〔一三〕。使君年幾三十餘〔一四〕，少年白皙專城居〔一五〕。欲持畫省郎官筆〔一六〕，回與臨邛父老書〔一七〕。

〔一〕崔五太守：未詳。杜甫有《因崔五侍御寄高彭州一絶》，作于上元元年（七六〇），周勛初《高適年譜》云：「按王維有《送崔五太守》詩，崔乃至益州任職者，或即此崔五侍御。」按，據本詩「欲持」句，知崔蓋自尚書郎出爲郡守，與此官侍御之崔五，恐非一人。或謂崔五太守爲崔涣，亦非。據兩《唐書・崔涣傳》、《全唐文》卷七八四穆員《崔涣墓誌銘》，涣入蜀爲巴西太守，在天寶十二、三載，當時他已四十七、八歲，這就與本詩所言「使君年幾三十餘」之語不合。

〔二〕「長安」句：《漢書・朱買臣傳》：「上拜買臣會稽太守。……長安廄吏（驛站掌管馬匹的吏人）乘駟馬車來迎，買臣遂乘傳（驛車）去。」此句即用其事，謂崔五出爲郡守。

〔三〕朱文：指繪紅色花紋於車上以爲裝飾。《後漢書・張皓王龔傳論》：「故晨門有抱關之夫，柱下無朱文之軫也。」注：「朱文，畫車爲文也。」露網：車上飾物。疑指透光的網狀車簾。唐李嘉祐《酬皇甫十六侍御曾見寄》：「江頭鳥避青旄節，城裏人迎露網車。」行軒：出行之車。

〔四〕黄花縣：唐縣名，屬鳳州，治所在今陝西鳳縣東北。《元和郡縣志》卷二二：「武德元年，析（梁泉縣）置黄花縣，寶應元年（七六二）省。」九折坂：四川滎經縣西邛崍山有九折坂。其坂險峻回曲，須九折乃得上，故名。《漢書・王尊傳》：「（尊）遷益州刺史。先是琅邪王陽爲益州刺史，行部至邛崍九折阪（師古注引應劭曰：「在蜀郡嚴道縣。」嚴道即今四川滎經），歎曰：『奉先人遺體，奈何數乘此險！』後以病去。及尊爲刺史，至其阪，問吏曰：『此非王陽所畏道邪？』吏對曰：『是。』尊叱其馭曰：『驅之！』」「阪」《水經注》卷三三《江水》作「坂」。按，九折坂不在黄花縣西，此處不過取「九折」之意，指山路險峻回曲而已。

〔五〕玉樹宫：指甘泉宫，始築於秦，漢武帝又增廣之，故址在今陝西淳化縣西北甘泉山。《三輔黄圖》卷二：「甘泉谷北岸有槐樹，今謂玉樹，根幹盤峙，三二百年木也。楊震《關輔古語》云：耆老相傳，咸以謂此樹，即揚雄《甘泉賦》所謂『玉樹青葱』也。」五丈原：在今陝西郿縣西南斜谷口西側。公元二三四年諸葛亮伐魏，曾駐軍於此。

〔六〕褒斜谷：陝西秦嶺之山谷。北口曰斜（yé 爺），在郿縣西南三十里，南口曰褒，在舊褒城縣北十里，兩谷相連，長百七十里，中有棧道以通之，自漢以後即爲往來于秦嶺南北的重要通道。不容幰（xiǎn 險）：指道路狹窄。幰，車前帷幔，亦指有帷幔的車。庾肩吾《長安有狹斜行》：「長安有曲陌，曲陌不容幰。」

〔七〕當：遮蔽。露冕：參見《送封太守》注〔七〕。

〔八〕子午山：即子午谷，亦曰子午道，爲古時自關中至漢中之通道。《漢書·王莽傳》師古注：「子，北方也。午，南方也。言通南北道相當，故謂之子午耳。今京城直南山有谷通梁漢道者，名子午谷。」此道始闢於西漢元始五年，自杜陵（今西安市東南）穿越秦嶺至今安康市；南朝梁時另闢新路，略向西移，南口改在今寧陝縣。杜鵑啼：杜鵑之鳴，初夏最甚，其聲淒厲，能動旅客歸思。

〔九〕嘉陵水：即嘉陵江。《水經注》卷二〇《漾水》：「漢水又南入嘉陵道而爲嘉陵水。」源出陝西鳳縣嘉陵谷，至重慶市入長江。

〔一〇〕劍門：指大劍山、小劍山，在今四川劍閣縣北。二山之間，峭壁中斷，兩崖對峙，下有隘路如門，自古爲川陝間主要通道和軍事戍守要地，唐於此置劍門關（即今劍閣東北之劍門關）。蜀川：地名，即指益州（轄地大部分在今四川境内）。《通典》卷一七一：「穆帝時平蜀漢，復梁、益之地。」注：「梁州則漢川，益則蜀川是。」句指一出劍門，蜀川即豁然開朗。

〔一一〕雙流：《文選》左思《蜀都賦》：「帶二江之雙流。」劉淵林注：「江水（指岷江，昔人以岷江爲長江正源，故云）出岷山，分爲二江，經成都，南東流經之，故曰帶也。」《史記·河渠書》載秦蜀郡太守李冰「穿二江成都之中」，正義曰：「二江者，郫江、流江也。」按，李冰興修都江堰時，在今四川都江堰市西北，分岷江爲二支，北支稱郫江，南支曰流江，分流經成都城北與城南，而後合而南流。

〔一二〕霧，宋蜀本作「露」。刀州：《晉書·王濬傳》：「濬夜夢懸三刀於卧屋梁上，須臾又益一刀，濬驚覺，意甚惡之。主簿李毅再拜賀曰：『三刀爲州字，又益一者，明府（郡守之稱，謂王濬）其臨益州乎？』……果遷濬爲益州刺史。」後因以刀州爲益州之代稱。

〔一三〕巴字迴：謂水流曲折。《太平寰宇記》卷一三六引《三巴記》，謂閬（嘉陵江流經閬中，亦稱閬水）、白（即今嘉陵江支流白水江）二水，南流曲折如巴字（巴字篆體象蛇形），又稱巴江。

〔一四〕幾：將近。《全唐詩》作「紀」。

〔一五〕「少年」句：語本漢樂府《陌上桑》：「三十侍中郎，四十專城居。爲人潔白皙，鬑鬑頗有鬚。」皙，潔白。專城居，言爲一城之主，即指任郡守一類官。《文選》張銑注：「專，擅也，謂擅一城也。謂守宰之屬。」

〔一六〕畫省：即尚書省。《通典》卷二二：「（後漢尚書郎）奏事明光殿省，省中皆以胡粉（即鉛粉）塗壁，畫古賢、烈女（《初學記》卷一一引《漢官典職》作「畫古烈士」）。」故後世遂稱尚書省爲畫省。郎官筆：東漢尚書郎掌起草文書，每月賜給赤管大筆一雙。參見《通典》卷二二。又應劭《漢官儀》卷上（孫星衍輯本）亦曰：「尚書令僕（僕射）丞郎，月給赤管大筆一雙。」筆，宋蜀本、述古堂本俱作「草」。

〔一七〕「回與」句：《漢書·司馬相如傳》載：司馬相如，蜀郡成都人，娶臨邛（今四川邛崍）富人卓王孫之寡女文君爲妻。後武帝令相如使蜀，以通西南夷。「相如使時，蜀長老多言通西南夷之不爲用，大臣亦以爲然；相如欲諫，業已建之，不敢（師古注：「本由相如立此事，故不敢更諫也。」），乃著書，藉（假）蜀父老爲辭，而己詰難之，以風（諷）天子，且因宣其使指（旨），令百姓皆知天子意。」此句即用其事，謂欲持郎官之筆，著文向蜀中父老宣諭天子的旨意。又，此句也可能實指崔出爲臨邛（邛州）太守。

顧璘曰：（「霧中」二句）不見斧痕。

顧可久曰：敘景中有變換，便不堆垛。

方東樹曰：「黄花縣西」以下，叙一路所經由之地。學其對仗警拔。（《昭昧詹言》卷一二）

寒食城東即事〔一〕

清溪一道穿桃李，演漾緑蒲涵白芷〔二〕。谿上人家凡幾家，落花半落東流水〔三〕。蹴踘屢過飛鳥上〔四〕，鞦韆競出垂楊裏〔五〕。少年分日作遨遊，不用清明兼上巳〔六〕。

〔一〕寒食：參見《送綦毋潛落第還鄉》注〔六〕。

〔二〕演漾：水流動起伏貌。阮籍《詠懷》其七十六：「汎汎乘輕舟，演漾靡所望（猶無涯）。」涵：沉浸。白芷：多年生草本植物，多生于低濕之地，根可入藥。

〔三〕半，宋蜀本、述古堂本、元本等俱作「共」。

〔四〕蹴踘（jū 掬）：同蹴鞠，又作蹋鞠，亦曰打毬，即古蹋球之戲。《史記·扁鵲倉公列傳》：「處後蹴踘。」正義：「謂打毬也。」又《衛將軍驃騎列傳》：「驃騎尚穿域蹋鞠。」索隱：「鞠戲，以皮爲之，中實以毛，蹴蹋爲戲也。」《唐音癸籤》卷一四：「唐變古蹴鞠戲爲蹴毬，其法植兩修竹，高數丈，絡網於上爲門，以度毬，毬工分左右朋，以角勝負。」古時有在寒食蹴鞠的習俗。《荆楚歲時記》：「（寒食）造餳大麥粥……打毬、鞦韆、施鈎之戲。」《太平御覽》卷三〇引劉向《别録》曰：「寒食蹋鞠，黄帝所造，本兵勢也，或云起於戰國。案鞠與毬同，古人蹋蹴以爲戲。」

〔五〕鞦韆：亦曰秋千。《御覽》卷三〇引《古今藝術圖》云：「寒食鞦韆，本北方山戎之戲，以習輕趫者也。」《開元天寶遺事》卷下：「天寶宫中，至寒食節，競豎鞦韆，令宫嬪輩戲笑以爲宴樂。」

〔六〕分日：指春分之日。分，節候名，謂春分或秋分。《左傳》昭公十七年：「日過分(春分)而未至(夏至)。」春分正當春季九十日之半，此日晝夜長短平均。清明：《淮南子·天文》：「春分後十五日，斗指乙爲清明。」唐時有于清明日遊春的習俗。杜甫《清明》：「著處繁華矜是日，長沙千人萬人出。渡頭翠柳艷明眉，争道朱蹄驕齧膝。此都好遊湘西寺，諸將亦自軍中出。」上巳：見《三月三日曲江侍宴應制》注〔一〕。陳貽焮《王維詩選》云：「這兩句謂，少年們興致最高，用不着到三月的清明和上巳，二月春分以來就在外面遊玩了。」

宋吴幵曰：晁無咎評樂章歐陽永叔《浣溪紗》云：「『隄上游人逐畫船，拍隄春水四垂天，緑楊樓外出秋千。』要皆絶妙，然只一『出』字，自是後人道不到處。」予按唐王摩詰《寒食城東即事》詩云：「蹴踘屢過飛鳥上，秋千競出緑楊裏。」歐公用「出」字蓋本此。(《優古堂詩話》)

奉和楊駙馬六郎秋夜即事〔一〕

高樓月似霜，秋夜鬱金堂〔二〕。對坐彈盧女〔三〕，同看舞鳳凰〔四〕。少兒多送酒〔五〕，小玉更焚香〔六〕。結束平陽騎，明朝入建章〔七〕。

〔一〕楊駙馬：趙殿成曰：「按《唐書·公主列傳》，玄宗二十九女，駙馬楊姓者凡七人，未知孰是。」六郎：當指楊駙馬之子。

〔二〕鬱金堂：猶言香堂。沈佺期《古意呈補闕喬知之》：「盧家少婦鬱金堂，海燕雙棲玳瑁梁。」梁武帝《河中之水歌》：「盧家蘭室桂爲梁，中有鬱金蘇合香。」庾信《奉和示内人》：「然（燃）香鬱金屋，吹管鳳凰臺。」鬱金，香草名。晋左九嬪《鬱金頌》：「伊此奇草，名曰鬱金。……芳香酷烈，悦目欣心。」

〔三〕彈盧女：謂有樂妓彈琴。參見《扶南曲歌辭五首》其二注〔三〕。

〔四〕舞鳳凰：《文選》張衡《東京賦》：「鳴女牀之鸞鳥，舞丹穴之鳳皇。」薛綜注：「（《山海經》）又曰：丹穴之山，有鳥焉，其狀如鵠，五采，名曰鳳皇。是鳥也，飲食自歌自舞，見則天下安寧。」此處疑指妓人着五彩之衣，起舞時猶如鳳凰。

〔五〕少兒：《漢書·衛青傳》：「衛青，字仲卿。其父鄭季，河東平陽人也，以縣史給事侯家。平陽侯曹壽，尚武帝姊陽信長公主。季與主家僮衛媪（《史記》作「侯妾衛媪」）通，生青。……衛媪長女君孺，次女少兒，次女則子夫。」《霍去病傳》：「霍去病，大將軍青姊少兒子也。其父霍仲孺，先與少兒通，生去病。及衛皇后（子夫）尊，少兒更爲詹事陳掌妻。」此處借指侍女。

〔六〕小玉：唐人詩中多以小玉指侍女。白居易《長恨歌》：「金闕西廂叩玉扃，轉教小玉報雙成。」李賀《江樓曲》：「眼前便有千里思，小玉開屏見山色。」

〔七〕結束：裝束，打扮。平陽騎：《史記·衛將軍驃騎列傳》：「（衛）青壯，爲（平陽）侯家騎，從平陽主（即陽信長公主）。建元二年春，青姊子夫得入宫幸上。……上聞，乃召青爲建章監侍中。」建章：見《奉和聖製賜史供奉曲江宴應制》注〔四〕。二句指楊駙馬六郎即將入宫任事。

酬賀四贈葛巾之作〔一〕

野巾傳惠好〔二〕，兹貺重兼金〔三〕。嘉此幽棲物〔四〕，能齊隱吏心〔五〕。早朝方暫挂〔六〕，晚沐復來簪〔七〕。坐覺囂塵遠〔八〕，思君共入林〔九〕。

〔一〕賀四：不詳。葛巾：葛布頭巾。

〔二〕野巾：供庶人使用的頭巾。此即指葛巾。

〔三〕貺（kuàng 況）：贈。兼金：《孟子·公孫丑下》：「王餽兼金一百而不受。」趙岐注：「兼金，好金也。其價兼倍於常者，故謂之兼金。」

〔四〕幽棲：隱居。幽棲物：指葛巾。古時庶人、隱者常着葛巾，故云。《宋書·陶潛傳》：「郡將候潛，值其酒熟，取頭上葛巾漉酒，畢，還復著之。」

〔五〕齊：同，合；凌本作「高」。隱吏：謂居官而潛隱不露、有避世之志者。此處作者指自己。

〔六〕暫挂：指上朝時着冠，將葛巾暫時挂起來。

〔七〕晚沐：傍晚休假。《文選》沈約《和謝宣城》：「晨趨朝建禮，晚沐卧郊園。」李善注：「沐，休沐也。」復，凌本作「更」。簪：戴。

〔八〕坐：猶「頓」。此句謂，戴上葛巾，頓覺遠離人世的囂塵。

〔九〕入林：指隱居。《世説新語·賞譽》：「謝公（安）道：『豫章（謝鯤）若遇七賢（竹林七賢），必自把臂入林。』」

過福禪師蘭若〔一〕

巖壑轉微逕〔二〕，雲林隱法堂〔三〕。羽人飛奏樂，天女跪焚香〔四〕。竹外峰偏曙〔五〕，藤陰水更涼。欲知禪坐久，行路長春芳〔六〕。

〔一〕福禪師：《舊唐書·方伎傳》：「義福姓姜氏，潞州銅鞮人。初止藍田化感寺，處方丈之室，凡二十餘年，未嘗出宇之外。後隸京城慈恩寺。……以（開元）二十年（當作「二十四年」，參見陳垣《釋氏疑年録》）卒，有制賜號大智禪師。」不知福禪師是否即指義福。又《景德傳燈録》卷四載神秀弟子，有「京兆小福禪師」。另唐浄覺《楞伽師資記》稱神秀傳法弟子，有「藍田玉山惠福」。蘭若：指佛寺。

〔二〕轉，述古堂本、元本作「傳」，《文苑英華》作「帶」。「傳」蓋即「轉」之形訛字。微，《文苑英華》作

「松」，又底本注：「一本作茅。」

〔三〕雲林：猶山林。法堂：演説佛法之堂。《華嚴經》卷五：「世尊凝睟處法堂，炳然照耀宫殿中。」此指福禪師蘭若。

〔四〕羽人：《楚辭·遠遊》：「仍羽人於丹丘兮，留不死之舊鄉。」王逸注：「《山海經》言有羽人之國，不死之民，或曰人得道，身生毛羽也。」此指有羽翼的仙人。天女：佛教指欲界六天之神女。底本注：「天，一本作仙。」跪，凌本作「跽」。二句疑寫法堂中壁畫的相狀。

〔五〕外：猶「上」。偏：獨。黎明時陽光先照射於峰頂，故曰「峰偏曙」。

〔六〕欲：猶「已」。春芳：春天的芳草。陸機《悲哉行》：「游客芳春林，春芳傷客心。」此二句形容禪師禪坐時間之長，言道上春芳已長高，而禪師猶禪坐未起。據《摩訶止觀》卷二載，僧人禪坐，以九十日爲一期。

過香積寺〔一〕

不知香積寺，數里入雲峰。古木無人徑，深山何處鐘〔二〕。泉聲咽危石〔三〕，日色冷青松。薄暮空潭曲〔四〕，安禪制毒龍〔五〕。

〔一〕香積寺：故址在今陝西長安縣。《長安志》卷一二：「開利寺在（長安）縣南三十里皇甫邨，唐香積寺也。永隆二年建，皇朝太平興國三年改。」今人鄭洪春《香積寺考》（載《人文雜志》一九八〇年第六期）謂：在今皇甫村（即唐皇甫郵）原下，曾發現寺院遺址石柱礎及殘缺的石佛像二，初步分析，具有隋唐文化特徵；這一發現，同《長安志》的記載相合，可證唐香積寺即在此。又謂：至宋時，香積寺已毁，又在今日賈里村之西的香積寺村另修新寺，初名開利，後又名香積，不知者每誤以爲此即唐之香積寺。此篇《文苑英華》作王昌齡詩。按，王維集諸本俱録此詩，而王昌齡集無此詩，《全唐詩》同，宜從之。

〔二〕深，《文苑英華》作「空」。

〔三〕「泉聲」句：謂泉水穿越危石發出嗚咽之聲。孔稚珪《北山移文》：「風雲悽其帶憤，石泉咽而下愴。」

〔四〕曲：隱僻之處。

〔五〕安禪：佛家語，猶言入於禪定。江總《明慶寺》詩：「金河知證果，石室乃安禪。」毒龍：趙殿成注曰：「《涅槃經》：但我住處，有一毒龍，其性暴急，恐相危害。」又曰：「毒龍宜作妄心譬喻，猶所謂心馬情猴者，若會意作降龍實事用，失其解矣。」按，趙説是。佛教認爲，妄念煩惱，能危害人之身心，使不得解脱，故以毒龍喻之。《禪祕要法經》卷中：「今我身内，自有四大毒龍無數毒蛇……集在我心，如此身心，極爲不净，是弊惡聚，三界種子（産生世俗世界各種現象的精神因素），萌芽不斷。」「安禪」可使心緒寧静專注，滅除妄念煩惱，故曰「制毒龍」。

王夫之曰：三四似流水，一似雙立，安句自然，結亦不累。（《唐詩評選》卷三）

黄生曰：幽處見奇，老中見秀，章法句法字法皆極渾渾，五律中無上神品。（《增訂唐詩摘鈔》卷一）

張謙宜曰：「不知」二字領起全章脈。……泉遇石而咽，松向日却冷，意自互用。（《絸齋詩談》卷五）

趙殿成曰：此篇起句極超忽，謂初不知山中有寺也，迨深入雲峰，於古木森叢人蹤罕到之區，忽聞鐘聲，而始知之。四句一氣盤旋，滅盡針線之跡，非自盛唐高手，未易多觀。「泉聲」二句，深山恒境，每每如此。下一「咽」字，則幽靜之狀恍然；著一「冷」字，則深僻之景若見，昔人所謂詩眼是矣。

送李判官赴江東〔一〕

聞道皇華使〔二〕，方隨皁蓋臣〔三〕。封章通左語〔四〕，冠冕化文身〔五〕。樹色分揚子，潮聲滿富春〔六〕。遥知辨璧吏〔七〕，恩到泣珠人〔八〕。

〔一〕判官：唐節度、防禦、採訪處置、轉運等使之僚屬有判官。江東：見《送綦毋校書棄官還江東》注〔一〕。此二字《全唐詩》作「東江」，底本亦注曰：「一作東江。」按，東江又稱龍江，在廣東南部，自博羅縣西流，經增城市入海。《水經注》卷三八《溱水》：『東溪亦名東江，又名始興水。」此處疑以作「東江」爲是。

〔二〕皇華使：指李判官。《詩·小雅》有《皇皇者華》，《詩序》曰：「《皇皇者華》，君遣使臣也。」後因以皇華指使者或出使。《宋書·謝靈運傳·撰征賦序》：「余攝官承乏，謬充殊役，皇華愧於先雅，靡鹽頫於征人。」

〔三〕皁蓋：《後漢書·輿服志》：「中二千石、二千石皆皁蓋（黑色車蓋），朱兩轓。」東漢刺史「秩二千石」，太守亦然（見《後漢書·百官志》），故後遂以皁蓋稱地方長官之車。杜甫《陪李北海宴歷下亭時邑人蹇處士等在坐》：「東藩駐皁蓋，北渚凌青河。」李北海即北海太守李邕。孟浩然《陪張丞相祠紫蓋山途經玉泉寺》：「皁蓋依松憩，緇徒擁錫迎。」張丞相謂張九齡，時任荆州長史。句謂李將赴東江爲地方長吏（包括節度、防禦、採訪處置使）僚屬。

〔四〕封章：古時百官上書奏機密事，爲防露泄，以皂囊封緘呈進，稱封章，亦曰封事。揚雄《趙充國頌》：「營平守節，屢奏封章。」左語：猶「左言」，指異族語言。意謂與中國語言相左。《文選》左思《魏都賦》：「或魋髻而左言，或鏤膚而鑽髮。」李善注：「揚雄《蜀記》曰：蜀之先代人椎結左語，不曉文字。」句謂李通曉異族語言，此去當可獲知其地隱情，向天子進奏封章。

〔五〕冠冕：指中原漢人服飾。文身：在身體上刺畫有色的圖案或花紋。《禮·王制》：「東方曰夷，被髮文身。」《漢書·地理志》：「粵地……其君禹後……文身斷髮，以避蛟龍之害。」句謂以中原的禮儀服飾來教化文身之民。

〔六〕分：有呈現義，參見《詩詞曲語辭例釋》。揚子：今江蘇揚州南有古揚子津，古時位于長江北岸，由此可南渡京口（今江蘇鎮江），今去江已遠，但仍通運河；又唐揚州有揚子縣，治所即在今揚州南；另長江在今江蘇儀徵、揚州一段，古稱揚子江，蓋因揚子津及揚子縣而得名。富春：見《贈吴官》注〔八〕。二句寫李赴東江途中經行之地。

〔七〕辨璧吏：用朱暉事。《後漢書·朱暉傳》：「暉早孤有氣決。……驃騎將軍東平王蒼聞而辟之，甚禮敬焉。正月朔旦，蒼當入賀。故事，少府給璧。是時陰就爲府卿，貴驕，吏慠不奉法，蒼坐朝堂，漏且盡而求璧不可得，顧謂掾屬曰：『若之何？』暉望見少府主簿持璧，即往紿之曰：『我數聞璧而未嘗見，試請觀之。』主簿以授暉，暉顧召令史奉之（注：「奉之於蒼。」）。主簿大驚，遽以白就，就曰：『朱掾義士，勿復求，更以它璧朝。』蒼既罷，召暉謂曰：『屬（向）者掾自視孰與藺相如？』帝聞壯之。」辨，通「辦」。此處以朱暉喻李判官。

〔八〕泣珠人：海中的鮫人。張華《博物志》卷二：「南海外有鮫人，水居如魚，不廢織績，其眼能泣珠。」事亦見《搜神記》卷一二。句謂恩及異類。

送張道士歸山

先生何處去？王屋訪毛君〔一〕。別婦留丹訣，驅雞入白雲〔二〕。人間若剩住，天上復離群〔三〕。當作遼城鶴，仙歌使爾聞〔四〕。

〔一〕王屋：山名，在今山西省陽城垣曲兩縣間。《元和郡縣志》卷五：「王屋山在（王屋）縣北十五里，周迴一百三十里，高三十里。」毛君：指毛伯道。梁陶弘景《真誥》卷五：「昔毛伯道、劉道恭、謝稚堅、張兆期，皆後漢時人也。學道在王屋山中，積四十餘年，共合神丹，毛伯道先服之而死，道恭服之又死，謝稚堅、張兆期見之如此，不敢服之，並捐山而歸去。後見伯道、道恭在山上，二人悲愕，遂就請道，與之茯苓持行方，服之皆數百歲，今猶在山中。」毛，宋蜀本、述古堂本、元本等俱作「茅」，趙殿成曰：「唯顧玄緯本、凌本作毛，今從之。」

〔二〕「別婦」句：《晉書・許邁傳》：「邁少恬靜，不慕仕進。……父母既終，乃遣婦孫氏還家，遂攜其同志徧游名山焉。……永和二年，移入臨安西山，登巖茹芝，眇爾自得，有終焉之志。乃改名玄，字遠游。與婦書告別，又著詩十二首，論神僊之事焉。……玄自後莫測所終，好道者皆謂之羽化矣。」丹訣，煉丹成仙的祕訣。《搜神記》卷一：「遂得神仙丹訣。」「訣」述古堂本作「缺」，蓋涉下「驅」字偏旁而誤。「驅雞」句：參見《送友人歸山歌二首》其一注〔六〕。二句指張欲入山修道。

〔三〕若：猶怎、哪。剩：猶多。若剩住，《文苑英華》作「數剩住」，明十卷本、張本作「苦難住」，奇字齋本、凌本作「苦難剩」。離群：《禮・檀弓》：「吾離群而索居，亦已久矣。」注：「群，謂同門朋友也。索猶散也。」二句謂道士在人間怎能多住，歸山又覺與朋友相離。

〔四〕「當作」二句：《搜神後記》卷一：「丁令威，本遼東人，學道于靈虚山。後化鶴歸遼，集城門華表柱。時有少年，舉弓欲射之。鶴乃飛，徘徊空中而言曰：『有鳥有鳥丁令威，去家千年今始歸。城郭如故人民非，何不學仙冢壘壘。』遂高飛沖天。」二句謂張歸山後，當像丁令威那樣得道成仙。

送孫秀才〔一〕

帝城風日好，況復建平家〔二〕。玉枕雙文簟，金盤五色瓜〔三〕。山中沽魯酒，松下飯胡麻〔四〕。莫厭田家苦，歸期遠復賒〔五〕。

〔一〕秀才：見《送嚴秀才還蜀》注〔一〕。此篇《又玄集》、《唐詩紀事》作王縉詩，《全唐詩》重見王維及王縉集中。按，王維集諸本皆録此篇，《文苑英華》亦以此詩爲王維所作，今姑據之收入集中。

〔二〕日，《又玄集》作「月」。建平：謂南朝宋建平王劉宏或其子景素。《宋書·文九王傳》云：「（宏）少而閑素，篤好文籍。……爲人謙儉周慎，禮賢接士，明曉政事，上甚信仗之。」又云：「（宏）子景素，少愛文義，有父風。……時太祖（宋文帝劉義隆）諸子盡殂，衆孫唯景素爲長……景素好文章書籍，招集才義之士，傾身禮接，以收名譽，由是朝野翕然，莫不屬意焉。」以上二句，趙殿成曰：「孫秀才蓋客於京師，遨遊諸王之門，不得意而歸者，故首美帝城風日，并引建平家，以爲擬喻。」

〔三〕玉枕：玉製之枕。王嘉《拾遺記》卷七：「漢誅梁冀，得一玉虎頭枕，云單池國所獻。」《晉書·王澄傳》：「（王敦）請澄入宿，陰欲殺之。……澄手嘗捉玉枕以自防，故敦未之得發。」枕，述古堂本作「椀」。雙文簟：一種花紋成雙的珍美竹席。晉張敞《東宮舊事》：「太子納妃有赤花雙文簟。」文，《文苑英華》、《唐詩紀事》俱作「紋」。五色瓜：阮籍《詠懷八十二首》其六：「昔聞東陵瓜，近在青門外。……五色曜朝日，嘉賓四面會。」梁任昉《述異記》卷下：「吳桓王時，會稽生五色瓜。今吳中有五色瓜，歲時充貢賦獻。」此二句描寫王家生活的奢美，以見出孫客遊王門之適意。

〔四〕沽，底本原作「無」，此從《文苑英華》、《唐詩紀事》。魯酒：《莊子·胠篋》：「脣竭則齒寒，魯酒薄而邯鄲圍。」後因以魯酒稱薄酒。胡麻：即芝麻，相傳漢張騫得其種於西域，故稱。二句寫孫歸鄉後的清苦生活。

〔五〕厭，《文苑英華》作「怨」。賒：緩。以上二句，趙殿成曰：「田家澹薄，大異疇昔，幾何不生厭苦？然而莫厭也，視予（作者）之歸期尚遠而遲緩不可必者，不猶愈（勝）乎？其慰藉之意深矣。」

送方城韋明府〔一〕

遥思葭菼際，寥落楚人行。高鳥長淮水，平蕪故郢城〔二〕。使車聽雉乳〔三〕，縣鼓應雞鳴〔四〕。

若見州從事〔五〕，無嫌手板迎〔六〕。

〔一〕方城：唐縣名，屬唐州，治所在今河南方城縣。明府：唐人稱縣令爲明府，參見《容齋四筆》卷一五。

〔二〕思，述古堂本作「想」。葭菼：見《送賀遂員外外甥》注〔二〕。寥落：稀疏；宋蜀本作「遼落」。楚人行：方城春秋時屬楚地，故云。《元和郡縣志》卷二一：「唐州……春秋時爲楚地。」長淮：《元和郡縣志》卷二一：「淮水出（唐州桐柏）縣（即今河南桐柏縣）南桐柏山。」平蕪：雜草繁茂的原野。郢：楚都，在今湖北荆州西北。高步瀛《唐宋詩舉要》曰：「案，故郢城猶言舊時楚國之城，變楚言郢，以避上楚人字耳。」以上四句寫方城和故楚地的風物。

〔三〕「使車」句：《後漢書·魯恭傳》：「（恭）拜中牟令。……建初七年，郡國螟傷稼，犬牙緣界，不入中牟，河南尹袁安聞之，疑其不實，使仁恕掾肥親往廉（察）之。恭隨行阡陌，俱坐桑下，有雉過止其傍，傍有童兒，親曰：『兒何不捕之？』兒言雉方將雛（攜帶幼鳥），親瞿然而起，與恭訣曰：『所以來者，欲察君之政迹耳。今蟲不犯境，此一異也；化及鳥獸，此二異也；豎子有仁心，此三異也，久留徒擾賢者耳。』還府俱以狀白安。」此句即用其事，謂使者乘車至縣，會聽到縣中童兒説不要捕正育子（雉乳）的野雞。指韋到任後，當會有魯恭那樣的政績。

〔四〕「縣鼓」句：謂縣中之鼓聲與鷄鳴聲相應。《晉書·鄧攸傳》載，攸爲吳郡太守，「在郡刑政清明，百姓歡悦，爲中興良守。後稱疾去職。……百姓數千人留牽攸船，不得進，攸乃小停，夜中發去。吴人歌之曰：『紞（鼓聲）如打五鼓，鷄鳴天欲曙。鄧侯挽不留，謝令推不去。』」。此句即用其事，謂韋去職時，將會像鄧攸那樣爲百姓所歌唱。

〔五〕州從事：漢制，州刺史之佐吏如别駕、治中等，統稱爲從事史。《後漢書·百官志》：「外十有二州，每州刺史一人……皆有從事史假佐。」此指州郡佐吏。

〔六〕手板：即笏。古代官吏上朝或謁見上司時所執，備記事用。《宋書·禮志》：「笏者，有事則書之。……手板，則古笏矣。」《隋書·禮儀志》：「百官朝服公服則執手版。」《宋書·陶潛傳》載，潛爲彭澤令，「郡遣督郵至，縣吏白應束帶見之，潛歎曰：『我不能爲五斗米折腰向鄉里小人。』即日解印綬去職。」二句變用其事。

送李員外賢郎〔一〕

少年何處去？負米上銅梁〔二〕。借問阿戎父〔三〕，知爲童子郎〔四〕。魚箋請詩賦，橦布作衣裳〔五〕。薏苡扶衰病，歸來幸可將〔六〕。

〔一〕員外：官名，即員外郎。見《送陸員外》注〔一〕。

〔二〕負米：《孔子家語·致思》：「子路見於孔子曰：『昔者由也事二親之時，常食藜藿之食，爲親負米百里之外。』」此處蓋謂事親，而非實指負米。銅梁：《文選》左思《蜀都賦》曰：「外負銅梁於宕渠，内函要害於膏腴。」劉淵林注：「銅梁，山名。」《元和郡縣志》卷三三云：「銅梁山在（合州石鏡）縣（今重慶合川）南九里，《蜀都賦》曰『外負銅梁宕渠』是也。山出銅及桃竹杖。」又云：「（合州）銅梁縣（今重慶銅梁北），長安四年……置縣，取小銅梁山爲名。」「小銅梁山在（銅梁）縣西北七十里。」按，玩詩意，「賢郎」乃蜀人而隨父在京者，詩蓋爲送其還蜀事親（「賢郎」之母當在蜀，故有「負米」之語）而作。

〔三〕阿戎父：《世説新語·簡傲》劉孝標注引《竹林七賢論》曰：「初（阮）籍與（王）戎父渾，俱爲尚書郎，每造渾，坐未安，輒曰：『與卿語，不如與阿戎語。』就戎必日夕而返。籍長戎二十歲，相得如時輩。」又引《晉陽秋》曰：「戎年十五，隨父渾在郎舍，阮籍見而悦焉。」此以阿戎喻「賢郎」，以阿戎父喻李員外（正切李爲尚書郎事）。

〔四〕童子郎：古時選童子才俊通經者，拜爲郎，號童子郎。《後漢書·臧洪傳》曰：「洪年十五，以父功拜童子郎，知名太學。」注：「漢法，孝廉試經者拜爲郎，洪以年幼才俊，故拜童子郎也。」又《左雄傳》曰：「汝南謝廉、河南趙建，年始十二，各能通經，雄並奏拜童子郎。」又唐有童子科，凡十歲以下通經者，經考試合格，予官或與出身（參見《文獻通考》卷三五）。《舊唐書·劉晏傳》：「年七歲，舉神童，授祕書省正字。」此處謂「賢郎」年幼才俊，也可能實指他曾中童子科。

〔五〕魚箋：唐代蜀地造的箋紙。箋，小幅而精美的紙張，古時多用以題詠或寫書信。唐李肇《唐國史補》卷下：「紙則有越之剡藤苔牋，蜀之麻面、屑末……魚子十色牋。」王勃《七夕賦》：「握犀管，展魚牋。」竇曁《懷素上人草書歌》：「魚箋絹素豈不貴，只嫌局促兒童戲。」請詩賦：指蜀人每用魚箋求人作詩賦。 橦布：見《送梓州李使君》注〔四〕。 蓋「賢郎」爲蜀人，即將還蜀，故有「魚箋」「橦布」之語。

〔六〕 薏苡（yì yǐ 益以）：多年生草本植物，莖直立，葉披針形，穎果卵形，果仁叫薏米，供食用和藥用。《後漢書·馬援傳》：「初援在交阯，常餌薏苡實，用能輕身省慾，以勝瘴氣。」注：「《神農本草經》曰：薏苡，味甘微寒……久服輕身益氣。」病，述古堂本注：「一本作疾。」幸：猶「正」。 將：攜帶。二句謂，薏苡可扶持衰病之體，回京時正可攜帶，以供員外之用。 按，蜀中產薏苡，故云。 陸游《薏苡》詩曰：「初遊唐安飯薏米，炊成不減雕胡美。……東歸思之未易得，每以問人人不識。」唐安即蜀州，治所在今四川崇州市。

送梓州李使君〔一〕

萬壑樹參天，千山響杜鵑〔二〕。 山中一半雨〔三〕，樹杪百重泉。 漢女輸橦布〔四〕，巴人訟芋田〔五〕。 文翁翻教授，敢不倚先賢〔六〕？

〔一〕 梓州：唐州名，治所在今四川三台。《舊唐書·地理志》：「梓州……天寶元年，改爲梓潼郡。 乾元元年，復爲梓州。」「梓州」《唐詩正音》作「東川」，疑後人因乾元後梓州恒爲劍南東川節度使治所而妄改。　李使君：《新唐書·三宗諸子傳》：「（李）璆（高宗孫）……二子：謙爲郢國公、梓州刺史。」未知即其人否？

〔二〕杜鵑：鳥名，又稱子規，傳説爲古蜀帝杜宇之魂所化。詩寫蜀地景物，故提及杜鵑。　此句《文苑英華》作「鄉音聽杜鵑」。

〔三〕半，明十卷本、奇字齋本、顧本、凌本、《全唐詩》俱作「夜」。

〔四〕漢：陳貽焮《王維詩選》云：「漢女，指嘉陵江邊少數民族的女子。嘉陵江古稱西漢水。」按，「漢女」與下「巴人」對文，疑「漢」當爲國名。　左思《蜀都賦》：「巴姬彈弦，漢女擊節。」公元二二一年，劉備在蜀稱帝，國號漢。　橦（tóng同）布：《文選》左思《蜀都賦》：「異物崛詭，奇於八方。布有橦華，麪有桄榔。」劉淵林注：「橦華者，樹名橦，其花柔毳（柔毛）可績爲布也，出永昌（郡名，東漢永平十二年，以哀牢人居地二縣并割益州郡西部六縣置，治所在今雲南保山東北）。」按，橦即木棉樹，其種子的表皮長有白色纖維，可績爲布。「橦」《瀛奎律髓》、《唐詩正音》俱作「賨」，《後漢書·南蠻傳》曰：「秦昭王使白起伐楚，略取蠻夷，始置黔中郡。　漢興，改爲武陵，歲令大人輸布一匹，小口二丈，是謂賨布（注：「《説文》曰：南蠻賦也。」）。」則作「賨」意亦可通，然不如作「橦」之爲工對。　句謂蜀地婦女以橦布輸官（唐行租庸調法，百姓每年需向官府繳納一定數量的布匹或絲織物）。

〔五〕巴：古國名，戰國時爲秦所滅，於其地置巴郡，轄境在今四川旺蒼、西充，重慶永川、綦江以東地區。芋田：蜀地多植芋，《史記·貨殖列傳》曰：「吾聞岷山之下沃野，下有蹲鴟（大芋，其形類蹲鴟），至死不飢。」《蜀都賦》：「其園則有蒟蒻茱萸，瓜疇芋區。」晉郭義恭《廣志》：「蜀漢既繁芋，民以爲資。」（《説郛》卷六十一）句謂蜀人常爲芋田之事打官司。

〔六〕文翁：《漢書·循吏傳》：「文翁，廬江舒人也。……景帝末，爲蜀郡守，仁愛好教化，見蜀地辟（僻）陋，有蠻夷風，文翁欲誘進之，乃選郡縣小吏開敏有材者……親自飭厲，遣詣京師，受業博士。……又脩起學官於成都市中……由是大化，蜀地學於京師者，比齊魯焉。……至今巴蜀好文雅，文翁之化也。」翻教授：反而進行教育之意。敢不，各本均作「不敢」，趙殿成曰：「不敢，當是敢不之訛。」今姑從其説校改。倚：依傍。先賢：指文翁。二句意謂，李到任後哪能不追隨先賢，教化蜀民？又《唐宋詩舉要》云：「末二句言文翁教化至今已衰，當更翻新以振起之，不敢倚先賢成績而泰然無爲也。」《唐詩別裁》卷九云：「結意言時之所急在征戍，而文公治蜀，翻在教授，準之當今，恐不敢倚先賢也。」皆可備一説。

清錢謙益曰：《送梓州李使君》詩：「山中一夜雨，樹杪百重泉。」作「山中一半雨」，尤佳。蓋送行之詩，言其風土，深山冥晦，晴雨相半，故曰「一半雨」，而續之以棘女巴人之聯也。（《牧齋初學集》卷八三《跋王右丞集》）

王夫之曰：明明兩截，幸其不作折合，五、六一似景語故也。又曰：意至則事自恰合，與求事切題者雅俗冰炭。右丞工于用意，尤工於達意，景亦意，事亦意，前無古人，後無嗣者，文外獨絶，不許有兩。（《唐詩評選》卷三）

吴喬曰：「萬壑樹參天……樹杪百重泉。」竟是山林隱逸詩。欲避近熟，故于梓州山境説起。（《圍爐詩話》卷二）

葉矯然曰：「山中一夜雨，樹杪百重泉。」有别本……「夜」作「半」，予却以爲不然。「一夜雨」者，言夜雨滂沱，懸瀑萬壑，「一夜」、「百重」，自爲呼應之語。（《龍性堂詩話》初集）

王士禛曰：律詩貴工於發端，承接二句尤貴得勢。……如「萬壑樹參天，千山響杜鵑」，下即云：「山中一夜雨，樹杪百重泉。」「昔聞洞庭水，今上岳陽樓」，下云：「吴楚東南坼，乾坤日夜浮。」……此皆轉石萬仞手也。（《帶經堂詩話》卷三真訣類）

又曰：（「萬壑」四句）興來神來，天然入妙，不可湊泊。（同上卷一八辨析類）

張謙宜曰：「萬壑樹參天，千山響杜鵑。」參天樹中即杜鵑叫處，倒出便有勢，若倒過味索然矣。（《絸齋詩談》卷五）

沈德潛曰：太白：「五月天山雪，無花只有寒。笛中聞折柳，春色未曾看。」一氣直下，不就羈縛。右丞：「萬壑樹參天……樹杪百重泉。」分頂上二語而一氣赴之，尤爲龍跳虎卧之筆。此

皆天然入妙，未易追摹。（《説詩晬語》卷上）

又曰：（「山中」二句）從上蟬聯而下，而本句中復用流水對，古人中亦偶見。（《唐詩別裁》卷九）

紀昀曰：起四句高調摩雲，結二句不可解。（《瀛奎律髓彙評》卷四）

朱庭珍曰：凡五、七律詩，最争起處。……王右丞之「太乙近天都，連山到海隅」，「萬壑樹參天，千山響杜鵑」……皆高格響調，起句之極有力、最得勢者，可爲後學法式。（《筱園詩話》卷四）

送友人南歸

萬里春應盡，三江雁亦稀〔一〕。連天漢水廣〔二〕，孤客郢城歸〔三〕。鄖國稻苗秀〔四〕，楚人菰米肥〔五〕。懸知倚門望〔六〕，遥識老萊衣〔七〕。

〔一〕三江：古時各地有「三江」之稱的水道頗多。《水經注·湘水》：「巴陵（今湖南岳陽）西對長洲，其洲南旁（分）湘浦，北届大江，故曰三江也，三水所會，亦或謂之三江口矣。」《元和郡縣志》卷二七：「巴陵城對三江口，岷江（古以岷江爲長江正源，此處即指長江）爲西江，澧江爲中江，湘江爲南江。」以江、澧、湘爲三江，本詩「三江」或即指此。亦稀，《文苑英華》作「欲飛」。

〔二〕漢水廣：《詩·周南·漢廣》：「漢之廣矣，不可泳思。」此指春夏水盛，漢水變寬。

〔三〕郢城：見《送方城韋明府》注〔二〕。

〔四〕鄖（yún 勻）國：古國名，春秋時爲楚所滅。《左傳》桓公十一年：「鄖人軍于蒲騷。」杜注：「鄖國在江夏雲杜縣（今湖北京山縣）東南。」《史記·楚世家》正義云：「《括地志》云：安州安陸縣城（今湖北安陸市），本春秋時鄖國城。」《元和郡縣志》卷二七曰：「安州（治所在安陸縣），春秋時鄖國，後爲楚所滅。」

〔五〕菰米：見《晦日遊大理韋卿城南別業四首》其三注〔五〕。米，宋蜀本作「菜」。

〔六〕懸知：預知，料想。倚門：見《送崔三往密州覲省》注〔四〕。

〔七〕老萊衣：見《送錢少府還藍田》注〔三〕。

送孫二〔一〕

郊外誰相送〔二〕？夫君道術親〔三〕。書生鄒魯客，才子洛陽人〔四〕。祖席依寒草〔五〕，行車起暮塵〔六〕。山川何寂寞，長望淚霑巾！

〔一〕孫二：不詳。

〔二〕此句《文苑英華》作「郭外誰將送」。

〔三〕夫君：以稱友朋，此指送者。道術親：即親近道術之意。道術，指道德學術。

〔四〕書生、才子：均指孫二。鄒：見《偶然作》其五注〔五〕。鄒爲孟子故鄉，魯爲孔子故鄉，故或以鄒魯代指孔孟，如稱孔孟之遺風爲鄒魯遺風，孔孟之學爲鄒魯學等。鄒魯客，即指孔孟之門客、門徒。「才子」句：用賈誼事，詳見《同崔傳答賢弟》注〔二〕。

〔五〕祖：《漢書·劉屈氂傳》師古注：「祖者，送行之祭，因設宴飲焉。」祖席，餞席。

〔六〕起，《文苑英華》作「薄」。

觀獵〔一〕

風勁角弓鳴〔二〕，將軍獵渭城〔三〕。草枯鷹眼疾〔四〕，雪盡馬蹄輕。忽過新豐市〔五〕，還歸細柳營〔六〕。回看射雕處〔七〕，千里暮雲平。

〔一〕《樂府詩集》、《萬首唐人絶句》採此詩首四句作一五絶，俱題曰《戎渾》，《全唐詩》且將《戎渾》録入卷五一一張祜集中。按，歌人每截取當時文人之詩而播之曲調，《戎渾》詩即屬這一情況。《樂府詩集》在張祜《上巳樂》後，載有《穆護砂》、《思歸樂二首》、《金殿樂》、《胡渭州二首》、《戎渾》、《牆頭花二首》、《採桑》、《楊下採桑》、《破陣樂》諸詩，均未署作者姓名，《全唐詩》編者誤認爲以上諸詩皆張祜所作，於是將它們全部録入張祜集中。其實《樂府詩集》凡接連收載同一詩人的不同題作品，皆在各詩之下分别署上同一作者姓名，如卷八〇連續收録白居易《樂世》、《急樂世》、《何滿子》三詩，即未將後二詩的白居易之名略去不署。又《思歸樂二首》其二云：

「萬里春應盡，三江雁亦稀。連天漢水廣，孤客未言歸。」乃截取王維《送友人南歸》詩首四句而成，顯非張祜之作。唐范攄《雲溪友議》卷中《錢塘論》曰：「白公云：『張三（張祜）作獵詩（指《觀徐州李司空獵》，載《全唐詩》卷五一〇），以較王右丞，予則未敢優劣也。』王維詩曰：『風勁角弓鳴……』」明以《觀獵》爲王維之詩，又唐姚合《極玄集》、韋莊《又玄集》亦俱以此詩爲王維所作，故《觀獵》之著作權毫無疑問當屬之王維。詩題《唐詩紀事》作《獵騎》，述古堂本作《觀獵詩》。

〔二〕勁，底本、《全唐詩》均注：「一作動。」角弓：飾以獸角的弓。

〔三〕渭城：在今陝西咸陽東北，見《送元二使安西》注〔二〕。

〔四〕鷹：獵鷹。疾：猶言鋭利。

〔五〕新豐市：在今西安市臨潼區東北新豐鎮，見《少年行四首》其一注〔三〕。市，《雲溪友議》作「戍」。

〔六〕還（xuán旋）：迅速，立即。細柳營：漢細柳營在今陝西咸陽市西南渭河北岸。《史記·絳侯周勃世家》：「以河內守（周）亞夫爲將軍，軍細柳以備胡。」正義：「《括地志》云：細柳倉在雍州咸陽縣西南二十里。」《元和郡縣志》卷一曰：「細柳倉，在（咸陽）縣西南二十里，漢舊倉也。周亞夫軍次細柳，即此是也。」又曰：「細柳營，在（萬年）縣東北三十里。相傳云周亞夫屯軍處。今按亞夫所屯，在咸陽縣西南二十里，言在此，非也。」此處蓋用周亞夫典，指軍紀嚴明之軍營。或謂此詩之細柳營爲實指，即指在萬年縣東北三十里之唐細柳營。按，依此説，將軍自唐細柳營西北行，至渭城射獵，獵畢還歸，過唐細柳營却不入，復東行過新豐市，然後再轉回西行還唐細柳營，將軍這樣的往返路綫，不免令人生疑。且唐長安附近到底何處有軍營，史書中亦無記載。

〔七〕射雕：《史記·李將軍列傳》：「中貴人將騎數十縱，見匈奴三人，與戰，三人還射，傷中貴人，殺其騎且盡，中貴人走廣，廣曰：『是必射雕者也。』」又《北齊書·斛律光傳》載，光嘗從世宗於洹橋校獵，射落一大雕，邢子高見而歎曰：「此射雕手也。」按，雕一名鷲，極善飛，射藝弗精者罕能中之。此二字《雲溪友議》作「落雁」，又底本、《全唐詩》均注：「一作失雁。」

楊慎曰：五言律起句最難……王維「風勁角弓鳴，將軍獵渭城」；杜子美「將軍膽氣雄，臂懸兩角弓」；孟浩然「八月湖水平，涵虚混太清」，雖律也，而含古意，皆起句之妙，可以爲法，何必效晚唐哉？（《升菴詩話》卷二）

清施閏章曰：白尚書以祜觀獵詩，謂張三較王右丞未敢優劣，似尚非篤論。祜詩曰：「曉出禁城東，分圍淺草中。紅旗開向日，白馬驟迎風。背手抽金鏃，翻身控角弓。萬人齊指處，一雁落寒空。」細讀之，與右丞氣象全别。（《蠖齋詩話》）

王夫之曰：後四語奇筆寫生，毫端有風雨聲。（《唐詩評選》卷三）

黄生曰：起法雄警峭拔，三四音復壯激，故五六以悠揚之調作轉，至七八，再應轉去，却似鵰

尾一折，起數丈矣。（《增訂唐詩摘鈔》卷一）

王士禎曰：爲詩結處總要健舉，如王維「回看射雕處，千里暮雲平」，何等氣概！（《然鐙紀聞》）

沈德潛曰：起手貴突兀。王右丞「風勁角弓鳴」，杜工部「莽莽萬重山」、「帶甲滿天地」，岑嘉州「送客飛鳥外」等篇，直疑高山墜石，不知其來，令人驚絶。又曰：唐玄宗「劍閣横雲峻」一篇，王右丞「風勁角弓鳴」一篇，神完氣足，章法、句法、字法俱臻絶頂，此律詩正體。（《説詩晬語》卷上）又曰：起二句，若倒轉便是凡筆，勝人處全在突兀也。結亦有回身射雕手段。（《唐詩别裁》卷九）

施補華曰：起處須有崚嶒之勢，收處須有完固之力，則中二聯愈形警策。如摩詰「風勁角弓鳴，將軍獵渭城」，倒戟而入，筆勢軒昂。「草枯」一聯，正寫獵字，愈有精神。「忽過」二句，寫獵後光景，題分已定。收處作回顧之筆，兜裹全篇，恰與起筆倒入者相照應，最爲整密可法。（《峴傭説詩》）

春日上方即事〔一〕

好讀高僧傳，時看辟穀方〔二〕。鳩形將刻杖〔三〕，龜殼用支牀〔四〕。柳色春山映，梨花夕鳥藏〔五〕。北牕桃李下，閑坐但焚香〔六〕。

〔一〕上方：住持僧居住的内室。趙殿成曰：「《樂府詩集》採此詩後四句入近代曲辭，題作《長命女》，謂張説作；《萬首唐人絶句》亦採此四句收入五言絶句，命題正同，而仍作公詩。」按，《樂府詩集》卷八〇近代曲辭有《長命女》詩，其辭曰：「雲送關西雨，風傳渭北秋。孤燈然客夢，寒杵擣鄉愁。」又有《一片子》詩，其辭曰：「柳色青山映，梨花雪鳥藏。緑窗桃李下，閑坐歎春芳。」二詩載于張説《破陣樂二首》之後，均未署作者姓名，《長命女》係截取岑參《宿關西客舍寄東山嚴許二山人》詩首四句而成，《一片子》則截取《春日上方即事》後四句而成，情況正與《觀獵》詩同（參見上詩注〔一〕）。趙氏謂《樂府詩集》以《長命女》（應爲《一片子》）爲張説所作，實誤。又《張燕公集》及《全唐詩》張説集俱未收《一片子》詩，益可證本詩之作者無疑應是王維。

〔二〕高僧傳：泛指高僧之傳記。今存唐開元、天寶以前人撰述的高僧傳，有南朝梁慧皎《高僧傳》、唐道宣《續高僧傳》等。辟穀：屏除穀食，是道家的一種修煉方法。辟穀時，須服藥物，并兼做導引等工夫。參見《故太子太師徐公輓歌四首》其一注〔六〕。二句寫寺中長老的愛好。

〔三〕「鳩形」句：《後漢書·禮儀志》：「仲秋之月，縣道（漢制，邑無少數民族者稱縣，有少數民族雜居者稱道）皆案户比（查驗）民，年始七十者，授之以玉杖，餔之糜粥；八十九十禮有加，賜玉杖長尺，端以鳩鳥爲飾。鳩者，不噎之鳥也，欲老人不噎。」唐代亦有高年賜鳩杖之制。將，猶「以」。句指住持僧已甚老。

〔四〕「龜殼」句：褚少孫補《史記·龜策列傳》曰：「南方老人用龜支牀足，行二十餘歲，老人死，移牀，龜尚生不死。龜能行氣導引。」此句即用其事，以見老僧生活中的古樸之趣。或稱此二句爲王維自謂，並據以考證王維生年，稱時王維年近七十，非是。詩云「上方即事」，知即維親至寺院，面對眼前所見事物作詩，故詩之前四句，皆當指寺院長老而言。

〔五〕映：遮掩。梨花，宋蜀本、《瀛奎律髓》俱作「花明」。

〔六〕坐，《瀛奎律髓》作「步」。

顧可久曰：清俊恬澹。

馮班曰：腹聯明秀。（《瀛奎律髓彙評》卷四七）

宋徵璧曰：王摩詰「梨花夕鳥藏」，杜子美「山精白日藏」，一風華，一森峭。（《抱真堂詩話》）

喬億曰：後半忽作綺語，亦反觀法，玩「但焚香」三字可見。（《劍谿説詩》又編）

清無名氏曰：幽處秀發。（《瀛奎律髓彙評》卷四七）

游李山人所居因題屋壁〔一〕

世上皆如夢〔二〕，狂來或自歌〔三〕。問年松樹老〔四〕，有地竹林多〔五〕。藥倩韓康賣，門容向子過〔六〕。翻嫌枕席上，無那白雲何〔七〕！

〔一〕山人：山居者。指隱士。

〔二〕世上，底本、《全唐詩》均注：「一作世人，一作人事。」

〔三〕狂，《文苑英華》作「往」。或，《全唐詩》作「止」。

〔四〕問年：問山人之年歲。

〔五〕林，《文苑英華》作「陰」。

〔六〕倩：借助，請人替自己做事。韓康：見《濟上四賢詠三首·鄭霍二山人》注〔二〕。向子：指向長，參見《早秋山中作》注〔四〕。向，宋蜀本、《全唐詩》俱作「尚」。二句謂李居山中，每與高人隱士往還。

〔七〕無那：即無奈。此二句寫山人居處之高，謂反嫌白雲瀰漫於枕席，而對之無可奈何！

戲題示蕭氏外甥〔一〕

憐爾解臨池〔二〕，渠爺未學詩〔三〕。老夫何足似，弊宅倘因之〔四〕。蘆笋穿荷葉，菱花罥雁兒〔五〕。郗公不易勝，莫著外家欺〔六〕。

〔一〕詩題《全唐詩》無「外」字。

〔二〕臨池：後漢張芝臨池學書，池水盡黑（參見《戲贈張五弟諲三首》其二注〔二〕），後因謂學書之事爲臨池。

〔三〕渠爺：彼爺，指蕭氏外甥之父。

〔四〕「老夫」二句：老夫，作者自稱。《晉書·魏舒傳》：「魏舒……少孤，爲外家（舅家）甯氏所養。甯氏起宅，相宅者云：『當出貴甥。』外祖母以魏氏甥小而慧，意謂應之。舒曰：『當爲外氏成此宅相。』久乃別居。」上句反用何無忌似其舅事，見《送嚴秀才還蜀》注〔三〕。下句言己之宅或可承甯氏之宅而出貴甥。

〔五〕蘆筍：蘆葦之嫩芽似竹筍而小，可食，謂之蘆筍。穿，奇字齋本、凌本俱作「藏」。菱：植物名，生水中，夏日開花，果實曰菱角。罥（juàn 倦）：掛，纏繞。此二句寫景，以明當時正值夏日。

〔六〕「郗公」二句：《世説新語·簡傲》：「王子敬（王獻之）兄弟見郗公（郗愔），躡履問訊，甚修外生（愔姊嫁獻之父羲之，故云）禮。及嘉賓（愔子超）死，皆着高屐，儀容輕慢，命坐，皆云有事不暇坐。既去，郗公慨然曰：『使嘉賓不死，兒輩敢爾！』」注：「愔子超，有盛名，且獲寵於桓温，故爲超敬愔。」事亦載《晉書·郗超傳》。「郗」底本原作「郄」，此從《全唐詩》。著，猶將、把，説見《詩詞曲語辭匯釋》。此二句以郗公自喻，承「老夫」二句而言，謂我像郗公那樣不易制服，汝貴後莫要把舅家來欺。

聽宮鶯

春樹繞宮牆，宮鶯囀曙光〔一〕。欲驚啼暫斷〔二〕，移處弄還長〔三〕。隱葉棲承露〔四〕，排花出未央〔五〕。游人未應返〔六〕，爲此思故鄉〔七〕。

〔一〕宮，底本原作「春」，此從宋蜀本、《文苑英華》、《全唐詩》。囀曙光，《文苑英華》作「次第翔」。

〔二〕欲：猶方、正；宋蜀本、述古堂本、《全唐詩》俱作「忽」。

〔三〕哢（lòng 弄）：鳥鳴；底本原作「弄」，此從元本。

〔四〕承露：承露盤，見《和賈舍人早朝大明宮之作》注〔六〕。

〔五〕排：推開，擠開；底本原作「攀」，此從述古堂本、元本。未央：見《左掖梨花》注〔三〕。

〔六〕未應：猶言不曾。

〔七〕思故鄉，《文苑英華》作「始思鄉」。句謂會因這鶯叫聲而思念故鄉。

早朝〔一〕

柳暗百花明，春深五鳳城〔二〕。城烏睥睨曉〔三〕，宮井轆轤聲〔四〕。方朔金門侍〔五〕，班姬玉輦迎〔六〕。仍聞遺方士，東海訪蓬瀛〔七〕。

〔一〕詩題宋蜀本等作《早朝二首》，參見五古《早朝》注〔一〕。

〔二〕五鳳城：猶鳳城。杜甫《夜》：「步簷倚仗看牛斗，銀漢遥應接鳳城。」仇注：「趙（次公）曰：秦穆公女吹簫，鳳降其城，因號丹鳳城。其後，言京城曰鳳城。」又古有「五鳳」之説，《拾遺記》卷一：「（少昊）時有五鳳，隨方之色（隨五方之色），集於帝庭，因曰鳳鳥氏。」謝朓《和蕭子良高松賦》：

「集九僊之羽儀，棲五鳳之光景。」李頎《王母歌》：「紅霞白日儼不動，七龍五鳳紛相迎。」故又稱「鳳城」爲「五鳳城」。

〔三〕烏，《文苑英華》作「鵶」。　睥睨：城上短牆。《釋名·釋宫室》：「城上垣曰睥睨，言於其孔中睥睨非常也。」句謂黎明時城烏棲息于女牆。

〔四〕轆轤：井上汲水之具。　聲：發聲。

〔五〕方朔：東方朔，字曼倩，西漢有名的文學侍從之臣，以詼諧滑稽爲武帝所愛幸。　朔於武帝即位之初入長安，帝「令待詔公車」，後「使待詔金馬門，稍得親近」（《漢書·東方朔傳》）。　金門：即金馬門，參見五古《早朝》注〔五〕。　侍，《文苑英華》作「召」。

〔六〕班姬：即班婕妤，參見《班婕妤三首》其一注〔一〕。　玉輦：帝王的乘輿。《文選》潘岳《藉田賦》：「天子乃御玉輦，蔭華蓋。」李善注：「玉輦，大輦也。」句謂宫中妃嬪以玉輦迎請天子臨朝。

〔七〕「仍聞」二句：《史記·秦始皇本紀》曰：「齊人徐市等上書言海中有三神山，名曰蓬萊、方丈、瀛洲，僊人居之，請得齋戒與童男女求之。於是遣徐市發童男女數千入海求僊人。」《封禪書》曰：「自威、宣、燕昭，使人入海求蓬萊、方丈、瀛州。此三神山者，其傳在勃海（即渤海）中……諸僊人及不死之藥皆在焉。」又曰：「（武帝）遣方士入海，求蓬萊、安期生（仙人名）之屬。」東海，此處指渤海。　蓬瀛，蓬萊、瀛洲。　二句謂玄宗好仙道之術。《舊唐書·禮儀志四》：「玄宗御極多年，尚長生輕舉之術。於大同殿立真仙之像，每中夜夙興，焚香頂禮。天下名山，令道士、中官合鍊醮祭，相繼於路。投龍奠玉，造精舍，採藥餌，真訣仙蹤，滋於歲月。」

胡應麟曰：唐五言律起句之妙者：「獨有宦游人，偏驚物候新。」……「柳暗百花明，春深五鳳城。」「萬壑樹參天，千山響杜鵑。」「風勁角弓鳴，將軍獵渭城。」……或古雅，或幽奇，或精工，或典麗，各有所長，不必如七言也。（《詩藪》内編卷五）

胡震亨曰：王維《早朝》詩：「仍聞遺方士，東海訪蓬瀛。」明以秦皇、漢武譏其君矣；不若宗楚客「幸睹八龍遊閬苑，無勞萬里訪蓬瀛」，爲有含蓄。（《唐音癸籤》卷一一）

愚公谷三首 青龍寺與黎昕戲題〔一〕

愚谷與誰去？唯將黎子同〔二〕。非須一處住，不那兩心空〔三〕。寧問春將夏，誰論西復東〔四〕。不知吾與子，若箇是愚公〔五〕？

〔一〕愚公谷：《説苑·政理》：「齊桓公出獵，逐鹿而走入山谷之中，見一老公而問之曰：『是爲何谷？』對曰：『爲愚公之谷。』桓公曰：『何故？』對曰：『以臣名之。』桓公曰：『今視公之儀狀，非愚人也，何爲以公名？』對曰：『臣請陳之，臣故畜牸牛，生子而大，賣之而買駒，少年曰：「牛不能生馬。」遂持駒去，傍鄰聞之，以臣爲愚，故名此谷爲愚公之谷。』」《水經注·淄水》：「時水又屈而逕杜山北，有愚公谷，齊桓公時，公隱于谷。」其地在今山東淄博東。又後人每以「愚公谷」

泛指隱士的山野之居，庾信《小園賦》曰：「余有數畝敝廬，寂寞人外……名爲野人之家，是謂愚公之谷。」《南史·隱逸傳》序云：「藏景窮巖，蔽名愚谷。」本詩即取此義。青龍寺：見《青龍寺曇壁上人兄院集》注〔一〕。黎昕：見《黎拾遺昕裴秀才迪見過秋夜對雨之作》注〔一〕。

〔二〕將：與。

〔三〕那：奈。此二句謂，已與黎擬同往愚谷，非由于須在一處同住，而是因爲兩心皆空寂，無奈何當同往。

〔四〕此二句意謂，不問春與夏，無論西復東，皆欲往尋愚谷。

〔五〕若箇：哪個。二句意謂，真不知我與你，哪個是愚谷裏的真愚公？

吾家愚谷裏〔一〕，此谷本來平〔二〕。雖則行無跡，還能響應聲〔三〕。不隨雲色暗，只待日光明〔四〕。緣底名愚谷？都由愚所成〔五〕。

〔一〕吾，述古堂本、元本、顧本俱作「愚」。家：居住。

〔二〕此句意同本詩第三首「行處」二句。

〔三〕行無跡：《莊子·天地》：「是故行而無跡，事而無傳。」成疏：「率性而動，故無跡可記，跡既昧矣，事亦滅焉。」響應聲：《管子·任法》：「下之事上也，如響之應聲也。」響，回聲。二句意謂，吾居愚谷，雖則行無踪跡，不爲世人所知，却還能有附和于己之人（如黎子）。

〔四〕此二句寫「此谷」之平，承第二句而言。若「此谷」在深山之中，則當隨雲色而暗，且有日光亦未必能明。

〔五〕緣底：因何。二句意謂，愚谷因愚公而得名，只要真正做到「愚」，所居之地即成愚谷。

借問愚公谷，與君聊一尋。不尋翻到谷〔一〕，此谷不離心〔二〕。行處曾無險，看時豈有深〔三〕？寄言塵世客，何處欲歸臨〔四〕？

〔一〕翻：反而。

〔二〕此句意謂，只要心愚，所居之地即是愚谷。這同佛教所説的只要心浄，所居之地即是浄土（《維摩經·佛國品》：「若菩薩欲得浄土，當浄其心，隨其心浄，則佛土浄。」）意近。

〔三〕二句謂，此谷不深不險。指愚谷到處可得，非必幽深險峻之境方有。

〔四〕歸臨，宋蜀本作「窺林」。句謂塵世客還欲歸臨何處？言外之意是説，不必歸臨任何地方（居原地即可）。

雜詩〔一〕

雙燕初命子〔二〕，五桃新作花〔三〕。王昌是東舍，宋玉次西家〔四〕。小小能織綺〔五〕，時時出浣紗〔六〕。親勞使君問，南陌駐香車〔七〕。

〔一〕詩題宋蜀本等作《雜詩五首》，參見五古《雜詩》注〔一〕。

〔二〕命子：呼引其子。此指春日燕初北返，啾唧而鳴，呼引其子。

〔三〕「五桃」句：鮑照《擬行路難十八首》其八：「中庭五株桃，一株先作花。」《詩·周南·桃夭》：「桃之夭夭，灼灼其華。」孔疏：「夭夭言桃之少，灼灼言華之盛……以喻女少而色盛也。」此句叙春景，又隱以「新作花」的桃樹喻所寫女子。新，底本原作「初」，此從宋蜀本、述古堂本、《全唐詩》。作，凌本作「結」，疑誤。

〔四〕王昌：唐人詩中多言王昌，疑是一傳説中人物。梁武帝《河中之水歌》：「人生當貴何所望，恨不早嫁東家王。」上官儀《和太尉戲贈高陽公》：「南國自然勝掌上，東家復是憶王昌。」崔顥《王家少婦》：「十五嫁王昌，盈盈入畫堂。自矜年最少，復倚壻爲郎。」李商隱《代應》：「誰與王昌報消息，盡知三十六鴛鴦。」《水天閒話舊事》：「王昌且在牆東住，未必金堂得免嫌。」唐彦謙《離鸞》：「聞道離鸞思故鄉，也知情願嫁王昌。塵埃一別楊朱路，風月三年宋玉牆。」韓偓《晝寢》：「何必苦勞魂與夢，王昌只在此牆東。」觀諸詩所述，王昌必是一身居高位的俊美風流男子。「宋玉」句：參見五古《雜詩》注〔四〕。次，住宿。此二句謂女子絶美，周圍多有風流男子眷顧。

〔五〕「小小」句：《河中之水歌》：「河中之水向東流，洛陽女兒名莫愁。莫愁十三能織綺，十四採桑南陌頭。」此句以莫愁喻所寫女子。

〔六〕「時時」句：參見《西施詠》注〔七〕。此句以西施喻所寫女子。

〔七〕「親勞」二句：見五古《雜詩》注〔四〕。此二句以羅敷喻所寫女子。以上各句之用意，皆在於表現女子之美。

黄周星曰：作詩只如説話，與太白「今日竹林宴」正同。（《唐詩快》卷一四）

送方尊師歸嵩山〔一〕

仙官欲住九龍潭〔二〕，旄節朱旛倚石龕〔三〕。山壓天中半天上〔四〕，洞穿江底出江南〔五〕。瀑布杉松常帶雨〔六〕，夕陽彩翠忽成嵐〔七〕。借問迎來雙白鶴，已曾衡嶽送蘇耽〔八〕？

〔一〕尊師：對道士的敬稱。

〔二〕仙官：謂神仙有職位者。《太平廣記》卷三引《漢武内傳》：「阿母必能致汝於玄都之虚……位以仙官。」此指方尊師。住，底本原作「往」，此從宋蜀本、《文苑英華》。九龍潭：在嵩山東峰太室山東巖之半。《大清一統志》卷二〇五：「九龍潭，在登封縣太室山東巖之半。……山巔諸水，咸會於此，蓋一大峽也。峽作九壘，每壘結爲一潭，遞相灌輸，深不可測。」

〔三〕旄節：以竹爲節，上綴以牦牛尾。指仙人所執紫毛或青毛之節。旄，宋蜀本、明十卷本、奇字齋本等俱作「毛」。旛：同「幡」，長幅直掛的旗。「旄節朱旛」指方尊師的儀仗。石龕：供奉神佛的小石室。按，嵩山有太室、少室二峰，皆因其上各有石室而得名，此處「石龕」即指嵩山石室。

〔四〕山壓天中：謂中嶽嵩山居天下之中。壓，鎮。半天上：形容嵩山之高。

〔五〕洞：指九龍潭。江：長江。此句形容九龍潭的深邃奇詭，神祕莫測，謂九龍潭的窟窿穿過長江江底通到了江南。

〔六〕杉松，凌本作「松杉」。

〔七〕彩，《全唐詩》作「蒼」。嵐：霧氣。此句意謂，在夕陽的輝映下，山頭一片明緑之色，但忽又被霧氣所籠罩。

〔八〕「借問」二句：蘇耽，古仙人。《水經注》卷三九《耒水》：「《桂陽列仙傳》云：『（蘇）耽，郴縣（今湖南郴州）人，少孤，養母至孝。……即面辭母曰：受性應仙，當違供養。涕泗又説：年將大疫，死者略半，穿一井飲水，可得無恙……』」《太平廣記》卷一三引《洞仙傳》曰：「蘇耽者，桂陽（郡名，治所在郴縣）人也，少以至孝著稱。……先是耽初去時云：今年大疫，死者略半，家中井水，飲之無恙。果如所言。」又《神仙傳》卷九曰：「蘇仙公者，桂陽人也。……數歲之後，先生灑掃門庭，修飾牆宇，友人曰：有何邀迎？答曰：僊侶當降。俄頃之間，乃見天西北隅紫雲氤氳，有數十白鶴飛翔其中，翩翩然降於蘇氏之門，皆化爲少年……先生斂容逢迎，乃跪白母曰：某受命當僊，被召有期，儀衛已至，當違色養，即便拜辭。……言畢即出門，踟躕顧望，聳身入雲，紫雲捧足，群鶴翱翔，遂昇雲漢而去。」按，據諸書所載事跡，蘇耽、蘇仙公當爲一人。衡嶽，南嶽衡山，在湖南衡山縣西北；郴縣距衡山不遠，此處蓋以衡嶽借指蘇耽所居之地。此二句意謂，請問尊師迎來的雙白鶴（疑是時空中恰有雙白鶴飛過），可是曾在衡嶽送過蘇耽昇天而去的嗎？隱指尊師即將得道成仙。

沈德潛曰：（「洞穿」句）：奇境非此奇句，不能寫出。（《唐詩別裁》卷一三）

方東樹曰：起破題明切。中四分寫嵩山遠、近、大、小景，奇警入妙。收亦奇氣噴溢，筆勢宏放，響入雲霄。（《昭昧詹言》卷一六）

送楊少府貶郴州〔一〕

明到衡山與洞庭〔二〕，若爲秋月聽猿聲〔三〕？愁看北渚三湘近〔四〕，惡説南風五兩輕〔五〕。
青草瘴時過夏口，白頭浪裏出湓城〔六〕。長沙不久留才子，賈誼何須弔屈平〔七〕！

〔一〕郴州：唐州名，治所在今湖南郴州。

〔二〕明：謂明日。

〔三〕若爲：猶言怎堪。句謂君遠謫郴州，怎受得住在秋月之下聽夜猿悲啼？

〔四〕看，述古堂本作「君」。北渚：《楚辭·九歌·湘君》：「鼂騁騖兮江皋，夕弭節兮北渚。」《湘夫人》：

「帝子降兮北渚，目眇眇兮愁予。」湘君、湘夫人爲湘水之男神與女神，「北渚」蓋指湘水之渚（小洲）。此同。三湘：見《漢江臨汎》注〔二〕。近：指貶所地近湘水（北渚三湘）；述古堂本、元本、明十卷本等俱作「客」，張本、《唐詩品彙》、《全唐詩》俱作「遠」。

〔五〕五兩：見《送宇文太守赴宣城》注〔七〕。五兩輕：謂風大。南風大，則北上之船航行甚速，然楊謫居郴州，不得北歸，故惡説之。

〔六〕青草瘴：趙殿成注：「《廣州記》：『地多瘴氣，夏爲青草瘴，秋爲黄茅瘴。』王友琢崖謂郴州夏口，皆在嶺内，無有瘴氣，瘴當是漲字之訛，蓋謂青草湖（即今湖南洞庭湖東南部）之水漲耳。」陳貽焮《王維詩選》云：「南方不祇廣東有瘴氣，不必如此拘泥；王琦的解釋雖能自圓其説，惜與下句意重，不如仍依原文爲佳。」按，陳説是。又，《番禺雜編》曰：「嶺外二三月爲青草瘴，四五月黄梅瘴，六七月新水瘴，八九月黄茅瘴。」其説不同。夏口：古城名，故址在今武漢黄鵠山上。湓城：古城名，唐初改爲潯陽，在今江西九江市。此二句意謂，料想明春瘴氣起、江水漲之時，君即可過夏口、經湓城而歸。按，楊由郴州還長安，可自湘水北行抵長江，然後沿江東下，再循汴河北歸，故有「過夏口」、「出湓城」之語。

〔七〕「長沙」二句：賈誼，參見《哭祖六自虚》注〔八〕。又《漢書·賈誼傳》曰：「天子議以誼任公卿之位，絳、灌、東陽侯、馮敬之屬盡害之，迺毁誼曰……於是天子後亦疏之，不用其議，以誼爲長沙王太傅。誼既以謫去，意不自得，及渡湘水，爲賦以弔屈原。屈原，楚賢臣也，被讒放逐……誼追傷之，因以自諭（譬）。」屈平，《史記·屈賈列傳》：「屈原者，名平。」此二句以賈誼謫長沙喻楊貶郴州，意謂楊有才德，必不會久留於郴，無須過於自傷。

趙殿成曰：送人遷謫，用賈誼事者多矣，然俱代爲悲忿之詞，惟李供奉《巴陵贈賈舍人》詩云：「聖主恩深漢文帝，憐君不遣到長沙。」與右丞此篇結句，俱得忠厚和平之旨，可爲用事翻案法。

沈德潛曰：不能北歸，反惡南風，語妙意曲。（《唐詩別裁》卷一三）

管世銘曰：頷頸兩聯，如二句一意，無異車前騶仗，有何生氣？唐賢之可法者，如王維「愁看北渚三湘近，惡説南風五兩輕」，岑參「愁窺白髮羞微禄，悔别青山憶舊谿」，……皆神韻天成，變化不測。（《讀雪山房唐詩序例·七律凡例》）

黄培芳曰：通體音節甚高，筋節亦動盪。（翰墨園重刊本《唐賢三昧集箋注》卷上）

王壽昌曰：何謂曲？……王右丞之「明到衡山與洞庭……」如此深婉，乃爲真曲耳。（《小清華園詩談》卷上）

方東樹曰：收句應有之義，親切入妙，又切地切貶。重複七地名不忌。（《昭昧詹言》卷一六）

聽百舌鳥〔一〕

上蘭門外草萋萋〔二〕，未央宮中花裏栖〔三〕。亦有相隨過御苑〔四〕，不知若箇向金隄〔五〕。入春解作千般語，拂曙能先百鳥啼。萬户千門應覺曉，建章何必聽鳴雞〔六〕？

〔一〕百舌：鳥名，即反舌，又稱鶷鷎。《禮·月令》仲夏之月：「反舌無聲。」疏：「反舌鳥，春始鳴，至五月稍止。」《淮南子·時則》高注：「反舌，百舌鳥也，能辨反其舌，變易其聲，以效百鳥之鳴，故謂百舌。」詩題宋蜀本無「鳥」字。

〔二〕上蘭：見《敕賜百官櫻桃》注〔三〕。萋萋：茂盛貌。

〔三〕未央宫：見《左掖梨花》注〔三〕。

〔四〕有，奇字齋本、凌本俱作「自」。

〔五〕若箇：猶言哪個。金隄：《文選》司馬相如《子虚賦》：「媻姗教窣，上乎金隄。」李善注引司馬彪云：「隄名也。」《漢書·司馬相如傳》顔師古注：「言水之隄塘堅如金也。」此指御苑中之隄。

〔六〕建章：見《奉和聖製賜史供奉曲江宴應制》注〔四〕。

沈十四拾遺新竹生讀經處同諸公之作〔一〕

閒居日清静，修竹自檀欒〔二〕。嫩節留餘籜〔三〕，新叢出舊欄。細枝風響亂，疎影月光寒。樂府裁龍笛〔四〕，漁家伐釣竿。何如道門裏，青翠拂仙壇〔五〕？

〔一〕沈十四拾遺：未詳。同：和。

〔二〕自，《文苑英華》作「復」。檀欒：見《輞川集·斤竹嶺》注〔二〕。

〔三〕籜（tuò唾）：筍殼。

〔四〕樂府：掌音樂的官署。龍笛：虞世南《琵琶賦》：「鳳簫輟吹，龍笛韜吟。」《元史·禮樂志》謂龍笛「七孔，橫吹之，管首製龍頭」。又古詩文中每以龍吟形容笛聲，「龍笛」之名，或起于此。後漢馬融《長笛賦》：「龍鳴水中不見已，截竹吹之聲相似。」李白《金陵聽韓侍御吹笛》：「風吹繞鍾山，萬壑皆龍吟。」又唐梁洽有《笛聲似龍吟賦》。

〔五〕「青翠」句：語本陰鏗《侍宴賦得竹》：「夾池一叢竹，青翠不驚寒。……湘川染別淚，衡嶺拂仙壇（仙人所居之處）。」又《太平御覽》卷九六二引南朝宋劉緝之《永嘉記》曰：「陽嶼仙山有平石，方十餘丈，名仙壇，有一筋竹（竹的一種）垂壇旁，風來輒掃拂壇上。」以上二句意謂，讀經處的竹，比起道門裏「青翠拂仙壇」的竹，又怎麽樣呢？

田家〔一〕

舊穀行將盡，良苗未可希〔二〕。老年方愛粥〔三〕，卒歲且無衣〔四〕。雀乳青苔井〔五〕，雞鳴白板扉〔六〕。柴車駕羸牸〔七〕，草屩牧豪豨〔八〕。夕雨紅榴拆〔九〕，新秋緑芋肥。餉田桑下憩〔一〇〕，旁舍草中歸〔一一〕。住處名愚谷，何煩問是非〔一二〕！

〔一〕詩題《文苑英華》作《田家作》。
〔二〕苗，明十卷本、奇字齋本、凌本等俱作「田」。希：希望。句指良苗尚未能提供穀食。
〔三〕粥，《文苑英華》作「竹」，非是。
〔四〕「卒歲」句：語本《詩·豳風·七月》：「無衣無褐，何以卒歲！」卒歲，終歲，猶言「渡過這一年」。且，尚。
〔五〕雀乳：晉傅玄《雜詩三首》其三：「鵲巢丘城側，雀乳空井中。」《説文》：「人及鳥生子曰乳。」此指孵卵。
〔六〕白板：不施采飾的木板。
〔七〕柴車：簡陋無飾的車子。羸：瘦弱。牸（zì字）：母牛；底本原作「犉」，據述古堂本、《全唐詩》改。
〔八〕草屩（juē决）：草鞋。豪豨（xī希）：壯豬。「豪」下底本、《全唐詩》均注：「一作膏。」
〔九〕夕，底本原作「多」，此從《全唐詩》。榴：石榴。拆：裂開；底本原作「折」，此從述古堂本、元本、《全唐詩》。
〔一〇〕餉田：往田裏送飯。
〔一一〕旁（bàng傍）：通「傍」，依。傍舍，指身倚着屋壁的農夫。
〔一二〕愚谷：參見《愚公谷三首》其一注〔一〕。二句意謂，田家避世隱居，何煩去問人世之是非！

顧可久曰：不務雕琢，而一出自然。

哭褚司馬〔一〕

妄識皆心累〔二〕，浮生定死媒〔三〕。誰言老龍吉，未免伯牛災〔四〕！故有求仙藥，仍餘遁俗杯〔五〕。山川秋樹苦，窗户夜泉哀〔六〕。尚憶青騾去〔七〕，寧知白馬來〔八〕？漢臣修《史記》，莫蔽褚生才〔九〕。

〔一〕司馬：官名。見《送祕書晁監還日本國》注〔二八〕。

〔二〕妄識：虚妄的認識。佛教以世俗的認識爲妄識。心累：心的牽累。《文選》陸機《歎逝賦》：「解心累於末迹，聊優遊以娱老。」

〔三〕浮生：見《胡居士卧病遺米因贈》注〔一七〕。句謂人生在世，虚浮無定，這無疑是死亡的媒介。

〔四〕老龍吉：《莊子·知北遊》：「婀荷甘與神農同學於老龍吉，神農隱几闔户晝瞑，婀荷甘日中奓（開）户而入，曰：『老龍死矣！』神農隱几（此二字衍）擁杖而起，嚗然（放杖聲）放杖而笑，曰：『天（指老龍，成玄英疏：「老龍有自然之德，故呼曰天。」）知予僻陋慢訑，故棄予而死。』」伯牛災：《史記·仲尼弟子列傳》：「冉耕，字伯牛，孔子以爲有德行。伯牛有惡疾，孔子往問之，自牖執其手，曰：『命也夫！斯人也而有斯疾，命也夫！』」二句意謂誰料想老龍吉，也未能免於獲疾而亡。

〔五〕故：猶「素」、「常」。遁俗：猶言避世。《文選》曹植《七啓》：「予聞君子不遯（同遁）俗而遺（忘）名，智士不背世而滅勳。」注：「《周易》曰：『遯世無悶。』」杯，疑當作「坏」，因形近致誤。杯、坏俱灰韻字。山一重曰坏，見《爾雅·釋山》。二句意謂，素有學道求仙藥者，結果仍留下避世隱居的山丘而去（指死亡）。

〔六〕此二句寫諸舊居附近秋夜的景色。

〔七〕青騾去：指褚去世。《太平御覽》卷九〇一引《魯女生別傳》曰：「李少君死後百餘日，人有見少君在河東蒲坂，乘青騾，帝聞之，發棺，無所有。」

〔八〕白馬來：《後漢書·范式傳》：「范式，字巨卿，山陽金鄉人也。……少遊太學爲諸生，與汝南張劭爲友。劭字元伯。二人並告歸鄉里。……後元伯寢疾篤……尋而卒。式忽夢見元伯……呼曰：『巨卿，吾以某日死，當以爾時葬，永歸黄泉，子未我忘，豈能相及？』式怳然覺寤，悲歎泣下。……式便服朋友之服，投其葬日，馳往赴之。式未及到，而喪已發引，既至壙，將窆（下棺），而柩不肯進，其母撫之曰：『元伯豈有望邪？』遂停柩。移時，乃見有素車白馬，號哭而來，其母望之曰：『是必范巨卿也。』巨卿既至，叩喪言曰：『行矣元伯，死生路異，永從此辭！』會葬者千人，咸爲揮涕，式因執紼而引柩，於是乃前。」此句即用其事，謂褚已卒，豈知己來哭弔？

〔九〕褚生：即褚少孫。《漢書·司馬遷傳》謂《史記》「十篇缺，有録無書」，褚少孫曾續補《史記》，今本《史記》中稱「褚先生曰」者，即其補作。《史記·孝武本紀》索隱：「張晏云：『褚先生潁川人，仕元成閒。』韋稜云：『《褚顗家傳》：褚少孫，梁相褚大弟之孫，宣帝時爲博士，寓居沛，事大儒王式，故號先生，續《太史公書》（即《史記》）。』」此處以褚少孫喻褚司馬，言他具有修史之才。

贈韋穆十八〔一〕

與君青眼客〔二〕，共有白雲心〔三〕。不向東山去，日令春草深〔四〕。

〔一〕韋穆：生平無考。

〔二〕青眼客：見《過盧員外宅看飯僧共題七韻》注〔二〕。此指知心朋友。

〔三〕白雲心：喻指避世隱居之心。

〔四〕東山：東晉謝安曾隱於東山，後因以東山指隱者所居之地。日，底本、《全唐詩》均注：「一作自。」令，宋蜀本作「暮」。二句含有催促韋穆歸山之意。

劉須溪曰：淡淡有情。

皇甫岳雲溪雜題五首〔一〕

鳥鳴澗

人閒桂花落，夜静春山空。月出驚山鳥，時鳴春澗中〔二〕。

〔一〕皇甫岳：《新唐書·宰相世系表五下》有皇甫岳，父曰恂（《元和姓纂》卷五作「間」，非是，説見岑仲勉《元和姓纂四校記》），弟名嵒，《表》中俱未言曾任何職。按，皇甫岳祖曰鏡幾，曾祖曰文房，祖籍安定朝那（今寧夏固原東南）。《新表》稱岳之曾祖曰文亮，誤，見趙超《新唐書宰相世系表集校》卷五皇甫氏。王昌齡《至南陵答皇甫岳》云：「與君同病復漂淪，昨夜宣城别故人。明主恩深非歲久，長江還共五溪濱。」詩爲天寶年間昌齡謫龍標（五溪在龍標附近）尉赴任途中所作。南陵屬宣州（治今安徽宣城），是時皇甫岳當即在宣州一帶爲官。岳，明十卷本、張本、《全唐詩》俱作「嶽」。雲溪：皇甫岳别業的名稱和所在地，疑在長安附近。王維《皇甫岳寫真讚》：「且未婚嫁，猶寄簪纓。燒丹藥就，辟穀將成。雲溪之下，法本無生。」

〔二〕驚，宋蜀本作「空」，蓋涉上句「空」字而誤。南朝梁王籍《入若耶溪詩》：「蟬噪林逾静，鳥鳴山更幽。」

劉須溪曰：皆非着意。

胡應麟曰：太白五言絶，自是天仙口語，右丞却入禪宗。如「人閒桂花落……」「木末芙蓉花……」讀之身世兩忘，萬念皆寂，不謂聲律之中，有此妙詮。（《詩藪》内編卷六）

黄周星曰：此何境界也，對此有不令人生道心者乎！（《唐詩快》卷一四）

沈德潛曰：諸詠聲息臭味，迥出常格之外，任後人摹仿不到，其故難知。（《唐詩别裁》卷一九）

蓮花塢〔一〕

日日採蓮去，洲長多暮歸。弄篙莫濺水，畏濕紅蓮衣〔二〕。

〔一〕塢：四面高中間低的地方。指蓮湖的水面低而四周高。

〔二〕紅蓮衣：指紅蓮的花瓣。

鸕鷀堰〔一〕

乍向紅蓮没，復出清浦颺〔二〕。獨立何襹褷〔三〕，銜魚古查上〔四〕。

〔一〕鸕鷀：水鳥名，俗稱魚鷹，羽毛黑色，有緑色光澤，漁人多馴養之以助捕魚。堰（yàn 雁）：擋水的低壩。

〔二〕清，顧本作「晴」。浦，宋蜀本、《萬首唐人絶句》、《全唐詩》俱作「蒲」。颺（yáng 揚）：飛。

〔三〕襹褷（lí shī 離施）：同離褷，亦作離簁、離纚，《文選》木華《海賦》：「鳧雛離褷，鶴子淋滲。」李善注：「離褷、淋滲，毛羽始生之貌。」又嵇康《琴賦》：「紛文斐尾，慊縿離纚。」李善注：「慊縿、離纚，羽毛貌。」此處用以形容羽毛沾濕之狀。韓愈孟郊《秋雨聯句》：「毛羽皆遭凍，離簁不能翽（鳥飛聲）。」漢樂府《白頭吟》（晉樂所奏）：「竹竿何嫋嫋，魚尾何離簁（形容魚尾如沾濕的羽毛）。」

〔四〕查：同「楂」，水中浮木，木筏。江總《山庭春日詩》：「古楂横近澗，危石聳前洲。」

上平田〔一〕

朝耕上平田，暮耕上平田。借問問津者，寧知沮溺賢〔二〕？

〔一〕上平田：當是皇甫岳耕種的田地名。

〔二〕「借問」二句：寧，豈；《唐詩正音》作「誰」。沮溺，長沮、桀溺。《論語・微子》：「長沮、桀溺耦而耕（二人並耕），孔子過之，使子路問津（渡口）焉。」問津者，喻指奔波於仕途的人。長沮、桀溺是避世的隱者，此處以沮溺喻皇甫岳，言世人不知其賢。

萍池

春池深且廣，會待輕舟迴〔一〕。靡靡緑萍合〔二〕，垂楊掃復開〔三〕。

〔一〕會：應，當。迴：返回。此言欲過萍池，應待輕舟返回。

〔二〕靡靡：遲緩貌。句謂輕舟過後，慢慢地緑萍又合攏了。

〔三〕掃復，奇字齋本、凌本俱作「復掃」。句謂春風吹拂垂楊，其枝條又將水面的浮萍掃開。劉須溪曰：每每静意，得之偶然。

紅牡丹

緑艷閒且静〔一〕，紅衣淺復深〔二〕。花心愁欲斷，春色豈知心〔三〕？

〔一〕緑艷：指牡丹之枝葉。

〔二〕紅衣：指牡丹花瓣。

〔三〕欲：已。斷：極。二句意謂，牡丹之心，悲愁已極，而春色却不知牡丹之心。按，牡丹春末開花，其時春色將盡，牡丹之愁，即由此而生；然春天的脚步並不因牡丹之愁而稍稍停留，所以説「春色豈知心」。

雜詩三首〔一〕

家住孟津河〔二〕，門對孟津口。常有江南船，寄書家中否〔三〕？

〔一〕詩題底本原無「三首」二字，此從《全唐詩》；又宋蜀本、述古堂本、元本俱作《雜詩五首》，參見五古《雜詩》注〔一〕。

〔二〕孟津：古黄河津渡名，在今河南孟津縣東北、孟州市西南。孟津河：指孟津地方的黄河。

〔三〕船，宋蜀本、述古堂本作「舡」。二句謂常有江南來的船，不知客寓江南的丈夫是否捎信回家？

顧璘曰：三詩皆淡中含情。

君自故鄉來，應知故鄉事。來日綺窗前，寒梅著花未〔一〕？

〔一〕來日：來之時。綺窗：雕畫花紋的窗。著花：生花，開花。此詩從遠在江南異鄉的丈夫方面着筆，説他向剛從故鄉來的人打聽，來的時候，故鄉的梅花是否已長出花朵，説明他也同樣在思念故鄉和故鄉的親人。

趙殿成曰：陶淵明詩云：「爾從山中來，早晚發天目。我居南窗下，今生幾叢菊？」（《問來使》，《容齋五筆》卷一、《七修類稿》卷二五皆謂此非淵明之詩）王介甫詩云：「道人北山來，問松我東岡。舉手指屋脊，云今如許長。」與右丞此章，同一杼軸，皆情到之辭，不假修飾而自工者也。然淵明、介甫二作，下文綴語稍多，趣意便覺不遠；右丞只爲短句，一吟一咏，更有悠揚不盡之致，欲于此下復贅一語不得。

已見寒梅發，復聞啼鳥聲。愁心視春草，畏向階前生〔一〕。

〔一〕愁心，宋蜀本、述古堂本、明十卷本等作「心心」。視：比照，好比。階前，底本原作「玉階」，此從宋蜀本、元本、明十卷本、《萬首唐人絶句》等。此詩寫春天已到，而丈夫仍遲遲不歸。前二句可視爲女主人公自語，也可看作她代來自故鄉的人作答。後二句寫女主人公害怕春草生向階前，因爲如果那樣，她將隨時都能真切地感受到春天的到來，其思念丈夫的「愁心」，也將因此而愈加不可抑止。

崔興宗寫真詠〔一〕

畫君年少時，如今君已老。今時新識人，知君舊時好。

〔一〕崔興宗：見《送崔興宗》注〔一〕。寫真：畫像。詩題底本原無「詠」字，從宋蜀本、述古堂本、明十卷本、《唐詩紀事》等補；又《紀事》「崔」上多一「與」字。

書事〔一〕

輕陰閣小雨〔二〕，深院晝慵開〔三〕。坐看蒼苔色〔四〕，欲上人衣來。

〔一〕此詩僅載于奇字齋本外編、凌本、底本外編及《全唐詩》。《詩人玉屑》卷六引《天廚禁臠》曰：「王維《書事》云：『輕陰閣小雨……』舒王云：『若耶溪上踏莓苔……』兩詩皆含不盡之意，子由謂之不帶聲色。」謂此詩爲王維所作，奇字齋本等即據之補録。

〔二〕闋：停輟。句謂小雨已停，天色微陰。

〔三〕慵：懶。

〔四〕坐看：行看，將見。

楊慎曰：洪覺範《天厨禁臠》云：「此詩含不盡之意，子由所謂不帶聲色者也。」王半山亦有絶句，詩意頗相類。按半山詩云：「山中十日雨，雨晴門始開。坐看蒼苔文，欲上人衣來。」（《升菴詩話》卷三）

寄河上段十六〔一〕

與君相見即相親〔二〕，聞道君家在孟津〔三〕。爲見行舟試借問〔四〕，客中時有洛陽人〔五〕。

〔一〕河上：黄河邊。段十六：名未詳。本篇《唐百家詩選》作盧象詩，《萬首唐人絶句》作王維詩，《全唐詩》重見盧象及王維集中。按，王維集諸本俱載此詩，今姑據之收入集中。

〔二〕見，《全唐詩》盧集作「識」。

〔三〕在，《全唐詩》盧集作「住」。孟津：見《雜詩三首》其一注〔二〕。

〔四〕爲：若。行舟：河上走的船。

〔五〕「客中」句：洛陽地近孟津，所以要向洛陽來的船客探問段十六的近况。

送王尊師歸蜀中拜掃〔一〕

大羅天上神仙客〔二〕，濯錦江頭花柳春〔三〕。不爲碧雞稱使者〔四〕，惟令白鶴報鄉人〔五〕。

〔一〕尊師：對道士的敬稱。拜掃：掃墓；奇字齋本、顧本無此二字。

〔二〕大羅天：道教所稱三十六天中的最高一重天，爲「道境極地」。《酉陽雜俎》前集卷二《玉格》：「道列三界（欲界、色界、無色界）諸天，數與釋氏同，但名別耳。三界外曰四人境，謂常融、玉隆、梵度、賈奕四天也。四人天外曰三清，大赤、禹餘、清微也。三清上曰大羅。」《雲笈七籤》卷二一：「《元始經》云：大羅之境，無復真宰，惟大梵之氣，包羅諸天下空之上。」此句指王爲道士。

〔三〕濯錦江：即岷江。李白《上皇西巡南京歌十首》其六：「濯錦清江萬里流，雲帆龍舸下揚州。」王琦注：「濯錦江即岷江也。」按蜀地産錦，蜀人多於岷江中濯錦，因呼曰濯錦江。《文選》左思《蜀都賦》：「貝錦斐成，濯色江波。」李善注：「譙周《益州志》云：成都織錦既成，濯於江水（即岷江，舊以岷江爲長江之正源），其文分明，勝於初成，他水濯之，不如江水也。」《太平寰宇記》卷七二：「濯錦江，即蜀江水，至此濯錦，錦彩鮮潤于他水，故曰濯錦江。」

〔四〕碧雞：《漢書・郊祀志》：「或言益州（轄境在今四川、雲南一帶）有金馬碧鷄之神，可醮祭而致，於是遣諫大夫王褒，使持節而求之。」又《王褒傳》曰：「王褒，字子淵，蜀人也。……後方士言益州有金馬碧雞之寶……宣帝使褒往祀焉，褒於道病死。」句謂尊師歸蜀，並非像王褒那樣是因爲當了祀碧雞的使臣。

〔五〕「惟令」句：意謂只是爲了使鄉人知道自己已得道成仙。參見《送張道士歸山》注〔四〕。

送沈子福歸江東〔一〕

楊柳渡頭行客稀，罟師盪槳向臨圻〔二〕。惟有相思似春色，江南江北送君歸。

〔一〕沈子福：不詳；明十卷本、奇字齋本、《全唐詩》等俱作「沈子」。歸，《萬首唐人絶句》、《唐詩品彙》俱作「之」；又述古堂本、元本俱無此字。江東：見《送丘爲落第歸江東》注〔一〕。

〔二〕罟師：漁人。此處指船夫。臨圻（qí其）：臨近曲岸之地。《文選》謝靈運《富春渚》：「遡流觸驚急，臨圻阻參錯。」李善注：「《埤蒼》曰：碕，曲岸頭也。碕與圻同。」此處即承謝詩之意，借以指富春地區。又高步瀛《唐宋詩舉要》曰：「此詩臨圻當是地名，故云向。」

顧可久曰：（首二句）別景寥落，情殊悵然。又曰：（末二句）相送之情，隨春色所之，何其濃至清新！

沈德潛曰：春光無處不到，送人之心，猶春光也。（《唐詩别裁》卷一九）

馬位曰：最愛王摩詰「惟有相思似春色，江南江北送君歸」之句，一往情深。（《秋窗隨筆》）

劇嘲史寰〔一〕

清風細雨濕梅花，驟馬先過碧玉家〔二〕。正值楚王宮裏至，門前初下七香車〔三〕。

〔一〕劇：戲。史寰：未詳。

〔二〕驟馬：驅馬疾行。碧玉：見《洛陽女兒行》注〔六〕。此處疑借指某平民家少女（碧玉本「小家女」，故以之稱平民家女子）。也可能借指某妓女。梁簡文帝《雞鳴高樹巔》：「碧玉好名倡，夫婿侍中郎。」唐李暇《碧玉歌》：「碧玉上宮妓，出入千花林。珠被玳瑁牀，感郎情意深。」此處疑用後一意。

〔三〕「正值」下宋蜀本、述古堂本均注：「一本作適自。」楚王：借指某唐宗室親王。七香車：見《洛陽女兒行》注〔四〕。二句謂史寰欲訪碧玉，正值楚王亦至其家，只好敗興而歸。

黃周星曰：題曰「劇嘲」，詩中殊無嘲意。然自是過訪美人之作，嘲亦妙，不嘲亦妙。（《唐詩快》卷一五）

王維集校注卷八

編年文（開元）

送鄭五赴任新都序〔一〕

郃人前京兆，右扶風〔二〕，居上谷間〔三〕，與寢園接〔四〕。《七月》之什，蕩無遺風〔五〕；五陵之豪〔六〕，雜居其地，故有黠吏惡少，犯命干紀〔七〕。政寬則以姦病人，操急則以事中吏〔八〕。鄭子爲邑也，絃歌之化〔九〕，洋溢四封〔一〇〕；雷霆之威，燀赫百里〔一一〕；下車按捕〔一二〕，盡致法焉〔一三〕；繡衣不帷〔一四〕，風俗大治〔一五〕。苟以文墨抵罪〔一六〕，除名爲人，削跡于野〔一七〕。杜陵解印〔一八〕，時賣故侯之瓜〔一九〕；彭澤無官，詎有公田之黍〔二〇〕？牽衣肘見，步雪履穿〔二一〕，獲戾由忠〔二二〕，是貧非病〔二三〕。屬聖朝龍旂鑾輅，登封告成之事畢〔二四〕；蒼玉黄琮，郊天祀地之禮備〔二五〕。天下無事，海内乂安〔二六〕。盡登仁壽之域〔二七〕，猶下哀憐之詔〔二八〕：萬方有罪，與之更新〔二九〕；百寮失職〔三〇〕，使復其位。降邑宰爲輿尉〔三一〕，從縉墨而解褐〔三二〕。

〔一〕開元十四年（七二六）孟夏四月作於長安或洛陽，説見《年譜》。鄭五：名未詳。新都：唐縣名，即今四川新都縣。序：文體的一種。至唐初，親友離別，贈言勉勵，於是便有贈序。

〔二〕邠：唐州名，治所在今陝西邠縣（今作彬縣）。本曰豳州，「開元十三年，改豳爲邠」（《舊唐書·地理志》）。右：古稱西方爲右。扶風：指岐州，治所在今陝西鳳翔。《舊唐書·地理志》：「鳳翔府，隋扶風郡。武德元年，改爲岐州。」二句意謂，邠人之居地，東有京兆，西接扶風。

〔三〕上，趙殿成曰：「疑是山字或川字之訛。」

〔四〕寢園：帝王陵園。據《元和郡縣志》卷一載，唐高祖、太宗、高宗、中宗、睿宗之陵寢俱在京兆府，西漢諸帝陵寢亦然。

〔五〕《七月》之什：《詩·豳風·七月》序：「《七月》，陳王業也。周公遭變故，陳后稷先公風化之所由，致王業之艱難也。」正義曰：「作《七月》詩者，陳先公之風化，是王家之基業也。……經八章，皆陳先公風化之事。」二句即用其意，謂《七月》詩中所陳述的周代先公風教的遺風在邠地（古豳邑即在其境内）已蕩然無存。

〔六〕五陵：《漢書·原涉傳》：「郡國諸豪及長安五陵諸爲氣節者，皆歸慕之。」注：「五陵謂長陵（高帝）、安陵（惠帝）、陽陵（景帝）、茂陵（武帝）、平陵（昭帝）也。」按，漢代皇帝每立陵墓，都把四方富家豪族及外戚遷至陵墓附近居住，故曰「五陵之豪」。

〔七〕命：命令，教令。紀：綱紀法度。

〔八〕以姦病人：以姦行使民受苦。人，即民，避唐諱改，下「除名爲人」同。操急：掌控嚴厲。中：中傷，攻擊陷害。二句述邠州地區之難治。

〔九〕爲邑：指在邠地任縣令。絃歌：見《贈房盧氏琯》注〔四〕。

〔一〇〕四封：四境。

〔一一〕燀（chǎn産）赫：聲勢盛大，顯赫。李白《古風》三十三：「憑陵隨海運，燀赫因風起。」百里：約指一縣之地。《白氏六帖事類集》卷二一：「雷震百里，縣令象之，分土百里。」

〔一二〕下車：指初到任。按捕：指審查、逮捕黠吏惡少。

〔一三〕致法：謂用刑法。《史記・呂不韋傳》：「王不忍致法。」

〔一四〕繡衣：着繡衣，隱指鄭「出討姦猾」，參見《送丘爲往唐州》注〔七〕。不帷：不張掛車帷，用後漢賈琮事，參見《送封太守》注〔六〕。不，底本原作「下」，據宋蜀本、明十卷本改。

〔一五〕大，底本原作「之」，趙注：「之，疑是以字之誤。」此從《全唐文》。

〔一六〕苟：不審慎。文墨：指文書寫作上的差錯。抵罪：因犯罪而受到處罰。

〔一七〕除名：除去官員的名籍。削跡：消除車輙的痕迹，引申指匿跡、隱居。《莊子・漁父》：「丘再逐於魯，削迹於衛。」《藝文類聚》卷三六魏繁欽《甪里先生訓》：「黄綺削迹南山，以集神器之贊。」

〔一八〕杜陵：見《晦日遊大理韋卿城南別業四首》其二注〔一〕。此句疑用蕭育事。《漢書・蕭育傳》謂育杜陵人，「爲茂陵令，會課育第六，而漆令郭舜殿，見責問，育爲之請，扶風怒曰：『君課第六裁自脱，何暇欲爲左右言？』及罷，出傳召茂陵令詣後曹（注：「如淳曰：賊曹決曹皆後曹。」），當以職事對（注：「忿其爲漆令言，故欲以職事責之。」）。育徑出曹，書佐隨牽育，育案佩刀曰：『蕭育杜陵男子，何詣曹也（注：「自言欲免官而去，但是杜陵一白衣男子耳，何須召我詣曹乎？」）？』遂趨出，欲去官」。

〔一九〕「時賣」句：見《老將行》注〔二〕。

〔二〇〕「彭澤」二句：蕭統《陶淵明傳》：「（淵明）爲彭澤（在今江西湖口縣東）令……公田悉令吏種秫（黏穀，可釀酒），曰：『吾常得醉於酒，足矣。』妻子固請種秔，乃使二頃五十畝種秫，五十畝種粳。」詎，豈。二句謂鄭已去縣令之職。

〔二一〕牽衣肘見：《莊子・讓王》：「曾子居衛……三日不舉火，十年不製衣，正冠而纓絶，捉衿而肘見，納履而踵決。」步雪履穿：《史記・滑稽列傳》：「東郭先生久待詔公車，貧困饑寒，衣敝履不完，行雪中，履有上無下，足盡踐地，道中人笑之，東郭先生應之曰：『誰能履行雪中，令人視之，其上履也，其履下處仍似人足者乎？』」穿，破敗。二句寫鄭的貧困潦倒。

〔二二〕獲戾由忠：謂由於忠誠無私而獲罪。《文選》袁宏《三國名臣序贊》：「正以招疑，忠而獲戾。」戾，罪。忠，底本原作「中」，此從宋蜀本。

〔二三〕是貧非病：《莊子・讓王》：「子貢乘大馬，中紺而表素，軒車不容巷，往見原憲，原憲華冠（釋文：

「以華木皮爲冠。」）縱履（謂履無跟），杖藜而應門，子貢曰：『嘻，先生何病！』原憲應之曰：『憲聞之，無財謂之貧，學而不能行謂之病，今憲貧也，非病也。』子貢逡巡而有愧色。」

〔二四〕屬（zhǔ 燭）：適值，恰好。 龍旂：畫龍爲飾的旗。《詩·周頌·載見》：「龍旂陽陽，和鈴央央。」鄭箋：「交龍爲旂。」此指天子的儀仗。 鑾輅：天子的車駕。 鑾，《全唐文》作「鸞」。 登封：登山行封禪之禮。 告成：謂告其成功於上天。《後漢書·祭祀志》云：「群臣上言，即位三十年，宜封禪泰山。」注：「《東觀書》載太尉趙熹上言曰：『……陛下……功成治定，群司禮官，咸以爲宜登封告成。』」《祭祀志》又云：「登封之禮，告功皇天，垂後無窮，以爲萬民也。」按，《舊唐書·玄宗紀》曰：「（開元十三年）冬十月……辛酉，東封泰山，發自東都。十一月……己丑，日南至，備法駕登山，仗衛羅列嶽下百餘里……上與宰臣、禮官昇山。……甲午，發岱嶽。」二句即指開元十三年玄宗東封泰山事。

〔二五〕蒼玉黄琮：《周禮·春官·大宗伯》：「以玉作六器，以禮天地四方：以蒼璧禮天，以黄琮禮地……」鄭注：「禮神者，必像其類，璧圜像天，琮八方像地。」郊：祭天曰郊。按，古封泰山，都需在泰山上祭天，在泰山下的某小山上祀地（見《華嶽》注〔二〕、〔一五〕），此二句亦指其事而言。

〔二六〕乂安：太平。《史記·平津侯主父偃傳》贊：「是時……海内乂安，府庫充實。」

〔二七〕「盡登」句：《漢書·王吉傳》：「臣願陛下承天心，發大業……敺一世之民，躋（登）之仁壽之域。」又《董仲舒傳》：「堯舜行德則民仁壽。」《論語·雍也》：「知者動，仁者静；知者樂，仁者壽。」句謂天子行德政，百姓皆仁而壽考。

〔二八〕「猶下」句：指玄宗在東封泰山禮畢之後頒布大赦詔令。《册府元龜》卷八五：「（開元十三年）十一月壬辰，以封禪禮畢……大赦天下。」

〔二九〕與之更新：給予他們改過自新的機會。《後漢書·袁紹傳》：「蠲除細故，與下更新。」

〔三〇〕寮：通「僚」。

〔三一〕邑宰：縣令。輿尉：《左傳》襄公三十年：「廢其輿尉。」正義：「服虔云：輿尉，軍尉，主發衆使民。」按，輿尉即主持徵役之官，非唐時縣尉之職，此處蓋借作縣尉用。

〔三二〕綰墨：繫墨，謂佩墨綬。「綰」底本原作「館」，此從《全唐文》。按，漢縣令用墨綬（參見《漢書·百官公卿表》），此句蓋謂鄭由前縣令而解褐出仕。

龍星始見〔一〕，馬首欲西〔二〕。搢紳先生〔三〕，居多結友〔四〕，諸曹列署，且有同時〔五〕。時工部侍郎蕭公〔六〕，詞翰之宗〔七〕，德義之府〔八〕。弱年筮仕〔九〕，一命聯官于奉常〔一〇〕；幾日左遷，六人同罪于外郡〔一一〕。籯金盛業，克傳丞相文儒〔一二〕；萬石高風〔一三〕，彌重故人賓客。賦詩寵别〔一四〕，贈言誡行。騎登棧道，館于板屋〔一五〕。劍門中斷〔一六〕，蜀國滿于二川〔一七〕；銅梁下臨〔一八〕，巴江入于萬井〔一九〕。黄鸝欲語，夏木成陰，悲哉此時，相送千里。

〔一〕龍星始見：謂時值孟夏四月。《左傳》桓公五年：「龍見而雩。」杜注：「龍見，建巳之月（四月），蒼龍宿之體，昏見東方。」龍，蒼龍，東方角、亢、氐、房、心、尾、箕七宿之總稱；龍見，非謂七宿盡現，角、亢兩宿黄昏時現于東方，即可謂之龍見，是時正當孟夏建巳之月。

〔二〕馬首欲西：謂鄭欲西行入蜀赴任。

〔三〕搢紳：插笏于紳。搢，插；紳，束腰的大帶。古之仕者或儒者，垂紳插笏，故稱士大夫或儒者爲搢紳。《莊子·天下》：「其在於《詩》、《書》、《禮》、《樂》者，鄒魯之士，搢紳先生，多能明之。」

〔四〕居：平時。結友：結爲朋友。

〔五〕諸曹：義同「列署」。古時分職治事的官署或部門，謂之曹。趙注謂「諸曹」指功曹、倉曹、户曹、兵曹、法曹、士曹等六參軍，非是。列署：《文選》何晏《景福殿賦》：「屯方列署，三十有二。」吕延濟注：「列署，百官諸曹。」二句意謂，許多官署或部門，且有與鄭同時登第授官之友。

〔六〕工部侍郎：工部副長官，正四品下。蕭公：趙注：「按《唐書·蕭嵩傳》：嵩子華，當嵩罷相時，擢給事中，久之，爲工部侍郎，天寶末爲兵部侍郎。」按，嵩罷相在開元二十一年十二月（見《新唐書·宰相表》），華爲工部侍郎約在開元末或天寶初，這就與上文所述封泰山事不合，且嵩家亦無「六人同罪于外郡」之事，故蕭公當非謂華，趙説誤。《舊唐書·蕭至忠傳》：「（至忠）弟元嘉，工部侍郎。」蕭公蓋即指元嘉，説詳後。

〔七〕詞翰之宗：衆所宗仰的詞章名家。

〔八〕德義之府：語出《國語·晉語四》：「夫先王之法志，德義之府（府庫）也。」句謂蕭公富有德義。

〔九〕筮仕：古人將出仕，先占吉凶，謂之筮仕。後因稱入官爲筮仕。

〔一〇〕一命：周代官秩由一命到九命，分九個等級，一命是最低的一個等級。參見《周禮·春官·大宗伯》、《典命》。此指初出仕爲最低級之官。奉常：官署名，即太常寺。高宗龍朔二年（六六二）改爲奉常寺，咸亨元年（六七〇）復舊，掌邦國之禮樂、郊廟、社稷等事。參見《唐六典》卷一四。句謂蕭初出仕時與鄭並官于奉常。據此句，可知蕭即「諸曹列署」中與鄭同時登第授官之友。

〔一一〕「幾日」二句：《舊唐書·蕭至忠傳》：「先天二年，復爲中書令。……未幾，左僕射竇懷貞、侍中岑羲及至忠……等與太平公主謀逆事洩，至忠遁入山寺，數日，捕而伏誅，籍没其家。」蕭家幾日之間，六人同獲罪左遷外郡，蓋受至忠株連之故。岑羲得罪伏誅後，親族亦遭放逐，事正與此同。岑參《感舊賦》曰：「由是我汝南公（岑羲）復得罪於天子。當是時也……去鄉離土，隳宗破族；雲雨流離，江山放逐。愁見蒼梧之雲，泣盡湘潭之竹；或投於黑齒之野，或竄於文身之俗。」

〔一二〕籯（yíng 盈）金盛業：指經學之業。《漢書·韋賢傳》：「賢爲人質朴少欲，篤志於學，兼通《禮》、《尚書》，以《詩》教授，號稱鄒魯大儒。……本始三年，代蔡義爲丞相。……少子玄成，復以明經歷位至丞相，故鄒魯諺曰：遺子黃金滿籯，不如一經。」注：「如淳曰：『籯，竹器，受三、四斗，今陳留俗有此器。』……師古曰：『……筐籠之屬是也。』」克：能。丞相：謂蕭至忠。中宗時已官至丞相。文儒：指博學的儒者。《論衡·效力》：「使儒生博觀覽，則爲文儒；文儒者，力多於儒生。」《晉書·儒林傳》序：「逮于孝武，崇尚文儒。」二句指元嘉像至忠一樣通經，是博學的儒者。

〔一三〕萬石高風：《史記·萬石張叔列傳》云：「萬石君名奮……姓石氏。……恭謹無與比。……孝景帝季年，萬石君以上大夫禄歸老于家，以歲時爲朝臣，過宮門闕，萬石君必下車趨，見路馬，必式焉。子孫爲小吏來歸謁，萬石君必朝服見之，不名。……上時賜食於家，必稽首俯伏而食之，如在上前。」此指蕭公有萬石君恭謹重禮之高風。

〔一四〕寵：敬辭。

〔一五〕棧道：在險絕的山巖上架木而成的道路。板屋：見《送李太守赴上洛》注〔五〕。

〔一六〕劍門中斷：見《送崔五太守》注〔一〇〕。

〔一七〕二川：即二江，參見《送崔五太守》注〔一一〕。句謂蜀國之地布滿于二川之間。

〔一八〕銅梁：見《送李員外賢郎》注〔三〕。

〔一九〕巴江：古書中關於巴江的説法不一。此處當指嘉陵江（銅梁山臨嘉陵江），參見《送崔五太守》注〔一三〕。

故右豹韜衛長史賜丹州刺史任君神道碑并序〔一〕

君諱某，字某，其先奚仲之後，于周爲上卿，世有薛，列于諸侯〔二〕；氏則任，鬱爲著族〔三〕。後有官于京兆者，子孫因家焉，今爲萬年縣人也。遠祖某，漢河東太守〔四〕，曾祖某，周清河太守〔五〕，光復舊職，異世而同符〔六〕。祖某，隋梁州南鄭縣令〔七〕，父某，皇石州離石縣令〔八〕，不墜象賢〔九〕，一門而二鳧舄〔一〇〕。皆爲政以德〔一一〕，遺愛在人〔一二〕，能高其門，必有興者〔一三〕；雖不當代，果生達人〔一四〕。君離石府君之第某子也〔一五〕，膺一賢之期〔一六〕，鍾累葉之善〔一七〕，忠孝自得，稟乎天姿〔一八〕；《詩》禮輔成，潤以庭訓〔一九〕。文含四始〔二〇〕，雕蟲之技附庸〔二一〕；武有七德〔二二〕，啼猿之術居外〔二三〕。明經者皓首，弱歲成儒〔二四〕；達法者腐脣〔二五〕，端居曉吏〔二六〕。以鄉貢明經擢第〔二七〕，解褐益州新都縣尉〔二八〕。居無何，丁母憂。廬以長號〔二九〕，淚少于血〔三〇〕；杖而後起〔三一〕，骨餘于形〔三二〕。彈琴不成，從先王之禮〔三三〕；捧筐便慟〔三四〕，有終身之哀。服闋，授左金吾衛兵曹參軍〔三五〕，轉左衛録事參軍〔三六〕，又遷右豹韜衛長史。王樂爲用〔三七〕，率武夫以扞城〔三八〕；人愛其才，稱君子之爲衛〔三九〕。方將冠章甫之冠，衣縫掖之衣〔四〇〕，奏議雲臺〔四一〕，論政赤墀，一見天子，必爲之前席〔四二〕；三説大臣，必爲之解印〔四三〕。若端委以相〔四四〕，六合盡宅心于帝庭〔四五〕；授鉞董戎〔四六〕，八蠻可傳首于魏闕〔四七〕。然後挂冠東都〔四八〕，拂衣五湖〔四九〕，高蹈烟虹〔五〇〕，笑謝珪組〔五一〕。天命不祐，沮我良策〔五二〕，春秋若干，以某年月日寢疾，卒于永興里第〔五三〕。某年月日，葬于京兆神禾原〔五四〕，禮也。

〔一〕約作于開元十八年，説見本篇第二段注〔九〕。右豹韜衛：即右威衛，唐十六衛（負責宮禁宿衛的禁軍）之一。諸衛官屬各有長史一人，從六品上。《唐六典》卷二四：「左右威衛……光宅元年改爲左右豹韜衛，神龍元年復爲左右威衛。」底本注：「右，一本作左。」丹州：唐州名，治所在今陝西宜川。《舊唐書・地理志》：「丹州……天寶元年改爲咸寧郡，乾元元年復爲丹州。」題下注語底本原無，據宋蜀本、述古堂本補。

〔二〕「其先」四句：《左傳》定公元年：「薛之皇祖奚仲居薛，以爲夏車正，奚仲遷于邳，仲虺居薛，以爲湯左相。」《元和姓纂》卷五：「黄帝廿五子，十二人各以德爲姓，一爲任氏，六代至奚仲，封薛。」《新唐書・宰相世系表》：「任姓出自黄帝少子禹陽，受封于任，因以爲姓。十二世孫奚仲爲夏車正，更封于薛。又十二世孫仲虺爲湯左相。太戊時有臣扈，武丁時有祖巳，皆徙國于邳。祖巳七世孫成侯，又遷于摯，亦謂之摯國。漢有御史大夫廣阿侯任敖，世居于沛，其後徙居渭南。」周，趙殿成曰：「疑是殷字或商字之訛。」《全唐文》作「商」。按，《左傳》隱公十一年正義曰：「譜云：薛，任姓，黄帝之苗裔奚仲封爲薛侯……仲虺居薛，以爲湯左相，武王復以其胄爲薛侯。齊桓霸諸侯，黜爲伯。」薛周初復受封爲諸侯，則稱「奚仲之後，于周爲上卿」，當不誤也。上卿，宋蜀本作「卜正」。《左傳》隱公十一年：「滕侯、薛侯來朝，爭長。滕侯曰：『我，周之卜正也；薛，庶姓也，我不可以後之。』」則爲卜正者實滕侯也。薛，故地在今山東滕州市東南，戰國初爲齊所滅，成爲田嬰、田文的封地。此字底本原作「功」，從宋蜀本改。

〔三〕鬱：繁盛。

〔四〕河東：郡名。漢時治所在安邑（今山西夏縣東北）。

〔五〕清河：郡名。北周時治所在武城（今河北清河西北）。

〔六〕光，底本原作「先」，趙校曰：「疑是克字之訛。」此從《全唐文》。符：符合。二句指任君之遠祖、曾祖與其先祖同爲諸侯（古或稱郡守爲諸侯）。

〔七〕梁州：隋時治所在南鄭（今陝西漢中）。

〔八〕石州：唐時治所在離石（今山西離石）。

〔九〕墜：失。象賢：《書·微子之命》：「殷王元子，惟稽古崇德象賢。」蔡傳：「謂其後嗣子孫，有象先聖王之賢者。」《禮·郊特牲》：「繼世以立諸侯，象賢也。」鄭注：「賢者子孫，恒能法其先父德行。」

〔一〇〕鳧舄（xì細）：《後漢書·方術列傳上》載：王喬爲葉縣縣令，有神術，每月初一、十五，常自縣中入都朝見天子，「帝怪其來數而不見車騎，密令太史伺望之，言其臨至，輒有雙鳧從東南飛來。于是候鳧至，舉羅張之，但得一隻舄（鞋）焉」。以「鳧舄」指縣令本此。

〔一一〕爲政以德：語本《論語·爲政》：「爲政以德，譬如北辰，居其所而衆星共之。」

〔一二〕遺愛在人：《晋書·樂廣傳》：「然每去職，遺愛爲人所思。」《南史·蕭引傳》：「吾家再世爲始興郡，遺愛在人。」人，民。

〔一三〕「能高」二句：《漢書·于定國傳》：「始定國父于公，其閭門壞，父老方共治之，于公謂曰：『少高大門閭，令容駟馬高蓋車。我治獄多陰德，未嘗有所寃，子孫必有興者。』至定國爲丞相，永（定國子）爲御史大夫，封侯傳世云。」二句即用其事，謂其先人能行德政，子孫必有興者。

〔一四〕不當代：即「不當世」。此指身無貴位。達人：顯達之人。此二句意本《左傳》昭公七年：「聖人有明德者，若不當世（有明德而不當大位），其後必有達人。」

〔一五〕府君：對已故者的敬稱，多用于碑版文字。

〔一六〕膺：當。一賢之期：《孟子·公孫丑下》：「五百年必有王者興，其間必有名世者（指輔佐聖王的賢者）。」《舊唐書·員半千傳》：「員半千，本名餘慶……少與齊州人何彦先同師事學士王義方，義方嘉重之，嘗謂之曰：『五百年一賢，足下當之矣。』因改名半千。」句謂身值五百年出一賢者之時。

〔一七〕鍾：聚，集。

〔一八〕稟：領受。天姿：天生的品性資質。

〔一九〕潤：滋潤，沾惠。以：于。庭訓：《論語·季氏》：「（孔子）嘗獨立，鯉（孔子之子）趨而過庭。曰：

『學《詩》乎？』對曰：『未也。』『不學《詩》，無以言。』鯉退而學《詩》。他日，又獨立，鯉趨而過庭。曰：『學禮乎？』對曰：『未也。』『不學禮，無以立。』鯉退而學禮。」二句意謂，依父教學習《詩》禮，從中得惠，輔助成立。

〔二〇〕四始：《毛詩序》：「是謂四始，《詩》之至也。」正義：「四始者，鄭（玄）答張逸云：『《風》也，《小雅》也，《大雅》也，《頌》也。此四者，人君行之則爲興，廢之則爲衰。』又（鄭）箋云：『始者，王道興衰之所由。然則此四者是人君興廢之始，故謂之四始也。』」句謂就「文」而言，能掌握《詩》之精義。

〔二一〕雕蟲之技：謂辭賦小技。揚雄《法言·吾子》：「或問：『吾子少而好賦？』曰：『然。童子雕蟲篆刻。』俄而曰：『壯夫不爲也。』」附庸：附屬。

〔二二〕武有七德：《左傳》宣公十二年：「夫武，禁暴、戢（止）兵、保大、定功、安民、和衆、豐財者也，故使子孫無忘其章。……武有七德，我無一焉，何以示子孫？」

〔二三〕啼猿之術：指高超的射藝。《淮南子·説山》：「楚王有白蝯（猿），王自射之，則搏矢而熙，使養由基射之，始調弓矯矢未發，而蝯擁柱號矣。」

〔二四〕此二句謂通曉經術者皆年老頭白，而任君却年少即成儒者。

〔二五〕腐脣：指因長期誦讀法令規章至使嘴脣糜爛傷損。《漢書·東方朔傳》：「今子大夫修先王之術，慕聖人之義，諷誦《詩》、《書》、百家之言，不可勝數，著於竹帛，脣腐齒落，服膺而不釋。」

〔二六〕端居：平時，平素。句謂任君平時在家即通曉吏事。

〔二七〕鄉貢：唐代以科舉取士，士人由學館貢至尚書省受試者，謂之生徒；在家自學，經府州考試合格，由府州貢至尚書省受試者，謂之鄉貢。明經：唐試士之常科主要有進士與明經，明經初試帖一大經及《孝經》、《論語》、《爾雅》，每經帖十條，取通五條以上者；二試口問經之大義十條，取通六條以上者；三試答時務策三道，取粗有文理者與及第。參見《唐六典》卷四、《通典》卷一五。

〔二八〕新都：見上篇一段注〔一〕。縣，底本原無此字，據宋蜀本補。

〔二九〕廬：守墓用的小屋。古禮遇君父、尊長之喪，即於墓旁築廬居住。《荀子·禮論》：「齊衰，苴杖，居廬，食粥，席薪，枕塊，所以爲至痛飾也。」此處作動詞用，指居廬。

〔三〇〕淚少于血：形容極其悲痛。《韓非子·和氏》：「和乃抱其璞而哭於楚山之下，三日三夜，泣盡而繼之以血。」

〔三一〕杖而後起：《禮記·檀弓上》：「君子之執親之喪也，水漿不入於口者三日，杖（動詞，拄杖）而後能起。」

〔三二〕骨餘于形：骨多于形，言因哀傷而極度消瘦，骨露于外。「餘」宋蜀本作「飾」。

〔三三〕「彈琴」二句：《禮記·檀弓上》：「子夏既除喪而見（見於孔子），予之琴，和之而不和，彈之而不成聲，作（起）而曰：『哀未忘也，先王制禮，而弗敢過也。』」不成，即不成聲。

〔三四〕捧筐：謂捧筐以祭。筐，方形竹器，可用來盛祭品。《周禮·春官·司巫》：「祭祀則共匰主，及道布，及蒩館。」鄭注：「蒩之言藉也，祭食有當藉者；館所以承蒩，謂若今筐也。」賈疏：「筐，所以盛蒩者也。」《左傳》隱公三年：「苟有明信……筐、筥、錡、釜之器，潢、汙、行潦之水，可薦於鬼神，可羞於王公。」

〔三五〕左金吾衛：唐十六衛之一。官屬有兵曹參軍二人，正八品下。

〔三六〕左衛：十六衛之一。官屬有録事參軍一人，正八品上。

〔三七〕句謂君王樂於使其爲己效力。

〔三八〕扞城：保衛。《左傳》成公十二年：「此公侯之所以扞城其民也。」疏：「所以蔽扞其民若如城然。」

〔三九〕君子之爲衛：言君子任宿衛之事。《晋書·劉超傳》：「會帝崩，穆后臨朝，遷射聲校尉。時軍校無兵，義興人多義隨超（超嘗爲義興太守），因統其衆以宿衛，號爲君子營。」

〔四〇〕章甫之冠、縫掖之衣：指君子有道藝者之服。《禮記·儒行》：「魯哀公問於孔子曰：『夫子之服，其儒服與？』孔子對曰：『丘少居魯，衣逢掖（同「縫掖」）之衣；長居宋，冠章甫之冠，丘聞之也，君子之學也博，其服也鄉（須依所居之鄉），丘不知儒服。』」鄭注：「逢猶大也，大掖之衣，大袂襌衣（寬袖單衣）也，此君子有道藝者所衣也。」章甫，殷時冠名，宋爲殷人後裔，故有章甫之冠。

〔四一〕雲臺：見《少年行四首》其四注〔一〕。

〔四二〕前席：移坐而前。《史記·屈原賈生列傳》：「賈生徵見……上因感鬼神事，而問鬼神之本，賈生因具道所以然之狀，至夜半，文帝前席。」

〔四三〕「三説」二句：用蔡澤説范睢事。《史記·范睢蔡澤列傳》載，燕人蔡澤西入秦，見秦相范睢，説以「功成不去，禍至於身」之理，睢以爲善，因薦澤於昭王，且謝病，自請歸相印，昭王遂命澤代睢爲秦相。

〔四四〕端委：古時之禮服。《左傳》昭公元年：「吾與子弁冕端委，以治民、臨諸侯，禹之力也。」注：「端委，禮衣也。」此指著端委。

〔四五〕六合：天地四方。宅心：歸心。《文選》劉琨《勸進表》：「純化既敷，則率土宅心；義風既暢，則遐方企踵。」

〔四六〕授鉞：古時命將出征，須擇吉日于太廟舉行授兵典禮，由天子親自授給將軍斧鉞。《淮南子·兵略》：「凡國有難，君自宫召將，詔之曰：『社稷之命在將軍，即今國有難，願請子將而應之。』將軍受命，乃令祝史太卜齋宿三日，之太廟鑽靈龜卜吉日，以受旗鼓。君入廟門，西面而立，將入廟門，趨至堂下，北面而立，主親操鉞，持頭，授將軍其柄，曰：『從此上至天者，將軍制之。』復操斧，持頭，授將軍其柄，曰：『從此下至淵者，將軍制之。』」此指受命爲將。董戎：統率軍隊；底本原作「以董」，從宋蜀本、述古堂本、明十卷本改。

〔四七〕八蠻：其説不一。《書·旅獒》：「惟克商，遂通道于九夷八蠻。」傳：「九、八，言非一，皆通道路，無遠不服。」《爾雅·釋地》：「九夷八狄七戎六蠻，謂之四海。」疏：「《風俗通》云：君臣同川而浴，極爲簡慢。蠻者慢也，其類有八。李巡云：一曰天竺，二曰咳首，三曰僬僥，四曰跛踵，五曰穿胸，六曰儋耳，七曰狗軹，八曰旁春。」此處泛指邊疆地區各少數民族。傳首：傳送首級。魏闕：《吕氏春秋·審爲》：「身在江海之上，心居乎魏闕之下。」此指朝廷。

〔四八〕挂冠東都：指棄官隱居。《後漢書·逸民列傳》：「逢萌，字子慶……遂去之長安，學通《春秋》經，時王莽殺其子宇，萌謂友人曰：『三綱絶矣，不去禍將及人。』即解冠挂東都城門，歸將家屬浮海，客於遼東。」注：「《漢宫殿名》：東都門，今名青門也。《前書音義》曰：長安東都城北頭第一門。」「東都」底本原作「東郡」，此從述古堂本。

〔四九〕拂衣五湖：謂隱居五湖。語本謝靈運《述祖德二首》其二：「高揖七州外，拂衣五湖裏。」五湖，見《送丘爲落第歸江東》注〔二〕。

〔五〇〕高蹈：謂隱居。《晋書·賀循傳》：「或有遐棲高蹈，輕舉絶俗。」烟虹：雲烟長虹。鮑照《望孤石》：「蚌節流綺藻，輝石亂煙虹。」此指高山之上。

〔五一〕謝：辭。珪組：喻官爵。珪爲瑞玉，古有爵者賜以珪；組即繫珪之絲帶。《晋書·張軌傳》論：「綰累葉之珪組，賦絶域之深賨。」

〔五二〕沮：終止，阻止。

〔五三〕永興里：長安坊名，在丹鳳門街東來庭坊之南，屬萬年縣（與長安縣同治京都長安城中，轄長安城東偏）管轄。參見《長安志》卷八。

〔五四〕神禾原：在萬年縣南。《讀史方輿紀要》卷五三：「神禾原，在（西安）府南三十里，下臨樊川（在萬年縣南三十五里）。」「禾」宋蜀本、述古堂本等俱作「和」，非是。

嗣子曰某，善繼先志，克成厥家〔一〕；多藝多才，實英實選〔二〕；匪□實寶〔三〕，十城之價〔四〕；不以力聞〔五〕，萬夫之敵〔六〕。命同御座，漢帝以恩待故人〔七〕；超將中軍，先軫以才登元帥〔八〕。以某年月日，從駕謁五陵〔九〕，天子若曰：「自古明王，因心以孝〔一〇〕，待人由己以施物〔一一〕，故休戚共，憂樂同也〔一二〕。其贈羽林將軍任某父使持節丹州諸軍事〔一三〕、丹州刺史。」敬其事則命以始〔一四〕，寵其身以及其親。明主所以盡心〔一五〕，忠臣所以盡力，故羊舌職悦是賞也〔一六〕。陳力異代，官成聖朝〔一七〕；修文下泉〔一八〕，名在天爵〔一九〕。前賢陰德〔二〇〕，雖遺慶于後昆〔二一〕；胤子揚名〔二二〕，乃大顯于先父。養則致樂〔二三〕，没而有稱〔二四〕。昔也爲士，享惟將軍之食〔二五〕；今則典邦〔二六〕，葬亦諸侯之禮。皇帝命之，太史書之〔二七〕，報昊天之恩〔二八〕，曾舉世未有，豈與夫手樹行檟〔二九〕，躬廬長松〔三〇〕，負土成墳〔三一〕，傭身以葬〔三二〕，匹夫之孝，同年而語哉？

〔一〕克：能。

〔二〕實英實選：實爲英選之意。英選，才智出衆的人。《禮記·禮運》「由此其選也」疏：「由，用也；此，謂禮義也。用此禮義教化，其爲三王中之英選也。」又「與三代之英」疏：「案《辨名記》云：倍人曰茂，十人曰選，倍選曰俊，千人曰英，倍英曰賢。」上「實」字底本原作「安」，據宋蜀本、述古堂本、明十卷本改。

〔三〕匪：非。

〔四〕十城之價：語本庾信《傷王司徒褒》：「名高六國共，價重十城連。」

〔五〕不以力聞：言有力而不肯以有力之名聞於天下。《吕氏春秋·慎大覽》：「孔子之勁，舉國門之關，而不肯以力聞。」注：「勁，彊也。孔子以一手捉城門關，顯而舉之，不肯以有力聞於天下。」事又見《淮南子·道應》、《列子·説符》。

〔六〕萬夫之敵：《三國志·蜀書·關張馬黄趙傳》評曰：「關羽張飛，皆稱萬人之敵，爲世虎臣。」

〔七〕「命同」二句：《晋書·王導傳》：「時元帝爲琅邪王，與導素相親善。導知天下已亂，遂傾心推奉，潛有興復之志。帝亦雅相器重，契同友執。……及帝登尊號，百官陪列，命導升御牀共坐。導固辭，至于三四，曰：『若太陽下同萬物，蒼生何由仰照！』帝乃止。」趙殿成曰：「漢字疑誤。」二句謂任君之子受到天子的特殊恩遇。

〔八〕「超將」二句：《左傳》僖公二十八年：「二月，晋郤縠卒。原軫（即先軫）將中軍（即爲元帥），胥臣佐下軍，上德也。」杜注：「先軫以下軍佐超（越級升擢）將中軍，故曰上德。」此以先軫喻任君之子，言其超拜羽林將軍。

〔九〕謁五陵：五陵指唐高祖獻陵（在今陝西三原縣）、太宗昭陵（在陝西醴泉縣）、高宗乾陵（在陝西乾縣）、中宗定陵（在陝西富平縣）、睿宗橋陵（在陝西蒲城縣）。參見《元和郡縣志》卷一。《舊唐書·玄宗紀》：「（開元十七年）十一月……辛卯，發京師。丙申，謁橋陵。……戊戌，謁定陵。己亥，謁獻陵。壬寅，謁昭陵。乙巳，謁乾陵。戊申，車駕還宮。大赦天下……内外官三品已上加爵一等，四品已下賜一階，五品已上清官父母亡者，依級賜官及邑號。」據此，本篇當作于開元十七年十一月之後，今姑繫于十八年。

〔一〇〕若：乃。因心：謂有愛親之心。《詩·大雅·皇矣》：「維此王季，因心則友。」傳：「因，親也。善兄弟曰友。」箋：「王季之心，親親而又善於宗族。」疏：「維此王季，有因親之心，則復有善兄弟之友行。言其有親親之心，復廣及宗族也。」以：而。

〔一一〕由己以施物：由自身而推及他人。

〔一二〕此二句謂，故臣下能與之共休戚、同憂樂。

〔一三〕羽林將軍：唐有左右羽林軍，各置大將軍一人（正三品），將軍二人（從三品），掌統領北衙禁兵，督攝天子儀仗。參見《唐六典》卷二五。使持節諸軍事：《通典》卷三三：「大唐武德元年，改郡爲州，改太守爲刺史，加號持節，後加號爲使持節諸軍事，而實無節，但頒銅虎符而已。」

〔一四〕「敬其」句：語本《左傳》閔公二年：「故敬其事則命以始（杜注：「賞以春夏。」），服其身則衣之純。」意謂敬慎其事則當賞之於春夏。

〔一五〕所以：猶可以、能够。

〔一六〕「故羊」句：《左傳》宣公十五年：「晋侯賞桓子（荀林父）狄臣千室（荀林父敗赤狄于曲梁，故賞之），亦賞士伯以瓜衍之縣，曰：『吾獲狄土，子之功也。微（無）子，吾喪伯氏（荀林父）矣（郯之敗，晋侯將殺林父，士伯諫止之，故云）。』羊舌職説（悦）是賞也，曰：『《周書》所謂「庸庸（用可用）祗祗（敬可敬）」者，謂此物（類）也夫。士伯庸（認爲可用）中行伯（荀林父），君信之，亦庸士伯，此之謂明德矣。文王所以造周，不是過也。故《詩》曰「陳錫哉周」，能施也（此言能施恩於百姓）。率（循）是道也，其何不濟？』」此借用其語，稱頌天子的封賞合乎情理。

〔一七〕陳力：猶言發揮其才力。《論語·季氏》：「陳力就列，不能者止。」二句指任君陳力於武后之世（右豹韜衛爲武后時禁軍的名稱），受封於玄宗之朝。

〔一八〕修文下泉：言其有才而早卒。傳説晋蘇韶卒後現形，謂其兄弟曰，顔淵、卜商，現于地下爲修文郎。見《太平御覽》卷八八三、《太平廣記》卷三一九引晋王隱《晋書》。後因稱文士有才華而早卒爲「地下修文」。

〔一九〕天爵：《孟子·告子上》：「有天爵者，有人爵者。仁義忠信，樂善不倦，此天爵也；公卿大夫，此人爵也。」句指任君有仁義忠信等美德。

〔二〇〕陰德：暗中做的有德于人的事。《漢書·丙吉傳》：「臣聞有陰德者，必饗其樂，以及子孫。」

〔二一〕雖：惟。遺，宋蜀本、明十卷本、《全唐文》俱作「貽」。後昆：後代子孫。

〔二二〕胤：嗣；底本原作「嗣」，此從宋蜀本、述古堂本、明十卷本、奇字齋本。

〔二三〕養：指生時被奉養。致樂：謂盡量使其歡樂。《孝經·紀孝行》：「孝子之事其親也，居則致其敬，養則致其樂。」

〔二四〕稱：名號。句指任君死後受封贈。

〔二五〕士：戰士，戰鬭者。《荀子·王霸》：「王者富民，霸者富士。」上句謂任君從前在軍中任職，下句謂只享受將軍（指其子）的祭祀。

〔二六〕典邦：主管一國的政務，即爲諸侯。實指被追贈爲州郡長吏。漢時郡與國（諸侯王國）地位大致相當，故後世遂稱州郡長吏爲諸侯。

〔二七〕太史：指史官。漢有太史令，掌天文曆法，兼負責修史。唐之太史令則專掌天文曆法，而别立史館，置史官以修國史。參見《舊唐書·職官志》。

〔二八〕「報昊」句：指報答父母的無窮之恩。《詩·小雅·蓼莪》：「父兮生我，母兮鞠我……欲報之德，昊天罔極（言其恩之大，如天無窮）。」

〔二九〕檟（jiǎ甲）：即榎，一名山楸。古多用以製棺槨，或植于墓前。《左傳》哀公十一年：「（子胥）將死，曰：『樹吾墓檟，檟可材也，吴其亡乎！』」

〔三〇〕句謂親自於墓旁松下築廬而居。

〔三一〕負土成墳：《後漢書·祭遵傳》：「（遵）喪母，負土起墳。」《晉書·山濤傳》：「濤年踰耳順，居喪過禮，負土成墳，手植松柏。」

〔三二〕傭身以葬：謂己身受雇爲人勞作，以葬父母。《搜神記》卷一：「漢董永……父亡，無以葬，乃自賣爲奴，以供喪事。主人知其賢，與錢一萬，遣之。永行三年喪畢，欲還主人，供其奴職。道逢一婦人曰：『願爲子妻。』遂與之俱。……永曰：『蒙君之惠，父喪收藏。永雖小人，必欲服勤致力，以報厚德。』主曰：『婦人何能？』永曰：『能織。』主曰：『必爾者，但令君婦爲我織縑百疋。』於是永妻爲主人家織，十日而畢。」

君少有大略，長而能賢〔一〕。安于仁，樂于善。厚生以儉〔二〕，守智以愚〔三〕。視事所及，筆硯盈庭。其力文也，容膝之外〔四〕，圖書滿屋。其嗜學也，八體之能，右軍曾未知翰〔五〕；五弦之妙〔六〕，中散何擅于琴〔七〕？以禮庇身，以清守官。惟邦之彦〔八〕，惟國之翰〔九〕。夫人河東裴氏〔一〇〕，始以某爲光禄也〔一一〕，封河東郡君〔一二〕，及是，又贈河東郡太君〔一三〕。子之忠，由母之教〔一四〕，母以子貴〔一五〕，不亦宜乎？司文者執簡以往〔一六〕，刊石旌德。其詞曰：

〔一〕能賢：見《暮春……于韋氏逍遥谷讌集序》末段注〔四三〕。

〔二〕厚生：使人民生活富足。《書·大禹謨》：「正德，利用，厚生，惟和。」疏：「厚生謂薄徵徭，輕賦税，不奪農時，令民生計温厚，衣食豐足。」

〔三〕守智以愚：《荀子·宥坐》：「孔子喟然而歎曰：『吁，惡有滿而不覆者哉！』子路曰：『敢問持滿有道乎？』孔子曰：『聰明聖知（智），守之以愚……』」此用其意，謂有智而不外露，如愚拙之狀。

〔四〕容膝：指立足之地。《韓詩外傳》卷九：「今如結駟列騎，所安不過容膝；食方丈於前，所甘不過一肉。」

〔五〕八體：秦代統一文字，廢除不符合秦文的六國文字，定書體爲八種，謂之八體。許慎《説文解字·叙上》：「自爾秦書有八體：一曰大篆，二曰小篆，三曰刻符，四曰蟲書，五曰摹印，六曰署書，七曰殳書，八曰隸書。」八體中大篆、小篆、蟲書、隸書爲字體，其餘四種則就書所施用之處而名，如用於兵器者，謂之殳書，施於符信者，謂之刻符。曾：乃。翰：筆，指書法。二句謂任君擅長諸體書，連王右軍（羲之）也比不上。

〔六〕五弦：指琴。古爲五弦，故稱。《禮記·樂記》：「昔者舜作五弦之琴，以歌《南風》。」又樂器有名五弦者。《新唐書·禮樂志》：「五弦如琵琶而小，北國所出，舊以木撥彈，樂工裴神符初以手彈。」

〔七〕中散：即嵇康，善琴，嘗作《琴賦》。《晋書・嵇康傳》：「康早孤，有奇才……與魏宗室婚，拜中散大夫。常修養性服食之事，彈琴詠詩，自足於懷。……初，康嘗游于洛西，暮宿華陽亭，引琴而彈。夜分，忽有客詣之，稱是古人。與康共談音律，辭致清辯，因索琴彈之，而爲《廣陵散》，聲調絶倫，遂以授康，仍誓不傳人，亦不言其姓字。」

〔八〕惟邦之彦：《詩・鄭風・羔裘》：「彼其之子，邦之彦（才德傑出的人）兮。」

〔九〕惟國之翰：見《京兆尹張公德政碑》末段注〔三〕。

〔一〇〕河東：郡名，始置於秦。東晋義熙十四年之後，治所設在今山西省永濟市蒲州鎮。唐時改名蒲州。

〔一一〕某：謂任君之子。光禄：官署名。掌邦國酒醴、膳羞之事，置卿一人，從三品；少卿二人，從四品上。此指爲光禄少卿。

〔一二〕河東郡君：唐制，四品官之母、妻，得封爲郡君。《舊唐書・職官志》：「四品母、妻，爲郡君。」

〔一三〕郡太君：唐制，母以子封者，爵號加太字。《舊唐書・職官志》：「其母邑號，皆加太字，各視其夫、子之品。」

〔一四〕由，宋蜀本、述古堂本俱無此字。

〔一五〕母以子貴：《公羊傳》隱公元年：「子以母貴，母以子貴。」

〔一六〕司文者：唐祕書省有著作局（高宗時嘗改爲司文局），置著作郎（高宗時嘗改爲司文郎中）二人，佐郎（高宗時嘗改爲司文郎）四人，掌修撰碑志、祝文、祭文等。參見《新唐書・百官志》。執簡以往：謂持已記事之簡而往，語本《左傳》襄公二十五年：「大史書曰：『崔杼弑其君。』崔子殺之。……南史氏聞大史盡死，執簡以往。」

薛侯之裔兮代濟其美，不隕其名〔一〕。是生碩德兮爲世作程〔二〕，忠不祐孝不福兮早謝休明〔三〕。身爲士兮子爲卿，又將羽林兮統天兵〔四〕。天子寵兮爲崇榮，贈我武符兮賜我專城〔五〕。青松寂寂兮晝無人聲，狗不吠兮雞不鳴〔六〕。蒼茫千古兮孰云旌〔七〕？賴孝子兮揚音英〔八〕。

〔一〕代濟其美不隕其名：語本《左傳》文公十八年：「此十六族也，世濟其美，不隕其名。」疏：「世濟其美，後世承前世之美；不隕其名，不墜前世之美名。」

〔二〕是：此。碩德：大德。《晋書・索襲傳》：「索先生碩德名儒，真可以諮大義。」程：標準，模範。《文選》蔡邕《陳太丘碑文》：「含光醇德，爲士作程。」李善注：「毛萇《詩傳》曰：程，法也。」

〔三〕忠不祐孝不福：謂任君忠孝而未得福祐。早謝休明：早辭明世之意。休明，美而明，此指休明之世。潘岳《西征賦》：「當休明之盛世，託菲薄之陋質。」明，底本原作「名」，此從宋蜀本、述古堂本。

〔四〕又，述古堂本、明十卷本、奇字齋本俱作「文」，趙殿成改作「大」，此從宋蜀本。天兵：王師。

〔五〕武符：即虎符。唐人避諱，謂虎爲武。漢制，予郡守銅虎符（見《故西河郡杜太守輓歌三首》其一注〔七〕）。唐代改用銅魚符。專城：見《送崔五太守》注〔一五〕。

〔六〕「狗不」句：語本《漢書·武五子傳》：「（燕）王自歌曰：『歸空城兮，狗不吠，雞不鳴。橫術何廣廣兮，固知國中之無人。』」注：「此歌意言身死之後國當空也。」以上二句描寫任君墳上的空寂之狀。

〔七〕孰：何。云：助詞，無義。句謂任君卒後，年代久遠，爲何旌表？

〔八〕音英：猶聲華，即聲譽。

京兆尹張公德政碑并序〔一〕

雲從龍，風從虎，氣應也〔二〕；聖人作〔三〕，賢人輔，德同也。君臣同德，天地通氣，以康九有〔四〕，以遂萬類〔五〕。惟皇御極二十載〔六〕，光格四表〔七〕，至于海隅日出〔八〕，越小大邦〔九〕，蠻貊師長〔一〇〕，罔不欽于成憲〔一一〕，以承天休〔一二〕。然天子猶日省三揖列辟〔一三〕，日聽萬方輿頌〔一四〕，懼人有未化，賢有未登〔一五〕，故敭仄陋兼乎十等〔一六〕，選宗室及乎九族〔一七〕，任事以觀材，積時以觀行，乃得我賢京兆焉。

〔一〕作于開元二十二年（七三四），説見《年譜》。京兆尹：唐京兆、河南等府各置尹一員，從三品，掌專總府事。張公：《舊唐書·后妃傳》云：「肅宗張皇后……祖母竇氏，玄宗母昭成皇太后之妹也。昭成爲天后所殺，玄宗幼失所恃，爲竇姨鞠養。景雲中，封鄧國夫人，恩渥甚隆。其子去惑、去疑、去奢、去逸，皇姨弟也，皆至大官。……去逸生后，天寶中，選入太子宫爲良娣。」《新唐書·后妃傳》亦云：「玄宗幼失昭成，母視（竇）姨，鞠愛篤備。帝即位，封鄧國夫人，親寵無比。五息子，曰去惑、去疑、去奢、去逸、去盈，皆顯官。」按，本篇曰：「夫公于國爲外戚，于帝爲外弟（表弟）。」參照上述記載，張公無疑當是竇氏五子中的一人。《山右金石記》卷五《虞鄉令張遵墓誌銘》云：「祖去奢，銀青光禄大夫、京兆尹。」知「京兆尹張公」即張去奢。西安碑林有韋述撰《張去奢墓誌銘》（亦見《唐代墓誌彙編》天寶一一〇），稱去奢字士則，卒于天寶六載，年六十。題下「并序」二字底本原無，據宋蜀本、述古堂本補。

〔二〕「雲從」三句：言同類相感、同氣相應，以喻君臣之遇合。《易·乾》：「同聲相應，同氣相求，水流濕，火就燥，雲從龍，風從虎，聖人作而萬物覩。」孔疏：「龍是水畜，雲是水氣，故龍吟則景雲出，是雲從龍也；虎是威猛之獸，風是震動之氣，此亦是同類相感，故虎嘯則谷風生，是風從虎也。」

〔三〕作：興起。

〔四〕康：安。九有：《詩·商頌·玄鳥》：「方命厥后，奄有九有。」毛傳：「九有，九州也。」

〔五〕遂：成。萬類：《文選》張華《答何劭二首》其二：「洪鈞陶萬類，大塊稟群生。」李周翰注：「萬類，萬物也。」

〔六〕御極：謂帝王登位。二十載：蓋舉其成數而言。自先天元年（七一二）八月玄宗即位至維作此文之時，已有二十二載。

〔七〕光格四表：語本《尚書·堯典》：「（堯）允恭克讓，光被四表，格于上下。」孔傳：「允，信。克，能。光，充。格，至也。既有四德，又信恭能讓，故其名聞充溢四外，至于天地。」

〔八〕海隅日出：《尚書·君奭》：「丕冒海隅出日，罔不率俾。」孔疏：「德教大覆四海之隅，至於日出之處，其民無不循我化可臣使也。」

〔九〕越小大邦：《尚書·酒誥》：「越小大邦用喪，亦罔非酒惟辜。」孔傳：「於小大之國所用喪亡，亦無不以酒爲罪也。」孔疏：「小大之國，謂諸侯之國有小大也。」此處指唐以外的其他國家。越，於。

〔一〇〕蠻貊（mò莫）：泛指四夷。《禮記·中庸》：「是以聲名洋溢乎中國，施及蠻貊。」師長：《尚書·盤庚下》：「邦伯師長百執事之人。」疏：「師訓爲衆，衆長，衆官之長。」趙注：「右丞蓋借作君長字用矣。」

〔一一〕罔：無。欽：敬。成憲：成法，指唐既定的法律。《尚書·説命下》：「監于先王成憲，其永無愆。」孔傳：「視先王成法，其長無過。」

〔一二〕以承天休：《尚書·湯誥》：「各守爾典，以承天休。」孔傳：「守其常法，承（奉）天美道。」

〔一三〕省：審察。三揖：《周禮・秋官・司儀》：「詔王儀南鄉（向）見諸侯，土揖庶姓，時揖異姓，天揖同姓。」鄭注：「庶姓，無親者也。土揖，推手小下之也。異姓，昏姻也。時揖，平推手也。……天揖，推手小舉之。」蓋謂諸侯來朝，向天子行禮時，天子對他們分别行土、時、天之揖禮以作答。又《左傳》哀公二年：「君夫人在堂，三揖在下。」杜注：「三揖，卿、大夫、士。」蓋卿、大夫、士向天子行禮時，天子須還揖，故稱卿、大夫、士爲三揖。列辟：趙注：「司馬相如《封禪文》：『歷選（數）列辟，以迄于秦。』李善注：『辟，君也。』班固《典引》：『德臣列辟，功君百王。』李周翰注：『列辟，百官也。』」按，《文選》班固《典引》蔡邕注云：「言漢之德能臣古之列辟，其功又爲百王之君也。」則《典引》之「列辟」與《封禪文》之「列辟」實同，皆謂歷代之君。然此處若以「歷代之君」釋「列辟」，於上下文義則扞格難通，故本篇之「列辟」意當同於「百辟」，既可指諸侯，又可泛指公卿大臣（參見《送李睢陽》注〔二二〕）。此句有二解：一謂天子猶每日省察、接見公卿大臣（「三揖」用《周禮》之義）；一謂天子猶每日審察百官（「三揖」用《左傳》之義）。

〔一四〕輿頌：同輿誦，謂衆人之言。《國語・晉語三》：「惠公入而背外内之賂，輿人誦之曰：……」韋注：「輿，衆也。不歌曰誦。」

〔一五〕登：進用。

〔一六〕故，明十卷本、奇字齋本作「明」。敭仄陋：語出《尚書・堯典》：「明明揚側陋。」孔傳：「明舉明人在側陋者，廣求賢也。」孔疏：「揚亦舉也。……側陋者，僻側淺陋之處。意言不問貴賤，有人則舉。」敭，古「揚」字。仄陋，同側陋。十等：《左傳》昭公七年：「天有十日，人有十等。……故王臣公，公臣大夫，大夫臣士，士臣皁，皁臣輿，輿臣隸，隸臣僚，僚臣僕，僕臣臺。」

〔一七〕九族：異説紛紜，或謂指自高祖至玄孫的同姓親族；或謂指異姓親族，即父族四，母族三，妻族二；又有兼内外姻戚而釋之者。觀上下文義，此處蓋指異姓親族而言。

夫京兆號爲難理。清静病于不給〔一〕，刀筆拘于守文〔二〕；或以軟弱廢，或以賊殺劾〔三〕；把宿負淺爲丈夫〔四〕，用鉤距蓋非長者〔五〕。我則異于是。大道難名〔六〕，大理無法〔七〕。閉關于任數，巧算不能知〔八〕；堅壁于畫一，善政不能下〔九〕。摧宿豪如薙草無愠色〔一〇〕，視大權如歷塊無傲容〔一一〕。百司之務，總以奇而得正〔一二〕；五方之人，雜異教而同理〔一三〕。受命之始，先聲已振〔一四〕，黠吏惡少，聞風改行〔一五〕。及乎鳴騶詣府〔一六〕，登堂坐定，縣尹掾史〔一七〕，以次上謁〔一八〕，守正之人其氣高〔一九〕，含章之人其詞大〔二〇〕，見容色而聞號令，小人戚而君子泰〔二一〕。日者櫟陽男子〔二二〕，閭里爲豪，借客報仇〔二三〕，聚人爲盜。或白日手刃〔二四〕，或黄塵袖鎚〔二五〕；政寬則以身先諸偷〔二六〕，操急則以事中長吏〔二七〕。貳過不已〔二八〕，萬計自脱。公命吏縛之，立死鈴下〔二九〕，于是人入閭室，若遇大賓焉〔三〇〕。

〔一〕静，底本原作「浄」，此從宋蜀本、述古堂本、明十卷本。不給：不足。句謂清静無爲則苦于不足應付。

〔二〕刀筆：指用刀筆判案，懲治黠吏惡少。守文：遵守成法。文，法律條文。拘于守文：爲須遵守成法所約束。

〔三〕賊：殺。句謂京兆尹有的因殺人被劾。

〔四〕把宿負：用張敞事。《漢書・張敞傳》載：「敞守京兆尹。自趙廣漢誅後，比更守尹，如（黄）霸等數人，皆不稱職，京師寖廢，長安市偷盜尤多……敞既視事，求問長安父老偷盜酋長數人，居皆温厚，出從童騎，閭里以爲長者，敞皆召見責問，因貰（緩）其罪，把（執持）其宿負（舊日的愆負、過失），令致諸偷以自贖。偷長曰：『今一旦召詣府，恐諸偷驚駭，願壹切受署（注：「自言願權補吏職也。」）。』敞皆以爲吏，遣歸休。置酒，小偷悉來賀，且飲醉，偷長以赭（赤土）汙其衣裾，吏坐里閭閱出者，汙赭則收縛之，一日捕得數百人。……由是枹鼓稀聞，市無偷盜。」淺爲丈夫：猶言作爲一個男子是淺薄的。語本《左傳》襄公十九年：「宣子出，曰：『吾淺之爲丈夫也。』」

〔五〕用鉤距：《漢書・趙廣漢傳》載：廣漢守京兆尹，「尤善爲鉤距，以得事情。鉤距者，設欲知馬賈（價），則先問狗，已問羊，又問牛，然後及馬，參伍其賈，以類相準，則知馬之貴賤，不失實矣。唯廣漢至精能行之，它人效者，莫能及也。」鉤距，王先謙補注云：「鉤若鉤取物也，距與致同，鉤距謂鉤而致之。」長者：指德高望重的人。

〔六〕大道難名：大道難於叫出它的名稱。《老子》一章：「道可道，非常道；名可名，非常名。」四十一章：「大音希聲，大象無形，道隱無名。」道，大抵指事物存在和變化的最普遍原則、規律。

〔七〕大理：大治。無法：謂順時變化，無一定之法。《史記·太史公自序》：「有法無法，因時爲業；有度無度，因物與合，故曰聖人不朽，時變是守。」

〔八〕閉關：閉關而守，意近下文之「堅壁」。任數：用術（謀略，心計）。《管子·任法》：「聖君任法而不任智，任數而不任説……然後身佚而天下治。」二句意謂，堅持用術治理，連巧于算計者也不能知其術。

〔九〕堅壁：堅固其壁壘，堅守。畫一：《史記·蕭相國世家》：「百姓歌之曰：『蕭何爲法，顜（使平正）若畫一；曹參代之，守而勿失，載其清浄，民以寧一。』」索隱：「畫一，言其法整齊也。」下：使下。二句意謂，堅持爲法平正畫一，公認的善政也無法使它遜色。

〔一〇〕宿豪：久爲世人所知的豪强。《漢書·王尊傳》：「長安宿豪大猾，東市賈萬，城西萬章……等，皆通邪結黨，挾養奸軌。」薙（tì 惕）：除去野草。無愠色：《論語·公冶長》：「令尹子文三仕爲令尹，無喜色；三已之，無愠色。」愠，惱怒。

〔一一〕大權：重大的權力。如歷塊：言視爲平常，猶如越過一小塊土地一般。《漢書·王褒傳·聖主得賢臣頌》：「縱馳騁騖，忽如影靡，過都越國，蹶如歷塊。」注：「如經歷一塊，言其速疾之甚。」傲，宋蜀本作「撥」。

〔一二〕務，宋蜀本作「黟」。以奇而得正：指處理各種事務，善施用奇謀而又合于正道。奇正本是軍事術語，奇謂出奇制勝，正指正面對陣交鋒。《孫子·勢篇》：「戰勢不過奇正，奇正之變，不可勝窮也。」得，猶合。《莊子·繕性》：「四時得節，萬物不喪。」以上二句《唐文粹》作「百司之吏，總一德以咸服」。

〔一三〕雜異教：雜用異教，不純用儒術。同理：同樣得到治理。

〔一四〕先聲已振：謂未及到任，聲威已先震動京兆。《史記·淮陰侯列傳》：「兵固有先聲而後實者，此之謂也。」

〔一五〕改，宋蜀本、《唐文粹》作「族」。

〔一六〕鳴騶：參見《瓜園詩》注〔七〕。府：京兆府。

〔一七〕縣尹：縣的長官。掾史：官府屬吏的通稱。

〔一八〕上謁：謂請求進見。謁，古通名之刺。《漢書·霍光傳》師古注：「上謁，若今參見尊貴而通名也。」

〔一九〕守正：篤守正道。「守正之人」指張公。下「含章之人」同。

〔二〇〕含章：含美於內。《易·坤》：「含章可貞。」疏：「章，美也。……唯內含章美之道待命乃行可以得正，故曰含章可貞。」詞大：言詞正大。

〔二一〕戚：憂懼，不安。泰：安寧，安詳。

〔二二〕日者：指從前，往日。櫟（yuè月）陽：唐京兆府屬縣，治所在今陝西西安市臨潼區北。

〔二三〕借客報仇：《漢書·朱雲傳》：「少時通輕俠，借客報仇。」注：「借，助也。」

〔二四〕手刃：指持刀。《三國志·蜀書·費禕傳》：「禕歡飲沉醉，爲（郭）循手刃所害。」

〔二五〕黄塵袖鎚：指在塵土飛揚的道路上袖中暗藏鐵鎚。《史記·魏公子列傳》：「朱亥袖四十斤鐵椎（鎚），椎殺晋鄙。」

〔二六〕以身先諸偷：以自身爲衆盜賊之先導。

〔二七〕「操急」句：見《送鄭五赴任新都序》首段注〔八〕。

〔二八〕貳過：重犯同樣的過錯。《論語·雍也》：「不遷怒，不貳過。」

〔二九〕鈴下：鈴閣之下。鈴閣謂將帥治事之所。又用以指官府。干寶《搜神記》卷七：「太興四年，王敦在武昌，鈴下儀仗生花……説曰：『《易》説：「枯楊生花，何可久也？」今狂花生枯木，又在鈴閣之間……』」《晋書·羊祜傳》：「鈴閣之下，侍衛者不過十數人。」鈴，宋蜀本、述古堂本、明十卷本、奇字齋本俱作「領」。

〔三〇〕「于是」二句：《南史·何子平傳》：「（子平）幼持操檢，敦厲名行，雖處闇室，如接大賓。」大賓，貴賓。

前年不登〔一〕，人額太甚〔二〕，野無遺秉〔三〕，路有委骨〔四〕，天子不忍征于不粒〔五〕，賦于無衣，六軍從衛，以臨東諸侯〔六〕，息關中也。帝曰：「咨〔七〕！天其降威〔八〕，人罔畏罪〔九〕，台恐寇盗迺邑〔一〇〕，矧曰蕩析離居〔一一〕，惟爾克濟〔一二〕，撫兹方夏〔一三〕。」公拜稽首，思塞休命〔一四〕。布慈惠之政，不以利淫〔一五〕；振雷霆之威，其或宥過〔一六〕。饔人減雙雞之膳，圉人省五馬之秣〔一七〕；陶不獻服〔一八〕，圬不塓館〔一九〕；自身已往〔二〇〕，振廩同食〔二一〕。雖人煙不動〔二二〕，道殣相望〔二三〕，不思濫以苟生〔二四〕，咸守教以就死〔二五〕，是不可能也。先是，王公或專南山之利，司農涸昆明之池〔二六〕，收赤岸澤〔二七〕，將爲田以便官，至是悉奏罷之。舟鮫衡麓之守廢，蒲荷薪蒸之産入〔二八〕，自郊徂邑，室有魚飧〔二九〕，斬陰伐陽〔三〇〕，市多山木，人得以贍。惟涇有防〔三一〕，比歲多決〔三二〕，近縣疲于輸役〔三三〕，他山匱于度材〔三四〕，公命刮朽壤，填巨石，辨大木，去編菅〔三五〕，其始告勞〔三六〕，乃終有慶〔三七〕。匠石日減功萬〔三八〕，藏史日省錢億〔三九〕，農始竟耒〔四〇〕，女始安織。于是台背黄髮之老曰〔四一〕：「我有田疇，鍾秉其畝〔四二〕；我有子弟，顔閔其行〔四三〕；鄉黨以睦，惸失其獨；道路有禮，汰無與争〔四四〕；酒先養老〔四五〕，賄不問吏〔四六〕；既無吠犬〔四七〕，亦無奸人。臨年餘資〔四八〕，幸蒙惠化〔四九〕，其曷以臻兹〔五〇〕？」君子曰：「此天子至公，内舉不避親〔五一〕，錫汝明尹張公之力也〔五二〕。」

〔一〕前年：前一年，即開元二十一年。不登：歉收。《舊唐書·玄宗紀》曰：「（開元）二十一年……

是歲，關中久雨害稼，京師饑。」《張去奢墓誌銘》：「當是時也，東盡虢略，西連隴坻，秋稼不登，人多菜色。」

〔二〕顇：憔悴。

〔三〕遺秉：遺漏在地裏的成把之禾。《詩·小雅·大田》：「彼有遺秉，此有滯穗。」「秉」《唐文粹》作「糠」。

〔四〕委骨：《文選》鮑照《蕪城賦》：「委骨窮塵。」李善注：「委猶積也。」

〔五〕不粒：絶糧。粒，穀粒。《顔氏家訓·涉務》：「三日不粒，父子不能相存。」此指絶糧之人。

〔六〕「六軍」二句：六軍，軍隊的統稱。從衛，隨從、護衛。東諸侯：東方的諸侯國。《左傳》成公十六年：「郤犨將新軍，且爲公族大夫，以主東諸侯。」按，《舊唐書·玄宗紀》云：「（開元）二十二年春正月……己巳，幸東都。」二句即指此事而言。

〔七〕咨：表示歎息。

〔八〕天其降威：《尚書·大誥》：「天降威，知我國有疵。」疏：「王肅云：天降威者，謂三叔（管叔、蔡叔、霍叔）流言，當誅伐之，言誅三叔是天下威也。」此指天降災害。其，底本原作「之」，此從宋蜀本、述古堂本、《唐文粹》等。

〔九〕此句指饑荒年月，人民鋌而走險，没有怕犯罪受制裁的。

〔一〇〕台（yí怡）：我。《尚書·説命上》：「台恐德弗類，兹故弗言。」盜，宋蜀本、明十卷本作「益」。迺邑：汝邑，指京兆府。

〔一二〕矧（shěn 審）：況，況且。曰：助詞。蕩析離居：播蕩離散，去其居宅。《尚書·盤庚下》：「今我民用蕩析離居，罔有定極。」此處指百姓因饑荒而流亡他鄉。

〔一三〕克濟：能救助。

〔一三〕撫兹方夏：《尚書·武成》：「誕膺天命，以撫方夏。」孔傳：「大當天命，以撫綏四方中夏。」此處以「方夏」指京師之地。又「方夏」，《唐文粹》作「西土」。

〔一四〕塞：答，報答。《漢書·終軍傳》：「陛下……獻享之精交神，積和之氣塞明，而異獸來獲，宜矣。」注：「塞，答也。明者明靈，亦謂神也。」句謂思欲報答天子的美命。

〔一五〕不以利淫：不用來施利於淫（邪惡不正）人。「利淫」爲動賓結構，與下「宥過」對文。

〔一六〕宥：寬免，赦免。二句即寬猛相濟之意。

〔一七〕饔人：主管割烹之事的官吏。雙雞之膳：《左傳》襄公二十八年：「公膳日雙雞，饔人竊更之以鶩（家鴨）。」圉（yǔ 宇）人：主管養馬的官吏。五馬：漢太守駕車用五匹馬。此指府尹駕車用的馬。秣：飼料。二句指荒年張公自減膳、省秣。

〔一八〕陶：即復陶。《左傳》襄公三十年杜注：「復陶，主衣服之官。」

〔一九〕圬不塓館：《左傳》襄公三十一年：「圬人以時塓館宫室。」圬（wū 烏），謂圬人，即泥瓦工。塓（mì 覓），塗刷。

〔二〇〕身：自己。已往：以下。

〔二一〕振廩同食：《左傳》文公十六年：「自廬以往，振廩同食。」杜注：「振，發也。廩，倉也。同食，上下無異饌也。」振廩，開倉。

〔二二〕雖：惟，只是。人煙不動：謂住户絶糧，炊煙不起。

〔二三〕道殣相望：謂餓死于路者極多。《左傳》昭公三年：「道殣相望，而女富溢尤。」殣（jìn晋），餓死，餓死的人。

〔二四〕濫：越軌。《論語·衛靈公》：「君子固窮，小人窮斯濫矣。」句謂饑民不想爲越軌之事以苟且偷生。

〔二五〕守教：遵守教令，不做違法之事。

〔二六〕司農：唐有司農寺，掌邦國倉儲薪草及苑囿園池等事。涸：使乾涸。昆明之池：見《恭懿太子輓歌五首》其五注〔一〕。

〔二七〕赤岸澤：《通鑑》卷一七四：「自應門至於赤岸澤。」胡注：「赤岸澤，在長安北，同州（今陝西大荔）南。」宋蜀本、述古堂本、明十卷本俱無「赤」字。

〔二八〕「舟鮫」二句：《左傳》昭公二十年：「山林之木，衡鹿守之；澤之萑蒲，舟鮫守之；藪之薪蒸（柴禾，粗曰薪，細曰蒸），虞候守之；海之鹽、蜃，祈望守之。」杜注：「衡鹿、舟鮫、虞候、祈望皆官名也。言公專守山澤之利，不與民共。」舟鮫，《唐文粹》作「舟漁」；楊伯峻《春秋左傳注》謂「舟鮫」

爲「舟魰」之誤，漁與魰通，《魯語下》有舟虞，蓋即舟魰。鹿，同麓，《説文》：「麓，守山林吏也。」守，看管。入，謂入於民。

〔二九〕魚飧：魚做的食物。《公羊傳》宣公六年：「（晋靈公）使勇士某者往殺之（指趙盾），勇士入其大門……俯而窺其户，方食魚飧。勇士曰：『……子爲晋國重卿，而食魚飧，是子之儉也……』」飧（sūn孫），熟食。

〔三〇〕斬陰伐陽：《周禮・地官・山虞》：「仲冬斬陽木，仲夏斬陰木。」鄭注：「鄭司農云：『陽木春夏生者，陰木秋冬生者……』玄謂陽木生山南者，陰木生山北者。」

〔三一〕涇：水名，即今涇河。源出甘肅，東南流至陝西高陵南入渭水。防：隄。

〔三二〕比歲：連年。

〔三三〕輸役：提供服勞役的人。輸，底本原作「力」，此從述古堂本、明十卷本。

〔三四〕度：通「剫」，砍木，治木。《左傳》隱公十一年：「山有木，工則度之。」

〔三五〕編菅：《左傳》昭公二十七年：「或取一編菅焉，或取一秉秆焉。」杜注：「編菅，苫也。」菅，多年生草本植物，古人用它編簾子蓋屋頂，此處「編菅」指修隄用的草簾，因其不如木料經久耐用，故去之。

〔三六〕告勞：訴苦。

〔三七〕乃終有慶：語出《易・坤》：「東北喪朋，乃終有慶。」疏：「初雖離群，乃終久有慶善也。」

〔三八〕匠石：名石的匠人。《莊子·徐無鬼》：「郢人堊慢其鼻端，若蠅翼，使匠石斲之。」此處借指工匠。功：事。

〔三九〕藏（zàng葬）史：國家府庫的官吏。藏，藏物之所，府庫。史，副貳之官。

〔四〇〕竟耒：完成耕種之事。竟，《唐文粹》作「學」。

〔四一〕台背黄髮：《詩·魯頌·閟宫》：「黄髮台背，壽胥與試。」鄭箋：「黄髮台背，皆壽徵也。」台，通「鮐」，鮐背即駝背。老，《唐文粹》作「耆」。

〔四二〕鍾：《左傳》昭公三年：「釜十則鍾。」杜注：「六斛四斗。」秉：《儀禮·聘禮》：「十斗曰斛，十六斗曰籔，十籔曰秉。」此句謂每畝産糧甚多。

〔四三〕顔閔：顔淵、閔子騫。《史記·仲尼弟子列傳》：「孔子曰：受業身通者，七十有七人，皆異能之士也。德行，顔淵、閔子騫……」

〔四四〕鄉黨：鄉里。惸（qióng窮）：無兄弟者或孤苦無依之人。汰：通過，經過。以上四句，趙殿成校曰：「顧玄緯本（奇字齋本）作『鄉黨以睦，恂子失其獨；道路有禮，祀汰無與爭』，今改從唐文粹本。」按，宋蜀本、述古堂本、明十卷本等俱同《唐文粹》，趙校是。

〔四五〕酒先養老：《孔子家語·觀鄉射》：「酒者，所以養老，所以養病也。」

〔四六〕賄：財物。問：饋贈。《詩·鄭風·女曰雞鳴》：「知子之順之，雜佩以問之。」句指官吏秉公執事，不受賄賂。

〔四七〕既無吠犬：謂吏不擾民，境内安寧。《後漢書・劉寵傳》：「（寵）拜會稽太守，山民愿朴，乃有白首不入市井者，頗爲官吏所擾，寵簡除煩苛，禁察非法，郡中大化。徵爲將作大匠，山陰縣（會稽郡屬縣）有五、六老叟，龐眉皓髮，自若邪山谷間出，人齎百錢以送寵。寵勞之曰：『父老何自苦？』對曰：『山谷鄙生，未嘗識郡朝，它守（郡守）時，吏發求民間，至夜不絶，或狗吠竟夕，民不得安；自明府下車（到任）以來，狗不夜吠，民不見吏，年老遭值聖明，今聞當見棄去，故自扶奉送。』」吠犬，《唐文粹》作「吠狗」，《全唐文》作「犬吠」。

〔四八〕臨年：到達一定的年紀。此指老年。《文選》李陵《答蘇武書》：「上念老母，臨年被戮。」句謂暮年生活富足，有餘財。

〔四九〕幸，《唐文粹》作「竊」。惠化：仁德、教化。《三國志・魏書・盧毓傳》：「遷安平、廣平太守，所在有惠化。」

〔五〇〕曷：何，何故。臻兹：至此。

〔五一〕「内舉」句：語本《韓非子・説疑》：「聖王明君則不然，内舉不避親，外舉不避讎。」

〔五二〕錫：賜。尹，底本原作「君」，此從宋蜀本、明十卷本、《唐文粹》、《全唐文》。

夫公于國爲外戚，于帝爲外弟。重組累印，珥香貂者七葉〔一〕；奉車駙馬〔二〕，乘朱輪者十人〔三〕。勝衣則綺襦紈袴〔四〕，通籍則玉墀青瑣〔五〕；動則兩驂如舞〔六〕，坐則五鼎成列〔七〕，文軒楚製〔八〕，素女趙舞〔九〕。而公儼兮其若客，淡兮其無味〔一〇〕。心在四教〔一一〕，語稱七德〔一二〕；目視六籍〔一三〕，口誦《九歌》〔一四〕；懷君子令德之忠〔一五〕，保詩人錫類之孝〔一六〕；悌有過于共被〔一七〕，慈有踰于含食〔一八〕。惡衣以居，公服不敢降也〔一九〕；屈體下士，王綱不敢替也〔二〇〕。協二姓之好，以正人倫，旁無嬖御〔二一〕；分一人之憂，以審官政，下多英傑〔二二〕。若夫皇帝敬問之詔〔二三〕，御札自書，天王命賜之衣〔二四〕，上宫所製〔二五〕，勞勤則中使接武〔二六〕，計議則走馬來朝，豈惟衆臣重其經術〔二七〕，爲吏雜以儒雅而已〔二八〕？

〔一〕重組累印：謂累世爲官。組，佩印用的綬帶。「珥香」句：《文選》左思《詠史八首》其二：「金張藉舊業，七葉珥漢貂。」金張，指金日磾、張湯家。《漢書·金日磾傳》贊：「七世内侍，何其盛也。」《張湯傳》：「安世（張湯子）子孫相繼，自宣元以來，爲侍中中常侍諸曹散騎列校尉者，凡十餘人。功臣之世唯有金氏、張氏親近寵貴，比於外戚。」戴逵《釋疑論》：「張湯酷吏，七世珥貂。」七葉，七世，李善注：「自武至平也。」珥（ěr耳）貂，冠旁插貂尾爲飾。李善注引董巴《輿服志》曰：「侍中中常侍冠武弁，貂尾爲飾。」二句謂張家累世爲貴官。

〔二〕奉車駙馬：《漢書·百官公卿表》：「奉車都尉，掌御乘輿車；駙馬都尉，掌駙馬（謂掌副車之馬，天子的侍從之車曰副車），皆武帝初置，秩比二千石。」《新唐書·百官志》：「奉車都尉，掌馭副車，有其名而無其人，大陳設則他官攝。駙馬都尉，無定員，與奉車都尉皆從五品下。」按，奉車駙馬，皆天子的侍從之臣，又魏晋以後，凡尚公主者，必拜駙馬都尉。據史傳記載，張氏五兄弟中有尚公主者。《舊唐書・后妃傳》云：「去盈尚玄宗女常芬公主。」《新唐書・后妃傳》同。又一説去奢尚常芬公主。岑仲勉《唐史餘瀋》卷二云：「開元十九年，《常芬公主食實封制》：『今年九月丁巳，出降張去奢。』（《詔令》四二）……余按《會要》亦去奢，《英華》三百訛裴去奢。」按，西安碑林《張去奢墓誌銘》稱拜駙馬都尉者乃去盈，又謂去奢「夫人南安龐氏」，則尚主者以作「去盈」爲是。

〔三〕朱輪：古代貴官所乘之車。其車輪漆成紅色，故名。《漢書・楊敞傳》附楊惲報孫會宗書：「惲家方隆盛時，乘朱輪者十人。」

〔四〕勝衣：謂兒童稍長。綺襦紈袴：《漢書・叙傳》：「在於綺襦紈袴之間，非其好也。」注：「紈，素也；綺，今細綾也，並貴戚子弟之服。」

〔五〕通籍：《漢書・魏相傳》：「（霍）光夫人顯及諸女，皆通籍長信宫。」注：「通籍，謂禁門之中皆有名籍，恣出入也。」謂記名于門籍，得出入宫門。又唐人亦稱仕宦爲通籍，謂通其名籍於朝。司空圖《退居漫題七首》其五：「詩家通籍美，工部與司勳。高賈雖難敵，微官偶勝君。」此以仕宦喻爲詩，言詩家中杜甫、杜牧猶如仕宦之美者，其詩之高賈（價）己雖難敵，而官位則偶勝之。青瑣：見《上張令公》注〔四〕。此句意謂，仕宦則出入皇宫。

〔六〕兩驂如舞：《詩・鄭風・大叔于田》：「執轡如組，兩驂如舞。」疏：「其兩驂之馬與兩服馬，和諧如人舞者之中於樂節也。」按，古代一車駕四馬，居中的兩匹稱服，在旁的兩匹曰驂。

〔七〕五鼎：《漢書·主父偃傳》：「丈夫生不五鼎食，死則五鼎亨耳。」注：「張晏曰：五鼎食，牛羊豕魚麋也。」「五鼎食」爲貴族顯宦之家方有的排場。

〔八〕文軒：雕飾華美之車。《墨子·公輸》：「今有人於此，舍其文軒，鄰有敝轝而欲竊之。」楚製：楚地的樣式。《漢書·叔孫通傳》：「通儒服，漢王憎之，迺變其服，服短衣楚製。」注：「製謂裁衣之形製。」

〔九〕素女：傳説中的神女名。《史記·封禪書》：「太帝使素女鼓五十弦瑟。」趙殿成曰：「此借用其字，作美女稱。」趙舞：參見《濟上四賢詠三首·成文學》注〔四〕。

〔一〇〕儼兮其若客：《老子》十五章：「古之善爲士者，微妙玄通，深不可識。夫唯不可識，故强爲之容：豫焉若冬涉川，猶兮若畏四鄰，儼兮其若客。」河上公注：「如客畏主人，儼然無所造作也。」儼，莊重貌。淡兮其無味：《老子》三十五章：「道之出口，淡乎其無味。」王弼注：「道之出言，淡然無味。」二句謂張公莊重淡泊，不傾意于富貴之家的各種享受。

〔一一〕四教：儒家以《詩》、《書》、禮、樂（四術）教士，謂之四教。《禮·王制》：「樂正崇四術，立四教，順先王《詩》、《書》、禮、樂以造士。」

〔一二〕七德：《國語·周語中》：「尊貴、明賢、庸勳（任用有功之人）、長老、愛親、禮新、親舊……若七德離判，民乃攜貳。」韋注：「七德，謂尊貴至親舊。」

〔一三〕六籍：即《詩》、《書》、《禮》、《樂》、《易》、《春秋》六經，參見《文選》班固《東都賦》李善注。

〔一四〕《九歌》：《楚辭·離騷》：「奏《九歌》而舞《韶》兮，聊假日以媮樂。」王逸注：「《九歌》，九德之歌，禹樂也。」

〔一五〕令德之忠：《左傳》成公十年：「君子曰：『忠爲令（美）德。』」

〔一六〕錫類之孝：《詩·大雅·既醉》：「孝子不匱，永錫爾類。」謂孝子行孝，無有竭盡之時，故能以此孝道長賜予汝之族類。

〔一七〕共被：言兄弟同被而寢，相親之至。《後漢書·姜肱傳》：「肱與二弟仲海、季江，俱以孝行著聞，其友愛天至，常共卧起。」注：「謝承書曰：肱性篤孝，事繼母恪勤，母既年少，又嚴厲，肱感《凱風》之孝，兄弟同被而寢，不入房室，以慰母心也。」

〔一八〕含食：用晉郗鑒事。《世説新語·德行》：「郗公（鑒）值永嘉喪亂，在鄉里甚窮餒，鄉人以公名德，傳共飴之，公常攜兄子邁及外甥周翼二小兒往食。鄉人曰：『各自饑困，以君之賢，欲共濟君耳，恐不能兼有所存。』公於是獨往食，輒含飯著兩頰邊，還吐與二兒，後並得存，同過江。」

〔一九〕公服：《通鑑》卷一七四胡注：「《五代志》：後周之制，諸命秩之服曰公服，其餘常服曰私衣。隋唐以下，有朝服，有公服。朝服曰具服，公服曰從省服。」朝服是朝會時所著的禮服，公服則是官吏的常服。降：脱去。《左傳》僖公二十三年：「公子懼，降服而囚。」杜注：「去上服，自拘囚以謝之。」二句意謂，在家也穿公服，不著貴戚子弟的華麗之衣。

〔二〇〕替：廢棄。

〔二一〕二姓：締結婚姻的男女兩家。《禮·昏義》：「昏禮者，將合二姓之好。」此指李、竇兩家。人倫：統治者所説的人與人之間應有的關係。《孟子·滕文公上》：「使契爲司徒，教以人倫：父子有親，君臣有義，夫婦有別，長幼有叙，朋友有信。」嬖（bì敝）御：猶嬖幸，謂賤而得君之寵幸者。以上三句皆指天子而言。

〔二二〕一人：指天子。官政：國家的政事。此三句則指張公而言。

〔二三〕敬問之詔：《晋書·王導傳》：「初，（成）帝幼沖，見導，每拜。又嘗與導書，手詔則云『惶恐言』，中書作詔則曰『敬問』，於是以爲定制。」

〔二四〕天王：指天子。蔡邕《獨斷》卷上：「天王，諸夏之所稱，天下之所歸往，故稱天王。」

〔二五〕上宫：天子之宫。

〔二六〕勞勤：勤勞政事。接武：本謂行路足跡前後相接，即所謂細步。武，足跡。《禮·曲禮上》：「堂上接武，堂下步武。」後泛指人或事前後相接。

〔二七〕衆臣重其經術：用漢雋不疑事。《漢書·雋不疑傳》云：「（不疑）治《春秋》……進退必以禮。……始元五年，有一男子……詣北闕，自謂衛太子，公車以聞，詔使公卿將軍中二千石雜識視。……丞相御史中二千石至者，立莫敢發言，京兆尹不疑後到，叱從吏收縛。或曰：『是非未可知，且安之。』不疑曰：『諸君何患於衛太子！昔蒯聵（衛靈公太子）違命出奔（蒯聵得罪於靈公而出奔晉），輒（蒯聵子，靈公卒後嗣位）距而不納（靈公卒後，晉欲納蒯聵於衛），《春秋》是之。衛太子得罪先帝，亡不即死，今來自詣，此罪人也！』遂送詔獄。天子與大將軍霍光聞而嘉之曰：『公卿大臣當用經術，明於大誼。』繇是名聲重於朝廷，在位者皆自以不及也。」

〔二八〕雜以儒雅：《漢書·張敞傳》曰：「（敞）治京兆，略循趙廣漢之迹，方略耳目，發伏禁姦，不如廣漢；然敞本治《春秋》，以經術自輔，其政頗雜儒雅（指儒家思想），往往表賢顯善，不醇用誅罰。」

且公之升聞于天〔一〕，非一朝一夕之漸也〔二〕，亦所以稱職于累官〔三〕，著聲于所在。其丞祕書也〔四〕，闕文遺簡，多在大家，深爲子孫之藏，密有緘縢之固〔五〕，公不憚權貴，或抵或誘〔六〕，盡歸天閣〔七〕，官書備焉。其牧郢也〔八〕，人有不若德〔九〕，戮之不爲暴；人有不保居〔一〇〕，撫之不爲諂。存者考其事壯其食以畜之〔一一〕，行者緝其宫藝其樹以待之〔一二〕。此邦之人既優，他邦之人又重焉〔一三〕，未盈一歲，遂增萬户。其守汾也〔一四〕，仍歲大旱〔一五〕，郡祠介推〔一六〕，雖屢舞僊僊〔一七〕，而靈應未若〔一八〕，公命束緼取火〔一九〕，伐樹寘薪，釃酒而祝曰〔二〇〕：「有功于人，祀爲明神；無德而禄，禍亦覆餗〔二一〕。自絳以來〔二二〕，人實祀子，純犧大璧不敢愛〔二三〕，必以薦也〔二四〕；童兒季女不敢黷〔二五〕，必以敬也。神既靡答，人將安仰？若亭午而雨〔二六〕，則樹其鷺羽，執此騂毛〔二七〕；不然者，火燎將至〔二八〕，焮天爍地〔二九〕，靈衣且爲煨燼〔三〇〕，豐屋將爲茂草，爾其圖之！」言未畢而雲興，拜未起而雨降，周于闔境，不入他郡〔三一〕，雖封疆咫尺，而彼竭我盈〔三二〕。

〔一〕升聞于天：上聞于天。《大戴禮記·用兵》：「升聞皇天，上神歆焉。」《孔子家語·執轡》：「升聞于天，上帝俱歆，用永厥世，以豐其年。」此指爲天子所聞知。此四字之上《唐文粹》多一「德」字。

〔二〕漸：緩進。《易·坤》：「臣弒其君，子弒其父，非一朝一夕之故，其所由來者漸矣。」

〔三〕所，《全唐文》無此字。

〔四〕丞祕書：爲祕書丞。唐祕書省（掌管邦國經籍圖書的官署）置丞一人，從五品上，掌判省事。

〔五〕緘縢（téng 滕）：繩索。《莊子·胠篋》：「將爲胠篋探囊發匱之盜而爲守備，則必攝緘縢，固扃鐍。」此指以繩索結束。

〔六〕抵：觸犯。誘：誘導。

〔七〕天閣：即天禄閣。《文選》王儉《褚淵碑文》：「俄遷祕書丞。贊道槐庭，司文天閣。」張銑注：「司，主也。言主文史之任於天禄之閣也。」《三輔黄圖》卷六：「天禄閣，藏典籍之所，《漢宮殿疏》云：『天禄、騏驎閣，蕭何造，以藏祕書，處賢才也。』」此處借指唐祕閣。

〔八〕牧郢：任郢州（治所在今湖北鍾祥）之長史。去奢曾官郢州刺史，見西安碑林《張去奢墓誌銘》。

「郢」下《唐文粹》多一「人」字。

〔九〕若德：順德而行。《尚書・康誥》：「弘于天若德。」疏：「用天道爲順德也。」

〔一〇〕保居：安居。《尚書・旅獒》：「生民保厥居。」

〔一一〕考：成。壯：盛。畜：養。

〔一二〕緝：整治。宫：房屋。藝：種植。

〔一三〕重：推崇，崇尚；《唐文粹》作「至」。

〔一四〕汾：汾州，治所在今山西汾陽。《張去奢墓誌銘》曰：「出爲郢、沁二州刺史。楚俗輕剽，魏地隘陿，導德齊禮，二方一變。」沁州治所在今山西沁源縣。按，據墓誌，郢州屬楚，沁州當屬魏，《元和郡縣志》卷一三：「汾州，《禹貢》冀州之域……春秋時爲晋地，後屬魏，謂之西河。」「沁州，《禹貢》冀州之域，春秋時其地屬晋，戰國時屬韓。」又《詩・魏風・葛屨》小序：「魏地陿隘，其民機巧趨利。」知屬魏者爲汾州，非沁州，則去奢所任，應以作汾州刺史爲是。

〔一五〕仍歲：累歲。

〔一六〕介推：即介之推，春秋晋人。《左傳》僖公二十四年載：晋文公賞賜隨其流亡之人，不及介推，推「遂隱而死。晋侯求之不獲，以緜上爲之田，曰：『以志吾過，且旌善人。』」杜注：「西河界休縣（今山西介休市）南有地名緜上。」又《史記・晋世家》云：文公使人召介推，「則亡，遂求所在，聞其入緜上山中。於是文公環緜上山中而封之，以爲介推田，號曰介山」。按，介山在唐汾州介休縣内，今山西介休市東南，《太平寰宇記》卷四一謂山上「有子推（即介推）塚并祠存」。

〔一七〕屢舞僊僊：《詩・小雅・賓之初筵》：「舍其坐遷，屢舞僊僊。」疏：「僊僊，舞貌也。」此指祭神時跳舞。

〔一八〕未若：不如，不及。

〔一九〕束緼取火：《漢書・蒯通傳》：「（里母）即束緼請火於亡肉家。」注：「緼，亂麻。」緼，底本原作「藴」，此從《全唐文》。

〔二〇〕釃（shī尸）酒：斟酒。陸機《晉平西將軍孝侯周處碑》：「王渾登建業宫釃酒，既酣……」釃，底本原作「釀」，此從宋蜀本、述古堂本、《全唐文》。

〔二一〕覆餗（sù速）：謂不能勝其任而敗事，必災及己身。《易・鼎》：「鼎折足，覆公餗，其形渥，凶。」疏：「餗，糁也，八珍之膳，鼎之實也。……鼎足既折，則覆公餗也。渥，沾濡之貌也。既覆公餗，體則渥霑也，施之於人，知小而謀大，力薄而任重，如此必受其至辱，災及其身也，故曰其形渥，凶。」

〔二二〕絳：春秋晉都。晉穆侯自曲沃（今山西曲沃）遷都于絳（今山西翼城東），孝侯時改名翼；後景公遷都新田（今山西曲沃西南），改名新絳，又單稱絳，而謂翼爲故絳。此處以絳代指晉。

〔二三〕純犧：《文選》宋玉《高唐賦》：「進純犧，禱璇室。」吕延濟注：「純犧，謂純色犧牲也。」大璧：璧之大者。

〔二四〕薦：進獻。

〔二五〕季女：少女。黷：通瀆，輕慢。

〔二六〕亭午：正午。《文選》孫綽《遊天台山賦》劉良注：「亭，至也。……一曰，亭午即直午之意。」

〔二七〕樹其鷺羽：《詩·陳風·宛丘》「坎其擊鼓，宛丘之下。無冬無夏，值其鷺羽。」毛傳：「值，持也。鷺鳥之羽，可以爲翳。」鄭箋：「翳，舞者所持以指麾。」樹，建立，設置。騂（xīn辛）毛：即騂旄（毛與旄通）。《左傳》襄公十年：「昔平王東遷，吾七姓從王，牲用備具，王賴之，而賜之騂旄之盟。」杜注：「平王徙時，大臣從者有七姓……主爲王備犧牲，共（供）祭祀。王恃其用，故與之盟，使世守其職。騂旄，赤牛也。舉騂旄者，言得重盟，不以犬雞。」《禮記·檀弓》謂周人尚赤，故犧牲用赤色牛。二句意謂，則以歌舞、犧牲祀神。

〔二八〕火燎：火炬。

〔二九〕焮天：形容火盛。焮，燒灼。鑠：熔化。

〔三〇〕靈衣：神靈之衣。《楚辭·九歌·大司命》：「靈衣兮被被，玉佩兮陸離。」煨燼：灰燼。

〔三一〕入，宋蜀本作「及」。

〔三二〕彼竭我盈：語本《左傳》莊公十年：「彼竭我盈，故克之。」

嘻！若記能事，載盛德，渭川之竹不足簡〔一〕，終南之木不足軸〔二〕。夫訓人至于禮義曰德，安人免于阽危曰功〔三〕。德者上賞于上〔四〕，下頌于下〔五〕。長老孜孜，願刊于石，以予學于舊史，來即我謀〔六〕；且維與人編户〔七〕，與人爲伍，與人出入〔八〕，與人言語，知風俗之淳弊，識政化之源本。屬詞媿文〔九〕，書事蓋實。詞曰：

〔一〕渭川之竹：《史記・貨殖列傳》：「故曰……齊魯千畝桑麻，渭川千畝竹……此其人皆與千户侯等。」渭川，渭河，其地古時盛産竹。簡：動詞，製成竹簡。

〔二〕軸：製成軸。按，古之帛書或紙書，皆長卷，上有軸，以便卷舒。

〔三〕阽(diàn店)危：臨近危險。

〔四〕于上，宋蜀本作「于下」。

〔五〕于下，宋蜀本作「于上」。

〔六〕來即我謀：語本《詩・衛風・氓》：「匪來貿絲，來即我謀。」即，就。

〔七〕人：即「民」，避唐諱改爲「人」。下同。編户：編入户籍。《漢書・高帝紀》：「諸將故與帝爲編户民。」注：「編户者，言列次名籍也。」

〔八〕出入：相互往來之意。

〔九〕屬詞：連綴字句爲文章。媿文：自謙之詞，猶言有辱於文。

五代相韓〔一〕，七葉侍漢〔二〕；及我聖朝，亦生邦翰〔三〕。大道無形〔四〕，貞蠱以幹〔五〕；含章不耀〔六〕，在割能斷〔七〕。情僞萬端〔八〕，吾道一貫〔九〕。帝選賢尹，無以易張；金印紫綬〔一〇〕，京兆之良〔一一〕。佩我鳴玉〔一二〕，冠我兩梁〔一三〕；天子休命〔一四〕，拜手以將〔一五〕。寬而愛人，立滅暴彊。明明天子〔一六〕，哀此南畝〔一七〕，將息西人，遂覲東后〔一八〕。我教我訓，我鎮我守，茫茫三秦〔一九〕，則罔餬口〔二〇〕。守死以義〔二一〕，徇生不苟〔二二〕。王曰外弟，視人不佻〔二三〕。何以寵之？手書以詔。何以問之〔二四〕？賜衣而朝。俾人華胥〔二五〕，致君帝堯。刻石作頌，永世彌昭〔二六〕！

〔一〕五代相韓：《史記・留侯世家》：「留侯張良者，其先韓人也。大父開地，相韓昭侯、宣惠王、襄哀王；父平，相釐王、悼惠王。……韓破，良家僮三百人，弟死不葬，悉以家財求客刺秦王，爲韓報仇。以大父、父五世相韓故。」

〔二〕七葉侍漢：指張湯家而言。參見前注。

〔三〕邦翰：國家的棟樑之臣。《詩・大雅・崧高》：「維申及甫，維周之翰。」毛傳：「翰，幹也。」鄭箋：「申，申伯也；甫，甫侯也；皆以賢知入爲周之楨幹之臣。」

〔四〕大道無形：《淮南子・詮言》：「大道無形，大仁無親，大辯無聲。」意謂最高的道是無形的。此處借用其語，喻指張公身具大道而不露形迹，與下「含章不耀」意近。

〔五〕貞蠱以幹：謂堪任貞正之事。貞，正。蠱，事。《易·蠱》云：「幹父之蠱，有子，考無咎，厲終吉。」注：「以柔巽之質，幹父之事，能承先軌，堪其任者也。」指有子而賢，堪任其父之事。又云：「幹母之蠱，不可貞。」言男女異務，子幹母之事，不可爲正。

〔六〕含章：含美於内。不耀：不炫耀，不顯露。

〔七〕在割能斷：喻行事有決斷。《晋書·袁宏傳》：「精金百汰，在割能斷，功以濟時，職思静亂。」

〔八〕情僞：真僞，真僞情況。《左傳》僖公二十八年：「晋侯在外十九年矣……民之情僞，盡知之矣。」

〔九〕吾道一貫：《論語·里仁》：「子曰：『參乎！吾道一以貫之。』……曾子曰：『夫子之道，忠恕而已矣。』」

〔一〇〕金印紫綬：漢制，三公、將軍用金印紫綬，京兆尹秩二千石，用銀印青綬（見《漢書·百官公卿表》）。唐制，諸珮綬者，「二品、三品紫綬」（《舊唐書·輿服志》），京兆尹從三品，繫珮當用紫綬；又，唐官印皆以銅爲之（見《宋史·輿服志》），此處「金印」蓋指府尹之銅章。

〔一一〕良，宋蜀本、述古堂本、《唐文粹》俱作「章」。

〔一二〕鳴玉：唐制，五品以上官員有玉珮，行走時玉珮作聲，故曰「鳴玉」。

〔一三〕兩梁：《後漢書·輿服志》：「進賢冠……公侯三梁（冠上横脊），中二千石以下至博士兩梁。」《舊唐書·輿服志》：「進賢冠，三品以上三梁，五品以上兩梁。」漢京兆尹當冠進賢兩梁冠，此處蓋就漢制言之。

〔一四〕天子休命：《尚書·説命下》：「敢對揚天子之休命。」休命，美善的命令。

〔一五〕拜手：見《送陸員外》注「五」。將：奉行。《詩·大雅·烝民》：「肅肅王命，仲山甫將之。」

〔一六〕明明：明察貌。《漢書·韋玄成傳》：「明明天子，俊德烈烈。」

〔一七〕南畝：指南畝之人，即農夫。

〔一八〕遂覲東后：《尚書·舜典》：「歲二月，東巡守，至于岱宗……肆覲東后。」孔傳：「遂見東方之國君。」句指玄宗東幸洛陽。

〔一九〕三秦：項羽破秦入關後，三分秦關中之地，封秦三降將爲王，是爲三秦（見《史記·項羽本紀》）。故地在今陝西省一帶。

〔二〇〕餬口：《左傳》隱公十一年：「寡人有弟，不能和協，而使餬其口于四方。」餬，以薄粥塗物。餬口，謂以薄粥供口食。此言百姓富足，無以薄粥供口食者。

〔二一〕守死：堅持到死而不變。《論語·泰伯》：「篤信好學，守死善道。」以：于。

〔二二〕徇生：求生。不苟：不隨便。

〔二三〕視人不恌：語本《詩·小雅·鹿鳴》：「我有嘉賓，德音孔昭，視民不恌，君子是則是傚。」毛傳：「恌，愉（通「偷」，輕薄）也。」鄭箋：「視，古示字也。……可以示天下之民，使之不愉於禮義，是乃君子所法傚，言其賢也。」佻，同「恌」，《左傳》昭公十年引《鹿鳴》之文正作「佻」。

〔二四〕問：饋贈。

〔二五〕俾：使。華胥：見《奉和聖製天長節賜宰臣歌應制》注〔七〕。

〔二六〕永世：世世代代。彌昭：廣爲傳揚。

宫門誤不下鍵判〔一〕

安上門應閉〔二〕，主者誤不下鍵。

對〔三〕：設險守國〔四〕，金城九重〔五〕；迎賓遠方，朱門四闢〔六〕，將以晝通阡陌，宵禁姦非。眷彼閽人〔七〕，實司是職。當使秦王宫裏，不失狐白之裘〔八〕；漢后廄中，唯通赭馬之跡〔九〕。而乃不施金鍵，空下鐵關〔一〇〕。將謂堯人可封〔一一〕，固無狗盜之侣；王者無外〔一二〕，有輕魚鑰之心〔一三〕。過自慢生，陷兹詿誤〔一四〕。而抱關爲事〔一五〕，空欲望于侯嬴〔一六〕；或犯門有人，將何禦于臧紇〔一七〕？固當無疑，必寘嚴科〔一八〕。

〔一〕判：斷獄之詞。唐制，六品以下文官的銓選，須試判。《通典》卷一五：「自六品以下旨授……凡旨授官，悉由於尚書，文官屬吏部，武官屬兵部，謂之銓選。唯員外郎、御史及供奉官則否。」注：「供奉官，若起居、補闕、拾遺之類，雖是六品以下官，而皆敕授，不屬選司（吏部）。開元四年，始有此制。」按，敕授官的選授不屬吏部（即不必參加吏部的銓選），而由宰相進擬奏可而授之。根據《唐六典》卷二、《新唐書·百官志二》的記載，六品以下敕授官（又稱常參官）計有：起居郎、起居舍人、通事舍人、諸司員外郎、侍御史、左右補闕、殿中侍御史、太常博士、左右拾遺、監察御史。説詳拙作《制舉——唐代文官擺脱守選的一條重要途徑》（載《文學遺産》二〇一二年第六期）。《通典》卷一五又云：「凡選，始於孟冬，終於季春。其擇人有四事，一曰身，二曰言，三曰書（注：「取其楷法遒美。」），四曰判（注：「取其文理優長。」）。……凡選，始集而試，觀其書判；已試而銓，察其身言；已銓而注，詢其便利而擬其官。」據《文苑英華》卷五四五載，時同對此判者，尚有吕令問、姚震，可見此判乃維預文官之選時所撰，非真爲斷獄而作。考王維自開元二十三年授右拾遺後，即一直任擺脱守選的六品以下常參官和五品以上官，無需再參加吏部的銓選與試判，所以這一判詞的具體寫作時間，當在開元二十三年以前。篇題《全唐文》作《對宮門誤不下鍵判》。

〔二〕安上門：唐長安皇城南面三門之一。《長安志》卷七：「皇城……南面三門，正南曰朱雀門，東曰安上門，西曰含光門。」

〔三〕對：《全唐文》無此字。

〔四〕設險守國：《易·坎》：「王公設險以守其國，險之時用大矣哉。」國，指都城。

〔五〕金城：《史記·秦始皇本紀》：「自以爲關中之固，金城千里。」索隱：「金城，言其實且堅也。」

〔六〕朱門四闢：《書·舜典》：「闢四門。」傳：「開闢四方之門未開者。」

〔七〕眷：顧。閽人：《周禮·天官·冢宰》：「閽人，王宮每門四人。」注：「閽人，司昏晨以啓閉者。」

〔八〕「當使」二句：《史記·孟嘗君列傳》：「（秦昭王）囚孟嘗君，謀欲殺之。孟嘗君使人抵昭王幸姬求解，幸姬曰：『妾願得君狐白裘（集解：「韋昭曰：以狐之白毛爲裘，謂集狐腋之毛，言美而難得者。」）。』此時孟嘗君有一狐白裘，直千金，天下無雙，入秦，獻之昭王，更無他裘，孟嘗君患之。徧問客，莫能對，最下座有能爲狗盜（僞裝成狗進行偷盜）者，曰：『臣能得狐白裘。』乃夜爲狗以入秦宮藏中，取所獻狐白裘至，以獻秦王幸姬。幸姬爲言昭王，昭王釋孟嘗君。」

〔九〕后：君主。赭（zhě者）馬：赤色良馬。古之良馬，如騂騮、棗騮（紫騮）、赤騮、赤驃等，皆赭馬。《史記·秦本紀》「騂駵」，集解云：「郭璞曰：色如華而赤，今名馬驃赤者爲棗駵（騮）。駵，赤馬也。」二句意謂，當使宮外之凡馬，不得混入宮中。

〔一〇〕而，底本原作「是」，此從《文苑英華》、《全唐文》。金鍵、鐵關：《老子》二十七章：「善閉無關楗而不可開。」宋范應元注：「楗，拒門木也。……橫曰關，豎曰楗。」關即門栓，楗亦作鍵。關鍵均有以金屬製成者，此即所謂「金鍵」、「鐵關」。又「鍵」亦指門鎖。《方言》卷五：「户鑰，自關而東，陳楚之間，謂之鍵。」空：只。

〔一一〕堯人可封：見《奉和聖製登降聖觀與宰臣等同望應制》注〔八〕。

〔一二〕王者無外：謂王者以整個天下爲家。《公羊傳》僖公二十四年：「冬，天王出居于鄭。王者無外，此其言出何？」

〔一三〕魚鑰：見《奉和聖製十五夜燃燈繼以酺宴應制》注〔五〕。

〔一四〕詿（guà 卦）誤：詿亦誤義。《顔氏家訓·雜藝》：「儻值世網嚴密，强負此名，便有詿誤。」

〔一五〕抱關：見《夷門歌》注〔六〕。

〔一六〕侯嬴：事見《夷門歌》注釋。此句意謂，空欲仰慕、追蹤侯嬴，而忘記自己分内應做之事。

〔一七〕犯門：違禁强行打開城門。臧紇：《左傳》襄公二十三年：「孟氏又告季孫。季孫怒，命攻臧氏。乙亥，臧孫斬鹿門（魯國都南城東門名）之關以出奔邾。」臧孫即臧紇，亦稱臧武仲，春秋魯國大夫。

〔一八〕寘：同「置」。嚴科：嚴法。徐陵《讓五兵尚書表》：「其宜屏錮，用寘嚴科。」

暮春太師左右丞相諸公于韋氏逍遥谷讌集序〔一〕

山有姑射〔二〕，人蓋方外〔三〕；海有蓬瀛〔四〕，地非宇下〔五〕；逍遥谷天都近者〔六〕，王官有之〔七〕。不廢大倫，存乎小隱〔八〕，跡崆峒而身拖朱紱〔九〕，朝承明而暮宿青靄〔一〇〕，故可尚也。先天之君〔一一〕，俾人在宥〔一二〕，歡心格于上帝〔一三〕，喜氣降爲陽春。時則有太子太師徐國公〔一四〕、左丞相稷山公〔一五〕、右丞相始興公〔一六〕、少師宜陽公〔一七〕、少保崔公〔一八〕、特進鄧公〔一九〕、吏部尚書武都公〔二〇〕、禮部尚書杜公〔二一〕、賓客王公〔二二〕，黼衣方領〔二三〕，垂璫珥筆〔二四〕，詔有不名〔二五〕，命無下拜〔二六〕。熙天工者〔二七〕，坐而論道〔二八〕；典邦教者〔二九〕，官司其方〔三〇〕。相與察天地之和，人神之泰，聽于朝則雅頌矣〔三一〕，問于野則賡歌矣〔三二〕。迺曰猗哉〔三三〕，至理之代也〔三四〕！吾徒可以酒合讌樂〔三五〕，考擊鐘鼓〔三六〕。退于彤庭〔三七〕，選辰擇地〔三八〕，右班劍〔三九〕，驂六騶〔四〇〕，畫輪載轂〔四一〕，羽幢先路〔四二〕，以詣夫逍遥谷焉〔四三〕。

〔一〕作于開元二十五年（七三七）春，説見《年譜》。太師：指太子太師，參見《故太子太師徐公輓歌四首》其一注〔一〕。左右丞相：即尚書左右僕射，參見《和僕射晋公扈從温湯》注〔一〕。韋氏逍遥谷：見《同盧拾遺韋給事東山别業二十韻》注〔一〕。「序」體最初是對某部著作或某一詩文進行説明的文字，後來又演化出贈序、序記一類以「序」名篇的作品。本文主要記宴飲盛會，其性質實際上是記事，與序跋文、贈序文都不同，我們可稱之爲序記（清姚鼐《古文辭類纂》認爲此類文章應歸在雜記類）文。

〔二〕姑射：傳説中的一座仙山。《莊子·逍遥遊》：「藐姑射之山，有神人居焉，肌膚若冰雪，淖約若處子，不食五穀，吸風飲露，乘雲氣，御飛龍，而遊乎四海之外，其神凝，使物不疵癘而年穀熟。……堯治天下之民，平海内之政，往見四子藐姑射之山、汾水之陽，窅然喪其天下焉。」《山海經·海内北經》：「列姑射在海河州中。」郭注：「山名也。山有神人。河州在海中，河水所經者。」《莊子》所謂藐姑射之山也。」又《東山經》云：「盧其之山……又南三百八十里，曰姑射之山，無草木，多水。」袁珂《山海經校注》謂藐姑射之山即姑射之山亦即列姑射山。至於《莊子》稱藐姑射之山在汾水之陽，則不必信以爲真。《釋文》云：「案汾水出太原，今莊生寓言也。」

〔三〕人：謂姑射山之人。方外：世外。《莊子·大宗師》：「孔子曰：彼游方之外者也，而丘游方之內者也。」

〔四〕蓬瀛：見五律《早朝》注〔七〕。

〔五〕宇下：屋檐下，喻附近。《左傳》哀公二十七年：「大國在敝邑之宇下，是以告急。」

〔六〕天都：見《終南山》注〔二〕。

〔七〕王官：天子之官。《左傳》成公十一年：「若治其故，則王官之邑也。」

〔八〕大倫：指人與人之間最重要的等級名分關係。《孟子·公孫丑下》：「內則父子，外則君臣，人之大倫也。」小隱：謂隱於山林。《文選》王康琚《反招隱詩》：「小隱隱陵藪，大隱隱朝市。」二句指未曾去官而隱於山林。

〔九〕跡崆峒：謂追尋崆峒仙人的蹤跡，即隱居學仙之意。參見《田園樂七首》其一注〔三〕。朱紱：見《寓言二首》其一注〔二〕。

〔一〇〕承明：見《同崔員外秋宵寓直》注〔三〕。靄：雲氣。

〔一一〕先天之君：行事在天之前的聖明君主，參見《送祕書晁監還日本國》注〔七〕。

〔一二〕在宥：任其自由自在之意。《莊子·在宥》：「聞在宥天下，不聞治天下也。在之也者，恐天下之淫其性也；宥之也者，恐天下之遷其德也。」郭注：「宥使自在則治，治之則亂也。……故所貴聖王者，非貴其能治也，貴其無爲而任物之自爲也。」成疏：「宥，寬也。在，自在也。」

〔一三〕格：感通。《尚書·説命下》：「格于皇天。」

〔一四〕有，底本原無此字，據宋蜀本、述古堂本、明十卷本等補；《全唐文》「有」下又多一「若」字。徐國公：即蕭嵩，見《故太子太師徐公輓歌四首》其一注〔一〕。

〔一五〕稷山公：即裴耀卿，裴「絳州稷山人」，曾封稷山縣開國男。裴開元二十一年拜黄門侍郎、同中書門下平章事，二十二年爲侍中，二十四年十一月爲尚書左丞相，罷知政事。參見《舊唐書·玄宗紀》、兩《唐書》本傳。

〔一六〕始興公：張九齡。見《獻始興公》注〔一〕。

〔一七〕少師：太子少師，正二品，掌教諭太子。宜陽公：即韓休。《舊唐書》本傳云：「開元二十一年……拜黄門侍郎、同中書門下平章事。……十二月，轉工部尚書，罷知政事。二十四年，遷太子少師，封宜陽子。」

〔一八〕少保：太子少保，正二品，掌教諭太子。崔公：即崔琳。《舊唐書·崔神慶傳》：「開元中，神慶子琳等皆至大官，群從數十人，趨奏省闥。……琳位終太子少保。」《新唐書·崔神慶傳》：「(琳)累遷太子少保。天寶二年卒。」

〔一九〕特進：文散官，正二品。鄧公：張暐。開元元年，封鄧國公，二十年，加特進，見《舊唐書·張暐傳》。

〔二〇〕吏部尚書：吏部正長官，正三品。武都公：即李暠。《新唐書》本傳云：「(開元)二十一年，以工部尚書持節使吐蕃……還，以奉使有指，再遷吏部。」《舊唐書》本傳云：「暠風儀秀整……累封武都縣伯。俄爲太子少傅，病卒。」《舊唐書·玄宗紀》：「（開元二十七年四月乙酉）吏部尚書李暠爲太子少傅。」孫逖《太子少傅李公墓誌銘》：「唐之宗盟，有若武都公者，諱暠。」

〔二一〕杜公：即杜暹。《舊唐書》本傳曰：「（開元）二十年，上幸北都，拜暹爲户部尚書，便令扈從入京。行幸東都，詔暹爲京留守。……俄代李林甫爲禮部尚書，累封魏縣侯。」按，《舊唐書·玄宗紀》謂開元二十二年五月，林甫「爲禮部尚書、同中書門下平章事」，二十四年七月，「爲兵部尚書，依舊知政事」；又《李林甫傳》稱林甫「爲禮部尚書、同中書門下三品」後，「尋歷户、兵二尚書，知政事如故」；另《新唐書·宰相表》謂林甫于開元二十三年十一月爲户部尚書，暹代林甫爲禮部尚書，當即在是時。

〔二二〕賓客：太子賓客，正三品，掌侍從規諫太子。王公：謂王丘。《舊唐書》本傳曰：「（開元）二十一年……（韓）休作相，遂薦丘代崔琳爲御史大夫。丘既訥於言詞，敷奏多不稱旨。俄轉太子賓客，襲父爵宿預男。」

〔二三〕黼（fǔ府）衣：一種繡有半黑半白花紋的禮服。《漢書·韋賢傳》師古注：「黼衣，畫爲斧形而白與黑爲彩也。」方領：見《送韋大夫東京留守》注〔一三〕。

〔二四〕垂璫珥筆：見《上張令公》注〔二〕、〔三〕。

〔二五〕不名：見《故太子太師徐公輓歌四首》其一注〔五〕。

〔二六〕命無下拜：《左傳》僖公九年：「王使宰孔賜齊侯胙……齊侯將下拜。孔曰：『且有後命，天子使孔曰：「以伯舅耋老，加勞，賜一級，無下拜！」』」句指天子對諸大臣給予特殊的禮遇。

〔二七〕熙：廣，弘大。《尚書・舜典》：「有能奮庸熙帝之載。」孔傳：「訪群臣有能起發其功，廣堯之事者。」天工：上天的職能。見《送韋大夫東京留守》注〔一〇〕。熙天工者：指天子。

〔二八〕坐而論道：《周禮・冬官》：「或坐而論道，或作而行之……坐而論道，謂之王公（注：「天子諸侯。」）；作而行之，謂之士大夫。」注：「論道，謂謀慮治國之政令也。」

〔二九〕典邦教者：指大臣。典邦教，《唐文粹》作「掌邦典」。

〔三〇〕司其方：各掌其一方面之事。

〔三一〕雅頌：皆《詩》六義之一，常用以指正聲、治世之音。《毛詩序》：「故《詩》有六義焉：一曰風……五曰雅，六曰頌。……雅者，正也，言王政之所由廢興也。……頌者，美盛德之形容，以其成功告於神明者也。」《漢書・禮樂志》：「隆雅頌之聲，盛揖讓之容。」

〔三二〕賡歌：《尚書・益稷》：「（舜）乃歌曰：『股肱喜哉，元首起哉，百工熙哉（孔傳：「元首，君也。股肱之臣喜樂盡忠，君之治功乃起，百官之業乃廣。」）。』皋陶拜手稽首……乃賡載歌曰：『元首明哉，股肱良哉，庶事康哉（孔傳：「賡，續；載，成也。帝歌歸美股肱，義未足，故續歌。」）。』」此指稱美君主及輔臣之辭。

〔三三〕猗：歎美之詞。

〔三四〕至理之代：至治之世。

〔三五〕吾徒：我輩。酒：飲酒。合：聚會；述古堂本作「食」。

〔三六〕考：擊。

〔三七〕彤庭：見《奉和聖製天長節賜宰臣歌應制》注〔五〕。句謂從朝廷下班。

〔三八〕選，述古堂本、《唐文粹》、《全唐文》俱作「撰」。

〔三九〕班劍：雕畫花紋的木劍。班，通「斑」。古時由隨從武士執之，以爲儀仗。《文選》王儉《褚淵碑文》云：「給班劍二十人。」劉良注：「班劍，謂執劍而從行者也。」又云：「給節羽葆鼓吹班劍爲六十人。」李周翰注：「班劍，木劍無刃，假作劍形，畫之以文，故曰班也。」又任昉《齊竟陵文宣王行狀》曰：「虎賁班劍百人。」李善注：「《晉公卿禮秩》曰：諸公及開府位從公者，給虎賁二十人，持班劍焉。」

〔四〇〕驂：驂乘，使陪乘。六騶：《左傳》成公十八年：「程鄭爲乘馬御，六騶屬焉。」杜注：「六騶，六閑（閑即馬廄，古時天子十二閑，諸侯六閑）之騶（主駕之官也）。」此處泛指主管車馬的人。

〔四一〕畫輪：車名。《晉書·輿服志》：「畫輪車……自靈獻以來，天子至士遂以爲常乘。」參見《上張令公》注〔四〕。載：飾。《淮南子·兵略》：「載以銀錫。」注：「箭以銀錫飾之也。」「載轂」謂轂上有文飾。

〔四二〕羽幢：以羽毛爲飾的幢，作儀仗用。幢，《說文》曰：「旌旗之屬。」先路：引路先行。《離騷》：「乘騏驥以馳騁兮，來吾道夫先路。」

〔四三〕此句底本原無「谷」字，從《全唐文》校補。

神皋藉其緑草〔一〕，驪山啓于朱户〔二〕，渭之美竹，魯之嘉樹〔三〕，雲出其棟〔四〕，水源于室〔五〕。灞陵下連乎菜地〔六〕，新豐半入于家林〔七〕。館層巔〔八〕，檻側逕〔九〕，師古節儉，惟新丹堊〔一〇〕。巖谷先曙，羲和不能信其時〔一一〕；卉木後春，勾芒不能一其令〔一二〕。花逕窈窕〔一三〕，蘅皋漣漪〔一四〕。駿御延佇于叢薄〔一五〕，佩玉升降于蒼翠〔一六〕。于是外僕告次〔一七〕，獸人獻鮮〔一八〕，樽以大罍〔一九〕，烹用五鼎〔二〇〕。木器擁腫，即天姿以爲飾〔二一〕；沼毛蘋蘩〔二二〕，在山羞而可薦〔二三〕。伶人在位，曼姬始縠〔二四〕，齊瑟慷慨于座右〔二五〕，趙舞徘徊于白雲〔二六〕。衮旒松風〔二七〕，珠翠烟露〔二八〕，日在濛汜〔二九〕，群山夕嵐。猶有濯纓清歌〔三〇〕，據梧高詠〔三一〕，與松喬爲伍〔三二〕，是羲皇上人〔三三〕。且三代之後〔三四〕，而其君帝舜，九服之内〔三五〕，而其俗華胥〔三六〕，上客則冠冕巢由〔三七〕，主人則弟兄元愷〔三八〕，合是四美〔三九〕，同乎一時，廢而不書，罪在司禮〔四〇〕。竊賢楚傅，常詣茅堂之居〔四一〕；仰謝右軍，忽序蘭亭之事〔四二〕。蓋不獲命，豈曰能賢〔四三〕？

〔一〕神皋：《文選》任昉《齊竟陵文宣王行狀》：「神皋載穆，轂下以清。」李周翰注：「神皋，良田也，謂京畿之内也。」藉：襯墊，鋪墊。句謂京畿之地緑草遍野已可坐卧其上。

〔二〕「驪山」句：韋氏别業在驪山，故云。「驪山」二字宋蜀本作「遠」。啓，開，舒展，展現。朱户，指别業的門。

〔三〕渭之美竹：見上篇第六段注〔一〕。魯之嘉樹：《左傳》昭公二年：「晋侯使韓宣子來聘（至魯聘問）……既享，宴于季氏。有嘉樹焉，宣子譽之。」二句指韋氏别業有美竹嘉樹。

〔四〕其，《唐文粹》、《全唐文》俱作「于」。

〔五〕源于，《唐文粹》、《全唐文》俱作「環其」。

〔六〕灞陵：在今陝西西安市東北。菜地：即采地。指韋氏别業。

〔七〕新豐：在今陝西西安市臨潼區東北。家，明十卷本作「冢」，《全唐文》作「泉」。

〔八〕館層巔：築館於高山之巔。《文選》謝靈運《過始寧墅》：「葺宇臨迴江，築觀基曾巔。」劉良注：「曾，高也。言築觀于高山之巔。」層、曾古通用。

〔九〕句謂立栅欄於狹窄的小路上。

〔一〇〕丹堊（è扼）：指油漆粉刷。丹，紅漆。堊，白土。《古今注》卷上：「闕，觀也。……其上皆丹堊，其下皆畫雲氣仙靈奇禽怪獸，以昭示四方焉。」句謂只是將别業重新油漆粉刷。

〔一一〕羲和：神話中太陽的御者。《離騷》：「吾令羲和弭節兮，望崦嵫而勿迫。」王逸注：「羲和，日御。」二句意謂，巖谷上天亮得早，似乎羲和駕車載日出行的時間不確定。

〔一二〕卉木，宋蜀本作「丹木」，《唐文粹》、《全唐文》作「芳卉」。勾芒：木神。《禮記·月令》：「孟春之月……其帝大皞，其神勾芒。」鄭注：「勾芒，少皞氏之子曰重，爲木官。」二句意謂，山間的草木，春天到得晚，似乎木神發布的號令不一致。

〔一三〕花，《唐文粹》、《全唐文》俱作「桃」。窈窕：深邃貌。

〔一四〕蘅皋：長着香草的沼澤。《文選》曹植《洛神賦》：「爾迺税駕乎蘅皋，秣駟乎芝田。」李善注：「蘅，杜蘅也。皋，澤也。」劉良注：「蘅皋，香草之澤也。」漣漪，述古堂本、《唐文粹》俱作「超忽」。

〔一五〕駿御：駕馭車馬者。延佇：久立等候。《離騷》：「悔相道之不察兮，延佇乎吾將反。」叢薄：草木叢生之地。《淮南子·俶真》：「獸走叢薄之中。」高注：「聚木曰叢，深草曰薄。」

〔一六〕句指「諸公」下車後開始登山。「佩玉」指「諸公」身上繫着玉佩。

〔一七〕外僕：指韋家居外服事之僕。《左傳》昭公十三年：「子産命外僕速張（注：「張幄幕。」）於除（注：「除地爲壇，盟會處。」）。」告次：謂請「諸公」休息。

〔一八〕獸人獻鮮：《左傳》宣公十二年：「子有軍事，獸人無乃不給於鮮？敢獻於從者。」獸人，《周禮·天官·獸人》：「獸人，掌罟田獸（鄭注：「以罔搏所當田之獸。」），辨其名物。冬獻狼，夏獻麋，春秋獻獸物。」此處泛指負責捕獸的人。鮮：指鮮獸肉。

〔一九〕樽：盛酒器。大罍（léi雷）：《周禮·春官·鬯人》鄭注：「大罍，瓦罍。」《爾雅·釋器》邢疏：「罍者，尊（樽）之大者也。……飾罍皆得畫雲雷之形。」

〔二〇〕五鼎：見上篇第四段注〔七〕。

〔二一〕擁腫：今通作「臃腫」，指木上多贅疣。《莊子·逍遥遊》：「吾有大樹，人謂之樗，其大本擁腫而不中繩墨。」天姿：指木料的天然材質。

〔二二〕沼毛蘋蘩：《左傳》隱公三年：「苟有明信，澗溪沼沚之毛，蘋蘩薀藻之菜……可薦於鬼神，可羞於王公。」沼，池塘。凡地所生曰毛。蘋，多年生草本植物，生淺水中。蘩，白蒿，菊科多年生草本植物。

〔二三〕山羞：山中出産的食物。《文選》王僧達《祭顔光禄文》：「王君以山羞野酌，敬祭顔君之靈。」薦：進獻。

〔二四〕位：指宴會的座位。曼姬：美女。《史記·司馬相如傳·子虚賦》：「於是鄭女曼姬，被阿緆……垂霧縠。」正義：「文穎云：『鄭國出好女。曼者，其色理曼澤也。』」縠（hú胡）：薄紗。此指着薄紗。

〔二五〕齊瑟：曹植《箜篌引》：「秦箏何慷慨，齊瑟和且柔。」瑟在齊國很流行，故稱「齊瑟」。《戰國策·齊策一》：「蘇秦爲趙合從，説齊宣王曰：『……臨淄（齊都）甚富而實，其民無不吹竽鼓瑟。』」

〔二六〕趙舞：見《濟上四賢詠三首·成文學》注〔四〕。白雲：指高山上。

〔二七〕衮旒：古代貴官的禮服和禮帽。衮，古代帝王及上公的禮服（見《禮記·王制》鄭注）。後亦泛指貴官的禮服。《文選》陸機《答賈長淵》：「魯公（賈謐，字長淵）戾止，衮服委蛇。」白居易《聞庾七左降因詠所懷》：「衮服相天下，儻來非我通。布衣委草莽，偶去非吾窮。」旒，冕冠前後懸垂的玉串。唐制，五品以上官員冕上有旒（見《舊唐書·輿服志》）。

〔二八〕珠翠：指「伶人」、「曼姬」的飾物。

〔二九〕濛汜：同「蒙汜」，日所入之處。《楚辭·天問》：「出自湯谷，次于蒙汜。」王逸注：「汜，水涯也；言日出東方湯谷之中，暮入西方蒙水之涯也。」《文選》張衡《西京賦》：「日月於是乎出入，象扶桑與濛汜。」

〔三〇〕濯纓清歌：《楚辭·漁父》：「漁父莞爾而笑，鼓枻而去。乃歌曰：『滄浪之水清兮，可以濯吾纓；滄浪之水濁兮，可以濯吾足。』」此歌又載于《孟子·離婁上》。

〔三一〕據梧：見《故人張諲……頃以詩見贈聊獲酬之》注〔六〕。

〔三二〕松喬：赤松子與王子喬，皆古仙人。《文選》班固《西都賦》：「庶松喬之群類，時遊從乎斯庭。」李善注：「《列仙傳》曰：赤松子者，神農時雨師也……又曰：王子喬者，周靈王太子晋也，道人浮丘公接以上嵩高山。」

〔三三〕羲皇上人：伏羲時代以上的人。陶淵明《與子儼等疏》：「常言：五六月中，北窗下卧，遇涼風暫至，自謂是羲皇上人。」

〔三四〕三代：夏、商、周。

〔三五〕九服：見《奉和聖製天長節賜宰臣歌應制》注〔八〕。句謂整個天下之内。

〔三六〕華胥：見《奉和聖製天長節》詩注〔七〕。

〔三七〕冠冕巢由：仕宦之隱士。巢由：巢父、許由。參見《送韋大夫東京留守》注〔三〕。

〔三八〕弟兄：指韋恒、韋濟，參見《同盧拾遺韋給事東山別業二十韻》注〔一〕、〔一五〕。元愷：《左傳》文公十八年謂高辛氏有才子八人，稱爲八元；高陽氏有才子八人，謂之八愷。後人因稱天子的輔佐大臣爲元愷。張説《奉酬龍門北溪作》：「野失巢由性，朝非元愷才。」

〔三九〕合，底本原無此字，據宋蜀本、述古堂本、明十卷本等補。

〔四〇〕司禮：即禮部。唐高宗龍朔二年改爲司禮，咸亨元年復舊。見《唐六典》卷四。也指主管禮儀的人。

〔四一〕賢，《唐文粹》、《全唐文》作「思」。楚傅：指韋孟。《漢書·韋賢傳》：「其先韋孟，家本彭城，爲楚元王傅（即太傅），傅（輔佐）子夷王及孫王戊（注：「官爲楚王傅而歷相三王也。」）。戊荒淫不遵道，孟作詩風諫。後遂去位，徙家于鄒，又作一篇。……其在鄒詩曰：『……爰戾（至）于鄒，鬋（剪）茅作堂。我徒我環，築室于牆。』」二句謂己私下以韋孟的去職歸隱爲賢，常走訪隱者的茅屋。

〔四二〕仰：向上，上。謝：慚，説見《詩詞曲語辭匯釋》。右軍：即王羲之。羲之嘗官右軍將軍。《晉書·王羲之傳》：「嘗與同志宴集於會稽山陰之蘭亭，羲之自爲之序以申其志。……或以潘岳《金谷詩序》方其文，羲之比於石崇，聞而甚喜。」二句謂己忽作此序，自慚比不上右軍的作《蘭亭序》。

〔四三〕豈曰能賢：《左傳》隱公三年：「先君以寡人爲賢，使主社稷。若棄德不讓，是廢先君之舉也，豈曰能賢？」杜注：「言不讓則不足稱賢。」楊伯峻《春秋左傳注》云：「能賢，蓋當時常語，謂能稱爲賢者也。」「賢」字下宋蜀本、述古堂本俱多「云云」二字。此二句意謂，此序蓋未得「諸公」之命而自作，豈能稱爲賢者？

爲崔常侍謝賜物表〔一〕

臣某言：總管闕敬之至〔二〕，奉九月十五日敕，吐蕃贊普公主信物金胡瓶等十一事〔三〕，伏蒙恩旨，特以賜臣。捧戴慚惶〔四〕，以抃以躍〔五〕。臣幸居無事〔六〕，待罪西門〔七〕，恭守嘉謨〔八〕，欽承成憲〔九〕。王師不戰，無汗馬之勞〔一〇〕；堯屋可封，何理人之有〔一一〕？實無異効，特降殊恩，竊用勤以忘家〔一二〕，志不顧命〔一三〕，分膏草野〔一四〕，以報萬一。無任感戴戰越之至〔一五〕。

〔一〕作於開元二十五年（七三七），説見《年譜》。崔常侍：即河西節度副大使知節度事崔希逸，參見《送岐州源長史歸》注〔一〕。

〔二〕總管：趙注曰：「《唐書・百官志》：『武德初，邊要之地，置總管以統軍，加號使持節，蓋漢刺史之任。七年，改總管曰都督。』開元、天寶時無此官矣，此所云總管者，未詳其義。」按，此處總管，或用舊稱，蓋即指都督。又《舊唐書・職官志》云：「凡諸軍鎮，每五百人置押官一人，千人置子總管一人，五千人置總管一人。」闕敬之：不詳。

〔三〕贊普：吐蕃謂君長爲贊普。《新唐書·吐蕃傳》：「其俗謂彊雄曰贊，丈夫曰普，故號君長曰贊普。」公主：即金城公主。嗣雍王守禮女，中宗景龍四年正月出降吐蕃贊普，玄宗開元二十八年薨。參見《舊唐書·玄宗紀》、《吐蕃傳》。信物：作爲盟誓的憑證之物。金胡瓶等：據《舊唐書·吐蕃傳》及《通鑑》載，吐蕃兵數敗于唐，頻遣使請和，開元十八年九月，上令忠王友皇甫惟明及内侍張元方出使吐蕃。「惟明、元方等至吐蕃，既見贊普及公主，具宣上意。贊普等欣然請和……令其重臣名悉獵隨惟明等入朝，上表曰：『……伏望皇帝舅遠察赤心，許依舊好，長令百姓快樂。如蒙聖恩，千年萬歲，外甥終不敢先違盟誓。謹奉金胡瓶一、金盤一、金椀一、馬腦盃一、零羊衫段一，謹充微國之禮。』金城公主又別進金鵝盤盞雜器物等」（《舊唐書·吐蕃傳》）。事：猶「件」。

〔四〕捧戴：謂敬受所賜之物。

〔五〕抃（biàn 卞）躍：鼓掌跳躍，以示歡欣。

〔六〕幸居無事：猶言幸運地居於天下無事之世。

〔七〕待罪：「爲官」的謙稱。意謂身居其職而力不勝任，必將獲罪。《史記·季布傳》：「臣無功竊寵，待罪河東（時布爲河東守）。」西門：謂唐西方之門户，即河西、隴右一帶地區。

〔八〕嘉謨：指天子的嘉善之謀。《法言·孝至》：「或問忠言嘉謨，曰：『……謨合皋陶謂之嘉。』」

〔九〕欽：敬。成憲：見《京兆尹張公德政碑》首段注〔一一〕。

〔一〇〕王師不戰：史載自開元二十五年三月崔希逸破吐蕃後至二十六年三月，河西無戰事。汗馬，宋蜀本作「用兵」。

〔一一〕「堯屋」句：見《奉和聖製登降聖觀與宰臣等同望應制》注〔八〕。屋，宋蜀本作「俗」。此二句謂，天子聖明，國多賢人，自己豈有治民之功？

〔一二〕用勤：猶言效勞。

〔一三〕志不顧命：語本《後漢書·馬皇后紀》：「吾少壯時，但慕竹帛，志不顧命。」注：「言少慕古人書名竹帛，不顧命之長短。」志，立志；宋蜀本作「忠」。

〔一四〕分（fèn奮）：料想，甘願。膏草野：《漢書·蘇武傳》：「空以身膏草野，誰復知之？」膏，動詞，肥。「以身膏草野」，謂用自己的身體使草野肥美，即犧牲自己的生命之意。

〔一五〕無任：不勝。感戴：感激愛戴。戰越：惶懼失容。

送懷州杜參軍赴京選集序〔一〕

國自有初，以節守西門者〔二〕，得自召吏選客〔三〕，故我常侍崔公，以貳車迎杜侯于杜陵而咨之矣〔四〕。舍之門下，衣儒者之服；立于軍中〔五〕，説諸侯之劍〔六〕。猗元帥之理也〔七〕，行有賁育〔八〕，鐵馬成群〔九〕，而雄戟罕耀〔一〇〕，角弓載櫜〔一一〕，秉王者師〔一二〕，不邀奇功。樓庭籍甚〔一三〕，高冠長劍〔一四〕，拜命雲臺〔一五〕，在是行也。群公自出轅門，驂騑滿路〔一六〕，置酒欲飲，高歌自悽，寂寥孤城，惆愴朔管〔一七〕，飛雪蔽野，長河始冰。吾子勉之！慷慨而別。

〔一〕懷州：唐州名，治所在今河南沁陽市。參軍：官名。唐州郡佐吏有録事、司功、司倉、司户、司兵、司法、司士參軍，品秩在從七品上至從八品下之間。參見《舊唐書·職官志》。按，唐自開元十八年，實行文職六品以下前資官的守選制，其主要的内容是：六品以下文官任職期滿後，須等待一定的年限（守選），才允許再次參加吏部的銓選。尋繹文義，杜參軍係在任懷州參軍秩滿後的守選期間，應常侍崔公（崔希逸）之召而至河西幕中備顧問者，待守選期滿，杜復欲自河西入京參加吏部銓選，王維因作此文送之。選集：「選」指官吏的銓選。唐代官吏，五品以上由宰相負責銓選，而後聽制授其官。六品以下由吏部及兵部負責銓選（文官屬吏部，武官屬兵部）。吏、兵部之選，每年舉行一次，赴選者應在規定的時間内集于長安或洛陽，接受課試考核，合格者，由吏、兵部擬定應選授的官職，再報宰相審定後上聞。關于選人集于長安的時間，《通典》卷一五曰：「凡選，始于孟冬，終於季春。」《新唐書·選舉志》云：「選人……以十月會于省，過其時者不叙。」據此，知本文當作于十月間，文曰「長河始冰」，正是初冬景象。又開元二十六年十月希逸已卒，維亦已回京（參見《年譜》），故本文當作于二十五年（七三七）十月維在河西之時。

〔二〕「以節」句：唐初，邊要之地的總管、都督，多加號使持節；又玄宗時於邊地置節度使，皆賜以旌節，故曰「以節」。參見《通典》卷三二、《新唐書·百官志》。西門，見上篇注〔七〕。

〔三〕「得自」句：《通典》卷三二謂採訪使僚屬有判官等，「皆使自辟召，然後上聞，其未奉報者稱攝。其節度、防禦等使僚佐辟奏之例，亦如之」。

〔四〕貳車：古大夫之副車。《國語·魯語下》：「大夫有貳車，備承事也；士有陪乘，告奔走也。」韋注：「貳，副也。」侯：對他人的尊稱，猶言「君」；宋蜀本作「改」。咨：徵詢。

〔五〕中，《全唐文》作「門」。

〔六〕「説諸」句：《莊子·説劍》：「（莊子）曰：『有天子劍，有諸侯劍，有庶人劍。』……（趙文王）曰：『諸侯之劍何如？』（莊子）曰：『諸侯之劍，以知勇士爲鋒，以清廉士爲鍔（劍刃），以賢良士爲脊，以忠聖士爲鐔（環），以豪桀士爲夾（把）。此劍值之亦無前，舉之亦無上，案之亦無下，運之亦無旁，上法圓天，以順三光，下法方地，以順四時，中和民意，以安四鄉。此劍一用，如雷霆之震也，四封之内，無不賓服而聽從君命矣，此諸侯之劍也。』」此句即用其意，謂談論安天下之事。

〔七〕猗：歎詞。元帥：指崔希逸。此處元帥猶言主帥，非官名。理：治，指治軍。

〔八〕行：行列，行伍。賁育：《漢書·司馬相如傳》：「捷言慶忌，勇期賁育。」注：「孟賁，古之勇士也，水行不避蛟龍，陸行不避豺狼，發怒吐氣，聲響動天。夏育，亦猛士也。」

〔九〕鐵馬：《文選》陸倕《石闕銘》：「鐵馬千群，朱旗萬里。」李善注：「鐵馬，鐵甲之馬。」

〔一〇〕雄戟：即三刃戟。《史記·司馬相如傳·子虛賦》：「建干將之雄戟。」清胡紹煐《文選箋證》曰：「《説文》：『鏌鈕，大戟也。』亦謂之鏝胡。……《方言》云：『凡戟而無刃，東齊、秦、晋之間謂其大者曰鏝胡。』……戟之無刃而大者謂之鏌鈕，則有刃而大者謂之干將。《方言》又云：『三刃枝，宛、郢謂之匽戟。』郭注：『今戟中有小孑刺者，所謂雄戟也。』……然則干將有刃爲雄戟，鏌鈕無刃，當爲雌戟。猶劍之號莫邪者雌，號干將者雄矣。」罕耀：謂少炫耀。

〔一一〕載櫜（gāo 高）：《詩·周頌·時邁》：「載戢干戈，載櫜弓矢。」載，語助詞。櫜，收藏。

〔一二〕秉：執掌。王者師：王者的軍隊。王者，用《論語》、《孟子》之義，指仁君。《論語·子路》：「如有王者，必世而後仁。」《孟子·盡心上》：「王者之民，皞皞如也。」

〔一三〕籍甚：盛大，盛多。《漢書·陸賈傳》：「名聲籍甚。」《文選》王儉《褚淵碑文》：「風流籍甚。」劉良注：「籍甚，言多也。」此言樓庭中送别者甚多。

〔一四〕高冠長劍：語本《後漢書·宦者傳》序：「若夫高冠長劍，紆朱懷金者，布滿宫闈。」此寫送别者之裝束。

〔一五〕拜命：拜官任職。雲臺：見《少年行四首》其四注〔一〕。此指朝廷。句指此行當授職而還。

〔一六〕騑：同驂。參見《京兆尹張公德政碑》第四段注〔六〕。

〔一七〕惆愴：悲傷。朔管：《文選》謝莊《月賦》：「聆皋禽之夕聞，聽朔管之秋引。」李善注：「朔管，羌笛也。《説文》曰：『管，十二月（按，今本《説文》作「十二月之音」）。』位在北方，故云朔也。」呂向注：「朔管，謂北胡之笛也。」

爲崔常侍祭牙門姜將軍文〔一〕

維大唐開元二十五年，歲次丁丑，十一月辛未朔四日甲戌〔二〕，左散騎常侍、河西節度副大使攝御史中丞崔公，致祭于故姜公之靈。嗚呼！天子命我〔三〕，建旗西門〔四〕，帶甲十萬〔五〕，鐵騎雲屯〔六〕。横挑强胡〔七〕，飲馬河源〔八〕。嗟爾勇健，表爲牙門。牙門伊何？全齊大族〔九〕。四方有事，誓死鳴轂〔一〇〕。前有血刃，後有飛鏃，其氣益振，大呼馳逐。翩翩白馬，象弧雕服〔一一〕，戈舂其喉〔一二〕，矢集其目〔一三〕。

〔一〕開元二十五年十一月作于河西。牙門：《通典》卷二九曰：「牙門將，冠服與將軍同，魏文帝黄初中置，明帝以胡烈爲之。又王隱《晉書》云：『陸機少襲父爲牙門將，吴人重武官故也。』晉惠帝特置四部牙門，以汝南王祐爲之。蜀以趙雲爲之。」趙注曰：「唐時無此官名，疑是軍中私署之職，如押衙、虞候之類，一時稱謂爾爾。」按，此處疑指牙將、牙官之類。《通鑑》唐永泰元年：「（郭）子儀使牙將李光瓚等往説之。」胡注：「牙將者，牙前將領，統元帥親兵。」又廣德二年：「子儀使牙官盧諒至汾州。」胡注：「節鎮、州、府皆有牙官、行官，牙官給牙前驅使，行官使之行役出四方。」姜將軍：無考。

〔二〕「十一月」句：古時署日之法，皆先稱某月朔，而後言某日，漢人文中已有此制。

〔三〕我，底本原作「之」，此從述古堂本、《全唐文》。

〔四〕建旗：樹立旗幟。《通典》卷三二：「（節度使）行則建節，府樹六纛（大旗）。」句指爲河西節度使。

〔五〕帶甲：披甲的將士。十萬：據《通鑑》卷二一五載，河西節度使統兵七萬三千人，「十萬」乃約舉成數而言。

〔六〕雲屯：喻盛。陸機《從軍行》：「胡馬如雲屯，越騎亦星羅。」

〔七〕横挑强胡：《文選》司馬遷《報任少卿書》：「且李陵提步卒不滿五千，深踐戎馬之地，足歷王庭，垂餌虎口，横挑彊胡……」李善注：「臣瓚曰：挑，挑敵求戰也，古謂之致師。」横（hèng亨去聲），意外地。「横挑」指出奇兵誘敵出戰。

〔八〕河源：見《送岐州源長史歸》注〔四〕。

〔九〕全齊大族：整個齊國的大族。指牙門姓姜氏。齊之始祖呂尚姓姜氏，故云。《史記·齊太公世家》：「太公望呂尚者，東海人也。……本姓姜氏，從其封姓，故曰呂尚。」

〔一〇〕誓死鳴轂：見《老將行》注〔二一〕。

〔一一〕象弧雕服：鮑照《擬古八首》其三：「幽并重騎射，少年好騎逐。氈帶佩雙韃，象弧插彫服。」象弧，飾以象牙的弓。雕服，雕畫有花紋的盛箭器具。服，通箙。

〔一二〕戈舂其喉：《左傳》文公十一年：「獲長狄僑如，富父終甥樁其喉以戈，殺之。」樁，通「舂」，撞，擣。

〔一三〕矢集其目：《左傳》襄公二年：「楚君以鄭故，親集矢於其目。」「集」《全唐文》作「注」。

嗚呼！天下無事，今上好文，爾有餘勇〔一〕，莫敢邀勳。腰鞬白首〔二〕，蹉跎塞雲；死于裨將〔三〕，誰統前軍〔四〕？家本秦人，靈車東騖。長天積雪，邊城欲暮。麾下行哭〔五〕，前旌抗路〔六〕。身有寶劍，不佩而去；韔有代馬〔七〕，悲鳴跼顧〔八〕。嗚呼！我誡軍吏，令送爾歸。既素我服，亦朱其衣〔九〕。黠虜未滅，壯士長辭。牢醴以祭〔一〇〕，太息歔欷〔一一〕。尚饗〔一二〕。

〔一〕餘勇：《左傳》成公二年：「齊高固入晉師，桀（舉）石以投人，禽之而乘其車，繫桑本焉，以徇（巡行）齊壘，曰：『欲勇者賈余餘勇！』」

〔二〕腰鞬（jiān肩）：腰間佩鞬（藏弓矢之具）。徐陵《與齊尚書僕射楊遵彥書》：「安所謂俛眉頓膝，歸奉寇讎，佩弭腰鞬，爲其皁隸？」此指在軍中服役。

〔三〕裨將：副將。《漢書·項籍傳》：「籍爲裨將。」注：「裨，助也，相副助也。」

〔四〕前軍：軍隊之前鋒。

〔五〕行哭：且行且哭。

〔六〕前旌：儀仗中前行的旌旗。庾信《三月三日華林園馬射賦》：「行漏抱刻，前旌載鳶。」又「旌」也可能指銘旌，即靈車前的旗幡，上書死者的姓名、官號。抗路：舉於路。

〔七〕代馬：代郡（西漢治所在今河北蔚縣西南）所産良馬。《文選·古詩十九首》李善注引《韓詩外傳》曰：「詩曰：『代馬依北風，飛鳥棲故巢。』皆不忘本之謂也。」（今本《韓詩外傳》無此條）又，《文選》曹植《朔風詩》：「願騁代馬，倏忽北徂。」劉良注：「代馬，胡馬也。」

〔八〕悲鳴跼顧：《文選》潘岳《寡婦賦》：「龍轜（喪車）儼其星駕兮，飛旐翩以啓路。輪按軌以徐進兮，馬悲鳴而跼顧。」劉良注：「跼顧，踡跼顧眄不前也。」

〔九〕上句謂已著白色喪服，下句言令死者著朱衣。唐制，四品五品官員服緋（朱衣），參見《舊唐書·輿服志》。

〔一〇〕牢：祭祀用的犧牲。

〔一一〕太息：出聲長歎。

〔一二〕尚饗：語出《儀禮·士虞禮》，即希望死者來享用祭品之意，後世祭文多用此二字作結語。

讚佛文〔一〕

竊以真如妙宰〔二〕，具十方而無成〔三〕；涅槃至功〔四〕，滿四生而不度〔五〕。故無邊大照，不照得空有之深〔六〕；萬法偕行〔七〕，無行爲滿足之地〔八〕。惟茲化佛〔九〕，即具三身〔一〇〕，不捨凡夫，本無五藴〔一一〕。實藉津梁法相〔一二〕，脱落塵容〔一三〕，始于度門〔一四〕，漸于空舍〔一五〕，然後金剛道後〔一六〕，爲三界大師〔一七〕；玉毫光相〔一八〕，得一生補處〔一九〕。

〔一〕據文中述及崔常侍（崔希逸），可知本篇當作于維居河西期間。

〔二〕真如：見《謁璿上人》注〔一七〕。妙宰：高妙的主宰。

〔三〕十方：指東、南、西、北、東南、西南、東北、西北、上、下十方。《宋書・訶羅單國傳》：「眉間白毫，普照十方。」方，述古堂本、明十卷本作「力」，疑非。「具十方」指真如無所不在。此就真如爲一切事物之本質而言。無成：謂不成就事物。《易・坤》：「地道無成，而代有終也。」疏：「其地道卑柔，無敢先唱成物，必待陽始先唱而後代陽有終也。」此指真如寂滅無爲。就真如所顯示的萬有之空性而言。晉道安《合放光光贊略解・序》：「真際（同真如）者，無所著也，泊然不動，湛爾玄齊，無爲也，無不爲也。」《大乘百法明門論疏》卷下：「法性本來常自寂滅，不遷動義，名爲真如。」

〔四〕涅槃：見《登辨覺寺》注〔八〕。至功：最高之功德。

〔五〕四生：六道衆生的四種形態：卵生、胎生、濕生（由濕氣而生，如腐肉中蟲、厠中蟲等）、化生（無所依託，借業力而出現者，如諸天神、餓鬼等）。參見《增一阿含經》卷一七、《俱舍論》卷八。

「滿四生」謂涅槃充滿于六道衆生，即「一切衆生悉有佛性」（《涅槃經·獅子吼菩薩品》）、「一切衆生莫不是佛，亦皆泥洹（即涅槃，爲成佛之標誌）」（晋道生《法華經疏》，見《祐録》卷一五）之意。度：謂使人「離俗」、「出離生死」；底本原作「庶」，趙殿成曰：「疑是廣字之訛。」此從述古堂本、明十卷本、《全唐文》。「不度」謂涅槃不能度衆生，須衆生自悟、自度。

〔六〕大，宋蜀本作「天」。空有：見《與胡居士皆病寄此詩兼示學人二首》其一注〔四〕。二句謂故其光廣照一切，不如不照之得空有的深微之理。「不照」即無爲之旨。所謂空有的深微之理，即指當非空非有，亦空亦有。

〔七〕萬法：泛指一切事物和現象。行：一切事物和現象的生起和變化活動。《俱舍論頌疏》卷一：「造作、遷流二義名行。」

〔八〕無行：《菩薩瓔珞經》卷五：「諸法不生不滅，無過去、當來、今現在，是謂無行。」即諸法空寂之意。滿足之地：圓滿具足之境。《大乘入楞伽經》卷五：「於三昧門不入涅槃，若不持者，便不化度一切衆生，不能滿足如來之地，亦則斷絶如來種姓。」

〔九〕化佛：變化之佛，謂佛菩薩爲度脱世間衆生，能以神通力變現種種不同之身。《法集經》卷一：「化佛者，諸佛如來及諸菩薩，得示現一切色身三昧。彼諸佛菩薩成就自在，大慈大悲，皆能示現化佛色身度諸衆生，是名化佛。」

〔一〇〕三身：指三種佛身。有種種不同説法，《大乘義章》卷一九謂爲法身（「顯法成身，名爲法身」，法指人先天具有的佛性）、報身（指以法身爲因，經過修習而獲得佛果之身）、應身（即變化身，指佛爲利樂衆生而變現之色身及其他種種幻化身）。

〔一一〕凡夫：世間之俗人。五蘊：見《胡居士卧病遺米因贈》注〔五〕。按，五蘊狹義指現實的人（佛教稱人是五蘊的和合體，色蘊即身，他四蘊即心），此句蓋謂，佛本無世間人的色身與精神世界（即下文所謂「塵容」）。

〔一二〕津梁：指起橋梁作用的事物。《宋書·雷次宗傳》：「棲誠來生之津梁，專氣暮年之攝養。」法相：義同法性、真如。《摩訶般若波羅蜜經·序品》：「佛所説法于中學者，能證諸法相。證已有所言説，皆與法相不相違背。」底本原作「相法」，據宋蜀本、明十卷本等改。句謂實借助于以法相爲津梁。

〔一三〕塵容：塵俗之容。孔稚珪《北山移文》：「焚芰製而裂荷衣，抗塵容而走俗狀。」

〔一四〕度門：猶法門。指通過習修佛法獲得佛果的門户。《諸佛要集經》卷上：「其度門者，宣暢諸法究竟本末。」

〔一五〕漸：漸進。空舍：喻没有世俗的欲求和思想的境界。《維摩經·佛道品》：「善心誠實男，畢竟空寂舍。」《注維摩經》卷七：「（鳩摩羅）什曰：『障蔽風雨莫過于舍，滅除衆想莫妙于空，亦能絶諸問難，降伏魔怨，猶密宇深重，寇患自消。亦云有非真要，時復暫遊；空爲理宗，以爲常宅也。』（僧）肇曰：『堂宇以蔽風霜，空寂以障塵想。』（道）生曰：『……可以庇非法風雨而障結賊之患，是舍之理也。』」

〔一六〕金剛：梵語的意譯，即金剛石。佛教常用以喻堅固、鋭利，能摧毀一切。《涅槃經·金剛身品》：「如來身者，是常住身，不可壞身，金剛之身。」句指在獲得堅利如金剛，能摧破一切煩惱的佛道之後。

〔一七〕三界大師：《釋氏要覽》卷上：「佛稱三界大師者，《瑜伽論》云，能化導無量衆生，令入寂滅；又云，摧滅邪穢外道，出現世間，故號大師。」三界，佛教把世俗世界劃分爲欲界、色界、無色界，謂之三界。

〔一八〕玉毫光相：即佛之眉間白毫相（佛三十二相之一）。《法華經·序品》：「爾時佛放眉間白毫相光。」《慧琳音義》卷一一：「言玉毫者，如來眉間白毫毛也。皓白光潤，猶如白玉，佛從毫相，放大光明，照十方界，故云玉毫瑞色也。」據《大智度論》卷四載，佛眉間之白毫，長達一丈五尺，平時卷縮；由這裏放出的光稱毫光、眉間光。句指具玉毫光相。

〔一九〕一生補處：菩薩修行之極位。菩薩修行有自一地至十地十個階位，一生補處更在第十地之上，由此位可進而補爲佛。《菩薩瓔珞經》卷六云：「十地菩薩具足三禪……不如一生補處菩薩摩訶薩。何以故？一生補處三禪非十住（十地）三禪所及。……一生補處菩薩修三禪行……不如如來至真等正覺須臾之間念三禪得其功德。」《法苑珠林》卷八云：「《因果經》云：爾時善慧菩薩功行滿足，位登十地，在一生補處，近一切種智（佛智）……期運當至當下作佛。」句謂得承繼爲佛。

左散騎常侍攝御史中丞崔公第十五娘子〔一〕，于多劫來〔二〕，植衆德本〔三〕，以般若力〔四〕，生菩提家〔五〕。含哺則外葷羶〔六〕，勝衣而斥珠翠〔七〕。教從半字〔八〕，便會聖言〔九〕；戲則剪花，而爲佛事〔一〇〕。常侍公頃以入朝天闕，上簡帝心〔一一〕，雖功在于生人〔一二〕，深辭拜命〔一三〕；願賞延于愛女〔一四〕，密啓出家。白法宿修〔一五〕，紫書方降〔一六〕，即令某月日，敬對三世諸佛〔一七〕，十方賢聖，稽首合掌〔一八〕，奉詔落髮。久清三業〔一九〕，素成菩薩之心〔二〇〕；新下雙鬟〔二一〕，如見如來之頂〔二二〕。綺襦方解，樹神獻無價之衣〔二三〕；香飯當消〔二四〕，天王持衆寶之鉢〔二五〕。惟娘子舍諸珍寶，塗彼戒香〔二六〕，在微塵中，見億佛刹〔二七〕，如獻珠頃〔二八〕，具六神通〔二九〕。伏願以度人設齋功德〔三〇〕，上奉皇帝聖壽無疆，記椿樹以爲年〔三一〕，土宇無垠〔三二〕；包蓮花而爲界，又用莊嚴〔三三〕。

〔一〕娘子：年輕婦女的通稱。韓愈《祭周氏姪女文》：「……祭於周氏二十娘子之靈。」此指崔希逸之女。

〔二〕多劫：指出生以前的極長時間。《釋迦氏譜》：「劫是何名？此云時也。若依西梵名曰劫波，此土譯之名大時也，此一大時其年無數。」

〔三〕植衆德本：謂立衆善性功德。德本，猶言善根。《維摩經·弟子品》：「時維摩詰即入三昧，令此比丘自識宿命，曾于五百佛所植衆德本，迴向阿耨多羅三藐三菩提。」

〔四〕般若：梵語的音譯，意譯「智慧」。爲六度（六種到達涅槃彼岸的途徑）之一。《大智度論》卷四三：「般若者，秦言智慧也。一切諸智慧中最爲第一，無上、無比、無等，更無勝者，窮到盡邊。」

〔五〕菩提：梵語的音譯，意譯「覺」。指對佛教「真理」的覺悟。《成唯識論述記》卷一：「梵云菩提，此翻爲覺，覺法性故。」「菩提家」謂覺悟佛道之家，指崔家。

〔六〕含哺：言爲嬰兒時。《莊子·馬蹄》：「含哺而熙（嬉），鼓腹而遊。」成疏：「人民含哺而熙戲，與嬰兒而不殊。」外：排除。

〔七〕勝衣：見《京兆尹張公德政碑》第四段注〔四〕。

〔八〕教從半字：《涅槃經》卷五：「譬如長者，惟有一子，心常憶念，憐愍無已，將詣師所，欲令受學，懼不速成，尋便將還。以愛念故，晝夜殷勤，教其半字，而不教誨毘伽羅論。何以故？以其幼稚，力未堪故。」半字，即梵字之字母，共四十七個，古印度「六歲童子學之」（《寄歸傳》卷四）。毘伽羅論，即五明（印度佛教教授學徒的五種學問）中的聲明（聲韻學和語文學），古印度兒童「七歲之後，漸授五明大論」（《大唐西域記》卷二）。句謂自幼時始。

〔九〕聖言：指佛菩薩之言。

〔一〇〕剪花：指剪紙作花形。佛事：指誦經祈禱、拜懺禮佛等事。

〔一一〕上簡帝心：《論語·堯曰》：「帝臣不蔽，簡在帝心。」鄭玄注：「簡閲在天心，言天簡閲其善惡也。」意謂天帝臣僕的善惡不可隱蔽，爲天帝所簡閲考察。此指功過善惡，上爲天子所簡閲考察。

〔一二〕生人：生民。

〔一三〕拜命：指拜官任職。

〔一四〕願，宋蜀本作「賴」。

〔一五〕白法：見《黎拾遺昕裴秀才迪見過秋夜對雨之作》注〔三〕。

〔一六〕紫書：天子的詔書。古時詔書封以紫泥，故稱紫書。衛宏《漢舊儀》卷上：「皇帝六璽，……皆以武都紫泥封。」

〔一七〕三世：佛教以過去、現在、未來爲三世。《增一阿含經》卷四八：「沙門瞿曇恒説三世。云何爲三？所謂過去、將來、現在。」

〔一八〕稽首：古時一種跪拜禮。合掌：又稱合十，即兩掌相合置于胸前，以表示敬意，是佛教徒的一種禮節。《法華經·譬喻品》：「即從座起……一心合掌，曲躬恭敬，瞻仰尊顔。」

〔一九〕三業：《大毗婆沙論》卷一一三：「三業者，謂身業（行動）、語業、意業。」清三業：謂使一切身心活動清净。佛教以身心遠離一切罪惡與煩惱爲清净。《俱舍論》卷一六：「暫永遠離一切惡行煩惱垢，故名爲清浄。」

〔二〇〕菩薩：梵語「菩提薩埵」的略稱。《翻譯名義集》卷一引法藏之釋曰：「菩提，此謂之覺；薩埵，此曰衆生。以智上求菩提，用悲下救衆生。」指求無上菩提，利益衆生，于未來成就佛果的修行者。薩，宋蜀本作「提」。

〔二一〕此句指落髮。

〔二二〕如來之頂：《大薩遮尼乾子所説經》卷六：「何者是如來三十二大丈夫相？……三十二者，沙門瞿曇（即釋迦牟尼）頭相高顯無見頂者。」《法華經》卷七：「如來甚希有，以功德智慧故，頂上肉髻光明顯照。」句指「娘子」削髮後，似已成佛。

〔二三〕綺襦：綢衣。「樹神」句：《法苑珠林》卷三五云：「世尊告文殊大衆言：我初踰城入山學道……有樹神現身，手執僧伽梨（佛教比丘穿的一種衣服），告我言：『悉達（即悉達多，釋迦牟尼出家前的本名）太子，汝今修道定得正覺，過去迦葉涅槃時，將此布僧伽梨大衣付囑於我，令善守護，待至仁者出世，令我付悉達。』」又云：「佛告文殊師利……我初踰城離父王宫四十里，到彼叢林……彼樹神現身告我言：『汝今修道，定得金色身，爲三界大師，迦葉佛涅槃時，付囑我珠函并絹僧伽梨，令我轉付囑汝。』……我即開函……迦葉佛遺教，並在此中。……迦葉佛書云：『我初成道時，大梵天王施我，彼絲是化出之，非是繅繭（言非是抽理蠶繭所成），梵天王施經絲，堅牢地神王施緯絲，由彼二施主，共成一法衣，由是義故，今持施我。我自成道已來，常披此衣，未曾損失，今付悉達。』」此句即用其事，謂「娘子」出家後定得佛果。

〔二四〕香飯當消：《維摩經·菩薩行品》：「爾時阿難白佛言：『世尊，今所聞香，自昔未有，是爲何香？』佛告阿難，是彼菩薩毛孔之香。于是舍利弗語阿難言：『我等毛孔，亦出是香。』阿難言：『此所從來？』曰：『是長者維摩詰，從衆香國取佛餘飯，于舍食者一切毛孔皆香若此。』阿難問維摩詰：『是香氣住當久如？』維摩詰言：『至此飯消。』曰：『此飯久如當消？』曰：『此飯勢力至于七日，然後乃消。又阿難，若聲聞人未入正位，食此飯者，得入正位，然後乃消；已入正位，食此飯者，得心解脱，然後乃消。……譬如有藥，名曰上味，其有服者，身諸毒滅，然後乃消。此飯如是滅除一切諸煩惱毒，然後乃消。』」句指「娘子」一切煩惱當已滅除。

〔二五〕「天王」句：《大唐西域記》卷八曰：「佛在樹下結跏趺坐，寂然宴默，受解脱樂，過七日後，方從定起。時二商主行次林外，而彼林神告商主曰：『釋種太子，今在此中，初證聖果，心凝寂定，四十九日，未有所食。隨有奉上，獲大善利。』時二商主各持行資麨蜜奉上，世尊納受。……商主既獻麨蜜，世尊思以何器受之。時四天王從四方來，各持金鉢，而以奉上。世尊默然而不納受，以爲出家不宜此器。四天王捨金鉢，奉銀鉢，乃至頗胝（即頗黎、玻璃，指天然水晶石）、瑠璃、瑪瑙、車渠（瑪瑙一類的寶石）、真珠等鉢，世尊如是皆不爲受。四天王各還宫，奉持石鉢，紺青映徹，重以進獻。世尊斷彼此故，而總受之。次第重壘，按爲一鉢，故其外則有四際焉。」此句即用其事，指「娘子」當得佛果。天王，佛教稱護法神。

〔二六〕戒香：以香喻戒法，因曰戒香。《戒香經》：「世間所有諸華香，乃至沈檀龍麝香，如是等香，非偏聞，唯聞戒香偏一切。」《華嚴經》卷六二：「常轉布施輪，恒塗淨戒香。」句指「娘子」出家持守戒法。

〔二七〕「在微」二句：晉譯《華嚴經》卷三一曰：「一切諸佛，於一微塵中，普現三世一切佛刹（佛國、佛土）。」《華嚴經》卷四六曰：「一切諸佛，皆悉能于一微塵中示現衆刹，與一切世界微塵數等。」見，同「現」。二句指「娘子」當能成佛，具佛之法力。

〔二八〕獻珠頃：《法華經》卷四謂：有娑竭羅龍王女，年始八歲，于刹那頃，成菩提道。智積菩薩「不信此女子于須臾頃便成正覺」，「時龍王女忽現于前。……舍利弗語龍女言：『汝謂不久得無上道，是事難信，所以者何？女身垢穢，非是法器，云何能得無上菩提？……』爾時龍女有一寶珠，價直三千大千世界，持以上佛，佛即受之。龍女謂智積菩薩、尊者舍利弗言：『我獻寶珠，世尊納受，是事疾不？』答言：『甚疾。』女言：『以汝神力，觀我成佛，復速于此。』當時衆會，皆見龍女，忽然之間，變成男子，具菩薩行，即往男方無垢世界，坐寶蓮華，成等正覺，三十二相，八十種好，普爲十方一切衆生演説佛法。……智積菩薩及舍利弗，一切衆會，默然信受。」

〔二九〕六神通：神通爲梵文的意譯，指通過修持禪定所得到的神秘靈力。六神通爲神境智證通（能飛天入地，往來自在）、天眼智證通（能見一切世間種種形色）、天耳智證通（能聞見世間種種聲音）、他心智證通（能知六道衆生心中所想之事）、宿住隨念智證通（能知自身及六道衆生之宿命與所作之事）、漏盡智證通（斷盡一切煩惱惑業，永遠擺脱生死輪迴）。前五通凡夫亦可達到，第六通惟聖者（阿羅漢、菩薩與佛）可得。參見《俱舍論》卷二七。

〔三〇〕度人：濟度衆生，到達涅槃彼岸。此指度人爲僧。設齋：布施飲食以餉僧侶。功德：佛家語，一般指念佛、誦經、布施等善事。

〔三一〕「記椿」句：謂壽命同於椿樹。《莊子·逍遥遊》：「上古有大椿者，以八千歲爲春，八千歲爲秋，此大年也。」

〔三二〕土宇：領土。

〔三三〕「包蓮」句：指成爲蓮華藏世界。參見《青龍寺曇壁上人兄院集》注〔二〇〕。用：以，因此。莊嚴：佛書每以莊嚴形容蓮華藏世界之美善。《華嚴經》卷一〇：「華藏世界海，法界等無別。莊嚴極清淨，安住於虚空。」此二句言使唐之土宇成爲安樂的淨土。

常侍公出爲法將〔一〕，入拜台臣〔二〕，身在百官之中〔三〕，心超十地之上〔四〕。夫人以文殊智〔五〕，本是法王〔六〕；在普賢心〔七〕，長爲佛母〔八〕。郎君娘子等，住誠性爲孝順〔九〕，用功德爲道場〔一〇〕；將遍衆生之慈〔一一〕，迴同一子之想〔一二〕；又願普同法界，盡及有情〔一三〕，共此勝因，俱登聖果〔一四〕。

〔一〕法將：佛家語，指能維護佛法之人。《彌勒下生經》：「大智舍利弗，能隨佛轉法輪，佛法之大將。」《大唐西域記》卷一二：「印度學人咸仰盛德，既曰經笥，亦稱法將。」此指信奉佛法之將領。

〔二〕台臣：宰輔大臣。唐玄宗《集賢書院成送張説上集賢學士賜宴得珍字》：「集賢招衮職，論道命台臣（時張説爲中書令）。」按，此處「台」蓋借爲「臺」。是時希逸兼任左散騎常侍、御史中丞（參見《全唐文》卷三〇九孫逖《授崔希逸河南尹制》），御史中丞爲御史臺副長官，左散騎常侍屬門下省，唐時又稱東臺，故云「入拜臺臣」。

〔三〕中，宋蜀本、述古堂本、明十卷本俱作「尊」。

〔四〕十地：指菩薩十地，即菩薩修行的十個階位：歡喜地、離垢地、發光地、焰勝地、難勝地、現前地、遠行地、不動地、善慧地、法雲地。參見《成唯識論》卷九。

〔五〕文殊：佛教菩薩名，文殊師利的略稱。他是釋迦牟尼佛的左脅侍，專司「智慧」。

〔六〕法王：謂佛。《大智度論》卷七：「佛爲法王，菩薩爲法將。」

〔七〕在：存。普賢心：普賢，菩薩名，釋迦牟尼佛的右脅侍，專司「理」德。《華嚴經》卷五三：「菩薩摩訶薩發十種普賢心，何等爲十？所謂發大慈心，救護一切衆生故；發大悲心，代一切衆生受苦故；發一切施心，悉捨所有故；發念一切智爲首心，樂求一切佛法故；發功德莊嚴心，學一切菩薩行故；……發般若波羅蜜究竟心，巧觀一切法無所有故，是爲十。若諸菩薩安住此心，疾得成就普賢善巧智。」

〔八〕長爲佛母：《華嚴經》卷七五：「此世界中，有佛母摩耶。」摩耶，全稱摩訶摩耶，又曰摩耶夫人，相傳是釋迦牟尼的生母。《華嚴經》卷七六云：「（摩耶夫人）答言：佛子，我已成就菩薩大願智幻解脱門，是故常爲諸菩薩母。佛子，如我于此閻浮提（佛經所稱四大部洲之一）中迦毘羅城淨飯王家（摩耶夫人乃迦毘羅衛國淨飯王之后），右脅而生悉達太子……如今世尊，我爲其母。往昔所有無量諸佛，悉亦如是，而爲其母。……如此世界賢劫之中，過去世時，拘留孫佛、拘那含牟尼佛、迦葉佛及今世尊釋迦牟尼佛，現受生時，我爲其母。未來世中，彌勒菩薩，從兜率天將降神時……亦爲其母。如是次第……在賢劫中，于此三千大千世界，當成佛者，悉爲其母。」

〔九〕住：持，守。《佛遺教經・制心》：「汝等比丘，已能住戒，當制五根。」誡性：同戒性，即戒體。《成唯識論述記》卷九：「性者體義，一切法體，故名法性。」《四分律行事鈔資持記》卷上一下：「戒體者，所謂納聖法于心胸。」指對于戒法的信念和奉持戒法的意志。句謂把保守戒體當作孝順父母。

〔一〇〕用功德，宋蜀本、述古堂本、明十卷本、奇字齋本俱作「用德」，底本作「用□德」，此從《全唐文》。道場：謂成道之途徑。《維摩經・菩薩品》：「三十七品（七類三十七種趨向涅槃的途徑）是道場。」句謂以行善事作爲通向涅槃的途徑。

〔一一〕將：行。句謂施行遍及衆生的慈愛。

〔一二〕迴：猶甚、全。迴同，《全唐文》作「迴向」。一子之想：《大般涅槃經》卷五：「（如來）恒于衆生生一子想，而爲演説無上法故。善男子，譬如長者多有財寶，唯有一子，心甚愛重，情無捨離，所有珍寶，悉用示之，如來亦爾，視諸衆生，同于一子。」又卷一云：「（如來）於諸衆生生大悲心，平等無二，如視一子。」句謂同佛一樣，視衆生如己之獨子。

〔一三〕法界：佛教名詞，指萬有的本體、本源和本質。尤其指成佛的原因。與「真如」、「空性」義同。《辯中邊論》卷上：「此中説所知空性，由無變義説爲真如，真性常如，無轉易故。……由聖法因説爲法界，一切聖法緣此生故。此中界者，即是因義。」真如無所不在，故曰「普同」。有情：梵語「薩埵」之意譯，亦稱衆生、有情衆生，指人及一切有情識的生物。此二句謂，又願真如悉及於衆生，即衆生皆獲致真如之意。

〔一四〕勝因：殊勝的善因。《佛説無常經》：「勝因生善道，惡業墮泥犁。」登：成。聖果：猶正果、佛果。《楞嚴經》卷一：「皆由執此生死妄想誤爲真實，是故汝今雖得多聞，不成聖果。」二句謂願衆生共有真如之善因，俱成佛果。

西方變畫讚并序〔一〕

法身無對〔二〕，非東西也〔三〕；淨土無所〔四〕，離空有也〔五〕。若依佛慧，既洗滌于六塵〔六〕；未捨法求〔七〕，猷如幻于三有〔八〕，故大雄以不思議力〔九〕，開方便門〔一〇〕。我子猶疑，未認寶藏〔一一〕；商人既倦，且息化城〔一二〕。究竟達于無生〔一三〕，因地從于有相〔一四〕。

〔一〕此文亦述及崔常侍，寫作時間當同上篇。西方：指阿彌陀佛之西方浄土（佛所居之世界曰浄土），又稱西方極樂世界。《佛説阿彌陀經》：「爾時佛告長老舍利弗：從是西方過十萬億佛土，有世界名曰極樂，其土有佛號阿彌陀，今現在説法。彼土何故名爲極樂？其國衆生，無有衆苦，但受諸樂，故名極樂。」此二字下《全唐文》多「浄土」二字。變：即「變相」，簡稱「變」。唐代流行的繪畫藝術形式之一，繪于帛紙或壁上。佛教以之描繪佛經故事，宣傳教義。其中據佛經繪制的圖畫稱爲「經變相」或「經變」。依所繪的内容，有不同名稱。據《佛説阿彌陀經》等描繪西方阿彌陀佛浄土的圖畫，稱「阿彌陀經變」、「阿彌陀變」、「西方浄土變」或「西方變」。

〔二〕法身：見《夏日過青龍寺謁操禪師》注〔七〕。無對：猶言無比、無敵、無雙。徐陵《玉臺新詠序》：「真可謂傾國傾城，無對無傷者也。」指法身（法性）爲一切現象之共性和本源，非任何現象可比。

〔三〕非東西：言既非在東方，亦非在西方。指法身廣大無邊，遍布于一切現象。

〔四〕無所：無處所，無一定之地。陳琳《爲袁紹檄豫州》：「彷徨東裔，蹈據無所。」句謂到處都有浄土。按，在大乘的一些教義中，反對在世間之外另建浄土，認爲只要内心覺悟，所居之地即是浄土，故云。參見《青龍寺曇壁上人兄院集》注〔二〇〕、《酬黎居士淅川作》注〔三〕。

〔五〕離空有：即不空不有。參見《與胡居士皆病寄此詩兼示學人二首》其一注〔四〕。句指只要了悟不空不有之理，所居之地即是浄土。

〔六〕滌，宋蜀本、明十卷本作「垢」。六塵：即六境，指眼、耳、鼻、舌、身、意六識所感覺認識的六種境界：色、聲、香、味、觸、法（包括人的一切認識對象）。佛教認爲，六境猶如塵埃，能染污人的情識，故又稱六塵。參見《俱舍論》卷二。句謂就已滌除了六境對人情識的染污。

〔七〕法求：指對佛法的追求。

〔八〕猒：通厭。如幻：見《胡居士卧病遺米因贈》注〔九〕。三有：有，梵文之意譯，「存在」的意思。《遁麟記》卷一：「言三有者，即三界之異名。」參見上篇第一段注〔一七〕。句謂也就厭惡像幻術一樣變化無常、虚假不實的世俗世界。

〔九〕大雄：對釋迦牟尼的尊稱。《法華經·授記品》：「大雄猛世尊，諸釋之法王。」不思議：又稱不可思議。謂理之深妙，事之神奇，不可以心思、言議。《注維摩經》卷一：「（道）生曰：不可思議者，凡有二種，一曰理空，非惑情所測；二曰神奇，非淺識所量。」「不思議力」指佛菩薩的神祕靈力。

〔一〇〕方便門：佛教稱隨機度人的法門。《法華經·法師品》：「此經開方便門，示真實相。」《法華文句》卷三：「又方便者門也。門名能通，通于所通，方便權略，皆是導引，爲真實（即真如）作門。真實得顯，功由方便。」

〔一一〕「我子」二句：《法華經·信解品》載，須菩提、迦旃延（皆佛十大弟子之一）等人，聞佛授舍利弗（亦佛十大弟子之一）阿耨多羅三藐三菩提（意譯「無上正等正覺」，是只有佛才能具有的最高智慧)記(預記),歡喜踊躍,而白佛言:我等自謂已得涅槃,不復進求阿耨多羅三藐三菩提,今于佛前,聞授聲聞(指佛在世時的弟子)阿耨多羅三藐三菩提記,深自慶幸。譬如有人,幼時捨父逃逝,生活窮困,久之復還本國;是時其父大富,家中財寶無量,唯自念老朽,每思其子。爾時貧窮子輾轉至其父之舍,遥見其父種種嚴飾,疑是王者,自念此非我傭力得物之處,因疾走而去,往至貧里。時富長者見子便識,因令人誘引至家傭作,先使其除糞,漸施以恩惠。是時窮子雖欣此遇,然猶自謂「客作賤人」。後二人「心相體信」,富長者即令窮子掌家中金銀珍寶及諸庫藏。「然其所處,猶在門外,止宿草庵」。復經少時,父知子「漸以通泰,成就大志,自鄙先心」,乃當衆宣言,此是我子,我一切財物,皆歸其所有。窮子聞言,「即大歡喜,而作自念,我本無心有所希求,今此寶藏自然而至」。大富長者即是如來,我等皆似佛子。我等從佛得至涅槃,自以爲足,「于此大乘,無有志求」;心但樂小法(指小乘之涅槃),不知真是佛子,有如來知見寶藏之分。而世尊于佛智慧無所吝惜,若我等有樂大之心,則爲説大乘法。「是故我等説本無心有所希求,今法王大寶,自然而至,如佛子所應得者,皆已得之」。二句即用其事,謂雖求佛道,心猶疑惑,不識佛之智慧。子,底本原作「心」,此從宋蜀本。

〔一三〕「商人」二句:見《登辨覺寺》注〔三〕。又《正法華經》卷四曰:「假喻曠野五百里路,迥絶無人亦無國君,有一導師聰慧明達……將衆賈人欲度懸迥,皆俱疲怠,不能自前。……導師愍之……以神足力化作大城,告衆商人無懷廢退,大國已至,可住休息。……(商人)停止有日,隱知欲厭,即没化城，令處無所，告衆賈曰：速當轉進大寶地。」故此處有「商人既倦」之語。二句喻指在追求佛道的過程中，尚未達到最終目的，獲得至極佛果。

〔一三〕究竟：佛家語，《三藏法數》卷六：「究竟猶至極之義。」此與下「因地」相對，當指究竟位。佛教謂修得此位，即具有佛教的最高智慧。《唯識論》卷九曰：「究竟位，謂住無上正等菩提。」無生：見《登辨覺寺》注〔八〕。

〔一四〕因地：修習佛家之道的階位，相對於成佛之位爲果地而名。《楞嚴經》卷五：「我本因地，以念佛心入無生忍（達到對無生的認識稱無生忍）。」有相：指世俗的有相認識。佛教稱凡可見知的事物爲有相，不以有相爲虚妄，即是世俗之有相認識，擺脱世俗之有相認識所得之真如實相（諸法的真實相狀，佛教認爲諸法之真實相狀爲空），謂之無相。《大日經疏》卷一：「可見可現之法，即爲有相。凡有相者，皆是虚妄。」此句意謂，因地來自世俗的有相認識。即謂由於有世俗的有相認識而處于因地，尚未能成就佛果。

西方浄土變者，左常侍攝御史中丞崔公夫人李氏奉爲亡考故某官中祥之所作也〔一〕。夫人門爲士族之先，道爲梵行之首〔二〕。大師繼踵〔三〕，望塵而理印〔四〕；命婦盈朝〔五〕，聞風而素履〔六〕。心王自在〔七〕，萬有皆如〔八〕；頂法真空，一乘不立〔九〕。以示見故，菩薩爲勝鬘夫人〔一〇〕；同解脱因〔一一〕，天女讚維摩長者〔一二〕。陟岵何望〔一三〕？哀哀縗絰〔一四〕。順有漏法〔一五〕，泣血以居〔一六〕；念罔極恩，滅性非報〔一七〕。唯茲十力所護，豈與百身之贖〔一八〕？不寶纓絡〔一九〕，資于繪素〔二〇〕，圖極樂國，象無上樂〔二一〕。法王安詳〔二二〕，聖衆圍繞。湛然不動〔二三〕，疑過于往來〔二四〕；寂爾無聞，若離于言説〔二五〕。林分寶樹，七重遶于香城〔二六〕；衣捧天花，六時散于金地〔二七〕。迦陵欲語〔二八〕，曼陁未落〔二九〕，衆善普會〔三〇〕，諸相具美。于是竭誠稽首，隕涕焚香，願立功德，以備梯航〔三一〕。得彼佛身，常以慈悲爲女〔三二〕；存乎法性，還在菩提之家〔三三〕。偈曰〔三四〕：

〔一〕中祥：喪祭名。趙殿成注：「成按，喪禮無中祥之名，唯《後漢書·禮儀志》注中引應劭之言，謂『中祥、大祥以紅爲領緣』，究未考中祥是何時也。」按，古時父母死後一周年的祭禮曰小祥，兩周年的祭禮曰大祥，中祥當是大祥、小祥之間的祭名。

〔二〕梵行：《維摩經·方便品》：「常修梵行。」僧肇注：「梵行，清淨無欲行也。」此指修清淨無欲行之人。

〔三〕大師：對僧人的尊稱。《晉書·鳩摩羅什傳》：「（姚）興嘗謂羅什曰：『大師聰明超悟，天下無二。』」繼踵：接踵，前後相接。

〔四〕印：佛菩薩手中所執之具。《大日經疏》卷二〇：「印，謂所執印，即刀輪羂索金剛杵之類也。」此借指僧人所執的器杖。句謂大師望見夫人之行塵而理其器杖。指夫人以其「梵行」而受到僧人的敬重。

〔五〕命婦：受有封號的婦女。

〔六〕素履：《易・履》：「初九，素履往，無咎。」注：「履道惡華，故素乃無咎。」素履無采飾，故後遂用以指淳樸的行爲。《三國志・魏書・毛玠傳》評：「毛玠清公素履。」句謂命婦聞夫人的清浄之風而行爲淳樸。

〔七〕心王：佛教名詞。心爲人身的主宰、一切精神現象的主體，故稱心王。《涅槃經》卷一：「是身如城……手足以爲却敵樓櫓，目爲窻孔，頭爲殿堂，心王居中。」《成實論》卷一六：「處處經中說心爲王。」自在：佛教指空寂無礙。《法華經・序總》：「盡諸有結，心得自在。」注：「不爲三界生死所縛，心游空寂，名爲自在。」《景德傳燈録》卷二九南朝梁寶誌《十四科頌・事理不二》：「心王自在翛然，法性本無十纏。」

〔八〕萬有：宇宙間一切事物。如：《成唯識論》卷九：「如謂如常，表無變易。」《摩訶般若波羅蜜經・曇無竭品》：「諸佛無所從來，去無所至，何以故？ 諸法如不動故。……是諸法如，諸如來如，皆是一如，無二無別，菩薩以是如入諸法實相。」《智度論》卷三二：「如、法性、實際，此三皆是諸法實相異名。」佛教認爲諸法之真實相狀爲常住不變、無生無滅（即「如」），亦即畢竟空，故《摩訶止觀》卷三云：「如，空之異名也。」

〔九〕頂法：四善根位（煖法、頂法、忍法、世第一法）之一。據《俱舍論》卷二三，四善根位是修習四念住（即觀身不浄、觀受有苦、觀心生滅、觀法無我，爲小乘三賢位的修習内容）以後，依觀想四諦十六行相（小乘以觀悟苦、集、滅、道四諦之理爲全部修習的内容；在觀悟過程中，對四諦各自産生四個方面的理解和觀念，稱十六行相），先後順次産生的四種善性功德，也是佛教修行的四個階位。「頂法」之「頂」，謂「進退兩際如山頂」，指此位既可進而上於忍法（此位確認四諦是真理，不再墮于諸惡道），亦可退而下於煖位（此位流轉不久，必至涅槃，然仍能墮于諸惡道）。真空：指小乘之涅槃。《四分律含注戒本疏行宗記》卷一上之一：「真空者，即滅諦涅槃，非僞故真，離相故空。」一乘：亦稱一佛乘、一乘法，謂引導、教化一切衆生成佛的唯一方法、途徑或教説。大乘佛經《法華經》首創此説。《法華經·化城喻品》曰：「世間無有二乘而得滅度（涅槃），唯一佛乘得滅度耳。」又《方便品》曰：「十方佛土中，唯有一乘法，無二亦無三，除佛方便説。」認爲聲聞、緣覺、菩薩三乘説是方便説（指爲度脱衆生所採取的各種靈活、權宜的教説），能引導衆生達到解脱的唯有一乘法。二句意謂，頂法可達小乘之涅槃，然並非一乘教。

〔一〇〕「以示」二句：據《勝鬘經》（一卷，《大寶積經》卷一一九《勝鬘夫人會》即其異譯本）載，波斯匿王與末利夫人共致書於其女阿踰闍國王后勝鬘夫人，稱揚佛德，勝鬘得書，歡喜説偈，遥請佛來現。佛即現身，授勝鬘阿耨多羅三藐三菩提記，謂其將來當得作佛，其佛土之衆生皆趨大乘。勝鬘乃發十弘誓，承佛神威而説此經，宣述大乘之「一乘真實」及「如來藏法身」説（即一切衆生悉有佛性説），廣明二乘（聲聞、緣覺）不了義（指隱蔽實義而爲方便之説）。示見，即示現，指佛現身。菩薩，佛教有時也尊稱僧侣或居士爲菩薩。此指李氏。爲，成爲。此指李氏明一乘法，將來當得作佛。

〔二〕解脱：擺脱煩惱業障的繫縛而得自由自在。《成唯識論述記》卷一：「縱任無礙，塵累不能拘，解脱也。」特指斷絶「生死」原因，不再拘于業報輪迴，與涅槃、圓寂的含義相通。《成唯識論述記》卷一：「言解脱者，體即圓寂。由煩惱障縛諸有情，恒處生死；證圓寂已，能離彼縛，立解脱名。」句謂因俱得解脱之原由。

〔三〕「天女」句：《維摩經·觀衆生品》：「時維摩詰室有一天女……（謂舍利弗）曰：『……舍利弗，如人入瞻蔔（樹名，其花甚香）林，唯嗅瞻蔔，不嗅餘香，如是若入此室，但聞佛功德之香，不樂聞聲聞、辟支佛（緣覺）功德香也。舍利弗，其有釋梵四天王諸天龍鬼神等，入此室者，聞斯上人講説正法，皆樂佛功德之香，發心而出。舍利弗，吾止此室十有二年，初不聞説聲聞、辟支佛法，但聞菩薩大慈大悲不可思議諸佛之法。舍利弗，此室常現八未曾有難得之法……誰有見斯不思議事，而復樂于聲聞法乎？』爾時維摩詰語舍利弗：『是天女已曾供養九十二億佛已，能遊戲菩薩神通，所願具足，得無生忍，住不退轉，以本願故，隨意能現，教化衆生。』」僧肇注：「天女即法身大士（法身菩薩，謂顯現法性、斷煩惱迷惑、得六神通之菩薩）也。」維摩，佛教菩薩名，維摩詰之略稱。據《維摩經》載，維摩是毗耶離城富有的居士，深明大乘教義，神通廣大。曾同文殊師利（智慧第一之菩薩）等反復論説佛法，義理深奥，文殊等對他備加崇敬。句以天女喻李氏，謂其已得解脱，讚美深通大乘佛法的維摩。

〔一三〕陟岵（hù户）何望：《詩·魏風·陟岵》：「陟彼岵兮，瞻望父兮。」鄭箋：「孝子行役，思其父之戒，乃登彼岵山（有草木之山），以遥瞻望其父所在之處。」句指李氏之父已卒，無可瞻望。望，底本原作「至」，此從述古堂本。

〔一四〕縗（cuī崔）：披於胸前的麻布條，古服三年之喪者用之。絰（dié碟）：古服喪時結在頭上或腰間的麻帶。「縗絰」猶言服喪。

〔一五〕有漏法：漏爲煩惱之異名，凡具煩惱、導致流轉生死的一切事物，名有漏。一切世間之事體，均爲有漏法。《涅槃經》卷一二：「有漏法者有二種，有因有果……有漏果者，是則名苦；有漏因者，則名爲集。」此指世俗之例。

〔一六〕泣血：謂極其悲痛而哭泣無聲。《禮記·檀弓上》：「高子皋之執親之喪也，泣血三年。」注：「言泣無聲，如血出。」疏：「凡人涕淚必因悲聲而出，若血出則不由聲也。今子皋悲無聲，其涕亦出，如血之出，故云泣血。」

〔一七〕滅性：謂因喪親過悲而危及生命。《孝經·喪親》：「教民無以死傷生，毁不滅性。」此言滅性也不能報答亡父的無極之恩。

〔一八〕十力：謂佛具有的十種智力。又用爲佛之别稱。《注維摩經》卷一：「（僧）肇曰：十力是如來之别稱耳。十力備，故即以爲名。」與：如。百身之贖：《詩·秦風·黄鳥》：「彼蒼者天，殲我良人！如可贖兮，人百其身！」按，《左傳》文公六年載，秦穆公卒，以三良（子車氏之三子）殉葬，國人哀之，因賦《黄鳥》；「如可」二句謂如允許旁人代死以贖取三良，則他們每人都值得用一百人的生命來代替。以上二句意謂，但夫人之身爲佛所保護，豈能像三良那樣死于非命？

〔一九〕纓絡：珠玉綴成的飾物。

〔二〇〕資：借助。繪素：《論語·八佾》：「繪事後素。」後因稱圖畫爲繪素。

〔二一〕象：動詞，作圖象。無上樂：指佛所居的極樂世界。《華嚴經》卷四〇：「菩薩摩訶薩有十種熾然……熾然大慈，令一切衆生安住如來無上樂故。」樂，述古堂本作「尊」。

〔二二〕法王：指變畫上的阿彌陀佛。安詳：佛家語。《法華經·方便品》：「爾時世尊從三昧安詳而起。」嘉祥《義疏》：「安詳者，示大人之相。又安詳者，動寂無礙也。」

〔二三〕湛然不動：《南史·夷貊傳上》：「帝問大僧正慧念曰：『見不可思議事不？』慧念答曰：『法身常住，湛然（安静貌）不動。』」

〔二四〕過：超越。往來：指往來于佛土世間，以化衆生。句謂似乎不復往來于佛土世間。

〔二五〕言説：謂以言音説法。

〔二六〕「林分」二句：《佛説阿彌陀經》云：「極樂國土，七重欄楯（欄杆），七重羅網，七重行樹，皆是四寶周帀圍繞。」又云：「彼國佛土，微風吹動諸寶行樹及寶羅網，出微妙音，譬如百千種樂同時俱作。」分，分列。

〔二七〕「衣捧」二句：《佛説阿彌陀經》曰：「彼佛國土，常作天樂，黄金爲地，晝夜六時（晨朝、日中、日没、初夜、中夜、後夜），天雨曼陀羅華。其國衆生，常以清旦，各以衣裓（衣裾）盛衆妙華，供養他方十萬億佛，即以食時還到本國。」

〔二八〕迦陵：鳥名，迦陵頻伽之略稱。《慧苑音義》卷下：「迦陵頻伽，此云美音鳥，或云妙聲鳥，此鳥本出雪山，在轂（卵殼）中即能鳴，其音和雅，聽者無厭。」《佛説阿彌陀經》：「彼國常有種種奇妙雜色之鳥，白鶴……迦陵蘋伽共命之鳥，是諸衆鳥，晝夜六時，出和雅音。……是諸衆鳥，皆是阿彌陀佛欲令法音宣流變化所作。」

〔二九〕曼陁：即曼陀羅，花名。梵語之音譯，義譯爲悦意花。

〔三〇〕衆善普會：《佛説阿彌陀經》：「阿彌陀佛成佛已來，于今十劫，有無量無邊聲聞弟子，皆阿羅漢，非是算數之所能知。諸菩薩衆，亦復如是。……衆生聞者，應當發願，願生彼國，所以者何？得與如是諸上善人俱會一處。」衆善，指衆善人。

〔三一〕梯航：梯與船，爲登山航海之具。吕温《與族兄臯請學春秋書》：「翹企聖域，莫知所從，如仰高山，臨大川，未獲梯航，而欲濟乎深而臻乎極也。」此喻使亡靈渡越險阻、往生極樂之具。

〔三二〕慈悲爲女：《維摩經·佛道品》：「法喜以爲妻，慈悲心爲女。」鳩摩羅什注：「慈悲性弱，從物入有，猶如女之爲性，弱而隨物也。」僧肇注：「慈悲之情，像女人性，故以爲女。」二句謂使夫人之亡父得彼佛身，常具佛慈悲之心。

〔三三〕法性：指佛性。與真如、實相等同義。《大般涅槃經》卷六：「一切佛法即是法性，是法性者即是如來。」《大乘百法明門論疏》卷下：「法性本來常自寂滅，不遷動義，名爲真如。」二句言保有佛性，還生于了悟佛道之家。參見上篇第二段注〔五〕。

〔三四〕偈（jì寄）：梵語「偈陀」的略稱，亦譯「頌」。佛經的體裁之一。一偈多由字數相等的四句組成。

稽首十方大導師〔一〕，能于一法見多法〔二〕，以種種相導衆生〔三〕，其心本來無所動〔四〕。稽首無邊法性海〔五〕，功德無量不思議，于已不色等無礙〔六〕，不住有無亦不捨〔七〕。我今深達真實空〔八〕，知此色相體清浄〔九〕，願以西方爲導首〔一〇〕，往生極樂性自在。

〔一〕大導師：指佛。大乘佛教認爲三世十方有無數佛。

〔二〕句謂佛能在一事一物之中見多事多物。

〔三〕「以種」句：參見上篇第一段注〔九〕。

〔四〕無所動：即寂滅之義。

〔五〕法性海：佛教謂法性深廣似海，故云。《大乘起信論》：「法性真如海。」

〔六〕已：此。《爾雅·釋詁》：「已，此也。」色：《俱舍論》卷一：「變礙故名爲色。」指一切能變壞有質礙的事物。無礙：謂自在通達而無障礙。《維摩經·佛國品》：「心常安住無礙解脱。」僧肇注：

「得此解脱，則於諸法通達無礙，故心常安住。」句謂法性非「色」，通達無礙。即法性空寂之意。

〔七〕無：即「空」。句謂法性不凝住于空有亦不捨棄空有（即不空不有之意）。參見《與胡居士皆病寄此詩兼示學人二首》其一注〔四〕。

〔八〕真實空：言事物之真實狀况爲空。《大乘義章》卷二：「法絶情妄爲真實。」

〔九〕色相：謂色身之相貌現於外而可見者。《華嚴經》卷一：「無邊色相，圓滿光明。」體：本體，本性，本質。句謂我已知人身的本性是清净的（具有成佛的可能性）。

〔一〇〕導首：謂導引衆生趨入佛道之首領。《大般若波羅蜜多經》卷五五九：「如是般若波羅蜜多……能爲導首……引失道者令入正路。」《佛母出生三法藏般若波羅蜜多經》卷七：「般若波羅蜜多爲諸導首，引示衆生趣入聖道。」

薦福寺光師房花藥詩序〔一〕

心舍于有無，眼界于色空，皆幻也〔二〕，離亦幻也〔三〕，至人者不捨幻，而過于色空有無之際〔四〕。故目可塵也〔五〕，而心未始同〔六〕；心不世也〔七〕，而身未嘗物〔八〕。物者方酌我于無垠之域〔九〕，亦已殆矣〔一〇〕！

〔一〕薦福寺：在長安開化坊。《長安志》卷七：「（開化坊）半以南大薦福寺。寺院半以東，隋煬帝在藩舊宅，武德中賜尚書左僕射蕭瑀爲西園。後瑀子鋭尚襄城公主，詔别營主第，主辭以姑婦異居，有關禮則，因固陳請，乃取園地充主第。……襄城薨後，官市爲英王宅。文明元年，高宗崩後百日，立爲大獻福寺，度僧二百人以實之。天授元年，改爲薦福寺。中宗即位，大加營飾。自神龍以後，翻譯佛經，並于此寺，寺東院有放生池，周二百餘步，傳云即漢代洪池陂也。」光師：即道光禪師。據《大薦福寺大德道光禪師塔銘》，道光卒于開元二十七年五月。此篇當作于道光卒前，具體時間不詳，今姑繫於開元二十六年。

〔二〕舍：止。有無：無即空。見上篇第三段注〔七〕。界：限止。色空：色與空，與上「有無」相對，含義亦接近。色指有形質的萬物，是眼所感覺認識的對象。《俱舍論》卷一：「眼所取故名爲色。」空謂空無所有、虚幻不實。幻，不真實之假象。此三句謂止於有（否認諸法皆空）或止于無（否認假有），都不符合真實之理。

〔三〕此言離于有或離于無，亦不符合真實之理。蓋離于有當入于無，離于無當入于有，故云。

〔四〕至人：道德修養達到最高境界的人。佛教以之稱佛。《四分律行事抄資持記》卷上一上：「釋迦如來道成積劫，德超三聖，化於人道，示相同之，是以且就人中美爲尊極，故曰至人。」過：超越。此二句意謂，至人不捨棄止於有無色空，而又超越于有無色空。即至人皆亦空亦有、非空非有之意。參見《與胡居士皆病寄此詩兼示學人二首》其一注〔四〕。

〔五〕塵：污染。《大乘義章》卷八末曰：「能坌名塵，坌污心故。」此言目感知色，可受其污染。

〔六〕始：嘗。句謂而心未嘗同目一樣受污染。指心無物欲，超越于色、有。

〔七〕句謂心超越于世俗。

〔八〕物：作動詞用。句謂身也未嘗成爲世俗世界之物。

〔九〕者，底本原無此字，據述古堂本校補。酌：取，指執取、追求。《禮記·坊記》：「上酌民言。」注：「酌，猶取也。」《大乘義章》卷五：「取執境界，説明爲取。」《俱舍論》卷九：「爲得種種上妙資具，周遍馳求，此位名取。」此處爲使動用法。句謂世間之物方使我執取、追求于廣闊無垠之域（即「周遍馳求」各種可供享樂之物）。

〔一〇〕殆：危險。

上人順陰陽之動〔一〕，與勞侶而作〔二〕，在雙樹之道場〔三〕，以衆花爲佛事〔四〕。天上海外，異卉奇藥，《齊諧》未識〔五〕，伯益未知者〔六〕，地始載于兹〔七〕，人始聞于我。瓊蕤滋蔓〔八〕，侵迴階而欲上；寶庭盡蕪，當露井而不合〔九〕。群艷耀日，衆香同風〔一〇〕。開敷次第〔一一〕，連九冬之月〔一二〕；種類若干，多四天所雨〔一三〕。至用楊枝〔一四〕，已開貝葉〔一五〕，高閣聞鐘，升堂覲佛，右繞七匝〔一六〕，却坐一面〔一七〕，則流芳忽起，雜英亂飛〔一八〕。焚香不俟于旃檀〔一九〕，散花奚取于優鉢〔二〇〕？漆園傲吏〔二一〕，著書以稊稗爲言〔二二〕；蓮座大仙〔二三〕，説法開藥草之品〔二四〕。道無不在，物何足忘〔二五〕？故歌之詠之者，吾愈見其嘿也〔二六〕。

〔一〕陰陽，宋蜀本、述古堂本俱作「强陽」。動：變動，變化。

〔二〕勞侣：《維摩經·弟子品》：「爲與衆魔共一手，作諸勞侣。」僧肇注：「其爲諸塵勞（即煩惱）之黨侣也。」此指在寺院服雜役而尚未斷除煩惱、剃髮出家的人。

〔三〕雙樹：見《贈徐中書望終南山歌》注〔四〕。道場：指供佛之處。《止觀輔行傳弘決》卷二一：「今以供佛之處名爲道場。」

〔四〕佛事：指佛教的誦經供佛祭祀等活動。《金石萃編》卷三五北齊《臨淮王碑》：「遂於此所，爰營佛事。」句謂將種植各種花卉當成做佛事。

〔五〕《齊諧》：書名。《莊子·逍遥遊》：「《齊諧》者，志怪者也。」識（zhì志）：記載。

〔六〕伯益：也稱益、伯翳。舜時東夷部落的首領。相傳曾助禹治水，行迹遍及四方，多知珍寶奇物異卉，因著《山海經》以記之。西漢劉秀（歆）《上山海經表》曰：「昔洪水洋溢，漫衍中國……禹乘四載，隨山刊木，定高山大川。蓋與伯翳主驅禽獸，命山川，類草木，别水土。四嶽佐之，以周四方，逮人跡之所希至，及舟輿之所罕到。内别五方之山，外分八方之海，紀其珍寶奇物，異方之所生，水土草木禽獸昆蟲麟鳳之所止，禎祥之所隱，及四海之外，絶域之國，殊類之人。禹别九州，任土作貢；而益等類物善惡，著《山海經》。」

〔七〕載：生長。《釋名·釋天》：「載，生物也。」

〔八〕瓊蕤（ruí 綏）：指如玉之花。《文選》陸機《擬東城一何高》：「京洛多妖麗，玉顔侔瓊蕤。」張銑注：「瓊蕤，玉花也。」

〔九〕寶庭：指佛寺之庭。蕪：草。當：值，遇到。露井：無覆蓋之井。古樂府《雞鳴》：「桃生露井上，李樹生桃旁。」不合：指草未能遍覆庭院。

〔一〇〕句謂各種香氣同在風中。

〔一一〕開敷：指開花。敷，布，開。次第：順序，依次。

〔一二〕九冬：冬季九十天。《初學記》卷三引梁元帝《纂要》：「冬曰玄英……亦曰玄冬、三冬、九冬。」

〔一三〕四天：指四禪天。《藝文類聚》卷七六北周王褒《突厥寺碑》：「六合之内，存乎方册，四天之下，聞諸象教。」按，佛教有三界諸天之説，色界諸天爲離食、淫欲的有情居處，可分爲四禪天：初禪天、二禪天、三禪天、四禪天。每一禪天又各包括若干天，有十七天、十八天等説法。參見《俱舍論》卷八、二十八。雨：降。此言其種類多非人間所有。

〔一四〕用楊枝：即嚼楊枝，又稱嚼齒木。古代印度的一種浄齒方法。實際上用作齒木者，不止限于楊枝。《南海寄歸内法傳》卷一云：「每日旦朝，須嚼齒木揩齒刮舌。……（齒木）長十二指，短不減八指，大小如指。一頭緩須熟嚼，良久浄刷牙關。」《隋書·真臘傳》：「每旦澡洗，以楊枝浄齒，讀誦經呪。……食畢，還用楊枝浄齒，又讀經呪。」句謂至于用楊枝浄齒之後。

〔一五〕貝葉：指佛經。見《青龍寺曇壁上人兄院集》注〔二二〕。

〔一六〕右繞：繞佛的佛教禮節。圍佛右繞（即順時針方向行走）一圈、三圈、七圈以至百千圈，表示對佛的尊敬。原爲古印度禮節之一，後被佛教採用。《佛説文殊師利淨律經·真諦義品》：「文殊師利與萬菩薩，便即現身，稽首佛足，右繞七匝。」《資持記》卷下三之二：「繞佛者本乎致敬……致敬則必須右繞，表執持之恭勤。」

〔一七〕却坐一面：猶言退坐一邊。《大薩遮尼乾子所説經》卷九：「薩遮尼乾子與諸眷屬，頂禮佛足，繞佛無量百千匝已，却坐一面，一心合掌，觀佛不捨，默然而住。」

〔一八〕流芳：散發的香氣。雜英：雜花。謝朓《晚登三山還望京邑》：「喧鳥覆春洲，雜英滿芳甸。」

〔一九〕俟：等待。旃（zhān 沾）檀：香木名，即檀香。爲梵語旃檀那之略稱。《玄應音義》卷二三：「旃彈那，或作旃檀那，此外國香木也，有赤白紫等諸種。」

〔二〇〕優鉢：花名。梵語優鉢羅之略稱。此花清淨香潔，佛經中多取以喻佛。《法華經·隨喜功德品》：「優鉢華之香，常從其口出。」《慧苑音義》卷上：「優鉢羅……其葉狹長，近下小圓，向上漸尖，佛眼似之，經多爲喻。其花莖似藕稍有刺也。」句謂撒花何必要取自優鉢羅？

〔二一〕漆園傲吏：指莊子。見《輞川集·漆園》注〔一〕。

〔二二〕「著書」句：《莊子·知北遊》：「東郭子問於莊子曰：『所謂道，惡乎在？』莊子曰：『無所不在。』東郭子曰：『期而後可。』莊子曰：『在螻蟻。』曰：『何其下邪？』曰：『在稊（草名，結實如小米）

稗。』曰：『何其愈下邪？』曰：『在瓦甓。』曰：『何其愈甚邪？』曰：『在屎溺。』東郭子不應。」

〔二三〕蓮座：佛的蓮花臺座。《華嚴經》卷七四：「一切佛前坐蓮華座。」王勃《觀佛跡寺》：「蓮座神容儼，松崖聖趾餘。」大仙：指佛。《涅槃經》卷二：「大仙入涅槃，佛日墜於地。」《釋氏要覽》卷中：「古譯經有稱佛名大仙者……《般若燈論》云：聲聞菩薩等亦名仙，佛于中最尊上故，……故名大仙。」

〔二四〕藥草之品：《法華經》有《藥草喻品》。

〔二五〕此二句意謂，道（指佛道、真如）無所不在，體現在一切物上，故物不足忘。

〔二六〕嘿：同「默」。二句意謂，故歌詠花藥（作花藥詩）的人，吾愈見出其對於道的默悟。《維摩經·入不二法門品》云：「於是文殊師利問維摩詰：『我等各自説已，仁者當説，何等是菩薩入不二法門？』時維摩默然無言，文殊師利歎曰：『善哉善哉，乃至無有言語文字，是已真入不二法門。』」

大薦福寺大德道光禪師塔銘并序〔一〕

禪師諱道光，本姓李，緜州巴西人〔二〕。其先有特有流〔三〕，若實有蜀〔四〕，蓋子孫爲民。大父懷節，隱峨嵋山，行無轍跡〔五〕。其季父榮，爲道士〔六〕，有文知名。禪師幼孤，在諸兒中〔七〕，其神獨不偶，家頗苦乏絶〔八〕。去詣鄉校〔九〕，見周孔書〔一〇〕，曰：「世教耳，誓苦行求佛道。」入山林，割肉施鳥獸，鍊指燒臂〔一一〕，入般舟道場百日〔一二〕，晝夜經行〔一三〕。遇五臺寶鑑禪師曰〔一四〕：「吾周行天下，未有如爾可教。」遂密授頓教〔一五〕，得解脱知見〔一六〕。舍空不域〔一七〕，既動無眹〔一八〕；不觀攝見〔一九〕，順有離覺〔二〇〕。毛端族舉佛刹，掌上斷置世界，不覩非咎，應度方知〔二一〕。得其門者寡〔二二〕，故道俗之煩而息化城〔二三〕，指盡謂窮性海而已〔二四〕，焉足知恒沙德用〔二五〕，法界真有哉〔二六〕！ 春秋五十二〔二七〕，凡三十二夏〔二八〕，以大唐開元二十七年五月二十三日，入般涅槃于薦福僧坊〔二九〕。門人明空等，建塔于長安城南畢原〔三〇〕。人天會葬，涕泗如雨，禪師之不可得法如此〔三一〕。其世行遺教，如一切賢聖。維十年座下，俯伏受教，欲以毫末〔三二〕，度量虚空〔三三〕，無有是處〔三四〕，誌其舍利所在而已〔三五〕。銘曰：

〔一〕作于開元二十七年（七三九）五月之後。大德：佛教對比丘（指出家後受過具足戒的男僧）中的長老或佛、菩薩的敬稱。對高僧有時也使用此稱。《翻譯名義集》卷一引《毗奈耶律》：「佛言：從今日後，小下苾蒭（比丘）於長宿處，應喚大德。」《釋氏要覽》卷上：「《智度論》云：梵語婆檀陀，秦言大德，律中多呼佛爲大德。……《增輝記》：行滿德高，曰大德。」底本題下原無「并序」二字，據宋蜀本、述古堂本、明十卷本等補。

〔二〕緜州：唐州名，治所在巴西（今四川綿陽東）。

〔三〕有特有流：《晉書》卷一二〇、一二一載：李特，其先巴西宕渠人，後徙居略陽。元康（二九一—

二九九)中，關西大飢，特隨略陽、天水等六郡流民入蜀求食。朝廷逼令流民還歸本鄉，流民多不願從，特因在緜竹設大營收容流民，旬月間聚衆至二萬餘。官軍來襲，特擊破之，并進兵攻取廣漢。太安元年(三〇二)，特自稱益州牧，設官改年。二年，特圍成都，爲益州刺史羅尚所殺；其弟流與其子蕩、雄收聚遺衆，流仍自稱益州牧。未幾流卒，諸將共立雄爲主。後雄克成都，盡有蜀地，光熙元年(三〇六)自稱帝，國號成。永和三年(三四七)國亡於東晉。流，宋蜀本作「雄」。

〔四〕若：乃；宋蜀本作「者」，當屬上讀。

〔五〕行無轍跡：《老子》二十七章：「善行無轍跡。」河上公注：「善行道者，求之于身，不下堂，不出門，故無轍跡。」《文選》劉伶《酒德頌》：「行無轍跡，居無室廬。」李周翰注：「潛隱守愚，時人不見其行跡，不知其所居室，故云無也。」

〔六〕李榮：《舊唐書·儒學傳上》：「羅道琮……高宗末，官至太學博士。每與太學助教康國安、道士李榮等講論，爲時所稱。」

〔七〕中，底本原無此字，據宋蜀本、《全唐文》補。

〔八〕其，《全唐文》無此字。不偶：無對，無匹，無雙。乏絶：窮困。《禮記·月令》：「命有司發倉廩，賜貧窮，振乏絶。」

〔九〕去，底本原作「玄」，《全唐文》作「走」，此從宋蜀本、述古堂本、明十卷本。

〔一〇〕周孔：周公、孔子。

〔一一〕「割肉」二句：皆佛教之苦行，佛徒借此表示其信仰之誠。鍊指，束香於指，以火燒灼。《通鑑》卷二九二：「禁僧俗捨身，斷手、足，煉指、掛燈、帶鉗之類幻惑流俗者。」

〔一二〕般舟：佛教禪定的一種，般舟三昧之略稱。般舟意爲佛立。天台宗創始人隋智顗《摩訶止觀》卷二云：「常行三昧者，此法出《般舟三昧經》，翻爲佛立。……能於定中見十方現在佛在其前立，如明眼人清夜觀星，見十方佛亦如是多，故名佛立三昧。」按，東漢支讖譯《般舟三昧經》謂，若一晝夜乃至七天七夜一心念佛，就可見佛立面前。天台宗據此立常行三昧修持方法，稱以九十日爲一期，「九十日身常行無休息，九十日口常唱阿彌陀佛名無休息，九十日心常念阿彌陀佛無休息」，死後即「當生阿彌陀國」（《摩訶止觀》卷二）。道場：般舟爲佛教成道的途徑之一，故曰道場。參見《讚佛文》末段注〔一〇〕。百日：實即九十日，「百日」乃舉其成數而言。

〔一三〕經行：參見《青龍寺曇壁上人兄院集》注〔一五〕。

〔一四〕五臺：山名，在今山西五臺、繁峙二縣境内，爲我國佛教四大名山之一。早在北魏時即建有佛寺。寶鑑：不詳；宋蜀本作「寶豔」，疑非是。

〔一五〕頓教：與漸教相對，指頓修頓悟的教門。「頓悟成佛」説首倡於東晋、南朝宋時的竺道生（參見《宋書》卷九七）。又，與竺道生同時的慧觀，最先從事判教，他將釋迦所説的經教，判别爲頓、漸兩大類，以《華嚴經》爲頓教，以從鹿苑到鵠林所説諸經爲漸教。南齊劉虬亦同其説。「漸」

謂先習小乘，後趨大乘，大小俱陳；「頓」指不習小乘，而直説大乘之無上法門《華嚴經》。《大乘義章》卷一云：「如來一化所説，無出頓、漸。《華嚴》等經，是其頓教，餘名爲漸。」《華嚴一乘教義分齊章》卷一云：「如直往菩薩等，大（乘）不由小（乘），故名爲頓，亦以無小故，即《華嚴》是也。」後天台宗所説「化儀四教」中的「頓教」，即依此義（參見《四教義》卷一）。華嚴宗立「五教十宗」的教判，則以説不依言辭、不設位次而頓悟教理的《維摩經》等爲頓教，而稱《華嚴經》爲至高無上的「圓教」（參見《華嚴經探玄記》卷一）。又唐禪宗南宗創始人慧能亦提倡「頓悟」。此處當非指南宗之教門而言。

〔一六〕解脱知見：五分法身（戒、定、慧、解脱、解脱知見）中的第五法身。蓋以修得五種功德法（戒、定、慧等）而成佛身，故曰五分法身。此五者依次而得，即由戒生定，由定生慧，由慧得解脱（擺脱一切煩惱業障的繫縛），由解脱而有解脱知見（知己實解脱，能運用證得之佛教「真理」，分析各類具體事相）。《行宗記》卷一上：「五分法身者，戒、定、慧從因受名，解脱、解脱知見從果受號。由慧斷惑，斷惑惑無之處名解脱；出纏破障，反照觀心名解脱知見。」

〔一七〕舍空：止於空（認爲世上一切皆虚而不實）。域：界限，限止。不域：指不爲世俗世界所限，超越于世俗世界。

〔一八〕無眹（zhèn 陣）：無兆跡可尋。眹，通朕，徵兆，跡象。《莊子·應帝王》：「體盡無窮，而遊無眹。」《初學記》卷二三沈約《釋迦文佛像銘》：「道雖有門，迹無可眹。」句謂既動而無跡可尋。指其行動世人不能知見。

〔一九〕觀：佛教名詞。佛教提倡止觀雙修，止即禪定，觀指在止的基礎上，集中觀察、思惟特定事物或義理，獲得佛教的智慧和功德。攝：執持，保持。見：佛教一般指「錯誤」的見解，有五見、七見等分法。句謂不觀當導致保持世俗的錯誤見解。

〔二〇〕覺：見《苦熱》注〔一一〕。句謂遵循有（認爲諸法實有）必定背離對佛教「真理」的覺悟。

〔二一〕「毛端」句：《大般若波羅蜜多經》卷五六六：「以神通力，用一毛端舉贍部洲或四洲（佛教謂須彌山四方咸海中有四洲：東勝身洲、南贍部洲、西牛貨洲、北俱盧洲）界，或大千界，乃至十千無量殑伽（恒河）沙等世界，還置本處，而無所損。」族，群。佛刹，佛土，佛國。《佛母出生三法藏般若波羅蜜多經》卷七：「佛告舍利子，當知此菩薩已於他方諸佛刹中聽受此法。」「掌上」三句：《涅槃經》卷四：「復有菩薩摩訶薩，住大涅槃，斷取十方三千大千諸佛世界，置于右掌，如陶家輪，擲置他方微塵世界，無一衆生有往來想，惟應度者乃見之耳。乃至本處，亦復如是。」應度，謂應濟度至涅槃彼岸者。以上四句意謂，禪師得道成佛，具佛菩薩之神通；禪師施展神通，唯應成就佛果者方能知見，世人不能覩見，並非禪師的過錯。

〔二二〕門：指頓門。

〔二三〕道俗：猶僧俗。出家曰道，在家爲俗。煩：指僧俗多入漸門，長期修習，其事煩勞。息化城：指尚未能達到最終目的，成就佛果。參見《登辨覺寺》注〔三〕。

〔二四〕指，宋蜀本作「恉」。性海：佛教謂真如之理性深廣如海，故云性海。唐敬播《大唐西域記序》：「廓群疑於性海，啓妙覺於迷津。」句言僧俗之意旨俱謂當長期修習，窮盡真如之海而已。此句之下底本、《全唐文》均注曰：「上有闕文。」

〔二五〕恒沙：恒河（在今印度、孟加拉國境内）沙之略稱。喻數量之多。《金剛經》：「是諸恒河所有沙數，佛世界如是，寧爲多不？」沈約《千佛贊》：「前佛後佛，跡同轉車……能達斯者，可類恒沙。」恒沙德用，指真如無量功德之效用。

〔二六〕法界：即真如。參見《讚佛文》末段注〔一三〕。大乘有宗認爲，一切現象皆空，只有派生萬有的精神性本體——真如是實有的。

〔二七〕五十二，《全唐文》作「五十一」。

〔二八〕夏：即夏臘，又稱僧夏、法夏、法臘、法歲，指僧人受戒出家後的年數。參見《釋氏要覽》卷下。此句底本原無，從宋蜀本、述古堂本、明十卷本補。又《全唐文》亦有此句，唯「三十二」作「二十二」。

〔二九〕般涅槃：即涅槃。佛教也用作死亡的代稱。僧坊：佛寺。

〔三〇〕畢原：又名畢陌。在今陝西咸陽、西安附近渭水之南北，境域頗廣。其在今西安西南部分，爲文王、武王、周公陵墓所在地，《史記·周本紀》謂武王上祭於畢，周公葬畢，皆即指此；其在今咸陽西北部分，又名咸陽原、咸陽北阪，爲周初王季建都之地，後畢公高封於此。參見《元和郡縣志》卷一、《嘉慶一統志》卷二二七。

〔三一〕人天：佛教語，六道輪迴中的人道和天道。亦泛指諸世間、衆生。不可得法：不可能效法。

〔三二〕毫末：筆毫之末，筆端。柳宗元《楊尚書寄郴筆……輒獻長句》：「桂陽卿月光輝徧，毫末應傳顧兔靈。」

〔三三〕度量：測度估量。《漢書·鼂錯傳》：「愚臣不自度量。」虛空：謂虛空身，即法身、佛身。《維摩經·方便品》僧肇注：「法身者，虛空身也。」參見《夏日過青龍寺謁操禪師》注〔七〕。此指道光入滅後的無形離相、無礙自在之身。

〔三四〕無有是處：指未能作出正確的測度估量。

〔三五〕誌：標記。舍利：梵語之音譯，相傳爲釋迦牟尼遺體火化後結成的珠狀物，後來也指德行較高的和尚死後燒剩的尸骨。據説有三種顔色：白者骨舍利，黑者髮舍利，赤者肉舍利。參見《魏書·釋老志》、《法苑珠林》卷五三。

嗚呼人天尊〔一〕，全身舍利在畢原。

〔一〕人天尊：人與天（三界諸天）中之尊者，謂佛。《法華經》卷三：「惟願天人尊，轉無上法輪。」此指道光。

王維集校注卷九

編年文（天寶上）

裴僕射濟州遺愛碑并序〔一〕

夫爲政以德〔二〕，必世而後仁〔三〕；齊人以刑，苟免而無恥〔四〕。則刑禁者難久，百年安可勝殘〔五〕？德化者効遲，三載如何考績〔六〕？刑以佐德〔七〕，猛以濟寬〔八〕，期月政成〔九〕，成而不朽者，惟公能之〔一〇〕。公名耀卿，字涣之，河東聞喜人也〔一一〕。益爲帝虞〔一二〕，實相帝舜〔一三〕。非子其胄，而邑諸裴〔一四〕。在漢者爲水衡〔一五〕，在魏者守代郡〔一六〕。十三代祖徽，魏益豫雍兖徐五州刺史、蘭陵武公〔一七〕。源于大賢，派以俊德〔一八〕，世濟其美，不隕其名矣〔一九〕。曾祖正，隋散騎常侍，長平郡贊理〔二〇〕。祖眘，皇朝洛南南鄭二縣令〔二一〕。著族斯茂，衣冠未敢争雄；繼世皆賢，英彦無出其右。故有常侍縣君〔二二〕，遞輝迭映。父守真〔二三〕，太常博士〔二四〕，判駕部夏官員外〔二五〕，今上楚王府諮議參軍〔二六〕，邠寧二州刺史〔二七〕，贈晋兖沂三州刺史〔二八〕。文儒之宗伯〔二九〕，禮樂之本源；藉業雖曰承家〔三〇〕，復始由乎種德〔三一〕。再典大郡，二爲仙郎〔三二〕，舉士大夫〔三三〕，是則是斅〔三四〕。且年不及壽，而位未稱德〔三五〕，朝多其能〔三六〕，殁而獨贈。公則晉州之第三子也〔三七〕。語而能文，有識便智；爲兒則量過黄髮，未仕而心在蒼生〔三八〕。伯達試經〔三九〕，子琰應詔〔四〇〕，古之人也，我不後之。八歲神童舉〔四一〕，試《毛詩》、《尚書》、《論語》及第。解褐補祕書省校書郎，歷睿宗安國相王府典籤〔四二〕。東觀載筆，班固名香〔四三〕；西園賦詠，劉楨氣逸〔四四〕。轉國子主簿〔四五〕，檢校詹事府丞〔四六〕。學識宜在儒林，風度雅膺儲宷〔四七〕。河南府士曹參軍〔四八〕，考功員外郎〔四九〕。公府屈廊廟之才〔五〇〕，曹無留事〔五一〕；仙郎明黜陟之法〔五二〕，野無遺賢〔五三〕。右司兵部二郎中〔五四〕，長安縣令。其在含香〔五五〕，一臺推妙〔五六〕；以之製錦〔五七〕，四海是儀〔五八〕。公之斷獄也，必原情以定罪〔五九〕，不阿意以侮法〔六〇〕，是以小失天旨〔六一〕，出爲此州刺史〔六二〕。

〔一〕裴僕射：即裴耀卿。據兩《唐書·裴耀卿傳》、《舊唐書·玄宗紀》載，耀卿開元二十四年拜尚書左丞相，罷知政事。天寶元年二月，改尚書左、右丞相復爲左、右僕射，耀卿仍官左僕射；八月，轉右僕射。二年七月，薨，贈太子太傅。本篇稱裴爲僕射，又未嘗言及其已薨事，當作于天寶元年二月之後、二年七月以前。濟州：見《被出濟州》注〔一〕。《全唐文》作「齊州」，誤。「并序」二字底本原無，據宋蜀本、述古堂本、明十卷本補。

〔二〕爲政以德：見《賜丹州刺史任君神道碑》第一段注〔一二〕。

〔三〕必世而後仁：《論語·子路》：「如有王者，必世而後仁。」古以三十年爲一世。仁，實現仁政。

〔四〕「齊人」二句：《論語·爲政》：「道之以政，齊（整齊、約束）之以刑，民免（指避免犯罪）而無恥（無羞恥之心）。」

〔五〕「百年」句：《論語·子路》：「善人爲邦百年，亦可以勝殘（制服殘暴之人）去殺矣。」

〔六〕「三載」句：《書·舜典》：「三載考績（考核官吏的政績），三考，黜陟幽明。」

〔七〕佐，《全唐文》作「助」。

〔八〕猛以濟寬：用嚴厲來補充寬大。《左傳》昭公二十年：「仲尼曰：『善哉！政寬則民慢，慢則糾之以猛。猛則民殘，殘則施之以寬。寬以濟猛，猛以濟寬，政是以和。』」

〔九〕期（jī基）月政成：《論語·子路》：「子曰：『苟有用我者，期月（一整年）而已可也，三年有成。』」「期月」諸本俱作「月期」，從《全唐文》改。

〔一〇〕公，宋蜀本、明十卷本俱作「裴公」。

〔一一〕河東聞喜人：兩《唐書·裴守真傳》俱謂守真（耀卿父）「絳州稷山人」。按，「河東聞喜」實爲裴氏郡望，《新唐書·宰相世系表》云：「（裴蓋）九世孫燉煌太守遵，自雲中從光武平隴、蜀，徙居河東安邑。安、順之際，徙聞喜。」聞喜（今山西聞喜），始置於漢，屬河東郡（漢時治所在今山西夏縣東北），後魏改屬正平郡，唐時屬絳州。參見《新唐書·地理志》、《嘉慶一統志》卷一五五。

〔一二〕益：亦曰伯益，舜臣。《新唐書·宰相世系表》：「裴氏出自風姓。顓頊裔孫大業生女華，女華生大費，大費生皋陶，皋陶生伯益，賜姓嬴氏。」《漢書·地理志》：「秦之先曰柏益（即伯益）……爲舜朕虞，養育草木鳥獸，賜姓嬴氏。」《書·舜典》：「帝曰：『俞，咨益，汝作朕虞。』益拜稽首，讓于朱虎、熊羆。」傳：「虞，掌山澤之官。」疏：「此官以虞爲名，帝言作我虞耳，朕非官名也。」

〔一三〕相：輔助。

〔一四〕「非子」二句：《新唐書·宰相世系表》：「大駱生非子，周孝王使養馬汧、渭之間，以馬蕃息，封之于秦，爲附庸，使續嬴氏，號曰秦嬴。非子之支孫封𨚗鄉，因以爲氏，今聞喜𨚗城是也。六世孫陵，當周僖王之時，封爲解邑君，乃去邑從衣爲裴。」胄，古帝王或貴族的後代。邑，趙殿成曰：「顧本作已，誤，今校正。」按，宋蜀本正作「邑」，趙校是。裴，當從《宰相世系表》作「𨚗」。

〔一五〕「在漢」句：《新唐書·宰相世系表》：「陵裔孫蓋，漢水衡都尉、侍中。」《漢書·百官公卿表》：「水衡都尉，武帝元鼎二年初置，掌上林苑。」

〔一六〕「在魏」句：《三國志·魏書·裴潛傳》：「裴潛，字文行，河東聞喜人也。……太祖定荆州，以潛參丞相軍事，出歷三縣令，入爲倉曹屬。……時代郡（治所在今山西陽高西南）大亂，以潛爲代郡太守。」《新唐書·宰相世系表》：「（裴）茂字巨光，靈帝時歷郡守、尚書……三子：潛、徽、輯。」

〔一七〕「十三」三句：《魏志·裴潛傳》注：「潛少弟徽，字文季，冀州刺史，有高才遠度，善言玄妙。」《晋書·裴楷傳》：「父徽，魏冀州刺史。」《新唐書·宰相世系表》：「徽字文秀，魏冀州刺史、蘭陵武公。」徽爲益豫雍兖徐五州刺史事，未見他書記載。蘭陵武公，公爲爵名，蘭陵爲邑號，武則爲謚。魏曹均封樊公，謚安，謂曰樊安公（見《魏志·武文世王公傳》），例同此。

〔一八〕派：分支，分出。俊德：才德出衆，才德出衆的人。《書·堯典》：「克明俊德，以親九族。」《論衡·程材》：「堯以俊德，致黎民雍。」

〔一九〕「世濟」二句：見《任君神道碑》末段注〔一〕。

〔二〇〕「曾祖」三句：《新唐書·宰相世系表》：「（裴）景子正，隋散騎常侍。」《金石録》卷二六：「右唐裴守真碑云：守真曾祖景，周富平令。祖正，長平郡贊持。考眘，鄮令。」長平郡，隋郡名，開皇時曰澤州，治所在丹川（今山西晋城東北）。參見《隋書·地理志》。贊理，即贊治（郡守佐史），避唐諱改作贊理、贊持。《通典》卷三三：「隋開皇三年，改别駕、治中爲長史、司馬，至煬帝，又罷長史、司馬，置贊治一人，後又改郡贊治爲丞，位在通守下。」

〔二一〕「祖眘（shèn慎）」二句：《新唐書·宰相世系表》：「正子眘，字歸厚，南鄭（唐梁州治所，今陝西漢中）、鄮（唐縣名，治所在今河南永城西鄮縣鄉）令。」《舊唐書·裴守真傳》：「父眘，大業中爲淮南郡司户。……貞觀中，官至鄮令。」洛南，唐縣名，屬商州，即今陝西洛南縣。

〔二二〕縣君：一縣的長官，縣令。

〔二三〕守真，宋蜀本、述古堂本、明十卷本、奇字齋本俱作「守忠」。兩《唐書·裴守真傳》俱謂守真爲耀卿之父，又《新唐書·宰相世系表》云，眘子守真，字方忠，邠寧二州刺史。方忠第三子耀卿，字涣之，相玄宗。按，出土墓誌「守真」多作「守忠」，而文獻記載則多作「守真」，疑爲後世避諱改字。參見趙超《新唐書宰相世系表集校》卷一。

〔二四〕太常博士：唐太常寺有博士四人，從七品上，「掌五禮之儀式，本先王之法制，適變隨時而損益焉」（《舊唐書·職官志》）。《舊唐書·裴守真傳》：「累轉乾封尉……尋授太常博士。守真尤善禮儀之學，當時以爲稱職。」

〔二五〕判：唐武后至玄宗時代，用作未實授的術語。駕部員外：唐兵部屬官有駕部員外郎一人，從六品上。夏官員外：即兵部員外。則天后光宅元年改兵部爲夏官，中宗神龍元年復舊。唐兵部屬官有兵部員外郎二人，從六品上。

〔二六〕楚王：《舊唐書·玄宗紀》：「（垂拱）三年閏七月丁卯，封楚王。……長壽二年臘月丁卯，改封臨淄郡王。」諮議參軍：唐王府屬官有諮議參軍一人，正五品上，掌「訏謀左右」。見《舊唐書·職官志》。

〔二七〕邠州：治所在今陝西彬縣。寧州：治所在今甘肅寧縣。《舊唐書·裴守真傳》：「累轉成州刺史……俄轉寧州刺史，成州人送出境者數千人。」《新唐書·裴守真傳》同。《文苑英華》卷七七五孫逖《唐濟州刺史裴公德政頌》亦云：「父守真，皇朝成寧二州刺史，贈晋州刺史。」然《宰相世系表》同維此文，謂守真嘗爲邠州刺史。

〔二八〕晋州：治所在今山西臨汾東北。兗州：治所在今山東兗州。沂州：治所在今山東臨沂。《新唐書·裴守真傳》：「長安中卒，贈户部尚書。」未言贈三州刺史事，《舊唐書》同。

〔二九〕文儒：見《送鄭五赴任新都序》第二段注〔二三〕。宗伯：受人推崇的大師。

〔三〇〕藉業：借助先世的功烈。承家：承繼家業。《易・師》：「開國承家，小人勿用。」

〔三一〕復始：回復到開始時的地位。《左傳》閔公二年：「公侯之子孫，必復其始。」種德：布行德惠。《書・大禹謨》：「皋陶邁種德，德乃降，黎民懷之。」傳：「皋陶布行其德，下治於民，民歸服之。」

〔三二〕仙郎：唐時稱尚書省各部郎中、員外郎爲仙郎。

〔三三〕舉：凡，全。士，底本原作「十」，此從宋蜀本。

〔三四〕是則是斅（xiào效）：語出《詩・小雅・鹿鳴》：「君子是則是傚（效）。」疏：「是乃君子於是法則之，於是倣傚之。」斅，效法，《全唐文》作「傚」。

〔三五〕位未稱德：言德高位卑，位尚未與其德相稱。

〔三六〕多：贊許。以上皆指裴守真而言。

〔三七〕晉州：守真贈晉州刺史，故謂之曰晉州。

〔三八〕仕，宋蜀本作「壯」。

〔三九〕伯達試經：《三國志・魏書・司馬朗傳》：「司馬朗，字伯達，河内温人也。……十二歲試經，爲童子郎。」

〔四〇〕子琰應詔：《後漢書・黄琬傳》：「琬字子琰……早而辯慧。祖父瓊，初爲魏郡太守，建和元年正月日食，京師不見，而瓊以狀聞。太后詔問所食多少，瓊思其對，而未知所況。琬年七歲，在傍曰：『何不言日食之餘，如月之初？』瓊大驚，即以其言應詔，而深奇愛之。」「子琰」，述古堂本、明十卷本、奇字齋本作「子淡」，《全唐文》作「子炎」，趙殿成以意改作今字。按，宋蜀本正作子琰，趙校是。

〔四一〕神童舉：《舊唐書·裴耀卿傳》：「少聰敏，數歲解屬文，童子舉。」按，唐行科舉制，置童子科，又稱神童科。《新唐書·選舉志》：「凡童子科，十歲以下能通一經及《孝經》、《論語》，卷誦文十通者予官；通七，予出身。」《舊唐書·劉晏傳》：「年七歲，舉神童。」

〔四二〕「解褐」二句：《舊唐書·裴耀卿傳》：「弱冠拜祕書正字，俄補相王府典籤。時睿宗在藩，甚重之。」祕書省校書郎，見《送綦毋校書棄官還江東》注〔一〕。睿宗，諸本俱作「中宗」，此從《全唐文》。《舊唐書·睿宗紀》：「（中宗）神龍元年，（睿宗）以誅張易之昆弟功，進號安國相王，遷太尉，加實封。」典籤，唐王府屬官有典籤二人，從八品下，掌「宣傳教命」。

〔四三〕「東觀」二句：謂漢班固於東觀典校祕書，且事著述。《漢書·叙傳》：「永平中爲郎，典校祕書，專篤志於博學，以著述爲業。」《隋書·經籍志》：「光武中興，篤好文雅……于東觀及仁壽閣集新書，校書郎班固傅毅等典掌焉。」東觀，在漢洛陽南宫，《後漢書·安帝紀》注：「《洛陽宫殿名》曰：南宫有東觀。」載筆，攜筆，亦指記事、撰文。《禮記·曲禮上》：「史載筆，士載言。」疏：「史謂國史，書録王事者。王若舉動，史必書之；王若行往，則史載書具而從之也。」《文選》謝脁《始出尚書省》：「趨事辭宫闕，載筆陪旌棨（戟）。」李善注：「謂出殿中而爲記室（掌書記之官）也。」

此二句以班固喻耀卿，言其爲祕書省校書郎。

〔四四〕西園：見《送熊九赴任安陽》注〔九〕。劉楨：見《送熊九赴任安陽》注〔二〕。又曹丕《與吳質書》：「公幹（劉楨字）有逸氣，但未遒耳。」氣逸：言氣度超脱塵俗。二句以劉楨喻耀卿，謂其善賦詠，爲相王所禮遇。

〔四五〕國子主簿：唐國子監（掌邦國六學之官署）有主簿一人，從七品下。《舊唐書》本傳：「及睿宗升極，拜國子主簿。」

〔四六〕檢校：職事官未實授的稱謂。詹事府丞：唐東宮詹事府（掌東宮三寺十率府之政令）有丞二人，正六品上。

〔四七〕雅：正。膺：當，當受。儲寀：太子之屬官。《文苑英華》卷六五一唐韋承慶《重上直言諫東宮啓》：「臣昔參朱邸，忝膠東之藩吏；晚侍青宮，叨望苑之儲寀。」

〔四八〕士曹參軍：唐京兆河南等府官屬俱有士曹參軍二人，正七品下，掌管河流津渡及營造橋梁廨宇等事。

〔四九〕考功員外郎：唐吏部有考功員外郎一人，從六品上，掌文武官吏之考課。開元二十四年以前，兼掌貢舉。見《新唐書·選舉志上》。

〔五〇〕公府：三公之府。此指中央官府。廊廟之才：指能爲朝廷肩負重任的人才。《宋書·裴松之傳》：「裴松之廊廟之才，不宜久尸邊務。」句指任命耀卿爲士曹參軍，有屈大才。

〔五一〕曹無留事：《南史·梁宗室傳下》：「（始興忠武王）憺自以少年始居重任，開導物情，辭訟者皆立待符教，決於俄頃，曹（官署）無留（稽留，遲滯）事，下無滯獄。」

〔五二〕黜陟：指官吏的升降進退。《書·舜典》：「三考黜陟幽明。」傳：「九歲則能否幽明有别，黜退其幽者，升進其明者。」此就裴爲考功員外郎而言。

〔五三〕野無遺賢：《書·大禹謨》：「野無遺賢，萬邦咸寧。」

〔五四〕右司郎中：唐尚書都省屬官有右司郎中一人，從五品上。兵部郎中：唐兵部屬官有兵部郎中二人，從五品上。

〔五五〕其在含香：謂耀卿爲尚書郎（尚書省諸司郎中、員外郎，統謂之尚書郎）。參見《重酬苑郎中》注〔七〕。

〔五六〕一臺推妙：《晉書·衛瓘傳》：「咸寧初，徵拜尚書令……瓘學問深博，明習文藝，與尚書郎敦煌索靖俱善草書，時人號爲『一臺二妙』。」臺，謂尚書省，後漢稱尚書臺，又謂曰中臺。

〔五七〕製錦：喻治邑，指爲縣令。《左傳》襄公三十一年：「子皮欲使尹何爲邑（治理封邑）。子産曰：『少，未知可否。』子皮曰：『……使夫（彼，指尹何）往而學焉，夫亦愈知治矣。』子産曰：『不可。……子有美錦，不使人學製（裁製）焉。大官大邑，身之所庇也（是自身的庇護），而使學者製焉，其爲美錦不亦多乎？　僑聞學而後入政，未聞以政學者也。』」

〔五八〕四海是儀：作天下人之楷模。《舊唐書》本傳：「開元初，累遷長安令。……在職二年，寬猛得中，及去官，縣人甚思詠之。」

〔五九〕原情：尋究實情。

〔六〇〕阿意：曲從上意。　侮法：輕慢法律，不依以行事。

〔六一〕天旨：天子之旨意。

〔六二〕《舊唐書》本傳云：「（開元）十三年，爲濟州刺史。」孫逖《裴公德政頌》則云：「初，公以甲子歲（開元十二年）秋八月，莅於是邦（濟州）。」耀卿爲濟州刺史當在開元十二、十三年。

公推善于國，不稱無罪〔一〕，思利于人，志其屈己〔二〕。　戮豪右以懲罪，一至無刑〔三〕；旌孝悌以勸善，洪惟見德〔四〕。　然後務材訓農，通商惠工，敬教勸學，授方任能〔五〕，行之一年，郡乃大理。　襁負而至〔六〕，何憂乎蕩析之人〔七〕；路不拾遺〔八〕，何畏乎穿窬之盜〔九〕！既富之矣〔一〇〕，汲黯奚取于開倉〔一一〕；使無訟乎〔一二〕，仲由何施其折獄〔一三〕！

〔一〕句謂公寬以待下，不談說、議論無罪之人。

〔二〕其：彼。　此言甘願屈己以利民。

〔三〕一：竟。　無刑：不用刑罰。《書·大禹謨》：「刑期于無刑。」此二句即用其意。

〔四〕洪惟見德：謂大顯現其恩德。　洪，大。　惟，句中助詞。《書·泰誓下》：「獨夫受，洪惟作威，乃汝世讎。」

〔五〕「然後」四句：語本《左傳》閔公二年：「衛文公大布之衣、大帛之冠，務材（致力於培植各種可爲器皿用具之材料）訓農（疏：「訓民勤農業也。」），通商（疏：「通商販之路，令貨利往來也。」）惠工（疏：「加恩惠於百工，賞其利器用也。」），敬教（重教化）勸學，授方（傳授爲官之道）任能。」

〔六〕襁負而至：《論語·子路》：「夫如是，則四方之民襁負其子而至矣（用襁背負其子前來投奔），焉用稼！」《三國志·魏書·涼茂傳》：「以茂爲泰山太守，旬月之間，襁負而至者千餘家。」襁，背嬰兒用的背帶。

〔七〕蕩析：播蕩離散。指流亡他鄉的人。參見《京兆尹張公德政碑》第三段注〔二〕。

〔八〕路不拾遺：《韓非子·外儲説左上》：「子産爲政，國無盜賊，道不拾遺。」

〔九〕穿窬（yú余）：穿壁越牆。窬，通踰。《論語·陽貨》：「色厲而內荏，譬諸小人，其猶穿窬之盜也與！」

〔一〇〕既富之矣：《論語·子路》：「子適衛，冉有僕。子曰：『庶（人口衆多）矣哉！』冉有曰：『既庶矣，又何加焉？』曰：『富之。』曰：『既富矣，又何加焉？』曰：『教之。』」

〔一一〕「汲黯」句：《史記·汲鄭列傳》：「河內失火，延燒千餘家，上使黯往視之，還報曰：『家人失火，屋比延燒，不足憂也。臣過河南，河南貧民傷水旱萬餘家，或父子相食，臣謹以便宜，持節發河南倉粟以振貧民，臣請歸節，伏矯制之罪。』上賢而釋之。」句謂汲黯也無必要開倉濟民了。

〔一二〕使無訟乎：《論語·顔淵》：「聽訟，吾猶人也。必也使無訟乎！」

〔一三〕「仲由」句：《論語·顔淵》：「子曰：『片言（訴訟雙方中一方的言詞）可以折獄者，其由（仲由，子路）也與！』」《太平御覽》卷六三九引鄭注云：「折，斷也。惟子路能取信，所言必直，故可令斷獄也。」言子路能取信於人，人既信之，自不敢欺，故雖片言，必符實情，即可據之以斷獄。蓋指子路具有他人所無的特殊斷獄本領。二句謂，已使郡中無訴訟案件，子路又怎麼施展他的判案本領！

居無何，詔封東嶽〔一〕。關東列郡，頗當馳道〔二〕，至于犧牲玉帛〔三〕，資糧扉屨〔四〕，其或不供，爲有司所劾；因而厚斂，非天子之意。豐省之度〔五〕，多不得中〔六〕，故二千石有不能受事于宰旅者矣〔七〕。季孫請魯視邾滕〔八〕，濤塗恐師出陳鄭〔九〕，抑爲是也〔一〇〕。公盡事君之心，且曰從人之欲。萬斯箱之粟，兹乃如京〔一一〕；百執事之人〔一二〕，于我乎館〔一三〕。四封之境，一爲帝庭；一郡之賦，再粒天下〔一四〕。士卒林會〔一五〕，馬牛谷量〔一六〕，皆投足獲安〔一七〕，端拱取給〔一八〕，無虞燥濕，不畏寇盜〔一九〕。草莽之中〔二〇〕，用能便其體〔二一〕；羈紲之外〔二二〕，無所勞其力。天朝中貴，持權用事，厚爲之禮，則生我羽毛〔二三〕；小不如意，則成是貝錦〔二四〕。公享有常牢〔二五〕，覿無私幣〔二六〕，冒貨賄者〔二七〕，我以爲仇；淫芻蕘者〔二八〕，吾所能禦。至于急宣中旨〔二九〕，暴征庶物〔三〇〕，或命嘉蔬，先春當薦〔三一〕，錫貢珍果〔三二〕，非土所生，舉是一隅，其徒千計〔三三〕，皆曾不旋踵〔三四〕，若取諸懷〔三五〕，又不知其備預之所以然也〔三六〕。謂餼牽竭矣〔三七〕，而家有餘糧；謂疲勞甚矣，而人有餘力。豈非積年之儲，用之有度，終身之逸，使之有時〔三八〕？不然班貢藝事，輕重以列，我視子男之國，而倍公侯之征〔三九〕？今日之事，我爲上也〔四〇〕。

〔一〕居：猶經過。無何：不久。封東嶽：見《送鄭五赴任新都序》注〔二四〕。

〔二〕馳道：指天子所行之大道。《史記·秦始皇本紀》：「治馳道。」集解：「應劭曰：馳道，天子道也。道若今之中道（正道）。」又《絳侯周勃世家》：「（勃）所將卒，當馳道爲多。」索隱：「小顔以當高祖所行之道。」

〔三〕犧牲玉帛：皆祭神所用之物。犧牲，指祭神用的牲畜。《左傳》莊公十年：「犧牲玉帛，弗敢加也，必以信。」

〔四〕資糧屝（fèi 肺）屨：《左傳》僖公四年：「若出於陳鄭之間，共（供）其資糧屝屨，其可也。」楊伯峻《春秋左傳注》云：「資亦糧也。……屝、屨皆古之粗屨，孫愐引《字書》曰：『草曰屝，麻曰屨。』」

〔五〕度：限度，標準。

〔六〕中：適中，無過與不及。

〔七〕二千石：指州刺史。漢郡守秩二千石，後因稱州郡長吏爲二千石。受事：接受職事。宰旅：《左傳》襄公二十六年：「晋韓宣子聘于周，王使請事（問事），對曰：『晋士起將歸時事於宰旅，無他事矣。』」注：「起，宣子名。禮，諸侯大夫入天子國稱士。時事，四時貢職。宰旅，冢宰（官名，負責掌管王家的内外事務）之下士，言獻職貢於宰旅，不敢斥尊。」後用爲對宰輔的敬稱。句謂州刺史有被天子免職者。

〔八〕「季孫」句：事見《左傳》襄公二十七年：「季武子（季孫氏）使謂叔孫以公命曰（季孫派人以魯公的名義對代表魯國參加諸侯會盟的叔孫説）：『視邾滕（把魯國看作和邾國、滕國一樣）。』」注：「兩事晋楚，則貢賦重，故欲比小國。」蓋恐貢獻于晋楚兩國，非國力所勝，而邾滕皆小國，其賦輕，故欲「視邾滕」。

〔九〕「濤塗」句：事見《左傳》僖公四年：「陳轅濤塗（陳大夫）謂鄭申侯（鄭大夫）曰：『（齊師及諸侯之師）出於陳鄭之間，國必甚病（言兩國須供應糧草物資，必定十分困乏）。若出於東方，觀兵於東夷，循海而歸，其可也。』申侯曰：『善。』濤塗以告齊侯，許之。」陳，諸本俱作「周」，此從《全唐文》。

〔一〇〕抑：或許，或者。是：指犧牲玉帛、資糧屝屨等物的供應。

〔一一〕「萬斯」二句：《詩·小雅·甫田》：「曾孫之稼，如茨如梁，曾孫之庾（箋：「庾，露積穀也。」），如坻如京（傳：「京，高丘也。」），乃求千斯（助詞）倉，乃求萬斯箱（箋：「於是求千倉以處之，萬車以載之。」）。」二句寫州中多聚粟米，以供乘輿之需。

〔一二〕百執事之人：《書·盤庚下》：「邦伯師長，百執事之人，尚皆隱哉。」疏：「其百執事，謂大夫以下諸有職事之官皆是也。」此指隨從玄宗東封泰山的官吏。

〔一三〕館：作動詞用，住館，寄宿。

〔一四〕粒：《書·益稷》：「烝民乃粒，萬邦作乂。」傳：「米食曰粒。」句謂兩次供天下人食用（隨從東封的官吏，往返途中兩次經過濟州，故云）。

〔一五〕林會：形容會聚之盛。《詩·大雅·大明》：「殷商之旅，其會如林。」疏：「殷商之兵衆，其會聚之時，如林木之盛也。」

〔一六〕谷量：以山谷計量，形容數量之多。《漢書·貨殖傳》：「烏氏嬴，畜牧，及衆，斥賣，求奇繒物，間獻戎王，戎王十倍其償，予畜，畜至用谷量牛馬。」注：「言其數饒，不可計算，故以山谷多少言之。」

〔一七〕投足獲安：《文選》張華《鷦鷯賦》：「匪陋荆棘，匪榮茝蘭，動翼而逸，投足而安。」投足，棲身，投宿。

〔一八〕端拱：正身拱手。《晋書·張忠傳》：「冬則褞袍，夏則帶索，端拱若尸。」

〔一九〕「無虞」二句：語本《左傳》襄公三十一年：「賓至如歸，無寧菑患；不畏寇盜，而亦不患燥濕。」虞，憂。

〔二〇〕此句指隨從乘輿出行，奔走於草叢野地之人。

〔二一〕用：以，因此。便（pián 駢）：安適。

〔二二〕羈紲（xiè 洩）：馬絡頭與馬韁繩。古書中用作隨從奔走服役的套語。《左傳》僖公二十四年云：「臣負羈紲，從君巡於天下。」又云：「居者爲社稷之守，行者爲羈紲之僕，其亦可也，何必罪居者？」

〔二三〕持權用事：掌權執政。生我羽毛：謂稱譽于我。《文選》張衡《西京賦》：「所好生毛羽，所惡成瘡痏。」張銑注：「言此辯士，所好者譽之使生羽毛，所惡者毁之令生瘡痏。」

〔二四〕成是貝錦：喻羅織罪狀，讒毁構陷。《詩·小雅·巷伯》：「萋兮斐兮，成是貝錦。彼譖人者，亦已大甚。」傳：「興也。萋、斐，文章相錯也。貝錦，錦文也。」箋：「興者，喻讒人集作己過，以成於罪，猶女工之集采色，以成錦文。」

〔二五〕享：供獻。常牢：依常例應有的牲牢（牛羊豕等牲畜）。

〔二六〕覿（dí 狄）：相見。幣：禮物。

〔二七〕冒貨賄：《左傳》文公十八年：「縉雲氏有不才子，貪于飲食，冒于貨賄。」注：「冒亦貪也。」貨賄，財物。

〔二八〕淫芻蕘者：《左傳》昭公十三年：「（晋軍）次于衛地，叔鮒（晋軍統帥）求貨於衛，淫（縱）芻蕘者（謂放縱手下刈草伐薪之人任意而爲）。」注：「欲使衛患之而致貨。」句用其事，指放縱手下人胡閙以索取財貨。

〔二九〕中旨：帝王的旨意。顔延之《赭白馬賦》：「乃詔陪侍，奉述中旨。」

〔三〇〕暴征：强行征收。《左傳》昭公二十年：「偪介之關，暴征其私。」

〔三一〕薦：進獻。

〔三二〕錫貢：《書·禹貢》：「厥包橘柚錫貢。」傳：「小曰橘，大曰柚，其所包裹而致者，錫（賜）命（下達天子之命）乃貢，言不常。」句謂宣天子之命令貢珍果。

〔三三〕一隅：一個方面。《荀子·解蔽》：「此數具者，皆道之一隅也。」徒：同類。二句意謂，只是舉出這一方面，同類的事乃以千計。

〔三四〕不旋踵：旋踵，猶言轉足。不旋踵，形容極短時間。《韓詩外傳》卷一〇：「夫天怨不全日，人怨不旋踵。至今弗報，何也。」

〔三五〕若取諸懷：《左傳》宣公十一年：「吾儕小人所謂『取諸其懷而與之』也。」注：「謂譬如取人物於其懷而還之，爲愈於不還。」此用其意，謂就像從他人的懷中取出東西而還給他一樣省事，指耀卿能巧妙地應付各種索求。

〔三六〕此句謂又不知他的事先准備爲什麽能做到這樣。

〔三七〕餼（xì細）牽竭矣：指食物罄盡。《左傳》僖公三十三年：「吾子淹久於敝邑，唯是脯資、餼牽竭矣。」注：「生曰餼，牽謂牛羊豕。」疏：「餼是未殺，故云『生曰餼』，牛羊豕可牽行，故云『牽謂牛羊冢』也。」牽，底本原作「牢」，此從宋蜀本。

〔三八〕此二句承上「謂疲」二句而言，謂令人（民）有終身的安逸，役使他們只有一定的時候。

〔三九〕「不然」四句：語本《左傳》昭公十三年：「及盟，子産争承（争所出貢賦多少之次），曰：『昔天子班貢（規定貢賦的等級。班，位次），輕重以列（以地位定貢賦的輕重。列，位）。列尊貢重，周之制也。卑而貢重者，甸服也。鄭伯，男也（注：「言鄭國在甸服外，爵列伯子男，不應出公侯之貢。」按，《左傳》此語頗費解，古今有多種解釋，楊伯峻《春秋左傳注》謂當釋作「鄭國伯爵，在男服」），而使從公侯之貢，懼弗給也，敢以爲請。諸侯靖（息）兵，好以爲事，行理（行旅，謂使人）之命無月不至，貢之無藝（注：「藝，法制。」疏：「服虔云：藝，極也，一曰常也。……杜以藝爲經藝，故爲法制也。貢有法制定數，徵求無限，則不可共也。」），小國有闕，所以得罪也。』」不然，否則。班貢藝事，規定貢賦定數的等級之事。我視子男之國，謂濟州同於子男之國。按，周代有公侯伯子男五等爵位，公侯地廣，所貢者多，子男地狹，所貢者少，濟州地狹户稀，唐開元時屬下州（《舊唐書・職官志》云：「國家制，户滿四萬以上爲上州。」「户滿二萬户以上爲中州。」「户不滿二萬，爲下州也。」《地理志》云：「濟州舊領縣五，户六千九百五。……天寶，領户三萬八千七百四十九。」），故言「我視子男之國」。倍公侯之征，一倍於公侯之國所徵收的賦税。

〔四〇〕「今日」二句：言我濟州地狹，貢賦少，今日能如此應付各種索求，乃爲上等。《舊唐書・裴耀卿傳》：「十三年，爲濟州刺史。其年，車駕東巡，州當大路，道里綿長，而户口寡弱，耀卿躬自調理，科配得所。時大駕所歷凡十餘州，耀卿稱爲知頓之最。」

大駕還都〔一〕，分遣中丞蔣欽緒，御史劉日政、宋珣等巡按〔二〕，皆嘉公之能，奏課第一〔三〕。公未受賞，朝而歸藩〔四〕。天災流行〔五〕，河水決溢〔六〕。蝗蟲避境，雖馬棱之化能然〔七〕；洪水滔天，固帝堯之時且爾〔八〕。高岸崒以雲斷〔九〕，平郊豁其地裂。噴薄雷吼，冲融天迴〔一〇〕。百姓巢居，泉客有其家室〔一一〕；五稼波殄〔一二〕，沼毛荒于畎畝〔一三〕。公急人之虞，分帝之憂，御衣假寐〔一四〕，對案輟食，不候駕而星邁〔一五〕，不入門而雨行〔一六〕，議隄防也。至則平板榦，具糇糧，揆形略趾，量功命日〔一七〕，而赤岸成谷，白濤亘山〔一八〕，雖有吕梁之人〔一九〕，盡下淇園之竹〔二〇〕，無能爲也。乃有壞防之餘，衝波且盡〔二一〕，僅在而危同累卵〔二二〕，將墜而間不容髮〔二三〕，公暴露其上〔二四〕，爲人請命〔二五〕，風伯屏氣以遷跡〔二六〕，陽侯整波而退舍〔二七〕，又王尊至誠〔二八〕，未足加也〔二九〕。然後下密揵〔三〇〕，搴長茭〔三一〕，土簣雲積〔三二〕，金鎚電散〔三三〕。公親巡而撫之，慰而勉之，千夫畢飯，始就飲食；一人未息，不歸蘧廬〔三四〕。惰者發憤以躁勤〔三五〕，懦者自强以齊壯〔三六〕。成之不日〔三七〕，金隄峩峩〔三八〕，下截重泉〔三九〕，上可方軌〔四〇〕。北河迴其竹箭〔四一〕，東郡鬱爲桑田〔四二〕。先是朝廷除公宣州刺史〔四三〕，公惜九仞之垂成〔四四〕，恐衆心之或怠，懷絲綸之詔〔四五〕，密金玉之音〔四六〕，率負薪而益勤〔四七〕，親執撲而彌勵〔四八〕。既成，乃發書示之，皆捨畚攀轅〔四九〕，廢歌成泣，淚雨濟澤，袂陰魯郊〔五〇〕，哀哀號呼，不崇朝而達四境〔五一〕！

〔一〕大駕還都：玄宗東封泰山後，於開元十三年「十二月己巳，至東都」（《舊唐書·玄宗紀》）。

〔二〕「分遣」二句：中丞，即御史中丞。蔣欽緒，萊州膠水人，官至吏部侍郎，《新唐書》有傳。趙殿成注：「《唐書·蔣欽緒傳》：『開元十三年，以御史中丞録河南囚，宣慰百姓，振窮乏。』」按，《舊唐書·玄宗紀》曰：「（開元）十三年春正月……戊子，降死罪從流，流已下罪悉原之。分遣御史中丞蔣欽緒等往十道疏決囚徒。」則欽緒「録河南囚」，乃十三年正月之事，與本文所云「巡按」事無涉。劉日政，嘗官監察御史、殿中侍御史（見《大唐御史臺精舍題名碑》）、考功員外郎、司勳郎中、吏部郎中（見《郎官石柱題名》）、給事中（見《新唐書·宰相世系表》）、江東採訪使、潤州刺史（見李華《潤州鶴林寺故徑山大師碑銘》）。孫逖《裴公德政頌》曰：「洎鑾輿反旆，旌別淑慝，監頓使劉日正、勸農使盧怡並奏公理行第一。」「日政」諸書或作「晸」、「日正」，均同人，據新出土劉顥（日正之孫）墓志（見《書法研究》二〇一七年第二期），應以作「日正」爲是。宋珣，嘗爲大理評事、勸農判官（見《唐會要》卷八五）、金部員外郎（見《郎官石柱題名》）。岑仲勉《讀全唐文札記》云：「按宋詢見《元和姓纂》、《元龜》一六二及《全文》二五八蘇頲《程行諶碑》，字皆作詢，此作珣訛。」按，《大唐御史臺精舍題名碑》亦作「詢」，岑説是。巡按，巡視按察各地。

〔三〕奏課：謂奏陳其爲政之考績。

〔四〕藩：諸侯國，州郡。

〔五〕「天災」句：語本《左傳》僖公十三年：「天災流行，國家代有。」

〔六〕河水決溢：孫逖《裴公德政頌》云：「其三年（耀卿莅濟州之第三年，即開元十四年）秋，大水，河堤壞決……公俯臨決河，躬自護作。」《通鑑》開元十四年：「秋七月，河南、北大水，溺死者以千計。」

〔七〕「蝗蟲」二句：《東觀漢記》卷一二：「（馬）稜爲廣陵太守，郡連有蝗蟲，穀價貴。稜奏罷鹽官，振貧羸，薄賦税，蝗蟲飛入海，化爲魚蝦。」雖，即使。稜，宋蜀本、述古堂本、明十卷本等俱作「援」，底本改作「稜」，此據《全唐文》、《東觀漢記》校正。

〔八〕「洪水」二句：相傳堯時洪水泛濫，因令鯀、禹治之。《書·堯典》：「帝曰：咨，四岳，湯湯洪水方割（害），蕩蕩懷山襄陵，浩浩滔天，下民其咨，有能俾（使）乂（治）。」《益稷》：「禹曰：洪水滔天，浩浩懷山襄陵。」固，本來，本是。爾，如此。

〔九〕崒（zú足）：崩落。《詩·小雅·十月之交》：「百川沸騰，山冢崒崩。」雲斷：謂如雲之斷。

〔一〇〕冲融：布滿貌。杜甫《往在》：「端拱納諫諍，和氣日冲融。」此指大水布滿。天迴：天旋，指天空倒轉。

〔一一〕泉客：即鮫人。任昉《述異記》卷上：「蛟人（即鮫人），即泉先（泉仙）也，又名泉客。」按本作「淵客」（左思《吴都賦》：「淵客慷慨而泣珠。」），唐人避高祖諱，改爲「泉客」。泉，底本原作「主」，從宋蜀本、述古堂本、明十卷本校正。

〔一二〕五稼：五種穀物。《左傳》僖公三年注：「周六月，夏四月，於播種五稼無損。」《宋書·禮志》：「四時和，五稼成。」此泛指各種穀物。波殄：爲洪水所沖光。殄，滅。

〔一三〕沼毛：見《暮春太師……于韋氏逍遥谷讌集序》末段注〔三〕。荒：掩，覆蓋。《詩·周南·樛木》：「南有樛木，葛藟荒之。」句指田野覆蓋着水草。

〔一四〕御：用，穿着。假寐：《左傳》宣公二年：「坐而假寐。」注：「不解衣冠而睡。」

〔一五〕案：有足的盤盂類食器。駕：駕車。星邁：星夜奔行。魏明帝《善哉行》：「兼塗星邁，亮兹行阻。」

〔一六〕雨行：冒雨而行。

〔一七〕「至則」四句：語本《左傳》宣公十一年：「令尹蔿艾獵城沂，使封人慮事，以授司徒。量功（計量用功的多寡）命日（規定日期），分財用，平板榦（板，築牆用的夾板。榦，亦作幹，築牆時樹立于牆兩端的支柱。此言取平板榦，使所築之城整齊）……略（巡視）基趾（城郭之基趾。杜注：「趾，城足。」），具餱（杜注：「餱，乾食。」）糧，度有司。」糇（hóu侯），同餱。揆形，揆度地形。趾，指隄防基趾。

〔一八〕亘山：連接成山。

〔一九〕呂梁之人：指識水性善游泳者。《莊子·達生》：「孔子觀於呂梁（其地説法不一），縣（懸）水三千仞，流沫四十里，黿鼉魚鼈之所不能游也，見一丈夫游之，以爲有苦而欲死也，使弟子並（傍）流而拯之。數百步而出，被髮行歌，而游於塘下，孔子從而問焉，曰：『吾以子爲鬼，察子則人也，請問蹈水有道乎？』曰：『亡，吾無道。吾始乎故，長乎性，成乎命，與齊（回水）俱入，與汩（涌波）偕出，從水之道，而不爲私焉（郭注：「任水而不任己。」）。』」

〔二〇〕淇園：地名。古時以産竹著稱，在今河南淇縣附近。《史記·河渠書》：「天子乃使汲仁、郭昌發卒數萬人塞瓠子決。……是時東郡燒草，以故薪柴少，而下淇園之竹以爲楗。」任昉《述異記》卷下：「衛有淇園，出竹，在淇水之上。詩云『瞻彼淇奥，緑竹猗猗』是也。」

〔二一〕衝波：與波相撞。

〔二二〕危同累卵：像蛋疊在一塊那樣危險。語本《文選》枚乘《上書諫吴王》：「必若所欲爲，危於累卵，難於上天。」

〔二三〕間不容髮：言相距至近，其間不容一髮。喻事甚急迫。《上書諫吴王》：「夫以一縷之任，係千鈞之重，上懸之無極之高，下垂之不測之淵，雖甚愚之人，猶知哀其將絶也。……係絶於天，不可復結；墜入深淵，難以復出，其出不出，間不容髮。」李善注：「蘇林曰：改計取福，正在今日，言其激切甚急。」

〔二四〕暴露：露天而處，無所隱蔽。《國語·魯語上》：「寡君不佞，不能事疆埸之司，使君盛怒，以暴露於敝邑之野。」

〔二五〕人：民。請命：求保全性命。《書・湯誥》：「以與爾有衆請命。」傳：「放桀除民之穢是請命。」疏：「桀爲殘虐，人不自保，故伐桀除人之穢是爲請命。」

〔二六〕風伯：風神。班固《東都賦》：「雨師泛灑，風伯清塵。」屏氣：屏住呼吸。遷跡：移其形跡。句指風息。

〔二七〕陽侯：水神名。《楚辭・九章・哀郢》：「淩陽侯之氾濫兮，忽翱翔之焉薄！」王逸注：「陽侯，大波之神。」《漢書・揚雄傳》注：「應劭曰：陽侯，古之諸侯也。有罪自投江，其神爲大波。」退舍：退却，退避。句指水退。

〔二八〕王尊至誠：《漢書・王尊傳》：「（尊）遷東郡太守。久之，河水盛溢，泛浸瓠子金隄，老弱奔走，恐水大決爲害。尊躬率吏民，投沉白馬，祀水神河伯。尊親執圭璧，使巫策祝，請以身填金隄，因止宿廬居隄上。吏民數千萬人，爭叩頭救止尊，尊終不肯去。及水盛隄壞，吏民皆奔走，唯一主簿泣，在尊旁立不動，而水波稍却迴還，吏民嘉壯尊之勇節。」

〔二九〕加：超越，超過。

〔三〇〕揵（jiàn建）：通「楗」。堵決口時立於水中的柱樁。《史記・河渠書》集解：「如淳曰：樹竹塞水決之口，稍稍布插接樹之，水稍弱，補令密，謂之楗。以草塞其裏，乃以土填之，有石以石爲之。」索隱：「楗者，樹於水中，稍下竹及土石者也。」

〔三一〕搴(qiān千)長茭:《漢書·溝洫志》:「搴長茭兮湛(沉)美玉,河公許兮薪不屬。」注:「臣瓚曰:竹葦絙謂之茭也,所以引置土石也。師古曰:瓚説是也。搴,拔也。絙,索也。……茭字宜從竹。」按,茭通筊,即竹纜,可用以將土石由堤下引置於堤上。

〔三二〕簣:盛土竹器。

〔三三〕金鎚:鐵鎚。用來打柱樁或築土。電散:形容運鎚之疾。

〔三四〕蘧(qú渠)廬:驛舍。《莊子·天運》:「仁義,先王之蘧廬也,止可以一宿,而不可以久處。」郭注:「蘧廬,猶傳舍也。」

〔三五〕躒(lì歷):躍動。引申指達到。

〔三六〕齊:同。壯:勇猛。

〔三七〕成之不日:《詩·大雅·靈臺》:「庶民攻之,不日成之。」不日,不久。

〔三八〕金隄:《漢書·司馬相如傳》:「嫛姗勃窣,上金隄。」注:「言水之隄塘堅如金也。」峩峩:高聳。

〔三九〕重泉:謂水極深處或極深之水。《淮南子·齊俗訓》:「積水重泉,黿鼉之所便也。」

〔四〇〕方軌:兩車並行。《戰國策·齊策一》:「車不得方軌,馬不得並行。」

〔四一〕北河:指黄河。唐濟州屬河南道,黄河在州之北,故曰北河。竹箭:喻急流。《太平御覽》卷四〇引《慎子》:「河之下龍門,其流駛(疾)如竹箭,駟馬追,弗能及。」句謂隄修成後急流被擋回。

〔四二〕東郡:指濟州。鬱:草木茂盛。句指隄成之後,被洪水淹没之地又化爲農田。

〔四三〕宣州：治所在今安徽宣城。《裴公德政頌》曰：「公之方在河上也，有執訊者傳詔，命公爲宣州刺史。」

〔四四〕九仞：指隄防。《書·旅獒》：「不矜細行，終累大德，爲山九仞（八尺爲仞），功虧一簣。」

〔四五〕懷：懷藏。綠綸：《禮記·緇衣》：「王言如絲，其出如綸。」疏：「王言初出微細如絲，及其出行於外，言更漸大如綸也。」後因謂帝王之詔書爲絲綸。

〔四六〕密：隱祕，不洩露。金玉之音：謂貴重如金玉之音聲。《詩·小雅·白駒》：「毋金玉爾音，而有遐心。」疏：「汝雖不來，當傳書信，毋得金玉汝之音聲於我，謂自愛音聲，貴如金玉。」此指天子之音聲。

〔四七〕負薪：指百姓。《後漢書·班固傳》：「採擇狂夫之言，不逆負薪之議。」注：「負薪，賤人也。」

〔四八〕親執撲：指親自巡視督察。《左傳》襄公十七年：「子罕聞之，親執扑（竹鞭，也作「撲」），以行（巡視）築者（指築臺之人），而抶（鞭打）其不勉者。」勵：振奮。

〔四九〕畚：盛土器具。攀轅：牽挽車轅，表示挽留之意。《白孔六帖》卷七七：「（東漢）侯霸字君房，臨淮太守，被徵，百姓攀轅卧轍不許去。」《北史·宋世良傳》：「後拜清河太守。……及代至，傾城祖道……莫不攀轅涕泣。」

〔五〇〕廢歌：停止歌唱。淚雨濟澤：淚下成澤。此句底本原作「淚而濟袂」，《全唐文》作「淚濡齊袂」，俱非是，此從宋蜀本。袂陰魯郊：謂舉袂拭淚，使魯之郊野成陰天（唐濟州轄區，春秋時近魯地，故曰魯郊）。《晏子春秋·雜下六》：「臨淄三百閭，張袂成陰，揮汗成雨。」「袂陰」之語本此。此句底本原作「澤陰魯郊」，《全唐文》作「澤蔭魯郊」，俱非是，此從宋蜀本。以上二句形容哭者之多。

〔五二〕不崇朝：指極短的時間。《詩·鄘風·蝃蝀》：「崇朝其雨。」傳：「崇，終也。從旦至食時爲終朝。」四境：指濟州的四境。

噫〔一〕！公之視人也如子，人之去公也如父，宜其升聞于天〔二〕，司我五教〔三〕。公之富人也以簡，簡則不擾，而人得肆其業〔四〕，非富歟？公之愛吏也以嚴，嚴則畏威，而吏不陷于罪，非愛歟？是其大旨也。至若沛郡謂爲神明〔五〕，淮陽謝其清静〔六〕。尊經于學校，魯風載儒〔七〕；加信于兒童，齊人不詐〔八〕。明閑視聽〔九〕，其察姦也無全？曉習文法〔一〇〕，于決事乎何有〔一一〕？六義之製〔一二〕，文在于斯〔一三〕；五車之書〔一四〕，學半于我〔一五〕。其爲身計，保乎忠貞〔一六〕；將爲孫謀〔一七〕，貽以清白〔一八〕。熊軾之貴〔一九〕，子弟夷于平人〔二〇〕；龍門則高，賓客不遺下士〔二一〕。非禮不動〔二二〕，出言有章〔二三〕。語曰：「愷悌君子，人之父母〔二四〕。」其是之謂乎？維也不才，嘗備官屬〔二五〕，公之行事，豈不然乎？維實知之，維能言之。况夫婦男女，思我遺愛者，吟詠成風；耆艾人吏〔二六〕，願頌清德者，道路如市。則王襄所講，奚斯之頌，美政盛德，綴詞之士，固未嘗闕如也〔二七〕，維敢拒之哉？　頌曰：

〔一〕噫，宋蜀本、述古堂本、明十卷本俱作「嘻」。

〔二〕去公：離開裴公。　升聞于天：見《京兆尹張公德政碑》第五段注〔一〕。

〔三〕五教：《書·舜典》：「帝曰：『契，百姓不親，五品不遜（順），汝作司徒，敬敷五教，在寬。』」傳：「布五常之教，務在寬。」疏：「品謂品秩，一家之内尊卑之差，即父母兄弟子是也；教之義慈友恭孝，此事可常行，乃爲五常耳。」《左傳》文公十八年：「使布五教于四方，父義、母慈、兄友、弟共（恭）、子孝。」

〔四〕肄：修習。《文選》顔延之《皇太子釋奠會作詩》：「肄議芳訊，大教克明。」吕延濟注：「肄，習。」又操也。《法言·五百》：「聖人矢口而成言，肆筆而成書。」李軌注：「肆，操也。」此字《全唐文》作「肄」。

〔五〕至若：加之。　沛郡謂爲神明：疑用東漢鮑季壽事，然其詳情已不得而知。《北堂書鈔》卷七五引謝承《後漢書》：「鮑季壽爲沛（郡，國名。　西漢置郡，治所在今安徽濉溪縣西北。　東漢改爲國，東晋復爲郡）相（漢王國皆置相一人，地位相當于郡守），下民歌曰神君（言其明事如神。《後漢書·荀淑傳》：「莅事明理，稱爲神君。」）。」神明，謂無所不知，如神之明。《淮南子·兵略》：「見人所不見謂之明，知人之所不知謂之神，神明者先勝者也。」

〔六〕「淮陽」句：用漢汲黯事。《史記·汲鄭列傳》：「遷爲東海太守。黯學黄老之言，治官理民好清静，擇丞史而任之。其治責大指而已，不苛小。黯多病，卧閨閤内不出，歲餘，東海大治。……召拜黯爲淮陽（治所在今河南淮陽）太守。……黯居郡如故，治淮陽政清。」静，底本原作「浄」，此從宋蜀本。

〔七〕載：《後漢書·傅毅傳》：「奕世載德，迄我顯考。」注：「載，重也。」此言有魯人重儒之風，參見《濟州過趙叟家宴》注〔二〕。

〔八〕「加信」句：《後漢書·郭伋傳》：「（建武）十一年……調伋爲并州牧。……始至行部，到西河美稷，有童兒數百，各騎竹馬，於道次迎拜。伋問兒曹何自遠來？對曰：『聞使君到，喜，故來奉迎。』伋辭謝之。及事訖，諸兒復送至郭外，問使君何日當還？伋謂别駕從事，計日當（此字疑衍）告之。行部既還，先期一日，伋爲違信於諸兒，遂止于野亭，須期乃入。」齊人不詐：《史記·平津侯主父列傳》：「齊人多詐而無情實。」二句言對兒童也施以誠信，多詐者亦受其教化。

〔九〕明閑：明習，通曉，通達。《北史·薛琡傳》：「久在省闥，明閑簿領。」閑，《全唐文》作「簡」。視聽：見聞，輿情。

〔一〇〕曉習文法：《漢書·尹翁歸傳》：「爲獄小吏，曉習文法（法令條文）。」曉習，精通。

〔一一〕何有：不難之意。

〔一二〕六義：《毛詩序》：「故《詩》有六義焉：一曰風，二曰賦，三曰比，四曰興，五曰雅，六曰頌。」製：詩文作品。此言其製符合《詩》之六義。

〔一三〕文在于斯：語本《論語·子罕》：「文王既没，文不在兹乎？」斯，此。

〔一四〕五車之書：見《戲贈張五弟諲三首》其二注〔一〕。古常以五車之書稱人之博學。書，底本原作「事」，此從宋蜀本、明十卷本、奇字齋本、《全唐文》。

〔一五〕此句謂其學問倍于學富五車者。

〔一六〕忠貞：忠誠堅貞。《國語·晋語二》：「昔君問臣事君於我，我對以忠貞。」

〔一七〕孫：謂子孫。《詩·大雅·文王有聲》：「詒厥孫謀，以燕翼子。」

〔一八〕貽以清白：《後漢書·楊震傳》：「（震）性公廉，不受私謁，子孫常蔬食步行，故舊長者，或欲令爲開産業，震不肯，曰：『使後世稱爲清白吏子孫，以此遺之，不亦厚乎？』」貽，遺；宋蜀本、述古堂本、明十卷本俱作「賜」。

〔一九〕熊軾：見《送封太守》注〔三〕。

〔二〇〕夷：平，齊同。平人：平民。

〔二一〕龍門：《後漢書·李膺傳》：「膺獨持風裁，以聲名自高，士有被其容接者，名爲登龍門。」注：「以魚爲喻也。龍門，河水所下之口，在今絳州龍門縣。辛氏《三秦記》曰：『河津一名龍門，水險不通，魚鼈之屬莫能上，江海大魚薄集龍門下數千，不得上，上則爲龍也。』」世因以龍門喻高名碩望之人。下士：指地位低下的士人。

〔二二〕非禮不動：《論語·顏淵》：「非禮勿視，非禮勿聽，非禮勿言，非禮勿動。」

〔二三〕出言有章：《詩·小雅·都人士》：「其容不改，出言有章。」箋：「其動作容貌既有常，吐口言語又有法度文章。」

〔二四〕「愷悌」二句：語出《詩·大雅·泂酌》：「豈弟（同「愷悌」，謂和樂簡易）君子，民之父母。」

〔二五〕嘗備官屬：耀卿爲濟州刺史時，維嘗官濟州司倉參軍，故云。說見《年譜》。

〔二六〕耆艾：老人。年六十曰耆，五十曰艾。《荀子·致士》：「耆艾而信，可以爲師。」人吏：爲吏者。《韓詩外傳》卷五：「據法守職，而不敢爲非者，人吏也。」

〔二七〕王襄所講：《漢書·王褒傳》：「益州刺史王襄，欲宣風化於衆庶，聞王褒有俊材，請與相見，使褒作《中和樂職宣布詩》（注：「中和者，言政治和平也。樂職者，言百官各得其職也。宣布者，風化普洽，無所不被。」），選好事者，令依《鹿鳴》之聲，習而歌之。時汜鄉侯何武爲僮子，選在歌中。久之，武等學長安，歌太學下，轉而上聞，宣帝召見武等觀之，皆賜帛，謂曰：『此盛德之事，吾何足以當之？』」王襄，《全唐文》作「王褒」。講，謀。《左傳》襄公五年：「講事不令。」注：「講，謀也。」奚斯之頌：《文選》班固《兩都賦序》：「故皋陶歌虞，奚斯頌魯，同見采於孔氏，列于《詩》、《書》。」李善注：「《韓詩·魯頌》曰：『新廟弈弈，奚斯所作。』薛君曰：『奚斯，魯公子也。』言其新廟弈弈然盛，是詩公子奚斯所作也。』」綴詞：謂聯綴詞句以成文。潘岳《馬汧督誄》：「然則忠孝義烈之流，慷慨非命而死者，綴辭之士，未之或遺也。」以上四句意謂，王襄所謀，奚斯之頌，無非稱揚美政盛德，可見有美政盛德，著述之士，未嘗缺而不書。

童子何知兮〔一〕，公邁成人〔二〕；大不必佳兮〔三〕，公德日新。天生德于公兮〔四〕，遺此下民〔五〕。天子命我兮，守茲東郡。人謂公以謫去兮〔六〕，不能致訓〔七〕；公曾不私己兮〔八〕，政聲益振。惟歲十月兮，帝封岱宗〔九〕，千乘萬騎兮〔一〇〕，行幸山東〔一一〕。小郡之賦兮，再粒萬邦；豐不盈儉不陋兮〔一二〕，公之舉也得中。河爲不道兮〔一三〕，離常流以痛毒〔一四〕；不用一牲兮，不沉一玉〔一五〕。身當中流兮，馮夷感而避賢〔一六〕；敕陽侯兮，使却走夫洪漣〔一七〕。板築既具兮，薪又屬〔一八〕；庶人欣以就役兮，高岸崛起于深谷。人降丘宅土兮〔一九〕，桑田鬱以載緑〔二〇〕。行無五馬兮，食不載味〔二一〕；惠恤鰥寡兮，威讋黠吏〔二二〕；公之德兮，曾無與二。人思遺愛兮淚淫淫〔二三〕，歲久不衰兮至今。性與天道兮，吾不得聞〔二四〕；誌其小者近者兮，已是過人之德音〔二五〕。

〔一〕童子何知：語本《國語·晋語五》：「范文子暮退於朝，武子（范文子之父）曰：『何暮也？』對曰：『有秦客廋辭於朝（言以隱語問於朝），大夫莫之能對也，吾知三焉。』武子怒曰：『大夫非不能也，讓父兄也。爾童子何知，而三掩人於朝？』」

〔二〕邁：超過。

〔三〕大不必佳：《世説新語·言語》：「孔文舉（孔融，孔子二十四世孫）年十歲，隨父到洛。時李元禮（李膺）有盛名，爲司隸校尉，詣門者，皆儁才、清稱及中表、親戚乃通。文舉至門，謂吏曰：『我是李府君親。』既通，前坐，元禮問曰：『君與僕有何親？』對曰：『昔先君仲尼，與君先人伯陽（老子，姓李名耳），有師資之尊，是僕與君奕世爲通好也。』元禮及賓客莫不奇之。太中大夫陳韙後至，人以其語語之，韙曰：『小時了了，大未必佳。』文舉曰：『想君小時，必當了了。』韙大踧踖。」

〔四〕「天生」句：言上天將美德賦予公。《論語·述而》：「天生德于予，桓魋其如予何！」

〔五〕句謂上天將公贈與下民。

〔六〕謂，底本原作「調」，此從宋蜀本、明十卷本、《全唐文》。

〔七〕致訓：謂盡力訓導百姓。

〔八〕私：愛，愛惜。

〔九〕岱宗：即泰山。泰山别稱岱，舊謂岱爲四岳所宗，因曰岱宗。《書·舜典》：「歲二月，東巡守，至于岱宗。」傳：「泰山爲四岳所宗。」《釋文》：「岱音代，泰山也。」

〔一〇〕千乘萬騎：謂隨從乘輿的車馬極多。蔡邕《獨斷》卷下：「（天子）大駕公卿奉引，大將軍參乘，太僕御，屬車八十一乘，備千乘萬騎。在長安時出祠天於甘泉備之，百官有其儀注。」

〔一一〕山東：指崤山函谷關以東地區。

〔一二〕豐不盈儉不陋：言豐儉合宜。盈謂過豐；陋謂過儉，吝嗇。張衡《東京賦》：「奢未及侈，儉而不陋。」

〔一三〕不道：無道。

〔一四〕痡（pū撲）毒：禍害，爲害。《書·泰誓下》：「作威殺戮，毒痡四海。」傳：「痡，病也。言害所及遠。」

〔一五〕「不用」二句：古人迷信，每用牲玉祀水神以求消除水害，故云。《史記·河渠書》：「（天子）自臨決河，沉白馬玉璧于河。」

〔一六〕馮夷：傳説中的河神。《莊子·大宗師》：「馮夷得之，以游大川。」《釋文》：「馮夷，司馬云：『《清泠傳》曰：華陰潼鄉隄首人也，服八石，得水仙，是爲河伯。一云以八月庚子浴於河而溺死，一云渡河溺死。』大川，河也。」

〔一七〕陽侯：見本篇第四段注〔二七〕。却走：退走。洪漣：大浪。《文選》木華《海賦》：「噏波則洪漣踧蹜，吹澇則百川倒流。」李周翰注：「洪，大。漣，浪也。」

〔一八〕屬：聚。

〔一九〕降丘宅土：《書·禹貢》：「桑土既蠶，是降丘宅土。」傳：「地高曰丘。大水去，民下丘居平土，就桑蠶。」

〔二〇〕鬱：茂盛。載：生。

〔二一〕載味：猶兼味，即兩種以上的菜肴。載，《全唐文》作「再」。按，載、再通。

〔二二〕惠恤：加恩體恤。威讋（zhé 慴）：威慴，威懾。《梁書·武帝紀》：「若功業克建，威讋四海，號令天下，誰敢不從？」

〔二三〕淫淫：《楚辭·九章·哀郢》：「望長楸而太息兮，涕淫淫其若霰。」王逸注：「淫淫，流貌也。」

〔二四〕「性與」二句：語本《論語·公冶長》：「夫子之文章，可得而聞也；夫子之言性與天道，不可得而聞也。」此二句底本原作「性與天道，吾不得聞兮。」此從《全唐文》。聞，知。

〔二五〕德音：美好的聲譽。《詩·豳風·狼跋》：「公孫碩膚，德音不瑕。」

大唐大安國寺故大德浄覺禪師碑銘并序〔一〕

光宅真空〔二〕，心王之四履〔三〕；建功無得〔四〕，法將之萬勝〔五〕。故大塊群籟〔六〕，無弦出法化之聲〔七〕；恒沙衆形〔八〕，□□爲寶嚴之色〔九〕。至如六師兆亂〔一〇〕，四諦徂征〔一一〕，開甘露狹小之門〔一二〕，出臭烟朽故之宅〔一三〕。踞寶牀而摇白拂，徐誘草庵〔一四〕；沃金瓶而繫素繒〔一五〕，遂登蓮座〔一六〕。足使天口雄辯〔一七〕，刮語燒書〔一八〕；河目大儒〔一九〕，掊仁擊義〔二〇〕。斯爲究竟〔二一〕，孰不歸依？

〔一〕大安國寺：《長安志》卷八載，長安長樂坊「大半以東，大安國寺，睿宗在藩舊宅，景雲元年立爲寺，以本封安國（睿宗本封安國相王）爲名」。大德：見《大薦福寺大德道光禪師塔銘》首段注〔一〕。淨覺禪師：弘忍的再傳弟子。《歷代法寶記》云：「有東都沙門淨覺師，是玉泉神秀禪師弟子，造《楞伽師資血脈記》一卷。」按，神秀神龍二年（七〇六）二月卒於東都天宫寺（據淨覺《楞伽師資記》引玄赜《楞伽人法志》），而淨覺於神龍元年出家，居於太行山，直到景龍二年（七〇八），方至東都投於玄赜門下，則他不大可能得到神秀的親自傳授；《楞伽師資記》今存（敦煌寫本），書名下署「東都沙門釋淨覺居太行山靈泉谷集」。記中淨覺自稱受到弘忍弟子玄赜的傳授。又，敦煌寫本中另有淨覺撰《般若波羅蜜多心經注》一卷（斯四五五六），其前有荆州長史李知非序，云：「其禪師年二十三，起（原誤作「去」）神龍元年，在懷州太行山稠禪師以錫杖解虎斗處修道，居此山注《金剛般若理鏡》一卷。」據禪師神龍元年年二十三，可推知他當生于高宗弘道元年（六八六）。但其卒年此文未載，今亦難以確考，估計約在開元末或天寶初，今姑繫於天寶初。「禪」字底本原無，據宋蜀本、述古堂本、明十卷本補。又題下底本原無「并序」二字，據宋蜀本、述古堂本等補。

〔二〕光宅：充滿，布滿。《書·堯典》序：「聰明文思，光宅天下。」真空：意爲世界萬有虚幻不實。句謂虚幻不實的萬有布滿世界。

〔三〕心王：見《西方變畫讚》二段注〔七〕。四履：四境所至。《左傳》僖公四年：「昔召康公……賜我先君履，東至於海，西至於河，南至於穆陵，北至於無棣。」注：「履，所踐履之界。」《陳書·武帝紀》："二《南》崇絶，四履遐曠。"此指四方所至之境。

〔四〕無得：即無所得，參見《同崔興宗送衡嶽瑗公南歸》注〔四〕。得，底本原作"𣆶"，述古堂本作"导"（礙），此從宋蜀本。蓋"得"形近誤爲"导"，"导"形近又誤爲"𣆶"也。句謂在認識諸法皆空之理上建功。下句云"法將"，故此曰"建功"。

〔五〕法將：見《讚佛文》末段注〔一〕。萬，宋蜀本作"百"。句謂這是佛法維護者的戰無不勝之道。

〔六〕大塊群籟：大自然的各種聲響。《莊子·齊物論》："夫大塊噫氣，其名爲風。"成玄英疏："大塊者，造物之名，亦自然之稱也。"南朝陳傅縡《明道論》："明月在天，衆水咸見；清風在林，群籟畢響。"

〔七〕法化之聲：《維摩經·觀衆生品》："此室（指維摩詰室）常作天人第一之樂，絃出無量法化之聲。"法化，謂以佛法化人。

〔八〕恒沙：見《道光禪師塔銘》首段注〔二五〕。衆形：萬有的各種形貌。

〔九〕寶嚴：法寶（指佛之妙法）莊嚴之意。

〔一〇〕如：趙殿成云："如，顧本作和，誤，今校正。"按趙校是，宋蜀本、《全唐文》俱作"如"。六師兆亂：六師，一富蘭那迦葉，二末伽梨俱舍梨子，三删闍夜毗羅胝子，四阿耆多翅舍欽婆羅，五迦羅鳩馱迦旃延，六尼乾陀若提子。參見《長阿含經》卷一七、《增一阿含經》卷三二、《翻譯名義集》卷二等。六師是與釋迦牟尼同時代的反婆羅門教正統思想的六個學派的代表人物，因其與佛教主張不同，被稱爲「外道六師」。兆亂，始爲亂。據《涅槃經》卷二九、三〇載，佛初成道，舍衛城中有須達多長者，買祇陀園林，造立精舍，請佛居住，六師心生嫉妬，共集波斯匿王所，言「唯願大王聽我等輩與彼瞿曇（釋種之姓）較其道力，若彼勝我，我當屬彼，若我勝彼，彼當屬我」。佛爲六師故，遂現大希有神通變化，「六師徒衆，其數無量，破邪見心，正法出家」。六師内心慚愧，乃相與至婆枳多城，教彼人民，信受邪法。佛復至婆枳多城，作「大師子吼」（《維摩經·佛國品》：「演法無畏，猶如師子吼。」），化無量衆生。六師先後至六城，佛皆前往説法，六師不得停足，復至拘尸那城，謗佛爲大幻師，「令諸衆生增長邪見」。佛于是以其神力，請召十方諸大菩薩，作大師子吼，與六師共論。「爾時外道，其數無量，于佛法中，信心出家」。

〔一一〕四諦：佛教的基本教義之一。即苦諦、集諦、滅諦、道諦。依佛經解釋，「諦」爲「真理」之意。苦諦謂世俗世界的一切，本性都是「苦」；集諦謂造成世間人生及其苦痛的根源，爲所謂的「業」與「惑」；滅諦指斷滅惑業及世俗諸苦而達於涅槃；道諦指超脱苦、集的世間因果關係而達到出世間之涅槃的一切理論説教和修習方法。《四十二章經》：「世尊成道已……于鹿野苑中，轉四諦法輪，度憍陳如等五人而證道果。」徂征：前往征討。謂以四諦討伐外道。趙殿成曰：「徂，顧本作祖，誤，今校正。」按趙校是，宋蜀本、《全唐文》俱作「徂」。

〔一二〕「開甘」句：宣説佛之教法，打開通向涅槃之門。甘露門，見《苦熱》注〔一三〕。趙殿成曰：「露，顧本作靈，誤，今校正。」按趙校是，宋蜀本、述古堂本、《全唐文》俱作「露」。狹小門，佛法微妙難知，故云「狹小」。《法華經・譬喻品》：「是舍惟有一門，而復狹小。」隋智顗《法華經文句》卷五下云：「理純無雜故言一，即理能通故言門，微妙難知故言狹小。」

〔一三〕「出臭」句：喻使出離世俗世界的火宅。臭烟朽故之宅，即所謂「火宅」。《法華經・譬喻品》設一喻，言有一長者，其年衰邁，財富無量，家有大宅，基陛隤毁，梁棟傾斜，「是朽故宅」。忽然宅中火起，「臭烟烽焞，四面充塞」，是時長者諸子，在于宅中，「樂著嬉戲，不覺不知，不驚不怖」。長者告諭諸子，此舍已燒，宜時疾出，諸子無知，猶嬉戲不已。長者知諸子好種種珍玩奇異之物，于是「設方便」而告之言：有如此種種羊車鹿車牛車，今在門外，汝等速出，當皆與汝。諸子聞言，「競共馳走，爭出火宅」，長者隨賜以三種寶車。譬喻「三界無安，猶如火宅，衆苦充滿，甚可怖畏」，而衆生無知，猶嬉戲其中。如來爲拔濟衆生出離三界，乃以智慧方便，爲説聲聞、緣覺、菩薩三乘。若有衆生，聞法信受，由三乘而離于三界，即如彼諸子，爲求羊車、鹿車、牛車而出於火宅。

〔一四〕「踞寶」二句：意謂釋迦像富長者那樣坐在寶床上，旁邊有摇動白色拂塵的僕人侍候，他慢慢地誘導窮子離開草庵，終於獲得了寶藏。喻佛徐徐誘導衆生，使求佛慧，參見《西方變畫讚》首段注〔一二〕。《法華經・信解品》載窮子傭賃，輾轉至富長者家，見其「踞師子牀，寶几承足……吏民僮僕，手執白拂，侍立左右」，故言「踞寶牀而摇白拂」。白拂，綴以白毛的拂子，用來驅趕蚊蟲。

〔一五〕沃金瓶：謂以金瓶盛水灌頂。指成佛。《法苑珠林》卷一〇：「（佛）告諸大衆言：我初踰城，始出宮門外，有揵闥婆王……來至我所，即問我言：『欲往何所？』我答言：『欲求菩提。』彼語我言：『汝定成正覺。有拘留孫佛（過去七佛之一）欲入涅槃時，付囑我金瓶，瓶中有寶塔，盛七寶印……將付悉達（即釋迦），常使我護，若成正覺時，我尋來至，依言受瓶已。』不久成道……爾時揵闥婆王白十方佛言：『我見過去佛初成道時，咸昇金剛壇，金瓶盛水，用灌佛頂，成就法王位。今見釋尊，始得菩提，亦如前佛昇金剛壇，我聞山王下七重青海内，有八功德水……我自往取，欲灌釋迦頂。』彼揵闥婆王開瓶出印塔，將瓶取水。爾時十方諸佛，命我昇壇……十方來佛又告娑竭龍王：『汝往大海底寶馬王洲上頻伽羅山頂，彼有大巖窟，名爲金剛藏，用貯輪王鍾，及貯法王鍾，皆用黄金作……汝持佛鍾來，不用輪王者，即盛八功德水，以灌釋迦。』爾時龍王承佛教已，即取金鍾，以授十方諸佛。諸佛受已，命揵闥婆王：『汝持彼水來，瀉我金鍾内。』……時十方諸佛，以金鍾盛水，用灌我頂……我灌頂已，得浄三昧，無量佛法，一時皆現。」繫素繒：《華嚴經》卷四四云：「智慧無畏，猶如師子，法繒繫頂，開示祕密，到諸菩薩行願彼岸。」又卷六六云：「阿那羅王，有大力勢……以離垢繒，而繫其頂。」法繒繫頂，喻得佛法。以離垢繒繫頂，喻能離世俗煩惱之垢染。

〔一六〕蓮座：謂佛座。句謂釋迦於是登上佛的蓮花寶座。

〔一七〕天口：形容能言善辯。《文選》任昉《宣德皇后令》李善注引《七略》：「齊田駢好談論，故齊人爲語曰：天口駢。」

〔一八〕刮語燒書：《文選》揚雄《劇秦美新》：「刬滅古文，刮語燒書。」吕向注：「刮，除也。」

〔一九〕河目：相傳孔子河目海口。見卷一一《爲相國王公紫芝木瓜讚》首段注〔二〕。

〔二〇〕掊：打擊。

〔二一〕究竟：指究竟位，見《西方變畫讚》首段注〔一三〕。

禪師法名浄覺，俗姓韋氏，孝和皇帝庶人之弟也〔一〕。中宗之時，後宫用事〔二〕，女謁寢盛〔三〕，主柄潛移。戚里之親，固分珪組；屬籍之外，亦綰銀黄〔四〕。況乎天倫〔五〕，將議封拜。促尚方令鑄印〔六〕，命尚書使備策〔七〕。詰朝而五土開國〔八〕，信宿而駟馬朝天〔九〕。禪師歎曰：「昔我大師尚以菩提釋位〔一〇〕，今我小子欲以恩澤爲侯〔一一〕，仁遠乎哉〔一二〕？行之即是。」裂裳裹足以宵遁〔一三〕，乞食餬口以兼行〔一四〕。入太行山，削髮受具〔一五〕，尋某禪師故蘭若居焉〔一六〕。猛虎舐足，毒蛇熏體〔一七〕；山神獻果〔一八〕，天女散花〔一九〕，澹爾宴安〔二〇〕，曾無喜懼。先有涸泉枯柏，至是布葉跳波〔二一〕。東魏神泉，應焚香而忽湧〔二二〕；北天枲果，候飛錫而還生〔二三〕。禪枝必復之徵〔二四〕，法水再興之象〔二五〕。

〔一〕孝和皇帝：即中宗。《舊唐書·中宗紀》：「（景龍四年）九月丁卯，百官上謚曰孝和皇帝，廟號中宗。……天寶十三載二月，改謚曰大和大聖大昭孝皇帝。」庶人：即中宗韋后。京兆萬年人。

景龍四年六月，中宗遇毒暴崩，韋后臨朝稱制，引用其黨，分握政柄。同月，臨淄王李隆基率兵入宮，盡誅韋、武之黨，后亦爲亂兵所殺。七月，睿宗下制，「追廢皇后韋氏爲庶人。」參見《舊唐書・中宗韋庶人傳》、《睿宗紀》。

〔二〕後宮用事：指韋后干預國政。《通鑑》中宗神龍元年二月載：「上在房陵，與后同幽閉，備嘗艱危，情愛甚篤。上每聞敕使至，輒惶恐欲自殺，后止之曰：『禍福無常，寧失一死，何遽如是！』上嘗與后私誓曰：『異時幸復見天日，當惟卿所欲，不相禁制。』及再爲皇后，遂干預朝政，如武后在高宗之世。」又載桓彦範上表云：「伏見陛下每臨朝，皇后必施帷幔坐殿上，預聞政事。」

〔三〕女謁寖盛：女謁，謂通過宮廷嬖幸的女子而干求請託。《韓非子・詭使》：「近習女謁並行，百官主爵遷人，用事者過矣。」寖（jìn 浸），漸；底本原作「寢」，據宋蜀本、述古堂本、《全唐文》校正。《通鑑》中宗景龍二年七月載：「安樂、長寧公主（皆韋后女）及皇后妹郕國夫人、上官婕妤、婕妤母沛國夫人鄭氏、尚宮柴氏、賀婁氏，女巫第五英兒、隴西夫人趙氏，皆依勢用事，請謁受賕，雖屠沽臧獲，用錢三十萬，則別降墨敕除官。……上官婕妤及後宮多立外第，出入無節，朝士往往從之遊處，以求進達。安樂公主尤驕橫，宰相以下多出其門。」

〔四〕「戚里」四句：《舊唐書・韋庶人傳》云：「后方優寵親屬，内外封拜，遍列清要。」戚里，指外戚，《後漢書・張霸傳》贊：「霸貴知止，辭交戚里。」固，底本原作「同」，據宋蜀本、述古堂本改。分珪組，猶言分給官爵，參見《任君神道碑》首段注〔五一〕。屬籍，家族之名册。《史記・商君列傳》：

「宗室非有軍功論，不得爲屬籍。」索隱：「謂宗室若無軍功，則不得入屬籍。」《舊唐書・韋嗣立傳》：「嗣立與韋庶人宗屬疎遠，中宗特令編入屬籍。」綰，繫。銀黄：《漢書・楊僕傳》：「懷銀黄，垂三組。」注：「銀，銀印也；黄，金印也。」漢制，三公、將軍、列侯用金印，吏秩比二千石以上，用銀印。

〔五〕天倫：《穀梁傳》隱公元年：「兄弟，天倫也。」注：「兄先弟後，天之倫次。」此指姊弟。

〔六〕尚方：漢少府屬官有尚方（也作「上方」），置令、丞等，掌爲天子製作器物。《漢書・百官公卿表》師古注：「尚方，主作禁器物。」後分置中左右三尚方，唐省「方」字，置中左右三尚署。參見《通典》卷二七。

〔七〕尚書：秦少府屬官有尚書，漢因之，主在禁中掌文書章奏。至後漢，尚書主出納王命，統領庶務，權甚重。唐置尚書省，但制敕之事不由尚書省而由中書省負責掌管。參見《通典》卷二二。此處蓋就漢之尚書而言。策：指策書，天子詔令的一種，多用於命官授爵。

〔八〕詰朝：次日早晨。《左傳》成公二年：「子以君師辱於敝邑，不腆敝賦，詰朝請見。」五土開國：謂分封諸侯。《書・禹貢》：「厥貢惟土五色。」傳：「王者封五色土爲社，建諸侯，則各割其方色土與之，使立社。」疏引《韓詩外傳》曰：「天子社廣五丈，東方青，南方赤，西方白，北方黑，上冒以黄土。將封諸侯，各取其方色土，苴以白茅，以爲社。」又引蔡邕《獨斷》曰：「天子大社，以五色土爲壇，皇子封爲王者，授之大社之土，以所封之方色，苴以白茅，使之歸國以立社，謂之茅社。」此指授給王或郡王的爵位。五土，即指五色土。《通鑑》中宗神龍二年：「夏，四月，改贈后父韋玄貞爲酆王，后四弟皆贈郡王。」

〔九〕信宿：過了兩夜。《詩·豳風·九罭》：「公歸不復，於女信宿。」《左傳》莊公三年：「凡師一宿爲舍，再宿爲信。」駟馬朝天：乘駟馬車朝見天子。指爲貴官。

〔一〇〕大師：佛之尊號。《瑜珈師地論》卷八二：「能善教誡聲聞弟子一切應作不應作事，故名大師。」句指昔釋迦尚爲求菩提而去位。釋迦本是古印度迦毗羅衛國浄飯王的太子，後捨棄王族生活，出家修道，故云。

〔一一〕以恩澤爲侯：《漢書》有《外戚恩澤侯表》，謂如后父帝舅等，俱非以功受爵，乃出於天子之私恩而封侯，故稱恩澤侯。

〔一二〕仁遠乎哉：《論語·述而》：「仁遠乎哉？我欲仁，斯仁至矣。」

〔一三〕裂裳裹足：《文選》劉峻《廣絶交論》：「是以耿介之士，疾其若斯，裂裳裹足，棄之長騖。」李善注引《墨子》曰：「公輸欲以楚攻宋，墨子聞之，自魯往，裂裳裹足，十日至郢。」

〔一四〕餬，宋蜀本作「飲」。兼行：以加倍的速度趕路。

〔一五〕受具：受具足戒。《涅槃經》卷二一：「譬如幼年初得出家，雖未受具，即墮僧數。」具足戒别稱「大戒」，爲佛教比丘和比丘尼應受的戒律，凡二百五十條。因與沙彌、沙彌尼所受的戒律相比，戒品具足，故名。出家人受持此戒，即取得正式僧尼資格。《四分律》卷三四：「不應授年未滿二十者具足戒。何以故？若年未滿二十，不堪忍寒熱飢渴、風雨蚊虻毒蟲，及不忍惡言；若身有種種苦痛不堪忍，又不堪持戒及一食。」

〔一六〕某禪師：《般若心經注》李知非序謂爲「稠禪師」。蘭若：指佛寺。

〔一七〕熏體：指氣燄灼人。熏，猶熏灼。

〔一八〕山神獻果：《法苑珠林》卷三六：「唐始州永安縣釋慧主，姓賈，持律第一，兼營福業。後至故鄉南山藏伏，惟食松葉，異類禽獸，同集無聲，或有山神與送茯苓甘松香來。」

〔一九〕天女散花：見《能禪師碑》首段注〔一〇〕。

〔二〇〕澹：恬静。宴安：安逸。

〔二一〕「先有」二句：李知非序云：「古今相傳高歡之時，稠禪師於太行靈泉見兩虎鬥，争一鹿，以錫杖分之，兩虎伏地，不敢争也。稠禪師涅槃已後，數百年無人住持，靈泉涸竭，柏樹枯朽。自從大唐浄覺禪師尋古賢之迹，再修□禪宇，掃灑未經三日，涸泉謂之涌出，朽柏謂之再茂也。」

〔二二〕「東魏」二句：《晋書·佛圖澄傳》：「襄國城塹水源在城西北五里，其水源暴竭，（石）勒問澄何以致水，澄曰：『今當敕龍取水。』迺與弟子法首等數人至故泉源上，坐繩牀，燒安息香，呪願數百言。如此三日，水泫然微流，有一小龍長五六寸許，隨水而來，諸道士競往視之。有頃，水大至，隍塹皆滿。」襄國在今河北邢臺西南，後趙石勒建都於此，「此云東魏，未詳」（趙殿成注）。焚，底本原作「聞」，據宋蜀本、明十卷本、奇字齋本、《全唐文》改。

〔二三〕飛錫：見《過盧員外宅看飯僧共題七韻》注〔五〕。句謂等遊方的僧人前來而再生。

〔二四〕禪枝：佛寺之樹。蕭統《講席將畢賦三十韻詩依次用》：「蘂樹永繁稠，禪枝詎凋摵。」此喻指禪法。

〔二五〕法水：喻佛法。佛教認爲佛法能洗滌衆生心中的煩惱塵垢，故譬之以水。《無量義經・説法品》：「法譬如水，能洗垢穢……其法水者，亦復如是，能洗衆生諸煩惱垢。」象：跡象。

聞東京有賾大師〔一〕，乃脱履户前〔二〕，摳衣座下〔三〕，天資義性〔四〕，半字敵于多聞〔五〕；宿植聖胎〔六〕，一瞬超于累劫〔七〕。九次第定〔八〕，乘風雲而不留〔九〕；三解脱門〔一〇〕，揭日月而常照〔一一〕。雪山童子〔一二〕，不顧芭蕉之身〔一三〕；雲地比丘〔一四〕，欲成甘蔗之種〔一五〕。大師委運〔一六〕，遂廣化緣〔一七〕。海澄而龍頷珠明〔一八〕，雷震而象牙花發〔一九〕。外家公主〔二〇〕，長跽獻衣〔二一〕；薦紳先生〔二二〕，却行擁篲〔二三〕。乞言于無説〔二四〕，請益于又損〔二五〕。天池杯水，遍含秋月之輝〔二六〕；草葉樹根，皆霑宿雨之潤。不窺世典，門人與宣父中分〔二七〕；不受人爵〔二八〕，廪食與封君相比〔二九〕。至于律儀細行〔三〇〕，周密護持〔三一〕；經典深宗〔三二〕，毫釐剖析。窮其二翼〔三三〕，即入佛乘〔三四〕；趣得一毛〔三五〕，亦成僧寶〔三六〕。

〔一〕東京：《舊唐書・地理志》：「天寶元年，改東都（洛陽）爲東京。」賾大師：即玄賾。《楞伽師資記》、《歷代法寶記》謂玄賾爲弘忍十或十一大弟子之一，《景德傳燈録》卷四載弘忍第一世弟子十三人，其中有「常州玄賾禪師」。又《歷代法寶記》載武則天曾遣使請玄賾至則天内道場供養（則天長期留居東都，在洛陽宫中置有内道場），故此云「東京有賾大師」。《楞伽師資記》序云：「大唐中宗孝和皇帝景龍二年，勅召（玄賾）入西京，便於東都廣開禪法，浄覺當衆歸依，一心承事。……浄覺宿世有緣，親蒙指授，始知方寸之内，具足真如，昔所未聞，今乃知耳。」賾，諸本皆作「頤」。按，此二字形近，易於致誤。《楞伽師資記》記玄賾事，也有書作「玄頤」者。

〔二〕脱屨户前：《莊子·寓言》：「陽子居（《列子·黄帝》作楊朱）南之沛，老聃西遊於秦，邀於郊，至於梁而遇老子。老子中道仰天而歎曰：『始以汝爲可教，今不可也。』陽子居不答。至舍，進盥漱巾櫛，脱屨户外，膝行而前曰：『向者弟子欲請夫子，夫子行不閒，是以不敢。今閒矣，請問其過。』」屨，宋蜀本作「屨」。

〔三〕摳衣：指提起袍子的前襟而行，以示敬謹。《禮記·曲禮上》：「摳衣趨隅，必慎唯諾。」疏：「摳，提也。衣，裳也。」

〔四〕天資：天賦。義性：指明見佛教義理之性。

〔五〕半字：見《讚佛文》第二段注〔八〕。古印度童子受學，先自半字始，故此處即以「半字」指「初學」。多聞：指博學多聞的學者。

〔六〕宿植：猶言「前生樹立」。聖胎：鳩摩羅什譯《仁王經》卷上：「一切諸佛菩薩，長養十心（生長養育十種善心)，爲聖胎也。」此指成佛之始基。

〔七〕句謂瞬間即悟，超過了他人之累劫修行。

〔八〕九次第定：見卷一一《爲舜闍黎謝御題大通大照和尚塔額表》注〔一五〕。

〔九〕句謂禪定的九個次第，皆如乘風雲飛越而過。極言其修習進程之速。

〔一〇〕三解脱門：指三種禪定，即三個獲得解脱、進入涅槃的門户。詳見《爲舜闍黎謝御題……塔額表》注〔一四〕。

〔一一〕揭：高舉，高懸。句謂猶如高懸的日月永遠照耀。

〔一二〕雪山童子：即雪山大士。佛書謂釋迦於過去世時，在雪山(喜馬拉雅山)苦行修菩薩道，稱雪山大士。《涅槃經》卷一四：「善男子，過去之世，佛日未出，我於爾時作婆羅門，修菩薩行……住於雪山。……我於爾時獨處其中，唯食諸果。食已，繫心思惟坐禪，經無量歲。」《摩訶止觀》卷二：「雪山大士絶形深澗，不涉人間。」大士，菩薩之通稱。佛經恒稱菩薩爲童子。《釋氏要覽》卷上：「今經中呼文殊、善財、寶積、月光等諸大菩薩爲童子者，即非稚齒。……若菩薩從初發心，斷淫欲，乃至菩提，是名童子。」比喻指浄覺。

〔一三〕芭蕉之身：《涅槃經》卷一云：「是身不堅，猶如蘆葦、伊蘭、水泡、芭蕉之樹。」又卷三一云：「譬如芭蕉，生實則枯，一切衆生，身亦如是。……亦如芭蕉，内無堅實，一切衆生，身亦如是。」句指不顧不堅實之身而苦修。

〔一四〕雲地比丘：指浄覺。雲地，猶言山間。比丘，出家受具足戒者，男曰比丘，女曰比丘尼。

〔一五〕甘蔗之種：《法苑珠林》卷八：「《菩薩本行經》云：甘蔗王次前有王名大茅草，以王位付諸大臣……王出家已，持戒清浄……得成王仙，壽命極長。至年衰老……不能遠行。時彼王仙有諸弟子，弟子欲往東西求覓飲食，取好軟草安置籠裏，用盛王仙，懸樹枝上。何以故？畏諸蟲獸來觸王仙。……有一獵師遊行山野，遥見王仙，謂是白鳥，隨即射之……有兩滴血出墮于地，即便命終。……爾時彼地有兩滴血，即便生出二甘蔗芽……至時甘蔗熟，日炙開，剖其一莖蔗，出一童子，更一莖蔗，出一童女。……此童子者，既是日炙熟甘蔗開而出生，故一名善生，又從其甘蔗出，故第二復名甘蔗生，又以日炙甘蔗出，故亦名日種。彼女因緣一種無異，故名善賢，復名水波。時彼諸臣取甘蔗種所生童子……立以爲王。其善賢女，至年長大……即拜爲王第一之妃。」又《佛本行集經》卷五載，善賢生四子，後在雪山之南建國，姓曰釋迦。第四子爲王，名尼拘羅，釋迦牟尼即其六世孫。此處指釋迦之種、佛種。

〔一六〕大師：指浄覺。委運：聽任命運安排，隨順自然。《晋書・郭璞傳》論：「自可居常待終，積心委運，何至銜刀被髪，遑遑於幽穢之間哉！」

〔一七〕化緣：教化世人的因緣。據稱釋迦因有化緣而入世，緣盡即去。《南海寄歸傳》卷一：「化緣斯盡，能事畢功。」「廣化緣」指廣爲説法，教化衆生。

〔一八〕龍頷珠明：《莊子・列禦寇》：「千金之珠，必在九重之淵而驪龍頷下。」《埤雅・釋魚・鮫》：「龍珠在頷。」「頷」疑爲「頜」字之誤。句謂就像海水清澈而驪龍頜下的寶珠明亮。

〔一九〕「雷震」句：傳説象聞雷則牙上生花。《涅槃經》卷八：「譬如虛空震雷起雲，一切象牙上皆生華。若無雷震，華則不生，亦無名字。衆生佛性，亦復如是，常爲一切煩惱所覆，不可得見。是故我説，衆生無我，若得聞是大般涅槃微妙經典，則見佛性，如象牙華。……聞是經已，即知一切如來所説祕藏佛性，喻如天雷，見象牙華。聞是經已，即知一切無量衆生皆有佛性，以是義故，説大涅槃，名爲如來祕密之藏，增長法身，猶如雷時，象牙上華。」句喻指衆生聞淨覺所説之法，即明見自身固有的佛性。

〔二〇〕外家：指天子之外家（舅家）。

〔二一〕跽：古人席地而坐，以兩膝著地，兩股貼於兩腳跟上。股不著腳跟爲跪，跪而聳身直腰爲跽。此字述古堂本、《全唐文》俱作「跪」。

〔二二〕薦紳：指仕宦者或儒者。《史記·五帝本紀》：「薦紳先生難言之。」集解：「徐廣曰：『薦紳即縉紳也，古字假借。』」

〔二三〕却行擁篲：《史記·高祖本紀》：「後高祖朝，太公擁篲，迎門却行。」集解：「李奇曰：『爲恭也，如今卒持帚者也。』」擁，持。篲，帚。古之人迎候貴客，常擁篲却行（退着走），以示恭敬。

〔二四〕無説：趙殿成注：「《涅槃經》（按見卷一八）：『如來雖爲一切衆生演説諸法，實無所説。何以故？有所説者，名有爲法；如來世尊，非是有爲，是故無説。』」按《金剛經》云：「所謂佛法者，即非佛法。」又云：「若人言如來有所説法，即爲謗佛。」蓋謂佛法本空，故無所説，參見卷一一《繡如意輪像讚》首段注〔四五〕。又，禪宗認爲「一切佛法，自心本有」（《景德傳燈録》卷四），因此强調内心自悟，「以心傳心」，「無説」亦可能即指此而言。《壇經》第九節載弘忍曰：「法以心傳心，當令自悟。」《禪源諸詮集都序》卷一云：「（達摩）欲令知月不在指，法是我心，故但以心傳心，不立文字。」又卷二云：「達摩善巧，揀文傳心，標舉其名，默示其體，喻以壁觀。」

〔二五〕又損：《老子》四十八章：「爲學日益，爲道日損（王弼注：「務欲反虚無也。」），損之又損，以至於無爲。」句謂請益於他的不斷摒除世俗的思想行爲而歸於無爲。

〔二六〕天池：指海。《莊子·逍遥遊》：「南冥（南海）者，天池也。」二句謂無論大海或杯水，皆含秋月之輝。喻禪師之教化遍及群生。

〔二七〕世典：佛教指佛教經典以外的書籍。「門人」句：見《能禪師碑》第四段注〔九〕。宣父，即孔子。

〔二八〕人爵：《孟子·告子上》：「公卿大夫，此人爵也。」

〔二九〕廩食：倉中的糧食。封君：有封邑的貴族。《漢書·貨殖傳》：「秦漢之制，列侯封君食租税，歲率户二百。」

〔三〇〕律儀：《大乘義章》卷一〇：「言律儀者，制惡之法，説名爲律，行依律戒，故號律儀。又復内調亦爲律，外應真則，目之爲儀。」律，止惡之律法，即比丘、比丘尼的禁戒。儀，行動之儀則。細行：小事小節。《書·旅獒》：「不矜細行，終累大德。」

〔三一〕周密：趙殿成曰：「顧本作由米，誤，今從《孔氏六帖》校正。」按，此二字宋蜀本作「虫米」，述古堂本、明十卷本作「由米」，唯《全唐文》作「周密」。護持：保護維持。

〔三二〕宗：宗旨，主旨。

〔三三〕二翼：趙殿成注：「釋氏以權實爲二翼，或以定慧爲二翼。《涅槃經》：『猶如車有二輪，則有載用，鳥有二翼，堪令飛行。』」二翼指兩種相輔相成的事物，如鳥之二翼，不可或缺。權謂一時權宜之法，實指圓滿至極之法。定慧，禪定與智慧，亦稱止觀。《修習止觀坐禪法要》云：「若夫泥洹（涅槃）之法，入則多途，論其急要，不出止觀二法。」又云：「若人成就定、慧二法，當知此之二法，如車之雙輪，鳥之雙翼，若偏修習，即墮邪倒。」此處疑即指定慧。

〔三四〕佛乘：亦曰一乘，謂引導教化衆生成佛的唯一方法或途徑。《法華經·方便品》：「如來但以一佛乘故，爲衆生説法。」

〔三五〕趣：趨。句指世人得淨覺之一毛。

〔三六〕僧寶：即「僧」。佛教稱佛、法、僧爲三寶，故云。「僧」指能繼承、宣揚佛教教義的僧人。《法苑珠林》卷一九：「夫論僧寶者，謂禁戒守真，威儀出俗，圖方外以發心，棄世間而立法，官榮無以動其意，親屬莫能累其想，宏道以報四恩，育德以資三有，高越人天，重踰金玉，稱爲僧也。是知僧寶利益，不可稱紀。」

于是同凡現疾，處順將終〔一〕，忽謂衆人：「有疑皆問〔二〕，我于是夜，當入無餘〔三〕。」開口萬言，音和水鳥〔四〕；踴身七樹，光映天人〔五〕。如𨻶出行〔六〕，泯然趺坐〔七〕。以某載月日歸大寂滅，某月日遷神于少陵原赤谷蘭若〔八〕。香油細氍，用以荼毘〔九〕；合璧連珠，爲之葬具〔一〇〕。城門至于谷口，幡蓋相連〔一一〕；法侣之與都人〔一二〕，縞素相半〔一三〕。叩膺拔髮〔一四〕，灑水坌塵〔一五〕。升堂入室之徒，數踰七十〔一六〕；破山澍海之哭〔一七〕，聲震三千〔一八〕。則有僧某乙、尼某乙、故惠莊某氏〔一九〕、某郡主〔二〇〕、賢者某乙等，各在衆中，爲其上首〔二一〕。或行如白雪，或名亞紅蓮〔二二〕；或爲勝鬘夫人〔二三〕，或稱毘邪居士〔二四〕。二空法外，何處進求〔二五〕？七覺分中，誰當決釋〔二六〕？猶依舍利〔二七〕，冀獲菩提。身塔不出虎溪〔二八〕，淚碑有同羊峴〔二九〕。表心成相〔三〇〕，相非離于真如〔三一〕；叙德以言，言豈著于文字？乃爲銘曰：

〔一〕同凡現疾：謂大師同凡人一樣出現疾病。處順將終：言將順乎自然而死。參見《與胡居士皆病寄此詩兼示學人二首》其一注〔五〕。

〔二〕有疑皆問：《涅槃經》卷一：「大覺世尊將欲涅槃，一切衆生若有所疑，今悉可問，爲最後問。」

〔三〕當入無餘：《法華經·序品》：「如來于今日中夜，當入無餘涅槃。」無餘即無餘涅槃，指「生死」之因果皆盡，不復受生于世間三界者。佛教謂無餘涅槃之現，須在命終之時。

〔四〕音和水鳥：見《給事中竇紹……畫西方阿彌陀變讚》二段注〔一三〕。趙殿成曰：「鳥，顧本作馬，誤，今校正。」按趙校是，《全唐文》亦作「鳥」。

〔五〕「踴身」二句：《大般涅槃經後分》卷上：「爾時世尊，以黄金身，示大衆已，即放無量無邊百千萬億大涅槃光，普照十方一切世界，日月所照，無復光明。放是光已……即從七寶師子大牀，上昇虚空，高一多羅樹（即貝多樹，形似棕櫚，極高者達七八十尺），一反告言：『我欲涅槃，汝等大衆，看我紫磨黄金色身。』如是展轉，高七多羅樹，七反告言：『我欲涅槃，汝等大衆，應當深心看我紫磨黄金色身。』……如是慇懃二十四反，告諸大衆……汝等大衆，應當深心瞻仰，爲是最後見于如來，自此見已，無復再覩。」

〔六〕暫：同「暫」。

〔七〕泯然：寂然。趺坐：見《登辨覺寺》注〔六〕。句謂其寂然盤坐而化。

〔八〕遷神：遷移靈柩或遺體。見《能禪師碑》四段注〔三〇〕。少陵原：在今陝西長安縣南。《長安志》卷一一：「少陵原在（萬年）縣南四十里，南接終南，北至滻水西，屈曲六十里，入長安縣界，即漢鴻固原也。宣帝許后葬于此，俗號少陵原。」赤谷：疑爲終南山山谷名。

〔九〕「香油」二句：《大般涅槃經後分》卷上：「（佛言）阿難，我入涅槃，如轉輪王，經停七日，乃入金棺，以妙香油注滿棺中，密蓋棺門。……經七日已，復出金棺。既出棺已，應以一切衆妙香水，灌洗沐浴如來之身。既灌洗已，以上妙兜羅綿，徧體纏身，次以微妙無價白氎千張，復于綿上纏如來身。又入金棺，復以微妙香油，盛滿棺中，閉棺令密。爾乃……至荼毘所。無數寶幢，無數寶蓋……周徧虛空，悲哀供養。一切天人，無數大衆，應各以旃檀（香木名）沉水（其木置水則沉，故云）微妙香油荼毘如來，哀號戀慕。荼毘已訖，天人四衆收取舍利，盛七寶瓶，于都城内四衢道中，起七寶塔，供養舍利。」細氎，細棉布，用以裹尸。荼毘，火葬。《翻譯名義集》卷五：「闍維或耶旬，正名荼毘，此云焚燒。」

〔一〇〕「合璧」二句：言以日月星辰爲葬具，亦即不用葬具之意。《漢書・律曆志上》：「日月如合璧，五星如連珠。」注：「孟康曰：『謂太初上元甲子夜半朔旦冬至時，七曜皆會聚斗、牽牛分度，夜盡如合璧連珠也。』」《莊子・列禦寇》：「莊子將死，弟子欲厚葬之。莊子曰：『吾以天地爲棺槨，以日月爲連璧，星辰爲珠璣，萬物爲齎送。吾葬具豈不備邪？何以加此！』」

〔一一〕幡蓋：供奉佛菩薩等之具。幡，旌旗之屬；蓋，傘蓋，用以防塵。《長阿含經》卷四：「擎持幡蓋，燒香散花。」

〔一二〕法侶：猶言僧侶。

〔一三〕縞素相半：指各有一半著白色喪服。

〔一四〕叩膺拔髮：《大般涅槃經後分》卷上：「爾時樓逗告諸大衆、一切天人：『大覺世尊已入涅槃。』爾時無數大衆聞是語已，一時昏迷……其中或有隨佛滅者……或常搥胸大叫者，或舉手拍頭自拔髮者。」叩膺，即「搥胸」。

〔一五〕灑水：指心生戀慕，不忍其火化。坌（bèn笨）塵：坌，塵土飛揚，着落于物。《四十二章經》：「逆風揚塵，塵不至彼，還坌己身。」《大方便佛報恩經》卷五載，舍利弗（佛十大弟子之一）聞佛將入涅槃，「即昇虛空，身中出火，即自燒身，取于涅槃。爾時大衆戀慕舍利弗，目不暫捨，心生戀慕，舉身大哭，塵土坌身。」「坌塵」即用其事，指舉身大哭，揚起塵土。

〔一六〕「升堂」二句：《孔子家語・弟子行》謂孔門弟子「入室升堂者，七十有餘人」。升堂入室，喻學藝精絶，深得師傳。見《能禪師碑》二段注〔三〕。

〔一七〕「破山」句：《晉書・顧愷之傳》「（桓）温薨後，愷之拜温墓，賦詩云：『山崩溟海竭，魚鳥將何依！』或問之曰：『卿憑重桓公乃爾，哭狀其可見乎？』答曰：『聲如震雷破山，淚如傾河注海。』」澍，通「注」。

〔一八〕聲震三千：《大般涅槃經後分》卷下謂佛荼毘時，「城内士女，天人大衆，復重悲哀，各以所持，號泣供養，一時禮拜，右繞七匝，悲號大哭，聲震三千」。三千，指三千大千世界。

〔一九〕惠莊：《舊唐書・睿宗諸子傳》：「惠莊太子撝，睿宗第二子也。……（開元）十二年，病薨，册贈惠莊太子。」某氏：指惠莊太子妃某人。

〔二〇〕郡主：《舊唐書・職官志》：「皇太子之女，封郡主，視從一品。」

〔二一〕爲其，底本原作「共爲」，述古堂本、明十卷本、奇字齋本俱作「爲共」，此從宋蜀本。上首：即首座、主席。

〔二二〕亞，底本原作「詎」，據宋蜀本、明十卷本、《全唐文》校正。紅蓮：指蓮花夫人。亦即鹿女。《雜寶藏經》卷一載，鹿女生時，有蓮花裹其身；漸長大，「腳蹈地處，皆出蓮華」。後烏提延王以之爲第二夫人，生五百王子，皆有大力士之力。參見《遊感化寺》注〔九〕。

〔二三〕勝鬘夫人：見《西方變畫讚》二段注〔一〇〕。

〔二四〕稱，宋蜀本、明十卷本俱作「是」。毘邪居士：指維摩詰。維摩詰爲毘耶離城富有的居士。毘邪，即毘耶，毘耶離的略稱。在恒河南、中印度境。《維摩經·方便品》：「爾時毘耶離大城中，有長者名維摩詰，已曾供養無量諸佛，深植善本。」參見《西方變畫讚》二段注〔一三〕。

〔二五〕二空：人空、法空。人空，亦稱人無我，指人由五藴（見《奉勑詳帝皇龜鏡圖狀》二段注〔一〇〕）假和合而成，没有常恒的實在自體。法空，亦稱法無我，指一切事物皆由種種因緣和合而生，不斷變遷，無常恒堅實的自體。小乘只講人空，大乘則主張二空。《成唯識論》卷一：「由執我、法（否定人無我、法無我），二障（障礙成就佛果的兩類煩惱）具生，若證二空，彼障隨斷。」外：有「内中」、「上」之義，説見王鍈《詩詞曲語辭例釋》。二句意謂，浄覺已卒，將至何處進求二空之法？

〔二六〕七覺分：亦作「七覺支」，是達到佛教覺悟的七個次第或組成部分。據《雜阿含經》卷二六等記述，一曰念覺分，二曰擇法覺分，三曰精進覺分，四曰喜覺分，五曰輕安覺分，也稱「除覺分」，六曰定覺分，七曰捨覺分。決釋：分辨解釋。

〔二七〕依，底本原作「衣」，此從宋蜀本、明十卷本、奇字齋本。舍利：見《道光禪師塔銘》首段注〔三五〕。

〔二八〕「身塔」句：用慧遠事，見《過感化寺曇興上人山院》注〔二〕。

〔二九〕「淚碑」句：言爲大師立的碑如同峴山上羊祜的墮淚碑。《晋書·羊祜傳》：「祜樂山水，每風景，必造峴山（在襄陽），置酒言詠，終日不倦。嘗慨然歎息，顧謂從事中郎鄒湛等曰：『自有宇宙，便有此山。由來賢達勝士，登此遠望，如我與卿者多矣！皆湮滅無聞，使人悲傷。如百歲後有知，魂魄猶應登此也。』湛曰：『公德冠四海，道嗣前哲，令聞令望，必與此山俱傳。……』……（祜卒，）襄陽百姓於峴山祜平生游憩之所建碑立廟，歲時饗祭焉。望其碑者莫不流涕，杜預因名爲墮淚碑。」淚，趙殿成曰：「舊作涙，非。」按明十卷本、《全唐文》皆作「涙」。峴，宋蜀本、明十卷本俱作「祜」。

〔三〇〕此句指表達心情而形成「叩膺拔髮」等相狀。

〔三一〕真如：指空性，參見《謁璿上人》注〔一七〕。佛教認爲，「凡所有相，皆是虛妄」（《金剛經》），故曰「相非離于真如」。

小三千界〔一〕，後五百年〔二〕，空乘玉牒〔三〕，莫覩金仙〔四〕。無量義處〔五〕，如來之禪〔六〕，皆同目論〔七〕，誰契心傳〔八〕？其一。弟在人間，姊歸鳳闕〔九〕。去日留釧〔一〇〕，別時剪髮。累賜金錢，將加印紱〔一一〕。忽爾宵遁，終然兩絶。其二。救頭學道〔一二〕，裹足尋師。一花寶樹〔一三〕，八水香池〔一四〕。戒生忍草，定長禪枝〔一五〕。不疑少父〔一六〕，更似嬰兒〔一七〕。其三。既立勝幡〔一八〕，併摧邪網〔一九〕。利眼金翅，圓身寶掌，巧撮死龍〔二〇〕，能調老象〔二一〕。魔種敗壞，聖胎長養〔二二〕。其四。四生滅度〔二三〕，五陰虛空〔二四〕。無説無意〔二五〕，非異非同〔二六〕。此身何處？彼岸成功〔二七〕。當觀水月〔二八〕，莫怨松風〔二九〕。其五。

〔一〕小三千界：小小的三千大千世界。

〔二〕後五百年：佛教稱佛入滅後，依法之興廢，可劃分成五個五百年：第一個五百年曰解脱堅固，第二個五百年曰禪定堅固，第三曰多聞堅固，第四曰塔寺堅固，第五曰鬭諍堅固。所謂「鬭諍堅固」，蓋指是時廢棄三學（戒學、定學、慧學），增長邪見，唯以鬭諍爲事。參見《大集月藏經》卷一〇。「後五百年」即指第五個五百年。《金剛經》：「如來滅後，後五百歲，有持戒修福者，於此章句能生信心。」

〔三〕空：只，僅。乘：猶言利用。玉牒：指佛典。唐窺基《因明入正理論疏》：「金容映夢，玉牒暉晨。」

〔四〕金仙：謂佛。李白《贈僧崖公》：「授予金仙道，曠劫未始聞。」此指佛的雕像。

〔五〕無量義處：即無量義處三昧。《法華經・序品》：「爾時世尊……爲諸菩薩説大乘經，名《無量義》。……佛説此經已，結跏趺坐，入于無量義處三昧，身心不動。」無量義處，謂無量法門所依之處，即無相。《無量義經》：「無量義者，從一法生，此一法者，即無相也。」無量義處三昧即無相三昧，指觀諸法無相、本無差別（諸法皆空）之禪定。

〔六〕如來之禪：如來所得之禪定，即首楞嚴三昧。《楞伽經》卷二：「云何如來禪？謂入如來地得自覺聖智相、三種樂住，成辦衆生不思議事，是名如來禪。」《楞伽經註解》卷二：「如來禪者，即首楞嚴也。」《首楞嚴三昧經》卷上稱此三昧統攝一切禪定，得之可了知一切衆生的利鈍、因果，擁有一切神通。

〔七〕目論：指短淺之見。《史記·越王句踐世家》：「今王知晋之失計，而不自知越之過，是目論也。」索隱：「言越王知晋之失，不自覺越之過，猶人眼能見豪毛，而自不見其睫，故謂之目論也。」《文選》王巾《頭陀寺碑文》：「正法既没，象教陵夷。……順非辯僞者，比微言於目論。」趙殿成曰：「顧本作日論，誤，今校正。」按，趙校是，宋蜀本、述古堂本、《全唐文》俱作「目論」。此句謂無量義處，如來之禪，皆被視同目論。

〔八〕句謂有誰能與之契合而心傳其法？

〔九〕姊：底本原作「各」，據宋蜀本、明十卷本、《全唐文》校改。歸：女子出嫁。鳳闕：皇宮。

〔一〇〕留釧：庾信《竹杖賦》：「親友離絶，妻孥流轉，玉關寄書，章臺留釧。」《太平御覽》卷七一八引《晋記》：「王達妻衛氏，太安中爲鮮卑所掠，路由章武臺，留書并釵釧，訪其家。」釧，底本原作「訓」，此從宋蜀本。

〔一一〕印紱：印綬。句謂將授給官職。

〔一二〕救頭：即救頭然。「然」同「燃」，謂救頭上火燃，喻事之急迫。《心地觀經》卷五：「精勤修習，未嘗暫捨，如去頂石，如救頭然。」句謂像救頭上火燃那樣急切學佛。

〔一三〕一花：當指蓮花。佛書稱西方浄土七寶池中有諸色大蓮花，諸佛菩薩及往生者皆居其上。參見卷一〇《給事中竇紹……畫西方阿彌陀變讚》二段注〔一二〕。寶樹：指西方浄土之樹。見《西方變畫讚》二段注〔二六〕。

〔一四〕八水香池：謂盛滿八功德水之池。佛書稱西方浄土有七寶池，八功德水充滿其中。參見《給事中竇紹……變讚》二段注〔九〕。《稱讚浄土攝受經》曰：「何等名爲八功德水？一者澄浄，二者清冷，三者甘美，四者輕軟，五者潤澤，六者安和，七者飲時除飢渴等無量過患，八者飲已定能長養諸根四大增益。」以上二句寫西方浄土，且以之喻指浄覺所居之寺。

〔一五〕忍：見《能禪師碑》三段注〔一五〕。二句謂，禁戒生出忍受的草，定力長成禪法的枝。

〔一六〕疑：類似。與「擬」通。少父：青年男子。

〔一七〕嬰兒：《涅槃經》卷一一云：「菩薩摩訶薩，應當于是《大般涅槃經》，專心思惟五種之行。何等爲五？一者聖行，二者梵行，三者天行，四者嬰兒行，五者病行。」又卷一八云：「云何名嬰兒行？善男子，不能起、住、來、去、語言，是名嬰兒。如來亦爾。不能起者，如來終不起諸法相；不能住者，如來不著一切諸法；不能來者，如來身行無有動摇；不能去者，如來已到大般涅槃；不能語者，如來雖爲一切衆生演説諸法，實無所説。」《大乘義章》卷一二：「行離分別（佛教稱凡夫以爲諸法實有，故生種種之虚妄分别），如彼嬰兒無所辨了，名嬰兒行。」

〔一八〕勝幡：降魔得勝的旗幟。《維摩經·佛道品》：「降伏四種魔，勝幡建道場。」鳩摩羅什注曰：「外國破敵得勝則竪勝幡，道場降魔亦表其勝相也。」

〔一九〕邪網：喻邪法。《無量壽經》卷上：「摑裂邪網，消滅諸見。」

〔二〇〕「利眼」三句：《華嚴經》卷五二曰：「譬如金翅鳥王飛行虚空，迴翔不去，以清净眼觀察海内諸龍宫殿，奮勇猛力，以左右翅鼓揚海水，悉令兩闢，知龍男女命將盡者而搏取之。如來應正等覺，金翅鳥王亦復如是。住無礙行，以净佛眼，觀察法界諸宫殿中一切衆生，若曾種善根已成熟者，如來奮勇猛十力，以止觀兩翅，鼓揚生死大愛海（愛欲能溺人，譬之以海）水，使其兩闢而撮取之，置佛法中，令斷一切妄想戲論，安住如來無分别、無礙行。」佛書稱金翅鳥兩翅廣三百六萬里，居於須彌山下層，常取龍爲食。圓身，圓滿之身。撮死龍，喻濟度衆生。此以金翅鳥王爲喻。

〔二一〕調老象：喻調御衆生，滅其妄心惡念。參見《黎拾遺昕裴秀才迪見過秋夜對雨之作》注〔三〕。

〔二二〕魔種敗壞：《涅槃經》卷一八云：「夫四魔者，是菩薩怨，諸佛如來爲菩薩時，能以智慧破壞四魔。」又卷四云：「四維七步，示現斷滅種種煩惱四魔種姓，成於如來應正遍知。」佛教以能擾亂身心、破壞善事、障礙佛道者爲魔。《大乘法苑義林章》卷六本云：「梵云魔羅，此云擾亂、障礙、破壞，擾亂身心、障礙善法、破壞勝事，故名魔羅，此略云魔。」四魔即一煩惱魔，指煩惱、迷惑等妨礙修行的心理活動；二陰魔，指色等五陰能引生種種之苦惱；三死魔，死能奪人之命根，妨礙修道，故名魔；四自在天魔，謂欲界第六天（他化自在天）之魔王，常率眷屬（魔衆）至人間破壞佛道。二句謂，讓四魔的種姓都敗壞，聖人的胚胎能長大。

〔二三〕四生滅度：《金剛經》：「所有一切衆生之類，若卵生，若胎生，若濕生，若化生……我皆令入無餘涅槃而滅度之。」四生，參見《讚佛文》首段注〔五〕。滅度，即涅槃。《涅槃經》卷二九：「滅生死故，名爲滅度。」此言一切衆生都將進入涅槃之境。

〔二四〕五陰虚空：謂一切事物和現象皆虚幻不實。《般若波羅蜜多心經》：「色即是空，空即是色。受、想、行、識，亦復如是。」五陰，即五藴。

〔二五〕無意：無虚妄之意念。《三慧經》云：「問云：『何等爲能知一萬事畢？』報曰：『一者無意無念萬事自畢，意有間念萬事皆失。』」句謂禪師無所説法也無虚妄意念。

〔二六〕非異非同：即「不一不異」，參見《能禪師碑》末段注〔二二〕。

〔二七〕彼岸：梵語「波羅」的意譯。佛教以生死迷界爲此岸，涅槃解脱之境爲彼岸。《維摩經・佛國品》：「稽首已到彼岸。」僧肇注：「彼岸，涅槃岸也。彼涅槃豈崖岸之有？以我異於彼，借我謂之耳。」《大智度論》卷一二：「以生死爲此岸，涅槃爲彼岸。」

〔二八〕觀水月：《維摩經・觀衆生品》：「如智者見水中月，……菩薩觀衆生爲若此。」此言當觀諸法如水中之月，虚而不實。

〔二九〕松風：謂葬地的松林之風。

故任城縣尉裴府君墓誌銘〔一〕

天寶二年正月十二日，唐故魯郡任城縣尉河東裴府君〔二〕，卒于西京新昌坊私第〔三〕，享年三十九，嗚呼哀哉！君諱回，字玉温，河東聞喜人也〔四〕。曾祖弘泰〔五〕，皇雍州録事參軍〔六〕，贈上黨長史〔七〕。祖思義，皇侍御史、吏部員外、左司郎中、户部吏部侍郎、河東郡太守、晋城縣開國子〔八〕。父敭珍，皇薛王府騎曹參軍〔九〕。自晋已降，世爲冠族〔一〇〕，令德不替〔一一〕，以至于君。夫其事親孝，兄弟順，與朋友信，其從政公平，而壽不中年，官才一命〔一二〕。慈母在堂，諸弟未仕；兒未有識，女且嬰孩；妻夭于前，身没于後，天可問邪？其若老親何〔一三〕！其若季仲諸孤何〔一四〕！生人之悲〔一五〕，莫甚于是。家貧，祭以棗脯，殮以時服〔一六〕，以某月日祔葬于鳳棲原先府君之塋〔一七〕。嗚呼！有河東裴子之墓誌之〔一八〕，蓋古有之〔一九〕，繼後之知者，亦何有哉〔二〇〕！銘曰：

〔一〕作於天寶二年（七四三）。任城縣：唐縣名，屬兖州，治所在今山東省濟寧市。誌，宋蜀本作「碑」。

〔二〕魯郡：即兖州，天寶元年改爲魯郡，乾元元年復舊，治所在今山東兖州。

〔三〕西京：《舊唐書·地理志》：「天寶元年，以京師爲西京。」新昌坊：見《春日與裴迪過新昌里訪吕逸人不遇》注〔一〕。

〔四〕河東聞喜：實爲郡望。據《新唐書・宰相世系表》載，裴回亦漢裴遵之後，故稱「河東聞喜人」。參見《裴僕射濟州遺愛碑》首段注〔二〕。

〔五〕弘泰，宋蜀本、述古堂本、明十卷本、奇字齋本俱作「弘春」，底本作「宏泰」。按，《新唐書・宰相世系表》謂回之曾祖曰弘泰（《裴适墓誌銘》同，見下），又底本「弘」作「宏」，係趙氏避清諱而改，今俱校正。

〔六〕雍州：《舊唐書・地理志》：「京兆府，隋京兆郡……武德元年，改爲雍州。……開元元年，改雍州爲京兆府。」録事參軍：唐州郡佐吏有録事參軍一至二人，雍州置二人，正七品上。

〔七〕上黨：即潞州，天寶元年，改爲上黨郡（見《舊唐書・地理志》），治所在今山西長治。按，弘泰實當贈潞州長史，此處蓋易以天寶時新名。《唐代墓誌彙編》大曆〇七八《裴适墓誌銘》（适爲裴回之弟）稱弘泰之官職爲「京兆府司隸（疑當作「録」）參軍、贈潞府長史」。長史：見《送岐州源長史歸》注〔一〕。

〔八〕侍御史：唐御史臺置侍御史四人，從六品下。吏部員外：唐吏部有吏部員外郎二人，從六品上。左司郎中：唐尚書都省置左司郎中一人，從五品上。户部吏部侍郎：唐户部置侍郎二人，正四品下；吏部置侍郎二人，正四品上。河東郡：即蒲州，天寶元年，改爲河東郡（見《舊唐書・地理志》），治所在今山西永濟西。按，思義實當任蒲州刺史，此處亦改用天寶時新名。晉城縣開國子：爵名。唐之封爵，凡有九等。八曰開國縣子（亦稱縣開國子、縣子），食邑五百户，正五品上。見《新唐書・百官志》。晋城縣，唐澤州治所，今山西晋城市。《裴适墓誌銘》稱思義之官職爲「蒲州刺史，天官、地官二侍郎，晋城縣開國子」。按，武后時曾改吏部曰天官，户部曰地官。除以上官爵外，思義又嘗爲司封員外郎、司勳郎中（見《郎官石柱題名》）。

〔九〕薛王：名業，睿宗第五子。睿宗即位，進封薛王。開元二十二年正月，薨。事見《舊唐書・睿宗諸子傳》。騎曹參軍：唐親王府官屬有騎曹參軍事一人，正七品上。《裴适墓誌》稱勛珍官職，除薛王府騎曹參軍外，尚有「贈駕部郎中」。

〔一〇〕冠族：顯貴的豪門世族。《三國志・魏書・曹爽傳》注引《魏略》：「桓範字元則，世爲冠族。」

〔一一〕令德：美德。《書・君陳》：「惟爾令德孝恭。」替：廢棄。

〔一二〕一命：周代官秩自一命至九命，凡有九等。一命爲最低一等的官。

〔一三〕若：猶「奈」。

〔一四〕季仲：謂回之諸弟。諸孤：謂回之兒女。

〔一五〕生人：生民。

〔一六〕時服：常服。

〔一七〕某，此字之下宋蜀本多一「年」字。祔（fù附）：《禮記・檀弓上》：「周公蓋祔。」注：「祔謂合葬。」鳳棲原：在唐長安南郊。《讀史方輿紀要》卷五三：「少陵原，在（西安）府西南四十里……又神禾原，在府南三十里……其相近者，又有鳳棲原，志云在少陵北。」

〔一八〕誌之：爲之（指裴子之墓）作誌。

〔一九〕句謂作誌之事蓋古已有之。

〔二〇〕知：主持，主管。二句意謂，繼後的主管作誌者（作者自指），又有什麼呢！

一死萬紀〔一〕，終天不復〔二〕。爲之奈何？哀哀慟哭。覆載至廣〔三〕，庶類繁育。萬物方春，而就于木〔四〕。温時何之？山川陵谷〔五〕。

〔一〕萬紀：極言經歷年代之久遠。古以十二年爲一紀。顔延之《拜陵廟作》：「萬紀載絃吹，千歲託旒旌。」

〔二〕終天不復：語本潘岳《哀永逝文》：「今奈何兮一舉，邈終天兮不反。」終天，謂如天之久遠無窮。復，返回。

〔三〕覆載：謂天地。

〔四〕就木：入棺。《左傳》僖公二十三年：「（重耳）將適齊，謂季隗曰：『待我二十五年不來而後嫁。』對曰：『我二十五年矣，又如是而嫁，則就木焉！請待子。』」

〔五〕此二句承上二句而言，謂值春日和暖之時，欲往何處？將長眠于山川陵谷。二句底本原無，據宋蜀本、述古堂本、明十卷本補。又「温時」二字述古堂本、明十卷本俱作「茫昧」。

送李補闕充河西支度營田判官序〔一〕

漢張右掖〔二〕，以備左衽〔三〕，西遮空道〔四〕，北護居延〔五〕，然犬戎夜獵于山外〔六〕，匈奴射鵰于塞下〔七〕，歲或有之。我散騎常侍曰王公〔八〕，勇能盡敵〔九〕，禮可用兵〔一〇〕，讀黃石書〔一一〕，殺白馬將〔一二〕。入備顧問〔一三〕，載以乘輿副車〔一四〕；出命專征〔一五〕，賜以内棧文馬〔一六〕。將軍幕府，請命介于本朝〔一七〕；天子瑣闈〔一八〕，輟諫官以從士〔一九〕。補闕李公，家世龍門〔二〇〕，詞場虎步〔二一〕，五經在笥〔二二〕，一言蔽《詩》〔二三〕。廣屯田之蓄〔二四〕，度長府之羨〔二五〕，以贍邊人，以弱敵國。然後馳檄識匿〔二六〕，略地崑崙〔二七〕。使麾下騎，刃樓蘭之腹〔二八〕；發外國兵，繫郅支之頸〔二九〕。五單于遁逃于漢北〔三〇〕，雜種羌不近于隴上〔三一〕。子之行也，不謂是乎？拜首漢庭〔三二〕，驅傳而出〔三三〕。窮塞砂磧以西極〔三四〕，黃河混沌而東注〔三五〕。胡風動地，朔雁成行，拔劍登車，慷慨而別。

〔一〕約作於天寶二年（七四三），説見本篇注〔八〕。補闕：諫官名，從七品上。支度、營田判官：節度使僚屬。唐制，節度使「兼支度、營田、招討、經略使，則有副使、判官各一人」（《新唐書·百官志》），支度判官掌協助支度使管理軍資糧仗，營田判官掌協助營田使管理屯田事務。

〔二〕漢張右掖：《漢書・地理志》：「張掖郡，故匈奴昆邪王地，武帝太初元年開。」應劭注：「張國臂掖，故曰張掖也。」按，張掖（治所在今甘肅張掖）在我國西部（古稱西方爲右），故曰「張右掖」。

〔三〕左衽：指邊地少數民族。衽，衣襟。我國古時少數民族的衣服，前襟向左開。《書・畢命》：「四夷左衽，罔不咸賴。」

〔四〕遮：攔。空道：同「孔道」，即衝要的道路。《史記・大宛列傳》：「樓蘭、姑師小國耳，當空道，攻劫漢使王恢等尤甚。」按，漢武帝元狩二年，將軍霍去病大破匈奴，從此，自金城（今甘肅蘭州）西至鹽澤（羅布淖爾），匈奴絶迹，漢于是建立河西四郡（武威、酒泉、張掖、敦煌），「徙民充實之」，并設關置卒，開闢和控制了往西域的通道。句即指此而言。

〔五〕北護居延：漢路博德嘗築遮虜障于居延澤上，參見《使至塞上》注〔二〕。

〔六〕犬戎：古戎族的一支，殷周時居于我國西部。戰國以降，又曰胡、匈奴。夜獵：指以校獵爲名，伺機進犯。

〔七〕射鵰：參見《出塞作》注〔二〕。

〔八〕王公：據《唐方鎮年表》，王維之世曾任河西節度使的王姓之人凡三：王君㚟、王倕、王忠嗣。考君㚟開元十二至十五年爲此職時，維不在京師（本篇作于京師），故「王公」當非指君㚟。《唐方鎮年表》稱倕自開元二十九年至天寶二年任此職，按，《新唐書・韋抗傳》曰：「倕累遷河西節度使，天寶中，功聞于邊。」《通鑑》開元二十八年六月：「上嘉蓋嘉運之功，以爲河西、隴右節度使，使之經略吐蕃。」二十九年十二月：「吐蕃屠達化縣，陷石堡城，蓋嘉運不能禦。」又天寶元年十二月：「河西節度使王倕奏破吐蕃漁海及遊弈等軍。」則倕爲河西節度使當在天寶元、二年間。另據兩《唐書·王忠嗣傳》及《通鑑》載，忠嗣自天寶五載正月至六載十月爲河西、隴右節度使。此處「王公」當指王倕或王忠嗣。又，散騎常侍應是「王公」爲節度使時所帶朝官銜，崔希逸爲河西節度使時，即帶左散騎常侍銜；史載王倕爲河西節度使時，帶左散騎常侍銜，《文苑英華》卷七九三于邵《田司馬傳》：「司馬姓田氏……齒太學，數歲不上第。因左常侍王倕授職河西之地，乃喟然而歎……遂投刺，王公見而奇之。」而忠嗣爲河西、隴右節度使時所帶朝銜，爲鴻臚卿，見《舊唐書·王忠嗣傳》。根據以上所考，可知本篇之「王公」，當指王倕，而其寫作時間，當約在天寶二年。

〔九〕盡敵：謂全殲敵人。《國語·周語中》：「夫戰，盡敵爲上。」錢起《送張將軍征西》：「計日霜戈盡敵歸，回首戎城空落暉。」

〔一〇〕禮可用兵：語本《左傳》僖公二十八年：「晉侯登有莘之虛以觀師，曰：『少長有禮，其可用也。』」此指王公行有法度，可帶兵作戰。

〔一一〕黄石書：指兵法。《史記·留侯世家》載，張良遊下邳圯上，有老父「出一編書，曰：『讀此，則爲王者師矣！ 後十年，興。十三年，孺子見我，濟北穀城山下黄石，即我矣。』遂去……旦日視其書，乃《太公兵法》也」。

〔一二〕殺白馬將：《史記·李將軍列傳》：「……有白馬將出護其兵，李廣上馬與十餘騎奔射殺胡白馬將，而復還至其騎中。」

〔一三〕入備顧問：指任散騎常侍。《舊唐書·職官志》：「常侍掌侍奉規諷，備顧問應對。」

〔一四〕副車：乘輿的侍從之車。《史記·留侯世家》：「（張）良與客狙擊秦皇帝博浪沙中，誤中副車。」索隱：「《漢官儀》：天子屬車三十六乘。屬車即副車。」唐制，大駕出行，散騎常侍當扈從。

〔一五〕專征：得自行出兵征伐。《白虎通·考黜》：「賜以弓矢，使得專征。」此指將帥受命在外專掌某方軍事。句指王爲河西節度使。

〔一六〕内棧：皇宫中的馬廄。《文選》顔延之《赭白馬賦》：「歲老氣殫，斃于内棧。」棧，圈養牲畜的木柵。文馬：《左傳》宣公二年：「宋人以兵車百乘、文馬百駟以贖華元于鄭。」蓋謂馬之毛色有文彩者。

〔一七〕命介：指天子任命的佐吏。介，副手。

〔一八〕瑣闈：見《酬郭給事》注〔五〕。

〔一九〕從（zòng縱）士：猶從官、從吏，即屬吏。此指爲屬吏。士，官吏的通稱。《全唐文》作「事」。句謂李中止諫職，出爲節度使僚屬。

〔二〇〕龍門：喻高名碩望之人。見《裴僕射濟州遺愛碑》第五段注〔二一〕。

〔二一〕詞場：謂文壇。蕭統《錦帶書十二月啓》：「持郭璞之毫鸞，詞場月白；吞羅含之彩鳳，辯囿日新。」虎步：形容舉動雄健威武。《三國志・魏書・夏侯淵傳》：「宋建造爲逆亂三十餘年，淵一舉滅之，虎步關右，所向無前。」

〔二二〕五經在笥（sì似）：笥，盛物的方形竹器。《後漢書・邊韶傳》：「邊韶，字孝先。……以文學知名，教授數百人。韶口辯，曾晝日假卧，弟子私嘲之曰：『邊孝先，腹便便，懶讀書，但欲眠。』韶潛聞之，應時對曰：『邊爲姓，孝爲字，腹便便，五經笥，但欲眠，思經事。寐與周公通夢，静與孔子同意。師而可嘲，出何典記？』嘲者大慚。」此句即用其意，謂腹中有經書也。

〔二三〕一言蔽《詩》：《論語・爲政》：「《詩》三百，一言以蔽之，曰：思無邪。」句指李通《詩》。

〔二四〕此句就李任營田判官而言。

〔二五〕度（duó奪）：計算。長府：藏財貨的府庫。《論語・先進》：「魯人爲長府。」注：「長府，藏名也。藏財貨曰府。」羨：盈餘。此句就李任支度判官而言。

〔二六〕馳檄：迅速傳送文書。識匿：西域國名。《新唐書・西域傳》：「識匿，或曰尸棄尼，曰瑟匿，東南直京師九千里。……初治苦汗城，後散居山谷。有大谷五，酋長自爲治，謂之五識匿。……人喜攻剽，劫商賈。」按，其地即今帕米爾之錫克南。句指向識匿下達申討檄文。

〔二七〕崑崙：古國名。《書・禹貢》：「織皮崑崙、析支、渠、搜，西戎即叙。」傳：「織皮毛布，有此四國，在荒服之外，流沙之内……」疏：「四國皆衣皮毛，故以織皮冠之。……王肅云：崑崙在臨羌西。」此處泛指西域諸國。

〔二八〕刃樓蘭之腹：《漢書·西域傳》云：「後（樓蘭王）復爲匈奴反間，數遮殺漢使，其弟尉屠耆降漢，具言狀。元鳳四年，大將軍霍光白遣平樂監傅介子往刺其王。……介子遂斬王嘗歸（一作安歸）首，馳傳詣闕，縣首北闕下……乃立尉屠耆爲王。」樓蘭故地在今新疆羅布泊西。

〔二九〕繫郅支之頸：漢宣帝時，匈奴内亂，五單于（呼韓邪單于、屠耆單于、呼揭單于、車犁單于、烏藉單于）分立，互相攻伐，後爲呼韓邪所併。其後呼韓邪之兄呼屠吾斯復自立爲郅支單于，與呼韓邪對抗。甘露元年，呼韓邪降漢，郅支亦内附。後郅支怨漢厚遇呼韓邪，因叛漢，殺漢使，並攻占烏揭、堅昆、丁令，侵擾漢之西陲。元帝建昭三年，西域副校尉陳湯發漢兵及西域諸國兵四萬餘人，在康居擊殺郅支。從此匈奴親漢，不再南侵。事見《漢書·匈奴傳》、《陳湯傳》。

〔三〇〕漠北：指蒙古高原大沙漠以北地區。

〔三一〕雜種羌：《後漢書·段熲傳》：「又雜種羌屯聚白石，熲復進擊，首虜三千餘人。」按，羌是我國古代西部的一個遊牧民族，漢時多雜居于河西四郡。《後漢書·西羌傳》云：「其俗氏族無定，或以父名母姓爲種號。……自爰劍（羌族首領，秦厲公時人）後，子孫支分，凡百五十種。……其種别名號，皆不可紀知也。」蓋種號甚多，雜亂不知其所屬，故統謂之「雜種羌」。雜，宋蜀本作「遺」。隴上：隴山（在今陝西隴縣至甘肅平凉一帶）一帶。

〔三二〕拜首：即「拜手」。《釋氏要覽》卷中：「拜首，謂以頭至手。」參見《送陸員外》注〔五〕。

〔三三〕傳：驛站的車馬。

〔三四〕窮塞：荒遠的邊塞。沙磧：沙漠。以，宋蜀本作「而」。西極：與「東注」偶對，指西去達于極遠之地。

〔三五〕混沌：同「沌渾」，波濤相追逐貌。《文選》枚乘《七發》：「沌沌渾渾，勢如奔馬。」李善注：「沌沌渾渾，波相隨之貌。」

爲王常侍祭沙陁鄯國夫人文〔一〕

維年月日朔，河西節度使、左散騎常侍王公，遣總管石抱玉〔二〕，以酒牢之奠〔三〕，致祭于故沙陁鄯國夫人之靈。嗚呼！惟此淑德〔四〕，降于異域，至性不師〔五〕，天姿靡飾〔六〕。禮容詎假于環珮〔七〕，工藝非因于組織〔八〕。行閨訓于穹廬〔九〕，成母儀于蕃國〔一〇〕。懿此清範，夫人之則〔一一〕；沙陁令門，外家之力〔一二〕。嗚呼！夫人歸命〔一三〕，干戈遂寢，子孫扞城〔一四〕，國家高枕。居之右地〔一五〕，革其左袵，散辮垂鬟〔一六〕，解裘衣錦。嗚呼！降年不永，遠日方臨〔一七〕；寂矣高堂，飲珠含玉〔一八〕；哀哉貴女，刃面摧心〔一九〕。嗚呼！聖朝命我，護此諸蕃；夫人所出，天子加恩〔二〇〕；能守漢制，不效夷言〔二一〕；馬無北首，車必南轅〔二二〕。教義所及，忠信彌敦〔二三〕；寶嘉內訓〔二四〕，用潔斯樽〔二五〕。尚饗。

〔一〕寫作時間同上篇。王常侍：見上篇注〔八〕。按，天寶二年作者當在長安（參見《年譜》），此文似是應入京的河西使者之請而作者。沙陁鄯國夫人：《新唐書・沙陀傳》云：「沙陀（同沙陁），西突厥別部處月種也。……處月居金娑山（今新疆博格達山）之陽，蒲類（庭州屬縣，今新疆吉木薩爾東之木壘）之東，有大磧，名沙陀，故號沙陀突厥云。……龍朔初，以處月酋沙陀金山從武衛將軍薛仁貴討鐵勒，授墨離軍討擊使。長安二年，進爲金滿州（以處月部落置，爲北庭節度使所轄二十餘羈縻州之一）都督，累封張掖郡公。金山死，子輔國嗣。先天初避吐蕃，徙部北庭（治所在金滿縣，今吉木薩爾北），率其下入朝。開元二年，復領金滿州都督，封其母鼠尼施爲鄯國夫人。」國夫人，《舊唐書・職官志》：「一品及國公母、妻，爲國夫人。」篇題宋蜀本、述古堂本俱無「文」字。

〔二〕總管：見《爲崔常侍謝賜物表》注〔二〕。石抱玉：未詳。

〔三〕牢：祭祀用的牛羊豕等犧牲。

〔四〕淑德：美德。

〔五〕至性：指天賦的卓絶品性。嵇康《與山巨源絶交書》：「阮嗣宗……至性過人，與物無傷。」不師：謂至性天成，無須習學。

〔六〕天姿：天然的容貌。靡飾：猶言不用打扮。

〔七〕「禮容」句：禮容，禮節儀容。詎，豈。假，借助。沈約《梁鼓吹曲・於穆》：「纓佩俯仰，有則備禮容。」此處反用其意。

〔八〕工藝：手工技藝。因：憑藉。組織：織作布帛。也指織物。句指其「工藝」不表現在「組織」上。

〔九〕閨訓：指婦女應遵守的行爲準則。穹廬：氈帳。

〔一〇〕母儀：猶言母範，即人母之儀範。蕃國：《周禮·秋官·大行人》：「九州之外謂之蕃國。」

〔一一〕懿：美。多指婦女而言。清範：美好的風範。夫人之則：夫人之法，見《故南陽夫人樊氏輓歌二首》其一注〔五〕。

〔一二〕令門：望族。外家：外祖父母家，舅家。二句意謂，輔國家爲沙陀望族，這仰仗的是外家之力（實指鄯國夫人之力）。

〔一三〕歸命：歸順。賈誼《新書·五美》：「輻湊並進，而歸命天子。」

〔一四〕扞城：保衛疆土的人。《晋書·明帝紀》詔曰：「諸方嶽征鎮，刺史將守，皆朕扞城。」

〔一五〕右地：對「左地」而言，即西部地區。《漢書·匈奴傳》：「（匈奴）遣左右大將各萬餘騎，屯田右地。」

〔一六〕散辮垂鬟：指改梳漢族的髮式。古時少數民族婦女多編髮爲辮，披于背後，故云。散，述古堂本作「改」。

〔一七〕遠日：《左傳》宣公八年：「禮，卜葬，先遠日，避不懷也。」疏：「《曲禮》云：『凡卜筮日，旬之外曰遠某日，旬之內曰近某日，喪事先遠日，吉事先近日。』……卜葬先卜遠日，避不思念其親，似欲汲汲而早葬之也。」按，「先遠日」蓋謂此月下旬先卜來月下旬，不吉則卜中旬，又不吉則卜上句，由遠日而及近日。此處指葬日。臨：莅臨。

〔一八〕飲珠含玉：古貴族喪禮之一。即人死後，把珠玉放在死者的口中。飲，含。

〔一九〕刃面：用刀劃臉，表示悲哀。《隋書·突厥列傳》：「有死者，停屍帳中，家人親屬多殺牛馬而祭之，遶帳號呼，以刀劃面，血流交下。七度而止。」《周書·王慶傳》：「突厥謂慶曰：『前後使來，逢我國喪者皆剺（割）面表哀……。』」刃，《全唐文》作「剺」。摧心：謂極度傷心。《文選》潘岳《寡婦賦》：「少伶俜而偏孤兮，痛切怛以摧心。」張銑注：「如切割其心也。」

〔二〇〕「夫人」二句：指夫人的子孫，受到天子的封賞。《新唐書·沙陀傳》：「輔國累爵永壽郡王。死，子骨咄支嗣。天寶初，回紇内附，以骨咄支兼回紇副都護。」

〔二一〕不効夷言：《左傳》哀公十二年：「衛侯歸，效夷言。」謂衛侯到吴國參加諸侯會見，歸來後學説夷人的話（指吴語）。此指專習漢語，不用夷狄之言。

〔二二〕北首：北向。《古詩十九首·行行重行行》：「胡馬依北風，越鳥巢南枝。」「馬無北首」乃反其意而用之。南轅：車轅向南，南行。唐地在沙陀之南，故曰「南轅」。二句意謂，夫人之子孫，不戀故土，心向「聖朝」。

〔二三〕教義：禮教的旨意。敦：厚重，篤實。

〔二四〕寶：珍視，珍愛；《全唐文》作「實」。内訓：王后的訓誡。晉傅玄《古今畫贊·明德馬皇后贊》：「國賴内訓，家應顯祚。」此指鄯國夫人的訓誡。

〔二五〕用潔斯樽：指把酒器洗乾浄，作祭奠之用。《左傳》襄公二十三年：「臧孫命北面重席，新樽絜（潔）之。」

洛陽鄭少府與兩省遺補宴韋司户南亭序〔一〕

惟帝克辟〔二〕，惟股肱克左右〔三〕，庶績允釐〔四〕，有司多暇。舉無違德，孰獻其可〔五〕？雖列侍丹陛，而罕伏青蒲〔六〕，攄懷致館〔七〕。灞陵南望，曲江左轉〔八〕。登一級而鄠杜如近〔九〕，盡三休而天地始大〔一〇〕。凝氣向晦，蒼蒼寒木〔一一〕。式與汝歌〔一二〕，多酌我酒。墨客既序〔一三〕，親當獸炭〔一四〕；膳夫交馳〔一五〕，屢奏鮮食〔一六〕。夫含德之厚〔一七〕，與時偕化〔一八〕。拂衣而放〔一九〕，則野人于小隱之中〔二〇〕；束帶而朝〔二一〕，則君子于大夫之後〔二二〕。何軌轍一境，是非外物哉〔二三〕？且騎有羈紲，徒有次舍〔二四〕，可以永日，可以繼夜，客非詩人之徒歟，奚其嘿也〔二五〕？

〔一〕兩省：門下省、中書省。遺補：拾遺、補闕。唐門下省置左補闕、左拾遺各二員，中書省置右補闕、右拾遺各二員。司户：唐州郡佐吏有司户參軍事，上州從七品下，中州正八品下，下州從八品下。尋繹題意，知維是時與宴，應是「兩省遺補」中的一員；考維於開元二十三至二十五年官右拾遺，天寶元至三年官左補闕（參見《年譜》），皆「兩省遺補」中之一員，故本篇當即作于上述期間内。今姑繫於天寶三載（七四四）。

〔二〕惟：句首助詞。克：能。辟：明。《禮記·祭統》：「對揚以辟之。」注：「辟，明也。」

〔三〕股肱：喻輔佐君主的大臣。《左傳》昭公九年：「君之卿佐，是爲股肱；股肱或虧，何痛如之！」克左右：謂能輔翼君主。《書·太甲上》：「惟尹（伊尹）躬克左右厥辟（君）宅師。」傳：「伊尹言能助其君居業天下之衆。」左右，幫助，輔翼。

〔四〕庶績允釐：言諸事就能確實得到治理。《書·堯典》：「允釐百工，庶績咸熙。」傳：「允，信。釐，治。工，官。績，功。」

〔五〕獻其可：《左傳》昭公二十年：「君所謂可而有否焉（謂可中而有不可），臣獻其否以成其可；君所謂否而有可焉，臣獻其可（指出其可行者）以去其否，是以政平而不干，民無争心。」此二句謂君主之舉動不違德，還有誰再向他進諫呢？遺補掌供奉諷諫，故云。

〔六〕罕伏青蒲：即罕有直入内庭進諫的人。青蒲，鋪於天子内庭地上的蒲席。一説指天子内庭用青色顔料畫地，禁止皇后以外的人入内。《漢書·史丹傳》：「（元帝欲廢太子，）丹以親密臣得侍視疾，候上閒獨寢時，丹直入卧内，頓首伏青蒲上，涕泣言曰……太子由是遂爲嗣矣。」注：「服虔曰：青緣蒲席也。應劭曰：以青規地曰青蒲，自非皇后，不得至此。孟康曰：以蒲青爲席，用蔽地也。」《文選》任昉《天監三年策秀才文》：「日伏青蒲，罕能切直。」李周翰注：「青蒲，天子内庭也，以青規之，而諫者伏其上。」

〔七〕攄（shū 梳）：抒發。班固《西都賦》：「願賓攄懷舊之蓄念，發思古之幽情。」宋蜀本、述古堂本、明十卷本俱無此字。致：招致。句謂遺補們被招致到館舍中共抒情懷。指在韋氏南亭宴集而言。

〔八〕灞陵：在唐長安城東，今陝西西安市東。曲江：故址在今西安市東南。左轉：即向東轉。面南及南行以東爲左。韋氏南亭在長安東南，自長安城往南亭當南行，故以東爲左。此二句交代南亭的地理位置：在灞陵之南、曲江之東。

〔九〕鄠杜：《文選》班固《西都賦》：「商洛緣其隈，鄠杜濱其足。」李善注：「《漢書》：『……扶風有鄠縣（漢故城在今陝西鄠縣北，唐城即今鄠縣）、杜陽縣（故地在今陝西麟遊縣西北）。』」此句寫南亭之高，謂始登階一級即可望見鄠杜。

〔一〇〕三休：多次休息。賈誼《新書·退讓》：「翟王使使至楚，楚王欲夸之，故饗客於章華之臺上，上者三休而乃至其上。」句謂亭高，經多次休息而至其上，始覺天地廣大無邊。

〔一一〕凝氣：積聚的雲氣。蒼蒼：茂盛貌。

〔一二〕式：語首助詞。

〔一三〕序：指依次入座。

〔一四〕當：對。獸炭：製成獸形用來温酒的炭。《晋書·羊琇傳》：「琇性豪侈，費用無復齊限，而屑炭和作獸形以温酒，洛下豪貴咸競效之。」

〔一五〕膳夫：《周禮》天官冢宰屬官有膳夫，掌王及后妃世子之飲食。此處借指厨師。交馳：交相奔走。

〔一六〕奏：進。鮮食：《書・益稷》：「暨益奏庶鮮食。」傳：「鳥獸新殺曰鮮。」

〔一七〕含德之厚：謂似嬰兒一般與世無爭者。《老子》五十五章：「含德之厚，比於赤子，蜂蠆虺蛇不螫，猛獸不據，攫鳥不搏。」王弼注：「赤子無求無欲，不犯衆物，故毒蟲之物無犯之人也。含德之厚者，不犯於物，故無物以損其全也。」

〔一八〕與時偕化：言隨時代的變化而變化，可以仕則仕，不可以仕則隱。

〔一九〕拂衣：振衣而去，指隱居，見《任君神道碑》首段注〔四九〕。而，底本原作「爲」，此從《唐文粹》。放：放任，謂放浪江湖。

〔二〇〕小隱：見《暮春……于韋氏逍遥谷讌集序》首段注〔八〕。句謂則成爲平民，居于山林之中。

〔二一〕束帶：整飾衣冠，束緊衣帶。《論語・公冶長》：「赤也，束帶立於朝，可使與賓客言也。」

〔二二〕于大夫之後：指在朝爲官。參見《上張令公》注〔一六〕。

〔二三〕軌轍：喻法則、準則。《論衡・自紀》：「豈材有淺極，不能爲覆，何文之察，與彼經藝殊軌轍也？」外物：謂置身物外。此指退隱。此二句意謂，爲何準則相同（皆與世無爭），而有置身物外與否之異？

〔二四〕羈紲：見《裴僕射濟州遺愛碑》第三段注〔二三〕。次舍：《漢書・吴王濞傳》：「治次舍，須大王。」

注：「次舍，息止之處也。」二句意謂，這兒乘馬者有人隨從服役，步行者有歇息之處，不必早歸。

〔二五〕嘿：默。指不吟詠。

奉和聖製聖札賜宰臣連珠詞五首應制 時爲庫部員外〔一〕

臣聞大名馭寓〔二〕，天地同符〔三〕；間氣佐時〔四〕，君臣協德〔五〕。故千年聖主〔六〕，唐帝撫其寶圖〔七〕；七德諸侯〔八〕，周公爲之元老〔九〕。

〔一〕天寶五、六載，維官庫部員外郎（參見《年譜》），本篇即是時所作。札：書寫，同「扎」；宋蜀本、述古堂本作「扎」。連珠：文體之一。《文選》卷五五有連珠，李善注：「傅玄《叙連珠》曰：『所謂連珠者，興於漢章之世，班固、賈逵、傅毅三子受詔作之。其文體，辭麗而言約，不指説事情，必假喻以達其旨，而覽者微悟，合於古詩諷興之義。欲使歷歷如貫珠，易看而可悦，故謂之連珠。』」《文心雕龍·雜文》：「揚雄覃思文闊……肇爲連珠。」《藝文類聚》卷五七沈約《注制旨連珠表》云：「竊聞連珠之作，始自子雲……連珠者，蓋謂辭句連續，互相發明，若珠之結排也。」題下注語《全唐文》無。

〔二〕大名：崇高美好的名聲。此指有大名者，即天子。此二字底本正文作「大名」（諸本同），而注文則出「大明」二字，蓋以爲「大名」即「大明」之誤。大明，指聖人。《詩·大雅·大明》序：「《大明》，文王有明德，故天復命武王也。」箋：「二聖相承，其明德日以廣大，故曰『大明』。」疏：「聖人之德，終始實同，但道加於民，化有廣狹。文王則纔及六州，武王徧被天下，論其積漸之功，故云日以廣大。以其益大，故曰『大明』。」聖人明德廣大，故以「大明」指聖人。又「大明」或指日月，《管子・内業》：「鑒於大清，視於大明。」注：「日月也。」舊謂聖人明同日月，《易・乾》：「夫大人（指聖人）者……與日月合其明。」因以「大明」指聖人。馭寓：統制天下。寓，同「宇」。

〔三〕天地同符：謂德同於天地。《易・乾》：「夫大人者，與天地合其德。」謂天地化育萬物，覆載一切，其德至大，而聖人之德與之同。

〔四〕間氣：指傑出人才。唐肅宗、代宗時期，安史之亂平定，詩歌「復興」，「作者數千」，高仲武選其特出者二十六人，「詩總一百三十二首」，「命曰《中興間氣集》」（見高仲武《唐中興間氣集序》），「間氣」二字即此義。佐時：輔佐當世君主。

〔五〕君臣協德：君臣同德。《京兆尹張公德政碑》曰：「聖人作，賢人輔，德同也。君臣同德，天地通氣，以康九有，以遂萬類。」

〔六〕千年聖主：千年始一生的聖主。庾信《徵調曲》：「聖人千年始一生，黄河千年始一清。」

〔七〕唐帝：唐堯。撫：據有。寶圖：對帝王之謀略的敬稱。《周書・文帝元皇后傳》：「朕祇承寶圖，載弘徽號，自我改作，超革先古。」

〔八〕七德：見《京兆尹張公德政碑》第四段注〔一三〕。

〔九〕元老：《詩・小雅・采芑》：「方叔元老，克壯其猶。」傳：「元，大也。五官之長，出於諸侯，曰天子之老。」《禮・曲禮下》：「五官之長曰伯……自稱於諸侯，曰天子之老。」疏：「五官之長曰伯……即三公加一命，出爲分陝二伯者也。伯，長也，謂朝廷之長。言此二伯，爲内外官之長。」《禮記・王制》：「八伯（方伯）各以其屬，屬於天子之老二人，分天下以爲左右，曰二伯。」注：「《春秋傳》曰：『自陝以東，周公主之；自陝以西，召公主之。』」按，周公雖封於魯，爲諸侯，然不就國，留佐成王，任伯，故謂之曰「元老」。

臣聞有其才者效其職〔一〕，重其任者竭其能。故樂播大風，乃能調四氣〔二〕；身騎列宿，于是運三光〔三〕。

〔一〕效：授。《左傳》昭公二十六年：「宣王有志，而後效官。」注：「效，授也。」

〔二〕樂播大風：《左傳》襄公二十九年：「吴公子札來聘……請觀於周樂。……爲之歌《齊》，曰：『美哉，泱泱乎，大風也哉（有宏偉的風度與氣派）！表東海（爲東海諸國之表率）者，其大公（姜太公）乎！國未可量也。』」四氣：四時陰陽變化、温熱冷寒之氣。《禮記・樂記》：「然後發以聲音，而文以琴瑟……動四氣之和，以著萬物之理。」疏：「動四氣之和者，謂感動四時之氣序之和平，使陰陽順序也。」此二句謂，音樂有宏偉的氣派，才能調和四時之氣。比喻人有大才，方能燮理陰陽、佐治天下。

〔三〕身騎列宿：見《故太子太師徐公輓歌四首》其一注〔三〕。三光：見《奉和聖製天長節賜宰臣歌應制》注〔四〕。此指星辰之光。二句謂，身化爲列宿，于是始能運其星辰之光。比喻對有大才者委以重任，方能使其充分發揮才能。

臣聞先天不違，德合于上〔一〕；事君盡力，功濟于下。故君臣同體于大道〔二〕，庶人以康；億兆宅心于至仁〔三〕，萬邦乃固。

〔一〕先天不違：言行事在天之前而天不違之。見《送祕書晁監還日本國》注〔七〕。上：謂天。二句指君而言。

〔二〕同體于大道：言與大道合而爲一。《文選》孫綽《遊天台山賦》：「渾萬象以冥觀，兀同體於自然。」李善注：「自然，謂道也。」

〔三〕億兆：指庶民百姓。宅心：歸心。至仁：最有仁德的人。

臣聞形之端者，影必隨焉；聲之善者，響必應焉〔一〕。故偃武修文〔二〕，皇天降之善氣；薄賦省役，后土報以豐年。

〔一〕響：回聲。《莊子·在宥》：「大人之教，若形之於影，聲之於響，有問而應之。」

〔二〕偃武修文：停息武備，修明文教。《書·武成》：「乃偃武修文。」

臣聞宣至理者〔一〕，文懸之于日月〔二〕；表聖言者，字動之以烟雲〔三〕。故虞舜作歌，徒施于典策；伏羲畫卦，未類于昭回〔四〕。

〔一〕臣，宋蜀本作「蓋」。至理：最精深的道理。

〔二〕懸之于日月：謂如日月高懸，光輝四照。《古文苑》卷一〇揚雄《答劉歆書》：「是縣（懸）諸日月，不刊之書也。」

〔三〕表聖言：表述聖人之言。指聖札。動之以烟雲：謂其字之勢如烟雲飛動。

〔四〕虞舜作歌：《書·益稷》：「帝（虞舜）庸（乃）作歌，曰：『勑天之命，惟時惟幾。』乃歌曰：『股肱喜哉，元首起哉，百工熙哉。』」疏：「（帝）乃作歌自戒，將歌而先爲言曰：『人君奉正天命以臨下民，惟當在於順時，惟當在於慎微。』既爲此言，乃歌曰：『股肱之臣喜樂其事哉，元首之君政化乃起哉，百官事業乃得廣大哉。』」徒：空。施：《禮記·祭統》：「勤大命，施于烝彝鼎。」注：「施，猶著也。」典策：典籍。《左傳》定公四年：「分之土田陪敦、祝、宗、卜、史，備物、典策，官司、彝器。」伏羲畫卦：伏羲又名包犧，古代傳説中的部落酋長，相傳他始畫八卦。《易·繫辭下》：「古者包犧氏之王天下也，仰則觀象於天，俯則觀法於地……於是始作八卦，以通神明之德，以類萬物之情。」昭回：《詩·大雅·雲漢》：「倬彼雲漢，昭回于天。」傳：「回，轉也。」箋：「雲漢，謂天河也。昭，光也。……精光轉運於天。」後借以指日月的光輝。唐上官婉兒《和九月九日登慈恩寺浮圖應制》：「睿詞懸日月，長得御昭回。」以上四句意謂，「虞舜作歌」、「伏羲畫卦」，皆不能同「文懸之于日月」、「字動之以烟雲」的「聖製聖札」相比。

爲兵部祭庫部王郎中文〔一〕

惟公弘量碩德，寡言敏行〔二〕。直而能婉，和而不競〔三〕。以儒墨爲鋒鍔，在顏冉之季孟〔四〕。白雲刑官〔五〕，繡衣使者〔六〕，時無寃人，路多避馬〔七〕。既踐文昌〔八〕，來司武庫〔九〕。冀翟車之高足〔一〇〕，爲鳳池之先路〔一一〕，豈期位薄德崇，才遠途窮！拜命之時〔一二〕，初一朝於北闕；移疾于外，不再入于南宮〔一三〕。嗚呼！哀輓悲笳，寒天疎木。宅不卜地〔一四〕，祔于故塋。家無餘財，斂以時服。弟難會葬，兒未及哭。其營護而奠遺〔一五〕，惟甥姪與姻族。某嘗同官〔一六〕，實喜良友。仰德彌高〔一七〕，立言不朽〔一八〕。居常接膝〔一九〕，未忍分手。況永訣兮無期，向空筵而灑酒〔二〇〕。尚饗。

〔一〕寫作時間同上篇，說見本篇注〔一六〕。庫部郎中：唐兵部屬官有庫部郎中一人，從五品上。「掌邦國軍州之戎器儀仗，及冬至元正之陳設，并祠祭葬之羽儀。諸軍州之甲仗，皆辨其出入之數，量其繕造之功，以分給焉」（《唐六典》卷五）。篇題底本原作《爲人祭某官文》。按，據篇中「既踐文昌，來司武庫」等語，可知死者卒前正官庫部郎中，故此處從宋蜀本、述古堂本作今題。

〔二〕寡言敏行：《論語・里仁》：「君子欲訥於言而敏於行。」

〔三〕婉：曲，婉轉。不競：不爭逐。

〔四〕以，此字底本原空缺，據宋蜀本、述古堂本校補。鋒鍔：兵器的鋒刃，武器。顔冉：孔子的弟子顔淵、冉伯牛，皆以德行著稱。《文選》班固《幽通賦》：「聿中和爲庶幾兮，顔與冉又不得。」李善注：「顔，顔淵也。冉，冉伯牛也。」《論語・先進》：「德行：顔淵、閔子騫、冉伯牛、仲弓。」季孟：《論語・微子》：「齊景公待孔子，曰：『若季氏則吾不能，以季孟之間待之。』」季氏爲魯上卿，孟氏爲下卿，齊景公之意蓋謂，給孔子以上下卿之間的待遇。後人因以季孟指上下之間。

〔五〕白雲刑官：指王曾在刑部任職。《史記・五帝本紀》：「（黄帝）官名皆以雲，命爲雲師。」集解：「應劭曰：黄帝受命有雲瑞，故以雲紀事也。春官爲青雲，夏官爲縉雲，秋官爲白雲……」刑部屬秋官，故稱刑官爲白雲，刑部爲白雲司。唐孫逖《授裴敦復刑部尚書制》：「委之刑柄，俾踐白雲之司。」

〔六〕繡衣使者：見《送丘爲往唐州》注〔七〕。此處指王曾任侍御史。按，唐御史臺置侍御史四人，從六品下，「掌糾察内外，受制出使，分制臺事」（《通典》卷二四）。

〔七〕無寃人：《漢書·于定國傳》：「張釋之爲廷尉（掌刑獄），天下無寃民；于定國爲廷尉，民自以不寃。」路多避馬：《後漢書·桓榮傳》載，桓典「舉高第，拜侍御史。是時宦官秉權，典執政無所迴避，常乘驄馬，京師畏憚，爲之語曰：『行行且止，避驄馬御史。』」以上二句，分別就王爲刑官及任侍御史而言。

〔八〕文昌：謂尚書省，見《同盧拾遺韋給事東山別業二十韻》注〔一五〕。

〔九〕武庫：儲藏武器的倉庫。司武庫：指爲庫部郎中。庫部郎中掌邦國軍州之戎器，故云。

〔一〇〕翟車：《詩·衛風·碩人》：「翟茀以朝。」傳：「翟，翟車也，夫人以翟羽飾車。茀，蔽也。」趙殿成曰：「按《周禮》（《春官·巾車》），翟車乃王后親桑所乘者，非臣子所用，疑翟字有誤。」此處疑泛指貴人所乘之車。高足：指快馬。《古詩十九首·今日良宴會》：「何不策高足，先據要路津！」

〔一一〕鳳池：見《和賈舍人早朝大明宮之作》注〔八〕。句謂成爲通向樞近之位的先行。

〔一二〕拜命：指拜官任職。

〔一三〕移疾：移病。《漢書·疏廣傳》：「即日夫子俱移病。」注：「移病，即移書（作文書）言病也。一曰以病而移居。」南宫：尚書省。見《送陸員外》注〔六〕。

〔一四〕宅：《孝經·喪親》：「卜其宅兆而安措之。」注：「宅，墓穴也。兆，塋域也。」卜地：擇地。

〔一五〕營護：周旋救護。《三國志·吴書·虞翻傳》：「（王朗）亡走浮海，翻追隨營護。」《新唐書·李晟傳》：「傷夷病疾，親爲營護。」「營」宋蜀本作「幾」。奠遣：指將葬時先祭奠，而後遣送靈柩入墓穴。

〔一六〕某嘗同官：謂己曾與王郎中在一起爲官。按，王郎中任庫部郎中之前嘗官侍御史，而維天寶四載爲侍御史，五載轉庫部員外郎，「同官」蓋即指此而言。又據「拜命」四句，知王任庫部郎中後不久即卒，而維官庫部員外郎則約有兩年之久（參見《年譜》），因此王之卒，當在維官庫部員外郎之時。正因王卒時維在庫部（兵部四司之一）任職，故得爲兵部作此祭文。

〔一七〕仰德：仰望其德。

〔一八〕立言：著書立説。《左傳》襄公二十四年：「大上有立德，其次有立功，其次有立言，雖久不廢，此之謂不朽。」

〔一九〕居常：日常。接膝：促膝。陶淵明《閑情賦》：「激清音以感余，願接膝以交言。」

〔二〇〕灑酒：以酒灑地以祀鬼神。灑，《全唐文》作「釃」。

能禪師碑并序〔一〕

無有可捨〔二〕，是達有源〔三〕；無空可住，是知空本〔四〕。離寂非動〔五〕，乘化用常〔六〕，在百法而無得〔七〕，周萬物而不殆〔八〕。鼓枻海師，不知菩提之行〔九〕；散花天女，能變聲聞之身〔一〇〕。則知法本不生，因心起見〔一一〕，見無可取〔一二〕，法則常如〔一三〕。世之至人，有證于此〔一四〕，得無漏不盡漏〔一五〕，度有爲非無爲者〔一六〕，其惟我曹溪禪師乎〔一七〕！

〔一〕約作于天寶五、六載，説見本篇第五段注〔二四〕、〔二五〕。能禪師：即慧能，亦作「惠能」，禪宗南宗創始人，佛教史上稱爲禪宗六祖。他幼年喪父，家境貧困，靠賣柴養母度日。後赴黄梅東禪寺從五祖弘忍受學，忍密授能法衣，并囑咐他南去暫作隱遁，待時行化。能在嶺南混迹市廛十六年，後于韶州曹溪寶林寺，弘揚「直指人心」、「見性成佛」的頓悟法門，與神秀在北方倡行的「漸悟」相對。弟子法海將其説教匯編成書，名曰《壇經》。卒于先天二年（七一三），年七十六。唐憲宗時，贈大鑒禪師謚號。事見《壇經》、《宋高僧傳》卷八、《景德傳燈録》卷五。篇題《唐文粹》、《全唐文》俱作《六祖能禪師碑銘》。題下底本原無「并序」二字，據宋蜀本、述古堂本、明十卷本等補。又「并序」下宋蜀本、述古堂本俱多「爲人作」三字。

〔二〕有：佛教名詞，梵文之意譯，「存在」的意思。無有可捨：即已完全、徹底地棄捨萬有之意。佛教認爲，宇宙萬有，皆虚幻不實，應在棄捨之列。

〔三〕達：通達。有源：萬有的本源。佛教認爲，佛性、法性、真如（佛教所幻想的最高和永恒的精神實體），是宇宙萬有的本源。又慧能認爲，衆生自心，皆具佛性，世界上的一切，都由它派生。《壇經》第二十節（法海本，下同）：「世人性本自淨，萬法在自性。」

〔四〕空：與「有」相對。住：執著之義。無空可住：指完全不執著于空。按，空謂世上一切現象皆虚而不實，然慧能認爲，佛性、真如又是實有的，並不「空」，故不能執著于空。《壇經》四十二節：「外迷著相（事相），内迷著空，於相離相，於空離空，即是内外不迷。」又四十六節：「著空，即惟長無明（無智，愚昧）；著相，即惟長邪見。」空本：空的本質。

〔五〕寂：寂静。　離寂非動：謂不静不動。《壇經》五十三節：「但無動無静，無生無滅，無去無來，無是無非，無住無往，但然（疑當作「能」）寂静，即是大道。」「不静」即所謂「有情即解動」（《壇經》四十八節），指人有見聞覺知。『不動』指人自身的佛性不動。《壇經》十八節：「若修不動者，不見一切人過患，是性（本性、佛性）不動。」四十八節：「性本無生無滅，無去無來。」《神會語録》二十節：「雖有見聞覺知，而常空寂。」

〔六〕乘化：順應自然的變化。　陶淵明《歸去來兮辭》：「聊乘化以歸盡，樂夫天命復奚疑。」句謂既能順應變化又能行其常道。《壇經》惠昕本三十七節：「凡愚不了自性，不識身中浄土，願東願西；悟人在處一般。　所以佛言：隨所住處常安樂。」可見慧能的「乘化」，乃是要人們安于環境。

〔七〕「在百」句：謂處於萬物之中而不執著于萬物。《壇經》四十三節：「萬法盡通，萬行俱備，一切無雜，但離（遠離、不執著）法相（物相、事相），作無所得，是最上乘（指慧能的「頓悟」法門）。」三十一節：「無念法者，見一切法，不著一切法，遍一切處，不著一切處，常浄自性。」

〔八〕周萬物：《易・繫辭上》：「知周乎萬物，而道濟天下，故不過。」疏：「聖人無物不知，是知周於萬物。」句指見聞覺知一切物，却不被一切物所染污，故不發生危險。《壇經》十七節：「自性起念

（正念），雖即見聞覺知，不染萬境，而常自在。」

〔九〕鼓棹：摇動船槳。海師：熟悉海上航路的船工。《宋書·朱脩之傳》：「海師望見飛鳥，知其近岸。」《大方便佛報恩經》卷四：「爾時波羅奈國，有一海師，前後數反，入於大海，善知道路通塞之相。」菩提：意譯「覺」，指對佛教「真理」的覺悟。此言「海師」只知海上航路而不知覺悟佛教真理的道路。

〔一〇〕「散花」二句：聲聞之身，謂舍利弗之身。聲聞指佛在世時的弟子，舍利弗爲古印度摩揭陀國人，釋迦牟尼的十大弟子之一，故云。《維摩詰經·觀衆生品》：「時維摩詰室有一天女，見諸大人，聞所説法，便現其身，即以天華散諸菩薩、大弟子上。……舍利弗言：『汝何以不轉女身？』天（女）曰：『我從十二年來，求女人相，了不可得，當何所轉？譬如幻師，化作幻女，若有人問，何以不轉女身，是人爲正問不？』舍利弗言：『不也，幻無定相，當何所轉？』天（女）曰：『一切諸法，亦復如是，無有定相，云何乃問不轉女身？』即時天女以神通力，變舍利弗令如天女，天（女）自化身如舍利弗而問言：『何以不轉女身？』舍利弗以天女像而答言：『我今不知何轉而變爲女身。』天（女）曰：『舍利弗若能轉此女身，則一切女人亦當能轉，如舍利弗非女而現女身，一切女人，亦復如是，雖現女身，而非女也。是故佛説一切諸法非男非女。』即時天女還攝神力，舍利弗身還復如故。天（女）問舍利弗：『女身色相，今何所在？』舍利弗言：『女身色相，無在無不在。』天（女）曰：『一切諸法，亦復如是，無在無不在。夫無在無不在者，佛所説也。』」二句謂，散花的天女，能變成佛的大弟子舍利弗之身。蓋以天女變身，說明諸法無有定相（諸法處于生滅變化之中），虛而不實。

〔一一〕法本不生，因心起見：心，本心、本性，指人本來具有的「真如」之心、佛性。見，同「現」。此言宇宙萬有，都是由本心派生的。《壇經》二十節：「於自性中萬法皆見。」三十節：「若無世人，一切萬法，本元不有。故知萬法，本因人興；……故知一切萬法，盡在自身中。」法既「因心起見」，它當然也就不是實有的了。

〔一二〕見無可取：《壇經》二十七節：「用智惠觀照，於一切法不取不捨，即見性成佛道。」二十五節：「性含萬法是大，萬法盡是自性。見一切人及非人，惡之與善，惡法善法，盡皆不捨，不可染著，由如虛空，名之爲大。」「無可取」、「不取」指不執著于萬法，不爲萬法所垢染；「不捨」指萬法由心所生，二者不可分離。

〔一三〕法則常如：言產生萬有的本心則永恒不變。如，《禪源諸詮集都序》卷上之一：「祇說此心不虛妄故云真，不變易故云如。」慧能不僅認爲萬法由心所生，還更進一步地認爲「萬法盡是自性」；既然萬法本身就是自性（也即真如、佛性），那麽它自然也就和真如、佛性一樣具有「常如（永恒不變）」的特點了。「無可取」就萬法的現象而言，「常如」則就萬法的本體——本心、真如、佛性而言。

〔一四〕證：佛教語。參悟。此：指上面談的這些道理。

〔一五〕無漏：「漏」爲「煩惱」之異名。涅槃、菩提和一切能斷除三界煩惱之法，均名無漏（法）。不盡漏：言非聽任煩惱發生，而能加以斷除。盡（jǐn錦）：任，聽任。句謂獲得了無煩惱的佛教覺悟而非任憑煩惱發生。

〔一六〕度：使人「離俗」、「出離生死」之意。有爲：指因緣所生之事物，也即一切處於相互聯繫、生滅變化中的事物（包括人）。《俱舍論光記》卷五：「因緣造作名爲，色、心等法從因緣生，有彼爲故，名曰有爲。」無爲：與「有爲」相對，指非因緣和合形成、無生滅變化的絶對存在。《探玄記》卷四：「緣所起法名曰有爲，無性真理名曰無爲。」句謂做到使因緣所生的有爲而不是無爲之人離俗出家。

〔一七〕惟，述古堂本作「推」。曹溪：在今廣東曲江縣境。《壇經》三十八節：「大師住漕溪山（即曹溪山），韶、廣二州行化四十餘年。」《曹溪通志》卷一：「山初未有名。因魏武玄孫曹叔良避地居此，以姓名村（按，稱曹侯村）。而水自東繞山而西，經村下，故稱曹溪。……唐龍朔元年，師（慧能）自黄梅得法南歸。……曹叔良等率衆，遂於寶林（寺名，建於梁代）故址，建營梵宇，延祖居之。四衆雲集，俄成寶坊，此寺之中興也。」

禪師俗姓盧氏，某郡某縣人也〔一〕。名是虚假〔二〕，不生族姓之家〔三〕；法無中邊〔四〕，不居華夏之地。善習表于兒戲〔五〕，利根發于童心〔六〕。不私其身〔七〕，臭味于畊桑之侣〔八〕；

苟適其道，羶行于蠻貊之鄉〔九〕。年若干，事黄梅忍大師〔一○〕。願竭其力，即安于井臼〔一一〕；素刳其心〔一二〕，獲悟于稊稗〔一三〕。每大師登座，學衆盈庭，中有三乘之根〔一四〕，共聽一音之法〔一五〕，禪師默然受教，曾不起予〔一六〕，退省其私〔一七〕，迥超無我〔一八〕。其有猶懷渴鹿之想〔一九〕，尚求飛鳥之跡〔二○〕，香飯未消〔二一〕，弊衣仍覆〔二二〕，皆曰升堂入室〔二三〕，測海窺天〔二四〕，謂得黄帝之珠〔二五〕，堪受法王之印〔二六〕。大師心知獨得，謙而不鳴〔二七〕。天何言哉〔二八〕，聖與仁豈敢〔二九〕；子曰賜也，吾與汝弗如〔三○〕。臨終，遂密授以祖師袈裟，而謂之曰：「物忌獨賢，人惡出己，吾且死矣，汝其行乎〔三一〕！」

〔一〕「禪師」二句：法海《六祖大師緣起外紀》：「大師名惠能。父盧氏，諱行瑫，唐武德三年九月，左官新州（今廣東新興縣）。」《宋高僧傳》卷八：「釋慧能，姓盧氏……其本世居范陽。」《景德傳燈録》卷五：「慧能大師姓盧氏，其先范陽人。父行瑫，武德中，左官於南海之新州，遂占籍焉。」按，《壇經》第二節云：「惠能慈父，本官范陽，左降遷流嶺南，作新州百姓。」第三節云：「惠能答曰：『弟子是嶺南人，新州百姓。』」則慧能之原籍，似非范陽。

〔二〕名：指名聲。句謂聲名是虚假之物。

〔三〕族姓：指大族、望族。《後漢書・陸續傳》：「陸續……世爲族姓。」

〔四〕法無中邊：謂佛法無中土邊地之别，居邊地亦可得佛法。《壇經》第三節：「大師遂責惠能曰：

『汝是嶺南人，又是獦獠，若爲堪作佛！』惠能答曰：『人即有南北，佛性即無南北，獦獠身與和尚不同，佛性有何差别！』」

〔五〕「善習」句：見《韓公墓誌銘》二段注〔二〕。

〔六〕利根：「利」謂鋭利或疾速，「根」即根性或根器；「利根」指能敏鋭地悟解佛法、圓滿地達到解脱的素質。《無量壽經》卷下：「諸明利，其鈍根者成就二忍，其利根者得不可計無生法忍。」

〔七〕私：偏愛。

〔八〕「臭味」句：臭味，氣味。因同類的東西氣味相同，故又用以比喻同類。《左傳》襄公八年：「今譬於草木，寡君在君，君之臭味也。」注：「言同類也。」畊，同「耕」。《壇經》二節：「惠能幼小，父又早亡……艱辛貧乏，於市賣柴。」《六祖大師緣起外紀》：「既長，鬻薪供母。」二句謂禪師不偏愛自身，視種田養蠶的伙伴爲同類。

〔九〕適：合。羶行：言其所行爲人慕悦，如蟻之慕羶。《莊子·徐無鬼》：「羊肉不慕蟻，蟻慕羊肉，羊肉羶也。舜有羶行，百姓悦之，故三徙成都，至鄧之虚而十有萬家。」二句意謂，只要合于佛家之道，在落後的部族之地也能有使人仰慕的行爲。

〔一〇〕「年若」二句：黄梅忍大師，即禪宗五祖弘忍（六〇一—六七四）。俗姓周，蘄州黄梅（故治在今湖北黄梅西北）人。七歲隨道信禪師出家，受具足戒。後定居于黄梅雙峰山東山寺，聚衆講習，門人甚衆，號「東山法門」。事見《宋高僧傳》卷八、《景德傳燈録》卷三。法海《六祖大師法寶壇經略序》：「既長，年二十有四，聞經悟道，往黄梅求印可。五祖器之，付衣法，令嗣祖位。時龍朔元年（六六一）辛酉歲也。」按，慧能赴黄梅參見弘忍及得衣法的時間，《景德傳燈録》卷五《慧能傳》謂在咸亨二年（六七一），卷三《弘忍傳》謂在咸亨中。

〔一一〕「即安」句：《壇經》第三節：「（弘忍）遂發遣惠能令隨衆作務。時有一行者，遂遣惠能於碓房，踏碓八箇餘月。」《曹溪大師别傳》：「（弘忍）遂令能入厨中供養，經八箇月。能不避艱苦……仍踏碓，自嫌身輕，乃繫大石著腰，墜碓令重，遂損腰腳。」井臼，指汲水舂米。

〔一二〕刳（kū 枯）心：《莊子·天地》：「夫道，覆載萬物者也，洋洋乎大哉！君子不可以不刳心焉。」成玄英疏：「刳，去也，洗也。洗去有心之累。」謂求道當「刳心」。此指洗去妄心，以求佛道。

〔一三〕「獲悟」句：見《薦福寺光師房花藥詩序》二段注〔三〕。《莊子》謂道「無所不在」，從稊稗中即可體悟道。此指能自細小如稊稗的事物中獲得佛教悟解。

〔一四〕三乘：佛教謂引導教化衆生達到解脱的三種教法。一聲聞乘，又曰小乘，指由聽聞佛陀言教、觀悟四諦之理而得道；二緣覺乘，又曰中乘，指由觀悟十二因緣之理而得道；三菩薩乘，又曰大乘，指由修行六度而得道。參見《法華經·譬喻品》、《大乘義章》卷一七。這三種教法，所可達到的果位不一，是根據習學者受教修道的素質和禀賦（根器）的不同而分的，故曰「三乘之根」。《魏書·釋老志》：「初根人爲小乘，行四諦法；中根人爲中乘，受十二因緣；上根人爲大乘，則修六度。」

〔一五〕一音：同一聲音，謂佛之説法。《維摩詰經·佛國品》：「佛以一音演説法，衆生隨類各得解。」此指大師的説法。

〔一六〕曾：乃。起予：見《上張令公》注〔一五〕。句指慧能不發表自己的看法。

〔一七〕退省其私：《論語·爲政》：「子曰：『吾與回（顔回）言終日，不違，如愚。退而省其私，亦足以發，回也不愚。』」私，指私下的言行。

〔一八〕無我：指世界一切事物皆無獨立的實在自體。有二類：一人無我（人空），謂人由五蘊假和合而成，没有常恒自在的主體；二法無我（法空），謂諸法皆由種種因緣和合而生，不斷變遷，無常恒堅實的自體。佛教以「無我」爲根本義，視承認有我者爲「顛倒」認識。《金剛經》：「若菩薩通達無我法者，如來説名真是菩薩。」句謂已遠遠地超出佛教的「無我」認識。

〔一九〕渴鹿之想：謂迷妄之想。《楞伽經》卷二：「不知心量，愚癡凡夫……自性習因，計著妄想，譬如群鹿，爲渴所逼，見春時焰（即陽焰，指春天野外在日光中浮動的塵埃），而作水想，迷亂馳趣，不知非水。」

〔二〇〕飛鳥之跡：喻諸法皆空。《華嚴經》卷五〇：「了知諸法性寂滅，如鳥飛空無有跡。」又卷三四：「如空中鳥跡，難説難可示。」句指不知諸法皆空之理而尚求其跡。

〔二一〕香飯未消：指煩惱尚未滅除。參見《讚佛文》二段注〔二四〕。

〔二二〕弊衣仍覆：用《法華經》「窮子」事，謂「窮子」未得寶藏，仍著弊衣，比喻大師諸門人，還没有領悟佛理。參見《西方變畫讚》一段注〔一二〕。

〔二三〕升堂入室：喻指學藝精絶，深得師傳。《論語·先進》：「由也升堂矣，未入於室也。」《漢書·藝文志》：「如孔氏之門人用賦也，則賈誼登堂，相如入室矣。」

〔二四〕測海窺天：《漢書·東方朔傳·答客難》：「語曰：『以筦（管）闚（窺）天，以蠡（瓠瓢）測海，以莛撞鐘。』豈能通其條貫，考其文理，發其音聲哉？」此句喻指能測知像海天那樣廣大無邊的佛法。

〔二五〕得黄帝之珠：《莊子·天地》：「黄帝遊乎赤水之北，登乎崑崙之丘而南望，還歸遺其玄珠。使知索之而不得，使離朱索之而不得，使喫詬索之而不得也。乃使象罔，象罔得之。」《文選》劉峻《廣絶交論》李善注引司馬彪云：「玄珠，喻道也。」此借指得佛家之道。

〔二六〕法王之印：「法王」是佛教對佛的尊稱。《無量壽經》卷下：「佛爲法王。」「印」指「法印」，謂佛法之標志、根本義，識别佛法真僞的標準。《法華經·譬喻品》：「汝舍利弗，我此法印，爲欲利益世間故説。」《大智度論》卷二二：「得佛法印故通達無礙，如得王印則無所留難。」《大乘義章》卷二：「優檀那者，是外國語，此名爲印。……法相楷定、不易之義，名印也。」句指堪傳承大師之佛法（爲弘忍之法嗣）。

〔二七〕「大師」二句：謙而不鳴，《易·謙》：「鳴謙，貞吉。」「鳴謙」謂聞名而謙。此處指謙而不言。二句謂弘忍心知慧能獨得佛家之道，（能）自謙而不言。

〔二八〕天何言哉：《論語·陽貨》：「子曰：『天何言哉？四時行焉，百物生焉。天何言哉？』」

〔二九〕「聖與」句：《論語·述而》：「子曰：『若聖與仁，則吾豈敢！』」此言慧能不敢以聖、仁自居。

〔三〇〕「子曰」二句：《論語·公冶長》：「子謂子貢曰：『女與回也，孰愈？』對曰：『賜也何敢望回？回也聞一以知十，賜也聞一以知二。』子曰：『弗如也，吾與女弗如也。』」賜，子貢姓端木，名賜。與，贊許，同意。弗，《唐文粹》作「不」。二句指弘忍認爲自己的其他門人都不如慧能。

〔三一〕「臨終」七句：《壇經》第四至九節載：弘忍忽於一日喚門人盡來，謂曰：「（汝等）各作一偈呈吾，吾看汝偈，若悟大意者，付汝衣法，禀爲六代。」弘忍門下上座弟子神秀作偈曰：「身是菩提樹，心如明鏡臺，時時勤拂拭，莫使有塵埃。」慧能見神秀此偈後，亦作一偈曰：「菩提本無樹，明鏡亦非臺，佛性常清淨，何處有塵埃！」弘忍見慧能偈，因於夜半密喚慧能入堂，「傳頓法及衣」，言：「汝爲六代祖，衣將爲信禀，代代相傳；法以心傳心，當令自悟。」又言：「自古傳法，氣如懸絲，若住此間，有人害汝，汝即須速去。」「而」字《唐文粹》無。吾，《唐文粹》、宋蜀本、述古堂本俱作「予」。獨賢，特別賢良的人。

禪師遂懷寶迷邦〔一〕，銷聲異域〔二〕。衆生爲淨土〔三〕，雜居止于編人〔四〕；世事是度門〔五〕，混農商于勞侶〔六〕。如此積十六載，南海有印宗法師，講《涅槃經》，禪師聽于座下，因問大義，質以真乘，既不能酬，翻從請益〔七〕。乃嘆曰：「化身菩薩，在此色身〔八〕；肉眼凡夫〔九〕，願開慧眼〔一〇〕。」遂領徒屬〔一一〕，盡詣禪居〔一二〕，奉爲掛衣〔一三〕，親自削髮。于是大興法雨，普灑客塵〔一四〕。乃教人以忍〔一五〕，曰：「忍者，無生方得〔一六〕，無我始成〔一七〕，于初發心，以爲教首〔一八〕。」至于定無所入〔一九〕，慧無所依〔二〇〕，大身過于十方〔二一〕，本覺超于三世〔二二〕。根塵不滅〔二三〕，非色滅空〔二四〕；行願無成〔二五〕，即凡成聖〔二六〕。舉足下足，長在道場〔二七〕；是心是情，同歸性海〔二八〕。商人告倦，自息化城〔二九〕；窮子無疑，直開寶藏〔三〇〕。其有不植德本〔三一〕，難入頓門〔三二〕，妄繫空花之狂，曾非慧日之咎〔三三〕。常歎曰：「七寶布施，等恒河沙〔三四〕；億劫修行，盡大地墨〔三五〕，不如無爲之運，無礙之慈，弘濟四生，大庇三有〔三六〕。」

〔一〕懷寶迷邦：喻懷藏其才而不用。《論語·陽貨》：「懷其寶而迷其邦，可謂仁乎？」《陳書·後主紀》：「將懷寶迷邦，咸思獨善。」

〔二〕銷聲異域：指慧能南歸隱遁于嶺南。《景德傳燈録》卷三《弘忍傳》：「師（弘忍）曰：『昔達摩初至，人未知信，故傳衣以明得法。今信心已熟，衣乃爭端，止于汝身，不復傳也。且當遠隱，俟時行化。』能曰：『當隱何所？』師曰：『逢懷即止，遇會且藏。』能禮足已，捧衣而出，是夜南邁，大衆莫知。」卷五《慧能傳》：「（弘忍）後傳衣法，令（慧能）隱于懷集（今廣東懷集）、四會（今廣東四會）之間。」

〔三〕衆生爲浄土：謂居於世俗衆生之中即爲浄土。禪宗南宗强調只要内心覺悟，所居之地即是浄土，故云。《壇經》三十五節：「迷人念佛生彼（指西方净土），悟者自净其心。所以佛言：『隨其心净，則佛土净。』……心但無不净，西方（西方净土）去此不遠；心起不净之心，念佛往生難到。……佛是自性作……自性迷，佛即衆生；自性悟，衆生即是佛。」「衆生即是佛」，則衆生所居之地也就是佛土（净土）了。

〔四〕編人：編入户籍的平民。《後漢書·朱浮傳》：「至或乘牛車，齊於編人。」人，《全唐文》作「氓」。句謂同平民住在一起。

〔五〕度門：猶法門，見《讚佛文》一段注〔一四〕。慧能認爲，真如、佛性體現於一切事物之中，即是説，由世事中也可獲得佛教悟解，故云「世事是度門」。句謂視世上之事爲獲得佛果的門户。

〔六〕勞侣：見《薦福寺光師房花藥詩序》二段注〔二〕。此指有塵勞煩惱之人。句謂同世俗之人一樣爲農商之事。

〔七〕「如此」八句：法海《六祖大師法寶壇經略序》：「（慧能）南歸隱遯一十六年，至儀鳳元年（六七六）丙子正月八日，會印宗法師，詰論玄奥，印宗悟契師旨。是月十五日，普會四衆，爲師薙髮。二月八日，集諸名德，授具足戒。」《景德傳燈録》卷五《慧能傳》：「至儀鳳元年丙子正月八日，届南海，遇印宗法師于法性寺講《涅槃經》，師寓止廊廡間……翌日，（印宗）邀師入室……于是印宗執弟子之禮，請受禪要。乃告四衆曰：『印宗具足凡夫，今遇肉身菩薩。』指坐下盧居士云：『即此是也。』因請出所傳信衣，悉令瞻禮。至正月十五日，會諸名德，爲之剃髮。二月八日，就法性寺智光律師受滿分戒。……師具戒已，于此樹下開東山法門。」按，弘忍卒于咸亨五年（六七四），依王維此文，弘忍臨終傳衣慧能，此後能「銷聲異域」十六年而遇印宗，則能遇印宗之時間，約在永昌元年（六八九）；依法海《序》，慧能龍朔元年（六六一）得衣法，儀鳳元年（六七六）遇印宗，中間隱遁了十六年，但弘忍的傳衣慧能，不當謂曰「臨終」。依《傳燈録》，能咸亨中得衣法，儀鳳元年遇印宗，則中間隱遁的時間，並没有十六年。諸書記載，互有出入，未知孰是。柳宗元《賜謚大鑒禪師碑》曰：「師用感動，遂受信具，遯隱南海上，人無聞知。又十六年，度其可行，乃居曹溪爲人師。」也説慧能遁隱了十六年，但對他得衣法及遇印宗的具體時間，皆未作交代。南海，唐廣州，天寶元年改爲南海郡，治所在南海縣（今廣東廣州市）。印宗法師，《景德傳燈録》卷五：「廣州法性寺印宗和尚，吴郡人也。姓印氏。從師出家，精涅槃大部。唐咸亨元年，抵京師，勅居大敬愛寺，固辭，往蘄州謁忍大師。後于法性寺講《涅槃經》，遇六祖能大師，始悟玄理，以能爲傳法師。」《涅槃經》，佛經名，中心内容講佛身常在及「一切衆生，悉有佛性」等大乘思想。主要有兩種譯本，一稱《北本涅槃經》，四十卷；一稱《南本涅槃經》，三十六卷。真乘，真實不妄之教義。宋之問《遊法華寺》：「高岫擬耆闍，真乘引妙車。」

〔八〕化身菩薩：指菩薩爲度脱世間衆生，隨三界六道之不同狀況和需要而變現之身。參見《讚佛文》一段注〔九〕、〔一〇〕。色身：佛教指自四大（地、水、火、風）五塵（色、聲、香、味、觸）等色法而成的有形質之身。《楞嚴經》卷十：「是故當知汝現色身，名爲堅固第一妄想。」二句意謂，慧能是菩薩變現于世間的色身。

〔九〕肉眼：指人間肉身之眼，爲佛教所説五眼（肉眼、天眼、慧眼、法眼、佛眼）之一。《法苑珠林》卷二十四唐玄奘譯《讚彌勒四禮文》：「凡夫肉眼未曾識，爲現千尺一金軀。」《翻譯名義集》卷六：「肉眼見近不見遠，見前不見後，見外不見内，見晝不見夜，見上不見下。」肉眼凡夫：印宗自指。

〔一〇〕慧眼：佛教謂慧眼能見諸法皆空的實相，具有洞察諸法皆空之理的智慧。《無量壽經》卷下：「慧眼見真，能度彼岸。」《大乘義章》卷二〇本：「慧眼了見破相空理及見真空。」以上二句意謂，我這個世間的肉眼凡人，希望能睜開得以洞見萬有皆空實相的慧眼。

〔一一〕徒，宋蜀本、述古堂本、《全唐文》俱作「其」。

〔一二〕禪居：猶言僧堂。《陳書·江總傳》：「野開靈塔，地築禪居。」

〔一三〕奉：敬辭。句指慧能剃髮出家時，印宗爲他披掛僧衣。《釋氏要覽》卷上：「《寄歸傳》云：西國出家，具有聖制。諸有發心出家者，師乃問諸難事；難事既無，許之攝受，或經旬月，令其解息，師乃爲授五戒，方名鄔波索迦（清信士）。此人創入佛法之基，七衆所攝也。師次爲辦縵條（縵衣）、僧腳崎（掩腋衣）、下裙、濾羅（濾水囊）、鉢等，方請阿遮梨（軌範師）爲剃髮，師親爲著下裙，次與上衣，頂戴受著已，授與鉢器，授十戒，此名室羅末尼羅（沙彌）。方成應法，爲五衆攝，堪消施利。」

〔一四〕法雨：佛家謂佛法能普利衆生，如雨之潤澤萬物，故名法雨。《涅槃經》卷二：「無上法雨，雨汝身田，令生法芽。」《華嚴經》卷八〇：「如來法雨亦復然，不從於佛身心出，而能開悟一切衆，普使滅除三毒火（指貪、瞋、癡三種根本煩惱）。」客塵：指煩惱。煩惱非心性固有之物，能垢染心性，故稱之爲客塵。《維摩詰經·問疾品》：「菩薩斷除客塵煩惱，而起大悲。」鳩摩羅什注：「心本清淨，無有塵垢，塵垢事會而生，於心爲客塵也。」僧肇注：「心遇外緣，煩惱横起，故名客塵。」二句指慧能演説佛法，滅除衆生煩惱。

〔一五〕忍：梵語「羼提」的意譯，有「忍受」、「認可」二義，指能安于受苦受害的境遇而不生怨心和能認可佛教「真理」。《成唯識論》卷九：「忍有三種，謂耐怨害忍、安受苦忍、諦察法忍。」《大乘義章》卷九：「慧心安法名之爲忍。」教人以忍：《壇經》五十七節：「凡度誓，修行，遭難不退，遇苦能忍，福德深厚，方授此法。」三十六節：「世間若修道，一切盡不妨，常見自己過，與道即相當。……若真修道人，不見世間過，若見世間非，自非（自己的過非）却是左（猶言「更甚」）。」提倡「只見己過，莫見世非」，做到這樣，則對于「世非」自然也就能够忍受了。

〔一六〕無生：見《登辨覺寺》注〔八〕。佛教稱認可「無生」之理爲「無生法忍」（又名「諦察法忍」），它本身就是「忍」的一種；又佛教認爲，有貪、瞋等煩惱存在，就不可能做到「耐怨害」、「安受苦」，而修得「無生」，則諸煩惱皆滅，可達「忍」境，故稱「忍者，無生方得」。

〔一七〕「無我」謂世間一切事物皆虚而不實；既然萬事萬物都是虚幻的，那麽一切凌辱、迫害、苦痛也就算不得什麽，可以安然忍受了，故謂「忍者……無我始成」。句謂唯有通達無我認識始能收穫它。

〔一八〕初發心：謂初發求菩提之心。晋譯《華嚴經・梵行品》：「初發心時便成正覺，知一切法真實之性。」二句意謂，對於初生追求佛教覺悟之心的人，以「忍」爲施教的首要内容。

〔一九〕定無所入：謂不必入於禪定。《壇經》十四節：「一行三昧者，於一切時中，行、住、坐、卧，常行直心（指真心，即真如、佛性；常行直心，即常住真如、常契佛性）是。……但行直心，於一切法，無有執著，名一行三昧。迷人著（執著）法相，執一行三昧，直言坐不動，除妄不起心，即是一行三昧。若如是，此法同無情，却是障道因緣。……若坐不動是，維摩詰不合呵舍利弗宴坐（坐禪）林中。」「三昧」即「定」，「一行三昧」是佛教講的一種禪定，據稱修此禪定，應於坐禪時，專心一佛，稱念名字，即于念中，能見諸佛，從中領悟「離心别無有佛」的道理。慧能對「一行三昧」作了新的解釋，認爲只要常住真如，不執著于外境，不必坐禪，就是一行三昧。

〔二〇〕慧無所依：《華嚴經》卷五〇：「譬如樹林依地有，地依于水得不壞，水輪依風風依空，而其虚空無所依。一切佛法依慈悲，慈悲復依方便立，方便依智智依慧，無礙慧身無所依。」謂慧高于一切。按，上句言「定」，此句言「慧」，此處「慧無所依」，疑是就定與慧之間的關係説的。即謂不是先有定而後有慧，慧依于定，而是定慧一體。《壇經》十三節：「定惠（慧）體一不二。即定是惠體，即惠是定用。即惠之時定在惠，即定之時惠在定。善知識！此義即是定惠等。學道之人作意，莫言先定發惠，先惠發定，定惠各别。」又十五節云：「定惠猶如何等？如燈光。有燈即有光，無燈即無光。燈是光之體，光是燈之用。名即有二，體無兩般。此定惠法，亦復如是。」

〔二一〕「大身」句：謂法身廣大無邊。因其廣大無邊，故曰「大身」。十方，指東、西、南、北、東南、西南、東北、西北、上、下。法身，亦稱佛身，即法性、佛性、真如。慧能認爲，人人自身中皆具真如、佛性，它是萬法的本源（「萬法從自性生」），故廣大無邊。《壇經》二十五節：「性（自性，佛性）含萬法是大。」二十四節：「心量廣大，猶如虚空……虚空能含日月星辰、大地山河，一切草木、惡人善人、惡法善法、天堂地獄，盡在空中；世人性空，亦復如是。」

〔二二〕本覺：指自性般若之智，即人本來具有的佛教智慧或先天固有的佛教覺悟，也即衆生先天具有的佛性。《大乘起信論義記》卷三：「本者是性義，覺者智慧義。」《仁王經》卷中：「自性清浄心名本覺性，即是諸佛一切智智。」慧能認爲佛性人人都有，是先天的、永恒的，故云「超于三世（過去、現在、未來）」。

〔二三〕根塵：即六根（眼、耳、鼻、舌、身、意）、六塵（色、聲、香、味、觸、法）。《摩訶止觀》卷一下：「根塵相對，一念心起。」根塵的主要部分屬色（約相當于物質現象），「根塵不滅」即謂色不滅（六根六塵不斷滅）。佛教講「色空」，但謂空非絶無、斷滅；又謂諸法俱因果相續，故非爲斷滅。若否認因果相續之理，即謂之「斷滅見」，亦曰「斷見」。此種見解，屬「邪見中之最惡者」。《智度論》卷七：「斷見者見五衆（五蘊，色即五蘊之一）滅。」

〔二四〕非色滅空：言非色斷滅爲空，色的本質即是空（虚幻不實）。《維摩詰經·入不二法門品》：「色即是空，非色滅空，色性自空。」僧肇注：「色即是空，不待色滅，然後爲空。」《肇論·不真空論》：「如此，則非無物也，物非真物。物非真物，故于何而可物？故經云：『色之性空，非色敗空（不是色毁滅後，色才是空的）。』」

〔二五〕行願無成：行願，指身之行與心之願。《壇經》二十一節：「今既歸依三身佛已，與善知識發四弘大願。善知識！一時逐惠能道：『衆生無邊誓願度，煩惱無邊誓願斷，法門無邊誓願學，無上佛道誓願成。』……『衆生無邊誓願度』，不是惠能度，善知識！心中衆生，各於自身自性自度。何名自性自度？自色身中，邪見煩惱，愚癡迷妄，自有本覺性，將正見度，既悟正見，般若之智，除却愚癡迷妄，衆生各各自度。……『煩惱無邊誓願斷』，自心除虚妄。……『無上佛道誓願成』，常下心行，恭敬一切，遠離迷執，覺知生般若，除却迷妄，即自悟佛道成，行誓願力。」所謂「四弘大願」，意爲「誓願度」脱「無邊衆生」，「誓願斷」除「無邊煩惱」，「誓願學」習「無邊法門」，「誓願成」就「無上佛道」。有此「四弘大願」者，即是「菩薩」。《心地觀經》卷七：「一切菩薩復有四願成就有情住持三寶，大海劫終不退轉。」句謂認爲菩薩度脱衆生之行爲心願不能有所成，即不能度脱衆生。按，慧能認爲，衆生皆有本覺，如欲成就佛道，求得解脱，需自悟、自度，非依賴他人能度，故云。《壇經》三十一節：「三世諸佛，十二部經，亦在人性中本自具有。……若取外求，善知識，望得解脱，無有是處。」

〔二六〕即凡成聖：《壇經》三十五節：「自性迷，佛即衆生；自性悟，衆生即是佛。」認爲衆生只要頓悟自身固有的佛性，即可成佛。衆生是「凡」，成佛爲「聖」，故云「即凡成聖」。

〔二七〕「舉足」二句：《維摩詰經・菩薩品》：「菩薩若應諸波羅蜜教化衆生，諸有所作，舉足下足，當知皆從道場來，住于佛法矣。」道場，謂修行所據之佛法。《維摩詰經・菩薩品》：「三十七品是道場。」二句謂一舉一動，皆不離佛法。

〔二八〕性海：見《大薦福寺大德道光禪師塔銘》首段注〔二四〕。句謂共同歸向真如理性之海。

〔二九〕「商人」二句：言猶如商人跋涉於悠遠險惡的道路自稱已極疲倦，暫時止息於佛一時變現的城裏。比喻在追求佛果的險遠途程中暫時歇腳，以期到達最終的目的地。參見《登辨覺寺》注〔三〕。此二句謂「漸修」。

〔三〇〕二句謂就像「窮子」消除疑惑之後，即可自己直接打開寶藏。參見《西方變畫讚》一段注〔一一〕。此以「直開寶藏」喻「頓悟」。

〔三一〕植德本：見《讚佛文》二段注〔三〕。句謂或許有不樹立善根的人。

〔三二〕頓門：慧能提倡「頓悟」，故謂其法門爲「頓門」。《壇經》三十一節：「我於忍和尚處，一聞言下大悟，頓見真如本性。是故將此教法，流行後代，令學道者頓悟菩提，令自本性頓悟。」三十二節：「善知識！將此頓教法門，於同見同行，發願受持，如事佛故。」

〔三三〕妄繫空花之狂：空華，空中之花。謂空中原無花，病眼見之，以爲有花，喻有妄心者見諸法以爲實有。《圓覺經》：「妄認四大爲自身，六塵緣影爲自心相，譬如彼病目見空中華及第二月。」句謂繆妄地繫心于虚幻不實之物的迷亂。慧日：謂佛之智慧猶如太陽普照世間。《法華經·普門品》：「無垢清浄光，慧日破諸闇，能伏災風火，普明照世間。」非慧日之咎：《華嚴經》卷五二：「譬如日出，普照世間，于一切浄水器中，影無不現，普徧衆處，而無來往。或一器破，便不現影，佛子，于汝意云何？彼影不現，爲日咎不？答言：不也，但由器壞，非日有咎。佛子，如來智日，亦復如是。普現法界，無前無後，一切衆生浄心器中，佛無不現，心器常浄，常見佛身，若心濁器破，則不得見。」謂佛智光輝普照，心濁者不能得佛智，非佛智有咎。二句指有妄心者繫心于世俗世界，難入頓門，這並不是頓門之過。

〔三四〕「七寶」二句：極言布施之多。《金剛經》：「『須菩提，如恒河中所有沙數，如是沙等恒河，於意云何？是諸恒河沙，寧爲多不？』須菩提言：『甚多，世尊。但諸恒河尚多無數，何況其沙！』『須菩提，我今實言告汝，若有善男子、善女人，以七寶（金、銀、琉璃、珊瑚、瑪瑙、赤真珠、玻瓈）滿爾所恒河沙數三千大千世界，以用布施，得福多不？』須菩提言：『甚多，世尊。』佛告須菩提：『若善男子、善女人，於此經中，乃至受持四句偈等，爲他人説，而此福德，勝前福德。』」

〔三五〕「億劫」二句：極言佛教修行時間之久遠難以計算，參見《和宋中丞夏日遊福賢觀天長寺之作》注〔七〕。

〔三六〕「不如」四句：無爲，即真如、法性、佛性之異名，參見本篇首段注〔一五〕。運，運用，用。《金剛經》

謂七寶布施不如以佛法布施（見前）。慧能認爲布施非功德，內見自身固有的佛性方是功德。《壇經》惠昕本第三十六節：「造寺、供養、布施、設齋，名爲求福，不可將福便爲功德。功德在法身（法性、佛性）中，不在修福。師又曰：見性是功，平等是德。念念無滯，常見本性真實妙用，名爲功德。……功德須自性內見，不是布施、供養之所求也。是以福德與功德別。」所謂「常見本性真實妙用」，也就是「無爲之運」，故稱「七寶布施」，「不如無爲之運」云云。無礙，謂自在通達而無障礙。見《西方變畫讚》末段注〔六〕。《壇經》二十九節：「聞其頓教，不假外修，但於自心，令自本性常起正見，煩惱塵勞衆生，當時盡悟，猶如大海，納於衆流，小水大水，合爲一體，即是見性。內外不住，來去自由，能除執心，通達無礙。」十九節：「此法門中，何名坐禪？此法門中，一切無礙，外於一切境界上念不起爲坐，見本性不亂爲禪。」十七節：「念念時中，於一切法上無住（執著），一念若住，念念即住，名繫縛；於一切上，念念不住，即無縛也。」謂不執著于萬法，即是無縛、無礙。慈：指愛護衆生，給予歡樂。《大智度論》卷二七：「大慈與一切衆生樂，大悲拔一切衆生苦。」按，慧能認爲，不執著于萬法，便可「見性」成佛，此即頓教之修行法，而「億劫修行」乃「漸修」，故謂「億劫修行」，不如「無礙之慈」云云。弘濟，廣泛地救助。四生，見《讚佛文》首段注〔五〕。三有，猶三界。見《西方變畫讚》首段注〔八〕。

既而道德遍覆，名聲普聞。泉館卉服之人〔一〕，去聖歷劫〔二〕；塗身穿耳之國〔三〕，航海窮年，皆願拭目于龍象之姿〔四〕，忘身于鯨鯢之口，駢立于户外〔五〕，趺坐于牀前〔六〕。林是旃檀，更無雜樹〔七〕；花惟薝蔔，不嗅餘香〔八〕。皆以實歸〔九〕，多離妄執〔一〇〕。九重延想〔一一〕，萬里馳誠〔一二〕，思布髮以奉迎〔一三〕，願叉手而作禮〔一四〕。則天太后，孝和皇帝，並敕書勸諭，徵赴京城〔一五〕。禪師子牟之心，敢忘鳳闕〔一六〕；遠公之足，不過虎溪〔一七〕。固以此辭，竟不奉詔。遂送百衲袈裟及錢帛等供養。天王厚禮，獻玉衣于幻人〔一八〕；女后宿因，施金錢于化佛〔一九〕。尚德貴物〔二〇〕，異代同符。至某載月日中，忽謂門人曰：「吾將行矣！」俄而異香滿室，白虹屬地〔二一〕。飯食訖而敷坐〔二二〕，沐浴畢而更衣。彈指不留〔二三〕，水流燈焰〔二四〕；金身永謝〔二五〕，薪盡火滅〔二六〕。山崩川竭，鳥哭猿啼。諸人唱言〔二七〕，人無眼目〔二八〕；列郡慟哭，世且空虛〔二九〕。某月日，遷神于曹溪〔三〇〕，安座于某所。擇吉祥之地，不待青烏〔三一〕；變功德之林，皆成白鶴〔三二〕。

〔一〕泉館卉服：見《送從弟蕃遊淮南》注〔四〕。

〔二〕去聖：辭别自己的君主。歷劫：經歷災難。

〔三〕塗身：《後漢書·東夷傳》：「挹婁，古肅慎之國也。在夫餘東北千餘里。……好養豕，食其肉，衣其皮，冬以豕膏塗身，厚數分，以禦風寒。」《舊唐書·南蠻傳》：「林邑國，漢日南、象林之地，在交州南千餘里。……其人拳髮色黑，俗皆徒跣，得麝香以塗身，一日之中，再塗再洗。」謂其國之人，有以麝香塗身的習俗。穿耳：《後漢書·南蠻傳》：「珠崖、儋耳二郡，在海洲上……其渠帥貴長，耳皆穿而縋之，垂肩三寸。」《南史·夷貊傳上》：「林邑國……男女皆以横幅古貝繞腰以下……穿耳貫小環。貴者著革屣，賤者跣行。自林邑、扶南以南諸國皆然也。」《舊唐書·南蠻傳》：「婆利國，在林邑東南海中洲上。……其人皆黑色，穿耳附璫。」《後漢書·東夷傳》注引沈瑩《臨海水土志》：「夷洲（今臺灣）在臨海東南，去郡二千里。……人皆髡髮穿耳，女人不穿耳。」

〔四〕窮年：一整年。龍象：梵語「那伽」之意譯。《大智度論》卷三：「那伽，或名龍，或名象，是五千阿羅漢，諸無數阿羅漢中最大力，以是故言如龍如象，水行中龍力大，陸行中象力大。」後稱佛徒之修行勇猛精進、有最大能力者爲龍象。此指慧能。

〔五〕鯢：雌鯨。騈立：並立。

〔六〕趺坐：見《登辨覺寺》注〔六〕。

〔七〕「林是」二句：喻指慧能之徒清淨純一。《大法鼓經》卷上：「今此會衆，如旃檀林，清淨純一。」《大方等無想經》卷四：「如來大衆成就持戒，悉入佛境，徒衆眷屬，如旃檀林純以旃檀而爲圍繞。」旃檀，見《薦福寺光師房花藥詩序》二段注〔一九〕。

〔八〕「花惟」二句：薝（zhān 沾）蔔，亦作瞻蔔，花名，梵語之音譯，義譯爲鬱金花。《酉陽雜俎》卷一八稱薝蔔即梔子，非是。參見《續一切經音義》卷四、《通雅》卷四二。二句喻指在慧能處，唯聞正法與佛功德之香。參見《西方變畫讚》二段注〔三〕。

〔九〕句謂從學者皆滿載而歸。《文選》王巾《頭陀寺碑文》：「智刃所遊，日新月故；道勝之韻，虚往實歸。」《莊子·德充符》：「常季問於仲尼曰：『王駘，兀者也，從之遊者，與夫子中分魯。立不教，坐不議，虚而往，實而歸。』」

〔一〇〕妄執：謂對虚妄認識的執著。佛教以世俗之認識爲「妄」，而以擺脱世俗之「顛倒」認識而得之認識爲「實」。

〔一一〕九重：指天子。延想：言長久思念禪師。

〔一二〕馳誠：傳達誠意。

〔一三〕布髮：在佛經行之地，布髮掩泥，以示敬意。《大般若經》卷九九：「我於往昔然燈如來應正等覺出現世時，於衆花城四衢路首，見然燈佛，散五莖花，布髮掩泥，聞無上法。」《過去現在因果經》卷一：「爾時如來，既授記已，猶見善慧，作仙人髻，披鹿皮衣。如來欲令舍此服儀，即便化地，以爲淤泥。善慧見佛應從此行而地濁濕，……即脱皮衣，以用布地，不足掩泥，仍又解髮，亦以覆之。如來即便踐之而度，因記之曰：汝後得佛……必如我也。」

〔一四〕叉手：亦曰合掌叉手，即「合十」。謂於胸前合掌交叉手指，表示衷心敬意。原爲古印度禮節，佛教沿用之。《觀無量壽經》：「合掌叉手，讚嘆諸佛。」

〔一五〕「則天」四句：《舊唐書·方伎傳》：「神秀嘗奏則天，請追慧能赴都，慧能固辭。神秀又自作書重邀之，慧能謂使者曰：『吾形貌矬陋，北土見之，恐不敬吾法。又先師以吾南中有緣，亦不可違也。』竟不度嶺而死。」孝和皇帝，中宗的謚號，見《舊唐書·中宗紀》。柳宗元《賜謚大鑒禪師碑》：「中宗聞名，使幸臣再徵不能致，取其言以爲心術。」劉禹錫《大鑒禪師碑》：「中宗使中貴人再徵，不奉詔，第以言爲貢。」《景德傳燈録》卷五：「中宗神龍元年，降詔云：『朕請安秀二師宮中供養，萬機之暇，每究一乘，二師並推讓云：「南方有能禪師，密受大師衣法，可就彼問。」今遣内侍薛簡馳詔迎請，願師慈悲，速赴上京。』師上表辭疾，願終林麓。……（薛簡）禮辭歸闕，表奏師語。有詔謝師，並賜摩納袈裟、絹五百匹、寶鉢一口。」

〔一六〕「禪師」二句：言禪師心如公子牟，豈敢忘記朝廷。《莊子·讓王》：「中山公子牟（魏國公子，名牟，封於中山，故云）謂瞻子曰：『身在江海之上，心居乎魏闕（宮門外闕門，巍巍高大，故曰魏闕）之下，奈何？』」鳳闕，漢代宮闕名，後泛指宮殿、朝廷。

〔一七〕「遠公」二句：見《過感化寺曇興上人山院》注〔二〕。

〔一八〕「天王」二句：《列子·周穆王》：「周穆王時，西極之國，有化人來，入水火，貫金石，反山川，移城邑，乘虛不墜，觸實不硋（礙），千變萬化，不可窮極。既已變物之形，又且易人之慮。穆王敬之若神，事之若君，推路寢以居之，引三牲以進之，選女樂以娱之。……月月獻玉衣，旦旦薦玉食。」《翻譯名義集》卷七：「周穆王時，文殊（佛教菩薩名）、目連（釋迦牟尼十大弟子之一）來化，穆王從之。即《列子》所謂化人者是也。」天王，指周天子。《春秋》隱公元年：「秋七月，天王使宰咺來歸惠公、仲子之賵。」蓋當時楚吴等諸侯相繼稱王，故加「天」以别之。厚禮，厚加禮遇。幻人，猶化人，謂能爲幻術者。

〔一九〕「女后」二句：意謂王后因前世的因緣，施捨金錢給佛的化身。宿因，前世的因緣。化佛，謂佛、菩薩以神通力化現之身。《雜寶藏經》卷四載，昔耆闍山中，居住衆僧。有一貧窮乞索女人，詣山求乞，見諸長者齋僧，因自思惟：彼諸人等，先世修福，今日富貴，今復重作，未來轉勝；我先不修，今世貧窮，今若不作，未來轉劇。此女先時于糞中拾得兩錢，恒常保惜，以俟乞索不得之時，當用買食。是時女自思惟，我今持以布施衆僧，料一二日不得飲食，終不能死。因伺僧食訖，即便布施。時適值國王最大夫人新亡，王遣使訪求，誰有福德，堪爲夫人；相師占此女有福德，王遂以爲夫人。又卷九載，昔惡生王遊觀林苑，見園中堂上，有一金貓，自東北角入西南角，王即遣人深掘，得三銅瓮，悉盛滿金錢。王怪其所以，即詣尊者迦栴延所問詢。尊者答言：「此王宿因所得福報，但用無苦。」又言依過去九十一劫毘婆尸佛之遺法，有諸比丘於四衢道頭設座置鉢，教人布施。爾時有貧人，先因賣薪，得錢三文，見僧教化，即便布施。時貧人者，今王身是；緣昔三錢歡喜施僧，今遂得如是三銅瓮金錢。趙殿成注謂此處乃合上二事「作一事用，似誤」。

〔二〇〕貴物：重視禮物。「送百衲袈裟及錢帛」、「獻玉衣」之事即是「貴物」。

〔二一〕「至某」五句：《壇經》第四十八節：「大師先天二年八月三日滅度。七月八日，喚門人告別。……

大師言：『汝衆近前，吾至八月，欲離世間，汝等有疑早問。』」五十四節：「大師滅度，諸日寺内異香氳氳，經數日不散。山崩地動，林木變白，日月無光，風雲失色。」中，《全唐文》無此字。白虹，日月周圍的白色暈圈。屬，連。

〔二二〕「飯食」句：《壇經》五十一節：「六祖後至八月三日，食後，大師言：『汝等著位坐，吾今共汝等别。』」敷坐，設座。

〔二三〕彈指：一彈指的略語。極言時間短暫。

〔二四〕水流燈焰：就像大水流過燈焰。謂燈焰滅。喻指佛入滅。《法苑珠林》卷三〇：「説是語已，一時俱入無餘涅槃，先定願力，火起焚身，如燈焰滅，骸骨無遺。」此指慧能圓寂。

〔二五〕金身：謂佛身。《法華經·安樂品》：「諸佛身金色，百福相莊嚴。」謝：凋落，死。

〔二六〕薪盡火滅：喻佛入滅。《法華經·序品》：「佛此夜滅度，如薪盡火滅。」

〔二七〕人，《全唐文》作「天」。唱言：高呼。

〔二八〕人無眼目：指佛入滅後，徒衆無首，猶如人無眼目。《涅槃經》卷一〇：「是時天人阿修羅等，啼泣悲嘆，而作是言：如來今日，已受我等最後供養，受供養已，當般涅槃，我等當復更供養誰？我今永離無上調御，盲無眼目。」

〔二九〕世且空虚：《涅槃經》卷一：「二月十五日，（佛）臨涅槃時……諸衆生共相謂言：且各裁抑莫大愁苦，當疾往詣拘尸那城力士生處……勸請如來莫般涅槃……互相執手，復作是言：世間空虚，衆生福盡，不善諸業，增長出世，仁（呼人之敬稱）等，今當速往速往，如來不久必入涅槃。

復作是言：世間空虚，世間空虚，我等從今無有救護，無所宗仰，貧窮孤露。一旦遠離無上世尊，設有疑惑，當復問誰？」謂佛入滅後，衆生無所宗仰、依恃，覺世間空虚。此句即用其意。

〔三〇〕「遷神」句：謂遷移禪師遺體於曹溪。遷神，遷移靈柩或遺體。《文選》潘岳《寡婦賦》：「痛存亡之殊制兮，將遷神而安厝。」《壇經》五十四節：「八月三日滅度，至十一月，迎和尚神座於漕溪山葬。」《景德傳燈録》卷五：「先天二年七月一日，（慧能）謂門人曰：『吾欲歸新州。』……往新州國恩寺。沐浴訖，跏趺而化。……即其年八月三日也。時韶、新兩郡，各修靈塔，道俗莫決所之。兩郡刺史共焚香祝云：『香烟引處，即師之欲歸焉。』時香爐騰湧，直貫曹溪。以十一月十三日入塔，壽七十六。」

〔三一〕青烏：亦曰青烏子，漢代術士，精堪輿之學，著有葬書。《廣韻》卷二引應劭《風俗通義》：「漢有青烏子，善數術。」《抱朴子・極言》：「黄帝相地理，則書有青烏之説。」《後漢書・王景傳》注：「葬送造宅之法，若黄帝、青烏之書也。」《世説新語・術解》注引有青烏子《相冢書》之文，《舊唐書・經籍志》有「《青烏子》三卷」。按，青烏之書久佚，今傳所謂青烏先生《葬經》，乃後人託名僞撰者也。

〔三二〕「變功」二句：《涅槃經》卷一：「佛在拘尸那國力士生地，阿利羅跋提河邊娑羅雙樹間……二月十五日，臨涅槃時……爾時拘尸那城娑羅樹林，其林變白，猶如白鶴。」功德之林，即指佛入滅處的娑羅樹林。娑羅，樹名，《大唐西域記》卷六謂「其樹類槲而皮青白」。

嗚呼！大師至性淳一，天姿貞素〔一〕，百福成相〔二〕，衆妙會心。經行宴息〔三〕，皆在正受〔四〕；談笑語言，曾無戲論〔五〕。故能五天重跡〔六〕，百越稽首〔七〕。修蚺雄虺，毒螫之氣銷〔八〕；跳殳彎弓〔九〕，猜悍之風變〔一〇〕。畋漁悉罷〔一一〕，蠱酖知非〔一二〕。多絶羶腥，効桑門之食〔一三〕；悉棄罟網〔一四〕，襲稻田之衣〔一五〕。永惟浮圖之法〔一六〕，實助皇王之化。弟子曰神會〔一七〕，遇師于晚景，聞道于中年〔一八〕，廣量出于凡心〔一九〕，利智踰于宿學〔二〇〕，雖末後供〔二一〕，樂最上乘〔二二〕。先師所明，有類獻珠之願〔二三〕；世人未識，猶多抱玉之悲〔二四〕。謂余知道，以頌見託〔二五〕。偈曰：

〔一〕至性：天賦的卓絶品性。淳一：質樸純一。貞素：貞正純樸。《三國志·吴書·是儀傳》評：「儀清恪貞素。」

〔二〕百福成相：言大師以積多福而成佛相。佛經謂佛具三十二相（指佛生來容貌神異，有三十二種不同凡俗的特徵），各相皆以百福之業因而感得，故稱佛相爲百福相或百福莊嚴相。《法華經·方便品》：「彩畫作佛像，百福莊嚴相。」

〔三〕經行：見《青龍寺曇壁上人兄院集》注〔一五〕。宴息：安息。宴，述古堂本作「冥」。

〔四〕正受：梵語「三昧(定)」，一譯「正受」。心離邪亂謂之正，無念無想、納法在心謂之受。《大乘義章》卷一三：「離於邪亂故説爲正，納法稱受。」《觀經四帖疏·玄義分》：「言正受者，想心都息，緣慮並亡，三昧相應，名爲正受。」句謂皆在心離邪亂、無思無慮之境。

〔五〕戲論：佛教指錯誤無益的言論，也即世俗的言論。《最勝王經》卷一：「實際(真如)之性，無有戲論，惟獨如來證實際法，戲論永斷，名爲涅槃。」《遺教經》：「汝等比丘，若種種戲論，其心則亂，雖復出家，猶未得脱。」

〔六〕五天：五天竺之省稱。《法苑珠林》卷一二〇：「沙門玄奘振錫五天。」古印度分東、南、西、北、中五部，稱五天竺或五印度。《舊唐書·西戎傳》：「天竺國……其中分爲五天竺：其一曰中天竺，二曰東天竺，三曰南天竺，四曰西天竺，五曰北天竺。」重跡：車馬之跡重疊，形容來者之多。《漢書·息夫躬傳》：「軍書交馳而輻湊，羽檄重跡而押至。」《文選》陸機《辨亡論上》：「珍瑰重跡而至，奇玩應響而赴。」吕延濟注：「重跡，謂遠方貢獻多，而車馬之跡重疊也。」

〔七〕百越：《史記·李斯傳》獄中上二世書：「非地不廣，又北逐胡貉，南定百越，以見秦之彊。」按，當時越族居今江、浙、閩、粤一帶，有許多不同的部族，故稱百越。

〔八〕修虵：大蛇，長蛇。虵，同蛇。《淮南子·本經》：「封狶、修蛇，皆爲民害。」注：「修蛇，大蛇，吞象三年而出其骨之類。」《山海經·海内南經》：「巴蛇食象，三歲而出其骨。」雄虺(huǐ悔)：凶猛之毒蛇。《楚辭·招魂》：「雄虺九首，往來儵忽，吞人以益其心些。」毒螫：毒害。二句指大師化及毒蠱。

〔九〕跳：耍弄。張衡《西京賦》：「跳丸劍之揮霍，走索上而相逢。」殳：古兵器名。以竹木爲之，一端有棱。《詩·衛風·伯兮》：「伯也執殳，爲王前驅。」傳：「殳長丈二而無刃。」

〔一〇〕猜悍：多疑而凶悍。

〔一一〕畋：打獵。句指受佛教的影響，「畋漁悉罷」。佛教反對殺生，故云。

〔一二〕蠱：相傳是一種人工培養的毒蠱。《文選》鮑照《苦熱行》：「含沙射流影，吹蠱痛行暉。」李善注：「顧野王《輿地志》曰：江南數郡有畜蠱者，主人行之以殺人，行食飲中，人不覺也。其家絶滅者，則飛遊妄走，中之則斃。」酖（zhèn震）：通「鴆」，傳説中的一種毒鳥。《左傳》莊公三十二年：「成季使以君命命僖叔，待于鍼巫氏，使鍼季酖之。」注：「酖，鳥名，其羽有毒，以畫酒，飲之則死。」疏：「《説文》云：『酖，毒鳥也，一名運日。』《廣雅》云：『鴆鳥雄曰運日，雌曰陰諧。』……以其因酒毒人，故字或爲酖。」此處以「蠱酖」喻惡人。

〔一三〕桑門：梵語「沙門」之異譯，指佛教僧侣。《魏書·釋老志》：「沙門，或曰桑門。」

〔一四〕罟網：用以取魚者曰罟，捕獸者曰網。

〔一五〕襲：穿。稻田之衣：即袈裟。見《與蘇盧二員外期遊方丈寺而蘇不至因有是作》注〔五〕。

〔一六〕永惟：深思。浮圖：梵語之音譯，亦譯作浮屠、佛陀，即佛。《後漢書·西域傳》：「後桓帝好神，數祀浮圖、老子。」

〔一七〕神會：慧能十大弟子之一（見《壇經》第四十五節）。據《宋高僧傳》卷八、《景德傳燈録》卷五、三十載，俗姓高，襄陽人。先從本府國昌寺顥元法師出家，後至曹溪參謁慧能，受「頓悟」教。慧能死後，神會大約還在曹溪住了十餘年，直到開元十八年左右，才北上至洛陽一帶弘揚慧能學説。安史之亂中，設壇度僧收「香水錢」以助軍需。兩京收復後，「肅宗皇帝詔入内供養，勅將作大匠併功齊力，爲造禪宇于荷澤寺中是也」。

〔一八〕晚景：指慧能晚年。「聞道」句：《宋高僧傳》卷八謂神會上元元年（七六〇）卒，年九十三。據此可推知，先天二年（七一三）慧能圓寂時，神會四十六歲。神會三十多歲往謁慧能，故言「聞道于中年」。又《景德傳燈録》卷五謂神會「年十四，爲沙彌，謁六祖」，「于上元元年五月十三日中夜奄然而化，俗壽七十五」。印順《中國禪宗史》認爲：「在古代抄寫中，『中年』可能爲『沖年』的别寫。中與沖，是可以假借通用的。……神會十四歲來謁六祖，正是『聞道於沖年（按，幼小曰沖）』。」中，宋蜀本、述古堂本、明十卷本、奇字齋本俱作「長」，趙殿成曰：「今校從《唐文粹》本。」按，《韓非子·姦劫弑臣》曰：「人主無法術以御其臣，雖長年而美材，大臣猶將得勢擅事主斷，而各爲其私急。」可見非必「年老者」方可謂之「長年」，正當盛壯之年亦可謂之「長年」。此處若從宋蜀本等作「長」，意亦可通。

〔一九〕廣量：寬廣的器量。凡心：平常的心靈。

〔二〇〕「利智」句：利智，指鋭敏的佛教之智。《往生要集》卷上本：「利智精進之人未爲難。」《宋高僧傳》卷八：「（神會）年方幼學，厥性惇明，從師傳授《五經》，克通幽賾。次尋《莊》、《老》，靈府廓然。……其諷誦群經，易同反掌；全大律儀，匪貪講貫。」句謂鋭敏的佛教智慧超過學識淵博的學者。

〔二一〕末後供：末後（最後）供養佛，指爲慧能的最後弟子。《涅槃經》卷二：「爾時會中有優婆塞，是拘尸那城工巧之子，名曰純陀，與其同類十五人俱，……悲泣墮淚，頂禮佛足，而白佛言：『唯願世尊及比丘僧，哀受我等最後供養，爲度無量諸衆生故。世尊，我等從今，無主無親，無救無護，無歸無趣，貧窮饑困，欲從如來，求將來食，唯願哀愍，受我微供，然後乃入于般涅槃。……』爾時世尊一切種智無上調御，告純陀曰：『……我今受汝最後供養，令汝具足檀波羅蜜。』」供養，指以香花、燈明、飲食、衣服等供佛、菩薩及僧。

〔二二〕最上乘：最上之教法。《法華經·授記品》：「諸菩薩智慧堅固，了達三界，求最上乘。」慧能以其「頓悟」教門爲「最上乘」，參見本篇一段注〔七〕。

〔二三〕「先師」二句：《景德傳燈録》卷二：「（師子比丘尊者）方求法嗣，遇一長者，引其子問尊者曰：『此子名斯多，當生便拳左手，今既長矣，而終未能舒，願尊者示其宿因。』尊者覩之，即以手接曰：『可還我珠。』童子遽開手奉珠，衆皆驚異，尊者曰：『吾前報爲僧，有童子名婆舍，吾嘗赴西海齋，受瞡珠付之，今還吾珠，理固然矣。』長者遂捨其子出家，尊者即與受具，以前緣故，名婆舍斯多。」願，《唐文粹》作「顧」。此以斯多喻神會，謂其同慧能似有宿緣，可爲法嗣。

〔二四〕抱玉之悲：《韓非子·和氏》：「楚人和氏得玉璞楚山中，奉而獻之厲王，厲王使玉人相之，玉人曰：『石也。』王以和爲誑，而刖其左足。及厲王薨，武王即位，和又奉其璞而獻之武王，……王又以和爲誑，而刖其右足。武王薨，文王即位，和乃抱其璞而哭於楚山之下，三日三夜，泣盡而繼之以血。王聞之，使人問其故……和曰：『吾非悲刖也，悲夫寶玉而題之以石，貞士而名之以誑，此吾所以悲也。』王乃使玉人理其璞而得寶焉，遂命曰『和氏之璧』。」此二句謂神會多有懷寶而不爲世人所識的悲哀。按，神會於開元二十二年在滑臺大雲寺設無遮大會，抨擊神秀的北宗「傳承是傍，法門是漸」，宣傳只有慧能的頓門才是傳承的正支（見獨孤沛《菩提達摩南宗定是非論》）；天寶四載，神會應請入住洛陽荷澤寺，大力弘揚頓教（見宗密《圓覺經大疏鈔》卷三之下）。但當時神秀門下的勢力很盛，他們對神會毫不相讓，給予了無情的報復和打擊。「天寶中，御史盧奕阿比於（普）寂（神秀的大弟子），誣奏會聚徒，疑萌不利」（《宋高僧傳》卷八），後神會即被朝廷逐出洛陽。這兩句就是就當時神會所受到的排斥而言的。又，兩京收復後，神會受到朝廷的尊崇，地位發生了很大的變化，不大可能再有「抱玉之悲」，根據這一點不難推知，本篇的寫作時間，大抵應在安史之亂發生以前。

〔二五〕天寶四載神會赴洛陽荷澤寺之前，曾在南陽郡臨湍驛中同王維晤談過（參見《年譜》），會「以頌見託」，疑即在是時。又當時維正「受制出使」，于旅途之中不大可能爲此長文，故本篇之寫作時間，似應在天寶四載之後，今姑繫於五、六載間。

五蘊本空，六塵非有〔一〕，衆生倒計，不知正受〔二〕。蓮花承足，楊枝生肘〔三〕，苟離身心，孰爲休咎〔四〕！其一。至人達觀，與物齊功〔五〕。無心捨有〔六〕，何處依空〔七〕？不着三界〔八〕，徒勞八風〔九〕。以兹利智，遂與宗通〔一〇〕。其二。愍彼偏方〔一一〕，不聞正法，俯同惡類〔一二〕，將興善業〔一三〕。教忍斷嗔〔一四〕，修慈捨獵。世界一花〔一五〕，祖宗六葉〔一六〕。其三。大開寶藏，明示衣珠〔一七〕，本源常在〔一八〕，妄轍遂殊〔一九〕。過動不動〔二〇〕，離俱不俱〔二一〕，吾道如是，道豈在吾〔二二〕！其四。道遍四生〔二三〕，常依六趣〔二四〕，有漏聖智〔二五〕，無義章句〔二六〕，六十二種〔二七〕，一百八喻〔二八〕，悉無所得〔二九〕，應如是住〔三〇〕。其五。

〔一〕「五蘊」二句：《景德傳燈録》卷五《玄策傳》：「曰：『六祖以何爲禪定？』師（玄策）曰：『我師云：夫妙湛圓寂，體用如如，五陰本空，六塵非有……』」五蘊，亦作五陰，即色蘊、受蘊、想蘊、行蘊、識蘊，總的指一切物質現象和精神現象。《般若心經》：「色不異空，空不異色，色即是空，空即是色；受、想、行、識，亦復如是。」六塵非有，謂六塵亦空。六塵即色、聲、香、味、觸、法六境。

〔二〕倒計：謂作顛倒之想，即認爲五蘊、六塵實有。正受：見本篇前一段注〔四〕。

〔三〕蓮花承足：指成佛。諸佛常於蓮花上結跏趺坐，故云。楊枝生肘：指老病。參見《胡居士卧病遺米因贈》注〔六〕。此二句上句是「休」，下句爲「咎」。

〔四〕二句意謂，若超越我之身心，也就無所謂休咎（吉凶）了。

〔五〕與物齊功：謂齊同于萬物。物，述古堂本、明十卷本、奇字齋本、《全唐文》俱作「佛」。按，此二句意近「至人無己」。《莊子·逍遥遊》云：「至人無己，神人無功，聖人無名。」「無己」謂忘其自我，齊同于物。

〔六〕無心捨有：謂自然而然地捨棄萬有。

〔七〕何處依空：言不依于空。《大乘起信論》：「若修止者，住于静處，端坐正意，不依氣息，不依形色，不依于空，不依地水火風，乃至不依見聞知覺。」按，此句即「於空離空」、不執著于空之意，參見本文首段注〔四〕。

〔八〕不着三界：謂不執著于世俗世界。《菩薩瓔珞經》卷八：「攝意常定，心如虚空，不著三界，是謂無行。」三界，即欲界、色界、無色界。佛教以三界爲「迷界」，認爲從中解脱達到「涅槃」才是最高理想。參見《俱舍論》卷八。

〔九〕八風：又稱八法，即衰、利、毁、譽、稱、譏、苦、樂。此八事爲世所愛憎，能煽動人心，故名八風。《行宗紀》卷一上：「《智論》云：衰、利、毁、譽、稱、譏、苦、樂，四順四違，能動物情，名爲八風。」《釋氏要覽》卷下：「《佛地論》云：得可意事名利，失可意事名衰，不現前誹撥名毁，不現前讚美名譽，現前讚美名稱，現前誹撥名譏，逼惱身心名苦，適悦身心名樂。」句指心不爲八風所動。

〔一〇〕與：猶得。説見張相《詩詞曲語辭匯釋》。宗通：《楞伽經》卷三：「佛告大慧，一切聲聞、緣覺、菩薩有二種通相，謂宗通、説通。」《祖庭事苑》卷七曰：「清凉云：宗通自修行，説通示未悟。」能自悟宗旨，謂之宗通；能説佛法，謂之説通。二句謂，以這種鋭敏的佛教智慧，於是獲得了能自悟佛教宗旨的通達。

〔一一〕愍（mǐn敏）：哀憐。偏方：僻遠之地。

〔一二〕正法：佛教語。指釋迦牟尼的教法。惡類：壞人。

〔一三〕善業：指符合佛教教理的思想和行爲，如不殺生、不邪淫、不妄語、不邪見等。

〔一四〕句謂教人以忍，使絶嗔怒之心。

〔一五〕世界一花：《華嚴經》卷四〇：「菩薩摩訶薩，以三千大千世界爲一蓮華，現身徧此蓮花之上結跏趺坐。」句用其事，謂世界變化無常。

〔一六〕祖宗六葉：獨孤沛《菩提達摩南宗定是非論》：「（達摩）傳一領袈裟以爲法信授與慧可，慧可傳僧璨，僧璨傳道信，道信傳弘忍，弘忍傳慧能，六代相承，連綿不絶。」這是神會所提出的禪宗傳法系統，作者此處即用其説。

〔一七〕大開寶藏：用「窮子」事，見《西方變畫讚》一段注〔一二〕。衣珠：衣中之寶珠，喻佛智。《法華經·五百弟子受記品》：「爾時五百阿羅漢，于佛前得受記（阿耨多羅三藐三菩提記，即將來成就無上正等正覺的預記）已，……頭面禮足，悔過自責：『世尊，我等常作是念，自謂已得究竟滅度，今乃知之，如無智者。所以者何？我等應得如來智慧，而便自以小智爲足。世尊，譬如有人至親友家，醉酒而卧，是時親友，官事當行，以無價寶珠，繫其衣裏，與之而去。其人醉卧，都不覺知，起以遊行，到于他國，爲衣食故，勤力求索，甚大艱難，若少有所得，便以爲足。于後親友會遇見之，而作是言：『……我昔欲令汝得安樂，五欲自恣，于某年月日，以無價寶珠，繫汝衣裏，今故現在，而汝不知，勤苦憂惱，以求自活，甚爲癡也。汝今可以此寶，貿易所須，常可如意，無所乏短。』佛亦如是。爲菩薩時，教化我等，令發一切智心，而尋廢忘，不知不覺。既得阿羅漢道，自謂滅度，資生艱難，得少爲足，一切智願，猶在不失。今者世尊覺悟我等，……我今乃知實是菩薩，得受阿耨多羅三藐三菩提記。』」這裏指衆生自身固有的佛智、佛性。句謂向人們明示繫在他們衣服裏面的無價寶珠。

〔一八〕本源：指真如、佛性。慧能認爲它是宇宙萬有的本源。

〔一九〕妄轍：指不符合佛教教理的世俗行迹。殄：斷絶。《左傳》昭公二十三年：「武城人塞其前，斷其後之木而弗殊。」

〔二〇〕動不動：即動不動法。欲界之法曰動法，色界、無色界之法曰不動法。《遺教經》：「一切世間動不動法，皆是敗壞不安之相。」《注維摩經》卷五：「（鳩摩羅）什云：欲界六天爲動法，上二界壽命劫數長久，外道以爲常，名不動法。」句謂超越三界一切事物。

〔二一〕俱不俱：《楞伽經》卷二：「是故欲得自覺聖智事，當離生住滅、一異俱不俱、有無、非有非無、常無常等惡見妄想。」謂宇宙萬法彼此皆同曰「一」，彼此皆異曰「異」，佛教認爲「一」、「異」都是偏于一邊的錯誤見解，必「不一不異」，方爲「中道」。參見《中論・觀因緣品》、《大智度論》卷五。

俱，同，即「一」；不俱，即「異」。句指離一異等惡見妄想。

〔二二〕道：菩提（意譯「覺」，指對佛教「真理」的覺悟）舊譯「道」，意爲通向涅槃之路。《大乘義章》卷一八：「菩提胡語，此翻名道。」《俱舍論》卷二五：「道義云何？謂涅槃路，乘此能往涅槃城故。」佛教各宗派對「菩提」一詞的理解和運用不盡相同，有的即以先天具有的佛性爲菩提（見《大乘起信論》）。尋繹上下文義，此處的「道」當即指佛性。慧能認爲，佛性人人本自有之，故云「道豈在吾」。「吾」謂慧能。

〔二三〕道遍四生：謂佛性遍布於胎生、卵生等四類衆生。

〔二四〕六趣：指六道衆生。詳見後《給事中竇紹……畫西方阿彌陀變讚》三段注〔四〕。句謂佛性常依存於六道衆生之身。

〔二五〕有漏聖智：世俗的所謂聖智。有漏，見《西方變畫讚》二段注〔一五〕。

〔二六〕無義：無意義，無益。晋譯《華嚴經》卷二四：「無義語罪，亦令衆生墮三惡道。」句謂世間無益的章句之學。

〔二七〕六十二種：指六十二見，即佛教所謂外道的六十二種錯誤見解。據《大品般若經·佛母品》載，過去之色蘊有色爲常、色爲無常、色爲常無常、色爲非常非無常四見，其餘四蘊亦然，計過去之五蘊凡二十見。又現在、未來之五蘊亦各有二十見，通爲六十見。復加身與神之一、異二見，爲六十二見。此外，《阿含經》、《梵動經》等還載有不同説法。

〔二八〕一百八喻：疑指百八煩惱。佛家慣用「一百八」字。一百八本爲煩惱之數量（參見《釋氏要覽》卷中），釋氏的念佛一百八遍，貫數珠一百八顆，鳴曉鐘一百八下等等，皆即用以對治百八煩惱者。又釋氏説法好用譬喻，一種煩惱可設一喻以明之，故以「一百八喻」指百八煩惱。

〔二九〕無所得：謂不執著，遠離。《壇經》第十七節：「但離一切相，是無相；但能離相，性體清淨。此是以無相爲體。」四十三節：「但離法相，作無所得，是最上乘。」慧能認爲，遠離事相，不執著于萬法，即是「無所得」。

〔三〇〕住：安住不動。

兵部起請露布文〔一〕

天地之心，無不覆載〔二〕，鳥鼠之性，自私巢穴〔三〕。國家非徒疆理其地〔四〕，臣妾其人〔五〕，思欲一車書〔六〕，混聲教〔七〕，變毒螫之俗〔八〕，爲禮義之鄉。伏惟皇帝陛下，大道先天〔九〕，至德冠古，武功則我有七德〔一〇〕，文教則舞于兩階〔一一〕，億兆廣堯封之時〔一二〕，郡縣加禹服之外〔一三〕。而犬戎小醜〔一四〕，蝸角偷安〔一五〕，動摇遠邊，遮漢使之路〔一六〕；脅從小國〔一七〕，絶蕃臣之禮。四鎮節度使高仙芝等，虔奉聖策，肅將天誅〔一八〕。因識匿之且憎〔一九〕，尋勃律之舊好〔二〇〕。暨諸胡國〔二一〕，悉會王師，萬里風馳，六軍電掃〔二二〕。氈裘之長〔二三〕，思嚮風以無階〔二四〕；毳幙之人〔二五〕，惟塗地而可獲〔二六〕。遂通重譯〔二七〕，罔不來庭〔二八〕，實賴聖謀，曷惟帝力〔二九〕？無攻不克，百蠻皆歸于計中〔三〇〕；無遠不賓〔三一〕，萬方若在于宇下。臣等不勝喜慶之至。

〔一〕作于天寶六載十二月，説見本篇注〔一八〕。起請：上奏。露布：指捷報。《封氏聞見記》卷四：「露布，捷書之别名也。諸軍破賊，則以帛書建諸竿，上兵部，謂之露布。蓋自漢以來，已有其名。所以名露布者，謂不封檢，露而宣布，欲四方速知之。」按，是時作者在兵部任職（官庫部員外郎），故爲擬此文。

〔二〕「天地」二句：謂天地至公無私，一切皆覆育包容。《後漢書·光武帝紀》：「上當天地之心，下爲元元所歸。」《莊子·德充符》：「天無不覆，地無不載。」

〔三〕私：偏愛。

〔四〕疆理：劃分、治理土地。《詩·小雅·信南山》：「我疆我理，南東其畝。」傳：「疆，劃經界也。理，分地理也。」《左傳》成公二年：「先王疆理天下，物（相）土之宜而布其利。」

〔五〕臣妾：役使，管轄。

〔六〕一車書：即「車同軌，書同文」。庾信《哀江南賦序》：「混一車書，無救平陽之禍。」《禮記·中庸》：「今天下車同軌，書同文，行同倫。」

〔七〕混：齊同。聲教：《書・禹貢》：「朔南暨聲教。」疏：「其北與南，雖在服外，皆與聞天子威聲文教（禮樂教化），時來朝見。」

〔八〕毒螫（shì式）：猶言毒害。《史記・律書》：「喜則愛心生，怒則毒螫加，情性之理也。」

〔九〕先天：見《送祕書晁監還日本國》注〔七〕。

〔一〇〕我，《全唐文》作「歌」，疑非。七德：見《故右豹韜衛長史賜丹州刺史任君神道碑》第一段注〔二二〕。

〔一一〕「文教」句：《書・大禹謨》：「帝曰：『咨禹，惟時有苗弗率（不順帝道），汝徂（往）征。』……三旬，苗民逆命（不服）。……帝乃誕敷（大布）文德，舞干羽（盾與羽扇，皆舞具）于兩階（傳：「修闡文教，舞文舞于賓主階間，抑武事。」）。七旬，有苗格（言有苗自服而來至）。」

〔一二〕億兆：猶言民衆。陸機《五等諸侯論》：「億兆悼心，愚智同痛。」堯封：《書・舜典》：「肇十有二州，封十有二山。」古史謂舜受堯禪，始置十二州，每州表封一山，其地則仍承堯之舊，因稱中國的疆域爲「堯封」。張説《過晋陽宫》：「星軒三晋士，樂土一堯封。」句謂萬民正值擴展疆域之時。

〔一三〕禹服：相傳禹平治水土後，「弼（輔）成五服（王畿外圍，依距離的遠近分成五個區劃）」，即王畿外五百里爲甸服，甸服外五百里爲侯服，侯服外五百里爲綏服，綏服外五百里爲要服，要服外五百里爲荒服。參見《書・益稷》、《禹貢》。

〔一四〕犬戎：見《送李補闕充河西支度營田判官序》注〔六〕。此處借指吐蕃。

〔一五〕蝸角：喻極狹小之地。《莊子·則陽》：「有國於蝸之左角者，曰觸氏，有國於蝸之右角者，曰蠻氏，時相與爭地而戰，伏尸數萬，逐北旬有五日而後反。」

〔一六〕遮漢使：《漢書·西域傳》：「（樓蘭、姑師）攻劫漢使王恢等，又數爲匈奴耳目，令其兵遮（攔）漢使。」

〔一七〕脅從：指脅迫他人跟從。

〔一八〕「四鎮」四句：四鎮，即安西四鎮（龜茲、焉耆、于闐、疏勒）。唐安西節度，或稱四鎮節度，治龜茲（今新疆庫車）。聖策，天子的策令。肅，敬。將，行。《書·胤征》：「奉將天罰。」天誅，帝王的誅伐。《漢書·陳湯傳》：「臣延壽、臣湯將義兵，行天誅。」按，此指高仙芝擊敗吐蕃兵，收復小勃律（西域國名，在今巴基斯坦東部）事。據《舊唐書·高仙芝傳》、《新唐書·西域傳》及《通鑑》載，開元末，吐蕃以女嫁小勃律王，小勃律歸附吐蕃，西域二十餘個唐屬國朝貢之路被阻，也都先後依附吐蕃。安西節度使田仁琬、蓋嘉運、夫蒙靈詧前後討之，皆不能克。天寶六載，玄宗特敕安西節度副使高仙芝將萬騎討之。仙芝從龜兹出發，行百餘日至五識匿國，分兵三路，如約于七月十三日會吐蕃連雲堡（在今阿富汗東北境之薩爾哈德附近）下。連雲堡有兵近萬人，仙芝大破之，斬首五千級，生擒千餘人，餘並逃散。復進至坦駒嶺（今巴基斯坦北端之達爾科特山口），入阿弩越城（在今克什米爾北部之古皮斯附近）。尋破小勃律，斬其大臣附吐蕃者數人。又砍斷娑夷水（今克什米爾之吉爾吉特河）上藤橋，使吐蕃救兵不能至。八月，仙芝虜小勃律王及吐蕃公主而還。九月，至連雲堡。「其月末，還播密川（今木爾加布河），令劉單草告捷書，遣中使判官王廷芳告捷」。十二月，上以仙芝爲安西節度使。此文稱仙芝爲「四鎮節度使」，當作于天寶六載十二月。

〔一九〕因：猶言憑藉、利用。識匿：見《送李補闕充河西支度營田判官序》注〔二六〕。「匿」字底本空缺，據宋蜀本、述古堂本補。且：猶本、本來，説見《詩詞曲語辭匯釋》。此句意謂，利用識匿同吐蕃、小勃律的舊嫌。史載仙芝此次遠征，識匿曾出兵助戰。《新唐書·西域傳》云：「天寶六載，（識匿）王跌失伽延從討勃律戰死。」

〔二〇〕小勃律本附唐，仙芝征之，旨在使其重新内附，故曰「尋勃律之舊好。」

〔二一〕暨：至。句謂諸胡之兵皆至。

〔二二〕六軍：軍隊的統稱。電掃：形容迅疾。《後漢書·皇甫嵩傳》：「旬月之間，神兵電掃。」

〔二三〕氈裘之長：指西域少數民族首領。《文選》司馬遷《報任少卿書》：「旃裘之君長咸震怖。」李善注：「旃（通「氈」）裘，謂匈奴所服也。」

〔二四〕嚮風：依順之意。司馬相如《上林賦》：「於斯之時，天下大説，嚮風而聽，隨流而化。」階：途徑，門徑。

〔二五〕毳（cuì脆）幙：氈帳。

〔二六〕句謂只能得到一敗塗地的結果。

〔二七〕重譯：輾轉翻譯。《漢書·平帝紀》：「越裳氏重譯獻白雉一，黑雉二。」注：「譯謂傳言也。道路絶遠，風俗殊隔，故累譯而後迺通。」此指絶域之人。

〔二八〕來庭：《詩·大雅·常武》：「四方既平，徐方來庭。」傳：「來王庭也。」疏：「謂既降服，後朝京師而至王庭。」

〔二九〕曷：盍，何不。惟：思。帝力：帝王的作用。《擊壤歌》：「日出而作，日入而息，鑿井而飲，耕田而食，帝力何有於我哉！」此句反用其意。

〔三〇〕百蠻：此處指西域各少數民族。句謂百蠻皆陷入唐軍的計策中。

〔三一〕「無遠」句：賓，歸服。據《新唐書·西域傳》載，仙芝破小勃律後，「拂菻、大食諸胡七十二國皆震恐，咸歸附」。

賀古樂器表〔一〕

臣某言〔二〕：伏見今月七日中書門下敕牒〔三〕，道士申太芝奏稱〔四〕：「伏奉恩旨，令臣往名山修功德，去載六月二十日，於南海葛洪居處〔五〕，至誠祈請，中夜恍惚見一老人，云是茅山、羅浮神人〔六〕，常於七曜洞來往〔七〕，昔曾於九疑山桂陽石室中藏天樂一部〔八〕，歲月久遠，變爲五野猪，彼郡百姓捉獲，汝可往取獻皇帝。每祈祭，但依方安置奏之，即五音自和〔九〕，天仙百神，應聲降福，所求必遂，壽命延長。臣奉神言，即往桂陽尋問，百姓云：『天寶二載，村人常見有五野猪，逐之，便走入石室，就裏尋覓，化爲石物五枚，衆共驚異。』臣取以扣之，音律相和，與神人言不異，今將奉進者。」

〔一〕據篇中所稱天子尊號，當作于天寶七載五月之後、八載閏六月以前。參見本篇第二段注〔四〕。

〔二〕某，底本原作「維」。按，篇中云「臣等限以留司」，則此表非維一人所上者，故此處從宋蜀本、述古堂本作「某」。

〔三〕中書門下：《舊唐書·職官志》：「舊制，宰相常於門下省議事，謂之政事堂。永淳二年七月，中書令裴炎……移政事堂於中書省。開元十一年，中書令張説改政事堂爲中書門下，其政事印，改爲中書門下之印也。」敕牒：詔令的一種。《舊唐書·職官志》：「凡王言之制有七：一曰册書，二曰制書……七曰敕牒。」唐時，制敕由中書、門下省頒布，故曰「中書門下敕牒」。

〔四〕申太芝：趙殿成注：「《神仙彙紀》：申太芝字元芝，洛陽人。……與玄宗同日生。稍長，去家學道……遂能乘虚，玄宗感夢，以像求得之。召至京師，命住玄真觀。……天寶初，奉詔祭羅浮山，訪尋朱明洞，道遇異人，告以天樂甚異，後應安禄山之亂，即所奏于凝碧池頭者。……後坐妖妄伏誅。」宋賈善翔《高道傳》云：「申泰芝字元之，唐洛陽人。與玄宗同生日……甚有道術。開元中，召至京，賜號大國師，住玄真觀，常從帝遊。」《太平廣記》卷三三引《仙傳拾遺》曰：「申元之，不知何許人也。……開元中，徵至，止開元觀。……帝遊温泉，幸東洛，元之常扈從焉。」《新唐書·嚴郢傳》：「方士申泰芝以術得幸肅宗，遨遊湖、衡間，以妖幻詭衆，姦贓鉅萬，潭州刺史龐承鼎按治。帝不信，召還泰芝，下承鼎江陵獄。……泰芝後坐妖妄不道誅。」諸書所述，蓋即一人。

〔五〕功德：指祭祀、誦經等事。南海：唐廣州（治所在今廣州），天寶元年改爲南海郡。其境内有羅浮山。葛洪居處：即在羅浮山。《晋書·葛洪傳》：「葛洪字稚川……以年老，欲鍊丹以祈遐壽，聞交阯出丹，求爲句屚令。……至廣州，刺史鄧嶽留不聽去，洪乃止羅浮山煉丹。……在山積年，優游閑養。」後卒于山，年八十一。蘇軾《題羅浮》（見《東坡題跋》卷六）：「（長壽觀）又東北三里至沖虚觀，觀有葛稚川丹竈。」《古今圖書集成·方輿彙編·山川典》卷一八九引《羅浮山記》，亦謂沖虚觀爲葛洪在羅浮的居處，「内有葛洪祠，葛洪丹竈」。

〔六〕茅山：原名句曲山，相傳西漢景帝時茅盈、茅固、茅衷兄弟三人在此修道成仙，因改稱茅山。在江蘇西南部，地跨句容、金壇、溧水、溧陽等市、縣境。羅浮：山名。在廣東增城、博羅、河源等市、縣間。羅浮、茅山皆道教名山，稱第七及第八洞天。參見《雲笈七籤》卷二七。舊傳二山之間有洞相通。謝靈運《羅浮山賦》序云：「茅山是洞庭口，南通羅浮。」《太平御覽》卷四一引《南越志》：「（羅浮）山有洞，通句曲。」

〔七〕七曜洞：稽之有關記載，皆未言茅山或羅浮有七曜洞。此處或許指傳説中的羅浮通句曲之洞。

又，《廣東通志》卷五三謂七曜洞在博羅縣。

〔八〕九疑山：在今湖南藍山縣西南。相傳舜葬于此。《山海經·海内經》：「南方蒼梧之丘……有九疑山，舜之所葬。」桂陽石室：在九疑山。九疑山在唐桂陽郡（郴州）藍山縣西南，見《元和郡縣志》卷二九。傳説九疑山有野猪巖，即唐時獲古樂器之所。《大清一統志》卷三七〇：「高士巖，在寧遠縣東南。《方輿勝覽》：舊名野猪巖，昔有獵者，見群豕，逐入巖，不見，得樂器一部，無爲觀道士獻之朝。事見王維賀表。」按，所謂「野猪巖」，顯係據王維此表附會而成。此句前六字，底本原作「昔曾九疑山於」，此從《全唐文》。

〔九〕五音：宫、商、角、徵、羽。是古代五聲音階的五個級，相當于現行簡譜上的1、2、3、5、6。

臣聞陰陽不測之謂神〔一〕，變化無方之謂聖〔二〕，惟神與聖，感而遂通〔三〕。伏惟開元天寶聖文神武應道皇帝陛下〔四〕，居皇建之極中〔五〕，得混成之大道〔六〕。奉先天之聖祖〔七〕，玄化協於無爲〔八〕；育率土之群生〔九〕，至仁侔於陰隲〔一〇〕。然猶精意不倦，聖祀逾崇，遍禮群仙，思祐九服〔一一〕。故得龐眉皓髮〔一二〕，遥同入昴之人〔一三〕；真訣玄言，來告馭風之客〔一四〕。棲身七曜，以俟唐堯〔一五〕；藏樂九疑，不傳虞舜。留兹石室，思獻玉墀。憑野豕以呈形〔一六〕，表洞仙之屬意〔一七〕。且神物思變，古亦有之：龍躍平津，實爲寶劍〔一八〕；鳧飛葉縣，空餘素履〔一九〕。器非上品，人纔下仙〔二〇〕，猶能精誠聿修〔二一〕，神變浚若〔二二〕，況殊庭致貺〔二三〕，天老効祥〔二四〕，願授至尊，以享上帝〔二五〕。亦既考擊〔二六〕，動諧律吕。《韶》、《濩》慚其九奏，《雲》、《咸》失其八音〔二七〕。翠鳳入于洞簫〔二八〕，殊非雅韻；朱鷺傳于鼗鼓〔二九〕，敢比仙聲？天地同和，神祇降福。無窮之壽，永撫寶圖〔三〇〕；無疆之休〔三一〕，以康庶績〔三二〕。實由至德斯感〔三三〕，大道玄通〔三四〕，神人親告於休徵〔三五〕，靈仙不祕其空樂〔三六〕。稽之古昔，實未見聞。臣等限以留司〔三七〕，不獲隨例抃舞〔三八〕，不任踴躍喜慶之至。

〔一〕「臣聞」句：《易·繫辭上》：「陰陽不測之謂神。」疏：「天下萬物皆由陰陽或生或成，本其所由之理，不可測量之謂神也，故云陰陽不測之謂神。」

〔二〕變化無方：言應時而變化，無固定之方向、法度。《三國志·魏書·袁紹傳》：「曹公善用兵，變化無方。」《荀子·儒效》：「應當時之變，若數一二……如是則可謂聖人矣。」《史記·范雎蔡澤列傳》：「進退盈縮，與時變化，聖人之常道也。」

〔三〕感而遂通：《易·繫辭上》：「《易》……寂然不動，感而遂通天下之故（事）。」

〔四〕「伏惟」句：據兩《唐書·玄宗紀》及《通鑑》載，天寶七載五月（《舊唐書·玄宗紀》作「三月」），「群臣上尊號曰開元天寶聖文神武應道皇帝」；八載閏六月，又「上尊號曰開元天地大寶聖文神武應道皇帝」。

〔五〕皇建：大立。《書·洪範》：「五、皇極，皇建其有極。」疏：「皇，大也。極，中也。……云大中者，人君爲民之主，當大自立其有中之道（無過與不及曰中），以施教於民。」極中：與下「大道」偶對，指最高的中道。

〔六〕混成：《老子》二十五章：「有物混成，先天地生……吾不知其名，字之曰道，强爲名曰大。」注：「混然不可得而知，而萬物由之以成，故曰混成也。」

〔七〕先天：見《送祕書晁監還日本國》注〔七〕。聖祖：謂天子之祖先，即老子。《舊唐書·玄宗紀》：「（天寶）二年春正月丙辰，追尊玄元皇帝（老子）爲大聖祖玄元皇帝。」

〔八〕玄化：《文選》曹植《責躬詩》：「玄化滂流，荒服來王。」李善注：「《廣雅》曰：『玄，道也。』謂道德之化也。」協：合。無爲：見《奉和聖製慶玄元皇帝玉像之作應制》注〔二〕。

〔九〕率土：謂境域以内。

〔一〇〕侔：齊同。陰隲（zhì質）：言上天默默地安定下民。《書·洪範》：「惟天陰騭（同「隲」）下民。」傳：「騭，定也，天不言而默定下民。」

〔一一〕九服：見《奉和聖製天長節賜宰臣歌應制》注〔八〕。

〔一二〕龐眉皓髮：眉髮花白。指茅山、羅浮神人。《後漢書·劉寵傳》：「山陰縣有五六老叟，龐眉皓髮，自若邪山谷間出。」注：「龐，雜也，老者眉雜白黑也。」

〔一三〕入昴之人：見《送祕書晁監還日本國》注〔一七〕。

〔一四〕真訣：成仙的祕訣。李白《送賀監歸四明應制》：「真訣自從茅氏得，恩波寧阻洞庭歸。」玄言：精微玄妙之言。此指道教的義理。馭風之客：指仙人。《莊子·逍遥遊》：「夫列子御（同「馭」）風而行，泠然善也。」盧鴻《倒景臺》序：「可以邀御風之客，會絶塵之子。」二句意謂，仙人來告真訣玄言。

〔一五〕唐堯：借指玄宗。

〔一六〕呈形：顯露形象。

〔一七〕洞仙：仙人好居洞壑，故通稱爲洞仙。屬意：歸心。

〔一八〕「龍躍」二句：《晋書·張華傳》載，華令雷焕于豫章豐城密尋得二寶劍，焕遣使送一劍與華，留一自佩。後「華誅，失劍所在。焕卒，子華爲州從事，持劍行經延平津，劍忽於腰間躍出墮水。使人没水取之，不見劍，但見兩龍各長數丈，蟠縈有文章，没者懼而反。須臾光彩照水，波浪驚沸，於是失劍」。平津，即指延平津，在今福建南平市東南，爲閩江的上游。

〔一九〕「鳧飛」二句：見《故右豹韜衛長史賜丹州刺史任君神道碑》第一段注〔一〇〕。

〔二〇〕下仙：低等仙人。道教依得道的深淺，分仙人爲三或九個不同的品級。如《抱朴子内篇·論仙》云：上士舉形升虛，謂之天仙；中士游于名山，謂之地仙；下士先死後蜕，謂之尸解仙。句指葉縣令王喬而言。

〔二一〕聿修：《詩·大雅·文王》：「無念爾祖，聿修厥德。」聿，助詞。

〔二二〕神變：神奇的變化。浚：深，大。若：助詞，無義。

〔二三〕殊庭：異域。指神仙所居之地。《史記·孝武本紀》：「（上）臨渤海，將以望祠蓬萊之屬，冀至殊庭焉。」貺（kuàng 況）：賜與。

〔二四〕天老：見《贈焦道士》注〔九〕。此處喻指茅山、羅浮神人。効祥：呈獻祥瑞。梁簡文帝《馬寶頌》：「山澤效祥，朱鬣降阯。」

〔二五〕以享上帝：《易·鼎》：「聖人亨（烹）以享上帝。」古時祭祀上帝必奏樂，故云。

〔二六〕考：擊。

〔二七〕《韶》、《濩》（hù 護）、《雲》、《咸》：蔡邕《獨斷》卷上：「五帝三代樂之别名：黄帝曰《雲門》……堯曰《咸池》，舜曰《大韶》，一曰《大招》……殷曰《大濩》。」「濩」宋蜀本作「護」。按，「濩」、「護」同，《文選》王巾《頭陀寺碑文》：「步中《雅》、《頌》，驟合《韶》、《護》。」李善注：「《護》，湯樂也。」《雲》即《雲門》，《咸》謂《咸池》。九奏：樂奏九曲。《書·益稷》：「簫《韶》九成，鳳凰來儀。」傳：「備樂九奏而致鳳凰。」疏：「成，謂樂曲成也。鄭（玄）云：成，猶終也。每曲一終，必變更奏。故經言九成，傳言九奏，《周禮》謂之九變，其實一也。」八音：《書·舜典》：「三載，四海遏密八音。」傳：「八音，金（鐘）、石（磬）、絲（琴瑟）、竹（簫管）、匏（笙竽）、土（塤）、革（鼓）、木（柷敔）。」二句謂五帝三代之古樂，皆不能同此天樂相比。

〔二八〕「翠鳳」句：用蕭史事，見《贈東嶽焦煉師》注〔七〕。洞簫，古之簫（排簫）無蠟蜜封底者曰洞簫。

〔二九〕「朱鷺」句：《詩・陳風・宛丘》：「無冬無夏，值其鷺羽。」疏：「陸璣云：鷺，水鳥也。好而潔白，故謂之白鳥。……楚威王時，有朱鷺合沓飛翔而來舞，則復有赤者，舊鼓吹《朱鷺曲》是也。」漢《鼓吹鐃歌》十八曲之第一曲曰《朱鷺》，《樂府詩集》卷一六曰：「漢曲蓋因飾鼓以鷺而名曲焉。」説與陸氏異。鼗（táo 桃），猶今之撥浪鼓。

〔三〇〕永撫寶圖：見《奉和聖製聖札賜宰臣連珠詞五首應制》其一注〔七〕。

〔三一〕無疆之休：《書・太甲中》：「實萬世無疆之休。」傳：「是商家萬世無窮之美。」

〔三二〕康庶績：使諸事安寧。《書・堯典》：「庶績咸熙。」又《益稷》：「元首明哉，股肱良哉，庶事康哉。」

〔三三〕斯：助詞。感：感應。

〔三四〕玄通：《老子》十五章：「微妙玄通，深不可識。」注：「玄，天也。言其志節玄妙，精與天通也。」

〔三五〕休徵：吉利的徵兆。《書・洪範》：「曰休徵。曰肅，時雨若。」

〔三六〕靈仙：道教謂天界有以下九種類型的神仙：「一上仙，二高仙，三大仙，四玄仙，五天仙，六真仙，七神仙，八靈仙，九至仙。」（《雲笈七籤》卷三）此處泛指仙人。空樂：猶天樂。

〔三七〕留司：古時中央的官署，分部治事，謂之曹或司。唐人稱「留司」，大抵有二義，一謂留于本司中，《舊唐書・刑法志》：「（房玄齡等）又删武德、貞觀已來敕格三千餘件……以爲格十八卷，留本司施行。……以尚書省諸曹爲之目，初爲七卷。其曹之常務，但留本司者，別爲《留司格》一卷。……永徽初，敕太尉長孫無忌……等，共撰定律令格式。……遂分格爲兩部：曹司常務爲《留司格》，天下所共者爲《散頒格》。其《散頒格》下州縣，《留司格》但留本司行用焉。」一指在分設于洛陽的中央官署中任職（分司東都）。高適《酬裴員外以詩代書》：「留司洛陽宮，詹府唯蒿萊。」《舊唐書·齊澣傳》：「起爲員外少詹事，留司東都。」皆謂在分設于東都的詹事府任職。此處當指留在本司中值班，未曾上早朝。維詩《春日直門下省早朝》云：「騎省直明光，雞鳴謁建章。遥聞侍中佩，暗識令君香。」題下注：「時爲左補闕。」所謂「直門下省早朝」，是指早朝時在門下省值班。左補闕屬門下省，故作者在門下省值班；由于作者未至大明宮宣政殿上早朝，而留在本部門（門下省，也在大明宮中）值班，故稱「遥聞」、「暗識」。由此詩可證，朝廷官員有於早朝時在本司中值班的情況。王維作本文時，官庫部郎中，庫部郎中爲尚書兵部屬官，則他早朝時留在本司中值班的地點，應在長安皇城中的尚書省官署（參見《唐兩京城坊考》卷一）。此地距大明宮較遠，故「不獲隨例抃舞」。或謂作此文時，王維正分司東都，非是，説見《年譜》。

〔三八〕抃舞：鼓掌舞蹈。

中國古典文學基本叢書

王維集校注（典藏本）

上册

〔唐〕王維 撰
陳鐵民 校注

中華書局

圖書在版編目(CIP)數據

王維集校注/(唐)王維撰;陳鐵民校注. —北京:中華書局,2020.7 (2025.5 重印)
(中國古典文學基本叢書)
ISBN 978-7-101-14577-9

Ⅰ.王…　Ⅱ.①王…②陳…　Ⅲ.①唐詩-詩集②古典散文-散文集-中國-唐代　Ⅳ.I214.22

中國版本圖書館 CIP 數據核字(2020)第 091629 號

責任編輯:許慶江
責任印製:管　斌

中國古典文學基本叢書
王維集校注(典藏本)
(全三册)
〔唐〕王　維 撰
陳鐵民 校注

*

中華書局出版發行
(北京市豐臺區太平橋西里 38 號　100073)
http://www.zhbc.com.cn
E-mail:zhbc@zhbc.com.cn
三河市宏達印刷有限公司印刷

*

850×1168 毫米 1/32 · 48¾印張 · 6 插頁 · 970 千字
2020 年 7 月第 1 版　2025 年 5 月第 3 次印刷
印數:3501-4100 册　定價:258.00 元

ISBN 978-7-101-14577-9

目録

上册

卷四　編年詩(天寶下)

中册

卷六　編年詩（至德、乾元、上元）

下册

卷十二　未編年文

附録

前言

一

王維（約七〇一—七六一）字摩詰，蒲州猗氏縣（今山西臨猗縣）人，是唐代成就最高的幾個詩人之一，也是開元、天寶時代名望最高的一位詩人，當時李白、杜甫的詩名都不如他。父親處廉，官至汾州司馬。王維早慧，工詩善畫，博學多藝，十五歲離鄉赴兩都謀求進取，以自己的才能博得了貴戚豪右們的青睞。開元九年（七二一），進士擢第，解褐爲太樂丞。同年秋，因太樂署中伶人舞黄獅子事受到牽累，被貶爲濟州司倉參軍。開元十四年（七二六）春秩滿，自濟州離任，到淇上爲官，不久棄官在淇上隱居。約在開元十六年（七二八），回到長安閒居，十七年，從薦福寺道光禪師學佛。二十一年（七三三）十二月，張九齡任同中書門下平章事，次年五月又加中書令，此後不久，王維作《上張令公》詩獻給九齡，請求汲引。二十三年春，擢爲右拾遺。二十五年（七三七），張九齡受到李林甫的排擠、打擊，謫爲荆州長史，王維對此很感沮喪，曾作《寄荆州張丞相》詩，抒發自己黯然思退的情緒。同年，王維遷監察御史，并奉命出使涼州，後在河西節度使幕中任職。二十六年，復返長安，仍官監察御史。二十八年（七四〇），遷殿中侍御史。是年冬，知南選，赴嶺南。二十九年春，自嶺南北歸，尋隱于終南。

從以上對王維早期生活經歷的簡要叙述中，可以看出，他二十一歲登第之後，在仕進的道路上多遇挫折，并不得意。但是，他青壯年時代所生活的開元年間，社會經濟繁榮，政治也比較清明，在這樣一種社會環境的熏染下，當時的士人大多具有積極向上的精神，王維也是如此。在《獻始興公》一詩中，他對開元賢相張九齡任用賢能、「不賣公器」、反對朋比阿私的政治主張，由衷贊美，表現了自己的進步政治理想。當他在仕途上遭遇挫折、棄官而隱的時候，仍無意于放棄自己的濟世抱負，《不遇詠》説：「今人作人多自私，我心不説君應知。濟人然後拂衣去，肯作徒爾一男兒！」同時，這一時期，王維的眼光始終注視着現實，對當時社會上的一些不合理現象，敢于直截了當地給以抨擊。以上種種積極的思想，使得王維在開元時代，能够寫出不少富有現實意義的詩作。

開元時代，雖然政治比較清明，貴族門閥把持各級政權的局面已被打破，但是，由于權貴當道和封建廕襲制度的存在，許多出身于庶族地主家庭的才智之士，仍然仕進無門。由于王維有進步的政治理想和出身于中下層官僚地主家庭，加上個人貶謫生涯的體驗，所以對這種現象有比較深切的認識。他在《濟上四賢詠三首》中，贊揚了「四賢」的品德和才能，爲他們的被埋没鳴不平，并有意識地把他們同「幸有先人業，早蒙明主恩。童年且未學，肉食鶩華軒」的貴胄子弟作對比，揭露出了社會的不合理。《寓言二首》更對那些不學無術却竊據高位、過着豪奢生活的貴族子弟提出責問：「問爾何功德，多承明主恩？」《偶然作》其五直斥以鬥雞事主的「輕薄兒」的驕奢和烜赫，慨歎「讀書三十年」的儒生却「一生自窮苦」，也表現了同樣的主題。

上述這種思想，有時候還通過一部分以婦女生活爲題材的作品來表現。如《洛陽女兒行》寫貴族婦女生活豪華而精神空虚，越女雖顔美如玉却無人愛憐，寄寓了懷才不遇之感。王維這一時期寫作的一些邊塞、送别、贈答、田園山水詩，也常常流露出同樣的思想。

王維這一時期，寫了許多首歌詠從軍出塞和遊俠的詩歌。《隴西行》、《從軍行》表現軍情的緊迫、鏖戰的激烈和戰士們奮勇殺敵的精神；《燕支行》、《出塞作》歌頌唐將的英雄勇武和唐軍的聲威；《使至塞上》、《涼州郊外遊望》描寫塞上的壯麗風光和邊地的風俗人情；《少年行四首》展現遊俠少年的豪邁氣概和愛國熱忱；《夷門歌》則寫歷史上的豪俠，謳歌他們見義勇爲、慷慨磊落的品格。《老將行》、《隴頭吟》寫老將身經百戰，功勳卓著，不僅得不到朝廷應有的封賞，甚至還遭棄置，從另一個側面反映了社會的不公平和政治的污濁。尤其寫老將遭棄之後，仍然關心邊事，熱切希望爲國效力，更加激起讀者對其所受到的不公平對待的憤懣！

上述這類詩歌，大多寫得氣勢充沛，豪邁雄壯，鮮明地反映了蓬勃向上的盛唐時代精神。

開元年間是唐代詩風轉變的時期。這時，南朝遺留下來的綺麗柔靡之風得到了扭轉。殷璠《河嶽英靈集序》説：「開元十五年後，聲律風骨始備矣。」杜確《岑嘉州詩集序》説：「開元之際，王綱復舉，淺薄之風，兹焉漸革。其時作者凡十數輩，頗能以雅參麗，以古雜今，彬彬然，粲粲然，近建安之遺範矣。」即揭示了這種現象。我們看王維開元時期的詩歌，確乎文質兼備，明朗剛健，具有建安風骨。由于王維詩名早著，開元初即活躍于兩都，爲上層社會所屬目，所以他這一時期的創作，對于開元年間詩風的轉變，無疑起到了特别重要的作用。

前已述及，王維的思欲退隱與張九齡的被貶和權奸李林甫的上臺執政有密切的關係。李于開元二十四年（七三六）爲中書令，自此朝政日趨黑暗腐敗，王維的進取之心與用世之志也日漸消減。王維于開元二十九年隱于終南，這次隱居或許不是嚴格意義上的辭官歸隱，而是秩滿離任後等候朝廷給予新的任命期間的暫時隱居。天寶元年，他又出爲左補闕。自天寶元年至安史之亂爆發，王維除一度因丁母憂離職外，一直在長安爲官。

職位也依唐代官員遷除常規，由從七品上的左補闕，逐漸陞到了正五品上的給事中。但是，這一時期的王維，并不熱衷于仕進。天寶五載，苑咸作詩嘲笑王維久未遷除，王維答云：「仙郎有意憐同舍，丞相無私斷掃門。揚子《解嘲》徒自遣，馮唐已老復何論！」（《重酬苑郎中》）苑咸是李林甫的親信（《新唐書・李林甫傳》稱李「善苑咸、郭慎微，使主書記」），他既有意相憐，王維自可藉之自進，然而他却說：丞相（李林甫）無私，禁絶請託。表面上稱贊丞相，實際上表明自己無意于走苑咸的門路。可見王維還是不願諂媚自進、同流合污的。然而他也没有下決心棄官歸隱，這或許是由於家貧（《偶然作》五首其三云：「家貧禄既薄，儲蓄非有素」），有老母需要奉養，也可能是因爲不能過清貧生活的緣故。此時，他身在朝廷，心存山野，在藍田輞川購置了别業，經常遊息其中，過着亦官亦隱的生活。

王維在《贈從弟司庫員外絿》一詩中說：「即事豈徒言，累官非不試。既寡遂性歡，恐招負時累。……皓然出東林，發我遺世意。」這首詩作于天寶十一載之後、安史之亂爆發以前，正是李林甫、楊國忠相繼專權，朝政日非的時候。詩中道出了詩人在這樣一種環境下爲官的内心矛盾和隱憂。然而，詩人是軟弱的，他既不能毅然棄官而去，只好與腐朽的統治集團敷衍往來，不過發抒一下「遺世意」而已。這種「遺世」的思想，使詩人更加傾心于佛教；而對佛教信仰的加深，又導致他進一步「遺世」，兩者互爲因果。佛教哲學的核心思想是講一切皆空，企圖證明現實世界的一切都是虚幻不實的。王維在其有關佛教的詩文中，談得最多和最熱烈的，即是佛教的這種思想。佛教的空觀，使他看破一切，任遇隨緣，與世無競；同時也使他從中獲得某種精神安慰，得以擺脱苦悶，保持心境的寧静。這有助于他投身到大自然的懷抱中去探尋美。然而，王維畢竟是現實的人，不可能真正「遺世」，做到完全超脱。這時，他還在長安爲官，不得不與當權者應酬。他追求山林隱逸之樂，但在隱逸的悠閒恬適之中，有時也微露出對于現實的不滿。所以，不能把這一時期的王維同開元時代的王維截然分開。

這一時期，王維寫作了大量的山水田園詩。他的田園詩，多寫農村風光的寧静幽美和鄉居生活的安閒自得。如《新晴野望》：「新晴原野曠，極目無氛垢。郭門臨渡頭，村樹連溪口。白水明田外，碧峰出山後。農月無閒人，傾家事南畝。」描寫了平凡而又美麗的鄉村風光，富有生活氣息。《山居秋暝》：「空山新雨後，天氣晚來秋。明月松間照，清泉石上流。竹喧歸浣女，蓮動下漁舟。隨意春芳歇，王孫自可留。」寫秋日傍晚雨後的山村，顯得多麽恬静優美！這些詩，流露了作者擺脱官場紛擾、回到鄉間隱居的愉悦心情。《田園樂七首》其三云：「採菱渡頭風急，策杖村西日斜。杏樹壇邊漁父，桃花源裏人家。」王維筆下的農村和農民，大多具有這種風貌。與其説他是在寫農村和農民，不如説他是在寫隱士的田園和隱士。由于生活和階級地位的局限，王維不大可能真正了解農村和農民，并把當時農村的真實面貌和農民的思想願望反映到自己的作品中。但是，他也有個別的田園詩，如《贈劉藍田》、《田家》，反映了農民的一些疾苦；還有的作品，如《渭川田家》，寫出了田家淳樸的人情美，或多或少含有否定官場的傾軋之意。

他這一時期的山水詩，多喜歡刻畫一種寂静幽美的境界。《鳥鳴澗》：「人閒桂花落，夜静春山空。月出驚山鳥，時鳴春澗中。」以動寫静，渲染出了春天月夜溪山一角的幽境。《白石灘》：「清淺白石灘，緑蒲向堪把。家住水東西，浣紗明月下。」同樣創造了一個静美的境界。《竹里館》：「獨坐幽篁裏，彈琴復長嘯。深林人不知，明月來相照。」不僅描寫環境的幽静深僻，還表現了詩人自身領受佳景的快樂。應當説，這類詩歌所流露出來的思想感情，主要是一種隱士追賞自然風光的雅興和悠閒情致。另外，這類詩歌中，還有的境界過于闃寂，如「空山不見人，但聞人語響。返景入深林，復照青苔上」（《鹿柴》）、「夜坐空林寂，松風直似秋」（《過感化寺曇興上人山院》）等，都是比較明顯的例子。這些作品的出現，同詩人受到佛教的離俗出世思想的較深影響是有密切關係的。雖然如此，他這一時期寫作的山水詩，大都還是能够爲今天的讀者所喜愛和欣賞的，這除了因爲它們表現出了很高的藝術技巧外，還由于這些詩中所刻畫的幽静之境，也是自然美的一種反映，對人們具有吸引力。

在這個時期和開元年間，王維還寫過一部分思親、贈友、送别、閨怨和描寫日常生活的作品，如《九月九日憶山東兄弟》、《送元二使安西》、《送沈子福歸江東》、《失題》、《相思》、《觀别者》、《雜詩三首》、《息夫人》等等，這些詩歌，都洋溢着深厚、真摯的感情，表現得也很委婉動人，千百年來，一直爲廣大讀者所喜愛和傳誦。

天寶十五載（七五六），安史叛軍攻陷長安，王維扈從玄宗不及，爲叛軍俘獲。他服藥取痢，「僞疾將遁，以猜見囚」。尋被縛送洛陽，拘于龍門菩提寺。在寺中，曾賦《凝碧》詩，抒寫内心的哀痛和對李唐王朝的思念之情。不久，安禄山强迫他當了給事中。至德二載（七五七），唐軍收復兩京，做過僞官的人都依六等定罪，王維得到唐肅宗的特别寬恕，未被定罪，接着，又授爲太子中允。後遷中書舍人、給事中，終尚書右丞。這一時期，王維的思想是複雜的。一方面，他因曾任僞官而甚感愧疚，對佛教的崇信愈益加深，《歎白髮》説：「一生幾許傷心事，不向空門何處銷。」另方面，他又對天子的寬宥和擢拔十分感激，打消了原先準備退隱的念頭。《送韋大夫東京留守》云：「曾是巢許淺，始知堯舜深。」在《與魏居士書》中，還以儒道和佛理，勸説魏出來做官。自安史之亂爆發至詩人逝世，爲時很短，所以他這一階段的詩作不多。但其中并非没有佳篇，至于所流露的思想情緒，也大都并不頹唐消極。如《晚春嚴少尹與諸公見過》云：「鵲乳先春草，鶯啼過落花。自憐黄髮暮，一倍惜年華。」

王維詩歌的思想内容和題材豐富多樣，但最擅長描寫自然風景。他不但創作了大量的山水田園詩，還常常在其他一些題材的詩歌中，安插動人的寫景佳句，使全篇爲之生色。他的寫景詩，勾畫出了大自然繽紛多姿的面貌。既有許多静美的畫面，又有一些雄偉壯麗的景象，《漢江臨汎》、《終南山》就是這方面的例子。還有的境界奇異神妙：「萬壑樹參天，千山響杜鵑。山中一半雨，樹杪百重泉。」（《送梓州李使君》）同是描寫幽静的景色，有的色彩鮮麗，如「雨中草色緑堪染，水上桃花紅欲燃」（《輞川别業》）、「漠漠水田飛白鷺，陰陰夏木囀黄鸝」（《積雨輞川莊作》）等；有的清淡素浄，如《輞川集》中的不少篇章。這些作品，呈現出多種風格，顯露了作者描畫山水風景的多方面才能。

蘇軾《書摩詰藍田煙雨圖》（見《東坡題跋》卷五）説：「味摩詰之詩，詩中有畫；觀摩詰之畫，畫中有詩。」所謂「詩中有畫」，是説王維的詩，能通過無形的語言，唤起讀者的聯想和想象，使讀者在自己的頭腦中形成一幅幅有形的圖畫。這話確乎道出了王維詩歌藝術的一個重要特點。王維是一個山水畫家，他對自然景物的感覺敏鋭，觀察細緻，善于抓住景物的主要特徵，給以突出的表現。如《送邢桂州》：「日落江湖白，潮來天地青。」《淇上即事田園》：「日隱桑柘外，河明閭井間。」皆着墨無多，即勾勒出一幅鮮明生動的圖畫。繪畫講究構圖，他的詩也很注意景物的安排、布置。《使至塞上》：「大漠孤烟直，長河落日圓。」寫大漠遼闊無涯，長河縱貫其中，遠方長河盡頭的地平綫有圓而紅的落日，近處沙漠中長河邊有直而白的孤煙，四種景物安排得多麽巧妙、得當，具有紛歧統一、均衡協調之美。此外，他的詩也像繪畫一樣，注意色彩相互映襯的美，如「荆溪白石出，天寒紅葉稀。山路元無雨，空翠濕人衣」（《山中》）、「開畦分白水，間柳發紅桃」（《春園即事》），都以色彩的對照，組成一幅鮮艷明麗的畫圖。

王維的山水詩，不僅生動地描繪了具體景物的形象，做到形似，而且追求神似，達到了形似與神似的統一。詩人往往結合自身的印象和感受來刻畫山水，《漢江臨汎》云：「江流天地外，山色有無中。郡邑浮前浦，波瀾動遠空。」寫漢江的壯闊、浩淼，全從個人的印象和感覺着筆。這樣寫，更能唤起讀者的想象，傳達出山水的神韻。《書事》：「輕陰閣小雨，深院晝慵開。坐看蒼苔色，欲上人衣來。」説感覺蒼苔的鮮碧之色，仿佛要染上人衣。這真把景物給寫活了，似乎它也具有了靈魂。王維不僅善于結合自己的感受來寫景，而且善于在寫景中表達自己的心情。如《酬張少府》：「松風吹解帶，山月照彈琴。」《終南别業》：「行到水窮處，坐看雲起時。」這些詩句，情與景是融合爲一的。總之，王維的寫景詩，能做到使山水的形貌、神韻與詩人的情致完美地統一起來，給人以渾然一體的印象。這一點，正是他勝過謝靈運等山水詩人的地方。

王維的寫景詩，語言清新明麗，簡潔洗煉，精警自然。如《冬晚對雪憶胡居士家》云：「隔牖風驚竹，開門雪滿山。灑空深巷静，積素廣庭閑。」寥寥數筆，就勾勒出一幅城市曉雪圖。語雖不驚人，却深得傳神之妙。他如「草枯鷹眼疾，雪盡馬蹄輕」（《觀獵》）、「渡頭餘落日，墟里上孤烟」（《輞川閒居贈裴秀才迪》）、「泉聲咽危石，日色冷青松」（《過香積寺》）、「遠樹帶行客，孤城當落暉」（《送綦毋潛落第還鄉》）等，都對語言作苦心錘煉，然并無爐火之迹，語語天成，自然而工。綜上所述，王維的寫景詩獲得了極高的藝術成就，可以毫不誇張地説，他是我國古代山水詩的藝術大師。

王維不但工于寫景，也善于寫情。如《早春行》寫閨中少婦初春獨自出遊的複雜心情，以及歸來後思念丈夫的悵惘之態，曲折入微。鍾惺評論此詩説：「右丞禪寂人，往往妙于情語。」（《唐詩歸》卷八）《相思》以紅豆來象徵相思之情，表現手法并不新奇，語言也頗淺顯，但意味却很深長。《九月九日憶山東兄弟》表現節日思親的普遍感情，含藴豐富。後二句「不説我想他，却説他想我，加一倍凄涼」（張謙宜《絸齋詩談》卷五）。《送元二使安西》先點出送行時所見之景，後説臨别向友人殷勤勸酒，妙在寫惜别的綿綿情意却不道破，很有回味的餘地。語言也自然真率，「自是口語而千載如新」（胡應麟《詩藪》内編卷六）。從上述這些例子可以看出，詩人對他所要描寫的感情，是有很深切和細緻入微的體驗的，而且他善于用樸素自然的語言，把這種感情委婉含蓄地表現出來，從而使其作品具有詞近意遠、語短情長的特點。

此外，王維的詩還具有聲韻和諧、富于音樂美的優點。又，他諸體詩都臻工妙，無論五古、七古、五律、七律、五排、五絶、七絶，還是六言絶句、騷體詩，都有佳製，這在唐代詩人中是頗罕見的。總之，王維在我國文學史上據有重要的地位，清賀裳説：「唐無李、杜，摩詰便應首推。」（《載酒園詩話》又編）就詩歌的藝術成就而言，這樣的評價并不過分。

王維今存文七十篇，體裁有表、狀、書、序、讚、碑銘、墓誌、祭文等。清洪亮吉稱王維「能爲詩而不能爲文，即有文亦不及其詩」（《北江詩話》卷二），説王維「有文亦不及其詩」，很正確；稱他「不能爲文」，則似欠公允。當然，他今存的文章，以應用文爲多，不少作品思想、藝術價值不高，但其中也并非没有較好的作品。如他的有些頌揚賢臣良吏的碑文，表現了自己的進步政治理想，對當時社會政治的弊端，間或也有所揭露。如《裴僕射濟州遺愛碑》説：「天朝中貴，持權用事，厚爲之禮，則生我羽毛；小不如意，則成是貝錦。」又，他的有些文章，如《大唐故臨汝郡太守贈祕書監京兆韋公神道碑銘》、《送高判官從軍赴河西序》、《裴僕射濟州遺愛碑》等，能够注意刻畫人物，突出其主要品格。他還有一些作品，表現出擅長寫景的特點。如《山中與裴秀才迪書》，以清麗淡雅的文字，刻畫了輞川冬夜和春日的優美景色，堪與其《輞川集》中的詩篇媲美。他的序記文中，常常出現一些精采的寫景片段，如《送鄭五赴任新都序》云：「騎登棧道，館于板屋。劍門中斷，蜀國滿于二川；銅梁下臨，巴江入于萬井。黄鸝欲語，夏木成陰，悲哉此時，相送千里。」王維爲文，仍沿六朝以來之習，採用駢體，但他也有少數文章，駢中見散，顯示了由駢文向散文過渡的迹象。

二

王維詩的注本，明代已有數種，我們今天還可以看到的有顧起經的《類箋唐王右丞詩集》，刊成于嘉靖三十五年（一五五六）六月；顧可久的《唐王右丞詩集注説》，刊于嘉靖三十八年（一五五九）。王維的文，在清代趙殿成之前，則一直没有人爲它作過注。趙殿成《王右丞集箋注》，是第一個完整的王維詩文注釋本，也是到目前爲止，最好的一個王維詩文注釋本。本書就是在注意充分汲取趙注本成果的基礎上編寫出來的。大抵説來，凡趙注本正確之處，拙注即繼承下來（在這方面，我想是用不着標新立異的）。此外，筆者還着重做了以下幾項工作：

（一）趙注本對收録的詩文，按體分編，本書則試着爲王維的大部分詩文作了編年。爲王維的詩文編年是一件很困難的工作，趙殿成在《王右丞集箋注例略》中説：「叙詩之法，編年爲上，别體次之，分類又其次也。今四家叙次，互有不同，擬欲編年，苦無所本。」筆者在工作過程中，即經常遇到這種「苦無所本」的情況。雖然如此，我還是勉力而爲，多方搜尋編年的根據，但限于水平，這一工作畢竟還是很初步的。另外，已繫年的詩文中，并非作年都可確切考知，其中有一部分，只能大致定個年代而已。

（二）在校勘上，趙注本存在許多不足之處。首先一點是，由于客觀條件的限制，一些今天我們還能見到的重要古本，如宋蜀刻本、南宋麻沙刻本、錢氏述古堂影宋鈔本、元刊劉須溪校本、明刊十卷本（關於各本情況，可參看附録六《王維集版本考》）等，趙氏都未能見到，尤其是文集部分，除顧氏奇字齋本外，趙氏再也没有見過其他任何一個本子，這些，必然對此書的校勘質量産生影響。盧文弨《抱經堂文集》卷十三《書王右丞集箋注後》説：「書梓成亦不得人覆校，故其誤字當多云。」誤字多的情況，在文集中特别明顯。即以《大唐大安國寺故大德净覺禪師碑銘》一文爲例，「女謁寖盛」，「寖」趙本誤作「寢」；「固分珪組」，「固」趙本誤作「同」；「應焚香而忽湧」，「焚」誤作「聞」；「聞東京有賾大師」，「賾」誤作

「頤」，「爲其上首」，「爲其」誤作「共爲」；「或名亞紅蓮」，「亞」誤作「詎」；「猶依舍利」，「依」誤作「衣」；「姊歸鳳闕」，「姊」誤作「各」；「去日留釧」，「釧」誤作「訓」。一篇文章中，誤字即達十個之多。其次，在對校勘異文的分析判斷上，趙本也不無可議之處。如《送陸員外》：「天子顧河北，詔書隸征東。」趙氏認爲「征東」當是「安東」之誤，就不正確（參見此詩注釋）。本書增校了多種趙氏未曾見到的古本，力求在校勘上糾正趙氏之失，爲讀者提供一個文字比較正確的本子。

（三）趙本在注釋上，也有許多不足之處，概括起來，主要有以下四個方面：①存在誤注的情況。如《贈房盧氏琯》：「將從海嶽居，守静解天刑。」趙注：「天刑：《晉書》：『虔糾天刑，致之誅辟。』」其實「解天刑」典出《莊子·德充符》，意謂擺脱名的桎梏，趙氏將原文的出處和意思都給弄錯了。又如《繡如意輪像讚》：「珊瑚掌内，疑現不動如來。」趙注云：「不動如來：《華嚴經》：『如來應正等覺示涅槃時，入不動三昧。』」不動三昧是一種禪定；不動如來即阿閦佛，居東方妙喜世界，這兩者不是一回事，趙注誤。②有漏注的現象。如《賀神兵助取石堡城表》：「差一直省往彼求覓。」「直省」何所指，《通典·職官典》、《舊唐書·職官志》、《新唐書·百官志》均無記載，《佩文韻府》、《中文大辭典》等亦未列這一條目，可見它不是一個習見之詞，但趙氏却無注釋。又如《爲羽林將軍祭武大將軍文》：「天子壯之，命居北門。」「北門」指羽林軍，本應加注，而趙氏無注。《酬黎居士淅川作》：「儂家真箇去，公定隨儂否？着處是蓮花，無心變楊柳。」語頗費解，而趙氏却不加注。再如《故西河郡杜太守輓歌》之杜太守，《京兆尹張公德政碑》之張公，《過乘如禪師蕭居士嵩丘蘭若》之乘如、蕭居士，《留别山中温古上人兄并示舍弟縉》之温古，其人皆可考知，而趙氏未作注釋。當然，這裏也存在着一種趙氏有意略去不注的情况，比如詩文中凡用到《四書》裏的詞語、典故，趙氏就都有意不作注，但除這種情況之外，也確實還存在着不少因注者不明文義而缺注的現象。③注釋詞語、典故，往往未能深究其原始出處。《四庫提要》卷二十九評論趙注説：「其箋注往往捃拾類書，不能深究出典，即以開卷而論，閶闔字見《楚辭》，而引《三輔黄圖》……皆未免舉末遺本。」又如《門下起赦書表》之「守在四夷」，本出《左傳》，而趙氏引《淮南子》；《京兆韋公神道碑銘》之「天地不仁」，語見《老子》，而趙氏引《晋書・載記》。④注釋體例方面存在着一些缺點。比如注文中有些地方過于繁瑣，有些地方又過于簡略。如《送從弟蕃遊淮南》詩中的「雲夢」一注，廣徵博引，長達六七百字；而《愚公谷三首》，并不易懂，却一無注釋。又，詞語、典故等，大都只注明出處，不作解説；引文則大抵只列書名，而不注篇名或卷數。這是舊注本通行的體例。蓋當時風尚如此，所以我們不好苛求于作者，但也要看到，這樣做，確乎給讀者帶來不少閲讀上的困難。對趙注上述缺點和不足，本書力求加以糾正和彌補。

（四）趙本所收録的作品，也頗存在一些問題。如卷十五外編收入的四十七首詩，絶大多數是僞作；又前十四卷正編之詩，亦頗羼入他人之什，而趙氏却都没有加以剔除。本書對王維的詩文作了辨僞工作，剔除趙本及他本誤收的僞作共四五十篇，編入附録一《傳本誤收詩文》（各篇皆加按語，説明斷爲僞作之根據）中。此外，又補入了趙本漏收的文二篇：《大唐吴興郡别駕前荆州大都督府長史山南東道採訪使京兆尹韓公墓誌銘》、《招素上人彈琴簡》。

（五）纂輯了六種附録。其中有的附録爲趙本所無；對趙本已有的附録，亦重加編定，增補了不少新材料。

（六）除輯附録《詩評》外，復擇取歷代對王維具體作品的若干具有一定參考價值的評論，附載于各詩的注文之後，供研究者參考。

下面就本書的體例作一些説明。

本書打破原集本序次，重加排比。全書共分十二卷，卷一至卷六爲編年詩，卷一開元上，共收詩五十目六十一首；卷二開元下，共收詩四十六目五十一首；卷三天寶上，凡收詩三十九目四十七首；卷四天寶下，凡收詩四十七目四十八首；卷五輞川之什，收入天寶初得輞川别業之後至安史之亂爆發以前所寫與隱居輞川有關的詩歌(各詩的寫作年代,多難以確切考定),共三十九目六十四首;卷六至德、乾元、上元,收詩二十六目三十一首。卷七未編年詩(分體排列),共有詩六十一目七十四首。卷八至卷十一爲編年文,卷八開元,收文十一篇;卷九天寶上,收文十五篇;卷十天寶下,收文十一篇;卷十一乾元、上元,收文二十一篇。卷十二未編年文,收文十二篇。合計本書凡收詩三百零八目三百七十六首,文七十篇。

本書不收載王維的詩文逸句。已知的王維詩文逸句數條,特録于下,供讀者參考:「人家在仙掌,雲氣欲生衣。」(《全唐詩》卷一二八,非王維所作,係張祜詩)「自恨開遲還落早,縱横只是怨春風。牡丹花。」(《全唐詩逸》卷上)「路欲斷而不斷,水欲流而不流。」(宋韓拙《山水純全集·論水》)「松不離于弟兄,謂高低相亞;亦有子孫,謂新枝相續。」(同上《論林木》)本書不附載他人的同詠之作,但凡有同詠之作,均在注中説明,并注出處。

本書校勘,選擇趙殿成本爲底本。詩集部分,以宋蜀刻《王摩詰文集》本(簡稱宋蜀本)、清錢氏述古堂影鈔《王右丞文集》本(簡稱述古堂本)、元刊劉須溪校本(簡稱元本)、明刊《王摩詰集》十卷本(簡稱明十卷本)、顧氏奇字齋刊《類箋唐王右丞集》本(簡稱奇字齋本)、顧可久《唐王右丞詩集注説》本(簡稱顧本)、凌濛初刊《王摩詰詩集》本(簡稱凌本)、《全唐詩》爲主要校本。間有疑字,也參校其他本子(參見附録六)。此外,還參校了《唐人選唐詩》、《文苑英華》、《唐文粹》、《唐詩紀事》、《萬首唐人絶句》中的有關資料。文集部分,以宋蜀本、述古堂本、明十卷本、《全唐文》爲主要校本。校勘一般不輕易改動底本文字。凡改動底本文字,均作校記説明。凡具有一定參考價值的異文,都在校記中加以反映。異體字、通假字等,一律不出校。底本不誤而校本誤者,一般亦不出校。底本詩題下注語,皆冠以「原註」二字,爲各本所無,今悉删去,不復出校。作校記時,遇有數本文字相同的情況,僅列舉其中的二三本作代表,而不一一詳列各本。例如:「希,宋蜀本、《全唐詩》等作『且』。」加一「等」字,表示不止宋蜀本、《全唐詩》兩種本子作「且」。若此處無「等」字,則表示僅有這兩種本子作「且」。校記和注釋放在一起。

本書的注釋,力求詳明。一方面,汲取舊注的長處,着重注明典故等的出處,揭示校注的依據;另方面,又照顧到青年讀者的需要,對典故、難詞、難句等,作必要的解釋和串講。

附録中的《王維年譜》,原發表于《文史》第十六輯,這次收入本書,又作了一些增補、修改。《年譜》着重叙述王維歷年的行事,不可能一一涉及其詩文的編年,凡某作品的編年,年譜中已述及者,注中不復詳細説明;未述及者,則在注中説明編年的根據和理由。

又，附録一至四的編輯宗旨和體例，各附録前均有説明，這裏就不再重複了。

各詩注文之後附載的諸家評論，按照評論者的時代先後編排。其中宋劉須溪評見于元本，明顧璘評見于凌本，明顧可久評見于顧本，清趙殿成評見于底本，這裏一併説明，書中就不再一一注出了。

本書在編注過程中，曾參考過今人的一些選本，如陳貽焮的《王維詩選》等。

我自一九八一年即開始從事本書的編注工作，歷時近七年，方始告成。雖然已作了很大努力，但限于能力和水平，錯誤、缺點一定難免，敬希讀者不吝賜教。

本書的出版，得到了中華書局古典文學編輯室同志的不少幫助，承蒙他們對注稿提出了許多寶貴意見，謹在此致以誠摯的謝意！

陳鐵民

一九八七年十一月于中國社會科學院文學研究所

修訂本説明

《王維集校注》于一九八七年十一月完稿，交給中華書局編輯部，一九九七年八月出版。此書自交稿至今已近三十年，出版至今也已近二十年，其間唐詩和王維的研究成果不斷湧現，我覺得有必要將其中的一些有益成果吸收到新印行的《校注》中；同時，自《校注》交稿至今，自己始終從事着唐詩的研究與整理，對唐詩的熟悉程度與認知水平有了提高，具備將它進一步修訂好的條件，現今自己讀《校注》，也已發現其中的若干不足或錯誤。由于《校注》原用鉛字排版，先後已重印九次，舊紙型漸有耗損，所以書局有舊版更新重排的計劃，我認爲趁此書重排之機，對它作一次全面修訂，使其趨于完善，是很有必要和合宜的。

事實上，我對此書的修訂，已進行過兩次。第一次在二〇〇一年，當時中華書局決定重印《校注》，我于是校讀全書一過，改正了一些錯字，并在不影響版面的前提下，對極個别注釋作了修改。校讀中也發現一些其他問題，由于版面不允許更動，無法直接修改，于是特意寫了一篇《重印後記》（附于重印本之末）加以交代：一、《過太乙觀賈生房》之注釋與繫年應作修改；二、詩之繫年宜改及未編年詩之可編年者（共列了三項）；三、附録一

《傳本誤收詩文》之《代陳司徒謝敕賜麟德殿宴百僚詩序表》之作者應爲王緯；四、關于陸心源《唐文續拾》卷一一所收闕名《河内摩崖造像記》的作者問題。對于上述問題這次修訂重排時都直接作了修改，因此這篇《重印後記》也就不再有保留的必要，修訂本中遂加以删除。

第二次在二〇〇六年至二〇〇八年，這期間，我應臺北三民書局之約，撰寫《新譯王維詩文集》（二〇〇九年出版），這本書分詩集、文選和文選附録三部分，對于詩集和文選中的詩文，書中均逐篇作了注、譯、研析；可以説有白話翻譯是此書的一個特點，雖然我在《校注》中已對王維的詩文作了注釋，但這次翻譯起來仍感到很費力，因爲要翻譯得準確，必須對詩意有透徹的理解，每個字的含義是什麽，都要弄清楚，不能有絲毫馬虎。可以説，這段翻譯的實踐，加深了我對王詩詩意的理解，并使我發現原來注釋的一些不足和過去未曾注意到的問題，從而也就得以對它們作了一次較爲全面的修訂；另外，當時還對詩文的繫年作了一些調整。這些成果無法反映到多次重印的《校注》中，這次《校注》修訂重排，自然要把它們全部吸收到修訂本中來。

今年對《校注》的修訂，算是第三次了。這次修訂下筆之前，我曾廣泛地閲讀了學界有關王維的研究論文，以找尋和選擇可以汲取到修訂本中來的有益成果。同時，還對全書進行了一次全面的檢查，以發現問題和進行修訂、補充。修訂本除吸收學界的有益成果外，也對一些我認爲不正確的看法擇要作了回應。例如，陶敏、傅璇琮《唐五代文學編年史》初盛唐卷開元七年云：岐王開元六年十二月兼岐州刺史，「故借當州閑置之九成宮避暑。李範以開元八年歸朝，詩（指《敕借岐王九成宮避暑應教》）當七年夏作」。時王維「已爲岐王府屬，隨王在岐州」。按，謂《敕借》詩作于岐王李範兼任岐州刺史期間，甚是；謂詩作于岐州，時維已爲岐王府屬，則非是。時岐王雖爲岐州刺史，實際上却不理州務，而且每年有半年時間居于長安；王府爲中央機構，不可能遷到岐州，唐代制度規定，王府屬官皆由吏部經銓選後任命，而非由岐王自行任命，開元七年王維尚未登第，連參加吏部銓選的資格都没有，豈能被吏部任命爲岐王府屬？說詳本書附録五《王維年譜》。又如，《新唐書・王維傳》稱維「擢進士，調大樂丞」，同上書開元九年云：「按云『調』，知王維前此已爲官，惟不知任何職。」按，此說誤，調者選也，指吏部銓選，唐時新及第進士，不能立即授官，必須經過吏部的銓選才能授官，說詳《年譜》。再如，同上書天寶九載二月云：「唐代于洛陽置尚書留省及御史臺留臺，其官員稱分司官，時王維當分司東都，故表中屢自稱『限于留司』。」又云：天寶八載閏六月五日以前，「王維已在東都」。按，依《編年史》之說，王維至少有八個多月在東都分司任職，然而從他的集中，我們却找不出一篇可以證明這一點的詩文；相反，倒能找到證明天寶八載閏六月以後王維仍在長安的詩歌；不錯，留司確有分司東都之義，但也有「留于本司中」之義，「限以留司，不獲隨例抃舞」，是説早朝時爲留在本司中值班所限，不能隨上早朝的官員一起抃舞慶賀，王維有《春日直門下省早朝》詩，所謂「直門下省早朝」，即指早朝時在門下省值班，可爲此解之一證明，説詳《年譜》及《賀古樂器表》注釋。

下面談談《校注》修定重排本與原本有哪些不同，也即修訂重排本究竟作了哪些修訂。關於這個問題，擬分以下幾個方面作説明：

一、注釋、校勘的訂補　注釋的體例，仍保持原本之舊，不作更動。注釋是這次修訂的重點之一。工作過程中，發現原本注釋有訛誤、缺漏者，均予以訂正、增補，感到不够準確者，也一一加以修改。此外，爲適應年輕讀者的需要，又適當增加了一些注釋和串講。我在廣泛閲讀有關王維的研究論文時，發現有些論文在徵引王維詩説明某個問題時，往往存在誤解詩意的現象，這種現象，似乎與有關的詩句《校注》中無注（多是我認爲不必作注或作串講者）有一定的關係，因此才作出了這一決定。修訂本基本保留了原本的校勘，但個別地方在對異文是非的判斷上作了更正。

二、詩文編年的調整　修訂本對原本中的十九首詩、兩篇文的編年作了改動。修訂本仍分爲十二卷（詩七卷，文五卷），各卷收録詩文的起訖時間也未更動，但因爲對若干詩文的編年作了改動，所以各卷收録詩文的數目也相應發生了變化：卷一原收詩五十目六十一首，現收詩五十目六十五首；卷二原收詩四十六目五十一首，現收詩四十八目五十四首；卷三原收詩三十九目四十七首，現收詩四十目四十八首；卷四原收詩四十七目四十八首，現收詩四十六目四十七首；卷五、卷六現收詩同于原本；卷七原收詩六十一目七十四首，現收詩五十七目六十五首；卷八原收文十一篇，現收文十二篇；卷九原收文十五篇，現收文篇數同（但篇目有變化）；卷十、卷十一現收文同于原本；卷十二原收文十二篇，現收文十一篇。

三、附録五《王維年譜》的修改　《年譜》也是這次修訂的重點之一。修訂本對《年譜》作了不少修改。例如，王維的籍貫，原作「蒲州人」，現改爲「蒲州猗氏縣人」。又如，關於天寶五載苑咸與王維贈答酬唱時的官職，原作中書舍人兼郎中，現據新出土的苑咸墓誌，改作「考功郎中兼知制誥」，等等。《年譜》中還對有關王維生平事跡的一些我認爲不正確的説法作了回應，這一點前面已經談到，這裏就不多説了。

四、《前言》及其他附録的修訂　《前言》的字數基本維持原貌，論述則作了一些修改。附録一《傳本誤收詩文》中，對所加用以説明定爲僞作之根據的按語，作了較多修訂、補充；又將原卷七所收《賦得秋日懸清光》、《疑夢》二詩删除，移入《誤收詩文》，并加按語説明定爲僞作之根據；另《唐文續拾》所收闕名《河内摩崖造像記》也移入《誤收詩文》，并加按語作説明。附録二《王維事跡資料彙録》補録了一條資料，其餘未作改動。附録三《詩評》增收了十二條評論，其餘未作改動（各詩注文後附載的諸家評論也未作改動）。附録四《畫評》未作改動。附録六《王維集版本考》增加了關于南宋麻沙本的刊刻年代與麻沙本同宋蜀本、述古堂鈔本之關係的論述。

《校注》歷經三次修訂，應該説工作都是很認真的，至于成效如何，只有等待讀者的評判了。

中華書局文學編輯室的同志爲《校注》的修訂提供了許多方便，謹在此向他們表示衷心的謝意。

陳鐵民

二〇一六年十二月于北京西三旗寓所

補充説明：本修訂本二校樣於去年十月閲畢，過了三個月，收到譚莊君今年一月十六日發給我的一封電子郵件，説「去年之初，中華書局出版《洛陽新獲墓誌 二〇一五》，收有右丞開元十年書《佛頂尊勝陀羅尼石幢讚并序》，不知先生經眼否？」我答以未曾看過，譚莊隨即發來此書第一六七葉的拓片圖版，圖版左下角爲編者的説明文字，共六行，首行爲「佛頂尊勝陀羅尼石幢讚并序」，次行爲「大樂丞王維書」，第三至五行爲「幢石八面柱形。高一百七十釐米……行三十八字」，第六行爲「開元十年（七二二）四月十三日」；圖版上方爲幢石各面的拓片，共八面，字跡小而模糊，很難辨識；圖版右下角刊出某一面拓片文字的放大截圖，共四行，首行爲「大樂丞王維書」，次行爲「開國承家之茂已」，第三行爲「高州都督范陽□」，第四行爲「智□忠州刺史□」。特別刊出這一截圖的用意，顯然是想説明這一經幢系王維所書。一月十八日，譚莊又發來一函，言某專家對他説，目前已有人懷疑王維所書經幢作僞，但未説具體理由，請我使用時留意，我於是託人就此事詢問《洛陽新獲墓誌》的責任編輯，回答是：「也獲知有人懷疑爲僞作的説法，但也没有見到具體文章，僅爲耳聞。」看來，王維所書經幢的真僞問題，我既無法迴避，又必須自己做出分析判斷，因爲如果此文是真品，則王維開元十年四月仍官大（通「太」）樂丞，拙撰《王維年譜》中關於他謫濟州司倉參軍的時間應作修改，有關詩歌的系年也應更動；如果是贋品，則無需作任何改動。然而，圖版字跡模糊不清，自己想作分析判斷又該從何處著手？思之再三，擬出了兩個問題：一是右下角的截圖處在八面中的哪一面，居於什麽位置？二是左下角第六行編者所説年月日，在圖版中是如何表述的，處於什麽位置？因爲譚莊年紀輕，目力强，手頭又有這部《新獲墓誌》，所以我就把這兩個問題發給他，請他盡力在這部書上搜尋、辨認，找到問題的答案。很快，搜尋的結果就出來了。一月十九日，譚莊給我發了一封電郵，説經用放大鏡仔細辨認，幢石每面四行，行三十八字，右下角的截圖處在右起第一面的中間靠上位置，第一面「從第一行第一字起，爲『佛頂尊勝陀羅尼石幢讚并序（後空一字）大樂丞王維書』」，從第二行第一字起，爲「公□□□□□西成紀人也若乃開國承家之茂已（以上七字見於截圖次行）昭□□於」；左下角編者所説的年月日，在右起第三面，從第三行第十二字（或十一字）起，作「開元十年歲次甲午四月乙酉朔十三日丁酉與夫人□於萬安山……」。又説：據陳垣《二十史朔閏表》，王維所書經幢之年月日，當作「開元十年歲次壬戌四月辛未朔十三日癸未」，而此或即作僞之跡？譚莊的説法是正確的，我查過自長壽三年甲午（六九四）至今的所有甲午年，没有一年的四月朔是乙酉的。過了一天，譚莊又寄來一函，説王維所書經幢，「蓋抄襲自長壽三年《大周故汝州司馬牛公墓誌銘》（此墓誌見於《洛陽流散唐代墓誌彙編》，國家圖書館出版社二〇一三年十二月出版）」，並發來墓誌的拓片圖版，其首、二行云：「公諱陵字君其先隴西成紀人也若乃開國承家之茂已昭晰於緹緗」；第十七、十八行云：「粤以長壽三年歲次甲午壹月乙酉朔十三日丁酉與夫人等合葬於緱氏山南麓之平原禮也」。兩相對勘，可知王維所書經幢右起第一面第二行文字襲自墓誌首、二行，右起第三面第三行標示年月日的文字襲自墓誌第十七、十八行，衹是對年號、年份、月份、地名等作了改動而已，前者還有若干沿襲後者之處，譚莊將譔文細説，此不贅述。不妨回過頭來看一下經幢的全部圖版：據譚莊辨認，圖版的後半部分，係節抄自《佛頂尊勝陀羅尼經》，其內容與標題「佛頂尊勝陀羅尼石幢讚并序」相合，所以這一標題應該是幢石原有的；我們再看標題下面除「大樂丞王維書」外，是沒有其他字的，所以這六個字很可能是作僞者加上去的，因爲加上這六個字後，即與《牛公墓誌銘》中之「長壽三年」等不合，所以作僞者便接著將它改成開元十年四月，誰知經這一改，就造成以干支紀年月日三者皆錯的情況，作僞之跡還是暴露了出來。在揭示王維所書經幢爲僞作的問題上，譚莊起了關鍵性的作用，特在此向他表示衷心的謝意！

校注者

二〇一八年一月二十八日修訂

王維集校注卷一

編年詩（開元上）

過秦皇墓時年十五〔一〕

古墓成蒼嶺，幽宮象紫臺〔二〕。星辰七曜隔〔三〕，河漢九泉開〔四〕。有海人寧渡〔五〕，無春雁不迴〔六〕。更聞松韻切，疑是大夫哀〔七〕。

〔一〕開元三年（七一五）離家赴長安途經驪山時所作。秦皇墓：墓在驪山（今陝西西安市臨潼區東南）。《史記·秦始皇本紀》：「（三十七年）九月，葬始皇酈山（驪山）。始皇初即位，穿治酈山，及并天下，天下徒送詣七十餘萬人，穿三泉，下銅而致槨，宫觀百官，奇器珍怪，徙臧（藏）滿之。令匠作機弩矢，有所穿近者，輒射之。以水銀爲百川江河大海，機相灌輸。上具天文，下具地理。以人魚膏爲燭，度不滅者久之。」又裴駰集解引《皇覽》曰：「墳高五十餘丈，周迴五里餘。」秦皇，宋蜀本、《文苑英華》作「始皇」，述古堂本作「秦始皇」。十五，《文苑英華》作「二十」，《全唐詩》注：「一作二十一。」

〔二〕幽宫：幽暗的地宫，即指秦皇墓。紫臺：即紫宫，謂王宫。《文選》江淹《恨賦》：「紫臺稍遠，關山無極。」李善注：「紫臺，猶紫宫也。」

〔三〕七曜：指日、月與金、木、水、火、土五星。此言日月星辰間隔排列于墓頂。

〔四〕河漢：銀河。開：展布。二句指墓穴中「上具天文」，「上畫天文星宿之象」（《水經注》卷一九）。

〔五〕有海：指墓中以水銀爲江河大海。寧：何，豈能。

〔六〕雁：《漢書·劉向傳》載秦皇墓中，「水銀爲江海，黄金爲鳧雁」。

〔七〕「更聞」二句：《史記·秦始皇本紀》：「（始皇）遂上泰山，立石，封祠祀；下，風雨暴至，休於樹下，因封其樹爲五大夫（秦漢二十等爵位中的第九等）。」應劭《漢官儀》孫星衍輯本卷下：「秦始皇上封泰山，逢疾風暴雨，賴得松樹，因復其下，封爲五大夫。」後因以「五大夫」爲松之别稱。此處「大夫」即指五大夫。二句謂更聞松風之聲凄切，疑是五大夫正哀怨傷感呢。

明顧可久曰：諷其窮奢糜爛不露。

清葉矯然曰：同題始皇陵詩，王維「星辰七曜隔，河漢九泉開」，許渾「一種青山秋草裏，路人惟拜孝文陵」，元好問「無端一片云亭石，殺盡蒼生有底功」，侈語、冷語、謾駡語，各有其妙。

（《龍性堂詩話》續集）

題友人雲母障子時年十五〔一〕

君家雲母障，持向野庭開〔二〕。自有山泉入，非因彩畫來〔三〕。

〔一〕作于開元三年（七一五）。雲母障子：一種用雲母石裝飾的屏風。宋蜀本無題下注語。

〔二〕持，宋蜀本、明十卷本、《全唐詩》等作「時」。開：張設。

〔三〕因，《全唐詩》注：「一作關。」二句形容屏風上描畫的山泉，形象逼真，使人感到猶如真的山泉流入。

宋何汶曰：《鑒誡録》云：「王摩詰有《題雲母障子》，胡令能《題繡障子》，異代殊名，而才調相繼。」（《竹莊詩話》卷一五）

九月九日憶山東兄弟時年十七〔一〕

獨在異鄉爲異客，每逢佳節倍思親〔二〕。遥知兄弟登高處，遍插茱萸少一人〔三〕。

〔一〕作于開元五年（七一七）。九月九日：重陽節。山東兄弟：山東指華山以東。王維蒲州猗氏（治今山西臨猗）人，蒲州在華山東，而作者是時獨在華山以西的長安，故稱故鄉之兄弟爲「山東兄弟」。

〔二〕佳，宋蜀本、述古堂本並作「嘉」。

〔三〕「遥知」二句：古時重陽有登高、插茱萸之習俗，故云。茱萸（zhū yú 朱娱），喬木名，有山茱萸、吴茱萸、食茱萸之分。《太平御覽》卷三二引周處《風土記》曰：「九月九日，律中無射而數九，俗於此日，以茱萸氣烈成熟，尚此日，折茱萸房以插頭，言辟惡氣而禦初寒。」吴均《續齊諧記》云：「汝南桓景，隨費長房遊學累年，長房謂曰：『九月九日，汝家當有災，宜急去，令家人各作絳囊，盛茱萸以繫臂，登高飲菊花酒，此禍可除。』景如言，齊家登山。夕還，見鷄犬牛羊一時暴死。長房聞之，曰：『此可代也。』今世人登高飲酒，婦人帶茱萸囊，蓋始于此。」

宋胡仔曰：子美《九日藍田崔氏莊》云：「明年此會知誰健？醉把茱萸子細看。」王摩詰《九日憶山東兄弟》云：「遥知兄弟登高處，遍插茱萸少一人。」朱放《九日與楊凝崔淑期登江上山有故不往》云：「那得更將頭上髮，學他年少插茱萸？」此三人類各有所感而作，用事則一，命意不同，後人用此爲九日詩，自當隨事分别用之，方得爲善用故實也。（《苕溪漁隱叢話》後集卷六）

明顧璘曰：真意所發，忠厚藹然。

顧可久曰：情至意新。

清沈德潛曰：即《陟岵》詩意，誰謂唐人不近三百篇耶？（《唐詩别裁》卷一九）

洛陽女兒行 時年十八〔一〕

洛陽女兒對門居，纔可顏容十五餘〔二〕。良人玉勒乘驄馬，侍女金盤膾鯉魚〔三〕。畫閣朱樓盡相望，紅桃緑柳垂簷向。羅帷送上七香車，寶扇迎歸九華帳〔四〕。狂夫富貴在青春，意氣驕奢劇季倫〔五〕。自憐碧玉親教舞〔六〕，不惜珊瑚持與人。春牕曙滅九微火，九微片片飛花璅〔七〕。戲罷曾無理曲時，妝成祇是薰香坐〔八〕。城中相識盡繁華〔九〕，日夜經過趙李家〔一〇〕。誰憐越女顏如玉，貧賤江頭自浣紗〔一一〕！

〔一〕作于開元六年（七一八），疑作者時在洛陽，説見《年譜》。詩題下注語，底本作「時年十六」，注：「一作十八。」此據宋蜀本、述古堂本、元本改。這是一首樂府詩，《樂府詩集》卷九〇收入「新樂府辭」。

〔二〕「洛陽」二句：梁武帝《河中之水歌》：「河中之水向東流，洛陽女兒名莫愁。莫愁十三能織綺，十四采桑南陌頭，十五嫁爲盧家婦。」又《東飛伯勞歌》：「誰家女兒對門居，開顏發豔照里閭。」可，大約。顏容，《全唐詩》作「容顏」。

〔三〕玉勒：飾以美玉的帶嚼子籠頭。驄：青白色馬。「侍女」句：語本辛延年《羽林郎》：「就我求珍肴，金盤膾鯉魚。」把肉切細叫「膾」。二句寫「洛陽女兒」丈夫（良人）家中的排場。

〔四〕帷，《全唐詩》作「幃」。七香車：用多種香料塗飾的華貴車子。曹操《與太尉楊彪書》：「今贈足下……畫輪四望通幰七香車一乘。」寶扇：古時貴人出行用爲儀仗，以雉羽或尾製成。崔豹《古今注》卷上曰：「雉尾扇，起於殷世……周制以爲王后夫人之車服。輿輦有翣，即緝雉羽爲扇翣，以障翳風塵也。漢朝乘輿服之，後以賜梁孝王。魏晉以來用爲常，准諸王皆得用之。」又曰：「障扇，長扇也。漢世多豪俠，象雉尾扇而製長扇也。」九華：古時器物凡有華采者，每以九華爲名。葛洪《西京雜記》抱經堂校本卷上：「高祖斬白蛇劍，劍上有七采珠九華玉以爲飾。」二句互文見義，謂「洛陽女兒」出門與返回，乘坐華貴的七香車，用寶扇爲儀仗；上下車輿，以羅帷圍護。

〔五〕狂夫：古時婦女對他人稱其丈夫的謙稱。劇：甚，甚於。季倫：晉石崇之字。「石崇爲荆州刺史，劫奪殺人，以致巨富」（《世説新語·汰侈》劉孝標注引王隱《晉書》）。其家中有大量珍寶錢財及奴婢、田宅，與貴戚王愷、羊琇之徒，以奢靡相尚。王愷與石崇鬥富，晉武帝助王愷，曾賜給他一株世上罕見高二尺多的珊瑚樹，愷拿它誇示于崇，崇即以鐵如意擊之，應手而碎。王愷正待發作，石崇説：「不足恨，今還卿。」於是令人搬來六七株高三四尺的珊瑚樹，王愷見了，惘然自失。事見《世説新語·汰侈》、《晉書·石崇傳》。

〔六〕碧玉：梁元帝蕭繹《採蓮曲》：「碧玉小家女，來嫁汝南王。」《樂府詩集》卷四五引《樂苑》曰：「《碧玉歌》者，宋汝南王所作也。碧玉，汝南王妾名。以寵愛之甚，所以歌之。」按，宋無汝南王，晉、梁有。此借指「洛陽女兒」。

〔七〕九微：燈名。《博物志》卷八：「時西王母遣使乘白鹿告帝當來，（漢武帝）乃供帳九華殿以待之。……時設九微燈。」花瑣：雕花窗格。上句謂通宵歡娛，到天亮才滅燈；下句説燈滅以後，燈花片片飛到窗上。

〔八〕曾：乃，竟。理：温習，練習。二句寫「洛陽女兒」閨中生活之空虚。

〔九〕繁華：指富貴之家。

〔一〇〕趙李：阮籍《詠懷》其五：「西遊咸陽中，趙李相經過。」前人對於「趙李」，有多種解釋（參見黄節《阮步兵詠懷詩注》），趙殿成據顧炎武説（見《日知録》卷二七），以爲指漢成帝二女寵趙飛燕、李平的親屬，大體近之。此處以「趙李」代指貴戚。

〔一一〕越女：指西施。參見《西施詠》注〔一〕及注〔七〕。二句感歎貧女雖美，却無人愛憐。

顧可久曰：初唐王、楊之體如此，俊麗，結斬絶。

清宋徵璧曰：何大復惜王摩詰七言古未爲深造，然《洛陽女兒行》一首，殊是當家。（《抱真堂詩話》）

清黄周星曰：通篇寫盡嬌貴之態，讀至末二句，則知意不在洛陽而在越溪，所以有《西施詠》也。（《唐詩快》卷六）

沈德潛曰：結意況君子不遇也。（《唐詩別裁》卷五）

西施詠〔一〕

豔色天下重，西施寧久微〔二〕？朝爲越溪女〔三〕，暮作吳宮妃〔四〕。賤日豈殊衆？貴來方悟稀。邀人傅脂粉〔五〕，不自着羅衣。君寵益驕態，君憐無是非〔六〕。當時浣紗伴〔七〕，莫得同車歸。持謝鄰家子，效顰安可希〔八〕！

〔一〕此詩載《河嶽英靈集》，當作于天寶十二載（七五三）前，今姑繫於早年。西施：春秋時越國美女。《吳越春秋》卷九載：越王句踐爲吳王夫差所敗，退守會稽，知夫差好色，欲獻美女以亂其政，「乃使相者國中，得苧蘿山鬻薪之女，曰西施、鄭旦，飾以羅縠，教以容步，習於土城，臨於都巷，三年學服而獻於吳。……吳王大悦曰：『越貢二女，乃句踐之盡忠於吳之證也。』」詠，詩體名，見元稹《樂府古題序》。《河嶽英靈集》、《唐文粹》、《唐詩紀事》俱作「篇」。

〔二〕寧：豈。微：貧賤。

〔三〕爲，《河嶽英靈集》、《唐詩紀事》、《全唐詩》俱作「仍」。

〔四〕暮，宋蜀本作「暝」。宮妃，底本注：「一作王姬。」

〔五〕傅：着，搽。此句《河嶽英靈集》作「要人傅香粉」，《全唐詩》作「邀人傅香粉」。

〔六〕態，宋蜀本作「恣」。「君憐」句：意謂君王愛憐她，只見她好，不知其他，以至于是非不分。

〔七〕當，底本、《全唐詩》均注：「一作常。」浣紗：相傳西施貧賤時，常在江邊浣紗。浙江諸暨南有苧蘿山，下臨浣江（浙江省浦陽江流至諸暨東南稱浣江，又稱浣浦、浣渚），江上有浣紗石，舊傳爲西施浣紗處，參見《讀史方輿紀要》卷九二。又，紹興南有若耶溪（一名浣紗溪），溪旁也有浣紗石，傳説西施曾浣紗于此。李白《浣紗石上女》：「玉面耶溪女，青蛾紅粉粧。」

〔八〕「持謝」二句：《莊子·天運》：「西施病心而矉其里（顰於其里），其里之醜人，見而美之，歸亦捧心而矉其里。其里之富人見之，堅閉門而不出；貧人見之，挈妻子而去之走。」後來稱這個醜女爲「東施」，稱這故事爲「東施效顰」。顰，皺眉頭。此二句即用其事，除謂西施的美態無法仿效外，更主要的是説西施的際遇不可希求。持謝，猶奉告；《河嶽英靈集》作「寄謝」，《唐詩紀事》作「寄言」。子，《河嶽英靈集》作「女」。

劉須溪曰：（「賤日」二句）語有諷味，似淺似深，妙。

明鍾惺曰：情艷詩，到極深細、極委曲處，非幽静人原不能理會，此右丞所以妙於情詩也。彼專以禪寂閒居求右丞幽静者，真淺且浮矣。（《唐詩歸》卷八）

黄周星曰：既有「君憐無是非」，便有君憎無是非矣，語有意外之痛。（《唐詩快》卷四）

王夫之曰：諷刺亦褊，其轉折渾成，猶有元韻。（《唐詩評選》卷二）

趙殿成曰：「賤日豈殊衆」二言，古今亟稱佳句，然愚意以爲不及「君寵益驕態」二言爲尤工。四言之義，俱屬慨詞，然出之以沖和之筆，遂不覺渢渢乎爲入耳之音，誠有合於風人之旨也哉！

沈德潛曰：王摩詰《西施詠》、李東川《謁夷齊廟》，或别寓興意，或淡淡寫景，以避雷同勦説，此别行一路法也。（《説詩晬語》卷下）

又曰：寫盡炎凉人，眼界不爲題縛，乃臻斯詣，入後人手，徵引故實而已。（《唐詩别裁》卷一）

黄培芳曰：託意深遠。（翰墨園重刊本《唐賢三昧集箋注》卷上）

李陵詠 時年十九〔一〕

漢家李將軍，三代將門子〔二〕。結髮有奇策〔三〕，少年成壯士。長驅塞上兒，深入單于壘〔四〕。旌旗列相向，簫鼓悲何已！日暮沙漠陲，戰聲烟塵裏。將令驕虜滅，豈獨名王侍〔五〕？既失大軍援，遂嬰穹廬恥〔六〕。少小蒙漢恩，何堪坐思此〔七〕！深衷欲有報，投軀未能死〔八〕。引領望子卿，非君誰相理〔九〕？

〔一〕作于開元七年（七一九）。李陵：字少卿，西漢名將李廣之孫。善騎射，「武帝以爲有廣之風，使將八百騎，深入匈奴二千餘里……不見虜還」。拜爲騎都尉。天漢二年（前九九），陵「將其步卒五千人，出居延，北行三十日，至浚稽山」，與單于相遇。單于以騎八萬圍擊陵軍，陵且戰且走，殺傷匈奴萬餘人。後矢盡道窮，遂降匈奴。事見《史記·李將軍列傳》、《漢書·李廣蘇建傳》。

〔二〕三代將門：《漢書·李廣蘇建傳贊》：「然三代之將，道家所忌，自廣至陵，遂亡其宗。」

〔三〕結髮：束髮之意，指初成年。

〔四〕上，述古堂本作「門」。單（chán禪）于：匈奴稱其君長爲單于。

〔五〕名王：《漢書·宣帝紀》：「匈奴單于遣名王奉獻，賀正月，始和親。」顔師古注：「名王者，謂有大名以别諸小王也。」句謂哪裏只是令匈奴遣名王入侍天子？

〔六〕嬰：遭遇。穹廬：氈做的大型圓頂帳篷。《漢書·匈奴傳》：「匈奴父子同穹廬卧。」句謂遭遇同居穹廬（指投降匈奴）的恥辱。

〔七〕坐：猶頓、遽，説見張相《詩詞曲語辭匯釋》。此：指「穹廬恥」。《漢書·蘇武傳》：「（陵）因謂武曰：『……陵始降時，忽忽（若有所失貌）如狂，自痛負漢。』」此句即用其意。

〔八〕「深衷」二句：投軀，謂獻身出力。《漢書·蘇武傳》載陵謂武曰：「陵雖駑怯，令漢且貰（寬赦）陵罪，全其老母，使得奮大辱（指降敵之事）之積志，庶幾乎曹柯之盟（指曹沫爲魯莊公在柯邑劫齊桓公事，參見《史記·刺客列傳》），此陵宿昔之所不忘也！」又《李陵傳》載陵降匈奴後，上怒甚，以問太史令司馬遷，遷曰：「彼（指陵）之不死，宜欲得當以報漢也。」此二句即用其意。

〔九〕引領：伸頸遠望。子卿：蘇武字子卿，天漢元年（前一〇〇）出使匈奴，單于多方脅降，武皆不爲所屈，遂被留匈奴凡十九年，昭帝時還漢，拜典屬國。陵與武素厚，單于嘗令陵説武降，武不從；後武歸漢，陵曾置酒與之訣别，泣下數行。事見《漢書·蘇武傳》。理：申辯。言不是您還有誰能爲我申辯。此二句寫陵與武别後，對武的思念之情。

顧可久曰：能道陵意中事，雅正、雄渾、頓挫。

清黄周星曰：子長尚不能相理，子卿安能相理乎！寫出無可奈何，足令鬼神飲泣。（《唐詩快》卷四）

桃源行 時年十九〔一〕

漁舟逐水愛山春，兩岸桃花夾去津。坐看紅樹不知遠，行盡青溪不見人〔二〕。山口潛行始隈隩，山開曠望旋平陸。遥看一處攢雲樹，近入千家散花竹〔三〕。樵客初傳漢姓名，居人未改秦衣服〔四〕。居人共住武陵源〔五〕，還從物外起田園〔六〕。月明松下房櫳静〔七〕，日出雲中鷄犬喧〔八〕。驚聞俗客爭來集，競引還家問都邑〔九〕。平明閭巷掃花開，薄暮漁樵乘水入。初因避地去人間〔一〇〕，及至成仙遂不還〔一一〕。峽裏誰知有人事，世中遥望空雲山〔一二〕。不疑靈境難聞見，塵心未盡思鄉縣〔一三〕。出洞無論隔山水，辭家終擬長游衍〔一四〕。自謂經過舊不迷，安知峰壑今來變〔一五〕！當時只記入山深，青溪幾度到雲林〔一六〕。春來徧是桃花水〔一七〕，不辨仙源何處尋。

〔一〕作于開元七年（七一九）。桃源行：樂府新題名，《樂府詩集》卷九〇收入「新樂府辭」。桃源，即陶淵明《桃花源記》中所寫之桃花源。

〔二〕「漁舟」四句：逐，隨。去，《唐文粹》、《樂府詩集》作「古」。津，此指溪流。坐：因，爲。紅樹，指桃花林。不見，《文苑英華》、《唐文粹》、《樂府詩集》俱作「忽值」。此四句意本《桃花源記》：「晋太元中，武陵人捕魚爲業，緣溪行，忘路之遠近。忽逢桃花林，夾岸數百步，中無雜樹，芳草鮮美，落英繽紛。漁人甚異之，復前行，欲窮其林。林盡水源，便得一山。」

〔三〕「山口」四句：隈（wēi 威）隩（yù 玉），指山口中彎彎曲曲。曠，遠。旋，立刻。攢（cuán 氽陽平），聚。散花竹，謂花竹散布各處。此四句，意本《桃花源記》：「山有小口，髣髴若有光，便捨船從口入。初極狹，纔通人；復行數十步，豁然開朗。土地平曠，屋舍儼然，有良田、美池、桑竹之屬。」

〔四〕「樵客」二句：《桃花源記》：「自云先世避秦時亂，率妻子邑人，來此絶境，不復出焉，遂與外人間隔。」後附詩曰：「俎豆猶古法，衣裳無新製。」樵客，指桃源中人。此處漢、秦爲互文，謂桃源中人仍使用秦漢時的姓名，所穿衣服也是秦漢時的式樣。

〔五〕武陵源：即桃花源。武陵，郡名，治所在今湖南常德市西。

〔六〕物外：世外。

〔七〕房櫳：窗户。借指房舍。静，《全唐詩》注：「一作净。」

〔八〕鷄犬喧：意本《桃花源記》：「阡陌交通，鷄犬相聞。」

〔九〕「驚聞」二句：驚，《文苑英華》作「忽」。俗客，指武陵漁人。都，《全唐詩》注：「一作鄉。」此二句意本《桃花源記》：「見漁人，乃大驚。問所從來，具答之。便要還家，爲設酒殺雞作食。村中聞有此人，咸來問訊。……餘人各復延至其家，皆出酒食。」

〔一〇〕避地：謂因避亂而寄迹他鄉。

〔一一〕及至，底本作「更聞」，宋蜀本、述古堂本、元本等作「更問」，此從《文苑英華》、《唐文粹》、《全唐詩》。遂，《文苑英華》、《唐文粹》作「去」。

〔一二〕峽裏：指桃源中。中，顧本作「上」。空：只。二句意謂，桃源中不知有人世之事，而世間遥望桃源，只見雲山，不知其中別有仙境。

〔一三〕靈境：仙境。二句言武陵漁人並不懷疑仙境難逢，但因俗慮未盡，又思故鄉。

〔一四〕游衍：游樂。此指漁人出洞後，終究又打算辭家長游桃源。

〔一五〕峰，《文苑英華》作「岑」。

〔一六〕度，《全唐詩》作「曲」。

〔一七〕桃花水：即桃花汛。《漢書·溝洫志》：「來春桃華水盛，必羨溢。」師古注：「《月令》：『仲春之月，始雨水，桃始華。』蓋桃方華時，既有雨水，川谷冰泮，衆流猥集，波瀾盛長，故謂之桃華水耳。」

宋陳巖肖曰：武陵桃源……王摩詰、韓退之、劉禹錫、本朝王介甫皆有歌詩，爭出新意，各相雄長。（《庚溪詩話》卷下）

清王士禛曰：唐宋以來作《桃源行》最傳者，王摩詰、韓退之、王介甫三篇。觀退之、介甫二詩，筆力意思甚可喜；及讀摩詰詩，多少自在，二公便如努力挽强，不免面赤耳熱。此盛唐所以高不可及。（《帶經堂詩話》卷二推較類）

清張謙宜曰：比靖節作，此爲設色山水，骨格少降，不得不愛其渲染之工。（《絸齋詩談》卷五）

沈德潛曰：順文叙事，不須自出意見，而夷猶容與，令人味之不盡。（《唐詩別裁》卷五）

賦得清如玉壺冰 京兆府試，時年十九〔一〕

藏冰玉壺裏，冰水類方諸〔二〕。未共銷丹日〔三〕，還同照綺疏〔四〕。抱明中不隱，含淨外疑虛〔五〕。氣似庭霜積〔六〕，光言砌月餘〔七〕。曉凌飛鵲鏡，宵映聚螢書〔八〕。若向夫君比，清心尚不如〔九〕。

〔一〕開元七年（七一九）七月作于長安，説見《年譜》。賦得：舊時凡指定、限定的詩題，例在題目上加「賦得」二字。宋蜀本、明十卷本、《文苑英華》等無此二字。清如玉壺冰：即京兆府試試題，語本鮑照《代白頭吟》：「直如朱絲繩，清如玉壺冰。」京兆府試：唐制，士人赴進士試，需先向府州求舉，經府州考試合格，方解送尚書省，受吏部（後改禮部）試。

〔二〕冰水，宋蜀本作「水冰」。方諸：古時於月下取水之器，又稱鑑諸，亦單稱鑑或諸。《周禮·秋官·司烜氏》：「司烜氏掌……以鑑取明水於月。」鄭玄注：「鑑，鏡屬，取水者，世謂之方諸。」所謂「以鑑取明水於月」，實指用鑑承露。類方諸，謂類似方諸中晶瑩的露水。此二句《文苑英華》、《全唐詩》作「玉壺何用好，偏許素冰居」。

〔三〕銷丹日：指冰在赤日下融化。

〔四〕綺疏：窗户上雕刻的花紋。也指刻有花紋的窗户。句謂冰光還與月光同照綺疏。

〔五〕二句寫冰的潔浄透明。

〔六〕氣：質性。

〔七〕言：猶料、知，不是通常的「言説」之義。此字述古堂本空缺，底本注：「言，毛氏試帖本作涵。」砌：臺階。餘：多。句指冰光猶如砌前明亮的月光。

〔八〕飛鵲鏡：《神異經》：「昔有夫婦將别，破鏡，人執半以爲信，其妻忽與人通，鏡化鵲，飛至夫前，其夫乃知之；後人因鑄鏡爲鵲安背上也。」聚螢書：晋車胤「恭勤不倦，博學多通。家貧不常得油，夏月則練（白絹）囊盛數十螢火以照書」。事見《晋書·車胤傳》。此二句寫冰之光，上句謂白天冰光壓過鏡光，下句説晚上冰光可像車胤聚螢那樣用以照書。

〔九〕夫君：此君，指玉壺冰。二句意謂，自己的心尚不如玉壺冰清明高潔。又，此二句《文苑英華》

作「若向貪夫比，貞心定不餘」。

息夫人時年二十〔一〕

莫以今時寵〔二〕，能忘舊日恩〔三〕。看花滿眼淚〔四〕，不共楚王言。

〔一〕開元八年（七二〇）作于長安。息夫人：春秋時息侯夫人，姓嬀，亦稱息嬀。《左傳》莊公十四年：「楚子（楚文王）如息（西周分封的諸侯國，故地在今河南息縣），以食入享（謂設享禮招待息侯而襲殺之），遂滅息。以息嬀歸，生堵敖及成王焉。未言（指息嬀不曾主動説過話），楚子問之，對曰：『吾一婦人，而事二夫，縱弗能死，其又奚言？』」關於此詩之本事，《本事詩·情感》曰：「寧王（名憲，睿宗長子，玄宗之兄）曼貴盛，寵妓數十人，皆絶藝上色。宅左有賣餅者妻，纖白明媚，王一見注目，厚遺其夫取之，寵惜逾等。環歲，因問之：『汝復憶餅師否？』默然不對。王召餅師使見之，其妻注視，雙淚垂頰，若不勝情。時王座客十餘人，皆當時文士，無不悽異。王命賦詩，王右丞維詩先成：『莫以今時寵……』坐客無敢繼者，王乃歸餅師，以終其志（以上三句原無，見《唐詩紀事》卷一六引《本事詩》）。」詩蓋以息夫人喻賣餅者妻。詩題《河嶽英靈集》作《息夫人怨》，《國秀集》作《息嬀怨》。

〔二〕時，《全唐詩》注：「一作朝。」

〔三〕能忘，《本事詩》作「寧忘」，宋蜀本、《萬首唐人絶句》、《唐詩紀事》、《全唐詩》作「難忘」，《樂府詩集》作「寧無」。舊，《國秀集》作「昔」，《唐詩紀事》作「異」。

〔四〕眼，《全唐詩》注：「一作目。」

宋張表臣曰：杜牧之《息夫人》詩曰：「細腰宫裏露桃新，脈脈無言幾度春。至意息亡緣底事？可憐金谷墜樓人！」與所謂「莫以今朝寵……」語意遠矣。（《珊瑚鉤詩話》卷三）

清賀裳曰：摩詰「莫以今時寵……」正以詠餅師婦佳耳，若直詠息夫人，有何意味？（《載酒園詩話》卷一）

張謙宜曰：體貼出怨婦本情，真得三百篇法。又曰：止二十字，却有味外味，詩之最高者。（《絸齋詩談》卷五）

清馬位曰：最喜王摩詰「看花滿眼淚，不共楚王言」，李太白「但見淚痕濕，不知心恨誰」，及張祜「一聲《河滿子》，雙淚落君前」，又李嶠「山川滿目淚沾衣」，得言外之旨，諸人用「淚」字，莫及也。（《秋窗隨筆》）

從岐王過楊氏别業應教〔一〕

楊子談經所〔二〕，淮王載酒過〔三〕。興闌啼鳥换〔四〕，坐久落花多。逕轉迴銀燭，林開散玉珂〔五〕。嚴城時未啓〔六〕，前路擁笙歌〔七〕。

〔一〕開元八年（七二〇）或八年以前作于長安，説見《年譜》。岐王：名範，睿宗第四子，玄宗之弟。睿宗即位，進封岐王。開元初，拜太子少師，帶本官歷絳、鄭、岐三州刺史。開元八年，遷太子太傅；十四年病卒。參見《舊唐書·睿宗諸子傳》。過：拜訪。楊氏别業：未詳。玩詩意，當在長安附近。應教：趙殿成注：「魏晋以來，人臣於文字間，有屬和於天子曰應詔，於太子曰應令，於諸王曰應教。」《樂府詩集》採此詩首四句入「近代曲辭」，題作《崑崙子》，無撰人姓名，《萬首唐人絶句》同。又《全唐詩》卷二七樂府部分亦據《樂府詩集》採入《崑崙子》，然卷一二六王維集中又載有《從岐王過楊氏别業應教》一詩。

〔二〕楊子：疑當作「揚子」，指西漢揚雄。雄爲人淡於勢利，不求聞達。早年好辭賦，後轉而研治學術，曾仿《論語》作《法言》，仿《易經》作《太玄經》。《漢書》卷八七有傳。此處以揚子喻楊氏。所，《文苑英華》作「處」，《樂府詩集》、《萬首唐人絶句》作「去」。

〔三〕淮王：西漢淮南王劉安。爲人好書及鼓琴，博辯善爲文辭。《漢書》卷四四有傳。此以淮王喻指岐王。載酒：《漢書·揚雄傳》：「（雄）家素貧，嗜酒，人希至其門。時有好事者，載酒肴，從游學。」

〔四〕興闌：興盡；《萬首唐人絶句》作「醉來」。换，《全唐詩》注：「一作緩。」

業的景象。

〔五〕開：舒展，開闊。玉珂：馬勒上的玉飾。散玉珂，指騎馬從遊者各自分散而遊。二句寫夜遊别

〔六〕嚴：戒夜。此言歸來時天尚未明，城中戒夜，城門未啓。

〔七〕擁：謂群聚而行；《全唐詩》注：「一作引。」此句寫歸來時，儀仗中前導的鼓吹樂隊聚集一起，吹打着緩緩行進。唐時親王出行，鹵簿中有鼓吹樂，故云。

宋曾季貍曰：前人詩言落花，有思致者三：王維「興闌啼鳥换，坐久落花多」；李嘉祐「細雨濕衣看不見，閒花落地聽無聲」；荆公「細數落花因坐久，緩尋芳草得歸遲」。（《艇齋詩話》）

明胡應麟曰：審言「風光新柳報，宴賞落花催」，摩詰「興闌啼鳥换，坐久落花多」，皆佳句也。然「報」與「催」字極精工，而意盡語中；「换」與「多」字覺散緩，而韻在言外。觀此可以知初盛次第矣。（《詩藪》内編卷四）

清黄生曰：貴人出遊，着不得寒儉語，然鋪張太盛，又未免顧賓失主。此妙在過楊處，只淡淡打發二語，而車騎笙歌之盛，却從歸途寫出，用筆之斟酌如此。（《增訂唐詩摘鈔》卷一）

王士禛曰：晚唐人詩：「風暖鳥聲碎，日高花影重」，「曉來山鳥鬧，雨過杏花稀」；元人詩：「布穀叫殘雨，杏花開半郫」，皆佳句也。然總不如右丞「興闌啼鳥緩，坐久落花多」自然入妙，盛唐高不可及如此。（《帶經堂詩話》卷二推較類）

從岐王夜讌衛家山池應教〔一〕

座客香貂滿〔二〕，宮娃綺幔張〔三〕。澗花輕粉色〔四〕，山月少燈光〔五〕。積翠紗窗暗〔六〕，飛泉繡户凉。還將歌舞出〔七〕，歸路莫愁長。

〔一〕開元八年或八年以前作于長安，説見《年譜》。衛家山池：未詳。

〔二〕香貂：古時貴臣之冠以貂尾爲飾，詳見《哭祖六自虚》注〔三〕。

〔三〕宮娃：宮女。句指隨從岐王前來的宮女居於綺幔之中。

〔四〕輕：淺，淡。此言澗花淺於宮女臉上香粉的顏色。

〔五〕此言山月弱於宴會上明亮的燈光。

〔六〕暗，《文苑英華》作「透」。

〔七〕將：奉，送。句指在宴會上表演歌舞。

敕借岐王九成宮避暑應教〔一〕

帝子遠辭丹鳳闕〔二〕，天書遥借翠微宮〔三〕。隔窗雲霧生衣上，卷幔山泉入鏡中。林下水聲喧語笑，巖間樹色隱房櫳〔四〕。仙家未必能勝此，何事吹笙向碧空〔五〕？

〔一〕作于開元七年或八年（七二〇）夏，時在長安，説見《年譜》。九成宫：在今陝西麟遊縣西天台山上。唐李吉甫《元和郡縣志》卷二：「九成宫在（鳳翔府麟遊）縣西一里，即隋文帝所置仁壽宫，每歲避暑，春往秋還。義寧元年（六一七），廢宫，置立郡縣。貞觀五年（六三一），復修舊宫，以爲避暑之所，改名九成宫。」岐王開元六年十二月至八年兼岐州刺史，九成宫在岐州境内，借九成宫避暑，疑即在岐王任岐州刺史期間。詩題《又玄集》無「應教」二字，《文苑英華》於「避暑」下多「之作」二字。

〔二〕帝子：帝王的子女，指岐王。丹鳳闕：唐大明宫（東内）南面五門，正中之門名丹鳳。闕即宫門之前兩邊的觀樓。宋程大昌《雍録》卷三：「大明宫……地在龍首山上。……宫南端門名丹鳳，則在平地矣。」清徐松《唐兩京城坊考》卷一：「丹鳳門内正牙曰含元殿，大朝會御之。……含元殿後曰宣政殿，天子常朝所也。」

〔三〕天書：天子的詔書，也即詩題中之「敕」。翠微宫：《爾雅・釋山》：「未及上，翠微。」郭璞注：「近上旁陂。」邢昺疏：「謂未及頂上，在旁陂陀（不平）之處，名翠微。」此處「翠微」即用其意。蓋九成宫在山間，故謂之曰翠微宫。

〔四〕房櫳：見《桃源行》注〔七〕。

〔五〕吹笙向碧空：《列仙傳》卷上：「王子喬者，周靈王太子晋也。好吹笙，作鳳凰鳴。遊伊、洛之間，道士浮丘公，接以上嵩高山三十餘年。後求之於山上，見桓良曰：『告我家，七月七日待我於緱氏山巔。』至時，果乘白鶴駐山頭，望之不得到，舉手謝時人，數日而去。」二句意謂，仙家的居處未必能勝過九成宮，爲什麽要像太子晋那樣成仙而去？

黄生曰：右丞詩中有畫，如此一詩，更不遜李將軍仙山樓閣也。「衣上」字，「鏡中」字，「喧笑」字，更畫出景中人來，尤非俗筆所辦。（《增訂唐詩摘鈔》卷三）

清黄培芳曰：鮮潤清朗，手腕柔和，此盛唐之足貴也。（翰墨園重刊《唐賢三昧集箋注》卷上）

清方東樹曰：起二句破題甚細，不似魯莽疎漏。帝子，岐王也；先安此句，次句「借」字乃有根。中四句突寫九成宮之景。收句乃合應制人頌聖口吻。（《昭昧詹言》卷一六）

送綦毋潛落第還鄉〔一〕

聖代無隱者，英靈盡來歸。遂令東山客〔二〕，不得顧採薇〔三〕。既至君門遠〔四〕，孰云吾道非〔五〕？江淮度寒食，京洛縫春衣〔六〕。置酒臨長道〔七〕，同心與我違〔八〕。行當浮桂棹〔九〕，未幾拂荆扉〔一〇〕。遠樹帶行客，孤城當落暉〔一一〕。吾謀適不用，勿謂知音稀〔一二〕！

〔一〕約作于開元九年（七二一）春，説見《年譜》。綦毋潛：盛唐詩人。《新唐書·藝文志》：「《綦毋潛詩》一卷。字孝通，開元中，由宜壽尉入集賢院待制，遷右拾遺，終著作郎。」按，據《舊唐書·地理志》載，盩厔，天寶元年改名宜壽，至德二年復舊，則潛似不當于開元中任宜壽尉。唐顧況

《監察御史儲公集序》：「開元十四年……儲公進士高第，與崔國輔員外、綦毋潛著作同時。」又潛嘗官校書郎，據王維《送綦毋校書棄官還江東》、李頎《題綦毋校書别業》、儲光羲《酬綦毋校書夢耶溪見贈之作》諸詩可知。關于潛的里貫，《元和姓纂》卷二謂曰虔州（今江西贛縣），《直齋書録解題》卷一九云爲南康，按南康即虔州，二者實一也。又《河嶽英靈集》稱潛爲荆南人，或就其祖籍而言。詩題底本原作《送别》，此從《河嶽英靈集》、《文苑英華》、《唐文粹》、《全唐詩》。

〔二〕東山客：指隱士。東晋謝安曾隱居東山，後因以東山泛指隱者所居之地。

〔三〕採薇：周武王滅商後，伯夷、叔齊恥食周粟，隱於首陽山，採薇而食，後餓死。此指隱居。薇，草本植物，即野豌豆。事見《史記·伯夷列傳》。句謂潛應試求仕。

〔四〕君門：謂王宫之門。《楚辭·九辯》：「豈不鬱陶而思君兮，君之門以九重。」君，宋蜀本、奇字齋本、顧本、凌本俱作「金」。

〔五〕吾道非：《史記·孔子世家》載，孔子被困于陳、蔡之間，謂諸弟子曰：「《詩》云：『匪兕匪虎，率彼曠野。』吾道非耶（我的主張不對嗎）？吾何爲於此？」此句意謂，潛應試落第，並不是自己的過錯。

〔六〕寒食：舊以清明前一或二日爲寒食節，届時前後三日不得舉火。京洛：謂洛陽，洛陽古時歷爲建都之地，因稱京洛；《河嶽英靈集》、《唐文粹》作「京兆」。江、淮、京洛，皆綦毋潛自長安還鄉途中需經之地。

〔七〕臨長道，明十卷本、奇字齋本等作「長安道」，《唐文粹》作「長亭送」。

〔八〕「同心」句：語本《古詩十九首·涉江采芙蓉》：「同心而離居。」《凛凛歲云暮》：「同袍與我違。」違，離。

〔九〕浮桂棹（zhào 兆）：指歸途中乘舟。《楚辭·九歌·湘君》：「桂棹兮蘭枻。」

〔一〇〕拂荆扉：謂撣去陋室的塵垢，以便居住。

〔一一〕城，《河嶽英靈集》、《唐文粹》、《全唐詩》作「村」。

〔一二〕「吾謀」句：《左傳》文公十三年載，晋人擔心秦國任用士會，設計使秦送士會還晋，秦大夫繞朝察知其情，謂士會曰：「子無謂秦無人，吾謀適不用也。」知音稀：《古詩十九首·西北有高樓》：「不惜歌者苦，但傷知音稀。」此二句意謂，潛的落第，僅只是自己的才華恰好未被賞識，切莫以爲朝中識才者稀。

沈德潛曰：反復曲折，使落第人絶無怨尤。（《唐詩别裁》卷一）

顧可久曰：婉曲雅正。

宋劉須溪曰：「帶」字畫意，「當」字天然。

燕支行 時年二十一〔一〕

漢家天將才且雄〔二〕，來時謁帝明光宫〔三〕。萬乘親推雙闕下〔四〕，千官出餞五陵東〔五〕。誓辭甲第金門裏〔六〕，身作長城玉塞中〔七〕。衛霍纔堪一騎將〔八〕，朝廷不數貳師功〔九〕。趙魏燕韓多勁卒，關西俠少何咆勃〔一〇〕。報讎只是聞嘗膽〔一一〕，飲酒不曾妨刮骨〔一二〕。畫戟雕戈白日寒，連旗大旆黄塵没。疊鼓遥翻瀚海波，鳴笳亂動天山月〔一三〕。麒麟錦帶佩吴鈎〔一四〕，颯沓青驪躍紫騮〔一五〕。拔劍已斷天驕臂〔一六〕，歸鞍共飲月支頭〔一七〕。漢兵大呼一當百，虜騎相看哭且愁。教戰須令赴湯火〔一八〕，終知上將先伐謀〔一九〕！

〔一〕作于開元九年（七二一）。燕支行：樂府新題名，《樂府詩集》卷九〇收入「新樂府辭」。燕支，山名，即焉支山，又作胭脂山。在甘肅永昌縣西、山丹縣東南，綿延於祁連山和龍首山之間。《史記·匈奴列傳》：「漢使驃騎將軍去病將萬騎，出隴西，過焉支山千餘里，擊匈奴，得胡首虜騎萬八千餘級，破得休屠王祭天金人。」此詩歌頌武將出征獲勝，故取名爲《燕支行》。元本、明十卷本無題下注語。

〔二〕天，奇字齋本作「大」。

〔三〕來時，《全唐詩》注：「一作時來。」明光宫：漢宫名。程大昌《雍録》卷二：「漢有明光宫三：一在北宫，南與長樂相聯者，武帝太初四年起。……别有明光宫，在甘泉宫中，亦武帝所起。……至尚書郎主作文書起草，更直於建禮門内，則近明光殿矣。」

〔四〕親推：親自推車輪。《史記·張釋之馮唐列傳》：「臣聞上古王者之遺將也，跪而推轂（此指車輪），曰：『閫（郭門的門限）以内者，寡人制之；閫以外者，將軍制之。』」雙闕：闕皆有二，夾峙宮門兩旁，故云。句謂天子親到宮門前爲將軍送行。

〔五〕五陵：班固《西都賦》：「北眺五陵。」按漢高祖葬長陵，惠帝葬安陵，景帝葬陽陵，武帝葬茂陵，昭帝葬平陵，其地皆在渭水北岸今咸陽附近，故合稱五陵。

〔六〕甲第：用霍去病事。《史記・衛將軍驃騎列傳》：「天子爲治第，令驃騎（霍去病）視之，對曰：『匈奴未滅，無以家爲也。』由此上益重愛之。」甲第，第一等的宅第。《史記・孝武本紀》：「賜列侯甲第，僮千人。」金門：漢宮有金馬門，又稱金門。《史記・滑稽列傳》：「（東方朔）酒酣，據地歌曰：『陸沉於俗，避世金馬門，宮殿中可以避世全身，何必深山之中、蒿廬之下？』金馬門者，宦署門也。門傍有銅馬，故謂之曰金馬門。」此指朝廷。

〔七〕玉塞：指玉關，即玉門關。漢武帝置，在今甘肅敦煌西北小方盤城，六朝時關址移至今甘肅安西雙塔堡附近，爲古時通往西域之門户。《晋書・禿髮烏孤載記》：「控弦玉塞，躍馬金山。」句謂將軍在邊塞，身作捍衛國家之長城。

〔八〕衛霍：西漢名將衛青、霍去病，青拜大將軍（將軍之中位最尊者），去病官驃騎將軍（禄秩與大將軍等），武帝時並多次伐匈奴，立下赫赫戰功。騎將：即騎將軍，漢雜號將軍之一；武帝時公孫賀嘗以騎將軍從大將軍衛青出塞（參見《史記・衛將軍驃騎列傳》），公孫敖亦嘗爲騎將軍（參見《漢書・衛青霍去病傳》），其位非但在大將軍之下，亦在車騎將軍、衛將軍、左右前後將軍之下。此句意謂，衛霍這樣的名將，比起「天將」來，僅可當一名騎將軍。

〔九〕貳師：指李廣利。《史記·大宛列傳》載，大宛有善馬在貳師城（屬大宛，故址在今吉爾吉斯斯坦西南部馬爾哈馬特），漢武帝聞之，遣使持千金及金馬至大宛求馬，大宛不肯予，於是武帝「拜李廣利爲貳師將軍，發屬國六千騎及郡國惡少年數萬人以往伐宛。期至貳師城取善馬，故號貳師將軍」。後李廣利破大宛，得良馬三千餘匹。不，述古堂本、《唐文粹》、《樂府詩集》作「莫」。此句意謂，李廣利之功比起「天將」來，顯得微不足道，很難被朝廷數上。

〔一〇〕趙、魏、燕、韓：皆戰國七雄之一。四國之疆域主要在今河南、河北、山西一帶。關西：指函谷關或潼關以西地區。古時有「關西出將」之諺。咆勃：怒貌。潘岳《西征賦》：「何猛氣之咆勃！」二句寫將軍麾下士卒的强悍勇猛。

〔一一〕嘗膽：《史記·越王句踐世家》載，句踐爲吴王夫差所敗，困於會稽，向吴求和。吴兵罷歸後，句踐矢志復仇，「乃苦身焦思，置膽於坐，坐卧即仰膽，飲食亦嘗膽也。曰：『女（汝）忘會稽之恥邪？』」此借用其事，表現將軍立志報仇。

〔一二〕「飲酒」句：《三國志·蜀書·關羽傳》載：「羽嘗爲流矢所中，貫其左臂。後創雖愈，每至陰雨，骨常疼痛。醫曰：『矢鏃有毒，毒入于骨，當破臂作創，刮骨去毒，然後此患乃除耳。』羽便伸臂令醫劈之。時羽適請諸將，飲食相對，臂血流離，盈於盤器，而羽割炙引酒，言笑自若。」此用其事，以歌詠將軍的勇武剛毅。

〔一三〕白日寒：指戈戟在太陽下閃着寒光。旆（pèi佩）：雜色鑲邊的旗子。疊鼓：擊鼓。瀚海：指沙漠。笳：指胡笳，我國古代西北方少數民族的一種樂器，類似笛子。天山：在今新疆境内，古又稱北祁連山、白山。天，《樂府詩集》作「關」。以上四句描寫將軍出征時軍容壯盛。

〔一四〕麒麟錦帶：繡有麒麟的錦帶。吴鉤：鉤是一種「似劍而曲」的兵器。《吴越春秋》卷二載，吴王闔閭得干將、莫邪二劍後，「復命於國中作金鉤，令曰：能爲善鉤者賞之百金」。吴有人殺其二子，以血塗金，鑄成二鉤，獻與吴王。後來相沿以吴鉤稱名貴的兵器。鮑照《代結客少年場行》：「驄馬金絡頭，錦帶佩吴鉤。」

〔一五〕颯沓：飛動貌。青驪：毛色青黑相雜的馬。紫騮（liú留）：棗紅馬。

〔一六〕天驕：指匈奴。《漢書·匈奴傳》：「南有大漢，北有强胡。胡者，天之驕子也。」斷天驕臂：《漢書·西域傳》：「孝武之世，圖制匈奴，患其兼從西國，結黨南羌，迺表河曲，列西郡，開玉門，通西域，以斷匈奴右臂。」右臂，喻要害部分。

〔一七〕月支：即月氏（zhī支），古部族名。秦漢之際，遊牧於敦煌、祁連間，後爲匈奴所攻，一部分西遷至今伊犁河上游，稱大月氏；未西遷者進入祁連山區與羌族雜居，稱小月氏。飲月支頭：《史記·大宛列傳》：「至匈奴老上單于，殺月氏王，以其頭爲飲器。」

〔一八〕須，奇字齋本、凌本、《全唐詩》作「雖」。按，須猶雖也，須作雖解，方與下句之「終」字相應。令赴湯火：謂使士卒不避艱險。《漢書·鼂錯傳》：「故能使其衆蒙矢石，赴湯火，視死如生。」

〔一九〕伐謀：以智謀伐敵。《孫子·謀攻》：「故上兵伐謀，其次伐交，其次伐兵，下政攻城。」先伐謀，以伐謀爲先；此三字《唐文粹》、《樂府詩集》作「伐謀猷」。

顧璘曰：通前篇（《老將行》）是大學力。

顧可久曰：結束斬絶，雄渾老勁。

清吴喬曰：王右丞之《燕支行》，正意只在「終知上將先伐謀」。（《圍爐詩話》卷二）

扶南曲歌詞五首〔一〕

翠羽流蘇帳〔二〕，春眠曙不開。羞從面色起，嬌逐語聲來。早向昭陽殿〔三〕，君王中使催〔四〕。

〔一〕《扶南曲》：《舊唐書·音樂志》曰：「煬帝平林邑國，獲扶南（古國名，在今柬埔寨）工人及其匏琴，陋不可用，但以天竺樂轉寫其聲，而不齒樂部。」又曰：「《扶南樂》，舞二人，朝霞行纏，赤皮靴。隋世全用天竺樂，今其存者，有羯鼓、都曇鼓、毛員鼓、簫、笛、篳篥、銅拔、貝。」此蓋依其聲而填詞者，或作於開元九年作者任太樂丞時。《樂府詩集》列入「新樂府辭」。詩題《樂府詩集》無「歌詞」二字。此詩五首皆寫宫人生活。

〔二〕翠羽：謂以翠羽飾帳。梁范靖妻《戲蕭孃》：「明珠翠羽帳，金薄緑綃帷。」流蘇：以五彩羽毛或絲綫製成的繐子，多用作車馬、帷帳等的垂飾。

〔三〕昭陽殿：參見《春日直門下省早朝》注〔九〕。

〔四〕中使：皇宫中派出的使者，多由宦官充任。

堂上青絃動〔一〕，堂前綺席陳〔二〕。齊歌《盧女曲》，雙舞洛陽人〔三〕。傾國徒相看，寧知心所親〔四〕？

〔一〕青絃：琴瑟一類絃樂器上的青色絲絃。青，《樂府詩集》作「清」。

〔二〕綺席：華美的坐席。

〔三〕《盧女曲》：樂府雜曲歌辭名。《樂府詩集》卷七三《盧女曲》：「《樂府解題》曰：『盧女者，魏武帝時宫人也，故將軍陰升之姊。七歲入漢宫，善鼓琴。至明帝崩後出，嫁爲尹更生妻。』」晋崔豹《古今註》卷中：「《雉朝飛》者，犢木子所作也，齊處士，泯宣時人。……其聲中絶。魏武帝時有盧女者，故將軍陰并之子，年七歲入漢宫學琴。琴特鳴，異於餘妓；善爲新聲，能傳此曲。」洛陽人：舊時謂洛陽多麗人佳妓。謝朓《夜聽妓二首》其一：「瓊閨釧響聞，瑶席芳塵滿。要（須）取（選擇）洛陽人，共命江南管。情多舞態遲，意傾歌弄緩。」沈約《洛陽道》：「洛陽大道中，佳麗實無比。燕裙傍日開，趙帶隨風靡。領上蒲桃繡，腰中合歡綺。」梁車𣫍《洛陽道》：「洛陽道八達，洛陽城九重。……别有傾人處，佳麗夜相逢。」此二句寫宫女在宫中歌舞。

〔四〕傾國：指美女。《漢書·外戚傳》李延年歌曰：「北方有佳人，絶世而獨立；一顧傾人城，再顧傾人國。寧不知傾城與傾國，佳人難再得。」此二句謂，宫女皆有傾國之貌，君王只是觀看，豈知其心裏親近的是誰？

劉須溪曰：（「傾國」二句）用得别。

香氣傳空滿，妝華影箔通〔一〕。歌聞天仗外〔二〕，舞出御樓中〔三〕。日暮歸何處？花間長樂宫〔四〕。

〔一〕妝華：指宫人身上妝飾品的光華。影箔通：透於簾外之意。影，同「景」，光，照。箔，簾。

〔二〕天仗：皇帝的儀仗。外：猶言「内中」，與下句之「中」字互文。

〔三〕出：發生。樓，《樂府詩集》作「筵」。

〔四〕長樂宫：漢長安宫殿名，自西漢惠帝後，太后常居之。見《韋侍郎山居》注〔五〕。

宫女還金屋〔一〕，將眠復畏明。入春輕衣好，半夜薄妝成〔二〕。拂曙朝前殿〔三〕，玉墀多珮聲〔四〕。

〔一〕金屋：喻屋之華貴。《漢武故事》：「（武帝）數歲，長公主嫖抱置膝上，問曰：『兒欲得婦不？』膠東王（武帝）曰：『欲得婦。』長主指左右長御百餘人，皆云不用。末指其女問曰：『阿嬌好不？』於是乃笑對曰：『好！若得阿嬌作婦，當作金屋貯之也。』」（見《太平御覽》卷八八引）

〔二〕薄妝：即薄裝。沈約《麗人賦》：「來脱薄裝，去留餘膩。」二句謂入春不宜着厚重之衣，薄而輕的服裝半夜已穿戴好。

〔三〕前殿：皇宫中最前面的殿。古時多以它爲正殿。《史記·秦始皇本紀》：「先作前殿阿房（地名），東西五百步，南北五十丈，上可以坐萬人，下可以建五丈旗。」岑參《送顔平原》序：「上親賦詩，觴群公，宴於蓬萊（大明宫）前殿（即含元殿，爲大明宫正殿，居諸殿之前）。」

〔四〕玉墀：鋪砌玉石的臺階。墀，《樂府詩集》作「除」。

朝日照綺窗〔一〕，佳人坐臨鏡。散黛恨猶輕〔二〕，插釵嫌未正。同心勿遽游〔三〕，幸待春妝竟〔四〕。

〔一〕綺窗：飾以雕畫花紋的窗户。《文選》左思《蜀都賦》：「開高軒以臨山，列綺窗而瞰江。」吕向注：「綺窗，雕畫若綺也。」此句語本梁武帝《子夜歌》：「朝日照綺窗，光風動紈羅。」

〔二〕散黛：施黛（古代女子畫眉用的青黑色顔料）於眉。亦指粉末狀之黛，即黛粉。梁簡文帝《美人晨妝》：「散黛隨眉廣，燕脂逐臉生。」輕：顔色淡。

〔三〕同心：指心相契合的同伴。遽游：倉猝出遊。

〔四〕幸：希望。待，《樂府詩集》作「得」。此詩寫春日宫人精心打扮，準備和同伴出遊。

顧可久曰：短章亦自婉麗。

張謙宜曰：却是律詩格，但截去二句耳。摩詰曉音律，此曲必是按譜填成，想亦是柔慢靡麗之聲。（《絸齋詩談》卷五）

少年行四首〔一〕

新豐美酒斗十千〔二〕，咸陽遊俠多少年〔三〕。相逢意氣爲君飲〔四〕，繫馬高樓垂柳邊。

〔一〕疑作於早年，具體時間不詳，姑繫此。少年行：樂府雜曲歌辭有《結客少年場行》，《樂府詩集》卷六六引《樂府解題》曰：「《結客少年場行》，言輕生重義，慷慨以立功名也。」《樂府詩集》録維此詩於《結客少年場行》後。

〔二〕新豐：古縣名，漢置，治所在今陝西臨潼東北。自東漢靈帝末至北周，治所屢徙，隋大業六年（六一〇）移今臨潼東北新豐鎮。天寶七載（七四八）縣廢。古代新豐産名酒，謂之新豐酒。梁元帝《登江州百花亭懷荆楚詩》：「試酌新豐酒，遥勸陽臺人。」斗十千：一斗酒值十千文錢，極言酒之名貴。曹植《名都篇》：「歸來宴平樂，美酒斗十千。」

〔三〕咸陽：秦都，故址在今陝西咸陽市東北二十里。此借指唐都長安。多，《萬首唐人絶句》作「皆」。

〔四〕意氣：志趣。《萬首唐人絶句》作「氣味」。飲，《文苑英華》注：「一作死。」句謂遊俠少年相逢，因意氣彼此投合而舉杯共飲。

黄生曰：前開後合格。一言酒，二言人，三、四始説合。相逢意氣，言意氣相投也。意氣二字，是少年人行狀。（《增訂唐詩摘鈔》卷四）

出身仕漢羽林郎〔一〕，初隨驃騎戰漁陽〔二〕。孰知不向邊庭苦，縱死猶聞俠骨香〔三〕。

〔一〕出身：委身事君之意。羽林郎：官名，兩漢並屬光禄勳。《漢書・百官公卿表》：「羽林掌送從……武帝太初元年初置，名曰建章營騎，後更名羽林騎。又取從軍死事之子孫養羽林，官教以五兵（五種兵器），號曰羽林孤兒。……宣帝令中郎將、騎都尉監羽林，秩比二千石。」《後漢書・百官志》：「羽林中郎將……主羽林郎。羽林郎，比三百石。本注曰：無員，掌宿衛侍從，常選漢陽、隴西、安定、北地、上郡、西河凡六郡良家補。」又唐時有左右羽林軍，爲皇家禁軍之一。

〔二〕驃騎：官名，即驃騎將軍。漢武帝元狩二年始置。《史記・衛將軍驃騎列傳》：「元狩二年春，以冠軍侯去病爲驃騎將軍。……（元狩四年）定令，令驃騎將軍秩禄與大將軍（漢將軍中位最尊者）等。」漁陽：地名。漢置漁陽郡，治所在漁陽縣（今北京市密雲區西南）。又唐有漁陽縣（今天津市薊州區），本屬幽州，開元十八年於縣置薊州，改隸之；天寶元年，嘗改薊州爲漁陽郡，乾元元年復舊。

〔三〕「孰知」二句：張華《博陵王宮俠曲二首》其二：「生從命子遊，死聞俠骨香。」趙殿成注：「詩意謂死于邊庭者，反不如俠少之死而得名，蓋傷之也。」按，本詩四首内容互有聯係，如依趙氏此解，則此首之命意，迥異于下首之言殺敵報國，故疑趙説非是。孰知，甚知，很知。《荀子·禮論》：「孰知夫出死要節之所以養生也。」唐楊倞注：「孰，甚也。」苦，底本、《全唐詩》均注：「一作死。」二句意謂，少年很知道不往邊庭去立功的苦處，認爲即使戰死在那裏，還可以流芳百世。

一身能擘兩雕弧〔一〕，虜騎千重只似無〔二〕。偏坐金鞍調白羽〔三〕，紛紛射殺五單于〔四〕。

〔一〕擘（bāi 掰）：用手張弓。《漢書·申屠嘉傳》師古注：「今之弩以手張者曰擘張，以足蹋者曰蹶張。」雕弧：有雕飾彩畫之弓。弧，木弓。

〔二〕重，《樂府詩集》作「群」。

〔三〕偏：猶正，恰。説見王鍈《詩詞曲語辭例釋》。白羽：指箭。司馬相如《上林賦》：「彎蕃弱（良弓名），滿白羽。」《史記·司馬相如列傳》正義：「文穎云：『引弓盡箭鏑爲滿；以白羽羽箭（用白色羽毛做箭羽），故云白羽也。』」調白羽，調弄弓矢，指放箭。

〔四〕五單于：《漢書・宣帝紀》：「（五鳳）三年……詔曰：『……匈奴虛閭權渠單于請求和親，病死，右賢王屠耆堂代立；骨肉大臣立虛閭權渠單于子爲呼韓邪單于，擊殺屠耆堂；諸王並自立，分爲五單于，更相攻擊，死者以萬數。』」此處泛指敵人的許多首領。

漢家君臣歡宴終，高議雲臺論戰功〔一〕。天子臨軒賜侯印〔二〕，將軍佩出明光宮〔三〕。

〔一〕「高議」句：《南史・江淹傳》載淹自獄中上宋建平王景素書曰：「下官雖乏鄉曲之譽，然嘗聞君子之行矣：其上則隱於簾肆之間，臥於巖石之下；次則結綬金馬之庭，高議雲臺之上。」雲臺，漢臺名，在南宮中。《淮南子・俶真訓》：「雲臺之高，墮者折脊碎腦。」高誘注：「臺高際於雲，故曰雲臺。」《後漢書・朱景王杜馬劉傅堅馬傳》論曰：「永平（漢明帝年號）中，顯宗（明帝）追感前世功臣，乃圖畫二十八將（鄧禹、馬成、吴漢等二十八位東漢開國功臣）於南宮雲臺。」南宮在洛陽，《史記・高祖本紀》：「高祖置酒雒陽南宮。」即此。

〔二〕臨軒：天子不居正座而臨殿前平臺，謂之臨軒。《後漢書・崔寔傳》：「（崔烈）爲司徒，及拜日，天子臨軒，百僚畢會。」侯印：《漢書・百官公卿表》：「徹侯，金印紫綬，避武帝諱曰通侯，或曰列侯。」列侯爲爵位名，漢時用以封功臣、貴戚。

〔三〕將軍：指立功後的少年。明光宮：漢宮名，參見《燕支行》注〔三〕。

顧可久曰：通篇（指前後四首）豪俠縱横之氣模寫殆盡，當于言外得之。

被出濟州〔一〕

微官易得罪，謫去濟川陰〔二〕。執政方持法，明君無此心〔三〕。閭閻河潤上〔四〕，井邑海雲深〔五〕。縱有歸來日，多愁年鬢侵〔六〕。

〔一〕開元九年（七二一），作者被貶爲濟州司倉參軍，詩即是秋離京之任時所作。出：謫爲外官。濟州：唐州名，治所在盧縣（今山東茌平西南）。《新唐書·地理志》謂濟州「天寶元年更名濟陽郡。領盧、平陰、長清、東阿、陽穀、範六縣。……天寶十三載郡廢」。詩題《河嶽英靈集》、《全唐詩》作《初出濟州別城中故人》。

〔二〕濟川陰：濟水之南。濟水爲古四瀆之一，其故道入今山東後，經定陶縣西，折東北注入巨野澤，又自澤北出經梁山縣東，至東阿舊治西，自此以下至濟南市北濼口，略同今黄河河道，自濼口以下至海，略同今小清河河道。按，唐濟州所領各縣，唯平陰、長清在濟水之南，其餘皆在濟水之西之北；濟州曾更名濟陽郡，亦可證其轄區主要在濟水之北。濟川，宋蜀本、述古堂本俱作「濟州」。按，古以坤爲陰，「濟州陰」或指濟州之地。

〔三〕方：已。説見王鍈《詩詞曲語辭例釋》。持法：執法。無，《全唐詩》作「照」。二句謂執政者已依法行事，而明君並無處罰自己之意。按，關於王維被貶官的原因，《集異記》云：「及爲太樂丞，爲伶人舞黄師子，坐出官。黄師子者，非一人不舞也。」陳貽焮指出：唐有《五方師子舞》，爲天子享宴之樂；「五方師子」即青、赤、黄、白、黑五色師子，伶人所舞黄師子，只是其中之一；王維或以爲不逾制，不料竟以此獲罪（參見《唐詩論叢》第一一三頁）。據史書記載，開元九年太樂令劉貺「犯事配流」，看來，此事與王維之遭貶實屬一案，但王維既然不是這次事件的主要責任者，那麽他是否當貶，也就在兩可之間。參見《年譜》。

〔四〕閭閻：指里巷。河潤：河水浸潤之地。《莊子·列禦寇》：「河潤九里。」句指濟州瀕臨黄河。《元和郡縣志》卷一〇謂濟州治所「西臨黄河（唐黄河下游河道與今異）」。《新唐書·蘇源明傳》亦曰：「濟陽郡太守李倰以郡瀕河，請增領宿城、中都二縣以紓民力。」

〔五〕井邑：市井，城鎮。句指濟州近海。

〔六〕多：適足，只是；述古堂本、明十卷本、《全唐詩》等作「各」。年鬢侵：年歲漸大。侵，漸進。

沈德潛曰：（「明君」句）亦周旋，亦感憤。（《唐詩別裁》卷九）

登河北城樓作〔一〕

井邑傅巖上〔二〕，客亭雲霧間〔三〕。高城眺落日，極浦映蒼山。岸火孤舟宿，漁家夕鳥還。

寂寥天地暮〔四〕，心與廣川閒〔五〕。

〔一〕疑開元九年（七二一）赴濟州途中所作。河北：唐縣名，屬陝州，治所在今山西平陸舊治東北。天寶元年更名平陸縣（參見《元和郡縣志》卷六）。

〔二〕傅巖：古地名，一作傅險，相傳爲商代傅説版築之處。在唐陝州河北縣北七里（參見《史記·殷本紀》正義、《元和郡縣志》卷六）。

〔三〕客亭：供旅客止息之所。

〔四〕暮，凌本作「外」。

〔五〕與：猶「如」。廣川：此指黃河。河北縣臨黃河。

顧可久曰：情景俱勝。

宿鄭州〔一〕

朝與周人辭〔二〕，暮投鄭人宿〔三〕。他鄉絶儔侶〔四〕，孤客親僮僕。宛洛望不見〔五〕，秋霖晦平陸。田父草際歸，村童雨中牧。主人東皋上〔六〕，時稼遶茅屋〔七〕。蟲思機杼鳴〔八〕，雀喧禾黍熟。明當渡京水〔九〕，昨晚猶金谷〔一〇〕。此去欲何言〔一一〕，窮邊徇微禄〔一二〕！

〔一〕赴濟州途中作。鄭州：唐州名，轄境在今河南滎陽、鄭州、中牟、新鄭及原陽一帶，治所在鄭州市。

〔二〕周：指洛陽一帶。周自平王以後，定都洛邑；當時王室衰弱，轄區日益縮小，到戰國時，只據有洛陽一帶地方。人，凌本作「地」。

〔三〕「暮投」句：指暮投宿于鄭州轄境，非謂宿于鄭州治所（據下「明當」句可知）。鄭州春秋時爲鄭國（都城在唐鄭州新鄭縣）之地，故云「鄭人」。

〔四〕儔侶：伴侶。

〔五〕宛：漢南陽郡治所宛縣（今河南南陽市），東漢時有南都之稱。宛與洛爲東漢時代兩個最繁盛的都市，古詩文中每並稱宛洛。此實指洛（維赴濟州途中不當經過宛）。

〔六〕東皋：泛指田野。《文選》潘岳《秋興賦》：「耕東皋之沃壤兮，輸黍稷之餘税。」

〔七〕邊，述古堂本作「充」。

〔八〕思：悲；《文苑英華》作「鳴」。杼（zhù助）：織機上的梭。鳴，宋蜀本、明十卷本、《全唐詩》等作「悲」，《文苑英華》作「休」。

〔九〕京水：源出唐鄭州滎陽縣南（見《元和郡縣志》卷八），東北行，繞經鄭州治所，自鄭州以上即今河南賈魯河。參見《大清一統志》卷一四九。作者東行過今滎陽城，即當渡京水。

〔一〇〕晚，《文苑英華》作「夜」。金谷：參見《哭祖六自虚》注〔三六〕。

〔一二〕言，《文苑英華》作「之」。

〔一三〕徇：從，謀求；宋蜀本作「食」。句謂到偏僻邊遠的地方去謀取微薄的俸禄。

明楊慎曰：崔塗《旅中》詩：「漸與骨肉遠，轉於僮僕親。」詩話亟稱之。然王維《鄭州》詩：「他鄉絶儔侶，孤客親僮僕。」已先道之矣，但王語渾含勝崔。（《升菴詩話》卷九）

顧璘曰：淺不近俗，當思其難處。

清施補華曰：「孤客親僮僕」，語極沉至。後人「漸與骨肉遠，轉於僮僕親」，衍作兩句，便覺味淺。……「雀喧」一句亦簡妙，可悟鍊句法。（《峴傭説詩》）

早入滎陽界〔一〕

泛舟入滎澤〔二〕，茲邑乃雄藩〔三〕。河曲閭閻隘，川中烟火繁。因人見風俗，入境聞方言。秋野田疇盛〔四〕，朝光市井喧。漁商波上客，雞犬岸旁村。前路白雲外，孤帆安可論〔五〕！

〔一〕赴濟州途中作。《宿鄭州》作于頭天夜晚，此詩則作于翌日早晨。滎陽：唐縣名，屬鄭州，在今河南滎陽。

〔二〕滎澤：古澤名，故址在唐鄭州滎澤縣（今河南滎陽東北）北四里（參見《元和郡縣志》卷八）。西漢平帝以後，漸淤爲平地。趙殿成《注》：「滎澤在唐時已成平陸，豈能泛舟？蓋謂泛舟大河，以入滎陽之界耳。滎陽、滎澤，地本相連，取古文之名，以爲今地之稱，詩家蓋多有之。」

〔三〕雄藩：指地理位置重要的城鎮。

〔四〕野，底本原作「晚」，述古堂本、明十卷本、張本作「田」，此從宋蜀本、《文苑英華》、《全唐詩》。田，述古堂本、明十卷本作「晚」。

〔五〕外：猶「上」。此二句意謂，前路渺遠，孤身獨往，此中情味，安可談説！

至滑州隔河望黎陽憶丁三寓〔一〕

隔河見桑柘，藹藹黎陽川〔二〕。望望行漸遠，孤峰没雲烟〔三〕。故人不可見，河水復悠然。賴有政聲遠〔四〕，時聞行路傳。

〔一〕赴濟州途中作。滑州：唐州名，治所在白馬（今河南滑縣東舊滑縣）。黎陽：唐縣名，屬衛州，治所在今河南浚縣東。按，白馬在古黄河南岸，黎陽在古黄河北岸，兩地隔河相對。丁三寓：不詳。據此詩，知寓時官黎陽。「寓」宋蜀本、明十卷本作「寓」。

〔二〕藹藹：形容樹木茂盛。

〔三〕孤峰：據《元和郡縣志》卷一六載，黎陽「正南去縣七里」有大伾山，又稱黎山。

〔四〕賴：幸，幸而。

濟上四賢詠三首〔一〕

崔録事〔二〕

解印歸田里，賢哉此丈夫〔三〕！少年曾任俠〔四〕，晚節更爲儒。遯世東山下〔五〕，因家滄海隅〔六〕。已聞能狎鳥〔七〕，余欲共乘桴〔八〕。

〔一〕居濟州時作。濟：濟水。詩題下《全唐詩》有注云：「濟州官舍作。」

〔二〕録事：官名。唐門下省、九寺、諸監、太子詹事府、親王府及府、州、京縣、都督府、都護府等之官屬，皆有録事，又府、州、都督府、都護府、諸衛、太子十率府等之官屬，均有録事參軍。

〔三〕此二句意本張協《詠史》：「達人知止足，遺榮忽如無。抽簪解朝衣，散髮歸海隅。行人爲隕涕，賢哉此丈夫！」

〔四〕任俠：謂打抱不平，仗義助人。

〔五〕遯（dùn鈍）世：避世；《文苑英華》、《全唐詩》作「遯跡」。東山：參見《送綦毋潛落第還鄉》注〔二〕。

〔六〕滄海隅：即指濟州。

〔七〕狎鳥：《列子·黄帝》載：「海上之人，有好漚（同「鷗」）鳥者，每旦之海上，從漚鳥游，漚鳥之至者，百住（百數）而不止。其父曰：『吾聞漚鳥皆從汝游，汝取來吾玩之。』明日之海上，漚鳥舞而不下也。」此言崔無世俗的機詐之心，已能和海鷗親近。

〔八〕乘桴（fú伏）：《論語·公治長》：「子曰：『道不行，乘桴（小筏子）浮於海。』」句謂自己想和崔一起辭別塵世，浪迹江海。

成文學〔一〕

寶劍千金裝，登君白玉堂〔二〕。身爲平原客〔三〕，家有邯鄲娼〔四〕。使氣公卿座〔五〕，論心游俠場〔六〕。中年不得志，謝病客遊梁〔七〕。

〔一〕文學：官名。據《通典》卷三〇載，「龍朔三年（六六三）置太子文學四員……開元中，定制爲三員，掌侍奉，分掌四部書，判書坊事」；又卷三一載，親王府置文學二人，掌「修撰文章，讎校經史」。趙殿成注：「玩謝病遊梁之句，當是爲諸王文學者。」按，趙氏對「謝病」句的理解有誤，説見後。

〔二〕千金裝：形容服飾之華貴。「登君」句：漢樂府《相逢行》：「黄金爲君門，白玉爲君堂。堂上置樽酒，作使（猶役使）邯鄲倡。」此用其意，謂成出入豪貴之門。以上二句寫成昔日得志時的情狀。

〔三〕平原：平原君趙勝（初封於平原，因以爲號），戰國趙武靈王之子，相趙惠文王及孝成王。勝「喜賓客，賓客蓋至者數千人」。事見《史記·平原君虞卿列傳》。句謂成爲王侯貴戚座上客。

〔四〕邯鄲：戰國時趙國國都，秦漢時置縣，故址在今河北邯鄲市西南。娼：女樂。按，《漢書·地理志》謂趙俗女子多習歌舞，「游媚富貴，徧諸侯之後宫」，故稱「邯鄲娼」。

〔五〕使氣：放任其意氣。《宋書·劉穆之傳》：「（劉）瑀使氣尚人，爲憲司，甚得志。」

〔六〕論心，猶言談心。心，《文苑英華》作「交」。此句謂成常與遊俠之士交談、往來。

〔七〕志，《文苑英華》、《全唐詩》作「意」。「謝病」句：《史記·司馬相如列傳》：「（相如）事孝景帝，爲武騎常侍，非其好也。會景帝不好辭賦，是時梁孝王（景帝同母弟）來朝，從遊説之士齊人鄒陽、淮陰枚乘、吴莊忌夫子之徒，相如見而説（悦）之。因病免，客遊梁，梁孝王令與諸生同舍。」謝病，託病引退。二句謂成中年不得意，託病去職，離京客遊他方（實客遊濟上）。

鄭霍二山人〔一〕

翩翩繁華子〔二〕，多出金張門〔三〕。幸有先人業，早蒙明主恩〔四〕。童年且未學〔五〕，肉食鶩華軒〔六〕。豈乏中林士〔七〕，無人獻至尊〔八〕。鄭公老泉石〔九〕，霍子安丘樊〔一〇〕。賣藥不二價〔一一〕，著書盈萬言〔一二〕。息陰無惡木，飲水必清源〔一三〕。吾賤不及議〔一四〕，斯人竟誰論！

〔一〕鄭霍二山人：未詳。《河嶽英靈集》、《文苑英華》並作《寄崔鄭二山人》。

〔二〕翩翩：風流瀟灑貌。繁華子：謂貴盛者。繁，《河嶽英靈集》作「京」。

〔三〕出，《文苑英華》作「事」。金張：《漢書·蓋寬饒傳》：「上無許、史之屬，下無金、張之託。」注：「金，金日磾也。張，張安世也。……金氏、張氏自託在於近狎也。」按，金、張並爲漢世顯宦，金爲武帝内侍，帝卒前，詔與霍光共輔昭帝；張於宣帝時官至大司馬車騎將軍。此處泛指權貴。

〔四〕早蒙，《河嶽英靈集》作「思逢」，《文苑英華》作「早逢」。

〔五〕童，《全唐詩》注：「一作同。」未，《全唐詩》注：「一作末。」

〔六〕肉食：謂享有厚禄，得常食肉。騖：馳。華軒：華美之車。

〔七〕「豈乏」句：晋王康琚《反招隱詩》：「今雖盛明世，能無中林士？」乏，《河嶽英靈集》作「知」。中林士，山林隱逸之士。

〔八〕獻，《河嶽英靈集》、宋蜀本、明十卷本等並作「薦」。至尊：對帝王的尊稱。

〔九〕公，《河嶽英靈集》、《文苑英華》作「生」。

〔一〇〕霍子，《河嶽英靈集》作「崔子」。丘樊：山林。

〔一一〕「賣藥」句：《後漢書·逸民列傳》：「韓康，字伯休……京兆霸陵人。……常採藥名山，賣於長安市，口不二價，三十餘年。時有女子從康買藥，康守價不移，女子怒曰：『公是韓伯休那，乃不二價乎？』康歎曰：『我本欲避名，今小女子皆知有我焉，何用藥爲？』乃遁入霸陵山中。」此借用其事，謂鄭、霍過着隱逸生活。

〔一二〕盈，《河嶽英靈集》作「仍」。

〔三〕「息陰」二句：意本陸機《猛虎行》：「渴不飲盜泉水，熱不息惡木陰。」《文選·猛虎行》李善注：「《尸子》曰：『孔子……過於盜泉，渴矣而不飲，惡其名也。』江邃《文釋》云：『《管子》曰：「夫士懷耿介之心，不蔭惡木之枝；惡木尚能耻之，況與惡人同處？」』今檢《管子》，近亡數篇，恐是亡篇之内，而邃見之。」陰，樹陰。二句寫鄭、霍志趣、品格皆極高潔。

〔四〕吾，《河嶽英靈集》作「余」。

寓言二首〔一〕

朱紱誰家子〔二〕？無乃金張孫〔三〕。驪駒從白馬〔四〕，出入銅龍門〔五〕。問爾何功德，多承明主恩〔六〕？鬬雞平樂館〔七〕，射雉上林園〔八〕。曲陌車騎盛，高堂珠翠繁〔九〕。奈何軒冕貴〔一〇〕，不與布衣言！

〔一〕《寓言二首》反映的思想與《鄭霍二山人》極接近，疑寫作時間相去未遠，今姑繫此。寓言：有所寄託之言。

〔二〕朱紱（fú福）：朱紅色畫有花紋的朝服。《漢書·韋賢傳》：「黼衣朱紱。」師古注：「朱紱爲朱裳畫爲亞文也，亞，古弗字也，故因謂之紱，字又作黻，其音同聲（當爲「耳」字之誤）。」

〔三〕無乃：莫不是。

〔四〕「驪駒」句：語本漢樂府《陌上桑》：「何用識夫壻？白馬從（指後面跟着）驪駒。」驪，純黑色馬。駒，少壯之馬。從，跟着。

〔五〕銅龍門：即龍樓門，漢長安宮門之一。《漢書·成帝紀》：「帝爲太子……初居桂宮，上嘗急召，太子出龍樓門，不敢絶馳道。」師古注：「張晏曰：『門樓上有銅龍，若白鶴、飛廉之爲名也。』」

〔六〕「問爾」二句：脱胎於應璩《百一詩》：「問我何功德，三入承明廬？」

〔七〕平樂館：西漢統治者鬭雞走狗的娱樂場所，在上林苑中。《漢書·武帝紀》：「（元封）六年……夏，京師民觀角抵于上林平樂館。」又《東方朔傳》曰：「董氏常從游戲北宮，馳逐平樂，觀雞鞠之會，角狗馬之足。」

〔八〕上林園：即上林苑。秦都咸陽時置，漢初荒廢，曾許民入苑開墾。武帝時，又收爲宮苑。苑内放養禽獸，供天子射獵，並建有離宮、觀、館等數十處。故址在今陝西西安市西及盩厔、鄠縣界。

〔九〕曲陌：猶曲巷，偏僻的狹巷。隱指妓院。珠翠：婦女的飾物。此借指姬妾、女樂等。

〔一〇〕軒冕：古制，大夫以上乘軒服冕，故以軒冕指官位爵禄，又用爲貴顯者的代稱。軒冕貴，述古堂本作「驕軒冕」。

顧可久曰：有深意。

君家御溝上〔一〕，垂柳夾朱門。列鼎會中貴〔二〕，鳴珂朝至尊〔三〕。生死在八議〔四〕，窮達由一言。須識苦寒士，莫矜狐白温〔五〕！

〔一〕《唐百家詩選》卷一、《瀛奎律髓》卷四六録此首，作盧象《雜詩》；《全唐詩》王維及盧象集中，俱收入此詩。按，王維集各本（包括宋元刻本）均載此篇，似宜從之。御溝：流經御苑的河溝。漢樂府《白頭吟》：「躞蹀御溝上，溝水東西流。」《古今注》卷上：「長安御溝，謂之楊溝，謂植高楊於其上也。」《中華古今注》卷上：「長安御溝……亦曰禁溝。引終南山水從宮内過，所謂御溝。」

〔二〕列鼎：謂陳列盛饌。《説苑·建本》：「累茵而坐，列鼎而食。」中貴：天子近侍之貴幸者。

〔三〕鳴珂：珂，馬勒上的飾物，馬行時作聲，故曰「鳴珂」。《新唐書·車服志》：「三品以上珂九子，四品七子，五品五子，六品以下去通幰及珂。」

〔四〕八議：《漢書·刑法志》：「《周官》有五聽八議……之法。……八議：一曰議親（顔師古注：「王之親族也。」），二曰議故（顔注：「王之故舊也。」），三曰議賢（顔注：「有德行者也。」），四曰議能（顔注：「有道藝者。」），五曰議功（顔注：「有大勳力者。」），六曰議貴（顔注：「爵位高者也。」），七曰議勤（顔注：「謂盡悴事國者也。」），八曰議賓（顔注：「謂前代之後，王所不臣者也。」）。」按，《周官》即《周禮》，《周禮·秋官·小司寇》載此作「八辟（法）」，謂「議親之辟」、「議故之辟」……等。唐代刑律中亦有八議，見《唐律疏議》卷一。所謂八議，是説凡屬皇室親故、貴官等在八議範圍内的人，若犯死罪，「皆條録所犯應死之坐及録親、故、賢、能、功、勤、賓、貴等應議之狀，先奏請議。依令都堂集議，議定奏裁（奏請天子裁定）」（《唐律疏議》卷二）。一般在八議之列的人，死罪可減刑，「流罪以下，減一等。其犯十惡者，不用此律」（同上）。八，《全唐詩》盧象集作「片」。句指詩中所描寫的貴人，無論生與死都被列在有八議減刑特權的範圍之内。

〔五〕狐白：狐白裘，集狐腋部毛色純白之皮製成，輕暖名貴。《史記·孟嘗君列傳》：「孟嘗君有一狐白裘，直千金。」《文選》王微《雜詩》：「詎憶無衣苦，但知狐白温。」此二句化用其意，謂貴人應了解那些爲寒冷所苦的士人，不要只誇耀自己身上狐白裘的輕暖！

元方回曰：此詩有古樂府之意，格調甚高。前四句叙其富貴，五、六言其權勢之盛，末句使之憐寒士也。（李慶甲編集《瀛奎律髓彙評》卷四六）

清紀昀曰：中四句雖對偶，然終是俳偶之古體，非律格也。語淺局促，以爲高格尤非。（同上）

和使君五郎西樓望遠思歸〔一〕

高樓望所思，目極情未畢。枕上見千里〔二〕，窗中窺萬室。悠悠長路人，曖曖遠郊日。惆悵極浦外，迢遞孤烟出。能賦屬上才〔三〕，思歸同下秩〔四〕。故鄉不可見，雲水空如一〔五〕！

〔一〕居濟州時作。使君：謂州郡長官。此指濟州刺史。

〔二〕枕：横木，指樓欄杆的横木。通「軫」。

〔三〕能賦：《詩·鄘風·定之方中》毛傳：「故建邦能命龜，……升高能賦，……君子能此九者，可謂有德音，可以爲大夫。」《漢書·藝文志》亦曰：「登高能賦，可以爲大夫。」句指使君五郎而言。

〔四〕下秩：下等職位。此係作者自指。維時任司倉參軍，爲州刺史屬吏，官職卑微，故云。

〔五〕水，底本原作「外」，據《文苑英華》、《全唐詩》改。此二句謂，故鄉不可見，只見一片蒼茫的雲水。按濟州「西臨黄河」，在濟州西望故鄉，黄河必定映入眼簾，故有「雲水」之語。

渡河到清河作〔一〕

泛舟大河裏，積水窮天涯。天波忽開拆，郡邑千萬家〔二〕。行復見城市〔三〕，宛然有桑麻。回瞻舊鄉國，淼漫連雲霞〔四〕。

〔一〕作于在濟州任職期間。河：指黄河。清河：唐貝州治所清河縣，在今河北清河西。唐濟州屬河南道，貝州屬河北道，由濟州治所渡河西北行，即可至清河。

〔二〕拆：裂，開。郡邑：指郡治所在的縣城。二句意謂，與天相連的水波忽然裂開口子，上面出現一個人煙稠密的郡邑。按，「郡邑」當指唐河北道博州治所聊城縣，唐濟州治所在今山東茌平西南，博州治所在今山東聊城東北，兩地隔河相望，由濟州治所渡河，首先即當抵達博州聊城。

〔三〕城市：即指清河。據《元和郡縣志》卷一六載，博州西北至貝州一百九十里。

〔四〕淼（miǎo 杪）漫：水盛貌。二句謂，回望故鄉，只見水波浩淼，與天相連。

魚山神女祠歌二首〔一〕

迎神曲〔二〕

坎坎擊鼓〔三〕，魚山之下。吹洞簫，望極浦〔四〕。女巫進〔五〕，紛屢舞。陳瑤席〔六〕，湛清酤〔七〕。風淒淒兮夜雨〔八〕，神之來兮不來〔九〕？使我心兮苦復苦〔一〇〕！

〔一〕作于在濟州任職期間。魚山：《元和郡縣志》卷一〇：「魚山一名吾山，在（鄆州東阿）縣東南二十里，《瓠子歌》（漢武帝作，載《漢書·溝洫志》）曰：『吾山平兮巨野溢，魚沸鬱兮迫冬日。』即此山也。」按，東阿在今山東陽穀縣東北阿城鎮，本屬濟州，天寶十三載濟州廢，改隸鄆州。魚山神女：即神女成公知瓊。《搜神記》卷一：「魏濟北郡從事掾弦超……中夜獨宿，夢有神女來從之。自稱天上玉女，東郡人，姓成公，字知瓊（或作「智瓊」）。早失父母，天地哀其孤苦，遣令下嫁從夫。……一旦，顯然來遊，……遂爲夫婦。……夜來晨去，倏忽若飛，唯超見之，他人不見。雖居闇室，輒聞人聲……然不睹其形。後人怪問，漏泄其事。玉女遂求去……去後五年，超奉郡使至洛，到濟北魚山下陌上，西行遥望，曲道頭有一車馬，似知瓊。驅馳前至，果是也。

遂披帷相見，悲喜交切。控左援綏，同乘至洛，遂爲室家，剋復舊好。……張茂先（張華）爲之作《神女賦》（按，《藝文類聚》卷七九作晋張敏《神女賦》）。」關于神女知瓊事，又見于《北堂書鈔》卷一二九引張敏《神女傳》，《太平御覽》卷三九九、七二八引《智瓊傳》，《太平寰宇記》卷一三引《述征記》，《太平廣記》卷六一引《集仙録》。詩題《河嶽英靈集》作《漁山神女智瓊祠二首》，《楚辭後語》作《魚山迎送神曲》，《樂府詩集》作《祠漁山神女歌》。這是兩首祭祀神女的樂歌，屬清商曲辭，見《樂府詩集》卷四七。

〔二〕詩題，《河嶽英靈集》、《全唐詩》俱無「曲」字。下首同。

〔三〕坎坎：擊鼓聲。

〔四〕洞簫：樂器名。《漢書·元帝紀》：「鼓琴瑟，吹洞簫。」如淳注：「簫之無底者。」古之簫，以多管編排而成，其底部封以蠟者稱排簫，洞開者爲洞簫。望極浦：謂眺望遠方的水涯，盼神女下降。此二句意本《楚辭·九歌·湘君》：「望夫君兮未來，吹參差（排簫）兮誰思？……望涔陽兮極浦，横大江兮揚靈。」

〔五〕女巫：古稱以舞降神的女子爲巫。

〔六〕陳：布。瑶席：一種如玉般精美貴重的席子。

〔七〕湛：澄。酤（hù户）：酒。句謂過濾出清酒以祀神。

〔八〕兮，《河嶽英靈集》作「而」，《樂府詩集》作「又」。

〔九〕《河嶽英靈集》、《樂府詩集》「神」上皆多「不知」二字。元本、《河嶽英靈集》俱無「兮」字。

〔一〇〕此句《河嶽英靈集》作「使我心苦」。

送神曲

紛進拜兮堂前〔一〕，目眷眷兮瓊筵〔二〕。來不語兮意不傳〔三〕，作暮雨兮愁空山〔四〕。悲急管〔五〕，思繁絃〔六〕，靈之駕兮儼欲旋〔七〕。倏雲收兮雨歇〔八〕，山青青兮水潺湲〔九〕。

〔一〕拜，《樂府詩集》、《全唐詩》作「舞」。

〔二〕眷眷：顧盼貌。指神女而言。瓊筵：極言筵宴之精美。

〔三〕語，《樂府詩集》、《全唐詩》作「言」。

〔四〕「作暮」句：陳貽焮《王維詩選》説：「用巫山神女的事來比擬魚山神女。」按宋玉《高唐賦序》云：「昔者楚襄王與宋玉遊於雲夢之臺，望高唐之觀，其上獨有雲氣……王問玉曰：『此何氣也？』玉對曰：『所謂朝雲者也。』王曰：『何謂朝雲？』玉曰：『昔者先王嘗遊高唐，怠而晝寢，夢見一婦人曰：「妾巫山之女也，爲高唐之客，聞君遊高唐，願薦枕席。」王因幸之，去而辭曰：「妾在巫山之陽，高丘之阻，旦爲朝雲，暮爲行雨，朝朝暮暮，陽臺之下。」……』」作暮雨，即「暮爲行雨」之意。

〔五〕急管：謂管樂聲節奏急促。「管」字下《樂府詩集》、《全唐詩》俱多一「兮」字。

〔六〕思：悲。繁絃：謂絃樂聲繁雜細碎。

〔七〕靈：神靈；《河嶽英靈集》、《全唐詩》作「神」。駕：車駕，車乘。儼：整齊貌。謝惠連《七月七日夜詠牛女詩》：「沃若靈駕旋，寂寥雲幄空。」

〔八〕倏（shū 抒）：忽然。雲收雨歇：《王維詩選》：「《高唐賦》將雲雨比擬神女，因此雲收雨歇是説神女已去。」收，《河嶽英靈集》作「消」。

〔九〕潺湲：水流貌；《唐文粹》作「潺潺」。

顧可久曰：二曲從《九歌》中來。

張謙宜曰：《魚山神女祠歌》，妙在恍惚，所以爲神。（《絸齋詩談》卷五）

清翁方綱曰：唐詩似騷者，約言之有數種：韓文公《琴操》，在騷之上；王右丞《送迎神曲》諸歌，騷之匹也。（《石洲詩話》卷二）

濟州過趙叟家宴〔一〕

雖與人境接，閉門成隱居。道言莊叟事，儒行魯人餘〔二〕。深巷斜暉静，閑門高柳疏。荷鋤修藥圃，散帙曝農書〔三〕。「上客摇芳翰，中廚饋野蔬。夫君第高飲，景晏出林閭。」〔四〕

〔一〕居濟州時作。題下底本有注曰：「原註：公左降濟州司倉參軍時作。」按，此注類後人所加，今據宋蜀本、元本、《全唐詩》等删。

〔二〕莊叟：指莊子。《周書・蕭大圜傳》：「沽酪牧羊，協潘生之志；畜雞種黍，應莊叟之言。」此喻指趙叟。二句意謂，趙叟言不離道家之事，而行類儒者，有魯人餘風。按，孔子爲魯人，魯地受儒家學派之影響甚大，《漢書・儒林傳》謂戰國時「儒學既絀」，「然齊魯之間，學者猶弗廢」，「及高皇帝誅項籍，引兵圍魯，魯中諸儒尚講誦習《禮》，弦歌之聲不絶」；又《地理志》亦謂魯地受孔子影響，「其民好學，上禮義，重廉恥」。

〔三〕散帙（zhì 治）：打開書套。

〔四〕上客：趙對作者的尊稱。摇芳翰：謂揮動妙筆寫詩文。中廚：廚中，廚内。饋：進食於尊者。夫君：古時又用以稱友朋。第：但。景晏：猶言天色晚了。林間：郊野之居。趙自稱其居舍。以上四句爲趙對作者講的話。

寄崇梵僧〔一〕

崇梵僧，崇梵僧，秋歸覆釜春不還〔二〕。落花啼鳥紛紛亂，澗户山窗寂寂閒。峽裏誰知有人事，郡中遥望空雲山〔三〕。

〔一〕居濟州時作。崇梵：寺名，在唐濟州東阿縣（今山東陽穀縣東北阿城鎮）。宋江休復《江鄰幾雜志》：「王右丞濟州詩云『汶陽歸客』，司馬君實云：其地則唐濟、鄆州，今易地矣。又『崇梵僧』，初謂是僧名，乃寺名，近東阿覆釜村。」詩題下宋蜀本、述古堂本俱注云「雜言」；又《全唐詩》注曰：「崇梵寺近東阿覆釜村。」按，此注各本皆無，疑據《江鄰幾雜志》之語而加。

〔二〕還：指回濟州治所盧縣（今山東茌平西南）。

〔三〕「峽裏」二句：參見《桃源行》注〔三〕。二句意謂，崇梵僧在山中（崇梵寺所在地），不知有人世之事，而自己由濟州遥望崇梵寺，只能看到雲山而已。張謙宜曰：《寄崇梵僧》結云：「峽裏誰知有人事……」是之謂冷。（《絸齋詩談》卷五）

贈東嶽焦鍊師〔一〕

先生千歲餘〔二〕，五嶽遍曾居。遥識齊侯鼎〔三〕，新過王母廬〔四〕。不能師孔墨，何事問長沮〔五〕？玉管時來鳳〔六〕，銅盤即釣魚〔七〕。竦身空裏語〔八〕，明目夜中書〔九〕。自有還丹術〔一〇〕，時論太素初〔一一〕。頻蒙露版詔，時降軟輪車〔一二〕。山静泉逾響，松高枝轉疎。支頤問樵客，世上復何如〔一三〕？

〔一〕濟州地近東嶽泰山，此詩疑即維在濟州任職期間所作。鍊師：《唐六典》卷四：「道士修行有三號，其一曰法師，其二曰威儀師，其三曰律師，其德高思精，謂之鍊師。」一般用作對道士的敬稱。焦鍊師：即曾長期居于嵩山之焦鍊師。李白有《贈嵩山焦鍊師》，王昌齡有《謁焦鍊師》，李頎有《寄焦鍊師》，錢起有《題嵩陽焦道士石壁》，可參閱。《贈嵩山焦鍊師》序曰：「嵩山有神人焦鍊師者，不知何許婦人也。又云生于齊、梁時，其年貌可稱五、六十。常胎息絶穀，居少室廬，遊行若飛，倏忽萬里，世或傳其入東海，登蓬萊，竟莫能測其往也。余訪道少室，盡登三十六峰，聞風有寄，洒翰遥贈。」知白作此詩時（詹鍈《李白詩文繫年》繫此詩於開元二十二年），鍊師未在嵩山；又維此詩稱鍊師「五嶽遍曾居」，則其於嵩、泰二山，皆曾居之。又，《太平廣記》卷四四九引《廣異記》述鍊師異事云：「唐開元中，有焦鍊師修道，聚徒甚衆，有黄裙婦人，自稱阿胡，就焦學道術。經三年，盡焦之術，而固辭去。焦苦留之，阿胡云：『已是野狐，本來學術，今無術可學，義不得留。』焦因欲以術拘留之，胡隨事酬答，焦不能及……」

〔二〕歲：《文苑英華》作「載」。

〔三〕齊侯鼎：《史記·封禪書》：「（李）少君見上（武帝），上有故銅器，問少君，少君曰：『此器齊桓公十年陳於柏寢（臺名）。』已而案其刻，果齊桓公器，一宫盡駭，以爲少君神，數百歲人也。」

〔四〕王母：即西王母，古仙人名。《山海經·西山經》：「西王母其狀如人，豹尾虎齒而善嘯，蓬髮戴勝，是司天之厲及五殘。」又《竹書紀年》卷八曰：「（周穆王）十七年，王西征昆崙丘，見西王母。」《穆天子傳》卷三也載有周穆王「賓于西王母」事，二書所叙王母，已無《山海經》中諸異相；至《漢武故事》、《漢武帝内傳》所記降於武帝宫中之王母，則更化爲一「容顔絶世」之「天仙」。曹植《仙人篇》：「驅風遊四海，東過王母廬。」《五嶽名山圖》：「崑崙三角……其一角正東，名曰崑崙宫……西王母之治所。」

〔五〕孔墨：孔子、墨子，是先秦儒、墨兩大學派的創始者。二人皆熱心從政，爲推行自己的主張而四處奔走。問長沮：《論語·微子》：「長沮、桀溺耦而耕，孔子過之，使子路問津（渡口）焉。」二句謂鍊師不能效法孔墨，也就無須四處奔走，向人問路了。

〔六〕「玉管」句：《列仙傳》卷上：「蕭史者，秦穆公時人也。善吹簫……穆公有女，字弄玉，好之，公遂以女妻焉。日教弄玉作鳳鳴，居數年，吹似鳳聲，鳳凰來止其屋，公爲作鳳臺。夫婦止其上，不下數年，一旦皆隨鳳凰飛去。」玉管，古樂器名，長一尺，六孔。也泛指管樂器，此處即指簫。此以弄玉喻鍊師。

〔七〕「銅盤」句：《後漢書·方術列傳》載：「左慈，字元放，廬江人也。少有神道，嘗在司空曹操坐，操從容顧衆賓曰：『今日高會，珍羞略備，所少吴松江鱸魚耳。』元放於下坐應曰：『此可得也。』因求銅盤貯水，以竹竿餌釣於盤中，須臾引一鱸魚出，操大拊掌笑，會者皆驚。操曰：『一魚不周坐席，可更得乎？』放乃更餌釣沉之，須臾復引出，皆長三尺餘，生鮮可愛。」此用其事，謂鍊師有神術。

〔八〕「竦身」句：竦身，即聳身。《淮南子·道應訓》：「若士舉臂而竦身，遂入雲中。」葛洪《神仙傳》卷一〇：「班孟者，不知何許人，或云女子也。能飛行終日，又能坐空虚中，與人言語。」此句亦寫焦有神術。

〔九〕句謂鍊師目極明，能在夜間寫字。葛洪《抱朴子·内篇·雜應》：「或問明目之道，抱朴子曰：『能引三焦之昇景，召大火於南離，洗之以明石（明礬），熨之以陽光，及燒丙丁洞視符（道家符籙名），以酒和洗之，古人曾以夜書也。』」

〔一〇〕還丹術：道家的煉丹之術。《抱朴子·内篇·金丹》：「凡草木燒之即燼，而丹砂燒之成水銀，積變又還成丹砂，其去凡草亦遠矣，故能令人長生。」還丹之名蓋本此。「還丹」下《全唐詩》注：「一作丹砂。」

〔一一〕太素：《列子·天瑞》：「故曰：有太易，有太初，有太始，有太素。太易者，未見氣（元氣）也；太初者，氣之始也；太始者，形之始也；太素者，質（性）之始也。」此句意謂，鍊師時常議論萬物生成之初的情狀。

〔一二〕露版：即露布，指詔策文書不緘封者。軟輪車：《後漢書·明帝紀》：「尊事三老，兄事五更；安車軟輪，供綏執綬。」李賢注：「安車，坐乘之車。軟輪，以蒲裹輪。」古徵召有重望之人，每用安車軟輪，以示禮敬。二句意謂，天子多次下詔，以軟輪車徵召鍊師入京。

〔一三〕支，《文苑英華》、《全唐詩》作「搘」。頤：下巴頦。二句指鍊師遁跡山中，不預世事，故向樵夫尋問世上情況。

贈焦道士〔一〕

海上遊三島〔二〕，淮南預八公〔三〕。坐知千里外〔四〕，跳向一壺中〔五〕。縮地朝珠闕〔六〕，行天使玉童〔七〕。飲人聊割酒，送客乍分風〔八〕。天老能行氣，吾師不養空〔九〕。謝君徒雀躍，無可問鴻濛〔一〇〕。

〔一〕寫作時間同上篇。焦道士：即上詩之焦鍊師。

〔二〕三島：即海上三神山，名蓬萊、瀛州、方丈，傳説爲神仙所居之地。島，凌本作「岳」。此句意同李白所説「世或傳其入東海，登蓬萊，竟莫能測其往也」（見上篇注〔一〕）。

〔三〕「淮南」句：《神仙傳》卷四《劉安傳》載，漢淮南王劉安以卑辭重幣，招致天下方術之士。於是有八公詣門求見，「皆鬚眉皓白」。門吏曰：「吾王好長生，今先生年已老矣，似無駐衰之術，余不敢通。」八公曰：「薄吾老，今則少矣！」言未畢，皆變爲童子。門吏大驚，走以告王，王「足不及履，跣而迎，執弟子之禮」。八公善各種異術，後攜王白日昇天而去。預，《文苑英華》作「遇」。句謂焦加入淮南王八公行列，即已成仙之意。

〔四〕「坐知」句：言焦成仙，能知千里外事。《抱朴子·内篇·金丹》曰：「服黄丹一刀圭，即便長生不老矣。及坐，見千里之外，吉凶皆知，如在目前也。」又《雜應》曰：「或用明鏡九寸以上自照，有所思存，七日七夕，則見神仙，或男或女，或老或少，一示之後，心中自知千里之外，方來之事也。」

〔五〕「跳向」句：《神仙傳》卷五《壺公傳》曰：「壺公者，不知其姓名也。……時汝南有費長房者爲市掾，忽見公從遠方來，入市賣藥……治病皆愈。……常懸一空壺於屋上，日入之後，公跳入壺中，人莫能見，惟長房樓上見之，知非常人也。長房乃日日掃公座前地，乃供饌物，公受而不辭。如此積久……公知長房篤信，謂房曰：『至暮無人時更來。』長房如其言即往，公語房曰：『見我跳入壺中時，卿便可效我跳，自當得入。』長房依言，果不覺已入，入後不復見壺，惟見仙宫世界……公語房曰：『我仙人也，昔處天曹，以公事不勤見責，因謫人間耳。卿可教，故得見我。』」此用其事，謂焦乃仙人。

〔六〕縮地：《神仙傳》卷五《壺公傳》：「（費長房）有神術，能縮地脈，千里存在目前宛然，放之復舒如舊也。」珠闕：華美的宫闕。王融《法壽樂》其二：「丹榮落玉墀，翠羽文珠闕。」此句謂焦能行縮地之術，瞬息間即可到長安朝見天子。

〔七〕玉童：仙童。陶弘景《真靈位業圖》：「三天玉童，洛水神女。」句謂焦飛行於天，有仙童供其役使。《抱朴子・内篇・金丹》：「第九之丹名寒丹，服一刀圭，百日仙也；仙童仙女來侍，飛行輕舉，不用羽翼。」

〔八〕割酒：《神仙傳》卷五《左慈傳》云：曹公（曹操）召慈，欲殺之，慈已知，求乞骸骨，公爲設酒。「慈曰：『今當遠曠，乞分杯飲酒。』……初公聞慈求分杯飲酒，謂當使公先飲，以餘與慈耳，而（慈）拔道簪以畫杯，酒中斷，其間相去數寸，即飲半，半與公。」乍：忽。分風：《神仙傳》卷五《欒巴傳》曰：「廬山廟有神……人往乞福，能使江湖之中，分風舉帆，行各相逢。」《水經注・廬江水》云：「（廬山下）有神廟，號曰宫亭廟……山廟甚神，能分風擘流住舟，遣使行旅之人，過必敬祀而後得去，故曹毗詠云：『分風爲貳，擘流爲兩。』」二句寫焦有神術，能將盛酒的杯子連同酒分割爲二，拿其中的一半請人飲；送客時忽然將江湖上的風分成風向不一樣的兩半。

〔九〕天老：相傳爲黄帝之臣。晋皇甫謐《帝王世紀》顧觀光輯本：「（黄帝）置衆官，故以風后配上台，天老配中台，五聖配下台，謂之三公。」此喻指焦道士。道教尊黄帝爲神，故有此喻。行氣：道家的修煉之術。《抱朴子・内篇・至理》：「服藥雖爲長生之本，若能兼行氣者，其益甚速；若不能得藥，但行氣而盡其理者，亦得數百歲。……善行氣者，内以養身，外以却惡，然百姓日用而不知焉。」又《釋滯》：「初學行氣，鼻中引氣而閉之，陰以心數，至一百二十，乃以口吐之，及引之，皆不欲令自耳聞其氣出入之聲，常令入多出少，以鴻毛著鼻口之上，吐氣而鴻毛不動爲候也。漸習轉增其心數，久久可以至千。至千，則老者更少，日還一日矣。」養空：賈誼《鵩鳥賦》：「不以生故自寶兮，養空而浮。」「養空」指養其空虚之性，不被俗累所繫絆。二句謂焦能行氣，不以「養空」修煉自身。

〔一〇〕「謝君」二句：《莊子・在宥》：「雲將東遊，過扶摇之枝，而適遭鴻蒙。鴻蒙方將拊髀雀躍而遊，雲將見之，倘然止，贄然立，曰：『叟何人邪？叟何爲此？』鴻蒙拊髀雀躍不輟，對雲將曰：『遊。』雲將曰：『朕願有問也。』鴻蒙仰而視雲將曰：『吁！』雲將曰：『天氣不合，地氣鬱結，六氣不調，四時不節，今我願合六氣之精，以育群生，爲之奈何？』鴻蒙拊髀雀躍掉頭曰：『吾弗知！吾弗知！』雲將不得問。」徒，但。二句即用其事，謂己欲向焦討教，而不得問。

贈祖三詠 濟州官舍作〔一〕

蟰蛸挂虛牖〔二〕，蟋蟀鳴前除〔三〕。歲晏涼風至，君子復何如？高館闃無人，離居不可道〔四〕。閑門寂已閉，落日照秋草。雖有近音信，千里阻河關。中復客汝潁，去年歸舊山〔五〕。結交二十載〔六〕，不得一日展〔七〕。貧病子既深，契闊余不淺〔八〕。仲秋雖未歸，暮秋以爲期。良會詎幾日〔九〕？終自長相思！

〔一〕約作於開元十二年（七二四）秋。祖三詠：參見《哭祖六自虛》注〔一〕。唐姚合《極玄集》卷上：「祖詠，開元十三年進士。」《唐才子傳》卷一：「詠，洛陽人。開元十二年杜綰榜進士，有文名。……有詩一卷，傳於世（《新唐書·藝文志》著録「《祖詠詩》一卷」）。」按，明高棅《唐詩品彙》卷首《詩人爵里詳節》亦云詠「開元十三年進士」。玩「貧病」句之意，本詩或當作於開元十三年春詠登第之前。時作者在濟州，作此詩寄贈祖詠，表達思念之情。

〔二〕蠨蛸（xiāo shāo 宵捎）：即喜蛛，蜘蛛的一種，體小腳長。虛牖（yǒu 友）：敞開的窗户。

〔三〕除：臺階。

〔四〕高館：指濟州官舍。館，凌本作「閣」。闃（qù 去）：形容寂静。潘岳《懷舊賦》：「空館闃其無人。」離居：離群索居。

〔五〕「中復」句：汝，汝水，古水名。上游即今河南北汝河；自郾城以下，故道南流至西平縣東會潕水（今洪河），又南經上蔡縣西至遂平縣東會溵水（今沙河）；此下即今南汝河及新蔡以下的洪河。潁，潁水，即今潁河。源出河南登封市西潁谷，經禹州、臨潁、西華、商水、沈丘諸縣市，至安徽省境入淮河。此句疑指祖詠嘗客居汝墳事，詠《汝墳別業》詩云：「失路農爲業，移家到汝墳。獨愁常廢卷，多病久離群。」細玩詠此詩之意，與下「貧病」句正好相合；又，汝、潁二水相鄰，汝水在潁水之南，汝墳爲舊縣名，在今河南襄城。《新唐書・地理志二》汝州襄城縣：「武德元年以縣置汝州，并置汝墳、期城二縣。貞觀元年州廢，省汝墳、期城。」汝墳居汝水之北、潁水之南，故既可謂之汝潁，亦可謂之汝墳。舊山：指詠之故鄉洛陽。以上二句承上「近音信」而言。

〔六〕「結交」句：《唐才子傳》卷一：「（祖詠）少與王維爲吟侶。」維作此詩時，年約二十四，所謂「二十載」，當是約舉成數而言。

〔七〕展：《爾雅・釋言》：「展，適也。」注：「得自申展適意也。」

〔八〕契闊：勤苦，勞苦。《詩・邶風・擊鼓》：「死生契闊，與子成説。」毛傳：「契闊，勤苦也。」

〔九〕詎(jù巨)：豈。此句承上句而言，謂與詠相會的日子没有多少天了。

黄培芳曰：四句一韻，深情遠意，綿邈無窮，置之《毛詩》中，幾不復可辨，此真爲善學《三百》者也。（翰墨園重刊本《唐賢三昧集箋注》卷上）

喜祖三至留宿〔一〕

門前洛陽客〔二〕，下馬拂征衣。不枉故人駕，平生多掩扉〔三〕。行人返深巷，積雪帶餘暉。早歲同袍者，高車何處歸〔四〕？

〔一〕作于開元十三年（七二五）冬，是時祖詠擢第授官後東行赴任，途過濟州，維留之宿，且作此詩（説見《年譜》）。詠亦有和章《答王維留宿》，載《全唐詩》卷一三一。

〔二〕洛陽客：祖詠洛陽人，故云。

〔三〕枉駕：稱人走訪的敬辭。二句意謂，自己平時多閉門謝客，不願委屈故人來訪。這樣説，更反襯出作者「留宿」的不同尋常和他與祖詠的交情之深。

〔四〕同袍：《詩經·秦風·無衣》：「豈曰無衣？與子同袍。」毛傳：「袍，襺（綿衣）也。」孔疏：「我豈曰子無衣乎？我冀欲與子同袍。朋友同欲如是，故朋友成其恩好。」此即以「同袍」指朋友間的恩好。祖詠幼年即與王維相交，故稱「早歲同袍者」。高車：對他人之車的尊稱。此言日已暮，路有積雪，君高駕尚欲歸何處？即表示留宿之意。

張謙宜曰：「行人返深巷，積雪帶餘暉」，互相照應法。（《絸齋詩談》卷五）

清冒春榮曰：詩以自然爲上，工巧次之。……王維《終南別業》，又《喜祖三至留宿》……此皆不事工巧極自然者也。（《葚原詩説》卷一）

齊州送祖三〔一〕

送君南浦淚如絲〔二〕，君向東州使我悲〔三〕。爲報故人顦顇盡〔四〕，如今不似洛陽時〔五〕！

〔一〕寫作時間同上篇。齊州：唐州名，治所在今山東濟南。齊州在濟州之東，地近濟州，此詩當是維居濟州期間所作。尋繹本篇及上篇之意，可知詠過濟州後，復東行赴任，維因送之至齊州，作此詩贈行。詩題底本原作《送別》，按，據詩末二句，被送者應是祖詠無疑，且維集中另有《送別》五絶一首，故此處從《萬首唐人絶句》、《全唐詩》作今題。又，「祖三」《全唐詩》作「祖二」，誤，説見岑仲勉《唐人行第録》。

〔二〕「送君」句：《楚辭·九歌·河伯》：「子交手兮東行，送美人兮南浦。」江淹《別賦》：「送君南浦，傷如之何！」此句即用其意。南浦，泛指送別之地。

〔三〕東州：泛指齊州以東的州郡，唐時屬邊遠地區。

〔四〕爲：助詞。故人：指祖詠。顦顇盡：憔悴已極。作者自指。

〔五〕「如今」句：作者開元九年謫濟州途經洛陽時，當曾與詠會晤過，故云。

寒食汜上作〔一〕

廣武城邊逢暮春〔二〕，汶陽歸客淚沾巾〔三〕。落花寂寂啼山鳥，楊柳青青渡水人。

〔一〕開元十四年（七二六）自濟州西歸途中所作，參見《年譜》。寒食：見《送綦毋潛落第還鄉》注〔六〕。汜上：汜水之上。汜水源出河南鞏義市東南，北流經滎陽汜水鎮（唐時爲河南府汜水縣地）西，注入黄河。上，述古堂本作「中」。又，詩題《文苑英華》作《寒食汜水山中作》，《國秀集》作《途中口號》。

〔二〕廣武城：古城名，有東、西二城，在唐鄭州滎澤縣西二十里（見《元和郡縣志》卷八），今河南滎陽東北廣武山上。楚、漢相爭時，項羽、劉邦曾分别屯兵於東、西城，隔澗對峙。

〔三〕汶陽：指汶水之北。汶水今名大汶河，源出山東萊蕪市北，西南流至梁山縣東南入濟水（今流至東平縣入東平湖）。濟州在汶水之北，作者自濟州西歸長安或洛陽，故自稱「汶陽歸客」。

顧璘曰：此對結體也，最要意盡，否則半截詩矣。

明謝榛曰：絶句如王摩詰「廣武城邊逢暮春……」與「渭城朝雨」一篇，……皆風人之絶響

也。（《四溟詩話》卷四）

觀别者〔一〕

青青楊柳陌，陌上别離人。愛子遊燕趙〔二〕，高堂有老親。不行無可養，行去百憂新。切切委兄弟〔三〕，依依向四鄰。都門帳飲畢〔四〕，從此謝賓親〔五〕。揮淚逐前侣，含悽動征輪。車從望不見〔六〕，時時起行塵〔七〕。余亦辭家久〔八〕，看之淚滿巾。

〔一〕玩詩意，疑開元十四年（七二六）自濟州西歸至洛陽時所作。

〔二〕燕趙：皆戰國七雄之一。燕轄地在今河北北部、遼寧西部一帶，趙轄地在今河北西南部及山西中部、北部一帶。

〔三〕切切：再三告誡之詞。委：託付。

〔四〕都門：指東都的城門。《通鑑》開元二十三年：「正月……赦天下，都城酺三日。」胡三省注：「都城，謂東都城。」唐以洛陽爲東都，天寶元年（七四二）改名東京，寶應元年（七六二）復曰東都。帳飲：古時出行，送者在路旁設帳置酒餞别。趙殿成注謂此處「蓋用《漢書·疏廣傳》設祖道供帳東都門外事」，按，《疏廣傳》云，廣爲太子太傅，年老乞歸，帝「加賜黄金二十斤，皇太子贈以五十斤。公卿大夫故人邑子設祖道供帳東都門（長安城門名）外，送者車數百輛，辭決而去」。

所述情狀，與本詩大不相類，江淹《別賦》曰：「帳飲東都，送客金谷。」蓋用之以爲富貴者別離之故實，故趙注似不可從。「帳」明十卷本、張本、顧本等作「悵」。畢，凌本作「別」。

〔五〕謝：辭。賓親，宋蜀本、述古堂本、《全唐詩》等作「親賓」。

〔六〕從：謂隨行之人；宋蜀本、明十卷本、《全唐詩》等作「徒」。

〔七〕「時時」句：江淹《別賦》：「驅征馬而不顧，見行塵之時起。」時時，宋蜀本、明十卷本、《全唐詩》等作「時見」。

〔八〕「余亦」句：作者謫居濟州已有四年多時間，故云。余，宋蜀本、《全唐詩》作「吾」。久，凌本作「者」。

清吴喬曰：右丞《觀別者》云：「不行無可養……依依向四鄰。」當置《三百篇》中，與《蓼莪》比美。（《圍爐詩話》卷三）

沈德潛曰：只寫別者之情，「觀」字只末二句一點自足。（《唐詩別裁》卷一）

清余成教曰：（「不行」四句）實能道出貧士臨行戀母情狀。（《石園詩話》卷一）

偶然作〔一〕

楚國有狂夫，茫然無心想〔二〕。散髮不冠帶〔三〕，行歌南陌上。孔丘與之言，仁義莫能奬〔四〕。未嘗肯問天〔五〕，何事須擊壤〔六〕？復笑採薇人，胡爲乃長往〔七〕！

〔一〕約作于開元十五年（七二七），時作者官于淇上，説見《年譜》及本詩其三注釋。《偶然作》原六首，各本「作」字下俱有「六首」二字。按，其六「老來懶賦詩」乃維晚年之詩，與前五首非同時而作，且據有關記載，詩題應爲《題輞川圖》（説詳《題輞川圖》注釋），故將其自《偶然作》中分出，獨自成篇，而詩題中「六首」二字亦删去。儲光羲有和章《同王十三維偶然作十首》，載《全唐詩》卷一三七。然儲詩之寫作時間實晚於王詩，説見拙作《儲光羲生平事迹考辨》（載《文史》第十二輯）。

〔二〕「楚國」句：指楚狂接輿。《論語·微子》：「楚狂接輿歌而過孔子，曰：『鳳（喻孔子）兮鳳兮，何德之衰？……已而已而，今之從政者殆而。』孔子下，欲與之言。趨而辟之，不得與之言。」何晏集解：「孔曰：接輿，楚人，佯狂而來歌，欲以感切孔子。」《莊子·人間世》：「孔子適楚，楚狂接輿游其門，曰：『鳳兮鳳兮，何如德之衰也？』」《韓詩外傳》卷二謂楚狂接輿躬耕而食，與其妻偕隱。又晉皇甫謐《高士傳》卷上謂陸通字接輿，見楚昭王時「楚政無常，乃佯狂不仕，故時人謂之楚狂」。按，先秦兩漢古籍提及接輿之處甚多，皆未嘗言其名曰陸通，皇甫氏之説恐不足據。

心想：思慮。

〔三〕冠帶：戴帽束帶。

〔四〕獎：勉勵。句謂孔丘的仁義也不能使他得到勉勵。

〔五〕未嘗肯，宋蜀本作「未能皆」。肯：猶「能」。説見張相《詩詞曲語辭匯釋》。問天：王逸《楚辭章句·天問》序：「《天問》者，屈原之所作也。何不言問天？天尊不可問，故曰『天問』也。屈原放逐，憂心愁悴，彷徨山澤……見楚有先王之廟及公卿祠堂，圖畫天地山川神靈……及古賢聖怪物行事，因書其壁，呵而問之，以渫憤懣，舒瀉愁思。」此句即用其意，言接輿不問世事，因此未能像屈原那樣作《天問》以發舒憂憤。

〔六〕擊壤：相傳堯時，天下太平，百姓無事，有老人擊壤而歌曰：「日出而作，日入而息；鑿井而飲，耕田而食；帝力於我何有哉？」事見《論衡·感虚》、皇甫謐《帝王世紀》。「擊壤」後成爲歌頌盛世太平的典故，謝靈運《初去郡》曰：「即是羲唐化，獲我擊壤情。」又，關於擊壤，《太平御覽》卷七五五引魏邯鄲淳《藝經》云：「壤，以木爲之，前廣後鋭，長尺四，闊三寸，其形如履。將戲，先側一壤於地，遥於三四十步，以手中壤敲之，中者爲上。」按，壤疑是一種打擊樂器，故可與歌唱的節拍相和；依邯鄲淳之説，則作此種擊壤之戲，難于同歌唱的節拍相和矣。此句意謂，也無須像堯時的老人那樣擊壤而歌，頌揚盛世太平。

〔七〕採薇人：指伯夷、叔齊，參見《送綦毋潛落第還鄉》注〔三〕。長往：指死。二句意謂，接輿又嘲笑伯夷、叔齊：爲什麼竟這樣餓死於首陽，太不值得了！

黄周星曰：既薄孔孟，復笑夷齊，又不肯爲屈原，此狂夫煞是作怪。（《唐詩快》卷四）

沈德潛曰：只寫狂士行徑，然傾倒至矣。（《唐詩别裁》卷一）

田舍有老翁，垂白衡門裏〔一〕。有時農事閒，斗酒呼鄰里。喧聒茅簷下〔二〕，或坐或復起。短褐不爲薄〔三〕，園葵固足美〔四〕。動則長子孫〔五〕，不曾向城市。五帝與三王〔六〕，古來稱君子〔七〕。干戈將揖讓，畢竟何者是〔八〕？得意苟爲樂，野田安足鄙？且當放懷去〔九〕，行没餘齒〔一〇〕。

〔一〕垂白：謂白髮下垂。衡門：横木爲門，指簡陋的住處。《詩經·陳風·衡門》：「衡門之下，可以棲遲。」

〔二〕喧聒（guō鍋）：喧擾，聲音嘈雜。

〔三〕短褐：即裋褐，指粗布衣服。《史記·秦始皇本紀》：「夫寒者利裋褐，而飢者甘糟糠。」集解：「徐廣曰：一作短，小襦也，音豎。」索隱：「裋，一音豎，蓋謂褐布豎裁爲勞役之衣，短而且狹，故謂之短褐，亦曰豎褐。」不爲薄：不以爲鄙陋。

〔四〕此句意本陶潛《止酒》：「好味止（僅）園葵，大歡止稚子。」

〔五〕動：勞作。長：養育。

〔六〕五帝：《史記·五帝本紀》以黄帝、顓頊、帝嚳、唐堯、虞舜爲五帝。三王：夏、商、周三代的開國之君，即夏禹，商湯，周文王、周武王。自此句以下，述古堂本、元本、顧本另作一首，非是。

〔七〕君，底本原作「天」，據宋蜀本、元本改。

〔八〕將：與。揖讓：謂以位讓賢。孔穎達《尚書正義序》：「勳（即堯）、華（即舜）揖讓而典謨起，湯、武革命而誓誥興。」此二句謂，五帝、三王之得位，或用干戈，或以揖讓，畢竟何者爲是？言外之意是説，世上的是非不易弄清。

〔九〕放懷：任情縱意。放，宋蜀本、元本作「忘」。

〔一〇〕行行：不停地前行。没餘齒：渡完餘年。

顧可久曰：類陶真率。

黄周星曰：（「五帝」四句）駭語自妙。（《唐詩快》卷四）

沈德潛曰：（「干戈」二句）田野口角如生。（《唐詩别裁》卷一）

日夕見太行〔一〕，沉吟未能去〔二〕。問君何以然？世網嬰我故〔三〕。小妹日成長，兄弟未有娶。家貧禄既薄，儲蓄非有素。幾回欲奮飛，踟蹰復相顧〔四〕。孫登長嘯臺〔五〕，松竹有遺處。相去詎幾許〔六〕？故人在中路〔七〕。愛染日已薄〔八〕，禪寂日已固〔九〕。忽乎吾將行〔一〇〕，寧俟歲云暮〔一一〕？

〔一〕日夕：早晚。太行：山名，起自河南濟源市，北入山西省境，東北走，復入河南省，經輝縣、林州，入河北省境。

〔二〕沉吟：猶豫不決。

〔三〕世網：即塵網，指塵世。嬰：纏繞。陸機《赴洛道中作》：「借問子何之？世網嬰我身。」

〔四〕奮飛：鳥振翼而飛。此二句意謂，自己幾次想棄世隱居，顧及家人，又心中猶豫。

〔五〕孫登長嘯臺：孫登字公和，汲郡共縣（今河南輝縣）人，魏晉時有名的隱士。《晉書》卷九四有傳。《晉書·阮籍傳》：「籍嘗於蘇門山遇孫登，與商略終古及棲神導氣之術，登皆不應，籍因長嘯而退。至半嶺，聞有聲若鸞鳳之音，響乎巖谷，乃登之嘯也。」相傳孫登隱於蘇門山，長嘯臺即在山上，是登隱居長嘯之所（參見《元和郡縣志》卷一六、《大清一統志》卷二〇〇）。蘇門山又名蘇嶺、百門山，在今河南輝縣西北。

〔六〕詎：豈。尋繹詩意，是時維當在距長嘯臺及太行山不遠的淇上爲官，説詳《年譜》及《淇上即事田園》注〔一〕。

〔七〕在中路：指在去隱居地的途中。

〔八〕愛染：佛家語，愛謂貪愛、愛欲，染謂染污（指心爲世俗的欲求、妄念所浸染而不浄），佛教謂其皆能擾亂衆生之身心，使不得解脱。《智度論》卷一：「自法愛染故，毁訾他人法。」又卷一七：「我得涅槃味，不樂處染愛。」

〔九〕禪寂：佛家語，禪謂「静慮」，寂即寂静。指寧静專注地思慮義理，驅除諸種世俗妄念。《維摩經·方便品》：「一心禪寂，攝諸亂意。」

〔一〇〕此句語本《楚辭・九章・涉江》：「懷信侘傺，忽乎吾將行兮。」

〔一一〕寧俟：豈待。云：助詞。

陶潛任天真〔一〕，其性頗耽酒〔二〕。自從棄官來〔三〕，家貧不能有。九月九日時，菊花空滿手。中心竊自思，儻有人送否？白衣攜壺觴，果來遺老叟〔四〕。且喜得斟酌〔五〕，安問升與斗？奮衣野田中〔六〕，今日嗟無負〔七〕。兀傲迷東西，蓑笠不能守〔八〕。傾倒强行行，酣歌歸五柳〔九〕。生事不曾問〔一〇〕，肯愧家中婦〔一一〕！

〔一〕陶潛：即陶淵明，字元亮，嘗更名潛。任天真：謂縱任其天性。

〔二〕「其性」句：耽，沉溺。淵明退隱後嘗著《五柳先生傳》以自況，其文云：「先生……性嗜酒，家貧不能常得。親舊知其如此，或置酒而招之。造飲輒盡，期在必醉；既醉而退，曾不吝情去留。」頗耽酒，《河嶽英靈集》作「躭嗜酒」。

〔三〕棄官：義熙元年（四〇五）八月，淵明爲彭澤令，「歲終，會郡遣督郵至縣，吏請曰：『應束帶見之。』淵明歎曰：『我豈能爲五斗米折腰向鄉里小兒！』即日解綬去職，賦《歸去來》」（蕭統《陶淵明傳》）。

〔四〕「九月」六句：九月九日，重陽節，舊時有登高飲菊花酒的習俗。中心，即心中，《河嶽英靈集》作

「心中」。儻，或。送，指送酒。遺，贈與。《北堂書鈔》卷一五五引《續晉陽秋》曰：「陶淵明嘗九月九日無酒，出宅邊菊叢中摘菊盈把，坐其側。久望見白衣人至，乃王弘（時任江州刺史）送酒也。即便就酌，醉而後歸。」「白衣」二句《河嶽英靈集》作「白衣攜觴來，果不違老叟」。

〔五〕斟酌：斟酒喝。陶淵明《移居》其二：「過門更相呼，有酒斟酌之。」

〔六〕奮衣：揮動衣袖。寫興奮的神態。

〔七〕「今日」句：陶淵明《飲酒》其二十：「若復不快飲，空負頭上巾。」又，蕭統《陶淵明傳》言淵明「取頭上葛巾漉酒，漉畢，還復著之」。此句即用其意。

〔八〕兀傲：醉後不拘禮節貌。陶淵明《飲酒》其十三：「有客常同止，趣舍邈異境。一士長獨醉，一夫終年醒。……規規一何愚，兀傲差若穎。」二句寫淵明的醉態。

〔九〕五柳：指淵明的住宅。《五柳先生傳》曰：「先生不知何許人也，亦不詳其姓字。宅邊有五柳樹，因以爲號焉。」

〔一〇〕生事：謂謀生之事。

〔一一〕肯：猶「拚」。説見《詩詞曲語辭匯釋》。此言雖然有愧於家中的妻子，也只能這樣豁出去了！婦，奇字齋本改作「帚」，凌本從之，非是。

趙女彈箜篌，復能邯鄲舞〔一〕。夫婿輕薄兒，鬭雞事齊主〔二〕。黃金買歌笑，用錢不復數。

許史相經過〔三〕，高門盈四牡〔四〕。客舍有儒生，昂藏出鄒魯〔五〕。讀書三十年，腰下無尺組〔六〕。被服聖人教〔七〕，一生自窮苦。

〔一〕「趙女」二句：趙俗女子多習歌舞，其地女樂、歌舞皆聞名於世，參見《濟上四賢詠・成文學》注〔四〕。箜篌，古弦樂器，其形似瑟而小，七弦。

〔二〕「鬭雞」句：《莊子・達生》：「紀渻子爲王養鬭雞。」陸德明《釋文》：「王，司馬（晉司馬彪）云：齊王也。」按，玄宗好鬭雞，唐時鬭雞之風甚盛，頗有以鬭雞而得寵者，此句即借用舊典以諷刺時事。

〔三〕許史：指漢宣帝時外戚許氏、史氏。《漢書・蓋寬饒傳》：「上無許史之屬，下無金張之託。」師古注：「應劭曰：許伯，宣帝皇后父；史高，宣帝外家也。……許氏、史氏有外屬之恩，金氏、張氏自託在於近狎也。」句謂與貴戚相交往。

〔四〕四牡：套着四匹雄馬的車子。

〔五〕昂藏：氣度軒昂。鄒：古國名，在今山東費縣、鄒城、滕州、濟寧、金鄉一帶，戰國時爲楚所滅。按，孟子爲鄒人，鄒同魯一樣，深受儒家學派的影響，習儒業者比比皆是。《史記・貨殖列傳》曰：「鄒魯濱洙泗，猶有周公遺風，俗好儒，備於禮。」參見《濟州過趙叟家宴》注〔二〕。

〔六〕下，《全唐詩》作「間」。組：一種彩色絲帶，其窄者用爲冠纓，寬者可作綬帶。此處即指綬帶。

古時官員的綬帶，一端用來繫官印；綬結於腰間，印則垂之腰下，「尺」即指印垂下的長度。

〔七〕被服：比喻親身蒙受，猶如被服覆蓋身體。聖人：指孔子。

顧可久曰：首首沖淡復老勁。

明鍾惺曰：讀王、儲《偶然作》，見清士高人胸中皆似有一段壘塊不平處，特其寄託高遠，意思深厚，人不能覺。然儲作氣和而王作骨傲，儲似微勝。（《唐詩歸》卷八）

淇上即事田園〔一〕

屏居淇水上〔二〕，東野曠無山。日隱桑柘外〔三〕，河明閭井間。牧童望村去〔四〕，獵犬隨人還〔五〕。静者亦何事〔六〕？荆扉乘晝關。

〔一〕約作於開元十六年（七二八），説見《年譜》。淇上：淇水之上。淇水即今河南北部淇河，唐時在衛州（轄有今河南新鄉、衛輝市及浚、輝、淇等縣地）境内。《元和郡縣志》卷一六：「淇水源出（衛州共城）縣（今輝縣）西北沮洳山，至（衛州）衛縣（今淇縣）入河（黄河，按，今淇水流入衛河），謂之淇水口。」據此，知「淇上」當距太行山及孫登長嘯臺不遠。詩題宋蜀本作《春中田園作二首》，此詩即其第二首。

〔二〕屏居：猶隱居。

〔三〕日隱，述古堂本作「白日」。隱：映，照。參見王鍈《詩詞曲語辭例釋》。外：猶「上」。

〔四〕望：向着。

〔五〕獵，述古堂本、元本作「田」。

〔六〕静者：幽居守静之人。多用以指隱者及僧人。此處爲作者自指。

元方回曰：右丞詩長於山林。「河明閭井間」一聯，詩人所未有也。「牧童」、「田犬」句尤雅浄。（《瀛奎律髓彙評》卷二三）

清馮班曰：次聯俱説「無山」。（同上）

紀昀曰，此種詩不宜摘句。又曰：三、四如畫。（同上）

許印芳曰：右丞詩筆，無施不可，特以性耽丘壑，故閒適之詩獨多。虛谷遂謂其長於山林，豈知右丞者哉？（同上）

淇上送趙仙舟〔一〕

相逢方一笑，相送還成泣。祖帳已傷離〔二〕，荒城復愁入〔三〕。天寒遠山浄，日暮長河急。解纜君已遥〔四〕，望君猶佇立〔五〕。

〔一〕開元十五或十六年作于淇上。趙仙舟：生平不詳。據岑參《臨洮泛舟趙仙舟自北庭罷使還京》

詩（此詩作於天寶十三載，説見陳鐵民、侯忠義《岑參集校注》），可知趙乃開元、天寶時人。詩題底本原作《齊州送祖三》，《國秀集》作《河上送趙仙舟》，《河嶽英靈集》、《文苑英華》、《唐文粹》、《唐詩紀事》並作今題，唯「送」作「別」。按，尋繹詩意當以作今題爲是，且維集中已另有《齊州送祖三》七絶一首。

〔二〕祖帳：謂餞席。參見《觀別者》注〔四〕。帳，《河嶽英靈集》、《國秀集》作「席」。已，《唐詩紀事》作「忽」。

〔三〕謂已送走友人後，愁於復入荒城。

〔四〕解纜：解開纜繩。句寫水急，船行極速。

〔五〕猶，《國秀集》、《文苑英華》、《唐文粹》俱作「空」。佇立：久立。

顧可久曰：情至宛曲不盡。

清賀裳曰：寫得交誼藹然，千載之下，猶難爲懷。（《載酒園詩話》又編）

沈德潛曰：（「相逢」二句）著此二語，下「望君」句，愈覺黯然。（《唐詩別裁》卷一）

清王壽昌曰：結句貴有味外之味，絃外之音。言情則如沈休文之「夢中不識路，何以慰相思」……王右丞之「解纜君已遥，望君猶佇立」……是皆「一唱而三歎，慷慨有餘音」者。（《小清華園詩談》卷下）

施補華曰：三聯「天寒遠山浄，日暮長河急」，用寫景之筆宕開，而情在景中，篇幅遂短而不

促，此法宜學。（《峴傭説詩》）

不遇詠〔一〕

北闕獻書寢不報〔二〕，南山種田時不登〔三〕。百人會中身不預〔四〕，五侯門前心不能〔五〕。身投河朔飲君酒〔六〕，家在茂陵平安否〔七〕？且共登山復臨水〔八〕，莫問春風動楊柳。今人作人多自私〔九〕，我心不說君應知〔一〇〕。濟人然後拂衣去〔一一〕，肯作徒爾一男兒〔一二〕！

〔一〕疑居淇上時所作，説見本詩注〔六〕。

〔二〕北闕：《漢書・高帝紀》：「蕭何治未央宮，立東闕、北闕、前殿、武庫、太倉。」師古注：「未央殿雖南嚮，而上書奏事、謁見之徒皆詣北闕，公車司馬亦在北焉，是則以北闕爲正門，而又有東門東闕，至於西南兩面，無門闕矣。」又《史記・高祖本紀》集解曰：「駰案《關中記》曰：東有蒼龍闕，北有玄武闕。玄武所謂北闕。」獻書：唐有進獻文章拜官之例，參見《送嚴秀才還蜀》注〔七〕。寢：擱置。不報：不答覆。《漢書・朱買臣傳》：「（買臣）詣闕上書，書久不報。」

〔三〕「南山」句：《漢書・楊惲傳》：「田彼南山，蕪穢不治。」不登，無收成。

〔四〕百人會：《世説新語・寵禮》：「孝武（東晉孝武帝）在西堂會，伏滔預坐。還，下車呼其兒語之曰：『百人高會，臨坐未得他語，先問伏滔何在，在此否？此故未易得。爲人作父如此，何如？』」

預：參預。句謂朝廷的盛會自己不能參加。

〔五〕五侯：《漢書·元后傳》：「（成帝）河平二年，上悉封舅譚（王譚）爲平阿侯、商成都侯、立紅陽侯、根曲陽侯、逢時高平侯，五人同日封，故世謂之五侯。」句謂干謁權貴自己又做不到。

〔六〕河朔：即河北。唐置河北道，轄有黄河以北之地。君：陳貽焮《王維詩選》云：「君，指詩中抒情主人公所投靠的主人，此人當在黄河以北。」維嘗居淇上，其地恰在唐河北道衛州境内（參見《淇上即事田園》注〔一〕），或此詩即維居淇上時所作耶？細察此詩所反映的思想情緒，同維居淇上期間的心境正好相合。

〔七〕茂陵：漢初爲茂鄉，武帝築陵葬此，因稱茂陵。《元和郡縣志》卷二：「漢茂陵在（興平）縣（今陝西興平市）東北十七里，武帝陵也，在槐里（漢縣名）之茂鄉，因以爲名。」《史記·司馬相如列傳》：「相如既病免，家居茂陵。」此處借用其事，謂主人是時免官家居。或以爲此句乃詩中抒情主人公自謂，意亦可通。

〔八〕共，明十卷本、奇字齋本、《全唐詩》作「此」；宋蜀本作「以」。

〔九〕作，宋蜀本、《全唐詩》作「昨」，奇字齋本作「晚」。

〔一〇〕説：通「悦」。

〔一一〕濟人：救助世人。拂衣：振衣。有表示決絶之意。《後漢書·楊彪傳》：「（孔融曰：）孔融魯國男子，明日便當拂衣而去，不復朝矣！」

〔三〕肯：猶「豈」。

送嚴秀才還蜀〔一〕

寧親爲令子〔二〕，似舅即賢甥〔三〕。別路經花縣〔四〕，還鄉入錦城〔五〕。山臨青塞斷，江向白雲平〔六〕。獻賦何時至〔七〕？明君憶長卿〔八〕。

〔一〕疑開元十五或十六年作於淇上，説見本詩注〔四〕。秀才：唐初試士設秀才、進士等科，高宗永徽二年罷秀才科，其後遂以秀才爲進士（唐時凡應進士試者皆謂之進士）之通稱。唐李肇《唐國史補》卷下：「進士爲時所尚久矣。是故俊乂實集其中，由此出者，終身爲聞人。……其都會謂之舉場，通稱謂之秀才。……得第謂之前進士。」

〔二〕寧親：使父母安寧。揚雄《法言·序》：「孝莫大於寧親，寧親莫大於寧神，寧神莫大於四表之歡心，譔《孝至》。」爲，《文苑英華》作「真」。令子：善子。《南史·任昉傳》：「遥（昉父）妻……嘗晝卧，夢有五色采旗蓋四角懸鈴，自天而墜，其一鈴落入懷中，心悸因而有娠。占者曰：『必生才子。』及生昉，身長七尺五寸，幼而聰敏，早稱神悟。……褚彦回嘗謂遥曰：『聞卿有令子，相爲喜之。所謂百不爲多，一不爲少。』」此句變用其意，言能還家行孝事親，即爲善子，非必如昉之神悟也。

〔三〕似舅：《晉書·何無忌傳》載，無忌「少有大志」，其舅劉牢之爲鎮北將軍。桓玄篡晉，無忌與劉裕等共起兵討之，玄之黨謂「劉裕烏合之衆，勢必無成」，玄曰：「劉裕勇冠三軍，當今無敵；……何無忌，劉牢之之甥，酷似其舅，共舉大事，何謂無成？」事亦載《南史·宋本紀上》。按，岑參《送嚴詵擢第歸蜀》曰：「工文能似舅，擢第去榮親。」嚴詵與嚴秀才同爲蜀人，又皆「似舅」，或即一人。然詵及其舅之事跡，均無考，二詩亦非同時所作：參詩作於詵擢第之後，維詩則作於擢第之前。

〔四〕花縣：指河陽縣（漢始置，治所在今河南孟州市西，隋唐移今孟州南）。《白氏六帖事類集》卷二一載：「潘岳爲河陽令，樹桃李花，人號曰『河陽一縣花』。」庾信《春賦》：「河陽一縣併是花。」據此句，知嚴還蜀途中需過河陽。按，如維在長安或洛陽送嚴，則嚴歸途中無需經過河陽；而在淇上相送，則需過河陽，故疑此詩當作於淇上。

〔五〕錦城：即錦官城，《元和郡縣志》卷三一：「錦城在（成都）縣南十里，故錦官城也。」故址在今四川成都市南，三國蜀漢時主管織錦的官駐此，因名。後亦用爲成都之別稱，杜甫《蜀相》：「錦官城外柏森森。」

〔六〕青塞：謂關塞多草木，其色青。二句寫嚴即將經行的蜀地山川之奇異。

〔七〕獻賦：唐有進獻文章拜官之例，故杜甫曾奏《三大禮賦》以求仕。唐封演《封氏聞見記》卷三：「常舉外復有通五經、一史，及進獻文章並上著述之輩，或付本司，或付中書考試，亦同制舉。」

〔八〕長卿：《史記·司馬相如列傳》：「司馬相如者，蜀郡成都人也。字長卿……著《子虛》之賦。……蜀人楊得意爲狗監，侍上（漢武帝），上讀《子虛賦》而善之，曰：『朕獨不得與此人同時哉！』得意曰：『臣邑人司馬相如，自言爲此賦。』上驚，乃召問相如。相如曰：『有是。然此乃諸侯之事，未足觀也。請爲天子游獵賦。』賦成，奏之。」此以司馬相如喻嚴。

送孟六歸襄陽〔一〕

杜門不欲出〔二〕，久與世情疎。以此爲長策〔三〕，勸君歸舊廬。醉歌田舍酒，笑讀古人書。好是一生事〔四〕，無勞獻《子虛》〔五〕。

〔一〕作於開元十六年（七二八）冬，時孟浩然在長安應試落第後，即將返里，維因作此詩送之，説見《年譜》。孟六：即孟浩然，説見岑仲勉《唐人行第録》。襄陽：唐襄州治所，在今湖北襄陽市。按據王士源《孟浩然集序》等載，浩然爲襄陽人。題下底本注曰：「一作《送孟浩然》。」此詩宋蜀本、述古堂本、元本、明十卷本等均未收録，趙殿成《箋注》録入外編，且注曰：「顧玄緯（奇字齋本）《外編》録此首，《文苑英華》亦作王維詩，《瀛奎律髓》作張子容詩。」按，《全唐詩》王維及張子容集中俱載此詩，李嘉言《古詩初探·全唐詩校讀法》云：《全唐詩》卷一一六張子容《送孟八浩然歸襄陽二首》（「八」乃「六」字之誤，説見《唐人行第録》），其第二首即王維此詩，其第一首曰：「東越相逢地，西亭送別津。」乃作於永嘉（今浙江温州市），浩然有《永嘉別張子容》，就是答這一篇的，而第二首顯非在永嘉作，故不當爲張子容詩。李説是。又孟浩然臨歸襄陽時，作《留別王維》（一作《留別王侍御維》，非是，參見陳貽焮《唐詩論叢》第二十一頁），抒寫了自己入京應試落第後的憤恨不平的心情，王維此詩，正是答浩然這一篇的。

〔二〕杜門：閉門。欲，《瀛奎律髓》、《全唐詩》作「復」。

〔三〕長，《全唐詩》作「良」。

〔四〕好：恰，正。説見王鍈《詩詞曲語辭例釋》。此句承上而言，謂隱居正是一生之事。

〔五〕《子虚》：即《子虚賦》。「獻《子虚》」指獻賦求官。參見上詩注〔七〕、注〔八〕。

紀昀曰：結却太盡。（《瀛奎律髓彙評》卷二四）

姚鼐曰：此詩即效孟公體。（《五言今體詩鈔》卷二）

黄培芳曰：雖清澈，學之易淺薄。（翰墨園重刊本《唐賢三昧集箋注》卷上）

王壽昌曰：自然。（《小清華園詩談》卷上）

送權二〔一〕

高人不可有〔二〕，清論復何深〔三〕。一見如舊識，一言知道心〔四〕。明時當薄宦〔五〕，解薜去中林〔六〕。芳草空隱處〔七〕，白雲餘故岑。韓侯久攜手〔八〕，河嶽共幽尋〔九〕。悵別千餘里，臨堂鳴素琴〔一〇〕。

〔一〕權二：陶敏《全唐詩人名彙考》謂即權自挹。《全唐文》卷五〇二權德輿《權自挹墓誌銘》曰：「公年十四，太學明經上第，因喟然曰：『學不足以究古今之變而干禄者，非吾志也。』遂養蒙於終南紫閣之下，窮覽載籍，號爲醇儒。非其道不合，非其人不自。歷南和、寶鼎二縣尉。天寶中……聯辟從事。……與故王右丞維、今歸尚書崇敬爲文雅道素之友。」據墓誌所載自挹生卒年，其「年十四」爲開元二年。玩詩意，本詩當是自挹初出終南赴南和尉任時作者送之而作，時間應在開元中，今姑繫此。

〔二〕有，底本原作「友」，據宋蜀本、述古堂本、元本等改。

〔三〕清論：清雅的言談、議論。

〔四〕道心：悟儒道之心。

〔五〕薄宦：任昉《爲范尚書讓吏部封侯第一表》：「高祖少連……薄宦東朝，謝病下邑。」句謂明時不當隱居，而應出來謀一個低微的職位。

〔六〕解薜：見《留別山中温古上人兄并示舍弟縉》注〔二〕。中林：林中。句謂權二脱去隱者之服，離開了隱居的山林。

〔七〕句謂隱處已空，唯有芳草。

〔八〕韓侯：借指權二。《詩·大雅·韓奕》：「韓侯出祖，出宿于屠；顯父餞之，清酒百壺。」孔疏：「言韓侯出京師之門爲祖道之祭（出行時祭路神）。」蓋是時權二欲離京赴任，故作者以韓侯喻之。

〔九〕河嶽：猶言河山。幽尋：探尋其幽勝之處。

〔一〇〕千餘里：唐南和縣屬邢州，在今河北邢臺東，西去長安約一千九百里。見《元和郡縣志》卷一五。素琴：未加任何裝飾的琴。《禮記·喪服四制》：「祥之日，鼓素琴。」

華嶽〔一〕

西嶽出浮雲〔二〕，積翠在太清〔三〕。連天凝黛色〔四〕，百里遥青冥〔五〕。白日爲之寒，森沉華陰城〔六〕。昔聞乾坤閉，造化生巨靈。右足踏方止，左手推削成。天地忽開拆，大河注東溟〔七〕。遂爲西峙嶽〔八〕，雄雄鎮秦京〔九〕。大君包覆載〔一〇〕，至德被群生〔一一〕。上帝佇昭告〔一二〕，金天思奉迎〔一三〕。人祇望幸久〔一四〕，何獨禪云亭〔一五〕？

〔一〕作於開元十八年（七三〇），説見《年譜》。華嶽：即西嶽華山，一名太華山，在陝西華陰市南。

〔二〕出浮雲：形容山高。

〔三〕翠，《全唐詩》作「雪」。太清：天空。

〔四〕凝，底本原作「疑」，此從宋蜀本、《全唐詩》。黛色：青黑色。

〔五〕青冥：青天。句謂相距百里就望見華山遠入青冥。

〔六〕森沉：陰沉幽暗貌。華陰：唐縣名，屬華州，即今陝西華陰市。此二句謂，華山之高，使山下的華陰城大白天都陰冷幽暗。

〔七〕「昔聞」六句：《文選》張衡《西京賦》：「綴以二華（太華、少華二山），巨靈贔屓，高掌遠蹠，以流河曲，厥跡猶存。」薛綜注：「華，山名也。巨靈，河神也。巨，大也。古語云：此（二華）本一山，當河，水過之而曲行，河之神以手擘開其上，足蹋離其下，中分爲二，以通河流，手足之跡，于今尚在。贔屓，作力之貌也。」按，《水經注》卷四亦載此事，説法接近；晋郭緣生《述征記》（近人葉昌熾輯本）謂華山、首陽本爲一山，河神巨靈掰而爲二，以通河流，其説稍異。乾坤閉，謂天地未闢之時。「閉」《文苑英華》作「開」。造化，創造化育萬物者，指天。「造」宋蜀本、《文苑英華》作「變」。踏方止，謂以右腳踏山而止住不動。止，宋蜀本、述古堂本、《文苑英華》作「山」。削成，謂山勢峻峭，有如削成。《山海經·西山經》：「太華之山，削成而四方，其高五千仞，其廣十里。」拆，裂。大河，黄河。東溟，東海。

〔八〕峙嶽，《文苑英華》作「嶽峙」。

〔九〕秦京：猶關中。陸機《齊謳行》：「孟諸吞楚夢，百二侔秦京。」趙殿成曰：「關中本秦地，在漢爲京師，故稱秦京。」

〔一〇〕大君：天子。覆載：謂天覆地載，亦用以指天地。包覆載：言德之大，可包容天地。

〔一一〕被群生：廣及天下百姓。

〔一二〕佇：期待。昭：明。佇昭告：即期待封西嶽之意。《通典》卷五四：「封禪者，本以功成告於上帝。」《史記·封禪書》張守節正義曰：「泰山上築土爲壇以祭天，報天之功，故曰封。……《五經通義》云：易姓而王，致太平，必封泰山，禪梁父；荷天命以爲王，使理群生，告太平於天，報群神之功。」開元十三年唐玄宗封泰山玉牒詞曰：「有唐嗣天子臣某，敢昭告於昊天上帝……」（《通典》卷五四）

〔一三〕金天：謂華山神。《舊唐書·玄宗紀》載：先天二年（七一三）九月癸丑，「封華嶽神爲金天王」。

〔一四〕人，《全唐詩》注：「一作神。」祇：地神。望幸：指盼望天子至西嶽行封禪之禮。《舊唐書·玄宗紀》：「（開元）十八年……是歲，百僚及華州父老累表請上尊號内請加『聖文』兩字，並封西嶽，不允。」

〔一五〕禪：祭地。《史記·封禪書》正義曰：「泰山下小山上除地，報地之功，故曰禪。」云亭：云云山和亭亭山。《史記·封禪書》云：昔無懷氏、堯、舜等，皆「封泰山，禪云云」；黄帝「封泰山，禪亭亭」。集解：「李奇曰：云云山在梁父東。」「騶案，服虔曰：亭亭山在牟陰。」索隱：「晉灼云：云云山在蒙陽縣故城東北，下有云云亭。」「應劭云：亭亭在鉅平北十餘里，服虔云在牟陰，非也。」正義：「《括地志》云：云云山在兖州博野縣西南三十里也。」「《括地志》云：亭亭山在兖州博城縣西南三十里也。」按，古帝王封泰山，皆同時於泰山附近的小山上行禪禮，故此處即以「禪云亭」代指封泰山。此句意謂，爲何只封泰山，不封西嶽？

自大散以往深林密竹蹬道盤曲四五十里至黄牛嶺見黄花川〔一〕

危徑幾萬轉，數里將三休〔二〕。迴環見徒侣〔三〕，隱映隔林丘〔四〕。颯颯松上雨，潺潺石中流。静言深溪裏，長嘯高山頭〔五〕。望見南山陽〔六〕，白日靄悠悠〔七〕。青皋麗已净〔八〕，緑樹鬱如浮〔九〕。曾是厭蒙密〔一〇〕，曠然消人憂〔一一〕。

〔一〕大散：古關名，又稱散關。《通典》卷一七三謂岐州陳倉縣（乾元元年改爲寶雞，即今陝西寶雞市）有大散關，「舊關故城在縣南」。《元和郡縣志》卷二：「散關在（寶雞）縣西南五十二里。」按，大散關在今寶雞市西南大散嶺上，爲川陝間交通要道。黄牛嶺：當在古黄牛堡（今黄牛鋪）附近。《大清一統志》卷二三八：「黄牛堡，在鳳縣（今陝西鳳縣）東北一百一十五里，接鳳翔府寶雞縣界。五代周顯德二年，王景攻蜀入散關，拔黄牛砦。」黄花川：《通典》卷一七六謂鳳州黄花縣（寶應元年縣省，在今鳳縣東北）「有黄花川，爲名」。《大清一統志》卷二三七：「黄花川，在鳳縣東北。《寰宇記》：大散水出黄花縣東界大散嶺，流逕縣西，去城十步，《水經》云，大散水流入黄花川。」王維曾遊蜀，由《曉行巴峽》詩可知。考本詩之大散、黄牛嶺、黄花川，皆自秦入蜀需經之地，故知本詩應作于維入蜀途中。關於維遊蜀的具體時間，由於材料缺乏，已難確考，但由他入蜀時的詩作來考察，大致可以推知，維的入蜀，既非奉命出使，亦非欲至蜀地爲官。《青溪》詩云：「言入黄花川，每逐青溪水。……我心素已閒，清川澹如此。請留盤石上，垂釣將已矣。」看來，他是以一個閒居者的身份出遊的。考維自開元二十二年之後，行迹仕履歷歷可考（參見《年譜》），故其遊蜀，大抵當在開元二十一年以前閒居長安的數年内。

〔二〕三休：多次休息。賈誼《新書·退讓》：「翟王使使至楚，楚王欲夸之，故饗客於章華之臺上。上者三休，而乃至其上。」

〔三〕迴環：環繞，指在盤曲的路上繞行。徒侶：謂從行之人。

〔四〕隱映：謂若隱若現。

〔五〕「静言」二句：語本陸機《猛虎行》：「静言幽谷底，長嘯高山岑。」静言，沉思。溪，《文苑英華》作「林」。

〔六〕南山：終南山，也即秦嶺。大散嶺即秦嶺的一部分。陽：山之南曰陽。

〔七〕日，宋蜀本、奇字齋本、《全唐詩》等俱作「靄」，疑非是。靄：雲氣。悠悠：行貌。《楚辭·九章·思美人》：「開春發歲兮，白日出之悠悠。」句謂太陽在雲中慢悠悠地走着。

〔八〕皋：水邊之地。

〔九〕鬱：林木積聚之貌。

〔一〇〕曾是：已是。蒙密：草木茂密四布。范曄《樂遊應詔詩》：「遵渚攀蒙密，隨山上嶇嶔。」庾信《小園賦》：「撥蒙密兮見窗，行欹斜兮得路。」

〔二〕曠然：空闊貌。此言登上嶺顛，見一片空闊，使人消憂。

顧可久曰：直直寫去，景象宛然，中更條理井井，有作法，自是高古。王夫之曰：勻浹。（《唐詩評選》卷三）

青溪〔一〕

言入黄花川〔二〕，每逐青溪水〔三〕。隨山將萬轉，趣途無百里〔四〕。聲喧亂石中，色静深松裏。漾漾汎菱荇〔五〕，澄澄映葭葦〔六〕。我心素已閒，清川澹如此〔七〕。請留盤石上〔八〕，垂釣將已矣！

〔一〕作于入蜀途中。見上詩注〔一〕。詩題《文苑英華》作《過青谿水作》。

〔二〕言：助辭，無義。

〔三〕青溪水：指黄花川水。

〔四〕趣：趨。趣途：走過的路程。二句寫逐水而行，水流曲折蜿蜒于山間。

〔五〕漾漾：水摇動貌；述古堂本、元本、《文苑英華》俱作「演漾」。荇（xìng 杏）：荇菜，多年生水草，夏天開花，色黄。

〔六〕澄澄：水清澈貌。葭（jiā加）葦：蘆葦。

〔七〕澹：恬静。

〔八〕盤石：磐石，大石。

顧可久曰：澹雅。

黄周星曰：右丞詩大抵無煙火氣，故當於筆墨外求之。（《唐詩快》卷四）

納涼〔一〕

喬木萬餘株，清流貫其中。前臨大川口，豁達來長風〔二〕。漣漪涵白沙〔三〕，素鮪如游空〔四〕。偃卧盤石上〔五〕，翻濤沃微躬〔六〕。漱流復濯足〔七〕，前對釣魚翁。貪餌凡幾許？徒思蓮葉東〔八〕。

〔一〕此詩所描寫的景象及所使用的語言，與上詩頗接近，疑亦入蜀途中經黄花川時所作。

〔二〕豁達：開闊通達貌。劉楨《公讌詩》：「華館寄流波，豁達來風凉。」

〔三〕漣漪：細小的波紋。涵，元本、顧本俱作「含」。

〔四〕鮪（wěi僞）：鱘魚，背青碧，腹白。

〔五〕偃卧：仰卧。

〔六〕沃：澆。微躬：謙稱自己。

〔七〕漱流：《世説新語·排調》：「孫子荆（楚）少時欲隱，語王武子（濟），當枕石漱流，誤曰『漱石枕流』。」《晉書·隱逸傳》：「藏聲江海之上，卷迹囂氛之表；漱流而激其清，寢巢而韜其耀。」濯足：《楚辭·漁父》：「漁父……乃歌曰：『滄浪之水清兮，可以濯我纓；滄浪之水濁兮，可以濯我足。』」漱流、濯足，皆指自己欲隱於水邊。

〔八〕蓮葉東：古樂府《江南》：「江南可採蓮，蓮葉何田田！魚戲蓮葉間。魚戲蓮葉東，魚戲蓮葉西，魚戲蓮葉南，魚戲蓮葉北。」二句意謂，魚兒只思戲于蓮葉之間，没有多少貪餌上鈎的。言外之意是説，「釣魚翁」的垂釣，原非爲取魚，故雖未釣到魚，猶垂釣不已。

張謙宜曰：《納涼》，自在却不放。「喬木萬餘株，清流貫其中」，開口如畫，已有涼意。（《絸齋詩談》卷五）

戲題盤石〔一〕

可憐盤石臨泉水〔二〕，復有垂楊拂酒杯。若道春風不解意，何因吹送落花來〔三〕？

〔一〕上二詩皆寫及盤石，恰與本詩合；又維遊蜀在春日（《曉行巴峽》曰：「際曉投巴峽，餘春憶帝京。」），而此詩正寫春景，故疑其亦作于入蜀途中。

〔二〕可憐：可愛。臨，奇字齋本、凌本俱作「鄰」。

〔三〕何因，底本、《全唐詩》均注：「一作因何。」二句寫春日野行途中獨酌的情趣。

劉須溪曰：迭蕩，野興甚濃。

曉行巴峽〔一〕

際曉投巴峽〔二〕，餘春憶帝京〔三〕。晴江一女浣〔四〕，朝日衆雞鳴〔五〕。水國舟中市〔六〕，山橋樹杪行〔七〕。登高萬井出，眺迥二流明〔八〕。人作殊方語〔九〕，鶯爲舊國聲〔一〇〕。賴多山水趣〔一一〕，稍解別離情。

〔一〕遊蜀時作。參見《自大散以往深林密竹蹬道盤曲四五十里至黄牛嶺見黄花川》注〔一〕。巴峽：今湖北巴東縣西有巴峽，位巫峽之東，然據《水經注》卷三四載，其地「兩岸連山，略無闕處。重巖疊嶂，隱天蔽日」，爲一人煙稀少之域，同本詩所描寫的景象不合，故本詩之巴峽，當另有所指。杜甫《聞官軍收河南河北》：「即從巴峽穿巫峽，便下襄陽向洛陽。」仇注：「舊注：巴縣有巴峽。」按，《華陽國志》卷一：「其郡（指巴郡）東，枳（縣名，在今重慶涪陵東北）有明月峽、廣德嶼（廖寅校本按曰：「此有誤也，以《水經注》訂之，當作黄葛峽。」），故巴亦有三峽。」《水經注》卷三三：「江水又東，右逕黄葛峽。山高險，全無人居。江水又左逕明月峽，東至梨鄉，歷雞鳴峽。

江之南岸，有枳縣治。」《大清一統志》卷三八七云：「黄葛峽，在巴縣（今重慶市）東。」「明月峽，在巴縣東北。」「銅鑼峽，在巴縣東二十里。」「石洞峽，在巴縣東北。」「雞鳴峽，《元和志》：在涪州（今涪陵）西五十里。又黄草峽在涪州西。」蓋長江自巴縣至涪州一段多山峽，這些山峽因都在古巴縣或巴郡境内，故統稱爲巴峽。杜詩與本詩之巴峽皆指此。

〔二〕際：適當其時。

〔三〕餘春：暮春。

〔四〕浣（huàn 患）：洗滌。

〔五〕雞，《唐詩品彙》作「禽」。

〔六〕句謂近水之地，人們多在舟中作買賣。

〔七〕山橋：指山巖間架木而成的棧道。杪，凌本作「上」。

〔八〕迥：遠。二流：其一爲長江，另一當指在巴峽一帶入江的河流（如嘉陵江、玉麟江、龍溪河等）。

〔九〕殊方：異域，異鄉。

〔一〇〕舊國：故鄉。舊，《唐詩正音》、《全唐詩》俱作「故」。

〔一一〕多，底本原作「諳」，此從述古堂本、《文苑英華》、《全唐詩》。

顧璘曰：不爲甚巧。

贈房盧氏琯〔一〕

達人無不可〔二〕，忘己愛蒼生。豈復小千室〔三〕？絃歌在兩楹〔四〕。浮人日已歸，但坐事農耕〔五〕。桑榆鬱相望，邑里多雞鳴。秋山一何浄，蒼翠臨寒城。視事兼偃卧〔六〕，對書不簪纓〔七〕。蕭條人吏疏，鳥雀下空庭〔八〕。鄙夫心所向〔九〕，晚節異平生〔一〇〕。將從海嶽居〔一一〕，守静解天刑〔一二〕。或可累安邑，茅茨君試營〔一三〕。

〔一〕房盧氏琯：房琯，字次律，河南府河南縣（今河南洛陽市）人。至德時，官至同中書門下平章事。《舊唐書·房琯傳》曰：「開元十二年，玄宗將封岱岳，琯撰《封禪書》一篇及牋啓以獻。中書令張説奇其才，奏授秘書省校書郎，調補同州馮翊尉。無幾去官，應堪令縣令舉，授虢州盧氏令，政多惠愛，人稱美之。二十二年，拜監察御史。」據此，知琯爲盧氏（今河南盧氏縣）令，當在開元二十一年（七三三）以前的幾年内，維此詩即作於琯在盧氏任職期間。

〔二〕「達人」句：賈誼《鵩鳥賦》：「達人大觀兮，物無不可。」此句即用其意，謂通達之人（指房琯）無所不宜。

〔三〕小，宋蜀本、明十卷本、《全唐詩》等作「少」。千室：千室之邑，小邑。《論語·公冶長》：「千室之邑，百乘之家，可使爲之宰也。」此句意謂，房琯不以千室之邑（指盧氏）爲小。

〔四〕絃歌：《論語·陽貨》：「子之武城（魯之下邑，在今山東費縣西南。時子游爲武城宰），聞弦歌之聲。夫子莞爾而笑，曰：『割雞焉用牛刀？』子游對曰：『昔者偃（子游）也聞諸夫子曰：「君子學道則愛人，小人學道則易使也。」』子曰：『二三子！偃之言是也。前言戲之耳。』」此用其意，謂房琯以禮樂教化治理盧氏。兩楹：殿堂中間。楹，殿前直柱。《文選》張協《雜詩十首》其七：「折衝樽俎間，制勝在兩楹。」

〔五〕浮人：謂離鄉漂泊在外之人。但坐：只爲。二句寫房琯治理盧氏的政績。

〔六〕視事：居官治事。偃卧：仰卧，指閒居休息。

〔七〕簪：簪子，古時用它把冠別在頭髮上。纓：帽帶。「簪纓」謂簪冠繫纓。

〔八〕「蕭條」二句：謝靈運《齋中讀書》：「虚館絶諍訟，空庭來鳥雀。」此二句即用其意，謂縣中無爭訟之事，衙門人吏稀少，有鳥雀來集於庭。疏，凌本作「散」。

〔九〕鄙夫：作者自指。向，《全唐詩》作「尚」。

〔一〇〕晚節：猶近年、近時。《終南別業》曰：「中歲頗好道，晚家南山陲。」二「晚」字意同。平生：平素，往昔。

〔一一〕從：就。海嶽：指海山或湖山。《晦日遊大理韋卿城南別業四首》其三：「高情浪海嶽，浮生寄天地。」句謂自己將隱於湖山之間。

〔一二〕守靜：安於寂靜。解天刑：《莊子·德充符》：「無趾語老聃曰：『孔丘……且蘄（期）以諔詭幻怪之名聞，不知至人之以是爲己桎梏邪！』老聃曰：『……解其桎梏，其可乎？』無趾曰：『天刑（罰）之，安可解！』」此句即用其意，言己欲安于寂静，擺脱名的桎梏。

〔一三〕累安邑：晋皇甫謐《高士傳》卷中：「閔貢，字仲叔，太原人也，世稱節士。……客居安邑（今山西夏縣西北），老病家貧，不能得肉，日買豬肝一片，屠者或不肯與，其令聞，敕吏常給焉。仲叔怪，問知之，乃嘆曰：『豈以口腹累（煩勞）安邑邪？』遂去客沛，以壽終。」茅茨：指茅屋。茨，屋蓋。此二句詢問房琯，自己可否到盧氏隱居。

送從弟蕃遊淮南〔一〕

讀書復騎射，帶劍遊淮陰〔二〕。淮陰少年輩，千里遠相尋。高義難自隱，明時寧陸沉〔三〕！島夷九州外，泉館三山深。席帆聊問罪，卉服盡成擒〔四〕。歸來見天子，拜爵賜黄金〔五〕。忽思鱸魚膾，復有滄洲心〔六〕。天寒蒹葭渚，日落雲夢林〔七〕。江城下楓葉，淮上聞秋砧〔八〕。送歸青門外〔九〕，車馬去駸駸〔一〇〕。惆悵新豐樹〔一一〕，空餘天際禽〔一二〕！

〔一〕約作於開元二十一年（七三三）秋，説見本詩注〔四〕。從弟蕃：生平不詳。淮南：唐道名，開元時治所在揚州（今江蘇揚州市），轄境在今淮河以南，長江以北，東至海，西至湖北應山、漢陽一帶。詩題《文苑英華》作《送從叔游淮南座上成》。

〔二〕淮陰：唐楚州有淮陰縣（今江蘇淮安市淮陰區西南）；此處當即指淮南，水之南曰陰，故稱淮南爲淮陰。句指王蕃出仕前曾遊淮南。

〔三〕寧：豈。陸沉：《莊子・則陽》：「方且與世違，而心不屑與之俱，是陸沉者也。」郭象注：「人中隱者，譬無水而沉也。」二句意謂，蕃之高義，爲世所知，況逢遇明時，豈能當隱士！

〔四〕「島夷」四句：島夷，島居之夷，《尚書・禹貢》：「島夷皮服。」孔氏傳：「海曲謂之島，居島之夷，還服其皮，明水害除。」泉館，猶泉室，即鮫人之室。《文選》左思《吴都賦》：「窮陸飲木，極沈水居；泉室潛織而卷綃，淵客（鮫人）慷慨而泣珠。」劉淵林注：「水居，鮫人水底居也。俗傳鮫人從水中出，曾寄寓人家，積日賣綃。」晋張華《博物志》卷二《異人》：「南海外有鮫人，水居如魚，不廢織績，其眼能泣珠。」三山，《史記・封禪書》：「自威宣燕昭，使人入海求蓬萊、方丈、瀛州。此三神山者，其傳在勃海中，去人不遠……其物禽獸盡白，而黄金銀爲宫闕，未至，望之如雲，及到，三神山反居水下，臨之風輒引去，終莫能至云。」「泉館」句謂島夷所居之地在海中。席帆，帆或以席爲之，故曰席帆。卉服，《尚書・禹貢》：「島夷卉服。」孔氏傳：「南海島夷草服葛越。」孔穎達《正義》：「凡百草一名卉，知卉服是草服葛越也。葛越，南方布名，用葛爲之。」《漢書・地理志》師古注：「卉服，絺葛之屬。」此處以卉服指島夷。趙殿成曰：「成按，劉昫《唐書》本紀（《玄宗紀》）：開元二十年九月，渤海靺鞨寇登州（今山東蓬萊），殺刺史韋俊，命左領軍將軍蓋福順發兵討之。又《北狄列傳》：（開元二十年）渤海靺鞨王大武藝遣其將張文休率海賊攻登州刺史韋俊，詔遣門藝往幽州徵兵以討之，仍令太僕員外卿金思蘭往新羅發兵以攻其南境。屬山阻寒凍，雪深丈餘，兵士死者過半，無功而還。詩中所云島夷、泉館、席帆、問罪，疑蓄於是時從諸將泛海往攻者也。」按，渤海靺鞨爲唐時我國靺鞨等族所建的地方政權，初稱振國，玄宗先天二年（七一三）改名渤海。最盛時轄境南至鴨緑江下游，東抵日本海，北至黑龍江省境，西至吉林西部。關於渤海靺鞨寇登州事，《通鑑》、《新唐書·玄宗紀》、《册府元龜》卷九八六亦云在開元二十年九月，唯《舊唐書·東夷傳》稱「（開元）二十一年，渤海靺鞨越海入寇登州」；若唐發兵討渤海靺鞨果在開元二十年九月，則此詩最早只能作於開元二十一年秋。蓋二十年九月發兵，還歸時不可能早于當年冬日（詩中明言蓄已歸），而此詩寫秋景，故最早只能作于二十一年秋。

〔五〕「拜爵」句：唐制，置爵凡九等：王、郡王、國公、開國郡公、開國縣公、開國侯、開國伯、開國子、開國男。開元年間，官吏獲封爵甚不易，如張九齡拜中書令之後，方由曲江縣開國男進封爲始興縣開國子（參見明成化九年韶州刊本《唐丞相曲江張先生文集》附録「誥命」《封始興縣開國子食邑四百户制》），故趙殿成以爲：「所謂拜爵者，即唐制之勳官也。勳官凡十二等，有柱國、護軍、輕車、騎都尉、驍騎、飛騎、雲騎、武騎諸名，征戍勤勞則授之，初無職任。所謂賜金者，乃軍旋勞賞之事，猶《木蘭詞》云：『歸來見天子，天子坐明堂。策勳十二轉，賜物百千强。』蓋詩人溢美之語也。或疑是時軍出無功，安得有拜爵賜金之事者，無乃近於固歟？」按，據《舊唐書·北狄傳》「屬山阻寒凍，雪深丈餘」等語，可知門藝與金思蘭討渤海靺鞨，乃自陸路而行；而此詩曰「席帆聊問罪」，則自海路往攻，或蓋福順之師，乃渡海擊之而獲勝者，亦未可知。

〔六〕鱸魚膾：《晉書·張翰傳》載：翰字季鷹，吳郡吳（今江蘇蘇州）人，到京師洛陽爲官，「因見秋風起，乃思吳中（吳郡别稱）菰菜、蓴羹、鱸魚膾，曰：『人生貴得適志，何能羈宦數千里，以要名爵乎！』遂命駕而歸」。膾，細切的肉。滄洲：隱者所居之地。二句意謂，蕃忽思淮南，有隱於其地之心。

〔七〕蒹（jiān兼）：未長穗的蘆葦。葭（jiā佳）：初生的蘆葦。渚：水中的小塊陸地。雲夢：楚大澤名，亦單稱爲雲或夢。其澤修廣，跨長江南北，司馬相如《子虛賦》謂雲夢「方九百里」，胡渭《禹貢錐指》卷七謂蘄州（今湖北蘄春）以西，枝江（今湖北枝江）以東，京山（今湖北京山）以南，青草（湖名，又曰巴丘湖，即今湖南洞庭湖東南部）以北，皆爲雲夢。按，唐淮南道蘄、黄、安三州所轄部分地區，即在古雲夢域内，故維送蕃赴淮南而述及雲夢。二句寫蕃往遊之地的景物。

〔八〕砧（zhēn珍）：搗衣石。此指搗衣聲。

〔九〕青門：漢長安城東面三門中南頭的門，詳見《韋侍郎山居》注〔五〕。

〔一〇〕駸駸（qīn侵）：馬行疾速。

〔一一〕新豐：在今陝西臨潼東北，詳見《少年行四首》其一注〔二〕。自長安東行趨潼關，必經新豐。

〔一二〕空：只。此言四周無人，只有鳥兒仍在天際迴翔！

王維集校注卷二

編年詩（開元下）

送崔興宗〔一〕

已恨親皆遠，誰憐友復稀？君王未西顧〔二〕，游宦盡東歸〔三〕。塞迥山河净〔四〕，天長雲樹微。方同菊花節，相待洛陽扉〔五〕。

〔一〕約作於開元二十二年（七三四），説見《年譜》。崔興宗：趙殿成曰：「《唐書·宰相世系表》有崔興宗（按出博陵安平崔氏），乃駙馬都尉崔恭禮之子，後官饒州長史，顧玄緯以爲即是其人。成按，《公主列傳》，恭禮尚高祖女真定公主，去開元、天寶世甚遠……其非一人明矣。」趙説是。據王維《秋夜獨坐懷内弟崔興宗》詩，可知興宗爲維之内弟。尋繹詩意，蓋是時興宗欲自長安赴洛陽，維因作此詩送之。

〔二〕「君王」句：指唐玄宗尚在東都洛陽。據《通鑑》載，玄宗自開元二十二年正月至二十四年九月居於洛陽。

〔三〕二句謂，君王未還長安，離鄉入京求官之人皆自長安東赴洛陽。

〔四〕迴，底本原作「闊」，此從宋蜀本、明十卷本、《全唐詩》等。山，凌本作「江」。浄，宋蜀本作「静」。

〔五〕方：將。菊花節：重陽節。二句意謂，自己亦擬往洛陽，將在洛陽同興宗共渡重陽節。

上張令公〔一〕

珥筆趨丹陛〔二〕，垂璫上玉除〔三〕。步檐青瑣闥，方幰畫輪車〔四〕。市閲千金字〔五〕，朝聞五色書〔六〕。致君光帝典〔七〕，薦士滿公車〔八〕。伏奏回金駕〔九〕，横經重石渠〔一〇〕。從兹罷角抵，希復幸儲胥〔一一〕。天統知堯後，王章笑魯初〔一二〕。匈奴遥俯伏，漢相儼簪裾〔一三〕。賈生非不遇，汲黯自堪疎〔一四〕。學《易》思求我，言《詩》或起予〔一五〕。嘗從大夫後〔一六〕，何惜隷人餘〔一七〕！

〔一〕張令公：令公指中書令，趙殿成注：「此張令公應是九齡，顧玄緯以爲張説，誤矣。」按，張説開元十一年二月（《新唐書·玄宗紀》作「四月」，此據《通鑑》）爲中書令，十四年四月壬子（四日）被彈劾，庚申（十二日）罷中書令，若張令公果爲張説，則此詩當作於維居濟州期間（參見《年譜》）；又開元十三年冬玄宗東封泰山，説隨行，嘗過濟州，因此維之獻詩張説求汲引，理應即在此時。然考維此詩中無一語言及東封事，則又不類此時所作；且玩詩末四句之意，維是時蓋未居官，這就與維在濟州爲司倉參軍的身分不合，故此張令公當非指張説，而應指張九齡。九齡字子壽，韶州曲江（今廣東韶關市西南）人。開元十年拜中書舍人，後轉太常少卿、洪州都督、桂州刺史、秘書少監，開元二十一年（七三三）十二月爲中書侍郎、同中書門下平章事，兼修國史，二十二年五月二十七日加中書令（參見《年譜》）。此詩蓋作於九齡加中書令之後，具體時間約在二十二年秋（説詳《年譜》）。

〔二〕珥（ěr耳）筆：謂侍從之臣插筆於冠側以備記事。珥，插。《三國志・魏書・陳思王植傳》：「執鞭珥筆，出從華蓋，入侍輦轂。」中書令「掌侍從獻替」（《通典》卷二一），故有「珥筆」之語。丹陛：古時皇宫前臺階上的空地塗成紅色，故云。

〔三〕璫：耳珠，此指身上的飾物。玉除：玉階，指皇宫的臺階。此句自鮑照《代白紵舞歌詞四首》其二「垂璫散佩盈玉除」句化出。

〔四〕步櫩：走廊。亦作「步欄」。《漢書・司馬相如傳》注：「步櫩，言其下可行步，即今之步廊也。」青瑣：皇宫中門窗之飾。《漢書・元后傳》注：「孟康曰：『以青畫户邊鏤中，天子制也。』……師古曰：『孟説是。青瑣者，刻爲連環（一本作「連瑣」）文而（一本此下有「以」字）青塗之也。』」闥：宫中小門。方幰（xiǎn險）：南朝梁紀少瑜《遊建興苑詩》：「日落庭光轉，方幰屢移陰。」此處指方形之車幔。畫輪車：天子乘輿之屬車。《通典》卷六四：「晉制，畫輪車駕牛，以采漆畫輪轂，上起四夾杖，左右開四望，緑油幢，纁朱絲青交給（《晉書・輿服志》作「朱絲絡，青交路」），其上形如輦，其下猶犢車，貴者不乘，大駕次羊車後也。」此二句謂九齡出入宮禁，侍從御駕。

〔五〕「市閲」句：《史記・吕不韋列傳》：「是時諸侯多辯士，如荀卿之徒，著書布天下，吕不韋乃使其客人人著所聞，集論以爲《八覽》、《六論》、《十二紀》，二十餘萬言，以爲備天地萬物古今之事，號曰《吕氏春秋》。布咸陽市門，懸千金其上，延諸侯游士賓客，有能增損一字者，予千金。」此句即用其事，謂九齡任相（吕不韋使其客著《吕氏春秋》時，正任秦相），爲文高妙，人不能及。按，九齡曾爲中書舍人、知制誥，掌文誥多年，時人謂之曰「文高宗匠」（徐浩《唐尚書右丞相中書令張公神道碑》，載《全唐文》卷四四〇）、「一代辭宗」（《舊唐書・韋陟傳》），故云。

〔六〕聞，底本原作「開」，此從《全唐詩》。五色書：即五色詔，謂以五色紙所書之詔，唐司空曙《酬張芬有赦後見贈》：「紫鳳朝銜五色書，陽春忽布網羅除。」可證。此指九齡爲天子起草的詔書。

〔七〕致君：言輔佐君主，使其達於極頂，成爲聖明天子。帝典：《文選》揚雄《劇秦美新》：「是以帝典闕而不補，王綱弛而未張。」吕延濟注：「典，則。」光帝典：言使帝王之法則光大，語本《文選》王儉《褚淵碑文》：「光我帝典，緝（和）彼民黎。」

〔八〕公車：官署名，掌徵召等事，漢時應徵的士子，入京後即舍於此；至隋代尚有此官署，唐廢。滿公車：謂薦士極多。徐浩《張公神道碑》云九齡執政，「收拔幽滯，引進直言，野無遺賢，朝無闕政」。

〔九〕「伏奏」句：金駕，即金路（輅）。《文選》顏延之《應詔觀北湖田收》李善注：「金駕，金輅也。」《新唐書・車服志》：「凡天子之車……金路者，饗、射、祀還、飲至所乘也，赤質，金飾末。」《後漢書・銚期傳》載：「（期）及在朝廷，憂國愛主，其有不得於心，必犯顏諫諍。帝嘗輕與期門（李賢注：「《前書》武帝將出，必與北地良家子期於殿門，故曰期門。」）近出，期頓首車前曰：『臣聞古今之戒，變生不意，誠不願陛下微行數出。』帝爲之回輿而還。」此句即用其事，謂九齡敢于直言諫諍。《張公神道碑》云：「公直氣鯁詞，有死無貳，彰善癉（病）惡，見義不回。」《通鑑》卷二一四曰：「是時，上在位歲久，漸肆奢欲，怠於政事，而九齡遇事無細大皆力爭。」

〔一〇〕橫經：聽講時橫陳經書。南朝梁任昉《厲吏人講學》：「旰食願橫經，終朝思擁帚。」石渠：閣名，漢時爲藏書及諸儒講論五經之所。清畢沅校本《三輔黃圖》卷六：「石渠閣，蕭何造，其下礱石爲渠以導水，若今御溝，因爲閣名。所藏入關所得秦之圖籍；至於成帝，又於此藏祕書焉。」《漢書・劉向傳》曰：「徵更生（即劉向）受《穀梁》，講論五經於石渠。」注：「《三輔舊事》云：石渠閣在未央大殿北，以臧（藏）祕書。」《施讎傳》曰：「甘露（漢宣帝年號）中，（讎）與五經諸儒雜論同異於石渠閣。」句指九齡崇尚經術。《張公神道碑》稱九齡「學究經術」，又載玄宗謂九齡曰：「比以卿爲儒學之士，不知有王佐之才，今日得卿，當以經術濟朕。」

〔一一〕角抵：古角力之戲，猶今之摔跤。《漢書・武帝紀》：「（元封）三年春，作角抵戲。」注：「文穎曰：名此樂爲角抵者，兩兩相當，角力角技藝射御，故名角抵，蓋雜技樂也。」《後漢書・南匈奴傳》李賢注：「角抵之戲……言兩兩相當，亦角而爲抵對，即今之鬬朋，古之角抵也。」罷角抵：《漢書・元帝紀》及《貢禹傳》載，元帝初元五年，關東連遭災害，貢禹進諫，「天子納善其忠」，下詔

「罷角抵上林宮館」。儲胥：宮館名，漢武帝所築，在甘泉宮（故址在今陝西淳化縣甘泉山）中。清孫星衍、莊逵吉校本《三輔黄圖》：「武帝先作迎風館於甘泉山，後加露寒、儲胥二館。」二句謂九齡諫止君王，使其不復爲戲樂遊幸之事。

〔二〕「天統」句：《漢書·高帝紀》贊曰：「漢帝本系，出自唐帝（指堯），降及于周，在秦作劉，涉魏而東，遂爲豐公。豐公蓋太上皇父，……由是推之，漢承堯運，德祚已盛，斷蛇著符，旗幟上赤，協于火德，自然之應，得天統矣。」注：「臣瓚曰：漢承堯緒爲火德，秦承周後，以火代木（言漢以火德代秦木德），得天之統緒，故曰得天統。」此以漢喻唐，謂唐猶漢，承堯之運，得天之統緒。王章：王者的典章制度。《左傳》僖公二十五年：「請隧，弗許，曰：王章也。」魯初：指魯國的舊禮。《禮記·檀弓下》：「季康子之母死，公輸若方小，斂，般請以機封，將從之，公肩假曰：『不可，夫魯有初……』」注：「初謂故事。」疏：「將從之時，有公肩假止而不許曰：『不可爲機窆之事，夫魯有初始舊禮……』」此言連魯之舊禮也比不上唐的典章制度。魯爲孔子故鄉，又有周公遺化，向被視爲禮義之邦，故云。二句寫唐德祚之盛與九齡輔佐君王的政績。

〔三〕「匈奴」二句：儼，莊嚴貌。簪裾，顯貴者之服飾。庾信《奉和永豐殿下言志》其二：「星橋擁冠蓋，錦水照簪裾。」《漢書·王商傳》：「（商）爲人多質有威重，長八尺餘，身體鴻大，容貌甚過絶人。河平四年，單于（匈奴君主）來朝，引見白虎殿（在未央宫中），丞相商坐未央廷中，單于前拜謁商，商起離席與言，單于仰視商貌，大畏之，遷延却退。天子（漢成帝）聞而歎曰：『此真漢相矣！』」二句即用其事，謂九齡簪冠曳裾，有漢相威儀。《通鑑》卷二一四載：「每宰相薦士，（玄宗）輒問曰：『風度得如九齡不？』」可見九齡頗有風度、威儀。

〔一四〕「賈生」句：賈生，賈誼，參見《哭祖六自虚》注〔八〕。《漢書·賈誼傳》贊：「劉向稱賈誼……通達國體，雖古之伊、管，未能遠過也，使時見用，功化必盛，爲庸臣所害，甚可悼痛。追觀孝文玄默躬行，以移風俗，誼之所陳，略施行矣。……誼亦天年早終，雖不至公卿，未爲不遇也。」汲黯：字長孺，爲人性倨少禮，不能容人之過；「好直諫，數犯主之顔色」。漢武帝時，「召拜爲中大夫，以數切諫，不得久留内，遷爲東海太守」。不久入爲主爵都尉，後「坐小法，會赦免官，於是黯隱於田園者數年」。復召拜爲淮陽太守，卒於官。事見《史記·汲鄭列傳》、《漢書·汲黯傳》。維作此詩前，曾謫官濟州，尋改官淇上，後又棄官閑居；此二句以賈生、汲黯自喻，謂己一直安於不遇之境，不敢對朝廷有所埋怨。

〔一五〕「學《易》」句：《易·蒙》：「匪我求童蒙，童蒙求我。」高亨《周易古經今注》卷一曰：「本卦蒙字皆借作矇，以象愚而無知之人。年幼而無知者，謂之童蒙。此童蒙謂求筮者也。我，筮人自謂也。匪我求童蒙童蒙求我，言有來筮而無往筮也。」此處以童蒙自喻，委婉地表達了請求九齡援引之意。「言《詩》」句：《論語·八佾》：「子曰：『起予者商也（卜商真是能啓發我的人）！始可與言《詩》矣。』」此處以卜商（孔子弟子）自喻，謂己或許能對九齡有所啓發。

〔一六〕「嘗從」句：《左傳》哀公十四年：「齊陳恒弑其君壬于舒州。孔丘三日齊（同齋，謂齋戒），而請伐齊三（按此時孔子年七十一，退居在家，特爲此事而進見哀公）。……公（哀公）曰：『子告季孫。』孔子辭，退而告人曰：『吾以從大夫之後也（我因爲曾忝爲大夫），故不敢不言。』」事亦載《論語・憲問》。句指己曾忝爲朝官。

〔一七〕隸人：猶群輩。《列子・仲尼》：「隸人之生，隸人之死，衆人且歌，衆人且哭。」晋張湛注：「隸人猶群輩也。」餘：末。句謂己不惜列居群輩之末。

歸嵩山作〔一〕

清川帶長薄〔二〕，車馬去閑閑〔三〕。流水如有意，暮禽相與還〔四〕。荒城臨古渡，落日滿秋山。迢遞嵩高下〔五〕，歸來且閉關〔六〕。

〔一〕作於開元二十二年（七三四）秋，時作者在嵩山隱居，説見《年譜》。嵩山：又曰嵩高山，在今河南登封市北。

〔二〕「清川」句：清，《文苑英華》作「晴」。帶，圍繞。薄，草木叢生之地。陸機《君子有所思行》：「曲池何湛湛，清川帶華薄。」

〔三〕閑閑：從容自得貌。

〔四〕「暮禽」句：禽，《文苑英華》作「雲」。陶淵明《飲酒》其五：「山氣日夕佳，飛鳥相與還。」

〔五〕迢遞：《文選》謝朓《鼓吹曲》李周翰注：「迢遞，高貌。」嵩高，《文苑英華》作「嵩山」。

〔六〕閉關：閉門。「閉」下《全唐詩》注：「一作掩。」

劉須溪曰：已近自然。

方回曰：閒適之趣，澹泊之味，不求工而未嘗不工者，此詩是也。（《瀛奎律髓彙評》卷二三）

清何焯曰：三、四見得魚鳥自爾親人，歸時若還故我。（同上）

沈德潛曰：寫人情物性，每在有意無意間。（《唐詩别裁》卷九）

王壽昌曰：超然。（《小清華園詩談》卷上）

東溪翫月〔一〕

月從斷山口，遥吐柴門端。萬木分空霽〔二〕，流陰中夜攢〔三〕。光連虚象白〔四〕，氣與風露寒〔五〕。谷静秋泉響，巖深青靄殘。清澄入幽夢〔六〕，破影抱空巒〔七〕。恍惚琴窗裏，松溪曉思難。

〔一〕此詩奇字齋本、底本俱録入外編，其他各本未見收録，《文苑英華》作王維詩，《唐文粹》作王昌齡詩（然《王昌齡集》未録此首），《全唐詩》重見王維及王昌齡集中。按，此詩之著作權當屬誰人，殊難確斷，今姑作王維詩收入集中。東溪：《水經注·潁水》：「潁水又東，五渡水注之。其水導源崇高縣東北太室（嵩山東峰）東溪。」據此，則本篇疑是維居嵩山時所作。

〔二〕分空：半空。霽：指明亮的月光照耀山林，如同雨過天晴一般。

〔三〕流陰：指陰氣。攢：聚集。

〔四〕虚：天空。象：天象。此指星辰。《易·繫辭上》：「在天成象。」韓康伯注：「象，況日月星辰。」此句承上「萬木」句接寫明亮的月光。

〔五〕與：偕。此句承上「流陰」句而言。

〔六〕清澄：形容月光清朗通明；此二字《唐文粹》作「澄清」，《全唐詩》作「清燈」。

〔七〕破影：指月下因風起而摇動、破碎的樹影；《唐文粹》此二字作「影破」。

山中寄諸弟妹〔一〕

山中多法侣〔二〕，禪誦自爲群〔三〕。城郭遥相望，惟應見白雲。

〔一〕疑居嵩山時作。詩題《萬首唐人絶句》無「諸」字，凌本無「妹」字。

〔二〕法侣：猶言僧侣。

〔三〕禪誦：謂坐禪誦經。《陳書·儒林傳》：「（陸慶）築室屏居，以禪誦爲事。」

張謙宜曰：身在山中，却從山外人眼中想出，妙悟絶倫。（《絸齋詩談》卷五）

獻始興公時拜右拾遺〔一〕

寧棲野樹林〔二〕，寧飲澗水流〔三〕；不用坐粱肉，崎嶇見王侯〔四〕。鄙哉匹夫節，布褐將白頭〔五〕！任智誠則短，守仁固其優〔六〕。側聞大君子〔七〕，安問黨與讎〔八〕。所不賣公器〔九〕，動爲蒼生謀。賤子跪自陳〔一〇〕，可爲帳下不〔一一〕？感激有公議，曲私非所求〔一二〕！

〔一〕開元二十三年（七三五）初被任爲右拾遺尚未到任時作於嵩山，説見《年譜》。始興公：即張九齡。「始興」爲爵號之省稱，「公」爲尊稱。參見《上張令公》注〔一〕。趙殿成曰：「按劉昫《唐書》張九齡本傳：開元二十一年十二月，拜中書侍郎、同中書門下平章事，明年遷中書令，二十三年加金紫光禄大夫，累封始興縣伯，二十四年遷尚書右丞相，罷知政事，坐引非其人，左遷荆州大都督府長史，俄請歸拜墓，因遇疾卒。而宋祁《唐書》本傳以封始興伯爲貶荆州長史後事，非也，當以劉書爲正。」按，據明成化九年韶州刊本《唐丞相曲江張先生文集》附録「誥命」的記載，九齡於開元二十三年三月九日進封始興縣子，二十七年七月二十二日封始興縣伯（參見《年譜》），趙説誤。玩詩題之意，本詩當作於三月九日九齡進封始興縣子之後。右拾遺：官名，唐中書省置右拾遺二人，從八品上，掌供奉諷諫。明十卷本無題下注語。

〔二〕樹，宋蜀本作「木」。

〔三〕水，《文苑英華》作「中」。

〔四〕坐：猶「致」，底本原作「食」，據宋蜀本、述古堂本、元本、明十卷本等改。鮑照《觀圃人藝植》：「居無逸身伎，安得坐粱肉。」粱肉：謂美食佳餚。崎嶇：《文選》陶淵明《歸去來辭》李善注：「崎嶇，不安之貌也。」二句意謂，用不着爲了得到富貴，而惴惴不安地去干謁王侯。

〔五〕匹夫：平民。布褐：粗布衣服。平民所服。二句意謂，因爲有這種朴鄙的平民節操，我準備終身不爲官！

〔六〕此二句謂，若論取用機巧智慧，那確乎是我的短處；而保持仁德，却是我的長處。

〔七〕側聞：從旁聽説。大君子：指張九齡。

〔八〕「安問」句：語本劉琨《重贈盧諶》：「重耳（晉文公）任五賢（指狐偃、趙衰等），小白（齊桓公）相射鈎（射鈎者，指管仲）。苟能隆二伯（指重耳、小白），安問黨（指五賢）與讎（指管仲）？」句謂張九齡用人公正無私，不問是同黨還是仇人。

〔九〕公器：公有之物。《莊子·天運》：「名，公器也，不可多取。」《舊唐書·張九齡傳》載，開元十三年，「九齡言於（張）説曰：『官爵者，天下之公器，德望爲先，勞舊次焉。』」句謂九齡不出賣國家的官爵。

〔一〇〕「賤子」句：語本應璩《百一詩》其一：「避席跪自陳，賤子實空虚。」賤子，作者自謙之稱。

〔一一〕帳下：謂下屬。不：通「否」。

〔三〕感激：感動奮發。曲私：偏私。二句謂，任用我，如出於公正之議，將使自己感動奮發；如有所偏私，則不是自己所追求的。

留別山中温古上人兄并示舍弟縉〔一〕

解薜登天朝〔二〕，去師偶時哲〔三〕。豈惟山中人，兼負松上月〔四〕。宿昔同遊止，致身雲霞末〔五〕。開軒臨潁陽〔六〕，卧視飛鳥没。好依盤石飯〔七〕，屢對瀑泉歇〔八〕。理齊少狎隱〔九〕，道勝寧外物〔一〇〕。舍弟官崇高〔一一〕，宗兄此削髮〔一二〕。荆扉但灑掃〔一三〕，乘閑當過拂〔一四〕。

〔一〕開元二十三年（七三五）拜右拾遺後即將離嵩山至東都赴任時所作，説見《年譜》。温古上人：《宋高僧傳》卷一《金剛智傳》：「（開元）十一年奉勑于資聖寺翻出《瑜伽念誦法》二卷、《七俱胝陀羅尼》二卷，東印度婆羅門大首領直中書伊舍羅譯語，嵩岳沙門温古筆受。」《金石萃編》卷七八《嵩山會善寺故景賢大師身塔石記》，沙門温古書，開元二十三年八月十二日建。上人，對僧人的敬稱。縉：字夏卿，少好學，與兄維早以文翰著名。累官侍御史、武部員外郎、太原少尹、左散騎常侍。代宗廣德二年（七六四）拜黄門侍郎、同平章事。兩《唐書》有傳。詩題《文苑英華》作《留別温古上人兄并示弟縉》。

〔二〕薜（bì閉）：薜荔，香草名。《楚辭·九歌·山鬼》：「若有人兮山之阿，被薜荔兮帶女蘿。」後因以薛荔或薛蘿稱隱者之服。解薛：謂己脱去隱者之服。

〔三〕師：指温古上人。偶時哲：謂與當代的賢哲（指朝中之官）爲伍。

〔四〕此二句意謂，自己的出仕，不僅有負於温古上人，而且有負於山間優美的月色。

〔五〕宿昔：往日。末：邊。

〔六〕潁陽：唐縣名，屬河南府，本名武林，開元十五年更名潁陽（參見《新唐書·地理志》），在今河南登封市西南潁陽鎮。按，是時維與温古共居於嵩山，嵩山地近潁陽，故曰「開軒臨潁陽」。又趙殿成注云：「然右丞所稱者，當是泛指潁水之陽也。《吕氏春秋》：『許由虞乎潁陽。』高誘注：『潁水之北曰潁陽。』是矣。」嵩山在潁水之北，此處若以「潁水之陽」釋「潁陽」，亦通。

〔七〕盤石：即磐石。

〔八〕歇，宋蜀本、明十卷本、《全唐詩》等俱作「渴」。

〔九〕理齊：指學佛與隱居事理相同。少狎隱：指温古少時即親近隱者。此三字奇字齋本作「狎小隱」，《全唐詩》作「小狎隱」。

〔一〇〕道勝：《淮南子·精神訓》：「子夏見曾子，一臞（瘦）一肥，曾子問其故，曰：『出見富貴之樂而欲之，入見先王之道又説（悦）之，兩者心戰，故臞；先王之道勝，故肥。』」此用其意，言道（此指佛道）戰勝了追求富貴的欲望。寧：寧願。外物：忘物。《莊子·大宗師》：「夫卜梁倚有聖人之才，而無聖人之道，我有聖人之道，而無聖人之才，吾欲以教之，庶幾其果爲聖人乎！……吾猶守而告之參（通「三」）日，而後能外天下；已外天下矣，吾又守之七日，而後能外物。」郭象注：「外猶遺也。」成玄英疏：「天下疏遠易忘，資身之物，親近難忘，守經七日，然後遺之。」此句亦指温古而言。

〔一〕「舍弟」句：指王縉是時在登封（今河南登封）爲官。崇高，漢縣名，武帝置，唐時曰登封縣。《漢書·武帝紀》曰：「元封元年……春，正月，行幸緱氏，詔曰：『……其令祠官加增太室（嵩山東峰）祠……以山下户三百爲之奉邑，名曰崇高。』」《地理志》曰：「崈高（縣），武帝置，以奉太室山，是爲中岳。」師古注：「崈，古崇字。」《元和郡縣志》卷五：「登封縣，本漢崈高縣，武帝元封元年置，以奉太室。……則天因封岳，改爲登封。」王縉《東京大敬愛寺大證禪師碑》（載《全唐文》卷三七〇）曰：「縉嘗官登封，因學於大照（即普寂，《舊唐書》有傳，開元二十七年卒於洛陽興唐寺）。」

〔二〕宗兄：族兄或同姓兄。此指「温古上人兄」。此削髮：謂在嵩山爲僧。嵩山在唐登封縣北八里（見《元和郡縣志》卷五）。「削」字下底本注曰：「一作祝。」

〔三〕荆扉：指王維在嵩山的住處。

〔四〕過拂：過，至；「拂」意同。《淮南子·天文訓》：「拂於扶桑。」高誘注：「拂，猶過，一曰至。」「拂」明十卷本、奇字齋本、《全唐詩》等俱作「歇」。按，史載開元二十三年玄宗在東都，是時維既拜諫官，理當隨玄宗居東都；東都距嵩山甚近，故維有「乘閒當過拂」之語。

過乘如禪師蕭居士嵩丘蘭若〔一〕

無著天親弟與兄〔二〕，嵩丘蘭若一峰晴。食隨鳴磬巢烏下〔三〕，行踏空林落葉聲。迸水定侵香案濕〔四〕，雨花應共石牀平〔五〕。深洞長松何所有？儼然天竺古先生〔六〕。

〔一〕詩題：今存《蕭和尚靈塔銘》碑（刻于建中元年，今存嵩岳寺）右側刻有王維此詩，題作「如和尚與賢兄（下缺）當下山僕竊慕焉寄（下缺）」，左側刻有佚名同詠詩「同王右丞寄蕭和（下缺）」（參見内田誠一《蕭和尚靈塔銘之新考》，載《王維研究》第五輯）。據「寄」字，此詩似非王維過訪乘如時所作。考王維開元二十二年（七三四）秋至二十三年春隱於嵩山（參見《年譜》），是時他與乘如當有交往，此詩疑作于維離開嵩山在洛陽爲官時，即開元二十四年。乘如禪師：《宋高僧傳》卷一五：「釋乘如，未詳氏族，精研律部，頗善講宣。……代宗朝翻經，如預其任。……終西明、安國二寺上座。」又，《代宗朝贈司空大辨正廣智三藏和上表制集》卷一《請置大興善寺大德四十九員》，載有「東都敬愛寺僧乘如」。二書所載，當即一人。《靈塔銘》碑原已斷爲三截，經内田誠一的尋訪和復原，可知蕭和尚號乘如，俗姓蕭，梁武帝六代孫，生於聖曆元年（六九八），卒于大曆十三年（七七八）。年二十一于洛陽崇光寺出家。曾學于大照禪師。弱歲與蕭居士「常居中嶽」。天寶末，安史叛軍佔領洛陽，「和尚振錫箕潁，南登江漢，因依而行」，至德二載，肅宗聞而嘉之，徵入長安，留内道場安置。代宗時，先後居于東都敬愛寺、長安大興善寺，終于長安安國寺。參見内田誠一《新考》。禪師，對和尚的尊稱。蕭居士：乘如之兄蕭時護。《靈塔銘》云：「我居士，和尚之仁兄也。……居士名時護，起身塔於嵩丘，不忘本也。」《全唐詩人名彙考》謂蕭居士指蕭時和，非是，説見《新考》。居士，在家奉佛修道之人。嵩丘：即嵩山。蘭若：梵語「阿蘭若」的略稱，一般指佛寺。《新考》謂乘如在嵩山之所居，爲嵩岳寺。寺在嵩山太室南麓。

〔二〕無著、天親：皆菩薩名。《大唐西域記》卷五：「無著菩薩，健馱邏國（位於庫納爾河和印度河之間的喀布爾河流域，首都即今巴基斯坦的白沙瓦）人也，佛去世後一千年中，誕靈利見，承風悟道，從彌沙塞部（小乘佛教部派之一）出家修學，頃之迴信大乘。其弟世親菩薩於説一切有部（小乘佛教部派之一）出家受業，博聞强識，達學研幾。」按，世親即天親，與其兄無著同爲古印度大乘佛教瑜伽行派理論體系的主要建立者。此處以無著、天親喻乘如禪師與蕭居士。

〔三〕磬：佛教的打擊樂器，形狀像鉢，用銅製成。巢烏：築巢而居的烏鴉。

〔四〕迸水：梁惠皎《高僧傳》卷六《慧遠傳》：「遠於是與弟子數十人，南適荆州，住上明寺。後欲往羅浮山，及屆潯陽，見廬峰清静，足以息心，始住龍泉精舍，此處去水大遠，遠乃以杖扣地曰：『若此中可得棲立，當使朽壤抽泉。』言畢，清流涌出，後卒成溪。」「迸」宋蜀本作「陁」。此句暗用其事，寫禪師、居士的法力和居處的環境。

〔五〕雨花：天上落下香花。《妙法蓮華經・序品》：「爾時世尊（佛）……爲諸菩薩説大乘經，名《無量義教菩薩法佛所護念》，佛説此經已，結跏趺坐，入於無量義處三昧，身心不動，是時天雨（降下）曼陀羅華（花名，下同）、摩訶曼陀羅華、曼殊沙華、摩訶曼殊沙華，而散佛上及諸大衆。」牀，宋蜀本作「林」。

〔六〕儼然：莊重貌。天竺：古印度别稱。古先生：道教稱老子西至天竺爲佛，號古先生。此處指佛。《後漢書・襄楷傳》：「或言老子入夷狄爲浮屠（即佛）。」南齊道士顧歡《夷夏論》曰：「道經云：『老子入關，之天竺維衛國，國王夫人名曰浄妙，老子因其晝寢，乘日精入浄妙口中，後年四月八日夜半時，剖右腋而生。墜地即行七步，於是佛道興焉。』此出《玄妙内篇》。」（參見《南史・顧歡傳》）《西昇經》（道教經書之一）卷一：「老子西昇，開道竺乾（即天竺，此言至天竺傳道開化），號古先生。」按，以上説法，是道教爲了貶抑佛教，否定它的宗教正統地位而製造出來的。此句謂只有莊重的天竺之佛的雕像。

黄生曰：起用一菩薩，一居士，唤出二人，接即離開，且寫其所居之地。三、四又承寫二句，言我來此，惟見落葉滿林，巢烏下食，則其蘭若之孤高，人迹所不到，可以意想也。五、六寫禪師，七、八寫居士，方與起句相接。而叙事處，亦只是寫景，章法之開合，筆墨之神化，皆登無上神品矣。（《增訂唐詩摘鈔》卷三）

方東樹曰：起貼乘如、居士二人。次破蘭若。三、四寫上人居此，境味警策入妙。五、六人地合寫。收作贊美歎羨。（《昭昧詹言》卷一六）

過太乙觀賈生房〔一〕

昔余棲遁日〔二〕，之子烟霞鄰〔三〕。共攜松葉酒〔四〕，俱簪竹皮巾〔五〕。攀林遍雲洞〔六〕，採藥無冬春。謬以道門子，徵爲驂御臣〔七〕。常恐丹液就，先我紫陽賓〔八〕。夭促萬塗盡〔九〕，哀傷百慮新。蹟峻不容俗〔一〇〕，才多反累真〔一一〕。泣對雙泉水，還山無主人。

〔一〕太乙觀：道觀名，在嵩山雙泉嶺。卿希泰主編《中國道教》第四卷《仙境宮觀·嵩山》引《唐嵩嶽太一觀蟬蜕劉真人傳》云：「劉道合……武德中，入嵩山與潘師正同居雙泉嶺。……高宗聞其名，降詔於所隱立太一觀使居之。」《舊唐書·隱逸傳》：「道士劉道合者……初與潘師正同隱於嵩山。高宗聞其名，令於隱所置太一觀以居之。」據本詩「泣對雙泉水」句，知「賈生房」當在雙泉嶺，應屬劉道合曾居之太一觀。太一，亦作太乙，二者一也。賈生：未詳。尋繹詩意，此篇當作于王維離嵩山至東都任右拾遺後不久，即開元二十三年或二十四年。詩中寫作者入朝爲官後趁公餘閑暇復返嵩山，訪賈生房，並哀悼賈生之卒。具體時間不詳，姑繫於此。此詩王維集諸本多不録，僅載于奇字齋本外編、凌本及底本外編。按，《文苑英華》、《全唐詩》俱以此詩爲王維所作，宜從之。

〔二〕棲遁：隱居。指隱于嵩山。

〔三〕之子：此人。指賈生。烟霞鄰：指隱於山中，與烟霞爲鄰。

〔四〕松葉酒：用松葉煮水，加上適量的米釀成的酒。庾信《贈周處士》：「方欣松葉酒，自和《游仙》吟。」王績《贈學仙者》：「春釀煎松葉，秋杯浸菊花。」

〔五〕簪（zān 簪）：同「簪」，插，戴。竹皮巾：即竹皮冠。《漢書·高帝紀》：「高祖爲亭長，乃以竹皮爲冠。」師古注：「竹皮，笋皮，謂笋上所解之籜（笋殼）耳。……今人亦往往爲笋皮巾，古之遺制也。」

〔六〕雲洞：指山高處的洞。「雲」《全唐詩》作「巖」。

〔七〕驂御：馭者。驂御臣，指侍從之臣。按，維離嵩山後拜右拾遺，右拾遺即可稱爲「驂御臣」。《舊唐書·職官志》：「補闕、拾遺之職，掌供奉諷諫，扈從乘輿。」二句意謂，自己原在嵩山隱居學道，誤被朝廷徵爲侍從之臣。

〔八〕丹液：古代道士燒煉的長生不死之藥。楊炯《和劉侍郎入隆唐觀》：「方士燒丹液，真人泛玉杯。」丹謂丹藥（有九丹、還丹等多種名稱），液指金液，《漢武内傳》：「其次藥有九丹金液，子得服之，白日昇天。」《抱朴子·内篇·金丹》：「余考覽養性之書，鳩集久視之方，曾所披涉，篇卷以千計矣，莫不皆以還丹金液爲大要者焉。」紫陽：即紫陽真人。道教傳説，漢沙陰人周義山，字季通，入蒙山遇羨門子，得長生要訣，白日昇天。見《雲笈七籤》卷一〇六《紫陽真人周君内傳》。此二句意謂，自己離嵩山後，常恐賈生丹藥煉就，先於自己成爲紫陽真人的賓客（即成仙）。

〔九〕天促：短命早死。萬塗盡：指人死，各種思緒終止。《文心雕龍·神思》：「夫神思方運，萬塗競萌。」此句謂賈生已卒。

〔一〇〕峻：高。言行爲孤高。不容俗：不爲世俗所容。

〔一一〕累真：有損于真性，妨礙保持本性。

故南陽夫人樊氏輓歌二首〔一〕

錦衣餘翟茀〔二〕，繡轂罷魚軒〔三〕。淑女詩長在〔四〕，夫人法尚存〔五〕。凝笳隨曉旆〔六〕，行哭向秋原〔七〕。歸去將何見，誰能返戟門〔八〕？

〔一〕南陽夫人：樊氏之封號。《舊唐書·職官志》：「一品及國公母、妻，爲國夫人。三品已上母、妻，爲郡夫人。四品母、妻，爲郡君。……其母邑號，皆加太字，各視其夫、子之品；若兩有官爵者，從其高。」南陽，郡名，始置於戰國秦，治所在今河南南陽市，隋初廢。隋大業及唐天寶、至德時，又嘗改鄧州爲南陽郡。南陽夫人即郡夫人。徐安貞有《程將軍夫人挽詩》，孫逖有《故程將軍妻南陽郡夫人樊氏挽歌》，程將軍，程知節之孫伯獻，「開元中左金吾大將軍」（《舊唐書·程知節傳》）。樊氏，名周。《唐代墓誌彙編》開元四八二《程伯獻墓誌銘》：「公姓程氏，諱伯獻。……夫人南陽樊氏，諱周，字大雅，年五十四，先公而薨。」按，本詩其二云「金吾車騎盛」，知本詩當作於程官金吾將軍時。據伯獻墓誌，程開元十四年爲右金吾大將軍，十八年出爲夔州刺史，二十一年復爲金吾大將軍（見《唐會要》卷五二），二十二年出爲仙州刺史，二十三、四年復召入爲右金吾大將軍，二十六年卒。疑本詩作於開元二十四年秋（詩寫秋景），時玄宗居洛陽，王維及同作輓歌的徐安貞、孫逖皆在朝爲官，隨玄宗居洛陽。墓誌謂樊氏先程而卒，權葬於今河南偃師，亦可證本詩應作於洛陽。詩題明十卷本、《全唐詩》俱無「二首」二字，且將二詩分别編於五律及五古部分，題皆曰《故南陽夫人樊氏輓歌》。

〔二〕錦衣：指有錦衣（用錦做的障幔）之車，古爲貴婦所乘，參見《故西河郡杜太守輓歌三首》其三注〔四〕。翟茀（fú弗）：古代貴族婦女所乘之車，前後有障幔，上飾以雉羽。《詩·衛風·碩人》：「朱幩鑣鑣，翟茀以朝。」傳：「翟，翟車也。夫人以翟羽（雉羽）飾車。茀，蔽也。」疏：「婦人乘車不露見，車之前後，設障以自隱蔽，謂之茀，因以翟羽爲之。」「茀」，底本原作「黻」，據宋蜀本、明十卷本、《全唐詩》等改。句指夫人已卒，留下其平日所乘之車。

〔三〕繡轂：美飾之車。南朝陳張正見《劉生》：「金門四姓聚，繡轂五香來。」魚軒：古時貴婦所乘之車。《左傳》閔公二年：「歸夫人魚軒。」杜注：「魚軒，夫人車，以魚皮爲飾。」句謂夫人卒後，其所乘之車罷而不用。

〔四〕淑女：賢善之女。《詩・周南・關雎》：「窈窕淑女，君子好逑。」傳：「淑，善。」此指樊氏。

〔五〕夫人法：《世説新語・賢媛》曰：「王汝南（王湛）少，無婚，自求郝普女，司空（湛父昶）以其癡。會無婚處，任其意，便許之。既婚，果有令姿淑德，生東海（王承，爲東海太守），遂爲王氏母儀。」又曰：「王司徒（湛兄渾）婦，鍾氏女，太傅（魏太傅鍾繇）曾孫，亦有俊才女德。鍾郝爲娣姒（妯娌），雅相親重，鍾不以貴陵郝，郝亦不以賤下鍾。東海家内，則郝夫人之法；京陵（渾襲父爵京陵侯）家内，範鍾夫人之禮。」《晉書・列女傳》：「王渾妻鍾氏，字琰……禮儀法度爲中表所則。……渾弟湛妻郝氏亦有德行……時人稱鍾夫人之禮，郝夫人之法云。」句謂樊氏有才德，雖卒而法度軌範尚存。

〔六〕凝笳：謂笳聲徐緩。指出殯時奏樂。《文選》謝朓《鼓吹曲》：「凝笳翼高蓋，疊鼓送華輈。」李善注：「徐引聲謂之凝。」旆：旗幟。此指送葬隊伍中的儀仗。

〔七〕行哭：謂送葬之人且行且哭。

〔八〕戟門：《周禮・天官・掌舍》「爲壇壝宫棘門」鄭玄注：「鄭司農云：棘門，以戟爲門。」唐制，官（職事官）、階（散官）、勳（勳官）俱三品，許於私第門旁立戟，故又稱貴顯之家爲戟門。《新唐書・盧坦傳》：「舊制，官、階、勳俱三品，始聽立戟，後雖轉四品官，非貶削者，戟不奪。坦爲户部侍郎（正四品下），時階朝議大夫（文散官，正五品下），勳護軍（勳官，從三品），以嘗任宣州刺史三品（唐制，上州刺史從三品），請立戟，許之。時鄭餘慶淹練舊章，以爲非是。爲憲司劾正，詔罰一月倖，奪戟。」此二句意謂，卒後埋入地中，將不得有所見，亦不能復返戟門。

石窌恩榮重〔一〕，金吾車騎盛〔二〕。將朝每贈言〔三〕，入室還相敬〔四〕。疊鼓秋城動，懸旐寒日映〔五〕。不言長不歸，環佩猶將聽〔六〕。

〔一〕石窌：見《故西河郡杜太守輓歌三首》其二注〔二〕。句指樊氏被天子封爲郡夫人。

〔二〕「金吾」句：《後漢書·陰皇后紀》：「（光武）後至長安，見執金吾車騎甚盛，因歎曰：『仕宦當作執金吾。』」金吾，即執金吾，參見五古《雜詩》注〔七〕。按，唐有左右金吾衛，掌宮中及京城巡警之事，置大將軍各一員（正三品），將軍各二員（從三品）。此句即指樊氏之夫在左右金吾衛爲大將軍（故樊氏得封爲郡夫人）。

〔三〕「將朝」句：《左傳》成公十五年：「初，伯宗每朝，其妻必戒之曰：『盜憎主人，民惡其上，子好直言，必及於難。』」

〔四〕相敬：《左傳》僖公三十三年：「初，臼季使，過冀（國名），見冀缺耨，其妻饁之，敬，相待如賓。」《後漢書·龐公傳》：「（龐公）居峴山之南，未嘗入城府，夫妻相敬如賓。」

〔五〕疊鼓：擊鼓。懸旐：指懸掛銘旌。銘旌，亦作明旌，即靈柩前的旗幡，上書死者官號姓名，送葬時用之。《禮記·檀弓下》：「銘，明旌也。以死者爲不可別已，故以其旐識之。」二句寫出殯的情狀。

〔六〕環佩：佩玉。《禮·經解》：「行步則有環佩之聲，升車則有鸞和之音。」古詩文中多用以指婦女身上佩帶的飾物。此二句謂樊氏的丈夫没料到樊氏已一去不返，猶擬聽其環佩之聲。

韋給事山居〔一〕

幽尋得此地〔二〕，詎有一人曾〔三〕？大壑隨階轉〔四〕，群山入户登〔五〕。庖廚出深竹〔六〕，印綬隔垂藤〔七〕。即事辭軒冕〔八〕，誰云病未能〔九〕？

〔一〕疑作於開元二十五年（七三七）正月，顧起經《類箋唐王右丞詩集》曰：「按韋給事即韋嗣立子恒也，嗣立有驪山別第，謂之東山別業，即給事山居也。……前五古（指《同盧拾遺韋給事東山別業二十韻》）叙云：『給事首春休沐，維已陪遊。』正其時也。」參見下篇注〔一〕。

〔二〕幽尋：謂尋覓幽勝之地；凌本作「尋幽」。

〔三〕詎（jù巨）：豈。

〔四〕句謂別業的樓閣亭臺建在山谷旁，于別業中循石階轉行，到處皆見山谷。

〔五〕句謂群山似欲入門而來。

〔六〕庖廚：廚房。

〔七〕句謂别業中布滿垂藤，遊客身上的印綬每被遮隔。按，此處印綬泛指高官隨身飾物。唐代五品以上官員隨身飾物有佩、綬、魚符等，無官印。

〔八〕軒冕：參見《寓言二首》其一注〔一〇〕。

〔九〕病：感到爲難。

方回曰：此詩善用韻，「曾」、「登」二韻，險而無迹。「群山入户登」一句尤奇，比之王介甫「兩山排闥送青來」，尤簡而有味。（《瀛奎律髓彙評》卷二三）

明馮舒曰：幽奇深秀。（同上）

清黄周星曰：不知山居若何，但覺幽碧深寒，蒼翠滿眼。（《唐詩快》卷八）

紀昀曰：「大壑」句亦雄闊。（《瀛奎律髓彙評》卷二三）

同盧拾遺韋給事東山别業二十韻給事首春休沐維已陪遊及乎是行亦預聞命會無車馬不果斯諾〔一〕

託身侍雲陛〔二〕，昧旦趨華軒〔三〕；遂陪鵷鴻侣〔四〕，霄漢同飛翻。君子垂惠顧〔五〕，期我於田園〔六〕。側聞景龍際〔七〕，親降南面尊〔八〕。萬乘駐山外〔九〕，順風祈一言〔一〇〕。高陽多夔龍〔一一〕，荆山積璵璠〔一二〕。盛德啓前烈〔一三〕，大賢鍾後昆〔一四〕。侍郎文昌宫〔一五〕，給事東掖垣〔一六〕。謁帝俱來下，冠蓋盈丘樊〔一七〕。閨風首邦族〔一八〕，庭訓延鄉村〔一九〕。采地包山河〔二〇〕，樹井竟川原〔二一〕。巖端迴綺檻〔二二〕，谷口開朱門。階下群峰首，雲中瀑水源〔二三〕。鳴玉滿春山〔二四〕，列筵先朝暾〔二五〕。會舞何颯沓〔二六〕，擊鐘彌朝昏〔二七〕。是時陽和節〔二八〕，清晝猶未暄〔二九〕。藹藹樹色深〔三〇〕，嚶嚶鳥聲繁。顧已負宿諾〔三一〕，延頸慙芳蓀〔三二〕。蹇步守窮巷〔三三〕，高駕難攀援〔三四〕。素是獨往客，脱冠情彌敦〔三五〕。

〔一〕作於開元二十五年（七三七）春二月，時作者在長安任右拾遺（參見《年譜》）。同：和。拾遺：官名，唐門下省有左拾遺二人，中書省有右拾遺二人，皆從八品上，掌供奉諷諫。《全唐詩》「拾遺」下有一「過」字，又何焯校本版框下方紅筆校語亦云：「元版拾遺下有過字。」給事：官名，即給事中。唐門下省置給事中四員，正五品上，掌陪侍左右，分判省事。韋給事：即韋恒，據《舊唐書·韋嗣立傳》，嗣立次子恒，「開元初爲碭山令……會車駕東巡，縣當供帳，時山東州縣皆懼不辦，務於鞭扑，恒獨不杖罰而事皆濟理，遠近稱焉。……乃擢拜殿中侍御史。歷度支左司等員外、太常少卿，給事中。二十九年，爲隴右道河西黜陟使。」韋恒開元二十三年至二十八年爲給事中，參見《唐九卿考》卷二。東山別業：即韋嗣立莊，在驪山。《舊唐書·中宗紀》曰：「（景龍三年）十二月……庚子，幸兵部尚書韋嗣立莊，封嗣立爲逍遥公，上親製序賦詩，便游白鹿觀。」《韋嗣立傳》曰：「景龍三年，轉兵部尚書、同中書門下三品。……嘗於驪山構營別業

（《新唐書·韋嗣立傳》作「營别第驪山鸚鵡谷」），中宗親往幸焉，自製詩序，令從官賦詩，賜絹二千匹。因封嗣立爲逍遥公，名其所居爲清虚原、幽棲谷。」《唐詩紀事》卷一一曰：「嗣立莊在驪山鸚鵡谷，中宗幸之。嗣立獻食百轝及木器藤盤等物。上封爲逍遥公，谷爲逍遥谷，原爲逍遥原。中宗留詩，從臣屬和，嗣立並鐫于石，請張説爲之序，薛稷書之。」又張説《東山記》曰：「兵部尚書、同中書門下三品、修文殿大學士韋公……雖翊亮廊廟，而緬懷林藪，東山之曲，有别業焉。……幸温泉之歲也，皇上聞而賞之……停輿輦於青靄，佇轝褕於紫雲；百神朝於谷中，千官飲乎池上。……是日即席拜公逍遥公，名其居曰清虚原、幽棲谷。」按，稱别業爲「東山」，或取晋謝安隱於東山之義，或因驪山在長安之東（《長安志》卷一五：「長安東則驪山。」）而得名。首春：孟春，陰曆正月。休沐：休假。唐制，内外官每旬休沐一日。見《唐會要》卷八二。會：適。不果斯諾：不能實現同遊的諾言。

〔二〕雲陛：天子殿陛。雲，形容陛高。句謂己在朝任職，侍奉天子。

〔三〕昧旦：謂天將明。華軒：《文選》潘岳《爲賈謐作贈陸機》：「優遊省闥，珥筆華軒。」吕向注：「華軒，殿上曲欄也。」趨華軒，謂上朝。

〔四〕鵷（yuān 淵）：鵷鶵。鵷鴻：猶鵷鷺，喻朝官班行。庾肩吾《侍宴九日》：「彫才濫杞梓，花綬接鵷鴻。」鵷鴻侣，謂朝中同僚。

〔五〕君子：指韋給事。

〔六〕句謂約我在田園（指東山別業）相會。

〔七〕景龍：唐中宗年號（七〇七—七一〇）。

〔八〕南面：古以坐北朝南爲尊位。此指人君。

〔九〕萬乘：謂天子。

〔一〇〕「順風」句：《莊子·在宥》：「黄帝立爲天子十九年，令行天下，聞廣成子在於空同之上，故往見之……廣成子南首而卧，黄帝順下風（當風之下方也）膝行而前，再拜稽首而問曰：『聞吾子達於至道，敢問治身奈何而可以長久？』」此用其事，謂天子親向韋嗣立求教。

〔一一〕高陽：遠古帝王顓頊氏有天下時的稱號。《左傳》文公十八年：「昔高陽氏有才子八人，蒼舒、隤敳、檮戭、大臨、尨降、庭堅、仲容、叔達，齊、聖、廣、淵、明、允、篤、誠，天下之民謂之八愷。」夔（kuí 葵）、龍：皆舜臣。《尚書·舜典》：「帝曰：『夔，命汝典樂，教胄子……』帝曰：『龍，朕……命汝作納言，夙夜出納朕命，惟允。』」此句謂朝廷多賢臣。

〔一二〕荆山：在河南靈寶市閿鄉南，《通典》卷一七七：「（虢州湖城縣）有荆山，出美玉。黄帝鑄鼎於荆山，其下曰鼎湖，即此也。」又，湖北武當山東南、漢水西岸有荆山，相傳春秋時楚國卞和得玉於此。璵（yú 余）璠（fán 煩）：《左傳》定公五年杜注：「璵璠，美玉，君所佩。」此句以荆山積璵璠喻韋家多美才。

〔一三〕前烈：先輩有功烈者。句謂韋家的盛德開啓於先輩。《舊唐書·韋思謙傳》載，嗣立父思謙，兄承慶，「父子三人，皆至宰相。有唐以來，莫與爲比」，故云。

〔一四〕鍾：聚集。後昆：猶後裔。句謂韋家的后裔多大賢之人。

〔一五〕侍郎：尚書省所轄各部（吏、兵、户、刑、禮、工六部）的副長官。此指韋恒之弟韋濟，《舊唐書·韋嗣立傳》：「濟，早以辭翰聞。開元初，調補鄄城令。……二十四年，爲尚書户部侍郎。累歲轉太原尹。……天寶七載，又爲河南尹，遷尚書左丞。……後出爲馮翊太守。」開元二十五年二月，韋濟正任户部侍郎。文昌宫：趙殿成注：「《晋書·天文志》：『文昌六星，在北斗魁前，天之六府也，天子六曹尚書似之。』故以文昌爲尚書美稱。」按，武后時嘗改尚書省爲文昌臺，又稱文昌都省（參見《新唐書·百官志》），此處文昌宫即指尚書省。此句指韋濟在尚書省任職。

〔一六〕東掖垣：唐大明宫宣政殿（唐時爲朝會之所）左右掖有兩廊，東廊名日華門，門外爲門下省；西廊名月華門，門外爲中書省。門下省在東，謂之東掖省，又曰東掖垣；中書省在西，謂之西掖省，又曰西掖垣。句指韋恒在門下省（給事中屬門下省）任職。

〔一七〕「謁帝」句：指朝見天子後和朝官們一起來到别業。冠蓋：官吏的冠服車蓋。丘樊：即田園。《文選》謝莊《月賦》：「臣東鄙幽介，長自丘樊。」劉良注：「丘園樊籬也。」

〔一八〕閨風：猶門風、家風。首邦族：爲邦、族之首。

〔一九〕庭訓：父訓。延：及。

〔二〇〕采地：古卿大夫之封地，亦稱采邑。此處借指東山别業。

〔二一〕井：指田地。竟：窮盡。句謂川原（指别業的所在地清虚原）上布滿樹木、田地。

〔二二〕迴：環繞。綺檻：飾以彩畫的欄杆。

〔二三〕瀑水：《長安志》卷一五謂唐韋嗣立構别廬於驪山鳳皇原、鸚鵡谷，谷上「有重崖洞壑，飛流瀑水，中宗臨幸，改爲清虚原、幽棲谷」。

〔二四〕鳴玉：賈誼《新書·容經》：「古者聖王居有法則，動有文章，位執戒輔，鳴玉以行。鳴玉者，佩玉也。」蓋玉佩於身，行則發聲，故曰鳴玉。《禮記·玉藻》：「行則鳴佩玉。」句指遊别業的賓客極多。

〔二五〕朝暾（tūn 吞）：早晨初出的太陽。此句謂，早晨太陽尚未出山已擺上了筵席。

〔二六〕颯沓：盛貌。

〔二七〕句謂整日擊鐘奏樂。

〔二八〕陽和節：指春二月。《史記·秦始皇本紀》：「時在中春（即仲春二月），陽和（温暖和暢之氣）方起。」

〔二九〕暄（xuān 宣）：温，暖和。

〔三〇〕藹藹：茂盛貌。

〔三一〕顧：但。已，《全唐詩》作「已」。宿諾：先前的諾言。

〔三二〕蓀：香草名，喻有賢德者，此指韋給事。此句謂，伸頸遥望别業，感到有愧於給事。

〔三三〕蹇步：謂舉步難。蹇，跛。此句意謂，自己無車馬，舉步艱難，只有獨守僻巷。

〔三四〕高駕：尊稱他人之車。攀援：攀引而上。句指他人之車自己也難於搭上。

〔三五〕素：往常，舊時。獨往客：謂隱者。《文選》謝靈運《入華子崗是麻源第三谷》：「且申獨往意，乘月弄潺湲。」李善注：「淮南王《莊子略要》曰：『江海之士，山谷之人，輕天下細萬物而獨往者也。』司馬彪曰：『獨往任自然，不復顧世也。』」脱冠：脱去冠冕。喻去職。謝靈運《九日從宋公戲馬臺集送孔令》：「歸客遂海嵎，脱冠謝朝列。」此二句意謂，自己原是隱者，如不爲官心情會更感篤實。言外之意是説，已爲官却因「無車馬」而有負于對同朝友的「宿諾」，心中感到不安。

顧可久曰：叙事麗雅森整。

韋侍郎山居〔一〕

幸忝君子顧，遂陪塵外蹤〔二〕。閑花滿巖谷，瀑水映杉松。啼鳥忽臨澗，歸雲時抱峰。良遊盛簪紱〔三〕，繼跡多夔龍〔四〕。詎枉青門道，故聞長樂鐘〔五〕。清晨去朝謁〔六〕，車馬何從容〔七〕！

〔一〕此詩與上詩語多相類（如此詩曰「幸忝君子顧」，上詩曰「君子垂惠顧」；此詩曰「瀑水映杉松」，上詩曰「雲中瀑水流」；此詩曰「繼跡多夔龍」，上詩曰「高陽多夔龍」），「韋侍郎山居」當即上詩之「東山別業」，韋侍郎也即韋給事之弟韋濟（參見上詩注〔一五〕）。又此詩亦寫春景，寫作時間當與上詩相去不甚遠，姑繫於開元二十五年（七三七）春。

〔二〕塵外蹤：謂世外之遊。

〔三〕良遊：指歡暢的遊人。簪紱：簪，冠簪；紱，繫冠的絲帶。皆貴顯者之服飾，亦用以指貴顯者。

〔四〕繼跡：繼其蹤跡者，即續遊之人。夔龍：謂賢臣，參見上詩注〔一一〕。

〔五〕詎：豈。青門：漢長安城東面三門中南頭的門。《三輔黃圖》（畢沅校本）卷一：「長安城東出南頭第一門曰霸城門，民見門色青，名曰青城門，或曰青門。」按唐長安城東面亦有三門，曰通化門、春明門、延興門（參見《長安志》卷七、《唐兩京城坊考》卷二），此處蓋以漢青門借指唐長安東門。又，韋侍郎山居在驪山，赴山居需出長安東門，故「青門道」當即指赴山居之道。故：猶常、久、素；宋蜀本、凌本、《全唐詩》作「胡」，《全唐詩》注：「一作用。」長樂：漢長安宮殿名。《三輔黃圖》（畢沅校本）卷二：「長樂宮，本秦之興樂宮也。高皇帝始居櫟陽，七年，長樂宮成，徙居長安城。《三輔舊事》、《宮殿疏》皆曰：興樂宮，秦始皇造，漢修飾之，周回二十里……」故址在今西安市西北漢長安故城中。此借指唐皇宮。此二句承上二句而言，謂遊山居之顯宦久在宮中任事，東出青門作此遊並非徒勞無益。

〔六〕朝謁：指朝見天子。

〔七〕車，《全唐詩》注：「一作鞍。」馬，宋蜀本作「騎」。從容：舒緩貌。

和尹諫議史館山池〔一〕

雲館接天居〔二〕，霓裳侍玉除〔三〕。春池百子外〔四〕，芳樹萬年餘〔五〕。洞有仙人籙〔六〕，山藏太史書〔七〕。君恩深漢帝，且莫上空虛〔八〕。

〔一〕諫議：即諫議大夫。唐門下省置諫議大夫四員，正五品上，掌侍從規諫。尹諫議：即尹愔。《新唐書·趙冬曦傳》附：「尹愔，秦州天水人。……愔博學，尤通《老子》書。初爲道士，玄宗尚玄言，有薦愔者，召對，喜甚，厚禮之，拜諫議大夫、集賢院學士，兼修國史，固辭不起。有詔以道士服視事，乃就職。……開元末卒，贈左散騎常侍。」《寶刻叢編》卷七長安縣：「《唐左散騎常侍尹愔碑》，唐吴鞏撰，韓擇木分書，開元二十八年。」則愔當卒于開元二十八年。《舊唐書·玄宗紀》：「（開元二十五年正月）癸卯，道士尹愔爲諫議大夫、集賢學士，兼知史館事。」此詩寫春景，疑即作於開元二十五年春。史館：掌修史的官署。《通典》卷二一：「大唐武德初，因隋舊制，史官屬祕書省著作局，至貞觀三年閏十二月，移史館於門下省北，宰相監修，自是著作局始罷史職。及大明宫初成（《通鑑》貞觀八年：「冬，十月，營大明宫，以爲上皇清暑之所。」），置史館於門下省之南。……開元二十五年（《舊唐書·職官志》作「二十五年三月」。《新唐書·百官志》作「二十年」，非是），宰臣李林甫監史，以中書地切樞密，記事者宜其附近，史館諫議大夫尹愔遂奏移於中書省北，其地本尚藥局內藥院。」《新唐書・百官志》：「史館，修撰四人，掌修國史。」《長安志》卷六謂唐長安宮城內有史館，「在門下省北。貞觀三年，置祕書內省，以修五代史，又置史館，以編國史，尋廢祕書內省」。按，本詩之史館，當在大明宮內。《唐兩京城坊考》卷一謂大明宮內之史館，在日華門外、待詔院東。

〔二〕雲館：指史館。「雲」喻其高，《全唐詩》注：「一作靈。」天居：天子之居。《文選》左思《代陸平原君子有所思行》：「層閣肅天居，馳道直如髮。」此句謂史館在禁中。

〔三〕霓裳：以虹霓爲裳，指神仙之服。《楚辭・九歌・東君》：「青雲衣兮白霓裳，舉長矢兮射天狼。」蓋天子詔尹「以道士服視事」，故有「霓裳」之語。玉除：玉階，指皇宮的臺階。諫議掌侍從規諫，故曰「侍玉除」。

〔四〕春池：指史館之池。百子：漢宮池名，《西京雜記》卷三：「戚夫人侍兒賈佩蘭……說在宮內時……七月七日臨百子池，作于闐樂。樂畢，以五色縷相羈，謂爲相連愛。」《三輔黃圖》（孫星衍、莊逵吉校本）：「百子池在宮內。」外：猶「上」。此言史館之池優於百子池。

〔五〕「芳樹」句：形容史館樹木之古老名貴。《西京雜記》卷一：「初修上林苑，群臣遠方各獻名果異樹，亦有製爲美名，以標奇異。」下羅列各種名果異樹之名，有所謂「千年長生樹」、「萬年長生樹」。

〔六〕籙（lù陸）：道教的祕文。《隋書・經籍志》：「（道教）受道之法，初受《五千文籙》，次受《三洞籙》，次受《洞玄籙》，次受《上清籙》。籙皆素書，紀諸天曹官屬佐吏之名有多少，又有諸符錯在其間，文章詭怪，世所不識。受者必先潔齋，然後賫（攜帶）金環一，并諸贄幣（初見尊長時所送的禮品），以見於師；師受其贄，以籙授之，仍剖金環，各持其半，云以爲約，弟子得籙，緘而佩之。」此句隱指尹爲道士。

〔七〕「山藏」句：《史記·太史公自序》謂太史公著《史記》（原名《太史公書》），「略以拾遺補藝，成一家之言，厥協六經異傳，整齊百家雜語，藏之名山，副在京師」。索隱：「言正本藏之書府，副本留京師也。」此句即用其意，謂尹掌修史之任。

〔八〕「君恩」二句：葛洪《神仙傳》卷三《河上公傳》：「河上公者，莫知其姓字，漢文帝時，公結草爲庵，於河之濱。帝讀《老子》經，頗好之……有所不解數事，時人莫能道之，聞時皆稱河上公解《老子》經義旨，乃使齎所不決之事以問。公曰：『道尊德貴，非可遥問也。』帝即幸其庵，躬問之。帝曰：『……子雖有道，猶朕民也，不能自屈，何乃高乎？』公即撫掌坐躍，冉冉在虛空中，去地數丈，俛仰而答曰：『余上不至天，中不累人，下不居地，何臣民之有？』帝乃下車稽首曰：『朕以不德，忝統先業，才小任大，憂於不堪，雖治世事，而心敬道，直以暗昧，多所不了，惟願道君有以教之。』公乃授素書二卷與帝，曰：『熟研之，此經所疑皆了，不事多言也。余註此經以來，一千七百餘年，凡傳三人，連子四矣，勿以示非其人。』言畢，失其所在。」此二句即用其事，意謂請尹不要棄官登仙而去。空虛，天空。「空」下《全唐詩》注：「一作雲。」

贈徐中書望終南山歌〔一〕

晚下兮紫微〔二〕，悵塵事兮多違〔三〕。駐馬兮雙樹〔四〕，望青山兮不歸。

〔一〕本詩四句皆作者自謂，據首句，可知維是時在中書省任職。維平生在中書省任職計有二次：一爲開元二十三年至二十五年夏任右拾遺（其中二十四年九月以前隨玄宗居東都），一爲乾元元年春夏間官中書舍人（參見《年譜》）。本詩疑即作于開元二十四年十月至二十五年夏在長安爲右拾遺期間。中書：唐中書省置中書侍郎二人（正四品上），中書舍人六人。考徐浩爲中書舍人，維詩中稱之曰「徐舍人」（見《酬嚴少尹徐舍人見過不遇》），知中書舍人一般不簡稱爲「中書」。《國秀集》卷下褚朝陽《奉上徐中書》曰：「中禁仙池越鳳凰，池邊詞客紫微郎。」「紫微郎」即指徐中書，可見「中書」蓋謂中書侍郎。又嚴武爲黄門侍郎，岑參呼之曰「嚴黄門」（參見岑參《送嚴黄門拜御史大夫再鎮蜀川兼覲省》），例與此同。蓋中書侍郎如簡稱爲「侍郎」，易與六部侍郎相混，故簡稱爲「中書」。徐中書：當指徐安貞。《舊唐書·徐安貞傳》：「徐安貞……開元中爲中書舍人、集賢院學士。……累遷中書侍郎。天寶初卒。」又據《全唐文》卷三〇八孫逖《授徐安貞中書侍郎制》及同書卷三八玄宗《册建平公主文》，可知安貞於開元二十四年或二十五年春夏，由檢校工部侍郎、集賢院學士遷中書侍郎（説見嚴耕望《唐僕尚丞郎表》卷二二）。

詩題《楚辭後語》作《望終南》，《唐詩品彙》作《望終南贈徐中書》。

〔二〕紫微：指中書省。《舊唐書·職官志》：「中書省……開元元年改爲紫微省，五年復舊。」

〔三〕塵事多違：疑指張九齡罷知政事及貶爲荆州長史而言。參見《寄荆州張丞相》注〔一〕。塵事，世俗之事。

〔四〕駐馬：《楚辭後語》作「駐駟馬」。雙樹：娑羅雙樹的省稱，謂佛入滅之處。娑羅爲龍腦香科喬木，高十丈餘，原産於印度。相傳釋迦牟尼在拘尸那城阿利羅跋提河邊的娑羅樹下入滅，樹有八株，四方各兩株雙生，故稱爲娑羅雙樹。參見《翻譯名義集》卷三。古典詩文中常用以指佛寺。岑參《出關經華嶽寺訪法華雲公》：「謫宦忽東走，王程苦相仍。欲去戀雙樹，何由窮一乘。」杜甫《酬高使君相贈》：「古寺僧牢落，空房客寓居。……雙樹容聽法，三車肯載書。」此同。

寄荆州張丞相〔一〕

所思竟何在〔二〕？悵望深荆門〔三〕。舉世無相識，終身思舊恩〔四〕。方將與農圃〔五〕，藝植老丘園〔六〕。目盡南飛鳥〔七〕，何由寄一言！

〔一〕荆州：唐州名，治所在今湖北荆州市。唐嘗於其地置大都督府，統荆、硤、岳、復、郢諸州。張丞相：即張九齡。史載李林甫屢於帝前中傷九齡，開元二十四年十一月，九齡罷中書令，遷尚書右丞相。二十五年四月，監察御史周子諒奏彈丞相牛仙客，引讖書爲證，玄宗大怒，命杖於朝堂，配流瀼州，行至藍田而死；李林甫言子諒乃九齡所薦，四月二十日，出九齡爲荆州大都督府長史（唐大都督府置長史一人，從三品）。參見《舊唐書·張九齡傳》、《通鑑》卷二一四、明成化九年韶州刊本《唐丞相曲江張先生文集》附録「誥命」《赴荆州長史制》。此詩當作於開元二十五年四月九齡左遷荆州之後。

〔二〕「所思」句：沈約《臨高臺》：「所思竟何在？洛陽南陌頭。」劉孝綽《櫂歌行》：「所思竟何在？相望徒盈盈。」

〔三〕荆門：山名，在湖北省宜都市西北長江南岸，與北岸虎牙山相對，其地水勢湍急，爲長江險要之處。《文選》郭璞《江賦》李善注：「盛弘之《荆州記》曰：『郡西泝江六十里，南岸有山名曰荆門，北岸有山名曰虎牙，二山相對，楚之西塞也。』」趙殿成注：「唐人多呼荆州爲荆門，文人稱謂如此，不僅指荆門一山矣。」其説是。

〔四〕舊恩：《新唐書·王維傳》：「張九齡執政，擢右拾遺。」

〔五〕與農圃：追隨糧農菜農。與，跟從。

〔六〕藝植：種植。老丘園：終老於田園。

〔七〕飛，宋蜀本、奇字齋本、凌本作「無」。鳥，明十卷本、《全唐詩》等作「雁」。

使至塞上〔一〕

單車欲問邊，屬國過居延〔二〕。征蓬出漢塞〔三〕，歸雁入胡天。大漠孤烟直〔四〕，長河落日圓〔五〕。蕭關逢候騎，都護在燕然〔六〕。

〔一〕開元二十五年（七三七）夏，王維以監察御史身份出使河西，此詩即初至涼州時所作。參見《年譜》。

〔二〕單車：單車獨行，不帶隨從。欲：猶「方」、「正」，説見王鍈《詩詞曲語辭例釋》。問：慰問，過問，考察。屬國：《漢書·武帝紀》曰：「（元狩）二年……秋，匈奴昆邪王殺休屠王，並將其衆合四萬餘人來降，置五屬國以處之。」師古注：「凡言屬國者，存其國號而屬漢朝，故曰屬國。」《霍去病傳》曰：「……迺分處降者於邊五郡故塞外，而皆在河南，因其故俗爲屬國。」師古注：「不改其本國之俗而屬於漢，故號屬國。」居延：地名。漢有居延澤，唐後稱居延海，在今内蒙古額濟納旗北境；又漢太初三年（公元前一〇二）路博德嘗築居延城（亦曰居延塞，一名遮虜障）於居延澤上（參見《史記·匈奴列傳》、《漢書·武帝紀》）；又西漢張掖郡有居延縣（參見《漢書·地理志》），故城在今額濟納旗東南；另東漢涼州刺史部有張掖居延屬國，轄境即在居延澤一帶（參見《後漢書·郡國志》）。關於「屬國」句的含義，陳貽焮《王維詩選》云：「這句是説經過居延屬國。」文學研究所《唐詩選》説：「『屬國』，典屬國（秦漢官名）簡稱，唐代人有時以『屬國』代指使臣，如杜甫《秦州雜詩》『屬國歸何晚』，九家注引《漢書》蘇武歸漢爲典屬國的事。這裏『屬國』指往吐蕃的使者。王維奉使問邊，所以自稱屬國。」都以爲此句蓋指王維出使塞上，路過居延。按，維赴河西節度使幕，無需經過居延，林庚、馮沅君主編《中國歷代詩歌選》釋此句爲「邊塞的遼闊，附屬國直到居延以外」，大體近之。唐河西節度使統八軍三守捉（參見《通鑑》卷二一五），其中寧寇軍即在居延海西南，《新唐書・地理志》云甘州删丹縣（今甘肅山丹縣）「北渡張掖河，西北行出合黎山峽口，傍河東壖屈曲東北行千里，有寧寇軍，故同城守捉也，天寶二載爲軍。軍東北有居延海」。又唐安北都護府下轄有羈縻州（唐時諸蕃内附，就其部落列置州縣，以其首領爲世襲刺史，謂之羈縻州）居延州（參見《新唐書・地理志》），其地亦當在居延海附近。以上二句《文苑英華》作「銜命辭天闕，單車欲問邊」。又底本注：「問字一作向。」

〔三〕征蓬：隨風飛颺的蓬草。此處詩人用以自喻。「蓬」《文苑英華》作「鴻」。

〔四〕大漠：《文選》班固《封燕然山銘》：「經磧鹵，絶大漠。」李周翰注：「大漠，沙漠也。」此處疑指涼州之東北的沙漠（今騰格里沙漠之南緣）。孤烟直：趙殿成注：「庾信詩：『野戍孤烟起。』《埤雅》：『古之烽火，用狼糞，取其烟直而聚，雖風吹之不斜。』或謂邊外多迴風，其風迅急，裊烟沙而直上，親見其景者，始知直字之佳。」按，郭培嶺《王維使至塞上考釋》（未刊稿）一文云，經至甘肅、新疆等地進行實地考察，確信趙氏「或謂」的解釋正確。那種迴風「裊烟沙而直上」的現象，氣象學上叫塵卷風，它是一種夾帶塵沙的空氣渦旋，總出現在温暖季節晴朗的日子裏，「塵卷風起時，可以見到有一股塵沙的烟柱如從地上冒出，然後不停地向空中伸展，形成一幅壯觀的奇景」。又，「孤烟」亦可能指平安火。《通鑑》卷二一八「及暮，平安火不至」胡三省注：「《六典》：唐鎮戍烽候所置，大率相去三十里。每日初夜，放烟一炬，謂之平安火。」唐席豫《奉和聖製送張説巡邊》：「春冬見巖雪，朝夕候烽烟。」烽烟即指平安火。

〔五〕長河：疑指今石羊河。此河流經涼州以北的沙漠。也可能指赴河西途中經過的黄河。

〔六〕蕭關：古關名，漢關故址在今寧夏固原東南。《元和郡縣志》卷三：「蕭關故城在（原州平高）縣（今固原）東南三十里。《漢書》：文帝十四年，匈奴入蕭關，殺北地都尉，是也。」候騎（jì計）：負責偵察敵情的騎兵。「騎」宋蜀本、述古堂本、明十卷本等作「吏」。何遜《見征人分別》：「候騎出蕭關，追兵赴馬邑。」王維此次赴河西，當走古絲綢之路東段的北道，又稱蕭關道，即由長安都亭驛出發西北行，經邠州（今陝西彬州）、涇州（今甘肅涇川北）、原州（今寧夏固原）、會州（今甘肅靖遠），渡過黄河至涼州。參見嚴耕望《唐代交通圖考》第二卷。都護：官名。漢宣帝時始設西域都護，爲駐西域地區的最高長官。其後廢置不常。唐初先後設置安西、安北等六大都護府，每府各置大都護一人、副大都護二人，負責掌管轄區的邊防、行政及各族事務。此指河西節度使。燕然：古山名，即今蒙古人民共和國杭愛山。《後漢書·竇憲傳》載：憲與耿秉率軍「與北單于戰於稽落山，大破之，虜衆崩潰，單于遁走……憲、秉遂登燕然山，去塞三千餘里，刻石勒功，紀漢威德，令班固作銘。」此二句意謂，在蕭關遇到候騎，得知主帥破敵後尚在前綫未回到涼州。

顧可久曰：雄渾高古。

王夫之曰：右丞每于後四句入妙，前以平語養之，遂成完作。又曰：一結平好蘊藉，遂已迴異，蓋用景寫意，景顯意微，作者之極致也。（《唐詩評選》卷三）

張謙宜曰：「大漠孤烟直，長河落日圓」，邊景如畫，工力相敵。（《絸齋詩談》卷五）

黄培芳曰：直圓二字極鍛鍊，亦極自然，後人全講鍊字之法非也，全不講鍊字之法亦非也。（翰墨園重刊本《唐賢三昧集箋注》卷上）

出塞作 時爲御史，監察塞上作〔一〕

居延城外獵天驕，白草連天野火燒。暮雲空磧時驅馬，秋日平原好射鵰〔二〕。護羌校尉朝乘障，破虜將軍夜渡遼〔三〕。玉靶角弓珠勒馬，漢家將賜霍嫖姚〔四〕。

〔一〕開元二十五年（七三七）秋作於河西。時作者以監察御史身份出使河西。御史：指監察御史。唐御史臺置監察御史十員，正八品下，掌内外糾察，監祭祀及監諸軍并出使等事。詩題《樂府詩集》、《全唐詩》作《出塞》。詩題下注語明十卷本無，宋蜀本、述古堂本、元本皆作「時爲監察塞上作」。

〔二〕居延城：參見上篇注〔二〕。「城」《文苑英華》作「門」。天驕：謂匈奴，參見《燕支行》注〔一六〕。白草：西域所産牧草。《漢書·西域傳》顏師古注：「白草，似莠而細，無芒，其乾熟時正白色，牛馬所嗜也。」天，《文苑英華》、《全唐詩》作「山」。磧：沙漠。宋程大昌《北邊備對》「大漠」條曰：「幕者漠也，言沙磧廣漠，望之漠漠然也。漢以後，史家變稱爲磧，磧者沙積也，其義一也。」驅，《文苑英華》作「駐」。射鵰：《史記·李將軍列傳》：「廣曰：『是必射鵰者也。』」鵰一名鷲，似鷹而大，鷙猛剽疾，尤難射，故匈奴中稱善射之人爲射雕者。以上四句描寫匈奴（借指唐西部邊地的少數民族）秋日校獵的情狀，隱謂其以校獵爲名，伺機來犯。唐時突厥、吐蕃等游牧民族，作戰以騎兵爲主，常在秋日草黄馬肥時入寇。

〔三〕護羌校尉：武官名，應劭《漢官儀》（孫星衍輯本）卷上：「護羌校尉，武帝置，秩比二千名，持節以護西羌。」乘障：《漢書·張湯傳》：「（上）復曰：『居一鄣（同「障」）間？』山（狄山）自度辯窮，且下吏，曰：『能。』迺遣山乘鄣。」師古注：「乘，登也，登而守之。」「鄣謂塞上要險之處别築爲城，因置吏士而爲鄣蔽以扞寇也。」破虜將軍：漢三國時，將軍之名號甚多，或常設，或臨時設置，「破虜」即屬臨時設置之將軍名號。《三國志·吴書·孫堅傳》：「術（袁術）表堅行破虜將軍，領豫州刺史。」渡遼：《漢書·昭帝紀》：「（元鳳）三年……冬，遼東烏桓反，以中郎將范明友爲度遼將軍，將北邊七郡郡二千騎擊之。」師古注：「應劭曰：『當度遼水（又曰大遼水，即今遼河）往擊之，故以度遼爲官號。』」此處爲借用，非實指。此二句寫漢將守衛陣地和反擊敵人。

〔四〕玉靶：有玉飾的劍把，此指寶劍。角弓：飾以獸角的良弓。珠勒馬：配有珠勒（用珍珠作裝飾的帶嚼子籠頭）的駿馬。霍嫖姚：謂西漢名將霍去病。《漢書·霍去病傳》：「年十八爲侍中，善騎射，再從大將軍，大將軍受詔，予壯士爲票姚校尉。」師古注：「服虔曰：『音飄搖。』……票姚，勁疾之貌也。」按，「票姚」《史記·衛將軍驃騎列傳》作「剽姚」，唐人詩中多作「嫖姚」。末二句謂漢將破敵有功，朝廷將賜給多種貴重物品。

明王世貞曰：「居延城外獵天驕」一首，佳甚，非兩「馬」字犯，當足壓卷。然兩字俱貴難易，或稍可改者，「暮雲」句「馬」字耳。（《藝苑卮言》卷四）

清金人瑞曰：前解（前四句）寫天驕是真正天驕，後解（後四句）寫邊鎮是真正邊鎮。又曰：前解不寫得如此，便不足以發我之怒；後解不寫得如此，便不足以制彼之驕。（《金聖歎選批唐詩》卷三上）

王夫之曰：自然縝密之作，含意無盡，端自《三百篇》來，次亦不失《十九首》，不可以兩押「馬」字病之。又曰：意寫張皇邊事，吟之不覺。（《唐詩評選》卷四）

毛奇齡曰：高句似成語椎鍊而無斧煅之迹。（《唐七律選》卷一）

姚鼐曰：此作聲出金石，有麾斥八極之槩矣。（《七言今體詩鈔》卷一）

黄培芳曰：氣體甚好，然却不是聲從屋瓦上震者，此雅筆俗筆之分，精氣麄氣之别，辨之。

又曰：通首無一虛腔字。（翰墨園重刊本《唐賢三昧集箋注》卷上）

方東樹曰：此是古今第一絶唱，只是聲調響入雲霄。……前四句目驗天驕之盛，後四句侈陳中國之武，寫得興高采烈，如火如錦，乃稱題。收賜有功得體。渾顥流轉，一氣噴薄，而自然有首尾起結章法。其氣若江海水之浮天，惟杜公有之；不及杜公者，以用意浮而無物也。（《昭昧詹言》卷一六）

涼州郊外遊望〔一〕

野老才三户，邊村少四鄰。婆娑依里社〔二〕，簫鼓賽田神〔三〕。灑酒澆芻狗〔四〕，焚香拜木人〔五〕。女巫紛屢舞，羅襪自生塵〔六〕。

〔一〕居河西時作，參見《年譜》。涼州：唐州名，治所在今甘肅武威。唐時河西節度使幕府駐此。《全唐詩》題下注云：「時爲節度判官，在涼州作。」

〔二〕婆娑（suō 梭）：舞貌。里社：鄉里中祭祀土地神之祠。

〔三〕賽：祈福于神而後以祭祀來報答稱「賽」。「賽田神」謂秋穫之後祭祀田神（后土）。

〔四〕芻（chú 除）狗：草紮的狗，祭祀時用之。《淮南子·齊俗訓》：「譬若芻狗、土龍之始成，文以青黄，飾以綺繡，纏以朱絲，尸祝袀袨，大夫端冕，以迎送之。」高誘注：「芻狗，束芻（草）爲狗，以謝過求福。」

〔五〕木人：木製的神像。

〔六〕「羅襪」句語本曹植《洛神賦》：「陵波微步，羅襪生塵。」自，已。

涼州賽神 時爲節度判官，在涼州作〔一〕

涼州城外少行人，百尺烽頭望虜塵〔二〕。健兒擊鼓吹羌笛〔三〕，共賽城東越騎神〔四〕。

〔一〕開元二十五、六年居河西時作。節度判官：唐節度使僚屬有判官二人，掌分判兵、倉、騎、胄四曹之事。宋蜀本、述古堂本題下無注語。據《出塞作》、本詩及下一詩之題下注語，可知王維先以監察御史的身份出使河西，後又受到河西節度使崔希逸的聘用，任河西節度判官。參見《年譜》。

〔二〕百尺烽：形容烽火臺之高。「烽」底本原作「峰」，從宋蜀本改。望虜塵：指觀察敵方動静。

〔三〕健兒：唐時軍士之名目有健兒。《正字通》：「健，官健。」《新唐書·德宗紀》：「州兵給衣糧者，爲官健。」《唐六典》卷五：「天下諸軍有健兒，皆定其籍之多少與其番之上下。」注曰：「舊健兒在軍，皆有年限，更來往，頗爲勞弊。開元二十五年敕：『……自今已後，諸軍鎮……置兵防健兒，於諸色征行人及客户中招募，取丁壯情願充健兒長住邊軍者。』」趙殿成注謂「稱軍士爲健兒，蓋本于三國時」。羌笛：樂器名。《説文》謂「羌笛三孔」，《文選》馬融《長笛賦》稱羌笛出於羌中，本四孔，京房加一孔，以備五音。

〔四〕越騎：《漢書·百官公卿表》：「越騎校尉掌越騎。」師古注：「如淳曰：『越人内附，以爲騎也。』晉灼曰：『取其材力超越也。』」按，「越騎」唐時爲騎兵之名。《唐六典》卷二五：「凡衛士，三百人爲一團，以校尉領之，以便習騎射者爲越騎，餘爲步兵。」《新唐書·兵志》：「凡民年二十爲兵，六十而免。其能騎而射者爲越騎，其餘爲步兵、武騎、排䂍手、步射。」越騎神：當指主騎射之神。此詩寫軍中一面觀察敵情、一面賽神的情景。

雙黄鵠歌送别 時爲節度判官，在涼州作〔一〕

天路來兮雙黄鵠〔二〕，雲上飛兮水上宿〔三〕，撫翼和鳴整羽族〔四〕。不得已，忽分飛，家在玉京朝紫微〔五〕，主人臨水送將歸〔六〕。悲笳嘹唳垂舞衣，賓欲散兮復相依〔七〕。幾往返兮極浦，尚徘徊兮落暉〔八〕！岸上火兮相迎，將夜入兮邊城〔九〕。鞍馬歸兮佳人散〔一〇〕，悵離憂兮獨含情〔一一〕。

〔一〕居河西時作。參見上詩注〔一〕。黄鵠（hú狐）：鵠俗稱天鵝，色白；古人謂又有色黄者。《漢書·昭帝紀》：「黄鵠下建章宮太掖池中。」師古注：「黄鵠，大鳥也，一舉千里者，非白鵠也。」明十卷本無題下注語；「州」述古堂本、元本並作「府」。

〔二〕天路：猶天上。

〔三〕「雲上」句：語本左思《蜀都賦》：「其中則有鴻儔鵠侶……雲飛水宿，哢吭清渠。」

〔四〕撫：同「拊」，拍。整羽族：指整理毛羽。

〔五〕玉京：道書謂天上有玉京山，爲元始天尊所居之處。葛洪《枕中書》云：「元始天王在天中心之上，名曰玉京山，山中宫殿，並金玉飾之。」又云：「玄都、玉京、七寶山在大羅天之上……是盤古真人、元始天尊、太元聖母所治。」又，「玉京」亦指帝都。紫微：星座名，即紫微垣，又名紫微宫、紫宫垣，亦簡稱紫宫、紫垣，有星十五，據稱爲天帝所居之處。《晉書·天文志》：「紫宫垣十五星，其西蕃七，東蕃八，在北斗北。一曰紫微，大帝之坐，天子之常居也，主命主度也。」《魏書·釋老志》云：「道家之原，出于老子，其自言也……上處玉京，爲神王之宗；下在紫微，爲飛仙之主。」又，紫微亦指王者之宫。《文選》謝莊《宋孝武宣貴妃誄》：「收華紫禁。」李善注：「王者之宫以象紫微，故謂宫中爲紫禁。」劉峻《辨命論》：「入紫微，升帝道。」李周翰注：「紫微，帝宫也。」此句有二義：一謂雙鵠分飛，一鵠直上雲天；一以雙鵠分飛喻朋友别離，言行者欲歸京師朝見天子。

〔六〕「主人」句：語本《楚辭·九辯》：「憭慄兮若在遠行，登山臨水兮送將歸。」主人，指設宴送别的幕府主人，即河西節度使。

〔七〕笳（jiā加）：即胡笳，我國古代西北方少數民族的一種樂器，類似笛子。嘹唳（lì粒）：此指笳聲。二句寫送别宴上的景象。

〔八〕此二句寫至水邊送别，詩人與友人徘徊不忍相離的景象。

〔九〕岸，《全唐詩》注：「一作塞。」二句謂詩人送别友人，入夜方回涼州。

〔一〇〕佳人：指在送别宴上奏樂跳舞的妓人。

〔一一〕離憂：《楚辭·九歌·山鬼》：「思公子兮徒離憂。」離，罹，遭。

顧可久曰：暢洽老勁。

從軍行〔一〕

吹角動行人〔二〕，喧喧行人起。笳悲馬嘶亂〔三〕，爭渡金河水〔四〕。日暮沙漠垂〔五〕，戰聲烟塵裏〔六〕。盡繫名王頸〔七〕，歸來報天子〔八〕。

〔一〕疑居河西期間所作。《從軍行》：樂府古題之一，屬相和歌辭平調曲。《樂府詩集》卷三二引《樂府解題》曰：「《從軍行》，皆軍旅苦辛之辭。」

〔二〕角：軍中樂器，吹奏以報時間，其作用略相當於今日之軍號。行人：指出征之人。

〔三〕悲，《文苑英華》作「應」，《樂府詩集》作「鳴」。

〔四〕金河：水名，在唐肅州（今甘肅酒泉）附近。五代高居誨《于闐記》：「自甘州（今甘肅張掖）西始涉磧……西北五百里至肅州，渡金河，西百里出天門關，又西百里出玉門關。」又，《通典》卷一七九謂，唐單于大都護府治金河縣，縣「有金河，上承紫河及祟水，又南流入河。」按，唐單于大都護府治所在今内蒙古和林格爾西北土城子，金河今名黑河。「金」下《全唐詩》注：「一作黄。」

〔五〕垂：邊；明十卷本作「陲」。

〔六〕戰聲，《文苑英華》作「力戰」。

〔七〕名王：見《李陵詠》注〔五〕。《文苑英華》作「番王」，又底本注：「一作名蕃。」縶頸：縛頸。《漢書·高帝紀》：「秦王子嬰素車白馬，繫頸以組。」注：「應劭曰：『……繫頸者，言欲自殺也。』師古曰：『此組謂綬也。』」又《賈誼傳》：「陛下何不試以臣爲屬國之官，以主匈奴，行臣之計，請必係（同「繫」）單于之頸而制其命。」句指盡俘匈奴名王。

〔八〕報，《文苑英華》、宋蜀本、明十卷本、《全唐詩》等俱作「獻」，凌本作「見」。

顧可久曰：雄渾，善模寫。

隴西行〔一〕

十里一走馬，五里一揚鞭〔二〕。都護軍書至〔三〕，匈奴圍酒泉〔四〕。關山正飛雪，烽戍斷無烟〔五〕。

〔一〕疑作于居河西期間。《隴西行》：樂府古題之一，屬相和歌辭瑟調曲。《樂府詩集》卷三七：「《隴西行》，一曰《步出夏門行》。《樂府解題》曰：『古辭云「天上何所有，歷歷種白榆」，始言婦有容色，能應門承賓，次言善於主饋，終言送迎有禮。此篇出諸集，不入《樂志》。若梁簡文「隴西四戰地」，但言辛苦征戰，佳人怨思而已。』」趙殿成注：「按右丞是作，亦與簡文同意，不合古辭也。」隴西，郡名，戰國秦昭襄王二十七年置，治所在今甘肅臨洮南。三國魏移至今甘肅隴西南。

〔二〕二句描寫遞送軍書的信使驅驛馬急馳的情狀。古時於道旁封土爲堠，以記里程，五里置一堠，十里置雙堠，故有「五里」、「十里」之語。走，急行，跑。

〔三〕都護：見《使至塞上》注〔六〕。

〔四〕酒泉：郡名，漢元狩二年（公元前一二一）以原匈奴昆邪王地置（參見《漢書·武帝紀》），治所在禄福（晉改爲福禄，隋改名酒泉，即今甘肅酒泉）。唐時於其地置肅州（治所在酒泉），天寶元年改名酒泉郡。

〔五〕烽戍：烽候戍所。「戍」下《全唐詩》注：「一作火。」此二句意謂，由於漫天飛雪，邊境的烽火臺無法舉火或燃烟報警，只好以快馬馳報敵兵來犯的消息。

顧可久曰：起束皆突兀急驟，流麗宏古。

隴頭吟〔一〕

長安少年游俠客〔二〕，夜上戍樓看太白〔三〕。隴頭明月迥臨關〔四〕，隴上行人夜吹笛。關西老將不勝愁〔五〕，駐馬聽之雙淚流〔六〕。身經大小百餘戰，麾下偏裨萬户侯〔七〕。蘇武纔爲典屬國，節旄空盡海西頭〔八〕！

〔一〕疑作於居河西期間。《隴頭吟》：即《隴頭》，樂府古題之一，屬横吹曲辭漢横吹曲。《樂府詩集》卷二一云：「《樂府解題》曰：『漢横吹曲，二十八解，李延年造。魏、晋已來，唯傳十曲：一曰《黄鵠》，二曰《隴頭》……』」又云：「《隴頭》，一曰《隴頭水》。《通典》曰：『天水郡有大阪，名曰隴坻，亦曰隴山，即漢隴關也。』《三秦記》曰：『其坂九回，上者七日乃越，上有清水四注下，所謂隴頭水也。』」《隴頭》古辭今不傳。隴頭，即隴山，又名隴坂、隴首，在今陝西隴縣至甘肅平凉一帶。詩題下底本注：「一作《邊情》。」

〔二〕長安，底本原作「長城」，從《河嶽英靈集》、《樂府詩集》、《全唐詩》等改。

〔三〕戍樓：此指隴關關樓。太白：即金星，古人以爲它主兵象，由太白的出没情況可以測知戰爭的吉凶、勝負。《漢書·天文志》：「太白，兵象也。」《晋書·天文志》：「太白進退以候兵，高埤遲速，静躁見伏，用兵皆象之，吉。其出西方，失行，夷狄敗；出東方，失行，中國敗；未盡期日，過參天，病其對國。若經天，天下革，民更王，是謂亂紀，人衆流亡。」「看太白」，蓋指少年關心邊境戰事，希望爲國出力。

〔四〕關：指隴關。《後漢書·順帝紀》李賢注：「隴關，隴山之關也，今名大震關，在今隴州汧源縣西。」按，大震關故址在今甘肅清水縣東隴山東坡。

〔五〕關西：謂函谷關以西之地，即今陝西、甘肅一帶。《後漢書·虞詡傳》：「喭（同「諺」）曰：『關西出將，關東出相。』」

〔六〕駐，《才調集》作「驅」。

〔七〕「麾下」句：偏裨（pí 疲），偏將，副將。萬户侯，漢置二十等爵，最高一等名通侯，又稱列侯；列侯大者食邑萬户，曰萬户侯。《史記·李將軍列傳》載李廣嘗曰：「自漢擊匈奴，而廣未嘗不在其中。而諸部校尉以下，才能不及中人，然以擊胡軍功取侯者數十人；而廣不爲後人，然無尺寸之功以得封邑者，何也？豈吾相不當侯邪？」

〔八〕「蘇武」二句：《漢書·蘇武傳》載，漢武帝時，武出使匈奴，被扣留，單于多方脅降，武堅執不從，匈奴「乃徙武北海（即今貝加爾湖）上無人處，使牧羝（公羊），羝乳（生子）乃得歸」。武既至海上，「杖漢節（使者所持信物，以竹爲節桿，上綴以旄牛尾，故又稱「旄節」）牧羊，卧起操持，節旄盡落。」武在匈奴十九年，歸漢後，「拜爲典屬國」。《漢書·百官公卿表》：「典屬國，秦官，掌蠻夷降者。」空盡，徒然落盡；《河嶽英靈集》、《全唐詩》俱作「落盡」，《文苑英華》、述古堂本、元本等皆注曰：「一作零落。」海，指北海。西，《唐文粹》作「南」。此二句借詠蘇武之事，慨歎關西老將有功而得不到封賞。

顧可久曰：並使二事一隱一顯，是變幻作法。悲壯雄渾。

沈德潛曰：少年看太白星，欲以立邊功自命也；然老將百戰不侯，蘇武祇邀薄賞，邊功豈易立哉！（《唐詩别裁》卷五）

翁方綱曰：此則空際振奇者矣，與前篇（《夷門歌》）之平實叙事者不同也。……平實叙事者，三昧也；空際振奇者，亦三昧也；渾涵汪茫千彙萬狀者，亦三昧也，此乃謂之萬法歸原也。若必專舉寂寥沖淡者以爲三昧，則何萬法之有哉！（《七言詩三昧舉隅》）

方東樹曰：起勢翩然。「關西」句轉。收渾脱沈轉，有遠勢，有厚氣。此短篇之極則。（《昭昧詹言》卷一二）

老將行〔一〕

少年十五二十時，步行奪取胡馬騎〔二〕。射殺山中白額虎〔三〕，肯數鄴下黄鬚兒〔四〕！一身轉戰三千里，一劍曾當百萬師。漢兵奮迅如霹靂〔五〕，虜騎崩騰畏蒺藜〔六〕。衛青不敗由天幸〔七〕，李廣無功緣數奇〔八〕。自從棄置便衰朽，世事蹉跎成白首〔九〕。昔時飛箭無全目〔一〇〕，今日垂楊生左肘〔一一〕。路傍時賣故侯瓜，門前學種先生柳〔一二〕。蒼茫古木連窮巷，寥落寒山對虚牖〔一三〕。誓令疏勒出飛泉，不似潁川空使酒〔一四〕。賀蘭山下陣如雲〔一五〕，羽檄交馳日夕聞〔一六〕。節使三河募年少〔一七〕，詔書五道出將軍〔一八〕。試拂鐵衣如雪色，聊持寶劍動星文〔一九〕。願得燕弓射大將〔二〇〕，恥令越甲鳴吾君〔二一〕。莫嫌舊日雲中守〔二二〕，猶堪一戰立功勳〔二三〕！

〔一〕寫作時間疑同上詩。老將行：樂府題名，《樂府詩集》將其收入新樂府辭。

〔二〕取，《樂府詩集》、《全唐詩》作「得」。

〔三〕「射殺」句：《晉書·周處傳》：「處少孤，未弱冠，膂力絶人，好馳騁田獵，不脩細行，縱情肆慾，州曲患之。處自知爲所惡，乃慨然有改勵之志，謂父老曰：『今時和歲豐，何苦而不樂耶？』父老歎曰：『三害未除，何樂之有？』處曰：『何謂也？』答曰：『南山白額猛獸，長橋下蛟，并子爲三矣！』處曰：『若此爲患，吾能除之。』……乃入山射殺猛獸，因投水搏蛟。」《世説新語·自新》亦載其事，「白額猛獸」作「邅跡虎」。山中，《全唐詩》注：「一作山陰。」

〔四〕肯：豈。數：猶言「讓」或「亞于」。鄴：地名，建安十八年（二一三）曹操爲魏王，定都於此。故址在今河北臨漳縣西南鄴鎮、三臺村迤東一帶。黄鬚兒：指曹彰，魏武帝卞皇后第二子。《三國志·魏書·任城威王彰傳》載，「彰，字子文。少善射御，膂力過人；手格猛獸，不避險阻；數從征伐，志意慷慨」。代郡烏丸反，彰率軍北征，大破之，「太祖（曹操）喜，持彰鬚曰：『黃鬚兒竟大奇也！』」裴松之注：「彰鬚黃，故以呼之。」

〔五〕句謂老將所領軍兵，臨敵迅猛，有如疾雷。《隋書·長孫晟傳》載，晟善騎射，突厥畏之，「聞其弓聲，謂爲霹靂；見其走馬，稱爲閃電」。

〔六〕崩騰：聯緜詞，形容紛亂。岑參《送許子擢第歸江寧拜親因寄王大昌齡》：「奔走朝萬國，崩騰集百靈。」即此義。蒺藜：本植物名，布地蔓生，果實有尖刺，狀似菱而小；又鑄鐵爲三角形，有尖刺如蒺藜，作戰時用作障礙物，也稱蒺藜。

〔七〕「衛青」句：《史記·衛將軍驃騎列傳》：「大將軍衛青者，平陽人也。……大將軍姊子霍去病……所將常選（選擇精鋭）。然亦敢深入，常與壯騎先其大將（此字當衍）軍，軍亦有天幸，未嘗困絶也。……由此驃騎（驃騎將軍霍去病）日以親貴，比大將軍。」趙殿成注：「天幸乃去病事，今指衛青，蓋誤用也。」按衛、霍合傳，維或以此而誤記。天幸，徼天之幸。

〔八〕「李廣」句：《史記·李將軍列傳》載，廣善騎射，事文、景、武帝，歷爲諸邊郡太守，皆以力戰得名，匈奴畏之，號曰「漢之飛將軍」。然廣始終「不得爵邑（謂不得封侯）」。元狩四年，廣年六十餘，從大將軍衛青擊匈奴，行前，青嘗「陰受上（武帝）誡，以爲李廣老，數奇，毋令當單于，恐不得所欲」。數，運數。奇（jī 基），與「偶」相對，指不吉，不順當。此句以李廣喻老將。

〔九〕蹉跎：時光白躭誤過去。

〔一〇〕飛箭無全目：《文選》鮑照《擬古三首》其一：「幽并重騎射，少年好馳逐。……石梁有餘勁，驚雀無全目。」李善注引《帝王世紀》曰：「帝羿有窮氏與吴賀北遊，賀使羿射雀，羿曰：『生之乎？殺之乎？』賀曰：『射其左目。』羿引弓射之，誤中右目。羿抑首而媿，終身不忘。故羿之善射，至今稱之。」箭，趙殿成注、《全唐詩》皆謂「當作雀。」無全目，言能射中雀之一目，使之雙目不全。此句謂昔日老將射藝高超。

〔一一〕垂楊生左肘：《莊子·至樂》：「支離叔與滑介叔觀於冥伯之丘、崑崙之虚，黄帝之所休。俄而柳生其左肘，其意蹶蹶然惡之。」柳，假作「瘤」，王先謙《集解》：「瘤作柳聲，轉借字。」又《爾雅·釋木》曰：「楊，蒲柳。」《説文》云：「柳，小楊也。」故此處以「垂楊」代指「柳」。句謂今日老將因久不習武，胳膊肘僵硬，如長瘤一般。

〔一二〕故侯瓜：《史記·蕭相國世家》：「召平者，故秦東陵侯。秦破，爲布衣；貧，種瓜於長安城東；瓜美，故世俗謂之東陵瓜。」先生柳：參見《偶然作·陶潛任天真》注〔九〕。此二句寫老將的退隱生活。

〔一三〕蒼茫，底本原作「茫茫」，從《文苑英華》、《全唐詩》等改。連，底本、《全唐詩》均注：「一作迷。」寥，宋蜀本作「淹」，述古堂本、元本等作「遼」。虚牖（yǒu友）：敞開的窗户。二句寫老將住處的環境。

〔一四〕「誓令」句：《後漢書·耿弇傳》：「恭（耿恭）以疏勒城傍有澗水可固，五月，乃引兵據之。七月，匈奴復來攻恭……遂於城下擁絶澗水。恭於城中穿井十五丈，不得水，吏士渴乏，笮（壓榨）馬糞汁而飲之。恭仰歎曰：『聞昔貳師將軍拔佩刀刺山，飛泉涌出，今漢德神明，豈有窮哉？』乃整衣服，向井再拜，爲吏士禱。有頃，水泉奔出，衆皆稱萬歲。乃令吏士揚水以示虜，虜出不意，以爲神明，遂引去。」疏勒，漢西域城國名，唐時曰佉沙，在今新疆喀什噶爾一帶。潁川使酒：《史記·魏其武安侯列傳》載，漢將軍灌夫，潁川郡（治所在今河南禹縣）潁陰縣（今河南許昌市）人，「坐法去官，家居長安」。「爲人剛直，使酒（《漢書·灌夫傳》師古注：「使酒，因酒而使氣也。」），不好面諛」。「家累數千萬……宗族賓客爲權利，横於潁川」。後因酒酣罵坐，得罪丞相田蚡被殺。空：只。二句意謂，老將雖不被用，仍懷抱爲國守土的壯志，不像灌夫那樣只會借酒發脾氣罵人。

〔一五〕賀蘭山：又名阿拉善山，綿亘於今寧夏西北部。陣如雲：指戰陣密佈。此句謂前線有戰事。

〔一六〕羽檄：徵調軍隊的緊急文書。《漢書·高帝紀》：「吾以羽檄徵天下兵，未有至者。」師古注：「檄者以木簡爲書，長尺二寸，用徵召也。其有急事，則加以鳥羽插之，示速疾也。」

〔一七〕節使：使臣。古時使臣持天子給予的符節以爲信物，故稱節使。三河：漢時以河東、河内、河南三郡爲三河（參見《史記·貨殖列傳》），轄境在今山西西南部及河南北部一帶。

〔一八〕「詔書」句：《漢書·常惠傳》：「宣帝初即位，本始二年……漢大發十五萬騎，五將軍分道出。」《匈奴傳》：「本始二年，漢大發關東輕鋭士，選郡國吏三百石伉健習騎射者，皆從軍。遣御史大夫田廣明爲祁連將軍，四萬餘騎出西河；度遼將軍范明友，三萬餘騎出張掖；前將軍韓增，三萬餘騎出雲中；後將軍趙充國爲蒲類將軍，三萬餘騎出酒泉；雲中太守田順爲虎牙將軍，三萬餘騎出五原。凡五將軍兵十餘萬騎，出塞各二千餘里。……匈奴聞漢兵大出，老弱犇走，敺（驅）畜産，遠遁逃。」此用其事，謂天子下詔大發士卒，分道出兵。

〔一九〕動星文：謂寶劍上的七星紋閃閃發光。星文，即七星文。參見《贈裴旻將軍》注〔二〕。二句寫老將準備參加戰鬥。

〔二〇〕燕弓：古時燕地所産角弓著稱於世，故云。《列子・湯問》：「昌（紀昌）……乃以燕角之弧（用燕地出産的獸角作裝飾的弓）、朔（當爲「荆」字之誤）蓬之簳（箭桿）射之。」《周禮・考工記》：「燕之角，荆之幹……此材之美者也。」《文選》左思《魏都賦》：「燕弧盈庫而委勁。」李周翰注：「燕弧，角弓，出幽、燕地。」大，宋蜀本、元本、《全唐詩》等作「天」。

〔二一〕「恥令」句：《説苑・立節》：「越甲（兵）至齊，雍門子狄請死之。齊王曰：『鼓鐸之聲未聞，矢石未交，長兵未接，子何務死之爲？人臣之禮邪？』雍門子狄對曰：『臣聞之，昔者王田（獵）於囿，左轂（車輪中心可插軸的部分）鳴，車右請死之，而王曰：「子何爲死？」車右對曰：「爲其鳴（驚擾）吾君也。」……遂刎頸而死，知有之乎？』齊王曰：『有之。』雍門子狄曰：『今越甲至，其鳴吾君也，豈左轂之下哉？車右可以死左轂，而臣獨不可以死越甲也？』遂刎頸而死。是日，越人引甲而退七十里，曰：『齊王有臣，鈞（均）如雍門子狄，擬使越社稷不血食。』遂引甲而歸。」此句即用其事，謂恥於讓敵軍入境，驚擾君主。

〔三二〕舊日雲中守：指魏尚。《漢書·馮唐傳》：「上（文帝）既聞廉頗、李牧爲人，良説（悦），迺拊髀曰：『嗟乎！吾獨不得廉頗、李牧爲將，豈憂匈奴哉？』唐曰：『……陛下雖有廉頗、李牧，不能用也。』上怒……迺卒復問唐曰：『公何以言吾不能用頗、牧也？』唐對曰：『……今臣竊聞魏尚爲雲中守，軍市租盡以給士卒，出私養錢（俸給），五日壹殺牛，以饗賓客、軍吏、舍人，是以匈奴遠避，不近雲中之塞；虜嘗一入，尚帥車騎擊之，所殺甚衆。……雲中守尚，坐上功首虜差六級（因報功狀上所載與實際情況相比少了六顆首級而坐罪），陛下下之吏，削其爵，罰作（輕罪充作苦工）之，繇（由）此言之，陛下雖得李牧，不能用也……』文帝説，是日令唐持節赦魏尚，復以爲雲中守。」雲中，漢郡名，治所在今内蒙古托克托東北。此處以被削職的雲中守魏尚喻老將。

〔三三〕立，《樂府詩集》、《文苑英華》、《全唐詩》均作「取」；又《全唐詩》注云：「一作樹。」

顧璘曰：老當益壯，須用雲中守結，方有力。

顧可久曰：善使事，雄渾老勁。

清張實居曰：七言長篇，宜富麗，宜峭絶，而言不悉。波瀾要宏闊，徒起徒止，一層不了，又起一層。卷舒要如意警拔，而無鋪叙之跡，又要徘徊回顧，不失題面，此其大略也。……如王摩詰《老將行》……最有法度。（《詩友詩傳録》）

張謙宜曰：《老將行》填健語欲令雄壯，正是不足處，此在骨子内辨。（《絸齋詩談》卷五）

沈德潛曰：此種詩純以隊仗勝。學詩者不能從李、杜，入右丞、常侍，自有門逕可尋。（《唐詩别裁》卷五）

送崔三往密州覲省〔一〕

南陌去悠悠〔二〕，東郊不少留。同懷扇枕戀〔三〕，獨解倚門愁〔四〕。路遶天山雪〔五〕，家臨海樹秋〔六〕。魯連功未報，且莫蹈滄洲〔七〕。

〔一〕居河西時作，説見本詩注〔五〕。崔三：未詳。密州：唐州名，治所在今山東諸城。覲（jìn晋）省：看望父母或尊親。

〔二〕悠悠：遥遠貌。

〔三〕扇枕：《東觀漢記》卷一九《黄香傳》：「黄香字文彊，江夏安陸人也。父況舉孝廉，爲郡五官掾，貧無奴僕，香躬執勤苦，盡心供養。……暑即扇牀枕，寒即以身温席。」《晋書·王延傳》：「延事親色養，夏則扇枕席，冬則以身温被。」此句意謂，自己也是離家之人，和崔三同樣懷有對還家行孝事親的思慕之情。

〔四〕解，底本原作「念」，從《文苑英華》改。倚門：《戰國策·齊策六》：「王孫賈年十五，事閔王，王出走，失王之處。其母曰：『女（汝）朝出而晚來，則吾倚門而望；女暮出而不還，則吾倚閭而望。

女今事王，王出走，女不知其處，女尚何歸？』」此句謂唯獨崔三一人能消釋母親倚門而望、盼子歸來之愁。指只有崔能還家，而自己不得歸去。

〔五〕天山雪：天山上終年積雪，故云。《元和郡縣志》卷四〇：「天山一名白山，一名折羅漫山……春夏有雪。」據此句，可推知崔此行蓋自安西或北庭首途，崔往密州途中，需過河西節度使治所涼州；又據「同懷」二句，可知維是時亦離家，所以此詩之寫作地點當在涼州。

〔六〕密州近海，故云「家臨海樹秋」。

〔七〕「魯連」二句：魯連，即魯仲連，戰國齊人。《史記·魯仲連鄒陽列傳》載，「燕將攻下聊城（齊地），聊城人或讒之燕，燕將懼誅，因保守聊城，不敢歸。齊田單攻聊城，歲餘，士卒多死，而聊城不下」。於是魯連乃作書遺燕將，「燕將見魯連書，泣三日……乃自殺。聊城亂，田單遂屠聊城。歸而言魯連，欲爵之（給魯連爵位），魯連逃隱於海上，曰：『吾與（與其）富貴而詘（屈）於人，寧（寧可）貧賤而輕世肆志焉。』」滄洲，水邊之地，常用以稱隱者之居。此處以魯連喻崔三，言其立功邊地，尚未得到酬報，且莫歸隱。

靈雲池送從弟〔一〕

金杯緩酌清歌轉，畫舸輕移艷舞迴〔二〕。自歎鶺鴒臨水別，不同鴻雁向池來〔三〕！

〔一〕靈雲池：高適《陪竇侍御靈雲南亭宴詩得雷字》序曰：「涼州近胡，高下其池亭，蓋以耀蕃落也。……軍中無事，君子飲食宴樂，宜哉！」又《陪竇侍御泛靈雲池》曰：「江湖仍塞上，舟楫在軍中。」知靈雲池在涼州，此詩亦即維在涼州任職時所作。

〔二〕轉：婉轉。舸（gě 葛）：大船。迴：迴旋，指舞蹈動作而言。此二句寫在池上置酒送別的情景。

〔三〕鶺鴒（jí líng 吉伶）：鳥名，頭黑額白，尾甚長，常居於水邊。《詩·小雅·常棣》：「脊令（即鶺鴒）在原，兄弟急難。」「脊令在原」本是起興之語，然《詩》毛傳、鄭箋及孔疏釋此二句，皆云蓋以「脊令在原」喻「兄弟急難」，孔疏曰：「脊令者，水鳥，當居於水，今乃在於高原之上，失其常處，以喻人當居平安之世，今在於急難之中，亦失其常處也。……脊令既失其常處，飛則鳴，行則搖動其身，不能自舍，以喻兄弟相救於急難，亦不能自舍也。」維此處即承其説，取「鶺鴒」以喻兄弟。此二句意謂，自歎兄弟分離如同鶺鴒鳥，不同於向池上飛來的成群鴻雁（鴻雁群居，飛行時排列成行）！

送岐州源長史歸 源與余同在崔常侍幕中，時常侍已殁〔一〕

握手一相送，心悲安可論？秋風正蕭索，客散孟嘗門〔二〕。故驛通槐里，長亭下菫原〔三〕。征西舊旌節，從此向河源〔四〕。

〔一〕作於開元二十六年（七三八）秋，時作者在長安，説見《年譜》。岐州：唐州名，天寶元年改名扶風郡，治所在今陝西鳳翔。長史：官名，唐制，上、中州各置長史一人（上州從五品上，中州正六品上），掌協助州刺史處理政務。歸：指歸岐州。崔常侍：即崔希逸。王維《爲崔常侍祭牙門姜將軍文》曰：「維大唐開元二十五年，歲次丁丑，十一月辛未朔四日甲戌，左散騎常侍、河西節度副大使攝御史中丞崔公，致祭于姜公之靈。」《新唐書·玄宗紀》曰：「（開元二十五年）三月……河西節度副大使崔希逸及吐蕃戰于青海，敗之。」可見崔常侍即崔希逸。希逸開元二十四年秋始爲河西節度副大使知節度事，《舊唐書·牛仙客傳》：「開元二十四年秋……右（應爲「左」）散騎常侍崔希逸代仙客知河西節度事。」開元二十六年五月遷河南尹，未幾而卒。《通鑑》開元二十六年五月：「丙申，以崔希逸爲河南尹。希逸自念失信於吐蕃，内懷愧恨，未幾而卒。」常侍，唐門下省置左散騎常侍二人，中書省置右散騎常侍二人，並從三品，掌侍奉規諷，備顧問應對。此處常侍爲希逸節度河西時所帶朝銜，非實職。關於維在崔常侍幕中之時間，《年譜》中有考證。詩題下注語，宋蜀本、述古堂本、元本、明十卷本等俱無「源與余」三字；述古堂本、元本且無「中」字。

〔二〕孟嘗：孟嘗君田文，齊人，戰國四公子之一。曾相齊，門下養賢士食客數千人。事見《史記·孟嘗君列傳》。此處以孟嘗君喻崔希逸，言崔卒後，幕中僚屬已四散。

〔三〕槐里：古縣名，《漢書·地理志》：「槐里，周曰犬丘……秦更名廢丘，高祖三年更名。」治所在今陝西興平東南，唐時爲京兆府興平縣轄地（參見《元和郡縣志》卷二）。又爲驛名，《長安志》卷一四曰：「槐里驛在（興平縣）郭下，東至咸陽驛四十五里，西至武功驛六十五里。」長亭：古時在驛道兩旁，每隔十里設一亭，爲官吏與行旅往來停留止宿之所，且負有維持社會治安及「郵傳」之職責。《漢書・百官公卿表》：「大率十里一亭，亭有長。」應劭《風俗通義》：「亭有樓，從高省，丁聲也。漢家因秦，大率十里一亭。亭，留也……蓋行旅宿食之所館也。」（見吳樹平《風俗通義校釋》所輯佚文）《後漢書・百官志》劉昭注引《漢官儀》曰：「設十里一亭，亭長、亭候；五里一郵（古時傳遞政令、書信的驛站，亦稱郵亭），郵間相去二里半，司姦盜。」由「十里一亭」、「五里一郵」，後又變而爲十里一長亭、五里一短亭，庾信《哀江南賦》：「十里五里，長亭短亭。」堇原：堇，底本原作「槿」，據宋蜀本、述古堂本改。趙殿成注：「槿原，秦中地名，未詳所在。」按，蘇頲《揚州大都督長史王公神道碑》曰：「卜葬於京兆咸陽洪瀆原，禮也。周之堇原，漢之槐里，丹碑已刻，青櫝成行。」（《全唐文》卷二五八）堇原估計應在咸陽或槐里附近。堇，底本注：「一作柏。」此二句寫源自長安還岐州途中經行之地。

〔四〕征西：河西節度使掌管唐西部邊地的防務，故稱「征西」。又漢魏將軍之名號有「征西」。旌節：旌（用羽毛爲桿飾之旗）與節。唐節度使之信物。《新唐書・百官志》：「（節度使）辭日，賜雙旌雙節。行則建節，樹六纛。」時崔希逸已卒，故云「舊旌節」。河源：黄河之源。古人關於黄河之源，有多種不同説法。《爾雅・釋水》：「河出崐崘虚，色白。」《史記・大宛列傳》：「于闐之西，則水皆西流……其南，則河源出焉。」《漢書·張騫傳》：「漢使窮河源……天子案古圖書，名河所出山曰昆侖云。」《文選》江淹《雜體詩三十首·左記室詠史》：「當學衛霍將，建功在河源。」劉良注：「河源，即西域。」二句謂崔卒後，河西之軍從此將遠征絶域。按，崔爲河西節度，以睦鄰安邊爲宗旨：「雄戟罕耀，角弓載櫜，秉王者師，不邀奇功。」（王維《送懷州杜參軍赴京選集序》）曾與吐蕃將乞力徐訂盟，各去守備，以利耕牧（後崔失信於吐蕃，乃内給事趙惠琮等自欲求功，矯詔命崔出擊所致。參見《通鑑》開元二十五年），所以這裏作者慨歎，崔卒之後，河西的邊策將發生變化。

顧可久曰：悲婉。

吴喬曰：「秋風正蕭索，客散孟嘗門」，十字抵一篇《別賦》。又曰：葉文敏公驟卒于京師，門下士皆辭館去，余偶誦右丞「秋風正蕭索，客散孟嘗門」，不勝悲感。此是送別，然移作哀挽尤妙。（《圍爐詩話》卷三）

黄培芳曰：意在筆先，起便情深。（翰墨園重刊本《唐賢三昧集箋注》卷上）

晦日遊大理韋卿城南別業四首 四聲依次用，各六韻〔一〕

與世澹無事，自然江海人〔二〕。側聞塵外遊，解驂軛朱輪〔三〕。極野照暄景〔四〕，上天垂春雲。張組竟北阜〔五〕，汎舟過東鄰。故鄉信高會〔六〕，牢醴及家臣〔七〕。幸同擊壤樂，心荷堯爲君〔八〕。

〔一〕約作於開元二十七（七三九）或二十八年正月晦日。本詩第二首曰：「郊居杜陵下，永日同攜手。」又曰：「歸歟絀微官，惆悵心自咎。」知是時維在長安任「微官」，且生去官歸隱之念。由王維今存的作品來考察，他自開元二十三年拜右拾遺之後至二十五年四月張九齡貶荆州長史之前，一直不曾有去官之念，至九齡貶荆州後，方産生了歸隱的想法，《寄荆州張丞相》詩曰：「方將與農圃，藝植老丘園。」所以，本詩疑當作於開元二十五年四月之後。又此詩作於正月晦日，考開元二十六年正月維在河西，故本詩約當作於開元二十七或二十八年正月，是時作者在長安爲監察御史（參見《年譜》），故稱「微官」（監察御史正八品下）。晦日：指正月晦日。陰曆每月的最後一天爲晦日。舊俗重正月晦日，以之爲佳節。《荆楚歲時記》曰：「每月皆有弦望晦朔，以正月初年時，俗重以爲節也。」又曰：「元日至於月晦，並爲酺聚飲食，士女泛舟，或臨水宴樂。」大理：即大理寺，唐代掌刑獄的官署，正長官爲卿，從三品。「理」下宋蜀本多一「寺」字。韋卿：疑即韋虚心。《全唐文》卷三一三孫逖《東都留守韋虚心神道碑》云：「明明天法，廷尉攸序，命公作大理司直、大理丞，以至於卿。」按據孫逖《碑》之記載及《唐僕尚丞郎表》、《唐刺史考》之考證，虚心於開元二十二年爲揚州大都督府長史，二十三年官兵部侍郎（正四品下），二十四年任太原尹（從三品），二十八年爲工部尚書（正三品）兼東都留守，二十九年四月卒于東都。虚心任大理卿之時間不易確考，但依唐代官員遷除常例，大抵應在其官工部尚書之前、爲太原尹之後，即二十七年左右，與前面之推斷相合。又，據本詩第二首「郊居杜陵下」句及第一首「故鄉信高會」句，可知韋之别業即在其故鄉杜陵。孫逖《碑》云：「公諱虛心，字某，京兆杜陵人也。」由此亦可證，斷韋卿即虛心，似無大誤。四首，宋蜀本、《全唐詩》無此二字。四聲依次用：謂四首依次分押平、上、去、入四聲之韻。詩題下注語明十卷本無，宋蜀本、《全唐詩》俱作大字，述古堂本、元本上句作大字，下句作小字。

〔二〕無事：無所事，無爲。《老子》五十七章：「我無事而民自富，我無欲而民自樸。」《莊子・達生》：「子獨不聞夫至人之自行邪？忘其肝膽，遺其耳目，芒然（無知貌）彷徨乎塵垢之外，逍遥乎無事之業。」自然：已然，已經。説見王鍈《詩詞曲語辭例釋》。江海人：指隱者。此二句謂韋氏隨俗而行，恬淡無爲，雖未去職，已經算是個隱者了。

〔三〕解驂（cān 餐）：將套在車前兩側的馬解下來，即不復外出之意。《三國志・蜀書・董允傳》：「允嘗與尚書令費禕、中典軍胡濟等共期游宴，嚴駕已辦，而郎中襄陽董恢詣允修敬，恢年少官微，見允停出，逡巡求去，允不許……乃命解驂，禕等罷駕不行。」「驂」述古堂本、元本、《文苑英華》等俱作「弁」。𨋒（nǐ 泥）：趙殿成曰：「《玉篇》：『𨋒，柅夷切，軾也。』今尋文義，當作止訓，知𨋒是柅字之誤也。孔穎達《周易正義》：『柅者，在車之下，所以止輪，令不動者也。』（見《易・姤》）」述古堂本、元本俱作「託」。朱輪：漢代公卿、列侯所乘之車，《漢書・楊惲傳》：「惲家方隆盛時，乘朱輪者十人，位在列卿，爵爲通侯（列侯）。」《後漢書·輿服志》：「公、列侯，安車，朱班輪。」後因稱貴顯者所乘之車爲朱輪。二句意謂，我從旁聽説這次到韋氏別業作世外之遊，貴客們都卸下了駕車的馬停留不走。

〔四〕極，宋蜀本、明十卷本、《全唐詩》等俱作「平」。照，述古堂本作「昭」。暄（xuān 喧）景：温暖的日光。

〔五〕張組：張帷。《文選》謝靈運《從遊京口北固應詔》：「張組眺倒景，列筵矚歸潮。」呂延濟注：「組，組帷也。」竟：窮盡；述古堂本、元本作「共」。北，述古堂本、元本作「曲」。句謂北阜上到處張設帷帳，以供賓客宴飲。

〔六〕信：誠。高會：《史記·項羽本紀》：「飲酒高會。」索隱：「服虔云：高會，大會也。」句謂韋此次宴客，誠爲在故鄉舉行之一次盛會。

〔七〕牢：指供宴饗用的牛羊豕。醴：甜酒。家臣：此指賓客的跟班、隨從；宋蜀本、明十卷本、《全唐詩》等俱作「佳辰」。句指連客人的家臣也得到酒食。

〔八〕擊壤：參見《偶然作·楚國有狂夫》注〔六〕。荷：承受恩惠。二句意謂，主客有幸得以同享盛世太平之樂，心中感受着有像堯那樣的聖人作君主的恩惠。

郊居杜陵下〔一〕，永日同攜手。人里藹川陽〔二〕，平原見峰首。園廬鳴春鳩，林薄媚新柳〔三〕。上卿始登席〔四〕，故老前爲壽〔五〕。臨當遊南陂，約略執杯酒〔六〕。歸歟絀微官，惆悵心自咎〔七〕。

〔一〕杜陵：古縣名。西漢元康元年（公元前六五）改杜縣置。因漢宣帝築陵葬此，故名杜陵。故址在今陝西西安市東南。

〔二〕人里，奇字齋本、凌本、《全唐詩》俱作「仁里」。藹：謂樹木繁茂；宋蜀本、《全唐詩》俱作「靄」。川陽：杜陵在樊川（潏水的一個支流）之北（參見《元和郡縣志》卷一），故曰「川陽」。

〔三〕林薄：草木叢雜之處。媚新柳：謂新柳嫵媚可愛。

〔四〕上卿：周代官制，最尊貴的諸侯臣稱上卿。此借指韋氏。時韋氏爲大理卿。

〔五〕故老：年高而有名望者之稱。爲壽：《漢書·高帝紀》：「莊入爲壽。」師古注：「凡言爲壽，謂進爵（酒器）於尊者，而獻無疆之壽。」謂奉觴進酒時，獻祝人高壽之詞。

〔六〕陂（bēi杯）：池塘。執杯酒：執杯而飲。二句意謂，已到了應當遊南陂之時，故而沒有暢飲。

〔七〕「歸歟」句：絀，通「黜」，罷職之意。此句《文苑英華》、述古堂本作「歸轍繼微官」，元本、顧本作「車轍絀微官」。此二句寫自己遊別業的感受，意謂忽覺應自罷去微官而歸隱，爲此心裏愁悵、懊惱，常常自己怪罪自己。

冬中餘雪在〔一〕，墟上春流駛〔二〕。風日暢懷抱〔三〕，山川多秀氣〔四〕。雕胡先晨炊〔五〕，庖膾亦後至〔六〕。高情浪海嶽〔七〕，浮生寄天地〔八〕。君子外簪纓，埃塵良不啻〔九〕。所樂衡門中〔一〇〕，陶然忘其貴。

〔一〕中，《文苑英華》作「日」。

〔二〕駛：指水流迅疾。

〔三〕暢，宋蜀本作「揚」。

〔四〕多秀氣，底本原作「好天氣」，此從《文苑英華》、《全唐詩》。

〔五〕雕胡：即菰米。菰生淺水中，高五、六尺，嫩莖的基部名茭白；夏秋間開紫紅色小花，秋結實，稱菰米，可做成飯吃。晨炊，底本原作「豐酌」，此從宋蜀本、奇字齋本、《全唐詩》等。

〔六〕庖膾：泛指肉食。後，底本原作「雲」，此從宋蜀本、明十卷本、奇字齋本等。

〔七〕海嶽：參見《贈房盧氏琯》注〔二〕。句謂韋氏情致高遠脱俗，放浪於湖山之間。

〔八〕此句謂，韋氏以爲人生在世，虛浮無定，不過暫時寄居於天地之間。

〔九〕簪纓：仕宦者之冠飾。良：信，確實。不啻（chì 赤）：不異於。二句意謂，君子視簪纓爲身外之物，以爲它實不異於埃塵。

〔一〇〕衡門：參見《偶然作·田舍有老翁》注〔一〕。

高館臨澄陂，曠望蕩心目〔一〕。澹蕩動雲天〔二〕，玲瓏映墟曲〔三〕。鵲巢結空林，雉雊響幽谷〔四〕。應接無閒暇，徘徊以躑躅〔五〕。紆組上春隄，側弁倚喬木〔六〕。弦望忽已晦，後期洲應緑〔七〕。

〔一〕曠：遠。望，宋蜀本、明十卷本、《全唐詩》等俱作「然」。蕩，底本、《全唐詩》均注：「一作理。」

〔二〕澹蕩：水波摇動貌。雲天：指倒映入水中的雲天。

〔三〕玲瓏：形容水清澈透明。墟曲：猶村野、村落。曲，隱僻之地。陶淵明《歸園田居》其二：「時復墟曲中，披草共來往。」

〔四〕雊（gòu够）：雉鳴；《文苑英華》作「雊」。

〔五〕「應接」句：《世説新語·言語》：「王子敬云：從山陰道上行，山川自相映發，使人應接不暇。」躑躅（zhí zhú直竹）：徘徊不前。二句意謂，景色之美，使人應接不暇，徘徊不忍離去。

〔六〕紆組：《文選》張衡《東京賦》：「紆皇組，要干將。」李善注：「紆，垂也。皇，大也。組，綬也。」又謝朓《敬亭山詩》：「我行雖紆組，兼得尋幽蹊。」李善注：「《説文》曰：紆，屈也。一曰縈也。又曰：組，綬也。」按，「紆組」即「垂綬（絲帶，古用以繫官印或玉佩）」。唐制，五品以上官員有綬（參見《舊唐書·輿服志》）。側弁（biàn辨）：猶言歪戴帽子。《詩經·小雅·賓之初筵》：「賓既醉止，載號載呶。……側弁之俄，屢舞傞傞。」鄭玄箋：「側，傾也。俄，傾貌。」喬木：《詩經·

小雅·伐木》:「出自幽谷,遷於喬木。」毛傳:「喬,高也。」二句寫同遊官吏之情態。

〔七〕弦:月半圓。陰曆每月初八日前後,月西半明東半暗,稱上弦;二十三日前後,東半明西半暗,稱下弦。望:陰曆每月十五日或十六日,月呈正圓形,稱望。晦:指無月光。《釋名·釋天》:「晦,灰也;火死爲灰,月光盡似之也。」期:約會。此二句意謂,時光易逝,經歷月缺、月圓忽已到了月晦之時,以後再一次在此地相會,洲上應已長滿了緑草。

資聖寺送甘二〔一〕

浮生信如寄〔二〕,薄宦夫何有〔三〕? 來往本無歸〔四〕,别離方此受〔五〕。柳色藹春餘〔六〕,槐陰清夏首。不覺御溝上〔七〕,銜悲執杯酒〔八〕。

〔一〕此詩之語句及所表現的思想與上詩多相類(如上詩曰「浮生寄天地」,此詩曰「浮生信如寄」;上詩曰「歸歟絀微官,惆悵心自咎」,此詩曰「薄宦夫何有」;上詩曰「約略執杯酒」,此詩曰「銜悲執杯酒」等),或此詩之寫作時間與上詩相去不甚遠,今姑繫于上詩之後。資聖寺:在長安崇仁坊。《長安志》卷八:「(崇仁坊)東南隅資聖寺,本太尉趙國公長孫無忌宅,龍朔三年,爲文德皇后追福,立爲尼寺。咸亨四年,改爲僧寺。長安三年七月,火焚之,灰中得經數部,不損一字,百姓施捨,數日之間,所獲鉅萬,遂營造如故。」甘二:未詳。

〔二〕如寄：言猶如暫時寄居。《古詩十九首·驅車上東門》：「人生忽如寄，壽無金石固。」

〔三〕此句意謂，官職卑微、仕宦不得志也不算什麽。

〔四〕歸：猶「終」。此句謂，來和去原無終了之時。

〔五〕此，《文苑英華》作「正」。

〔六〕藹：光潤貌。

〔七〕御溝：參見《寓言二首》其二注〔一〕。按，唐長安龍首渠流至長樂坡分爲東西二渠，西渠流經興慶宫、崇仁坊、皇城、宫城（參見《唐兩京城坊考》卷四），此處所謂「御溝」，或即指流經崇仁坊的一段龍首渠。

〔八〕銜悲：含悲。

哭孟浩然時爲殿中侍御史，知南選，至襄陽有作〔一〕

故人不可見，漢水日東流〔二〕。借問襄陽老〔三〕，江山空蔡洲〔四〕！

〔一〕開元二十八年（七四〇）秋冬之際，王維知南選赴嶺南，途經襄陽（今湖北襄陽），是時襄陽詩人孟浩然辭世未久，維因賦此詩哭之，説見《年譜》。殿中侍御史：官名，唐御史臺置殿中侍御史六人，從七品下，掌殿廷供奉之儀，有違失者則糾察之。知：主持，執掌。南選：「選」指官吏的銓選。唐制，六品以下官吏的銓選，由吏部和兵部負責，每歲一次，在長安和洛陽舉行。其嶺南、黔中郡縣官吏的銓選，則每四歲一次，由朝廷選派京官爲選補使，赴當地主持進行，謂之南選。當時嶺南選所設在桂州（今廣西桂林）。説詳《年譜》。詩題《萬首唐人絶句》作《哭孟襄陽》，《唐詩紀事》作《憶孟》。詩題下注語底本原缺「有」字，從宋蜀本、述古堂本、《全唐詩》補。

〔二〕漢水：即今漢水。源出陝西寧强縣北嶓冢山，東流入湖北省，經襄陽南流，至武漢入長江。以上二句《唐詩紀事》作「故人今不見，日夕漢江流」。

〔三〕句謂向「襄陽老」尋問「故人」。

〔四〕空：只，只有。蔡洲：在今湖北襄陽市東南漢水折而南流處，以東漢末年蔡瑁嘗居於此而得名。習鑿齒《襄陽耆舊傳》：「後漢蔡瑁字德珪，襄陽人……家在蔡洲上，屋宇甚好。」《水經注》卷二八《沔水》：「沔水（即漢水）又東南逕蔡洲。漢長水校尉蔡瑁居之，故名蔡洲。」《大清一統志》卷三四六：「漢水……又從（襄陽）縣東屈西南，淯水（今河南白河）從北來注之。又逕桃林亭東，又東南逕蔡洲。」又卷三四七曰：「蔡瑁宅，在襄陽縣（今襄陽市）東南。」此句意謂，故人已卒，只有江山尚在！

黄培芳曰：王、孟交情無間而哭襄陽之詩只二十字，而感舊推崇之意已至，盛唐人作近古如此，後人則尚敷衍。（翰墨園重刊本《唐賢三昧集箋注》卷上）

漢江臨汎〔一〕

楚塞三湘接，荆門九派通〔二〕。江流天地外，山色有無中。郡邑浮前浦〔三〕，波瀾動遠空。襄陽好風日〔四〕，留醉與山翁〔五〕。

〔一〕開元二十八年（七四〇）知南選途經襄陽時所作。臨汎：臨流泛舟。《瀛奎律髓》作「臨眺」。

〔二〕楚塞：指襄陽一帶的漢水，因其在楚之北境，故稱「楚塞」。三湘：説法不一。古典詩文中多泛指今洞庭湖南北，湘江流域一帶。宋之問《晚泊湘江》：「五嶺恓惶客，三湘顦顇顏。」「湘」《瀛奎律髓》作「江」。荆門：山名，參見《寄荆州張丞相》注〔二〕。九派：即《禹貢》九江。劉向《説苑·君道》：「禹鑿江以通于九派。」《文選》郭璞《江賦》：「源二分於崌崍，流九派乎潯陽。」李善注：「水别流爲派。《尚書》（《禹貢》）曰：荆州『九江孔殷』。」關於九江，後人有多種不同解釋。唐人一般指今湖北、江西一帶的長江，這段長江有很多支流，故稱「九派」。「九」表示多數，非實指。如孟浩然《自潯陽泛舟經明海作》：「大江分九派，淼漫成水鄉。」王維此詩謂襄陽之漢水可通「九派」，而非謂漢水即「九派」，意同孟詩。此二句寫漢江的地理形勢，言其可與三湘、荆門、九江相通。

〔三〕句謂江水浩渺，郡城（指襄陽，唐時襄州治所設此）如浮波上。

〔四〕風日：風與日。日，宋蜀本、《文苑英華》作「月」。

〔五〕與：猶「如」，參見張相《詩詞曲語辭匯釋》。山翁：指晋山簡，字季倫。《晋書·山簡傳》：「永嘉三年，出爲征南將軍、都督荆湘交廣四州諸軍事，假節鎮襄陽。于時四方寇亂，天下分崩……簡優游卒歲，惟酒是耽。諸習氏，荆土豪族，有佳園池，簡每出嬉遊，多之池上，置酒輒醉，名之曰高陽池。時有童兒歌曰：『山公出何許？往至高陽池。日夕倒載歸，茗艼無所知。時時能騎馬，倒著白接羅。舉鞭向葛彊：「何如并州兒？」』」翁，《文苑英華》、《瀛奎律髓》作「公」。

宋陳巖肖曰：六一居士平山堂長短句云：「平山欄檻倚晴空，山色有無中。」豈用摩詰詩耶？然詩人意所到，而語偶相同者，亦多矣。（《庚溪詩話》卷下）

宋陸游曰：權德輿《晚渡揚子江詩》云：「遠岫有無中，片帆烟水上。」已是用維語。（《老學庵筆記》卷六）

方回曰：右丞此詩，中兩聯皆言景，而前聯尤壯，足敵孟、杜岳陽之作。（《瀛奎律髓彙評》卷一）

清陸貽典曰：順題做去，落句推開。（同上）

王夫之曰：有大景，有小景，有大景中小景。……若「江流天地外，山色有無中」，「江山如有待，花柳更無私」，張皇使大，反令落拓不親。（《薑齋詩話》卷二）

張謙宜曰：「江流天地外，山色有無中」，學其氣象之大。（《絸齋詩談》卷五）

查慎行曰：篇中説水處太多，終是詩病。（《瀛奎律髓彙評》卷一）

紀昀曰：三、四好，五、六撑不起，六句尤少味，複衍三句故也。（同上）

清管世銘曰：太白「山隨平野盡，江入大荒流」，摩詰「江流天地外，山色有無中」，少陵「星垂平野闊，月湧大江流」，意境同一高曠，而三人氣韻各别，「識曲聽其真」，可以窺前賢家數矣。（《讀雪山房唐詩序例·論文雜言四十一則》）

清無名氏曰：壯句乃冲雅，見右丞本色。（《瀛奎律髓彙評》卷一）

送封太守〔一〕

忽解羊頭削〔二〕，聊馳熊軾轓〔三〕。揚舲發夏口，按節向吴門〔四〕。帆映丹陽郭，楓攢赤岸村〔五〕。百城多候吏〔六〕，露冕一何尊〔七〕！

〔一〕開元二十八年（七四〇）赴嶺南途經夏口時所作，説詳《年譜》。太守：此借指州刺史。

〔二〕羊頭削：《淮南子·脩務訓》：「苗山之鋌，羊頭之銷，雖水斷龍舟（《文選》張協《七命》李善注引《淮南子》作「龍髯」，是），陸剸（割）犀甲，莫之服帶。」高誘注：「苗山，楚山，利金所出。羊頭之銷，白羊子刀。」按，「削」同「銷」。《淮南子·齊俗訓》：「故剞、劂、銷、鋸陳，非良工不能以制木。」又《本經訓》云：「公輸、王爾，無所錯其剞、剧（同劂）、削、鋸。」高誘注：「削，兩刃句（曲）刀也。」《釋名・釋用器》：「鍤或曰銷；銷，削也，能有所穿削也。」此句隱指封忽卸去武職。

〔三〕熊軾：《後漢書・輿服志》：「公、列侯，安車，朱班輪，倚鹿較，伏熊軾，皁繒蓋，黑轓，右騑。」王先謙《集解》：「伏熊軾者，車前横軾爲伏熊之形也。」轓（fān 翻）：車箱或有車箱之車。按，唐人多以「熊軾」指州刺史之車，杜甫《奉贈蕭十二使君》：「鵬圖仍矯翼，熊軾且移輪。」宋郭知達《集注》：「趙云：蕭爲太守，故憑熊軾以移輪。熊軾，郡刺史之制，白樂天作類書，亦云隼旟（指州刺史的儀仗）熊軾也（按，《白氏六帖事類集》卷二一「刺史」條所列有關刺史的詞語、典故中有「熊軾」、「隼旟」）。」此句指封被任爲刺史。

〔四〕揚舲（líng 零）：謂划船前進，猶如飛揚。舲，有窗子的船。謝朓《和何議曹郊遊詩二首》其二：「揚舲浮大川，惆悵至日下。」夏口：古城名，三國吴築，在今湖北武漢市武昌，唐時屬鄂州江夏縣地。按節：控制馬的步伐，使慢步前行。吴門：蘇州（治所在今江蘇蘇州）的别稱。二句謂封太守乘船自夏口出發，沿江東行赴吴門上任。

〔五〕丹陽：地名，秦置丹陽縣，唐貞觀初廢，治所在今安徽當塗縣東北小丹陽鎮。其地臨江。又唐潤州上元縣（今南京市）東南五里，有三國吴丹陽郡故城（參見《元和郡縣志》卷二五），其地亦臨江。攢（cuán 氽第二聲）：集聚；宋蜀本作「藏」。赤岸：《文選》郭璞《江賦》：「鼓洪濤於赤岸，淪餘波乎柴桑。」呂向注：「赤岸，山名。」《大清一統志》卷七三：「赤岸山，在（江寧府）六合縣（今南京六合區）東南四十里。郭璞《江賦》：『鼓洪濤於赤岸。』《寰宇記》引《南兖州記》云：「瓜步山東五里有赤岸，南臨江中。」《輿地紀勝》：『其山巖與江岸數里，土石皆赤。』」二句寫封舟行途中所經之地的景物。

〔六〕百城：《後漢書·賈琮傳》載，琮有能名，拜爲冀州刺史，「舊典傳車（驛車）駿駕（駕三匹馬），垂赤帷裳（車幔），迎於州界，及琮之部，升車言曰：『刺史當遠視廣聽，糾察美惡，何有反垂帷裳以自掩塞乎？』乃命御者褰之（打開車幔），百城聞風，自然竦震」。「百城」指冀州刺史的轄境（是時刺史轄有數郡之地）。唐人詩文中，亦常以「百城」指州刺史的轄境，《白氏六帖事類集》卷二一所列有關刺史的詞語、典故中即有「百城」。句謂封的轄境中有很多負責迎送賓客的官吏正等候刺史來臨。

〔七〕露冕：言使其冠冕顯露於外，爲人所見。《後漢書·蔡茂傳》附：「賀（郭賀）字喬卿……拜荆州刺史……及到官，有殊政，百姓便之。……顯宗（明帝）巡狩至南陽（郡名，屬荆州），特見嗟嘆，賜以三公之服，黼黻（有繡飾的禮服）冕旒（古天子及公卿大夫之禮冠，冕前有垂玉，謂之旒，天子十二旒，三公七旒。「黼黻冕旒」即「衮冕」），漢三公服之），敕行部（刺史巡行其所轄郡縣）去襜帷（車帷），使百姓見其容服，以章（彰）有德。每所經過，吏人指以相示，莫不榮之。」陳壽《益都耆舊傳》（見《説郛》卷五八）亦載其事，「敕行部去襜帷」作「敕去襜露冕」。其後詩文中每以「露冕」爲刺史外出之褒辭。如李嘉祐《送盧員外往饒州》云：「爲郎復典郡，錦帳映朱輪。露冕隨龍節，停橈得水人。」劉長卿《和樊使君登潤州城樓》云：「山城迢遞敞高樓，露冕吹鐃居上頭。」此處用意亦同。

送康太守〔一〕

城下滄江水，江邊黄鶴樓〔二〕。朱欄將粉堞〔三〕，江水映悠悠〔四〕。鐃吹發夏口〔五〕，使君居上頭〔六〕。郭門隱楓岸，候吏趨蘆洲〔七〕。何異臨川郡，還來康樂侯〔八〕？

〔一〕在夏口送別康太守時所作，寫作時間當同上詩。

〔二〕黄鶴樓：故址在今武漢市武昌蛇山（即黄鶴山）。相傳始建於三國吴黄武二年（二二三），歷代屢毁屢建。《元和郡縣志》卷二七：「（鄂）州城本夏口城，吴黄武二年，城江夏以安屯戍地也。城西臨大江，西南角因磯（黄鶴磯，在黄鶴山上）爲樓，名黄鶴樓。」

〔三〕朱欄：指樓上的紅漆欄杆。將：猶「與」。粉堞（dié 迭）：指城上的白色女牆。

〔四〕悠悠：安閒静止貌。

〔五〕鐃吹：謂太守出行時奏樂。詳見後《送邢桂州》注〔二〕。

〔六〕上頭：前列。漢樂府《陌上桑》：「東方千餘騎，夫壻居上頭。」

〔七〕蘆洲：《文選》鮑照《還都道中作》李善注引庾仲雍《江圖》曰：「蘆洲至樊口（在今湖北鄂城西北）二十里，伍子胥初所渡處也。」《水經注》卷三五《江水》曰：「江水又東逕邾縣故城（在今湖北黄岡西北）南……城南對蘆洲……亦謂之羅洲矣。」《讀史方輿紀要》卷七六謂蘆洲在武昌縣（今鄂城）西三十里。此言負責迎送賓客的官吏正趨赴蘆洲迎候太守。尋繹此句之意，康或欲至黃州（治所在今湖北黃岡北）爲刺史。

〔八〕「何異」二句：《宋書・謝靈運傳》載，靈運襲封康樂公，宋高祖劉裕代晋，降公爵爲侯。宋文帝時，任臨川（郡或王國名，治所在今江西撫州西）内史（宋時郡置太守，王國置内史，二者地位與職掌皆同）。二句以謝靈運爲臨川内史喻康任太守。來，《全唐詩》作「勞」。

送宇文太守赴宣城〔一〕

寥落雲外山〔二〕，迢遥舟中賞〔三〕。鐃吹發西江〔四〕，秋空多清響。地迥古城蕪，月明寒潮廣。時賽敬亭神〔五〕，復解罟師網〔六〕。何處寄相思？南風吹五兩〔七〕。

〔一〕據「鐃吹」句，本詩應是王維在長江上送別宇文氏時所作；又詩中所紀節候，與維開元二十八年知南選途過夏口（其地臨江）的時間（參見《年譜》）正好相合，故疑此詩之寫作時間同于上二詩。宇文太守：名未詳。宣城：唐宣州治所，即今安徽宣城市。

〔二〕寥落：稀疏。寥，宋蜀本、明十卷本等俱作「遼」。

〔三〕迢遥：遠貌。遥，述古堂本、《全唐詩》俱作「遰」。

〔四〕西江：謂西來之大江。多指長江中下游。《莊子·外物》：「我且南遊吴越之王，激西江之水而迎子，可乎？」元稹《相憶淚》：「西江流水到江州，聞道分成九道流。」

〔五〕賽：祈福于神而後以祭祀來報答稱「賽」。敬亭神：安徽宣城北有敬亭山，山上舊有敬亭，山即以此名。《元和郡縣志》卷二八：「敬亭山，(宣)州北十二里，即謝朓賦詩之所。」按，謝朓爲宣城太守時，嘗賦《賽敬亭山廟喜雨詩》、《祀敬亭山廟詩》、《祀敬亭山春雨》諸詩。句指宇文氏到任後，必常爲農人祈雨。

〔六〕罟(gǔ古)師：漁夫。解網：沈約《漢東流》：「至仁解網，窮鳥入懷。」參見《既蒙宥罪旋復拜官伏感聖恩竊書鄙意兼奉簡新除使君等諸公》注〔三〕。句謂復給予漁夫恩惠。

〔七〕吹，明十卷本、奇字齋本等俱作「摇」。五兩：古代測風器。用雞毛五兩(或八兩)繫於高竿頂上，測風的方向和力量。《文選》郭璞《江賦》：「覘五兩之動静。」李善注：「《兵書》曰：『凡候風法，以雞羽重八兩，建五丈旗，取羽繫其巔，立軍營中。』許慎《淮南子注》曰：『綄，候風也，楚人謂之五兩也。』」此處指繫於桅杆上的五兩。二句意謂，風已大，船將鼓帆速進，别後無處可寄託自己的相思之情。

登辨覺寺〔一〕

竹徑連初地〔二〕，蓮峰出化城〔三〕。窗中三楚盡〔四〕，林上九江平〔五〕。輭草承趺坐〔六〕，長松響梵聲〔七〕。空居法雲外，觀世得無生〔八〕。

〔一〕疑開元二十九年（七四一）春自嶺南北歸途中所作，參見《年譜》。辨覺寺：疑在今湖北、江西一帶的長江邊。或據符載《從樊漢南爲鹿門處士求修墓箋》之「前日辨覺佛寺峴首亭」句（《文苑英華》卷六二七）及《宋高僧傳》卷一五《唐襄州辯（通「辨」）覺寺清江傳》，謂辨覺寺在襄陽；然符載、清江皆貞元、元和時人，開元時襄陽是否有辨覺寺無從得知。又，此詩寫登上辨覺寺，可坐瞰「九江」，若寺在襄陽，當只能坐瞰漢水，豈能坐瞰長江之一段（九江），參見《漢江臨汎》注〔二〕。與王維同時代的儲光羲有《題辨覺精舍》詩，然通篇寫景，據詩，只知寺在山上，而無法知其地址。「辨」字下底本、《全唐詩》均注：「一作新。」

〔二〕連，底本原作「從」，據《文苑英華》、《瀛奎律髓》改。初地：即歡喜地，爲大乘菩薩十地（菩薩修行的十個階位）中之第一地。《華嚴經·十地品》：「今明初地義，是初菩薩地，名之爲歡喜。」大乘經言菩薩於此地初證聖果，生大歡喜，故稱歡喜地。此處借指佛寺下方的最初臺階。

〔三〕蓮峰：猶言佛地之山峰。化城：佛家語，謂一時化作之城郭。《法華經·化城喻品》云：「譬如五百由旬（天竺里數名）險難惡道，曠絶無人，怖畏之處，若有多衆欲過此道，至珍寶處，有一導師，聰慧明達，善知險道通塞之相，將導衆人，欲過此難；所將人衆，中路懈退，白導師言：『我等疲極，而復怖畏，不能復進，前路猶遠，今欲退還。』」導師乃「於險道中，過三百由旬，化作一城，告衆人言：『汝等勿怖，莫得退還，今此大城，可于中止……』是時疲極之衆，心大歡喜，歎未曾有……爾時導師，知此人衆，既得止息，無復疲倦，即滅化城，語衆人言：『汝等去來，寶處在近，向者大城，我所化作，爲止息耳。』」按，「導師」喻佛，「寶處」喻使一切衆生皆得佛果（此爲大乘之宗旨）之境，「化城」喻小乘之涅槃（指只追求個人進入涅槃之境）。謂佛欲令一切衆生皆得佛果（指使衆生皆得解脱，到達涅槃彼岸），然欲達此境，道路悠遠險惡，衆生難免畏難退却，故佛於途中化一城郭，使其暫得止息（喻佛權爲衆生説小乘涅槃）；待精力恢復後，佛即滅去「化城」，勸諭衆生繼續前進，以到達「寶處」。此處以化城借指辨覺寺，言登臨中忽見佛寺殿宇，猶如化城。

〔四〕三楚：秦、漢時分戰國楚地爲三楚。《史記·貨殖列傳》以淮北沛、陳、汝南、南郡爲西楚；彭城以東東海、吴、廣陵爲東楚；衡山、九江、江南豫章、長沙爲南楚。按，南郡與淮北諸郡隔絶，不應同屬西楚；項羽都彭城，稱西楚霸王，則彭城當屬西楚。《漢書·高帝紀》師古注引孟康《音義》謂舊稱江陵（即南郡）爲南楚，吴爲東楚，彭城爲西楚。西楚約當今淮水以北，泗、沂水以西之地；南楚北起淮、漢，南包江南；東楚跨江逾淮，東至于海。後代詩文中多以「三楚」泛指長江中游以南地區，今湖北、湖南、江西一帶。盡，《文苑英華》作「静」。句謂自僧寺窗中可覽盡三楚之地。

〔五〕上：上邊；凌本、《瀛奎律髓》俱作「外」。九江：參見《漢江臨汎》注〔二〕。

〔六〕輭，《文苑英華》作「嫩」。述古堂本、元本作「敷」，疑非是。趺（fū伕）坐：即跏趺坐，又稱結跏趺坐，謂交結左右趺（足背）加於左右股之上而坐，又有全跏坐（俗稱雙盤）與半跏坐（俗稱單盤）之分。《大智度論》卷七：「諸坐法中，結跏趺坐最安穩，不疲極，此是坐禪人坐法。」此指寺中僧人作結跏趺坐於輭（軟）草之上。

〔七〕梵聲：指和尚誦經之聲。

〔八〕空：猶獨、自。法雲：佛家語，喻佛法之涵蓋一切。《文選》王巾《頭陀寺碑文》：「蔭法雲於真際，則火宅晨涼。」李善注：「《華嚴經》曰：『不壞法雲，徧覆一切。』」外：猶「内中」，説見王鍈《詩詞曲語辭例釋》。無生：與涅槃、法性等含義相同。指諸法之法性爲「無生」，「無生」即「無滅」，大寂静如涅槃。此即把無生滅的絶對静止，當作一切現象的共同本質。《仁王經》卷中：「一切法性真實空，不來不去，無生無滅。」《最勝王經》卷一：「無生是實，生是虚妄。愚癡之人，漂溺生死，如來體實，無有虚妄，名爲涅槃。」二句意謂，僧人自居寺中，修習佛法，以之觀察人世，獲得了無生之理（也即破除了生滅的煩惱）。

方回曰：此似是廬山僧寺。三、四形容廣大，其語即無雕刻，而「窗中」、「林外」四字，一了數千里，佳甚。（《瀛奎律髓彙評》卷四七）

明謝榛曰：（「窗中」二句）曠闊有氣，但「上」字聲律未妥。（《四溟詩話》卷四）

馮舒曰：至王、孟稍澄沈、宋而清之，故極壯語亦只如此。「窗中」十字，足敵洞庭「氣蒸」、「波動」之句。（《瀛奎律髓彙評》卷四七）

何焯曰：題云「登」，則寺在峰之巔，故目盡三楚，坐瞰九江。玩三、四自見。（同上）

紀昀曰：五、六句興象深微，特爲精妙。（同上）

清無名氏曰：佳在無雕刻，若專取廣大，便墮明七子。（同上）

謁璿上人并序〔一〕

上人外人内天〔二〕，不定不亂〔三〕。捨法而淵泊〔四〕，無心而雲動〔五〕。色空無得，不物物也〔六〕；默語無際，不言言也〔七〕，故吾徒得神交焉〔八〕。玄關大啓〔九〕，德海群泳〔一〇〕。時雨既降，春物俱美〔一一〕。序于詩者，人百其言〔一二〕。

少年不足言，識道年已長〔一三〕。事往安可悔？餘生幸能養〔一四〕。誓從斷葷血〔一五〕，不復嬰世網〔一六〕。浮名寄纓珮，空性無羈鞅〔一七〕。夙承大導師〔一八〕，焚香此瞻仰。頽然居一室〔一九〕，覆載紛萬象〔二〇〕。高柳早鶯啼，長廊春雨響。牀下阮家屐〔二一〕，窗前筇竹杖〔二二〕。方將見身雲〔二三〕，陋彼示天壤〔二四〕。一心在法要〔二五〕，願以無生獎〔二六〕。

〔一〕開元二十九年（七四一）春自嶺南北歸途中所作，説見《年譜》。璿（xuán 玄）上人：即《宋高僧傳》卷一七《元崇傳》中之「瓚禪師」，開元末年居於潤州江寧縣（今南京市）瓦官寺，參見《年譜》。又《景德傳燈録》卷四載「嵩山普寂法嗣」，有「瓦棺寺瓚禪師」，則瓚禪師乃禪宗北宗僧人。上人，佛家語，謂上德之人。自鮑照作《秋日示休上人》詩，後遂以上人爲僧之別稱。細玩詩意，本詩係王維至瓚禪師所居寺院瞻仰禪師時所作。

〔二〕外人内天：語本《莊子·秋水》：「天在内（自然的稟賦藴蓄於内心），人在外（人事體現在外表的行動上），德在乎天。……牛馬四足，是謂天；落（絡）馬首（以絡頭籠住馬首），穿牛鼻，是謂人。」此句意謂，上人以爲人事是外在之物，自然的稟賦則藴蓄於内心，含有輕視人事、看重自然稟賦之意。

〔三〕不定不亂：《維摩經·見阿閦佛品》：「維摩詰言：『……我觀如來……不進不怠，不定（心專注一境，不散亂曰定）不亂，不智不愚，不誠不欺，不來不去，不出不入。』」指處於一種「同於虚空」的狀態。

〔四〕法：梵語達摩的意譯。法有二義，一相當於事物、現象，一指佛的教法。此處指前者。淵泊：沈静澹泊。《莊子·應帝王》郭注：「淵者，静默之謂耳。」《正字通》：「泊，澹泊，恬静無爲貌。」

〔五〕「無心」句：陶淵明《歸去來兮辭》：「雲無心以出岫（山巒），鳥倦飛而知還。」此用其意，謂上人之舉動，如雲自然而行，全非有意。

〔六〕色空：一切有形的萬物，總稱爲「色」；佛教認爲現實世界的一切存在皆虚幻不實，故曰「空」。

《般若波羅蜜多心經》：「色不異空，空不異色，色即是空，空即是色。」無得：《智度論》卷一八：「諸法實相中，決定相不可得故，名無所得。」奇字齋本、凌本、《全唐詩》俱作「無礙」。 物物：主宰物之意。《莊子・在宥》：「夫有土者（指統治者），有大物也。 有大物者，不可以物物（郭注：「不能用物而爲物用，即是物耳，豈能物物哉？」王先謙《集解》：「蘇輿云：言有土者自以爲若有物存，則爲物所物矣。 惟物而不物，故能以一身物萬物。」），而不物故能物物（郭注：「夫用物者，不爲物用也；不爲物用，斯不物矣；不物，故物天下之物，使各自得也。」集解：「宣云：不見有物，則超乎物外，故能主宰乎物也。」）。」此二句意謂，上人認爲萬物皆空，其真實相狀不可得，故不欲主宰天下之物。

〔七〕默語：沈默與言語。《易・繫辭上》：「君子之道，或出或處，或默或語。」《後漢書・仲長統傳》：「統……默語無常，時人或謂之狂生。」際：界限。《小爾雅・廣詁》：「際，界也。」言言：猶言用言語傳達心意。《列子・説符》：「白公曰：『人固不可與微言乎？』孔子曰：『何謂不可？ 唯知言之謂者乎（張湛注：「謂者，所以發言之旨趣。 發言之旨趣，則是言之微者。」盧重玄解：「知言之謂者，神會也。」）！ 夫知言之謂者，不以言言也（張注：「言言則無微隱。」）。』」按，此事又載於《呂氏春秋・審應覽・精諭》、《淮南子・道應訓》，文字略有不同；《淮南子》「不以言言也」下高誘注云：「不以言，心知之。」此二句意謂，上人認爲沈默與言語之間没有界限（指沈默也能傳達心意，使人神會），故用不着以言語傳達心意。

〔八〕神交：謂以精神道義相交。《晉書・嵇康傳》：「所與神交者，惟陳留阮籍、河内山濤。」

〔九〕玄關：入佛之道的關門。《文選》王巾《頭陀寺碑文》：「於是玄關幽鍵，感而遂通。」李善注：「玄關幽鍵，喻法藏也。」《普燈録》卷一七：「玄關大啓，正眼流通。」按，法藏謂佛法；佛所説法，含藏多義，故曰法藏。《法華經・序品》：「此妙光法師，奉持佛法藏。」

〔一〇〕德海：謂功德弘大如海。《最勝王經》卷一〇：「我今略讚佛功德，於德海中唯一諦。」句謂佛德如海，衆生群泳其中。

〔一一〕時雨：及時之雨。此二句既是即景，又借以比喻佛法如雨之潤澤萬物（即所謂「法雨」）。

〔一二〕百：百倍。二句意謂，寫入詩序裏的這些話，只有人們所言的百分之一。

〔一三〕道：指佛之道。

〔一四〕養：指以佛之道修養身心。

〔一五〕斷葷血：謂佛徒。佛家戒葷腥，故曰「斷葷血」。

〔一六〕「不復」句：參見《偶然作・日夕見太行》注〔三〕。

〔一七〕寄：依託，倚賴。纓珮：仕宦者之飾物，又指仕宦或仕宦者。《文選》沈約《學省愁臥》：「纓珮空爲忝，江海事多違。」劉良注：「纓珮，官服飾也。」空性：佛家語，梵語舜若多的意譯，爲真如之異名。真如，義爲諸法常住不變的真實體性。《成唯識論》卷九：「真謂真實，顯非虚妄；如謂如常，表無變易。謂此真實，於一切法，常如其性，故曰真如。」佛教各個宗派從不同角度，亦稱作

「空性」、「性空」、「實相」、「法性」、「佛性」等。佛教認爲諸法之真實體性爲空，故就真如能顯示諸法虛幻不實的真實體性而言，稱爲「空性」。羈鞅（yàng 恙）：束縛之義。羈爲馬絡頭，鞅是架在牛脖上的器具。此二句意謂，虛名倚賴於仕宦（欲求虛名必須爲官），也就擺脱不了塵世的束縛），而認識到諸法皆空，就可以不受任何束縛。

〔一八〕夙：往昔。承：奉，尊奉；底本原作「從」，據宋蜀本、述古堂本、元本等改。大導師：佛、菩薩之通稱。意謂其能導衆生入於佛道。《維摩經·佛國品》：「稽首一切大導師。」此指璿上人。

〔一九〕頽然：此處用以形容上人坐禪入定時的那種息思息慮、半睡半醒的狀態。

〔二〇〕覆載：謂天地。

〔二一〕阮家屐：《晉書·阮孚傳》：「初，祖約性好財，孚性好屐（木履），同是累而未判其得失。有詣約，見正料財物，客至，屏當不盡，餘兩小簏，以著背後，傾身障之，意未能平。或有詣阮，正見自蠟屐（給屐上蠟），因自歎曰：『未知一生當著幾量屐！』神色甚閑暢。於是勝負始分。」其事亦載于《世説新語·雅量》。

〔二二〕笻（qióng 窮）竹：竹名，亦作「邛竹」。《史記·大宛列傳》：「騫（張騫）曰：『臣在大夏（今阿富汗北部一帶）時，見邛竹杖、蜀布，問曰：「安得此？」大夏國人曰：「吾國人往市之身毒（今印度半島）。」』」正義：「邛都邛山（在今四川滎經西）出此竹，因名邛竹。節高實中，或寄生，可爲杖。」

〔二三〕見：同「現」。身雲：佛書描寫佛、菩薩之法力，每稱其能示現種種之身，蔭覆世界如雲，因謂曰身雲。《華嚴經·入法界品二》云：「爾時彼諸菩薩……出一切佛變化身雲，一切如來微妙音聲，充滿十方。出一切菩薩身雲，相好莊嚴，於一切佛刹，以微妙音讚歎諸佛，充滿十方。」此句謂上人即將修煉成佛、菩薩。

〔二四〕示天壤：《莊子·應帝王》：「鄭有神巫曰季咸，知人之生死存亡、禍福壽夭，期以歲月旬日若神……列子見之而心醉，歸以告壺子（列子師）：『吾以夫子之道爲至矣，則又有至焉者矣（謂季咸之道，又過於夫子）！』壺子曰：『……嘗試與來，以予示之。』明日，列子與之見壺子，出而謂列子曰：『嘻！子之先生死矣，弗活矣，不以旬數矣，吾見怪焉（言其相怪），見溼灰焉（言氣不揚，類于溼灰）。』列子入，泣涕沾襟，以告壺子。壺子曰：『鄉（剛才）吾示之以地文（冥寂不動之相。成玄英疏云：「文，象也。」），萌乎不震不止（《列子·黄帝》亦載其事，張湛注引向秀曰：「萌然不動亦不自止……此至人無感之時也。」），是殆見吾杜德機（謂杜塞至德之生機）也。嘗（試）又與來。』明日又與之見壺子，出而謂列子曰：『幸矣，子之先生遇我也！有瘳（病愈）矣，全然有生矣，吾見其杜權矣（王先謙集解：「宣云：杜閉中覺有權變。」）。』列子入，以告壺子，壺子曰：『鄉吾示之以天壤（成玄英疏：「謂示以應動之容也。」），名實不入（謂不能舉其名，亦莫能道其實），而機發於踵（集解：「宣云：一段生機自踵而發。」），是殆見吾善者機也（言彼已見吾美善之生機）。嘗又與來。』」關於上述文字的含義，《列子》張湛注引向秀云：「至人其動也天，其静也地，其行也水流，其湛也淵默……其於不爲而自然一也。今季咸見其尸居而坐忘，即謂之將死，見其神動而天隨，即謂之有生。」另《莊子》下文又謂，壺子復示以「太沖莫朕」、「未始出吾宗」，季咸不識，「自失而走」。《莊子》的這一寓言，描寫了得道的「至人」壺子的變化莫測的形貌，此句將壺子與上人相比，謂上人以壺子的變化莫測爲陋。

〔二五〕法要：佛法之要義。《維摩經·弟子品》：「佛爲諸比丘，略説法要。」

〔二六〕無生：參見《登辨覺寺》注〔八〕。此句謂上人願以無生之理勸勵衆生。

清牟願相曰：王右丞詩「識道年已長」，真過來人語。（《小澥草堂雜論詩》）

送邢桂州〔一〕

鐃吹喧京口〔二〕，風波下洞庭〔三〕。赭圻將赤岸〔四〕，擊汰復揚舲〔五〕。日落江湖白，潮來天地青。明珠歸合浦，應逐使臣星〔六〕。

〔一〕邢桂州：趙殿成注：「劉昫《唐書》：上元二年（七六一），以邢濟兼桂州都督、侍御史，充桂管防禦都使。」按，《舊唐書·睿宗諸子傳》曰：「上元二年，珍（嗣岐王珍）與朱融善。珍儀表偉如，頗類玄宗，融乃誘崔昌、趙非熊等并中官六軍人同謀逆。融謂金吾將軍邢濟曰：『今城中草草，關外近更憑陵，若何？』……濟奏之，乃令御史中丞敬羽訊之。……乃以濟兼桂州都督、侍御史，充桂管防禦都使。」此即趙注所本。然稽考其他史籍，則知濟上元元年已出刺桂州。《新唐書·肅宗紀》：「上元元年……西原蠻寇邊，桂州經略使邢濟敗之。」《通鑑》上元元年六月：「甲子，桂州經略使邢濟奏：破西原蠻二十萬衆，斬其帥黄乾曜等。」疑濟曾兩刺桂州。又，趙注謂本詩之邢桂州即邢濟，亦頗可疑。尋繹詩首二句之意，此詩應是作者在京口送邢赴桂州刺史任時所作。考安史之亂後，維一直在長安任職，上元元年正官尚書右丞，不大可能遠赴京口（參見《年譜》），故此詩之邢桂州當非邢濟。又開元二十九年（七四一）春，維自嶺南北歸，嘗過潤州江寧縣（參見《年譜》），京口即此行需經之地，故繫此詩于開元二十九年。桂州，唐州名，治所在今廣西桂林。《舊唐書·地理志》：「桂州……天寶元年（七四二），改爲始安郡。……乾元元年（七五八），復爲桂州。」

〔二〕鐃吹：即鐃歌，亦曰鼓吹，本軍樂，後鹵簿、殿庭、道路亦用之。《樂府詩集》卷一六：「鼓吹曲，一曰短簫鐃歌。……蔡邕《禮樂志》曰：『漢樂四品，其四曰短簫鐃歌，軍樂也。』……崔豹《古今注》曰：『漢樂有黄門鼓吹，天子所以宴樂群臣也。短簫鐃歌，鼓吹之一章爾，亦以賜有功諸侯。』然則黄門鼓吹、短簫鐃歌與横吹曲，得通名鼓吹，但所用異爾。漢有《朱鷺》等二十二曲，列於鼓吹，謂之鐃歌。」梁簡文帝《旦出興業寺講詩》：「羽旗承去影，鐃吹雜還風。」又唐時分鼓吹爲五部，其三即鐃吹。《樂府詩集》卷二一：「横吹曲，其始亦謂之鼓吹，馬上奏之，蓋軍中之樂也。……自隋已後，始以横吹用之鹵簿，與鼓吹列爲四部，總謂之鼓吹。……二曰鐃鼓部，其樂器有歌、鼓、簫、笳四種，凡十二曲。……唐制，太常鼓吹令掌鼓吹施用調習之節，以備鹵簿之儀，而分五部。……三曰鐃吹部，其樂器與隋鐃鼓部同，凡七曲。」京口：古城名，故址在今江蘇鎮江市。唐時潤州治所即設此。

〔三〕洞庭：即洞庭湖。邢此行蓋自京口泝江而上，過洞庭、經湘水赴桂州。

〔四〕赭圻（zhě qí者祈）：古城名，故址在今安徽繁昌縣西北。《元和郡縣志》卷二八：「赭圻故城在（宣州南陵）縣西北一百三十里，西臨大江，吴所置赭圻屯處也。」將：猶「與」。赤岸：參見《送封太守》注〔五〕。赤岸與赭圻皆邢泝江西行途中需經之地。

〔五〕擊汰：以槳擊水。《楚辭·九章·涉江》：「乘舲船余上沅兮，齊吴榜以擊汰。」王逸注：「汰，水波也。」揚舲：見《送封太守》注〔四〕。

〔六〕「明珠」句：《後漢書·孟嘗傳》：「（嘗）遷合浦（治所在今廣西合浦東北）太守。郡不産穀實，而海出珠寶，與交阯比境，常通商販，貿糴糧食。先時宰守，並多貪穢，詭（責）人採求，不知紀極，珠遂漸徙於交阯郡界。於是行旅不至，人物無資，貧者死餓於道。嘗到官，革易前敝，求民病利，曾未踰歲，去珠復還，百姓皆反其業，商貨流通，稱爲神明。」使臣星：《後漢書·李郃傳》：「和帝即位，分遣使者，皆微服單行，各至州縣，觀採風謡。使者二人當到益部，投郃候舍（候吏之舍，時郃爲幕門候吏）。時夏夕露坐，郃因仰觀問曰：『二君發京師時，寧知朝廷遣二使邪？』二人默然，驚相視曰：『不聞也。』問何以知之，郃指星示云：『有二使星向益州分野，故知之耳。』」後遂稱使者爲使星或使臣星。此指邢桂州。二句意謂，明珠當隨邢的到任而復還，指邢到任後一定會爲百姓造福。

沈德潛曰：對仗固須工整，而亦有一聯中本句自爲對偶者。五言如王摩詰「赭圻將赤岸，擊汰復揚舲」……方板中求活時或用之。（《説詩晬語》卷下）

又曰：「潮來」句奇警，末諷以不貪也。古人用意，曲折微婉。（《唐詩別裁》卷九）

千塔主人〔一〕

逆旅逢佳節〔二〕，征帆未可前。窗臨汴河水〔三〕，門渡楚人船〔四〕。雞犬散墟落，桑榆蔭遠田。所居人不見，枕席生雲烟。

〔一〕疑開元二十九年春自嶺南北歸途中所作。千塔，地名，在汴州北，見《通鑑》卷二一四二胡三省注。

〔二〕逆旅：客舍。

〔三〕汴河：即通濟渠東段。自板渚（在今河南滎陽北）引黄河水東行汴水故道，至今河南開封市別汴水折而東南流，經今杞縣、睢縣、寧陵、永城，至江蘇盱眙對岸注入淮河。隋開通濟渠，因自今滎陽至開封一段就是原來的汴水，故唐宋人遂統稱通濟渠東段全流爲汴水、汴河或汴渠。此處疑指自板渚經滎澤至陽武（今河南原陽）的一段汴水。《元和郡縣志》卷八鄭州陽武縣：

「汴渠……今名通濟渠，西南自滎澤、管城（今鄭州）二縣界流入。」

〔四〕楚人船：汴河爲南北水運幹道，多楚地南來之船，故云。

贈裴旻將軍〔一〕

腰間寶劍七星文〔二〕，臂上琱弓百戰勳〔三〕。見説雲中擒黠虜〔四〕，始知天上有將軍〔五〕！

〔一〕裴旻：《新唐書·文藝傳中》曰：「文宗時，詔以白（李白）歌詩、裴旻劍舞、張旭草書爲『三絶』。」又曰：「旻嘗與幽州都督孫佺北伐（按事在先天元年，見《通鑑》卷二一〇），爲奚所圍，旻舞刀立馬上，矢四集，皆迎刀而斷，奚大掠引去。後以龍華軍使守北平。北平多虎，旻善射，一日得虎三十一，休山下，有老父曰：『此彪也。稍北，有真虎，使將軍遇之，且敗。』旻不信，怒馬趨之。有虎出叢薄中，小而猛，據地大吼，旻馬辟易，弓矢皆墮，自是不復射。」（旻射虎事亦見于《唐國史補》卷上「裴旻遇真虎」條）《全唐文》卷四三一李翰《裴將軍旻射虎圖贊序》曰：「世稱裴將軍射虎而不及見，駕部郎中兼侍御史滎陽鄭公……于裴氏子得其先人射虎圖傳以示予。……開元中，山戎寇邊，玄宗命將軍守北平州，且充龍苑（當作華）軍使，以捍薊之北門。公嘗率偏軍，横絶漠，策匹馬，陷重圍。……聲振北狄，氣慴東胡，稜威大矣！而北平連山廣野，地實多虎……薦食邊鄙，甚於戎夷。群老憂而請焉，公于是屏車徒，去矛鍛……（麑虎）幾三十有一矣，其餘竄匿不敢復出。」《新唐書·吐蕃傳上》：「又信安王禕出隴西，拔石堡城，即之置振武軍，獻俘於廟（按事在開元十七年，見《通鑑》卷二一三）。帝以書賜將軍裴旻曰……於是士益奮。」《全唐文》卷三五二樊衡《爲幽州長史薛楚玉破契丹露布》：「節度副使、右羽林大將軍烏知義，即令都護裴旻理兵述職，大閱於松林。」（按薛楚玉開元二十年爲幽州長史，次年兵敗被代，見兩《唐書·契丹傳》）《文苑英華》卷八二喬潭《裴將軍劍舞賦》：「後元年（即天寶元年）秋九月，羽林裴公獻戎捷于京師，上御花萼樓大置酒，酒酣，詔將軍舞劍，爲天下壯觀。」裴將軍即裴旻。又《新唐書·宰相世系表》曰：「（裴）旻，左金吾大將軍。」據以上記載，旻當主要活動于開元年間。本詩具體寫作年代難以確考，姑繫於開元末。

〔二〕七星文：《吴越春秋》卷三載，伍子胥父奢、兄尚，爲楚平王所殺，乃奔吴。至江，漁父渡之，子胥乃解百金之劍，以與漁父，曰：「此吾前君之劍，中有七星，價直百金，以此相答。」漁父辭不受。其後詩文中描寫寶劍，遂每用「七星」或「七星文」來形容。隋煬帝《白馬篇》：「文犀六屬鎧，寶劍七星光。」吴均《邊城將四首》其一：「刀含四尺影，劍抱七星文。」

〔三〕琱弓：同雕弓。《漢書·酷吏傳》師古注：「琱，謂刻鏤也，字與雕同。」

〔四〕見：猶「聞」。雲中：參見《老將行》注〔二二〕。

〔五〕句謂裴神武異常，乃天上之將軍。

顧可久曰：俊偉。

送趙都督赴代州得青字〔一〕

天官動將星〔二〕，漢地柳條青〔三〕。萬里鳴刁斗，三軍出井陘〔四〕。忘身辭鳳闕〔五〕，報國取龍庭〔六〕。豈學書生輩，窗間老一經〔七〕！

〔一〕都督：官名，唐時在全國部分州郡設大、中、下都督府，各置都督一人，掌督諸州軍事，並兼任駐在州之刺史。大都督府都督從二品，中都督府正三品，下都督府從三品。趙都督：不詳。代州：唐州名，治所在今山西代縣。《舊唐書·地理志》：「代州中都督府……督代、忻、蔚、朔、靈五州。……天寶元年，改爲鴈門郡，依舊爲都督府。乾元元年，復爲代州。」此詩或天寶元年代州改爲鴈門郡之前所作，具體時間不詳，姑繫于此。得青字：古人相約賦詩，規定若干字爲韻，各人分拈韻字，依韻而賦，「得青字」即拈得青字韻；此三字明十卷本無，宋蜀本、述古堂本、元本俱作題下注語。

〔二〕天官：指天上之星座。《史記·天官書》索隱曰：「案天文有五官，官者，星官也。星座有尊卑，若人之官曹列位，故曰天官。」將星：星名。《隋書·天文志上》：「天將軍十二星，在婁（二十八宿之一）北，主武兵。中央大星，天之大將也；外小星，吏士也。大將星摇，兵起，大將出；小星不具，兵發。」「動將星」即謂將星摇動，將有戰事發生。

〔三〕地，宋蜀本作「沚」，明十卷本、《全唐詩》等作「上」。

〔四〕刁斗：古代行軍用具。《史記·李將軍列傳》：「不擊刁斗以自衛。」集解引孟康曰：「以銅作鐎器，受一斗（容一斗糧食），晝炊飲食，夜擊持行，名曰刁斗。」井陘（xíng 刑）：又稱土門關，亦曰井陘口，古「九塞」之一（見《吕氏春秋·有始覽》）。故址在今河北井陘北井陘山上。《元和郡縣志》卷一七：「井陘口今名土門口，在縣（恒州獲鹿縣）西南十里，即太行八陘之第五陘也。四面高，中央下，似井，故名之。」二句寫唐軍開赴前綫。

〔五〕鳳闕：《史記·孝武本紀》：「於是作建章宮，度爲千門萬户。……其東則鳳闕，高二十餘丈。」索隱：「《三輔黄圖》曰：『武帝營建章，起鳳闕，高二十五丈。』……《三輔故事》云：『北有圜闕，高二十丈，上有銅鳳皇，故曰鳳闕也。』」後泛指帝王宫闕。句指將軍（趙都督）辭别天子出征。

〔六〕龍庭：又稱龍城，匈奴單于祭天地鬼神之所。《文選》班固《封燕然山銘》：「躡冒頓之區落，焚老上之龍庭。」張銑注：「龍庭，單于祭天所也。」其地在今蒙古人民共和國鄂爾渾河西側的和碩柴達木湖附近。

〔七〕間，宋蜀本、《文苑英華》作「中」。老，述古堂本作「著」，元本作「着」。

清施補華曰：起處須有崚嶒之勢。……如「萬壑樹參天，千山響杜鵑」、「天官將星動，漢地柳條青」，皆起勢之崚嶒者，舉此可以類推。（《峴傭説詩》）

終南别業〔一〕

中歲頗好道〔二〕，晚家南山陲〔三〕。興來每獨往，勝事空自知〔四〕。行到水窮處，坐看雲起時。偶然值林叟〔五〕，談笑無還期〔六〕。

〔一〕王維開元二十九年曾隱于終南（説見《年譜》），本詩即是時所作。終南：山名，主峰在陝西長安縣南。詩題《河嶽英靈集》、《文苑英華》、《唐文粹》俱作《入山寄城中故人》，《國秀集》作《初至山中》。

〔二〕中歲：中年。

〔三〕晚：近時。《後漢書·馮衍傳下》：「逮至晚世，董仲舒言道德，見妒于公孫弘。」《南史·循吏傳論》：「降及晚代，情僞繁起。」這兩處「晚」字皆當作「近」解。蘇軾《和陶詩·答龐參軍》：「雖云晚接，數面自親。」晚接，新近交接。南山：即終南山。陲：邊。

〔四〕空：只。《國秀集》作「祇」。

〔五〕值：遇。《國秀集》作「見」。林，底本、《全唐詩》均注：「一作鄰。」

〔六〕無還期，《國秀集》、《瀛奎律髓》作「滯還期」，《唐文粹》作「無回期」。

宋胡仔曰：《後湖集》云：此詩造意之妙，至與造化相表裏，豈直詩中有畫哉！觀其詩，知

其蟬蜕塵埃之中，浮游萬物之表者也。（《苕溪漁隱叢話》前集卷一五）

又曰：山谷老人曰：余頃年登山臨水，未嘗不讀摩詰詩「行到水窮處，坐看雲起時」，故知此老胸次，有泉石膏肓之疾。（同上後集卷九）

方回曰：右丞此詩有一唱三歎不可窮之妙。（《瀛奎律髓彙評》卷二三）

清馮班曰：第三聯奇句驚人。（同上）

王夫之曰：清靡爲時調之冠，亦令人欲割愛而不能。（《唐詩評選》卷二）

張謙宜曰：一氣灌注中不動聲色，所向愜然，最是難事。又曰：古秀天然，杜不能爾。（《絸齋詩談》卷五）

查慎行曰：五、六自然，有無窮景味。（《瀛奎律髓彙評》卷二三）

沈德潛曰：行所無事，一片化機。（《唐詩別裁》卷九）

紀昀曰：此詩之妙，由絢爛之極，歸於平淡，然不可以躐等求也。又曰：此種皆鎔煉之至，渣滓俱融；涵養之熟，矜躁盡化，而後天機所到，自在流出，非可以摹擬而得者。無其鎔煉涵養之功，而以貌襲之，即爲窠臼之陳言，敷衍之空調。矯語盛唐者，多犯是病。（《瀛奎律髓彙評》卷二三）

施補華曰：五律有清空一氣，不可以鍊句鍊字求者，最爲高格。如太白「牛渚西江夜」……

摩詰「中歲頗好道」……諸首，所謂「羚羊挂角，無迹可求」。（《峴傭説詩》）

終南山〔一〕

太乙近天都〔二〕，連山到海隅〔三〕。白雲迴望合，青靄入看無〔四〕。分野中峰變〔五〕，陰晴衆壑殊〔六〕。欲投人處宿，隔水問樵夫〔七〕。

〔一〕寫作時間同上詩。詩題宋蜀本作《終南山行》，《文苑英華》作《終山行》。

〔二〕太乙：亦作太一，《文選》張衡《西京賦》：「於前則終南、太一，隆崛崔崒。」李善注：「《漢書》曰：『太一山，古文以爲終南。』《五經要義》曰：『太一，一名終南山，在扶風武功縣。』此云終南、太一，不得爲一山明矣。蓋終南，南山之總名；太一，一山之别號耳。」按，《漢書·地理志》謂太一山古文以爲終南，在右扶風武功縣東，《元和郡縣志》卷二曰：「（漢）武功蓋在渭水南，今郿縣地是也。」則《漢書》之太一山，即今陝西郿縣境内之太白山也（《西安府志》卷二引《三秦記》謂太一山即今西安市南之南五臺山，其説不同）。又古終南非僅指今陝西長安縣南的終南山主峰，亦用爲秦嶺諸山的總稱，太一屬秦嶺的一部分，故又可稱爲終南。另，唐人每稱終南一名太一，《元和郡縣志》卷一：「終南山在（京兆府萬年）縣南五十里。按經傳所説，終南山一名太一，亦名中南。」白居易《白氏六帖事類集》卷二：「中南一名太一。」此處太乙即指終南。天都：指帝都。儲光羲《貽崔太祝》：「天都分禮閣，肅肅臨清渠。」又指天空。《淮南子·泰族訓》：「又況登泰山，履石封，以望八荒，視天都若蓋，江河若帶。」

〔三〕句謂山峰接連不斷，直到海邊。按終南山本不及海，這樣寫是誇張的説法。又趙殿成注謂王琦釋此句爲「與他山連接不斷，直至海隅」，意亦可通。到，底本、《全唐詩》均注：「一作接。」

〔四〕迴：同「回」；《又玄集》正作「回」。二句寫山上雲霧瞬息萬變，言攀行于山間，本未見白雲，而回身一望，白雲却已連成茫茫一片；前望有青霧繚繞，待入于其地，却又不見其踪影。

〔五〕分野：古時以地上的州國同天上的星辰位置相配，謂之分野。《國語·周語下》：「歲之所在，則我有周之分野也。」此句極言山之廣大，言中峰即已跨越不同的分野。

〔六〕句謂同一時間内，各個山谷的陰晴不一。

〔七〕水，《文苑英華》、《樂府詩集》作「浦」。

劉須溪曰：語不必深僻，清奪衆妙。

王夫之曰：工苦安排備盡矣，人力參天與天爲一矣。「連山到海隅」，非徒爲窮大語，讀《禹貢》自知之。結語亦以形其闊大，妙在脱卸，勿但作詩中畫觀也，此正是畫中有詩。（《唐詩評選》卷三）

又曰：「欲投人處宿，隔水問樵夫」，則山之遼廓荒遠可知，與上六句初無異致，且得賓主分明，非獨頭意識懸相描摹也。又曰：「柳葉開時任好風」、「花覆千官淑景移」及「風正一帆懸」、「青靄入看無」，皆以小景傳大景之神。（《薑齋詩話》卷二）

張謙宜曰：於此看積健爲雄之妙。「白雲迴望合，青靄入看無」，看山得三昧，盡此十字中。（《絸齋詩談》卷五）

沈德潛曰：「近天都」言其高，「到海隅」言其遠，「分野」二句言其大，四十字中，無所不包，手筆不在杜陵下。或謂末二句似與通體不配，今玩其語意，見山遠而人寡也，非尋常寫景可比。（《唐詩別裁》卷九）

黄培芳曰：神境。四十字中無一字可易，昔人所謂如四十位賢人。一結從小處見大，錯綜變化，最得消納之妙。（翰墨園重刊本《唐賢三昧集箋注》卷上）

白黿渦 雜言走筆〔一〕

南山之瀑水兮，激石瀀瀑似雷驚〔二〕，人相對兮不聞語聲。翻渦跳沫兮蒼苔濕，蘚老且厚，春草爲之不生。獸不敢驚動，鳥不敢飛鳴。白黿渦濤戲瀨兮〔三〕，委身以縱横〔四〕。主人之仁兮，不網不釣，得遂性以生成〔五〕。

〔一〕作於隱居終南期間。黿（yuán元）大鱉。鱉背色暗灰，腹白色或淡紅，「白黿」即指黿之白腹者。

〔二〕滈(hào浩)瀑:水勢騰沸貌。《文選》左思《蜀都賦》:「龍池滈瀑濆其限。」李善注:「滈瀑,水沸之聲也。」又馬融《長笛賦》:「滈瀑噴沫。」李善注:「滈瀑,沸湧貌。」

〔三〕瀨(lài賴):湍急之水。《蜀都賦》:「其深則有白黿命鱉……躍濤戲瀨,中流相忘。」此字明十卷本、奇字齋本等俱作「漱」。

〔四〕縱橫:恣肆橫行,無拘無束。句謂白黿委身渦濤之中,俯仰自如,無拘無束。

〔五〕遂性:順其本性之意。《莊子·在宥》:「以遂群生。」成玄英疏:「遂,順也。」

投道一師蘭若宿〔一〕

一公棲太白〔二〕,高頂出雲烟〔三〕。梵流諸壑遍〔四〕,花雨一峰偏〔五〕。迹爲無心隱〔六〕,名因立教傳〔七〕。鳥來還語法〔八〕,客去更安禪〔九〕。晝涉松路盡〔一〇〕,暮投蘭若邊。洞房隱深竹〔一一〕,清夜聞遥泉。向是雲霞裏〔一二〕,今成枕席前。豈惟留暫宿,服事將窮年〔一三〕。

〔一〕道一:趙殿成注謂即江西道一禪師。據《宋高僧傳》卷一〇及《景德傳燈録》卷五、卷六載,道一本姓馬,漢州什邡(今四川什邡)人。初從資州(今四川資中北)唐和尚出家,在渝州(今重慶市)圓律師處受具足戒。開元中至南嶽衡山,隨懷讓禪師學禪十年。後至建陽(今福建建陽)佛迹嶺、臨川(今江西撫州西)、南康(今江西南康西南)龔公山弘傳禪法。大曆中居于洪州鍾陵縣(今江西南昌)開元寺。按,本詩稱「一公棲太白」,而據上述諸書所載,江西道一禪師未嘗居于太白,則此道一,似非謂江西道一禪師。又,或謂此詩作于開元十八年(七三〇),當時道一離四川到各地遊學,有可能在太白。按,是時道一(七〇九—七八八)只有二十二歲,遠未成名,這就與詩中的描述不合,故此説亦不可信。釋氏同名者多,此道一爲何人,已難確考。此二字述古堂本、元本俱空缺。蘭若:梵語「阿蘭若」之略稱,原爲比丘習静修行處所,後一般指佛寺。此詩言已登上太白,宿于道一寺中,又稱已將在此長期服事道一,或是時維正隱居終南(太白屬終南山的一部分),故有此語。詩題顧本作《投福禪師蘭若宿》,底本、《全唐詩》均注:「一作《宿道一上方院》。」

〔二〕太白:即今陝西郿縣南之太白山,參見《終南山》注〔二〕。

〔三〕雲,《全唐詩》作「風」。

〔四〕梵:婆羅門教、印度教名詞,意爲「清浄」、「寂静」、「離欲」等。壑,《全唐詩》注:「一作澗。」

〔五〕雨:落下。一峰:指道一所居山峰。偏:猶「多」。佛書寫佛之法力,多稱其説經時則天雨花(參見《過乘如禪師蕭居士嵩丘蘭若》注〔五〕)。此句一爲即景,二亦隱用佛書故實,以寫道一之法力。

〔六〕無心:不起妄心,此指入寂滅之境。參見《酬黎居士淅川作》注〔三〕。此句謂道一因修佛果而隱其踪迹。

〔七〕立教：樹立教化。指以佛家之道教化衆生。

〔八〕「鳥來」句：還，猶「已」。《續高僧傳》卷八《齊鄴東大覺寺釋僧範傳》：「釋僧範，姓李氏，平鄉人也。……言行相輔，祥徵屢降。嘗有膠州刺史杜弼於鄴顯義寺請範冬講，至《華嚴》六地，忽有一雁飛下，從浮圖東順行入堂，正對高座，伏地聽法，講散徐出，還順塔西，爾乃翔逝。又於此寺夏講，雀來，在座西南伏聽，終於九旬。又曾處濟州，亦有一鴞飛來入聽，訖講便去。斯諸祥感衆矣，自非道洽冥符，何能致此？」此句即用其事，謂道一精通佛家之道。

〔九〕安禪：謂入于禪定。參見《青龍寺曇壁上人兄院集》注〔四〕。

〔一〇〕涉：歷。路，底本原作「露」，從宋蜀本、《全唐詩》改。

〔一一〕洞房：幽深的房屋。

〔一二〕向：先時。

〔一三〕留暫，宋蜀本、《全唐詩》作「暫留」。窮年：畢生，終生。

戲贈張五弟諲三首 時在常樂東園走筆成〔一〕

吾弟東山時〔二〕，心尚一何遠〔三〕。日高猶自卧，鐘動始能飯〔四〕。領上髮未梳〔五〕，牀頭書不卷。清川與悠悠〔六〕，空林對偃蹇〔七〕。青苔石上净，細草松下軟。窗外鳥聲閑，階前虎心善〔八〕。徒然萬象多，澹爾太虚緬〔九〕。一知與物平，自顧爲人淺〔一〇〕。對君忽自得，浮念不煩遣〔一二〕。

〔一〕作于隱居終南期間，説見《年譜》。張諲：張彦遠《歷代名畫記》卷一〇：「張諲，官至刑部員外郎，明《易》象，善草隸，工丹青，與王維、李頎等爲詩酒丹青之友，尤善畫山水。」《唐才子傳》卷二《張諲傳》：「諲，永嘉人。初隱少室下，閉門修肆，志甚勤苦，不及聲利。後應舉，官到刑部員外郎。明《易》象，善草隸，兼畫山水，詩格高古。與李頎友善，事王維爲兄，皆爲詩酒丹青之契。……天寶中，謝官，歸故山偃仰，不復來人間矣。」常樂：西京坊名。西京萬年縣東興慶宫之南爲道政坊，道政坊南即常樂坊，參見《唐兩京城坊考》卷三。詩題明十卷本、顧本等俱無「戲」字。詩題下注語明十卷本等無，宋蜀本作大字，與詩題連書，述古堂本「東園」作「東閣」。

〔二〕東山時：謂隱居之時，參見《送綦毋潛落第還鄉》注〔三〕。

〔三〕心尚：心所崇尚。

〔四〕鐘動：玩詩意，此處當指「齋鐘動」，而非謂「晨鐘動」。佛教戒律規定，正午過後不進食（不食非時食），故僧人食齋之時，多在日中；「齋鐘」爲寺廟報齋時的鐘聲，敲三十六下。此二句謂諲日高猶卧，直至中午始能進食。

〔五〕領，《唐詩品彙》作「頭」。

〔六〕與：猶「對」，與下句之「對」字爲互文；此字底本原作「興」，據宋蜀本、元本、明十卷本等改。此句意謂，隱居時獨對清川，悠閒自在。

〔七〕偃蹇：《釋名·釋姿容》：「偃，偃息而卧不執事也；蹇，跛蹇也，病不能作事，今托病似此也。」王先謙《釋名疏證補》曰：「郭璞《客傲》『莊周偃蹇於漆園』，即偃卧不事事之意。」

〔八〕虎心善：指連虎也與人相親，不復食人。

〔九〕「徒然」句：象，凌本、《唐詩品彙》作「慮」。此句意謂，萬象紛紜也是枉然。澹爾：恬静貌。太虚：天空。緬：遠。下句意謂，張諲之心則恬静如眇遠的天空。

〔一〇〕與物平：謂與物齊一，用《莊子·齊物》「天地與我並生，而萬物與我爲一」之意。二句意謂，一旦知道你能做到「與物齊一」，就覺得自己爲人淺薄。

〔一一〕浮念：虚妄之念。二句謂，從張諲那裏，自己忽有所得（指也體悟了道家之理），浮念無需煩加排遣便消除了。

顧璘曰：（「窗外」二句）警語不在深。

施補華曰：「階前」句甚奇而仍平，此摩詰能用柔筆處。（《峴傭説詩》）

張弟五車書〔一〕，讀書仍隱居。染翰過草聖〔二〕，賦詩輕《子虚》〔三〕。閉門二室下〔四〕，隱居十年餘。宛是野人野〔五〕，時從漁父漁〔六〕。秋風日蕭索〔七〕，五柳高且疎〔八〕。望此去人世，渡水向吾廬。歲晏同攜手，只應君與予〔九〕。

〔一〕五車書：言書之多，以五車載之。《莊子·天下》：「惠施多方，其書五車。」

〔二〕染翰：以筆蘸墨而書寫。草聖：後漢張芝擅長草書，有草聖之稱。《三國志·魏書·劉劭傳》裴注引《文章叙録》曰：「漢興而有草書……弘農張伯英者，因而轉精其巧。凡家之衣帛，必書而後練之，臨池學書，池水盡黑，下筆必爲楷則，號怱怱不暇草。寸紙不見遺，至今世人尤寶之，韋仲將（韋誕）謂之草聖。」《後漢書·張奂傳》：「（奂）長子芝，字伯英，最知名。芝及弟昶字文舒，並善草書，至今稱傳之。」

〔三〕《子虚》：參見《送嚴秀才還蜀》注〔八〕。

〔四〕二室：謂太室、少室。嵩山（又名嵩高山）東峰名太室，西峰曰少室，東西綿延一百餘里，在今河南登封市北。《藝文類聚》卷七引戴延之《西征記》曰：「嵩高，山巖中也，東謂太室，西謂少室，相去七十里；嵩高，總名也。」

〔五〕野人：村野之人，農夫。野人野，底本原作「野人也」，此從宋蜀本、《全唐詩》。

〔六〕漁父漁，底本原作「漁父魚」，此從宋蜀本、《全唐詩》。

〔七〕日，《全唐詩》作「自」。

〔八〕五柳：參見《偶然作》其四注〔九〕。

〔九〕應：猶「是」。作者曾一度隱於嵩山（參見《歸嵩山作》注〔一〕），以上四句即回憶了他和張同在嵩山隱居時的生活。

設罝守毚兔〔一〕，垂釣伺游鱗〔二〕，此是安口腹〔三〕，非關慕隱淪〔四〕。吾生好清静〔五〕，蔬食去情塵〔六〕。今子方豪蕩〔七〕，思爲鼎食人〔八〕。我家南山下，動息自遺身〔九〕。入鳥不相亂〔一〇〕，見獸皆相親。雲霞成伴侣，虚白侍衣巾〔一一〕。何事須夫子，邀予谷口真〔一二〕？

〔一〕「設罝」句：語本鮑照《擬古八首》其一：「伐木清江湄，設罝守毚兔。」罝（jū拘），捕兔之網。毚（chán蟬）兔，狡兔。

〔二〕釣，宋蜀本、述古堂本作「鈎」。游鱗：游魚。

〔三〕安口腹：使口腹安適滿足。

〔四〕隱淪：《文選》謝脁《敬亭山詩》：「隱淪既已託，靈異俱然棲。」李周翰注：「隱淪，隱逸也。」

〔五〕静，《全唐詩》作「净」。

〔六〕情塵：情識之塵垢，指世俗的欲求和思想情緒等。《文選》王巾《頭陀寺碑文》：「愛流成海，情塵爲岳。」《慈恩寺傳》卷九：「定凝慧水，非情塵所翳。」

〔七〕豪蕩：同豪宕，即豪放之義。

〔八〕鼎食：列鼎而食。這是古時富貴之家的排場。《漢書·貨殖傳》：「其餘郡國富民，兼業顓利，以貨賂自行，取重於鄉里者，不可勝數。……張氏以賣醬而隃侈，質氏以洒削而鼎食。」

〔九〕動息：猶言出處、進退。《文選》謝朓《觀朝雨》：「動息無兼遂，歧路多徘徊。」李善注：「動息，猶出處。言出處之情有疑，譬臨歧路而多惑也。」遺身：忘身，忘己。

〔一〇〕「入鳥」句：《莊子·山木》：「辭其交遊，去其弟子，逃於大澤，衣裘褐，食杼栗，入獸不亂群，入鳥不亂行，鳥獸不惡，而況人乎？」此句即用其意，言鳥不畏人，人入其群，鳥不驚不亂。

〔一一〕虛白：「虛室生白」之略語。《莊子·人間世》：「虛室生白，吉祥止止。」陸德明《釋文》：「崔云：『白者，日光所照也。』司馬云：『室比喻心，心能空虛，則純白獨生也。』」此處蓋用崔譔之釋，以「虛白」指空室中的日光。侍衣巾：侍候穿衣著巾，即爲侍者之意。

〔一二〕谷口真：即谷口鄭子真。《高士傳》卷中：「鄭樸，字子真，谷口人也。修道静默，世服其清高。成帝時，元舅大將軍王鳳以禮聘之，遂不屈。揚雄盛稱其德曰：『谷口鄭子真，耕於巖石之下，名振京師。』馮翊人刻石祠之，至今不絶。」谷口，古地名。西漢置縣，東漢廢，在今陝西醴泉縣東北。《漢書·郊祀志》顔師古注：「谷口，仲山之谷口也，漢時爲縣，今呼冶谷；以仲山之北寒凉，故謂此谷爲寒門也。」此處作者以鄭樸自喻。以上四句意謂，自己有雲霞爲侶、虛白陪侍，張無須復來邀予作伴。

趙殿成曰：前二篇美張能隱居樂道，物我兩忘，與己合志；後一篇嗤張之釣弋山中，衹圖口腹，與己異操，譬如李家娘子，纔出墨池，便登雪嶺，何一日之間，黑白不均乎！題曰戲贈，良有以也。

答張五弟〔一〕

終南有茅屋，前對終南山。終年無客長閉關，終日無心長自閒。不妨飲酒復垂釣，君但能來相往還〔二〕。

〔一〕作于隱居終南期間。張五：張諲。詩題下宋蜀本、元本俱注曰：「雜言。」

〔二〕但能來：儘管來之意。但，只管，儘管。能，相當于但或儘管，此處「但能」疊用。參見王鍈、曾明德《詩詞曲語辭集釋》。相，顧本作「且」。

王夫之曰：末以樂府語入閒曠，詩奇絶。（《唐詩評選》卷一）

送陸員外〔一〕

郎署有伊人〔二〕，居然古人風。天子顧河北〔三〕，詔書隸征東〔四〕。拜手辭上官〔五〕，緩步出南宫〔六〕。九河平原外〔七〕，七國薊門中〔八〕。陰風悲枯桑，古塞多飛蓬。萬里不見虜，蕭條胡地空。無爲費中國，更欲邀奇功〔九〕！遲遲前相送〔一〇〕，握手嗟異同〔一一〕。行當封侯歸〔一二〕，肯訪南山翁〔一三〕？

〔一〕據詩末二句，此詩當作于維隱居終南期間。員外：即員外郎。唐尚書省六部諸司（每部下設四司）各置員外郎一至二人，從六品上，是諸司郎中（諸司長官）的副手；又尚書省左右司各置員外郎一人，掌協助左右丞處理政務。

〔二〕郎署：漢郎官掌宿衛侍從，有五官、左、右三署，置五官、左、右中郎將領之；三署屬官皆有中郎、侍郎、郎中，通謂之三署郎（參見《後漢書·百官志》）。魏以後無三署郎，唐郎官（即尚書郎，指諸司郎中、員外郎）所掌職事，亦異于漢之三署郎，此處只是借用「郎署」之名，以指唐之郎官。伊人：猶言「那個人」或「這個人」，此指陸員外。《詩·秦風·蒹葭》：「所謂伊人，在水一方。」鄭玄箋：「伊當作繄。繄猶是也。」

〔三〕顧：顧念。河北：道名，唐開元十五道之一。治所在魏州（今河北大名東北），轄境相當今北京市、河北省、遼寧省大部，河南、山東古黄河以北地區。

〔四〕隸，宋蜀本、明十卷本、《全唐詩》等俱作「除」。征東：趙殿成注：「開元天寶間，無征東事蹟，當是安東之訛。劉昫《唐書》（《地理志》）：『總章元年九月，司空李勣平高麗。……其年十二月，分高麗地爲九都督府，四十二州，一百縣，置安東都護府於平壤城以統之。……上元三年二月，移安東府於遼東郡故城。儀鳳二年，又移置於新城。開元二年，移於平州。天寶二年，移於遼西故郡城。至德後廢。』」按，安東都護府屬河北道，趙此説似可通，然「征」、「安」形音皆異，無由致誤，故其説似不宜從；漢、魏之將軍名號有「征東」，張遼、滿寵、曹休等皆曾爲征東將軍，王維《送岐州源長史歸》曰：「征西舊旌節，從此向河源。」以「征西」指河西節度使，此處或以「征東」指幽州節度使（先天二年置，天寶元年改名范陽，負責掌管唐東北邊地的防務，轄區屬河北道，治所在幽州），故下有「七國薊門中」之語。

〔五〕拜手：跪拜禮的一種。跪後兩手相拱至地，俯首至手。《尚書·太甲中》：「伊尹拜手稽首。」孔安國傳：「拜手，首至手。」

〔六〕南宫：趙殿成注：「唐人通呼尚書省爲南宫。」按，呼尚書省爲南宫，自漢時已有之。蓋因象列宿之南宫而得名。《後漢書·鄭弘傳》：「（弘）爲尚書令……前後所陳，有補益王政者，皆著之南宫，以爲故事。」又《梁書·丘仲孚傳》載，仲孚爲尚書左丞，著有《南宫故事》一百卷。

〔七〕九河：《尚書·禹貢》：「濟、河惟兖州。九河既道（導）。」孔安國傳：「河水分爲九道，在此州界平原以北是。」平原，郡名，西漢置，轄境相當今山東平原、陵、禹城、齊河、臨邑、商河、惠民、陽信等縣市，治所在今平原西南。另《禹貢》又曰：「（河）至于大陸（古澤名，又稱鉅鹿澤，在今河北隆堯、巨鹿、任縣之間），又北播爲九河。」則九河當在今河北省境，其地已難確考。又《爾雅·釋水》稱九河爲徒駭、太史、馬頰、覆釜、胡蘇、簡、絜、鉤盤、鬲津，其今地已難確指。近人多主張九河不一定實指九條河，而是古代黄河許多支派的總稱。此句謂，九河在漢平原郡之北。按，九河在唐河北道轄區之内，此句意在點出陸欲往之地。

〔八〕七國：指幽州。趙殿成注：「《晋書・地理志》：幽州統郡國七：范陽國、燕國、北平郡、上谷郡、廣寧郡、代郡、遼西郡。」唐幽州治所在薊縣（今北京城西南），轄境相當今北京市及所轄通州、房山、大興和天津武清、河北永清、廊坊等地。薊門：古地名，亦曰薊丘，在今北京德勝門外土城關。《水經注・㶟水》：「昔周武王封堯後于薊，今城内西北隅有薊丘，因丘以名邑也，猶魯之曲阜、齊之營丘矣。」明蔣一葵《長安客話》卷一「古薊門」條云：「京師古薊地，以薊草多得名。武王封堯後於薊，至秦漢置薊縣，後魏於薊立燕郡，並此地（按，唐幽州薊縣亦在此）。……今都城德勝門外有土城關，相傳古薊門遺址，亦曰薊丘。薊丘舊有樓館並廢，但門存二土阜，旁多林木，蓊鬱蒼翠，京師八景有『薊門煙樹』，即此。」此句謂幽州在古薊門内。按，古薊門在今北京城北，而唐幽州治所在其南，故云。此句進一步點出陸欲往之地爲幽州。

〔九〕無爲：猶言無用、不必。邀奇功：《漢書・段會宗傳》載：「西域諸國，上書願得會宗，陽朔中復爲都護。會宗爲人，好大節，矜功名，與谷永相友善，谷永閔其老復遠出，予書戒曰：『……方今漢德隆盛，遠人賓服，傅、鄭、甘、陳之功，没齒不可復見，願吾子因循舊貫，毋求奇功，終更亟還……』」此二句意謂，不必耗費中國人力物力，再去追求奇功！

〔一〇〕遲遲：緩行貌。《詩經・邶風・谷風》：「行道遲遲，中心搖搖。」毛傳：「遲遲，舒行貌。」

〔一一〕嗟異同：嗟歎持論不同於人。指「無爲」二句的議論而言。嗟，宋蜀本作「詰」。

〔一二〕行：且。

〔一三〕南山翁：作者自指。「南山」宋蜀本作「商山」。

王維集校注卷三

編年詩（天寶上）

三月三日曲江侍宴應制〔一〕

萬乘親齋祭，千官喜豫遊〔二〕。奉迎從上苑〔三〕，祓禊向中流〔四〕。草樹連容衛〔五〕，山河對冕旒〔六〕。畫旗摇浦溆〔七〕，春服滿汀洲〔八〕。仙籞龍媒下〔九〕，神皋鳳蹕留〔一〇〕。從今億萬歲，天寶紀春秋〔一一〕。

〔一〕據詩末二句，本詩當作于天寶元年（七四二）三月三日。三月三日：上巳節。原在陰曆三月上旬之巳日，自魏以後，改用三月三日（見《晉書·禮志》）。古代習俗，多在此日到水邊祭祀洗濯，以除災求福。《後漢書·禮儀志》：「是月（指三月）上巳，官民皆絜（潔）於東流水上，曰洗濯祓除去宿垢疢（疾病，災患）爲大絜。」後來上巳實際上成爲到水邊宴飲、遊春的一個節日。唐開元中之後，長安士女多在這一天遊賞曲江，玄宗也每于此日在曲江宴賜臣僚。曲江：池名，在長安敦化坊南。《唐兩京城坊考》卷三：「《長安志》以曲江在昇道坊，考《太平寰宇記》，曲江與芙蓉園相連，則其中不容隔立政、敦化二坊（二坊在昇道坊南），今移於此（指敦化坊南）。」本天然池沼，漢武帝造宜春苑于此；以池水曲折，遂名曲江。隋初開黄渠導滻水入池，改池爲芙蓉池，苑曰芙蓉園。唐復名曲江，開元中重加疏鑿，築紫雲樓等殿宇樓閣亭榭于池岸。唐末黄渠斷流，池遂涸竭。故址在今陝西西安市東南。唐康駢《劇談録》卷下「曲江」條云：「曲江池……開元中疏鑿，遂爲勝景。……花卉環周，烟水明媚，都人游翫，盛於中和（二月初一）、上巳（三月初三）之節。綵幄翠幬，匝於堤岸，鮮車健馬，比肩擊轂。上巳節賜宴臣僚，京兆府大陳筵席，長安、萬年兩縣，以雄盛相較，錦繡珍玩，無所不施，百辟會於山亭，恩賜太常及教坊聲樂，池中備綵舟數隻，惟宰相、三使、北省官與翰林學士登焉。每歲傾動皇州，以爲盛觀。」《文苑英華》「曲江」下有「樓」字。

〔二〕豫遊：《孟子·梁惠王》下：「吾王不遊，吾何以休？吾王不豫，吾何以助？一遊一豫，爲諸侯度。」趙岐注：「豫亦遊也。」豫、遊皆指天子出遊，此同。

〔三〕從：由。上苑：天子之苑囿，即指曲江。「苑」宋蜀本作「菀」。

〔四〕祓禊（fú xì 扶細）：指上巳日在水邊舉行的除去不祥的祭祀。《漢書·外戚傳》：「帝祓霸上。」孟康注：「祓，除也，於霸水上自祓除，今三月上巳祓禊也。」「祓」《史記·外戚世家》作「禊」，《集解》引徐廣曰：「三月上巳臨水祓除謂之禊。」

〔五〕容衛：猶儀衛，謂儀仗與衛士。庾信《周祀方澤歌·昭夏》：「川澤茂祉，丘陵容衛。」顧況《宫詞五首》其三：「玉階容衛宿千官，風獵青旂曉仗寒。」皆此義。

〔六〕冕旒（liú流）：古時天子及貴官的禮帽。有冕版覆於帽頂，稱爲延；垂於延前後的玉串，謂之旒；天子十二旒，諸侯九，上大夫七，下大夫五。見《周禮·夏官·弁師》。冕旒之制，唐時尚存。《舊唐書·輿服志》載，天子衮冕垂白珠十二旒，一品官衮冕垂青珠九旒，二品鷩冕七旒，三品毳冕五旒，四品絺冕四旒。此指戴禮帽的天子。

〔七〕浦漵（xù序）：指水濱。《楚辭·九章·涉江》：「入漵浦余儃佪兮，迷不知吾所如。」《文選》吕延濟注：「漵亦浦類也。」

〔八〕汀洲：水邊平地。《楚辭·九歌·湘夫人》：「搴汀洲兮杜若，將以遺兮遠者。」王逸注：「汀，平也。」洪興祖《補注》：「汀，它丁切，水際平地。」

〔九〕仙籞（yǔ宇）：天子之苑囿，指曲江。《漢書·宣帝紀》：「又詔池籞未御幸者假與貧民。」師古注：「蘇林曰：『折竹以繩緜連禁籞，使人不得往來，律名爲籞。』……應劭曰：『池者，陂池也。籞者，禁苑也。』」仙，狀其地之佳美。「籞」底本原作「籞」，從奇字齋本、凌本、《全唐詩》改。龍媒：《漢書·禮樂志》載武帝太初四年獲大宛馬，作《天馬》之歌，其辭有云：「天馬徠，龍之媒。」應劭注：「言天馬者乃神龍之類，今天馬已來，此龍必至之效也。」後因稱駿馬曰龍媒。此處指天子之馬。龍媒下：謂乘輿降臨。

〔一〇〕神皋：《文選》張衡《西京賦》：「寔惟地之奧區神皋。」張銑注：「神者美言之。澤畔曰皋。」此處亦指曲江。鳳：舊時凡天子之物，多用「鳳」來形容，如云鳳車、鳳蓋、鳳詔等。蹕（bì必）：指帝王出行的車駕。《北史·周宣帝紀》：「一昨駐蹕金墉，備嘗遊覽。」

〔一二〕紀春秋：猶言紀年。紀，宋蜀本、明十卷本作「紹」，奇字齋本、凌本作「治」。玄宗于天寶元年正月朔改元，尋繹詩意，此詩當是改元之後不久所作。

送丘爲落第歸江東〔一〕

憐君不得意，况復柳條春。爲客黄金盡〔二〕，還家白髮新。五湖三畝宅〔三〕，萬里一歸人。知禰不能薦〔四〕，羞爲獻納臣〔五〕。

〔一〕丘爲：《元和姓纂》卷五：「右常侍丘爲，吴郡（即蘇州）人。」《唐會要》卷六七：「貞元四年（七八八）四月，以前左散騎常侍致仕丘爲復舊官。初，爲致仕還鄉，特給禄俸之半，既丁母喪，蘇州疑所給，請于觀察使韓滉，以爲……特給禄俸，惠養老臣也，不可以在喪爲異，命仍舊給之。……及是爲服除，乃復之。」《新唐書·藝文志》：「《丘爲集》，卷亡。蘇州嘉興人，事繼母孝，嘗有靈芝生堂下。累官太子右庶子……卒年九十六。」《唐才子傳》卷二：「爲，嘉興人。初累舉不第，歸山讀書數年。天寶初，劉單榜進士。」《登科記考》卷九謂爲天寶二年（七四三）登第。據此，則本詩當作于天寶元年之前。又，尋繹詩末二句之意，此詩似應即作于天寶元年（説詳後）。江東：指長江下游（今蕪湖、南京以下）南岸地區。詩題《極玄集》作《送丘爲》。

〔二〕黃金盡：《戰國策・秦策一》：「（蘇秦）説秦王，書十上而説不行，黑貂之裘弊，黃金百斤盡。」

〔三〕五湖：先秦古籍每提及吴越地區有五湖，六朝以來對五湖有多種解釋：一説爲太湖之别名；一説指太湖東岸的五個與太湖相通連的湖；又稱指太湖附近的五個湖。由《國語・越語》及《史記・河渠書》的記載看來，五湖的原意當係泛指太湖流域一帶的湖泊。爲之故鄉蘇州，屬太湖流域地區。三畝宅：語本《淮南子・原道訓》：「故任一人之能，不足以治三畝之宅也。」宅，《文苑英華》作「地」。

〔四〕禰（mí 彌）：指禰衡。《後漢書・禰衡傳》：「禰衡，字正平，平原般人也。少有才辯，而氣尚剛傲……唯善魯國孔融及弘農楊修。……融亦深愛其才。衡始弱冠，而融年四十，遂與爲交友，上疏薦之。」禰，述古堂本作「你」，《極玄集》、宋蜀本、明十卷本等作「爾」。此句以禰衡喻丘爲，説自己深知丘爲的才智，却不能像孔融那樣加以推薦。

〔五〕爲，《唐詩紀事》、奇字齋本、《全唐詩》等作「稱」，《文苑英華》作「看」。獻納：謂進言以供採納。《三國志・蜀書・董允傳》：「獻納之任，允皆專之矣。允處事爲防制，甚盡匡救之理。」獻納臣：指諫官（補闕、拾遺等）。《舊唐書・職官志》曰：「補闕、拾遺之職，掌供奉諷諫，扈從乘輿。凡發令舉事，有不便於時，不合于道，大則廷議，小則上封。若賢良之遺滯於下，忠孝之不聞于上，則條其事狀而薦言之。」諫官也有薦賢之職責，故稱「羞爲獻納臣」。按，天寶元年作者正在長安任左補闕(參見《年譜》),故疑此詩即作於天寶元年。

謝榛曰:李林甫《瑀嶽應制》曰:「雲收二華出,天轉五星來。十月農初罷,三驅禮後開。」兩聯皆用數目字,不可爲法。王摩詰《送丘爲》曰:「五湖三畝宅,萬里一歸人。」此聯疊用數字,不可爲病也。(《四溟詩話》卷二)

清毛先舒曰:「鳥道一千里,猿啼十二時」,「五湖三畝宅,萬里一歸人」,句法孤露,意興欲盡,尤易爲淺學效顰,作者不欲數見者也。(《詩辨坻》卷三)

張謙宜曰:「五湖」寬説具區,「三畝」方切本家,「萬里」約舉往返,「一歸人」緊貼本身,併非堆垛死胚。毛稚黄以爲病,何也?(《絸齋詩談》卷五)

奉和聖製慶玄元皇帝玉像之作應制〔一〕

明君夢帝見〔二〕,寶命上齊天〔三〕。秦后徒聞樂〔四〕,周王恥卜年〔五〕。玉京移大像〔六〕,金籙會群仙〔七〕。承露調天供〔八〕,臨空敞御筵。斗迴迎壽酒〔九〕,山近起爐烟〔一〇〕。願奉無爲化〔一一〕,齋心學自然〔一二〕。

〔一〕玄元皇帝:唐時追崇老子爲玄元皇帝。《舊唐書·高宗紀》:「(乾封元年)二月己未,次亳州。幸老君廟,追號曰太上玄元皇帝。」《唐會要》卷五〇:「乾封元年(六六六)三月二十日,追尊老君爲太上玄元皇帝。至永昌元年（六八九），却稱老君。至神龍元年（七〇五）二月四日，依舊號太上玄元皇帝。」玉像：指老子的玉石雕像。《舊唐書·玄宗紀》曰：「（開元）二十九年春正月丁丑，制兩京、諸州各置玄元皇帝廟並崇玄學。」又曰：「天寶元年（七四二）春正月……甲寅，陳王府參軍田同秀上言：『玄元皇帝降見于丹鳳門之通衢，告賜靈符在尹喜之故宅。』上遣使就函谷故關尹喜臺西發得之，乃置玄元廟於（西京）大寧坊。……二月……辛卯，親享玄元皇帝于新廟。」《舊唐書·禮儀志》曰：「初，太清宫（即西京玄元廟）成，命工人於太白山採白石，爲玄元聖容，又採白石爲玄宗聖容，侍立於玄元之右。皆依王者衮冕之服，繒綵珠玉爲之。」《唐會要》卷五〇曰：「天寶元年正月七日，陳王府參軍田同秀上言……上遣使就函谷故關令尹喜臺西得之，于是置玄元皇帝廟于大寧坊西南角，東都置于積善坊臨淄舊邸。廟初成，命工人于太白山砥石爲玄元皇帝聖容，又採白石爲玄宗聖容，侍立于玄元皇帝之右。」以上述各種記載參互考訂，可知玄宗詔置玄元廟在開元二十九年正月，至天寶元年二月，西京玄元廟已落成；又廟中玉像的雕就，大抵亦當在天寶元年。據此，本詩應作于天寶元年，趙殿成《右丞年譜》繫于開元二十九年，非是。

〔二〕「明君」句：《舊唐書·禮儀志》：「開元二十九年……閏四月，玄宗夢京師城南山趾有天尊之像，求得之於盩厔（今陝西周至縣）樓觀之側。」《唐會要》卷五〇：「開元二十九年……五月，上夢玄元告以休期，因令圖寫真容，分布天下。」《通鑑》開元二十九年：「上夢玄元皇帝告云：『吾有像在京城西南百餘里，汝遣人求之，吾當與汝興慶宫相見。』上遣使求得之於盩厔樓觀山間。夏，閏四月，迎置興慶宫。五月，命畫玄元真容，分置諸州開元觀。」見，同「現」，底本原作「先」，此從《文苑英華》。

〔三〕寶命：大命，天命。《文選》顔延之《宋文皇帝元皇后哀策文》：「用集寶命，仰陟天機。」李周翰注：「寶命，即大命。」句謂唐帝所得天命，當長久不絶，與天等齊。

〔四〕「秦后」句：《文選》張衡《西京賦》：「昔者大帝（天帝）説（悦）秦繆公而覲之，饗以鈞天廣樂。帝有醉焉，乃爲金策，錫用此土，而翦諸鶉首。」李善注：「虞喜《志林》曰：『嘐（謬）曰：天帝醉秦暴，金誤隕石墜。謂秦繆公夢天帝奏鈞天樂，已有此嘐。』」趙殿成曰：「《史記·趙世家》『與百神游于鈞天，廣樂九奏萬舞，不類三代之樂』，乃趙簡子事（參見《奉和聖製十五夜燃燈繼以酺宴應制》注〔六〕），其引秦繆公，但云『我之帝所甚樂』云云，不言聞樂也，《西京賦》當另有所據，今無考矣。」后，君。此句謂秦君夢之帝所，只是聞樂而已，並不能長保天帝賜給秦的國土。

〔五〕「周王」句：《左傳》宣公三年：「成王定鼎于郟鄏（即周之王城，在今河南洛陽市），卜世三十，卜年七百，天所命也。」卜年，占卜傳國之年。按，史無周王以卜年爲恥之事，此句蓋謂唐祚必傳之無窮，周朝不及，周王當以卜年爲恥。

〔六〕玉京：參見《雙黄鵠歌送别》注〔五〕。此句指將老子之雕像移入西京玄元廟。

〔七〕金籙：又作金録，道教的一種齋祭儀式。《隋書・經籍志》：「（道教）潔齋之法，有黄籙、玉籙、金籙、塗炭等齋。」《唐六典》卷四：「道士修行有三號……而齋有七名，其一曰金録大齋（注：「調和陰陽，消災伏害，爲帝王國王延祚降福。」）。」句謂移像時行齋祭，群仙來集。

〔八〕承露：承接甘露。天供：天子的供品。

〔九〕斗：二十八宿之一，通稱南斗，有星六，聚成斗形。壽酒：指祭祀時進獻給神祇的酒。凡進爵（酒器）於尊者曰「壽」。此句反用《詩經・小雅・大東》「維北（斗宿在箕星之北，故云）有斗，不可以挹（舀）酒漿」之意，謂斗柄迴轉，似欲來取壽酒。

〔一〇〕此句意謂，近處山中昇起烟霧，恰似齋祭時香爐中燃烟。

〔一一〕無爲化：即「無爲自化」。《老子》五十七章：「我無爲而民自化，我好静而民自正。」《史記・老莊申韓列傳》：「李耳（老子）無爲自化，清静自正。」正義：「此都結老子之教也，言無所造爲而自化，清浄不撓（擾）而民自歸正也。」

〔一二〕齋心：指清心寡欲。《列子・黄帝》：「（黄帝）退而閒居大庭之館，齋心服形（張湛注：「心無欲則形自服矣。」），三月不親政事。」齋，宋蜀本、述古堂本等俱作「齊」。按，「齋」經傳多作「齊」，二者實一也。自然：即道家的「自然無爲」之旨。《老子》二十五章：「人法地，地法天，天法道，道法自然。」五十一章：「道之尊，德之貴，夫莫之命而常自然。」《唐六典》卷四：「（道家）大抵以虛寂自然無爲爲宗。」

和僕射晉公扈從温湯時爲右補闕〔一〕

天子幸新豐〔二〕，旌旗渭水東。寒山天仗裏〔三〕，温谷幔城中〔四〕。奠玉群仙座，焚香太一宫〔五〕。出遊逢牧馬〔六〕，罷獵有非熊〔七〕。上宰無爲化〔八〕，明時太古同〔九〕。靈芝三秀紫〔一〇〕，陳粟萬箱紅〔一一〕。王禮尊儒教，天兵小戰功〔一二〕。謀猷歸哲匠〔一三〕，詞賦屬文宗〔一四〕。司諫方無闕〔一五〕，陳詩且未工〔一六〕。長吟吉甫頌，朝夕仰清風〔一七〕。

〔一〕僕射晉公：即李林甫，兩《唐書》有傳。據《舊唐書·玄宗紀》及《通鑑》載，李林甫開元二十二年五月爲禮部尚書、同中書門下平章事，二十四年十一月兼中書令，二十五年七月賜爵晉國公（國公爲唐九等爵中之第三等，地位僅次於王、郡王），天寶元年八月加尚書左僕射（唐尚書省置左右僕射各一員，從二品，開元元年改爲左右丞相，天寶元年復爲左右僕射）。扈從：隨從天子車駕。温湯：指驪山温泉。唐于此置温泉宫，天寶六載改名華清宫。玄宗自開元二十五年之後，每年例於十月或十一月幸温泉宫，歲盡方還長安。《舊唐書·玄宗紀》：「（天寶元年）冬十月丁酉，幸温泉宫。」本詩蓋即是時所作。右補闕：當爲「左補闕」之誤，説見《年譜》。唐門下省置左補闕二人，從七品上。

〔二〕新豐：參見《少年行四首》其一注〔二〕。温泉宫在唐新豐縣。

〔三〕寒，底本、《全唐詩》均注：「一作遠。」天仗：天子的儀仗。裏，《全唐詩》作「外」。

〔四〕温谷：《文選》潘岳《西征賦》：「南有玄灞素滻，湯井温谷。」李善注：「温谷，即温泉也。」幔城：張幔圍繞如城。梁庾肩吾《應令詩》：「別筵開帳殿，離舟卷幔城。」

〔五〕奠玉：置玉而祭。群仙座：《舊唐書·玄宗紀》曰：「（天寶元年）冬十月丁酉，幸温泉宫。……新成長生殿名曰集靈臺，以祀天神。」《長安志》卷一五亦曰：「《實録》：天寶元年（温泉宫）新作長生殿集靈臺以祀神。」焚，《文苑英華》作「薰」。太一宫：祀太一神之宫。《史記·天官書》：「中宫天極星，其一明者，太一常居也。」《正義》：「泰一，天帝之别名也。劉伯莊云：泰一，天神之最尊貴者也。」「太一」底本原作「太乙」，從宋蜀本、述古堂本、元本等改。此二句寫玄宗在温泉宫祀神。

〔六〕「出遊」句：《莊子·徐無鬼》：「黄帝將見大隗（郭象注：「聖者名也。」）乎具茨之山……至於襄城之野……無所問塗，適遇牧馬童子，問塗焉。曰：『若（汝）知具茨之山乎？』曰：『然。』『若知大隗之所存乎？』曰：『然。』黄帝曰：『異哉小童！非徒知具茨之山，又知大隗之所存，請問爲天下？』小童曰：『夫爲天下者，亦若此而已矣（言也像這樣遊於襄城之野罷了），又奚事焉？』……黄帝又問，小童曰：『夫爲天下者，亦奚以異乎牧馬者哉？亦去其害馬者而已矣。』黄帝再拜稽首，稱天師而退。」此句以黄帝之逢牧馬童子（即大隗）喻玄宗之遇林甫。

〔七〕「罷獵」句：《搜神記》卷八：「吕望釣於渭陽，文王出游獵，占曰：『今日獵得一獸，非龍非螭，非熊非羆，合得帝王師。』果得太公（吕望）於渭之陽。與語，大悦，同車載而歸。」其事亦見《史記·齊太公世家》，然「非熊非羆」《史記》作「非虎非羆」。有，《全唐詩》作「見」。此句以周文王之得太公望喻唐玄宗之得李林甫。

〔八〕上宰：謂三公。《文選》潘岳《河陽縣作二首》其一：「在疚妨賢路，再升上宰朝。」李善注：「上宰朝，謂司空、太尉府。」按，西漢以丞相、太尉、御史大夫爲三公，魏晋以太尉、司徒、司空爲三公。此指宰相，即李林甫。無爲化：參見上詩注〔一二〕。

〔九〕「明時」句：言是時政治清明，同於遠古時代。道家認爲太古時代是「至治」之世。《莊子·胠篋》：「子獨不知至德之世乎？昔者容成氏、大庭氏……伏羲氏、神農氏（皆傳説中之遠古帝王），當是時也，民結繩而用之，甘其食，美其服，樂其俗，安其居，鄰國相望，雞狗之音相聞，民至老死而不相往來。若此之時，則至治已。」

〔一〇〕靈芝：菌類植物，又名紫芝。我國古時以芝爲瑞草。《太平御覽》卷八七三引《孝經援神契》曰：「王者德至於草木，則芝草生。」三秀：《楚辭·九歌·山鬼》：「採三秀兮於山間，石磊磊兮葛蔓蔓。」王逸注：「三秀，謂芝草也。」嵇康《幽憤詩》：「煌煌靈芝，一年三秀。」蓋靈芝一年開花三次，故又稱三秀。

〔一一〕「陳粟」句：箱，車箱。萬箱，謂粟甚多，需以萬車載之。《詩經·小雅·甫田》：「乃求千斯倉，乃求萬斯箱。」鄭玄箋：「成王見禾穀之稅委積之多，於是求千倉以處之，萬車以載之。」紅，《漢書・賈捐之傳》：「太倉之粟，紅腐而不可食。」師古注：「粟久腐壞則色紅赤也。」《文選》左思《吴都賦》吕延濟注：「紅粟，謂儲久而色赤。」《史記・平準書》曰：「漢興七十餘年之間，國家無事，非遇水旱之災，民則人給家足，都鄙廩庾皆滿。……太倉之粟，陳陳相因，充溢露積於外，至腐敗不可食。」此句即用其意，言國家豐足，存糧極多，至於腐壞變質。

〔一二〕天兵：王師之褒稱。小戰功：謂意在使敵懾服，邊疆安定，不以戰功爲重。

〔一三〕謀猷：計謀。哲匠：《文選》殷仲文《南州桓公九井作》：「哲匠感蕭晨，肅此塵外軫。」李周翰注：「哲，智也。匠，謂善宰萬物者。」

〔一四〕文宗：世人宗仰的文章大家。句謂李所寫詩賦屬於世所宗仰的文章大家的手筆。

〔一五〕司諫：趙殿成注謂《周禮》地官有司諫，其所掌「非後世諫官之職，蓋借用也」。按，「司諫」謂司諫事，即任諫職之意。杜甫《送司馬入京》：「黄閣（門下省）長司諫，丹墀有故人。」即此義。此句謂己爲左補闕諫官而朝廷適無缺失可諫。

〔一六〕陳詩：《禮記・王制》：「命大師（掌樂之官）陳詩，以觀民風。」鄭玄注：「陳詩謂採其詩而視之。」此處借指作者自陳其所作之詩。

〔一七〕「長吟」二句：《詩經・大雅・烝民》：「吉甫作誦，穆如清風。」毛《傳》：「清微之風，化養萬物者也。」鄭箋：「穆，和也。吉甫作此工（樂人）歌之誦（詩），其調和人之性，如清風之養萬物。」吉甫，即尹吉甫，《大雅・崧高》鄭箋：「尹吉甫、申伯，皆周之卿士（王卿之執政者曰卿士）也。」孔疏：「《六月》（《小雅》篇名）言宣王北伐，吉甫爲將，禮，軍將皆命卿也……故言周之卿士也。」又《烝民》序曰：「《烝民》，尹吉甫美宣王也；任賢使能，周室中興焉。」故此處以「吉甫頌」喻李林甫所作《扈從温湯》詩。仰，仰慕之義。

哭祖六自虚時年十八〔一〕

否極當聞泰〔二〕，嗟君獨不然！憫凶纔稚齒〔三〕，羸疾至中年〔四〕。餘力文章秀〔五〕，生知禮樂全〔六〕。翰留天帳覽〔七〕，詞入帝宫傳。國訝終軍少，人知賈誼賢〔八〕。公卿盡虚左〔九〕，朋識共推先。不恨依窮轍，終期濟巨川〔一〇〕。才雄望羔雁〔一一〕，壽促背貂蟬〔一二〕。福善聞前録〔一三〕，殲良昧上玄〔一四〕。何辜鎩鸞翮〔一五〕，底事碎龍泉〔一六〕？鵩起長沙賦〔一七〕，麟終曲阜編〔一八〕。城中君道廣〔一九〕，海内我情偏〔二〇〕。乍失疑猶見〔二一〕，沉思悟絶緣〔二二〕。生前不忍别，死後向誰宣？爲此情難盡，彌令憶更纏〔二三〕。本家清渭曲〔二四〕，歸葬舊塋邊。永去長安道，徒聞京兆阡〔二五〕。旌車出郊甸〔二六〕，鄉國隱雲天〔二七〕。定作無期别，寧同舊日旋？候門家屬苦，行路國人憐〔二八〕。送客哀終進〔二九〕，征途泥復前〔三〇〕。贈言爲挽曲，奠席是離筵。念昔同攜手，風期不暫捐〔三一〕。南山俱隱逸〔三二〕，東洛類神仙〔三三〕。未省音容間〔三四〕，那堪生死遷〔三五〕！花時金谷飲〔三六〕，月夜竹林眠〔三七〕。滿地傳都賦〔三八〕，傾朝看藥船〔三九〕。群公咸屬目，微物敢齊肩〔四〇〕？謬合同人旨，而將玉樹連〔四一〕。不期先掛劍，長恐後施鞭〔四二〕。爲善吾無矣〔四三〕，知音子絶焉〔四四〕。琴聲縱不没，終亦斷悲絃〔四五〕！

〔一〕時年十八：與詩意不合，當有誤，説見下。今姑繫于天寶初，時作者在長安。祖自虛：詩人祖詠之從姪。《元和姓纂》卷六：「魏有祖平，從孝武入關，官至武州刺史，生大通。大通生孝義。（孝義生）元規、元軌。元規生莊。莊生夙成，殿中御史。夙成生自虛。元軌，疊州刺史。大通次子孝紀，生（元）穎，主客員外。（元）穎生愔，司階，愔生詠，有才名。」上文括號内文字《姓纂》原無，據岑仲勉《四校記》補。

〔二〕「否極」句：即否極泰來。《吴越春秋·句踐入臣外傳》：「時過於期，否終則泰。」泰、否（pǐ痞）本二卦名，《易·序卦》：「泰者，通也。物不可以終通，故受之以否。」否，塞、不通，故泰否又用以指命運之通塞。當，元本、明十卷本、《全唐詩》等作「嘗」，宋蜀本、述古堂本作「常」。

〔三〕憫凶：《左傳》宣公十二年：「寡君少遭閔凶。」杜注：「閔，憂也。」「憫」古作「閔」。稚齒：幼年。句謂幼年即遭憂患。

〔四〕羸疾：瘦弱多病。至，明十卷本、《全唐詩》作「主」。據此句，祖自虛當卒于中年。考祖詠少即與王維相交，兩人年齡當接近（參見《贈祖三詠》注〔一〕），而自虛爲詠之從姪，年齡不大可能大于詠，所以自虛卒時，維大抵亦當在中年，可見詩題下注語有誤。

〔五〕「餘力」句：《論語·學而》：「行有餘力，則以學文。」

〔六〕生知：生而知之。《論語·季氏》：「生而知之者，上也。」禮樂全：謂禮樂皆通。

〔七〕「翰留」句：翰，指書法。天帳，皇宫内殿的帷帳。《晋書·衛瓘傳》録衛恒《四體書勢》云，後漢梁鵠善書，受法于師宜官，魏武帝愛其書，「懸著帳中，及以釘壁玩之，以爲勝宜官。今宫殿題署多是鵠篆」。

〔八〕終軍：字子雲，漢濟南人，少好學，辯博能文，年十八，選爲博士弟子，至京師，上書武帝，拜謁者給事中，累擢至諫議大夫。奉使説南越王内屬，爲越相吕嘉所害。死時年僅二十餘，故世謂之終童。《漢書》卷六四有傳。賈誼：漢洛陽人，年二十餘，文帝召爲博士，以善應對，超遷至太中大夫。後受到周勃、灌嬰等大臣的忌毁，被貶爲長沙王太傅。死時年僅三十三。誼屢上疏陳政事，頗得治體，爲世所稱。《漢書》卷四八有傳。二句以終軍、賈誼喻祖自虚。

〔九〕虚左：空出左面的座位（古時席位以左爲尊）以待賢人。《史記·魏公子列傳》：「公子於是乃置酒，大會賓客。坐定，公子從車騎，虚左，自迎夷門侯生。」

〔一〇〕窮轍：《晋書·阮籍傳》：「（阮籍）時率意獨駕，不由徑路，車迹所窮，輒痛哭而返。」濟巨川：《書·説命上》載，殷高宗武丁得傅説，立爲相，命之曰：「朝夕納誨，以輔台德。……若濟巨川，用汝作舟楫；若歲大旱，用汝作霖雨。」二句意謂，不以仕路不通、境遇困窘爲恨，終望有一日得以施展大才，輔佐天子。

〔一一〕羔雁：古卿大夫之贄（初次見面所送的禮物）。《禮記·曲禮下》：「凡贄……卿羔，大夫雁。」後借以指徵聘的禮物。《後漢書·陳紀傳》：「弟諶，字季方，與紀齊德同行，父子竝著高名，時號三君。每宰府辟召，常同時旌命，羔雁成群，當世者靡不榮之。」望羔雁，言盼望得到官府的徵聘。

〔一二〕貂蟬：古代官員帽上的飾物。《後漢書·輿服志》：「武冠……諸武官冠之。侍中、中常侍加黄金璫，附蟬爲文，貂尾爲飾，謂之趙惠文冠。」唐制，中書令、侍中、散騎常侍，冠皆飾以金蟬貂尾（參見《唐六典》卷八）。背貂蟬，指没有機會獲取高位。

〔一三〕福善：天使行善者得福。《書·湯誥》：「天道福善禍淫，降災于夏。」前録：從前的記載。

〔一四〕殲良：消滅善人（指祖之死），語本《詩經·秦風·黄鳥》：「殲我良人。」上玄：天。昧上玄，言違背天意。

〔一五〕鎩（shā殺）：摧殘。鸞：相傳是鳳凰一類鳥，古時常以之比喻善類。翮（hé河）：鳥翎的莖，又用以指翅膀。《文選》顔延之《五君詠五首》其二《嵇中散》：「鸞翮有時鎩，龍性誰能馴。」此用其意，以鸞鳥喻祖自虚。

〔一六〕底：何。底本原作「何」，據《文苑英華》、《全唐詩》改。碎，底本作「與」，注云：「一作失。」此從《文苑英華》、《全唐詩》；又《全唐詩》注云：「一作劚。」龍泉：寶劍名。《晋書·張華傳》載，華見斗牛之間有紫氣，乃召豫章人雷焕問之，焕曰：「寶劍之精上徹於天耳。」因以焕爲豐城令，令尋之。煥到縣，掘地得雙劍，一曰龍泉，一曰太阿。此以龍泉喻祖自虛。

〔一七〕「鵩起」句：言賈誼作《鵩鳥賦》，是鵩鳥飛入其舍引起的。《史記·屈原賈生列傳》：「賈生爲長沙王太傅，三年，有鴞飛入賈生舍，止於坐隅。楚人命鴞曰服。賈生既已適（謫）居長沙，長沙卑溼，自以爲壽不得長，傷悼之，乃爲賦以自廣。」「服」同「鵩」，即貓頭鷹，古人以爲它是不祥之鳥，若飛至人家，主人將死。長沙賦，即指賈誼《鵩鳥賦》。誼嘗爲長沙王太傅，世又謂之賈長沙。此處使用這一典故，指祖六卒前，已有不祥之兆呈現。

〔一八〕「麟終」句：謂孔子《春秋》終止於獲麟。《春秋公羊傳》哀公十四年：「春，西狩獲麟。……麟者，仁獸也，有王者則至，無王者則不至。……西狩獲麟，孔子曰：『吾道窮矣！』」何休注：「麟者太平之符，聖人之類，時得麟而死，此亦天告夫子將没（殁）之徵，故云爾。」《史記·十二諸侯年表》序云，《春秋》「上記隱，下至哀之獲麟」。曲阜編，即指《春秋》；孔子爲曲阜（今山東曲阜）人，故云。「編」元本作「篇」。此處使用這一典故，意同上句。

〔一九〕城，《全唐詩》作「域」。道：道義。

〔二〇〕偏：猶深，説見王鍈《詩詞曲語辭例釋》。句謂己對祖情深。

〔二一〕見，《文苑英華》作「在」。

〔二二〕絶緣：斷絶緣分，指祖已卒。

〔二三〕憶更纏：思念之情更加縈繞不絶。

〔二四〕渭：渭水。渭清涇濁，故曰「清渭」。

〔二五〕聞，宋蜀本、述古堂本、元本、《文苑英華》並作「開」。京兆：即京兆府，治長安。阡：謂墓道。《漢書·原涉傳》：「初武帝時，京兆尹曹氏葬茂陵，民謂其道爲京兆仟（同「阡」）。」此言死後不能葬於長安，空聞有所謂京兆阡。

〔二六〕旌：此指銘旌，喪具之一，形如幡，上書死者官號姓名。車：此指靈車。郊甸：指長安郊區。郊外曰甸。

〔二七〕天，凌本作「間」。

〔二八〕國人：指都城之人。

〔二九〕終，《全唐詩》作「難」。

〔三〇〕泥，述古堂本、元本、《文苑英華》等作「哭」。

〔三一〕風期：猶風度。不暫捐：未曾須臾捐棄，謂一直頗有風度。

〔三二〕南山：即終南山，主峰在長安之南。王維開元二十九年曾隱于終南（見《年譜》）。故疑此詩當作於天寶初，時王維四十二、三歲。

〔三三〕「東洛」句：東洛，洛陽在長安之東，故謂之「東洛」。《後漢書·郭泰傳》：「（泰）遊于洛陽，始見河南尹李膺。膺大奇之，遂相友善，於是名震京師。後歸鄉里，衣冠諸儒，送至河上，車數千輛。林宗（郭泰字）唯與李膺同舟而濟，衆賓望之以爲神仙焉。」按，郭爲東漢名士，此處以李、郭間的關係爲喻，寫自己與祖六在洛陽時的交誼之深。王維開元二十三、四年曾居洛陽。

〔三四〕未省：未曾。見蔣禮鴻《敦煌變文字義通釋》。間：隔。此言兩人一直在一起。

〔三五〕生死遷：生死變化。指祖六的辭世。

〔三六〕金谷：本澗名，在今河南洛陽市西，晉石崇構園於此，世謂之金谷園。《全晉文》卷三三石崇《金谷詩序》：「余……有別廬在河南縣（今河南洛陽市西郊澗水東岸）界金谷澗中，去城十里。或高或下，有清泉茂林，衆果竹柏藥草之屬。……又有水碓魚池土窟，其爲娱目歡心之物備矣。」

〔三七〕竹林：《三國志·魏書》卷二一裴注引《魏氏春秋》曰：「（嵇）康寓居河内之山陽縣（今河南焦作市東），與之游者，未嘗見其喜愠之色。與陳留阮籍、河内山濤、河南向秀、籍兄子咸、琅邪王戎、沛人劉伶相與友善，遊於竹林，號爲七賢。」（《世説新語·任誕》、《晉書·嵇康傳》也有類似記載）此處借用這一故實，表現作者與祖六的交誼和共遊時的情景。

〔三八〕「滿地」句：《晉書·左思傳》載，左思在京師作《三都賦》，「豪貴之家，競相傳寫，洛陽爲之紙貴」。又《世説新語·文學》載，「庾仲初（庾闡）作《揚都賦》成，以呈庾亮，亮以親族之懷，大爲其名價，云可三《二京》，四《三都》，於是人人競寫，都下紙爲之貴」。此句寫祖之文才。

〔三九〕「傾朝」句：《晉書·隱逸傳》：「夏統，字仲御，會稽永興人也。幼孤貧，養親以孝聞。……後其母病篤，乃詣洛市藥。會三月上巳，洛中王公已下並至浮橋，士女駢填，車服燭路。統時在船中曝所市藥，諸貴人車乘來者如雲，統並不之顧。」此句寫祖之志趣。

〔四〇〕公，底本注：「一作英。」屬（zhǔ主）目：猶注目。微物：作者自謙之稱。二句謂祖是大家都注目的人，自己豈敢與之並列。

〔四一〕同人：卦名，《易·同人》孔穎達正義：「同人，謂和同於人。」將：與。玉樹：喻美材。《世説新語·容止》：「魏明帝使后弟毛曾與夏侯玄共坐，時人謂蒹葭（蘆葦）倚玉樹。」二句意謂，自己本來不配與祖六並列，名字却妄同祖六這樣的美材連在一起。

〔四二〕掛劍：《史記·吴太伯世家》：「季札之初使，北過徐君，徐君好季札劍，口弗敢言，季札心知之，爲使上國未獻。還至徐，徐君已死，於是乃解其寶劍，繫之徐君冢樹而去。從者曰：『徐君已死，尚誰予乎？』季子曰：『不然，始吾心已許之，豈以死倍（背）吾心哉？』」後施鞭：即後著鞭之意。《晉書·劉琨傳》：「（琨）與范陽祖逖爲友，聞逖被用，與親故書曰：『吾枕戈待旦，志梟逆虜，常恐祖生先吾著鞭。』其意氣相期如此。」二句言已常恐落後于祖，没料到祖却先辭世。

〔四三〕「爲善」句：《左傳》昭公十三年：「子産歸（參加平丘的盟會後歸鄭），未至，聞子皮卒，哭，且曰：『吾已，無爲爲善矣！唯夫子知我。』」孔穎達疏：「子産言我此日行善，唯子皮知之，今子皮既卒，無人知我之善，故云無爲更須爲善矣。」此借用其意，表達對知己辭世的痛惜。

〔四四〕知音：《吕氏春秋·孝行覽·本味》：「伯牙鼓琴，鍾子期聽之，方鼓琴而志在太山，鍾子期曰：『善哉乎鼓琴！巍巍乎若太山。』少選（片刻）之間，而志在流水，鍾子期又曰：『善哉乎鼓琴！湯湯（水流貌）乎若流水。』鍾子期死，伯牙破琴絶絃，終身不復鼓琴，以爲世無足復爲鼓琴者。」

此言祖六已卒，自己不再有知音了。

〔四五〕斷，《全唐詩》作「繼」。此二句承上「知音」句而言。説知音已絶，自己最終將不復鼓琴！

春日直門下省早朝時爲左補闕〔一〕

騎省直明光〔二〕，雞鳴謁建章〔三〕。遥聞侍中佩〔四〕，暗識令君香〔五〕。玉漏催銅史〔六〕，天書拜夕郎〔七〕。旌旗映閶闔〔八〕，歌吹滿昭陽〔九〕。官舍梅初紫〔一〇〕，宫門柳欲黄。願將遲日意，同與聖恩長〔一一〕。

〔一〕天寶元年（七四二）至三年王維官左補闕（參見《年譜》），本詩即作于這一期間。直門下省早朝：謂早朝時在門下省值班。詩題下注語宋蜀本、述古堂本、元本、明十卷本均無；《全唐詩》作「時爲右補闕」，非。

〔二〕騎省：即散騎省，晉置散騎常侍、散騎侍郎等官，隸門下，而别爲一省，謂之散騎省。《文選》潘岳《秋興賦·序》曰：「晉十有四年，余春秋三十有二，始見二毛，以太尉掾兼虎賁中郎將，寓直于散騎之省。」唐無散騎省，置左、右散騎常侍各二人，左屬門下，右隸中書。趙殿成注：「唐時兩省（中書、門下）皆有散騎常侍，故亦謂之騎省。」此處指門下省。明光：見《燕支行》注〔三〕。此借指唐皇宫。句謂自己在宫中的門下省值班。按，唐門下省在長安的省址有兩處，一稱門下外省，在宮城南門（承天門）外；一曰門下内省，天子居西内（宮城）時，在西内太極殿前東廊左延明門外，天子居東内（大明宮）時，在東内宣政殿（平時朝會行儀之處）前東廊日華門外。唐龍朔（唐高宗年號）後，天子常居大明宮，故本詩所稱「門下省」，當在大明宮内。參見《唐兩京城坊考》卷一。

〔三〕建章：此借指唐皇宮。見《奉和聖製賜史供奉曲江宴應制》注〔四〕。此句寫早朝。

〔四〕侍中：門下省最高長官，正三品，在唐代即爲宰相。佩：指玉佩。晋崔豹《古今注》卷上：「玉佩之法，漢末喪亂，絶而不傳。魏侍中王粲識古佩法，更而製焉。」《舊唐書·輿服志》：「諸佩，一品佩山玄玉，二品以下、五品以上，佩水蒼玉。」

〔五〕令君香：《藝文類聚》卷七〇引習鑿齒《襄陽記》曰：「季和曰：荀令君至人家，坐處三日香。」按，荀令君謂荀彧，《三國志·魏書·荀彧傳》：「天子拜太祖（曹操）大將軍，進彧爲漢侍中，守尚書令。」故謂之「令君」。又梁蕭統《博山香爐賦》曰：「粤文若之留香。」彧字文若，亦可證荀令君即謂荀彧。此處借指上朝的官員身上散發的香氣。君，《文苑英華》作「公」。

〔六〕玉漏：有玉飾的宮中漏刻。漏刻爲古代的計時器具，用銅製成。催，底本原作「隨」，此從《文苑英華》。銅史：指漏刻上的銅人。《文選》陸倕《新刻漏銘》：「銅史司刻，金徒抱箭。」李善注：「張衡《漏水轉渾天儀制》曰：『蓋上又鑄金銅仙人居左壺，爲胥徒居右壺，皆以左手抱箭，右手指刻（箭上的刻分），以別天時早晚。』」催銅史：謂漏壺上有銅人相催。指漏聲催人，早朝時刻已到。

〔七〕天書：天子諭告臣下的文書。拜，《文苑英華》作「問」。夕郎：漢稱黃門侍郎爲夕郎。《後漢書·百官志》：「黃門侍郎……掌侍從左右給事中。」劉昭注引《漢舊儀》曰：「黃門郎，屬黃門令，日暮入對青瑣門拜，名曰夕郎。」按，黃門侍郎東漢之後又稱給事黃門侍郎，蓋秦漢別有給事黃門之職，後漢與黃門侍郎併爲一官，遂有給事黃門侍郎之稱，至隋去「給事」之名，復曰黃門侍郎。唐時門下省有黃門侍郎二員，正四品上，掌輔貳侍中治事，天寶元年改爲門下侍郎。又，唐稱給事中（門下省屬官，正五品上，掌陪侍左右，分判省事）爲夕郎。《容齋四筆》卷一五「官稱別名」條曰：「唐人好以它名標榜官稱……給事郎（即給事中，隋曰給事郎，唐時改名）爲夕郎、夕拜。」宋之問《和姚給事寓直之作》：「清論滿朝陽，高才拜夕郎。」姚合《和盧給事酬裴員外》：「夕郎夜直吟仙掖，天樂和聲下禁樓。」二詩之「夕郎」皆指給事中。此句謂早朝時天子下詔，夕郎拜受。

〔八〕閶闔（chāng hé 昌河）：宮門。

〔九〕「歌吹」句：梁徐悱妻劉令嫻《和婕妤怨》：「況復昭陽近，風傳歌吹聲。」昭陽，漢殿名，在未央宮中，《三輔黃圖》畢沅校本卷三：「武帝時，後宮八區，有昭陽、飛翔……等殿。……成帝趙皇后居昭陽殿，有女弟俱爲婕妤，貴傾後宮。昭陽舍蘭房椒壁……自後宮未嘗有焉。」此處借指唐後宮。

〔一〇〕官舍：指門下省所在地。

〔一一〕遲日：《詩經·豳風·七月》：「春日遲遲，采蘩祁祁。」遲遲，謂春時晝長，日行遲緩。與：猶如、比，參見《詩詞曲語辭匯釋》。二句意謂，願聖恩如同春晝之長。

送綦毋校書棄官還江東〔一〕

明時久不達，棄置與君同。天命無怨色，人生有素風〔二〕。念君拂衣去〔三〕，四海將安窮〔四〕。秋天萬里浄，日暮澄江空〔五〕。清夜何悠悠〔六〕，扣舷明月中〔七〕。和光魚鳥際，澹爾蒹葭叢〔八〕。無庸客昭世〔九〕，衰鬢日如蓬〔一〇〕。頑疎暗人事〔一一〕，僻陋遠天聰〔一二〕。微物縱可採，其誰爲至公〔一三〕？余亦從此去，歸耕爲老農。

〔一〕綦毋校書：即綦毋潛，參見《送綦毋潛落第還鄉》注〔一〕。校書，指祕書省校書郎。唐祕書省置校書郎八人，正九品上。「校」宋蜀本、《全唐詩》俱作「祕」。潛棄官還江東之時間，大抵當在天寶初。開元二十一年，儲光羲辭官回故鄉延陵，潛作《送儲十二還莊城》詩贈行（參見《唐才子傳校箋》卷一《儲光羲》），可見是時他尚未棄官還江東。又王昌齡有《東京府縣諸公與綦毋潛李頎相送至白馬寺宿》詩，據傅璇琮考證，係開元二十九年夏作於洛陽（見《唐代詩人叢考》第一二五至一二六頁），由此可知，是時潛仍未還江東。又李頎《送綦毋三謁房給事》云：「夫子大名下，家無錘石儲。惜哉湖海上，曾校蓬萊書。」綦毋三即綦毋潛（參見《唐人行第録》），「曾校」句指潛嘗官祕書省校書郎，「惜哉」句謂潛是時已棄官隱于湖海；房給事即房琯，《舊唐書・房琯傳》：「天寶元年，拜主客員外郎。……五年正月，擢試給事中。」《通鑑》天寶六載正月：「給事中房琯坐與適之善，貶宜春太守。」知琯爲給事中在天寶五載，頎詩亦即作於是時。據頎詩，可知天寶五載，潛棄官居于江東已有一些時日了。至于潛「謁房給事」之目的，估計是爲了尋求再出仕的門路，故李頎詩中有「高道時坎坷，故交願吹噓。……此行儻不遂，歸食蘆洲魚」等語。江東：疑指虔州。古或以「江東」指三國吳之統治地區，唐虔州正在古江東區域之内。

〔二〕素風：謂純樸之風。《文選》袁宏《三國名臣贊》：「郎中（指袁渙）温雅，器識純素。……行不修飾，名迹無愆。操不激切，素風愈鮮。」權德輿《奉酬從兄南仲見示十九韻》：「簪纓盛西州，清白傳素風。」句謂人生應有純樸之風。

〔三〕拂衣去：指棄官歸隱。參見《不遇詠》注〔一二〕。

〔四〕安窮：安于窮困。

〔五〕澄，奇字齋本、凌本俱作「九」。

〔六〕悠悠：閒静貌。

〔七〕扣舷：歌唱時扣擊船的左右兩側。郭璞《江賦》：「忽忘夕而宵歸，詠《採菱》以叩舷。」

〔八〕和光：謂與塵俗相合而不自立異。《老子》四章：「和其光，同其塵，湛兮似或存。」《後漢書・張免傳》：「不能和光同塵，爲讒邪所忌。」澹爾：恬静貌。蒹葭（jiān jiā兼加）：蘆葦。二句謂潛此去將隱于水邊，和光隨俗，過恬淡的生活。

〔九〕無庸：無所爲。《詩·王風·兔爰》：「我生之初，尚無庸。」客昭世：寄居于明世。鮑照《擬青青陵上柏》：「浮生旅昭世，空事歎華年。」

〔一〇〕日，宋蜀本、奇字齋本、凌本作「白」。如蓬：形容頭髮散亂。

〔一一〕頑疏：愚鈍粗疏。嵇康《幽憤詩》：「咨予不淑，嬰累多虞，匪降自天，實由頑疏。」暗人事：不明人世之事。

〔一二〕天聰：天子之聽聞。曹植《求通親親表》：「冀陛下儻發天聰，而垂神聽也。」此句意謂，自己偏執鄙陋，不爲天子所聞知。

〔一三〕此二句意謂，微賤之物（喻指地位卑下者）縱然可取，又有誰能秉公採擇呢？

青龍寺曇壁上人兄院集并序〔一〕

吾兄大開蔭中〔二〕，明徹物外〔三〕。以定力勝敵〔四〕，以惠用解嚴〔五〕。深居僧坊〔六〕，傍俯人里〔七〕。高原陸地，下映芙蓉之池；竹林果園，中秀菩提之樹〔八〕。八極氛霽〔九〕，萬彙塵息〔一〇〕。太虚寥廓〔一一〕，南山爲之端倪〔一二〕；皇州蒼茫〔一三〕，渭水貫於天地〔一四〕。經行之後〔一五〕，趺坐而閑〔一六〕。升堂梵筵〔一七〕，餌客香飯〔一八〕。不起而遊覽〔一九〕，不風而清涼。得世界於蓮花〔二〇〕，記文章於貝葉〔二一〕。時江寧大兄持片石命維序之〔二二〕，詩五韻，座上成。

高處敞招提〔二三〕，虛空詎有倪〔二四〕？坐看南陌騎，下聽秦城雞。渺渺孤烟起〔二五〕，芊芊遠樹齊〔二六〕。青山萬井外，落日五陵西〔二七〕。眼界今無染，心空安可迷〔二八〕？

〔一〕約作於天寶二載（七四三）或三載，説見本詩注〔二二〕。青龍寺：《長安志》卷九：「（長安新昌坊）南門之東，青龍寺。本隋靈感寺，開皇二年立。……至武德四年廢。龍朔二年，城陽公主復奏立爲觀音寺。……景雲二年（七一一）改爲青龍寺。北枕高原，南望爽塏（高爽乾燥之地），爲登眺之美。」按，青龍寺爲唐代密宗的根本道場，近年發掘出該寺遺址，在陝西長安縣西南約四公里之祭臺村，現佛寺已在原址重建。曇壁上人：未詳。「壁」《全唐詩》作「璧」。此詩王昌齡、王縉、裴迪皆有同詠，昌齡詩題作《同王維集青龍寺曇壁上人兄院五韻》，載《全唐詩》卷一四二；王縉、裴迪詩題作《同王昌齡裴迪游青龍寺曇壁上人兄院集和兄維》、《青龍寺曇壁上人院集》，均載《全唐詩》卷一二九。

〔二〕吾兄：指曇壁上人。開：解脱。蔭：梵語塞建陀，舊譯曰陰（即五陰之陰，音於禁反，通蔭），義爲蔭覆，指色聲等有爲法（泛指一切處於相互聯繫、生滅變化中的事物）能蔭覆真性。《大乘法苑義林章》卷五本：「梵云塞建陀，唐言蘊，舊譯名陰（於禁反）。此陰是蔭覆義。若言蔭者，梵本應云鉢羅婆陀。」《翻譯名義集》卷六：「蘊謂積聚，古翻陰。陰乃蓋覆，積聚有爲，蓋覆真性。」

句謂上人自色、受等五陰（泛指現實世界）的束縛中解脱出來。

〔三〕徹：通，達。物外：世外。

〔四〕定力：指專心禪定而産生的一種維持修行、達到解脱的力量。佛教認爲它能斷除各種情欲煩惱。《無量壽經》卷下：「定力慧力，多聞之力。」參見《雜阿含經》卷二六。在中國，「定」（「心一境性」，即心專注一境而不散亂的精神狀態）往往與「禪」（「静慮」）連稱「禪定」，即指通過凝心坐歛、觀想特定對象而獲得佛教悟解的一種思惟修習方法。敵：指情欲煩惱等。

〔五〕惠：通「慧」，指佛教「智慧」，即般若。佛教認爲，此「智慧」乃成佛所需的特殊認識，非世俗人之所能具有；要獲得般若，必須通過對世俗認識的否定才有可能實現。解嚴：弛備息兵之義。《宋書·武帝紀》：「公至彭城，解嚴息甲。」此句謂，以般若的作用息兵，比喻通過般若進入涅槃（寂滅）之境。大乘一般都將禪定與般若結合起來，主張「定慧雙修」。

〔六〕僧坊：佛寺。

〔七〕傍：近。

〔八〕秀：秀異，茂盛。菩提：樹名。相傳釋迦牟尼在一蓽鉢羅樹下證得菩提（意譯爲「覺」、「道」），故稱蓽鉢羅樹爲菩提樹。樹爲常緑喬木，葉卵形，花隱於花托中，果實扁圓形，原産亞洲熱帶地區，據傳南朝梁時僧人智藥自天竺移植中國，今廣東有之。

〔九〕八極：八方極遠之地。《淮南子·墬形訓》：「八紘之外，乃有八極。」氛霽：指雲霧消散。氛，述古堂本、元本作「氣」。

〔一〇〕萬彙：萬類，萬物。

〔一一〕太虚寥廓：《文選》孫綽《遊天台山賦》：「太虚遼廓而無閡。」李善注：「太虚，謂天也。」李周翰注：「遼廓，廣遠也。」「寥廓」與「遼廓」同。

〔一二〕南山：即終南山，主峰在長安之南。端倪：《文選》謝靈運《遊赤石進帆海》李周翰注：「端倪，猶涯際也。」天本廣遠無邊，然巍峨的南山高聳入雲，將天隔斷，因此它也就成爲天之端倪了。

〔一三〕皇州：猶言帝都。

〔一四〕句指遥望長渭，與天相接。

〔一五〕經行：指在一定的地方旋繞往來。《寄歸傳》卷三：「五天（即五天竺，古天竺劃分爲東、西、南、北、中五大部）之地，道俗多作經行，直去直來，唯遵一路，隨時適性，勿居鬧處，一則痊痾（病），一能銷食。」《法華經·序品》：「未嘗睡眠，經行林中。」

〔一六〕趺坐：見《登辨覺寺》注〔六〕。

〔一七〕梵筵：指寺僧所設之筵。佛教稱與佛教有關的事物爲「梵」。沈約《栖禪精舍銘》：「往辭妙幄，今承梵筵。」

〔一八〕餌：吃，給人東西吃。

〔一九〕此句謂寺院居於高處，坐而不起即可觀覽四方之景。

〔二〇〕「得世」句：用《華嚴經》「蓮華藏世界」之義。大乘佛教稱佛所居住的世界爲浄土（與世俗衆生所居住的世間所謂穢土相對），據説佛有無數，故浄土亦無數。《華嚴經》謂報身佛毗盧遮那所居之浄土名蓮華藏世界。據稱此世界最下爲風輪，風輪之上有香水海，香水海中生大蓮華，蓮華中包藏微塵數（譬數量之多）之世界，故稱蓮華藏世界。唐譯《華嚴經·華藏世界品》：「此香水海有大蓮華，名種種光明蘂香幢，華藏莊嚴世界海，住在其中，四方均平，清浄堅固。」又蓮華藏世界亦用爲諸佛報身（修得佛果之身）之浄土的通名。此句謂上人已得浄土。《維摩經·佛國品》：「若菩薩欲得浄土，當浄其心，隨其心浄，則佛土浄。」意謂只要内心覺悟，所居之地即爲浄土。此處所謂已得浄土，意同。

〔二一〕貝葉：貝多羅樹之葉。貝多羅樹又稱貝多樹、貝葉樹、多羅樹，産于印度等地。樹爲常緑喬木，高達四、五丈，其葉大，有光澤，古印度人多用它抄寫佛教經文，稱貝葉經。

〔二二〕江寧大兄：即詩人王昌齡。字少伯，其籍貫説法不一，《河嶽英靈集》稱「太原王昌齡」，《唐代墓誌彙編》開元二一六〇《陳頤墓誌銘》下則署「江甯王少伯書」。開元十五年進士及第，二十二年又中博學宏詞，曾任祕書省校書郎、汜水尉、江寧丞（「丞」一説當作「尉」）、龍標尉，兩《唐書》有傳。此處所謂「大」，是指昌齡的行第（參見《唐人行第録》）；「江寧」，可能指他當時爲江寧丞（説見傅璇琮《唐代詩人叢考·王昌齡事迹考略》）。考昌齡於開元二十八年冬始任江寧丞（説見聞一多《岑嘉州繫年考證》），故此詩應作於開元二十八年冬之後；又據《王昌齡事迹考略》一文考證，昌齡爲江寧丞時，曾于天寶二、三年間因公事一度至長安，而本詩正作于長安，故繫于天寶二年或三年。

〔二三〕敞：寬闊，開朗。招提：梵語，本作拓提，義爲四方，自北朝北魏太武帝造佛寺，創立招提之名，其後遂以招提爲寺院之別稱。

〔二四〕詎：豈。倪：邊際。

〔二五〕渺渺：遠貌；《全唐詩》作「眇眇」。

〔二六〕芊芊：茂盛貌。

〔二七〕五陵：見《燕支行》注〔五〕。

〔二八〕染：參見《偶然作·日夕見太行》注〔八〕。心空：謂心入空境，認識到世間的一切事物皆虚幻不實。此二句意謂，上人的眼界已不受世俗之欲求、妄念的浸染，心入空境，安能爲眼前的景物所惑？

酬黎居士淅川作曇壁上人院走筆成〔一〕

儂家真箇去〔二〕，公定隨儂否？着處是蓮花，無心變楊柳〔三〕。松龕藏藥裹，石唇安茶臼〔四〕。氣味當共知〔五〕，那能不攜手？

〔一〕據詩題下注語，此詩之寫作時間或與上詩相去不甚遠。居士：梵語迦羅越，譯曰居士。《維摩經·方便品》：「若在居士，居士中尊。」慧遠疏：「居士有二：一廣積資財，居財之士，名爲居士；二在家修道，居家道士，名爲居士。」此處蓋指後者。淅川：古縣名。後魏置，北周省，唐初復置，尋省入内鄉（今河南西峽）。故址在今河南淅川縣淅川鎮東。又淅水（源出河南盧氏，南流經西峽、淅川入丹江）亦曰淅川。「淅」宋蜀本、述古堂本、明十卷本等俱作「浙」，按，「浙川」指浙江，觀詩首二句特用「儂」字，似以作「浙川」爲是。

〔二〕儂：吴人稱己爲儂。家：語尾助辭。箇：等於「價」，猶云這般或那般，這個樣兒或那個樣兒。去：指辭官出家。

〔三〕着：猶「在」。着處：所在之處，處處。蓮花：指浄土。佛書稱阿彌陀佛之西方浄土爲蓮邦或蓮刹（據説彼土之人皆以蓮花爲棲托之所，故云），又毗盧遮那佛之浄土曰蓮華藏世界，亦稱爲蓮華國，故此處以蓮花指浄土。參見上詩注〔二〇〕。無心：見《謁璿上人》注〔五〕。變楊柳：用《莊子·至樂》之意，指生老病死的變化。參見《老將行》注〔二〕及《胡居士卧病遺米因贈》注〔六〕。此句謂對於生老病死的變化没有成心，一切順其自然。

〔四〕松龕：松木製的龕。梁庾肩吾《亂後經夏禹廟詩》：「松龕撤暮俎，棗徑落寒叢。」藥裹：趙殿成注：「藥裹字，唐詩人如杜甫輩皆屢用之，考《漢書·外戚列傳》『武發篋，中有裹藥二枚』，當是出於此也。」按，藥裹猶藥包，杜甫《將赴成都草堂途中有作先寄嚴鄭公五首》其三：「書籤藥裹封蛛網，野店山橋送馬蹄。」岑參《送梁判官歸女几舊廬》：「草堂開藥裹，苔壁取荷衣。」皆可證。唇：邊緣。王維《燕子龕禪師》：「澗唇時外拓。」石唇：指石崖的邊緣。茶臼：搗茶用的石臼。唐代之茶，新採下的茶葉皆經蒸、搗等工序，製成餅狀，而非同於今日之芽茶。二句寫出家後的生活——製藥製茶。

〔五〕氣味：喻意趣或情調。

哭殷遥〔一〕

人生能幾何〔二〕？畢竟歸無形〔三〕。念君等爲死〔四〕，萬事傷人情！慈母未及葬，一女纔十齡。泱漭寒郊外〔五〕，蕭條聞哭聲。浮雲爲蒼茫〔六〕，飛鳥不能鳴。行人何寂寞〔七〕，白日自淒清〔八〕。憶昔君在時，問我學無生〔九〕。勸君苦不早，令君無所成。故人各有贈，又不及生平〔一〇〕。負爾非一途〔一一〕，痛哭返柴荆〔一二〕。

〔一〕殷遥：唐代詩人，殷璠曾選録其詩入《丹陽集》，評曰「遥詩閑雅，善用聲。」《新唐書》卷六〇《藝文志四》别集類于《包融詩》一卷下，謂與融同時者，「句容有忠王府倉曹參軍殷遥」。《唐詩紀事》卷一七：「遥，丹陽人。天寶間終於忠王府曹參軍。」《唐才子傳》卷三《殷遥傳》：「遥，丹陽人。天寶間，常仕爲忠王府倉曹參軍。」按，句容（今江蘇句容市）爲唐縣名，屬潤州丹陽郡；殷遥官忠王府倉曹參軍，當在開元十五年至二十六年間，其天寶間卒時，疑已去官，説見《唐才子傳校箋》卷三《殷遥》。又，儲光羲《新豐作貽殷四校書》云：「紛吾從此去，望極咸陽中。不見芸香閣，徒思文雅雄。」按，殷四即遥（見《唐人行第録》）；儲于開元二十一年辭官歸鄉（參見《送綦毋校書棄官還江東》注〔一〕），「紛吾」句即指此而言；又芸香閣指祕書省，據此，知殷遥開元二十一年嘗官祕書省校書郎。另，維又有《哭殷遥》七絶一首，收入《國秀集》中，題作《送殷四葬》；《國秀集》選詩迄至天寶三載，是則殷遥當卒于天寶元、二、三載間，維此詩也即作于是時。詩題宋蜀本、述古堂本俱作《哭殷遥二首》，其第二首即七絶《送殷四葬》；元本同，唯詩題無「二首」二字。此詩儲光羲有和章《同王十三維哭殷遥》，載《全唐詩》卷一三八。

〔二〕「人生」句：語本曹操《短歌行》：「對酒當歌，人生幾何？」

〔三〕歸無形：指死。

〔四〕等爲死：猶言同樣是死。《史記·陳涉世家》：「今亡亦死，舉大計亦死，等死，死國可乎？」

〔五〕泱漭（yāng mǎng 央莽）：廣闊貌。《文選》張衡《西京賦》：「山谷原隰，泱漭無疆。」薛綜注：「泱漭，無限域之貌。」此二字《文苑英華》作「訣别」。

〔六〕茫，《文苑英華》作「莽」。

〔七〕何，《唐詩紀事》作「同」。

〔八〕白日，底本、《全唐詩》均注：「一作日色。」自：猶多。

〔九〕學無生：指學佛，參見《登辨覺寺》注〔八〕。

〔一〇〕生平：趙殿成曰：「生平，諸本皆作『平生』，複第七聯『生』字韻，今從《文苑英華》、《唐詩紀事》作『生平』。」按，《全唐詩》亦作「生平」。此句謂故人之贈，又未能趕上遥在世的時候。

〔一一〕爾：汝。一途：猶一端、一處。

〔一二〕痛，《文苑英華》、宋蜀本、述古堂本等作「慟」。柴荆：《文選》謝靈運《初去郡》：「恭承古人意，促裝返柴荆。」劉良注：「柴荆，謂柴門荆扉也。」

送殷四葬〔一〕

送君返葬石樓山〔二〕，松柏蒼蒼賓馭還〔三〕。埋骨白雲長已矣〔四〕，空餘流水向人間〔五〕！

〔一〕詩題底本原作《哭殷遥》，此從《國秀集》、《全唐詩》。殷四：殷遥，見上詩注〔一〕。

〔二〕石樓山：趙殿成注：「《元和郡縣志》：京兆府渭南縣（今陝西渭南市）西南有石樓山。《太平寰宇記》：隰州石樓縣（今山西石樓縣）有石樓山。《唐書·地理志》：汝州梁縣（今河南汝州市）有石樓山。《一統志》：西安府盩厔縣（今陝西周至縣）有石樓山；鳳翔府寶雞縣（今陝西寶雞市）有石樓山。未知孰是。」按，據王維《哭殷遥》及儲光羲之和章，可推知遥當卒于長安；儲光羲《同王十三維哭殷遥》云：「筮仕苦貧賤，爲客少田園。膏腴不可求，乃在許西偏。四鄰盡桑柘，咫尺開牆垣。内艱（謂殷遭母喪）未及虞，形影隨化遷（指殷卒）。茅茨俯苫蓋，雙殯兩楹間。……故人王夫子，静念無生篇（謂釋典）。……迢遞親靈櫬，顧予悲絶絃。」「許西偏」指許地（在今河南許昌市東）西部，《左傳》隱公十一年：「乃使公孫獲處許西偏。」據儲此詩，可知殷遥有田園在許西，所謂「返葬」，即指自長安歸葬于許西。《新唐書·地理志》所稱汝州梁縣之石樓山，其地恰處許西，可見本詩之石樓山，當以在梁縣者爲是。

〔三〕賓馭：同賓御，謂賓客與馭手。鮑照《詠史》：「賓御紛颯沓，鞍馬光照地。」賓馭還：謂送葬者已返回。

〔四〕埋骨白雲：指埋骨于高山之上。

〔五〕空：只。

班婕妤三首〔一〕

玉窗螢影度，金殿人聲絶〔二〕。秋夜守羅幃〔三〕，孤燈耿不滅〔四〕。

〔一〕《班婕妤》：樂府古題名，屬相和歌辭楚調曲。《樂府詩集》卷四三：「《班婕妤》，一曰《婕妤怨》。……《樂府解題》曰：《婕妤怨》者，爲漢成帝班婕妤作也。婕妤，徐令彪之姑，況之女。美而能文，初爲帝所寵愛。後幸趙飛燕姊弟，冠於後宮。婕妤自知見薄，乃退居東宮，作賦及《紈扇詩》以自傷悼。後人傷之而爲《婕妤怨》也。」《漢書·外戚傳》曰：「孝成班倢伃，帝初即位，選入後宮。始爲少使，蛾（通俄）而大幸，爲倢伃（同婕妤，宮中女官名），居增成舍。……自鴻嘉後，上稍隆内寵，倢伃進侍者李平，平得幸，立爲倢伃。……其後趙飛燕姊弟，亦從自微賤興，逾（踰）越禮制，寖（漸）盛於前，班倢伃及許皇后皆失寵，稀復進見。……趙氏姊弟驕妒，倢伃恐久見危，求共（供）養太后長信宮，上許焉。倢伃退處東宮，作賦自傷悼。」本詩蓋借用此題，以寫失寵宮人的寂寞生活和痛苦心情。詩題《河嶽英靈集》、《唐文粹》並作《婕妤怨》。又《國秀集》選入此詩第三首，題作《扶南曲》。根據《國秀集》選入此詩，它應作于天寶三載（七四四）前。

〔二〕金殿：謂皇宮。

〔三〕幃（wéi 韋）：帳；《全唐詩》作「帷」。

〔四〕耿：明，光。不，底本原作「明」，此從《樂府詩集》、宋蜀本、述古堂本、明十卷本等。

顧璘曰：詠婕妤而猶爲含嚬希寵之態，似非婕妤本相。

宮殿生秋草，君王恩幸疎〔一〕。那堪聞鳳吹〔二〕，門外度金輿〔三〕！

〔一〕恩，《文苑英華》作「寵」。

〔二〕鳳吹：《文選》孔稚珪《北山移文》：「聞鳳吹於洛浦。」李善注：「《列仙傳》曰：『王子喬，周宣王（應作周靈王）太子晋也，好吹笙作鳳鳴，遊伊、雒之間。』」後因以鳳吹謂笙簫等細樂。此指乘輿出行時的奏樂之聲。

〔三〕金輿：天子的車駕。《史記・禮書》：「人體安駕乘，爲之金輿錯衡，以繁其飾。」集解：「駰案，《周禮》王之五路（輅）有金路，鄭玄曰：以金飾諸木。」

顧璘曰：渾極。

黄生曰：此暗用辭輦事，而反其意以寫之，言同列之承恩者爾爾，本意一毫不露，作法高絶，從來諸作，皆可廢矣。（《增訂唐詩摘鈔》卷一）

怪來妝閣閉〔一〕，朝下不相迎〔二〕。總向春園裏，花間笑語聲〔三〕。

〔一〕怪來：猶難怪。妝閣：供梳妝用的亭閣。妝閣閉：指不復梳妝打扮。

〔二〕句謂下朝時已不復能相迎，指君王下朝後不復臨幸。

〔三〕向，《國秀集》作「在」。按，「向」爲唐代俗語詞，有「在」意。笑語，《國秀集》、《樂府詩集》、宋蜀本、述古堂本等俱作「語笑」。此二句意謂，君王總在春園裏，花間傳來君王與其所歡的笑語之聲。

劉須溪曰：語皆不刻而近。

顧可久曰：含蓄、悠長、冲雅。

胡應麟曰：唐五言絶，初盛前多作樂府，然初唐只是陳、隋遺響。開元以後，句格方超。如崔國輔《流水曲》……王維《班婕妤》、崔顥《長干行》……皆酷得六朝意象。（《詩藪》内編卷六）

奉和聖製幸玉真公主山莊因題石壁十韻之作應制〔一〕

碧落風烟外，瑶臺道路賒〔二〕。如何連帝苑，别自有仙家。比地迴鑾駕〔三〕，緣溪轉翠華〔四〕。洞中開日月，窗裏發雲霞〔五〕。庭養冲天鶴〔六〕，溪留上漢查〔七〕。種田生白玉〔八〕，泥竈化丹砂〔九〕。谷静泉逾響，山深日易斜。御羹和石髓〔一〇〕，香飯進胡麻〔一一〕。大道今無外〔一二〕，長生詎有涯？還瞻九霄上，來往五雲車〔一三〕。

〔一〕玉真公主：睿宗第九女，玄宗同母妹，太極元年（七一二）爲道士。《新唐書·諸帝公主列傳》：「玉真公主字持盈，始封崇昌縣主。俄進號上清玄都大洞三景師。天寶三載，上言曰：『先帝許妾捨家，今仍叨主第，食租賦，誠願去公主號，罷邑司，歸之王府。』玄宗不許。又言……帝知至意，乃許之。薨寶應時。」《舊唐書·玄宗紀》：「（天寶三載十一月）玉真公主先爲女道士，讓號及實封，賜名持盈。」知天寶三載（七四四）十一月之後，玉真公主已去公主號，此詩猶稱玉真公主，似當作于天寶三載十一月之前，具體時間不詳，姑繫此。　山莊：趙殿成注引元朱象之輯《古樓觀紫雲衍慶集》曰：「玉真公主與金仙公主俱入道，今樓觀南山之麓，有玉真公主祠堂存焉。俗傳其地曰邸宮，以爲主家别館之遺址也。　然碑誌湮没，圖經廢舛，惟開元中戴璇樓觀碑，有『玉真公主師心此地』之語，而王維、儲光羲皆有玉真公主山莊、山居之詩，則玉真祠堂爲觀之别館審矣。　因盡録唐人題詠，刻之祠中。　元祐二年（一〇八七）歲在丁卯七月望日河東薛紹彭題。」按，樓觀碑在盩厔縣（今陝西周至縣）樓觀山（相傳上有周函谷關令尹喜宅，後因置爲道院，唐時曰宗聖觀），碑名《玄元靈應頌》，由戴璇撰序，劉同昇作頌，建于天寶元年（參見《金石萃編》卷八六）。　戴序曰：「玉真長公主以天孫毓德，帝妹聯貴，師心此地，杳捐代（世）情。」看來，玉真公主大概是曾居于樓觀的。　然樓觀距長安百餘里，玄宗似不大可能遠幸其地；且根據其他記載，玉真的山居非止一處，如《唐兩京城坊考》卷四曰：「宏道觀道士蔡瑋撰《玉真公主受道靈壇祥應記》云：公主又居王屋山靈都觀。」所以，要弄清本詩「山莊」的具體地點，還應從本詩的有關描寫中尋找綫索。　詩曰：「如何連帝苑，别自有仙家。」知「山莊」當近帝苑。　儲光羲《玉真公主山居》曰：「山北天泉苑，山西鳳女家。　不言沁園好，獨隱武陵花。」天泉，謂天然之泉，可指温泉；天泉苑，蓋指温泉宫（即華清宫），宫在驪山西北麓，故詩云「山北」；「鳳女」謂帝女（用秦穆公女弄玉事），指玉真公主，則玉真公主山居，當在驪山西，其地近温泉宫，故維詩云

「連帝苑」。此爲唐玄宗《幸玉真公主山莊》的和作，玄宗原賦今已不存。

〔二〕碧落：道書稱東方第一層天爲碧落。《度人經》：「昔於始青天中碧落高歌。」注：「始青天乃東方第一天，有碧霞徧滿，是云碧落。」外：猶「上」。瑶臺：晋王嘉《拾遺記》卷一○：「崑崙山者，西方曰須彌山……上有九層。……第九層山形漸小狹，下有芝田蕙圃，皆數百頃，群仙種耨焉。傍有瑶臺十二，各廣千步，皆五色玉爲臺基。」賒：遠。二句意謂，神仙所住的碧落、瑶臺，高遠難尋。

〔三〕比：順，宋蜀本、《全唐詩》並作「此」，《全唐詩》且注云：「一作匝。」鑾駕：天子的車駕。句謂天子的車駕順着地勢迂迴。

〔四〕翠華：用翠羽爲飾的旗，爲天子儀仗。《文選》司馬相如《上林賦》：「建翠華之旗。」李善注：「張揖曰：以翠羽爲葆也。……郭璞曰：華，葆也。」《後漢書·光武紀下》李賢注：「合聚五采羽名爲葆。」

〔五〕開：展布。此二句寫玉真之居處類如仙境。

〔六〕冲天鶴：用王喬乘鶴昇天事。《文選》孫綽《遊天台山賦》：「王喬控鶴以冲天。」王喬即周靈王太子晋，參見《敕借岐王九成宫避暑應教》注〔五〕。

〔七〕留，底本原作「流」，從宋蜀本、述古堂本、元本等改。上漢查：漢，天河。查，即楂、槎，木筏。《博物志》卷一○：「舊説云天河與海通。近世有人居海渚者，年年八月有浮槎去來，不失期，人有奇志，立飛閣於查上，多齎糧，乘槎而去。……去十餘日，奄至一處，有城郭狀，屋舍甚嚴。遥望宫中多織婦，見一丈夫牽牛渚次飲之。牽牛人乃驚問曰：『何由至此？』此人具説來意，並問此是何處，答曰：『君還至蜀郡訪嚴君平則知之。』竟不上岸，因還如期。後至蜀，問君平，曰：『某年月日有客星犯牽牛宿。』計年月，正是此人到天河時也。」

〔八〕「種田」句：《搜神記》卷一一：「陽公伯雍，雒陽縣人也。……父母亡，葬無終山，遂家焉。山高八十里，上無水，公汲水，作義漿於坂頭，行者皆飲之。三年，有一人就飲，以一斗石子與之，使至高平好地有石處種之，云：『玉當生其中。』……乃種其石。數歲，時時往視，見玉子生石上，人莫知也。……天子聞而異之，拜爲大夫。乃於種玉處，四角作大石柱，各一丈，中央一頃地，名曰『玉田』。」

〔九〕泥竈：塗泥爲竈。化丹砂：謂煉丹。即將丹砂（硫化汞）等物置于爐火中燒煉而成丹藥。道教認爲服食丹藥可以成仙。

〔一〇〕石髓：即石鐘乳，又稱鐘乳石，古人以爲服之可得長生。《列仙傳》卷上：「邛疏者，周封史也。能行氣鍊形，煮石髓而服之，謂之石鐘乳，至數百年。」《晉書・嵇康傳》：「烈（王烈）嘗得石髓如飴，即自服半，餘半與康，皆凝而爲石。」

〔一一〕胡麻：即芝麻。

〔一二〕無外：極大而無所不包之意。《莊子・天下》：「至大無外，謂之大一；至小無内，謂之小一。」道家又稱「道」爲「大」、「無極」，認爲道無限，無所不在，故云「無外」。

〔一三〕九霄：《文選》沈約《遊沈道士館》：「鋭意三山上，託慕九霄中。」張銑注：「九霄，九天，仙人所居處也。」五雲車：仙人所乘車，以五色雲氣爲之。庾信《步虚詞》十首其六：「東明九芝蓋，北燭（仙人名，見《漢武帝内傳》）五雲車。飄颻入倒景，出没上烟霞。」《博物志》卷八：「漢武帝好仙道……時西王母遣使乘白鹿告帝當來，乃供帳九華殿以待之。七月七日夜漏七刻，王母乘紫雲車而至於殿西。」此二句承上「長生」句而言，意謂天上確有仙人來往，可見長生可求。

新秦郡松樹歌〔一〕

青青山上松，數里不見今更逢。不見君，心相憶，此心向君君應識。爲君顔色高且閑〔二〕，亭亭迥出浮雲間〔三〕。

〔一〕疑天寶四載（七四五）出使榆林、新秦二郡時所作，説見《年譜》。新秦郡：《舊唐書·地理志》：「天寶元年，王忠嗣奏請割勝州連谷、銀城兩縣置麟州，其年改爲新秦郡。乾元元年，復爲麟州。」治所在今陝西神木縣北。

〔二〕顔色：容色，容貌。

〔三〕亭亭：聳立貌。

顧可久曰：短短寫亦自婉曲清古。

榆林郡歌〔一〕

山頭松柏林，山下泉聲傷客心。千里萬里春草色，黄河東流流不息〔二〕。黄龍戍上游俠兒〔三〕，愁逢漢使不相識〔四〕。

〔一〕寫作時間同上詩，説見《年譜》。榆林郡：《舊唐書・地理志》：「隋置勝州，大業爲榆林郡。武德中，平梁師都，復置勝州。天寶元年，復爲榆林郡。乾元元年，復爲勝州。」治所在今内蒙古準格爾旗東北十二連城。

〔二〕「黄河」句：《元和郡縣志》卷四載，唐榆林郡治所榆林縣境内有黄河，「西南自夏州朔方界流入」。

〔三〕黄龍：古城名。又名和龍城、龍城，故址在今遼寧朝陽。十六國北燕建都于此，南朝宋因稱之爲黄龍國。《宋書・高句驪國傳》：「義熙初，寶（後燕慕容寶）弟熙爲其下馮跋所殺，跋自立爲主，自號燕王，以其治黄龍城，故謂之黄龍國。」按，榆林郡與黄龍城相距頗遠，梁蕭子顯《燕歌行》：「遥看白馬津上吏，傳道黄龍征戍兒。」梁元帝《燕歌行》：「黄龍戍北花如錦，玄菟城前月似蛾。」多以黄龍泛指北方邊地，此處亦然。

〔四〕漢使：作者自謂。

顧可久曰：見漢使而不相識，猶非鄉人也，何以慰愁，意尤悽切。模寫荒遠愁絶之景可想。

王夫之曰：真情老景，雄風怨調，只此不愧漢人樂府。（《唐詩評選》卷一）

送高道弟耽歸臨淮作座上成〔一〕

少年客淮泗〔二〕，落拓居下邳〔三〕。遨游向燕趙，結客過臨淄〔四〕。山東諸侯國〔五〕，迎送紛交馳〔六〕。自爾厭游俠〔七〕，閉户方垂帷〔八〕。深明戴家《禮》〔九〕，頗學毛公《詩》〔一〇〕。備知經濟道〔一一〕，高卧陶唐時〔一二〕。聖主詔天下，賢人不得遺；公吏奉纁組，安車去茅茨〔一三〕。君王蒼龍闕〔一四〕，九門十二逵〔一五〕；群公朝謁罷，冠劍下丹墀〔一六〕。野鶴終踉蹌〔一七〕，威鳳徒參差〔一八〕，或問理人術〔一九〕，但致還山詞。天書降北闕〔二〇〕，賜帛歸東菑〔二一〕。都門謝親故，行路日逶遲〔二二〕。孤帆萬里外，淼漫將何之〔二三〕？江天海陵郡〔二四〕，雲日淮南祠〔二五〕。杳冥滄洲上〔二六〕，蕩漭無人知〔二七〕。緯蕭或賣藥，出處安能期〔二八〕？

〔一〕高道：未詳。奇字齋本卷首《正訛》曰：「《送高道弟耽歸臨淮》，耽本無傳，而適係淮人。諸本概作高道，今姑因適傳正之作適。」又於詩題下注曰：「高適滄州渤海人，意臨淮、渤海舊同郡地。」凌本、《全唐詩》俱從其説作「高適」。按，高適、高耽俱非淮人（《舊唐書·高適傳》稱適爲渤海蓨人，蓋舉其郡望而言，《新唐書·高適傳》改作滄州渤海人，未確；即便《新唐書》的記載不誤，亦不當謂高適爲淮人。又詩稱高耽「客淮泗」，自然也非淮人），臨淮、渤海亦非同郡之地（唐時無渤海郡，西漢渤海郡治所在今河北滄縣東南，東漢移治今河北南皮東北)，此説實不可從。臨淮：即泗州，治所在臨淮(今江蘇泗洪東南、盱眙對岸，清康熙時縣城陷入洪澤湖)。《舊唐書·地理志》：「泗州中，隋下邳郡。武德四年，置泗州。……天寶元年，改爲臨淮郡。乾元元年，復爲泗州。」據本詩首二句，知耽本居下邳(治所在今江蘇睢寧西北)，其欲歸之地，亦當在此；下邳爲唐臨淮郡屬縣，故詩題之臨淮，應是郡名，而非縣名。成，底本原作「作」，從宋蜀本改。本詩作於天寶四載(七四五)，説見注〔三〕。

〔二〕淮泗：淮水、泗水。古淮、泗二水皆流經下邳。《元和郡縣志》卷九泗州下邳縣：「淮水自縣西流入，去縣六十里。」「泗水西自彭城縣(今江蘇徐州)界流入。」

〔三〕落拓：行爲散漫，不拘小節。底本原作「落魄」，此從述古堂本、元本。

〔四〕結客：結交賓客，多指結交豪俠之士。《後漢書·劉玄傳》：「弟爲人所殺，聖公(玄字)結客欲報之。」過，述古堂本作「向」。臨淄：古齊都，唐置縣，隸青州，故址在今山東淄博市東北。

〔五〕山東：指崤山以東之地，即戰國時秦以外的六國。

〔六〕交馳：交相奔走，紛至沓來。

〔七〕自爾：從此。

〔八〕垂帷：放下室内懸掛的帷幕。引申指閉門苦讀。《梁書·王僧孺傳》：「下帷無倦，升高有屬。」

〔九〕戴家《禮》：漢梁人戴德與其兄子戴聖，同師后倉學《禮》，德稱大戴，聖稱小戴。德删《禮記》爲八十五篇，稱《大戴禮記》；聖又删爲四十九篇，稱《小戴禮記》（即今本《禮記》）。參見《漢書·儒林傳》。

〔一〇〕毛公：漢初治《詩經》學者。今本《詩經》，即其所傳。《漢書·儒林傳》：「毛公，趙人也，治《詩》，爲河間獻王博士。」但稱毛公，不著其名。鄭玄《詩譜》始云魯人大毛公爲《訓詁傳》，河間獻王得而獻之，以小毛公爲博士。至三國吴陸璣《毛詩草木鳥獸蟲魚疏》乃謂魯人毛亨爲大毛公，趙人毛萇爲小毛公，亨作《訓詁傳》以授萇。

〔一一〕經濟：經世濟民。

〔一二〕陶唐時：指聖明之世。堯初封於陶，又封於唐，號陶唐氏。參見《史記·五帝本紀》。

〔一三〕「聖主」四句：關於「聖主」徵聘賢士事，天寶三載十二月玄宗詔曰：「朕惟熙庶績，博訪逸人……其有高蹈不仕，遁跡丘園，遠近知聞，未經薦舉者，委所在長官以禮徵送。」事見《舊唐書·玄宗紀》、《唐大詔令集》卷七四。又《册府元龜》卷九八：「天寶四年五月，引諸州高蹈不仕舉人見，詔曰：『……其馬曾、常廣心、賀蘭迪等三人待後處分。崔從一……等五人，年鬢既高，稍宜優異，宜各賜緑衣一副，物二十段，餘并賜十段，不奪隱淪之志，以成高尚之美。……仍依前給公乘還郡。』」玩詩意，高耽蓋即蒙賜物十段而送還者之一。公吏：國家官吏。纁（xūn勳）組：《書·禹貢》：「厥篚（謂盛於筐篚而貢）玄纁璣組。」孔氏傳：「此州染玄纁色善，故貢之。璣，珠類，生於水。組，綬類。」孔穎達疏：「纁者，三入而成，又再染以黑則爲緅，又再染以黑則爲緇。玄色在緅緇之間。」纁，淺赤色，帛三染而成之；組，絲帶，古用以繫玉佩。古代帝王常用玄纁作徵聘賢士的贄禮，此處「纁組」亦即指贄禮而言。安車：坐乘之車。古車多立乘，故以坐乘爲安車。古時帝王徵聘賢士，往往用安車。《後漢書·嚴光傳》：「嚴光，字子陵。……少有高名，與光武同遊學。及光武即位，光乃變名姓，隱身不見。帝思其賢……乃備安車玄纁，遣使聘之，三反而後至。」茅茨：指茅屋。「公吏」二句意謂，官吏奉命以禮徵聘高耽入京。

〔一四〕蒼龍闕：《三輔黄圖》（孫星衍、莊逵吉校本）謂漢未央宫有「玄武、蒼龍二闕」。此處借指唐長安之宫闕。

〔一五〕九門：見《同崔員外秋宵寓直》注〔四〕。十二逵：參見《登樓歌》注〔二〕。逵，通衢大道。《爾雅·釋宫》：「九達謂之逵。」注：「四道交出，復有旁道。」

〔一六〕冠劍：戴冠佩劍。唐制，五品以上官員之服飾有劍。參見《舊唐書·輿服志》。丹墀：古代宫殿前的臺階，漆成紅色，稱爲丹墀。

〔一七〕野鶴：《晉書·嵇紹傳》：「嵇紹字延祖，魏中散大夫康之子也。……紹始入洛，或謂王戎曰：『昨於稠人中始見嵇紹，昂昂然如野鶴之在雞群。』」此處喻指隱士。野鶴不與雞鶩爲群，有類隱士之超然物外，故以爲喻。踉蹌：走路不隱。此句比喻高耽終究過不慣在朝的生活。

〔一八〕威鳳：《漢書·宣帝紀》：「南郡獲白虎、威鳳爲寶。」注：「晉灼曰：鳳之有威儀者也，與《尚書》『鳳皇來儀』同意。」古典詩文中常用以比喻才能品德高尚之士。杜甫《晦日尋崔戢李封》：「威鳳高其翔，長鯨吞九州。」參差：指鳳翼參差不齊。《風俗通義·聲音》：「簫（排簫）……其形參差，像鳳之翼。」此句謂威鳳徒有參差之翼而不高翔，喻高耽空有非凡的才德而不施展。

〔一九〕理：治。避唐諱改作「理」。

〔二〇〕天書：天子的詔書。北闕：見《不遇詠》注〔二〕。

〔二一〕賜帛：《高士傳》卷中：「韓福者，涿人也。以行義修潔著名。昭帝時，將軍霍光秉政，表顯義士，郡國條奏行狀，天子謂福等五人，行義最高，以德行徵至京兆，病不得進。元鳳元年詔策曰：朕愍勞福以官職之事，賜帛五十匹，遣歸。」東菑：泛指田園。

〔二二〕逶遲：同「倭遲」。《詩·小雅·四牡》：「四牡騑騑，周道倭遲。」毛傳：「倭遲，歷遠之貌。」遲，奇字齋本作「迤」。

〔二三〕淼漫：形容水廣闊無邊。

〔二四〕海陵郡：晉置，《晉書·地理志》：「義熙七年……又分廣陵界置海陵、山陽二郡。」治所在海陵縣（今江蘇泰州市），隋廢。海陵郡地近臨淮。

〔二五〕淮南祠：趙殿成注：「《太平寰宇記》：泗州臨淮縣有淮瀆祠，在淮南岸斗山下。」《大清一統志》卷一三四云：「淮神廟，在（泗州）盱眙縣（今江蘇盱眙）東北。縣志：下龜山寺西南，有石刻淮瀆二大字。」南，宋蜀本、明十卷本、奇字齋本等俱作「陰」。按，作「陰」意亦可通，淮陰祠或指淮陰侯廟，其地亦在臨淮附近。《大清一統志》卷九四：「淮陰侯廟，在山陽縣（唐楚州治所，今江蘇淮安）城南，祀漢韓信，宋蘇軾有淮陰侯廟碑銘。」蘇軾《淮陰侯廟記》：「……乃碑而銘之曰：『……宅臨舊楚，廟枕清淮。』」

〔二六〕杳冥：幽遠。滄洲：濱水之地。古指隱者所居。

〔二七〕蕩漭（mǎng莽）：水廣大貌。儲光羲《鞏城東莊道中作》：「春源既蕩漭，伏戰亦睢盱。」句謂水廣大無際在其中無人知道。

〔二八〕緯蕭：織蒿爲簾。緯，編織；蕭，蒿。《莊子·列禦寇》：「河上有家貧恃緯蕭而食者。」出處：《易·繫辭上》：「君子之道，或出或處，或默或語。」按，其上文謂「言行，君子之樞機」，默語指「言」而言，出處則指「行」而言。語即言，默即不言；出即行，處即不行（止）。期：預知，預料。此二句寫高耽歸臨淮後的隱居生活，意謂以織蒿或賣藥爲生，或行或止，豈能預知？

奉和聖製送不蒙都護兼鴻臚卿歸安西應制〔一〕

上卿增命服〔二〕，都護揚歸旆〔三〕。雜虜盡朝周〔四〕，諸胡皆自鄶〔五〕。鳴笳瀚海曲〔六〕，按節陽關外〔七〕。落日下河源，寒山静秋塞〔八〕。萬方氛祲息〔九〕，六合乾坤大〔一〇〕。無戰是天心〔一一〕，天心同覆載〔一二〕。

〔一〕不蒙：趙殿成注：「不蒙，蕃將之姓。郭友培元謂當是夫蒙之訛，劉昫《唐書·高仙芝傳》有安西節度使夫蒙靈詧，即其人也。」按，不（fōu 否陰平）蒙即夫蒙，古代西羌族之姓。《唐方鎮年表》卷八謂夫蒙于開元二十九年始任安西四鎮節度使；《通鑑》天寶三載：「五月，河西節度使夫蒙靈詧討突騎施莫賀達干，斬之。」岑仲勉《唐方鎮年表正補》（載《歷史語言研究所集刊》第十五册）謂「河西」實爲「安西」之誤，是；又《通鑑》天寶六載：「十二月，己巳，上以仙芝爲安西四鎮節度使，徵靈詧入朝。」可見夫蒙自開元二十九年至天寶六載爲安西節度使。本詩即作于此一期間内。都護：參見《使至塞上》注〔六〕。唐玄宗時置安西節度使，掌統轄安西都護府境内龜兹、焉耆、于闐、疏勒四鎮及其他軍、城、守捉，治所在龜兹（今新疆庫車）。當時安西節度使例兼任安西都護，故又稱節度使爲都護。鴻臚卿：唐鴻臚寺置卿一人，從三品，掌賓客、册封諸蕃及凶儀之事。鴻臚卿當爲夫蒙爲安西節度使時所帶朝銜，夫蒙何時帶此銜，史傳失載。

〔二〕上卿：參見《晦日遊大理韋卿城南别業四首》其二注〔四〕。命服：天子按照官爵的等級賜給的制服。《詩·小雅·采芑》：「服其命服，朱芾斯皇。」鄭箋：「命服者，命爲將，受王命之服也。」周代官爵，自一命至于九命，分爲九等，各等的衣服，均有一定之制。此句指夫蒙兼任鴻臚卿。

〔三〕旆：雜色鑲邊的旗子。此處指節度使的儀仗。此句謂夫蒙歸安西。

〔四〕「雜虜」句：趙殿成注：「雜虜朝周，蓋用《王會解》中四夷大會之事，見《逸周書》第九十五篇（應爲第五十九篇），文多不載。」按，《逸周書·王會解》記述周成王在周公建成王城後，大會諸侯及四夷；此句借用其事，指當時諸胡盡皆來朝，歸附于唐。

〔五〕自《鄶》：《左傳》襄公二十九年載吴公子札觀樂，「自《鄶》以下無譏焉」。杜預注：「《鄶》第十三，《曹》第十四，言季子（即公子札）聞此二國歌，不復譏論之，以其微也。」「《鄶》」亦作「《檜》」，即《詩經》中的《檜風》。鄶國相傳爲祝融之後，周初受封，故地在今河南鄭州市南，後爲鄭武公所滅。趙殿成曰：「右丞用其字者，亦取諸胡微細，如曹鄶小國，不足置論之意。」

〔六〕嗚笳：指出行時奏樂。瀚海曲：猶言偏僻的沙漠地區。瀚海，泛指沙漠。曲，偏僻之地。

〔七〕按節：見《送封太守》注〔四〕。陽關：古關名，始置于漢，故址在今甘肅敦煌西南古董灘附近，爲我國古代通西域的要隘。

〔八〕河源：參見《送岐州源長史歸》注〔四〕。静，《文苑英華》作「盡」。二句寫塞外景色。

〔九〕氛祲（jìn浸）：妖氣，凶氣。沈約《王亮王瑩加授詔》：「氛祲既澄竝宜光，贊緝熙穆兹景化。」

〔一〇〕六合：天地四方。乾坤：天地，天下。大：通「泰」，安泰之意。《荀子·富國》：「故儒術誠行，則天下大而富。」楊倞注：「大讀爲泰。」此字《文苑英華》作「太」，《全唐詩》注：「一作泰。」

〔一一〕戰，宋蜀本作「物」。句謂安定邊疆、止息戰争乃天子之意。

〔一二〕覆載：天覆地載。句謂天子之意就是願各族同在天地的覆載中安寧地生活。

故西河郡杜太守輓歌三首〔一〕

天上去西征〔二〕，雲中護北平〔三〕。生擒白馬將〔四〕，連破黑雕城〔五〕。忽見芻靈苦〔六〕，徒聞竹使榮〔七〕。空留左氏傳〔八〕，誰繼卜商名〔九〕？

〔一〕西河郡：唐郡名，治所在今山西汾陽。《舊唐書·地理志》：「汾州……天寶元年，改爲西河郡。乾元元年，復爲汾州。」杜太守：即杜希望。《舊唐書·杜佑傳》：「杜佑字君卿，京兆萬年人。……父希望，歷鴻臚卿、恒州刺史、西河太守，贈右僕射。」《新唐書·杜佑傳》：「父希望，重然諾，所交遊皆一時之傑。……開元中，交河公主嫁突騎施，詔希望爲和親判官。信安郡王漪表署靈州別駕、關内道支度判官。自代州都督召還京師，對邊事，玄宗才之。屬吐蕃攻勃律，勃律乞歸，右相李林甫方領隴西節度，故拜希望鄯州都督，知留後。馳傳度隴，破烏莽衆，斬千餘級，進拔新城，振旅而還。擢鴻臚卿。於是置鎮西軍，希望引師部分塞下，吐蕃懼，遣書求和。……宦者牛仙童行邊，或勸希望結其驩，答曰：『以貨藩身，吾不忍。』仙童還奏希望不職，下遷恒州刺史，徙西河。而仙童受諸將金事泄，抵死，畀金者皆得罪。希望愛重文學，門下所引如崔顥等皆名重當時。」按，岑參集中也有《西河太守杜公輓歌》四首，其一曰：「黄霸官猶屈，蒼生望已愆。唯餘卿月在，留向杜陵懸。」「黄霸」句指希望曾任節度使，最後却屈居太守之職；「卿月」之語蓋隱指希望嘗爲鴻臚卿。其三曰：「剖符移北地，受鉞領西門。塞草迎軍幕，邊雲拂使軒。至今聞隴外，戎虜尚亡魂。」「剖符」句指希望曾任代州（今山西代縣）都督；「受鉞」句及「至今」二句則謂其嘗爲隴右節度使；又希望曾爲和親判官，出使突騎施，故云「邊雲拂使軒」。其四曰：「汲引窺蘭室，招攜入翰林。多君有令子，猶注世人心。」「汲引」二句謂希望「愛重文學」，多引薦、提攜後輩；「多君」二句則稱贊其子杜佑之賢。岑詩所述，同史傳的有關記載完全相合，足可證杜太守即杜希望。關於希望任隴右節度使的時間，《通鑑》開元二十六年載：「（正月）壬辰，以李林甫領隴右節度副大使，以鄯州都督杜希望知留後。」「（三月）……鄯州都督、知隴右留後杜希望攻吐蕃新城，拔之。」「六月……鄯州都督杜希望爲隴右節度使。」又牛仙童「受諸將金事泄」被杖殺事，《通鑑》載在開元二十七年六月，由此可知，希望「下遷恒州刺史」，乃開元二十七年六月以前之事；至于他徙爲西河太守的時間，則約在天寶初年（天寶元年方改汾州爲西河郡）。又，《金石録》卷七：「《唐西河太守杜公遺愛碑》，書撰人姓名殘缺……天寶五載。」按，希望卒于西河太守任上，他的卒年大抵應在天寶四、五載。

〔二〕「天上」句：希望在隴右（治所在今青海樂都）任職時，曾率兵西擊吐蕃，故云。天上，形容其地極高極遠。

〔三〕雲中：參見《老將行》注〔二三〕。北平：即右北平，漢代郡名，治所在今遼寧凌源西南。《史記·李將軍列傳》載，李廣曾爲雲中太守，「以力戰爲名」；又嘗拜右北平太守，「廣居右北平，匈奴聞之，號曰『漢之飛將軍』，避之。數歲，不敢入右北平」。此句借用其事，謂希望衛護邊地，使敵不敢來犯。

〔四〕白馬將：《李將軍列傳》：「（匈奴）有白馬將出護其兵，李廣上馬與十餘騎奔射殺胡白馬將，而復還至其騎中。」

〔五〕黑雕：即黑齒雕題。《戰國策·趙策二》：「黑齒雕題，鯷冠秫縫，大吴之國也。」《楚辭·招魂》：「雕題黑齒，得人肉以祀，以其骨爲醢些。」黑齒，把牙齒染成黑色。雕題，在額上雕刻花紋，塗上顔色。此處借指邊地少數民族。

〔六〕芻靈：《禮記·檀弓下》：「塗車（泥車）芻靈，自古有之，明器（隨葬的器物）之道也。」鄭玄注：「芻靈，束茅爲人馬，謂之靈者，神之類。」按，束草爲人馬之形，以爲死者隨葬之物，謂之芻靈。苦，《文苑英華》、述古堂本、元本等俱作「善」。按，此句謂希望忽卒，見其芻靈，心中痛苦，作「苦」是。《禮記·檀弓下》：「孔子謂爲芻靈者善，謂爲俑者不仁，殆（近）於用人乎哉！」作「善」蓋後人依《禮記》之文而妄改。

〔七〕竹使：即竹使符。《漢書·文帝紀》：「二年……九月，初與郡守爲銅虎符、竹使符。」注：「應劭曰：銅虎符第一至第五，國家當發兵，遣使者至郡合符，符合乃聽受之；竹使符皆以竹箭五枚，長五寸，鐫刻篆書，第一至第五。……師古曰：與郡守爲符者，謂各分其半，右留京師，左以與之。」《史記·孝文本紀》索隱：「《漢舊儀》：銅虎符發兵，長六寸；竹使符出入徵發。」此借指郡守。郡守雖榮，而人已卒，故曰「徒聞」。

〔八〕「空留」句：空，只，僅。《晉書·杜預傳》：「（預）既立功之後，從容無事，乃耽思經籍，爲《春秋左氏經傳集解》。又參考衆家譜第，謂之《釋例》。又作《盟會圖》、《春秋長曆》，備成一家之學，比老乃成。」按，預善用兵，且博學有文才，此句即以杜預喻希望，謂其卒後，只有著述遺留於世。岑參《西河郡太守張夫人輓歌》：「從夫元凱貴，訓子孟軻賢。」張夫人即希望之妻，元凱爲杜預之字，詩亦以杜預喻希望。

〔九〕卜商：《史記·仲尼弟子列傳》：「卜商，字子夏。……孔子既没，子夏居西河教授，爲魏文侯師。」正義：「西河郡，今汾州也，……子夏所教處。《括地志》云：『謁泉山……在汾州隰城縣（汾州治所設此）北四十里。注《水經》云「其山崖壁五，崖半有一石室……」。《隨國集記》云「此爲子夏石室，退老西河居此」。有卜商神祠，今見在。』」此句以卜商喻希望，言其在西河任職時教授郡人，卒後誰可爲繼承者？

返葬金符守〔一〕，同歸石窌妻〔二〕。卷衣悲畫翟〔三〕，持翣待鳴雞〔四〕。容衛都人慘〔五〕，山川駟馬嘶。猶聞隴上客〔六〕，相對哭征西〔七〕。

〔一〕返葬：杜希望京兆萬年人，「返葬」蓋謂其由西河返葬於京兆。岑參《西河太守杜公輓歌》其一曰：「長安非舊日，京兆是新阡。」可見希望之葬地在京兆，此詩亦即維居長安時所作。金符：即銅虎符。謝朓《思歸賦》：「拖銀黄之沃若，剖金符之陸離。」金符守：謂郡守，參見前詩注〔七〕。

〔二〕石窌（liū 熘）妻：《左傳》成公二年載，齊晋戰于鞌，齊師敗，齊侯逃歸，入臨淄，「辟女子（齊侯車駕的前衛驅趕一個女子躲開）。女子曰：『君免（免于難）乎？』曰：『免矣。』曰：『鋭司徒（主管矛類兵器的官）免乎？』曰：『免矣。』曰：『苟君與吾父免矣，可若何？』乃奔。齊侯以爲有禮。既而問之，辟司徒（主壘壁者）之妻也。予之石窌。」石窌，齊地，在今山東長清東南。此處喻指希望之妻，言其知禮。「妻」底本原作「棲」，據《全唐詩》改。此句謂希望之妻與希望合祔同葬。按，本詩第三首曰：「太守留金印，夫人罷錦軒。」岑參《西河太守杜公輓歌》其二曰：「鼓角城中出，墳塋郭外新。雨隨思太守，雲從送夫人。蒿里埋雙劍，松門閉萬春。」《西河郡太守張夫人輓歌》曰：「龍是雙歸日，鸞非獨舞年。」皆可證希望與其妻合祔同葬（疑張夫人歿于其夫前）。

〔三〕卷衣：趙殿成注：「衣謂殯宫前所陳設之靈衣，殯將出，故卷而藏之，即謝朓《齊敬皇后哀策文》所云『俎徹三獻，筵卷六衣』之意。或引《禮記》《喪大記》『北面三號，卷衣投于前』，此則始死之儀，非興殯之事矣。」其説是。畫翟：衣服上畫雉爲飾。此指張夫人之衣。《禮記·玉藻》：「王后褘衣，夫人揄狄。」鄭玄注：「褘讀如翬，揄讀如摇，翬、摇皆翟，雉名也。刻繒而畫之，著於衣以爲飾，因以爲名也。」孔穎達疏：「揄讀如摇，狄讀如翟，謂畫摇翟之雉於衣。」按，摇即鷂之假借字；鷂，雉名，《爾雅·釋鳥》謂雉「江淮而南青質、五采皆備成章曰鷂」。

〔四〕翣（shà 霎）：棺飾。形似扇，以木爲之，在路以障車，入椁以障柩。柩車行，使人持之而從。參見《禮記·喪服大記》鄭注、孔疏。待鳴雞：雞鳴即柩車將行之時。《文選》潘岳《哀永逝文》：「聞鳴雞兮戒朝（戒旦，報曉之意），咸驚號兮撫膺。」

〔五〕容衛：參見《三月三日曲江侍宴應制》注〔五〕。此指送葬隊伍中的儀仗衛士。

〔六〕隴上：指隴山一帶，參見《隴頭吟》注〔一〕。希望嘗爲隴右節度使，其轄境在隴山以西之地。

〔七〕哭征西：《後漢書·耿秉傳》載，秉拜征西將軍，「遣案行涼州邊境，勞賜保塞羌胡。……視事七年，匈奴懷其恩信」。永元三年卒，「匈奴聞秉卒，舉國號哭，或至梨（割）面流血」。此以耿秉喻希望。

塗芻去國門〔一〕，祕器出東園〔二〕。太守留金印〔三〕，夫人罷錦軒〔四〕。旌旐轉衰木〔五〕，簫鼓上寒原〔六〕。墳樹應西靡，長思魏闕恩〔七〕。

〔一〕塗芻：即塗車芻靈，參見本詩第一首注〔六〕。國門：指國都的城門。

〔二〕「祕器」句：祕器，指棺。《漢書·孔光傳》：「及霸（孔光之父）薨，上素服臨弔者再，至賜東園祕器。」《後漢書·和熹鄧皇后紀》：「及新野君薨……贈以長公主赤綬，東園祕器。」李賢注：「東園，署名，屬少府，主作凶器，故言祕也。」此言朝廷優禮希望，卒時賜以祕器。

〔三〕金印：指太守的官印。

〔四〕錦軒：用錦作障幔的車子。《漢書·西域傳》：「馮夫人錦車持節。」注：「服虔曰：錦車，以錦衣車也。」句指夫人已卒，錦軒罷而不用。

〔五〕旌旄：指送葬隊伍中的儀仗；《全唐詩》作「旌旗」。轉衰木：言轉行於衰木之中。

〔六〕此句指出殯時奏樂。

〔七〕「墳樹」句：《漢書·東平思王宇傳》：「立三十三年薨。」師古注：「《皇覽》云：東平思王冢在無鹽（東平國治所，今山東東平東），人傳言王在國，思歸京師，後葬，其冢上松柏皆西靡（倒伏）也。」魏闕：皇宮門前兩旁的樓。《吕氏春秋·審爲》：「身在江海之上，心居乎魏闕之下。」高誘注：「魏闕，象魏（即闕）也……魏魏（同巍巍）高大，故曰魏闕；言身雖在江海之上，心存王室，故在天子門闕之下也。」此二句意謂，因長思天子之恩，墳上的樹當朝着皇宮的方向倒伏。

苑舍人能書梵字兼達梵音皆曲盡其妙戲爲之贈〔一〕

名儒待詔滿公車〔二〕，才子爲郎典石渠〔三〕。蓮花法藏心懸悟〔四〕，貝葉經文手自書〔五〕。楚
詞共許勝揚馬〔六〕，梵字何人辨魯魚〔七〕？故舊相望在三事〔八〕，願君莫厭承明廬〔九〕。

〔一〕天寶五載（七四六）官庫部員外郎時所作，説見《年譜》。苑舍人：即苑咸。《新唐書·藝文志》：「苑咸，卷亡，京兆人（《唐詩紀事》卷一七作「成都人」）。開元末上書，拜司經校書，中書舍人。貶漢東郡司户參軍，復起爲舍人，永陽太守。」按，洛陽新出土苑論《苑咸墓誌》云：苑咸（七一〇—七五八），馬邑善陽人。「年始弱冠（二十歲，開元十七年），爲曲江公張九齡表薦，玄宗親臨前

殿策試，除太子校書，仍留集賢院。……除右拾遺。……歷左拾遺、集賢院學士，旋除左補闕，遷起居舍人，仍試知制誥。時有事于南郊，撰册文。……改考功郎中兼知制誥，拜中書舍人。諸弟犯法……由是貶漢東司户。未幾，復除中書舍人。天寶末……出守永陽郡，又移蘄春，旋拜安陸郡太守。屬羯胡構患……分命永王都統江漢，安陸地亦隸焉。永王全師下江，强制于吏。公因至揚州」。「至德三年正月廿九日薨于揚州之官舍，享年卌九」。見《洛陽新出土墓誌釋録》。《舊唐書·李林甫傳》云：「（林甫）自無學術，僅能秉筆……而郭慎微、苑咸文士之闒茸（鄙賤）者，代爲題尺。」《全唐文》今存有多篇苑咸代李林甫所作之表、狀。舍人，指中書舍人。此指知制誥，時咸官考功郎中兼知制誥，參見《年譜》。梵字：印度古代的一種文字。詩題《文苑英華》無「皆」、「爲」、「之」三字。

〔二〕待詔：等待詔命之意。漢時應徵入京的士子，其才或可用者，皆先令待詔公車。《漢書·東方朔傳》：「武帝初即位，徵天下舉方正賢良文學材力之士，待以不次之位。……朔初來，上書曰……朔文辭不遜，高自稱譽，上偉之，令待詔公車。」公車：官署名，參見《上張令公》注〔八〕。此句意謂，朝廷延攬人才，名儒被徵召者極多。

〔三〕才子：指苑咸。爲郎：任尚書郎（郎中、員外郎）。時咸之本官爲考功郎中。典石渠：謂兼掌宫中祕書，參見《上張令公》注〔一〇〕。又，「典石渠」也可能指咸是時兼任集賢學士。唐趙冬曦《奉和聖製送張説上集賢學士賜宴賦得蓮字》曰：「學開丹殿籍，名與石渠賢。」據《墓誌》，時咸兼任集賢學士。

〔四〕蓮花法藏：謂佛之妙法。法藏，佛的教法含藏多種義理，故名法藏。《法華經·寶塔品》：「若持八萬四千法藏，爲人演説。」蓮花，比喻法藏潔淨美麗（《妙法蓮華經》之「蓮華」即此義）。懸悟：揣想而悟。庾信《故周大將軍趙公墓銘》：「石上木生，懸思即悟。」

〔五〕貝葉：見《青龍寺曇壁上人兄院集》注〔二〕。

〔六〕揚馬：揚雄、司馬相如。二人都是西漢著名的辭賦家。他們除作過不少散文化的大賦外，還寫了一些形式上同楚辭没有多少區别的騷體作品。此句之意，並非指苑咸擅長騷體，而是説他善爲文，被公認爲勝過揚馬。《唐詩紀事》卷一七：「唐人推咸爲文誥之最。」

〔七〕辨魯魚：辨别文字的傳寫訛誤。《抱朴子·遐覽》：「書三寫，魚成魯，帝成虎。」

〔八〕三事：指三公之位。《漢書·韋賢傳》：「登我三事。」師古注：「三事，三公（丞相、太尉、御史大夫）之位，謂丞相也。」此句意謂，故交所望于君者，在于登三公之位。

〔九〕承明廬：漢代侍從之臣值夜之所。《漢書·嚴助傳》：「於是拜（助）爲會稽太守。數年不聞問，賜書曰：『制詔會稽太守：君厭承明之廬，勞侍從之事，懷故土，出爲郡吏……』」師古注：「張晏曰：『承明廬在石渠閣外。直宿所止曰廬。』」此句意謂，願君莫厭爲侍從之臣（指任知制誥），以期拾級而上。

重酬苑郎中并序。時爲庫部員外〔一〕

頃輒奉贈〔二〕，忽枉見詶〔三〕。叙末云：「且久不遷，因而嘲及〔四〕。」詩落句云：「應同羅漢無名欲，故作馮唐老歲年〔五〕。」亦解嘲之類也〔六〕。

何幸含香奉至尊〔七〕，多慚未報主人恩〔八〕。草木豈能酬雨露〔九〕，榮枯安敢問乾坤〔一〇〕？仙郎有意憐同舍〔一一〕，丞相無私斷掃門〔一二〕。揚子《解嘲》徒自遣，馮唐已老復何論〔一三〕！

〔一〕寫作時間略晚于上詩，説見《年譜》。苑郎中：即苑咸，參見上詩注〔一〕、〔三〕。郎中，官名。唐尚書省左右司各置郎中一人，六部諸司各置郎中一至二人，正或從五品上。庫部員外：參見《贈從弟司庫員外絿》注〔一〕。

〔二〕頃：剛才，不久前。輒：特。奉贈：指作詩贈咸。所作詩即上篇。

〔三〕枉：屈己，屈尊。見詶：指咸作詩酬己。所作之詩曰《酬王維》，載《全唐詩》卷一二九。詶，通酬。

〔四〕《酬王維》序曰：「王員外兄以予嘗學天竺書，有戲題見贈，然王兄當代詩匠，又精禪理，枉采知音，形於雅作，輒走筆以酬焉。且久未遷，因而嘲及。」

〔五〕羅漢：阿羅漢的略稱，指修得阿羅漢果的聖者。阿羅漢果爲小乘佛教修行之最高果位，據稱得此果者，即可斷盡一切煩惱（一切世俗欲求、情緒和思想活動的總稱），永入涅槃。作：如，似。參見王鍈《詩詞曲語辭例釋》。馮唐：《史記·張釋之馮唐列傳》載，漢文帝時，唐已年老，爲中郎署長，「文帝輦過，問唐曰：『父老，何自爲郎（索隱：「小顔云：年老矣，何乃自爲郎？怪之也。」）？家安在？』唐具以實對」。後文帝拜唐爲車騎都尉。「景帝立，以唐爲楚相，免。武帝立，求賢良，舉馮唐。唐時年九十餘，不能復爲官，乃以唐子馮遂爲郎」。此二句謂，王維應同羅漢一樣無世俗的求名利之欲，故如馮唐一般年老而不得升遷。

〔六〕類，凌本作「意」。

〔七〕含香：指爲尚書郎（時維任庫部員外郎）。孫星衍輯本應劭《漢官儀》卷上：「尚書郎……握蘭含香，趨走丹墀奏事，黄門郎與對揖。」《宋書·百官志》：「《漢官》云……尚書郎口含雞舌香（香名，晋嵇含《南方草木狀》卷中謂交阯有密香樹，其果實即爲雞舌香），以其奏事答對，欲使氣息芬芳也。」

〔八〕主人：臣子以君上爲主人。

〔九〕草木：喻臣子。雨露：喻天子的恩澤。

〔一〇〕敢：猶「可」。説見《詩詞曲語辭匯釋》。此句承上句而言，謂上天普施雨露，而草木却有榮有枯，這取決于草木自身，安可問之天地？

〔一一〕仙郎：唐時稱尚書郎爲仙郎。此指苑咸。同舍：同在一舍。指同官、同僚。時維亦任尚書郎，故云。《漢書·直不疑傳》：「直不疑……爲郎，事文帝。其同舍有告歸，誤將持其同舍郎金去……」

〔二〕丞相：指李林甫。《新唐書·李林甫傳》謂李「善苑咸、郭慎微，使主書記」，故此詩酬苑咸而提及李。斷掃門：指禁絶請託。《史記·齊悼惠王世家》：「魏勃少時，欲求見齊相曹參，家貧，無以自通，乃常獨早夜掃齊相舍人門外。相舍人怪之，以爲物（怪物）而伺之，得勃。勃曰：『願見相君無因，故爲子掃，欲以求見。』於是舍人見勃曹參，因以爲舍人。」

〔三〕揚子《解嘲》：《漢書·揚雄傳》：「哀帝時，丁、傅（丁明、傅晏，皆外戚）、董賢（哀帝寵幸的小臣）用事，諸附離（依附）之者，或起家至二千石。時雄方草《太玄》，有以自守，泊如（淡泊無爲）也。或謿（嘲）雄以玄尚白（《文選》揚雄《解嘲》李善注引服虔曰：「玄當黑，而尚白，將無可用。」），而雄解之，號曰《解謿》。」此二句意謂，揚雄作《解嘲》只是自我消遣，而自己已老，哪有什麼值得再理論。

顧可久曰：中間意緒轉摺太多，約略一篇文字數百言，盡於五十六字中，此等詩最高品也。

同比部楊員外十五夜遊有懷静者季〔一〕

承明少休沐〔二〕，建禮省文書〔三〕。夜漏行人息，歸鞍落日餘〔四〕。豈知三五夕〔五〕，萬户千門闢。夜出曙翻歸，傾城滿南陌。陌頭馳騁盡繁華〔六〕，王孫公子五侯家〔七〕。由來月明如白日〔八〕，共道春燈勝百花。聊看侍中千寶騎〔九〕，强識小婦七香車〔一〇〕。香車寶馬共喧闐〔一一〕，箇裏多情俠少年〔一二〕，競向長楊柳市北〔一三〕，肯過精舍竹林前〔一四〕？獨有仙郎心寂寞〔一五〕，却將宴坐爲行樂〔一六〕。倘覓忘懷共往來〔一七〕，幸霑同舍甘藜藿〔一八〕。

〔一〕尋繹詩末二句之意，此詩當作于維官庫部員外郎期間。同：和。比部楊員外：不詳。比部，刑部四司之一，掌稽查、審察内外籍賬，天寶十一年改名司計，至德初復舊。比部置員外郎一人，從六品上。十五：指正月十五，唐時有在此夜燃燈的習俗，參見《奉和聖製十五夜燃燈繼以酺宴應制》注〔一〕。静者季：未詳。顧起經注：「乃禪家也。」静者，參見《淇上即事田園》注〔六〕。詩題下宋蜀本、述古堂本、元本並有「雜言」二字。

〔二〕承明：參見《苑舍人能書梵字兼達梵音皆曲盡其妙戲爲之贈》注〔九〕。休沐：休假。唐制，官吏每旬休沐一日。此句謂，直宿朝中官署，少有休沐之時。

〔三〕建禮：漢宫門名，其内爲尚書臺所在地。《宋書·百官志》：「《漢官》云……尚書寺居建禮門内。」應劭《漢官儀》孫星衍輯本卷上：「尚書郎主作文書起草，夜更直（輪值）五日于建禮門内。」此處借指唐尚書郎直宿之所。省：視。

〔四〕句指落日之後自官署乘馬而歸。

〔五〕豈，元本、明十卷本、《全唐詩》等作「懸」。三五：謂十五日。《古詩十九首》其十八：「三五明月滿，四五蟾兔缺。」

〔六〕繁華：謂貴盛者。

〔七〕五侯：見《不遇詠》注〔五〕。

〔八〕由來：從來。

〔九〕侍中：官名。西漢時爲加官，上自列侯，下至於郎中，皆可加此官。凡加此官者，許入禁中，直侍左右。參見《通典》卷二一。《史記·呂太后本紀》：「留侯子張辟彊爲侍中，年十五。」集解引應劭曰：「入侍天子，故曰侍中。」唐時侍中爲門下省最高長官，天寶元年改名左相。趙殿成注：「此詩所謂侍中者，乃天子近臣，猶《史記》所謂侍中，非唐時門下省之侍中也。」趙説是。

〔一〇〕强：勉强。小，元本作「少」。七香車：見《洛陽女兒行》注〔四〕。

〔一一〕喧闐（tián 田）：喧嘩擁擠。

〔一二〕箇裏：猶云「此中」。

〔一三〕長楊：《三輔黄圖》畢沅校本卷一：「長楊宫，在今盩厔縣（今陝西周至縣）東南三十里，本秦舊宫，至漢修飾之，以備行幸。宫中有垂楊數畝，因爲宫名。門曰射熊觀，秦漢遊獵之所。」此處借指唐皇宫。柳市：漢長安市名。《漢書·游俠傳》：「萬章，字子夏，長安人也。長安熾盛，街閭各有豪俠，章在城西柳市，號曰城西萬子夏。」師古注：「《漢宫闕疏》云：細柳倉有柳市。」《三輔黄圖》畢沅校本卷六：「細柳倉、嘉倉，在長安西渭水北。」又孫星衍、莊逵吉校本云：「又有柳市、東市、西市，有當市樓，有令舍以察商賈貿易，三輔都尉掌之。」此指熱鬧、繁華之地。

〔一四〕精舍：佛寺。

〔一五〕仙郎：指楊員外。

〔一六〕宴坐：即坐禪。《維摩經·弟子品》：「舍利弗白佛言，憶念我昔曾於林中，宴坐樹下……」

〔一七〕覓：求；宋蜀本、元本、明十卷本等俱作「覺」。忘懷：什麽也不放在心上，無拘無束。駱賓王《秋日於益州李長史宅宴序》：「忘懷在真俗之中，得性出形骸之外。」

〔一八〕幸：猶「正」，説見《詩詞曲語詞匯釋》。幸霑同舍：猶言正好得到與君同舍的恩惠。同舍，參見《重酬苑郎中》注〔二〕。甘藜藿（huò或）：以藜藿爲甘。《文選》曹植《七啓》：「余甘藜藿，未暇此食也。」劉良注：「藜藿，賤菜，布衣之所食。」藜爲一年生草木植物，嫩葉可食；藿即豆葉。此句意謂，正好與君同爲郎官，有安于貧賤的共同志趣。

吏部達奚侍郎夫人寇氏輓歌二首〔一〕

束帶將朝日，鳴環映牖辰；能令諫明主，相勸識賢人〔二〕。遺挂空留壁，迴文日覆塵〔三〕；金蠶將畫柳，何處更知春〔四〕！

〔一〕吏部，底本無此二字，據《文苑英華》補。李頎有《達奚吏部夫人寇氏輓歌》一首（載《全唐詩》卷一三四），亦可證詩題當有「吏部」二字。達奚侍郎：即達奚珣。兩《唐書》無傳。《唐語林》卷八云：「累爲主司者……達奚珣四：天寶二年、三年、四年、五年。」可見自天寶二年至五年，珣官禮部侍郎。又，據《金石萃編》卷八七所載《遊濟瀆記》及《宴濟瀆序》，可知天寶六載，珣已遷爲吏部侍郎（説詳傅璇琮《唐代詩人叢考》第九七—九八頁）。又，《唐僕尚丞郎表》卷一〇謂達奚珣官吏部侍郎在天寶五至七載。珣後任河南尹，安禄山陷東京時降于禄山，唐軍收復兩京後，被定罪處以斬刑。《通鑑》天寶十四載十二月：「河南尹達奚珣降於禄山。」至德二載十二月：「壬申，斬達奚珣等十八人於城西南獨柳樹下。」寇氏：寇洋之女。《唐代墓誌彙編》天寶一三六賀蘭弼《唐故廣平郡太守恒王府長史上谷寇府君墓誌銘并序》：「公諱洋……晚加衰疾，屢表懇辭，由是除恒王府長史。將行，以天寶七載六月十五日薨於外館……粤十一月晦，歸窆於河南縣金谷園之先塋。……公之子壻吏部侍郎達奚公……送終伊何，皆所營護。」據新出土達奚珣撰寇氏墓志，寇氏「以天寶六載二月四日終於西京昇平里之私第」（見《洛陽考古》二〇一五年第一期），本詩即作於天寶六載。吏部侍郎，吏部副長官，正四品上。輓歌，《文苑英華》、《全唐詩》俱作「挽詞」。

〔二〕束帶：指上朝時整理好衣服，束緊腰帶。《論語·公冶長》：「赤也，束帶立於朝，可使與賓客言也。」環：指佩在身上的玉環，行時作聲，故稱「鳴環」。《左傳》昭公十六年：「宣子有環。」杜注：「玉環。」王國維《觀堂集林·説環玦》謂環非以一玉爲之，而是用幾片玉繫在一起做成。牖：初昇的太陽。《説文》:「牖……譚長以爲甫上日也,非户也。牖所以見日。」辰:時。勸,《文苑英華》作「助」。以上四句寫寇氏之賢,意謂每當侍郎束好腰帶將朝見天子之日,身上叮噹作響的玉佩被朝陽映照之時,夫人總能令丈夫向明主進諫,又能勸其用心識别賢人(吏部侍郎掌天下官吏的選授、勳封及考課之事,故有是語)。

〔三〕「遺挂」句:《文選》潘岳《悼亡詩三首》其一:「帷屏無髣髴,翰墨有餘跡。流芳未及歇,遺挂猶在壁。」吕延濟注:「遺挂謂平生翫用之物尚在於壁。」余冠英《漢魏六朝詩選》云:「『流芳』、『遺挂』都承翰墨而言,言亡妻筆墨遺迹,挂在牆上,還有餘芳。」迴文:迴文詩。指詩中字句,迴環往復讀之,無不可通者。《晉書·列女傳》:「竇滔妻蘇氏,始平人也。名蕙,字若蘭,善屬文。滔,苻堅時爲秦州刺史,被徙流沙,蘇氏思之,織錦爲迴文旋圖詩以贈滔。宛轉循環以讀之,詞甚悽惋,凡八百四十字。」此二句謂,寇氏卒後,遺詩空挂在壁上,日爲塵土所覆蓋。語中含有慨歎寇氏死後將被其夫遺忘之意。

〔四〕金蠶:古殉葬之具,以金屬鑄爲蠶形。《後漢書·張奂傳》注引晋陸翽《鄴中記》曰:「永嘉末,發齊桓公墓,得水銀池、金蠶數十箔。」將:與。畫柳:裝飾喪車的帷蓋。《釋名·釋喪制》:「輿棺(載棺)之車曰輀,其蓋曰柳。柳,聚也,衆飾所聚,亦其形僂也。亦曰鼈甲,以鼈甲亦然也。」謂柩車之蓋爲柳。《禮記·檀弓上》孔穎達《正義》:「案(《禮記》)《喪大記》(鄭玄)注云:『在旁曰帷,在上曰荒,帷、荒(都是蒙在柩車上的帷帳)所以衣柳。』則以帷、荒之内木材爲柳,其實帷、荒及木材等，總名曰柳。」以爲帷、荒及鼈甲，總名曰柳。此二句意謂，出殯後葬入地中，即不知更有春天！

女史悲彤管〔一〕，夫人罷錦軒〔二〕。卜塋占二室〔三〕，行哭度千門〔四〕。秋日光能澹〔五〕，寒川波自翻〔六〕。一朝成萬古，松柏暗平原〔七〕。

〔一〕女史彤管：女史，古後宮掌記事的女官。《漢書·外戚傳》：「（班倢伃）作賦自傷悼，其辭曰：『……陳女圖以鏡監兮，顧女史而問詩。』」《文選》張華《女史箴》劉良注：「女史，女人之官，執彤管書后妃之事。」彤管，赤管之筆，古女史所執。《詩·邶風·静女》：「静女其變，貽我彤管。」毛傳：「古者后夫人必有女史彤管之法，史不記過，其罪殺之。」鄭箋：「彤管，筆赤管也。」《左傳》定公九年杜注：「彤管，赤管筆，女史記事規誨之所執。」《後漢書·后紀上》：「女史彤管，記功書過。」此句指掌記事的女官手拿赤管筆爲寇氏之卒而哀傷。

〔二〕「夫人」句：參見《故西河郡杜太守輓歌三首》其三注〔四〕。

〔三〕卜塋：以占卜選擇墓地。占，《文苑英華》作「瞻」。二室：指太室、少室（嵩山之東、西二峰）。

〔四〕行哭：且行且哭。度千門：指柩車將度過成千的坊門城門自長安遠赴二室。

〔五〕能：甚辭，猶殊、甚、很，説見《詩詞曲語辭匯釋》。

〔六〕波，《文苑英華》作「浪」。自：猶「却」。

〔七〕「松柏」句：舊時墓上多植松柏，故云。李頎《達奚吏部夫人寇氏輓歌》：「存殁令名傳，青青松柏田。」亦此意。

贈李頎〔一〕

聞君餌丹砂〔二〕，甚有好顔色。不知從今去〔三〕，幾時生羽翼〔四〕？王母翳華芝〔五〕，望爾崑崙側。文螭從赤豹〔六〕，萬里方一息〔七〕。悲哉世上人，甘此羶腥食〔八〕！

〔一〕李頎：唐代詩人。李華《楊騎曹集序》謂頎開元二十二、二十三年于考功員外郎孫逖下及第，《直齋書録解題》卷一九謂頎開元二十三年進士，《唐才子傳》卷二亦云：「開元二十三年賈季鄰榜進士及第，調新鄉縣尉。」殷璠《河嶽英靈集》卷上評李頎曰：「惜其偉才，只到黄綬。」可見李頎或當卒于天寶十三、四載《河嶽英靈集》編成之前。這也即是説，本詩之寫作時間最晚應在天寶十三、四載。又李頎自開元二十九年夏之後，長期居于洛陽，天寶五、六載或稍後的幾年中，曾一度至長安（參見傅璇琮《唐代詩人叢考·李頎考》），疑此詩即作于李至長安之時。

〔二〕餌：食。丹砂：此指丹藥，參見《奉和聖製幸玉真公主山莊應制》注〔九〕。

〔三〕去：猶「後」。

〔四〕生羽翼：謂成仙。曹丕《折楊柳行》：「西山一何高，高高殊無極。上有兩仙僮，不飲亦不食。與我一丸藥，光耀有五色。服藥四五日，身體生羽翼。」

〔五〕王母：即西王母。《山海經·大荒西經》：「西海之南，流沙之濱，赤水之後，黑水之前，有大山，名曰崑崙之丘。……其下有弱水之淵環之，其外有炎火之山，投物輒然。有人，戴勝，虎齒，有豹尾，穴處，名曰西王母。」《竹書紀年》周穆王十七年：「王西征崑崙丘，見西王母。」翳華芝：謂以華蓋自蔽。揚雄《甘泉賦》：「於是乘輿迺登夫鳳皇兮而翳華芝，駟蒼螭兮六素虯。」《漢書·揚雄傳》師古注：「翳，蔽也，以華芝爲蔽也。」《文選》李善注：「服虔曰：華芝，華蓋也。善曰：言以華蓋自翳也。」呂延濟注：「華芝，蓋名。」「蓋」指車蓋或傘蓋。

〔六〕「文螭」句：文螭，有花紋的螭。螭爲古代傳説中一種無角之龍。《楚辭·九歌·山鬼》：「乘赤豹兮從文貍。」此言頎成仙後乘文螭而行，後有赤豹相隨。

〔七〕方一息，宋蜀本、明十卷本、張本等俱作「走方息」。

〔八〕羶腥食：指牛羊魚等肉食。

送縉雲苗太守〔一〕

手疏謝明主〔二〕，腰章爲長吏〔三〕。方從會稽邸，更發汝南騎〔四〕。按節下松陽〔五〕，清江響鐃吹〔六〕。露冕見三吳〔七〕，方知百城貴〔八〕。

〔一〕縉雲：唐郡名，治所在今浙江麗水市西。《舊唐書・地理志》：「處州，隋永嘉郡。武德四年，平李子通，置括州。……天寶元年，改爲縉雲郡。乾元元年，復爲括州。大曆十四年夏五月，改爲處州。」據此，本詩當作于天寶年間。苗太守：苗奉倩。《仙都志》卷上：「仙都山古名縉雲山。……《圖經》云：唐天寶七年六月八日有彩雲起於李溪源，覆繞縉雲山獨峰之頂。……刺史苗奉倩上其事於朝，敕改今名。」則此詩當作於天寶六、七載。

〔二〕手疏：親自寫奏疏。主，底本原作「王」，此從明十卷本、奇字齋本、《全唐詩》等。

〔三〕腰章：漢制，官員佩印章於腰間。長吏：《漢書・景帝紀》：「吏六百石以上，皆長吏也（注：「張晏曰：長，大也。六百石位大夫。」）。……令長吏二千石（《漢書・百官公卿表》：「郡守……秩二千石。」），車朱兩轓。」此處指郡太守。

〔四〕方：已。從：向。見王鍈《詩詞曲語辭例釋》。會稽邸：用漢朱買臣事。《漢書・朱買臣傳》：「上拜買臣會稽（漢郡名，治所在今江蘇蘇州市。）太守。……初，買臣免（免官），待詔，常從會稽守邸（《漢書・盧綰傳》注：「諸侯王及諸郡朝宿之館在京師者謂之邸。」）者寄居飯食，拜爲太守，買臣衣故衣，懷其印綬，步歸郡邸。直（值）上計時，會稽吏方相與群飲，不視買臣。買臣入室中，守邸與共食，食且飽，少見（顯示）其綬，守邸怪之，前引其綬，視其印，會稽太守章也。……白守丞，相推排列中庭拜謁。買臣徐出户，有頃，長安廄吏乘駟馬車來迎，買臣遂乘傳去。」汝南：郡名。西漢置，治所在今河南上蔡西南，東漢移治今河南平輿北。唐天寶時又曾改豫州（治所在今河南汝南)爲汝南郡。「汝南騎」疑指天子所賜車騎,《北堂書鈔》卷七四引謝承《後漢書·韓崇傳》云:「崇遷汝南太守,詔引見,賜車馬及劍、革帶。」二句指苗拜爲太守,自長安啓程赴任。

〔五〕按節:見《送封太守》注〔四〕。松陽:唐縣名,屬縉雲郡,治所在今浙江遂昌縣。

〔六〕鐃吹:見《送邢桂州》注〔二〕。

〔七〕露冕:見《送封太守》注〔七〕。三吴:古地區名。説法不一,《水經注》卷四〇《漸江水》以吴郡、吴興、會稽爲三吴;《通典》卷一八二以吴郡、吴興、丹陽爲三吴。

〔八〕百城:本指州刺史或郡太守的轄境,此處借指郡太守。參見《送封太守》注〔六〕。

大同殿生玉芝龍池上有慶雲百官共睹聖恩便賜宴樂敢書即事〔一〕

欲笑周文歌宴鎬〔二〕,遥輕漢武樂横汾〔三〕。豈如玉殿生三秀,詎有銅池出五雲〔四〕? 陌上堯樽傾北斗,樓前舜樂動南薰〔五〕。共歡天意同人意,萬歲千秋奉聖君!

〔一〕作于天寶七載(七四八)三月。《舊唐書·玄宗紀》:「(天寶七載)三月乙酉,大同殿柱産玉芝,有神光照殿。」大同殿:在興慶宮中。《唐六典》卷七:「興慶宮在皇城之東南。……宮之西曰興慶門……次南曰金明門,門内之北曰大同門,其内曰大同殿。」生,《全唐詩》作「柱産」二字。玉芝：芝草色白者，謂之玉芝。《太平御覽》卷九八六引《本草經》曰：「白芝一名玉芝。」龍池：《唐兩京城坊考》卷一：「興慶宫……正門西向，曰興慶門，其内興慶殿，殿後爲龍池。」《長安志》卷九：「龍池……本是平地，自垂拱、載初後，因雨水流潦成小池，後又引龍首渠支分溉之，日以滋廣，至神龍、景龍中，彌亘數頃，澄澹皎潔，深至數丈，常有雲氣，或見黄龍出其中；本以坊名爲池，俗呼五王子池，置宫後，謂之龍池。」慶雲：五色雲氣，古人以爲它與芝草皆象徵祥瑞。《初學記》卷一：「瑞雲曰慶雲，曰景雲。雲五色曰慶。」《太平御覽》卷八引孫氏《瑞應圖》云：「非氣非煙，五色氛氲，謂之慶雲。」《晉書·天文志》：「瑞氣，一曰慶雲。……此喜氣也，太平之應。」「雲」字下《全唐詩》多「神光照殿」四字。敢書即事：猶言冒昧地就眼前之事作詩。敢，《文苑英華》作「因」。

〔二〕欲：已經。周文歌宴鎬：《詩·小雅·魚藻》：「王在在鎬，豈樂飲酒。」鄭箋：「豈亦樂也。天下平安，萬物得其性，武王何所處乎？處於鎬京，樂八音之樂，與群臣飲酒而已。」周文，周文王。歌宴鎬，歌詠宴飲于鎬京。鎬爲西周國都，故址在今陝西西安市西。《詩·大雅·文王有聲》：「考卜維王，宅是鎬京。維龜正之，武王成之。」鄭箋：「武王卜居是鎬京之地，龜則正之，謂得吉兆，武王遂居之。」趙殿成注：「（「歌宴鎬」）本武王事，謂爲周文者誤也。然考宋之問《幸昆池應制》詩，亦云『鎬飲周文樂，汾歌漢武才』，豈唐人相襲作周文事用耶？」按，宋之問詩亦以「周文」對「漢武」，蓋爲求偶對而易「周武」爲「周文」也。

〔三〕遥，凌本作「還」。漢武樂横汾：《文選》漢武帝《秋風辭》序曰：「上行幸河東（漢郡名，轄境相當今山西沁水以西、霍山以南地區），祠后土，顧視帝京欣然，中流與群臣飲燕，上歡甚，乃自作《秋風辭》。」辭曰：「秋風起兮白雲飛，草木黄落兮鴈南歸。……泛樓舡兮濟汾河，横中流兮揚素波。簫鼓鳴兮發棹歌，歡樂極兮哀情多，少壯幾時兮奈老何！」横汾，横渡汾河。

〔四〕如，奇字齋本、《全唐詩》等作「知」。三秀：參見《和僕射晋公扈從温湯》注〔一〇〕。銅池：《漢書・宣帝紀》：「金芝九莖産于函德殿銅池中。」注：「如淳曰：『銅池，承霤（檐下承雨水之器）也。』晋灼曰：『以銅作池也。』師古曰：『……銅池，承霤是也，以銅爲之。』」趙殿成謂本詩之「銅池」「與龍池意不合，亦疑有誤」。五雲：五色之雲，即慶雲。此二句承上二句而言，謂周文、漢武之盛世，也不見有天子的宫殿中生玉芝及皇宫裏的水池上出慶雲之事。

〔五〕堯樽：指天子賜給的酒。杜審言《扈從出長安應制》：「禹食傳中使，堯樽遍下臣。」北斗：《楚辭・九歌・東君》：「操余弧兮反淪降，援北斗兮酌桂漿。」北斗凡七星，形狀似舀酒的斗。此處借指酒器。舜樂動南薰：《禮記・樂記》：「昔者舜作五弦之琴，以歌南風。」鄭玄注：「南風，長養之風也，以言父母之長養己，其辭未聞也。」孔穎達疏：「案《聖證論》引《尸子》及《家語》（按，見《辯樂》）難鄭云：『昔者舜彈五弦之琴，其辭曰：「南風之薰兮，可以解吾民之愠兮；南風之時兮，可以阜吾民之財兮。」鄭云「其辭未聞」，失其義也。』今案馬昭云：『《家語》王肅所增加，非鄭所見；又《尸子》雜説，不可取證正經，故言未聞也。』」動，此指演奏。南薰，「南風之薰兮」的略語。

薰，暖和。此二句寫「聖恩便賜宴樂」的景象。

金人瑞曰：「陌上」字，妙！便知堯尊直通田家瓦盆。「樓前」字，妙！便知舜樂直通婦子連袂。于是而休嘉之氣上通彼蒼……生芝出雲，如何不宜也？（《金聖歎選批唐詩》卷三上）

奉和聖製天長節賜宰臣歌應制〔一〕

太陽升兮照萬方，開閶闔兮臨玉堂〔二〕，儼冕旒兮垂衣裳〔三〕。金天浄兮麗三光〔四〕，彤庭曙兮延八荒〔五〕。德合天兮禮神遍〔六〕，靈芝生兮慶雲見。唐堯后兮稷禼臣，匝宇宙兮華胥人〔七〕。盡九服兮皆四鄰〔八〕，乾降瑞兮坤獻珍〔九〕。

〔一〕天長節：玄宗誕辰。《舊唐書·玄宗紀》云：「（開元十七年）八月癸亥，上以降誕日，讌百僚于花蕚樓下。百僚表請以每年八月五日爲千秋節……天下諸州咸令讌樂，休暇三日，仍編爲令，從之。」又云：「（天寶七載）秋八月己亥朔，改千秋節爲天長節。」本詩所謂「靈芝生兮慶雲見」，乃天寶七載三月之事（説見上詩），據此，則本詩當作于天寶七載八月五日。玄宗原賦今已不存。

〔二〕閶闔：皇宫之正門。見《三輔黄圖》卷二。玉堂：《文選》揚雄《解嘲》：「歷金門，上玉堂。」吕延濟注：「玉堂，天子殿也。」

〔三〕儼：整齊貌。冕旒：見《三月三日曲江侍宴應制》注〔六〕。垂衣裳：《易·繫辭下》：「黄帝堯舜垂衣裳而天下治。」後用以指帝王無爲而治。此句寫天子的儀容、服飾。

〔四〕金天：秋天，趙殿成注：「秋于五行屬金，故曰金天。」三光：《淮南子·氾論》：「若上亂三光之明，下失萬民之心。」高誘注：「三光，日、月、星辰也。」

〔五〕彤庭：天子之殿庭。《文選》班固《西都賦》：「於是玄墀釦砌，玉階彤庭。」張銑注：「彤，赤色也；以彤漆飾庭。」延：及。八荒：八方極遠之地。

〔六〕德合天：謂天子之德至大，與天相合。禮神遍：指在降誕日遍祀神明以求福。

〔七〕后：君。稷：周的始祖后稷，一名棄。《史記·周本紀》：「及（棄）爲成人，遂好耕農相地之宜……民皆法則之，帝堯聞之，舉稷爲農師，天下得其利，有功。」卨：古「契」字。契，殷的始祖。《史記·殷本紀》：「契長而佐禹治水有功，帝舜乃命契曰：『……汝爲司徒，而敬敷五教。』」匝：周，遍。華胥：《列子·黄帝》：「（黄帝）退而閒居大庭之館，齋心服形，三月不親政事，晝寢而夢，遊於華胥氏之國。……其國無帥長，自然而已；其民無嗜欲，自然而已。不知樂生，不知惡死，故無夭殤；不知親己，不知疏物，故無愛憎；不知背逆，不知向順，故無利害。都無所愛惜，都無所畏忌。……黄帝既寤，怡然自得。……又二十有八年，天下大治，幾若華胥氏之國。」此二句意謂，君聖臣賢，遍天下都是治世的純樸之民。

〔八〕九服：《周禮·夏官·職方氏》：「乃辨九服之邦國。方千里曰王畿，其外方五百里曰侯服，又其外方五百里曰甸服，又其外方五百里曰男服，又其外方五百里曰采服，又其外方五百里曰衛服,又其外方五百里曰蠻服,又其外方五百里曰夷服,又其外方五百里曰鎮服,又其外方五百里曰藩服。」鄭玄注:「服,服事天子也。」賈公彦疏:「言蠻者,近夷狄。……諸言夷者,以其在夷狄中,故以夷言之。言鎮者,以其入夷狄深,故須鎮守之。言藩者,以其最在外,爲藩蘺,故以藩爲稱。」此句謂,唐四境安寧,夷狄都成爲鄰居。

〔九〕乾降瑞:指「慶雲見」。坤獻珍:指「靈芝生」。獻,《全唐詩》作「降」。

奉和聖製登降聖觀與宰臣等同望應制〔一〕

鳳扆朝碧落〔二〕,龍圖耀金鏡〔三〕。維嶽降二臣〔四〕,戴天臨萬姓〔五〕。山川八校滿〔六〕,井邑三農竟〔七〕。比屋皆可封〔八〕,誰家不相慶? 林疏遠村出,野曠寒山静。帝城雲裏深,渭水天邊映。喜氣含風景〔九〕,頌聲溢歌詠。端拱能任賢〔一〇〕,彌彰聖君聖。

〔一〕疑作于天寶七載十二月,説見《年譜》。降聖觀:在驪山華清宫中。《舊唐書·玄宗紀》:「(天寶七載)十二月戊戌,言玄元皇帝見于華清宫之朝元閣,乃改爲降聖閣。」《通鑑》卷二一六胡三省注:「上(玄宗)於華清宫中起老君殿,殿之北爲朝元閣。」《文苑英華》「聖」作「御」,「應制」作「之作」。又明十卷本、奇字齋本等俱無「等」字。玄宗原賦今已不存。

〔二〕鳳扆(yǐ已):《尚書·顧命》孔傳:「扆,屏風,畫爲斧文,置户牖間。」趙殿成注:「謂之鳳扆者,當是畫鳳于扆上也。」按，此鳳扆蓋指帝座。徐陵《勸進梁元帝表》：「揚龍旂以饗帝，御鳳扆以承天。」張説《舞馬詞》：「萬王朝宗鳳扆，千金率領龍媒。」皆可證。朝碧落：猶言對碧空。此句寫降聖觀之高。

〔三〕龍圖：趙殿成注：「張衡《東京賦》：『龍圖授羲（伏羲氏），龜書畀姒。』」知趙氏以爲「龍圖」即河圖。按，趙氏此釋意實難通；龍圖，蓋指天子之雄圖。唐薛克構《奉和展禮岱宗塗經濮濟》：「龍圖冠胥陸，鳳駕指云亭。」即此義。金鏡：銅鏡。又喻清明之道。《文選》劉峻《廣絶交論》：「蓋聖人握金鏡，闡風烈，龍驤蠖屈，從道汙隆。」李善注：「《雒書》曰：『秦失金鏡。』鄭玄曰：『金鏡，喻明道也。』」此句意謂，帝之雄圖使清明之道顯揚。

〔四〕「維嶽」句：典出《詩·大雅·崧高》：「崧高維嶽，駿極于天。維嶽降神，生甫及申。維申及甫，維周之翰，四國于蕃，四方于宣。」毛傳曰：「崧，高貌。……嶽，四嶽也，東嶽岱、南嶽衡、西嶽華、北嶽恒。……嶽降神靈和氣，以生申甫之大功（孔疏：言二人有德，能成大功也）。」又曰：「翰，幹也。」鄭箋：「申，申伯也；甫，甫侯也，皆以賢知入爲周之楨幹（猶骨幹）之臣。……甫侯相穆王，訓夏贖刑。」朱熹《集傳》曰：「言嶽山高大，而降其神靈和氣，以生甫侯、申伯，實能爲周之楨幹屏蔽，而宣其德澤於天下也。」此句即用崧高之意，以稱美宰臣。

〔五〕戴天：尊天，尊君。臨萬姓：治理天下之民。

〔六〕八校：《漢書·百官公卿表》：「中壘校尉，掌北軍壘門内……；屯騎校尉，掌騎士；步兵校尉，掌上林苑門屯兵；越騎校尉，掌越騎；長水校尉，掌長水宣曲胡騎。又有胡騎校尉，掌池陽胡騎，不常置；射聲校尉，掌待詔射聲士；虎賁校尉，掌輕車。凡八校尉，皆武帝初置。」此處泛指天子的侍衛。

〔七〕井邑：鄉村。三農：《周禮·天官·大宰》：「以九職任萬民：一曰三農，生九穀。」鄭玄注：「鄭司農云：『三農，平地、山、澤也。』……玄謂三農，原、隰及平地。」三農竟：猶言各類地區的農民都完成了一年的農事。時在冬日，故云。

〔八〕「比屋」句：謂君主聖明，國多賢人。陸賈《新語·無爲》：「堯舜之民，可比屋而封。」《漢書·王莽傳》：「明聖之世，國多賢人，故唐虞之時，可比屋而封。」比屋，猶每家。

〔九〕喜，《文苑英華》、《全唐詩》作「佳」。

〔一〇〕端拱：猶垂拱，謂王者無爲而治。《魏書·辛雄傳》：「端拱而四方安。」張謙宜曰：此等詩如内造雕漆器皿，鏤金錯采，即不無終未是瑚璉簠簋樣。（《絸齋詩談》卷五）

送張五歸山〔一〕

送君盡惆悵，復送何人歸？幾日同攜手，一朝先拂衣〔二〕。東山有茅屋〔三〕，幸爲掃荆扉〔四〕。當亦謝官去〔五〕，豈令心事違！

〔一〕張五：即張諲。參見《戲贈張五弟諲三首》其一注〔一〕。歸山：張諲曾隱居嵩山，參見《戲贈張五弟諲三首》其二。此處歸山或指歸嵩山舊居。諲嘗于天寶中辭官隱居，本詩或即是時所作。具體年代不可確考，姑繫此。

〔二〕拂衣：參見《送綦毋校書棄官還江東》注〔三〕。

〔三〕東山：參見《送綦毋潛落第還鄉》注〔三〕。此指諲的原隱居地。

〔四〕幸：希望。埽，元本、明十卷本作「歸」。句謂希望諲爲己打掃簡陋的居室。

〔五〕謝官：辭官。謂欲辭官與諲共隱。

顧可久曰：情話成文，沖淡高古，不可句摘。

送張五諲歸宣城〔一〕

五湖千萬里〔二〕，況復五湖西！漁浦南陵郭〔三〕，人家春穀溪〔四〕。欲歸江淼淼〔五〕，未到草萋萋〔六〕。憶想蘭陵鎮，可宜猿更啼〔七〕？

〔一〕宣城：唐郡名，治所在宣城（今安徽宣城）。《舊唐書·地理志》：「宣州……天寶元年，改爲宣城郡。……乾元元年，復爲宣州。」疑張諲棄官後，先隱於嵩山，後歸宣城，此詩之寫作時間或略晚于上詩。

〔二〕五湖：參見《送丘爲落第歸江東》注〔三〕。

〔三〕南陵：在今安徽南陵，唐時爲宣州宣城郡屬縣。《元和郡縣志》卷二八：「南陵縣，本漢春穀縣地，梁於此置南陵縣，仍於縣理置南陵郡。隋平陳，廢郡，縣屬宣州。」此句謂南陵城邊有漁浦。漁浦，漁人捕魚的地方。

〔四〕春穀溪：《文選》謝朓《郡内登望》（朓爲宣城太守時所作）：「山積陵陽阻，溪流春穀泉。」李善注：「《漢書》曰：丹陽郡有春穀縣。《水經注》曰：『江連春穀縣，北又合春穀水。』（今本《水經注》無此二句）」按，漢春穀縣治，在今安徽繁昌縣西北，其地唐時屬南陵縣管轄，春穀水疑亦在唐南陵縣境内。以上二句寫謫欲歸之地的景象。

〔五〕淼淼（miǎo 渺）：水大貌。

〔六〕萋萋：草盛貌。《楚辭·招隱士》：「王孫遊兮不歸，春草生兮萋萋。」此二字底本原作「凄凄」，從《全唐詩》改。

〔七〕蘭陵鎮：《大清一統志》卷八七：「蘭陵故城，在武進縣（今常州武進區）西北九十里。晉太興初，置南蘭陵郡及蘭陵縣，屬南徐州。……隋開皇九年，并入曲阿。」又，《通鑑》梁武帝太清二年：「景揚聲趣合肥，而實襲譙州。」胡三省注：「此譙州非渦陽（今安徽蒙城）之譙州。魏收《志》：梁置譙州於新昌城（今安徽滁縣），領高塘、臨徐、南梁、新昌郡。」按，魏收《魏書·地形志中》謂譙州梁置，魏因之，所領高塘郡轄縣四：平阿、盤塘、石城、蘭陵；《舊唐書·地理志》云：「（舒州）

宿松（今安徽宿松），漢皖縣地，梁置高塘郡。」高塘郡既在宿松，蘭陵自亦當在宿松附近。考譴此行，或自長安出藍關南行抵漢水，再循漢水南行入江，而後沿長江東行至南陵，故稱「欲歸江淼淼」。譴行此道，當經過安徽宿松，故此處之蘭陵，應指高塘郡的蘭陵縣。「蘭陵」述古堂本作「南陵」。更，底本、《全唐詩》均注：「一作夜。」此二句意謂，想君辭别友人走到蘭陵鎮，那堪再聽到凄厲的猿啼聲？

黄培芳曰：句法，第三字用實字最有力，下用疊字更動盪，施於五、六，尤得解。（翰墨園重刊本《唐賢三昧集箋注》卷上）

待儲光羲不至〔一〕

重門朝已啓〔二〕，起坐聽車聲〔三〕。要欲聞清佩，方將出户迎〔四〕。晚鐘鳴上苑〔五〕，疎雨過春城。了自不相顧〔六〕，臨堂空復情〔七〕。

〔一〕儲光羲：潤州延陵（今江蘇金壇西北）人。開元十四年登進士第，後曾四任縣佐，于開元二十一年左右辭官歸鄉。開元末復離鄉入秦，隱于終南。約天寶五、六載間出山官太祝，八、九載遷監察御史。安禄山反，陷身賊中，兩京收復後被定罪貶至南方。説見拙作《儲光羲生平事迹考辨》（載《文史》第十二輯）。儲在終南隱居及在長安任職期間，常與王維往還酬唱。儲集中有

《答王十三維》詩，正是酬答王維這一詩的，其詞曰：「門生故來往，知欲命浮觴。忽奉朝青閣，回車入上陽。落花滿春水，疎柳映新塘。是日歸來暮，勞君奏雅章。」據「忽奉」二句，知是時儲已居官，故王維此詩，當作于天寶六、七載後儲在長安官太祝或監察御史之時，具體年代不詳，姑繫於此。

〔二〕此句謂，京師層層的門（如城門、坊門等）清早就已打開，友人已能乘車前來。

〔三〕起坐：立起與坐下。指坐立不安之舉止。

〔四〕要欲：猶「却似」，説見王鍈《詩詞曲語詞例釋》。二句意謂，好像聽到了友人身上玉佩的清脆響聲，正要出門去迎接，那知却原來是自己弄錯了。

〔五〕晚，底本原作「曉」，據宋蜀本、述古堂本、元本、明十卷本等改。按，此詩寫作者自早至晚，久待友人不至，當以作「晚」爲是；儲答詩曰：「是日歸來暮，勞君奏雅章。」亦可證。上苑：天子之園囿。《新唐書·蘇良嗣傳》：「帝遣宦者采怪竹江南，將蒔上苑。」

〔六〕了：明了。自：已，已經。白居易《嵩陽觀夜奏霓裳》：「開元遺曲自淒涼，況近秋天調是商。」「自」即此義。此句承上二句而言，謂天已晚，又下起雨，知道友人已不會再來看望自己。

〔七〕空：獨，自。李華《春行寄興》：「芳樹無人花自落，春山一路鳥空啼。」「空」即此義。復：通「複」，多。謝朓《同謝諮議銅雀臺詩》：「芳襟染淚迹，嬋媛空復情。」此句意謂，回到堂上，自己仍對友人充滿期待之情。

清宋徵璧曰：王摩詰有「忽過新豐市」及「疎雨過春城」，「過」字妙。（《抱真堂詩話》）

奉寄韋太守陟〔一〕

荒城自蕭索，萬里山河空。天高秋日迥，嘹唳聞歸鴻〔二〕。寒塘映衰草，高館落疎桐。臨此歲方晏，顧景詠《悲翁》〔三〕。故人不可見，寂寞平林東〔四〕。

〔一〕韋太守陟：《舊唐書·韋陟傳》：「陟字殷卿……開元初，丁父憂，居喪過禮。自此杜門不出八年……于時才名之士王維、崔顥、盧象等，常與陟唱和遊處。……後爲吏部侍郎……李林甫忌之，出爲襄陽太守……天寶中襲封郇國公，以親累貶鍾離（今安徽鳳陽東）太守，重貶義陽（今河南信陽附近）太守。尋移河東（今山西永濟市西蒲州鎮）太守……（天寶）十二年入考……坐貶爲桂州桂嶺尉。……肅宗即位於靈武，起爲吴郡太守。」趙殿成曰：「（陟）凡五爲太守，右丞寄此詩時，不知爲何郡太守也。」按，陟爲吴郡太守時，維正陷於賊中，不得寄此詩，此詩當寄于陟任襄陽等四郡太守之時。《舊唐書·韋斌傳》：「天寶五載，右相李林甫構陷刑部尚書韋堅，斌以親累貶巴陵太守。」《通鑑》天寶五載七月：「堅長流臨封……太常少卿韋斌貶巴陵太守……凡堅親黨坐流貶者數十人。」陟即斌之兄，故其「以親累」貶居鍾離，亦當在天寶五載；至其出爲襄陽太守，則發生於天寶四載（參見郁賢皓《唐刺史考》卷一八九）。又《舊唐書·玄宗紀》云：「（天寳)十三載……冬十月壬寅……貶河東太守韋陟爲桂嶺尉。」綜上所述，本詩應作于天寳四載至天寳十三載間，今姑繫於天寳中。

〔二〕自：已。嘹唳(ㄧˋ立)：雁叫聲。

〔三〕顧景：即顧影，謂自顧其影。《後漢書·南匈奴傳》：「顧景裴回，竦動左右。」又「景」作「景色」解亦通。詠，元本作「問」。《悲翁》：即《思悲翁》。《古今樂録》：「漢鼓吹鐃歌十八曲，字多訛誤。一曰《朱鷺》，二曰《思悲翁》……。」(《樂府詩集》卷一六引)陸機《鼓吹賦》：「詠《悲翁》之流思，怨高臺之難臨。」《思悲翁》古辭今存，其語有云：「思悲翁，唐思，奪我美人侵以遇。悲翁也，但我思。」此處以「詠《悲翁》」來表現自己對友人的思念之情。

〔四〕平林：《詩·小雅·車舝》毛傳：「平林，林木之在平地者也。」林，宋蜀本作「陵」。

黄培芳曰：其妙處純在自然。六朝人名句足千古者，莫不是自然。又曰：(「寒塘」二句)「月映清淮流」、「疎雨滴梧桐」，不能專美。(翰墨園重刊本《唐賢三昧集箋注》卷上)

酬比部楊員外暮宿琴臺朝躋書閣率爾見贈之作〔一〕

舊簡拂塵看〔二〕，鳴琴候月彈〔三〕。桃源迷漢姓〔四〕，松樹有秦官〔五〕。空谷歸人少，青山背日寒。羡君棲隱處〔六〕，遥望白雲端。

〔一〕比部楊員外：參見《同比部楊員外十五夜遊有懷静者季》注〔一〕。琴臺：又稱琴堂，在單父（春秋魯邑，唐於其地置單父縣，故城在今山東單縣），相傳爲宓不齊彈琴之所。不齊字子賤，春秋魯人，孔子弟子，曾任單父宰（邑長）。《吕氏春秋・察賢》：「宓子賤治單父，彈鳴琴，身不下堂而單父治。」其事又載于《史記・仲尼弟子列傳》。琴臺唐時曾重建，高適《宓公琴臺詩三首》序曰：「甲申歲（七四四），適登子賤琴臺，賦詩三首。首章懷宓公之德，千祀不朽；次章美太守李公，能嗣子賤之政，再造琴臺。」詩曰：「宓公昔爲政，鳴琴登此臺。」「臺」《文苑英華》、凌本作「堂」。躋（jī迹）：登。書閣：未詳所指，疑爲琴臺附近之藏書閣。率爾：匆遽貌。玩詩意，《同比部楊員外十五夜遊》詩當作于楊尚在長安爲員外郎之時，本詩則應作于楊去官歸隱之後。顯然，本詩之寫作時間當晚于《同比部楊員外》詩，但具體年代已無從確考，今姑繫于天寶八載（七四九）。詩題下底本注：「一作盧照鄰詩。」《全唐詩》重見王維及盧照鄰集中。按，王維集宋元諸本及《文苑英華》皆以此詩爲王維所作，而盧照鄰《幽憂子集》未載此詩，又此詩與《同比部楊員外》詩之「比部楊員外」應爲一人，故其著作權當屬之王維。

〔二〕舊簡：舊書。簡，竹簡。此句「謂於書閣披閲古籍，切楊朝躋書閣事」（陳貽焮《王維詩選》）。

〔三〕候，《文苑英華》作「俟」。此句「謂於琴臺待月上彈琴，切楊暮宿琴臺事」（《王維詩選》）。

〔四〕桃源：即陶淵明《桃花源記》中所描寫的桃花源。「源」字下底本、《全唐詩》均注：「一作花。」迷：分辨不清。漢姓：指漢代皇帝的姓氏。《桃花源記》記桃源中人「自云先世避秦時亂，率妻子邑人，來此絶境……遂與外人間隔。……乃不知有漢，無論魏晋」。「迷漢姓」即「不知有漢」之意。此句指楊在琴臺附近的隱居處爲世外桃源。

〔五〕「松樹」句：參見《過秦皇墓》注〔七〕。此句指楊的隱居處有極古之樹。樹，奇字齋本、凌本俱作「徑」。

〔六〕棲，凌本作「歸」。

故太子太師徐公輓歌四首〔一〕

功德冠群英，彌綸有大名〔二〕。軒皇用風后，傅説是星精〔三〕。就第優遺老〔四〕，來朝詔不名〔五〕。留侯常辟穀〔六〕，何苦不長生〔七〕？

〔一〕太子太師：官名，從一品，掌教諭太子。徐公：即徐國公蕭嵩。嵩開元十五年爲河西節度使，十六年拜同中書門下平章事，十七年兼中書令，尋進封徐國公。二十一年罷知政事，爲尚書右丞相。二十四年拜太子太師。二十七年李林甫謂其嘗以城南墅賄賂中官牛仙童，左授青州刺史，尋復拜太子太師。事見兩《唐書》本傳。《舊唐書·玄宗紀》載，天寶八載閏六月「戊辰，太子太師、徐國公蕭嵩薨」又，本詩第四首云：「風日咸陽慘，笳簫渭水寒。」知嵩卒後，于同年秋末下葬（唐代官吏死後，大抵「三月而葬」），本詩即是時所作。

〔二〕彌綸：經緯，規劃治理。《文選》李康《運命論》：「言足以經萬世而不見信於時，行足以應神明而不能彌綸於俗。」吕延濟注：「言時君不能用之使廣理於俗也。」《晉書·文苑傳序》：「經緯乾坤，彌綸中外。」此指嵩爲相規劃治理天下。

〔三〕軒皇：指黄帝。黄帝又曰軒轅氏，故稱。風后：《史記·五帝本紀》正義引《帝王世紀》曰：「黄帝夢大風吹天下之塵垢皆去……帝寤而嘆曰：『風爲號令執政者也，垢去土，后在也，天下豈有姓風名后者哉？……』於是依二占而求之，得風后於海隅，登以爲相。」傅説：《史記·殷本紀》：「武丁夜夢得聖人名曰説……於是迺使百工營求之野，得説於傅險中。……與之語，果聖人，舉以爲相，殷國大治，故遂以傅險姓之，號曰傅説。」《莊子·大宗師》：「夫道，有情有信，無爲無形……傅説得之，以相武丁，奄有天下，乘東維（謂箕斗之間），騎箕尾（皆星宿名），而比於列星。」《釋文》：「崔云：傅説死，其精神乘東維，託龍尾（即尾星），乃列宿。」按，《晉書·天文志》曰：「傅説一星，在尾後。」「傅説」又是星名，故有「星精」之語。此二句以風后、傅説喻蕭嵩。

〔四〕「就第」句：《漢書·張禹傳》：「（禹）爲相六歲，鴻嘉元年，以老病乞骸骨，上加優再三迺聽許。賜安車駟馬，黄金百斤，罷就第（謂去職而退居私第），以列侯朝朔望，位特進，見禮如丞相。」此句即用其事，言天子允許蕭嵩致仕，並給予優待。《新唐書·蕭嵩傳》曰：「……尋復拜太子太師，固請老（致仕），見許。嵩退，脩葺園區，優游自怡。……年踰八十，士豔其榮。」

〔五〕不名：《漢書·王莽傳》：「高皇帝褒賞元功，相國蕭何，邑户既倍，又蒙殊禮，奏事不名，入殿不趨。」古時臣子奏事，皆須自稱其名，《禮記·曲禮上》云：「父前子名（自稱名），君前臣名。」《唐六典》卷四云：「凡六品以上官人奏事，皆當自稱官號、臣姓名，然後陳事。」奏事不名，是對大臣的特殊禮遇。

〔六〕「留侯」句：留侯，即張良，漢高祖封張良爲留侯。《史記·留侯世家》曰：「留侯乃稱曰：『……願棄人間事，欲從赤松子（古仙人名）游耳。』乃學辟穀（屏除穀食），道引（即導引，道家的養生之術）輕身。」又曰：「留侯性多病，即道引不食穀。」集解：「服辟穀藥而静居行氣。」常，宋蜀本作「嘗」。此句喻指嵩學仙道長生之術，《舊唐書·蕭嵩傳》曰：「嵩性好服餌，及罷相，於林園植藥，合鍊自適。」

〔七〕何苦：猶言爲何。《史記·黥布傳》：「何苦而反？」

謀猷爲相國〔一〕，翊贊奉乘輿〔二〕。劍履升前殿〔三〕，貂蟬託後車〔四〕。齊侯疏土宇〔五〕，漢室賴圖書〔六〕。僻處留田宅，仍纔十頃餘〔七〕。

〔一〕謀猷：計策，計劃。《尚書·文侯之命》：「越小大謀猷，罔不率從。」此處作動詞用，指謀劃。

〔二〕翊贊：輔助。《舊唐書·薛稷傳》：「以翊贊睿宗功封晉國公。」「贊」《全唐詩》作「戴」。乘輿：天子之車，又指天子。賈誼《新書·等齊》：「天子車曰乘輿。」蔡邕《獨斷》卷上：「乘輿出於律，律曰『敢盗乘輿服御物』，謂天子所服食者也。天子至尊，不敢渫瀆言之，故託之於乘輿。」「乘」

《文苑英華》、《全唐詩》作「宸」。

〔三〕「劍履」句：《史記・蕭相國世家》：「於是乃令蕭何賜帶劍履上殿，入朝不趨。」按，貴臣得帝王特許，朝見天子時可不去劍、不脱履，謂之「劍履上殿」。此句指天子優禮蕭嵩。

〔四〕貂蟬：參見《哭祖六自虚》注〔一三〕。嵩嘗官中書令，故曰「貂蟬」。託後車：《文選》魏文帝《與朝歌令吴質書》：「從者鳴笳以啓路，文學託乘於後車。」劉良注：「託，附也。」後車，屬車，隨從之車。此指天子出行時扈從車駕。

〔五〕齊侯：齊國國君，其始受封的君主爲吕尚。趙殿成注：「按春秋齊國屬青州，不屬徐州，而唐之徐州彭城郡，又是宋地，非齊地，右丞用齊侯字，未詳。」疏：分。土宇：謂國土、領土。張衡《東京賦》：「武（武帝）有大啓（開）土宇、紀禪肅然之功。」按，唐時之王、郡王、國公等，僅食租賦，並無封土，此處不過以齊侯的被封于齊喻蕭嵩的被封爲國公。

〔六〕「漢室」句：《史記・蕭相國世家》：「沛公（劉邦）至咸陽，諸將皆争走金帛財物之府分之，何獨先入收秦丞相御史律令圖書藏之。……漢王（劉邦）所以具知天下阸塞、户口多少、彊弱之處、民所疾苦者，以何具得秦圖書也。」此句以蕭何喻嵩。

〔七〕「僻處」句：亦用蕭何事：「何買田宅，必居窮辟（僻）處，爲家不治垣屋，曰：『令後世賢，師吾儉；不賢，毋爲勢家所奪。』」（《漢書・蕭何傳》）頃，《文苑英華》作「畝」。按，《舊唐書》本傳謂嵩「家財豐贍」，《通鑑》卷二一四載「蕭嵩嘗賂仙童以城南良田數頃，李林甫發之」，故此二句，似是溢美之辭。

舊里趨庭日〔一〕，新年置酒辰〔二〕，聞詩鸞渚客〔三〕，獻賦鳳樓人〔四〕。北首辭明主〔五〕，東堂哭大臣〔六〕。猶思御朱輅，不惜汙車茵〔七〕。

〔一〕趨庭：《論語·季氏》：「（孔子）嘗獨立。鯉（孔子之子）趨而過庭。曰：『學《詩》乎？』對曰：『未也。』『不學《詩》，無以言。』鯉退而學《詩》。他日，又獨立，鯉趨而過庭。曰：『學禮乎？』對曰：『未也。』『不學禮，無以立。』鯉退而學禮。」句謂在父之舊居承其教誨之日。

〔二〕句謂在新年家中設宴之時。辰，述古堂本、元本俱作「晨」。

〔三〕聞詩：知詩，通曉詩歌。鸞渚：指門下省。《文選》傅咸《贈何劭王濟》詩曰：「吾兄既鳳翔，王子亦龍飛。雙鸞遊蘭渚，二離（日月）揚清暉。」序曰：「朗陵公何敬祖（何劭），咸之從内兄；國子祭酒王武子（王濟），咸從姑之外孫也。……何公既登侍中，武子俄而亦作，二賢相得甚歡，咸亦慶之。」「雙鸞」句即指何劭、王濟同爲侍中。侍中爲門下省長官，故後遂稱門下省爲鸞渚。唐李嶠《爲王方慶讓鳳閣侍郎表》曰：「臣某言，伏奉恩制，以臣爲鳳閣（中書省）侍郎、同鳳閣鸞臺平章事……下神畿而入仙禁，未變葭灰；自鸞渚而遊鳳池（中書省），僅彫蓂葉。」按，《舊唐書·王方慶傳》曰：「萬歲登封元年，轉并州長史……未行，遷鸞臺侍郎、同鳳閣鸞臺平章事。俄轉鳳閣侍郎，依舊知政事。」「自鸞渚而遊鳳池」，蓋謂王自鸞臺侍郎轉而爲鳳閣侍郎。鸞渚，指鸞臺，也即門下省。鸞渚客：謂嵩子華。《舊唐書·蕭嵩傳》載嵩罷相後，上「以嵩子華爲給事中」，給事中屬門下省，故曰「鸞渚客」。

〔四〕獻賦：作賦獻給天子。鳳樓：謂帝女所居之所。此蓋用蕭史、弄玉事，參見《贈東嶽焦鍊師》注〔六〕。鳳樓人：謂嵩子衡。《舊唐書·蕭嵩傳》：「子衡，尚新昌公主（玄宗女），嵩夫人賀氏入覲拜席，玄宗呼爲親家母，禮儀甚盛。」

〔五〕北首：謂下葬時屍體之首朝向北方。《禮記·檀弓下》：「葬於北方北首，三代之達禮也。」首，底本原作「闕」，據宋蜀本、述古堂本、元本、《文苑英華》等改。

〔六〕東堂：天子正寢東側之堂。《通典》卷八一：「按摯虞《決疑註》云：『國家爲同姓王公、妃主發哀於東堂，爲異姓公侯、都督發哀於朝堂。』」《北史·廣川王略傳》：「（廣川王諧卒，）詔曰：『魏晋已來，親臨（指大臣卒，天子親臨盡哀）多闕，至於戚臣，必於東堂哭之。……今日之事，當更哭不？』光等議曰：『東堂之哭，蓋以不臨之故。今陛下躬親撫視，群臣從駕，臣等議，以爲不宜復哭。』」此句謂天子優禮蕭嵩，親於東堂哭弔。

〔七〕朱輅：猶朱軒，貴者所乘之車。何承天《鼓吹鐃歌·朱路篇》：「朱路（輅）揚和鸞，翠蓋耀金華。」《舊唐書·輿服志》：「王公已下車輅，親王及武職一品，象飾輅。自餘及二品、三品，革輅。四品，木輅。五品，軺車。……諸輅皆朱質朱蓋，朱旂旜。」汙車茵：《漢書·丙吉傳》：「（吉）於官屬掾史，務掩過揚善。吉馭吏耆（嗜）酒，數逋蕩（師古注：「謂亡其所供之職而游放也。」），嘗從吉出，醉歐（吐）丞相（時吉爲丞相）車上。西曹主吏白欲斥之，吉曰：『以醉飽之失去士，使此人將復何所容？西曹地（第，但）忍之，此不過汙丞相車茵（車席）耳。』遂不去也。」此二句謂嵩待下人寬厚，卒後馭者猶思爲之駕車。

久踐中台座〔一〕，終登上將壇〔二〕。誰言斷車騎〔三〕，空憶盛衣冠〔四〕。風日咸陽慘，笳簫渭水寒〔五〕。無人當便闕，應罷太師官〔六〕。

〔一〕中台：星名，與上台、下台合稱三台。古人以爲三公上應三台。《晋書·天文志》云：「三台六星，兩兩而居，起文昌，列抵太微。……西近文昌二星曰上台……次二星曰中台……東二星曰下台。」又云：「在人曰三公，在天曰三台。」按，秦、西漢以丞相、太尉、御史大夫爲三公，西漢末年改丞相爲大司徒，御史大夫爲大司空，東漢俱去「大」，以太尉、司徒、司空爲三公；三公之中，古人謂丞相、司徒上應中台，《後漢書·郎顗傳》：「白虹貫日以甲乙見者，則譴在中台。……宜黜司徒，以應天意。」此句指嵩久任丞相。

〔二〕此句指嵩曾任河西節度使。《舊唐書·蕭嵩傳》載，開元十五年，河西節度使王君㚟兵敗被殺，河隴震駭，玄宗擇堪任邊事者，遂以嵩爲兵部尚書、河西節度使。嵩到任後，大破吐蕃，捷書至，玄宗授嵩同中書門下三品。其後仍「常帶河西節度，遥領之」。

〔三〕言：料，知，説見王鍈《詩詞曲語辭例釋》；《文苑英華》作「將」，述古堂本、元本俱空缺。斷：棄絶，拋撇。斷車騎：指去世。蓋嵩嘗爲將，故曰「斷車騎（謂戰車戰馬）」。

〔四〕盛衣冠：猶言大搢紳，指蕭嵩。盛，大。衣冠，代指搢紳、士大夫。此句意謂，蕭嵩忽然辭世，使人徒然思念。

〔五〕此二句寫靈車自長安過渭水赴咸陽的情景。

〔六〕太師：即指太子太師。《唐六典》卷二六：「凡三師（太子太師、太傅、太保）三少（太子少師、少傅、少保），官不必備，唯其人，無其人，則闕之。」此二句謂，嵩卒後，無人可承其任，太子太師之官應缺而不置。

送崔九興宗遊蜀〔一〕

送君從此去，轉覺故人稀。徒御猶回首〔二〕，田園方掩扉〔三〕。出門當旅食〔四〕，中路授寒衣〔五〕。江漢風流地〔六〕，遊人何歲歸〔七〕？

〔一〕崔九興宗：參見《送崔興宗》注〔一〕。按，崔約于天寶九、十載間出仕，出仕之前長期隱居（説見《與盧員外象過崔處士興宗林亭》注〔一〕）；玩詩中「田園」句之意，可測知崔是時仍未出仕，故本詩當作於天寶九、十載之前，具體時間不詳，姑繫此。

〔二〕徒御：《詩·小雅·車攻》：「徒御不驚。」孔穎達疏：「徒行輓輦者與車上御馬者。」此指隨行之人。

〔三〕方：將。

〔四〕旅食：謂因作客而寄食他鄉。

〔五〕句指途中天將變冷。《詩·豳風·七月》：「九月授衣。」

〔六〕江漢：江即長江（實指岷江，唐人以岷江爲長江主流），漢指西漢水。嘉陵江古又稱西漢水。《元和郡縣志》卷三三：「西漢水一名嘉陵水，經（合州漢初）縣理南，去縣一里。」

〔七〕遊人：指崔。歲，底本原作「處」，據宋蜀本、述古堂本、《唐詩紀事》等改。

黄培芳曰：發端極有神，五律最争起手。（翰墨園重刊本《唐賢三昧集箋注》卷上）

顧可久曰：（「徒御」二句）去住婉戀之情不盡，深至。

與盧員外象過崔處士興宗林亭〔一〕

緑樹重陰蓋四鄰〔二〕，青苔日厚自無塵。科頭箕踞長松下〔三〕，白眼看他世上人〔四〕！

〔一〕盧員外象：劉禹錫《唐故尚書主客員外郎盧公集序》曰：「尚書郎盧公諱象，字緯卿，始以章句振起于開元中，與王維、崔顥比肩驤首，鼓行于時。……由前進士補祕書省校書郎……丞相曲江公方執文衡，揣摩後進，得公，深器之，擢爲左補闕、河南府司録、司勳員外郎。名盛氣高，少所卑下，爲飛語所中，左遷齊、汾、鄭三郡司馬，入爲膳部員外郎。時大盜起幽陵，入洛師，中夏衣冠，不克歸王所，爲虜劫執，公墮脅從伍中。初謫果州長史……徵拜主客員外郎，道病，留武昌，遂不起。」處士：謂有道德、學問而隱居不仕者。此詩盧象、王縉、裴迪均有同詠，象詩載《全唐詩》卷一二二，題作《同王維過崔處士林亭》；縉詩、迪詩載《全唐詩》卷一二九，題皆同維詩。又興宗有答詩《酬王維盧象見過林亭》，載《全唐詩》卷一二九。維等之詩皆稱興宗爲「處士」，可見是時興宗尚未出仕。縉詩曰：「身名不問十年餘，老大誰能更讀書？」知興宗出仕前曾長期隱居。象詩曰：「主人非病常高卧，環堵蒙籠一老儒。」玩「老儒」之語，似興宗是時已年近五十矣（維天寶九載五十歲，興宗爲維之内弟，年少于維）。又維《勅賜百官櫻桃》詩題下注云：「時爲文部郎中。」維官文部郎中在天寶十一至十三載間（參見《年譜》）。《唐詩紀事》卷一六：「興宗爲右補闕時，和王維《勅賜櫻桃》詩云……」知維爲文部郎中時，興宗官右補闕。按，右補闕從七品上，依唐時官吏遷除常例，興宗初次出仕，當不得遽官此職，故他始出仕的時間，應早於官右補闕的時間。據以上材料參互考訂，可知興宗始出仕的時間，大抵當在天寶九、十載，而本詩之作，則應在天寶八、九載間。又，維作此詩時，象疑官膳部員外郎。

〔二〕重，底本、《全唐詩》均注：「一作垂。」

〔三〕科頭：謂不戴帽。《史記·張儀列傳》：「虎賁之士，跿跔科頭。」集解：「科頭，謂不著兜鍪入敵。」宋楊伯嵒《臆乘》：「俗謂不冠爲科頭。」箕踞：《漢書·陸賈傳》師古注：「箕踞，謂伸其兩腳而坐，亦曰箕踞其形似箕。」按，古人席地而坐，坐時兩膝着席，臀部壓在腳後跟上；箕踞在古時是一種不講禮節的坐法。松，《文苑英華》作「林」。

〔四〕「白眼」句：《晋書·阮籍傳》：「籍又能爲青白眼，見禮俗之士，以白眼對之。」此句宋蜀本作「白眼看君是甚人」。

沈德潛曰：詩有當時盛稱而品不貴者，王維之「白眼看他世上人」，張謂之「世人結交須黃金」，曹松之「一將功成萬骨枯」，章碣之「劉項原來不讀書」，此粗派也。（《説詩晬語》卷上）

青雀歌〔一〕

青雀翅羽短，未能遠食玉山禾〔二〕。猶勝黃雀争上下，唧唧空倉復若何〔三〕！

〔一〕青雀：鳥名，又稱桑扈、竊脂。嘴圓錐形而粗短，頭部黑色，腹背皆淡灰褐色，翼紫黑，中有白條紋。《爾雅·釋鳥》：「桑扈，竊脂。」郭璞注：「俗謂之青雀，觜曲食肉，好盜脂膏，因名云。」此詩盧象、王縉、裴迪、崔興宗皆有同詠（見《全唐詩》卷一二二及卷一二九），所共詠之人，恰同上詩。縉詩曰：「林間青雀兒，來往翩翩繞一枝。」興宗詩曰：「青扈繞青林，翩翾陋體一微禽。不應長在藩籬下，他日淩雲誰見心！」尋繹其意，或詩即諸人共遊興宗林亭時觸景而作。

〔二〕「未能」句：鮑照《代空城雀》：「誠不及青鳥（主爲西王母取食，見《山海經·海内北經》），遠食玉山禾，猶勝吴宫燕，無罪得焚窠。」玉山，《山海經·西山經》：「……又西三百五十里，曰玉山，是西王母所居也。」郭璞注：「此山多玉石，因以名云。《穆天子傳》謂之群玉之山。」

〔三〕「唧唧」句：意本庾信《和何儀同講竟述懷》：「饑噪空倉雀，寒驚懶婦機。」若何，怎麽辦。

顧可久曰：諸詠皆命意自寓，所謂「盍各言爾志」者，右丞則潔清高遠矣。

崔九弟欲往南山馬上口號與别〔一〕

城隅一分手，幾日還相見？山中有桂花，莫待花如霰〔二〕。

〔一〕崔九：即崔興宗。此詩裴迪有同詠《崔九欲往南山馬上口號與别》（載《全唐詩》卷一二九）曰：「歸山深淺去，須盡丘壑美。莫學武陵人，暫游桃源裏。」又興宗有答詩《留别王維》（載《全唐詩》卷一二九）云：「駐馬欲分襟，清寒御溝上。前山景氣佳，獨往還惆悵。」尋繹其意，興宗是時當尚未出仕，故此詩應作于天寶九、十載之前（參見《與盧員外象過崔處士興宗林亭》注〔一〕）。口號：表示隨口吟成，意近「口占」。

〔二〕霰（xiàn 現）：水蒸氣在高空中遇到冷空氣凝結成的小冰粒。在下雪之前，往往先下霰。此句意謂，莫等花落如霰才歸山去。柳惲《獨不見》：「芳草生未積，春花落如霰。」

顧可久曰：言外意不盡，冲淡自然。

黄培芳曰：古甚。亦極有味，耐人領略。（翰墨園重刊本《唐賢三昧集箋注》卷上）

奉和聖製御春明樓臨右相園亭賦樂賢詩應制〔一〕

複道通長樂〔二〕，青門臨上路〔三〕。遥聞鳳吹喧〔四〕，闇識龍輿度〔五〕。褰旒明四目，伏檻紆三顧〔六〕。小苑接侯家〔七〕，飛甍映宫樹〔八〕。商山原上碧〔九〕，滻水林端素〔一〇〕。銀漢下天章〔一一〕，瓊筵承湛露〔一二〕。將非富人寵，信以平戎故〔一三〕。從來簡帝心，詎得迴天步〔一四〕？

〔一〕御：臨御，幸。春明樓：謂春明門上之樓。《唐六典》卷七：「京城……東面三門，中曰春明，北曰通化，南曰延興。」右相：即中書令。天寶元年改中書令爲右相，至德二載復舊。右相園亭：天寶時，李林甫、楊國忠皆嘗爲右相。《舊唐書・李林甫傳》云：「林甫京城邸第，田園水磑，利盡上腴。城東有薛王别墅，林亭幽邃，甲於都邑，特以賜之。」薛王别墅在城東，「右相園亭」近春明樓，亦在城東，故疑「右相園亭」即指薛王别墅，而「右相」也就是李林甫。按，林甫卒于天寶十一載十一月，本詩即應作于此前；又作者自天寶九載春至十一載春丁母憂去職（參見《年譜》），故繫此詩于天寶九載春之前。玄宗原賦今已不存。

〔二〕複道：又作復道、閣道，即用木架成的空中通道。《史記・留侯世家》：「上在雒陽南宮，從複道望見諸將，往往相與坐沙中語。」集解：「如淳曰：『複音復，上下有道，故謂之復道。』韋昭云：『閣道。』」長樂：參見《韋侍郎山居》注〔五〕。《史記・劉敬叔孫通列傳》：「孝惠帝爲東朝長樂宮，及間往來，數蹕煩人，迺作複道。」按，此處長樂蓋借指興慶宮，唐時自大明宮至興慶宮有複道，又自興慶宮至曲江亦有複道，參見《奉和聖製從蓬萊向興慶閣道中留春雨中春望之作應制》注〔一〕。

〔三〕青門：參見《韋侍郎山居》注〔五〕。此處借指春明門。春明門在興慶宮南街東頭，距興慶宮極近。上路：猶道路、道上。《漢書・枚乘傳》：「游曲臺，臨上路，不如朝夕之池。」師古注：「張晏曰：『曲臺，長安臺，臨道上。』」

〔四〕鳳吹：見《班婕妤三首》其二注〔二〕。

〔五〕龍輿：天子之車。龍，凌本作「金」。

〔六〕褰（qiān 千）旒：謂提起冕上的旒，以免擋住視綫。參見《三月三日曲江侍宴應制》注〔六〕。明四目：《尚書・舜典》：「（舜）明四目，達四聰。」孔安國傳：「廣視聽於四方，使天下無壅塞。」孔穎達疏：「明四方之目，使爲己遠視四方也；達四方之聰，使爲己遠聽聞四方也。」檻：欄杆，欄板。紆：屈，屈身。三顧：諸葛亮《前出師表》：「先帝不以臣卑鄙，猥自枉屈，三顧臣於草廬之中。」此二句有雙重含義，一實寫天子于樓上「褰旒」、「伏檻」眺望，一隱指天子能廣其視聽、禮待賢人，與詩題「賦樂賢詩」事相應。

〔七〕小苑：謂宫苑之小者，參見《奉和聖製上巳於望春亭觀禊飲應制》注〔三〕。此處疑指興慶宫。侯家：貴顯之家。此句指右相園亭地近興慶宫。

〔八〕飛甍（méng 萌）：謂屋脊高聳，勢如飛舉。指右相園亭之屋脊。

〔九〕商山：又名商阪、地肺山、楚山，在今陝西商洛市東南。秦末、漢初東園公等四老人隱于此，號「商山四皓」。

〔一〇〕滻水：源出陝西藍田西南秦嶺山中，北流會庫峪、石門峪、荆峪諸水，至西安市東北入灞水。《文選》潘岳《西征賦》：「南有玄灞素滻，湯井温谷。」李善注：「玄、素，水色也。」

〔一一〕銀漢：即銀河。天章：《詩·大雅·棫樸》：「倬彼雲漢（銀河），爲章（文章，文采）于天。」又用以喻帝王之詩文。句謂入夜銀河于天上垂示其文章。又喻天子所賦樂賢詩極有文采。

〔一二〕瓊筵：精美的筵宴。承湛露：蒙天子賜宴之意。《詩·小雅·湛露》序曰：「《湛露》，天子燕諸侯也。」鄭箋：「燕，謂與之燕飲酒也；諸侯朝覲會同，天子與之燕，所以示慈惠。」

〔一三〕將：若。富人：即富民。《史記·平津侯主父列傳》：「蓋聞治國之道，富民爲始。」「人」底本原作「民」，此從宋蜀本、《文苑英華》、《全唐詩》。趙殿成注：「秉恕按，唐人以太宗諱，故以民爲人，右丞是作，既云應制，自當用人字。」寵：榮。平戎：和戎。《左傳》僖公十二年：「齊侯使管夷吾平戎于王，使隰朋平戎于晉。」杜注：「平，和也。」平戎于王，謂使戎人與周天子媾和。此二句意謂，天子御春明樓賜宴賦詩，若不是因爲臣子有富民之榮，則一定是由於和戎的緣故。

〔一四〕簡帝心：《論語·堯曰》：「帝臣不蔽，簡在帝心。」簡，舊注多釋爲「閲」，朱駿聲《説文通訓定聲》謂與「[illegible]」通，義即「存」，「簡在帝心」，言天帝臣僕之功過善惡，皆存於天帝之心。按，《後漢書·耿秉傳》曰：「每公卿會議，常引秉上殿，訪以邊事，多簡帝心。」《文選》王儉《褚淵碑文》：「績簡帝心，聲敷物聽。」「簡」皆「存」義。詎：豈。迴：《淮南子·氾論》：「武王克殷，欲築宮於五行之山，周公曰：『不可，夫五行之山，固塞險阻之地也，使我德能覆之，則天下納其貢職者迴也。』」高注：「迴，紆難也。」天步：猶言國步、國運。《詩·小雅·白華》：「天步艱難，之子不猶。」此二句意謂，臣子的功過，天子心中從來是明白的，所以不會使國運有紆曲艱難。

故人張諲工詩善易卜兼能丹青草隸頃以詩見贈聊獲酬之〔一〕

不逐城東遊俠兒，隱囊紗帽坐彈碁〔二〕。蜀中夫子時開卦〔三〕，洛下書生解詠詩〔四〕。藥欄花徑衡門裏〔五〕，時復據梧聊隱几〔六〕。屏風誤點惑孫郎〔七〕，團扇草書輕内史〔八〕。故園高枕度三春〔九〕，永日垂帷絶四鄰。自想蔡邕今已老，更將書籍與何人〔一〇〕？

〔一〕張諲：參見《戲贈張五弟諲三首》其一注〔一〕。據詩中「故園」二句，此詩當作于天寶中諲辭官歸故鄉（疑爲宣城，參見《送張五諲歸宣城》）之後；又玩詩末二句之意，諲是時或已年近五十，考維天寶九載五十歲，而譚年少于維（維稱譚曰「弟」），故此詩疑當作於天寶九載或九載之後。易卜：占卜。《易》爲卜筮之書，故稱占卜曰易卜。草隸：即草書。

〔二〕隱囊：猶今之靠褥。《顏氏家訓·勉學》：「梁朝全盛之時，貴遊子弟……無不熏衣剃面，傅粉施朱……坐棊子方褥，憑斑絲隱囊。」趙曦明注：「隱囊，如今之靠枕。」《通鑑》卷一七六：「上倚隱囊，置張貴妃於膝上。」胡三省注：「隱囊者，爲囊實以細軟，置諸坐側，坐倦則側身曲肱以隱之。」紗帽：自南北朝至隋代，爲天子及貴顯者所戴，到唐時則成爲一種便帽。後唐馬縞《中華古今注》卷中：「武德九年（六二六）十一月，太宗詔曰：自今已後，天子服烏紗帽，百官士庶皆同服之。」彈碁：即彈棋，古代的一種博戲，傳玄《彈棋序》謂起自西漢成帝時，《後漢書·梁冀傳》李賢注引《藝經》曰：「彈棋，兩人對局，白黑棋各六枚，先列棋相當，更先彈也，其局以石爲之。」柳宗元《序棋》則謂其局中心高，置棋二十有四，以朱墨爲別。則唐時彈棋之制，已有變化，然其法今亦難詳考。

〔三〕蜀中夫子：指嚴君平。君平名遵，蜀人，西漢隱士。《漢書·王貢兩龔鮑傳》序曰：「其後谷口有鄭子真，蜀有嚴君平，皆修身自保，非其服弗服，非其食弗食。……君平卜筮於成都市……裁（才）日閲數人，得百錢足自養，則閉肆下簾而授《老子》，博覽亡不通，依老子、嚴周（莊周）之指著書十萬餘言。……君平年九十餘，遂以其業終，蜀人愛敬，至今稱焉。」開卦：占卜時根據卦象推斷吉凶。鮑照《蜀四賢詠》：「君平因世閒，得還守寂寞；閉簾注《道德》，開卦述天爵。」此句以嚴君平喻張諲，謂其「善易卜」。

〔四〕「洛下」句：《世説新語・輕詆》：「人問顧長康何以不作洛生詠，答曰：『何至作老婢聲！』」劉孝標注：「洛下書生詠音重濁，故云老婢聲。」《晋書・謝安傳》：「安本能爲洛下書生詠，有鼻疾，故其音濁，名流愛其詠而弗能及，或手掩鼻以斅（效）之。」洛，洛陽。此句謂諲善吟詠。

〔五〕藥欄：唐李匡乂《資暇集》卷上：「今園庭中藥欄，欄即藥，藥即欄，猶言圍援，非花藥之欄也。……按漢宣帝詔曰：『池藥未御幸者，假與貧民。』蘇林注云：『以竹繩連綿爲禁藥，使人不得往來爾。』《漢書》闌入宫禁字，多作草下闌，則藥欄作藥蘭，尤分明易悟也。」趙殿成曰：「成考《宣帝紀》乃是『池篽（籞）』，非『池藥』，不得據此爲證。梁庾肩吾詩：『向嶺分花徑，隨階轉藥欄。』以花徑對藥欄，其義顯然。又唐岑參詩，亦有『澗水吞樵路，山花醉藥欄』之句，與庾義不相遠，正不必過爲創異之解也。」按，藥與籞通，《字彙補》曰：「藥與籞苑之籞同。」藥欄既有作花藥之欄解者，亦有作欄柵解者，後者如杜甫《將赴成都草堂途中有作先寄嚴鄭公五首》其四云：「常苦沙崩損藥欄，也從江檻落風湍。」羅隱《竹》云：「籬外清陰接藥欄，曉風交戛碧琅玕。」衡門：見《偶然作・田舍有老翁》注〔一〕。

〔六〕據梧：《莊子・德充符》：「倚樹而吟，據槁梧而瞑。」郭象注：「行則倚樹而吟，坐則據梧而睡。」《釋文》：「崔云：據琴而睡也。」成玄英疏：「槁梧，夾膝几也。」又《齊物論》：「惠子之據梧也。」《釋文》：「司馬云：梧，琴也。」成玄英疏：「檢典籍，無惠子善琴之文，而言據梧者，只是以梧几而據之談説，猶隱几者也。」隱几：《莊子·齊物論》：「南郭子綦隱机（几）而坐。」《釋文》：「隱，於靳反，馮（憑）也。」此句寫譚隱居生活的閒適，謂時常或據梧而眠，或憑几而坐。

〔七〕「屏風」句：張彦遠《歷代名畫記》卷四：「曹不興，吴興人也。孫權使畫屏風，誤落筆點素，因就成蠅狀，權疑其真，以手彈之。」此句即用其事，謂譚擅長丹青。

〔八〕「團扇」句：團扇，圓形之扇，古時宫内多用之，故又稱宫扇。輕，凌本作「驚」。内史，官名，職位相當于郡守。《晋書·職官志》：「郡皆置太守……諸王國以内史掌太守之任。」《晋書·王羲之傳》載，羲之善草隸，官右軍將軍、會稽内史。「嘗在蕺山見一老姥，持六角竹扇賣之。羲之書其扇，各爲五字。姥初有愠色。因謂姥曰：『但言是王右軍書，以求百錢邪。』姥如其言，人競買之。」又《白氏六帖事類集》卷九曰：「王右軍草書於團扇。」此句謂譚善草書，連王羲之也不能與之相比。

〔九〕三春：春季三月。

〔一〇〕「自想」二句：想，《文苑英華》作「惜」。蔡邕，字伯喈，博學多才，好辭章、術數、天文，善鼓琴，又工書畫。《後漢書》有傳。《三國志·魏書·王粲傳》：「獻帝西遷，粲徙長安，左中郎將蔡邕見而奇之。時邕才學顯著，貴重朝廷，常車騎填巷，賓客盈坐，聞粲在門，倒屣迎之。粲至，年既幼弱，容狀短小，一坐盡驚。邕曰：『此王公（指王暢，靈帝時爲司空）孫也，有異才，吾不如也。吾家書籍文章，盡當與之。』」此二句以蔡邕喻譚。

顧璘曰：疊疊説故事，不覺重疊。

顧可久曰：每起二句，下使事承接。

黄周星曰：韻人韻事，讀之秖覺清芬襲人。（《唐詩快》卷六）

秋夜獨坐懷内弟崔興宗〔一〕

夜静群動息〔二〕，蟪蛄聲悠悠〔三〕。庭槐北風響，日夕方高秋。思子整羽翮，及時當雲浮〔四〕。吾生將白首，歲晏思滄洲〔五〕。高足在旦暮，肯爲南畝儔〔六〕！

〔一〕尋繹詩意，本詩當作于天寶九、十載間興宗即將出仕之時，參見《與盧員外象過崔處士興宗林亭》注〔一〕。内弟：《儀禮·喪服》「舅之子」鄭注：「内兄弟也。」即表弟。

〔二〕群動：謂各種動物。李白《古風》二十五：「大運有興没，群動争飛奔。」

〔三〕蟪蛄（huì gū 惠姑）：蟬的一種，體較小，青紫色，又名「伏天兒」。《莊子·逍遥遊》：「蟪蛄不知春秋。」《釋文》：「司馬云：蟪蛄，寒蟬也，一名蝭蟧，春生夏死，夏生秋死。」悠悠：形容蟬聲悠長而凄凉。

〔四〕翮：鳥翎的莖；宋蜀本、述古堂本、奇字齋本等俱作「翰」。雲浮：指飛翔於空中。此二句以鳥的整翼待飛，喻興宗即將出仕。

〔五〕歲晏：陳貽焮《王維詩選》：「這裏兼指人的暮年。」滄洲：謂隱者所居之地。陸雲《泰伯碑》：「滄洲遁跡，箕山辭位。」

〔六〕高足：《古詩十九首·今日良宴會》：「何不策（鞭馬前進）高足（逸足，指快馬），先據要路津（喻高位）。」肯：猶豈。儔：伴侣。此二句謂興宗出仕後短時間内即當獲取高位，豈能做自己隱于田園的伴侣！

王維集校注卷四

編年詩（天寶下）

送徐郎中〔一〕

東郊春草色〔二〕，驅馬去悠悠〔三〕。況復鄉山外〔四〕，猿啼湘水流〔五〕。島夷傳露版〔六〕，江館候鳴騶〔七〕。卉服爲諸吏〔八〕，珠官拜本州〔九〕。孤鶯吟遠墅，野杏發山郵〔一〇〕。早晚方歸奏〔一一〕，南中絶忌秋〔一二〕。

〔一〕徐郎中：即徐浩。《新唐書·徐浩傳》曰：「徐浩字季海，越州人。……遷累都官郎中，爲嶺南選補使，又領東都選。肅宗立，繇襄州刺史召授中書舍人。」《全唐文》卷四四五張式《徐公神道碑銘》曰：「公姓徐氏，諱浩……轉都官郎中，充嶺南（下闕八字）……五嶺百越，頌聲四合，同詣方面，請建旌德碑，都督張九皋爲之飛章……」尋繹詩意，此詩蓋送都官郎中徐浩赴嶺南選所桂州爲嶺南選補使時所作（關於南選之事，可參見《年譜》）。考張九皋爲嶺南五府經略等使兼南海郡（廣州）都督、太守，在天寶十載至十二載（説見《唐刺史考》卷二五七），本詩之作，當即在此一期間。徐，宋蜀本、明十卷本、奇字齋本等俱作「禰」。按，「禰」古或書作「祢」，此處蓋因「徐」「祢」形近而致誤。郎中，見《重酬苑郎中》注〔一〕。

〔二〕草色，奇字齋本作「色早」。

〔三〕悠悠：形容道路遥遠。

〔四〕徐浩，越州（今浙江紹興）人，桂州（今廣西桂林）更在越州之南，故曰「鄉山外」。

〔五〕湘水：係徐赴桂州途中需經之水。

〔六〕島夷：見《送從弟蕃遊淮南》注〔四〕。露版：謂文書不緘封者。《三國志·魏書·崔琰傳》：「太祖狐疑，以函令密訪於外，惟琰露版答曰……」句謂南海島居之夷傳送着要舉行南選的文書。蓋徐欲往之地近島夷，故有是語。

〔七〕館：客舍，古時公家設立用以接待賓客的處所。鳴騶：謂貴人駕車出行。此句謂江邊客舍（指途中旅舍）正等候郎中駕臨。

〔八〕卉服：見《送從弟蕃遊淮南》注〔四〕。句指嶺南一帶以當地土著人爲吏。唐時嶺南、黔中之官，「得即任土人，而官或非其才」，故遣郎官爲選補使赴當地即選其人，因謂之「南選」。

〔九〕珠官：管採珠的官。按，南海産珠，沿海諸州以之充貢賦，故有珠官之設置。此句亦指嶺南之官「得即任土人」。

〔一〇〕郵：驛。

〔二〕方：將。

〔三〕南中：泛指南方。《魏書·李壽傳》：「封建寧王，以南中十二郡爲建寧國。」亦指嶺南。白居易《秦吉了》：「秦吉了，出南中。」《舊唐書·音樂志》：「今案嶺南有鳥，似鸜鵒而稍大……南人謂之吉了。」絶，極，甚；宋蜀本、明十卷本、奇字齋本等俱作「纔」。忌秋：指顧忌異族來犯。《漢書·李廣傳》：「將軍其率師東轅，彌節白檀，以臨右北平盛秋。」注：「盛秋馬肥，恐虜爲寇，故令折衝禦難也。」《唐國史補》卷上：「渾瑊太師，年十一歲，隨父釋之防秋。」蓋游牧部落常於秋日入寇，故稱在邊地防禦敵人進犯爲防秋。而嶺南一帶，秋日天氣漸涼，雨量減少，亦便于進軍。按，自天寶初，桂州即有西原蠻之寇患。《新唐書·南蠻傳下》：「西原蠻，居廣、容之南，邕、桂之西。有甯氏者，相承爲豪。又有黄氏，居黄澄洞，其隷也。其地西接南詔。天寶初，黄氏彊，與韋氏、周氏、儂氏相脣齒，爲寇害，據十餘州。」

敕賜百官櫻桃時爲文部郎中〔一〕

芙蓉闕下會千官〔二〕，紫禁朱櫻出上蘭〔三〕。纔是寢園春薦後〔四〕，非關御苑鳥銜殘〔五〕。歸鞍競帶青絲籠〔六〕，中使頻傾赤玉盤〔七〕。飽食不須愁内熱〔八〕，大官還有蔗漿寒〔九〕。

〔一〕約作于天寶十一載（七五二）。櫻桃：落葉喬木，春季先葉開花，淡紅色或白色；果實大者如彈丸，小者如珠璣，味甜，可食，亦名含桃。文部郎中：即吏部郎中。唐置吏部郎中二人，從五品上（據《舊唐書・職官志》），其中一人掌天下文史的班秩階品，一人掌流外官的選補。據《通鑑》載，天寶十一載三月乙巳（二十八日）改吏部爲文部，至德二載（七五七）十二月復舊。此詩崔興宗有和章，載《全唐詩》卷一二九。

〔二〕芙蓉闕：謂宮門前之闕樓猶如芙蓉。梁車歛《洛陽道》：「重闕如隱起，雙闕似芙蓉。」

〔三〕紫禁：《文選》謝莊《宋孝武宣貴妃誄》：「收華紫禁。」李善注：「王者之宮以象紫微，故謂宮中爲紫禁。」朱櫻：深紅色的櫻桃。左思《蜀都賦》：「朱櫻春熟，素柰夏成。」《政和證類本草》卷二三引《圖經》曰：「櫻桃，其實熟時深紅色者謂之朱櫻，正黄明者謂之蠟櫻。」上蘭：漢宮觀名。《漢書・揚雄傳・校獵賦》：「翼乎徐至於上蘭。」師古注引晋灼曰：「上蘭觀，在上林中。」《三輔黄圖》卷四亦謂上林苑有上蘭觀。此處借指唐禁苑。

〔四〕纔，底本原作「總」，此從宋蜀本、《文苑英華》、《全唐詩》。寢園：謂先帝陵園。「園」指帝王墓地。古帝王陵園皆有寢殿，故謂之寢園。《漢書・韋玄成傳》：「又園中各有寢（師古注：「寢者，陵上正殿。」）、便殿。……而昭靈后、武哀王……各有寢園，與諸帝合，凡三十所。」春薦：薦，祭獻之意。《禮記・月令》：「仲夏之月……天子乃以雛嘗黍，羞（進獻）以含桃（櫻桃），先薦寢廟。」《吕氏春秋・仲夏紀》、《淮南子・時則》亦有類似記載。《史記・劉敬叔孫通列傳》：「孝惠帝曾春出游離宫，叔孫生曰：『古者有春嘗果，方今櫻桃熟，可獻，願陛下出，因取櫻桃獻宗廟。』上迺許之。」則謂獻櫻桃在春日，此處「春薦」或用其説。又唐李綽《歲時記》曰：「四月一日，内園進櫻桃，寢園薦訖，頒賜百官各有差。」趙殿成注云：「右丞詩中用『春薦』字，當是其時雖四月一日，而節令未改，尚在暮春。」

〔五〕鳥銜：《吕氏春秋·仲夏紀》：「羞以含桃。」高誘注：「進含桃。櫻桃，鶯鳥所含食，故言含桃。」

〔六〕青絲籠：繫着青絲繩的籃子。漢樂府《陌上桑》：「青絲爲籠係（繩，帶），桂枝爲籠鉤。」此指盛櫻桃的籃子。

〔七〕中使：此指被派去收摘或運送櫻桃的宦者。赤玉盤：《太平御覽》卷九六九引《拾遺録》曰：「漢明帝於月夜讌賜群臣櫻桃，盛以赤瑛（似玉的美石）盤，群臣視之月下，以爲空盤，帝笑之。」又引夏侯孝若《春可樂》曰：「進櫻桃於玉盤。」

〔八〕愁，《文苑英華》作「憂」。内熱：《政和證類本草》卷二三引孟詵曰：「櫻桃熱，益氣，多食無損。」引《食療》曰：「温，多食有所損。」又引《衍義》曰：「櫻桃，小兒食之過多，無不作熱，此果在三月末四月初間熟，得正陽之氣，先諸果熟，性故熱。」

〔九〕大（tài 太）官：又作太官，唐光禄寺有太官署，置令二人，凡朝會宴享，掌供百官膳食。蔗漿：甘蔗汁。《楚辭·招魂》：「胹鼈炮羔，有柘（同「蔗」）漿些。」

胡仔曰：摩詰詩：「歸鞍競帶青絲籠，中使頻傾赤玉盤。」退之詩：「香隨翠籠擎初重，色映銀盤瀉未停。」二詩語意相似。摩詰詩渾成，勝退之詩。櫻桃初無香，退之以香言之，亦是語病。（《苕溪漁隱叢話》後集卷九）

王夫之曰：（「纔是」二句）貼切櫻桃，而句皆有意，所謂「正在阿堵中」也。（《薑齋詩話》卷二）

又曰：腹聯宕開，結聯益宕開，開則不復合矣。一開一合，惡詩之訣。（《唐詩評選》卷四）

張謙宜曰：三四言其新，五六言其多，七八用補筆跳結，意更足，法更妙，筆更圓活。（《絸齋詩談》卷五）

沈德潛曰：詞氣雍和，淺深合度，與少陵《野人送櫻桃》詩，均爲三唐絶唱。（《唐詩别裁》卷一三）

薛雪曰：三四兩句，人所忽而不言者，而獨言之。（《一瓢詩話》）

黄培芳曰：後人作此種題，非繁縟即纖俗，盛唐人不可及在此。（翰墨園重刊本《唐賢三昧集箋注》卷上）

方東樹曰：格律詳整明密。（《昭昧詹言》卷一六）

晚春閨思〔一〕

新妝可憐色，落日卷羅帷〔二〕。淑氣清珍簟〔三〕，牆陰上玉墀〔四〕。春蟲飛網户〔五〕，暮雀隱花枝。向晚多愁思〔六〕，閒窗桃李時〔七〕。

〔一〕此詩載《河嶽英靈集》，寫作時間當在天寶十二載（七五三）前。詩題《河嶽英靈集》作《春閨》，

《全唐詩》作《晚春歸思》。

〔二〕羅，《河嶽英靈集》作「簾」。

〔三〕淑氣：温和之氣。唐太宗《春日玄武門宴群臣》：「韶光開令序，淑氣動芳年。」「淑」底本原作「鑪」，此從《河嶽英靈集》。簟（diàn 店）：竹席。句謂春日的温和之氣使珍貴的竹席更加清雅明浄。

〔四〕玉墀（chí 池）：鋪砌玉石的臺階。

〔五〕網户：門扉上刻方格，其狀如網，故稱。《楚辭·招魂》：「網户朱綴，刻方連些。」

〔六〕此指閨中女子獨處的愁思。

〔七〕桃李時：指桃李花開之時。

送李睢陽〔一〕

將置酒，思悲翁〔二〕；使君去，出城東。麥漸漸〔三〕，雉子斑〔四〕；槐陰陰〔五〕，到潼關〔六〕。騎連連〔七〕，車遲遲〔八〕，心中悲。宋又遠〔九〕，周間之〔一〇〕；南淮夷〔一一〕，東齊兒〔一二〕。碎碎織練與素絲〔一三〕，游人賈客信難持〔一四〕。五穀前熟方可爲〔一五〕，下車閉閤君當思〔一六〕。天子當殿儼衣裳，太官尚食陳羽觴〔一七〕，彤庭散綬垂鳴璫〔一八〕。黄紙詔書出東廂〔一九〕，輕紈疊綺爛生光〔二〇〕。宗室子弟君最賢，分憂當爲百辟先〔二一〕。布衣一言相爲死，何況聖主恩如天！鸞聲噦噦魯侯旂〔二二〕，明年上計朝京師〔二三〕。須憶今日斗酒別，慎勿富貴忘我爲〔二四〕！

〔一〕作于天寶十二載（七五三）夏，説見《年譜》。李睢陽：即李峘，信安王禕長子，太宗第三子吳王恪曾孫。《舊唐書·李峘傳》：「楊國忠秉政，郎官不附己者悉出於外，峘自考功郎中出爲睢陽太守。」睢陽：即宋州，天寶元年改名睢陽郡，乾元元年復舊，治所在今河南商丘市南。

〔二〕將：請。思悲翁：漢鐃歌《思悲翁》：「思悲翁，唐思，奪我美人侵以遇。」此借用其語，以示對峘的思念。

〔三〕漸漸（chán 蟬）：《史記·宋微子世家》：「（箕子）乃作《麥秀》之詩以歌詠之，其詩曰：『麥秀漸漸兮，禾黍油油。』」索隱：「漸漸，麥芒之狀。」《文選》潘岳《射雉賦》：「麥漸漸以擢芒，雉鷕鷕而朝鴝。」徐爰注：「漸漸，含秀之貌也。」

〔四〕雉子：即小野雞。斑：指毛色斑斕好看。漢鐃歌《雉子斑》：「雉子，斑如此！之于雉梁。」

〔五〕陰陰：幽暗貌。

〔六〕潼關：古關名，在今陝西潼關縣境。

〔七〕連連：徐緩貌。

〔八〕遲遲，奇字齋本作「遥遥」。

〔九〕宋：指睢陽。睢陽本春秋時宋地。

〔一〇〕周：指東周故地，在今河南洛陽一帶。自長安至睢陽，需過東周舊地，故曰「周間（隔）之」。

〔一一〕淮夷：古代居於淮河流域的少數民族。《書·費誓》：「徂茲淮夷，徐戎並興。」

〔一二〕東齊兒：睢陽之東爲古齊地，故云。《漢書·朱博傳》：「（博）遷琅邪太守。齊部舒緩養名（師古注：「言齊人之俗，其性遲緩，多自高大，以養名聲。」），博新視事，右曹掾史皆移病（移書言病）卧……博奮髯抵几曰：『觀齊兒欲以此爲俗邪？』」

〔一三〕碎碎：零碎，瑣碎。織（zhì置）：染絲織成的采帛。《禮記·玉藻》：「士不衣織。」鄭注：「織，染絲織之。」練：白色的熟絹。「織練與素絲」，連下句而言，當指商賈所販賣之物。

〔一四〕游人賈客：指往來流蕩的行商。信：確實。持：掌握，約束。

〔一五〕此句意謂，所治之地必須五穀先豐收而後政治上方可有所作爲。

〔一六〕下車：《漢書·叙傳》：「即拜（班）伯爲定襄太守。定襄聞伯素貴年少，自請治劇（情況複雜難于治理之地），畏其下車（指初到任）作威，吏民竦息。」閉閤：《漢書·韓延壽傳》：「（延壽）入守左馮翊……行縣至高陵，民有昆弟相與訟田自言，延壽大傷之，曰：『幸得備位，爲郡表率，不能宣明教化，至令民有骨肉争訟，既傷風化，重使賢長吏、嗇夫、三老、孝弟受其恥，咎在馮翊，當先退。』是日移病不聽事，因入卧傳舍，閉閤（小門）思過。……於是訟者宗族傳相責讓，此兩昆弟深自悔，皆自髡肉袒謝，願以田相移，終死不敢復争。」王維《上黨苗公德政碑》云：「凡邦伯到官，詔使按部，或閉閤思政，或下車作威。」與本詩可相參讀。此句謂，到任後或下車作威，或閉閤思過，君應考慮。

〔一七〕儼：整齊貌。太官：見《敕賜百官櫻桃》注〔九〕。尚食：唐殿中省有尚食局，設奉御二人，掌供天子常膳；有大朝會，則與太官共供百官之膳食。羽觴：酒器，作雀鳥形。《漢書·外戚傳》師古注引孟康曰：「羽觴，爵也，作生爵形，有頭尾羽翼。」此二句寫行前天子賜宴。按，岑參《送顏平原》詩序曰：「十二年春，有詔補尚書十數公爲郡守，上親賦詩，觴群公，宴於蓬萊前殿，仍錫（賜）以繒帛，寵餞加等。參美顏公是行，爲寵別章句。」顏平原即顏真卿，是時與峘同時出爲郡守（參見《年譜》）。由參此詩，可證行前有天子賜宴事。

〔一八〕彤庭：漢皇宮漆中庭爲朱色，稱彤庭。《文選》班固《西都賦》：「於是玄墀釦砌，玉階彤庭。」李善注引《漢書》曰：「昭陽舍中庭彤朱。」後泛指皇宮。散綬：分賜綬帶。古時用不同顏色的綬帶，標識官吏的身分和等級。唐制，五品以上官員有綬。璫（dāng 襠）：指金玉飾物。繫璫於綬下，行走時作聲，故曰「鳴璫」。

〔一九〕黄紙詔書：古天子詔用黄紙書寫。此制始於魏晋時，唐貞觀後亦承用之。《三國志·魏書·劉放傳》：「帝納其言，即以黄紙授放作詔。」宋宋敏求《春明退朝録》卷下：「唐《日曆》：貞觀十年（六三六）十月，詔始用黄麻紙寫詔敕。又曰：上元三年（六七六）閏三月戊子敕：『制敕施行，既爲永式，比用白紙，多有蟲蠹，自今已後，尚書省頒下諸司及州下縣，宜並用黄紙。』」宋葉夢得

《石林燕語》卷三：「唐中書制詔有四，封拜册書用簡，以竹爲之；畫旨而施行者曰發曰敕，用黄麻紙；承旨而行者曰敕牒，用黄藤紙；赦書皆用絹、黄紙。始貞觀間，或曰取其不蠹也。」廂：正房兩側的房屋。

〔二〇〕紈：細絹。綺：有文彩的絲織品。此句寫天子「錫以繒帛」。

〔二一〕分憂：指爲天子分憂。百辟：本指諸侯。辟，君。《詩·大雅·假樂》：「百辟卿士，媚于天子。」後也泛指公卿大臣。《宋書·孔琳之傳》：「（徐）羨之内居朝右，外司輦轂，位任隆重，百辟所瞻。」

〔二二〕「鸞聲」句：《詩·魯頌·泮水》：「魯侯戾（來）止（至），言觀其旂（上畫龍形、竿頭繫鈴的旗，古時諸侯建旂）。其旂茷茷（毛傳：「茷茷，言有法度也。」），鸞聲噦噦。」鸞，車鈴。噦噦（huì惠），有節奏的車鈴聲。旗，宋蜀本作「旂」。此句借用《泮水》之語，以寫李峘乘車來朝的情狀。

〔二三〕上計：漢時，郡國每年遣吏至京師上計簿，將全年人口、錢糧出入及盜賊、獄訟等事報告朝廷。凡上計之人，稱爲上計使或上計吏。漢之上計吏，相當于唐之朝集使。《周禮·天官·小宰》唐賈公彦疏：「漢之朝集使，謂之上計吏，謂上一年計會文書及功狀也。」《唐六典》卷三：「凡天下朝集使，皆令都督、刺史及上佐更爲之。……皆以十月二十五日至于京都，十一月一日户部引見訖，於尚書省與群官禮見，然後集於考堂，應考績之事，元旦陳其貢篚於殿庭。」此處即指充任朝集使。

〔二四〕「慎勿」句：語本百里奚妻《扊扅歌》：「百里奚，五羊皮，憶別時，烹伏雌，炊扊扅（門栓），今日富貴忘我爲！」（參見《顏氏家訓·書證》）爲，語尾助詞。

顧可久曰：雅麗有藻思。

鍾惺曰：字字是樂府妙語，又不當作歌行體看之。（《唐詩歸》卷八）

送魏郡李太守赴任〔一〕

與君伯氏別〔二〕，又欲與君離；君行無幾日，當復隔山陂〔三〕。蒼茫秦川盡〔四〕，日落桃林塞〔五〕；獨卧臨關門〔六〕，黄河向天外〔七〕。前經洛陽陌，宛洛故人稀〔八〕；故人離別盡，淇上轉驂騑〔九〕。企予悲送遠，惆悵睢陽路〔一〇〕；古木官渡平〔一一〕，秋城鄴宫故〔一二〕。想君行縣日〔一三〕，其出從如雲〔一四〕；遥思魏公子，復憶李將軍〔一五〕。

〔一〕魏郡李太守：趙殿成注：「《唐書·地理志》：天寶元年，改相州魏郡爲鄴郡，改魏州陽武郡爲魏郡。觀詩中所云官渡、鄴城者，則是相而非魏矣，是詩之作，當在開元時也。或引劉昫《唐書》（《李峘傳》）『楊國忠秉政，郎官不附己者悉出於外，李峘自考功郎中出爲睢陽太守。尋而弟峴出爲魏郡太守，兄弟夾河典郡，皆以理行稱』，右丞所謂『與君伯氏別，又欲與君離』者，正指峘、峴兄弟（按，此爲顧玄緯注之説）。考國忠秉政，在天寶時，是時相州已更鄴名，不得仍稱魏號，蓋別是一人，非李峴也。」按，《新唐書・地理志》曰：「相州鄴郡，望。本魏郡，天寶元年更名。」《元和郡縣志》卷一六云：「隋大業三年，改相州爲魏郡，武德元年，復爲相州。」《舊唐書・地理志》曰：「相州，漢魏郡也。……武德元年，置相州總管府……天寶元年，改爲鄴郡。乾元元年，復爲相州。」又曰：「魏州……隋改名武陽郡。武德四年，平竇建德，復爲魏州。……天寶元年，改爲魏郡。乾元元年，復爲魏州。」知相州隋時爲魏郡，開元時不曰魏郡；天寶元年改州爲郡後，相州更名鄴郡，魏州更名魏郡。由此可見，本詩之「魏郡」乃天寶時地名，即指魏州而言。唐魏州治所在貴鄉（今河北大名東北）、元城（今大名）。至詩中所云官渡、鄴城，蓋指李赴任途中經由之地（官渡唐時屬鄭州，非屬相州），不得以它作爲魏郡「是相而非魏」的證據。又，此詩曰：「惆悵睢陽路。」睢陽亦天寶時郡名，此句正指李峘是時在睢陽任職，所以顧氏謂李太守即指李峴，應當是可信的。據《舊唐書・李峘傳》的記載，峴出爲郡守的時間略晚于峘（峘天寶十二載夏出爲郡守），又《全唐文》卷三二一李華《梁國公李峴傳》云：「五遷爲魏州刺史……再遷爲京兆尹。……權臣所排，出守零陵。」《舊唐書・李峴傳》及《通鑑》謂峴自京兆尹出守之時間，在天寶十三載九月，故繫此詩于天寶十二載秋（詩中有「秋城」之語）。另，新出土李峴《唐將作監李峴故妻南華縣君獨孤氏墓誌銘并序》云：「天寶十二載，僕自左金吾將軍除魏郡守，到郡逾月，南華遘斯沉疾……隨化已滅。」（見薛海洋、陳輝編《唐李峴墓誌》，河南美術出版社二○○七年）可證李峴于天寶十二載出守魏郡。

〔二〕伯氏：長兄。按，信安王禕有三子，曰峘、嶧、峴，峘居長。「氏」《文苑英華》作「兄」。

〔三〕隔山陂：《古詩十九首·冉冉孤生竹》：「千里遠結婚，悠悠隔山陂。」陂，泛指水。

〔四〕秦川：泛指今陝西、甘肅秦嶺以北平原地帶，因春秋、戰國時地屬秦國而得名。川，平川。

〔五〕桃林塞：約相當今河南靈寶以西、陝西潼關以東地區。參見宋王應麟《通鑑地理通釋》卷一一《潼關》。桃林塞爲李自長安赴魏郡途中必經之地。

〔六〕卧，底本原作「樹」，此從述古堂本。關：指潼關。

〔七〕「黄河」句：潼關下臨黄河，故云。

〔八〕宛洛：此處實指洛，參見《宿鄭州》注〔五〕。洛，底本原作「路」，從宋蜀本、明十卷本、《全唐詩》等改。

〔九〕淇上：參見《淇上即事田園》注〔一〕。淇上爲李赴任途中經行之地。驂（cān 餐）：駕于車前兩側的馬。騑（fēi 非）：義同「驂」。驂騑泛指拉車的馬。

〔一〇〕企予：踮起腳跟。「予」相當於「而」，助詞。曹丕《秋胡行》：「企予望之，步立躊躇。」悲送遠：爲已送別的遠人（指李峘）而悲傷。此二句寫李太守赴任途中思念其兄，對着往睢陽去的道路倍感惆悵。

〔一一〕官渡：在今河南中牟東北。其地臨古官渡水。東漢建安五年，曹操殲滅袁紹主力於此。當時操子丕曾於官渡植柳，十五年後因作《柳賦》（參見《藝文類聚》卷八九），「古木」或即指此而言。

又《水經注》卷二二《渠》云：「渠水……又逕曹太祖壘北，有高臺，謂之官渡臺，渡在中牟，故世又謂之中牟臺。建安五年……紹進臨官渡，起土山地道以逼壘，公亦起高臺以捍之，即中牟臺也。今臺北土山猶在，山之東悉紹舊營，遺基並存。」「平」疑指袁、曹故壘已平。

〔一二〕鄴宮：建安十八年（二一三）曹操爲魏王，定都于鄴；其後十六國後趙、前燕，北朝東魏、北齊，相繼定都于此，故城中宮室繁盛。鄴有二城：北城曹魏因舊城增築，故址在今河北臨漳縣西南鄴鎮、三臺村迆東一帶；南城築於東魏初年，今屬河南安陽縣轄境。北周大象二年（五八〇），鄴城被焚毁，宮室也化爲廢墟。《舊唐書・地理志》：「周大象二年，隋文輔政，相州刺史尉遲迥舉兵不順，楊堅令韋孝寬討迥，平之。乃焚燒鄴城，徙其居人，南遷四十五里。」「宮」《文苑英華》作「都」。故：謂已成陳跡。

〔一三〕行縣：郡守巡視所轄之縣。《後漢書・百官志》：「凡郡國皆掌治民……常以春行所主縣，勸民農桑，振救乏絶。」

〔一四〕如雲：《詩・齊風・蔽笱》：「其從如雲。」毛傳：「如雲，言盛也。」

〔一五〕魏公子：趙殿成注：「謂魏文帝。曹子建《公讌詩》：『公子敬愛客，終宴不知疲。』李善注：『公子謂文帝，時武帝在，爲五官中郎也。』」按，唐魏州有元城縣，始置於漢，與貴鄉同爲魏州治所，《漢書・地理志》「魏郡元城」下注云：「應劭曰：魏武侯公子元食邑於此，因而遂氏焉。」「魏公子」亦可能指魏公子元。李將軍：趙殿成注：「謂李典。《魏志・李典傳》：『從圍鄴，鄴定……

遷捕虜將軍。典宗族部曲三千餘家，居乘氏，自請願徙詣魏郡，太祖笑曰：「卿欲慕耿純耶？」典謝曰：「典駑怯功微，而爵寵過厚，誠宜舉宗陳力，加以征伐未息，宜實郊遂之内，以制四方，非慕純也。」遂徙部曲宗族萬三千餘口居鄴。太祖嘉之，遷破虜將軍。』成按，末一聯是謂其行縣之時，或思魏公子之風流，或憶李將軍之功烈，蓋覽故蹟遺墟而感懷憑弔之意，皆用魏郡事實也。顧玄緯以魏公子爲無忌，李將軍爲李廣，謂其姓李而官魏，故比之二人以致思。信如所解，則『遥思』、『復憶』，俱屬右丞而言，與上聯『想君』之句，不相重複耶？且相州之地，在戰國時，雖屬於魏，而信陵遺蹟，皆隸大梁，在唐時爲汴州，其於相州，若風馬牛不相及也。」按，顧氏之解，確乎迂曲難通，然古鄴城與唐魏州相鄰，李行縣之時，完全可以順道覽觀鄴城的故蹟遺墟，寄其感懷憑弔之意，故據此二句，亦不能證明魏郡「是相而非魏」。

黄培芳曰：右丞此派，實繼三百篇而别成一格，與漢魏又自不同，後人鮮步武者何也？又曰：（「君行」二句）語淺味深。（翰墨園重刊本《唐賢三昧集箋注》卷上）

送祕書晁監還日本國并序〔一〕

舜覲群后〔二〕，有苗不服〔三〕，禹會諸侯，防風後至〔四〕。動干戚之舞，興斧鉞之誅，乃貢九牧之金，始頒五瑞之玉〔五〕。我開元天地大寶聖文神武應道皇帝〔六〕，大道之行，先天布化〔七〕，乾元廣運，涵育無垠〔八〕。若華爲東道之標〔九〕，戴勝爲西門之候〔一〇〕，豈甘心于邛杖〔一一〕？非徵貢于苞茅〔一二〕。亦由呼韓來朝，舍于蒲陶之館〔一三〕；卑彌遣使，報以蛟龍之錦〔一四〕。犧牲玉帛，以將厚意〔一五〕；服食器用，不寶遠物〔一六〕。百神受職，五老告期〔一七〕，況乎戴髮含齒〔一八〕，得不稽顙屈膝〔一九〕？海東國日本爲大，服聖人之訓，有君子之風。正朔本乎夏時〔二〇〕，衣裳同乎漢制。歷歲方達，繼舊好于行人〔二一〕；滔天無涯〔二二〕，貢方物于天子。司儀加等，位在王侯之先；掌次改觀，不居蠻夷之邸〔二三〕。我無爾詐，爾無我虞〔二四〕。彼以好來，廢關弛禁〔二五〕。上敷文教〔二六〕，虚至實歸〔二七〕，故人民雜居，往來如市。晁司馬結髮游聖〔二八〕，負笈辭親〔二九〕，問禮于老聃，學《詩》于子夏〔三〇〕。魯借車馬，孔丘遂適于宗周〔三一〕；鄭獻縞衣，季札始通于上國〔三二〕。名成太學，官至客卿〔三三〕。必齊之姜，不歸娶于高、國〔三四〕；在楚猶晉，亦何獨于由余〔三五〕？游宦三年〔三六〕，願以君羹遺母〔三七〕；不居一國〔三八〕，欲其晝錦還鄉〔三九〕。莊舄既顯而思歸〔四〇〕，關羽報恩而終去〔四一〕。于是稽首北闕〔四二〕，裹足東轅〔四三〕。篋命賜之衣〔四四〕，懷敬問之詔〔四五〕。金簡玉字，傳道經于絕域之人〔四六〕；方鼎彝樽，致分器于異姓之國〔四七〕。琅邪臺上〔四八〕，迴望龍門〔四九〕；碣石館前〔五〇〕，夐然鳥逝〔五一〕。鯨魚噴浪，則萬里倒迴；鷁首乘雲，則八風却走〔五二〕。扶桑若薺〔五三〕，鬱島如萍〔五四〕。沃白日而簸三山〔五五〕，浮蒼天而吞九域〔五六〕。黄雀之風動地〔五七〕，黑蜃之氣成雲〔五八〕。淼不知其所之〔五九〕，何相思之可寄？嘻！去帝鄉之故舊〔六〇〕，謁本朝之君臣。詠七子之詩〔六一〕，佩兩國之印〔六二〕。布我王度〔六三〕，諭彼蕃臣〔六四〕。三寸猶在，樂毅辭燕而未老〔六五〕；十年在外，信陵歸魏而逾尊〔六六〕。子其行乎！余贈言者〔六七〕。

積水不可極，安知滄海東〔六八〕？九州何處所，萬里若乘空〔六九〕？向國惟看日〔七〇〕，歸帆但信風〔七一〕。鰲身映天黑，魚眼射波紅〔七二〕。鄉樹扶桑外〔七三〕，主人孤島中〔七四〕。别離方異域〔七五〕，音信若爲通〔七六〕？

〔一〕祕書晁監：即晁衡，日名阿倍仲麻吕，兩《唐書》作仲滿。《舊唐書·東夷傳》：「開元初，（日本國）又遣使來朝，因請儒士授經。詔四門助教趙玄默就鴻臚寺教之……所得錫賚，盡市文籍，泛海而還。其偏使朝臣仲滿，慕中國之風，因留不去，改姓名爲朝衡（按，古朝、晁通用），仕歷左補闕、儀王友。衡留京師五十年，好書籍，放歸鄉，逗留不去。……上元中，擢衡爲左散騎常侍、鎮南都護。」《新唐書·東夷傳》：「（朝衡）歷左補闕、儀王友，多所該識，久乃還。天寶十二載，朝衡復入朝。上元中，擢左散騎常侍、安南都護。」按，據近人考證，衡於開元五年至唐，嘗官司經局校書（儲光羲有《洛中貽朝校書衡》詩）。天寶十一載歲暮，日遣唐大使藤原清河一行抵長安，十二載元日，玄宗親自接見。衡又嘗官祕書監（唐祕書省置監一人，從三品，掌邦國經籍圖書之事）兼衛尉卿。同年秋末，清河等返國，衡請同歸，玄宗命其以唐使臣之身份送清河等還。衡等于十月中抵揚州，訪鑑真和尚，求其同至日本（參見《遊方記抄·唐大和上東征傳》）。十一月中衡等自揚州出發，船中途遇風，衡所乘之船飄流到安南。時訛傳衡遇難，李白爲作《哭晁卿衡》。十四載六月衡復返長安。維此詩作于衡等離長安之時，同時作者尚有趙驊

(《送晁補闕歸日本國》,載《全唐詩》卷一二九)、包佶(《送日本國聘賀使晁巨卿東歸》,載《全唐詩》卷二〇五),而衡亦作有《銜命還國作》詩(載《全唐詩》卷七三二)回贈維等。又,清河等臨歸時,玄宗嘗作詩賜之(《送日本使》,見《全唐詩逸》卷上)。序題宋蜀本、述古堂本、明十卷本俱無「祕書」二字,而詩題有。還,《極玄集》、《又玄集》、《文苑英華》俱作「歸」,又《極玄集》無「國」字。此篇序與詩諸本多不相繫屬,分載于文及詩中,唯底本、《全唐詩》將序拔置詩前,合爲一篇,今從之。

〔二〕舜覲群后:《尚書·舜典》:「五載一巡守,群后四朝。」孔穎達疏:「群后四朝,是言四方諸侯各自會朝於方岳之下。凡四處别朝,故云四朝。上文『肆覲東后(謂在東岳見東方之國君)』,是爲一朝,四岳禮同,四朝見矣。」覲:見;宋蜀本作「見」。

〔三〕有苗不服:《韓非子·五蠹》:「當舜之時,有苗不服,禹將伐之,舜曰:『不可。上德不厚(在崇尚德教方面做得不充分)而行武,非道也。』乃修教三年,執干(盾)戚(斧)舞,有苗乃服。」有苗,即三苗,我國古代的少數民族。服,宋蜀本、明十卷本、《全唐詩》俱作「格」。

〔四〕「禹會」二句:《國語·魯語下》:「昔禹致群神於會稽之山,防風氏後至,禹殺而戮之。」韋注:「群神,謂主山川之君,爲群神之主,故謂之神也。防風,汪芒氏(古國名,故地在今浙江武康)君之名也,違命後至,故禹殺之,陳尸爲戮也。」

〔五〕斧鉞之誅:《國語·魯語上》:「刑五而已……大刑用甲兵,其次用斧鉞,中刑用刀鋸,其次用鑽笮（鑿），薄刑用鞭扑，以威民也。故大者陳之原野，小者致之市朝。」「乃貢」句：《左傳》宣公三年：「昔夏之方有德也，遠方圖物（將遠方之物畫成圖像），貢金九牧（杜注：「使九州之牧貢金。」牧，州長），鑄鼎象物，百物而爲之備，使民知神、姦。」「始頒」句：《尚書·舜典》：「輯（斂聚）五瑞（公、侯、伯、子、男之瑞圭璧。孔疏：「《周禮·典瑞》云：公執桓圭，侯執信圭，伯執躬圭，子執穀璧，男執蒲璧。是圭璧爲五等之瑞，諸侯執之，以爲王者瑞信，故稱瑞也。」），既月（謂自斂瑞後至月末），乃日覲四岳群牧（孔疏：「舜初攝位，當發號出令，日日見之，與之言也。」），班（布散）瑞于群后（孔疏：「此瑞本受於堯，斂而又還之，若言舜新付之，改爲舜臣，與之正新君之始也。」）。」以上四句意謂，古天子或行德教，或用刀兵，始使異域之君納貢稱臣，天子也才向四方諸侯頒發公、侯、伯、子、男五等瑞玉。

〔六〕《舊唐書·玄宗紀》載，天寶八載閏六月丙寅，「群臣上皇帝尊號爲開元天地大寶聖文神武應道皇帝」。十二載十二月七日，又加尊號爲「開元天地大寶聖文神武孝德證道皇帝」。

〔七〕大道之行：《禮·禮運》：「大道之行也，天下爲公。」先天：謂行事在天之前。《易·乾·文言傳》曰：「夫大人者……先天而天弗違。」布化：推行教化。《三國志·魏書·陳群傳》：「唯有以崇德布化，惠恤黎庶，則兆民幸甚。」此言有先見之明地推行教化。

〔八〕乾元：天。《易·乾·彖傳》：「大哉乾元，萬物資始。」此指帝王之德。廣運：廣大深遠。《尚書·大禹謨》：「帝德廣運。」傳：「廣謂所覆者大，運謂所及者遠。」涵育：涵養化育。《宋書·顧顗之傳・定命論》：「夫聖人懷虛以涵育，凝明以洞照。」無垠：無邊際。二句意謂，唐帝之德廣大深遠，異域渺遠無垠之地亦被涵養化育。

〔九〕若華：若木之華。《楚辭・天問》：「羲和之未揚，若華何光？」王逸注：「言日未出之時，若木何能有明赤之光華乎？」《淮南子・墜形訓》：「若木在建木西，末有十日，其華照下地。」高誘注：「若木端有十日，狀如蓮華，華有光也，光照其下也。」高步瀛《唐宋文舉要》乙編曰：「案古言若木有二。《山海經・大荒北經》曰：『洞野之山，上有赤樹，青葉赤華，名曰若木。』……此西極之若木也。《說文》曰：『叒，日初出東方湯谷，所登榑桑若木也。』叒讀曰若，故亦作若木。此東極之若木也。趙注本誤作苦垂（按，述古堂本、明十卷本、《全唐詩》俱作「若華」），且謂若華非東方之木，是特知其一未知其二耳。」按，高說是。晁衡《銜命還國作》亦云：「蓬萊鄉路遠，若木故園林。」東道：東邊之道路。《左傳》僖公三十年載：晉秦合兵圍鄭，鄭派燭之武往見秦君，曰：「若舍鄭以爲東道主，行李之往來，共其乏困，君亦無所害。」按，鄭在秦東，秦有事于諸侯，須往東行，鄭正可任招待之責，故稱「東道主」。此泛指東方。標：標誌。《文選》郭璞《江賦》：「峨嵋爲泉陽之揭，玉壘作東別之標。」李注：「揭、標，皆表也。」

〔一〇〕戴勝：戴玉製的首飾。《山海經・西山經》：「西王母其狀如人……蓬髮戴勝。」郭注：「勝，玉勝也。」後也指西王母。《文選》張衡《思玄賦》李善注：「戴勝，謂西王母也。」候：守門官。《漢書・百官公卿表》：「城門校尉掌京師城門屯兵，有司馬、十二城門候。」師古注：「門各有候。」又《蕭望之傳》：「署小苑東門候。」注：「門候，主候時而開閉也。」句謂西王母是西極門户的看守者。

〔一一〕邛杖：參見《謁璿上人》注〔三〕。此句承上二句而言，謂東極、西極（西王母居于崑崙丘），豈快意于邛杖？即不以邛杖的傳入其地爲滿足之意。

〔一二〕徵貢于苞茅：《左傳》僖公四年載：齊桓公伐楚，楚遣使者至齊軍，責問齊何以攻楚，管仲答云：「爾貢苞茅不入，王祭不共（供），無以縮酒（漉酒），寡人是徵（猶言寡人徵是）。」苞，即「包」，裹、束之意。茅，指楚地所産菁茅。古人拔此茅而裹束之，曰「苞茅」。菁茅爲王祭需用之物，又是楚應向周天子進納的貢品之一。徵，問罪。此句意謂，不是朝廷責求貢品，而是異域自動前來朝獻。

〔一三〕「亦由」二句：由，通「猶」。《漢書·宣帝紀》：「（甘露二年十二月）匈奴呼韓邪單于款（叩）五原塞，願奉國珍朝三年正月（師古注：「欲於甘露三年正月行朝禮。」）。……三年春正月……匈奴呼韓邪單于稽侯狦來朝。」又《匈奴傳》云：哀帝建平四年，烏珠留若鞮單于上書願朝，「元壽二年，單于來朝，上以太歲厭勝所在，舍（止宿）之上林苑蒲陶宫。」高步瀛曰：「案古人往往兩事合用。趙注以此是烏珠留單于，非呼韓邪，蓋誤用，殆亦未知此例耳。」

〔一四〕「卑彌」二句：《三國志·魏書·東夷傳》：「倭國亂，相攻伐歷年，乃共立一女子爲王，名曰卑彌呼。……景初二年六月，倭女王遣大夫難升米等詣（帶方）郡，求詣天子朝獻，太守劉夏遣吏將送詣京都。其年十二月，詔書報倭女王曰：『制詔親魏倭王卑彌呼……我甚哀汝，今以汝爲親魏倭王，假金印紫綬。……今以絳地交龍錦五匹，絳地縐粟罽十張……答汝所獻貢直。』」交，通「蛟」。《漢書・高帝紀》：「則見交龍於上。」

〔一五〕「犧牲」二句：《左傳》襄公八年：「犧牲玉帛，待於二竟（境），以待彊者而庇民焉。」犧牲，供祭祀用的純色體完之牲畜。玉帛，瑞玉和縑帛，古代祭祀、會盟時用的禮品。將，意同「將命」之「將」，即傳達之意。二句謂朝廷用各種禮品，來傳達對客人的厚意。

〔一六〕「服食」二句：《尚書・旅獒》曰：「無有遠邇（近），畢獻方物（土産），惟服食器用。」又曰：「不寶遠物，則遠人格（注：「不侵奪其利，則來服矣。」）。」二句謂天子的服食器用，不以遠方之物爲寶貴而責求異域來獻。

〔一七〕百神受職：《禮記・禮運》：「故禮行於郊，而百神受職焉。」孔疏：「百神，天之群神也。王郊天備禮，則星辰不忒（無差錯），故云受職。」五老告期：《竹書紀年・帝堯陶唐氏》：「（堯）歸功于舜，將以天下禪之，乃潔齋修壇場於河、洛，擇良日，率舜等升首山，遵河渚。有五老遊焉，蓋五星之精也。相謂曰：『《河圖》將來告帝期，知我者重瞳黄姚（指舜，相傳舜目重瞳子，姓姚，爲黄帝之後）。』五老因飛爲流星上入昴。二月辛丑昧明，禮備，至於日昃，榮光出河，休氣四塞，白雲起，回風摇，乃有龍馬啣甲，赤文緑色，緣壇而上，吐《甲圖》而去。甲似龜背，廣九尺，其圖以白玉爲檢，赤土爲口，泥以黄金，約以青繩。文曰：『闓色授帝舜。』言虞、夏當受天命。帝乃寫其言，藏於東序。」此二句意謂，天子聖明，群神各司其職，五老告以得天命之期。

〔一八〕戴髮含齒：指人。《列子·黄帝》：「有七尺之骸，手足之異，戴髮含齒，倚而趣者謂之人。」

〔一九〕得：能。稽顙（qǐ sǎng 企嗓）：行跪拜禮時，以額觸地。

〔二〇〕正朔：指曆法。正，一年的開始；朔，一月的開始。夏時：夏曆。夏時建寅，以正月爲歲首。商以十二月、周以十一月、秦及漢初以十月爲歲首。漢武帝太初時改用夏正，其後歷代因之。

〔二一〕行人：使者。《管子·侈靡》：「行人可不有私。」房玄齡注：「行人，使人也。」二句意謂，經過多年，方派使者至唐，繼續從前建立的友好關係。按，玄宗時，日本國曾分别於開元五年、二十二年、天寶十一載三次派遣使者至唐。

〔二二〕句謂來使渡過大水漫天無邊無際的海洋。

〔二三〕司儀：官名。《周禮·秋官》之屬，掌接待賓客之禮儀。加等：指提升接待的等級。「位在」句：《漢書·匈奴傳》：「（呼韓邪）單于正月朝天子於甘泉宫，漢寵以殊禮，位在諸侯王上，贊謁稱臣而不名（不自稱其名）。」掌次：官名。《周禮·天官》：「掌次，掌王次（舍止）之法，以待張事（賈疏：「王出宫，則幕人以帷與幕等送至停所，掌次則張之，故云以待張事。」）。……諸侯朝覲會同（諸侯因事獨自朝見曰會，衆見曰同），則張大次（篷帳）、小次（疏：「此謂與諸侯張之。」）。」此處借指爲來使安排住處的官吏。改觀：指改變原來的想法。蠻夷之邸：漢時專供來京的蠻夷（即四夷）居住的客舍。《漢書·元帝紀》：「（建昭三年）秋，使護西域騎都尉甘延壽、副校尉陳湯……攻郅支單于。冬，斬其首，傳詣京師，縣（懸）蠻夷邸門。」師古注：「蠻夷邸，若今鴻臚客館。」《三輔黄圖》卷六：「蠻夷邸在長安城内藁街。」以上四句指朝廷對日本來使給予特殊禮遇。

〔二四〕「我無」二句：語本《左傳》宣公十五年：「宋及楚平，華元爲質。盟曰：『我無爾詐，爾無我虞。』」虞，欺。

〔二五〕句謂我則廢關弛禁。

〔二六〕上：皇上。敷：施，布。文教：指禮樂法度、道德教化。《尚書·禹貢》：「三百里揆文教。」

〔二七〕虚至實歸：謂來學者皆有所得而還。語本《莊子·德充符》：「虚而往，實而歸。」

〔二八〕司馬：衡爲司馬事，未見他書記載。唐州郡、都督府及王府官屬皆有司馬，又節度使僚屬有行軍司馬。按，諸詩文所稱衡之官稱不同，且品級相差甚大，疑祕書監兼衛尉卿（皆從三品），爲玄宗命衡以唐使臣的身份送清河等歸日本時，特賜給的朝銜（實爲虚銜）。結髮：即束髮（將髮束成一髻）。古時男子自成童（《釋名·釋長幼》：「十五曰童。」又凡未冠之男子皆曰童）開始束髮，故稱成童或少時爲結髮。游聖：游于聖人之門，指來唐學習儒經。謝朓《游後園賦》：「則觀海兮爲富，乃游聖兮知方。」二句意本《孟子·盡心上》：「故觀於海者難爲水，游於聖人之門者難爲言。」句謂衡少時即來唐求學。

〔二九〕笈：書箱。《後漢書·李固傳》注引謝承《後漢書》：「（固）杖策驅驢，負笈追師三輔。」

〔三〇〕「問禮」句：《史記·孔子世家》曰：「魯南宮敬叔言魯君曰：『請與孔子適周。』魯君與之一乘車兩馬，一豎子，俱適周問禮，蓋見老子云。」又《孔子家語·觀周篇》曰：「敬叔與（孔子）俱至周，問禮於老聃。」「學《詩》」句：相傳子夏傳《詩》，《漢書·藝文志》：「（《詩》）又有毛公之學，自謂子夏所傳。」陸璣《毛詩草木鳥獸蟲魚疏》卷下：「孔子删詩，授卜商（字子夏）。商爲之序，以授魯人曾申。申授魏人李克，克授魯人孟仲子，仲子授根牟子，根牟子授趙人荀卿，荀卿授魯國毛亨，亨作《訓詁傳》，以授趙國毛萇。時人謂亨爲大毛公、萇爲小毛公。」此二句謂衡來唐學《詩》、《禮》，猶如當年孔子向老聃問禮，曾申向子夏學《詩》。

〔二一〕宗周：指東周的王都洛邑。周爲諸侯所宗仰，故王都所在稱宗周。

〔二二〕「鄭獻」二句：公元前五四四年，吴公子札（即季札，吴王壽夢第四子）出國聘問，爲吴新立之君通好于諸侯，先後到過魯、齊、鄭、衛、晋等國。《左傳》襄公二十九年：「（季札）聘於鄭，見子産，如舊相識。與之縞（白色生絹）帶（大帶，亦曰紳），子産獻紵衣（麻布衣服）焉。」趙殿成曰：「縞衣字疑誤。」上國，春秋時吴、楚等國稱中原諸國爲上國。《左傳》昭公二十七年：「（吴子）使延州來季子（即季札）聘於上國。」本詩之「上國」即指鄭。二句以季札出聘之事，喻指衡來通于唐。

〔二三〕客卿：指異國之人在本國爲卿者。時衡兼任衛尉卿，故云。

〔二四〕必齊之姜：《詩·陳風·衡門》：「豈其取妻，必齊之姜？」鄭箋：「何必大國之女然後可妻？亦取貞順而已。……齊，姜姓。」歸娶于高、國：《左傳》定公九年：「秋，齊侯伐晋夷儀。敝無存之父將室之（杜注：「無存，齊人也。室之，爲（無存）取婦。」），辭，以與其弟，曰：『此役也，不死，反，必娶於高、國（杜注：「高氏、國氏，齊貴族也。無存欲必有功，還取卿相之女。」）。』」此二句謂衡娶妻一定要大國（指唐）之女，而不歸國娶貴族之女。

〔三五〕在楚猶晉：《左傳》昭公三年載：鄭國的罕虎到晉國，報告説：楚國人每日派人來問鄭不去朝賀他們新立之君的原因，如果我們派人去，又怕晉國會説我君本來就有外心，去或不去都是罪過，我君派虎前來陳述。晉派叔向回答道：「君其往也！苟有寡君（若心有我君），在楚猶在晉也。」由余：《史記・秦本紀》載：「戎王使由余於秦。由余，其先晉人也，亡入戎，能晉言。聞繆公賢，故使由余觀秦。」後繆公以女樂贈戎王，戎王受而悦之。由余數諫不聽，遂奔秦。此以由余喻衡。此二句謂，衡在唐就像在日本一樣，去國者何止由余一人。

〔三六〕三年：《左傳》宣公二年載，趙宣子見靈輒餓，「食之，舍其半。問之，曰：『宦三年矣，未知母之存否，今近焉，請以遺之。』」三，表示多數。

〔三七〕「願以」句：《左傳》隱公元年：「（潁考叔）有獻於公（鄭莊公），公賜之食，食舍肉（謂食時將肉另置一旁）。公問之，對曰：『小人有母，皆（備）嘗小人之食矣，未嘗君之羹（肉汁），請以遺（饋）之。』」此句謂衡欲歸國奉母。

〔三八〕不居一國：語本《漢書・李陵傳》：「李少卿賢者，不獨居一國。范蠡徧遊天下，由余去戎入秦。」此言不想只居于唐。

〔三九〕晝錦還鄉：即富貴還鄉之意。《史記・項羽本紀》：「富貴不歸故鄉，如衣繡（《漢書・項籍傳》作

「錦」）夜行，誰知之者！」《三國志·魏書·張既傳》：「（既）出爲雍州刺史，太祖謂既曰：『還君本州，可謂衣繡晝行矣。』」

〔四〇〕「莊舄」句：《史記·張儀列傳》：「越人莊舄仕楚執珪（爵位名），有頃而病，楚王曰：『舄，故越之鄙細人也，今仕楚執珪，貴富矣，亦思越不？』中謝（索隱：「謂侍御之官也。」）對曰：『凡人之思故，在其病也，彼思越則越聲，不思越則楚聲。』使人往聽之，猶尚越聲也。」此用其事，謂衡思歸故鄉。

〔四一〕「關羽」句：《三國志·蜀書·關羽傳》：「建安五年，曹公東征，先主奔袁紹，曹公禽羽以歸，拜爲偏將軍，禮之甚厚。紹遣大將軍顔良攻東郡太守劉延於白馬……（羽）策馬刺良於萬衆之中，斬其首還。……曹公即表封羽爲漢壽亭侯。初，曹公壯羽爲人，而察其心神，無久留之意，謂張遼曰：『卿試以情問之。』既而遼以問羽，羽歎曰：『吾極知曹公待我厚，然吾受劉將軍厚恩，誓以共死，不可背之。吾終不留，吾要當立效以報曹公，乃去。』……及羽殺顔良，曹公知其必去，重加賞賜，羽盡封其所賜，拜書告辭，而奔先主於袁軍。」

〔四二〕稽首，底本原作「馳首」，宋蜀本、述古堂本、明十卷本俱作「地首」，此從《全唐詩》。高步瀛曰：「稽首北闕，謂辭唐闕而去也。趙注本作馳，反以作稽爲非，則謬矣。」北闕：參見《不遇詠》注〔二〕。

〔四三〕裹足：高步瀛曰：「蓋古人行遠，則纏裹其足。《呂氏春秋·愛類篇》、《淮南子·脩務訓》皆言墨子裂裳裹足至於郢，《文選》李斯《上秦始皇書》：『裹足不入秦。』五臣注劉良曰：『言雖裹足以欲游秦而不得入。』亦本古義。今人往往以裹足不入爲束縛其足不使入之義，失之矣。」其説是。東轅：猶東行。《漢書・李廣傳》：「將軍其率師東轅。」

〔四四〕篋（qiè 怯）：箱，此處作動詞用，謂藏于篋中。

〔四五〕懷：懷藏。敬問之詔：指唐天子問候日本國君主的詔書。《漢書・匈奴傳》：「漢遺單于書以尺一牘，辭曰：『皇帝敬問匈奴大單于無恙……』」

〔四六〕金簡玉字：《吴越春秋》卷六《越王無余外傳》：「（宛委山）其巖之巔，承以文玉，覆以磐石，其書金簡，青玉爲字。……（禹）登宛委山，發金簡之書，案金簡玉字，得通水之理。」此借指珍貴之書。道經：《荀子・解蔽》：「故道經曰：人心之危，道心之微。」唐楊倞注：「今《虞書》有此語而云道經，蓋有道之經也。」此二句指衡攜帶珍貴文籍回國。

〔四七〕方鼎：《左傳》昭公七年：「（晋侯）賜子産莒之二方鼎。」孔疏引服虔曰：「鼎三足則圓，四足則方。」彝樽：皆酒器，亦泛指祭祀用的禮器。《國語・周語中》：「奉其犧象，出其尊（亦作樽）彝。」韋注：「尊彝皆受酒之器。」分器：古時天子分賜給諸侯世代保存的寶器。《尚書序》：「武王既勝殷，邦諸侯，班宗彝，作分器。」《春秋》定公九年：「得寶玉、大弓。」杜注：「弓玉，國之分器，得之足以爲榮，失之足以爲辱。」二句謂衡攜帶唐帝送與日本國君主的鼎彝等寶器歸國。

〔四八〕琅邪臺：《山海經・海内東經》：「琅邪臺在渤海間，琅邪之東。」郭注：「今琅邪在海邊，有山嶕嶢特起，狀如高臺，此即琅邪臺也。琅邪者，越王句踐入霸中國之所都。」《越絶書・外傳記地》云：「勾踐徙琅邪，起觀臺，臺周七里，以望東海。」又《史記・秦始皇本紀》載，二十八年，秦始皇登琅邪山，作琅邪臺，立碑頌秦德。按，琅邪山在今山東膠南市南，古琅邪臺在琅邪山西北。

〔四九〕龍門：趙殿成謂指《禹貢》之龍門（在今山西河津市西北）。按，《楚辭・九章・哀郢》：「過夏首而西浮兮，顧（回望）龍門而不見。」王逸注：「龍門，楚東門也。」此處疑即用《哀郢》之意，以寫衡渡海前回望唐都城門而不可見的依依惜别之情。

〔五〇〕碣石：山名，在河北昌黎北。秦始皇、漢武帝皆曾東巡至此，刻石觀海。山去海約四、五十里，然古人記載中，或云在海中，或謂在海旁，此或由于山勢兀立，自海上遠望，宛如在海旁或海中之故。

〔五一〕敻（xiòng 詗）：遠。鳥逝：《文選》木華《海賦》：「於是候勁風，揭百尺。……望濤遠決，冏（鳥飛貌）然鳥逝。」言船行極速，如鳥飛逝。此處意同。

〔五二〕萬里倒迴：言大浪就倒退萬里之遥。鷁（yì 弋）首：謂船。《淮南子・本經訓》：「龍舟鷁首，浮吹以娱。」高注：「鷁，水鳥也。畫其象著船頭，故曰鷁首。」乘雲：言船行甚疾似乘雲而飛。八風：八方之風。諸書所載，名目不一，參見《吕氏春秋・有始覽》、《淮南子・墬形訓》等。以上四句寫衡乘船渡海的情狀。

〔五三〕扶桑：木名，産于扶桑國。《梁書・東夷傳》：「扶桑國者，齊永元元年，其國有沙門慧深來至荆州，説云扶桑在大漢國東二萬餘里，地在中國之東，其土多扶桑木，故以爲名。扶桑葉似桐，而初生如筍，國人食之，實如梨而赤，績其皮爲布，以爲衣，亦以爲錦。」扶桑爲東方古國名。後亦代稱日本。若薺：謂遠望樹小如薺（蒺藜或薺菜）。《顔氏家訓·勉學篇》：「《羅浮山記》云：望平地樹如薺。故戴暠詩（《度關山》）云：長安樹如薺。又鄴下有一人詠樹詩云：遥望長安薺。」

〔五四〕鬱島：即郁州（一作「洲」），亦曰鬱州（一作「洲」），又名田橫島，唐時在其地置東海縣。《山海經·海内東經》：「都州在海中，一曰郁州。」郭注：「今在東海朐縣界，世傳此山自蒼梧從南徙來，上皆有南方物也。郁音鬱。」《元和郡縣志》卷一一曰：「（海州）東海縣……俗謂之鬱州，亦謂之田橫島。」又曰：「田橫國在（東海）縣北五十七里。……（橫）與灌嬰戰於嬴下，橫敗走，與其屬五百人入居海島，即此也。」按，鬱州在今江蘇連雲港市東雲臺山一帶。古時在海中，「周回數百里」（《南齊書·州郡志》），清時因海岸擴張，始與大陸相連。

〔五五〕沃白日：極言海浪之大。沃，蕩滌。《海賦》：「蕩雲沃日。」簸：顛動。三山：見《送從弟蕃遊淮南》注〔四〕。

〔五六〕浮蒼天：極言海之遼闊。《海賦》：「浮天無岸。」九域：九州。《漢書·律曆志下》：「《祭典》曰：共工氏伯九域。」

〔五七〕黄雀之風：《太平御覽》卷九引周處《風土記》曰：「南中六月，則有東南長風，風六月止，俗號黄雀長風。時海魚變爲黄雀，因爲名也。」

〔五八〕黑蜃（shèn 慎）之氣：指海市蜃樓。《史記·天官書》：「海旁蜃氣象樓臺。」晉伏琛《三齊略記》：「海上蜃氣，時結樓臺，名海市。」海市蜃樓多出現于海上或沙漠中，是因光綫折射而産生的一種自然現象。古人誤以爲它是大蜃（傳説中的蛟龍一類動物）吐氣所成。

〔五九〕淼：大水茫無邊際貌。之：往。

〔六〇〕帝鄉：指京城。

〔六一〕七子：趙注謂即指建安七子，高步瀛曰：「此送晁監，故用《左傳》七子餞趙武事。」按，《左傳》襄公二十七年載：「鄭伯享趙孟（即趙武）于垂隴（趙武等自宋返國過鄭境，鄭伯宴之），子展、伯有、子西、子産、子大叔、二子石從。趙孟曰：『七子從君，以寵武也。請皆賦，以卒君貺（請七位皆賦詩，以完成鄭君對我的恩賜），武亦以觀七子之志。』」七人因各賦詩。此句疑用其事，謂衡行前諸故舊賦詩相送。

〔六二〕「佩兩」句：衡既是日本國朝臣，又具有唐使者的身份，故云。

〔六三〕布，底本原作「恢」，此從宋蜀本。王度：王者的品德、器量。《左傳》昭公十二年：「思我王度，式（語首助詞）如玉，式如金。」又指王者的政教。《後漢書·安帝紀》贊：「安（安帝）德不升，秕（敗壞）我王度。」

〔六四〕諭：明曉，使明曉。蕃臣：指日本國君臣。

〔六五〕三寸猶在：三寸，指舌。《史記·留侯世家》：「今以三寸舌爲帝者師。」又《張儀傳》曰：張儀游説諸侯，爲楚相所執，掠笞數百，「張儀謂其妻曰：『視吾舌尚在不？』妻笑曰：『舌在也。』儀曰：『足矣。』」在，宋蜀本作「存」。「樂毅」句：《史記・樂毅傳》載：燕昭王拜樂毅爲上將軍，起兵伐齊，下齊七十餘城，「唯獨莒、即墨未服。會燕昭王死，子立爲燕惠王。惠王自爲太子時，嘗不快於樂毅，及即位，齊之田單聞之，乃縱反間於燕……（惠王）乃使騎劫代將而召樂毅。樂毅知燕惠王之不善代之，畏誅，遂西降趙。趙……尊寵樂毅，以警動於燕、齊。」二句意謂，衡歸國時年尚未老，猶能有所作爲。

〔六六〕「十年」二句：《史記・魏公子列傳》載：魏公子無忌（魏安釐王封公子爲信陵君）矯魏王令奪晋鄙兵救趙後，客留於趙，十年不歸。秦聞公子在趙，日夜出兵東伐魏。魏王患之，使使往請公子。公子歸救魏，魏王以上將軍印授公子。公子遂「率五國之兵，破秦軍於河外，走蒙驁；遂乘勝逐秦軍至函谷關，抑秦兵，秦兵不敢出。當是時，公子威震天下」。此處以信陵歸魏喻晁衡還國。

〔六七〕贈言：《荀子・非相》：「故贈人以言，重於金石珠玉。」《史記・孔子世家》：「（孔子）辭去而老子送之曰：『吾聞富貴者送人以財，仁人送人以言，吾不能富貴，竊仁人之號，送子以言。』」

〔六八〕積水：指海。《荀子・儒效》：「積土而爲山，積水而爲海。」謝靈運《行田登海口盤嶼山》：「莫辨洪波極，誰知大壑東。」此二句意謂，大海已無邊無際，又怎能知道更在大海之東的日本呢？

〔六九〕所，底本原作「遠」，此從《極玄集》。若：猶「怎」、「那」。說見《詩詞曲語辭匯釋》。乘空：飛翔空中。《列子·黄帝》:「乘空如履實。」此二句由日本人的角度來説,意謂不知九州(中國)在何地,相隔萬里,又無法乘空而往。

〔七〇〕「向國」句:古人以爲日本地近東方日所出之處,故云。《新唐書·東夷傳》:「日本使者自言國近日所出,以爲名。」

〔七一〕帆,底本、《全唐詩》均注:「一作途。」信:任憑。

〔七二〕鰲(áo 敖):傳説中海裏的大鰲。魚,底本、《全唐詩》均注:「一作蜃。」此二句寫想象中的航海景象。

〔七三〕外:有「邊畔」義。參見王鍈《詩詞曲語辭例釋》。句謂衡之故鄉,在扶桑國附近。

〔七四〕主人:指晁衡。

〔七五〕方:將。異域:不在一域。

〔七六〕若爲:如何。

顧璘云:送日本無過之者。

明胡震亨曰:王維「積水不可極,安知滄海東」,亦可謂工於發端矣。謝靈運《登海口盤嶼山》詩:「莫辨洪波極,誰知大壑東?」良自有本。皇甫子循。(《唐音癸籤》卷一一)

清王壽昌曰:至若陸士衡之「鮮膚一何潤,秀色若可餐」,……王右丞之「鰲身映天黑,魚眼

射波紅」，……一韻之響，遂能振起百倍精神，此又不可不知者。（《小清華園詩談》卷下）

同崔興宗送衡嶽瑗公南歸并序〔一〕

衡嶽瑗上人者，常學道於五峰〔二〕，蔭松棲雲〔三〕，與狼虎雜處，得無所得矣〔四〕。天寶癸巳歲〔五〕，始遊于長安。手提瓶笠〔六〕，至自萬里；宴居吐論〔七〕，緇屬高之〔八〕。初，給事中房公謫居宜春〔九〕，與上人風土相接，因爲道友，伏臘往來〔一〇〕。房公既海内盛名，上人亦以此增價。秋九月，杖錫南返〔一一〕，扣門來別。秦地草木，槭然已黄〔一二〕；蒼梧白雲〔一三〕，不日而見〔一四〕。湞陽有曹溪學者〔一五〕，爲我謝之〔一六〕。

言從石菌閣，新下穆陵關；獨向池陽去，白雲留故山〔一七〕。綻衣秋日裏，洗鉢古松間〔一八〕。一施傳心法〔一九〕，唯將戒定還〔二〇〕。

〔一〕作于天寶十二載（七五三）九月。衡嶽：南嶽衡山，主峰在湖南衡山縣西北。瑗公：生平不詳。本篇序與詩諸本皆不相繫屬，序題作《送衡嶽瑗公南歸詩序》，詩題爲《同崔興宗送瑗公》，唯《全唐詩》作今題，且將二者合爲一篇，此從之。此詩崔興宗有同詠，載《全唐詩》卷一二九。

〔二〕常：長期。《全唐詩》作「嘗」。五峰：指衡山。衡山七十二峰，以祝融、天柱、芙蓉、紫蓋、石廩五峰爲著，故稱。

〔三〕句謂瑗公居留于松下、雲中。

〔四〕無所得：佛家語，即空慧。謂慧能見諸法皆空之理，心對萬有無所執著。《涅槃經》卷一七：「無所得者，則名爲慧；有所得者，名爲無明（即「癡」或「愚癡」之異名，指不懂佛教道理的世俗認識）。」《智度論》卷一八：「諸法實相中，決定相不可得（空）故，名無所得。」參見《能禪師碑》末段注〔二九〕。

〔五〕癸巳：天寶十二載。

〔六〕瓶：即浄瓶，佛教徒盥洗用的澡瓶。《釋氏要覽》卷中：「浄瓶，梵語軍遲，此云瓶，常貯水，隨身用以浄手。《寄歸傳》云：軍持有二，若甆瓦者，是浄用；若銅鐵者，是觸（當是「濁」字之誤）用。」笠：《釋氏要覽》卷中：「蓋（笠蓋，比丘遮雨之具）律有二種，一竹蓋，二葉蓋。《寄歸傳》云：西域僧有持竹蓋或持傘者，梁高僧慧韶遇有請，則自攜杖笠也，今僧戴竹笠、棕笠，乃竹蓋、葉蓋之遺製，但去柄爾。今又加油絹于上，即唐馬周製在蓆帽以禦雨，故效之也。」

〔七〕宴居：閒居。

〔八〕緇屬：僧衆。僧服緇衣，故稱僧衆爲緇屬。

〔九〕給事中：參見《同盧拾遺韋給事東山别業二十韻》注〔一〕。房公：即房琯。《舊唐書·房琯傳》：「（天寶）五年正月，擢試給事中……坐與李適之、韋堅等善，貶宜春太守。」宜春，即袁州，治所在今江西宜春市。

〔一〇〕風土：指所居的一方土地。伏臘：古時夏天的伏日（專指三伏中祭祀的一日）、冬天的臘日（歲終祭百神之日，漢以冬至後第三個戌日爲臘，唐以大寒後辰日爲臘），皆行祭祀之禮，故稱「伏臘」。《漢書・楊敞傳》附楊惲報孫會宗書：「田家作苦，歲時伏臘，亨羊炰羔，斗酒自勞。」此泛指節日。

〔一一〕杖錫：手持錫杖。錫杖高與眉齊，頭有錫環，是僧人的一種法器。

〔一二〕槭（sè瑟）然：凋謝貌。潘岳《秋興賦》：「庭樹槭（一本作「摵」）以灑落兮，勁風戾而吹帷。」

〔一三〕蒼梧白雲：據載蒼梧（山名，又曰九疑，在今湖南寧遠縣南）多雲，故稱。《太平御覽》卷四一引盛弘之《荆州記》曰：「九疑山……含霞卷霧，分天隔日。」又《藝文類聚》卷一引《歸藏》曰：「有白雲出自蒼梧，入于大梁。」

〔一四〕不日：不久。蒼梧距衡山不遠，故曰「不日而見」。

〔一五〕湞陽：縣名，始置於漢，唐時屬廣州，治所在今廣東英德市東。其地距衡山亦不甚遠。湞，底本原作「溳」，據宋蜀本、述古堂本、明十卷本改。曹溪：水名，在廣東曲江縣東南雙峰山下。唐代禪宗南宗的創始人慧能（六三八—七一三），嘗居曹溪寶林寺説法，所謂「曹溪學者」，即謂其門人。

〔一六〕謝：猶言問候。

〔一七〕言：料，知。石菌：即石囷，又名石廩，衡山七十二峰之一。《太平御覽》卷三九引盛弘之《荆州記》云：「衡山有三峰……一峰名石囷，下有石室，尋山徑，聞室中有諷誦聲。」閣：棧道。穆陵關：一作木陵關，故址在今湖北麻城市北。《元和郡縣志》卷二七：「穆陵關……在（黄州麻城）縣西北一百里。」穆陵關係瑗公入京途中經行之地。池陽：古縣名。漢惠帝四年置，屬左馮翊，故城在今陝西涇陽西北。漢建池陽宫於此。又，池陽唐時曰涇陽，屬京兆府。故山：指衡山。以上四句寫瑗公自南嶽來遊京兆。

〔一八〕綻：縫補。鉢：僧人吃飯用的器皿，以泥或鐵製成。二句謂瑗公縫衣洗鉢，準備南歸。

〔一九〕傳心法：即禪宗「以心傳心」之法。《六祖壇經・行由品》：「法則以心傳心，皆令自悟自解。」唐宗密《禪源諸詮集都序》卷一云：菩提達摩（禪宗初祖）「欲令知月不在指，法是我心，故但以心傳心，不立文字」。即認爲自心本具一切佛法，故把握禪理，關鍵在于修心内求、自悟自解，而不能拘于文字。按，慧能的嗣法弟子懷讓（六七七—七四四）、希遷（七〇〇—七九〇）等皆居南嶽弘揚禪學，因而使南嶽成爲南宗禪的一個勝地；瑗公所修，蓋亦南宗禪學，故云「一施傳心法」。

〔二〇〕將：攜帶。戒：佛教爲出家和非出家的信徒製定的戒規。定：禪定，參見《青龍寺曇壁上人兄院集》注〔四〕。此句謂瑗公獨自南歸，身無他物，唯有戒定相隨（一路上仍將修持戒定之意）。

同崔員外秋宵寓直〔一〕

建禮高秋夜〔二〕，承明候曉過〔三〕。九門寒漏徹〔四〕，萬井曙鐘多。月迴藏珠斗〔五〕，雲消出絳河〔六〕。更慚衰朽質，南陌共鳴珂〔七〕。

〔一〕此詩首句用漢尚書郎故實，當是維任尚書郎與崔員外同在尚書省寓直時所作。又，據詩中「更慚衰朽質」之語，此篇疑應作于天寶十一載（是時作者年五十二）至十三載維官尚書省文部郎中之時。同：和：《文苑英華》作「和」。崔員外：不詳。寓直：《文選》潘岳《秋興賦》序曰：「晋十有四年，余……以太尉掾兼虎賁中郎將，寓直于散騎之省。」李善注：「寓，寄也。」趙殿成曰：「本以虎賁中郎將無省，故寄直於散騎省耳，後人則以直宿禁中爲寓直矣。」

〔二〕建禮：見《同比部楊員外十五夜遊有懷静者季》注〔三〕。

〔三〕承明：參見《苑舍人能書梵字兼達梵音》詩注〔九〕。又魏宫有承明門，《文選》曹植《贈白馬王彪》李善注引陸機《洛陽記》曰：「承明門，後宫出入之門。吾常怪『謁帝承明廬』，問張公，云魏明帝作建始殿，朝會皆由承明門。」此處借指唐皇宫之門。句謂值宿尚書省，待天明下班將經宫門而出。

〔四〕九門：《禮記·月令》：「田臘罝罘、羅罔、畢翳、餧獸之藥，毋出九門。」鄭玄注：「天子九門者，路門也，應門也，雉門也，庫門也，皋門也（按，以上皆天子宫室之門），城門也，近郊門也，遠郊門也，關門也。」此泛指皇宫之門。徹：畢，盡。説見王鍈《詩詞曲語辭例釋》。句指宫中夜漏盡，天快亮了。

〔五〕迥：遠。珠斗：趙殿成注：「謂斗星相貫如珠。」藏珠斗：指北斗隱没。

〔六〕消，《文苑英華》作「開」。絳河：即銀河。杜審言《七夕》：「白露含明月，青霞斷絳河。天街七襄轉，閣道二神過。」

〔七〕珂（kē苛）：馬勒上的飾物，馬行時作聲，故曰「鳴珂」。句指天明下班後將與崔一同乘馬而歸。

胡應麟曰：「九衢寒霧斂，萬井曙鐘多」，右丞壯語也。杜「星臨萬户動，月傍九霄多」，精彩過之。（《詩藪》内編卷四）

王夫之曰：輕安。（《唐詩評選》卷三）

何焯曰：清華。（《瀛奎律髓彙評》卷二）

紀昀曰：了無深意，而氣體自然高潔。又曰：「藏」字、「出」字鍊得自然，不似晚唐、宋人之尖巧。末二句入崔員外，却突兀。（同上）

與蘇盧二員外期遊方丈寺而蘇不至因有是作〔一〕

共仰頭陀行，能忘世諦情〔二〕。回看雙鳳闕，相去一牛鳴〔三〕。法向空林説，心隨寶地平〔四〕。手巾花氎淨，香帔稻畦成〔五〕。聞道邀同舍〔六〕，相期宿化城〔七〕。安知不來往，翻得似無生〔八〕。

〔一〕作于天寶十三載（七五四）以前的數年内，説見本詩注〔六〕。蘇員外：即虞部蘇員外，參見《酬虞部蘇員外過藍田别業不見留之作》。盧員外：即盧象，是時官膳部員外郎。參見《與盧員外象過崔處士興宗林亭》注〔一〕。蘇盧，宋蜀本作「盧蘇」。期：邀約，約定。方丈寺：無考。據「回看」二句，寺址當在長安城中。《文苑英華》、《唐詩品彙》俱以此詩爲王昌齡所作。按，據「聞道」句，知是時作者官尚書郎，而昌齡一生屢遭貶逐，官不過丞尉，未曾任過尚書郎（參見傅璇琮《唐代詩人叢考・王昌齡事迹考略》），故此詩不當爲昌齡所作，《王昌齡集》及《全唐詩》王昌齡卷中皆不録此篇。

〔二〕頭陀：梵語的音譯，義爲「抖擻」，謂去掉塵垢煩惱。《文選》王巾《頭陀寺碑文》李善注：「天竺言頭陀，此言斗藪，斗藪煩惱，故曰頭陀。」頭陀爲佛教苦行之一。據《十二頭陀經》、《大乘義章》卷一五載，共有十二種修行規定（著糞掃衣、常乞食、常坐不卧等），稱爲「頭陀行」。世諦：佛家語，又稱俗諦、世俗諦，與真諦（又曰勝義諦、第一義諦）相對，合稱二諦。「諦」指真實不虚之理。佛教各派對二諦的解釋不盡相同。一般稱世俗的認識和事理爲世諦，佛教的認識和道理爲真諦。《大乘義章》卷一：「彼世諦若對第一，應名第二；若對真諦，應名妄諦。第一義諦若對世諦，應名出世；若對俗諦，應名非俗。」此二句説明「與蘇盧二員外期遊方丈寺」的緣由，即共同仰慕佛教修行，認爲通過它能忘掉世間的事理。

〔三〕一牛鳴：即一牛鳴地，亦云一牛吼地，謂牛之吼聲所及的距離。《翻譯名義集》卷三：「拘盧舍

(梵語之音譯)，此云五百弓(一弓長八尺，一説六尺四寸)，亦云一牛吼地，謂大牛鳴聲所極聞。或云一鼓聲。《俱舍》云二里，《雜寶藏》云五里。」二句謂佛寺距皇宫甚近。

〔四〕寶地：佛地，僧寺。沈佺期《遊少林寺》：「長歌遊寶地，徙倚對珠林。」此句謂心情隨着進入佛寺而平静(指無欲求煩惱)。

〔五〕花氎(dié 牒)：氎，又稱白氎或白疊，即棉布。慧琳《一切經音義》卷六四：「案氎者，西國木綿花如柳絮，彼國土俗皆抽撚以紡爲縷，織以爲布，名之爲氎。」《史記·貨殖列傳》正義：「白疊，木棉所織，非中國有也。」《後漢書·西南夷傳》注引《外國傳》曰：「諸薄國女子，織作白疊花布。」按，木棉即今之棉花，唐時始傳入中原地區。此指以白氎花布爲手巾。香帔(pèi 佩)稻畦：指薰香之袈裟。袈裟又稱水田衣、稻田衣、稻畦帔。蓋衣或繡作方格，或以方形布塊連綴而成，宛如水稻田之界畫，故稱。錢大昕《十駕齋養新録》卷一六：「釋子以袈裟爲水田衣，今杭州神尼塔下，有唐杭州刺史盧元輔磨厓刻七言詩，首句云：『水田十里學袈裟。』」《釋氏要覽》卷上：「《僧祇律》云：『佛住王舍城，帝釋石窟前經行，見稻田畦畔分明，語阿難言：過去諸佛，衣相如是，從今依此作衣相。』」成：謂完備。二句寫寺中僧人的衣物服飾。

〔六〕同舍：參見《重酬苑郎中》注〔一〕。時蘇盧與維並爲尚書郎，故曰「同舍」。考維于天寶五載至十三載官尚書郎，十四載轉給事中(參見《年譜》)，盧在安史之亂以前的數年内官膳部員外郎，因此，本詩當作于天寶十三載以前的數年内。

〔七〕化城：借指佛寺，參見《登辨覺寺》注〔三〕。

〔八〕來往：偏指來、到。得似，底本原作「以得」，從宋蜀本、明十卷本、《全唐詩》等改。無生：參見《登辨覺寺》注〔八〕。此二句意謂，本來相約共遊佛寺，以求無生，哪知蘇不來至，閉門獨處，反而得以更似無生。

過盧員外宅看飯僧共題七韻〔一〕

三賢異七聖，青眼慕青蓮〔二〕。乞飯從香積〔三〕，裁衣學水田〔四〕。上人飛錫杖〔五〕，檀越施金錢〔六〕。趺坐簷前日，焚香竹下烟〔七〕。寒空法雲地，秋色浄居天〔八〕。身逐因緣法〔九〕，心過次第禪〔一〇〕。不須愁日暮，自有一燈燃〔一一〕。

〔一〕盧員外：疑即盧象，詩亦當作于安史之亂前。「盧」下宋蜀本、《全唐詩》多一「四」字。按，若作「盧四」，則非指盧象（象行八，崔顥有《贈盧八象》詩）。飯僧：施食給僧人。七韻，底本無此二字，據宋蜀本、述古堂本、明十卷本等補。

〔二〕三賢：即三賢位，佛教修行的初級階位。小乘佛教以「五停心觀」、「别相念處」、「總相念處」爲三賢位；大乘佛教以「十住」、「十行」、「十回向」爲三賢位，《仁王護國經疏》：「十住、十行、十回向諸位菩薩，皆稱賢者……未入聖位，故名賢。」此兩種三賢位皆屬見道（佛教修行的階位之一，在此道之前的修習均屬凡夫位，尚未獲得認識上的根本轉變，進入此道，則獲得認識上的根本轉變，升爲聖者）以前的修行階位。七聖：即七聖位，屬見道以後的修行階位。《俱舍論》卷二五：「學無學位（佛教修行的最高階位。因進入此位已達到最高覺悟，再無修學之必要，故稱）有七聖者，一切聖者皆此中攝。一隨信行，二隨法行，三信解，四見至，五身證，六慧解脱，七俱解脱。」七聖爲見道以後至修成無學位以前的階位。「聖」宋蜀本、明十卷本、奇字齋本等俱作「賢」。按，小乘以三賢位合四善根位爲七賢位（皆見道以前之修行階位），七賢中包括三賢，二者無根本不同，故此處不當作「賢」。青眼：《晉書・阮籍傳》：「籍又能爲青白眼。見禮俗之士，以白眼對之。及嵇喜來弔，籍作白眼，喜不懌而退。喜弟康聞之，乃賫（攜帶）酒挾琴造焉。籍大悦，乃見青眼。由是禮法之士，疾之若讎。」青蓮：譬佛之眼。《楞嚴經》卷一：「如來青蓮花眼。」《維摩詰經・佛國品》：「（佛）目淨修廣如青蓮。」僧肇注：「天竺有青蓮花，其葉修而廣，青白分明，有大人目相，故以爲喻也。」此二句意謂，對佛道的覺悟有高低之異，盧雖未必徹悟佛道，成爲聖者，却非常仰慕佛。

〔三〕「乞飯」句：香積，謂僧家之食廚或供僧人之飯食。蓋取香積世界香飯之意。《維摩詰經・香積佛品》：「上方界分……有國名衆香，佛號香積。……其食香氣周流十方無量世界。……於是維摩詰……化作菩薩。……時化菩薩即於會前昇于上方，舉衆皆見其去到衆香界禮彼佛足，又聞其言：『維摩詰稽首世尊足下……願得世尊所食之餘，欲於娑婆世界施作佛事。』……於是香積如來，以衆香鉢盛滿香飯與化菩薩。」此句借用其事，指僧人來員外宅中乞飯。

〔四〕此句指員外裁製袈裟施與僧人。參見上詩注〔五〕。

〔五〕飛錫杖：《文選》孫綽《遊天台山賦》：「王喬控鶴以冲天，應真（羅漢）飛錫以躡虚。」李周翰注：「執錫杖而行于虚空，故云飛也。」後用爲僧人遊方的美稱。

〔六〕檀越：即施主，指向僧人施捨財物、飲食的世俗信徒。《南海寄歸内法傳》卷一：「梵云陀那鉢底，譯爲施主。……而云檀越者，本非正譯，略去那字，取上陀音，轉名爲檀。更加越字，意道由行檀捨，自可越渡貧窮。」

〔七〕趺坐：參見《登辨覺寺》注〔六〕。此二句寫僧人在簷前的太陽下趺坐，在竹下焚香。

〔八〕法雲地：大乘菩薩十地（菩薩修行的十個階位）中之第十地。據稱達于此地，即可成就智波羅蜜，具足無邊功德，使智慧猶如大雲之覆蓋一切。參見《華嚴經》卷二三、《成唯識論》卷九。净居天：佛教稱修四禪定，死後可生于色界四禪天（色界位于欲界之上，爲已離食、淫二欲者之所居）。四禪又分爲十七天，計初、二、三禪各三天，四禪八天。四禪八天中最勝的五天（無煩天、無熱天、善現天、善見天、色究竟天），稱净居天（亦曰五净居天）。《俱舍頌疏·世品》一：「（净居天）唯聖人居，無異生（凡夫）雜，故曰净居。」此二句借用佛教詞語來寫景，意謂寒空有雲彩覆蓋，秋色清净明潔。

〔九〕逐：追隨。因緣：參見《山中示弟》注〔七〕。因緣法：指佛關於因緣的教法。因緣法是佛教重要理論之一，佛教用它解釋世界、社會、人生以及各種精神現象産生的根源。佛教各種經論均認爲成就佛教覺悟，有賴於對此法的認識。《維摩經·觀衆生品》：「以因緣法化衆生，故我爲辟支佛。」辟支佛即緣覺，謂觀悟十二因緣（因緣法的内容之一，佛教關於「三世輪迴」的基本理論）之理而得道，爲佛教引導教化衆生達到解脱的方法或教説之一。

〔一〇〕次第禪：佛教謂修習禪定，有自淺入深的九個次第，即所謂「九次第定」。詳見《爲舜闍黎謝御題大通大照和尚塔額表》注〔一五〕。

〔一一〕一燈：語義雙關，既實指燈，又隱喻佛之智慧能破迷暗。《華嚴經》卷七八：「譬如一燈入於暗室，百千年暗悉能破盡。」

與盧象集朱家〔一〕

主人能愛客〔二〕，終日有逢迎。貰得新豐酒〔三〕，復聞秦女箏〔四〕。柳條疎客舍，槐葉下秋城。語笑且爲樂，吾將達此生〔五〕。

〔一〕寫作時間疑與上二詩相去不甚遠。朱：未詳何人。

〔二〕愛，凌本作「對」。

〔三〕貰（shì世）：賒。新豐酒：參見《少年行四首》其一注〔二〕。

〔四〕秦女箏：箏形如瑟，是秦地的樂器，且多爲女伎所彈，故稱秦女箏。李斯《諫逐客書》：「夫擊甕叩缶，彈箏搏髀，而歌呼嗚嗚快耳目者，真秦之聲也。」《文選》曹植《箜篌引》：「秦箏何慷慨，齊瑟和且柔。」張銑注：「秦人善彈箏。」此句指宴席上彈箏娱賓。

〔五〕達此生：謂使此生放達。達，凌本作「適」。

春過賀遂員外藥園〔一〕

前年槿籬故〔二〕，今作藥欄成〔三〕。香草爲君子〔四〕，名花是長卿〔五〕。水穿盤石透〔六〕，藤繫古松生。畫畏開廚走〔七〕，來蒙倒屣迎〔八〕。蔗漿菰米飯〔九〕，蒟醬露葵羹〔一〇〕。頗識灌園意，於陵不自輕〔一一〕。

〔一〕賀遂員外藥園：李華《賀遂員外藥園小山池記》（載《全唐文》卷三一六）曰：「賀遂公，衣冠之鴻鵠，執憲起草，不塵其心，夢寢以青山白雲爲念。庭際有砥礪之材，礎礩之璞，立而象之衡巫；堂下有畚鍤之坳，圩塓之凹，陂而象之江湖。種竹藝藥，以佐正性，華實相蔽，百有餘品。鑿井引汲，伏源出山，聲聞池中，尋竇而發。……其間有書堂琴軒，置酒娱賓。……賦情遣辭，取興兹境，當代文士，目爲詩園。」按，據獨孤及《檢校尚書吏部員外郎趙郡李公中集序》（《全唐文》卷三八八）及兩《唐書・李華傳》等的記載，華開元二十三年登進士第，天寶二年又舉博學宏詞，由南和尉擢祕書省校書郎。八載，任伊闕尉。十一載，拜監察御史。十四載，徙右補闕。安禄山陷長安，爲賊所獲，僞署鳳閣舍人。乾元元年，貶杭州司功參軍。據此，則《小山池記》當作于安史之亂前華在長安任職期間（賀遂員外藥園當在長安附近），維此詩之寫作時間同。

〔二〕槿（jǐn錦）籬：植木槿（灌木名）以爲籬。《文選》沈約《宿東園》：「槿籬疎復密，荆扉新且故。」槿，元本作「種」。故：舊；述古堂本、元本俱作「外」。

〔三〕今，宋蜀本、明十卷本、《全唐詩》等俱作「新」。藥欄：見《故人張諲頃以詩見贈聊獲酬之》注〔五〕。

〔四〕「香草」句：屈原《離騷》每以香草喻衆賢，故云。王逸《離騷經序》：「《離騷》之文，依《詩》取興，引類譬喻。故善鳥香草，以配忠貞；惡禽臭物，以比讒佞。」

〔五〕長卿：趙殿成注：「謂司馬長卿（司馬相如）也。喻風流豔麗之意。白樂天《東亭》詩云：『緑樹爲閑客，紅蕉當美人。』亦是此意。」按，趙説是。相如「雍容閒雅，甚都（美）」（《漢書·司馬相如傳》），所作辭賦詞采瑰麗，故以爲喻。一説長卿指徐長卿，乃藥草名。徐長卿本人名，常以此草治邪病，人遂用以名之。見《本草綱目》卷一三。

〔六〕盤：通「磐」。

〔七〕「畫畏」句：《晋書·顧愷之傳》：「愷之嘗以一廚畫糊題其前，寄桓玄，皆其深所珍惜者。玄乃發其廚後，竊取畫，而緘閉如舊以還之，紿云未開。愷之見封題如初，但失其畫，直云妙畫通靈，變化而去，亦猶人之登仙，了無怪色。」此句即用其事，謂賀廚中藏有名畫。畫，明十卷本作「書」。趙注曰：「《南史》（《郗紹傳》）：時有高平郗紹，作《晉中興書》，數以示何法盛。法盛有意圖之，紹不與。至書成，在齋内廚中，法盛詣紹，紹不在，直入竊書。紹還失之，無復兼本，於是遂行何書。是書畫二者，皆有開廚失去之事，愚意究以畫字爲是。」走，底本、《全唐詩》均注：「一作去。」

〔八〕倒屣：見《輞川别業》注〔五〕。

〔九〕菰米：見《晦日遊大理韋卿城南别業四首》其三注〔五〕。

〔一〇〕蒟（jǔ 矩）醬：亦作枸醬，即蔞葉，蔞生木本植物，果實如桑椹，有辣味，可製醬。《文選》左思《蜀都賦》劉淵林注：「蒟，蒟醬也。緣樹而生，其子如桑椹，熟時正青，長二三寸，以蜜藏而食之，辛香。」露葵：見《積雨輞川莊作》注〔七〕。

〔一一〕此二句意謂，我知道你灌園的用意，就像於陵子那樣，而不是自輕自賤。參見《輞川閒居》注〔四〕。

送賀遂員外外甥〔一〕

南國有歸舟，荆門泝上流。蒼茫葭菼外，雲水與昭丘〔二〕。檣帶城烏去，江連暮雨愁〔三〕。猿聲不可聽，莫待楚山秋〔四〕。

〔一〕寫作時間當同上詩。

〔二〕南國：古指江漢一帶的諸侯國。《詩・小雅・四月》：「滔滔江漢，南國之紀。」《國語・周語上》韋昭注：「南國，江漢之間也。」後亦用以泛指南方。 荊門：見《寄荊州張丞相》注〔二〕。 泝（sù 素）：逆水而上。 葭（jiā 加）：蘆葦。 菼（tǎn 毯）：荻。 與，底本、《全唐詩》均注：「一作同。」昭丘：春秋楚昭王墓，在湖北當陽市東南。《文選》王粲《登樓賦》：「北彌陶牧，西接昭丘。」李善注引《荊州圖記》曰：「當陽東南七十里，有楚昭王墓，登樓則見，所謂昭丘。」以上四句想象賀遂外甥自長安南歸溯江而行時所見到的景象。

〔三〕檣（qiáng 牆）：帆船上挂風帆的桅杆。 烏：烏鴉。 連：遍，滿。

〔四〕此二句意謂，應當速行，莫等秋天來到，彼時楚山之上猿聲已不堪聞。 按，自荊門溯江而上，過宜昌後，即進入三峽，該地兩岸連山，略無闕處，每至秋冬之時，常有高猿長嘯，其聲淒厲（參見《水經注》卷三四《江水》），故云。

黄培芳曰：大氣霶霈，一滚而出，要知是高貴，若落粗豪便失之。 又曰：（「蒼茫」二句）散落動盪，仍極完整。（翰墨園重刊本《唐賢三昧集箋注》卷上）

贈從弟司庫員外絿〔一〕

少年識事淺，强學干名利〔二〕。 徒聞躍馬年，苦無出人智〔三〕。 即事豈徒言〔四〕，累官非不試〔五〕。既寡遂性歡，恐招負時累〔六〕。清冬見遠山，積雪凝蒼翠。皓然出東林〔七〕，發我遺世意。惠連素清賞〔八〕，夙語塵外事〔九〕。欲緩攜手期，流年一何駛〔一〇〕！

〔一〕司庫員外：即庫部員外郎。庫部爲兵部四司之一，負責掌管邦國軍州的戎器、儀仗。趙殿成注：「《唐六典》：兵部屬官有庫部員外郎一人，從六品上，龍朔二年改爲司庫，咸亨元年復故。則右丞時不復有司庫之名矣，而猶襲用之者，當是取其名雅馴之故。」按，趙説非是，《通典》卷二三云：「庫部郎中……龍朔二年改爲司庫大夫，咸亨初復舊。天寶十一年又改庫部爲司庫，至德初復舊。」據此，本詩當作于天寶十一載之後、安史之亂以前。王紞：生平不詳。

〔二〕强：勉，盡力。干：求。

〔三〕「徒聞」句：《史記·范睢蔡澤列傳》：「蔡澤者，燕人也。游學干諸侯，小大甚衆，不遇，而從唐舉相。……曰：『富貴吾所自有，吾所不知者壽也，願聞之。』唐舉曰：『先生之壽，從今以往者四十三歲。』蔡澤笑謝而去，謂其御者曰：『吾持粱刺齒肥（索隱：「持粱，謂作粱米飯而持其器以食也。刺齒肥，當爲齧肥，謂食肥肉也。」），躍馬疾驅，懷黄金之印，結紫綬於要（腰），揖讓人主之前，食肉富貴四十三年，足矣！』」「躍馬」即對「躍馬疾驅」等語的概括，意謂「富貴得志」。《文選》左思《吴都賦》：「躍馬疊跡，朱輪累轍。」劉淵林注：「躍馬，騰躍之謂，言富貴也。《蔡澤傳》曰：躍馬肉食。」以上二句謂，空聞富貴得志四十三年之事，而自己苦于没有出人的才智，無從富貴得志。

〔四〕即事：就事，獲得職位前往任事之意。豈徒言：指自己真的出來做了官，而非只是説説而已。

〔五〕句謂自己累次爲官，並不是没有嘗試過。

〔六〕遂：順。負時累：語本《漢書・武帝紀》：「故馬或奔踶而致千里，士或有負俗之累而立功名。」此二句意謂，但自己做了官，既感到少有依順本性的歡樂，又恐怕有違于當世招致政治上的牽累。

〔七〕皓然：義同「浩然」。《文選》謝惠連《雪賦》：「縱心皓然，何慮何營。」李善注：「《孟子》曰：『吾善養吾浩然之氣。』」此處用來形容心情的開朗通達。皓，《全唐詩》作「浩」。

〔八〕惠連：即謝惠連，南朝宋人。《宋書・謝方明傳》：「子惠連，幼而聰敏，年十歲，能屬文，族兄謝靈運深相知賞。」此處喻指己之從弟王紞。清賞：猶清尚（賞通尚），即清高之義。《晉書・王戎傳》：「阮籍與渾（王渾，王戎之父）爲友。戎年十五，隨渾在郎舍。戎少籍二十歲，而籍與之交。籍每適渾，俄頃輒去，過視戎，良久然後出。謂渾曰：『濬沖（戎之字）清賞，非卿倫也。共卿言，不如共阿戎談。』」

〔九〕句謂從前曾談過隱居之事。

〔一〇〕流年：年華，時光。駛：迅疾。此二句謂，本想延緩與紞攜手共隱的日期，又感到時光迅速流逝，因而便急于歸隱了。

過崔駙馬山池〔一〕

畫樓吹笛妓，金椀酒家胡〔二〕。錦石稱貞女〔三〕，青松學大夫〔四〕。脱貂貰桂醑〔五〕，射鴈與山廚。聞道高陽會〔六〕，愚公谷正愚〔七〕。

〔一〕崔駙馬：趙殿成曰：「按《唐書·公主列傳》：玄宗二十九女，駙馬有崔惠童、崔嵩二人，未知孰是。」按，《新唐書·諸帝公主傳》曰：「（玄宗女）晉國公主，始封高都。下嫁崔惠童。貞元元年，與衛、楚……九公主同徙封。」「咸宜公主，貞順皇后所生。下嫁楊洄，又嫁崔嵩。薨興元時。」《舊唐書·肅宗紀》曰：「（上元二年）夏四月乙亥朔……駙馬都尉楊洄、薛履謙賜自盡。」知楊洄上元二年尚爲駙馬，則咸宜之再嫁崔嵩，應是上元二年洄死後之事；考王維卒於上元二年，故此詩之崔駙馬當指崔惠童。據《唐大詔令集》卷四一《封高都公主等制》載，晉國公主爲玄宗第十一女，開元二十五年九月「笄年甫及」，始封高都，則其下嫁崔惠童之時間，大抵當在開元末。又《新唐書·宰相世系表》載：惠童，駙馬都尉。兄孝童、嗣童。父庭玉，右驍衛將軍、冀州刺史。崔駙馬山池：在長安城東。《舊唐書·哥舒翰傳》：「（天寶）十一載……禄山、思順、翰並來朝，上使内侍高力士及中貴人於京城東駙馬崔惠童池亭宴會。」又，杜甫有《崔駙馬山亭宴集》詩，作于天寶十三載（參見《杜詩詳註》）。疑此詩亦當作于安史之亂前，具體時間不詳。

〔二〕吹笛妓：《晉書·王敦傳》：「愷嘗置酒，敦與導俱在坐，有女伎吹笛……」金椀：指酒器。「椀」同「碗」。酒家胡：辛延年《羽林郎》：「依倚將軍勢，調笑酒家胡。」二句指酒席上有女伎吹笛，胡姬侍飲。

〔三〕「錦石」句：《水經注》卷三九《洭水》：「（貞女）峽西岸高巖名貞女山，山下際有石如人形，高七尺，狀如女子，故名貞女峽。」錦石，謂石之有錦文者。亦用爲石之美稱。温子昇《擣衣詩》：「長安城中秋夜長，佳人錦石擣流黄。」此言山池中有石，狀如貞女峽之貞女。

〔四〕大夫：指泰山之五大夫松，參見《過秦皇墓》注〔七〕。

〔五〕「脱貂」句：《晉書·阮孚傳》：「（孚）遷黄門侍郎、散騎常侍。嘗以金貂（古代官員帽上的飾物。《晉書·輿服志》：「武冠……左右侍臣及諸將軍武官通服之。侍中、常侍則加金璫，附蟬爲飾，插以貂毛，黄金爲竿，侍中插左，常侍插右。」）换酒，復爲所司彈劾，帝宥之。」貰（shì世），賒。桂醑（xū胥），亦作桂花醑，即桂花酒。沈約《郊居賦》：「席布騂駒，堂流桂醑。」醑，底本原作「酌」，從宋蜀本、奇字齋本等改。此用阮孚事，以稱駙馬熱情待客。

〔六〕高陽會：趙殿成注：「徐友遜齋謂用山簡飲酒高陽池上事（參見《漢江臨汎》注〔五〕）；胡友澹園謂用高陽里德星聚事（東漢荀淑居西豪里，潁陰令苑康以爲昔高陽氏有才子八人，今荀氏亦有八子，因改其里爲高陽里。事見《後漢書·荀淑傳》。德星，指景星或歲星，又用以喻賢士。東漢陳寔從諸子姪造訪荀淑父子，於時德星聚，太史奏曰：「五百里内有賢人聚。」事見南朝宋劉敬叔《異苑》卷四）；郭友培元謂用《左傳》八愷事（《左傳》文公十八年：「昔高陽氏有才子八人……天下之民謂之八愷。」），借作才子字用，不必拘泥會字。三説皆得。」按，尋繹上下文意，似當以徐説爲是。此蓋以山簡飲酒高陽池上，喻諸人于崔駙馬山池宴集。

〔七〕愚公谷：見《愚公谷三首》其一注〔一〕。愚公谷蓋因愚者居于其地而得名，《愚公谷三首》其二云：「緣底名愚谷？都由愚所成。」「愚公谷正愚」，猶言愚公谷正有愚者（實際是賢人）。喻指駙馬山池正有高人隱士會聚。

送丘爲往唐州〔一〕

宛洛有風塵〔二〕，君行多苦辛。四愁連漢水〔三〕，百口寄隨人〔四〕。槐色陰清晝，楊花惹暮春〔五〕。朝端肯相送〔六〕，天子繡衣臣〔七〕。

〔一〕丘爲：參見《送丘爲落第歸江東》注〔一〕。據詩末二句，知是時丘爲已在朝爲官，因此本詩當作于天寶二年之後（丘爲天寶二年登第），具體時間不詳，姑繫于安史之亂前。唐州：唐代州名，天寶元年改爲淮安郡，治所在比陽（今河南泌陽）。此處係沿用舊稱。《全唐詩》卷一二九有丘爲《留别王維》詩，係爲往唐州前回贈王維之作，底本以此篇爲王維詩，題作《留别丘爲》，非是，説詳附録一《傳本誤收詩文》該詩按語。

〔二〕宛：今河南南陽市。洛：洛陽。宛洛爲丘爲自長安往唐州途中經行之地。

〔三〕「四愁」句：《文選》張衡《四愁詩》序曰：「張衡……出爲河間相。……時天下漸弊，鬱鬱不得志，爲《四愁詩》，依屈原以美人爲君子，以珍寶爲仁義，以水深雪雰爲小人，思以道術相報，貽於時君，而懼讒邪，不得以通。」詩曰：「一思曰：我所思兮在太山，欲往從之梁父艱，側身東望涕霑翰。美人贈我金錯刀，何以報之英瓊瑶。路遠莫致倚逍遥，何爲懷憂心煩勞。」詩凡「四思」。此句即用其事，言爲到唐州，内心充滿懷友之愁。唐州地近漢水，故有「連漢水」之語。

〔四〕百口：指全家。《晋書・周顗傳》：「（王）導呼顗謂曰：『伯仁，以百口累卿。』」隨：即隨州，治所在今湖北隨州市。此句謂丘爲把家屬托付給隨州之人。指其家屬寄居于隨州。

〔五〕惹：招引。

〔六〕朝端：朝廷，朝中。南朝梁任昉《齊竟陵文宣王行狀》：「敷奏朝端，百揆惟穆。」孟浩然《田園作》：「鄉曲無知己，朝端乏親故。」此指朝廷官員。

〔七〕繡衣臣：《漢書・百官公卿表》：「侍御史有繡衣直指，出討姦猾，治大獄，武帝所制，不常置。」師古注：「衣以繡者，尊寵之也。」此指丘爲而言。疑丘時任御史，被朝廷派往唐州執行某種特殊任務。

楊慎曰：王右丞詩：「楊花惹暮春。」李長吉詩：「古竹老梢惹碧雲。」温庭筠：「暖香惹夢鴛鴦錦。」孫光憲：「六宫眉黛惹春愁。」用惹字凡四，皆絶妙。（《升菴詩話》卷一一）

問寇校書雙溪〔一〕

君家少室西〔二〕，爲復少室東〔三〕？别來幾日今春風。新買雙溪定何似〔四〕？餘生欲寄白雲中。

〔一〕寇校書：錢起《夜雨寄寇校書》云：「秋館煙雨合，重城鐘漏深。……此時蓬閣友，應念昔同衾。」蓬閣謂祕書省，錢起天寶九載登進士第，「釋褐祕書省校書郎」，此詩即其登第後至天寶末官祕書省校書郎時所作，説見傅璇琮《唐代詩人叢考》第四三一頁。起詩之寇校書，蓋即本詩之寇校書，故本詩之寫作時間，亦當同于起詩。雙溪：當是寇校書在嵩山附近購置的别業之名。

〔二〕少室：嵩山西峰，在河南登封市北。

〔三〕爲復：還是。

〔四〕定：疑問辭，猶言究竟。

春日與裴迪過新昌里訪吕逸人不遇〔一〕

桃源一向絶風塵〔二〕，柳市南頭訪隱淪〔三〕。到門不敢題凡鳥〔四〕，看竹何須問主人〔五〕？城外青山如屋裏〔六〕，東家流水入西鄰。閉户著書多歲月〔七〕，種松皆作老龍鱗〔八〕。

〔一〕裴迪：詳見《輞川集・孟城坳》注〔三〕。此詩裴迪有同詠，題作《春日與王右丞過新昌里訪吕逸人不遇》（載《全唐詩》卷一二九）。按，維自上元元年夏至卒前官尚書右丞（參見《年譜》），而迪安史之亂後入蜀爲官，上元元年至二年仍在蜀（參見《輞川集・孟城坳》注〔三〕；又杜甫上元二年有《暮登四安寺鐘樓寄裴十迪》詩，可證是時迪仍在蜀，説見仇兆鰲注），不得在長安與維共訪吕逸人，故疑詩題之「王右丞」，乃係後人所改。又，迪安史之亂後既居于蜀，則本詩自當作于安史之亂前，具體時間不詳，姑繫于此。新昌里：長安皇城東之第三街，街東從北第一坊築入苑，第八坊即新昌坊，參見《長安志》卷九。新昌坊唐人詩文中亦謂曰新昌里，參見《唐兩京城坊考》卷三。逸人：隱逸之士。

〔二〕桃源：借指吕逸人的隱居處。一向，奇字齋本、凌本作「四面」，《唐詩正音》、《唐詩鼓吹》作「面面」。絶風塵：指無人世的紛擾。絶，《唐詩鼓吹》作「少」。

〔三〕柳市：見《同比部楊員外十五夜遊有懷静者季》注〔一三〕。此處疑借指唐長安之東市。東市在皇城東之第二街第五、六坊（參見《唐兩京城坊考》卷三），新昌里在其東南，故云「柳市南頭」。隱淪：指隱士。

〔四〕「到門」句：《世説新語・簡傲》：「嵇康與吕安善，每一相思，千里命駕。安後來，直康不在，喜（康兄）出户延之，不入，題門上作鳳字而去。喜不覺，猶以爲欣。故作鳳字，凡鳥也。」按，題一「鳳」字，意在譏刺嵇喜，説他不過是「凡鳥」（合書爲鳳）而已。此處用這一故實，表示自己訪逸人不遇，並贊其家中無俗人。

〔五〕「看竹」句：《晉書・王徽之傳》：「時吴中一士大夫家有好竹，欲觀之，便出坐輿造竹下，諷嘯良久。主人洒掃請坐，徽之不顧。將出，主人乃閉門，徽之便以此賞之，盡歡而去。」事又載《世説新語・簡傲》。此句變用其事，意謂主人不在，儘可自己觀賞景物。

〔六〕「城外」句：新昌坊在長安城盡東之處，其南街東出延興門，即是城外，故云。外，《全唐詩》作「上」。

〔七〕著，《文苑英華》作「看」。

〔八〕老龍鱗：指老松之表皮斑駁，猶如龍鱗。此句底本原作「皆老作龍鱗」，據宋蜀本、述古堂本、奇字齋本等改。

宋魏泰曰：王摩詰「閉户著書多歲月，種松皆作老龍鱗」，一本作「皆老作龍鱗」，尤佳。（《臨漢隱居詩話》）

顧璘曰：此篇似不經意，然結語奇突，不失盛唐。又曰：信手拈來，頭頭是道，不可因其真率，略其雅逸也。

黄培芳曰：一氣清澈，便是絶妙好詞。彼堆垛零星支架不起者，何止上下床之别，有志雅音，斷宜去彼取此。（翰墨園重刊本《唐賢三昧集箋注》卷上）

方東樹曰：起先寫新昌里，亦是定題法，然後過訪乃有根。三四「訪」字，警策入妙。五六

景。七八人。此又一章法，杜公亦用之。後半氣勢愈盛。（《昭昧詹言》卷一六）

奉和聖製從蓬萊向興慶閣道中留春雨中春望之作應制〔一〕

渭水自縈秦塞曲〔二〕，黄山舊繞漢宫斜〔三〕。鑾輿迥出仙門柳〔四〕，閣道迴看上苑花〔五〕。雲裏帝城雙鳳闕〔六〕，雨中春樹萬人家。爲乘陽氣行時令，不是宸遊重物華〔七〕。

〔一〕此詩李憕有同詠（載《全唐詩》卷一一五，題同維詩）。苗晉卿亦有同詠，王維《魏郡太守河北採訪處置使上黨苗公德政碑》云：「（晉卿）嘗奉和聖製《雨中春望》詩云：『雨後山川光正發，雲端花柳意無窮。』」詩當作於三人同在朝廷任職時。考李憕自開元二十八年即出爲地方長官，至天寶十一載冬方入爲尚書右丞，十三載，遷京兆尹，十四載春，轉光禄卿，同年秋冬，爲東京留守，同年十二月，安禄山陷東京，憕被執遇害。參見兩《唐書·李憕傳》。又考苗晉卿自天寶二年出爲州郡長官，至天寶十四載方入爲憲部尚書兼尚書左丞。參見兩《唐書·苗晉卿傳》。另，《苗公德政碑》云：「公既去官（指離魏郡太守任，時在天寶六載），多歷年所，人思愈甚，共立生祠。」知碑當作於天寶末。此詩寫春景，當作於十四載春，是時王維官給事中，李、苗兩人皆在京任職。蓬萊：即大明宫。《新唐書·地理志》：「大明宫在禁苑東南，西接宫城之東北隅……曰東内。本永安宫，貞觀八年置，九年曰大明宫。……高宗以風痺，厭西内湫濕，龍朔二年始大興茸，曰蓬萊宮……長安元年，復曰大明宮。」興慶：《新唐書・地理志》：「興慶宮在皇城東南……開元初置，至十四年又增廣之，謂之南内。」閣道：即複道，見《奉和聖製御春明樓賦樂賢詩應制》注〔二〕。《舊唐書・地理志》云：「自東内達南内，有夾城複道，經通化門達南内。人主往來兩宮，人莫知之。」又《玄宗紀》云：「（開元二十年六月）遣范安及於長安廣花萼樓，築夾城至芙蓉園。」《長安志》卷九：「（開元）二十年，築夾城入芙蓉園。自大明宮東夾羅城複道，經通化門觀，以達此宮（興慶宮），次經春明、延興門，至曲江芙蓉園，而外人不之知也。」詩題《文苑英華》作《奉和御製從蓬萊宮向興慶閣道中作》。

〔二〕縈：繞。秦塞：秦地四面有山關之固，形勢險要，故云。《戰國策・齊策三》：「今秦四塞之國。」高誘注：「四面有山關之固，故曰四塞之國也。」塞，《文苑英華》作「甸」。曲：曲折。指渭水。

〔三〕黄山：參見《奉和聖製上巳於望春亭觀禊飲應制》注〔一〇〕。張衡《西京賦》：「掩長楊而聯五柞，繞黄山而款牛首。」

〔四〕鑾輿：天子之車駕。迥：遠。仙門：指宮門。仙，《唐詩正音》、《唐詩品彙》、《全唐詩》俱作「千」。

〔五〕迴，《文苑英華》作「遥」。上苑：謂帝王之園林。

〔六〕鳳闕：漢長安宮闕名。此處泛指唐長安宮門兩旁的闕樓。

〔七〕陽氣：指春日的陽和之氣。《禮記・月令》云：「孟春之月……天氣下降，地氣上騰，天地和同，草木萌動。」鄭注：「此陽氣蒸達，可耕之候也。」又云：「季春之月……生氣方盛，陽氣發泄。……命司空曰：「時雨將降，下水上騰，循行國邑，周視原野，修利隄防，道達溝渠。」時令，即月令，古時按季節制定的有關農事的政令。宸遊：帝王的巡遊。重，奇字齋本、凌本、《全唐詩》俱作「玩」。物華：自然景色。此二句言天子出行，本是乘陽氣暢達，施行有關農事的政令，並非重春景而欲賞玩之。

顧可久曰：温麗自然，景象如畫。

黄生曰：風格秀整，氣象清明，一脱初唐板滯之習。又曰：一二不出題，三四方出，此變化之妙；出題處帶寫景，此襯貼之妙；前後二聯，俱閣道中所見之景，而以三四横插于中，此錯綜之妙。凡皆妙于遣調也，而七八立言得體，則又妙于命意也。一二遠景，五六近景，二聯全景，三四半景，「迴出」字寫出「從」字「向」字之神，「迴看」字寫出「留」字「望」字之神。（《增訂唐詩摘鈔》卷二）

王夫之曰：人工備絶，更千萬人不可廢。若「九天閶闔」、「萬國衣冠」，直差排語耳。（《唐詩評選》卷四）

沈德潛曰：應制詩應以此篇爲第一。又曰：（「閣道」句）詩中有畫。（《唐詩別裁》卷一三）

方東樹曰：起二句先以山川將長安宫闕大勢定其方位，此亦擒題之命脈法也。……三四貼題中「從蓬萊向興慶閣道」。五六貼「春望」，貼「雨中」。收「奉和應制」字。通篇只一還題完密，

而興象高華，稱臺閣體。（《昭昧詹言》卷一六）

酬郭給事[一]

洞門高閣靄餘輝[二]，桃李陰陰柳絮飛。禁裏疎鐘官舍晚[三]，省中啼鳥吏人稀[四]。晨揺玉珮趨金殿，夕奉天書拜瑣闈[五]。强欲從君無那老[六]，將因卧病解朝衣[七]。

〔一〕郭給事：郭納。《元和姓纂》卷一〇潁川郭氏：「納，給事中，陳留採訪使。」《新唐書·玄宗紀》：「（天寶十四載十二月）安禄山……陷陳留郡，執太守郭納。」按，據蕭穎士《蓮池禊飲序》，知天寶十四載三月陳留太守尚爲李某，則郭納自給事中出爲陳留太守兼河南採訪使，不得早於十四載夏。據詩中「桃李」句，本詩當作于天寶十四載（七五五）春，時王維與郭納同爲給事中，故有「强欲從君無那老」之語。給事，見《同盧拾遺韋給事東山别業二十韻》注〔一〕。

〔二〕洞門：指宫殿或宅第深邃，有重重相對之門。《漢書·董賢傳》：「詔將作大匠爲賢起大第北闕下，重殿洞門，木土之工，窮極技巧。」注：「洞門，謂門門相當也。」靄：形容盛、多。此句謂宫中的重門高閣爲落日的餘輝所映照。

〔三〕官，凌本作「客」。

〔四〕省中：宫禁之内。《漢書·昭帝紀》：「帝姊鄂邑公主益湯沐邑，爲長公主，共（供）養省中。」注引伏儼曰：「蔡邕云：本爲禁中，門閤有禁，非侍御之臣，不得妄入。……孝元皇后父名禁，避之，故曰省中。」又師古曰：「省，察也。言入此中皆當察視，不可妄也。」此處也可能指門下省内（給事中爲門下省屬官）。唐門下省官署在大明宫宣政殿東，參見《東山别業二十韻》注〔六〕。

〔五〕玉珮：即玉佩，見《春日直門下省早朝》注〔四〕。奉，底本注：「一作捧。」天書：帝王之詔敕。天，凌本作「丹」。瑣闈：鏤刻有連瑣圖案的宫中側門。拜瑣闈：參見《春日直門下省早朝》注〔七〕。此二句寫給事中的生活。

〔六〕强：猶言十分、非常。參見王鍈《試論古代白話詞匯研究的意義與作用》一文（載《文史》第二十五輯）。那：猶奈。

〔七〕解朝衣：謂去官。張協《詠史詩》：「抽簪解朝衣，散髮歸海隅。」

顧璘曰：看渠結中下字，乃見盛唐温厚。

顧可久曰：清俊温雅。

黄培芳曰：起句不可太平熟，讀此種可思。（翰墨園重刊本《唐賢三昧集箋注》卷上）

别綦毋潛〔一〕

端笏明光宫〔二〕，歷稔朝雲陛〔三〕。詔看延閣書〔四〕，高議平津邸〔五〕。適意輕微禄〔六〕，遇人削繁禮〔七〕。盛得江左風，彌工建安體〔八〕。高張多絶弦〔九〕，截河有清濟〔一〇〕。嚴冬爽群木，伊洛方清泚。渭水冰下流，潼關雪中啓〔一一〕。荷蓧幾時還〔一二〕？塵纓待君洗〔一三〕。

〔一〕綦毋潛：參見《送綦毋潛落第還鄉》注〔一〕。潛天寶中復出爲宜壽尉（《新唐書·藝文志四》），十一載遷右拾遺（高適有《同崔員外綦毋拾遺九日宴京兆府李士曹》詩），並入集賢院待制；十三載八月出院，爲廣文博士（《玉海》卷一一二引《集賢注記》）；十四載，遷著作郎。玩詩意，本詩即十四載冬，潛去官東歸洛陽時，王維送之而作。

〔二〕端笏（hù互）：正身持笏。笏爲古代官員上朝時拿的手板。明光宫：參見《燕支行》注〔三〕。

〔三〕歷稔（rěn忍）：歷年。潛釋褐在開元十四年。雲陛：「陛」指宫殿的臺階，「雲」形容陛高。

〔四〕看，宋蜀本、明十卷本、《全唐詩》等作「刊」。延閣：西漢宫中的藏書閣。《太平御覽》卷二三三引劉歆《七略》云：「武帝廣獻書之路，百年之間，書積如邱山，故外有太常、太史、博士之藏，内則延閣、廣内、祕室之府。」又祕書省爲掌管圖書之官署，故後又稱祕書省爲延閣。《晋書·摯虞束晳傳》論曰：「或攝官延閣，裁成言事之書（謂史書）。」「攝官延閣」，指束晳爲祕書省佐著作郎，《晋書·束晳傳》：「（晳）轉佐著作郎，撰《晋書》帝紀、十志。」潛棄官前爲祕書省著作郎，故此曰「詔看延閣書」。

〔五〕「高議」句：謂曾在宰相的府第高談闊論。《漢書·公孫弘傳》：「元朔中，（弘）代薛澤爲丞相。……上於是下詔曰：『……其以高成之平津鄉户六百五十，封丞相弘爲平津侯，其後以爲故事。』……時上方興功業，婁（屢）舉賢良，弘……於是起客館，開東閣，以延賢人，與參謀議。」邸，舊時稱王侯之府第爲邸。

〔六〕輕微禄，底本作「偶輕人」，宋蜀本作「輕偶人」，述古堂本作「輕微人」，此從《文苑英華》。

〔七〕遇人，底本原作「虚心」，此從《文苑英華》。此句謂潛以真情待人，不講求繁瑣的禮節。

〔八〕江左：古人叙地理以東爲左，以西爲右，故江東又名江左。另，東晋及宋、齊、梁、陳之根據地皆在江左，故當時人又稱這五朝及其統治下的全部地區爲江左。彌：更。建安體：漢末建安（一九六—二二〇）時期，文壇上出現「三曹」、「七子」等衆多作家，其創作悲凉慷慨，剛健明朗，有鮮明的時代特色，後人因謂之建安體。此二句言潛爲詩能繼承建安、南朝的傳統。

〔九〕「高張」句：《文選》顔延之《秋胡詩》：「高張生絶弦，聲急由調起。」李善注：「高張生於絶弦，以喻立節期於效命。……揚雄《解嘲》（應爲《解難》）曰：『弦者高張急徽。』《物理論》曰：『琴欲高張，瑟欲下聲。』」按，高張指聲音激越高揚，張協《七命》曰：「器舉樂奏，促調高張。」絶弦，謂弦獨一無二，《文選》陸機《演連珠》：「臣聞郁烈之芳，出於委灰；繁會之音，生於絶弦。」劉孝標注：「香以燔質而發芳，弦以特絶而流響。」此句意謂，激越高揚之音，多出自精妙絶倫之弦。比喻潛才高，故詩佳。

〔一〇〕「截河」句：謂截斷黄河而過的濟水流出後仍然保持它的清澈。《尚書·禹貢》：「（濟水）入于河，溢爲滎。」孔安國傳：「濟水入河，並流十數里，而南截河，又並流數里，溢爲滎澤。」孔穎達疏：「濟水既入于河，與河相亂，而知截河過者，以河濁濟清，南出還清，故可知也。」此處以清濟比喻綦毋潛的詩風。

〔一一〕爽：傷敗。伊洛：伊水、洛水。伊水源出河南盧氏縣熊耳山，東北流至偃師市南入洛水。洛水源出陝西雒南縣冢嶺山，東南流入河南省境，又東北流至鞏義市入黄河。清泚（cǐ此）：清澈，明净。謝朓《始出尚書省》：「邑里向疎蕪，寒流自清泚。」潼關：古稱桃林之塞，東漢建安中于此建關，因潼水而名。地當今陝西、山西、河南三省交界處，歷代皆爲軍事要地。此四句之伊、洛，爲潛欲往之地；渭水、潼關，皆潛自長安赴洛陽需經之地。

〔一二〕荷蓧（diào掉）：指隱者。《論語·微子》：「子路從而後，遇丈人，以杖荷蓧（用木杖挑着鋤草工具）。……明日，子路行以告。子曰：『隱者也。』」此句謂，歸隱者（指潛）幾時還抵家中？

〔一三〕「塵纓」句：《文選》沈約《新安江水至清淺深見底貽京邑遊好》：「紛吾隔囂滓，寧假濯衣巾。願以潺湲水，沾君纓上塵。」李善注曰：「囂滓，謂去京師囂塵之地，以往東陽（江名，即今浙江省金華江，其水與新安江相通），自然隔越，亦不須濯衣巾。」又曰：「《楚辭》《漁父》曰：『滄浪之水清，可以濯我纓（繫冠的帶子）。』」按，沈詩「願以」二句謂願「京邑遊好」能暫離京師囂塵之地，來遊新安；此句即用其意，言潛居于京師囂塵之地，纓已塵污，正待洗濯。

冬夜書懷〔一〕

冬宵寒且永，夜漏宫中發〔二〕。草白靄繁霜〔三〕，木衰澄清月〔四〕。麗服映頹顔，朱燈照華髮。漢家方尚少〔五〕，顧影慚朝謁〔六〕。

〔一〕據「麗服」二句，本詩當作于晚年，今姑繫天寶末。

〔二〕夜漏：漏，漏壺，古滴水計時之器。壺有浮箭，上刻符號表時間，分晝漏、夜漏，共百刻。《舊唐書·職官志》：「漏刻之法，孔壺爲漏，浮箭爲刻。……冬夏之間，有長短。冬至之日，晝漏四十刻，夜漏六十刻。夏至，晝漏六十刻，夜漏四十刻。春分秋分之時，晝夜各五十刻。」此句謂漏壺夜間在宫中發出滴漏之聲。

〔三〕靄：盛貌。

〔四〕澄：清朗貌。

〔五〕尚少：謂喜好年輕人。《後漢書·張衡傳》注引《漢武故事》曰：「上至郎署，見一老郎，鬢眉皓白，問何時爲郎，何其老也？對曰：『臣姓顔名駟，以文帝時爲郎，文帝好文而臣好武，景帝好老而臣尚少，陛下好少而臣已老，是以三葉不遇也。』上感其言，擢爲會稽都尉也。」

〔六〕慚朝謁：言己已老，愧于繼續爲官，上朝謁見天子。

過沈居士山居哭之〔一〕

楊朱來此哭〔二〕，桑扈返于真〔三〕。獨自成千古〔四〕，依然舊四鄰。閑簷喧鳥雀〔五〕，故榻滿埃塵。曙月孤鶯囀，空山五柳春〔六〕。野花愁對客，泉水咽迎人。善卷明時隱〔七〕，黔婁在日貧〔八〕。逝川嗟爾命〔九〕，丘井嘆吾身〔一〇〕。前後徒言隔〔一一〕，相悲詎幾晨〔一二〕？

〔一〕玩詩中「善卷明時隱」、「丘井嘆吾身」二句之意，此詩疑作於天寶末，具體時間不詳，姑繫此。詩題宋蜀本作《過沈居哭沈居士》，述古堂本作《過沈居士山居哭沈居士》。

〔二〕「楊朱」句：《列子·仲尼》：「隨梧之死，楊朱撫其尸而哭。」晋張湛注：「生不幸而死，故可哀也。」此處作者以楊朱自喻。

〔三〕「桑扈」句：桑扈，即桑户，《莊子·大宗師》：「子桑户、孟子反、子琴張三人相與友……莫然有閒，而子桑户死，未葬……或編曲（蠶薄），或鼓琴，相和而歌曰：『嗟來桑户乎！嗟來桑户乎！而（汝）已反其真，而我猶爲人猗。』」返于真，謂人死歸于自然。此以桑扈喻沈居士。

〔四〕千古：哀悼死者之詞，表示永别、不朽之意。

〔五〕雀，《全唐詩》作「鵲」。

〔六〕五柳：見《偶然作·陶潛任天真》注〔九〕。此指沈之山居。

〔七〕「善卷」句：《莊子·讓王》：「舜以天下讓善卷，善卷曰：『余立于宇宙之中……日出而作，日入而息，逍遥於天地之間而心意自得，吾何以天下爲哉？悲乎！子之不知余也。』遂不受，於是去而入深山，莫知其處。」事又見《高士傳》卷上。句以善卷喻沈居士。

〔八〕「黔婁」句：《列女傳》卷二《魯黔婁妻》云，黔婁先生死，曾子與門人往弔之，問何以爲謚，其妻曰：「以康爲謚。」曾子曰：「先生在時，食不充口，衣不蓋形；死則手足不斂，旁無酒肉，生不得其美，死不得其榮，何樂于此而謚爲康乎？」其妻曰：「昔先生，君嘗欲授之以政，以爲國相，辭而不爲，是有餘貴也；君嘗賜之粟三十鍾，先生辭而不受，是有餘富也。彼先生者，甘天下之淡味，安天下之卑位，不戚戚於貧賤，不忻忻於富貴，求仁而得仁，求義而得義，其謚爲康，不亦宜乎？」《漢書·藝文志》：「《黔婁子》四篇。」自注：「齊隱士，守道不詘，威王下之。」事又見《高士傳》卷中。

〔九〕逝川：逝去的流水。《論語·子罕》：「子在川上曰：『逝者如斯夫！不舍（止）晝夜。』」

〔一〇〕丘井：廢墟之枯井。喻身心衰老。《維摩經·方便品》：「是身如丘井，爲老所逼。」僧肇注：「（鳩摩羅）什曰：丘井，丘墟枯井也。」

〔一一〕前後：指先死者與後死者。徒言隔：只説彼此隔絶。

〔一二〕詎：豈。此句謂，自己爲沈而悲傷哪有幾時？指己即將隨沈而去，不久于人世。

王夫之曰：挽詩得此，神理不滅。起結各用一意四句，長篇不如是則冗，沈雲卿《玩月》，李

太白《送儲邕》，通用此局陣，其源亦自康樂玄暉來。（唐詩評選》卷三）

夏日過青龍寺謁操禪師〔一〕

龍鍾一老翁〔二〕，徐步謁禪宫〔三〕。欲問義心義〔四〕，遥知空病空〔五〕。山河天眼裏〔六〕，世界法身中〔七〕。莫怪銷炎熱，能生大地風〔八〕。

〔一〕據首句及此詩有裴迪同詠（載《全唐詩》卷一二九。迪安史之亂後入蜀，説見《春日與裴迪過新昌里訪吕逸人不遇》注〔一〕），此詩當作于天寶末。青龍寺：見《青龍寺曇壁上人兄院集》注〔一〕。操禪師：不詳。禪師，對和尚的尊稱。詩題下《全唐詩》有「與裴迪同作」五字注語。

〔二〕龍鍾：衰老貌。

〔三〕禪宫：佛寺。

〔四〕義心：即第一義心，爲「自性清浄心」、「如來藏」、「真如」之異名。指一切衆生先天具有的佛性。《楞伽經》卷一：「此是過去未來現在諸如來應供等正覺，性自性第一義心，以性自性第一義心，成就如來世間出世間上上法。」句謂自己要向禪師詢問義心的道理。

〔五〕空病空：《維摩詰經·文殊師利問疾品》：「得是平等（指一切現象在共性或空性等上没有差别），無有餘病，唯有空病，空病亦空。」鳩摩羅什注：「上明無我（指人無我，即人空）無法（法空），而未遣（排遣）空；未遣空，則空爲累，累則是病，故明空病亦空也。」按，「空病空」即空空、一切皆空之義。《大智度論》卷四六：「何等爲空空？一切法空（一切現象虚幻不實），是空亦空……是名空空。」嘉祥《仁王經疏》卷二：「空破五陰（五藴），空空破空。如服藥能破病，病破已，藥亦應出，若藥不出，即復是病；以空破諸煩惱病，恐空復爲患，是故以空捨空，故名空空也。」空病，指將「空」絶對化，以爲「空」即虚無，而否認「假有」，「空病空」謂以空破除以爲空即虚無的空病，也即承認「假有」。參見《胡居士卧病遺米因贈》注〔一〕。此句意謂，禪師遥知一切皆空的佛理（正因爲如此，故欲問之）。

〔六〕天眼：佛教所稱五眼（肉眼、天眼、慧眼、法眼、佛眼）之一。《大智度論》卷五：「於眼，得色界（色界諸天）四大（指地、水、火、風等四種能造作一切物質的基本原素）造清浄色，是名天眼。天眼所見，自地及下地六道（地獄、餓鬼、畜生、人、天、阿修羅）中衆生諸物，若近，若遠，若麤，若細，諸色無不能照。」《翻譯名義集》卷六：「天眼遠近皆見，前後内外，晝夜上下，悉皆無礙。」此句意謂，青龍寺地居高處，禪師目極明亮，山河皆在其眼中。

〔七〕世界：佛家語，猶宇宙。世指時間，界指空間。《楞嚴經》卷四：「世爲遷流，界爲方位。汝今當知，東、西、南、北、東南、西南、東北、西北、上、下爲界，過去、未來、現在爲世。」法身：《大乘義章》卷一八：「言法身者，解有兩義：一顯法本性以成其身，名爲法身；二以一切諸功德法而成身，故名爲法身。」二即謂佛認識和體現了「法性」，構成「法性身」，亦稱「法身」。法身，實即法性之同義語。佛教認爲，法身廣大無邊，遍布于一切現象，成爲它們的共性和本源。《維摩經·方便品》僧肇注：「法身者……微妙無象，不可爲有；備應萬形，不可爲無。彌綸八極，不可爲小；細入無間，不可爲大。故能入生出死，通洞乎無窮之化，變現殊方，應無端之求。……然則法身在天而天，在人而人，豈可近捨丈六，而遠求法身乎！」此句即指法身廣大無邊，涵蓋一切。

〔八〕此二句謂無須奇怪入寺後頓覺炎熱全消，因爲佛地清涼，似乎能生大地之風。

和太常韋主簿五郎温湯寓目〔一〕

漢主離宮接露臺〔二〕，秦川一半夕陽開〔三〕。青山盡是朱旗繞，碧澗翻從玉殿來〔四〕。新豐樹裏行人度〔五〕，小苑城邊獵騎迴〔六〕。聞道甘泉能獻賦，懸知獨有子雲才〔七〕。

〔一〕太常主簿：唐太常寺置主簿二人，從七品上，掌管印章簿書等事。温湯：見《和僕射晋公扈從温湯》注〔一〕。按，華清宫天寶末爲安史亂軍所毁，亂後稍事修復，遊幸遂稀（參見《長安志》卷一五），故疑此詩當作于安史之亂前，具體時間無從確考，姑繫于此。湯，凌本作「泉」。寓目：觀看之意。此二字下《全唐詩》多「之作」二字。

〔二〕漢主離宫：指華清宫。唐人詩中每以漢借指唐。趙殿成注則謂：「其曰漢主者，以漢武曾於此修飾堂宇，故遂以漢主離宫爲言。」露臺：又稱靈臺，古時用以觀察天文氣象。《漢書·文帝紀》

贊：「（文帝）嘗欲作露臺，召匠計之，直百金，上曰：『百金，中人十家之産也。吾奉先帝宫室，常恐羞之，何以臺爲？』」師古注：「今新豐縣南驪山之頂有露臺鄉，極爲高顯，猶有文帝所欲作臺之處。」又《翼奉傳》載翼奉上疏曰：「孝文欲作一臺，度用百金……廢而不爲。其積土基，至今猶存。」

〔三〕秦川：泛指今陝西、甘肅秦嶺以北的平原地帶。此句寫在夕陽餘輝的映照下，秦川半明半暗的景象。

〔四〕翻：反而。玉殿：指華清宫。

〔五〕新豐：見《少年行四首》其一注〔二〕。樹，底本注：「一作市。」

〔六〕小苑：謂宫苑之小者，參見《奉和聖製上巳於望春亭觀禊飲應制》注〔三〕。此處即指華清宫。

〔七〕「聞道」二句：《漢書・揚雄傳》：「揚雄，字子雲。……孝成帝時，客有薦雄文似相如者，上方郊祠甘泉泰畤、汾陰后土以求繼嗣，召雄待詔承明之庭。正月，從上甘泉，還，奏《甘泉賦》以風。」懸知，預知，料想。二句贊美韋郎有才。

宋蔡寬夫曰：樂天《聽歌詩》云：「長愛夫憐第二句，請君重唱夕陽開。」注謂王右丞辭「秦川一半夕陽開」，此句尤佳。今摩詰集載此詩，所謂「漢主離宫接露臺」者是也。然題乃是《和太常韋主簿温湯寓目》，不知何以指爲想夫憐之辭。大抵唐人歌曲，本不隨聲爲長短句，多是五言或七言詩，歌者取其辭與和聲相疊成音耳。……豈非當時人之辭，爲一時所稱者，皆爲歌人竊取而播之曲調乎？（《蔡寬夫詩話》，《苕溪漁隱叢話》前集卷二一引）

顧璘曰：此篇鋪寫景象，雄渾富麗，造作句律，温厚深長，皆足爲法。

顧可久曰：寫景如畫，清俊醖籍。

胡應麟曰：唐七言律起句之妙，自「盧家少婦」外……王維：「漢主離宫接露臺，秦川一半夕陽開。」賈至：「銀燭朝天紫陌長，禁城春色曉蒼蒼。」……皆冠裳宏麗，大家正脈，可法。（《詩藪》内編卷五）

黄培芳曰：此種都是盛唐正軌。又曰：（「秦川」句）接得開宕，不平弱。（翰墨園重刊本《唐賢三昧集箋注》卷上）

方東樹曰：先叙明温湯地方，以原題立案，所謂鹽腦也。中四句寓目。收切主簿及和詩。只是不脱題面，不抛漏題中應有事意。……首句寫地，次句兼及時。三四近景。五六遠景。收切人，切和詩。（《昭昧詹言》卷一六）

奉和聖製暮春送朝集使歸郡應制〔一〕

萬國仰宗周〔二〕，衣冠拜冕旒〔三〕。玉乘迎大客〔四〕，金節送諸侯〔五〕。祖席傾三省〔六〕，褰帷向九州〔七〕。楊花飛上路〔八〕，槐色蔭通溝〔九〕。來預鈞天樂〔一〇〕，歸分漢主憂。宸章類河漢，垂象滿中州〔一一〕。

〔一〕朝集使：參見《送李睢陽》注〔三〕。《舊唐書·德宗紀》：「（建中元年）十一月辛酉朔，朝集使及貢使見於宣政殿。兵興已來，四方州府不上計、内外不朝會者二十有五年（自至德元年至建中元年，恰好二十五年），至此始復舊制。」據此，知本詩應作于安史之亂前。又，唐天寶元年改州爲郡，至德二載十二月復舊，此詩曰「歸郡」，似當作于天寶時，具體年代不詳，姑繫此。玄宗原賦今已不傳。

〔二〕萬國：猶言萬方；萬，宋蜀本作「方」。宗周：周爲諸侯所宗仰，故王都所在稱宗周。《詩·小雅·正月》：「赫赫宗周。」指武王所營的鎬京（今陝西西安）。《禮記·祭統》：「即宫於宗周。」則指平王所居之洛邑（今河南洛陽）。此借指唐都長安。

〔三〕衣冠：謂搢紳、士大夫。冕旒：天子的代稱。參見《三月三日曲江侍宴應制》注〔六〕。此句指朝集使入京拜見天子。

〔四〕玉乘：《文選》江淹《恨賦》：「若乃趙王既虜，遷於房陵……别豔姬與美女，喪金輿及玉乘。」李善注：「玉乘，玉輅也。」玉輅，飾玉之路；路即路車，古時諸侯所乘。《公羊傳》昭公二十五年：「乘大路。」注：「禮，天子大路，諸侯路車。」大客：周時指諸侯之孤卿出爲使臣者。《周禮·秋官·

大行人》：「大行人掌大賓（對諸侯一級來賓的稱呼）之禮，及大客之儀，以親諸侯。」鄭注：「大客，謂其孤卿（大賓之孤卿。孤卿指六卿之掌握國政者。其位獨尊，故稱孤）。」《周禮·地官·大司徒》賈公彦疏：「諸侯朝稱賓，卿大夫來聘稱客。」此處借指朝集使。此句指以車迎請朝集使入朝。

〔五〕金節：金屬製的符節。符節是古時朝廷用作憑證的信物，以竹、木或金屬製成，上刻文字，剖分爲二，使用時以兩片相合爲驗。其制唐時尚存，《舊唐書·職官志》：「符寶郎四員……凡國有大事，則出納符節，辨其左右之異，藏其左而班其右，以合中外之契焉。一曰銅魚符，所以起軍旅，易守長。……三曰隨身魚符，所以明貴賤，應徵召。……魚符之制，王畿之内，左三右一；王畿之外，左五右一。左者在内，右者在外。行用之日，從第一爲首，後事須用，以次發之，周而復始。大事兼敕書，小事但降符，函封遣使合而行之。……隨身魚符之制，左二右一，太子以玉，親王以金，庶官以銅，佩以爲飾。」諸侯：指郡太守（即朝集使）。漢時郡與國（諸侯王國）地位相當，後世因稱郡太守爲諸侯。此句謂朝集使歸郡前，天子授以信符。

〔六〕祖席：送別的宴席。傾三省：謂三省之官吏皆參加送別的宴會。唐時以尚書省、門下省、中書省爲三省。

〔七〕褰帷：用後漢賈琮事，參見《送封太守》注〔六〕。此句指朝集使各回本郡。

〔八〕上路：猶大路。

〔九〕通溝：指四通八達的溝渠。

〔一〇〕鈞天：見《奉和聖製十五夜燃燈繼以酺宴應制》注〔六〕。樂：趙殿成曰：「當作洛音，對下憂字，與沈佺期『稱觴獻壽樂鈞天』同意。」此句謂朝集使來朝，與君王同賞天上音樂的快樂。

〔一一〕宸（chén 辰）章：帝王的詞章。指玄宗所作送朝集使歸郡之詩。河漢：銀河。「類河」下，底本、《全唐詩》均注：「一作在雲。」垂象：垂示星象。中州：《漢書·司馬相如傳》：「世有大人兮，在乎中州。」注：「中州，中國也。」「中」下，底本、《全唐詩》均注：「一作皇。」二句形容玄宗所賦之詩極有輝光。

冬日遊覽〔一〕

步出城東門，試騁千里目〔二〕。青山橫蒼林，赤日團平陸〔三〕。渭北走邯鄲〔四〕，關東出函谷〔五〕。秦地萬方會，來朝九州牧〔六〕。雞鳴咸陽中〔七〕，冠蓋相追逐〔八〕。丞相過列侯〔九〕，群公餞光禄〔一〇〕。相如方老病，獨歸茂陵宿〔一一〕。

〔一〕據「秦地」二句，可知此詩當作于安史之亂前。説見上詩注〔一〕。

〔二〕騁千里目：縱目遠望之意。

〔三〕團：圓。何遜《學古詩三首》其一：「陣雲橫塞起，赤日下城圓。」平陸：平坦的陸地，平原。

〔四〕走邯鄲：《漢書·張釋之傳》：「上指視慎夫人新豐道，曰：『此走邯鄲道也。』」注：「張晏曰：慎夫人，邯鄲人也。如淳曰：走音奏，趣也。」邯鄲在今河北邯鄲市西南。此句謂，渭水之北可趨赴邯鄲。

〔五〕關東：指函谷關以東地區。函谷舊關在今河南靈寶東北，漢元鼎三年（公元前一一四年）徙至今河南新安東。句謂至關東需出函谷。

〔六〕九州牧：泛指諸州長官。此二句寫是時適值朝集使入京朝見天子。

〔七〕咸陽：秦都。此借指唐都長安。中，《唐詩正音》作「市」。

〔八〕冠蓋：官員的服飾和車乘，借指官員或貴官。

〔九〕過（guō鍋）：拜訪。

〔一〇〕光禄：指光禄卿。唐光禄寺置卿一員，從三品，負責掌管邦國的酒醴、膳羞之事。

〔一一〕「相如」二句：用因病免官家居的相如比喻失職的寒士，慨歎其生活之孤寂。參見《不遇詠》注〔七〕。「方」下，底本、《全唐詩》均注：「一作今。」

劉須溪曰：平實悲壯，古意雅辭，樂府所少。又曰：（「青山」二句）下字佳。

奉和聖製與太子諸王三月三日龍池春禊應制〔一〕

故事修春禊，新宮展豫遊〔二〕。明君移鳳輦〔三〕，太子出龍樓〔四〕。賦掩陳王作〔五〕，杯如洛水流〔六〕。金人來捧劍〔七〕，畫鷁去迴舟〔八〕。苑樹浮宮闕，天池照冕旒〔九〕。宸章在雲表，垂象滿皇州〔一〇〕。

〔一〕三月三日：參見《三月三日曲江侍宴應制》注〔一〕。龍池：見《大同殿生玉芝龍池上有慶雲聖恩便賜宴樂》注〔一〕。春禊：指三月三日在水邊舉行的祓除不祥之祭。參見《曲江侍宴應制》注〔四〕。《全唐詩》卷一二一載陳希烈《奉和聖製三月三日》詩曰：「上巳迂龍駕，中流泛羽觴。酒因朝太子，詩爲樂賢王。錦纜方舟渡，瓊筵大樂張。」尋繹詩意，希烈詩與維此詩當係同和之作；希烈詩只可能作于安史亂前（參見《和宋中丞夏日遊福賢觀天長寺之作》注〔一〕），維此詩亦然，具體時間不詳，姑繫此。

〔二〕新宮：指興慶宮。宮爲玄宗時新置，故云。《舊唐書·睿宗諸子傳》：「大足元年，（玄宗兄弟）從幸西京，賜宅於興慶坊，亦號『五王宅』。及先天之後，興慶是龍潛舊邸，因以爲宮。」按，興慶宮開元二年置，十四年，又取永嘉、勝業二坊之半增廣之，十六年正月，宮成。參見徐松《唐兩京城坊考》卷一。龍池即在興慶宮中。豫遊：參見《曲江侍宴應制》注〔三〕。

〔三〕鳳輦：天子之車駕。《唐會要》卷三二：「舊制，輦有七，一曰大鳳輦，二曰大芳輦……」

〔四〕龍樓：見《寓言二首》其一注〔五〕。句謂太子奉詔出宮同往龍池。

〔五〕掩：蓋過。陳王：陳思王曹植。魏明帝「以陳四縣封植爲陳王」，思爲植之謚號。《三國志·魏書・陳思王傳》：「陳思王植字子建。……時鄴銅爵臺新成，太祖悉將諸子登臺，使各爲賦。植援筆立成，可觀，太祖甚異之。」此句指太子諸王所作詩賦，勝過曹植。

〔六〕「杯如」句：《文選》顔延年《三月三日曲水詩序》李善注引梁吴均《續齊諧記》曰：「晉武帝問尚書摯虞曰：『三月曲水，其義何？』答曰：『漢章帝時，平原徐肇以三月初生三女，至三日而俱亡，一村以爲怪，乃招攜至水濱盥洗，遂因水以泛觴，曲水之義起於此。』帝曰：『若所談，非好事。』尚書郎束皙曰：『仲洽（摯虞字）小生，不足以知，臣請説其始。昔周公成洛邑，因流水以泛酒，故逸詩曰：「羽觴隨流波。」又秦昭王三日置酒河曲，見有金人出奉水心劍（劍名），曰：「令君制有西夏。」乃因其處立爲曲水，二漢相沿，皆爲盛集。』」事亦載《晉書・束皙傳》。按，古上巳節宴集，常在環曲的水渠旁張筵，將酒杯放置水上，酒杯隨波流行至前，便即取飲，謂之「流觴曲水」。《世説新語・企羨》注引王羲之《臨河叙》曰：「又有清流激湍，映帶左右，引以爲流觴曲水，列坐其次。」《文選》王融《三月三日曲水詩序》：「授几肆筵，因流波而成次；蕙肴芳醴，任激水而推移。」此句謂酒杯流行于水，猶如周公當年在洛水泛觴（即流觴）。

〔七〕「金人」句：用秦昭王三月三日置酒河曲的故實。

〔八〕畫鷁：參見《送祕書晁監還日本國》注〔五二〕。去，顧本、凌本俱作「出」。

〔九〕「苑樹」句：謂苑中的樹海漂浮起了巍峨的宫殿。天池：指皇宫之池。冕旒：見《曲江侍宴應制》注〔六〕。

〔一〇〕宸（chén辰）章：天子的詩文詞章。表，底本原作「漢」，此從明十卷本、奇字齋本、《全唐詩》等。垂象：垂示星象。皇州：謂帝都。此二句以「在雲表」的星辰，喻天子所賦之詩。

奉和聖製重陽節宰臣及群官上壽應制〔一〕

四海方無事，三秋大有年〔二〕。百工逢此日，萬壽願齊天〔三〕。芍藥和金鼎，茱萸插玳筵〔四〕。玉堂開右个〔五〕，天樂動宫懸〔六〕。御柳疎秋影，城鵶拂曙烟。無窮菊花節〔七〕，長奉柏梁篇〔八〕。

〔一〕尋繹首句之意，本詩似當作于安史之亂前，具體時間不詳，姑繫此。官，底本原作「臣」，此從述古堂本、《全唐詩》。上壽：祝壽。應制，《文苑英華》作「之作」。

〔二〕方：正，恰。三秋：秋季三個月。大有年：大豐收。《穀梁傳》宣公十六年：「五穀大熟，爲大有年。」

〔三〕百工：衆官。《書·堯典》：「允釐百工，庶績咸熙。」傳：「工，官。」工，宋蜀本、述古堂本、明十卷本等俱作「生」。逢，《全唐詩》作「無」，宋蜀本作「逸」。此二句寫百官上壽。

〔四〕芍藥：同「勺藥」，指酸、苦、甘、辛、鹹五種調料的合劑。《史記·司馬相如傳·子虛賦》：「勺藥之和具，而後御之。」集解：「郭璞曰：勺藥，五味也。」茱萸：參見《九月九日憶山東兄弟》注〔三〕。

玳：玳瑁，動物名，似龜，其甲片可爲裝飾品。玳筵：飾以玳瑁的筵席（坐具），古設盛宴時每用之，故又代指盛宴。《初學記》卷一三引劉楨《瓜賦序》曰：「布象牙之席，薰玳瑁之筵。」江總《今日樂相樂》：「綺殿文雅遒，玳筵歡趣密。」二句謂天子在重九設盛宴，坐席上插有茱萸。

〔五〕玉堂：宫殿之美稱。右个：《禮記·月令》：「季秋之月……天子居總章右个。」「个」即正堂兩旁的側室。《吕氏春秋·孟春紀》高誘注：「（明堂）中方外圜，通達四出，各有左右房，謂之个，个猶隔也。」

〔六〕天樂：謂天上之音樂。參見《奉和聖製十五夜燃燈繼以酺宴應制》注〔六〕。宫懸：古時鐘磬一類樂器懸掛於架上，懸掛的形式視主人的身份地位而不同，帝王四面懸掛，謂之宫懸。《周禮·春官·小胥》：「正樂縣（通懸）之位。王宫縣，諸侯軒縣。」鄭玄注：「樂縣，謂鐘磬之屬縣于筍簴者。鄭司農云：宫縣四面縣，軒縣去其一面。……四面象宫室四面有牆，故謂之宫縣。」此句指宫中的樂器奏出美妙的音樂。

〔七〕菊花節：指重陽節。舊俗于此日採菊泛酒（參見《輞川集·茱萸沜》注〔三〕），故稱。菊花節每年都有，故云「無窮」。

〔八〕柏梁篇：指漢武帝在柏梁臺所作之詩。參見《奉和聖製賜史供奉曲江宴應制》注〔四〕。《古文苑》卷八載有《柏梁臺七言聯句》，相傳爲漢武帝在柏梁臺上與群臣所共賦，人各一句，每句用韻。此處借指唐玄宗在重陽節寫的詩。

方回曰：「此生已覺都無事，今歲仍逢大有年」，東坡之句，仍出於此。（《瀛奎律髓彙評》卷一六）

三月三日勤政樓侍宴應制〔一〕

綵仗連宵合〔二〕，瓊樓拂曙通〔三〕。年光三月裏，宫殿百花中。不數秦王日，誰將洛水同〔四〕！酒筵嫌落絮〔五〕，舞袖怯春風。天保無爲德〔六〕，人歡不戰功〔七〕。仍臨九衢宴〔八〕，更達四門聰〔九〕。

〔一〕勤政樓：在興慶宫中。《舊唐書·睿宗諸子傳》：「玄宗於興慶宫西南置樓，西面題曰花萼相輝之樓，南面題曰勤政務本之樓。」《長安志》卷九謂「樓南向，開元八年造」。趙殿成曰：「按《舊唐書》本紀：天寶四載春三月甲申，宴群臣于勤政樓。又十四載春三月丙寅，宴群臣于勤政樓，奏《九部樂》，上賦詩，效柏梁體。」按，詩題曰「三月三日」，天寶四載三月三日爲辛酉，十四載三月三日爲壬戌，則趙氏所引二事，皆非指上巳（三月三日）之宴，不與本詩相合。然據「天保」二句，大致可推知此詩當作于安史之亂前。

〔二〕綵仗：指天子的儀仗。姚合《和裴結端公早朝》詩云：「綵仗祥光動，彤庭霽色鮮。」合：聚集。

〔三〕瓊樓：即指勤政樓。

〔四〕「不數」二句：參見《奉和聖製與太子諸王龍池春禊應制》注〔六〕。不數，等于說「不讓」或「不亞于」。參見王鍈《詩詞曲語辭例釋》。誰，猶何、多麽。張籍《各東西》：「道路悠悠不知處，山高海闊誰辛苦！」將，猶與、共。此二句意謂，天子上巳設宴，不亞于當年秦昭王置酒河曲，與周公在洛水泛觴又多麽一樣！

〔五〕落絮：指柳絮。

〔六〕天保：《詩·小雅·天保》：「天保定爾，亦孔之固。」鄭箋：「保，安。爾，女也。女，王也。天之安定女，亦甚堅固。」句謂君王有清静無爲之德，天使其平安。

〔七〕不戰功：指不戰而使敵懾服之功。

〔八〕九衢：四通八達的道路。

〔九〕「更達」句：參見《奉和聖製御春明樓賦樂賢詩應制》注〔六〕。四門，四方之門。《書·堯典》：「賓於四門，四門穆穆。」此處指四方。句謂這樣更能廣聽遠聞四方之聲。

奉和聖製賜史供奉曲江宴應制〔一〕

侍從有鄒枚〔二〕，瓊筵就水開〔三〕。言陪柏梁宴，新下建章來〔四〕。對酒山河滿〔五〕，移舟草樹迴。天文同麗日，駐景惜行杯〔六〕。

〔一〕此詩寫作時間不詳，姑繫於安史之亂前。供奉：官名，即翰林供奉。《通鑑》卷二一七：「上（玄宗）即位，始置翰林院，密邇禁廷，延文章之士，下至僧、道、書、畫、琴、棋、數術之工皆處之，謂之『待詔』。刑部尚書張均及弟太常卿垍皆翰林院供奉。」《新唐書·百官志》：「玄宗初置翰林待詔，以張説、陸堅、張九齡等爲之，掌四方表疏批答、應和文章；既而又以中書務劇，文書多壅滯，乃選文學之士，號翰林供奉，與集賢院學士分掌制詔書敕。開元二十六年，又改翰林供奉爲學士，別置學士院，專掌内命。」按，實際上是開元二十六年於翰林院南別置學士院，選取部分文學之士入學士院，專掌内命，稱翰林學士，而原翰林院仍有翰林供奉（或稱翰林待詔），並不是在開元二十六年將所有翰林供奉都改稱爲學士，《新唐書·百官志》所言未確。史供奉：《全唐詩人名彙考》謂即史惟則。惟則開元、天寶年間爲「御書」，《寶刻類編》卷三録惟則官銜有「伊闕縣丞、殿中侍御史内供奉、太子洗馬、翰林待制」等，故呼爲史供奉。曲江：池名，在唐長安敦化坊南。參見《三月三日曲江侍宴應制》注〔一〕。

〔二〕鄒枚：鄒陽、枚乘，皆漢初人。「吴王濞招致四方游士，陽與吴嚴忌、枚乘等俱仕吴，皆以文辯著名」。後吴王欲謀爲逆，陽與乘皆上書諫，吴王不納，遂共去而之梁，爲梁孝王門客。事見《漢書·賈鄒枚路傳》。此處以「鄒枚」喻指文學侍從之臣。

〔三〕瓊筵：精美的筵席。

〔四〕言：謂，爲。柏梁宴：《三輔黄圖》（畢沅校本）卷五：「柏梁臺，武帝元鼎二年春起此臺，在長安城中北闕（未央宫北所建之闕觀）内。《三輔舊事》云：『以香柏爲梁也。帝嘗置酒其上，詔群臣和詩，能七言詩者乃得上。太初中臺災。』」下，《文苑英華》作「自」。建章：漢長安宫殿名。《漢書·武帝紀》：「太初元年……二月，起建章宫。」師古注：「在未央宫西，今長安故城西。」二句指史由禁中（翰林院在禁中）出至曲江陪宴。

〔五〕此句意謂，在山河間面對酒杯斟滿而飲。

〔六〕天文：比喻帝王的詩文詞章。景：日光。行杯：猶行觴，謂宴會上巡行酌酒勸飲。二句意謂，玄宗所作《賜史供奉曲江宴》詩，就像麗日一般壯美；侍從們珍惜曲江之宴，願留住日光不使移動。

奉和聖製十五夜燃燈繼以酺宴應制〔一〕

上路笙歌滿〔二〕，春城漏刻長〔三〕。遊人多晝日〔四〕，明月讓燈光。魚鑰通翔鳳，龍輿出建章〔五〕。九衢陳廣樂〔六〕，百福透名香〔七〕。仙妓來金殿〔八〕，都人繞玉堂〔九〕。定應偷妙舞，從此學新粧〔一〇〕。奉引迎三事〔一一〕，司儀列萬方〔一二〕。願將天地壽〔一三〕，同以獻君王。

〔一〕十五夜燃燈：《白孔六帖》卷四引唐鄭處誨《明皇雜録》（今本《明皇雜録》無此條）云：「上在東都，遇正月望（十五日）夜，移仗上陽宫，大陳影燈，設庭燎，自禁中至於殿庭，皆設蠟炬，連屬不絶。時有匠毛順，巧思結創繒綵爲燈樓三十間，高一百五十尺，懸珠玉金銀，微風一至，鏘然成韻，乃以燈爲龍鳳虎豹騰躍之狀，似非人力。」趙殿成注：「《菊坡叢話》：『唐明皇在東都，正月望夜，移仗上陽宮，設蠟炬連屬不絶……當時惟王右丞奉和聖製一詩，括盡時事。』」按，若此詩果述明皇於東都燃燈事，當作於開元二十四年（七三六）正月十五日（玄宗於開元二十二年正月至東都，二十四年十月還西京，自此不復東幸；考維二十三年三月九日以後方離嵩山至東都任右拾遺，故此詩只能作於二十四年正月十五日）。又按，正月十五夜燃燈，中宗時已有此制，且非僅在東都一地舉行，《舊唐書·中宗紀》曰：「（景龍）四年春正月……丙寅上元（正月十五日）夜，帝與皇后微行觀燈……是夜，放宫女數千人看燈，因此多有亡逸者。」《睿宗紀》曰：「（先天）二年春正月……上元日夜，上皇御安福門（長安皇城西面之門）觀燈，出内人連袂踏歌，縱百僚觀之，一夜方罷。」《玄宗紀》曰：「（天寶三載十一月）癸丑，每載依舊取正月十四日、十五日、十六日開坊市門燃燈，永以爲常式。」因此，没有足够證據可以證明此詩必作於東都；又尋繹「魚鑰」四句之意，此詩似作於長安，具體時間未詳，姑繫於安史之亂前。酺（pú蒲）宴：謂天子詔賜臣民聚飲。詩題《文苑英華》作《奉和十五夜燃燈繼以酺宴之作應制》。

〔二〕上路：猶大道。

〔三〕漏刻：古計時之器，又借指時刻。漏刻長：謂時間已晚（指已到了晚上）。

〔四〕多晝日：言夜間的遊人多於白天。

〔五〕魚鑰：魚形之鎖鑰。梁簡文帝《秋閨夜思》：「夕門掩魚鑰，宵牀悲畫屏。」唐丁用晦《芝田録》：「門鑰必以魚者，取其不瞑目守夜之義。」翔鳳：《初學記》卷二四曰：「晋有伺星樓、儀鳳樓、翔鳳樓，見《晋宫閣名》。」又曰：「《晋宫閣名》曰：總章觀有翔鳳樓。」《唐六典》卷七謂唐長安宫城有「薰風、就日、翔鳳……等殿，凌煙、翔鳳等閣」。龍輿：天子的車駕。建章：漢長安宫殿名。參見《奉和聖製賜史供奉曲江宴應制》注〔四〕。此二句意謂，節日之夜宫門大開，天子外出觀燈。

〔六〕九衢：《楚辭·天問》：「靡蓱九衢，枲華安居？」王逸注：「九交道曰衢。」此指四通八達的道路。廣樂：即鈞天廣樂，《史記·趙世家》載，趙簡子患病，數日不醒，後寤，語大夫曰：「我之帝（天帝）所甚樂，與百神游於鈞天，廣樂九奏萬舞，不類三代之樂，其聲動人心。」此指宫中美妙的音樂。

〔七〕百福：指唐宫殿。《初學記》卷二四曰：「《洛陽宫殿簿》曰：九華殿，百福殿。」又曰：「《洛陽宫殿簿》有魏……九華、承光諸殿。」《唐六典》卷七：「（長安宫城）兩儀（殿名）之左曰獻春門，右曰宜秋門，宜秋之右曰百福門，其内曰百福殿。」《唐兩京城坊考》卷一：「百福殿，前有百福門，睿宗崩於此殿，宣宗改爲雍和殿，内有親親樓，爲諸王宴會之所。」透名香：謂宫中焚名香，其氣透出。「透」下，《全唐詩》注：「一作迓。」

〔八〕仙妓：姿容才藝若仙之歌妓。仙，底本注：「一作神。」金殿：天子的宫殿。

〔九〕句謂京都之人繞宫殿圍觀仙妓的妙舞。

其新粧。

〔一〇〕定，《文苑英華》作「止」。妙，《全唐詩》注：「一作艷。」此二句謂都人定當偷走仙妓的妙舞，並學

〔一一〕奉引：天子出行，公卿在其車前引路。《史記·韓長孺列傳》：「安國行丞相事，奉引墮車，蹇。」集解：「如淳曰：爲天子導引而墮車跛足。」三事：指三公之位，參見《苑舍人能書梵字兼達梵音皆曲盡其妙戲爲之贈》注〔八〕。此句意謂，迎請三公爲天子導引。

〔一二〕司儀：《周禮》秋官之屬，掌接待賓客的禮儀。《周禮·秋官·司儀》：「司儀掌九儀（《周禮·秋官·大行人》鄭玄注：「九儀，謂命者五，公、侯、伯、子、男也；爵者四，孤、卿、大夫、士也。」）之賓客擯相之禮，以詔儀容辭令揖讓之節。」鄭玄注：「出接賓曰擯，入贊禮曰相；以詔者，以禮告王。」列，《文苑英華》作「立」。此句意謂，天子出宫時，掌禮儀的官吏分列各方。

〔一三〕天地壽：謂長久若天地之壽命。

奉和聖製上巳於望春亭觀禊飲應制〔一〕

長樂青門外〔二〕，宜春小苑東〔三〕。樓開萬户上〔四〕，輦過百花中。畫鷁移仙妓〔五〕，金貂列上公〔六〕。清歌邀落日〔七〕，妙舞向春風〔八〕。渭水明秦甸〔九〕，黄山入漢宫〔一〇〕。君王來祓禊〔一一〕，灞滻亦朝宗〔一二〕。

〔一〕望春亭：即望春宫，在長安城東九里。《新唐書·地理志》載京兆府萬年縣「有南望春宫，臨滻水，西岸有北望春宫，宫東有廣運潭」。《舊唐書·韋堅傳》：「（堅）於長安城東九里長樂坡下、滻水之上架苑牆，東面有望春樓，樓下穿廣運潭以通舟楫，二年而成。」《唐兩京城坊考》卷一：「（禁）苑中宫亭二十四所，可考者曰南望春亭，曰北望春亭。即望春宫。天寶二年韋堅引滻水抵苑東望春樓下爲潭，名廣運潭，在長安城東九里。」禊飲：上巳日於水濱祓除不祥並宴飲。應制，《文苑英華》作「之作」。此詩寫作時間難於確考，疑當作於天寶二年廣運潭挖成之後、十四載安史之亂爆發以前。

〔二〕長樂：漢長安宫殿名。此借指望春宫。青門：參見《韋侍郎山居》注〔五〕。此句謂望春宫在長安東門外。

〔三〕宜春：秦離宫有宜春宫，宫之東爲宜春苑，漢時稱宜春下苑。《史記·司馬相如傳》正義：「《括地志》云：秦宜春宫在雍州萬年縣西南三十里，宜春苑在宫之東，杜（縣）之南。」《漢書·元帝紀》：「詔罷……宜春下苑。」師古注：「宜春下苑，即今京城東南隅曲江池是。」小苑：《丁寓田家有贈》趙殿成注：「小苑字始見《漢書·蕭望之傳》，昔賢不注地在何處，六朝及唐人詩中多用之，或謂唐人所稱小苑，即宜春苑是。成按，右丞『長樂青門外，宜春小苑東』之句，則不得謂宜春即小苑矣，當是指曲江之芙蓉園也。唐大内有西内苑，有東内苑，有禁苑，凡三苑，芙蓉園不及三苑之闊遠，故謂之小苑。」按，《唐兩京城坊考》卷三曰：「考《太平寰宇記》，曲江與芙蓉園相連，李肇《國史補》謂芙蓉園即秦之宜春苑。」芙蓉園即秦之宜春苑，則不得謂宜春在小苑（芙蓉園）之東明矣。小苑，蓋謂宫苑之小者，非專名。《漢書·蕭望之傳》：「（望之）署小苑東門候。」王先謙補注：「此宫苑門。」庾信《春賦》：「停車小苑，連騎長楊。」《南史·齊武帝諸子傳》：「文惠皇太子長懋……求于東田起小苑，上許之。」右丞詩中「小苑」字凡四見，或指華清宫，或指興慶宫，此處疑即指興慶宫，言宜春宫（借指唐望春宫，與上句同例）在興慶宫之東。

〔四〕樓：當指望春樓。户，《文苑英華》、《全唐詩》作「井」。此句寫樓之高。

〔五〕畫鷁：見《送祕書晁監還日本國》注〔五二〕。妓，《唐詩品彙》作「伎」。

〔六〕金貂：見《過崔駙馬山池》注〔五〕。唐制，中書令、侍中、散騎常侍，冠皆飾以金蟬貂尾。參見《唐六典》卷八。上公：周以太師、太傅、太保爲三公（八命），三公有德者加一命（爲九命，是周代官爵的最高等級），稱上公（參見《周禮·春官·典命》鄭玄注）；漢置太傅，位在三公（大司馬、大司徒、大司空）之上，稱上公（參見《漢書·百官公卿表》、《後漢書·百官志》）；晋以太宰、太傅、太保爲上公（參見《晋書·職官志》）。此處泛指貴官。

〔七〕遏：遏，遮留。《列子·湯問》：「薛譚學謳於秦青，未窮青之技，自謂盡之，遂辭歸。秦青弗止，餞於郊衢，撫節悲歌，聲振林木，響遏行雲（美妙的音響留住了天上的行雲）。」此句即隱用其意，謂歌聲清美，使落日爲之不行。

〔八〕妙，《文苑英華》作「妍」。

〔九〕秦甸：指長安郊外之地。古時稱都城郊外爲甸。

〔一〇〕黄山：山名，又稱黄麓山，漢時於其地置黄山宫。《漢書·地理志》載：右扶風槐里縣（治所在今陝西興平東南）「有黄山宫，孝惠二年起」。《三輔黄圖》卷三：「黄山宫在興平縣（今陝西興平）西三十里，武帝微行西至黄山宫（按，事見《漢書·東方朔傳》），即此。」句謂黄山山色進入了漢代離宫。

〔一一〕祓禊：見《三月三日曲江侍宴應制》注〔四〕。

〔一二〕灞：水名，源出陝西藍田縣藍田谷，西北行，至今西安市東北入渭水。滻：水名，源出藍田西南秦嶺山中，北流至霸陵（今西安市東北）入灞水。朝宗：《詩·小雅·沔水》：「沔彼流水，朝宗于海。」鄭玄箋：「水流而入海，小就大也，喻諸侯朝天子，亦猶是也。諸侯春見天子曰朝，夏見曰宗。」孔穎達正義：「朝宗者，本諸侯於天子之禮……臣之朝君，猶水之趨海，故以水流入海爲朝宗也。」此句指灞滻趨渭，猶如來朝見天子。

王夫之曰：收合不安。（《唐詩評選》卷三）

王壽昌曰：詩之天然成韻者，如謝康樂之「遠巖映蘭薄，白日麗江皋」，……王右丞之「樓開萬户上，輦過百花中」，「遠樹蔽行人，長天隱秋塞」，「五湖三畝宅，萬里一歸人」，「隔牖風驚竹，開門雪滿山」。（《小清華園詩談》卷下）

登樓歌〔一〕

聊上君兮高樓，飛甍鱗次兮在下〔二〕。俯十二兮通衢〔三〕，緑槐參差兮車馬。却瞻兮龍首〔四〕，前眺兮宜春〔五〕，王畿鬱兮千里〔六〕，山河壯兮咸秦〔七〕。舍人下兮青宮，據胡牀兮書空〔八〕。執戟疲於下位〔九〕，老夫好隱兮牆東〔一〇〕。亦幸有張伯英草聖兮龍騰虬躍，擺長雲兮捩回風〔一一〕。琥珀酒兮彫胡飯，君不御兮日將晚〔一二〕。秋風兮吹衣，夕鳥兮爭返。孤砧發兮東城〔一三〕，林薄暮兮蟬聲遠〔一四〕。時不可兮再得〔一五〕，君何爲兮偃蹇〔一六〕？

〔一〕疑作於天寶末。時維已老，在長安過一種亦官亦隱的生活，故詩中云「老夫好隱兮牆東」。

〔二〕甍（méng 萌）：屋脊。甍之兩端揚起，有飛舉之勢，故曰「飛甍」。此句語本鮑照《詠史》：「京城十二衢，飛甍各鱗次。」

〔三〕俯：俯視。十二通衢：亦用鮑照之語，非實指。《唐兩京城坊考》卷二：「（西京）郭中南北十四街，東西十一街。」

〔四〕却瞻：回頭望。龍首：古山名，在今陝西西安市舊城北。起于渭水南岸漢長安故城，止于樊川，長六十餘里。首高二十丈，尾高五、六丈。漢唐於其地營建城郭宮殿後，山原已漸堙平。

〔五〕宜春：見《奉和聖製上巳於望春亭觀禊飲應制》注〔三〕。

〔六〕王畿：王城附近縱横千里之地。《周禮·夏官·職方氏》：「乃辨九服之邦國，方千里曰王畿。」此指長安附近地區。鬱：林木積聚貌。

〔七〕咸秦：秦都咸陽。故址在今陝西咸陽市東北二十里。此處借指長安。

〔八〕舍人：當指太子中舍人（正五品上）、太子舍人（正六品上）或太子通事舍人（正七品下）。青宫：太子宫。《神異經》：「東海外有東明山，有宫焉。……青石爲牆，面一門，門有銀榜，以青石碧鏤，題曰『天地長男之宫』。」後因稱太子宫曰青宫。胡牀：一種可折疊的輕便坐具，又稱交椅、交牀。本由胡地傳入，故曰「胡牀」。書空：《晋書·殷浩傳》：「浩雖被黜放（浩爲中軍將軍，率師北伐失利，被黜放），口無怨言，夷神委命，談詠不輟，雖家人不見其有流放之慼。但終日書空，作『咄咄怪事』四字而已。」尋繹詩意，「舍人」與「君」應爲一人。二句謂「君」失志，暗中抱屈。

〔九〕執戟：秦漢郎官有中郎、侍郎、郎中等，掌守衛宫殿門户，值勤時皆手持戟。《史記·淮陰侯列傳》：「臣事項王，官不過郎中，位不過執戟。」曹植《與楊德祖書》：「昔揚子雲，先朝執戟之臣耳（揚雄爲郎，歷成、哀、平三世不徙官，故云）。」疲：困。潘岳《夏侯常侍誄》：「執戟疲揚，長沙投賈。」此句即用揚雄事，謂「君」居于卑位，不得升遷。

〔一〇〕老夫：老年男子自稱。《左傳》隱公四年：「石碏使告于陳曰：『衛國褊小，老夫耄矣，無能爲也。』」牆東：參見《酬慕容十一》注〔四〕。句謂老夫我却喜歡隱居在都城集市。

〔一一〕張伯英：參見《戲贈張五弟諲三首》其二注〔二〕。龍騰虬躍：指草書有龍虬飛騰之勢。虬，傳説中的一種龍。「擺長」句：形容龍虬騰躍於空的情狀。擺，分開。捩（liè列），扭轉。回風，旋風。此二句謂「君」雖困于下位，幸而喜好草書，足可自娱。

〔一二〕琥珀酒：謂色如琥珀之酒。琥珀，松柏樹脂的化石。色紅褐者曰琥珀，黄而透明者曰蠟珀。彫胡：即菰米。御：進用。二句勸「君」進食，保重自己。

〔一三〕砧：搗衣石。此指搗衣聲。

〔一四〕林薄：草木叢雜之地。

〔一五〕「時不」句：《楚辭·九歌·湘君》：「時不可兮再得，聊逍遥兮容與。」

〔一六〕偃蹇：《文選》司馬相如《長門賦》：「澹偃蹇而待曙兮，荒亭亭而復明。」李善注引李奇曰：「偃蹇，佇立貌也。」句謂君爲何佇立而待？話中含有勸其速下決心退隱之意。

張謙宜曰：比騷差多，爲其明白光滑也。（《絸齋詩談》卷五）

送友人歸山歌二首〔一〕

山寂寂兮無人，又蒼蒼兮多木。群龍兮滿朝〔二〕，君何爲兮空谷？文寡和兮思深〔三〕，道難知兮行獨〔四〕。悦石上兮流泉，與松間兮草屋〔五〕。入雲中兮養雞〔六〕，上山頭兮抱犢〔七〕。

神與棗兮如瓜〔八〕，虎賣杏兮收穀〔九〕。愧不才兮妨賢〔一〇〕，嫌既老兮貪禄。誓解印兮相從〔一一〕，何詹尹兮可卜〔一二〕！

〔一〕玩末四句之意，此詩疑當作于天寶末。詩題《楚辭後語》作《山中人》。

〔二〕群龍：《後漢書·郎顗傳》：「昔唐堯在上，群龍爲用。」注：「群龍，喻賢臣也。」

〔三〕此句謂友人文高和寡，思想深沉。

〔四〕道難知：謂其道高妙玄深，不易測知。

〔五〕與（yù預）：稱譽，贊美。

〔六〕養雞：劉向《列仙傳》卷上：「祝雞（呼雞）翁者，洛人也。居尸鄉北山下，養雞百餘年。雞有千餘頭，皆立名字，暮棲樹上，晝放散之。欲引呼名，即依呼而至。」

〔七〕「上山」句：抱犢上山墾種之意。《元和郡縣志》卷一一：「抱犢山在（沂州承）縣北六十里，壁立千仞，頂寬而有水。此山去海三百餘里，天氣澄明，宛然在目。昔有遁隱者，抱一犢於其上墾種，故以爲名。」按，山在今山東棗莊市東北。

〔八〕棗兮如瓜：《史記·封禪書》：「（李少君言：）臣常游海上，見安期生（古之仙人）。安期生食巨棗，大如瓜。」

〔九〕「虎賣」句：晉葛洪《神仙傳》卷六：「董奉者，字君異……廬山下居……不種田，日爲人治病，亦不取錢。重病愈者，使栽杏五株，輕者一株，如此數年，計得十萬餘株，鬱然成林。……後杏子大熟，于林中作一草倉，示時人曰：『欲買杏者，不須報奉，但將穀一器置倉中，即自往取一器杏去。』常有人置穀來少而取杏去多者，林中群虎出吼逐之，大怖，急挈杏走，路傍傾覆，至家量杏，一如穀多少。……奉一日竦身入雲中去，妻與女猶存其宅，賣杏取給，有欺之者，虎還逐之。」此句借用其事，以表現友人隱居學仙的生活。

〔一〇〕妨賢：《漢書·王尊傳》：「又出教勅掾功曹……其不中用，趣自避退，毋久妨賢。」此句謂，自愧不才而居位，妨礙了賢人的進用。

〔一一〕解印：去職。

〔一二〕何，宋蜀本作「向」。詹尹：《楚辭·卜居》：「屈原既放，三年不得復見。竭知盡忠，而蔽障于讒，心煩慮亂，不知所從。乃往見太卜（國家掌管卜筮的官）鄭詹尹曰：『余有所疑，願因先生決之。』」可，宋蜀本、述古堂本、《全唐詩》俱作「何」。句謂決心已下，何須再找什麼詹尹問卜。

劉須溪曰：不用楚調，自適目前，詞少而意多，尚覺《盤谷歌》意爲凡。

山中人兮欲歸，雲冥冥兮雨霏霏〔一〕。水驚波兮翠菅靡〔二〕，白鷺忽兮翻飛，君不可兮褰衣〔三〕！山萬重兮一雲，混天地兮不分。樹晻曖兮氛氳〔四〕，猿不見兮空聞。忽山西兮夕陽，見東皋兮遠村〔五〕。平蕪緑兮千里〔六〕，眇惆悵兮思君〔七〕。

〔一〕冥冥：晦暗貌。霏霏：盛貌。

〔二〕翠菅（jiān 兼）：青茅。《説文》：「菅，茅也。」趙殿成注：「翠菅靡與水鶩波對列，皆承上雨霏霏而言，非謂翠菅因鶩波而靡（倒伏）也。」

〔三〕褰（qiān 千）衣：指提起衣服下襬冒雨涉水而去。

〔四〕晻曖（ǎn ài 俺愛）：暗貌。氛氲（yūn 暈）：雲霧瀰漫貌。

〔五〕東皋：見《歸輞川作》注〔四〕。

〔六〕平蕪：雜草叢生的原野。

〔七〕眇：極目遠視貌。

劉須溪曰：宋玉之下，淵明之上，甚似晋人，不知者以爲氣短，知者以爲《琴操》之餘音也。

顧可久曰：模寫景物，各有分屬，玄虚、高古、俊彩。

沈德潛曰：「山萬重兮」以下，寫去後情事，如披畫圖。（《唐詩别裁》卷五）

歎白髮〔一〕

我年一何長，鬢髮日已白。俛仰天地間，能爲幾時客〔二〕？悵惆故山雲〔三〕，徘徊空日夕〔四〕。何事與時人，東城復南陌〔五〕？

〔一〕此篇一作盧象詩，重見《全唐詩》王維及盧象集中。按，王維集宋元諸刻俱録此詩，《唐詩品彙》亦作王維；尋繹詩意，此詩或係維在天寶末年所作。詩題宋蜀本、述古堂本、元本俱作《歎白髮二首》，其第二首即七絶《歎白髮》。

〔二〕「俛仰」二句：《古詩十九首・青青陵上柏》：「人生天地間，忽如遠行客。」俛仰，俯仰，周旋。

〔三〕悵惘，《全唐詩》作「惆悵」。故山：疑指藍田山居。

〔四〕句謂徒然日夜徘徊而不得歸山。

〔五〕此二句自問：爲什麽要同世人一起，來回奔走於東城南陌，而不毅然棄官還山隱居？

送李太守赴上洛〔一〕

商山包楚鄧〔二〕，積翠藹沉沉〔三〕。驛路飛泉灑，關門落照深〔四〕。野花開古戍，行客響空林。板屋春多雨〔五〕，山城晝欲陰〔六〕。丹泉通虢略，白羽抵荆岑〔七〕。若見西山爽，應知黄綺心〔八〕。

〔一〕上洛：唐郡名，治所在今陝西商洛市。《舊唐書・地理志》：「商州……天寶元年，改爲上洛郡。乾元元年，復爲商州。」據此，本詩當作于天寶年間，今姑繫天寶末。

〔二〕商山：又名地肺山、楚山，在陝西商洛市東南。楚鄧：唐鄧州（治所在今河南鄧州市），春秋時屬楚地；又，春秋鄧國（在今湖北襄陽市北），公元前六七八年爲楚所滅，故云。包：包容。此句極言商山之大。

〔三〕藹沉沉：茂盛貌。

〔四〕關：疑指嶢關。在陝西藍田東南，因臨嶢山而得名。《元和郡縣志》卷一：「藍田關在（藍田）縣南九十里，即嶢關也。秦趙高將兵拒嶢關，沛公引兵攻嶢關，踰蕢山擊秦軍，大破之。」嶢關爲李自長安赴上洛途中必經之地。深：指歷時久。

〔五〕板屋：《詩·秦風·小戎》：「在其板屋，亂我心曲。」孔疏：「《地理志》云：『天水、隴西山多林木，民以板爲屋，故秦詩云「在其板屋」。』然則秦之西垂，民亦板屋。」此指上洛民俗，多以木板爲屋。

〔六〕山城：上洛郡城居亂山中，故云。欲：猶如，似。參見王鍈《詩詞曲語辭例釋》。

〔七〕丹泉：即丹淵（避李淵諱改爲泉）。《漢書·律曆志下》：「（堯）讓天下於虞，使子朱處於丹淵爲諸侯。」丹淵故地，即秦漢時之丹水縣（參見《史記·五帝本紀》正義）。《水經》卷二〇《丹水》：「丹水出京兆上洛縣（今陝西商洛市）西北冢嶺山，東南過其縣南，又東南過商縣（今陝西丹鳳、商南一帶）南，又東南至于丹水縣（今河南淅川西）入于均（水名，又作鈞，上、中游即今河南淅河，下游即匯合淅河以後的丹江）。」號略：《左傳》僖公十五年：「賂秦伯以河外列城五，東盡號略。」孔疏：「虢略，虢之境界也。獻公滅虢而有之。」按，虢指西虢，都上陽（唐陝州陝縣，今河南三門峽），公元前六五五年爲晋所滅。又，《後漢書·郡國志》曰：「陸渾（今河南嵩縣東北）西有虢略地。」則以虢略爲地名。楊伯峻《春秋左傳注》：「今河南省靈寶縣治即舊虢略鎮。」白羽：《左傳》昭公十八年：「楚子使王子勝遷許於析，實白羽。」杜注：「於《傳》時，白羽改爲析。」蓋白羽爲舊名，析爲作《傳》時之新名。故地在今河南西峽縣境。荆岑：王粲《登樓賦》：「平原遠而極目兮，蔽荆山之高岑。」即荆山，在今湖北南漳縣西。岑，小而高的山。二句寫上洛周圍的地理形勢。

〔八〕西山爽：《世説新語·簡傲》：「王子猷（徽之）作桓車騎（沖）參軍，桓謂王曰：『卿在府日久，比當相料理。』徽之初不答，直高視，以手版拄頰云：『西山朝來致有爽氣。』」事亦載《晋書·王羲之傳》。爽氣，指明朗開豁的自然景象。黄綺：夏黄公、綺里季。陶淵明《飲酒二十首》其六：「咄咄俗中愚，且當從黄綺。」黄、綺與東園公、角里先生合稱商山四皓（四人鬚眉皆白，故稱）。秦始皇時，四皓見秦政暴虐，遂共入商山隱居，以待天下之定。及秦敗，高祖聞而徵之，不應。後高祖欲廢太子，吕后用張良計，迎四皓，使輔太子，于是高祖遂輟廢太子之議。事見《史記·留侯世家》、《高士傳》卷中。二句意謂，四皓之心，像商山（此處蓋以西山借指商山）的自然景象一樣清朗。

顧可久曰：全篇叙行色，結句着弔古意，詞多老成醇雅。

王夫之曰：點染亦富，而終不雜。「驛路」二字便是入題，藏于排偶中，不復有痕。「關門落照深」，靈心警筆。（《唐詩評選》卷三）

清毛先舒曰：王維「商山包楚鄧」篇十二句，凡十二見地形，雖全叙行色，而寫送流利，不覺煩，終是詩律未細處。（《詩辯坻》卷三）

趙殿成曰：詩中複二「泉」字，三「山」字，凡十二見地形，竟無太守意，古人不以爲病。李于鱗選唐詩，去取極刻，亦登此首，則詩之所尚，概可知矣。彼吹毛索垢者，必執一例以繩古人之詩，又安能得佳搆于牝牡驪黄之外哉！

送熊九赴任安陽〔一〕

魏國應劉後〔二〕，寂寥文雅空〔三〕。漳河如舊日〔四〕，之子繼清風〔五〕。阡陌銅臺下，閭閻金虎中〔六〕。送車盈灞上〔七〕，輕騎出關東〔八〕。相去千餘里，西園明月同〔九〕。

〔一〕熊九：名未詳。安陽：即今河南安陽，唐時爲相州鄴郡治所。據《通鑑》載，安史之亂爆發後不久，鄴郡即爲安史叛軍所據，直至寶應元年（七六二）十一月（是時維已卒），其地方入于唐。據此，可知本詩的寫作時間，當在安史之亂前。

〔二〕應劉：三國魏應瑒、劉楨，皆以能文著名當時，爲曹丕、曹植兄弟所禮遇。《三國志·魏書·王粲傳》：「始文帝爲五官將，及平原侯植，皆好文學，粲與北海徐幹，字偉長，廣陵陳琳，字孔璋，陳留阮瑀，字元瑜，汝南應瑒，字德璉，東平劉楨，字公幹，並見友善。……瑒、楨各被太祖辟爲丞相掾屬，瑒轉爲平原侯庶子，楨以不敬被刑，刑竟署吏。咸著文賦數十篇。」

〔三〕文雅：猶藝文。《文選》揚雄《劇秦美新》：「是以發祕府，覽書林；遥集乎文雅之囿，翺翔乎禮樂之場。」

〔四〕漳河：有清漳河、濁漳河兩源，均出山西東部，在河北涉縣合漳鎮會合後稱漳河。《元和郡縣志》卷一六：「濁漳水在（相州鄴）縣北五里。」按，近代漳水南移，古鄴城的一部分已被隔在漳水北岸。

〔五〕之子：指熊九。繼清風：指承繼應劉的清風。

〔六〕銅臺：即銅爵（雀）臺。《三國志·魏書·武帝紀》：「（建安）十五年……冬，作銅爵臺。」晋陸翽《鄴中記》：「銅爵、金鳳（即金虎，避石虎諱改）、冰井三臺皆在鄴城北城（今河北臨漳縣西南鄴鎮、三臺村迤東一帶）西北隅，因城爲基址。」又謂：「銅爵臺高一十丈，有屋一百二十間，周圍彌覆。」閭閻：指里巷。金虎：《魏志·武帝紀》：「（建安）十八年……九月，作金虎臺，鑿渠引漳水入白溝以通河。」《水經注》卷一〇《濁漳水》：「（鄴）城之西北有三臺……中曰銅雀臺……南則金虎臺，高八丈，有屋百九間。」此二句寫古鄴城（唐時曰相州鄴縣，其地距安陽甚近）之風物。

〔七〕灞上：一作霸上，又名霸頭，因地處霸水之上而得名。其地在唐長安城東。

〔八〕關東：指潼關以東地區。

〔九〕西園：《文選》曹植《公讌詩》：「公子敬愛客，終宴不知疲。清夜遊西園，飛蓋相追隨。」呂向注：「西園，謂魏氏鄴都之西園也。文帝每以月夜，集文人才子，共遊于西園。」《大清一統志》卷一九七：「西園，在臨漳縣西，魏武所作。」

送張判官赴河西〔一〕

單車曾出塞，報國敢邀勳〔二〕？見逐張征虜〔三〕，今思霍冠軍〔四〕。沙平連白雪，蓬卷入黄雲。慷慨倚長劍〔五〕，高歌一送君。

〔一〕判官：見《涼州賽神》注〔一〕。河西：即河西節度，景雲元年（七一〇）始置。統八軍三守捉，屯涼、肅、瓜、沙、會五州之境，治涼州（今甘肅武威），兵七萬三千人。按，《舊唐書·吐蕃傳》曰：「及潼關失守（安禄山陷潼關），河洛阻兵，於是盡徵河、隴、朔方之將、鎮兵入靖國難，謂之行營，曩時軍營邊州無備預矣。」《通鑑》卷二二三亦曰：「及安禄山反，邊兵精鋭者皆徵發入援。」又卷二一八載至德元載（七五六）七月，徵河西、安西兵赴行在，卷二一九載至德二載二月，「上至鳳翔旬日，隴右、河西、安西、西域之兵皆會」，知安史之亂發生後，邊兵大量内調，此詩寫送人赴河西從軍，疑當作于安史之亂前。

〔二〕此句謂出塞爲報國，豈敢邀求功勳。

〔三〕見：音義同「現」。逐：追隨。張征虜：《三國志·蜀書·張飛傳》：「先主既定江南，以飛爲宜都太守、征虜將軍。……飛雄壯威猛，亞于關羽，魏謀臣程昱等咸稱羽飛，萬人之敵也。」此借指猛將。

〔四〕霍冠軍：即西漢名將霍去病。以其嘗封冠軍侯，故稱。霍前後凡六擊匈奴，斬獲十餘萬人，立下赫赫戰功。事見《史記·衛將軍驃騎列傳》。

〔五〕倚長劍：拄劍。李白《發白馬》：「倚劍登燕然，邊烽列嵯峨。」或釋爲「佩劍」，《文選》江淹《雜體詩三十首·鮑參軍戎行》：「息徒税征駕，倚劍臨八荒。」李周翰注：「倚，佩也。」

顧可久曰：雄渾。

送宇文三赴河西充行軍司馬〔一〕

横吹雜繁笳〔二〕，邊風捲塞沙。還聞田司馬〔三〕，更逐李輕車〔四〕。蒲類成秦地，莎車屬漢家〔五〕。當令犬戎國〔六〕，朝聘學昆邪〔七〕。

〔一〕疑作于安史之亂前，説見上詩注〔一〕。宇文三：名未詳。行軍司馬：唐節度使僚屬有行軍司馬一人，掌輔佐節度使治理軍務。《通鑑》卷二一六胡三省注：「唐制，行軍司馬位節度副使之上，天寶以後，節鎮以爲儲帥。」

〔二〕橫吹：樂器名，即橫笛（竹笛之橫吹者），又名短簫。《册府元龜》卷九六一《土風》：「党項羌，三苗之後……有琵琶、橫吹。」吹，《文苑英華》作「笛」。笳：古管樂器名，漢時即流行於西域一帶少數民族中。此句寫邊地的胡樂，謂橫笛聲與繁密的笳聲相混雜。

〔三〕田司馬：《漢書·田廣明傳》：「田廣明，字子公，鄭人也。以郎爲天水司馬（漢邊郡佐吏有司馬，掌兵事）。」此借指宇文三。

〔四〕李輕車：漢李廣從弟李蔡爲輕車將軍，從大將軍擊匈奴右賢王有功，封樂安侯。事見《史記·李將軍列傳》。鮑照《代東武吟》：「始隨張校尉，占募到河源；後逐李輕車，追虜窮塞垣。」此處借指唐河西節度使。

〔五〕蒲類：古西域國名，在今新疆東部巴里坤湖（漢時曰蒲類海）附近。原爲匈奴右部地，後屬姑師（西域國名，即車師，在今新疆阜康一帶）。漢宣帝神爵二年，漢軍破姑師，各分其地置車師前後國與蒲類前後國。至唐，地屬伊州（治所在今新疆哈密）。莎車：漢西域國名，在今新疆莎車縣，唐時爲安西都護府轄地。二句謂西域之地，俱屬於漢（借指唐）。

〔六〕犬戎：古戎族的一支，殷周時居于我國西部。此處泛指西部的少數民族。

〔七〕朝聘：古時諸侯定期朝見天子。昆邪（hún yé 渾耶）：漢時匈奴的一個部落，活動地區在今甘肅中部武威至酒泉一帶。漢武帝元狩二年，匈奴單于怒昆邪王、休屠王屢爲漢所敗，欲召誅之，昆邪王、休屠王恐，謀降漢，漢使驃騎將軍霍去病迎之；昆邪王殺休屠王，并將其衆降漢，凡四萬餘人。漢乃令降者居邊五郡故塞外，爲屬國。參見《漢書·霍去病傳》、《匈奴傳》。

送韋評事〔一〕

欲逐將軍取右賢〔二〕，沙場走馬向居延〔三〕。遥知漢使蕭關外〔四〕，愁見孤城落日邊〔五〕。

〔一〕玩詩意，韋評事所往，亦在河西一帶，故本詩之寫作時間當同上二詩。評事：唐大理寺置評事十二人，從八品下，「掌出使推覈」。參見《舊唐書·職官志》。

〔二〕右賢：即右賢王，匈奴貴族的封號之一。《史記·匈奴列傳》：「然至冒頓而匈奴最彊大……其世傳國官號，乃可得記云。置左、右賢王，左、右谷蠡王，左、右大將……諸大臣皆世官。……各有分地，逐水草移徙，而左、右賢王，左、右谷蠡王，最爲大國。」漢武帝元朔五年，令車騎將軍衛青將六將軍兵十餘萬人擊匈奴，圍右賢王，獲右賢裨王十餘人，其衆男女萬五千餘人，事見《史記·衛將軍驃騎列傳》、《漢書·武帝紀》。

〔三〕居延：見《使至塞上》注〔二〕。

〔四〕漢使：指韋評事。蕭關：見《使至塞上》注〔六〕。

〔五〕落日邊：謂極西之地。

送劉司直赴安西〔一〕

絶域陽關道〔二〕，胡沙與塞塵〔三〕。三春時有雁〔四〕，萬里少行人。苜宿隨天馬，蒲桃逐漢臣〔五〕。當令外國懼，不敢覓和親〔六〕。

〔一〕疑作于安史之亂前，説見《送張判官赴河西》注〔一〕。司直：唐大理寺置司直六人，從六品上，掌出使推覈。安西：即安西節度，又稱四鎮或磧西節度。景雲元年以安西都護兼四鎮經略大使，至開元六年始用節度之號。統龜兹、焉耆、于闐、疏勒四鎮，治龜兹城（今新疆庫車），兵二萬四千。

〔二〕絶域：極遠的地域。陽關：古關名，西漢置，唐時尚存，故址在今甘肅敦煌西南古董灘附近，與玉門關同爲我國古代通往西域的重要門户。

〔三〕沙，底本原作「煙」，此從宋蜀本、述古堂本、《文苑英華》等。

〔四〕三春：春季三個月。

〔五〕苜蓿（mù xu 牧需）：牧草名，原産于西域。天馬：指大宛良馬。蒲桃：亦作蒲陶，即葡萄，原産于西域。漢，凌本作「使」。按，此二句指漢武帝遣李廣利伐大宛取良馬，苜蓿、葡萄亦隨之傳入中國事。《漢書·西域傳》曰：「大宛左右以蒲陶爲酒……俗耆（嗜）酒，馬耆目宿（苜蓿）。宛別邑七十餘城，多善馬，馬汗血，言其先天馬子也。張騫始爲武帝言之，上遣使者持千金及金馬，以請宛善馬，宛王……不肯與。……於是天子遣貳師將軍李廣利將兵前後十餘萬人伐宛，連四年，宛人斬其王母寡首，獻馬三千匹。……宛王蟬封與漢約，歲獻天馬二匹，漢使採蒲陶、目宿種歸。天子以天馬多，又外國使來衆，益種蒲陶、目宿，離宮館旁極望焉。」〔六〕覓：求。和親：謂與邊疆異族統治者議和，結爲姻親。《史記·劉敬叔孫通列傳》：「（高祖）取家人子名爲長公主，妻單于，使劉敬往結和親約。」此二句承上二句而言，意謂應當像漢武帝那樣使外國畏懼，不敢求與中國和親。

沈德潛曰：一氣渾淪，神勇之技。（《唐詩別裁》卷九）

黄培芳曰：此是雄渾一派，所謂五言長城也。（翰墨園重刊本《唐賢三昧集箋注》卷上）

王壽昌曰：鍊字不如鍊句，鍊句不如鍊意，鍊意不如鍊格。……右丞之「絶域陽關道……」，……格之最整鍊者也。（《小清華園詩談》卷上）

送平淡然判官〔一〕

不識陽關路，新從定遠侯〔二〕。黄雲斷春色，畫角起邊愁〔三〕。瀚海經年到〔四〕，交河出塞流〔五〕。須令外國使〔六〕，知飲月支頭〔七〕。

〔一〕此詩爲送人赴安西或北庭而作，寫作時間當同上詩。平淡然：無考。淡，宋蜀本、《全唐詩》作「澹」。判官：見《涼州賽神》注〔一〕。

〔二〕定遠侯：即班超。東漢班固之弟。明帝時，奉命出使西域，前後經營西域三十一年，使西域五十餘國全部内附，以功封定遠侯。事見《後漢書·班超傳》。此借指安西或北庭（治所在今新疆吉木薩爾北）節度使。

〔三〕畫角：外有彩繪的角。參見《從軍行》注〔二〕。

〔四〕瀚海：指大沙漠。經年到：極言道路之遥遠。到，底本原作「別」，此從宋蜀本、明十卷本、《文苑英華》等。

〔五〕交河：《漢書·西域傳》：「車師前國，王治交河城（唐曰西州交河縣，在今新疆吐魯番西北約五公里處），河水分流繞城下，故號交河。」《元和郡縣志》卷四〇：「交河出（西州交河）縣北天山，水分流於城下，因以爲名。」

〔六〕須，《文苑英華》作「預」。疑非是。

〔七〕「知欽」句：參見《燕支行》注〔一七〕。

王夫之曰：匀。（《唐詩評選》卷三）

清姚鼐曰：此首氣不逮「絶域」一首（《送劉司直赴安西》），而工與相埒。（《五言今體詩鈔》卷二）

黄培芳曰：收亦最重，此極神旺。（《唐賢三昧集箋注》卷上）

送元二使安西〔一〕

渭城朝雨裛輕塵〔二〕，客舍青青柳色新〔三〕。勸君更盡一杯酒，西出陽關無故人。

〔一〕此詩爲送人出使安西而作，寫作時間當同上二詩。元二：名未詳。詩題《詩人玉屑》作《贈別》，《樂府詩集》、《全唐詩》作《渭城曲》。郭茂倩曰：「《渭城》一曰《陽關》，王維之所作也。本送人使安西詩，後遂被於歌。劉禹錫《與歌者詩》云：『舊人唯有何戡在，更與殷懃唱《渭城》。』白居易《對酒詩》云：『相逢且莫推辭醉，聽唱《陽關》第四聲。』《陽關》第四聲，即『勸君更盡一杯酒，西出陽關無故人』也。《渭城》《陽關》之名，蓋因辭云。」（《樂府詩集》卷八〇）按，《渭城曲》本送別之徒詩，初不爲歌唱之需要而設疊句，樂人爲之譜曲後方設疊句，因又謂之《陽關三疊》。蘇軾《仇池筆記·陽關三疊》曰：「舊傳《陽關》三疊，今歌者每句再疊而已，若通一首又是四疊，皆非是。每句三唱以應三疊，則叢然無復節奏。有文勳者，得古本《陽關》，每句皆再唱，而第一句不疊，乃知唐本三疊如此。樂天詩云：『相逢且莫推辭醉，聽唱《陽關》第四聲。』第四聲者，『勸君更盡一杯酒』也。以此驗之，若第一句再疊，則此句爲第五聲，今爲第四聲，則第一句不疊審矣。」蓋二、三、四句皆疊唱，故稱三疊。

〔二〕渭城：地名。漢改秦咸陽縣爲新城縣，尋又改爲渭城縣（見《漢書·地理志》），至唐時，屬京兆府咸陽縣轄地，在今陝西咸陽市東北。裛（yì益）：亦作「浥」，濕潤。

〔三〕青青，宋蜀本、述古堂本、元本等均注：「一作依依。」柳色：《全唐詩》作「楊柳」。新，宋蜀本、《萬首唐人絶句》、《樂府詩集》等俱作「春」。

宋魏慶之曰：折腰體。謂中失粘而意不斷。（《詩人玉屑》卷二）

明李東陽曰：作詩不可以意徇辭，而須以辭達意。辭能達意，可歌可詠，則可以傳。王摩詰「陽關無故人」之句，盛唐以前所未道。此辭一出，一時傳誦不足，至爲三疊歌之。後之詠別者，千言萬語，殆不能出其意之外。必如是方可謂之達耳。（《麓堂詩話》）

顧可久曰：惜别意悠長不露。

胡應麟曰：自是口語而千載如新。又曰：盛唐絶，「渭城朝雨」爲冠。（《詩藪》内編卷六）

黄生曰：先點别景，後寫别情，唐人絶句多如此，畢竟以此首爲第一。惟其氣度從容，風味雋永，諸作無出其右故也。失粘，須將一二倒過，然畢竟移動不得，由作者一時天機湊拍，寧可失粘，而語勢不可倒轉，此古人神境，未易到也。（《增訂唐詩摘鈔》卷四）

王士禛曰：七言（絶句）……昔李滄溟推「秦時明月漢時關」一首壓卷，余以爲未允。必求壓卷，則王維之「渭城」，李白之「白帝」，王昌齡之「奉帚平明」，王之渙之「黄河遠上」，其庶幾乎！

而終唐之世，絶句亦無出四章之右者矣。（《帶經堂詩話》卷四删訂類）

張謙宜曰：（「勸君」二句）凡情真以不説破爲佳。（《絸齋詩談》卷五）

趙翼曰：李太白「今人不見古時月，今月曾經照古人」，王摩詰「勸君更盡一杯酒，西出陽關無故人」，至今猶膾炙人口，皆是先得人心之所同然也。（《甌北詩話》卷一一）

相思〔一〕

紅豆生南國〔二〕，秋來發幾枝〔三〕。勸君多採擷〔四〕，此物最相思。

〔一〕此詩載《萬首唐人絶句》、《唐詩紀事》，奇字齋本外編、凌本、《全唐詩》、底本外編俱録之，其餘各本未録。詩題《萬首絶句》作《相思子》，凌本作《江上贈李龜年》，疑非是。唐范攄《雲溪友議》卷中《雲中命》曰：「明皇幸岷山，百官皆竄辱……唯李龜年奔迫江潭。……龜年曾于湘中採訪使筵上唱：『紅豆生南國，秋來發幾枝。贈君多採擷，此物最相思。』又：『清風朗月苦相思，蕩子從戎十載餘。征人去日殷勤囑：歸雁來時數附書。』此辭皆王右丞所製，至今梨園唱焉。歌闋，合座莫不望南幸而慘然。」據此，知本詩當作于安史之亂前。

〔二〕紅豆：相思木所結子，産于亞熱帶地區。古多以之象徵相思。《文選》左思《吴都賦》：「楠榴之木，相思之樹。」劉淵林注：「相思，大樹也。材理堅，邪斫之則文，可作器。其實如珊瑚，歷年不變，東冶（今福建閩侯縣東北）有之。」梁武帝《歡聞歌》其二：「南有相思木，含情復同心。」唐李匡乂《資暇集》卷下：「豆有圓而紅、其首烏者，舉世呼爲相思子，即紅豆之異名也。其木，斜斫之則有文……其樹也，大株而白枝，葉似槐。其花與皂莢花無殊。其子若穭豆，處于甲中，通身皆紅。李善云其實赤如珊瑚是也。」李時珍《本草綱目》卷三五曰：「相思子生嶺南，樹高丈餘，白色，其葉似槐，其花似皁莢，其莢似扁豆，其子大如小豆，半截紅色，半截黑色，彼人以嵌首飾。」

〔三〕此句指相思樹上長出若干枝紅豆莢果。莢果初生時極小，在樹梢上不爲人所見，等到秋天長大成熟，才被發現，故云「秋來發幾枝」。幾，《萬首絶句》、《全唐詩》俱作「故」。

〔四〕勸，《唐詩紀事》、凌本作「贈」，《全唐詩》作「願」。多，《萬首絶句》作「休」。擷（xié協）：摘取。

清管世銘曰：王維「紅豆生南國」，王之渙「楊柳東門樹」，李白「天下傷心處」，皆直舉胸臆，不假雕鎪，祖帳離筵，聽之惘惘，二十字移情固至此哉！（《讀雪山房唐詩序例·五絶凡例》）

失題〔一〕

清風明月苦相思〔二〕，蕩子從戎十載餘〔三〕。征人去日殷勤囑〔四〕：「歸雁來時數寄書〔五〕！」

〔一〕作于安史之亂前，説見上詩注〔一〕。此詩載《萬首唐人絶句》、《唐詩紀事》、《樂府詩集》，奇字齋本、凌本、《全唐詩》、底本外編俱録之，其餘各本未録。詩題《萬首絶句》、奇字齋本作《李龜年所歌》，凌本作《雜詩》，《樂府詩集》作《伊州第一疊》（未署作者姓名），《全唐詩》作《伊州歌》。

〔二〕清，《樂府詩集》、凌本作「秋」。明，《雲溪友議》、《萬首絶句》作「朗」。苦相思，《樂府詩集》作「獨離居」。

〔三〕戍，凌本作「軍」。

〔四〕征人：即「蕩子」。

〔五〕「歸雁」句：叮嚀丈夫要多寄家書。古有雁足繫書的説法，故云。寄，《雲溪友議》、《萬首絶句》、《唐詩紀事》、凌本等俱作「附」。